OUTLANDER

O Arqueiro

GERALDO JORDÃO PEREIRA (1938-2008) começou sua carreira aos 17 anos, quando foi trabalhar com seu pai, o célebre editor José Olympio, publicando obras marcantes como *O menino do dedo verde*, de Maurice Druon, e *Minha vida*, de Charles Chaplin.

Em 1976, fundou a Editora Salamandra com o propósito de formar uma nova geração de leitores e acabou criando um dos catálogos infantis mais premiados do Brasil. Em 1992, fugindo de sua linha editorial, lançou *Muitas vidas, muitos mestres*, de Brian Weiss, livro que deu origem à Editora Sextante.

Fã de histórias de suspense, Geraldo descobriu *O Código Da Vinci* antes mesmo de ele ser lançado nos Estados Unidos. A aposta em ficção, que não era o foco da Sextante, foi certeira: o título se transformou em um dos maiores fenômenos editoriais de todos os tempos.

Mas não foi só aos livros que se dedicou. Com seu desejo de ajudar o próximo, Geraldo desenvolveu diversos projetos sociais que se tornaram sua grande paixão.

Com a missão de publicar histórias empolgantes, tornar os livros cada vez mais acessíveis e despertar o amor pela leitura, a Editora Arqueiro é uma homenagem a esta figura extraordinária, capaz de enxergar mais além, mirar nas coisas verdadeiramente importantes e não perder o idealismo e a esperança diante dos desafios e contratempos da vida.

OUTLANDER

UM SOPRO DE NEVE E CINZAS
LIVRO SEIS

DIANA GABALDON

Título original: *A Breathe of Snow and Ashes*

Copyright © 2005 por Diana Gabaldon
Copyright da tradução © 2018 por Editora Arqueiro Ltda.

Todos os direitos reservados. Nenhuma parte deste livro pode
ser utilizada ou reproduzida sob quaisquer meios existentes
sem autorização por escrito dos editores.

tradução: Fernanda Abreu e Mariana Serpa
preparo de originais: Diogo Henriques
revisão: Ana Grillo, Ana Kronemberger, Hermínia Totti e Milena Vargas
diagramação: Valéria Teixeira
capa: Saída de Emergência
imagem de capa: Joana Kruse/ Arcangel Image
impressão e acabamento: Lis Gráfica e Editora Ltda.

Este livro foi impresso com o papel Ivory Slim 58 g/m² fornecido pela Tecpel.

CIP-BRASIL. CATALOGAÇÃO NA PUBLICAÇÃO
SINDICATO NACIONAL DOS EDITORES DE LIVROS, RJ

G111o   Gabaldon, Diana

Outlander: um sopro de neve e cinzas/ Diana Gabaldon;
tradução de Fernanda Abreu, Mariana Serpa. São Paulo:
Arqueiro, 2018.
1.168 p.; 16 x 23 cm. (Outlander; 6)

Tradução de: A breath of snow and ashes
Sequência de: Outlander: a cruz de fogo
ISBN 978-85-8041-805-7

1. Ficção americana. I. Abreu, Fernanda. II. Serpa, Mariana.
III. Título. IV. Série.

	CDD 813
18-48498	CDU 821.111(73)-3

Todos os direitos reservados, no Brasil, por
Editora Arqueiro Ltda.
Rua Funchal, 538 – conjuntos 52 e 54 – Vila Olímpia
04551-060 – São Paulo – SP
Tel.: (11) 3868-4492 – Fax: (11) 3862-5818
E-mail: atendimento@editoraarqueiro.com.br
www.editoraarqueiro.com.br

Este livro é dedicado a

CHARLES DICKENS
ROBERT LOUIS STEVENSON
DOROTHY L. SAYERS
JOHN D. MACDONALD
e
P. G. WODEHOUSE

PRÓLOGO

O tempo é uma das muitas coisas que se diz que Deus é.

Há o fato de ser sempre preexistente, e o fato de não ter fim. Há o conceito de ser todo-poderoso... pois nada pode resistir ao tempo, certo? Nem montanhas, nem exércitos.

E o tempo, claro, cura tudo. Basta dar tempo *suficiente* a qualquer coisa e tudo se resolve: toda a dor é contida, toda a dificuldade apagada, toda a perda absorvida.

Das cinzas às cinzas, do pó ao pó. Lembra-te, homem, de que tu és pó, e ao pó voltarás.

E, se o Tempo se parece com Deus, imagino que a Memória deva ser o Diabo.

PARTE I

Rumores de guerra

1

UMA CONVERSA INTERROMPIDA

O cachorro foi o primeiro a pressentir sua presença. De tão escuro que estava, Ian Murray sentiu, mais do que viu, a cabeça de Rollo se erguer de repente junto à sua coxa, as orelhas se empinarem. Encostou a mão no pescoço do cão e sentiu os pelos ali eriçados de alerta.

Os dois eram tão sintonizados um com o outro que ele nem pensou "homens" de modo consciente, mas levou a outra mão à faca e permaneceu deitado sem se mexer, respirando. À escuta.

A floresta estava silenciosa. Faltavam horas para o amanhecer, e o ar estava parado como dentro de uma igreja, com uma névoa semelhante a incenso a se erguer devagar do chão. Ele havia se deitado para descansar sobre o tronco caído de um gigantesco tulipeiro-da-virgínia, pois preferia as cócegas dos bichos da madeira à umidade penetrante. Manteve a mão pousada no cão e aguardou.

Rollo rosnava, um ronco baixo e constante que Ian mal conseguia escutar, mas que podia com facilidade sentir, e cuja vibração lhe subia pelo braço e despertava todos os nervos de seu corpo. Não estava dormindo, agora raramente dormia à noite, mas estava tranquilo, com os olhos pregados na abóbada celeste, entretido em seu debate habitual com Deus. O movimento de Rollo tinha posto fim a essa tranquilidade. Ele se sentou devagar e dependurou as pernas na lateral do tronco meio apodrecido, o coração batendo depressa agora.

O alerta de Rollo não havia se alterado, mas sua grande cabeça se moveu, acompanhando algo invisível. Era uma noite sem lua; Ian conseguia distinguir as débeis silhuetas das árvores e as sombras moventes da noite, mas nada além disso.

Então os escutou. Ruídos de algo passando. A uma boa distância, mas cada vez mais próximos. Levantou-se e pisou de leve na poça negra debaixo de um abeto-balsâmico. A um estalo de sua língua, Rollo parou de rosnar e o seguiu, tão silencioso quanto o lobo que fora seu pai.

Do local de repouso de Ian dava para ver uma trilha de caça. Os homens que vinham por ela não estavam caçando.

Homens brancos. Isso era estranho, e mais do que estranho. Ele não podia vê-los, mas nem precisava: os barulhos que faziam eram inconfundíveis. Índios não eram silenciosos quando viajavam, e muitos habitantes das Terras Altas entre os quais vivia eram capazes de se mover qual fantasmas na mata... mas ele não teve a menor dúvida. Metal, era isso. Estava ouvindo o chacoalhar de arreios, o estalo de botões e fivelas – e dos canos das armas.

Muitos. Tão próximos que começou a sentir o cheiro deles. Inclinou-se um pouco para a frente, com os olhos fechados, para farejar melhor qualquer pista que conseguisse.

Eles levavam peles – nessa hora sentiu o cheiro de sangue seco e pelo frio que decerto havia acordado Rollo –, mas certamente não eram daqueles que capturavam animais com armadilhas, por serem numerosos demais. Caçadores andavam sozinhos ou em duplas.

Homens pobres, sujos. Não preparavam armadilhas nem eram caçadores. Embora fosse fácil achar animais naquela estação, eles tinham cheiro de fome. E exalavam o suor da bebida de má qualidade.

Agora estavam perto, talvez a 3 metros de onde ele estava. Rollo emitiu um leve resfolego e Ian fechou novamente a mão no pescoço do animal, mas os homens faziam barulho demais para poderem ouvir. Contou os passos, as batidas dos cantis e das caixas de munição, grunhidos de pés doloridos e suspiros de cansaço.

Vinte e três homens, calculou, e junto com eles uma mula... ou melhor, duas. Pôde ouvir o rangido de alforjes cheios e aquela respiração pesada e relutante de uma mula carregada, sempre a ponto de reclamar.

Os homens jamais teriam detectado os dois, mas algum capricho do vento levou o cheiro de Rollo até as mulas. Um relincho ensurdecedor dominou a escuridão, e a floresta à sua frente explodiu numa algaravia de pancadas e gritos de surpresa. Ian já estava correndo quando tiros de pistola estouraram atrás dele.

– *A Dhia!*

Algo o atingiu na cabeça e ele caiu de bruços. Será que morreria?

Não. Rollo encostou um focinho úmido e preocupado em sua orelha. Sua cabeça zumbia feito uma colmeia, e ele via clarões brilhantes de luz diante dos olhos.

– *Corra! Ruith!* – disse ele, arquejante, empurrando o cachorro. – Corra para longe!

O cão hesitou e produziu um ganido bem no fundo da garganta. Ian não conseguiu ver, mas sentiu o corpanzil se projetar e se virar para trás, indeciso.

– *Ruith!*

Ficou de quatro para dar o exemplo e o cão por fim obedeceu e começou a correr como fora treinado.

Não havia tempo para ele próprio correr, mesmo que tivesse conseguido ficar em pé. Ele caiu de bruços, enfiou as mãos e os pés bem fundo nas folhas bolorentas e se contorceu feito um louco para se enterrar ali.

Um pé lhe deu um pisão entre as escápulas, mas o ar que ele expeliu dos pulmões foi abafado pelas folhas úmidas. Com todo o barulho que estavam fazendo, isso não teve importância. Quem pisou nele nem percebeu; foi apenas de raspão e o homem passou por cima dele em pânico, sem dúvida tomando-o por um tronco podre.

Os tiros cessaram. Os gritos não, mas ele não entendeu o que diziam. Sabia que estava deitado de cara no chão, sentindo a friagem úmida nas bochechas e o cheiro forte de folhas mortas no nariz, mas teve a sensação de estar muito bêbado e de que o mundo girava lentamente ao seu redor. Sua cabeça não doía muito após a primeira explosão de dor, mas ele não parecia capaz de levantá-la.

Pensou vagamente que, se morresse ali, ninguém saberia. Sua mãe acharia ruim não saber o que acontecera com o filho, pensou.

Os barulhos se fizeram mais débeis, mais ordenados. Alguém ainda berrava, mas a voz tinha um tom de comando. Eles estavam indo embora. Ocorreu-lhe de modo difuso que poderia chamá-los. Se soubessem que ele era branco, talvez o ajudassem. Ou talvez não.

Continuou calado. Se estivesse morrendo, não havia ajuda possível. Se não estivesse, não precisava de nenhuma ajuda.

Bom, eu pedi, afinal, não foi?, pensou, retomando a conversa com Deus, tão calmo quanto se ainda estivesse deitado tranquilo no tronco do tulipeiro, com os olhos erguidos para a vastidão do firmamento lá em cima. *Um sinal, falei. Só não esperava que o Senhor fosse atender tão depressa.*

2

CHALÉ HOLANDÊS

Março de 1773

Ninguém sabia que o chalé existia até Kenny Lindsay ver as chamas quando estava subindo o riacho.

– Eu não teria visto nada – disse ele, talvez pela sexta vez – não fosse o cair da noite. Se estivesse de dia eu nunca teria sabido, nunca. – Correu uma das mãos trêmulas pelo rosto, sem conseguir desgrudar os olhos da fileira de cadáveres que jazia na orla da floresta. – Foram selvagens, *Mac Dubh*? Não tem ninguém escalpelado, mas talvez...

– Não. – Jamie tornou a pousar delicadamente o lenço sujo de fuligem sobre o rosto de olhos azuis vidrados de uma menina pequena. – Nenhum deles está ferido. Você deve ter visto isso quando os tirou de lá, não?

Lindsay fez que não com a cabeça, de olhos fechados, e foi percorrido por um estremecimento convulso. Era fim de tarde, um dia gelado de primavera, mas os homens todos suavam.

– Eu não olhei – disse ele apenas.

Minhas próprias mãos pareciam gelo, tão anestesiadas e insensíveis quanto a carne borrachuda da mulher morta que eu estava examinando. Fazia mais de um dia que eles tinham morrido; a rigidez cadavérica já havia passado, deixando-os flácidos e gelados, mas o tempo frio da primavera na montanha os preservara até aquele momento das indignidades mais repulsivas da putrefação.

Mesmo assim, mantive a respiração curta; o cheiro de queimado deixava o ar amargoso. Filetes de vapor subiam de vez em quando da ruína carbonizada do pequeno chalé. Com o canto do olho, vi Roger chutar um pedaço de lenha ali perto, em seguida se curvar e recolher algo do chão embaixo dele.

Kenny havia esmurrado nossa porta bem antes de o dia nascer, tirando-nos de camas quentinhas. Tínhamos vindo às pressas, embora soubéssemos que chegaríamos tarde para oferecer qualquer ajuda. Alguns dos arrendatários das fazendas da Cordilheira dos Frasers também tinham vindo; Evan, irmão de Kenny, estava em pé junto com Fergus e Ronnie Sinclair num pequeno grupo debaixo das árvores, conversando baixinho em gaélico.

– Sabe o que os matou, Sassenach? – De cócoras ao meu lado, Jamie tinha o semblante aflito. – Aqueles debaixo das árvores, quero dizer. – Ele meneou a cabeça para o cadáver na minha frente. – Eu sei o que matou essa pobre coitada.

A longa saia da mulher esvoaçou ao vento e levantou, deixando à mostra pés compridos e magros calçados com tamancos de couro. Um par de mãos compridas jazia inerte junto às laterais do corpo. Era uma mulher alta, embora não tanto quanto Brianna, pensei, e olhei em volta automaticamente à procura dos cabelos brilhantes da minha filha, a mover-se por entre os galhos do outro lado da clareira.

Eu tinha suspendido o avental da mulher para lhe cobrir a cabeça e a parte superior do corpo. Suas mãos eram vermelhas, com os nós calejados pelo trabalho e as palmas grossas, mas pela firmeza das coxas e a esbeltez do corpo pensei que ela não devia ter mais de 30 anos... provavelmente bem menos. Ninguém era capaz de dizer se tinha sido bonita.

O comentário de Jamie me fez balançar a cabeça.

– Não acho que ela tenha morrido por causa do incêndio – falei. – As pernas e os pés estão intactos, está vendo? Ela deve ter caído dentro da lareira. Os cabelos pegaram fogo, e o fogo se espalhou até os ombros do vestido. Ela deve ter caído perto o suficiente da parede ou da cobertura da chaminé para que as chamas os alcançassem, e então o chalé inteiro pegou fogo.

Jamie aquiesceu devagar, com os olhos pregados na morta.

– É, faz sentido. Mas o que foi que os matou, Sassenach? Os outros estão um pouco chamuscados, mas ninguém está queimado desse jeito. Acho que já deviam estar mortos quando o chalé pegou fogo, pois nenhum deles saiu correndo. Será que foi uma doença mortal?

– Acho que não. Deixe-me olhar os outros de novo.

Percorri lentamente a fileira de corpos imóveis, com seus rostos cobertos de tecido, e me abaixei junto a cada um deles para espiar outra vez por baixo das mortalhas improvisadas. Naqueles dias, sem antibióticos e sem a possibilidade de administrar fluidos a não ser pela boca ou pelo reto, muitas doenças podiam ser mortais, e um simples caso de diarreia podia matar em 24 horas.

Eu via essas coisas com frequência suficiente para reconhecê-las facilmente; qualquer médico vê, e eu era médica havia mais de vinte anos. De vez em quando via coisas naquele século com as quais jamais havia me deparado no meu, em especial doenças parasitárias horríveis trazidas dos trópicos junto com o tráfico de escravos, mas não fora um parasita que causara o fim daquelas pobres almas, e nenhuma doença que eu conhecia deixava aqueles sinais nas vítimas.

Todos os corpos, a mulher queimada, uma outra bem mais velha e três crianças, tinham sido encontrados dentro da casa em chamas. Kenny os havia tirado de lá pouco antes de o telhado ruir, e em seguida fora buscar ajuda a cavalo. Todos já estavam mortos antes de o incêndio começar; todos deviam ter morrido praticamente ao mesmo tempo, pois com certeza o fogo começara a arder pouco depois de a mulher cair morta na lareira, ou não?

As vítimas haviam sido dispostas de forma ordenada sob os galhos de um gigantesco espruce-vermelho enquanto os homens começavam a cavar uma cova ali perto. Brianna estava postada junto à mais nova das meninas, de cabeça baixa. Fui me ajoelhar junto ao corpinho, e ela se ajoelhou em frente a mim.

– O que foi? – indagou, baixinho. – Veneno?

Ergui os olhos para ela, surpresa.

– Acho que sim. O que a fez pensar isso?

Ela meneou a cabeça para o rosto matizado de azul na nossa frente. Havia tentado fechar os olhos da menina, mas estes se esbugalhavam para fora das órbitas, deixando a pequena com uma expressão de horror e espanto. Os traços pequeninos e duros estavam contorcidos num ríctus de agonia, e havia restos de vômito nos cantos da boca.

– Manual da escoteira – respondeu Brianna. Relanceou os olhos para os homens, mas ninguém estava perto o suficiente para escutar. Sua boca tremeu e ela tirou os olhos do cadáver ao mesmo tempo que estendia a mão aberta. – *Nunca coma nenhum cogumelo estranho* – citou. – *Há muitas variedades venenosas, e distinguir uma da outra é trabalho para especialistas.* Roger encontrou estes brotando em disposição de anel perto daquele pedaço de madeira ali.

Copas úmidas e carnudas, de um marrom bem claro com pintas brancas parecendo verrugas, as guelras abertas e talos finos tão claros que pareciam quase fosforescentes à sombra do espruce. Tinham um aspecto agradável, terroso, que desmentia seu caráter letal.

– Cogumelos-pantera – falei, meio para mim mesma, e recolhi um deles com cuidado da palma da mão de Brianna. – *Agaricus pantherinus*... ou pelo menos assim *serão* chamados quando alguém se der o trabalho de classificá-los. *Pantherinus* por matarem tão depressa... como o ataque de um felino.

Pude ver o arrepio percorrer o antebraço de Brianna, eriçando os pelos macios e dourados com reflexos avermelhados. Ela virou a mão e largou no chão o resto dos fungos mortais.

– Quem, em sã consciência, iria comer cogumelos? – indagou ela, limpando a mão na saia com um leve calafrio.

– Gente que não sabia. Gente que estava com fome, talvez – respondi baixinho.

Segurei a mão da menininha e apalpei os ossos delicados do antebraço. O ventre pequenino exibia sinais de inchaço, embora eu não soubesse dizer se era devido à desnutrição ou às mudanças ocorridas após a morte, mas as clavículas eram afiadas como as lâminas de uma foice. Todos os cadáveres eram magros, ainda que não chegassem a estar emaciados.

Ergui os olhos para as sombras azul-escuras lançadas pelo flanco da montanha acima do chalé. Ainda estava cedo no ano para catar alimentos, mas havia comida de sobra na floresta... para quem soubesse reconhecer.

Jamie se aproximou, ajoelhou-se ao meu lado e, com suavidade, pousou sua mão enorme nas minhas costas. Apesar do frio, um filete de suor escorria por seu pescoço, e seus fartos cabelos ruivos estavam escurecidos nas têmporas.

– A cova está pronta – disse ele, baixinho, como para não alarmar a criança. – Foi isso que matou a menina?

Ele indicou com a cabeça os cogumelos espalhados pelo chão.

– Acho que sim... e os outros também. Você olhou em volta? Alguém sabe quem eram eles?

Jamie fez que não com a cabeça.

– Não são ingleses, as roupas estão erradas. Alemães com certeza teriam ido para Salem, pois são almas clânicas, sem inclinação para se assentarem sozinhas. Talvez fossem holandeses. – Ele meneou a cabeça em direção aos tamancos de madeira talhada nos pés da velha, rachados e manchados de tanto uso. – Não sobrou nenhum livro nem nada escrito, se é que havia algo antes. Nada que possa revelar o nome deles. Mas...

– Não fazia muito tempo que estavam aqui.

Uma voz baixa e rouca me fez olhar para cima. Roger havia se aproximado; agachou-se junto a Brianna e meneou a cabeça em direção aos restos fumegantes do chalé. Uma pequena horta havia sido demarcada na terra ali perto, mas as poucas plantas que nela despontavam não passavam de brotos, com as folhas tenras murchas e escurecidas pela geada tardia. Não havia barracões, nenhum sinal de animais, nenhuma mula ou porco.

– Emigrantes recém-chegados – continuou Roger baixinho. – Não eram escravos por dívida, isto aqui era uma família. Tampouco estavam acostumados com o trabalho ao ar livre: as mãos das mulheres têm bolhas e cicatrizes recentes.

Sua mão larga esfregou de maneira distraída o joelho da calça de fabricação caseira. As palmas agora estavam tão uniformemente calejadas quanto as de Jamie, mas Roger costumava ser um acadêmico de pele fina; ainda recordava a dor de se acostumar à lida.

– Fico pensando se eles deixaram alguém para trás... na Europa – murmurou Brianna. Afastou os cabelos louros da testa da menina e tornou a pousar o lenço sobre o rosto. Vi seu pescoço se mover quando ela engoliu em seco. – Eles nunca vão saber o que aconteceu.

– Não. – Jamie se levantou de chofre. – Dizem que Deus protege os tolos... mas acho que até mesmo o Todo-Poderoso perde a paciência de vez em quando. – Ele virou as costas e acenou para Lindsay e Sinclair. – Procurem o homem – falou para Lindsay.

Todas as cabeças se levantaram para encará-lo.

– O homem? – repetiu Roger, então lançou um olhar abrupto para os restos queimados do chalé e foi começando a entender. – É... quem construiu o chalé para eles?

– Podem ter sido as mulheres que construíram – disse Bree, empinando o queixo.

– Sim, *você* até poderia – disse Roger, e sua boca se retorceu de leve quando ele olhou de viés para a esposa.

Brianna tinha mais do que o colorido em comum com Jamie: media 1,83 metro sem sapatos, e tinha a mesma força e os mesmos membros esguios do pai.

– Talvez pudessem ter sido elas, mas não foram – disse Jamie, sucinto, movendo a cabeça em direção aos escombros do chalé, onde algumas peças de mobília ainda conservavam seus formatos frágeis.

Enquanto eu olhava para lá, o vento da noite chegou e soprou sobre a ruína, e a sombra de um banquinho virou cinzas sem fazer ruído, volutas de fuligem e carvão a se mover como fantasmas rente ao chão.

– Como assim?

Levantei-me, fui até o lado dele e olhei para dentro da casa também. Não restava praticamente nada lá dentro, embora o duto da chaminé ainda estivesse de pé e houvessem sobrado pedaços irregulares das paredes, as toras de madeira desabadas como num jogo de pega-varetas.

– Não há nada de metal – disse ele, meneando a cabeça para a lareira empretecida onde jaziam os restos de um caldeirão rachado por causa do calor, seu conteúdo evaporado. – Nenhuma panela a não ser essa daí... e ela é pesada demais para ser transportada. Nenhuma ferramenta. Nem faca, nem machado... e dá para ver que quem construiu isto aqui tinha essas coisas.

Dava mesmo: as madeiras ainda tinham a casca, mas os entalhes e pontas exibiam as marcas nítidas de um machado.

Franzindo o cenho, Roger catou um longo galho de pinheiro e começou a revirar as pilhas de cinzas e entulho à procura de algo que lhe desse certeza. Kenny Lindsay e Sinclair não se deram esse trabalho; Jamie tinha lhes dito para procurar um homem, e eles partiram sem demora para obedecer à ordem, desaparecendo mata adentro. Fergus fora com eles; Evan Lindsay, seu irmão Murdo e os McGillivrays deram início à tarefa de catar pedras para um monumento funerário.

– Se havia *mesmo* um homem... será que ele as abandonou? – murmurou Brianna para mim, alternando o olhar entre o pai e a fileira de corpos. – Será que essa mulher pensou que eles não iriam sobreviver sozinhos?

E, portanto, tirara a própria vida, e a dos filhos, para evitar uma morte lenta de frio e de fome?

– Deixá-las aqui e levar todas as ferramentas? Meu Deus, espero que não. – Ao pensar nisso, fiz o sinal da cruz, embora o fizesse sem muita convicção. – Elas não teriam saído daqui e procurado ajuda? Mesmo com crianças... a neve já derreteu quase toda.

Somente os mais altos desfiladeiros de montanha continuavam cobertos de neve, e embora as trilhas e encostas estivessem molhadas e enlameadas por causa da neve derretida, fazia pelo menos um mês que se podia percorrê-las.

– Achei o homem – disse Roger, interrompendo meus pensamentos. Ele falou com uma voz muito calma, mas parou para limpar a garganta com um pigarro. – Logo... logo ali.

O dia começava a escurecer, mas pude ver que Roger havia empalidecido. Não era de espantar: a forma encolhida que Roger havia desencavado de baixo das madeiras carbonizadas de uma parede em ruínas era medonha o bastante para fazer qualquer um se impressionar. Consumida pelo fogo até ficar inteiramente negra, com as mãos erguidas na postura de boxeador tão comum nas pessoas mortas pelo fogo, era difícil até ter certeza de que se tratava *mesmo* de um homem... embora eu tenha achado que sim, pelo que pude ver.

Qualquer especulação relativa a esse novo cadáver foi interrompida por um grito da orla da floresta:

– Nós os encontramos, milorde!

Todos ergueram os olhos que contemplavam o novo cadáver e viram Fergus acenando da beira da mata.

Eram dois homens dessa vez. Esparramados no chão à sombra das árvores, encontrados não juntos, mas não muito distantes um do outro, apenas a uma curta distância da casa. E ambos, até onde eu podia constatar, decerto mortos após consumirem cogumelos venenosos.

– *Este aqui* não é nenhum holandês – disse Sinclair pelo que devia ser a quarta vez, balançando a cabeça acima de um dos corpos.

– Talvez seja – falou Fergus, em tom de dúvida. Coçou o nariz com a ponta do gancho que usava no lugar da mão esquerda. – Das Índias, *non*?

Um dos corpos desconhecidos era de fato o de um homem negro. O outro era branco, e ambos vestiam roupas sem qualquer característica especial, de fabricação caseira, camisas e calças; apesar do frio, não usavam casaco. E estavam os dois descalços.

– Não. – Jamie balançou a cabeça enquanto esfregava uma das mãos distraidamente na calça, como para se livrar do contato dos mortos. – É, os holandeses têm escravos em Barbuda... mas estes aqui estão mais bem alimentados do que o pessoal do chalé. – Ele empinou o queixo em direção à fileira silenciosa de mulheres e crianças. – Estes homens não moravam aqui. Além do mais... – Vi seus olhos se fixarem nos pés dos mortos.

Os pés estavam encardidos na altura dos tornozelos e muito calejados, mas basicamente limpos. As solas do negro tinham um cor-de-rosa amarelado, sem marcas de lama ou folhas soltas presas entre os dedos. Aqueles homens não haviam caminhado descalços pela floresta lamacenta, isso era certo.

– Então talvez houvesse mais homens? E quando estes daqui morreram, os companheiros tiraram seus sapatos, e qualquer outra coisa de valor... – acrescentou Fergus, prático, gesticulando do chalé queimado para os corpos descalços. – ... e fugiram.

– É, pode ser.

Jamie franziu os lábios e seu olhar se moveu devagar pela terra do quintal... mas o chão estava revirado por vários passos, com tufos de grama soltos e inteiramente cobertos por uma fina camada de cinzas e pedaços de madeira carbonizada. O lugar parecia ter sido devastado por uma manada de hipopótamos.

– Queria que o Jovem Ian estivesse aqui. Ele é o melhor dos rastreadores; talvez pelo menos pudesse nos dizer o que aconteceu. – Indicou com a cabeça a mata onde os homens tinham sido encontrados. – Quantos homens eram, quem sabe, e para onde foram.

O próprio Jamie não era um mau rastreador. Mas a luz agora esmaecia depressa; mesmo na clareira onde ficava o chalé incendiado, a escuridão já se adensava, empoçando debaixo das árvores e escorrendo feito óleo pela terra revirada.

Seus olhos miraram o horizonte, onde nuvens esgarçadas começavam a luzir, douradas e cor-de-rosa, à medida que o sol se punha atrás delas, e ele balançou a cabeça.

– Enterrem-nos. Depois vamos embora.

Restava ainda uma descoberta sinistra. O homem queimado era o único entre os mortos a não ter morrido nem pelo fogo, nem por veneno. Quando eles levantaram o cadáver carbonizado das cinzas para levá-lo até a cova, algo se soltou do corpo e aterrissou no chão com um ruído breve e pesado. Brianna recolheu o objeto e o esfregou com o canto do avental.

– Acho que eles não viram isto daqui – falou, um pouco desanimada, estendendo-o.

Era uma faca. O cabo de madeira havia sido consumido por completo e a lâmina estava deformada por causa do calor.

Fazendo força para suportar o fedor espesso e acre de gordura e carne queimadas, curvei-me acima do cadáver e examinei com cuidado o tronco. O fogo destrói muita coisa, mas preserva as mais estranhas. O ferimento triangular estava bem visível, chamuscado na depressão abaixo das costelas.

– Ele levou uma facada – falei, e limpei as mãos suadas em meu avental.

– Eles o mataram – disse Bree, me encarando. – Depois a esposa... – Ela olhou de relance para a jovem caída no chão, com o avental a lhe cobrir a cabeça. – Ela fez um guisado com os cogumelos, e todos comeram. As crianças também.

Tirando o canto distante dos pássaros na montanha, a clareira estava silenciosa. Eu podia escutar meu coração batendo dolorosamente dentro do peito. Teria sido vingança? Ou apenas desespero?

– É, pode ser – disse Jamie baixinho. Abaixou-se para segurar uma das pontas da lona sobre a qual eles haviam deitado o morto. – Nós vamos chamar de acidente.

O holandês e sua família foram postos numa cova, os dois desconhecidos na outra.

Um vento frio tinha se erguido depois de o sol se pôr; o avental foi soprado para longe do rosto da mulher quando eles a levantaram. Sinclair soltou um grito engasgado de choque e quase a deixou cair.

Ela não tinha mais rosto nem cabelos, a cintura fina se estreitava de maneira abrupta numa ruína carbonizada. A carne da cabeça fora consumida por completo, deixando um crânio estranhamente pequenino e enegrecido, onde os dentes se arreganhavam com uma leveza desconcertante.

Eles a baixaram apressadamente para dentro da cova rasa, com os filhos e a mãe ao seu lado, e Brianna e eu fomos encarregados de construir um monumento de pedras sobre o túmulo – segundo o antigo costume escocês, para marcar o lugar e proporcionar proteção contra os animais selvagens – enquanto um local de descanso mais rudimentar era escavado para os dois homens descalços.

Com o trabalho enfim concluído, todos se reuniram, pálidos e calados, ao redor dos montinhos recém-feitos. Vi Roger se postar bem ao lado de Brianna, com o braço passado de modo protetor ao redor de sua cintura. Um leve calafrio a percorreu, e senti que não tinha nada a ver com o frio. O filho do casal, Jemmy, era cerca de um ano mais novo do que a menor das meninas.

– Pode dizer algumas palavras, *Mac Dubh*?

Kenny Lindsay olhou para Jamie com uma expressão interrogativa ao mesmo tempo que puxava o gorro de tricô para proteger as orelhas do frio que se intensificava.

A noite estava quase caindo, e ninguém queria se demorar ali. Teríamos de montar acampamento em algum lugar bem longe do fedor do incêndio, e isso já seria difícil o suficiente no escuro. Mas Kenny tinha razão: não podíamos ir embora sem pelo menos um arremedo de cerimônia, alguma despedida para aqueles desconhecidos.

Jamie fez que não com a cabeça.

– Não, deixe Roger Mac falar. Se essa gente era holandesa, provavelmente devia ser protestante.

Apesar da luz mortiça, vi o olhar incisivo que Brianna lançou para o pai. De fato, Roger era presbiteriano; Tom Christie também, um homem bem mais velho cujo semblante azedo refletia sua opinião em relação àqueles procedimentos. Mas a questão religiosa não passava de um pretexto, e todos sabiam disso, inclusive Roger.

Roger limpou a garganta com um pigarro que lembrou um tecido se rasgando.

Aquele era sempre um barulho dolorido. Nesse dia, havia raiva nele também. Mas Roger não protestou, e encarou Jamie ao ocupar seu lugar na cabeceira do túmulo.

Pensei que ele fosse simplesmente rezar o pai-nosso, ou quem sabe um dos salmos mais brandos. Mas foram outras palavras que lhe ocorreram.

– *Se grito: É injustiça!, não obtenho resposta; clamo por socorro, todavia não há justiça. Ele bloqueou o meu caminho, e não consigo passar; cobriu de trevas as minhas veredas.*

Sua voz já tinha sido potente e bela. Agora estava engasgada, e não passava de um arremedo rascante da beleza antiga; mas havia poder suficiente na paixão com a qual ele falava para fazer todos que escutavam baixarem a cabeça, com o rosto perdido nas sombras.

– *Despiu-me da minha honra e tirou a coroa de minha cabeça. Ele me arrasa por todos os lados, enquanto eu não me vou; desarraiga a minha esperança como se arranca uma planta.*

Embora sua expressão se mantivesse firme, seus olhos pousaram por um desolador instante no toco carbonizado que servira à família holandesa como base para cortar lenha.

– *Ele afastou de mim os meus irmãos; até os meus conhecidos estão longe de mim. Os meus parentes me abandonaram e os meus amigos esqueceram-se de mim.*

Vi os três Lindsays se entreolharem e todos chegaram mais perto uns dos outros, para se proteger do vento que ganhava força.

– *Misericórdia, meus amigos! Misericórdia!* – exclamou Roger, então sua voz se abrandou, fazendo com que fosse difícil escutá-lo com o farfalhar das árvores: – *Pois a mão de Deus me feriu.*

Brianna fez um leve movimento ao seu lado e ele tornou a pigarrear, de modo explosivo, esticando o pescoço de forma que pude entrever a cicatriz saltada que o marcava.

– *Quem dera as minhas palavras fossem registradas! Quem dera fossem escritas num livro, fossem talhadas a ferro no chumbo, ou gravadas para sempre na rocha!*

Ele correu os olhos lentamente de um rosto a outro, mantendo o semblante inexpressivo, em seguida inspirou fundo para prosseguir, e sua voz se embargou com as palavras:

– *Eu sei que o meu Redentor vive, e que no fim se levantará sobre a terra. E depois que o meu corpo estiver destruído e sem carne...* – Brianna estremeceu convulsivamente e desviou os olhos do monte de terra recente. – *... verei a Deus. Eu o verei, com os meus próprios olhos; eu mesmo, e não outro!*

Roger se calou e ouviu-se um breve suspiro coletivo quando todos soltaram a respiração contida. Mas ele ainda não havia terminado. Estendera a mão, semiconscientemente, para segurar a de Bree, que apertou com força. Disse as últimas palavras quase para si mesmo, pensei, pouco se importando com quem escutava:

– *Temam a espada, porquanto por meio dela a ira lhes trará castigo, e então vocês saberão que há julgamento.*

Estremeci, e a mão de Jamie se fechou em volta da minha, fria porém forte. Ele baixou os olhos para mim e eu o encarei. Sabia o que ele estava pensando.

Estava pensando, assim como eu, não no presente, mas no futuro. Em uma breve nota a ser publicada dali a três anos nas páginas do *Wilmington Gazette*, datada de 13 de fevereiro de 1776:

> *É com pesar que recebemos a notícia da morte por fogo de James Mac-Kenzie Fraser e de sua esposa, Claire Fraser, numa conflagração que destruiu sua casa no assentamento da Cordilheira dos Frasers, na noite de 21 de janeiro último. O sr. Fraser, sobrinho do falecido Hector Cameron da Fazenda de River Run, nasceu em Broch Tuarach, na Escócia. Era bastante conhecido na Colônia e profundamente respeitado; não deixa filhos vivos.*

Até então fora fácil não dar muita importância a isso. Tão distante no futuro, e com certeza não um futuro imutável... afinal, quem está avisado se prepara... ou não?

Olhei de relance para o monumento de pedras raso e um calafrio mais profundo me percorreu. Dei um passo mais para perto de Jamie e pousei a outra mão em seu braço. Ele cobriu minha mão com a sua e apertou forte para me reconfortar. *Não*, falou para mim em silêncio. *Não, eu não vou deixar isso acontecer.*

Quando saímos da clareira desolada, porém, não consegui apagar da mente uma imagem vívida. Não a do chalé incendiado, dos pobres cadáveres, da horta ressequida e mirrada. A imagem que me assombrou foi uma que eu vira alguns anos antes: a de uma lápide nas ruínas do Priorado de Beauly, bem no alto das Terras Altas escocesas.

Era a sepultura de uma nobre dama, cujo nome estava encimado pelo entalhe de uma caveira sorridente... muito parecida com a que havia sob o avental da holandesa. Abaixo da caveira estava gravado o seu lema:

> *Hodie mihi cras tibi – sic transit gloria mundi.*
> *Hoje a minha vez – amanhã a sua. Assim passa a glória do mundo.*

3

MANTENHA OS AMIGOS SEMPRE PERTO

Retornamos à Cordilheira dos Frasers pouco antes do pôr do sol do dia seguinte e demos com uma visita à nossa espera: o major Donald MacDonald, ex-integrante do exército de Sua Majestade, e mais recentemente da guarda pessoal de cavalaria leve do governador Tyron, estava sentado nos degraus do alpendre em frente à casa, com meu gato no colo e um jarro de cerveja a seu lado.

– Sra. Fraser! Seu criado, senhora – disse ele, cordial, ao me ver chegar.

Tentou se levantar, mas então soltou um arquejo quando Adso, em protesto contra a perda de seu ninho aconchegante, cravou as unhas em suas coxas.

– Pode ficar sentado, major – falei, acenando sem demora para ele se sentar novamente.

Ele obedeceu com uma careta, mas com nobreza se conteve para não jogar Adso longe no meio dos arbustos. Subi no degrau ao seu lado e me sentei, suspirando de alívio.

– Meu marido está só cuidando dos cavalos, vai descer em seguida. Vejo que alguém já o acolheu?

Meneei a cabeça para a cerveja, que ele prontamente me ofereceu com um gesto cortês, limpando o bico do jarro na manga.

– Ah, sim, senhora – garantiu-me. – A sra. Bug cuidou com esmero do meu bem-estar.

Para não parecer inamistosa, aceitei a cerveja, que por sinal caiu muito bem. Jamie ficara ansioso para voltar e estávamos em cima da sela desde a aurora, com apenas uma breve parada para comer e beber ao meio-dia.

– Excelente bebida – comentou o major, sorrindo ao me ver suspirar após engolir e semicerrar os olhos. – De sua própria lavra, talvez?

Fiz que não com a cabeça e tomei outro gole antes de lhe devolver o jarro.

– Não, da lavra de Lizzie. Lizzie Wemyss.

– Ah, sua serva; sim, claro. Pode lhe transmitir meus cumprimentos?

– Ela não está aqui?

Um tanto surpresa, olhei para a porta aberta atrás dele. Àquela hora do dia, imaginava que Lizzie fosse estar na cozinha, preparando o jantar, mas ela com certeza teria nos escutado chegar e saído. Foi então que percebi que não era possível sentir cheiro de comida. Ela não poderia saber a que horas nos esperar, é claro, mas...

– Humm, não. Ela está... – O major uniu as sobrancelhas no esforço de se lembrar, e me perguntei quão cheio devia estar o jarro antes de ele começar a beber; agora restavam apenas uns 5 centímetros. – Ah, sim. A sra. Bug disse que ia à casa dos McGillivrays com o pai. Visitar o noivo, creio eu?

– Sim, ela está noiva de Manfred McGillivray. Mas a sra. Bug...

– ... está na despensa externa – disse ele, meneando a cabeça morro acima em direção ao pequeno barracão. – Alguma coisa a ver com o queijo, acredito que tenha dito. Uma omelete foi-me graciosamente oferecida como jantar.

– Ah...

Relaxei mais um pouco, sentindo a poeira da viagem assentar junto com a cerveja. Era maravilhoso chegar em casa, embora minha sensação de paz estivesse perturbada, maculada pela lembrança do chalé incendiado.

Imaginei que a sra. Bug tivesse contado ao major sobre a nossa empreitada, mas ele não fez qualquer menção ao assunto, nem ao que o tinha levado até a Cordilheira.

Era natural que não: qualquer assunto importante aguardaria Jamie, como era apropriado. Por ser do sexo feminino, eu tinha direito, enquanto isso, a uma cortesia impecável e a pequenos bocados de amenidades.

Eu sabia falar de amenidades, mas precisava estar preparada; não era um talento natural.

– Ah... Suas relações com meu gato parecem ter melhorado um pouco – arrisquei.

Relanceei os olhos involuntariamente para a cabeça do major, mas sua peruca havia sido consertada com perícia.

– Trata-se de um princípio aceito da política, creio eu – disse ele, correndo os dedos pela espessa pelagem prateada do ventre de Adso. – Mantenha os amigos sempre perto... mas os inimigos mais perto ainda.

– Muito sensato – comentei, com um sorriso. – Ahn... espero que o senhor não tenha esperado muito.

Ele deu de ombros, indicando que qualquer espera era irrelevante, o que de fato era verdade. As montanhas tinham um tempo próprio, e um homem sábio não tentava apressá-las. MacDonald era um soldado experiente, viajado... mas tinha nascido em Pitlochry, perto o suficiente dos cumes das Terras Altas para conhecer seus costumes.

– Cheguei hoje de manhã – disse ele. – De New Bern.

Pequenos sinos de alarme dispararam dentro da minha cabeça. Ele devia ter levado uns bons dez dias para vir de New Bern, se tivesse vindo direto... e a condição de seu uniforme amarrotado e sujo de lama sugeria ser esse o caso.

New Bern era onde havia fixado residência o novo governador real da colônia, Josiah Martin. E o fato de MacDonald ter dito "de New Bern", em vez de qualquer outra parada posterior na viagem, tornava razoavelmente evidente para mim que o motivo de sua visita, fosse ele qual fosse, havia se originado *em* New Bern. Eu desconfiava de governadores.

Olhei para o caminho que conduzia ao barracão, mas Jamie ainda não tinha aparecido. A sra. Bug, sim: estava justamente saindo da despensa externa. Dei-lhe um aceno, e ela gesticulou entusiasmada para mim em sinal de boas-vindas, embora estivesse carregada com uma vasilha de leite numa das mãos, um balde de ovos na outra, um pote de manteiga sob um dos braços e um grande naco de queijo bem preso sob o queixo. Efetuou com sucesso a descida íngreme e desapareceu atrás da casa, na direção da cozinha.

– Pelo visto todo mundo vai comer omelete – observei, virando-me de volta para o major. – O senhor por acaso passou por Cross Creek?

– Passei, sim, senhora. A tia do seu marido lhe mandou lembranças afetuosas... bem como vários livros e jornais, que eu trouxe comigo.

Ultimamente eu também andava desconfiada dos jornais, muito embora os acontecimentos por eles relatados sem dúvida houvessem ocorrido várias semanas antes, quando não meses. Apesar disso, emiti ruídos de aprovação, desejando que Jamie se apressasse para poder pedir licença. Meus cabelos estavam com cheiro de queimado e minhas mãos ainda recordavam o contato da pele fria; eu queria muito me limpar.

– Desculpe, como disse?

Eu tinha deixado escapar alguma coisa que MacDonald estava dizendo. Ele se curvou educadamente mais para perto de modo a repetir, então deu um tranco repentino e esbugalhou os olhos.

– Maldito gato!

Adso, que vinha fazendo uma esplêndida imitação de um pano de prato inerte, havia se levantado feito um raio no colo do major, com os olhos acesos e o rabo todo eriçado, e silvava feito uma chaleira ao mesmo tempo que cravava as unhas nas pernas do major. Não tive tempo de reagir antes de ele pular por cima do ombro de MacDonald e desaparecer pela janela aberta do consultório mais atrás, rasgando o rufo da gola do major e deixando sua peruca torta ao passar.

MacDonald não parava de praguejar, mas eu não tinha atenção de sobra para lhe dedicar. Rollo vinha subindo a trilha em direção à casa, lupino e sinistro sob a luz do crepúsculo, mas agindo de um modo tão estranho que eu já estava levantada antes mesmo de qualquer pensamento consciente poder me colocar de pé.

O cão corria alguns passos em direção à casa, dava uma ou duas voltas em torno de si mesmo como se não conseguisse decidir o que fazer em seguida, então tornava a entrar correndo na mata, virava-se, e voltava a correr em direção à casa, tudo isso ganindo de agitação, com o rabo encolhido e oscilante.

– Ai, Jesus H. Roosevelt Cristo! – exclamei. – Alguma coisa aconteceu!

Desci voando os degraus e corri em direção à trilha, mal tomando conhecimento da exclamação de surpresa do major atrás de mim.

Encontrei Ian algumas centenas de metros mais adiante, consciente, mas atordoado. Sentado no chão de olhos fechados, ele segurava a cabeça com as duas mãos para impedir que os ossos do crânio desmontassem. Abriu os olhos, e quando caí de joelhos ao seu lado me deu um sorriso desfocado.

– Tia – falou, rouco.

Parecia querer dizer mais alguma coisa, mas não conseguiu decidir o quê; sua boca se abriu, mas então simplesmente ficou assim, com a língua a se mover de um lado para o outro de modo pensativo.

– Ian, olhe para mim – falei, com a maior calma possível.

Ele assim o fez... um bom sinal. Estava escuro demais para ver se suas pupilas estavam dilatadas, mas mesmo à sombra crepuscular dos pinheiros que margeavam a trilha pude perceber a palidez do seu rosto e o rastro escuro das manchas de sangue em sua camisa.

Passos apressados vieram pela trilha atrás de mim: Jamie, seguido de perto por MacDonald.

– Como você está, rapaz?

Jamie o segurou pelo braço e Ian cambaleou muito suavemente na sua direção, então baixou as mãos, fechou os olhos e relaxou nos braços dele com um suspiro.

– Ele está mal? – indagou Jamie com ansiedade por cima do ombro de Ian, segurando-o enquanto eu o examinava em busca de ferimentos.

A parte de trás de sua camisa estava saturada de sangue... mas *seco*. Os cabelos da nuca também estavam endurecidos de sangue, e não demorei a encontrar o machucado na cabeça.

– Acho que não. Alguma coisa o acertou com força na cabeça e tirou uma lasca do couro cabeludo, mas...

– Um tacape, você acha?

MacDonald se inclinou acima de nós, interessado.

– Não – respondeu Ian, grogue, com o rosto encostado na camisa de Jamie. – Uma bala.

– Saia, cachorro – disse Jamie rapidamente para Rollo, que tinha enfiado o nariz na orelha de Ian, provocando uma exclamação abafada do paciente e um levantar involuntário de seus ombros.

– Vou dar uma olhada no claro, mas talvez não seja nada tão ruim – falei, observando a cena. – Afinal, ele caminhou um pouco. Vamos levá-lo até a casa.

Os homens o ampararam trilha acima, com os braços de Ian sobre seus ombros, e em poucos minutos o haviam deitado de bruços sobre a mesa do meu consultório. Ali ele nos contou a história de suas aventuras, num discurso desconexo pontuado por pequenos ganidos enquanto eu limpava a ferida, cortava chumaços de cabelo com sangue coagulado e dava cinco ou seis pontos no seu couro cabeludo.

– Pensei que estivesse morto – disse Ian, e sorveu o ar por entre os dentes enquanto eu costurava as bordas do ferimento com o fio áspero. – Meu Deus, tia Claire! Só que de manhã acordei, e no fim das contas não estava morto... embora tenha pensado que minha cabeça estivesse aberta e meus miolos escorrendo pelos ombros.

– Foi por pouco – murmurei, concentrando-me no trabalho. – Mas eu não acho que tenha sido uma bala.

Isso chamou a atenção de todos.

– Eu não levei um tiro?

A voz de Ian soou levemente indignada. Uma de suas mãos grandes se ergueu e começou a se mover em direção à parte de trás da cabeça, mas eu a afastei com um tapa leve.

– Fique quieto. Não, você não levou um tiro, não que isso adiante muito. A ferida tinha bastante sujeira, além de lascas de madeira e casca de árvore. Se fosse para dar um palpite, eu diria que um dos tiros derrubou o galho de uma árvore, e você foi atingido na cabeça quando o galho caiu.

– Tem certeza de que não foi um tacape?

O major também parecia decepcionado.

Dei o último nó e cortei o fio, fazendo que não com a cabeça.

– Acho que nunca vi um ferimento de tacape, mas suponho que não seja o caso. Vê as bordas irregulares? E o couro cabeludo está bem dilacerado, mas não creio que o osso esteja fraturado.

– Segundo o rapaz, estava escuro como breu – argumentou Jamie, coerente. – Nenhuma pessoa sensata iria lançar um tacape numa floresta escura em algo que não conseguisse ver. – Ele estava segurando o lampião a álcool para eu poder trabalhar; aproximou-o um pouco mais, de modo que pudéssemos ver não apenas a fileira irregular de pontos, mas também o hematoma que se espalhava em volta, revelado pelos cabelos que eu havia cortado. – É, está vendo? – Jamie afastou delicadamente com os dedos os últimos fios de cabelo, e correu-os por sobre vários arranhões fundos que riscavam a área machucada. – Sua tia tem razão, Ian; você foi atacado por uma árvore.

Ian entreabriu um dos olhos.

– Alguém já lhe disse como o senhor é engraçado, tio Jamie?

– Não.

Ian fechou o olho.

– Que bom, porque o senhor não é.

Jamie sorriu e apertou o ombro do sobrinho.

– Quer dizer que está se sentindo um pouco melhor?

– Não.

– É, bom, o fato é que o rapaz topou com algum tipo de *banditti*, não é mesmo? – interrompeu o major MacDonald. – Tem motivo para pensar que pudessem ser índios?

– Não – tornou a dizer Ian, mas dessa vez abriu por completo o olho. Estava vermelho. – Não eram índios.

MacDonald pareceu não gostar da resposta.

– Como pode ter certeza, rapaz? – indagou ele, um tanto ríspido. – Se estava escuro como você diz...

Vi Jamie olhar de relance para o major com um ar intrigado, mas ele não o interrompeu. Ian gemeu um pouco, em seguida suspirou:

– Senti o cheiro deles – falou. – Acho que vou vomitar – acrescentou, quase em seguida.

Erguendo-se num dos cotovelos, ele prontamente fez o que dizia. Isso inibiu de modo eficaz qualquer outra pergunta, e Jamie conduziu o major MacDonald em direção à cozinha, deixando-me encarregada de limpar Ian e acomodá-lo do modo mais confortável possível.

– Consegue abrir os dois olhos? – indaguei, depois de limpá-lo e colocá-lo descansando de lado, com um travesseiro sob a cabeça.

Ele os abriu, e a luz o fez piscar. A pequenina chama azul do lampião a álcool se refletiu duplamente na escuridão de seus olhos, mas as pupilas encolheram na hora... e ao mesmo tempo.

– Ótimo – declarei, e pousei o lampião sobre a mesa. – Deixe isso, cachorro – falei para Rollo, que farejava o cheiro estranho do lampião abastecido por uma mistura de conhaque de má qualidade e terebintina. – Ian, segure meus dedos.

Estendi os indicadores e ele lentamente fechou uma das mãos grandes e ossudas em volta de cada um. Fiz nele a bateria de exames para verificar danos cerebrais, mandando-o apertar, puxar, empurrar, e concluí escutando o coração, que batia com uma regularidade tranquilizadora.

– Uma leve concussão – anunciei, endireitando-me e abrindo-lhe um sorriso.

– Ah, é? – fez ele, estreitando os olhos para mim.

– Quer dizer que a sua cabeça está doendo e você está enjoado. Vai se sentir melhor daqui a uns dias.

– Isso eu também poderia ter lhe dito – resmungou ele, tornando a se recostar.

– É, poderia – concordei. – Mas "concussão" soa bem mais importante do que "cabeça quebrada", não é?

Ele não riu, mas reagiu com um débil sorriso.

– Tia, a senhora pode dar comida a Rollo? Ele não quis me deixar no caminho; deve estar com fome.

O cão empertigou as orelhas ao escutar o próprio nome e enfiou o focinho na mão esticada de Ian, ganindo de leve.

– Ele está bem – falei para o cachorro. – Não se preocupe. E sim – continuei, dirigindo-me a Ian –, vou trazer alguma coisa. E você, acha que conseguiria comer um pouco de pão com leite?

– Não – respondeu ele, categórico. – Uma dose de uísque, quem sabe?

– Não – repeti, no mesmo tom categórico, e soprei o lampião.

– Tia – chamou Ian quando eu estava me virando para a porta.

– Sim?

Eu havia deixado uma única vela para lhe servir de iluminação, e à luz amarela bruxuleante ele pareceu muito jovem e muito pálido.

– Por que a senhora acha que o major MacDonald quer que os homens que eu encontrei na floresta sejam índios?

– Não sei. Mas imagino que Jamie saiba. Ou que, a esta altura, já tenha descoberto.

4

SERPENTE NO ÉDEN

Brianna abriu a porta de seu chalé com um empurrão, atenta ao tamborilar de pés de roedor ou ao sussurro seco de escamas sobre o piso. Uma vez tinha entrado no escuro e pisado a poucos centímetros de uma pequena cascavel; embora o réptil tivesse se assustado tanto quanto ela e saído rastejando feito louco por entre as pedras da lareira, aprendera a lição.

Dessa vez não houve ruído de camundongos ou ratos-do-mato em fuga, mas alguma coisa maior tinha estado ali e ido embora, abrindo caminho pela pele pregada em frente à janela. O sol se punha, mas restava luz do dia suficiente para que ela visse o cesto de grama trançada, no qual guardava amendoins torrados, derrubado de sua prateleira com as cascas todas espalhadas pelo chão.

Um farfalhar alto a fez congelar por um instante e apurar os ouvidos. O ruído soou outra vez, seguido por um forte clangor quando algo caiu no chão do outro lado da parede dos fundos.

– Seu *pestinha*! – exclamou ela. – Você está dentro da minha despensa!

Tomada por uma indignação justificada, ela empunhou a vassoura e partiu para dentro do anexo com um grito de diaba. Um imenso guaxinim que mastigava tranquilamente uma truta defumada largou o petisco ao vê-la, escapuliu por entre suas pernas e saiu correndo feito um banqueiro gordo que tenta escapar dos credores, emitindo trinados bem altos de alarme.

Com os nervos pulsando de tanta adrenalina, ela pousou a vassoura e se abaixou para salvar o que conseguia no meio da bagunça, praguejando entre os dentes. Apesar de serem menos destruidores do que esquilos, que conseguiam mastigar e despedaçar com desastroso abandono, guaxinins tinham um apetite bem mais voraz.

Só Deus sabia quanto tempo ele havia passado ali dentro, pensou. Tempo suficiente para lamber toda a manteiga do molde, derrubar um fardo de peixe defumado das vigas... mas como um bicho tão gordo havia conseguido o feito acrobático que isso exigia? Por sorte, o favo de mel ficava guardado em três vidros separados, e apenas um fora conspurcado. Os legumes de raiz, porém, tinham sido jogados no chão, um queijo fresco quase todo devorado e o precioso jarro de xarope de bordo derrubado, fazendo uma poça pegajosa encharcar a terra batida. A visão de toda essa perda fez sua raiva brotar outra vez, e ela apertou com tanta força a batata que acabara de catar do chão que suas unhas penetraram a casca.

– Maldito, maldito, bicho horrível!

– Quem? – perguntou uma voz atrás dela.

Assustada, ela girou nos calcanhares e atirou a batata no intruso, que se revelou ser Roger. O tubérculo o acertou em cheio na testa, e ele cambaleou e se segurou no batente da porta.

– Ai! Meu Deus! Ai! Que diabo está acontecendo aqui?

– Um guaxinim – respondeu ela, sucinta, e deu um passo para trás, deixando a luz cada vez mais fraca da porta iluminar o estrago.

– Ele pegou o xarope de bordo? Safado! Conseguiu pegar o maldito?

Com a mão pressionada na testa, Roger se abaixou para entrar no anexo da despensa e olhou em volta à procura de formas peludas.

Ver que o marido compartilhava tanto as suas prioridades quanto a sua indignação foi algo que de certa forma tranquilizou Brianna.

– Não – respondeu ela. – Ele fugiu. Você está sangrando? E onde está Jem?

– Acho que não – respondeu Roger, tirando a mão da testa com cuidado e a examinando. – Ai! Que braço esse seu, menina. Jem está na casa dos McGillivrays. Lizzie e o sr. Wemyss o levaram para comemorar o noivado de Senga.

– É mesmo? E quem ela escolheu?

Tanto a indignação quanto o remorso foram consumidos na mesma hora pelo interesse. Ute McGillivray, com uma eficiência alemã, havia selecionado parceiros para o filho e as três filhas segundo seus próprios critérios: terras, dinheiro e respeitabilidade sendo os itens mais importantes, enquanto idade, aparência e charme ficavam bem no final da lista. Como não era de espantar, seus filhos pensavam diferente, mas a força da personalidade de Frau Ute era tamanha que tanto Inga quanto Hilda haviam desposado homens aprovados pela mãe.

Senga, porém, era a cópia da mãe. Tinha opiniões igualmente fortes e uma falta de inibição semelhante na hora de expressá-las. Havia passado meses hesitando entre dois pretendentes: Heinrich Strasse, rapaz atraente, porém pobre e ainda por cima luterano, originário de Betânia, e Ronnie Sinclair, o tanoeiro, abastado pelos padrões da Cordilheira e de Ute – tinha trinta anos a mais do que Senga, o que não era nenhum obstáculo.

A questão do casamento de Senga McGillivray era tema de intensa especulação na Cordilheira havia muitos meses, e Brianna sabia de várias apostas nos diversos desfechos possíveis.

– Quem é o sortudo, afinal? – repetiu ela.

– A sra. Bug não sabe, o que a está deixando louca – respondeu Roger, abrindo um sorriso. – Manfred McGillivray veio buscá-los ontem de manhã, mas a sra. Bug ainda não voltou da Casa Grande, então Lizzie deixou um bilhete pregado atrás da porta dizendo para onde eles tinham ido... mas não lhe ocorreu dizer quem é o felizardo.

Brianna olhou rapidamente para o sol poente: o astro já havia se escondido, mas a luz que banhava os castanheiros ainda iluminava o quintal, deixando a grama de primavera tão escura e macia quanto um veludo cor de esmeralda.

– Acho que vamos ter que esperar até amanhã para descobrir – disse ela com certo pesar.

A casa dos McGillivrays ficava a uns bons 8 quilômetros. A noite cairia por completo bem antes de eles chegarem lá, e mesmo com a neve já derretida ninguém ficava perambulando pelas montanhas no escuro sem um bom motivo, ou pelo menos um motivo melhor do que a simples curiosidade.

– É. Quer subir até a Casa Grande para jantar? O major MacDonald está lá.

– Ah, ele.

Brianna pensou por alguns instantes. Gostaria de ouvir qualquer notícia trazida pelo major, e havia uma vantagem no fato de a sra. Bug preparar o jantar. Por outro lado, não estava nem um pouco disposta a se mostrar sociável após três dias desalentadores, uma longa viagem e a conspurcação de sua despensa.

Teve consciência de que Roger estava tomando cuidado para não dar uma opinião. Com o braço apoiado na prateleira onde estava espalhado o estoque reduzido de maçãs do inverno, ele acariciava um dos frutos de maneira distraída, alisando devagar com o dedo a face amarela arredondada. Leves e conhecidas vibrações emanavam dele, sugerindo silenciosamente que talvez houvesse vantagens em passar uma noite em casa, sem pais, sem conhecidos... e sem bebê.

Sorriu para ele.

– Como está sua pobre cabeça?

Roger a olhou de relance, e os últimos raios de sol pintaram de dourado o osso de seu nariz e arrancaram um brilho esverdeado de um dos olhos. Ele pigarreou para limpar a garganta.

– Acho que você poderia dar um beijo – sugeriu ele, tímido. – Se quiser.

Ela obedeceu; ficou na ponta dos pés e deu um beijo delicado, afastando os fartos cabelos pretos da testa dele. Havia um galo perceptível, embora ainda não houvesse sinal de hematoma.

– Melhorou?

– Ainda não. É melhor você tentar outra vez. Quem sabe um pouco mais embaixo?

Ele pousou as mãos nas curvas do quadril dela e a puxou mais para perto.

Brianna tinha quase a sua altura. Ela já havia reparado antes no quanto isso ajudava no encaixe, mas a mesma impressão tornou a lhe ocorrer de forma intensa. Ela se remexeu de leve, gostando daquilo, e Roger sorveu uma inspiração funda e rascante.

– Não tão baixo assim – disse ele. – Pelo menos não ainda.

– Exigente, você – falou ela, tolerante, e deu-lhe um beijo na boca. Seus lábios estavam mornos, mas ele ainda recendia a cinza amarga e terra úmida, assim como ela, e Brianna estremeceu um pouco e se afastou.

Roger manteve uma das mãos de leve em suas costas, mas se inclinou até atrás dela e passou um dedo na borda da prateleira onde o jarro de xarope de bordo havia sido derrubado. Passou o dedo de leve em seu lábio inferior, depois no próprio, e tornou a se curvar para beijá-la, e a ternura os dominou.

– Nem consigo me lembrar da última vez que vi você nua.

Ela fechou um dos olhos e o encarou com ar cético.

– Faz uns três dias. Acho que não deve ter sido assim tão memorável.

Fora um grande alívio despir as roupas que vinha usando nos três últimos dias e noites. Mesmo nua e após uma toalete apressada, porém, ela ainda podia sentir cheiro de poeira nos cabelos e a sujeira da viagem entre os dedos dos pés.

– Ah, bem, é. Mas não foi isso que eu quis dizer... Enfim, já tem um tempo que não fazemos amor à luz do dia. – Deitado de costas com Brianna sentada sobre o seu corpo, ele sorriu enquanto corria a mão de leve pela curva acentuada de sua cintura e pela protuberância das nádegas. – Você não faz ideia de como é bonita, nuinha em pelo, com o sol batendo por trás. Toda dourada, como se estivesse banhada em ouro.

Ele fechou um dos olhos como se aquela visão o deixasse tonto. Ela se mexeu e o sol bateu no rosto dele, fazendo o olho aberto brilhar como uma esmeralda na fração de segundo antes de ele piscar.

– Humm.

Ela estendeu a mão preguiçosa e puxou a cabeça dele mais para perto para beijá-lo.

Sabia do que ele estava falando. Aquilo era estranho... quase perverso, de um jeito agradável. Na maioria das vezes os dois faziam amor à noite, depois de Jem dormir, sussurrando um para o outro nas sombras lançadas pela lareira, encontrando-se por entre as camadas farfalhantes e secretas de mantas e roupas de dormir. E embora Jem em geral dormisse como quem houvesse levado uma bordoada, tinham sempre certa consciência do montinho a respirar de forma pesada sob a manta de sua cama rente ao chão ali perto.

O esquisito era que ela estava igualmente consciente de Jem agora, na sua ausência. Parecia estranho estar longe do filho; não saber o tempo todo onde ele estava, não sentir o corpo dele como uma extensão pequena e irrequieta do seu. A liberdade era empolgante, mas a deixava com uma sensação de inquietude, como se tivesse perdido algo valioso.

Os dois deixaram a porta aberta para aproveitar melhor a cascata de luz e ar na pele. O sol agora, porém, havia quase se posto e, embora o ar ainda reluzisse feito mel, trazia consigo uma sombra de frio.

Uma súbita rajada de vento sacudiu a pele estendida em frente à janela e soprou para dentro do quarto, fazendo a porta bater e deixando-os de súbito no escuro.

Brianna deu um arquejo. Roger grunhiu de susto, desceu da cama e foi abrir a porta. Abriu-a de par em par, e ela inspirou a corrente de ar e sol, só então percebendo que havia prendido a respiração quando a porta se fechara, sentindo-se momentaneamente sepultada.

Roger pareceu sentir o mesmo. Ficou parado no limiar da porta, apoiado no batente, deixando o vento soprar os pelos escuros e encaracolados de seu corpo. Ainda tinha os cabelos presos num rabo de cavalo; não se dera o trabalho de soltá-los, e Brianna teve um súbito desejo de chegar por trás dele, desamarrar a tira de couro e correr os dedos por aqueles fios macios e lustrosos, herança de algum espanhol distante naufragado entre os celtas.

Antes mesmo de tomar qualquer decisão consciente, já estava de pé, tirando pequeninos amentos amarelos e gravetos dos cachos dele com os dedos. Quer por causa do seu toque ou da sensação do vento na pele, Roger estremeceu, mas seu corpo estava quente.

– Você está bronzeado como um fazendeiro – comentou ela, levantando os cabelos de seu pescoço e o beijando na nuca.

– Bem, e daí? Por acaso não sou fazendeiro?

Sua pele se moveu sob os lábios dela, como o couro de um cavalo. Seu rosto, pescoço e antebraços haviam embranquecido durante o inverno, mas continuavam mais escuros do que a pele das costas e dos ombros... e uma linha tênue ainda perdurava ao redor da cintura, isolando o suave tom castanho do tronco da palidez surpreendente das nádegas.

Ela espalmou as mãos sobre aquelas nádegas, apreciando sua solidez arredondada, e ele suspirou fundo, inclinando-se um pouco para trás na sua direção de modo que os seios dela encostassem nas suas costas e o queixo descansasse sobre o ombro, apontado para a frente.

Ainda restava luz, mas quase nenhuma. Os últimos raios compridos do poente explodiam por entre os castanheiros, acendendo com um fogo frio o verde-primavera de suas folhas, que brilhavam acima das sombras alongadas. Apesar de ser quase noite, era primavera e os pássaros ainda piavam e se cortejavam. Uma cotovia entoou na floresta próxima uma mistura de trinados, sequências fluidas de notas e estranhos lamentos que, pensou Brianna, deviam ter sido aprendidos com o gato de sua mãe.

O ar esfriava, e a pele de seus braços e coxas se arrepiou, mas o corpo de Roger encostado no seu estava muito quente. Ela o enlaçou pela cintura e deixou os dedos de uma das mãos brincarem distraídos com os pelos densos, curtos e encaracolados do peito dele.

– O que está olhando? – perguntou baixinho, pois ele tinha os olhos fixos no outro lado do quintal, no ponto em que a trilha emergia da floresta. Era difícil ver o começo da trilha, escondido pela sombra de um adensamento de pinheiros escuros, mas não havia ninguém ali.

– Estou vendo se avisto uma serpente trazendo maçãs – respondeu ele rindo e, em seguida, tossiu para limpar a garganta. – Está com fome, Eva?

Roger baixou a mão e a entrelaçou à de Brianna.

– Quase. E você?

Ele devia estar faminto. Os dois haviam feito apenas um lanche rápido ao meio-dia.

– Sim, estou, mas... – Ele se interrompeu, hesitante, e apertou com mais força os dedos dela. – Você vai pensar que eu sou maluco... mas acharia muito ruim se eu fosse buscar o pequeno Jem hoje à noite, em vez de amanhã? É que eu me sentiria um pouco melhor se ele estivesse aqui.

Ela, por sua vez, apertou a mão dele, sentindo o coração se animar.

– Vamos os dois. É uma ótima ideia.

– Pode ser, mas também são 8 quilômetros até a casa dos McGillivrays. Vai escurecer muito antes de chegarmos.

Mas ele estava sorrindo, e seu corpo roçou nos seios dela quando se virou para encará-la.

Algo se moveu junto ao rosto de Brianna, e ela recuou com um movimento brusco. Uma pequenina lagarta, tão verde quanto as folhas das quais se alimentava, e vibrante em meio aos cabelos escuros de Roger, ergueu-se até formar um S, numa busca vã por um lugar para se proteger.

– O que foi?

Roger moveu os olhos para os lados, tentando ver o que ela via.

– Achei sua serpente. Creio que ela também esteja procurando uma maçã.

Ela catou a pequena lagarta com o dedo, foi até lá fora e se agachou para deixá-la sair rastejando por uma folha de grama do mesmo tom de verde que o seu. Só que a grama estava na sombra. Num instante apenas, o sol havia se posto, e a floresta não tinha mais as cores da vida.

Um filete de fumaça chegou ao seu nariz; vinha da chaminé da Casa Grande, mas sua garganta se fechou ao sentir o cheiro de queimado. De repente, sua aflição aumentou. A luz se esvaía, a noite se aproximava. A cotovia havia silenciado, e a floresta parecia repleta de mistério e ameaça.

Ela se levantou e passou uma das mãos pelos cabelos.

– Então vamos.

– Não quer jantar primeiro?

Roger a encarou com um ar de interrogação, segurando a calça.

Ela fez que não com a cabeça e sentiu o frio lhe subir pelas pernas.

– Não. Vamos logo.

Nada parecia importar senão buscar Jem e estarem reunidos outra vez, uma família.

– Está bem – disse Roger com uma voz suave, espiando-a. – Mas acho melhor você vestir a sua folha de parreira primeiro. Só para o caso de toparmos com um anjo de espada flamejante.

5

AS SOMBRAS QUE O FOGO LANÇA

Abandonei Ian e Rollo ao portento de benevolência da sra. Bug; ele que tentasse dizer a *ela* que não queria pão e leite. Então fui me sentar com meu próprio e tardio jantar: uma omelete fresca e quentinha não só com queijo, mas também com pedaços de bacon salgado, aspargos e cogumelos selvagens, e temperada com cebolas frescas.

Jamie e o major MacDonald já tinham acabado de comer, e estavam sentados junto ao fogo sob uma névoa acolhedora de fumaça de tabaco vinda do cachimbo de barro do militar. Pelo visto, Jamie acabara de concluir seu relato da medonha tragédia para o major, pois este tinha o cenho franzido e balançava a cabeça em sinal de empatia.

– Pobres coitados! – lamentou ele. – Está achando que foram os mesmos *banditti* que atacaram seu sobrinho?

– Estou – respondeu Jamie. – Não gostaria de pensar que existem dois bandos como esse rondando pelas montanhas. – Ele relanceou os olhos para a janela, fechada para a noite de modo aconchegante, e reparei de repente que havia tirado sua espingarda de caçar aves de cima da lareira e limpava distraidamente o cano imaculado com um trapo embebido em óleo. – É verdade que o senhor ouviu relatos sobre acontecimentos parecidos, *a charaid*?

– Três outros. Pelo menos.

O cachimbo do major ameaçou apagar e ele o sugou com força, fazendo o tabaco no fornilho luzir e estalar num lampejo vermelho.

Um leve receio fez com que eu me detivesse com um pedaço de cogumelo morno na boca. A possibilidade de que uma gangue misteriosa de homens armados pudesse estar rondando à solta, atacando fazendas a esmo, não tinha me ocorrido até então.

Obviamente havia ocorrido a Jamie; ele se levantou, tornou a pendurar a caçadeira nos ganchos, tocou o fuzil pendurado acima dela para se reconfortar e em seguida foi até o aparador, onde ficavam guardadas suas armas de fogo e o estojo com seu elegante par de pistolas de duelo.

MacDonald o observava com ar de aprovação, soltando lufadas de uma fumaça azul-clara, e Jamie foi dispondo de maneira metódica armas, bolsas de chumbinho, moldes de balas, hastes e todos os outros implementos de sua armaria particular.

– Humm – fez MacDonald. – Bela peça esta aqui, coronel.

Ele indicou com a cabeça uma das armas, elegante e de cano longo, com cabo encurvado e detalhes em prata folheados a ouro.

Jamie o encarou por um breve instante ao ouvir a palavra "coronel", mas quando respondeu foi com calma.

– Sim, uma bela peça. Só que a mira não acerta nada a mais de dois passos. Ganhei numa corrida de cavalos – acrescentou com um pequeno gesto de lamento em direção à arma, para o caso de MacDonald o julgar tolo o bastante para ter pago um bom dinheiro por ela.

Mesmo assim, verificou a pederneira, substituiu-a por outra e pôs a arma de lado.

– Onde foram os acontecimentos major? – perguntou em tom casual, enquanto estendia a mão para pegar o molde de balas.

Apesar de ter recomeçado a mastigar, eu mesma olhei para o major com um ar interrogativo.

– Vejam bem, foi só o que ouvi dizer – alertou MacDonald, tirando o cachimbo da boca por um instante, em seguida recolocando-o depressa para mais uma tragada. – Uma fazenda a certa distância de Salem, destruída por um incêndio. Um pessoal chamado Zinzer... alemães.

Ele sugou com força, e suas bochechas se encovaram.

– Foi em fevereiro, mais para o final do mês. Então, três semanas depois disso, uma balsa no rio Yadkin, ao norte do Cais de Woram... a casa foi roubada e o balseiro, morto. O terceiro...

Nesse ponto, ele se interrompeu, pôs-se a tragar furiosamente e chispou os olhos na minha direção, então tornou a olhar para Jamie.

– Pode falar, amigo – disse Jamie em gaélico, com um ar resignado. – Ela já deve ter visto mais coisas horríveis do que o senhor, de longe.

Meneei a cabeça para concordar ao mesmo tempo que espetava com o garfo outro pedaço de ovo, e o major tossiu.

– É. Bem, com todo o respeito à sua presença, senhora... eu por acaso me encontrava num, ahn... num estabelecimento em Edenton...

– Um bordel? – sugeri. – Sim, sei. Pode prosseguir, major.

Ele assim o fez, de modo um tanto apressado, com o rosto muito vermelho abaixo da peruca:

– Ahn... claro. Bem, vejam, quem me contou foi uma das, ahn... uma das moças do estabelecimento. Ela disse que tinha sido roubada em casa por delinquentes que um dia atacaram o lugar sem aviso. Ela vivia apenas com a avó idosa, e falou que eles mataram a velha e queimaram a casa com ela dentro.

– E quem fez isso, segundo ela?

Jamie tinha virado seu banquinho de frente para a lareira, e derretia aparas de chumbo num cadinho para o molde de balas.

– Ahn...

O rubor de MacDonald se acentuou, e a fumaça saiu de seu cachimbo com tal ferocidade que mal consegui distinguir seus traços por entre as sinuosas volutas.

À custa de muitas tossidas e desvios de rota, revelou-se que o major na verdade não tinha acreditado na moça naquela oportunidade, ou então estava interessado demais em provar seus encantos para prestar atenção. Tomando a história apenas por uma daquelas que as prostitutas muitas vezes contam para conseguir empatia e um copo a mais de genebra, não se dera o trabalho de pedir mais detalhes.

– Mas depois, quando ouvi falar por acaso nos outros incêndios... bem, vejam, eu tivera a sorte de ser incumbido pelo governador de ficar com as orelhas encostadas no chão, por assim dizer, nas regiões mais afastadas da cidade, atento a qualquer sinal de perturbação. E comecei a pensar que naquele caso específico de perturbação talvez não houvesse tanta coincidência assim quanto a princípio poderia parecer.

Ao ouvir isso, Jamie e eu nos entreolhamos. A expressão dele estava matizada de bom humor, a minha de resignação. Ele havia apostado comigo que MacDonald, oficial de cavalaria de meio-soldo que sobrevivia à custa de bicos, não apenas iria sobreviver à renúncia do governador Tryon, como também conseguir cavar imediatamente algum cargo no novo regime, agora que Tryon fora embora para assumir um cargo mais importante como governador de Nova York. "Um cavalheiro de sorte, o nosso Donald", dissera ele.

O cheiro agressivo de chumbo quente começou a tomar conta do recinto, competindo com a fumaça do cachimbo do major e superando em muito a agradável atmosfera doméstica de pão fermentando, comida no fogo, ervas secas, plantas usadas para limpeza e sabão de soda cáustica que em geral permeava a cozinha.

O chumbo derrete de repente: num segundo, uma bala deformada ou botão torto está dentro do cadinho, inteiro e distinto. No instante seguinte, sumiu, e uma minúscula poça de metal cintila fosca em seu lugar. Jamie despejou com cuidado o chumbo derretido dentro do molde, desviando o rosto das emanações.

– Por que índios?

– Ah. Bem, foi o que a puta de Edenton disse. Que alguns dos que queimaram sua casa e a roubaram eram índios. Mas, como eu disse, na época não dei muita atenção à história.

Jamie produziu um ruído escocês para indicar que entendia, embora com ceticismo.

– E quando foi que o senhor encontrou essa moça, Donald, e ouviu a história dela?

– Perto do Natal. – Sem erguer os olhos, o major cutucou o fornilho do cachimbo com um indicador manchado. – Quando a casa dela foi atacada, o senhor quer dizer? Ela não disse, mas eu acho... talvez não fizesse muito tempo. Ela estava, ahn... bastante fresca, ainda.

Ele tossiu, cruzou olhares comigo, prendeu a respiração e tornou a tossir, forte, enquanto seu rosto enrubescia.

A boca de Jamie se contraiu com força e ele olhou para baixo, abrindo o molde para deixar cair sobre a pedra da lareira uma bala recém-fundida.

Pousei o garfo; o que me restava de apetite havia sumido.

– Como? – perguntei. – Como essa jovem foi parar no bordel?

– Ora, senhora, eles a venderam. – O rubor ainda coloria as faces de MacDonald, mas ele havia recuperado a compostura o suficiente para me encarar. – Os bandoleiros. Venderam-na para um comerciante fluvial, segundo ela, poucos dias depois de a terem sequestrado. Ele a manteve consigo por um tempo, no seu barco, mas então, certa noite, um homem apareceu para fazer negócio, gostou dela e a comprou. Levou-a para o litoral, mas acho que a essa altura já tinha se cansado dela...

Sem terminar a frase, tornou a enfiar o cachimbo na boca e sugou com força.

– Entendo – falei, e senti a metade da omelete que havia comido como uma pequena bola dura no fundo do estômago.

"Bastante fresca, ainda." Quanto tempo devia levar, perguntei? Quanto tempo durava uma mulher passada casualmente de mão em mão, das tábuas cheias de farpas de um convés de embarcação fluvial para o colchão esfarrapado de um quarto alugado, comendo apenas o suficiente para se manter viva? Era mais do que possível que o bordel de Edenton tivesse lhe parecido uma espécie de porto seguro quando ela chegara. Mas esse pensamento não aumentou minha simpatia por MacDonald.

– O senhor pelo menos se lembra do nome dela, major? – perguntei, com gélida cortesia.

Pensei ter visto com o rabo do olho o canto da boca de Jamie estremecer, mas mantive o rosto virado para MacDonald.

O major tirou o cachimbo da boca, exalou um longo filete de fumaça, então me encarou com olhos azul-claros e muito diretos.

– Na verdade, senhora, eu simplesmente chamo todas de Polly – disse ele. – Poupa trabalho, entende?

Fui salva de responder, ou de fazer coisa pior, pela reaparição da sra. Bug, que chegou trazendo uma tigela vazia.

– O rapaz comeu e agora vai dormir – anunciou ela. Seus olhos argutos se moveram depressa do meu rosto para o prato esvaziado pela metade. Ela abriu a boca, com o cenho franzido, mas então olhou para Jamie e, parecendo escutar dele uma ordem muda, tornou a fechar a boca e pegou o prato com um breve "hum!".

– Sra. Bug – disse Jamie baixinho. – Será que a senhora poderia pedir a Arch para vir aqui falar comigo? E, se não for abusar demais, dar o mesmo recado a Roger Mac?

Os olhos pretos e miúdos da sra. Bug percorreram o recinto, então se estreitaram ao chegar a MacDonald, evidentemente desconfiando que, se havia algo de estranho acontecendo, quem estava por trás era ele.

– Claro – respondeu ela, e, balançando a cabeça na minha direção para me repreender por minha falta de apetite, pousou a louça e saiu, deixando a porta no trinco.

– Cais de Woram – disse Jamie para MacDonald, continuando a conversa como se ela não houvesse sido interrompida. – E Salem. E, se forem os mesmos homens, o Jovem Ian os encontrou na floresta, um dia de viagem a oeste daqui. Perto o suficiente.

– Perto o suficiente para serem os mesmos? É, é, sim.

– Estamos no começo da primavera.

Jamie olhou para a janela ao dizer isso; estava escuro agora, e as persianas tinham sido fechadas, mas uma brisa fria penetrava pelas frestas e balançava os fios nos quais eu havia pendurado cogumelos para secar, formas escuras e murchas que se sacudiam qual pequenos dançarinos, congeladas contra a madeira clara.

Eu sabia o que ele queria dizer com aquilo. O terreno das montanhas era impraticável durante o inverno; os altos desfiladeiros ainda estavam nevados, e as encostas mais baixas haviam apenas começado a verdejar e florir nas últimas semanas. Se houvesse mesmo uma gangue organizada de saqueadores, talvez só agora eles estivessem começando a rumar para as regiões mais altas, depois de um inverno passado discretamente no sopé das montanhas.

– É verdade – assentiu MacDonald. – Cedo o bastante, quem sabe, para as pessoas estarem atentas. Mas antes de os seus homens chegarem, senhor... talvez devêssemos falar sobre o que me trouxe até aqui?

– Ah, sim? – disse Jamie, semicerrando os olhos com cuidado enquanto despejava um filete cintilante de chumbo. – Claro, Donald. Eu deveria ter desconfiado que nenhum assunto de pequena monta o traria tão longe. O que é?

MacDonald sorriu como um tubarão; agora estávamos chegando ao ponto.

– O senhor fez um belo trabalho com este seu lugar, coronel. Quantas famílias vivem agora em suas terras?

– Trinta e quatro – respondeu Jamie.

Não ergueu os olhos, mas soltou mais uma bala sobre as cinzas.

– Talvez haja lugar para mais algumas?

MacDonald continuava a sorrir. Estávamos cercados por milhares de quilômetros de natureza selvagem; o punhado de fazendas da Cordilheira dos Frasers mal fazia uma mossa nessa imensidão... e poderia desaparecer feito fumaça. Pensei por um instante no chalé dos holandeses e, apesar do fogo na lareira, estremeci. Ainda podia sentir o cheiro amargo e persistente de carne queimada, espesso no fundo da garganta, à espreita entre os sabores mais leves da omelete.

– Pode ser – respondeu Jamie, calmo. – São os novos emigrantes escoceses? Lá do norte, depois de Thurso?

Tanto o major MacDonald quanto eu o encaramos.

– Como diabos o senhor sabe disso? – perguntou MacDonald. – Eu mesmo só fiquei sabendo dez dias atrás!

– Encontrei um homem no moinho ontem – respondeu Jamie, tornando a pegar o cadinho. – Um cavalheiro da Filadélfia que veio às montanhas coletar plantas. Ele havia chegado de Cross Creek e os tinha visto. – Um músculo perto de sua boca se contraiu. – Ao que parece, eles causaram certa comoção em Brunswick e não se sentiram exatamente bem-vindos, então subiram o rio em barcaças.

– Certa comoção? O que eles fizeram? – indaguei.

– Bem, ultimamente há muita gente chegando nos navios direto das Terras Altas, a senhora entende – explicou o major. – Aldeias inteiras abarrotadas nas entranhas de um navio... e que quando desembarcam parece mesmo terem sido cagadas. Só que não há nada para essa gente na costa, e os moradores das cidades têm tendência a apontar-lhes o dedo e zombar deles ao ver suas roupas esquisitas, de modo que a maioria sobe direto numa barcaça ou numa chata e segue em direção a Cape Fear. Pelo menos Campbelton e Cross Creek têm um pessoal capaz de falar com eles.

Ele sorriu para mim e limpou um pouco da terra que sujava a saia do casaco de seu uniforme.

– O pessoal de Brunswick não deve estar muito acostumado com essa gente rústica das Terras Altas, já que eles só viram escoceses civilizados como o seu marido e a tia dele.

Ele meneou a cabeça em direção a Jamie, que em troca lhe fez uma leve e irônica mesura.

– Bem, relativamente civilizados – murmurei. Não estava pronta para perdoar MacDonald pela puta de Edenton. – Mas...

– Pelo que ouvi dizer, eles mal falam uma palavra de inglês entre si – prosseguiu MacDonald apressado. – Farquard Campbell desceu para falar com eles e os levou até o norte para Campbelton, caso contrário não duvido que eles ainda fossem estar apinhados no litoral sem a menor ideia de para onde ir ou do que fazer.

– O que Campbell fez com eles? – quis saber Jamie.

– Ah, estão distribuídos entre os parentes dele em Campbelton, mas isso não vai dar certo a longo prazo, claro, já dá para ver.

MacDonald deu de ombros. Campbelton era um pequeno povoado perto de Cross Creek, nascido a partir do bem-sucedido armazém de Farquard Campbell, e as terras ao redor estavam totalmente ocupadas... em sua maioria pelos Campbells. Farquard tinha oito filhos, muitos dos quais também eram casados... e tão férteis quanto o pai.

– Claro – falou Jamie com ar de cautela. – Mas eles são do litoral norte. Devem ser pescadores, Donald, não fazendeiros.

– É, mas estão dispostos a mudar de vida, não? – MacDonald fez um gesto em direção à porta e à floresta mais além. – Na Escócia não sobrou nada para eles. Eles vieram para cá, e agora precisam tirar disso o melhor proveito possível. Com certeza um homem pode aprender a ser fazendeiro, não?

Jamie tinha um ar um tanto cético, mas MacDonald estava inteiramente tomado pelo entusiasmo.

– Já vi muitos pescadores e agricultores virarem soldados, homem, e aposto que o senhor também. Ser fazendeiro não pode ser mais difícil do que ser soldado.

Isso fez Jamie sorrir de leve: ele próprio tinha largado a vida de fazendeiro aos 19 anos e passara vários anos lutando como mercenário na França antes de voltar à Escócia.

– É, bem, talvez você tenha razão, Donald. Mas, quando você é soldado, tem alguém para lhe dizer o que fazer desde a hora em que acorda até a hora em que desaba à noite. Quem vai dizer a esses pobres tolos de que lado ordenhar a vaca?

– No caso seria você, imagino – falei. Estiquei-me para relaxar as costas e olhei para MacDonald. – Ou pelo menos imagino que seja nesse ponto que o senhor queira chegar, não, major?

– Seu charme só é superado pelo seu raciocínio rápido, minha senhora – disse MacDonald, curvando o corpo graciosamente na minha direção. – Sim, é essa a essência. Todos vocês aqui são das Terras Altas, senhor, e são fazendeiros. Vão conseguir, na língua desses recém-chegados, mostrar a eles o que precisam fazer... ajudá-los a traçar seu caminho.

– Há muitas outras pessoas na colônia que falam *gaidhlig* – contrapôs Jamie. – E a maioria mora bem mais perto de Campbelton.

– Sim, mas vocês aqui têm terras livres que precisam ser desmatadas, e eles lá não.

Evidentemente achando que havia ganhado a discussão, MacDonald se recostou e empunhou sua negligenciada caneca de cerveja.

Jamie olhou para mim com a sobrancelha arqueada. Era verdade mesmo que tínhamos terras livres: 4 mil hectares, mas a área cultivada mal chegava a 8. Era verdade também que a falta de mão de obra era um problema sério em toda a colônia, e mais ainda nas montanhas, onde as terras não se prestavam nem ao cultivo do tabaco nem do arroz... os tipos de lavoura adequados ao trabalho escravo.

Ao mesmo tempo, contudo...

– A dificuldade, Donald, é como assentar essa gente. – Jamie se curvou para soltar mais uma bala sobre a pedra da lareira e se endireitou, ajeitando uma mecha solta de cabelos ruivos atrás da orelha. – Eu tenho terras, sim, mas pouco mais do que isso. Não se pode soltar uma gente direto da Escócia na mata virgem e esperar que eles consigam sobreviver. Eu não poderia sequer lhes dar os sapatos e a muda de roupas que um escravo receberia, quanto mais ferramentas. E quanto a alimentar durante o inverno todos esses homens e suas esposas e bebês? Ou lhes dar proteção?

Para ilustrar o que dizia, ele ergueu o cadinho, em seguida balançou a cabeça e jogou lá dentro mais um pedaço de chumbo.

– Ah, proteção. Bem, já que o senhor falou nisso, deixe-me abordar outra pequena questão interessante.

MacDonald se inclinou para a frente e, apesar de não haver ninguém escutando, baixou a voz até um tom confidencial.

– Eu disse que sou o homem do governador, não foi? Ele me encarregou de viajar pela parte oeste da colônia e manter o ouvido encostado no chão. Existem Reguladores que ainda não receberam o perdão, e... – Ele olhou cautelosamente para um lado e para o outro, como se achasse que uma dessas pessoas pudesse pular da lareira. – ... vocês todos já devem ter ouvido falar nos Comitês de Segurança?

– Um pouco.

– Ainda não devem ter formado um aqui nas montanhas.

– Não que eu saiba, não.

Jamie não tinha mais chumbo para derreter, então se abaixou para catar as balas recém-fundidas do meio das cinzas a seus pés enquanto a luz cálida do fogo luzia vermelha no seu cocuruto. Sentei-me ao seu lado no banco, peguei a bolsinha de munição em cima da mesa e a estendi aberta para ele.

– Ah – disse MacDonald com ar de satisfação. – Vi que cheguei em boa hora, então.

Na esteira dos distúrbios relacionados à Guerra da Regulação, um ano antes, vários desses grupos informais de cidadãos haviam surgido, inspirados por grupos semelhantes em outras colônias. Se a Coroa não era mais capaz de garantir a segurança dos colonos, argumentavam estes, era preciso que eles próprios assumissem a tarefa.

Não se podia mais confiar nos xerifes para manter a ordem; os escândalos que haviam inspirado o movimento dos Reguladores tinham garantido isso. A dificuldade, claro, era que, como os comitês eram autonomeados, não havia motivo algum para se confiar mais neles do que nos xerifes.

Havia também outros comitês. Os Comitês de Correspondência, associações frouxas de homens que escreviam cartas para lá e para cá, espalhando notícias e boatos entre as colônias. E era desses diversos comitês que nasciam as sementes da rebelião, sementes que naquele exato instante germinavam em algum lugar da fria noite de primavera.

Como fazia de vez em quando, e agora com muito mais frequência, calculei o tempo que restava. Já estávamos quase em abril de 1773, e *no dia 18 de abril do ano de 75*... como dizia Longfellow de modo tão singular...

Dois anos. Mas a guerra tem o pavio longo e a mecha lenta. Aquela mecha tinha sido acesa em Alamance, e as linhas brilhantes e quentes do fogo que avançava pela Carolina do Norte já podiam ser vistas... por quem soubesse olhar.

As pelotas de chumbo da bolsa de chumbinho que eu segurava se entrechocaram e chacoalharam; meus dedos haviam se contraído em volta do couro. Ao perceber isso, Jamie tocou meu joelho, um toque rápido e leve, para me reconfortar, em seguida pegou a bolsinha, enrolou-a e a enfiou dentro da caixa de munição.

– Em boa hora – repetiu ele, olhando para MacDonald. – O que quer dizer com isso, Donald?

– Ora, quem poderia liderar um comitê assim senão o senhor, coronel? Foi isso que sugeri ao governador.

MacDonald tentou parecer modesto, mas não conseguiu.

– Quanta bondade a sua, major – disse Jamie, seco, e arqueou uma das sobrancelhas para mim.

A situação do governo da colônia devia estar ainda pior do que ele supusera, para o governador Martin estar não apenas tolerando a existência dos comitês... mas também os apoiando clandestinamente.

O ganido demorado de um bocejo canino chegou débil aos meus ouvidos vindo do corredor, e pedi licença para ir ver como Ian estava.

Perguntei-me se o governador Martin fazia alguma ideia do que estava perdendo. Meu palpite era que sim, e que ele estava tirando máximo proveito de um emprego ruim tentando garantir que pelo menos alguns dos Comitês de Segurança fossem comandados por apoiadores da Coroa durante a Guerra da Regulação. Mesmo assim, não conseguia controlar ou sequer saber da existência de muitos desses comitês. Mas a colônia estava começando a fervilhar e a se agitar feito uma chaleira à beira da ebulição, e Martin não tinha soldados oficiais sob seu comando, apenas irregulares como MacDonald... e as milícias.

Era por isso que MacDonald estava chamando Jamie de "coronel", claro. O governador anterior, William Tryon, um tanto à sua revelia, havia nomeado Jamie coronel da milícia das montanhas acima do Yadkin.

– Humm – fez ele para si mesmo.

Nem MacDonald nem Martin eram bobos. Convidar Jamie para montar um Comitê de Segurança significava que ele iria convocar os homens que haviam servido sob seu comando na milícia, mas sem comprometer o governo a nada com relação a pagá-los ou equipá-los, e o governador estaria a salvo de qualquer responsabilidade por seus atos, uma vez que um Comitê de Segurança não era uma corporação oficial.

Mas o perigo de aceitar uma proposta dessas era considerável, para Jamie e para todos nós.

Estava escuro no corredor, sem luz alguma exceto a que vazava da cozinha atrás de mim e a débil claridade da única vela no consultório. Ian dormia, mas um sono agitado, com o desconforto a enrugar de leve a pele macia entre as sobrancelhas. Rollo levantou a cabeça, e seu rabo grosso se arrastou de um lado para o outro do chão para me acolher.

Ian não reagiu quando eu disse o seu nome, nem quando pousei a mão no seu ombro. Sacudi-o com delicadeza, depois com mais força. Pude vê-lo lutar, em algum lugar sob as camadas de inconsciência, como um homem à deriva nas correntezas subaquáticas que cede ao convite das profundezas antes de ser repentinamente fisgado por um anzol inesperado, uma pontada de dor na carne anestesiada pelo frio.

Seus olhos se abriram de repente, escuros e perdidos, e ele me encarou sem entender.

– Olá – falei baixinho, aliviada por vê-lo acordado. – Como você se chama?

Pude ver que a pergunta não fez sentido para ele de imediato, e a repeti de modo paciente. A consciência se agitou em algum lugar nas profundezas de suas pupilas dilatadas.

– Quem sou eu? – perguntou ele em gaélico. Disse mais alguma coisa em mohawk com uma voz arrastada, e suas pálpebras estremeceram e se fecharam.

– Ian, acorde – falei, firme, tornando a sacudi-lo. – Diga-me quem você é.

Seus olhos tornaram a se abrir, e ele os estreitou para mim, sem entender.

– Tentemos algo mais fácil – sugeri, e ergui dois dedos. – Quantos dedos você está vendo aqui?

Uma centelha de consciência surgiu nos seus olhos.

– Não deixe Arch Bug ver a senhora fazendo isso, tia – disse ele, grogue, e seu rosto exibiu um esboço de sorriso. – É muito grosseiro, sabe?

Bem, pelo menos ele havia me reconhecido, e também o gesto do "V"; já era alguma coisa. E, se ele estava me chamando de tia, devia saber quem era.

– Qual é seu nome todo? – tornei a perguntar.

– Ian James FitzGibbons Fraser Murray – respondeu ele, um tanto irritado. – Por que está me perguntando meu nome?

– FitzGibbons? – estranhei. – Onde diabos você arrumou esse nome?

Ele grunhiu, levou dois dedos às pálpebras e fez uma careta ao pressionar de leve.

– Tio Jamie me deu... ponha a culpa nele – respondeu Ian. – Segundo ele, é em homenagem a seu velho padrinho, Murtagh FitzGibbons Fraser, mas a minha mãe não queria que eu me chamasse Murtagh. Acho que vou vomitar outra vez – acrescentou ele, puxando a mão de volta.

Na verdade, ele teve alguns espasmos e tossiu um pouco acima da bacia, mas não chegou a vomitar, o que era um bom sinal. Tornei a deitá-lo de lado, branco e gelado de suor, e Rollo se levantou sobre as patas traseiras para lamber seu rosto, com as dianteiras apoiadas na mesa, o que o fez rir entre um grunhido e outro e tentar empurrar o cão para longe sem muita força.

– *Theirig dhachaigh, Okwaho* – falou.

Theirig dhachaigh significava "vá para casa" em gaélico, e Okwaho era evidentemente o nome de Rollo em mohawk. Ian parecia estar tendo alguma dificuldade para escolher entre os três idiomas nos quais era fluente, mas apesar disso era óbvio que estava lúcido. Depois de fazê-lo responder a mais algumas perguntas irritantemente sem propósito, enxuguei seu rosto com um pano úmido, deixei que bochechasse com um vinho bem diluído em água e tornei a acomodá-lo na cama.

– Tia – disse ele com uma voz arrastada quando eu estava me virando em direção à porta. – A senhora acha que eu algum dia vou ver de novo a minha mãe?

Parei, sem a menor ideia de como responder a essa pergunta. Na realidade não foi preciso: ele havia tornado a pegar no sono do modo repentino como acontece a muitas vítimas de concussão, e antes de eu conseguir encontrar qualquer palavra já estava respirando profundamente.

6

EMBOSCADA

Ian despertou de modo abrupto, fechando a mão em volta do tacape. Ou do que deveria ter sido o seu tacape, mas em vez disso era um punhado de pano de calça. Por um segundo, não teve noção alguma de onde estava e sentou-se ereto para tentar distinguir formas no escuro.

A dor lhe varou a cabeça como um raio de fogo, fazendo-o arquejar sem emitir som algum e segurá-la. Em algum lugar na escuridão abaixo dele, Rollo bufou baixinho de surpresa, *uouf*?

Meu Deus. Os cheiros penetrantes do consultório da tia lhe atingiram a parte de trás do nariz, álcool, pavio queimado, folhas medicinais secas e as misturas nauseabundas que ela chamava de pene-silina. Ele fechou os olhos, pousou a testa nos joelhos erguidos e respirou lentamente pela boca.

Com o que estava sonhando? Algum sonho de perigo, algo violento... mas nenhuma imagem nítida lhe veio à cabeça, apenas a sensação de estar sendo seguido, de algo a persegui-lo pela mata.

Precisava mijar, com urgência. Tateou em busca da borda da mesa e foi se levantando aos poucos, semicerrando os olhos para se proteger dos clarões de dor na cabeça.

A sra. Bug tinha lhe deixado um penico, lembrava-se de ela ter dito isso, mas a vela havia se apagado e ele não tinha condições de engatinhar pelo chão à sua procura. Uma luz débil lhe indicava a localização da porta; ela a deixara entreaberta, e uma claridade vinha da lareira da cozinha e se espalhava pelo corredor. Usando-a como farol, ele foi até a janela, abriu-a, soltou desajeitadamente o trinco da veneziana e ficou em pé diante da enxurrada de ar da fria noite de primavera, olhos fechados de alívio enquanto esvaziava a bexiga.

Melhor assim, embora o alívio tivesse aguçado a consciência do enjoo e do latejar na cabeça. Ele se sentou, pousou os braços nos joelhos e a cabeça nos braços e esperou tudo melhorar. Vozes vinham da cozinha; pôde ouvi-las com clareza, agora que estava prestando atenção.

Eram tio Jamie e aquele tal de MacDonald, e o velho Arch Bug também, mais tia Claire, que de vez em quando fazia um aparte, a voz inglesa nítida em contraste com os resmungos bruscos do escocês e do gaélico.

– O senhor por acaso gostaria de ser um agente indígena? – perguntava MacDonald.

O que era aquilo?, perguntou-se Ian. Então se lembrou. Sim, claro: a Coroa contratava homens para irem até as aldeias oferecer presentes aos índios, tabaco, facas, coisas assim. Para lhes dizer bobagens sobre o rei, como se fosse provável ele aparecer e se sentar em frente às fogueiras do conselho na Lua do Coelho seguinte e falar como um homem.

Pensar aquilo o fez sorrir tristemente. O conceito era bem simples: engambelar os índios para fazê-los lutar do lado dos ingleses quando fosse preciso. Mas por que eles pensariam que precisavam disso agora? Os franceses haviam capitulado e se retirado para seu território setentrional do Canadá.

Ah! Ele então se lembrou do que Brianna tinha lhe dito sobre o novo combate que estava por vir. Não soubera se devia acreditar nela ou não... mas talvez ela tivesse razão, e nesse caso... ele não queria pensar nisso. Nem em qualquer outra coisa.

Rollo andou até onde ele estava, sentou-se e se recostou pesadamente no seu corpo. Ele se recostou de volta, descansando a cabeça na pelagem densa.

Um agente indígena tinha aparecido certo dia, quando ele morava em Snaketown. Um sujeitinho gordo, com olhos dissimulados e um tremor na voz. Pensava que o homem... Meu Deus, como ele se chamava? Os mohawks o haviam chamado de Suor Ruim, um nome condizente: ele fedia como se estivesse acometido por uma doença mortal. Na sua opinião, o homem não estava muito acostumado a lidar com os kahn-yen'kehakas: não conhecia grande coisa da língua deles, e obviamente imaginava que eles fossem escalpelá-lo a qualquer instante, algo que os índios achavam hilariante... e um ou dois teriam até tentado, só de brincadeira, não fosse Tewaktenyonh ter lhes dito para tratar o homem com respeito. Ian fora instado a traduzir para ele, trabalho que havia realizado, embora sem grande prazer. Preferia muito mais se considerar um mohawk do que reconhecer qualquer parentesco com Suor Ruim.

Mas tio Jamie... ele iria desempenhar muito melhor essa tarefa, sem comparação. Será que iria aceitar? Ian ficou escutando as vozes com uma vaga sensação de interesse, mas ficou claro que tio Jamie se recusava a ser pressionado para tomar uma decisão. Seria mais fácil para MacDonald tentar agarrar um sapo numa nascente, pensou ele ao ouvir o tio se esquivar do compromisso.

Deu um suspiro, passou o braço em volta de Rollo e apoiou-se mais no cachorro. Sentia-se péssimo. Teria imaginado que estava à beira da morte, não fosse tia Claire ter lhe dito que ele iria se sentir mal por vários dias. Tinha certeza de que ela teria ficado caso ele estivesse à beira da morte, e não ido embora e o deixado com a companhia apenas de Rollo.

As venezianas continuavam abertas e o ar frio se derramava sobre ele, gelado e suave ao mesmo tempo, como eram as noites de primavera. Ele sentiu Rollo levantar o focinho, farejar e soltar um ganido baixo e ansioso. Um gambá, talvez, ou então um guaxinim.

– Pode ir – falou, endireitando-se e dando um empurrãozinho no cachorro. – Eu estou bem.

O cão o cheirou desconfiado e tentou lamber a parte de trás de sua cabeça, onde estavam os pontos, mas desistiu quando Ian deu um grito e cobriu o local com as mãos.

– Vá, eu já disse!

Deu-lhe um tabefe de leve e Rollo bufou, girou no próprio eixo, então pulou por cima de sua cabeça e pela janela e aterrissou no chão do outro lado com um baque sólido. Um guincho assustador varou a noite, e ouviu-se o ruído de pés correndo e corpos pesados atravessando os arbustos.

Vozes espantadas vieram da direção da cozinha, e ele ouviu tio Jamie sair para o corredor um segundo antes de a porta do consultório se abrir.

– Ian? – chamou seu tio baixinho. – Onde você está, rapaz? O que aconteceu?

Ele se levantou, mas um lençol branco ofuscante baixou dentro de seus olhos, e ele cambaleou. Tio Jamie o segurou pelo braço e o fez sentar num banquinho.

– O que houve, rapaz? – Quando sua visão clareou, ele pôde ver o tio à luz que emanava da porta, com o fuzil numa das mãos e olhando para a janela aberta com uma expressão preocupada, mas bem-humorada. Jamie inspirou fundo. – Não era um gambá, imagino.

– Bem, é, acho que deve ser uma coisa ou outra – disse Ian, tocando com cuidado a própria cabeça. – Ou Rollo saiu atrás de um puma, ou então encurralou o gato da tia na árvore.

– Ah, sim. Ele teria mais sorte com o puma. – Seu tio pousou o fuzil e foi até a janela. – Quer que eu feche a janela, ou você precisa de ar? Está um pouco abatido.

– Estou me sentindo abatido – reconheceu Ian. – É, tio, deixe aberta, por favor.

– Não é melhor você descansar?

Ian hesitou. Seu estômago continuava revirado, e ele de fato sentia que seria bom se deitar outra vez... mas o consultório o deixava nervoso, com aqueles cheiros fortes e brilhos aqui e ali de pequenas lâminas e outras coisas misteriosas e doloridas. Tio Jamie pareceu entender o problema, pois curvou-se e levou uma das mãos até debaixo do cotovelo de Ian.

– Vamos, rapaz. Você pode dormir lá em cima numa cama de verdade, se não se importar que o major MacDonald durma na outra.

– Eu não me importo – disse ele. – Mas acho que vou ficar aqui. – Fez um gesto em direção à janela, sem querer menear a cabeça e tornar a sentir dor. – Rollo deve voltar daqui a pouco.

Tio Jamie não discutiu, fato pelo qual ele se sentiu grato. Mulheres criavam caso. Homens simplesmente tocavam a vida.

Seu tio o ajudou sem muita cerimônia a voltar para a cama, cobriu-o, então pôs-se a tatear no escuro em busca do fuzil que havia pousado. Ian começou a sentir que, no fim das contas, talvez pudesse suportar um pouco de criação de caso.

– Tio Jamie, o senhor poderia pegar um copo d'água para mim?

– Ahn? Ah, sim.

Tia Claire havia deixado uma jarra d'água ali perto. Ouviu-se o barulho reconfortante de água gorgolejando, então a borda de uma caneca de barro encostou na sua boca, e a mão de seu tio o amparou por trás para mantê-lo ereto. Embora não precisasse disso, ele não objetou; o toque era cálido e reconfortante. Não tinha percebido o quanto estava com frio por causa do ar da noite, e estremeceu de leve.

– Está tudo bem, rapaz? – murmurou tio Jamie, e apertou com mais força o ombro de Ian.

– Sim, tudo. Tio Jamie?

– Hã?

– Tia Claire lhe contou sobre... uma guerra? Uma guerra que ainda vai acontecer, quero dizer? Contra a Inglaterra?

Houve alguns instantes de silêncio e a grande silhueta de seu tio se imobilizou à luz da porta.

– Sim – respondeu ele, e retirou a mão. – Ela contou a você?

– Não, foi a prima Brianna. – Ele se deitou de lado, tomando cuidado com a cabeça dolorida. – O senhor acreditou?

Dessa vez não houve hesitação.

– Sim, acreditei.

A frase foi dita no tom neutro característico de seu tio, mas algo nela fez os cabelos da nuca de Ian se eriçarem.

– Ah. É isso, então.

O travesseiro de plumas de ganso era macio sob a sua bochecha e cheirava a lavanda. A mão de seu tio lhe tocou a cabeça e afastou os cabelos desarrumados de seu rosto.

– Não se preocupe com isso agora, Ian – disse Jamie baixinho. – Ainda há tempo.

Ele pegou o fuzil e se retirou. De onde estava deitado, Ian podia ver por cima das árvores do outro lado do quintal, onde elas desciam da borda da Cordilheira, se estendiam pela encosta da montanha Negra e desapareciam mais além no céu noturno coalhado de estrelas.

Ouviu a porta dos fundos se abrir e a voz da sra. Bug se erguer acima das outras.

– Eles não estão em casa, senhor – dizia ela, ofegante. – E o chalé está escuro, sem fogo na lareira. Aonde podem ter ido a esta hora da noite?

Ian se perguntou difusamente quem teria ido, mas isso não lhe pareceu importar muito. Se fosse um problema, tio Jamie lidaria com ele. Esse pensamento o reconfortou. Ele se sentiu um menino pequeno, seguro na cama, ouvindo a voz do pai do lado de fora conversando com um arrendatário na escuridão fria de uma madrugada nas Terras Altas.

O calor se espalhou lentamente por cima dele embaixo da colcha, e ele dormiu.

A lua estava começando a nascer quando eles partiram, e ainda bem, pensou Brianna. Mesmo com o grande e torto astro dourado a se erguer de dentro de um berço de estrelas e lançar seu brilho emprestado sobre o céu, a trilha que eles pisavam estava invisível. Seus pés também, afogados no negrume absoluto da floresta à noite.

Uma floresta negra, mas não silenciosa. As gigantescas árvores farfalhavam lá em cima, coisas pequeninas guinchavam e resfolegavam no escuro, e de vez em quando o voejar silencioso de um morcego passava perto o bastante para assustá-la, como se parte da noite houvesse se desprendido de repente e alçado voo debaixo do seu nariz.

– O gato do Ministro está apreensivo? – sugeriu Roger quando ela arquejou e o agarrou depois de uma dessas visitas de um par de asas de couro.

– O gato do Ministro está... agradecido – respondeu ela, apertando sua mão. – Obrigada.

Eles provavelmente acabariam dormindo de capa e tudo em frente à lareira dos McGillivrays, em vez de aninhados no conforto da própria cama... mas pelo menos estariam com Jemmy.

Ele retribuiu o apertão com a mão maior e mais forte do que a dela, muito reconfortante no escuro.

– Está tudo bem – disse Roger. – Eu também quero estar com ele. Hoje é uma noite para estar com a família toda reunida, segura num mesmo lugar.

Brianna produziu na garganta um pequeno ruído de reconhecimento e apreciação, mas quis continuar a conversa, tanto para conservar a sensação de conexão com ele quanto porque isso manteria afastada a escuridão.

– O gato do Ministro foi muito eloquente – falou, delicada. – No... no enterro, quero dizer. Daquelas pobres pessoas.

Roger deu um muxoxo; ela viu seu hálito se condensar no ar por um breve instante, branco.

– O gato do Ministro ficou altamente envergonhado – disse ele. – O seu pai!

Ela sorriu, já que ele não podia vê-la.

– Você se saiu muito bem – falou, suave.

– Humm – fez ele, dando outro breve muxoxo. – Quanto a ter sido eloquente... se houve alguma eloquência, minha não foi. Tudo que fiz foi citar trechos do Livro de Jó... não saberia nem lhe dizer qual.

– Não teve importância. Mas por que você escolheu... aquilo que disse? – indagou ela, curiosa. – Achei que fosse rezar o pai-nosso, ou quem sabe dizer o Salmo 23... esse todo mundo conhece.

– Eu também achei que faria isso – admitiu ele. – Era a minha intenção. Mas quando chegou a hora... – Ele hesitou, e ela viu na lembrança aqueles montinhos de terra recentes e frios, e estremeceu ao sentir cheiro de fuligem. Roger apertou mais sua mão e a puxou mais para perto, encaixando a mão de Brianna na dobra do cotovelo. – Não sei – disse ele, num tom grave. – É que me pareceu... mais adequado, por algum motivo.

– E foi – disse ela baixinho, mas não insistiu no assunto, preferindo em vez disso conduzir a conversa rumo a um debate sobre seu mais recente projeto de engenharia: uma bomba manual para tirar água do poço.

– Se eu tivesse alguma coisa para usar como cano, poderia fazer a água chegar na casa com a maior facilidade! Já tenho quase toda a madeira de que preciso para uma boa cisterna, se conseguir que Ronnie a impermeabilize para mim... assim pelo menos vamos poder tomar banho de água de chuva. Mas escavar troncos de árvores... – Era esse o método utilizado para a pequena quantidade de encanamento usada na bomba. – Eu levaria meses para obter o suficiente só para ir do poço até a casa, que dirá até o regato. E não há chance alguma de conseguir algum cobre em rolo. Mesmo que tivéssemos dinheiro para isso, coisa que não temos, trazê-lo de Wilmington seria...

Ela ergueu a mão livre para o céu num gesto de frustração diante da natureza monumental daquela empreitada.

Roger pensou um pouco a respeito. O arrastar de seus sapatos na trilha pedregosa criava um ritmo reconfortante.

– Bem, os antigos romanos usavam concreto. A receita está em Plínio.

– Eu sei. Mas é preciso um tipo específico de areia, que nós por acaso não temos. É preciso também cal, que nós também não temos. E...

– Sim, mas e argila? – interrompeu ele. – Você viu aquele prato no casamento de Hilda? Aquele grande, marrom e vermelho, com os desenhos bonitos?

– Vi – respondeu ela. – Por quê?

– Ute McGillivray disse que foi alguém de Salem que levou. Não me lembro do nome, mas, segundo ela, era um ceramista de sucesso... ou seja lá como eles chamem quem fabrica pratos.

– Aposto qualquer coisa que ela não disse isso!

– Bem, disse palavras equivalentes. – Sem se deixar deter, ele prosseguiu. – A questão é que ele fabricou o prato *aqui*; não foi algo que trouxe da Alemanha. Ou seja, existe argila adequada para o cozimento por aqui, não?

– Ah, *entendi. Humm.* Bem, é uma ideia, não é?

Era mesmo, e uma ideia atraente, que os ocupou durante a maior parte do restante da viagem.

Eles haviam descido a Cordilheira e estavam a 400 metros da casa dos McGillivrays quando Brianna começou a ter uma sensação estranha na nuca. *Só podia* ser imaginação; depois do que eles tinham visto naquele vale deserto, o ar escuro da mata parecia prenhe de ameaça, e ela havia imaginado uma emboscada a cada curva, retesando o corpo em preparação para o ataque.

Então ouviu algo estalar nas árvores à sua direita... um pequeno galho seco se partindo de um jeito que nem o vento nem um animal faria se partir. O verdadeiro perigo tinha seu próprio gosto, forte como suco de limão, em contraste com a fraca limonada da imaginação.

Sua mão se crispou no braço de Roger num alerta, e ele estacou na hora.

– O que foi? – sussurrou, com a mão na faca. – Onde?

Não tinha escutado.

Maldição, por que ela não trouxera sua arma, ou pelo menos sua própria adaga? Tudo que tinha era o canivete suíço, que ia sempre no bolso... e quaisquer armas que a paisagem oferecesse.

Chegou mais perto de Roger e apontou, mantendo a mão junto ao corpo dele para ter certeza de que ele iria acompanhar a direção do gesto. Então parou e tateou a escuridão em volta à procura de uma pedra ou de um galho para usar como porrete.

– Continue falando – sussurrou.

– O gato do Ministro é um fracote, é? – disse ele, num tom de provocação razoavelmente convincente.

– O gato do Ministro é um gato *feroz* – retrucou ela, tentando imitar seu tom brincalhão enquanto vasculhava o interior do bolso com uma só mão. A outra se fechou em volta de uma pedra, e ela a puxou para soltá-la da terra que a prendia e a sentiu fria e pesada dentro da palma. Levantou-se com todos os sentidos concentrados na escuridão à sua direita. – Ele vai literalmente arrancar as tripas de qualquer coisa que...

– Ah, são vocês – disse uma voz na mata atrás dela.

Ela deu um grito agudo e Roger, por reflexo, deu um tranco, girou nos calcanhares para encarar a ameaça, segurou-a e a jogou para trás de si, tudo num só movimento.

O empurrão fez Brianna cambalear para trás. Um de seus tornozelos enganchou numa raiz escondida no escuro e ela caiu, aterrissando com força de bunda no chão, posição que lhe proporcionou uma excelente visão de Roger sob o luar, de faca em punho, partindo para cima das árvores com um rugido incoerente.

Um pouco tarde, ela registrou o que a voz tinha dito, bem como seu tom inconfundível de decepção. Uma voz bem parecida, alta de alarme, falou na mata à direita.

– Jo? – disse a voz. – O que foi? O que foi, Jo?

Podia-se ouvir muito estardalhaço e gritos vindos da mata à esquerda. Roger havia pegado alguém.

– Roger! – gritou ela. – Roger, pare! São os Beardsleys!

Ao cair, ela havia soltado a pedra, e então se pôs de pé e limpou a terra da mão na lateral da saia. Seu coração continuava disparado, sua nádega esquerda estava machucada e sua vontade de rir vinha matizada por um forte desejo de esganar um ou ambos os gêmeos Beardsleys.

– Kezzie Beardsley, saia daí! – berrou ela, então repetiu o chamado mais alto ainda.

A audição de Kezzie havia melhorado depois que sua mãe lhe removera as amígdalas e as glândulas adenoides cronicamente inflamadas, mas ele continuava bastante surdo.

Um farfalhar alto nos arbustos revelou a forma franzina de Keziah Beardsley, cabelos escuros, rosto branco, armado com um grande porrete, que ele abaixou do ombro e tentou com vergonha esconder atrás de si quando a viu.

Enquanto isso, um farfalhar bem mais alto e certa quantidade de palavrões atrás dela serviram de aviso para o surgimento de Roger, que segurava com força o pescoço magro de Josiah Beardsley, o gêmeo de Kezzie.

– Em nome do santo Deus, o que acham que estão fazendo, seus danadinhos? – perguntou Roger, empurrando Jo para a frente até fazê-lo ficar ao lado do irmão sob um raio de luar. – Percebem que eu quase matei vocês?

Havia luz suficiente para Brianna distinguir a expressão um tanto cínica que atravessou o semblante de Jo ao ouvir isso, antes de ser apagada e substituída por outra de sinceras desculpas.

– Nós sentimos muito mesmo, sr. Mac. Ouvimos alguém chegar e achamos que poderiam ser bandoleiros.

– Bandoleiros – repetiu Brianna, sentindo crescer a vontade de rir, mas mantendo-a sob rígido controle. – Onde foi que você aprendeu essa palavra?

– Ah. – Com as mãos unidas nas costas, Jo baixou os olhos para os próprios pés.

– A srta. Lizzie estava lendo para nós aquele livro que o sr. Jamie trouxe. Era lá que estava. Sobre os bandoleiros.

– Entendi. – Brianna olhou rapidamente para Roger, que cruzou olhares com ela. Era óbvio que a sua irritação também já estava cedendo lugar à diversão. – *O pirata Gow* – explicou ela. – Defoe.

– Ah, sim. – Roger embainhou a adaga. – E por que vocês acharam que bandoleiros talvez estivessem chegando?

Kezzie, com as inconstâncias de uma audição irregular, escutou isso e respondeu com o mesmo entusiasmo do irmão, exceto pelo fato de a sua voz ser mais alta e ligeiramente sem entonação, resultado da surdez na primeira infância.

– Encontramos o sr. Lindsay a caminho de casa, senhor, e ele nos contou o que houve lá no Córrego do Holandês. É verdade o que ele disse? Que todos viraram cinzas?

– Estavam todos mortos. – A voz de Roger havia perdido qualquer vestígio de bom humor. – O que isso tem a ver com vocês dois ficarem de tocaia na mata com porretes?

– Bem, o terreno dos McGillivrays é um lugar bom e grande, o senhor entende, com a oficina do tanoeiro e a casa nova e tudo, e por ficar numa estrada, ora... bem, senhor, se *eu* fosse um bandoleiro, seria exatamente o tipo de lugar que poderia escolher – respondeu Jo.

– E a srta. Lizzie está lá com o pai. E com o seu filho, sr. Mac – acrescentou Kezzie, direto. – Não iríamos querer que nada de mau acontecesse com eles.

– Entendo. – Roger deu um sorriso meio torto. – Bem, obrigado a vocês dois, então, pela gentileza de terem se preocupado. Mas duvido que os bandoleiros vão estar em qualquer lugar aqui perto. O Córrego do Holandês fica bem longe.

– Sim, senhor – concordou Jo. – Mas os bandoleiros poderiam estar em qualquer lugar, não?

Isso era inegável, e suficientemente verdadeiro para renovar em Brianna a sensação de frio na boca do estômago.

– Poderiam, mas não estão – garantiu-lhes Roger. – Venham para a casa conosco, sim? Viemos só buscar Jem. Tenho certeza de que Frau Ute daria a vocês uma cama junto ao fogo.

Os Beardsleys trocaram um olhar inescrutável. Eram quase idênticos: pequenos, ágeis, com fartos cabelos pretos, diferenciados apenas pela surdez de Kezzie e pela cicatriz arredondada no polegar de Jo. Ver aqueles dois rostos de ossos delicados exibindo a mesmíssima expressão era um pouco inquietante.

Fosse qual fosse a informação trocada naquele olhar, obviamente incluíra tanta consulta quanto era necessário, pois Kezzie meneou a cabeça de leve, aceitando a decisão do irmão.

– Ah, não, senhor – disse Josiah, educado. – Acho que nós vamos ficar aqui. – E, sem dizer mais nada, os dois viraram as costas e desapareceram no escuro, fazendo a mata estalar, esbarrando em folhas e pedras pelo caminho.

– Jo! Espere! – chamou Brianna, pois sua mão havia encontrado alguma outra coisa no fundo do bolso.

– Pois não, senhora?

Josiah estava de volta, tendo surgido junto ao seu cotovelo de modo abrupto e perturbador. Seu gêmeo não tinha talento para passar despercebido, mas ele sim.

– Ah! Quero dizer, ah, aí está você. – Ela inspirou fundo para acalmar o coração e lhe entregou o apito talhado que havia fabricado para Germain. – Tome. Se vocês vão ficar de guarda, talvez isto aqui seja útil. Para chamar ajuda, caso alguém apareça *mesmo*.

Ficou claro que era a primeira vez que Jo Beardsley via um apito, mas ele não quis admitir. Virou o pequeno objeto na palma da mão, tentando não olhar para ele fixamente.

Roger estendeu a mão, pegou o apito e soprou com força, produzindo um barulho alto que estilhaçou a noite. Vários pássaros, assustados em seus locais de descanso, saíram voando das árvores próximas, aos gritos, e foram seguidos de perto por Kezzie Beardsley, que tinha os olhos esbugalhados de assombro.

– Soprem por aqui – disse Roger, encostando o dedo na extremidade correta do apito antes de devolvê-lo. – Apertem os lábios um pouco.

– Muito agradecido, senhor – murmurou Jo.

Seu semblante em geral estoico havia se estilhaçado junto com o silêncio, e ele pegou o apito com o mesmo olhar arregalado de um menino na manhã de Natal, virando-se na hora para mostrar o presente ao irmão. Ocorreu a Brianna de repente que nenhum dos dois *jamais* tivera uma manhã de Natal... nem recebido qualquer tipo de presente.

– Vou fazer outro para você – falou para Kezzie. – Assim vocês dois podem se comunicar. Se virem algum bandoleiro – acrescentou ela, sorrindo.

– Ah, sim, senhora. Vamos fazer isso, vamos sim! – garantiu-lhe ele quase sem olhar para ela, tamanha sua ânsia de examinar o apito que o irmão depositara em sua mão.

– Soprem três vezes se quiserem ajuda – disse-lhes Roger enquanto eles se afastavam, segurando o braço de Brianna.

– Sim, senhor! – veio a resposta do escuro, seguida por um tardio e débil "Obrigado, senhora!", que foi por sua vez seguido por uma saraivada de bufos, arquejos e estrilos ofegantes, pontuados por ruídos agudos de apito brevemente bem-sucedidos.

– Estou vendo que Lizzie tem ensinado boas maneiras a eles – comentou Roger. – Além do alfabeto. Mas você acha que eles algum dia vão ser civilizados de verdade?

– Não – respondeu Brianna, com um quê de pesar.

– É mesmo? – Apesar de não conseguir ver o rosto de Roger no escuro, ela ouviu a surpresa em sua voz. – Eu estava só brincando. Acha mesmo que não?

– Acho... e não é de espantar, depois do modo como foram criados. Você viu como eles ficaram com o apito? Ninguém nunca lhes deu um presente ou um brinquedo.

– Acho que não mesmo. Você acha que é isso que civiliza os meninos? Nesse caso, suponho que o pequeno Jem vá ser um filósofo, um artista ou algo assim. A sra. Bug o mima demais.

– Ah, como se você não mimasse – disse Brianna, tolerante. – E papai, e Lizzie, e mamãe, e todo mundo em volta.

– Ah, bem – disse Roger, constrangido com a acusação. – Espere até ele ter um pouco de competição. Germain não corre o risco de ser mimado, não é?

Germain, filho mais velho de Fergus e Marsali, vivia importunado por duas irmãs menores conhecidas por todos como as gatinhas infernais que o seguiam por toda parte, provocando e atentando o menino.

Ela riu, mas foi tomada por uma leve inquietude. Pensar em ter outro filho sempre a fazia se sentir postada no alto de uma montanha-russa, sem ar e com o estômago contraído, equilibrada em algum lugar entre a animação e o terror. Sobretudo agora, com a lembrança do sexo ainda a pesar suavemente, movendo-se feito mercúrio dentro da sua barriga.

Roger pareceu sentir sua ambivalência, pois não insistiu no assunto, mas segurou-lhe a mão dentro da sua, grande e morna. O ar estava frio e os últimos vestígios gelados do inverno ainda perduravam nos cantos.

– Mas e Fergus, então? – perguntou ele, retomando um fio anterior da conversa. – Pelo que ouvi dizer, ele tampouco teve muita infância, mas parece razoavelmente civilizado.

– Minha tia Jenny o criou desde que ele tinha 10 anos – objetou ela. – Você não conheceu minha tia Jenny, mas acredite: se tivesse encasquetado com a ideia, ela teria conseguido civilizar Adolf Hitler. Além do mais, Fergus foi criado em Paris, não nas montanhas selvagens... *mesmo* que tenha sido num bordel. E, pelo que Marsali me contou, parece que além do mais era um bordel bem de alta classe.

– Ah, é? O que ela contou?

– Ah, só umas histórias que Fergus contava para ela de vez em quando. Sobre os clientes e as pu... as meninas.

– Quer dizer que você não consegue dizer "puta"? – perguntou ele, achando graça. Ela sentiu o sangue lhe subir às faces, e ficou satisfeita por estar escuro. Ele a provocava mais ainda quando ela enrubescia.

– Não posso fazer nada se estudei numa escola católica – disse ela, na defensiva. – Condicionamento precoce. – Era verdade: ela só conseguia dizer determinadas palavras quando estava furiosa, ou mentalmente preparada. – Mas como você consegue? Seria de esperar que um filho de pastor fosse ter o mesmo problema.

Ele riu, com certa ironia.

– Não o mesmo problema, exatamente. Foi mais uma questão de me sentir obrigado a falar palavrão e me exibir na frente dos meus amigos, para provar que eu era capaz.

– Se exibir como? – indagou Brianna, farejando uma história.

Roger não falava com frequência sobre sua vida em Inverness, adotado pelo tio-avô pastor presbiteriano, mas ela adorava escutar os pedacinhos que ele às vezes deixava escapar.

– Ah. Fumando, bebendo cerveja, escrevendo palavras chulas nas paredes do banheiro dos meninos – respondeu ele, com um sorriso evidente na voz. – Virando latas de lixo. Esvaziando pneus de carro. Roubando balas da agência dos correios. Durante algum tempo, eu fui um verdadeiro criminoso mirim.

– O terror de Inverness, é? Você tinha uma gangue? – provocou ela.

– Tinha – respondeu ele, e riu. – Gerry MacMillan, Bobby Cawdor e Dougie Buchanan. Eu era o diferente, não só por ser filho do pastor, mas por ter um pai inglês e um nome inglês. Então estava sempre tentando mostrar a eles o quanto era durão. Ou seja, eu em geral era o que mais me encrencava.

– Eu não fazia ideia de que você tinha sido um delinquente juvenil – disse ela, encantada com a ideia.

– Bom, não por muito tempo – garantiu-lhe ele, irônico. – No verão dos meus 15 anos, o reverendo me inscreveu num barco pesqueiro e me mandou para o mar junto com a frota de pesca ao arenque. Não saberia dizer se ele fez isso para melhorar meu caráter, para me manter fora da cadeia ou só porque não me aguentava mais dentro de casa, mas funcionou. Se você um dia quiser conhecer homens durões, vá para o mar com um bando de pescadores gaélicos.

– Vou me lembrar disso – disse ela, tentando não rir, e produzindo em vez disso uma série de pequenos muxoxos úmidos. – Seus amigos acabaram na cadeia, então, ou se endireitaram, sem você para tirá-los do bom caminho?

– Dougie entrou para o exército – disse ele, com um quê de nostalgia na voz. – Gerry assumiu a loja do pai, que vendia tabaco. Bobby... ah, bem, Bobby morreu. Afogado, naquele mesmo verão, pescando lagosta com o primo ao largo de Oban.

Ela chegou mais perto e apertou sua mão, roçando o ombro no dele para reconfortá-lo.

– Sinto muito – falou, então fez uma pausa. – Só que... ele não está morto, não é? Ainda não. Não agora.

Roger fez que não com a cabeça e produziu um leve ruído, misto de bom humor e consternação.

– Isso reconforta você? – perguntou ela. – Ou é horrível de pensar?

Queria fazê-lo continuar falando; ele não falava tanto de uma vez só desde o enforcamento que levara embora sua voz de cantor. Ser forçado a falar em público o deixava encabulado, e sua garganta se contraía. Sua voz continuava rascante, mas, relaxado como ele estava agora, não engasgava nem tossia.

– As duas coisas – respondeu, e tornou a produzir o mesmo ruído de antes. – De toda forma, eu nunca mais vou vê-lo. – Deu de ombros de leve para afastar o pensamento. – Você pensa muito nos seus antigos amigos?

– Não, não muito – respondeu ela baixinho. A trilha nesse ponto se estreitava, e ela lhe deu o braço e chegou mais perto conforme os dois se aproximavam da última curva, de onde já poderiam avistar a casa dos McGillivrays. – Tem coisa demais aqui.

– Mas não quis falar sobre o que *não* havia ali. – Acha que Jo e Kezzie estão só de brincadeira? – indagou. – Ou estão tramando alguma coisa?

– O que eles poderiam estar tramando? – indagou Roger, aceitando a mudança de assunto sem comentar. – Não consigo pensar que estejam de tocaia para roubar alguém na estrada... não a esta hora da noite.

– Ah, eu acreditei no que eles disseram sobre ficar de guarda – disse ela. – Aqueles dois fariam qualquer coisa para proteger Lizzie. Só que...

Ela fez uma pausa. Eles tinham saído da floresta para a estrada. A extremidade mais distante se perdia num penhasco íngreme, parecendo à noite uma poça sem fundo de veludo negro; de dia, seria um emaranhado de árvores caídas, arbustos de rododendro, olaia e corniso, acrescidos das hastes retorcidas de antigas parreiras e trepadeiras. Mais adiante, a estrada fazia uma curva acentuada e seguia no outro sentido para chegar suavemente à casa dos McGillivrays, 100 metros mais abaixo.

– As luzes ainda estão acesas – disse Brianna com alguma surpresa. O pequeno grupo de construções formado por Old Place, New Place, pela oficina de tanoeiro de Ronnie Sinclair e pela fundição de ferro e pelo chalé de Dai Jones estava quase todo às escuras, mas as janelas mais baixas de New Place, onde moravam os McGillivrays, estavam riscadas por uma luz que vazava por entre as frestas das venezianas, e uma fogueira em frente à casa formava um borrão luminoso brilhante no meio da escuridão.

– Kenny Lindsay – disse Roger num tom neutro. – Os Beardsleys disseram que o encontraram. Ele deve ter parado para contar as novidades.

– Humm. Então é melhor tomarmos cuidado: se eles também estiverem de olho em bandoleiros, pode ser que atirem em qualquer coisa que se mexa.

– Hoje à noite, não; é um grupo, lembra? Mas o que estávamos dizendo sobre os Beardsleys protegerem Lizzie?

– Ai! – Seu dedão do pé bateu em algum obstáculo escondido, e ela apertou o braço dele para não cair. – Só que eu não tinha certeza de quem eles pensavam estar protegendo Lizzie.

Por reflexo, Roger apertou com mais força o braço dela.

– O que você quis dizer com isso?

– Só que, se eu fosse Manfred McGillivray, prestaria bastante atenção para ser gentil com Lizzie. Segundo mamãe, os Beardsleys a seguem por toda parte feito cachorrinhos, mas não é verdade. Eles a seguem feito lobos domesticados.

– Pensei que Ian tivesse dito que não se pode domesticar lobos.

– E é verdade – respondeu ela, tensa. – Vamos logo, antes que eles abafem a lareira.

A grande casa feita de toras de madeira literalmente transbordava de gente. A luz vazava pela porta aberta e acendia a fileira de pequenas janelas do tipo seteira que percorriam a fachada dianteira da casa, e formas escuras entravam e saíam da claridade da fogueira. Um som de rabeca chegou aos seus ouvidos, agudo e melodioso na noite, trazido pelo vento junto com o cheiro de carne assando.

– Imagino então que Senga tenha mesmo feito a sua escolha – comentou Roger, segurando o braço dela para a última descida íngreme até o cruzamento. – Quem você aposta que é? Ronnie Sinclair ou o rapaz alemão?

– Ah, uma aposta? Vamos apostar o quê? Ops!

Ela tropeçou numa pedra meio enterrada no caminho e cambaleou, mas Roger a segurou mais forte e a manteve em pé.

– Quem perder arruma a despensa – sugeriu ele.

– Fechado – respondeu ela, de bate-pronto. – Eu acho que ela escolheu Heinrich.

– Ah, é? Bom, talvez você tenha razão – disse ele, parecendo achar graça. – Mas preciso lhe dizer que, pela última notícia que tive, estava cinco a três para Ronnie. Frau Ute é uma força que se deve levar em consideração.

– É mesmo – admitiu Brianna. – Se fosse Helga ou Inga eu diria que era barbada. Mas Senga não tem a mesma personalidade da mãe; ninguém vai dizer a *ela* o que fazer... nem mesmo Frau Ute.

– Mas onde foi que eles arrumaram "Senga", afinal? – acrescentou ela. – Há várias Ingas e Hildas lá para os lados de Salem, mas nunca ouvi falar em nenhuma outra Senga.

– Ah, bem, e não teria ouvido mesmo... não em Salem. Esse nome não é alemão, sabe... é escocês.

– *Escocês*? – repetiu ela, espantada.

– Sim – disse ele, e o sorriso foi evidente em sua voz. – É Agnes soletrado ao contrário. Uma moça com esse nome tem de ser do contra, você não acha?

– Está de brincadeira? Agnes soletrado ao contrário?

– Eu não diria que é um nome exatamente comum, mas com certeza já conheci uma ou duas Sengas na Escócia.

Ela riu.

– Os escoceses fazem isso com algum outro nome?

– Soletrar ao contrário? – Ele pensou um pouco. – Bem, eu estudei na escola com uma menina chamada Adnil, e tinha um filho de quitandeiro que fazia as compras para as velhas senhoras do bairro... o nome dele se pronunciava "Kirry", mas se soletrava "C-i-r-e.".

Brianna o encarou com um olhar incisivo para ver se ele estava brincando, mas não. Ela balançou a cabeça.

– Acho que mamãe tem razão em relação aos escoceses. Então seu nome soletrado ao contrário seria...

– Regor – confirmou ele. – Parece algo saído de um filme do Godzilla, não é? Uma enguia gigante, talvez, ou um besouro com olhos de raios da morte.

A ideia pareceu lhe agradar.

– Você já pensou sobre o assunto, não é? – indagou ela, rindo. – Qual desses preferiria ser?

– Bom, quando eu era criança achava que o besouro com olhos de raios da morte seria melhor – admitiu ele. – Aí fui para o mar e comecei a pegar uma ou outra moreia na minha rede. Não é o tipo de coisa que você gostaria de encontrar num beco escuro, acredite.

– Pelo menos são mais ágeis do que o Godzilla – disse ela, estremecendo de leve ao recordar a única moreia que havia visto de perto.

Com 1,20 metro de aço de mola e borracha, veloz como um raio e equipado com uma boca cheia de navalhas, o bicho tinha surgido de dentro do compartimento de carga de um barco de pesca que ela vira ser descarregado numa pequena cidade portuária chamada MacDuff.

Ela e Roger estavam encostados numa mureta de pedra baixa, observando distraídos as gaivotas pairarem ao vento, quando um grito de alarme do barco de pesca mais abaixo os fez baixar os olhos a tempo de ver os pescadores fugindo de alguma coisa no convés.

Uma onda sinuosa e escura havia atravessado a massa prateada de peixes sobre o convés e disparado por baixo da amurada, indo aterrissar nas pedras úmidas do cais, onde causara um pânico semelhante entre os pescadores que enxaguavam seus equipamentos, contorcendo-se e rabeando como um cabo de alta tensão até um homem de bota de borracha conseguir reunir calma suficiente para correr até a moreia e chutá-la de volta para dentro d'água.

– Bom, elas não são de todo más, as moreias – comentou Roger com ponderação, obviamente recordando a mesma lembrança. – Afinal de contas, não se pode culpá-las: ser arrastada do fundo do mar sem aviso... qualquer um se debateria um pouco.

– De fato – concordou Brianna, pensando neles dois.

Segurou a mão de Roger e entrelaçou os dedos nos seus, reconfortando-se com aquele aperto firme e frio.

Eles agora estavam próximos o suficiente para captar pedaços de risos e conversas, que escapavam para a noite fria junto com a fumaça do fogo. Crianças corriam soltas. Ela viu duas formas pequeninas dispararem por entre as pernas da multidão reunida em volta da fogueira, tão negras e com as pernas tão finas quanto diabinhos de Halloween.

Com certeza Jem não era uma delas? Não, ele era menor, e com certeza Lizzie não iria...

– Mej – disse Roger.

– O quê?

– Jem, ao contrário – explicou ele. – Estava só pensando que seria bem divertido assistir a filmes do Godzilla com ele. Talvez ele quisesse ser o besouro com olhos de raios mortais. Seria legal, né?

Roger soou tão nostálgico que um bolo se formou na garganta de Brianna. Ela apertou a mão dele com força e em seguida engoliu em seco.

– Conte histórias do Godzilla para ele – falou, firme. – São inventadas, mesmo. Eu faço os desenhos.

Isso o fez rir.

– Meu Deus, Bree, se fizer isso eles vão apedrejar você por se meter com o diabo. O Godzilla parece saído do livro do Apocalipse... ou pelo menos foi o que me disseram.

– Quem disse isso?

– Eigger.

– Quem... ah – fez ela, invertendo as letras mentalmente. – Reggie? Quem é Reggie?

– O reverendo. – Seu tio-avô, seu pai adotivo. Ainda havia um sorriso em sua voz, mas agora matizado de nostalgia. – Quando íamos ver filmes de monstro juntos, aos sábados. Eigger e Regor... você tinha que ver a cara das mulheres da Associação de Senhoras quando a sra. Graham as deixava entrar sem anunciá-las e elas irrompiam no escritório do reverendo e davam com nós dois pisoteando o chão e urrando, destruindo uma Tóquio feita de tijolos e latas de sopa.

Ela riu, mas sentiu a ardência das lágrimas na parte de trás dos olhos.

– Queria ter conhecido o reverendo – falou, e apertou a mão dele.

– Eu também queria que você o tivesse conhecido – disse ele, suave. — Ele teria gostado tanto de você, Bree...

Durante alguns segundos, enquanto eles conversavam, a floresta escura e a fogueira flamejante lá embaixo haviam desaparecido; estavam os dois em Inverness, bem aconchegados no escritório do reverendo, com a chuva a bater nas janelas e o barulho do tráfego na rua. Isso acontecia com frequência quando conversavam assim, só os dois. Então alguma coisinha de nada destruía o instante, e o mundo de seu próprio tempo desaparecia num átimo de segundo; nesse dia, foi um grito vindo da fogueira quando as pessoas começaram a bater palmas e cantar.

E se ele não estivesse aqui, pensou ela de repente? Será que eu conseguiria trazer tudo de volta sozinha?

Um espasmo de pânico primevo a dominou ao pensar nisso, só por um segundo. Sem Roger para lhe servir de referência, apenas com suas próprias lembranças para ancorá-la ao futuro, esse tempo se perderia. Se dissolveria em sonhos enevoados e se perderia, deixando-a sem chão firme de realidade no qual pisar.

Ela inspirou fundo o ar frio da noite, com seu cheiro forte de fumaça de fogueira, e cravou as bases dos dedos dos pés com força no chão ao caminhar, tentando se sentir sólida.

– MamãeMamãeMAMÃE! – Um pequeno borrão se destacou da confusão em volta da fogueira e veio na sua direção feito um foguete, trombando em suas pernas com força suficiente para fazê-la se agarrar no braço de Roger.

– Jem! Aí está você!

Ela o recolheu do chão e enterrou o rosto em seus cabelos, que tinham um cheiro gostoso de cabra, feno e linguiça temperada. O menino era pesado e mais do que sólido.

Então Ute McGillivray se virou e os viu. Seu rosto largo tinha o cenho franzido, mas ao vê-los se abriu e tornou-se radiante de alegria. As pessoas se viraram ao ouvi-la cumprimentá-los, e na mesma hora os dois foram rodeados pela multidão, todos fazendo perguntas e expressando uma surpresa satisfeita com sua chegada.

Algumas perguntas foram feitas sobre a família holandesa, mas Kenny Lindsay já trouxera mais cedo a notícia do incêndio. Brianna ficou grata por isso. As pessoas estalaram os lábios e balançaram a cabeça, mas a essa altura já haviam exaurido quase todas as suas especulações horrorizadas e estavam passando para outros assuntos. O frio dos túmulos abaixo dos abetos ainda perdurava como uma leve friagem em seu coração; ela não tinha desejo algum de tornar *essa* experiência real outra vez falando a respeito.

O casal que acabara de ficar noivo estava sentado junto sobre dois baldes virados, de mãos dadas, rostos felizes à luz da fogueira.

– Ganhei – disse Brianna, sorrindo ao ver os dois. – Eles não parecem felizes?

– Parecem – concordou Roger. – Duvido que Ronnie Sinclair esteja. Ele está aqui?

Ele olhou em volta, e Brianna fez o mesmo, mas o tanoeiro não estava por perto.

– Espere... ele está na oficina – disse ela, levando a mão ao pulso de Roger e meneando a cabeça em direção à pequena construção do outro lado da rua. Não havia janelas daquele lado da tanoaria, mas dava para ver uma luz débil ao redor da moldura da porta fechada.

Roger olhou da oficina escurecida para o grupo animado ao redor da fogueira; muitos dos parentes de Ute tinham vindo de Salem junto com o noivo sortudo e seus amigos, trazendo consigo um imenso barril de cerveja preta que contribuía para a comemoração. O lúpulo deixava o ar com cheiro de fermento.

A tanoaria, por sua vez, tinha um aspecto desolado e contrariado. Ela se perguntou se alguém em volta da fogueira já teria dado pela falta de Ronnie Sinclair.

– Vou lá dar uma palavrinha com ele, está bem? – Roger a tocou de volta, num gesto breve de afeição. – Ele talvez esteja precisando de um ouvido compreensivo.

– Isso e uma bebida forte?

Ela meneou a cabeça em direção à casa, onde pela porta aberta se podia ver Robin McGillivray servindo o que ela supôs ser uísque para um círculo seleto de amigos.

– Imagino que ele tenha conseguido isso sozinho – respondeu Roger, seco.

Afastou-se dela e deu a volta no grupo animado ao redor da fogueira. Desapareceu no escuro, mas ela então viu a porta da tanoaria se abrir, a silhueta de Roger se desenhar por um breve instante contra a claridade do interior e sua forma alta tapar a luz antes de ele desaparecer lá dentro.

– Mamãe, quero beber!

Jemmy se contorcia feito um girino para tentar descer. Ela o pôs no chão e ele partiu como uma flecha, quase derrubando uma senhora corpulenta com uma bandeja de salgadinhos de milho frito.

O cheiro dos salgadinhos fumegantes a fez lembrar que não havia jantado, e ela foi atrás de Jemmy até a mesa de comida, onde Lizzie, em seu papel de quase-filha-da-casa, serviu-a generosamente de *sauerkraut*, linguiça, ovos defumados e algo feito com milho e abóbora.

– E onde está o *seu* queridinho, Lizzie? – indagou ela, em tom de provocação. – Você não deveria estar aconchegada com ele?

– Ah, ele? – Lizzie fez cara de quem se lembra de algo vagamente interessante, mas sem importância imediata. – Manfred, você quer dizer? Ele está... ali.

Ela estreitou os olhos devido à claridade do fogo e apontou com a colher de servir. Manfred McGillivray, seu noivo, estava junto com três ou quatro outros rapazes, todos de braços dados e se balançando para a frente e para trás enquanto cantavam alguma coisa em alemão. Pareciam estar com dificuldade para recordar as palavras, pois todos os versos terminavam em risos, empurrões e acusações.

– Tome, *Schätzchen*... isso quer dizer "querido" em alemão, sabia? – explicou Lizzie, abaixando-se para dar um pedaço de linguiça para Jemmy.

O menino pegou o pedaço como se fosse uma foca faminta, mastigou diligentemente, então resmungou "Quebeber" e se afastou para dentro da noite.

– Jem!

Brianna fez menção de ir atrás dele, mas foi impedida por uma multidão vinda em sentido contrário na direção da mesa.

– Ah, não se preocupe com ele – garantiu-lhe Lizzie. – Todo mundo sabe quem ele é. Não vai lhe acontecer nada de ruim.

Brianna mesmo assim poderia ter ido atrás do filho, não fosse ter visto uma pequena cabeça loura surgir junto da de Jem. Era Germain, amigo do peito do menino. Germain tinha dois anos a mais e um conhecimento do mundo muito maior do que o de um menino normal de sua idade, graças em grande parte à instrução do pai. Brianna torceu para ele não estar batendo carteiras entre os convidados, e fez uma anotação mental para revistá-lo mais tarde em busca de algum contrabando.

Como Germain segurava Jem pela mão com firmeza, ela se permitiu ser convencida a se sentar com Lizzie, Inga e Hilda sobre os rolos de feno que tinham sido posicionados um pouco afastados da fogueira.

– E o *seu* queridinho, onde está? – provocou Hilda. – Aquele seu diabo negro alto e bonito?

– Ah, ele? – respondeu Brianna, imitando Lizzie, e todas se puseram a urrar de tanto rir de um modo nada recatado; estava claro que a cerveja vinha sendo servida havia algum tempo. – Foi reconfortar Ronnie – disse ela, com um meneio de cabeça em direção à tanoaria escura. – Sua mãe ficou chateada com a escolha de Senga?

– Ah, ficou – respondeu Inga, revirando os olhos de modo muito expressivo. – Você deveria ter visto as duas, ela e Senga. Pareciam dois bichos. Papai foi pescar e ficou fora três dias.

Brianna encolheu a cabeça para esconder um sorriso. Robin McGillivray gostava de uma vida tranquila, algo que não tinha probabilidade alguma de ter na companha da esposa e das filhas.

– Ah, bem – fez Hilda, filosófica, inclinando-se um pouco para trás para aliviar o desconforto da primeira gestação, já bem avançada. – Ela na verdade não podia dizer muita coisa, *meine Mutter*. Afinal de contas, Heinrich é filho do seu próprio primo. Apesar de ser *pobre*.

– Mas ele é jovem – acrescentou Inga, prática. – Papai diz que Heinrich vai ter tempo de ficar rico.

Ronnie Sinclair não era exatamente rico... e tinha *trinta* anos a mais do que Senga. Por outro lado, além da própria tanoaria, era dono também de metade da casa na qual ele e os McGillivrays moravam. E Ute, após orientar as duas filhas mais velhas na direção de casamentos sólidos com homens de posses, decerto tinha visto as vantagens de uma união entre Senga e Ronnie.

– Posso entender que talvez seja meio esquisito – disse Brianna com tato. – Ronnie continuar morando com a sua família depois de...

Ela indicou com a cabeça os dois noivos, ocupados em dar pedaços de bolo na boca um do outro.

– Uh! – exclamou Hilda, revirando os olhos. – Que bom que eu não estou morando lá!

Inga concordou vigorosamente, mas acrescentou:

– Bem, mas *Mutti* não é de chorar sobre o leite derramado. Ela está de olho numa esposa para Ronnie. Você vai ver só.

Ela inclinou a cabeça em direção à mesa de comida, onde sua mãe conversava e sorria para um grupo de mulheres alemãs.

– Quem você acha que ela escolheu? – perguntou Inga à irmã, com os olhos estreitados, enquanto observava a mãe agir. – Aquela pequena Gretchen? Ou quem sabe a prima do seu Archie? Aquela meio estrábica... Seona?

Ao ouvir isso, Hilda, que era casada com um escocês do condado de Surry, fez que não com a cabeça.

– Ela vai querer uma moça alemã – objetou. – Pois vai ficar pensando no que vai acontecer se Ronnie morrer e a mulher se casar de novo. Se for uma moça alemã, há chances de mamãe conseguir forçá-la a se casar em segundas núpcias com um de seus sobrinhos ou primos... para manter a herança na família, não é?

Brianna escutou fascinada as moças debaterem a situação com perfeita neutralidade, e se perguntou se Ronnie Sinclair fazia alguma ideia de que o seu destino estava sendo decidido daquele jeito pragmático. Mas ele já morava com os

McGillivrays fazia mais de um ano, raciocinou; devia ter alguma noção dos métodos de Ute.

Agradecendo a Deus em silêncio por ela própria não ter sido incentivada a morar na mesma casa que a temível Frau McGillivray, Brianna olhou em volta à procura de Lizzie e sentiu uma pontada de empatia por ela. Após se casar com Manfred no ano seguinte, Lizzie iria, *ela sim*, morar com Ute.

Ao ouvir o nome "Wemyss", voltou a prestar atenção na conversa em curso, apenas para descobrir que as moças não estavam falando sobre Lizzie, mas sobre o pai da moça.

– Tia Gertrud – declarou Hilda, e arrotou de leve, com a mão fechada em frente à boca. – Ela própria é viúva; seria o melhor partido para ele.

– Tia Gertrud mataria o pobrezinho do sr. Wemyss em um ano – objetou Inga, aos risos. – Ela tem o dobro do tamanho dele. Se não o matasse de exaustão, rolaria para cima dele dormindo e o esmagaria.

Hilda levou as duas mãos espalmadas à boca, mas menos por estar chocada e mais para abafar os risos. Brianna pensou que ela também devia ter bebido seu quinhão de cerveja: estava com a touca meio torta e o rosto pálido corado, mesmo à luz da fogueira.

– É, bem, acho que ele não se incomoda muito com essa ideia. Está vendo ele ali?

Hilda meneou a cabeça para atrás dos bebedores de cerveja, e Brianna não teve dificuldade alguma para distinguir a cabeça do sr. Wemyss, cujos cabelos eram claros e finos como os da filha. Ele conversava animadamente com uma mulher corpulenta de avental e touca, que o cutucava nas costelas com intimidade, aos risos.

Enquanto Brianna olhava, Ute McGillivray avançou em sua direção seguida por uma mulher loura e alta, um pouco hesitante, com as mãos unidas sob o avental.

– Ah, quem é essa? – Inga esticou o pescoço feito um ganso, e sua irmã, escandalizada, deu-lhe uma cotovelada.

– *Lass das, du alte Ziege! Mutti* está olhando para cá!

Lizzie havia se levantado um pouco, de joelhos, para espiar.

– Quem...? – começou ela, com uma voz que parecia a de uma coruja. Sua atenção foi momentaneamente distraída por Manfred, que se ajoelhou ao seu lado no feno, sorrindo simpático.

– Como vão as coisas, *Herzschen*? – indagou ele, passando um braço em volta da sua cintura e tentando beijá-la.

– Quem é aquela, Freddie? – indagou Lizzie, esquivando-se agilmente do abraço dele e apontando com discrição para a mulher loura, que sorria tímida enquanto Frau Ute a apresentava ao sr. Wemyss.

Manfred piscou os olhos e titubeou um pouco sobre os joelhos, mas respondeu sem muita demora.

– Ah. Aquela é Fraulein Berrisch. Irmã do pastor Berrisch.

Inga e Hilda emitiram pequenos arrulhos de interesse; Lizzie franziu um pouco a testa, mas em seguida relaxou ao ver o pai inclinar a cabeça para trás de modo a se dirigir à recém-chegada; Fraulein Berrisch tinha quase a mesma altura de Brianna.

Bem, isso explica por que ela ainda é uma Fraulein, pensou Brianna, com empatia. Os cabelos da mulher tinham alguns fios grisalhos nas partes visíveis por baixo da touca e seu rosto era bastante sem graça, embora os olhos irradiassem uma doçura tranquila.

– Ah, então ela é protestante – disse Lizzie num tom de descaso que deixou bem claro que a Fraulein não chegava a poder ser considerada um partido potencial para seu pai.

– Sim, mas apesar disso é uma boa mulher. Venha dançar, Elizabeth.

Manfred claramente havia perdido qualquer interesse no sr. Wemyss e na Fraulein. Sob protestos de Lizzie, puxou-a para fazê-la ficar em pé e a empurrou em direção ao círculo de dançarinos. Ela foi com relutância, mas Brianna viu que, quando os dois chegaram lá, Lizzie já estava rindo de algo que Manfred havia sussurrado, e ele, por sua vez, lhe sorria, com a luz da fogueira a iluminar suas belas faces. Os dois formavam um casal bonito, pensou ela, cuja aparência combinava mais do que a de Senga e seu Heinrich, que era alto, porém magrelo, e tinha o rosto um tanto anguloso.

Inga e Hilda haviam começado a bater boca em alemão, o que permitiu a Brianna se dedicar por completo a consumir com vontade o excelente jantar. Com a fome que estava, teria apreciado quase qualquer coisa, mas o *sauerkraut* azedinho e crocante e as linguiças cheias de caldo e especiarias eram uma iguaria rara.

Foi só quando ela limpou os últimos vestígios de molho e gordura do prato de madeira com um pedaço de pão de milho que deu uma olhadela em direção à tanoaria, pensando culpada que talvez devesse ter guardado um pouco para Roger. Ele era muito gentil por se preocupar com os sentimentos do pobre Ronnie. Sentiu por ele uma onda de orgulho e afeto. Talvez devesse ir até lá resgatá-lo.

Havia pousado o prato e estava ajeitando as saias e anáguas, preparando-se para pôr seu plano em ação, quando foi impedida por uma dupla de silhuetas miúdas que emergiram trançando da escuridão.

– Jem? – indagou ela, intrigada. – O que houve?

O fogo luzia nos cabelos de seu filho como se fosse cobre recém-fundido, mas o rosto mais embaixo estava branco e os olhos eram duas imensas piscinas escuras, fixos e vidrados.

– Jemmy!

O menino virou para ela um rosto inexpressivo, disse "Mamãe?" com uma voz débil e hesitante, em seguida se sentou de repente quando as pernas desabaram debaixo dele feito dois elásticos.

Ela chegou a perceber de modo difuso Germain se balançando feito uma árvore jovem sob a brisa forte, mas não pôde lhe dedicar qualquer atenção. Agarrou Jemmy, levantou-lhe a cabeça e o sacudiu um pouco.

– Jemmy! Acorde! O que aconteceu?

– O rapazinho está caindo de bêbado, *a nighean* – disse uma voz acima dela num tom jocoso. – O que foi que a senhora andou lhe dando?

Robin McGillivray, ele próprio muito evidentemente um pouco alterado, inclinou-se e cutucou Jemmy de leve sem produzir nada além de um leve gorgolejo. Segurou um dos braços do menino, em seguida o soltou; o braço pendeu sem vida como um fio de espaguete cozido.

– *Eu* não dei nada a ele – respondeu Brianna, sentindo o pânico dar lugar a uma irritação crescente ao constatar que Jemmy na verdade estava apenas dormindo, com o pequeno peito a subir e descer num ritmo reconfortante. – Germain!

O outro menino havia se abaixado até formar um pequeno montinho, e cantava "Alouette" para si mesmo com uma voz sonhadora. Fora ela quem havia lhe ensinado aquilo; era a canção preferida dele.

– Germain! O que você deu para Jemmy beber?

– ... *j'te plumerai la tête...*

– *Germain!* – Ela o agarrou pelo braço, e ele parou de cantar e pareceu surpreso ao vê-la. – Germain, o que você deu para Jemmy?

– Ele estava com sede, senhora – respondeu Germain com um sorriso de incomparável doçura. – Queria beber alguma coisa.

Seus olhos então se reviraram nas órbitas e ele despencou para trás, flácido como um peixe morto.

– Ah, meu Deus do céu!

Inga e Hilda fizeram cara de chocadas, mas Brianna não estava com disposição para se importar com suas sensibilidades.

– Onde diabos está Marsali?

– Ela não está aqui – disse Inga, inclinando-se para a frente de modo a examinar Germain. – Parou na casa com as pequenas *maedchen*. Fergus está... – Ela se endireitou e olhou em volta vagamente. – Bom, eu o vi um tempinho atrás.

– Qual é o problema?

A voz rouca perto de seu ombro espantou Brianna, e ela se virou e deu com Roger, ar intrigado, rosto relaxado e sem a seriedade habitual.

– Seu filho é um bêbado – informou-lhe ela. Então sentiu o cheiro do hálito de Roger. – Está seguindo o exemplo do pai, pelo que posso ver – acrescentou, fria.

Ignorando o comentário, Roger sentou-se ao seu lado e pegou Jemmy no colo. Segurando o menininho apoiado nos próprios joelhos, deu uns tapinhas delicados, porém insistentes, em sua bochecha.

– Olá, Mej – falou, baixinho. – Olá. Está tudo bem, não está?

Como por magia, as pálpebras de Jemmy se abriram. Ele exibiu para o pai um sorriso sonhador.

– Oi, papai.

Ainda com o mesmo sorriso enlevado, seus olhos se fecharam e ele relaxou até ficar inteiramente flácido, com a bochecha esmagada contra o joelho do pai.

– Ele está bem – disse Roger a Brianna.

– Bom, ótimo – disse ela, não particularmente aplacada. – O que você acha que eles andaram tomando? Cerveja?

Roger se inclinou para a frente e cheirou os lábios tingidos de vermelho do filho.

– Cherry Bounce, acho. Tem um barril cheio lá perto do celeiro.

– Santo Deus!

Brianna nunca tinha bebido Cherry Bounce, mas a sra. Bug lhe ensinara como preparar a bebida: *"Pegue o suco de 1 bushel de cerejas, dissolva 10 quilos de açúcar por cima, depois coloque dentro de um barril de 150 litros e encha de uísque."*

– Ele está bem. – Roger deu alguns tapinhas no seu braço. – Aquele ali é Germain?

– É. – Ela se inclinou para verificar, mas Germain dormia tranquilamente, também sorrindo. – Esse Cherry Bounce deve ser coisa boa.

Roger riu.

– É um horror. Parece xarope contra tosse de teor alcoólico industrial. Mas devo dizer que deixa a pessoa bem alegre.

– Você andou bebendo isso?

Ela o encarou com atenção, mas seus lábios pareciam estar da cor habitual.

– É claro que não. – Ele se inclinou para a frente e a beijou para provar o que dizia. – Com certeza você não achou que um escocês feito Ronnie fosse lidar com a decepção bebendo Cherry Bounce, não é? Com uísque decente ao alcance da mão?

– Verdade – disse ela, e relanceou os olhos na direção da tanoaria. A débil claridade da lareira lá dentro e o contorno da porta haviam sumido, fazendo com que a construção agora não passasse de um débil retângulo negro contra a massa mais escura da floresta atrás. – Mas como Ronnie está lidando com a situação?

Brianna olhou em volta, mas Inga e Hilda tinham ido ajudar Frau Ute. Estavam todas reunidas em volta da mesa de comida, arrumando coisas.

– Ah, Ronnie está bem. – Roger tirou Jemmy do colo e o pousou delicadamente deitado de lado na palha junto a Germain. – Afinal, ele não estava apaixonado por Senga. Está sofrendo por causa da frustração sexual, não de um coração partido.

– Ah, bem, se for só isso – disse ela, seca. – Ele não vai precisar sofrer por muito mais tempo. Fui informada de que Frau Ute está cuidando muito bem do assunto.

– Sim, ela disse a Ronnie que vai lhe arrumar uma esposa. Ele está tendo o que se pode chamar de atitude filosófica em relação ao tema. Embora continue fedendo a desejo – completou ele, remexendo o nariz.

– Eca! Quer comer alguma coisa? – Brianna lançou um breve olhar na direção dos meninos e se levantou. – É melhor eu ir buscar algo para você antes que Ute e as meninas levem tudo embora.

Roger deu um bocejo repentino e prolongado.

– Não, estou sem fome. – Ele piscou para ela e lhe abriu um sorriso sonolento. – Vou avisar a Fergus onde está Germain, quem sabe pego algo para comer no caminho.

Com alguns tapinhas no ombro dela, ele se levantou, cambaleando de leve, e se afastou na direção da fogueira.

Brianna foi dar uma olhada nos meninos: ambos tinham a respiração profunda e regular, alheios ao mundo. Com um suspiro, ela os aproximou um do outro, empilhou palha em volta e os cobriu com a própria capa. Estava esfriando, mas o inverno já fora embora; não havia nenhuma sensação gélida no ar.

A festa ainda prosseguia, mas agora com menos animação. A dança havia parado e os convidados tinham se dividido em grupos menores, os homens reunidos em círculo junto ao fogo acendendo os cachimbos, os rapazes mais jovens sumidos em algum lugar. À sua volta, famílias se acomodavam para passar a noite, criando ninhos no feno para dormir. Alguns dentro da casa, outros no celeiro. Ela ouviu o som de um violão em algum lugar atrás da casa e uma única voz cantando algo lento e melancólico. Aquilo a fez ansiar de repente pelo som da voz de Roger tal como ela era antigamente, grave e afetuosa.

Ao pensar nisso, porém, percebeu uma coisa: a voz dele soara muito melhor quando ele voltara, depois de ir consolar Ronnie. Continuara rouca, com apenas um resquício do antigo tom grave... mas saíra com facilidade, sem aquele tom engasgado. Talvez o álcool relaxasse as cordas vocais?

O mais provável, pensou ela, era que o álcool simplesmente relaxasse Roger; que eliminasse parte das inibições dele em relação ao som da própria voz. Aquela era uma informação importante. Sua mãe havia opinado que a voz dele iria melhorar se ele a alongasse, se trabalhasse com ela, mas ele tinha vergonha de usá-la, e medo de sentir dor... quer devido à própria sensação de falar, ou então devido à diferença em relação ao modo como sua voz soava antes.

– Quem sabe eu não faço um pouco de Cherry Bounce? – disse ela em voz alta. Então olhou para as duas pequenas formas adormecidas no feno e pensou na possibilidade de acordar ao lado de três pessoas de ressaca quando chegasse a manhã. – Bem, talvez não.

Juntou feno suficiente para fazer um travesseiro e estendeu por cima seu lenço dobrado; eles passariam boa parte do dia seguinte tirando feno das roupas. Então se deitou e enroscou o corpo em volta do de Jem. Se algum dos dois meninos se mexesse ou vomitasse durante a noite, ela iria sentir e acordar.

A fogueira estava mais fraca; apenas uma franja irregular de chamas crepitava agora acima do leito de carvões em brasa, e os lampiões dispostos pelo quintal haviam todos se consumido ou sido apagados por economia. O violão e o canto tinham silenciado. Sem luz ou barulho para mantê-la afastada, a noite chegou, abrindo asas de silêncio frio sobre a montanha. Lá em cima, as estrelas brilhavam com intensidade, mas eram cabecinhas de alfinete a milênios de distância. Brianna fechou os olhos diante da imensidão da noite e inclinou a cabeça para encostar os lábios na cabeça de Jem, aninhando-se contra a quentura dele.

Tentou organizar os pensamentos para poder dormir, mas sem a distração da companhia alheia e com o ar tomado pelo cheiro de madeira queimada a lembrança voltou, sorrateira, e suas preces de bênçãos habituais se tornaram súplicas por misericórdia e proteção.

– *Ele afastou de mim os meus irmãos; até os meus conhecidos estão longe de mim. Os meus parentes me abandonaram e os meus amigos esqueceram-se de mim.*

Eu não vou me esquecer de vocês, disse ela em silêncio para os mortos. Pareceu-lhe uma coisa tão pífia de se dizer, tão pequena e fútil... Mas era a única ao seu alcance.

Sentiu um breve calafrio e abraçou Jemmy com mais força.

O feno farfalhou de repente, e Roger se deitou ao seu lado. Passou um tempo se ajeitando, estendendo a própria capa por cima dela, então suspirou aliviado, e seu corpo relaxou junto ao de Brianna enquanto o braço dele a enlaçava pela cintura.

– Que dia danado de comprido, não?

Ela respondeu com um débil grunhido. Agora que tudo estava em silêncio e não havia mais necessidade de falar, observar ou prestar atenção, cada fibra de seus músculos parecia prestes a se dissolver de cansaço. Embora houvesse apenas uma fina camada de feno entre ela e o chão frio e duro, Brianna sentia o sono lambê-la feito a maré a subir por uma praia de areia, tranquilizadora e inexorável.

– Conseguiu comer alguma coisa?

Ela levou uma das mãos à perna de Roger, e o braço dele se contraiu por reflexo e a puxou mais para perto.

– Sim, se você achar que cerveja é comida. Muita gente acha. – Ele riu, e seu hálito exalou um vapor morno de lúpulo. – Estou sem fome.

O calor do corpo de Roger começava a atravessar as camadas de tecido entre os dois, dispersando o frescor da noite.

Jem sempre irradiava calor ao dormir. Tê-lo aninhado junto a si era como segurar uma panela de barro. Mas Roger estava aumentando ainda mais o calor. Bem, sua mãe dizia que um lampião a álcool ardia mais quente do que um a óleo.

Ela suspirou e tornou a se aconchegar junto dele, sentindo-se aquecida e protegida. Agora que tinha a família por perto, junta novamente e em segurança, a fria imensidão da noite havia desaparecido.

Roger cantarolava baixinho. Ela reparou nisso de modo um tanto súbito. Não havia melodia, mas Brianna podia sentir a vibração do peito dele nas costas. Não queria correr o risco de fazê-lo parar; aquilo com certeza devia ser bom para suas cordas vocais. Mas ele parou sozinho depois de algum tempo. Na esperança de fazê-lo recomeçar, ela estendeu a mão para trás e acariciou-lhe a perna, experimentando por sua vez um leve cantarolar interrogativo.

– Hummm-mmm?

Roger espalmou as mãos sobre suas nádegas e a abraçou com força.

– Humm-humm – murmurou ele, no que soou como um misto de convite e satisfação.

Ela não respondeu, mas fez com o traseiro um leve movimento de negação. Em condições normais, isso o teria feito desistir. E ele *de fato* desistiu, mas só com uma das mãos, e apenas para descê-la por sua coxa com a óbvia intenção de segurar sua saia e levantá-la.

Brianna estendeu rapidamente o braço para trás e interceptou a mão exploradora, que trouxe até a frente do corpo e pousou sobre o próprio seio, numa indicação de que, embora apreciasse o gesto e em outras circunstâncias tivesse o prazer de correspondê-lo, naquele exato momento achava que...

Roger em geral tinha muito talento para interpretar sua linguagem corporal, mas ficou claro que essa habilidade fora embotada pelo uísque. Ou isso ou, como ocorreu a Brianna de repente, ele simplesmente não *estivesse ligando* para saber se ela queria...

– Roger! – sibilou ela.

Ele *tinha* recomeçado a cantarolar, e o som agora vinha entremeado com os ruídos graves e estalados que uma chaleira emite logo antes da fervura. Já tinha descido a mão por sua perna e subido por debaixo da saia, um contato quente sobre a carne da coxa, avançando depressa para cima... e para dentro. Jemmy tossiu e agitou os braços, e Brianna fez uma tentativa de chutar Roger na canela para sinalizar seu desagrado.

– Meu Deus, como você é linda – murmurou ele em seu cangote. – Ai, meu Deus, tão linda... Tão linda... tão... humm.

As palavras seguintes não passaram de um balbucio contra sua pele, mas ela *pensou* que Roger tivesse dito "escorregadia". Os dedos dele alcançaram o alvo, e ela arqueou as costas para tentar se desvencilhar.

– Roger – falou, mantendo a voz baixa. – Roger, tem *gente* em volta!

E um menino pequeno aos roncos imóvel feito um peso de porta na sua frente.

Ele resmungou alguma coisa na qual foi possível distinguir as palavras "escuro" e "ninguém vai ver", e então a mão exploratória se retirou... apenas para agarrar um punhado da saia e começar a afastar o pano.

Ele havia recomeçado a cantarolar, parando brevemente para murmurar:

– Eu te amo, te amo tanto...

– Eu também te amo – disse ela, estendendo a mão para trás e tentando segurar a dele. – Roger, *pare* com isso!

Ele parou, mas na mesma hora passou o braço em volta dela e a segurou pelo ombro. Um puxão rápido, e ela estava deitada de costas, olhando para as estrelas distantes lá em cima, que foram na mesma hora ocultadas pela cabeça e pelos ombros de Roger quando ele rolou para cima dela, produzindo um farfalhar bem alto de feno e roupas soltas.

– Jem...

Ela projetou uma das mãos na direção do filho, que não parecia ter sido incomodado pelo súbito desaparecimento de seu apoio nas costas, mas continuava encolhido no feno como um ouriço a hibernar.

Roger agora, por incrível que parecesse, estava *cantando*, se é que alguém podia chamar aquilo de canto. Ou pelo menos estava entoando as palavras de uma canção escocesa muito libidinosa sobre um moleiro atormentado por uma jovem que quer que ele moa o seu milho. Pedido que ele atende.

– Ele a jogou em cima dos sacos, e lá moeu seu milho, moeu seu milho...

Roger cantava no ouvido de Brianna com seu hálito quente enquanto o peso inteiro de seu corpo a imobilizava no chão e as estrelas rodopiavam loucamente no céu.

Ela pensou que a descrição que ele tinha feito de Ronnie como "fedendo a desejo" fosse apenas uma figura de linguagem, mas claramente não. Carne exposta encostou em carne exposta, e logo as duas se fundiram. Brianna deu um arquejo. Roger também.

– Ai, meu Deus! – exclamou ele.

Parou de se mexer, imobilizando-se um instante contra o céu acima, em seguida suspirou num êxtase de eflúvios de uísque e começou a se mover junto com ela, cantarolando. Estava *mesmo* escuro, graças a Deus, embora nem de longe escuro o bastante. Os resquícios da fogueira lançavam sobre o rosto dele uma claridade sinistra, e ele por um instante pareceu o grande e belo diabo negro de que Inga o havia chamado.

Relaxe e goze, pensou ela. O feno farfalhava bastante, mas havia outros farfalhares em volta, e o vento a gemer por entre as árvores no vale estreito quase bastava para abafar todos eles.

Ela conseguiu reprimir o constrangimento, e estava de fato começando a gostar quando Roger enfiou as mãos por baixo dela e a levantou.

– Enrosque as pernas em volta de mim – sussurrou ele, e mordiscou o lóbulo de sua orelha. – Enrosque as pernas nas minhas costas e bata na minha bunda com os calcanhares.

Movida em parte por uma luxúria equivalente à dele, em parte pelo desejo de expulsar o ar de dentro do marido como se ele fosse um acordeão, ela escancarou as pernas e as levantou bem alto, unindo-as bem apertadas em volta das costas que se moviam. Roger grunhiu de êxtase e redobrou seus esforços. A luxúria estava ganhando. Brianna tinha quase esquecido onde eles estavam.

Agarrando-se com toda a força e adorando a viagem, ela arqueou as costas e teve um espasmo, estremecendo encostada no calor de Roger, sentindo o toque frio e elétrico do vento da noite nas coxas e nádegas expostas na escuridão. Tremendo e gemendo, derreteu-se outra vez por cima do feno com as pernas ainda unidas em volta dos quadris de Roger. Sem ossos, sem nervos, deixou a cabeça pender para o lado e bem devagar, languidamente, abriu os olhos.

Havia alguém ali. Ela viu movimento no escuro e gelou. Era Fergus, que tinha vindo buscar o filho. Ela ouviu o murmúrio de sua voz falando em francês com Germain, e o leve farfalhar de seus passos se afastando pelo feno.

Ficou deitada sem se mexer, com o coração disparado, as pernas ainda presas no mesmo lugar. Roger, enquanto isso, havia se acalmado também. Com a cabeça pendurada e os longos cabelos a roçar o rosto dela qual teias de aranha no escuro, ele murmurou:

– Eu te amo... Meu Deus, eu te amo... – E abaixou-se lenta e delicadamente. Então tornou a falar num sussurro. – Obrigado – disse no seu ouvido, e rendeu-se a uma cálida semiconsciência em cima dela, com a respiração ofegante.

– Ah – fez ela, erguendo os olhos para as estrelas tranquilas. – De nada. – Moveu as pernas enrijecidas e, com alguma dificuldade, desvencilhou-se de Roger, cobriu ambos como podia, e restaurou seu abençoado anonimato em seu ninho forrado de feno, com Jemmy guardado em segurança entre os dois. – Ei – falou de repente, e Roger se mexeu.

– Hã?

– Que tipo de monstro era Eigger?

Ele riu, e o som saiu grave e nítido.

– Ah, Eigger era um pão de ló gigante. Com glacê de chocolate. Ele caía por cima dos outros monstros e os sufocava de doçura.

Ele tornou a rir, deu um soluço e afundou no feno.

– Roger? – chamou Brianna baixinho segundos depois.

Não houve resposta, e ela estendeu a mão por cima do corpo adormecido do filho até pousá-la de leve no braço do marido.

– Cante para mim – pediu, num sussurro, embora soubesse que ele já estava dormindo.

7

JAMES FRASER, AGENTE INDÍGENA

– James Fraser, agente indígena – falei, fechando um dos olhos como se estivesse lendo as palavras numa tela. – Parece nome de seriado de faroeste.

Jamie interrompeu o ato de tirar as meias e me encarou com ar desconfiado.

– É mesmo? Isso é bom?

– Levando em conta que o herói de um seriado nunca morre, sim.

– Nesse caso, sou a favor – disse ele, examinando a meia que acabara de tirar. Cheirou-a desconfiado, esfregou o polegar num pedaço puído no calcanhar, balançou a cabeça e a jogou no cesto de roupa suja. – Eu preciso cantar?

– Can... ah – falei, lembrando que, da última vez que tentara lhe explicar o que era uma televisão, minhas descrições haviam se concentrado basicamente no *The Ed Sullivan Show*. – Não, acho que não. Nem pular de um trapézio, ainda.

– Bom, é um consolo. Não sou mais tão jovem quanto antigamente, sabe? – Ele se levantou e se espreguiçou, grunhindo. A casa fora construída com pé-direito de 2,5 metros para acomodar sua altura, mas mesmo assim seus punhos fechados tocaram as vigas de pinheiro. – Meu Deus, que dia comprido!

– Bem, está quase no fim – falei, cheirando por minha vez o corpete do vestido que acabara de tirar. Tinha um cheiro forte, mas não desagradável, de cavalo e fumaça de madeira. Arejar um pouco, decidi, e ver se ele ainda poderia passar mais um tempinho sem ser lavado. – Eu não poderia ter pulado de um trapézio *nem* quando era jovem.

– Eu pagaria para vê-la tentar – disse ele, sorrindo.

– O *que é* um agente indígena? – perguntei. – MacDonald parecia pensar que estava lhe fazendo um favor ao sugerir seu nome para o cargo.

Ele deu de ombros e soltou a fivela do kilt.

– Ele sem dúvida acha que está. – Deu uma primeira sacudida na peça, e uma leve camada de poeira e crina de cavalo se assentou no chão abaixo da roupa. Ele foi até a janela, abriu a persiana, estendeu o kilt para fora e o sacudiu com mais força. – E estaria... – Sua voz chegou mais fraca da noite lá fora, em seguida mais forte quando ele tornou a se virar. – ... se não fosse essa sua guerra.

– *Minha* guerra? – falei, indignada. – Pelo jeito como você fala, parece que eu estou sugerindo iniciá-la sozinha.

Ele fez um pequeno gesto de quem descarta o assunto.

– Você sabe do que eu estou falando. Um agente indígena, Sassenach, é exatamente o que parece ser: um sujeito que sai por aí parlamentando com os índios da região, dando-lhes presentes e levando-os para passear na esperança de que eles se aliem aos interesses da Coroa, sejam eles quais forem.

– Ah? E que Departamento do Sul é esse que MacDonald mencionou?

Relanceei os olhos de modo involuntário em direção à porta fechada do nosso quarto, mas um ronco abafado vindo do outro lado do corredor indicava que nosso hóspede já tinha sucumbido aos braços de Morfeu.

– Humm. Existe um Departamento do Sul e um Departamento do Norte para lidar com questões indígenas nas colônias. O Departamento do Sul está subordinado a John Stuart, que é de Inverness. Vire-se, deixe que eu faço.

Virei-lhe as costas agradecida. Com uma perícia advinda de longa experiência, ele soltou os cordões do meu espartilho em poucos segundos. Dei um suspiro fundo quando este se soltou e caiu. Jamie descolou a combinação do meu corpo e massageou minhas costelas nos pontos em que as barbatanas haviam enterrado o tecido úmido na minha pele.

– Obrigada. – Suspirei de prazer e me encostei nele. – E, por ser de Inverness, MacDonald acredita que esse tal de Stuart vai ter uma predisposição natural para empregar outros originários das Terras Altas?

– Isso talvez dependa de Stuart ter ou não conhecido algum dos meus parentes – disse Jamie, seco. – Mas, sim, é o que MacDonald pensa.

Ele me beijou no cocuruto com um afeto distraído, então afastou as mãos e começou a soltar a rede que lhe prendia os cabelos.

– Sente-se – falei, pisando fora do meu espartilho caído. – Deixe que eu faço.

Ele se sentou no banquinho de camisa e fechou os olhos, relaxando por um instante enquanto eu desfazia a trança de seus cabelos. Havia passado os três dias anteriores usando-o preso num rabo de cavalo apertado para poder cavalgar; enfiei as mãos dentro daquela cabeleira morna e ruiva conforme esta foi se soltando da trança, e as ondas libertas cascatearam à luz da lareira, cor de canela, ouro e prata, enquanto eu esfregava delicadamente o couro cabeludo de Jamie com as pontas dos dedos.

– Presentes, você disse. Quem fornece esses presentes é a Coroa?

Eu já havia percebido que a Coroa tinha o mau hábito de "honrar" homens importantes com cargos que lhes exigiam se desprender de grandes quantidades do próprio dinheiro.

– Em teoria, sim. – Ele deu um enorme bocejo, e seus ombros largos afundaram confortavelmente enquanto eu pegava minha escova de cabelos e começava a fazer sua toalete. – Ah, que gostoso. É por isso que MacDonald acha que o cargo é um favor: existe a possibilidade de lucrar com o comércio.

– Além de oportunidades excelentes para a corrupção em geral. Sim, entendo. – Passei alguns minutos escovando seus cabelos antes de tornar a falar. – Você vai aceitar? – perguntei.

– Não sei. Preciso pensar um pouco. Você estava falando em faroeste... Brianna já usou essa palavra, quando estava me contando sobre os cabos...

– Caubóis.

Ele descartou a correção com um gesto.

– E os índios. É mesmo verdade, o que ela diz sobre os índios?

– Se o que ela diz é que eles serão em grande parte exterminados ao longo do próximo século ou algo do tipo, sim, ela está certa. – Alisei seus cabelos, em seguida me sentei na cama de frente para ele e comecei a escovar os meus. – Isso o incomoda?

As sobrancelhas dele se aproximaram um pouco enquanto ele refletia sobre a pergunta, e ele coçou o peito de um jeito distraído no ponto em que os pelos dourados meio ruivos apareciam pelo colarinho aberto da camisa.

– Não – respondeu devagar. – Não exatamente. Não é como se fosse eu que devesse matá-los com minhas próprias mãos. Mas... está chegando a hora, não é? A hora em que vou ter de pisar com cuidado se quiser andar no meio do fogo.

– Infelizmente, acho que sim – falei, e uma tensão desagradável pairou entre meus ombros.

Entendi com toda a clareza a que ele estava se referindo. As linhas de batalha ainda não estavam claras... mas estavam sendo traçadas. Tornar-se agente indígena da Coroa era aparentar ser legalista... fato que, por enquanto, não representava problema algum, uma vez que o movimento rebelde não passava de uma franja radical com bolsões de insatisfação. Mas que ficava muito, muito perigoso à medida que nos aproximávamos do ponto em que os insatisfeitos assumiam o poder e a independência era declarada.

Por conhecer o eventual desfecho, Jamie não se atrevia a esperar demais para se aliar aos rebeldes... mas fazer isso com demasiada antecedência era correr o risco de ser preso por alta traição. Uma perspectiva nada boa para um homem que já era um traidor perdoado.

– É claro que, se você *fosse* um agente indígena, imagino que talvez pudesse convencer algumas das tribos a apoiarem o lado americano... ou pelo menos a ficarem neutras – falei, tímida.

– Pode ser – concordou ele, com certo timbre pessimista na voz. – Mas, deixando de lado qualquer questão relacionada à honradez de tal comportamento... isso ajudaria a condená-los, não? Você acha que a mesma coisa iria lhes acontecer no futuro caso os ingleses vencessem?

– Eles não vão vencer – falei, com uma leve irritação.

Ele me lançou um olhar incisivo.

– Eu acredito em você – falou, com irritação semelhante. – Tenho motivos para acreditar, não é?

Aquiesci, com os lábios contraídos numa linha. Não queria falar sobre o último levante. Tampouco sobre a revolução que estava por vir, mas quanto a isso havia pouca alternativa.

– Não sei – falei, e respirei fundo. – Ninguém pode dizer, uma vez que não aconteceu... mas se eu tivesse de *supor*... nesse caso, acho que os índios talvez possam se sair melhor sob o domínio inglês. – Sorri para ele com certa tristeza. – Acredite ou não, o Império Britânico em grande medida conseguiu... ou vai conseguir, eu deveria dizer, administrar suas colônias sem exterminar *por completo* a população nativa.

– Com exceção do pessoal das Terras Altas – rebateu ele, muito seco. – Sim, Sassenach, eu confio no que você diz.

Jamie se levantou, correu a mão pelos cabelos, e vi de relance a pequena risca grisalha no meio dos fios, legado de um ferimento à bala.

– Você deveria conversar com Roger sobre isso – aconselhei. – Ele sabe muito mais do que eu.

Ele assentiu, mas, tirando uma leve careta, não respondeu nada.

– Falando em Roger, aonde você acha que ele e Bree foram?

– Para a casa dos McGillivrays, imagino – respondeu ele, espantado. – Buscar o pequeno Jem.

– Como você sabe? – indaguei, igualmente espantada.

– Quando tem alguma coisa ruim acontecendo por perto, um homem quer ter a família segura diante dos olhos, sabe?

Ele arqueou a sobrancelha para mim e, levando a mão até o alto do guarda-roupa, pegou a espada. Desembainhou-a até a metade, em seguida a recolocou e tornou a pôr a bainha no lugar delicadamente, com a espada solta e o cabo bem ao alcance da mão.

Trouxera consigo para o andar de cima uma pistola carregada, que estava pousada sobre a pia junto à janela. Igualmente carregados e preparados, o fuzil e a caçadeira estavam pendurados em seus ganchos acima da lareira no térreo. Por fim, com um pequeno e irônico floreio, ele sacou a adaga escocesa do coldre no cinto e a guardou bem guardadinha debaixo de nosso travesseiro.

– Às vezes eu me esqueço – falei com certa nostalgia ao ver aquilo.

Houvera uma adaga debaixo do travesseiro de nossa cama de núpcias... e de muitas outras desde então.

– Esquece mesmo?

Isso o fez sorrir; um sorriso meio torto, mas mesmo assim um sorriso.

– E você, não? Nunca?

Ele fez que não com a cabeça, sem deixar de sorrir, embora com um quê de pesar.

– Às vezes eu gostaria de esquecer.

Esse diálogo foi interrompido por um muxoxo repleto de perdigotos do outro lado do corredor, seguido por um barulho de cobertas sendo atiradas longe, palavrões violentos e um *tum!* distinto, como se alguma coisa, provavelmente um sapato, houvesse acertado a parede.

– Porra de gato! – berrou o major MacDonald.

Sentei-me, com a mão pressionada sobre a boca, enquanto pisadas de pés descalços vibravam por sobre as tábuas do piso, seguidas pelo breve estrondo da porta do major, que se abriu e em seguida bateu bem alto.

Jamie também havia congelado por um instante. Então se moveu, com toda a delicadeza, e sem fazer barulho entreabriu a porta do nosso quarto. Com o rabo empinado e formando um S arrogante, Adso entrou. Ignorando-nos com magnanimidade, atravessou o quarto, pulou com leveza para cima da pia e sentou-se dentro da cuba, onde levantou uma pata traseira e começou com toda a calma a lamber os próprios bagos.

– Uma vez vi um homem em Paris que conseguia fazer isso – observou Jamie, assistindo com interesse ao espetáculo.

– As pessoas se dispõem a pagar para ver essas coisas?

Imaginei que não fosse provável alguém executar uma performance pública daquelas apenas por diversão. Pelo menos não em Paris.

– Bom, não foi nem tanto o homem. Foi mais sua companheira, igualmente flexível. – Ele sorriu para mim, e o azul de seus olhos cintilou à luz das velas. – Como ver minhocas acasalando, não?

– Que fascinante – murmurei. Olhei para a pia, onde Adso agora fazia algo ainda mais indelicado. – Gato, sorte a sua o major não dormir armado. Ele poderia ter posto você na panela feito uma lebre ensopada.

– Ah, duvido. Nosso Donald deve dormir com uma faca... mas ele sabe muito bem onde estão suas prioridades. Você provavelmente não lhe serviria o café da manhã, e ele teria feito espetinho com o seu gato.

Olhei de relance para a porta. Os remelexos do colchão e os palavrões abafados vindos do outro lado do corredor haviam silenciado. Com a desenvoltura experiente de um soldado profissional, o major já estava bem adiantado a caminho da terra dos sonhos.

– Acho que não. Você tinha razão quanto a ele manobrar para conquistar os favores do novo governador. Imagino que seja esse o verdadeiro motivo para ele querer que você progrida politicamente, não?

Jamie assentiu, mas ficou claro que havia perdido o interesse em debater as maquinações de MacDonald.

– Eu tinha *razão*, não tinha? Isso quer dizer que você tem que me pagar uma prenda, Sassenach.

Ele me encarou com um ar de especulação crescente, que torci para não ter sido muito inspirado pelas lembranças dos parisienses-minhocas.

– Ah, é? – Olhei para ele desconfiada. – E, ahn, *qual* prenda, exatamente...?

– Bem, ainda não decidi todos os detalhes, mas acho que talvez devêssemos deitar na cama para começar.

Aquilo parecia um início razoável para a questão. Empilhei os travesseiros na cabeceira, detendo-me para remover a adaga, e então subi. Tornei a me deter, porém, e me curvei para girar a manivela da cama, esticando as cordas que sustentavam o colchão até o estrado ranger e as cordas produzirem um rangido estalado.

– Muito esperto, Sassenach – disse Jamie atrás de mim, parecendo achar aquilo divertido.

– Experiência – informei-lhe, subindo de quatro na cama recém-esticada. – Já acordei muitas vezes depois de passar a noite com você com o colchão dobrado em volta das orelhas e a bunda a não mais de 2 centímetros do chão.

– Ah, imagino que a sua bunda vá acabar um pouco mais alto do que isso – garantiu-me ele.

– Ah, você vai me deixar ficar por cima?

Isso me causava sentimentos contraditórios. Eu estava desesperada de cansaço e, embora gostasse de ficar por cima de Jamie, havia passado mais de dez horas no lombo de um cavalo, e os músculos das coxas exigidos por ambas as atividades tremiam de modo espasmódico.

– Quem sabe mais tarde – disse ele, estreitando os olhos para pensar. – Deite-se, Sassenach, e levante essa combinação. Depois abra as pernas para mim, pronto, boa menina, não, um pouco mais abertas, sim? – Com lentidão deliberada, ele começou a tirar a camisa.

Suspirei e mudei um pouco a posição das nádegas, à procura de uma postura que não fosse me dar cãibras caso eu precisasse mantê-la por muito tempo.

– Se estiver pensando no que acho que está pensando, vai se arrepender. Eu nem tomei banho direito – falei, em tom de repreensão. – Estou imunda e com cheiro de cavalo.

Nu, ele ergueu um dos braços e deu uma cafungada avaliadora.

– Ah, é? Bom, eu também. Não faz mal, eu gosto de cavalos.

Ele havia abandonado qualquer demora fingida, mas parou para observar seus preparativos, avaliando-me com ar de aprovação.

– Sim, muito bom. Agora, se você puder apenas levantar as mãos acima da cabeça e segurar a cama...

– Você não faria isso! – exclamei, então baixei a voz, dando uma olhada involuntária em direção à porta. – Não com MacDonald do outro lado do corredor!

– Ah, faria sim – garantiu-me ele. – E MacDonald e dez outros iguais a ele que vão para o diabo. – No entanto, ele parou, estudou-me pensativo, e após alguns instantes suspirou e balançou a cabeça. – Não – falou baixinho. – Hoje, não. Você ainda está pensando naquele pobre coitado holandês e na família dele, não está?

– Estou. Você não?

Com um suspiro, ele se sentou ao meu lado na cama.

– Estou fazendo o possível para não pensar – respondeu, com franqueza. – Mas os que acabaram de morrer não descansam fácil na cova, não é?

Pus a mão no seu braço, aliviada por ele sentir a mesma coisa. O ar noturno parecia inquieto com a passagem de espíritos, e eu havia sentido a melancolia persistente daquele jardim desolado, daquela fileira de túmulos, durante todos os acontecimentos e sustos da noite.

Era *mesmo* uma noite para se estar trancado em segurança, com um bom fogo na lareira e gente por perto. A casa estremeceu e as persianas rangeram com o vento.

– Eu quero você sim, Claire – disse Jamie baixinho. – Preciso... se você quiser.

E se eles houvessem passado daquele jeito a noite anterior à sua morte?, pensei. Tranquilos e aconchegados entre as paredes de casa, marido e mulher sussurrando um para o outro, deitados juntinhos na cama, sem saber o que o futuro reservava. Vi na lembrança as longas coxas brancas da mulher e o vento a soprar acima dela, e entrevi o pequeno tufo encaracolado entre as pernas, as partes íntimas pálidas feito mármore esculpido sob aquele halo de pelos castanhos, a costura fechada como na estátua de uma virgem.

– Eu também preciso – falei, igualmente baixinho. – Venha cá.

Ele se inclinou mais para perto e, com um gesto preciso, puxou o cordão da gola da minha combinação e fez o linho gasto despencar por meus ombros. Tentei segurar o tecido, mas ele agarrou minha mão e a imobilizou junto à lateral do meu corpo. Com um dos dedos, empurrou a combinação mais para baixo, então apagou a vela, e num escuro que recendia a cera, mel e suor de cavalo me beijou na testa, nos olhos, no canto das faces, nos lábios e no queixo, e continuou assim, vagaroso e com os lábios macios, até os arcos dos meus pés.

Então subiu e passou muito tempo chupando meus seios enquanto eu corria a mão por suas costas e segurava suas nádegas, nuas e vulneráveis no escuro.

Ao final, permanecemos deitados num agradável emaranhado em formato de minhocas. A única luz do quarto era uma débil claridade vinda da lareira onde agora só havia brasas. De tão cansada, eu podia sentir o corpo afundar no colchão, e tudo que desejava era continuar afundando, mais e mais, em direção à bem-vinda escuridão do esquecimento.

– Sassenach?

– Hã?

Após um instante de hesitação, sua mão encontrou a minha e a envolveu.

– Você não faria o que ela fez, faria?

– Quem?

– Ela. A holandesa.

Arrancada do limiar do sono, eu estava atordoada e confusa, o suficiente para que até mesmo a imagem da morta, com o avental que lhe servia de mortalha, parecesse irreal, não mais perturbadora do que os fragmentos aleatórios de realidade que meu cérebro lançava pelas amuradas no esforço vão de se manter à superfície à medida que eu afundava nas profundezas do sono.

– Fazer o quê? Cair dentro da lareira? Vou tentar – garanti a ele, bocejando. – Boa noite.

– Não. Acorde. – Ele sacudiu de leve o meu braço. – Fale comigo, Sassenach.

– Humm. – Foi um esforço considerável, mas afastei os sedutores braços de Morfeu e rolei de lado até ficar de frente para ele. – Humm. Falar com você. Sobre...?

– A holandesa – repetiu ele, paciente. – Se eu fosse morto, você não mataria sua família inteira, mataria?

– O quê? – Esfreguei o rosto com a mão livre para tentar entender aquilo em meio aos frangalhos esvoaçantes do sono. – A família inteira de quem... ah. Você acha que ela fez de propósito? Envenenou todos eles?

– Acho que talvez, sim.

As palavras dele não passaram de um sussurro, mas me trouxeram de volta à plena consciência. Passei alguns instantes deitada em silêncio, então estendi a mão, querendo me certificar de que ele estava mesmo ali.

Estava: um objeto grande e sólido, o osso liso do quadril morno e vivo sob a minha mão.

– Poderia também ter sido um acidente – falei, em voz baixa. – Você não pode ter certeza.

– Não – reconheceu ele. – Mas não posso deixar de imaginar a cena. – Ele se virou de costas, inquieto. – Os homens apareceram – falou baixinho para as vigas do teto. – Ele os enfrentou, e eles o mataram ali, na porta de casa. E quando ela viu que seu homem estava morto, acho que disse aos homens que precisava primeiro dar comida aos pequenos, antes de... então pôs cogumelos no ensopado e deu para os filhos e a mãe comerem. Levou os dois homens junto, mas eu acho que foi *esse* o acidente. Ela só queria ir atrás do marido. Não podia deixá-lo ali sozinho.

Eu quis lhe dizer que essa era uma interpretação um tanto dramática do que tínhamos visto. No entanto, não tinha como afirmar que ele estava errado. Ao ouvi-lo descrever o que via em pensamento, eu também vi, com toda a clareza.

– Você não sabe – falei por fim, baixinho. – Não tem como saber.

A menos que encontre os outros homens, pensei de repente, *e pergunte a eles*. Mas não falei isso.

Nenhum de nós dois disse nada por algum tempo. Pude ver que ele ainda estava pensando, mas a areia movediça do sono mais uma vez me puxava para baixo, insistente e sedutora.

– E se eu não conseguir manter você segura? – sussurrou ele, por fim. Sua cabeça de repente se moveu no travesseiro e se virou para mim. – Você e os outros? Vou tentar com todas as minhas forças, Sassenach, e não me importo se morrer fazendo isso, mas e se eu morrer cedo demais... e fracassar?

E que resposta poderia haver para essa pergunta?

– Isso não vai acontecer – sussurrei de volta.

Ele deu um suspiro e inclinou a cabeça de modo a encostar a testa na minha. Pude sentir em seu hálito um cheiro morno de ovos e uísque.

– Vou tentar fazer com que não aconteça – disse ele, e encostei a boca na sua, sentindo a maciez contra meus lábios, reconhecimento e reconforto no escuro.

Descansei a cabeça na curva de seu ombro, envolvi seu braço com uma das mãos e sorvi o cheiro de sua pele, fumaça e sal, como se ele houvesse sido curtido no fogo.

– Você está cheirando a presunto defumado – murmurei, e ele produziu um leve ruído de quem acha graça e encaixou a mão no lugar habitual, enfiada entre as minhas coxas.

Então, por fim, relaxei, e me deixei engolfar pelas pesadas areias do sono. Pode ser que ele tenha falado enquanto eu despencava na escuridão, ou pode ser que eu tenha apenas sonhado.

– Se eu morrer, não vá atrás de mim – sussurrou ele no escuro. – As crianças vão precisar de você. Fique por elas. Eu posso esperar.

PARTE II

As sombras se adensam

8

VÍTIMA DE UM MASSACRE

De lorde John Grey
Para o distinto cavalheiro sr. James Fraser
14 de abril de 1773

Meu caro amigo,

Escrevo-lhe em boa Saúde, e espero encontrar o senhor e os seus em condição semelhante.

Meu filho retornou à Inglaterra para lá concluir sua Instrução. Escreve com Deleite sobre as suas experiências (incluo uma cópia de sua mais recente carta), e me dá garantias quanto ao seu bem-estar. Mais importante ainda, minha mãe também me escreve para garantir que ele está bem, embora eu acredite, mais por causa do que ela não diz do que por aquilo que diz, que ele representa um elemento de confusão e perturbação inabitual na sua casa.

Confesso sentir falta desse elemento na minha casa. Minha vida ultimamente anda tão ordeira e bem regulada que o senhor ficaria surpreso. Apesar disso, o silêncio me parece opressivo, e embora eu esteja com saúde no que tange ao corpo, constato que meu espírito tem fraquejado um pouco. Estou triste, temo eu, com a falta de William.

Como distração para meu estado solitário, ultimamente tenho me dedicado a uma nova atividade: a fabricação de vinho. Embora reconheça que o produto careça do poder das suas destilações, lisonjeio-me pensando que não é intragável, e que, se puder descansar por um ano ou dois, talvez algum dia venha a se tornar palatável. O senhor receberá uma dúzia de garrafas mais para o final do mês pelas mãos de meu novo criado, o sr. Higgins, cuja história talvez ache interessante.

Talvez o senhor tenha ouvido falar alguma coisa sobre uma pouco respeitável briga ocorrida em Boston três anos atrás, no mês de março, que muitas vezes vi qualificada nos jornais e panfletos como "massacre", de modo muito irresponsável e inteiramente inexato para alguém que teve acesso à ocorrência em si.

Eu próprio não estava presente, mas conversei com diversos oficiais e soldados que estavam. Se eles estiverem falando a verdade, como acredito que estejam, a versão apresentada sobre a questão pela imprensa de Boston foi monstruosa.

Segundo todos os relatos, Boston é um verdadeiro antro de sentimento republicano, com chamadas "sociedades de protesto" soltas nas ruas a qualquer tempo, sendo essas nada mais do que uma desculpa para a reunião de turbas cujo esporte preferido é atormentar as tropas ali aquarteladas.

Higgins me contou que homem nenhum se atrevia a sair sozinho de uniforme por medo dessas turbas, e que, mesmo quando em número maior, a provocação do público logo os conduzia de volta aos seus quartéis, salvo quando eles eram compelidos pelo dever a persistir.

Uma patrulha de cinco soldados foi desse modo surpreendida certa noitinha e perseguida não apenas por insultos da natureza mais vil como também pelo lançamento de pedras, bolos de terra e esterco, e outros lixos semelhantes. A pressão da turba à sua volta foi tal que os homens temeram por sua segurança, apresentando portanto suas Armas na esperança de desencorajar as Atenções perturbadoras despejadas em cima deles. Longe de lograr esse objetivo, a ação provocou ultrajes ainda maiores por parte da multidão, e em determinado momento uma arma foi disparada. Ninguém sabe dizer com certeza se o tiro veio da multidão ou da arma de um dos soldados, quanto mais se isso ocorreu devido a um acidente ou de forma deliberada, mas o efeito... bem, o senhor decerto tem conhecimento suficiente sobre essas questões para imaginar a confusão dos acontecimentos subsequentes.

Ao final, cinco pessoas da turba foram mortas, e embora os soldados tenham apanhado e recebido um mau tratamento, escaparam com vida, apenas para serem transformados em bodes expiatórios pelos maliciosos protestos dos líderes da turba na imprensa, manipulados para fazer tudo parecer uma matança aleatória e injustificada de inocentes, em vez de uma questão de legítima defesa contra uma turba inflamada pela bebida e por palavras de ordem.

Confesso que minhas simpatias devem pender inteiramente para o lado dos soldados. Estou certo de que isso é óbvio para o senhor. Eles foram levados a julgamento, no qual o juiz decidiu que três eram inocentes, mas sem dúvida sentiu que seria perigoso para ele libertar todos.

Higgins, junto com mais um, foi condenado por homicídio, mas alegou fazer parte do clero e foi liberado após ter o corpo marcado a ferro. O Exército naturalmente o dispensou, e, sem ter como ganhar a vida e exposto ao ódio do populacho, ele se viu em triste situação. Contou-me que foi espancado numa taberna pouco depois da soltura, e que os ferimentos lá sofridos o privaram da visão num dos olhos, e de fato sua própria vida foi ameaçada em mais de uma ocasião. Assim, em busca de segurança, ele embarcou numa chalupa capitaneada por meu amigo capitão Gill para trabalhar como marinheiro, embora eu o tenha visto navegar e lhe garanta que tal coisa ele não é.

Essa situação logo se tornou evidente para o capitão Gill, que o demitiu quando da chegada ao primeiro porto. Eu estava na cidade a negócios e encontrei o capitão, que me contou sobre a situação desesperada de Higgins.

Tomei providências para encontrar o homem, pois sentia certa pena de um soldado que a mim parecia ter desempenhado o seu dever de forma honrada, e achei duro ele ter de sofrer por causa disso. Ao descobrir que ele é inteligente e dono de um caráter afável de modo geral, contratei-o para me prestar serviços, cargo no qual ele se provou muito fiel.

Mando-o junto com o vinho na esperança de que sua esposa possa ter a bondade de examiná-lo. O médico daqui, um certo dr. Potts, examinou-o e declarou que o ferimento no olho é irrecuperável, como de fato talvez seja. Como tenho alguma experiência pessoal das habilidades de sua esposa, porém, pergunto-me se ela talvez não possa sugerir um tratamento para as outras mazelas dele. O dr. Potts não foi de grande ajuda. Diga a ela, por favor, que sou seu humilde criado, e que permaneço perpetuamente grato por sua gentileza e habilidade.

Minhas mais calorosas saudações à sua filha, para quem mandei um pequeno presente que chegará junto com o vinho. Confio que o marido dela não ficará ofendido com minha familiaridade em consideração à minha longa relação com a sua família, e permitirá que ela o aceite.

Permaneço, como sempre, seu obediente criado,

John Grey

9

O LIMIAR DA GUERRA

Abril de 1773

Robert Higgins era um rapaz franzino, tão magro que os ossos mal pareciam estar seguros dentro das roupas, e tão pálido que era fácil imaginar ser possível na verdade ver através dele. No entanto, fora abençoado com grandes e sinceros olhos azuis, fartos cabelos castanho-claros ondulados e modos tímidos que fizeram a sra. Bug assumir de imediato seus cuidados e declarar a firme intenção de "cevá-lo" antes de ele partir de volta rumo à Virgínia.

Eu própria gostei bastante do sr. Higgins, um rapaz de temperamento doce, que falava com o sotaque suave de Dorset, onde nascera. Fiquei me perguntando, porém, se a generosidade de lorde John Grey em relação a ele era tão altruísta quanto parecia ser.

Com relutância, eu também havia passado a gostar de John Grey após nossa experiência compartilhada de um sarampo alguns anos antes, e por sua amizade com Brianna enquanto Roger era prisioneiro dos iroqueses. Mesmo assim, continuava plenamente consciente do fato de que lorde John gostava de homens... em especial de Jamie, mas com certeza de outros homens também.

– Beauchamp, você tem uma mente muito desconfiada – falei para mim mesma enquanto estendia raízes de lírio-do-bosque para secar.

– É, tem mesmo – disse uma voz atrás de mim num tom de quem acha graça. – Quem suspeitamos que esteja fazendo o quê?

Com o susto, fiz um movimento brusco, e os lírios-do-bosque voaram para todos os lados.

– Ah, é você – falei, zangada. – Por que sempre chega de mansinho desse jeito?

– Para treinar – respondeu Jamie, e me deu um beijo na testa. – Não gostaria de perder o jeito para perseguir a caça. Por que estava falando sozinha?

– Assim tenho a garantia de um bom ouvinte – respondi, atrevida, e ele riu e se abaixou para me ajudar a catar as raízes do chão.

– De quem está desconfiada, Sassenach?

Hesitei, mas não consegui pensar em nada além da verdade.

– Estava pensando se John Grey estaria trepando com o nosso sr. Higgins – falei, direta. – Ou pretendendo.

Jamie piscou os olhos de leve, mas não pareceu chocado, o que por si só me sugeriu que já havia considerado a mesma possibilidade.

– O que a faz pensar isso?

– Para começar, o rapaz é muito bonito – falei, pegando um punhado de raízes da mão dele e começando a espalhá-las por cima de um pedaço de gaze. – Além disso, ele tem o pior caso de hemorroidas que eu já vi num homem da idade dele.

– Ele deixou você *olhar*?

A menção de pederastia tinha feito o próprio Jamie enrubescer. Ele não gostava quando eu era indelicada, mas afinal de contas fora ele quem perguntara.

– Bem, foi preciso insistir bastante – respondi. – Ele me falou a respeito sem muita dificuldade, mas não queria me deixar examiná-las.

– Eu tampouco iria querer, e sou casado com você – garantiu-me Jamie. – Por que cargas-d'água você iria querer olhar uma coisa dessas, tirando a curiosidade mórbida? – Ele lançou um olhar desconfiado para o grande caderno preto onde eu anotava meus casos, aberto em cima da mesa. – Não está fazendo desenhos do traseiro do pobre Bobby Higgins aí, está?

– Não é preciso. Não consigo pensar num médico de qualquer época que não saiba como se parecem as hemorroidas. Afinal, os antigos israelitas e egípcios também as tinham.

– É?

– Está na Bíblia. Pergunte ao sr. Christie – recomendei.

Ele me olhou de esguelha.

– Andou conversando sobre a Bíblia com Tom Christie? Você é mais corajosa do que eu, Sassenach.

Christie era um presbiteriano extremamente devoto, e nada o deixava mais feliz do que bater na cabeça de alguém com as Santas Escrituras.

– Eu não. Germain me perguntou semana passada o que eram "tumores".

– E o que são?

– Hemorroidas. *Os filisteus perguntaram: "Que oferta pela culpa devemos lhe enviar?" Eles responderam: "Cinco tumores de ouro e cinco ratos de ouro, de acordo com o número de governantes filisteus"* – citei. – Ou algo do tipo. É o máximo que consigo lembrar de cabeça. O sr. Christie fez Germain copiar um verso da Bíblia como punição, e por ter uma mente curiosa o menino ficou se perguntando o que estava escrevendo.

– E não perguntaria ao sr. Christie, claro. – Jamie franziu o cenho e esfregou um dos dedos no osso do nariz. – Será que eu quero saber o que Germain fez?

– Tenho certeza que não.

Tom Christie pagava o aluguel de suas terras exercendo o cargo de professor primário das redondezas, e parecia capaz de manter a disciplina da forma que desejava. Na minha opinião, ter Germain Fraser como aluno provavelmente valia a quantia inteira, em termos de trabalho.

– *Tumores de ouro* – murmurou Jamie. – Que conceito interessante.

Ele havia adotado o ar levemente sonhador que muitas vezes exibia pouco antes de surgir com alguma ideia de arrepiar os cabelos envolvendo a possibilidade de aleijar, matar ou prender alguém para o resto da vida. Eu achava aquela expressão ligeiramente alarmante, mas, fosse qual fosse o raciocínio provocado pelas hemorroidas de ouro, ele o abandonou por um momento e balançou a cabeça.

– Mas estávamos falando sobre o traseiro de Bobby, não?

– Ah, sim. Por que eu queria ver os tumores do sr. Higgins... – falei, retomando o tema anterior. – Era para ver se o melhor tratamento seria a melhora ou a remoção.

As sobrancelhas de Jamie se arquearam quando ele escutou isso.

– Remoção? Como? Com a sua faquinha?

Ele olhou de relance para a maleta em que eu guardava meus instrumentos cirúrgicos e encolheu os ombros de aversão.

– Eu poderia fazer isso, sim, embora imagine que fosse ser bastante doloroso sem anestesia. Mas havia um método bem mais simples que estava apenas começando a ser usado de forma generalizada quando eu... fui embora.

Por apenas um instante, senti uma funda pontada de saudade do meu hospital. Praticamente pude sentir o cheiro do desinfetante, ouvir o burburinho e a movimentação das enfermeiras e serventes, tocar as capas lustrosas dos periódicos de pesquisa recheados de ideias e informações.

Então aquilo sumiu e voltei a avaliar as vantagens de sanguessugas *versus* barbante no que dizia respeito a ajudar o sr. Higgins a alcançar uma saúde anal ideal.

– O dr. Hawkins recomenda o uso de sanguessugas – expliquei. – Vinte ou trinta, segundo ele, para um caso sério.

Jamie aquiesceu, sem demonstrar qualquer repulsa pela ideia. Ele próprio, claro, já fora submetido a sanguessugas algumas vezes, e me garantia que não doía.

– Sim. Você não tem tantas assim à mão, tem? Quer que eu chame os pequenos e peça para eles catarem?

Jeremy e Germain adorariam uma desculpa para ir chafurdar nos riachos com o avô e voltar cobertos de sanguessugas e com lama até as sobrancelhas, mas eu fiz que não com a cabeça.

– Não. Ou melhor, sim – corrigi. – Como quiser... mas não preciso delas para já. Usar sanguessugas aliviaria a situação por um tempo, mas as hemorroidas de Bobby estão com uma séria trombose... há coágulos de sangue seco presos nelas... – expliquei. – E acho que seria melhor mesmo removê-las por completo. Creio que posso fazer uma ligadura... amarrar um barbante bem de leve na base de cada hemorroida, quero dizer. Isso as priva de sangue, e depois de algum tempo elas simplesmente secam e caem. É bem prático.

– Bem prático – repetiu Jamie com um murmúrio. Soou um pouco apreensivo. – Você já fez isso antes?

– Sim, uma ou duas vezes.

– Ah. – Ele franziu os lábios, pelo visto visualizando o processo. – Como é que... ahn, quero dizer... ele consegue evacuar, você acha, enquanto isso estiver acontecendo? Com certeza deve levar algum tempo.

Franzi o cenho e bati com um dos dedos no tampo da mesa.

– A principal dificuldade dele é *não* evacuar – respondi. – Quero dizer, não com a frequência suficiente, e não com a consistência adequada. Uma dieta horrorosa – falei, apontando para Jamie um dedo acusador. – Ele me disse. Pão, carne e cerveja. Nenhum legume, nenhuma fruta. Não duvido que a prisão de ventre seja uma verdadeira *epidemia* no exército britânico. Eu não me espantaria se quase todos tivessem hemorroidas penduradas feito cachos de uva!

Jamie aquiesceu com a sobrancelha arqueada.

– Há muitas coisas que eu admiro em você, Sassenach... em especial a delicadeza da sua conversa. – Ele tossiu e baixou os olhos. – Mas se você diz que o que causa hemorroidas é a constipação...

– E é.

– Ah, bem. Mas é que... aquilo que você disse antes sobre John Grey. Quero dizer, você não acha que a situação de Bobby tenha a ver com... humm.

– Ah. Bem, não, não diretamente. – Fiz uma pausa. – Foi mais porque lorde John disse na carta dele desejar que eu... como foi mesmo que ele disse? *Eu poderia sugerir tratamentos para as outras mazelas dele.* Quero dizer, ele pode até saber da dificuldade de Bobby sem... ahn... uma inspeção íntima, digamos assim. Mas, como eu disse, as hemorroidas são um incômodo muito comum, então por que ele ficaria preocupado a ponto de me pedir para fazer algo a respeito... a menos que pensasse que elas talvez pudessem prejudicar seu próprio eventual... ahn... avanço?

O rosto de Jamie havia recuperado a cor normal durante a conversa sobre sanguessugas e prisão de ventre, mas nessa hora tornou a ficar vermelho.

– O seu...

– Quero dizer – falei, cruzando os braços sob os seios. – Fico só um pouquinho incomodada... com a ideia de que ele tenha mandado o sr. Higgins até aqui para ser consertado, por assim dizer. – Eu vinha experimentando uma insistente sensação de desconforto com relação à questão do traseiro de Bobby Higgins, mas era a primeira vez que formulava a questão. Agora que o havia feito, entendi exatamente o que estava me incomodando. – Pensar que eu devo consertar o pobre Bobby e depois mandá-lo de volta para casa para ser... – Apertei com força os lábios um contra o outro, e voltei-me de maneira abrupta outra vez para minhas raízes, que pus-me a virar sem necessidade. – Não gosto dessa ideia – falei para a porta do armário. – Veja bem, farei o que puder pelo sr. Higgins. Bobby Higgins não tem muita perspectiva na vida. Ele sem dúvida faria... qualquer coisa que lorde John exigisse. Mas talvez eu o esteja julgando mal. Lorde John, digo.

– Talvez.

Virei-me e dei com Jamie sentado no meu banquinho, mexendo num jarro de gordura de ganso que parecia monopolizar toda a sua atenção.

– Bem – falei, hesitante. – Você o conhece melhor do que eu. Se acha que ele não está...

Não completei a frase. Lá fora, um súbito baque suave anunciou a queda de uma pinha de espruce sobre o alpendre de madeira.

– Eu sei mais sobre John Grey do que gostaria de saber – disse Jamie, por fim, e me olhou com um sorriso triste no canto da boca. – E ele sabe muito mais sobre mim do que me agrada pensar. Mas... – Ele se inclinou para a frente, pousou o jarro, em seguida levou as mãos aos joelhos e olhou para mim. – De uma coisa não tenho a menor dúvida: ele é um homem honrado. Não iria se aproveitar de Higgins, nem de qualquer outro homem sob a sua proteção.

Jamie soou muito convencido, e isso me tranquilizou. Eu gostava de John Grey. Ainda assim... a chegada de suas cartas, regulares como um relógio, sempre me causava um leve incômodo, como o barulho de um trovão distante. Não havia nas cartas em si nada que pudesse provocar essa reação. Elas eram à imagem de seu autor: eruditas, bem-humoradas e sinceras. E ele tinha motivos para escrever, é claro. Mais de um.

– Ele ainda ama você, sabia? – falei, baixinho.

Jamie aquiesceu, mas não olhou para mim; manteve os olhos fixos em algum lugar para lá das árvores que margeavam o quintal.

– Preferiria que ele não amasse?

Ele demorou a responder, então tornou a assentir. Dessa vez, porém, virou-se e olhou para mim.

– Sim, preferiria. Por mim. Por ele, com certeza. Mas por William?

Ele balançou a cabeça, em dúvida.

– Ah, ele talvez tenha ficado com William por sua causa – falei, recostando-me na bancada. – Mas lembre-se, eu já vi os dois juntos. Não tenho dúvida de que ele agora ama Willie pelo que Willie é.

– Não, eu também não duvido disso.

Ele se levantou, inquieto, e limpou uma poeira imaginária das dobras do kilt. Tinha o semblante fechado e olhava para algo dentro de si que não desejava dividir comigo.

– Você... – comecei, mas parei quando ele ergueu os olhos para mim. – Não. Não tem importância.

– O quê?

Ele inclinou a cabeça para o lado e estreitou os olhos.

– Nada.

Ele não se moveu, apenas intensificou o olhar.

– Posso ver pelos seus olhos que isso não é verdade, Sassenach. O que foi?

Respirei fundo, os punhos cerrados dentro do avental.

– É que... tenho certeza de que não é verdade, é só um pensamento passageiro...

Jamie produziu um leve ruído escocês, indicando que era melhor eu parar de fazer rodeios e falar logo. Como eu tinha experiência suficiente para saber que ele não iria deixar o assunto para lá até que eu falasse, assim o fiz.

– Você alguma vez se perguntou se lorde John teria ficado com ele porque... bem, William se parece muito com você, e isso desde a mais tenra idade. Como lorde John o acha fisicamente... atraente...

As palavras morreram e, ao ver a expressão no rosto de Jamie, eu poderia ter cortado minha garganta por dizê-las.

Ele fechou os olhos por alguns instantes para me impedir de olhar lá dentro. Tinha os punhos cerrados com tanta força que as veias saltavam dos dedos até o antebraço. Muito lentamente, ele relaxou as mãos. Abriu os olhos.

– Não – falou, e a convicção em sua voz era definitiva. Ele me encarou com um olhar direto e duro. – E não é porque eu não consiga suportar essa ideia. Eu sei.

– Claro – falei, depressa, ansiosa para mudar de assunto.

– Eu sei – repetiu ele com mais ênfase. Seus dois dedos duros bateram uma vez na perna, então se imobilizaram. – Já pensei nisso também. Quando ele me falou pela primeira vez que pretendia se casar com Isobel Dunsany.

Ele se virou e olhou pela janela. No quintal, Adso perseguia alguma coisa na grama.

– Eu ofereci meu corpo a ele – disse Jamie abruptamente, sem se virar. As palavras saíram bastante firmes, mas pude ver, pelos ombros contraídos, o quanto lhe custou dizê-las. – Como agradecimento, expliquei na ocasião. Mas foi... – Ele fez um estranho movimento convulso, como se estivesse tentando se libertar de alguma amarra. – Eu queria ver com certeza que tipo de homem ele era, sabe? Aquele homem disposto a adotar meu próprio filho.

Sua voz estremeceu, muito de leve, na palavra "adotar", e fui até ele por instinto, querendo de algum modo remendar a ferida aberta por baixo dessas palavras.

Ele estava rígido quando o toquei e não quis ser abraçado... mas segurou minha mão e a apertou.

– Deu... deu mesmo para ver, você acha?

Não fiquei chocada; John Grey havia me contado sobre essa oferta anos antes, na Jamaica. Mas eu não achava que ele houvesse se dado conta da sua verdadeira natureza.

A mão de Jamie apertou a minha com mais força e seu polegar traçou o contorno do meu, esfregando de leve a unha. Ele baixou os olhos para mim e pude senti-los perscrutar meu rosto, não de modo questionador, mas como faz uma pessoa que enxerga com um novo olhar algum objeto já conhecido, vendo com os olhos o que durante muito tempo foi visto apenas com o coração.

Sua mão livre se ergueu e traçou o contorno das minhas sobrancelhas. Dois dedos repousaram por um instante no meu osso malar, então continuaram para cima e para trás, frescos na quentura dos meus cabelos.

– Não se pode ser tão próximo de outra pessoa – disse ele por fim. – Estar dentro de outra pessoa, sentir o cheiro do suor dela, esfregar os pelos do seu corpo nos dela e nada ver de sua alma. Ou, se você *consegue* fazer isso... – Ele hesitou, e me perguntei se estava pensando em Black Jack Randall ou em Laoghaire, a mulher com quem havia se casado quando pensou que eu estivesse morta. – Bem... isso em si é uma coisa terrível – concluiu, suave, e abaixou a mão.

Fez-se silêncio entre nós. Um súbito farfalhar se fez ouvir na grama lá fora quando Adso deu um bote e sumiu, e uma cotovia começou a piar alarmada no grande espruce-vermelho. Na cozinha, algo caiu com um clangor, seguido pelo *shhh* ritmado de uma vassoura. Todos os ruídos caseiros daquela vida que tínhamos criado.

Será que eu algum dia tinha feito aquilo? Me deitado com um homem e nada visto de sua alma? De fato tinha, e Jamie estava certo. Um sopro frio me tocou, e os pelos da minha pele se eriçaram em silêncio.

Ele deu um suspiro que pareceu vir dos pés e esfregou uma das mãos nos cabelos presos.

– Mas ele não faria isso. John. – Então ergueu os olhos e me abriu um sorriso torto. – Ele disse que me amava. E que, se eu não pudesse lhe dar a mesma coisa em troca, e ele sabia que eu não podia, então não iria aceitar dinheiro falso por verdadeiro.

Ele se sacudiu com força, como um cachorro que sai da água.

– Não. Um homem que diz uma coisa dessas não é um homem capaz de abusar de uma criança por causa dos belos olhos azuis do pai. Isso eu lhe digo com certeza, Sassenach.

– Não – concordei. – Mas... – Hesitei, e ele me olhou com a sobrancelha erguida. – Se... se ele *tivesse*... ahn... aceitado sua oferta... e você o tivesse considerado... – Tentei achar alguma formulação razoável. – Menos, ahn, decente do que poderia esperar...

– Eu teria quebrado o pescoço dele lá na beira do lago – respondeu Jamie. – Pouco me importaria se tivessem me enforcado, eu não o teria deixado ficar com o menino. Só que ele não fez isso, e eu deixei – acrescentou, com um meio dar de ombros. – E se o pequeno Bobby se deitar na cama de lorde John, acredito que será por livre e espontânea vontade.

Nenhum homem está de fato em sua melhor forma com a mão de outra pessoa enfiada na bunda. Eu já tinha notado isso antes, e Robert Higgins não foi nenhuma exceção à regra.

– Não vai doer muito, de verdade – falei, do modo mais tranquilizador possível. – Tudo que você precisa fazer é ficar bem quietinho.

– Ah, senhora, eu vou fazer isso, vou sim – garantiu-me ele com fervor.

Eu o fizera se deitar na mesa de cirurgia, só de camisa, de quatro sobre as mãos e joelhos, o que deixava a área da operação convenientemente na altura dos meus olhos. O fórceps e as ligaduras de que eu iria precisar estavam arrumados sobre a mesinha à minha direita, com uma tigela de sanguessugas frescas ao lado para o caso de necessidade.

Ele deu um gritinho quando apliquei na região um pano molhado embebido de terebintina para efetuar uma limpeza completa, mas cumpriu sua palavra e não se mexeu.

– Nós vamos conseguir um sucesso muito bom aqui – assegurei-lhe enquanto empunhava um fórceps comprido. – Para o alívio ser permanente, porém, vai ser preciso uma mudança drástica na sua dieta. Entendeu?

Ele arquejou fundo quando segurei uma das hemorroidas e a puxei na minha direção. Eram três, uma apresentação clássica, nas posições do ponteiro de um relógio equivalentes às nove, duas e cinco horas. Bulbosas como framboesas e quase da mesma cor.

– Ai! S-sim, senhora.

– Aveia – falei com firmeza, transferindo o fórceps para a outra mão sem soltar a hemorroida e pegando com a direita uma agulha pela qual havia passado uma linha de seda. – Mingau todos os dias de manhã, sem falta. Já percebeu uma mudança para melhor nos seus hábitos intestinais desde que a sra. Bug começou a lhe servir mingau no desjejum?

Envolvi a base da hemorroida com o fio sem apertar, em seguida passei a agulha delicadamente por dentro do fio, criando um pequeno laço, e apertei bem apertado.

– Ahhh... ai! Ahn... para lhe dizer a verdade, senhora, parece que eu estou cagando tijolos recobertos com pele de ouriço, pouco importa o que eu coma.

– Bem, você vai perceber – garanti-lhe, prendendo a ligadura com um nó. Soltei a hemorroida, e ele respirou fundo. – Uvas, então. Você gosta de uvas, não gosta?

– Não, senhora. Tenho nervoso de mordê-las.

– É mesmo? – Seus dentes não pareciam muito cariados. Eu precisaria olhar sua boca com mais atenção: ele talvez estivesse padecendo de um caso leve de escorbuto. – Bem, vamos pedir à sra. Bug para fazer uma bela torta de uva para você; isso você vai conseguir comer sem dificuldade. Lorde John tem um bom cozinheiro? – Mirei com o fórceps e peguei a hemorroida seguinte. Já acostumado à sensação, ele só fez grunhir um pouco.

– Sim, senhora. Ele é índio e se chama Manoke.

– Humm. – Laçar, apertar, isolar com um nó. – Vou anotar a receita de torta de uva para você levar para ele. Ele costuma preparar inhame ou feijão? Feijões são muito úteis para essa finalidade.

– Acho que costuma, senhora, mas lorde John...

Eu tinha aberto as janelas para ventilar o ambiente, pois se Bobby não era mais sujo do que a média, certamente não era mais limpo, e nessa hora escutei barulhos vindo da entrada da trilha: vozes, e o sacolejo de arreios.

Bobby também ouviu, e relanceou os olhos para a janela com uma expressão frenética, tensionando a parte inferior do corpo como se fosse pular da mesa igual a um grilo. Segurei-o por uma das pernas, mas então mudei de ideia. Não havia como tapar a janela sem fechar as venezianas, e eu precisava da luz.

– Vamos, pode levantar – falei, soltando-o e estendendo a mão para pegar uma toalha. – Vou lá ver quem é. – Ele obedeceu à instrução de modo ruidoso, descendo da mesa atabalhoadamente e estendendo a mão às pressas para pegar a calça.

Saí para a varanda da frente a tempo de cumprimentar os dois homens que conduziam suas mulas pelo último e acentuado aclive até o quintal. Eram Richard Brown e seu irmão Lionel, de Brownsville.

Fiquei surpresa ao vê-los: uns bons três dias de viagem separavam Brownsville da Cordilheira, e o comércio entre os dois povoados era escasso. Salem ficava pelo menos a essa distância na direção oposta, mas os moradores da Cordilheira iam lá com muito mais frequência. Além de trabalhadores, os morávios eram grandes comerciantes, e levavam mel, óleo, sal, peixe e couros para trocar por queijo, cerâmicas, frangos e outros animais de pequeno porte. Até onde eu sabia, os habitantes de Brownsville só comercializavam artigos baratos para os cherokees, e produziam apenas um tipo de cerveja muito inferior, que não fazia valer a pena a viagem.

– Bom dia, dona. – Richard, o mais baixo e mais velho dos irmãos, tocou a borda do chapéu, mas não o tirou. – Seu marido está?

– Está perto do celeiro raspando couros. – Limpei as mãos com cuidado na toalha que carregava. – Deem a volta até a cozinha, vou trazer um pouco de sidra.

– Não se incomode.

Sem mais delongas, ele se virou e começou a dar a volta na casa a passos decididos. Lionel Brown, um pouco mais alto que o irmão, embora com o mesmo físico delgado, quase magro, e os mesmos cabelos cor de tabaco, me deu um leve meneio de cabeça antes de ir atrás.

Ambos haviam deixado as mulas com as rédeas penduradas, evidentemente para que eu cuidasse delas. Os animais estavam começando a andar pelo quintal, parando para pastar a grama comprida que margeava a trilha.

– Ah! – exclamei, olhando zangada na direção dos Browns.

– Quem são eles? – perguntou uma voz atrás de mim.

Bobby Higgins tinha saído e espiava pela quina da varanda com o olho bom. Tinha tendência a desconfiar de estranhos, o que não era de espantar, considerando suas experiências em Boston.

– Vizinhos, por piores que sejam.

Desci depressa da varanda e segurei uma das mulas pelo bridão quando ela estava chegando perto do jovem pessegueiro que eu havia plantado junto à varanda. Contrariada com essa interferência em seus assuntos, a mula deu um relincho ensurdecedor na minha cara e tentou me morder.

– Dê aqui, senhora, deixe que eu faço. – Bobby, que já estava segurando as rédeas da outra mula, inclinou-se na minha frente e segurou o freio. – Ouçam só ela! – disse ele para a mula indisciplinada. – Cale essa boca, senão dou em você com uma vara!

Ficou evidente que Bobby não tinha sido da cavalaria, mas sim da infantaria. As palavras até que saíram valentes, mas não combinavam com seus modos hesitantes. Ele deu um puxão protocolar nas rédeas da mula. O bicho na mesma hora pôs as orelhas para trás e o mordeu no braço.

Ele gritou e soltou as duas rédeas. Ao ouvir a confusão, meu burro Clarence soltou um relincho alto de boas-vindas do seu curral, e as duas mulas desconhecidas saíram na mesma hora trotando nessa direção, com as correias dos estribos a se balançar.

Bobby não estava ferido com gravidade, ainda que os dentes da mula houvessem rompido a pele; gotinhas de sangue atravessavam a manga de sua camisa. Quando eu estava arregaçando o tecido para dar uma olhada, ouvi passos na varanda, e ao erguer os olhos vi Lizzie, com uma grande colher de pau na mão e um ar bem alarmado.

– Bobby! O que aconteceu?

Ele se empertigou na mesma hora ao vê-la, fingindo descontração, e afastou da testa uma mecha de cabelos castanhos encaracolados.

– Ah! Nada, senhorita. Uns probleminhas com aquelas duas filhas de Belial. Nada grave, está tudo bem.

E foi então que seus olhos se reviraram nas órbitas e ele caiu desmaiado.

– Xi! – Lizzie desceu depressa os degraus, ajoelhou-se ao seu lado e começou a lhe dar tapinhas urgentes na bochecha. – Ele está bem, sra. Fraser?

– Só Deus sabe – respondi com franqueza. – Mas acho que sim.

Bobby parecia respirar normalmente, e ao segurar seu braço detectei uma pulsação razoável.

– Vamos levá-lo para dentro? Ou a senhora acha que devo ir buscar uma pena queimada? Ou a solução de amônia do consultório? Ou um pouco de conhaque?

Lizzie estava parada como uma abelha aflita, pronta para sair voando em qualquer uma de diversas direções.

– Não, acho que ele está voltando a si.

A maioria dos desmaios durava apenas alguns segundos, e pude ver o peito de Bobby subir quando sua respiração ficou mais profunda.

– Um pouco de conhaque não faria mal – murmurou ele, com as pálpebras começando a se mover.

Meneei a cabeça para Lizzie, que desapareceu outra vez dentro de casa, deixando a colher caída na grama.

– Está se sentindo um pouco indisposto? – perguntei, compreensiva.

A ferida no braço não passava de um arranhão, e eu não tinha lhe feito nada que fosse chocante... bem, não fisicamente chocante. Qual seria o problema ali?

– Não sei, senhora. – Ele estava tentando se sentar, e como, tirando uma palidez de lençol, parecia estar bem, deixei. – É só de vez em quando que eu vejo esses pontinhos zumbindo ao meu redor feito um enxame de abelhas, então tudo fica preto.

– De vez em quando? Isso já aconteceu antes? – perguntei, incisiva.

– Sim, senhora. – Sua cabeça se balançava feito um girassol ao vento, e levei uma das mãos até sua axila caso ele caísse outra vez. – Lorde John tinha esperança de que a senhora pudesse conhecer alguma coisa para acabar com isso.

– Lorde... ah, ele sabia sobre os desmaios?

Bem, é claro que sabia, se Bobby tinha o hábito de desmaiar na sua frente.

O rapaz aquiesceu e sorveu uma inspiração funda e arquejante.

– O dr. Potts me sangra regularmente, duas vezes por semana, mas não parece adiantar.

– Atrevo-me a dizer que não. Espero que ele tenha sido de maior ajuda com as suas hemorroidas – observei, seca.

Um leve tom rosado lhe subiu às faces, pois o pobre rapaz não tinha sequer sangue suficiente para proporcionar um rubor decente, e ele olhou para o outro lado e cravou os olhos na colher de pau.

– Ahn... eu, ahn, eu não comentei sobre *isso* com ninguém.

– Não? – Isso me espantou. – Mas...

– Foi a cavalgada, entende? Da Virgínia. – O rubor rosado aumentou. – Eu não teria dito nada, mas estava com tanta dor depois de uma semana no lombo daquele maldito cavalo... com todo o respeito, senhora... que não tive chance alguma de esconder.

– Quer dizer que lorde John tampouco sabia sobre as hemorroidas?

Ele negou vigorosamente com a cabeça, fazendo os cachos castanhos tornarem a lhe cobrir a testa. Senti-me um tanto irritada: comigo mesma, por ter interpretado mal os motivos de John Grey, e com John Grey por me ter feito de boba.

– Bem... está se sentindo um pouco melhor agora?

Lizzie não aparecia com o conhaque, e perguntei-me por um instante onde estaria. Bobby, apesar de ainda muito pálido, aquiesceu animado e, com esforço, levantou-se e ficou se balançando e piscando os olhos na tentativa de manter o equilíbrio. O "M" marcado em sua bochecha se destacava, muito vermelho em meio à pele pálida.

Distraída pelo desmaio de Bobby, eu havia ignorado os sons vindos do outro lado da casa. Nesse momento, porém, tomei consciência de vozes e passos que se aproximavam.

Jamie e os Browns surgiram pela quina da casa, e então, ao nos ver, estacaram. Jamie, que tinha o cenho levemente franzido, franziu-o ainda mais. Os Browns, por sua vez, tinham um ar um tanto empolgado, embora de um jeito sombrio.

– Então é verdade. – Richard Brown encarou Bobby Higgins com intensidade, então se virou para Jamie. – O senhor tem um assassino em sua propriedade!

– Tenho mesmo? – disse Jamie, com uma educação fria. – Eu não fazia ideia. – Ele se curvou diante de Bobby Higgins com seus melhores modos da corte francesa, em seguida se endireitou e fez um gesto em direção aos Browns. – Sr. Higgins, permita--me apresentar o sr. Richard Brown e o sr. Lionel Brown. Cavalheiros, meu convidado, o sr. Higgins.

As palavras "meu convidado" foram ditas com uma ênfase específica que fez a boca fina de Richard Brown se comprimir até ficar quase invisível.

– Cuidado, Fraser – disse ele, encarando Bobby intensamente, como se o desafiasse a sumir dali. – Andar com más companhias pode ser perigoso nestes tempos.

– Eu escolho a companhia que eu quiser, senhor. – Jamie falou com uma voz suave, soltando cada palavra por entre os dentes. – E não escolho a sua. Joseph!

Joseph Wemyss, pai de Lizzie, apareceu pela quina conduzindo as duas mulas rebeldes, que agora pareciam dóceis como dois gatinhos, embora ambas fizessem o sr. Wemyss parecer um anão.

Bobby Higgins, embasbacado com o que estava acontecendo, olhou para mim com um ar frenético em busca de explicação. Dei de ombros de leve e continuei calada enquanto os Browns subiam nas mulas e saíam da clareira montados, com as costas retesadas de raiva.

Jamie esperou que eles sumissem de vista, então soltou a respiração, passando a mão raivosamente pelos cabelos enquanto resmungava alguma coisa em gaélico.

93

Não consegui acompanhar os detalhes, mas supus que estivesse comparando o caráter de nossos visitantes recentes ao das hemorroidas do sr. Higgins, com desvantagem para os primeiros.

– Perdão, senhor?

Higgins parecia atarantado, mas ansioso para agradar. Jamie o encarou.

– Eles que vão embora e esquentem a cabeça – disse, descartando os Browns com um gesto da mão. Cruzou olhares comigo e virou-se em direção à casa. – Venha cá, Bobby; tenho uma ou duas coisas a lhe dizer.

Entrei na casa atrás deles, tanto por curiosidade quanto para a eventualidade de o sr. Higgins tornar a se sentir mal. Ele parecia razoavelmente firme, embora ainda muito pálido. Em contraste com Bobby Higgins, o sr. Wemyss, louro e franzino como a filha, parecia um retrato corado de saúde. Qual poderia ser o problema de Bobby, pensei? Lancei um discreto olhar em direção aos fundilhos de sua calça enquanto o seguia, mas tudo estava bem por ali; sem sangramentos.

Jamie foi na frente até seu escritório e indicou com um gesto a coleção heterogênea de banquinhos e caixas que usava para as visitas, mas tanto Bobby quanto o sr. Wemyss preferiram ficar em pé, Bobby por motivos óbvios, o sr. Wemyss por respeito: com exceção das refeições, ele nunca se sentia à vontade sentado na presença de Jamie.

Sem o obstáculo de reservas físicas ou sociais, acomodei-me no melhor dos banquinhos e ergui uma das sobrancelhas para Jamie, que havia se sentado ele próprio na mesa que usava como escrivaninha.

– O negócio é o seguinte – disse ele, sem preâmbulos. – Brown e seu irmão se autodeclararam chefes de um Comitê de Segurança, e vieram recrutar a mim e meus arrendatários para fazermos parte dele. – Ele olhou para mim e os cantos de sua boca se curvaram um pouco. – Eu recusei, como os senhores sem dúvida notaram.

Meu estômago se contraiu de leve ao pensar no que o major MacDonald tinha dito... e no que eu sabia. Estava começando, então.

– Comitê de Segurança?

O sr. Wemyss exibiu uma expressão atônita e olhou para Bobby Higgins... que estava começando a parecer consideravelmente menos atônito.

– Foi mesmo? – disse Bobby baixinho.

Fios de cabelos castanhos encaracolados haviam escapulido; ele tornou a ajeitar um deles atrás da orelha com o dedo.

– Já ouviu falar nesses comitês, sr. Higgins? – quis saber Jamie, erguendo a sobrancelha.

– Já topei com um deles, senhor. De perto. – Bobby tocou rapidamente com o dedo o ponto abaixo do olho cego. Apesar de ainda pálido, estava começando a recuperar o controle de si. – São turbas, senhor. Iguais às suas mulas, só que mais numerosos... e mais cruéis.

Ele abriu um sorriso torto e alisou a manga da camisa por cima da mordida no braço.

A menção das mulas me fez lembrar subitamente de algo, e me levantei, pondo um fim súbito à conversa.

– Lizzie! Onde está Lizzie?

Sem esperar resposta para essa pergunta retórica, fui até a porta do escritório e gritei o nome dela... mas deparei apenas com silêncio. Ela tinha ido buscar conhaque; havia bastante numa jarra na cozinha, e ela sabia disso... na noite anterior eu mesma a vira pegar a jarra para a sra. Bug. Ela devia estar dentro da casa. Com certeza não teria ido...

– Elizabeth? Elizabeth, onde você está?

Quando desci o corredor até a cozinha, o sr. Wemyss veio logo atrás de mim, chamando pela filha.

Lizzie estava caída sem sentidos sobre a pedra da lareira, uma trouxa inerte de roupa com uma das mãos frágeis estendida como se houvesse tentado se salvar ao cair.

– Srta. Wemyss!

Com um ar frenético, Bobby Higgins passou por mim me afastando com o ombro e a pegou no colo.

– Elizabeth!

O sr. Wemyss também passou por mim me afastando com o cotovelo, com o rosto quase tão pálido quanto o da filha.

– Deixem-me dar uma *olhada* nela, sim? – falei, empurrando-o de volta com firmeza com o cotovelo. – Ponha-a em cima do banco, Bobby, por favor.

Ele se levantou cuidadosamente, com Lizzie no colo, então se sentou no banco ainda sem largá-la, esboçando uma leve careta ao fazê-lo. Bem, se ele queria ser herói, eu não estava com tempo para discutir. Ajoelhei-me e segurei o braço dela em busca de um pulso ao mesmo tempo que afastava os cabelos claros de seu rosto com a outra mão.

Uma olhada fora suficiente para me informar qual era o provável problema. Lizzie suava frio, e a palidez de seu rosto tinha um tom acinzentado. Ainda que ela estivesse desacordada, pude sentir o tremor dos futuros calafrios percorrendo seu corpo.

– A febre voltou, não é? – indagou Jamie.

Ele havia aparecido ao meu lado e segurava o sr. Wemyss pelo ombro, ao mesmo tempo para reconfortá-lo e contê-lo.

– Sim – respondi, sucinta.

Lizzie tinha malária, contraída no litoral alguns anos antes, e sofria de ocasionais recaídas, embora já fizesse mais de um ano que isso não acontecia.

O sr. Wemyss sorveu uma inspiração profunda e audível, e seu rosto recuperou um pouco de cor. Ele conhecia a malária, e estava confiante de que eu saberia lidar com a doença. Já o tinha feito várias vezes antes.

Torci para conseguir dessa vez. A pulsação de Lizzie estava acelerada e débil sob meus dedos, mas regular, e ela começava a se mexer. Mesmo assim, o caráter veloz e repentino do ataque era assustador. Teria havido algum sinal? Torci para que a preocupação que eu sentia não transparecesse no meu rosto.

– Leve-a para a cama lá em cima, cubra-a, e vá buscar uma pedra quente para os seus pés – falei, levantando-me e dirigindo-me sucessiva e rapidamente a Bobby e ao sr. Wemyss. – Vou começar a preparar um remédio.

Jamie me seguiu até o consultório, e antes de falar olhou por cima do ombro para ter certeza de que os outros não poderiam ouvir.

– Pensei que a sua quina-amarela tivesse acabado – falou, em voz baixa.

– E acabou. Maldição!

Apesar de a malária ser uma doença crônica, eu havia conseguido mantê-la quase totalmente sob controle com doses pequenas e regulares de casca de quina-amarela. Mas minha quina-amarela havia acabado durante o inverno, e ninguém ainda conseguira descer até a costa para buscar mais.

– E agora?

– Estou pensando.

Abri a porta do armário e olhei para as bem-arrumadas fileiras de frascos de vidro guardados lá dentro, muitos deles vazios, ou apenas com alguns farelos esparsos de folhas ou raízes em seu interior. Os estoques estavam todos baixos após um inverno frio e chuvoso de gripe, *influenza*, frieiras e acidentes de caça.

Antitérmicos. Eu tinha vários remédios que poderiam ajudar a baixar uma febre normal; malária era outra coisa. Pelo menos havia raiz e casca de corniso de sobra: já prevendo a necessidade, eu havia colhido grandes quantidades durante o outono. Peguei esse vidro e, após pensar mais um pouco, também o vidro que continha uma espécie de genciana conhecida na região como "erva da febre".

– Pode pôr a chaleira no fogo? – pedi a Jamie, enrugando a testa de concentração enquanto pilava raízes, cascas e ervas no almofariz.

Tudo que eu podia fazer era tratar os sintomas superficiais da febre e dos calafrios. E do choque, pensei. Era melhor tratar isso também.

– E traga-me um pouco de mel, por favor! – gritei, pois Jamie já havia chegado à porta.

Ele aquiesceu e seguiu apressado em direção à cozinha, seus passos estalaram rápidos e sólidos nas tábuas de carvalho do piso.

Comecei a socar a mistura, ainda pensando em outras possibilidades. Uma pequena parte da minha mente estava um pouco satisfeita com aquela emergência. Assim eu podia adiar um pouco a necessidade de ouvir sobre os Browns e seu horrível comitê.

Uma sensação de grande incômodo tomou conta de mim. O que quer que eles quisessem, eu estava certa de que não augurava nada de bom. Eles certamente não tinham ido embora em termos amigáveis. Quanto ao que Jamie poderia se sentir obrigado a fazer em reação a eles...

Castanheiro-da-índia. Essa planta costumava ser usada para a febre terçã, como o dr. Rawlings às vezes a chamava. Será que me restava um pouco? Corri os olhos rapidamente pelos vidros e garrafas do baú de remédios e me detive ao dar com um frasco contendo uns 2 centímetros de glóbulos pretos secos no fundo. *Fruta-bile*, dizia o rótulo. Não eram minhas, aquele era um dos vidros de Rawlings. Eu nunca as havia usado para nada. No entanto, algo atiçou minha memória. Eu já tinha ouvido dizer alguma coisa sobre aquelas frutinhas. O que seria?

De modo semiconsciente, peguei o vidro, abri e cheirei. As frutinhas exalaram um odor forte e adstringente, levemente amargo. E levemente conhecido.

Ainda segurando o vidro, fui até a mesa onde estava meu grande caderno preto e folheei depressa as primeiras páginas, que continham as anotações deixadas por Daniel Rawlings, dono original do caderno e do baú de remédios. Onde estava?

Eu ainda passava as páginas, em busca de uma anotação que mal conseguia recordar, quando Jamie retornou, trazendo uma jarra de água quente e um prato cheio de mel... e seguido de perto pelos Beardsleys.

Olhei para os dois meninos, mas não disse nada. Eles tendiam a aparecer de modo inesperado, como dois joões-bobos.

– A srta. Lizzie está muito doente? – indagou Jo, aflito, espiando em volta de Jamie para ver o que eu estava fazendo.

– Sim – respondi, prestando atenção parcial nele. – Mas não se preocupe, estou preparando um remédio para ela.

Ali estava. Uma anotação breve, acrescentada como um óbvio adendo ao relato do tratamento de um paciente cujos sintomas pareciam indicar claramente a malária... e que, reparei com uma sensação desagradável, havia morrido.

O comerciante de quem comprei quina-Amarela me contou que os índios usam uma planta chamada fruta-bile, quase tão amarga quanto a casca de quina-amarela e considerada de uso importantíssimo nas febres terçã e quartã. Colhi um pouco para um experimento, e sugiro tentar uma infusão assim que a oportunidade se apresentar.

Peguei uma das frutinhas secas e a mordi. O sabor pungente de quinino inundou na mesma hora a minha boca... acompanhado por uma abundante cascata de saliva enquanto meus lábios se franziam devido ao amargor, de arrancar lágrimas dos olhos. Fruta-bile, de fato!

Fui depressa até a janela aberta, cuspi no canteiro de ervas logo abaixo e continuei cuspindo enquanto os Beardsleys, achando aquele entretenimento inesperado muito divertido, me acompanhavam com risadinhas e muxoxos.

– Está tudo bem, Sassenach?

No semblante de Jamie, o bom humor disputava a primazia com a preocupação.

Ele despejou um pouco de água da jarra numa tigelinha de cerâmica, acrescentou algumas gotas de mel após pensar um pouco e me entregou.

– Tudo – grasnei. – Não deixe isso cair!

Kezzie Beardsley havia pegado o vidro de frutas-bile e o cheirava cautelosamente. Ao ouvir minha admoestação, aquiesceu, mas não largou o vidro, que em vez disso entregou ao irmão.

Tomei um grande gole de água quente com mel e engoli.

– Essas... elas têm alguma coisa parecida com quinino.

Na mesma hora, a expressão de Jamie mudou, e sua preocupação diminuiu.

– Então vão ajudar a menina?

– Espero que sim. Mas não temos muitas.

– A senhora quer dizer que precisa de mais destas coisas aqui para a srta. Lizzie, sra. Fraser?

Jo ergueu para mim uns olhos escuros argutos acima do pequeno vidro.

– Sim – respondi, espantada. – Você está me dizendo que sabe onde conseguir?

– Sei, sim, senhora – disse Kezzie, como de hábito com a voz um pouco alta. – Os índios têm.

– Que índios? – quis saber Jamie, cujo olhar se aguçou.

– Os cherokees – respondeu Jo, dando um vago aceno por cima do ombro. – Lá perto da montanha.

Essa descrição poderia ter servido para meia dúzia de povoados, mas era óbvio que eles estavam pensando num povoado específico, pois os dois se viraram ao mesmo tempo, com a óbvia intenção de partir sem demora para buscar as frutas-bile.

– Esperem um pouco, rapazes – disse Jamie, segurando Kezzie pela gola. – Eu vou junto. Afinal, vocês vão precisar de algo para trocar.

– Ah, temos peles de sobra, senhor – garantiu-lhe Jo. – A temporada foi boa.

Jo era um exímio caçador, e embora Kezzie ainda não tivesse a audição suficientemente aguçada para caçar bem, seu irmão havia lhe ensinado a montar armadilhas em série. Segundo me dissera Ian, o casebre dos Beardsleys estava abarrotado quase até o telhado com peles de castor, marta, cervo e arminho. O cheiro sempre ficava entranhado neles, um leve miasma de sangue seco, almíscar e pelagem fria.

– Ah, é? Bem, com certeza é muita generosidade sua, Jo. Mas eu vou junto mesmo assim.

Jamie olhou para mim rapidamente, indicando que havia tomado sua decisão... mas ainda assim pedindo a minha aprovação. Engoli em seco e senti um gosto amargo.

– Está bem – falei, e limpei a garganta com um pigarro. – Se... se você for mesmo, deixe-me mandar algumas coisas e lhe dizer o que pedir em troca. Vocês com certeza só vão partir de manhã, não?

Os Beardsleys vibravam de impaciência para partir, mas Jamie continuou parado, olhando para mim, e senti quando ele me tocou sem qualquer palavra ou movimento.

– Sim, vamos esperar a noite passar – disse ele baixinho. Virou-se então para os dois meninos. – Jo, suba até o primeiro andar, sim, e peça para Bobby Higgins descer. Vou precisar falar com ele.

– Ele está lá em cima com a srta. Lizzie?

Isso pareceu desagradar a Jo Beardsley, e o rosto de seu irmão reproduziu a mesma expressão desconfiada, com os olhos semicerrados.

– Mas o que ele está fazendo no quarto dela? Não sabe que ela está prometida em casamento? – perguntou Kezzie, indignado.

– O pai dela está lá também – garantiu-lhes Jamie. – A reputação dela está segura, está bem?

Jo deu um breve muxoxo, mas os irmãos se entreolharam e em seguida se retiraram juntos, ombros esbeltos empinados na determinação de se livrar daquela ameaça à virtude de Lizzie.

– Então você vai aceitar? – Pousei o pilão. – Ser agente indígena?

– Acho que devo. Se eu não aceitar... Richard Brown com certeza o fará. Acho que não posso correr esse risco. – Ele hesitou, então chegou perto e me tocou de leve, com os dedos no meu cotovelo. – Vou mandar os meninos voltarem sem demora com as frutinhas de que você necessita. Eu talvez precise ficar um dia, quem sabe dois. Para conversar, sabe?

Ou seja, para dizer aos cherokees que ele era agora um agente da Coroa britânica... e para combinar a difusão da notícia de que os chefes das aldeias das montanhas deveriam descer mais tarde para um conselho de debate e presentes.

Aquiesci, e senti uma pequena bolha de medo se formar sob o meu esterno. Estava começando. Por mais que alguém saiba que algo terrível vai acontecer no futuro, por algum motivo nunca acha que vai ser *hoje*.

– Não... não passe muito tempo fora, sim? – falei, sem pensar; não queria sobrecarregá-lo com meus temores, mas não consegui ficar calada.

– Não – disse ele baixinho, e por um instante sua mão tocou a base das minhas costas. – Não se preocupe, não vou demorar.

O ruído de pés descendo a escada ecoou no corredor. Imaginei que o sr. Wemyss devesse ter enxotado os Beardsleys do quarto junto com Bobby. Os gêmeos não pararam, mas saíram sem dizer nada, lançando olhares de antipatia velada para Bobby, que parecia bastante alheio à sua presença.

– O senhor disse que queria falar comigo?

Fiquei feliz em constatar que o rapaz havia recuperado um pouco da cor, e parecia razoavelmente firme sobre as próprias pernas. Ele olhou com um ar desconfortável para a mesa, ainda coberta pelo lençol sobre o qual eu o fizera se deitar, em seguida para mim, mas eu apenas balancei a cabeça numa negativa. Terminaria de cuidar das suas hemorroidas mais tarde.

– Sim, Bobby.

Jamie fez um gesto rápido em direção a um banco, como se fosse convidar Bobby para se sentar, mas eu dei uma tossida sugestiva, e ele parou, então se recostou na mesa em vez de se sentar.

– Aqueles dois que apareceram... O nome deles é Brown. Eles têm um assentamento a alguma distância daqui. Você disse que já ouviu falar nos Comitês de Segurança, sim? Então deve ter alguma ideia da intenção deles.

– Tenho, sim, senhor. Esses Browns... era a mim que eles queriam?

Apesar da voz bastante calma, pude vê-lo engolir em seco rapidamente, e o pomo de adão se moveu na garganta esguia.

Jamie deu um suspiro e passou uma das mãos pelos cabelos. O sol, que agora entrava enviesado pela janela, atingiu-o em cheio, fazendo seus cabelos ruivos se acenderem feito fogo, e destacando aqui e ali o brilho dos fios grisalhos que começavam a surgir entre os vermelhos.

– Sim, era. Eles sabiam da sua presença aqui. Ouviram falar de você, sem dúvida de alguém que encontraram pelo caminho. Imagino que você deva ter dito às pessoas para onde estava indo?

Bobby aquiesceu sem dizer nada.

– O que os Browns queriam com ele? – perguntei, virando a casca e as frutinhas moídas dentro de uma tigela e despejando água quente por cima para fazer uma infusão.

– Eles não deixaram isso muito claro – respondeu Jamie, seco. – Mas é bem verdade que eu não lhes dei oportunidade. Disse apenas que só arrancariam um convidado da minha casa por cima do meu cadáver... e dos deles.

– Agradeço-lhe por isso. – Bobby inspirou fundo. – Eles... sabiam, imagino eu? Sobre Boston? *Isso* eu com certeza não contei para ninguém.

A testa de Jamie se franziu mais um pouco.

– Sabiam, sim. Fingiram achar que eu não sabia. Me disseram que eu estava sem saber abrigando um assassino e uma ameaça ao bem-estar comum.

– Bem, a primeira parte até que é verdade – disse Bobby, tocando com delicadeza a marca no rosto como se esta ainda queimasse. Ele abriu um sorriso fraco. – Mas não sei se eu agora seria uma ameaça para alguém.

Jamie não deu atenção ao comentário.

– A questão, Bobby, é que eles sabem que você está aqui. Não acho que vão aparecer e levá-lo embora à força. Mas eu lhe pediria para tomar cuidado. Vou tomar providências para garantir que, quando chegar a hora, você volte em segurança para lorde John, junto com um acompanhante. Imagino que você ainda não tenha terminado com o rapaz, certo? – perguntou ele, olhando para mim.

– Ainda não – respondi, neutra.

Bobby adquiriu um ar apreensivo.

– Bem, nesse caso...

Jamie levou a mão ao cós da calça e sacou uma pistola que estivera escondida sob as dobras da camisa. Vi que era elegante, folheada a ouro.

– Mantenha isto aqui por perto – disse ele, entregando-a para Bobby. – Tem pólvora e balas no aparador. Pode cuidar da minha mulher e da minha família enquanto eu estiver fora?

– Ah! – Bobby adotou um ar de espanto, mas então aquiesceu e guardou a pistola no cós da calça. – Cuidarei, sim, senhor. Pode ficar descansado!

Jamie sorriu para ele e seu olhar se fez mais caloroso.

– Isso é um reconforto para mim, Bobby. Será que você poderia ir achar meu genro? Preciso dar uma palavrinha com ele antes de ir.

– Sim, senhor. Agora mesmo!

Ele endireitou os ombros e se retirou, com uma expressão determinada no rosto de poeta.

– O que você acha que teriam feito com ele? – perguntei baixinho quando a porta externa se fechou depois de Bobby sair. – Os Browns?

Jamie balançou a cabeça.

– Só Deus sabe. Enforcado numa encruzilhada, talvez... ou quem sabe só lhe dado uma surra e o expulsado das montanhas. Eles querem mostrar que são capazes de proteger as pessoas, entende? De criminosos perigosos e coisas assim – acrescentou ele, torcendo a boca.

– *Um governo deriva seus poderes do justo consentimento dos governados* – citei, aquiescendo. – Para um Comitê de Segurança ter alguma legitimidade, é preciso haver uma ameaça *evidente* à segurança comum. Os Browns foram inteligentes por terem entendido isso.

Ele me olhou com uma das sobrancelhas ruivas arqueada.

– Quem disse isso? *Consentimento dos governados*?

– Thomas Jefferson – respondi, sentindo-me superior. – Ou melhor, vai dizer, daqui a dois anos.

– Vai roubar isso de um cavalheiro chamado Locke daqui a dois anos, isso sim – corrigiu Jamie. – Suponho que Richard Brown deva ter tido uma instrução decente.

– Ao contrário de mim, você quer dizer? – rebati, sem me deixar atingir. – Mas, se você imagina que os Browns vão causar problemas, será que deveria ter dado a Bobby *aquela* pistola específica?

Ele deu de ombros.

– Vou precisar das boas. E duvido muito que ele dispare aquela.

– Está contando com seu efeito dissuasivo?

Apesar do meu ceticismo, ele decerto tinha razão.

– Sim, isso também. Mas estou contando mais com Bobby.

– Como assim?

– Duvido que ele vá disparar uma arma outra vez na vida... mas talvez o faça para salvar a sua. E, caso a situação chegue a esse ponto, eles estarão perto demais para errar.

Ele falou sem paixão, mas senti meus cabelos se arrepiarem na nuca.

– Bem, isso é um reconforto – falei. – E como exatamente você sabe o que ele faria?

– Conversei com ele – respondeu Jamie, sucinto. – O homem em quem ele atirou em Boston foi o primeiro que ele matou. Não quer fazer isso de novo.

Jamie se endireitou e, irrequieto, foi até a bancada, onde se ocupou ajeitando pequenos instrumentos espalhados que eu havia separado para limpar.

Fui me postar ao seu lado e fiquei observando. Havia um punhado de pequenos ferros de cauterizar e bisturis de molho num vidro de terebintina. Ele os pegou, um por um, secou-os e tornou a dispô-los dentro de sua caixa, bem arrumadinhos lado a lado. As extremidades em forma de pá dos cauterizadores estavam escurecidas pelo uso; as lâminas dos bisturis estavam gastas e exibiam um brilho suave, mas os fios aguçados reluziam qual fios de cabelo prateados e brilhantes.

– Nós vamos ficar bem – falei, baixinho.

Queria que tivesse sido uma afirmação tranquilizadora, mas a frase saiu com uma entonação de pergunta.

– Sim, eu sei – disse ele. Colocou o último cauterizador na caixa, mas não pôs a tampa no lugar. Em vez disso, ficou parado com as mãos espalmadas sobre a bancada e os olhos fixos à frente. – Eu não quero ir – falou, em voz baixa. – Não quero fazer isso.

Não tive certeza se ele estava falando comigo ou consigo mesmo... mas pensei que não estivesse se referindo apenas à sua ida ao povoado cherokee.

– Nem eu – sussurrei, e cheguei um pouco mais perto até sentir seu hálito.

Ele então ergueu as mãos, virou-se para mim e me deu um abraço, e ficamos assim enlaçados ouvindo a respiração um do outro, sentindo o cheiro amargo da infusão permear os aromas familiares de roupa de casa, poeira e pele aquecida pelo sol.

Ainda havia escolhas a serem feitas, decisões a serem tomadas, ações a realizar. Muitas. Mas em um dia, em uma hora, com uma única declaração de intenção, nós havíamos cruzado o limiar da guerra.

10

O DEVER CHAMA

Jamie tinha mandado Bobby chamar Roger Mac, mas constatou que estava inquieto demais para esperar e partiu à procura dele, deixando Claire absorta na preparação de seu remédio.

Lá fora, tudo parecia belo e tranquilo. Uma ovelha marrom com dois cordeiros descansava indolente em seu curral, com a mandíbula a se mover num lento estupor satisfeito, enquanto os cordeiros saltitavam desajeitados para a frente e para trás feito grilos peludos atrás dela. O canteiro de ervas de Claire estava cheio de folhas verdes novas e botões de flor.

A tampa do poço estava entreaberta. Jamie se abaixou para recolocá-la no lugar e viu que as tábuas haviam empenado. Acrescentou esse conserto à lista constante de tarefas e reparos que levava na cabeça, desejando com fervor poder dedicar os dias seguintes a cavar, transportar esterco, consertar telhados e coisas assim, em vez do que estava prestes a fazer.

Teria preferido enterrar a antiga latrina ou castrar porcos a ir perguntar a Roger Mac o que ele sabia sobre índios e revoluções. Achava levemente mórbido conversar sobre o futuro com o genro, e sempre que possível o evitava.

As coisas que Claire lhe contava em relação à sua época lhe pareciam muitas vezes fantásticas, com a mesma agradável sensação de semirrealidade dos contos de fadas, e às vezes macabras, mas sempre interessantes devido ao que ele aprendia sobre a esposa durante seu relato. Brianna tendia a compartilhar com ele detalhes pequenos e simples sobre máquinas, que eram interessantes, ou então histórias inacreditáveis de homens pisando na Lua que, apesar de extremamente divertidas, não ameaçavam sua paz de espírito.

Roger Mac, porém, tinha um sangue-frio no falar que o fazia pensar, num nível desagradável, nas obras dos historiadores que ele tinha lido, e o que ele dizia trazia portanto uma sensação de ameaça concreta. Conversar com Roger Mac fazia parecer muito provável que este, aquele ou aquele outro acontecimento assustador fosse não só *de fato* acontecer... mas muito provavelmente ter consequências diretas e pessoais.

Era como conversar com um vidente particularmente malvado, pensou Jamie, alguém a quem você não tivesse pagado o suficiente para ouvir algo de bom. Esse pensamento trouxe uma súbita lembrança à superfície de sua mente, onde ficou boiando feito uma rolha de pescar.

Fora em Paris. Ele estava com amigos, outros estudantes, bebendo numa das tabernas que fediam a mijo próximo à *université*. Já estava razoavelmente embriagado quando alguém encasquetou de ler sua mão, e ele fora junto com os outros até o canto onde a velha quiromante sempre ficava sentada, quase invisível em meio à penumbra e às nuvens de fumaça de cachimbo.

Não pretendia fazê-lo. Tinha apenas alguns *pennies* no bolso, e não queria gastá-los com uma bobagem pagã. Dissera isso em voz alta.

E fora então que uma garra descarnada se esticara para fora da escuridão e agarrara sua mão, cravando em sua carne unhas compridas e imundas. Ele dera um ganido de susto, e seus amigos todos riram – mais ainda quando a vidente cuspiu na palma de sua mão.

A velha esfregou a saliva na sua pele de um jeito profissional, curvou-se até perto o suficiente para ele poder sentir o cheiro de seu suor ancestral e ver os piolhos rastejando pelos cabelos desgrenhados que escapuliam pelas bordas do xale preto ruço que ela usava. A velha olhou fixo para sua mão e uma unha suja acompanhou as linhas da palma, causando-lhe cócegas. Jamie tentou puxar a mão de volta, mas ela segurou seu pulso com mais força e ele constatou, surpreso, que não conseguia se soltar.

– *T'es un chat, toi* – comentou a velha com um tom de malicioso interesse. – Você é um gato. Um pequeno gato ruivo.

Dubois, era esse o nome dele, Dubois, havia começado na mesma hora a miar e gemer, para grande diversão dos outros. O próprio Jamie recusara-se a morder a isca e dissera apenas:

– *Merci, madame.*

E tentara mais uma vez se desvencilhar.

– *Neuf* – dissera ela, tocando pontos aleatórios de sua palma, depois segurando um de seus dedos e o sacudindo para dar ênfase ao que dizia. – Você tem um nove na mão. E morte... – acrescentou ela, casual. – Vai morrer nove vezes antes de descansar no túmulo.

Ela então o havia soltado em meio a um coro de "*ouh-là-làs!*" cheios de sarcasmo dos estudantes franceses e risos dos outros.

Jamie deu um muxoxo destinado a mandar a lembrança de volta para o lugar de onde ela viera, e já ia tarde. A velha, porém, recusou-se a partir assim tão fácil e chamou-o através dos anos como o havia chamado em meio ao ar barulhento e permeado de cerveja da taberna.

– Às vezes morrer não dói, *mon p'tit chat* – dissera-lhe ela, zombeteira. – Mas na maioria das vezes, sim.

– Não dói, não – murmurou ele e parou, consternado, ao ouvir as próprias palavras. Meu Deus. Não era ele próprio que estava escutando, mas sim seu padrinho.

– *Não tenha medo, rapaz. Morrer não dói nem um pouco.*

Ele pisou em falso, cambaleou, endireitou-se e se imobilizou, sentindo um gosto metálico na parte de trás da língua.

De repente seu coração disparou sem motivo, como se ele tivesse corrido muitos quilômetros. Viu o chalé, com certeza, e ouviu o chamado dos gaios nos castanheiros semidesfolhados. Mas viu com mais clareza ainda o rosto de Murtagh, as linhas sombrias da face relaxando em direção à paz e os fundos olhos negros cravados nos seus, virando-se para dentro e saindo de foco, como se o seu padrinho estivesse olhando ao mesmo tempo para ele e para algo muito atrás dele. Sentiu o peso do corpo de Murtagh nos braços, subitamente mais pesado conforme ele ia morrendo.

A visão desapareceu do mesmo jeito abrupto que tinha surgido e ele se pegou parado junto a uma poça de água de chuva, com os olhos fixos num pato de madeira mergulhado na lama.

Fez o sinal da cruz, disse uma palavra rápida pelo descanso da alma de Murtagh, então se abaixou, recolheu o pato e lavou a lama na poça. Suas mãos tremiam, e não era de espantar. As lembranças que tinha de Culloden eram poucas e fragmentadas... mas estavam começando a voltar.

Até então, as coisas só tinham lhe vindo em clarões, no limiar do sono. Já havia visto Murtagh ali antes, e nos sonhos que se seguiam.

Não havia contado a Claire sobre os sonhos. Não ainda.

Abriu a porta do chalé com um empurrão, mas o encontrou vazio, com o fogo da lareira apagado, a roca e o tear imóveis. Brianna devia estar na casa de Fergus visitando Marsali. Mas onde estaria Roger Mac? Ele tornou a sair e ficou parado escutando.

As débeis pancadas de um machado lhe chegavam de algum lugar na floresta depois do chalé. O barulho então cessou, e ele ouviu vozes masculinas altas erguidas em saudações. Virou-se e seguiu em direção à trilha que subia a encosta, parcialmente tomada pela grama de primavera, mas que exibia as marcas pretas de pegadas recentes.

O que será que a velha poderia ter lhe dito caso ele a houvesse pagado?, pensou. Teria ela mentido para se vingar da sua avareza... ou lhe dito a verdade, pelo mesmo motivo?

Um dos aspectos mais desagradáveis de conversar com Roger Mac era que Jamie tinha certeza de que ele sempre dizia a verdade.

Esquecera-se de deixar o pato no chalé. Limpando-o na calça, abriu caminho desanimado por entre o mato que crescia, para ouvir que destino o aguardava.

11

EXAME DE SANGUE

Empurrei o microscópio na direção de Bobby Higgins, que tinha voltado de sua incumbência e esquecido os próprios desconfortos devido à preocupação com Lizzie.

– Está vendo essas coisinhas redondas rosadas? – perguntei. – São as células sanguíneas de Lizzie. Todo mundo tem células sanguíneas – acrescentei. – São elas que deixam seu sangue vermelho.

– Por Deus – murmurou ele, assombrado. – Jamais soube disso!

– Bem, agora você sabe – falei. – Está vendo que algumas das células estão quebradas? E que algumas têm uns pontinhos?

– Estou, sim, senhora – disse ele, contraindo o rosto para olhar com atenção. – O que são?

– Parasitas. Pequenos animais que entram no seu sangue se um determinado tipo de mosquito o picar – expliquei. – Chamam-se *Plasmodium*. Depois que você os contrai, eles continuam a morar no seu sangue... mas de tempos em tempos começam a... ahn... se reproduzir. Quando se tornam muito numerosos, eles explodem para fora das células sanguíneas, e é isso que causa uma crise de malária... a febre. Os resíduos das células sanguíneas quebradas meio que se assentam nos órgãos, entende, e fazem você se sentir muito doente.

– Ah. – Ele se endireitou e fez uma careta de profunda aversão para o microscópio. – Mas isso... é totalmente medonho, isso sim!

– É mesmo – concordei, conseguindo manter o semblante neutro. – Mas o quinino... a quina-amarela, sabe? Ela vai ajudar a impedir que isso aconteça.

– Ah, que bom, senhora, muito bom – disse ele, e sua expressão se desanuviou. – Mas como a senhora consegue saber essas coisas... – disse ele, balançando a cabeça. – É um espanto!

– Ah, eu sei bastante coisa sobre parasitas – falei, de modo casual, enquanto removia o pires da tigela em que estava infundindo a mistura de casca de corniso e frutas-bile. O líquido tinha uma cor escura, preto-arroxeada, e um aspecto levemente viscoso agora que havia esfriado. Também exalava um cheiro horrível, o que me levou a deduzir que estava pronto.

– Diga-me uma coisa, Bobby... já ouviu falar em ancilostomídeos?

Ele me encarou com uma expressão vazia.

– Não, senhora.

– Humm. Poderia segurar isto aqui para mim, por favor?

Pus um quadrado de gaze dobrado sobre o gargalo de uma garrafa e a entreguei a ele para que segurasse enquanto eu despejava nela a mistura roxa.

– Esses seus desmaios – falei, com os olhos pregados no líquido. – Há quanto tempo você os vem tendo?

– Ah... uns seis meses talvez.

– Entendo. Por acaso notou algum tipo de irritação... uma coceira, digamos? Ou ferida? Que tenha acontecido talvez uns sete meses atrás? Mais provavelmente nos seus pés.

Ele me encarou com os suaves olhos azuis tão assombrados quanto se eu tivesse realizado algum feito de leitura mental.

– Ora, tive sim, senhora. Foi no outono passado.

– Ah – murmurei. – Bem, nesse caso, Bobby, eu acho que você talvez esteja com um caso de ancilostomose.

Ele baixou os olhos para si mesmo, horrorizado.

– Onde?

– Aí dentro. – Peguei a garrafa da mão dele e a tapei com uma rolha. – Ancilostomídeos são parasitas que penetram a pele... na maioria das vezes pela sola dos pés... e depois migram pelo corpo até chegarem aos intestinos... as suas, ahn, entranhas – expliquei, ao ver a incompreensão atravessar seu semblante. – Os vermes adultos têm uma boca horrível em forma de gancho, assim... – Curvei o dedo indicador para ilustrar. – Eles perfuram a parede intestinal e começam a sugar seu sangue. É por isso que, se você estiver infectado, sente-se muito fraco e desmaia com frequência.

Pelo aspecto subitamente suado e gelado de Bobby, pensei até que ele estivesse prestes a desmaiar *naquele instante*, e guiei-o sem demora até um banquinho, onde empurrei sua cabeça para baixo em direção aos joelhos.

– Não tenho certeza de que seja esse o problema – continuei, curvando-me para falar com ele. – Mas estava olhando as lâminas do sangue de Lizzie e pensando em parasitas, e... bem, ocorreu-me de repente que um diagnóstico de ancilostomose corresponderia bastante bem aos seus sintomas.

– Ah, é? – fez ele, com uma voz débil.

A grossa trança de cabelos ondulados tinha caído para a frente e deixado exposta a nuca de pele clara e infantil.

– Quantos anos você tem, Bobby? – perguntei, dando-me conta de repente de que não fazia ideia.

– Vinte e três, senhora – respondeu ele. – Senhora? Acho que vou ter de vomitar.

Peguei um balde no canto e o levei até lá bem a tempo.

– Será que me livrei deles? – indagou ele, fraco, tornando a se sentar ereto e limpando a boca na manga enquanto espiava dentro do balde. – Posso vomitar mais.

– Infelizmente, não – falei, num tom compreensivo. – Supondo que você esteja com ancilostomose, os vermes estão presos bem firmes, e muito lá embaixo para serem desalojados pelo vômito. O único jeito de ter certeza é procurar os ovos que eles põem.

Bobby me encarou com um ar apreensivo.

– Não é bem que eu seja terrivelmente tímido, dona – disse ele, mudando de posição com cuidado. – A senhora sabe disso. Mas o dr. Potts me fez uns enemas imensos com água de mostarda. Com certeza isso teria queimado os vermes e os feito sair, não? Se eu fosse um verme, teria soltado e morrido na mesma hora se alguém me encharcasse com água de mostarda.

– Bem, seria de imaginar que sim, não é? – falei. – Infelizmente, não. Mas eu não vou fazer nenhum enema em você – garanti-lhe. – Para começar, precisamos ver se você está mesmo com os vermes, e caso esteja posso lhe preparar um remédio que vai envenená-los na hora.

– Ah. – Ele pareceu um pouco mais feliz ao ouvir isso. – Como a senhora pretende vê-los, então?

Ele olhou de esguelha para a bancada, onde o sortimento de pinças e vidros de fio para costurar ferimentos ainda estavam espalhados.

– Não poderia ser mais simples – assegurei-lhe. – Eu faço um processo chamado sedimentação fecal para concentrar as fezes, depois procuro os ovos no microscópio.

Ele aquiesceu. Era óbvio que não estava entendendo. Abri-lhe um sorriso gentil.

– Tudo que você precisa fazer é evacuar, Bobby.

Sua expressão era um estudo de dúvida e apreensão.

– Se a senhora não se importar, eu acho que vou ficar com os vermes – disse ele.

12

MAIS MISTÉRIOS DA CIÊNCIA

No fim da tarde, Roger MacKenzie voltou da oficina do tanoeiro e encontrou sua mulher absorta na contemplação de um objeto sobre a mesa de jantar.

– O que é *isso*? Alguma espécie de comida em conserva natalina pré-histórica?

Ele estendeu um indicador cauteloso na direção de um vidro baixo esverdeado e tapado com uma rolha coberta por uma grossa camada de cera vermelha. Lá dentro era possível distinguir um pedaço amorfo de alguma coisa, obviamente submersa em líquido.

– Ha-ha! – disse sua mulher, paciente, afastando o vidro do seu alcance. – Você *acha* que está sendo engraçado. Isto aqui é fósforo branco... um presente de lorde John.

Roger a encarou. Brianna estava animada, com a ponta do nariz rosada e tufos de cabelos ruivos soltos e esvoaçando à brisa. Assim como o pai, tinha tendência a passar as mãos pelos cabelos quando estava pensando.

– E você... pretende fazer *o quê* com isso? – indagou ele, tentando manter a voz desprovida de qualquer tom de apreensão. Tinha vagas lembranças de ouvir falar nas propriedades do fósforo em seus distantes dias de escola. Pensou que, das duas, uma: ou ele fazia a pessoa brilhar no escuro, ou então explodia. Nenhuma das duas possibilidades era reconfortante.

– Beeem... fabricar fósforos. Quem sabe. – Os dentes superiores dela se cravaram por um instante na carne do lábio inferior enquanto ela observava o vidro. – Eu sei fazer isso, em teoria. Mas pode ser que na prática seja um pouco complexo.

– Por quê? – indagou ele, desconfiado.

– Bem, o fósforo explode se for exposto ao ar – explicou ela. – Por isso está embalado em água. Não toque, Jem! É veneno.

Segurando o menino pelo tronco, ela o puxou de cima da mesa, onde ele espiava o vidro com ávida curiosidade.

– Ah, bem, por que se preocupar com isso? O negócio vai explodir na cara dele antes de ele ter a oportunidade de pôr na boca.

Por precaução, Roger pegou o vidro e o segurou como se ele fosse explodir na sua mão. Queria perguntar se Brianna estava maluca, mas estava casado com ela havia tempo suficiente para saber o preço de perguntas retóricas pouco judiciosas.

– Onde você pretendia guardar?

De modo eloquente, ele correu os olhos pelo interior do chalé, que em termos de espaço de armazenagem tinha um baú de mantas, uma pequena prateleira para livros e papéis, outra para pente, escovas de dente e a pequena coleção de itens pessoais de Brianna, e um armário com portas de vidro. Jemmy sabia abrir o armário desde os 7 meses de idade ou algo assim.

– Estava pensando que seria melhor guardar no consultório de mamãe – respondeu ela sem deixar de segurar distraidamente Jem, que se debatia com uma energia obstinada para se aproximar do belo objeto. – Ninguém toca em nada lá.

Era verdade: quem não temia Claire Fraser pessoalmente em geral sentia verdadeiro terror pelo conteúdo de seu consultório, por aqueles temíveis implementos de aspecto doloroso, pelas misteriosas beberagens turvas e pelos remédios malcheirosos. Além disso, o consultório tinha armários altos demais para serem alcançados até mesmo por um escalador determinado como Jem.

– Boa ideia – disse Roger, ansioso para tirar o vidro das proximidades do filho. – Vou levar para lá agora, está bem?

Antes de Brianna poder responder, houve uma batida na porta, seguida imediatamente por Jamie Fraser. Na mesma hora, Jem parou de tentar alcançar o vidro e se jogou em cima do avô com gritinhos de alegria.

– Então, *a bhailach*, como vai? – indagou Jamie, afável, virando Jem de ponta-cabeça com agilidade e o segurando pelos tornozelos. – Roger Mac, uma palavrinha?

– Claro. Quer se sentar?

Ele tinha dito a Jamie mais cedo o que sabia sobre o papel dos cherokees na futura revolução, lamentavelmente pouca coisa. Teria seu sogro vindo fazer mais perguntas? Roger pousou o vidro com relutância, puxou um banquinho e o empurrou na direção dele. Jamie aceitou o assento com um meneio de cabeça, transferiu Jemmy com destreza para uma posição sobre um dos ombros e sentou-se.

Jemmy riu loucamente e se remexeu até o avô lhe dar uma palmada de leve nos fundilhos da calça, então se acalmou e ficou pendurado tranquilamente de cabeça para baixo como um bicho-preguiça, com os cabelos brilhantes a se derramar pelas costas da camisa de Jamie.

– É o seguinte, *a charaid* – começou. – Pela manhã preciso ir até as aldeias cherokees, e tem uma coisa que eu gostaria que você fizesse no meu lugar.

– Ah, sim. Quer que eu cuide da colheita da cevada?

Os grãos precoces ainda estavam amadurecendo. Todos estavam com os dedos cruzados para o tempo permanecer bom por mais algumas semanas, a perspectiva era boa.

– Não, isso Brianna pode fazer... pode ser, menina?

Ele sorriu para a filha, que ergueu duas sobrancelhas ruivas e grossas iguaizinhas às suas.

– Pode – disse ela. – Mas o que você está planejando fazer com Ian, Roger e Arch Bug?

Arch Bug era o administrador de Jamie, e a pessoa mais lógica para supervisionar a colheita na sua ausência.

– Bem, vou levar o Jovem Ian comigo. Os cherokees o conhecem bem, e ele tem desenvoltura no idioma deles. Vou levar também os Beardsleys, assim eles podem trazer de volta as frutinhas e as outras coisas de que sua mãe precisa para Lizzie sem demora.

– Eu também vou? – indagou Jemmy, esperançoso.

– Dessa vez não, *a bhailach*. Quem sabe no outono?

Ele deu uns tapinhas no traseiro do neto e voltou a atenção para Roger.

– Sendo assim, preciso que você vá até Cross Creek, se puder, buscar os novos arrendatários – falou.

Roger sentiu uma pequena onda de animação e alarme diante dessa possibilidade, mas só fez limpar a garganta com um pigarro e aquiescer.

– Sim. Claro. Eles vão...

– Leve Arch Bug e Tom Christie com você.

Um instante de silêncio incrédulo se seguiu a essa afirmação.

– Tom *Christie*? – estranhou Bree, trocando um olhar de estupefação com Roger. – Por que cargas-d'água?

O professor primário era um tipo notoriamente carrancudo, e ninguém o consideraria um bom companheiro de viagem.

A boca de seu pai se retorceu de ironia.

– É, bem. Tem uma coisinha que MacDonald se esqueceu de me dizer quando me pediu para aceitá-los. Eles são todos protestantes.

– Ah – fez Roger. – Entendi.

Jamie cruzou olhares com ele e aquiesceu, aliviado por ser compreendido de modo tão imediato.

– Pois *eu* não. – Brianna alisou os cabelos com o cenho franzido, em seguida tirou a fita e começou a penteá-los com os dedos devagar, desfazendo os nós como prelúdio à escovação. – Que diferença faz?

Roger e Jamie trocaram um olhar breve, porém eloquente. Jamie deu de ombros e puxou Jem para o colo.

– Bem. – Roger esfregou o queixo, tentando pensar em como explicar dois séculos de intolerância religiosa escocesa de algum modo que fizesse sentido para uma americana do século XX. – Ahn... você se lembra da luta pelos direitos civis nos Estados Unidos, da integração nos estados do Sul, tudo isso?

– É claro que me lembro. – Ela estreitou os olhos para ele. – Certo. De que lado estão os negros, então?

– Quem? – Jamie parecia não estar entendendo nada. – Onde é que os negros entram nessa história?

– Não é tão simples assim – garantiu Roger a Brianna. – É só uma indicação da profundidade dos sentimentos envolvidos. Digamos que a ideia de ter um senhorio católico provavelmente irá causar severa apreensão em nossos novos arrendatários... e vice-versa? – indagou ele, olhando para Jamie.

– O que são negros? – quis saber Jemmy, interessado.

– Ahn... pessoas de pele escura – respondeu Roger, consciente da potencial areia movediça inaugurada por essa pergunta. Era verdade que o termo "negro" nem sempre significava "escravo"... mas isso acontecia quase tão invariavelmente a ponto de haver pouca diferença. – Não se lembra deles na casa da sua tia-avó Jocasta?

Jemmy enrugou a testa, adotando por um perturbador instante uma expressão idêntica à do avô.

– Não.

– Bem, de toda forma – disse Bree, recolocando ordem no debate com uma batida seca da escova de cabelos na mesa. – A questão é que o sr. Christie é protestante o suficiente para deixar os recém-chegados à vontade?

– Algo desse tipo – concordou seu pai, erguendo um dos cantos da boca. – Com este seu homem aqui e Tom Christie, pelo menos eles não vão pensar que estão adentrando o reino do diabo.

– Entendi – tornou a dizer Roger num tom levemente diferente.

Quer dizer que não era só sua posição como filho da casa e braço direito em geral... mas sim o fato de ele ser presbiteriano, pelo menos nominalmente. Ele arqueou uma sobrancelha para Jamie, que respondeu com um dar de ombros.

– Humm – fez Roger, conformado.

– Humm – retrucou Jamie, satisfeito.

– *Parem* de fazer isso – disse Brianna, zangada. – Está bem. Então você e Tom Christie vão até Cross Creek. Por que Arch Bug também vai?

De modo subliminar e marital, Roger se deu conta de que a mulher estava contrariada com a ideia de ser deixada para trás incumbida de organizar a colheita, tarefa no melhor dos casos imunda e exaustiva, enquanto ele se divertia com um grupo de correligionários na romântica e emocionante metrópole de Cross Creek, cuja população total somava duzentas pessoas.

– É principalmente Arch quem vai ajudá-los a se acomodar e a construir um abrigo antes do frio – argumentou Jamie com lógica. – Você não tinha a intenção de sugerir que eu o mandasse sozinho falar com eles, espero?

Brianna sorriu ao escutar isso: Arch Bug, marido de décadas da tagarela sra. Bug, era famoso por não falar. Era até *capaz* de falar, mas raramente o fazia, limitando suas contribuições para as conversas ao ocasional e afável "humm".

– Bem, é provável que eles jamais percebam que Arch é católico – disse Roger, esfregando o lábio superior com um dos indicadores. – Falando nisso, ele é? Nunca lhe perguntei.

– É – respondeu Jamie secamente. – Mas já viveu o bastante para saber quando ficar calado.

– Bem, posso ver que essa vai ser uma expedição animada – disse Brianna, erguendo a sobrancelha. – Quando acha que vão voltar?

– Meu Deus, não sei – respondeu Roger, sentindo uma pontada de culpa devido à blasfêmia casual. Teria de rever seus hábitos, e logo. – Um mês? Seis semanas?

– No mínimo – disse Jamie, em tom jovial. – Eles vão estar a pé, veja bem.

Roger respirou fundo ao pensar numa longa marcha *en masse* de Cross Creek até as montanhas, com Arch Bug de um lado e Tom Christie do outro, dois pilares gêmeos de taciturnidade. Seus olhos se demoraram com desejo na esposa quando ele pensou em seis semanas dormindo à beira da estrada, sozinho.

– É, está bem – falou. – Eu vou... ahn... vou falar com Tom e Arch hoje à noite, então.

– Papai vai? – Compreendendo o teor genérico da conversa, Jem desceu dos joelhos do avô e foi até Roger, a cuja perna se agarrou. – Vou com *você*, papai!

– Ah. Bem, eu não acho que... – Ele viu a expressão resignada de Bree, em seguida olhou para o vidro verde e vermelho sobre a mesa atrás dela. – Por que não? – falou de repente, e sorriu para Jem. – Sua tia-avó Jocasta adoraria ver você. E mamãe pode explodir tudo que quiser sem se preocupar em saber onde você está, não é mesmo?

– Ela pode fazer o quê? – indagou Jamie, espantado.

– Ele não *explode* – disse Brianna, pegando o vidro de fósforo e o embalando com um gesto possessivo. – Só queima. Tem certeza?

Essa última pergunta foi dirigida a Roger e acompanhada por um olhar inquisitivo.

– Sim, claro – disse ele, fingindo segurança. Olhou para Jemmy, que entoava "Vamos! Vamos! Vamos!" enquanto pulava sem sair do lugar feito um grão de pipoca ensandecido. – Pelo menos vou ter alguém com quem conversar no caminho.

<h1 style="text-align:center">13</h1>

<h1 style="text-align:center">MÃOS SEGURAS</h1>

Estava quase escuro quando Jamie chegou em casa e me encontrou sentada à mesa da cozinha, com a cabeça pousada sobre os braços. Levantei-me bruscamente ao ouvir seus passos e pisquei.

– Está tudo bem, Sassenach? – Ele se sentou no banco à minha frente, sem tirar os olhos de mim. – Você parece que foi arrastada pelo meio de uma cerca viva de costas.

– Ah. – Alisei distraída os cabelos, que pareciam estar um pouco espetados. – Ahn. Tudo bem. Está com fome?

– É claro que estou. Você já comeu?

Estreitei os olhos e esfreguei o rosto, tentando pensar.

– Não – decidi enfim. – Estava esperando você, mas pelo visto peguei no sono. Tem ensopado. A sra. Bug deixou.

Ele se levantou e foi espiar dentro do pequeno caldeirão, em seguida empurrou o gancho móvel para trás de modo a levá-lo até o fogo para esquentar.

– O que você andou fazendo, Sassenach? – perguntou ao voltar. – E como vai a menina?

– A menina, foi isso que eu andei fazendo – falei, reprimindo um bocejo. – Praticamente só isso.

Levantei-me devagar, sentindo as juntas protestarem, e cambaleei até o aparador para cortar um pouco de pão.

– Ela não conseguiu segurar no estômago – falei. – O remédio de fruta-bile. Não que eu a culpe – acrescentei, lambendo cuidadosamente o lábio inferior.

Depois de ela vomitar pela primeira vez, eu mesma tinha provado. Minhas papilas gustativas ainda estavam reviradas. Eu nunca havia deparado com uma planta de nome mais condizente, e ser fervida e transformada em xarope só fizera concentrar seu sabor.

Quando me virei, Jamie farejou fundo o ar.

– Ela vomitou em você?

– Não, foi Bobby Higgins – falei. – Ele está com ancilostomose.

Jamie arqueou as sobrancelhas.

– Eu vou querer ouvir falar nisso enquanto estiver comendo?

– Com certeza não – respondi, sentando-me com o pão, uma faca e um pote de manteiga amolecida.

Rasguei um pedaço do pão, passei bastante manteiga e o entreguei a Jamie, em seguida preparei outro para mim. Minhas papilas hesitaram, mas estavam quase me perdoando pelo xarope de fruta-bile.

– E *você*, o que andou fazendo? – perguntei, começando a despertar o suficiente para reparar nele.

Apesar do aspecto cansado, Jamie parecia mais alegre do que quando saíra de casa.

– Conversando com Roger Mac sobre índios e protestantes. – Ele enrugou a testa para o naco de pão já consumido pela metade em sua mão. – Tem algo de errado com o pão, Sassenach? Está com um gosto esquisito.

Fiz com a mão um gesto de quem se desculpa.

– Desculpe, sou eu. Lavei as mãos várias vezes, mas não consegui tirar por completo. Talvez seja melhor você mesmo passar a manteiga.

Empurrei o pão na direção dele com o cotovelo e indiquei o pote de manteiga com um gesto.

– Não conseguiu tirar *o quê?*

– Bem, nós tentamos várias vezes com o xarope, mas não adiantou. Lizzie simplesmente não conseguia segurar o troço na barriga, pobrezinha. Mas eu me lembrei que o quinino pode ser absorvido pela pele. Então misturei o xarope com um pouco de gordura de ganso e esfreguei nela toda. Ah, sim, obrigada.

Inclinei-me para a frente e dei uma mordida delicada no pedaço de pão com manteiga que ele me estendia. Minhas papilas gustativas cederam, agradecidas, e me dei conta de que não tinha comido nada o dia inteiro.

– E deu certo?

Ele olhou para cima em direção ao teto. O sr. Wemyss e Lizzie dividiam o quarto menor no primeiro andar, mas tudo era silêncio lá em cima.

– Acho que sim – falei, engolindo. – Pelo menos a febre finalmente cedeu e ela está dormindo. Vamos continuar usando o unguento; se a febre não voltar em dois dias, saberemos que funciona.

– Que bom, então.

– Bem, teve também Bobby e seus ancilostomídeos. Felizmente tenho um pouco de ipecacuanha e terebintina.

– Felizmente para os vermes ou para Bobby?

– Bem, para nenhum dos dois, na verdade – falei, e dei um bocejo. – Mas é provável que funcione.

Ele abriu um sorriso débil, tirou a rolha de uma garrafa de cerveja e a passou automaticamente debaixo do nariz. Após constatar que a bebida estava boa, serviu um pouco para mim.

– Bom, é reconfortante saber que estou deixando as coisas nessas suas mãos capazes, Sassenach. Fedorentas, mas capazes – acrescentou ele, torcendo o nariz comprido na minha direção.

– Muitíssimo obrigada!

A cerveja estava mais do que boa, devia ser uma das levas da sra. Bug. Passamos um tempo bebendo relaxados, ambos cansados demais para nos levantarmos e servirmos o ensopado. Observei-o por baixo dos cílios. Sempre fazia isso quando ele estava prestes a partir em alguma viagem, armazenando pequenas lembranças dele até sua volta.

Jamie parecia cansado, e entre suas sobrancelhas pesadas viam-se pequenas linhas gêmeas que denotavam uma leve preocupação. No entanto, a luz das velas iluminava os ossos largos de seu rosto e projetava com clareza sua sombra forte e bem-marcada na parede recoberta de gesso atrás dele. Observei a sombra erguer seu copo de cerveja espectral, e a luz produziu na projeção do copo uma claridade cor de âmbar.

– Sassenach – disse ele de repente, pousando o copo. – Quantas vezes você diria que eu estive perto de morrer?

Encarei-o por alguns instantes, mas então dei de ombros e comecei a contar, convocando minhas sinapses para uma atividade relutante.

– Bem... não sei que coisas horríveis lhe aconteceram antes de nos conhecermos, mas depois... bem, você ficou muito doente na abadia. – Olhei para ele discretamente, mas pensar na prisão de Wentworth não pareceu incomodá-lo, nem no que lhe fora feito lá e causara a doença. – Humm. E depois de Culloden... você disse que teve uma febre terrível nessa época, por causa dos ferimentos, e pensou que fosse morrer, só que Jenny o forçou... quero dizer, o ajudou a ficar bom.

– E depois Laoghaire me deu um tiro – disse ele, com ironia. – E *você* me forçou a ficar bom. O mesmo aconteceu quando aquela cobra me mordeu. – Ele refletiu por alguns instantes. – Tive varíola quando era pequeno, mas acho que na ocasião não corri risco de morte, dizem que foi um caso brando. Então foram só quatro vezes.

– E o dia em que eu o conheci? – objetei. – Você quase morreu de hemorragia.

– Ah, não mesmo – protestou ele. – Aquilo foi só um arranhãozinho de nada.

Ergui uma sobrancelha para ele e, inclinando-me em direção ao fogo, servi numa tigela uma concha do aromático ensopado. O caldo estava encorpado com os sucos de carne de coelho e cervo num molho espesso temperado com alecrim, alho e cebola. No que dizia respeito às minhas papilas gustativas, tudo estava perdoado.

– Como quiser – falei. – Mas espere... e a sua cabeça? Quando Dougal tentou matá-lo com um machado. Com certeza foram cinco?

Ele aceitou a tigela com o cenho franzido.

– É, acho que você tem razão – falou, soando contrariado. – Cinco, então.

Encarei-o com um olhar suave por cima da minha tigela de ensopado. Jamie era um homem muito grande, sólido e muito bem-formado. Embora um pouco castigado pelas circunstâncias, isso só fazia contribuir para o seu charme.

– Acho que você é uma pessoa muito difícil de matar – falei. – O que para mim é um grande reconforto.

Ele sorriu com relutância, mas então estendeu a mão e ergueu o copo num brinde, encostando-o primeiro nos próprios lábios, em seguida nos meus.

– Brindemos a isso, Sassenach, o que acha?

14

POVO JUNCO

– Armas – disse Pássaro que Canta de Manhã. – Diga ao seu rei que nós queremos armas.

Jamie reprimiu por um instante o impulso de responder "E quem não quer?", mas em seguida cedeu a ele, dando um susto no chefe indígena, que piscou de espanto e logo depois sorriu.

– É, quem não quer? – Pássaro era um homem de baixa estatura com o corpo em formato de barril, e jovem para o cargo que ocupava... mas era astuto, e sua afabilidade não disfarçava sua inteligência. – Todos lhe dizem isso, todos os chefes das aldeias, não é? É claro que sim. E o que você lhes diz?

– O que posso. – Jamie ergueu um dos ombros e o deixou cair. – Artigos de troca são certos, facas são prováveis... e armas são possíveis, mas ainda não posso prometê-las.

Os dois estavam falando um dialeto um pouco inabitual do cherokee, e Jamie torceu para ter entendido direito o modo de indicar probabilidade. Saía-se bastante bem com o idioma habitual em questões casuais envolvendo comércio e caça, mas as questões que abordava ali não seriam casuais. Olhou rapidamente para Ian, que escutava com atenção, mas ficou claro que o que acabara de dizer estava certo. Ian visitava com frequência as aldeias próximas da Cordilheira, e caçava com os jovens índios. Para ele era tão fácil passar para a língua dos tsalagi quanto para o seu gaélico natal.

– Então está bem. – Pássaro se acomodou de modo mais confortável. O escudo de estanho que Jamie tinha lhe dado de presente reluzia em seu peito, e a luz da fogueira cintilava nas planícies largas e simpáticas de seu rosto. – Fale com seu rei sobre as armas... e diga a ele por que precisamos delas, sim?

– Você quer que eu diga isso a ele? Acha que ele vai se dispor a lhe mandar armas que serão usadas para matar seu próprio povo? – perguntou Jamie, seco.

A incursão de colonos brancos para o outro lado da Linha do Tratado que demarcava as terras cherokees era um ponto de contenda, e ele corria certo risco ao aludir diretamente a esse fato, em vez de mencionar as outras serventias que as armas teriam para Pássaro: defender sua aldeia de invasores... ou ele próprio invadir.

Pássaro respondeu com um dar de ombros.

– Nós podemos matá-los sem armas, se quisermos.

Uma sobrancelha se ergueu de leve, e os lábios de Pássaro se franziram enquanto ele esperava para ver como Jamie iria reagir a essa afirmação.

– É claro que podem. Mas são sensatos o bastante para não fazê-lo.

– Ainda não. – Os lábios de Pássaro relaxaram num sorriso encantador. – Diga isso ao rei... ainda não.

– Sua Majestade ficará satisfeito em saber o quanto você valoriza sua amizade.

Ao ouvir isso, Pássaro soltou uma gargalhada e se balançou para a frente e para trás, e seu irmão Água Parada, sentado atrás dele, abriu um largo sorriso.

– Gosto de você, Matador de Urso – disse o chefe após se recuperar. – Você é um homem engraçado.

– Eu posso ser – disse Jamie em inglês com um sorriso. – Dê tempo ao tempo.

O comentário provocou em Ian um pequeno muxoxo bem-humorado que fez Pássaro encará-lo de maneira incisiva, em seguida olhar para o outro lado e limpar a garganta com um pigarro. Jamie ergueu uma sobrancelha para o sobrinho, que respondeu com um sorriso brando.

Água Parada observava Ian com atenção. Os cherokees haviam recebido os dois com respeito, mas Jamie tinha percebido na hora algo diferente em sua reação a Ian. Eles viam o rapaz como um mohawk... e isso os deixava cautelosos. Para ser bem sincero, ele próprio às vezes achava que parte de Ian nunca tinha voltado de Snaketown, e talvez jamais voltasse.

Mas Pássaro tinha lhe aberto um caminho para perguntar sobre uma coisa.

– Você teve muitos problemas com pessoas que vieram se assentar nas suas terras – disse ele, meneando a cabeça com empatia. – É claro que, por ser sensato, não mata essas pessoas. Mas nem todo mundo é sensato, não é?

Os olhos de Pássaro se estreitaram por um breve instante.

– Como assim, Matador de Urso?

– Ouvi falar em incêndios, Tsisqua. – Ele sustentou o olhar do outro homem, tomando cuidado para não demonstrar qualquer indício de acusação. – O rei ouviu falar em casas queimadas, homens mortos e mulheres raptadas. Isso não lhe agrada.

– Humm – fez Pássaro, e pressionou os lábios um no outro.

Não disse, porém, que ele próprio não ouvira falar naquelas coisas, o que era interessante.

– Se houver muitas histórias como essa, o rei talvez mande soldados para proteger sua gente. Se ele fizer isso, não vai querer ter de enfrentar armas que ele próprio deu – assinalou Jamie, com lógica.

– Então o que devemos fazer? – interrompeu Água Parada, exaltado. – Eles cruzam as Linhas do Tratado, constroem casas, plantam lavouras e caçam os animais. Se o seu rei não consegue manter sua gente onde ela deve ficar, como pode protestar se defendemos nossas terras?

Sem olhar para o irmão, Pássaro fez com uma das mãos um pequeno gesto de quem esmaga, e Água Parada se calou, embora a contragosto.

– Então, Matador de Urso. Você vai dizer essas coisas ao rei?

Jamie inclinou a cabeça com gravidade.

– É essa a minha incumbência. Eu falo sobre o rei com você, e levarei suas palavras ao rei.

Pássaro meneou a cabeça, pensativo, então fez um gesto com a mão para pedir comida e cerveja, e a conversa passou para temas neutros. Nenhum outro negócio seria feito nessa noite.

Era tarde da noite quando eles deixaram a casa de Tsisqua em direção à pequena casa de hóspedes. Jamie pensou que a lua já tivesse nascido fazia tempo, mas ela não estava visível: o céu luzia, repleto de nuvens, e o vento trazia um cheiro nítido de chuva.

– Meu Deus – disse Ian, bocejando e tropeçando. – Minha bunda ficou dormente.

Jamie foi contagiado e também bocejou, mas em seguida piscou os olhos e riu.

– É, bem. Não se incomode em acordá-la. O resto do seu corpo pode seguir o exemplo.

Ian produziu um ruído desdenhoso com os lábios.

– Só porque Pássaro disse que o senhor é um homem engraçado, tio Jamie, eu não começaria a acreditar. Ele só estava sendo educado, entende?

Jamie ignorou o comentário e murmurou um obrigado em tsalagi para a jovem que os conduziu até seus aposentos. Ela lhe entregou um pequeno cesto no qual, pelo cheiro, havia pão de milho e maçãs secas, em seguida lhes desejou um suave "Boa noite, durmam bem" antes de sumir na noite úmida e agitada.

A pequena choça lhe pareceu abafada após o frescor gelado do ar, e ele se demorou um instante na soleira da porta, saboreando o movimento do vento nas árvores e observando-o serpentear por entre os galhos de pinheiro qual uma imensa cobra invisível. Uma aragem umedeceu seu rosto e ele experimentou o profundo prazer de um homem que percebe que vai chover e não vai precisar passar a noite na chuva.

– Pergunte por aí, Ian, quando estiver fofocando amanhã – falou, abaixando-se para entrar. – Deixe claro, com todo o tato, que o rei ficaria satisfeito em saber quem diabos anda queimando chalés... e talvez fique satisfeito o bastante para produzir algumas armas à guisa de recompensa. Eles não vão dizer se forem os responsáveis... mas talvez digam se for outro bando.

Ian aquiesceu e tornou a bocejar. Uma pequena fogueira ardia dentro de um anel de pedra e a fumaça subia ondulando em direção a um buraco no telhado lá em cima que servia de chaminé. À luz do fogo via-se uma plataforma de dormir recoberta de peles em um dos lados do espaço, com outra pilha de peles e cobertores no chão.

– Vamos tirar no cara ou coroa para ver quem dorme na cama, tio Jamie – disse o rapaz, enfiando a mão na bolsinha que trazia na cintura e tirando lá de dentro um xelim gasto. – O senhor escolhe primeiro.

– Coroa – disse Jamie, pousando o cesto no chão e abrindo a fivela do kilt.

A saia caiu formando uma pilha morna de tecido ao redor de suas pernas, e ele sacudiu a camisa. Sentiu o tecido amarrotado e sujo contra a pele, e também o próprio cheiro. Graças a Deus, aquela era a última aldeia. Mais uma noite, talvez, duas no máximo, e eles poderiam voltar para casa.

Ian praguejou ao pegar a moeda.

– Como o senhor consegue? Todas as noites falou "coroa", e toda noite deu coroa!

– Bem, o xelim é seu, Ian. Não ponha a culpa em mim. – Ele se sentou na plataforma da cama e se esticou com prazer, em seguida capitulou. – Olhe o nariz de Geordie.

Ian virou o xelim na mão e o segurou junto à luz da fogueira, com os olhos semicerrados, então tornou a praguejar. Uma pequenina gota de cera de abelha, tão fina que chegava a ser invisível a menos que você a estivesse procurando, enfeitava o nariz aristocrata e proeminente de Jorge III, Rex Britannia.

– Como isto veio parar aqui?

Ian estreitou os olhos para o tio, desconfiado, mas Jamie apenas riu e se deitou.

– Quando você estava ensinando o pequeno Jem a girar uma moeda. Ele derrubou o castiçal, lembra? Espalhou cera quente para todo lado.

– Ah.

Ian ficou sentado alguns instantes olhando para a moeda em sua mão, em seguida balançou a cabeça, raspou a cera com a unha do polegar e guardou o xelim.

– Boa noite, tio Jamie – falou, enfiando-se debaixo das peles no chão com um suspiro.

– Boa noite, Ian.

Jamie vinha ignorando o próprio cansaço, segurando-o como segurava Gideon, com rédeas curtas. Nesse instante soltou as rédeas e se deixou levar pela exaustão, permitindo ao corpo relaxar no conforto da cama.

MacDonald ficaria muito feliz, refletiu, com cinismo. Jamie havia planejado visitar apenas as duas aldeias cherokees mais próximas da Linha do Tratado, para lá anunciar seu novo cargo, distribuir modestos presentes de uísque e tabaco – este último pego emprestado às pressas de Tom Christie, que felizmente havia comprado um grande barril da erva numa expedição a Cross Creek para adquirir sementes – e informar os cherokees que eles poderiam esperar mais generosidade quando ele partisse em embaixada até as aldeias mais distantes, no outono.

Fora recebido com toda a cordialidade em ambos os povoados... mas no segundo, Pigtown, vários forasteiros estavam de visita: homens jovens à procura de esposa. Pertenciam a um bando cherokee distinto, os juncos, cuja grande aldeia ficava mais no alto das montanhas.

Um dos rapazes era sobrinho de Pássaro que Canta de Manhã, chefe do bando junco, e se mostrara exigente ao insistir que Jamie voltasse com ele e seus companheiros para sua aldeia natal. Após um apressado inventário particular do que lhe restava de uísque e tabaco, Jamie havia concordado, e ele e Ian tinham tido uma recepção régia na aldeia como agentes de Sua Majestade. Era a primeira vez que os juncos recebiam a visita de um agente indígena, e eles pareceram muito sensíveis a essa honra... e rápidos em ver que vantagens poderiam obter em troca disso.

Mas Jamie pensava que Pássaro fosse o tipo de homem com quem ele poderia fazer negócio... em diversas frentes.

Esse pensamento o levou a uma lembrança tardia de Roger Mac e dos novos arrendatários. Nos últimos dias, não tivera tempo para se preocupar muito com isso... mas duvidava que houvesse algum motivo de preocupação. Roger Mac era razoavelmente capaz, embora sua voz danificada o tornasse menos seguro do que deveria ser. Acompanhado por Christie e Arch Bug, porém...

Ele fechou os olhos, e o júbilo da exaustão absoluta o dominou à medida que seus pensamentos foram ficando mais desconexos.

Mais um dia, talvez, e ele poderia voltar para casa e chegar a tempo de cuidar do feno. Mais uma maltagem, duas quem sabe, antes de o frio chegar. E os abates... será que havia enfim chegado a hora de matar a maldita porca branca? Não... a malvada criatura era terrivelmente fértil. Que tipo de porco teria colhões para acasalar com ela, pensou ele de modo vago, e será que ela o devoraria em seguida? Porco-do-mato... presuntos defumados, linguiças de sangue...

Estava começando a afundar nas primeiras camadas do sono quando sentiu a mão de alguém nas partes íntimas. Despertado de seu torpor feito um salmão retirado de um lago de água salgada, espalmou uma das mãos sobre a do intruso e apertou com força. O gesto provocou uma débil risadinha do visitante.

Dedos femininos se agitaram delicadamente em meio aos seus, e uma terceira mão assumiu prontamente as operações. O primeiro pensamento coerente de Jamie foi que a moça daria uma excelente padeira, tamanho seu talento para sovar.

Outros pensamentos vieram rapidamente no encalço desse absurdo. Ele tentou segurar a segunda mão, que, brincalhona, desvencilhou-se dele no escuro e continuou a cutucar e a puxar.

Ele tentou pensar num protesto educado em cherokee, mas nada encontrou a não ser um punhado de expressões aleatórias em inglês e gaélico, nenhuma delas nem de longe adequadas à situação.

A primeira mão se contorcia de propósito feito uma enguia para se livrar do seu aperto. Relutando em esmagar os dedos da moça, ele a soltou por um instante e conseguiu agarrá-la pelo pulso.

– Ian! – sibilou, desesperado. – Ian, você está aí?

Não conseguia ver o sobrinho na poça de escuridão que dominava a choça, nem dizer se ele estava dormindo. Não havia janelas, e os carvões quase apagados emitiam apenas uma luz mortiça.

– Ian!

Algo se mexeu no chão, corpos se moveram, e ele ouviu Rollo espirrar.

– O que foi, tio?

Jamie tinha falado em gaélico, e Ian respondeu na mesma língua. A voz do rapaz soou calma, e ele não parecia ter acabado de acordar.

– Ian, tem uma mulher na minha cama – disse Jamie em gaélico, tentando usar o mesmo tom calmo do sobrinho.

– São duas, tio Jamie. – Ian parecia estar achando graça, o maldito! – A outra deve estar perto dos seus pés. Esperando a vez.

Isso deixou Jamie perturbado, e ele quase largou a mão que estava segurando.

– Duas! O que eles acham que eu sou?

A moça tornou a rir, inclinou-se para a frente e o mordeu de leve no peito.

– Meu Deus do céu!

– Bem, tio, não, eles não acham que o senhor seja Ele – disse Ian, obviamente reprimindo a própria hilaridade. – Eles acham que o senhor é o rei. Por assim dizer. O senhor é o agente do rei, então eles estão homenageando Sua Majestade mandando-lhe suas mulheres, entendeu?

A segunda mulher havia descoberto seus pés e acariciava as solas lentamente com um dos dedos. Jamie sentia cócegas, e teria achado isso desagradável se não estivesse tão distraído pela primeira mulher, com quem estava sendo obrigado a travar uma nada digna partida de esconder-a-linguiça.

– Fale com elas, Ian – disse Jamie entre os dentes, agitando sem parar a mão livre enquanto afastava os dedos da mão cativa que lhe acariciavam languidamente a orelha e remexia os pés num esforço frenético para desencorajar as atenções da segunda senhora, que estavam ficando mais atrevidas.

– Ahn... o que o senhor quer que eu diga? – indagou Ian, voltando a falar inglês. Sua voz tremia ligeiramente.

– Diga a elas que estou muito sensibilizado com esta honra, mas... agh!

Novas e diplomáticas indiretas foram interrompidas pela súbita intrusão em sua boca da língua de alguém com um forte sabor de cebola e cerveja.

Em meio às suas lutas subsequentes, ele teve uma vaga consciência de que Ian havia perdido qualquer noção de autocontrole e ria desbragadamente deitado no chão. Matar um filho era filicídio, pensou ele, grave; qual seria o termo usado para se referir ao assassinato de um sobrinho?

– Minha senhora! – exclamou ele, desvencilhando com dificuldade a boca.

Segurou a dama pelos ombros e a fez rolar de cima do próprio corpo com força suficiente para ela soltar uma exclamação de surpresa enquanto suas pernas nuas saíam voando... Meu Deus do céu, ela estava pelada?

Estava. As duas estavam. Quando os olhos de Jamie se adaptaram à débil claridade dos carvões, ele pôde distinguir o reflexo da luz em ombros, seios e coxas arredondadas.

Sentou-se, juntando peles e cobertores à sua volta para formar uma espécie de fortificação improvisada.

– Parem, vocês duas! – falou em cherokee, num tom severo. – Vocês são lindas, mas eu não posso me deitar com vocês.

– Não? – fez uma delas, soando intrigada.

– Por que não? – quis saber a outra.

– Ah... porque eu fiz um juramento – respondeu ele, inspirado pela necessidade. – Eu jurei... jurei...

Ele tentou encontrar a palavra certa, mas não conseguiu. Por sorte, Ian intercedeu nessa hora com uma algaravia de tsalagi fluente rápida demais para ele poder acompanhar.

– Aaah – fez uma das moças, impressionada.

Jamie sentiu uma distinta apreensão.

– O que você disse a elas, Ian, pelo amor de Deus?

– Eu disse que o Grande Espírito apareceu para o senhor num sonho, tio, e disse que o senhor não deveria se deitar com mulher alguma até ter trazido armas para todos os tsalagi.

– Até eu *o quê*?

– Bem, foi o melhor em que consegui pensar assim com pressa, tio – disse Ian, na defensiva.

Por mais arrepiante que fosse aquela perspectiva, Jamie teve de admitir que fora eficaz: as duas mulheres, encolhidas juntas, sussurravam em tom de assombro e haviam parado de importuná-lo.

– É, bem – disse ele, a contragosto. – Imagino que poderia ser pior.

Afinal, mesmo que a Coroa fosse convencida a fornecer armas, os tsalagi eram bem numerosos.

– De nada, tio Jamie.

A gargalhada borbulhava logo abaixo da superfície da voz de seu sobrinho, e irrompeu na forma de um muxoxo contido.

– O que foi? – indagou Jamie, irritado.

– Uma das senhoras está dizendo que é uma decepção para ela, tio, porque o seu equipamento é muito bom. Mas a outra está tratando a questão de modo mais filosófico. Está dizendo que elas poderiam ter engravidado do senhor, e as crianças poderiam ter saído ruivas.

A voz de Ian tremeu.

– O que há de errado com cabelos ruivos, pelo amor de Deus?

– Não sei ao certo, mas pelo que entendo não é uma marca que se queira no seu filho, se for possível evitar.

– Bem, ótimo – disparou Jamie. – Não tem perigo nenhum, certo? Elas podem ir para casa agora?

– Está chovendo, tio Jamie – observou Ian. Estava mesmo: o vento havia trazido um tamborilar de chuva, e nessa hora o pé-d'água desabou, batendo no telhado da choça com um ritmo regular e fazendo gotas caírem pelo buraco da chaminé e silvarem sobre os carvões quentes. – O senhor não iria mandá-las embora na chuva, iria? Além do mais, disse apenas que não poderia se deitar com elas, não que elas teriam de ir embora.

Ian se interrompeu para fazer alguma pergunta às mulheres, que responderam com uma afirmativa entusiasmada. Jamie pensou que tivessem dito... e tinham mesmo. Levantando-se com a mesma graça de jovens garças, as duas tornaram a subir em sua cama, nuas como gaios, tocando-o e alisando-o com murmúrios de admiração, embora evitassem cuidadosamente as partes íntimas, empurraram-no para o meio das peles e se aninharam de um lado e outro dele, com a pele nua encostada na sua de modo aconchegante.

Ele abriu a boca, então tornou a fechá-la, sem encontrar absolutamente nada a dizer em nenhuma das línguas que conhecia.

Ficou deitado de costas, rígido, com a respiração curta. Seu pau latejava indignado, obviamente decidido a continuar duro e atormentá-lo a noite inteira como vingança pelo abuso sofrido. Leves ruídos de risada subiam da pilha de peles no chão, entremeados a muxoxos engasgados. Ele pensou que aquela devia ser a primeira vez que ouvia Ian rir de verdade desde a sua volta.

Rezando para ser resistente, sorveu uma respiração longa e vagarosa e fechou os olhos, mãos unidas com firmeza em frente às costelas e cotovelos pressionados contra os flancos.

15

AFOGADA NA ESTACA

Roger saiu para o terraço de River Run tomado por uma agradável exaustão. Após três semanas de trabalho extenuante, havia recolhido os novos arrendatários nas estradas e vielas de Cross Creek e Campbelton, conhecera todos os chefes de família, conseguira equipá-los ao menos minimamente para a viagem em termos de comida, cobertores e sapatos... e reunira todos eles num mesmo lugar, superando com firmeza sua tendência a entrar em pânico e se dispersar. Partiriam pela manhã rumo à Cordilheira dos Frasers, e já não era sem tempo.

Olhou por cima do terraço, satisfeito, em direção à campina situada depois dos estábulos de Jocasta Cameron Innes. Os novos colonos estavam todos acampados temporariamente ali: 22 famílias, com 76 almas, quatro mulas, dois pôneis, catorze cães, três porcos, e só Deus sabia quantas galinhas, filhotes de gato e pássaros de estimação abrigados em gaiolas de vime para o transporte. Ele anotara numa lista todos os nomes com exceção dos animais, e a guardava dobrada e amassada dentro do bolso. Tinha várias outras listas ali também, anotadas, riscadas e corrigidas a ponto de terem se tornado ilegíveis. Sentia-se um Livro de Números ambulante. Sentia também vontade de tomar um bom trago.

Por sorte, isso estava disponível: Duncan Innes, marido de Jocasta, tinha voltado da labuta e estava sentado no terraço acompanhado por um decânter de vidro lapidado que os raios do poente coloriam com um suave tom de âmbar.

– Como vão as coisas, *a charaid*? – cumprimentou-o de modo afável, fazendo um gesto em direção a uma das cadeiras trançadas ao estilo de cestos. – Aceita um uísque, talvez?

– Aceito sim, obrigado.

Roger afundou agradecido na cadeira, que rangeu de modo amigável sob o seu peso. Aceitou o copo que Duncan lhe estendia e tomou uma golada com um "*Slàinte*" breve.

O uísque desceu queimando por sua garganta contraída e o fez tossir, mas pareceu abrir as coisas de repente, fazendo a constante e débil sensação de engasgo começar a abandoná-lo. Passou a bebericar, satisfeito.

– Eles estão prontos para ir?

Duncan meneou a cabeça em direção à campina, onde a fumaça das fogueiras do acampamento se acumulava numa névoa baixa e dourada.

– Tão prontos quanto jamais estarão. Coitados – arrematou Roger, com alguma empatia.

Duncan arqueou uma das sobrancelhas peludas.

– São peixes fora d'água – esclareceu Roger, estendendo o copo para aceitar o repeteco oferecido. – As mulheres estão apavoradas e os homens também, só que eles escondem melhor. Quem visse pensaria que eu os estou levando para serem escravos numa fazenda de açúcar.

Duncan aquiesceu.

– Ou para vendê-los a Roma para limpar os sapatos do papa – disse ele, irônico.

– Duvido que a maioria deles algum dia tenha sentido o cheiro de um católico antes de embarcar. E, pelos narizes torcidos, acho que não estão gostando muito do cheiro agora. Sabe se eles pelo menos bebem um uísque de vez em quando?

– Só para fins medicinais, e somente em caso de risco real de morte, acho eu. – Roger tomou um longo e delicioso gole e fechou os olhos, sentindo o uísque lhe aquecer a garganta e se enroscar no seu peito feito um gato que ronrona. – Já conheceu Hiram? Hiram Crombie, o chefe desse grupo?

– Aquele amarguradozinho com a vassoura enfiada na bunda? Sim, já conheci. – Duncan sorriu, e seu bigode caído se levantou no canto. – Ele vem jantar conosco. É melhor você tomar mais um.

– Vou sim, obrigado – disse Roger, estendendo o copo. – Apesar de nenhum deles ser muito dado a prazeres hedonistas, até onde pude constatar. Parece que são todos presbiterianos até a raiz dos cabelos. Os Eleitos Perfeitos, sabe?

Duncan riu sem se conter.

– Bem, não é como na época do meu avô – disse ele, recuperando-se e estendendo a mão para pegar o decânter. – E agradeço ao Senhor por isso.

Ele revirou os olhos com uma careta.

– Quer dizer que o seu avô era presbiteriano?

– Por Deus, sim. – Balançando a cabeça, Duncan serviu uma dose generosa primeiro para Roger, em seguida para si. – Que velho bravo ele era. Não que não tivesse motivos, veja bem. A irmã dele foi afogada na estaca, sabe?

– Ela foi... meu Deus. – Roger mordeu a língua para se penitenciar, mas estava interessado demais para dar demasiada importância à blasfêmia. – Você quer dizer... executada por afogamento?

Duncan aquiesceu, olhos pregados no copo, então deu uma bela golada e guardou-a alguns instantes na boca antes de engolir.

– Margaret – falou. – O nome dela era Margaret. Tinha 18 anos na época. O pai e o irmão dela... meu avô... os dois tinham fugido depois da Batalha de Dunbar. Foram se esconder nas montanhas. Os soldados apareceram atrás deles, mas ela não quis dizer para onde tinham ido... e tinha uma Bíblia consigo. Eles então tentaram fazê-la abjurar, mas ela tampouco aceitou isso... as mulheres desse lado da família, é como falar com uma pedra – disse ele, balançando a cabeça. – Não há o que as demova. Mas eles a arrastaram até a beira d'água, ela e uma velha presbiteriana do povoado, tiraram as roupas delas e amarraram as duas em estacas na linha da maré. E ficaram esperando ali, com uma multidão reunida, até a água subir.

Duncan tomou outro gole, sem esperar para sentir o sabor.

– A velha foi submergida primeiro. Eles a tinham amarrado mais perto d'água... pensando, imagino eu, que Margaret fosse capitular se visse a velha morrer. – Ele grunhiu e balançou a cabeça. – Mas não, longe disso. A maré foi subindo, e as ondas a cobriram. Ela engasgou, tossiu, e seus cabelos se soltaram e ficaram pendurados por cima do rosto, grudados feito algas, quando a água baixou.

Depois de uma pausa, ele ergueu o copo e continuou.

– Minha mãe assistiu. Tinha só 7 anos na época, mas jamais esqueceu. Depois da primeira onda, segundo ela, houve um intervalo de três respirações, e outra onda tornou a submergir Margaret. Então o mar baixou... três respirações... e subiu de novo. E não dava para ver nada a não ser os cabelos dela ondulando, a boiar na maré.

Ele ergueu o copo mais uns 2 centímetros, e Roger levantou o seu num brinde involuntário.

– Meu Deus – falou, e não foi uma blasfêmia.

O uísque queimou sua garganta ao descer e ele respirou fundo, agradecendo a Deus pela dádiva do ar. Três respirações. O uísque era um *single malt* de Islay, e ele pôde sentir o sabor iodado de mar e algas nos pulmões, forte e defumado.

– Que Deus lhe dê paz – falou, com a voz rascante.

Duncan aquiesceu e tornou a estender a mão para o decânter.

– Imagino que ela tenha merecido – falou. – Mas eles... – E apontou com o queixo em direção à campina. – Eles diriam que ela não teve responsabilidade alguma no que aconteceu. Deus a escolheu para ser salva, e escolheu os ingleses para serem amaldiçoados, nada mais a dizer sobre o assunto.

A luz já enfraquecia, e as fogueiras do acampamento começaram a luzir na escuridão da campina para além dos estábulos. A fumaça chegou ao nariz de Roger, um cheiro morno que lembrava o lar, mas que mesmo assim contribuiu para a queimação em sua garganta.

– Eu mesmo não achei tanta coisa assim por que valesse a pena morrer – disse Duncan, com um ar pensativo, e então abriu um de seus breves e raros sorrisos. – Mas, segundo o meu avô, isso significava apenas que eu tinha sido escolhido para ser amaldiçoado. *"Por decreto de Deus, para sua Glória eterna, alguns homens e anjos são predestinados à vida eterna, e outros preescolhidos para a morte eterna."* Era isso que ele dizia sempre que alguém falava em Margaret.

Roger aquiesceu ao reconhecer a afirmação da Confissão de Fé de Westminster. Quando fora isso... 1646? 1647? Uma geração, ou mesmo duas, antes do avô de Duncan.

– Imagino que fosse mais fácil para ele pensar que a morte da irmã tinha sido a vontade de Deus, e que não tivera nada a ver com ele – disse Roger, não sem empatia. – Quer dizer que você mesmo não acredita? Na predestinação?

Fez a pergunta com curiosidade genuína. Os presbiterianos da sua época ainda abraçavam a predestinação como doutrina... no entanto, com uma atitude um pouco mais flexível, tendiam a minimizar o conceito de danação predestinada, e não pensar muito na ideia de que cada detalhe da vida era regido pela mesma predestinação. E ele, o que pensava? Só Deus sabia.

Duncan deu de ombros, acentuando o gesto do lado direito, o que o fez parecer momentaneamente torto.

– Só Deus sabe – disse ele, e riu.

Balançou a cabeça e tornou a esvaziar o copo.

– Não, acho que não. Mas eu não diria isso na frente de Hiram Crombie... nem daquele Christie.

Ele ergueu o queixo em direção à campina, onde podia ver duas figuras escuras caminhando lado a lado em direção à casa. A silhueta alta e encurvada de Arch Bug era fácil de reconhecer, bem como a estrutura mais baixa e atarracada de Tom Christie. Até mesmo sua silhueta tinha um aspecto belicoso, pensou Roger, e ele fazia pequenos gestos curtos enquanto caminhava, obviamente entretido numa discussão com Arch.

– Às vezes havia brigas feias em Ardsmuir por causa disso – retomou Duncan, observando o avanço das duas silhuetas. – Os católicos não gostavam de ouvir que estavam amaldiçoados. E Christie e seu pequeno bando tinham o maior prazer em lhes dizer isso.

Seus ombros se sacudiram um pouco numa risada reprimida, e Roger se perguntou exatamente quanto uísque Duncan havia bebido antes de sair para o terraço. Nunca tinha visto o homem mais velho tão jovial.

– *Mac Dubh* pôs um ponto final na situação quando obrigou todos nós a virarmos maçons – acrescentou ele, inclinando-se para a frente e servindo mais um copo. – Mas antes disso alguns homens quase foram mortos. – Com um ar inquisitivo, ele ergueu o decânter na direção de Roger.

Na iminência de um jantar que incluiria Tom Christie e Hiram Crombie, Roger aceitou.

Quando Duncan se inclinou na direção dele para servir, ainda sorrindo, os últimos raios do sol bateram em seu rosto castigado. Roger captou um lampejo de uma débil linha branca que atravessava o lábio superior do outro homem, visível em parte por baixo dos pelos, e muito de repente compreendeu por que ele usava um bigode comprido... adorno incomum numa época em que a maioria dos homens andava com a barba completamente raspada.

Decerto não teria dito nada, não fosse o uísque e a atmosfera de estranha aliança entre os dois: ambos protestantes, incrivelmente vinculados a católicos, e confusos com as estranhas marés do destino que os haviam alcançado. Dois homens que os infortúnios da vida tinham deixado praticamente sozinhos, e que agora se espantavam ao se verem chefes de família, segurando nas mãos vidas desconhecidas.

– Duncan, o seu lábio. – Roger tocou rapidamente a própria boca. – O que houve?

– Ah, isso? – Surpreso, Duncan tocou o próprio lábio. – Nada, eu nasci com lábio leporino, ou pelo menos dizem. Eu mesmo não me lembro. O defeito foi consertado quando eu tinha apenas uma semana de vida.

Foi a vez de Roger se espantar.

– Quem consertou?

Duncan deu de ombros, dessa vez com um só.

– Um curandeiro itinerante, segundo minha mãe. Ela disse que já havia se conformado em me perder, porque eu não conseguia mamar, claro. Ela e minhas tias se revezavam para despejar gotas de leite na minha boca com um pano, mas ela disse

126

que eu tinha emagrecido até virar quase um esqueletinho quando esse feiticeiro apareceu no povoado.

Ele esfregou a articulação de um dos dedos no lábio, acanhado, e alisou os pelos grossos e desgrenhados do bigode.

– Meu pai lhe deu seis arenques e uma caixinha de rapé, e ele costurou minha boca e deixou com minha mãe um pouco de unguento para passar na ferida. Bem, depois disso...

Ele tornou a dar de ombros com um sorriso enviesado.

– Talvez eu estivesse destinado a viver, no fim das contas. Meu avô disse que o Senhor havia me escolhido... embora só Deus saiba para quê.

Roger notou nele um leve tremor de inquietação, por mais que estivesse embotado pelo uísque.

Um feiticeiro das Terras Altas capaz de corrigir um lábio leporino? Deu mais um gole, tentando não encarar Duncan, mas examinando dissimuladamente seu rosto. Imaginou que fosse possível. Mal dava para ver a cicatriz, se você soubesse olhar, por baixo do bigode, mas ela não subia até a narina. Devia ter sido um lábio leporino bastante simples, então, não um daqueles casos medonhos sobre os quais ele tinha lido no grande caderno preto de medicina de Claire, incapaz de desgrudar os olhos da página de tão horrorizado, onde o dr. Rawlings descrevera uma criança nascida não só com o lábio fendido, mas também com o céu da boca faltando, bem como a maior parte do centro da face.

Não havia desenho, graças a Deus, mas a imagem visual criada pela sucinta descrição de Rawlings já fora ruim o suficiente. Roger fechou os olhos e respirou fundo, inalando pelos poros o perfume do uísque.

Seria possível? Talvez. As pessoas *faziam* cirurgias naquela época, por mais que fossem sangrentas, grosseiras e dolorosas. Ele já tinha visto Murray MacLeod, o boticário de Campbelton, costurar com destreza a bochecha de um homem, aberta quando ele fora pisoteado por uma ovelha. Seria mais difícil do que isso costurar a boca de um bebê?

Pensou no lábio de Jemmy, tenro como um botão de flor, transpassado por uma agulha e um fio preto, e estremeceu.

– Está com frio, *a charaid*? Vamos entrar?

Duncan encolheu as pernas abaixo de si como se fosse levantar, mas Roger o deteve com um aceno.

– Ah, não. Foi só um calafrio.

Ele sorriu e aceitou mais um golinho para afastar a friagem inexistente da noite. Mesmo assim, sentiu os pelos do braço se arrepiarem só um pouquinho. *Seria possível haver outro... outros... iguais a nós?*

Já houvera, ele sabia. Sua própria bisavó várias vezes, Geillis, era uma. O homem cujo crânio Claire havia encontrado cheio de obturações de prata nos dentes era outro. Mas teria Duncan encontrado mais um deles numa aldeia isolada nas Terras Altas meio século antes?

Meu Deus do céu, pensou, novamente perturbado. *Com que frequência isso ocorre? E o que acontece com essa gente?*

Antes de eles terem chegado ao fundo do decânter, ouviu passos atrás de si e um farfalhar de seda.

– Sra. Cameron.

Levantou-se na hora, fazendo o mundo rodar só um pouquinho, segurou a mão de sua anfitriã e curvou-se acima dela.

A mão comprida tocou-lhe o rosto, como ela costumava fazer, e as pontas sensíveis dos dedos confirmaram sua identidade.

– Ah, Jo, aí está você. Fez boa viagem com o rapazinho?

Duncan se esforçou para se levantar, prejudicado pelo uísque e pelo único braço, mas Ulysses, o mordomo de Jocasta, havia se materializado silenciosamente do lusco-fusco atrás da patroa a tempo de pôr a cadeira de vime no lugar para ela. Jocasta se deixou afundar sem nem ao menos estender a mão para ver se a cadeira estava ali, percebeu Roger; simplesmente sabia que estaria.

Encarou o mordomo com interesse, perguntando-se quem Jocasta teria subornado para consegui-lo de volta. Acusado, e muito provavelmente culpado, da morte de um oficial naval britânico na propriedade da patroa, Ulysses fora forçado a fugir da colônia. Mas o tenente Wolff não fora considerado uma grande perda para a Marinha... enquanto Ulysses era indispensável para Jocasta Cameron. Talvez nem tudo fosse possível com ouro... mas Roger estaria disposto a apostar que Jocasta Cameron ainda não tinha se deparado com uma circunstância que não pudesse solucionar com dinheiro, contatos políticos ou astúcia.

– Ah, sim – respondeu ela ao marido, sorrindo e estendendo-lhe uma das mãos. – Foi tão divertido mostrar tudo a ele, Duncan! Tivemos um almoço maravilhoso com a velha sra. Forbes e a filha dela, e o rapazote cantou uma canção que encantou a todos. Além da sra. Ogilvie, a sra. Forbes estava recebendo a visita das jovens Montgomery, também, e comemos umas costeletinhas de cordeiro com molho de framboesa e maçãs fritas e... ah, é o senhor, sr. Christie? Venha, junte-se a nós!

Ela ergueu um pouco a voz e o rosto, e pareceu lançar um olhar de expectativa em direção à penumbra acima do ombro de Roger.

– Sra. Cameron. Seu criado, minha senhora.

Christie subiu no terraço e executou uma mesura de corte, não menos esmerada pelo fato de sua receptora ser cega. Arch Bug subiu em seguida e se curvou por sua vez acima da mão de Jocasta, produzindo um ruído afável na garganta à guisa de cumprimento.

Cadeiras foram trazidas, mais uísque, uma travessa de canapés se materializou como por magia, velas foram acesas... e de repente o encontro se transformou numa festa, reproduzindo num nível mais elevado a sensação de comemoração levemente ansiosa que ocorria na campina lá embaixo. Ouvia-se música ao longe: o som de um apito de lata tocando uma melodia animada.

Roger se deixou submergir por tudo aquilo, saboreando a efêmera sensação de relaxamento e falta de responsabilidade. Só por aquela noite, não havia com que se preocupar: estavam todos reunidos, seguros, alimentados e prontos para a viagem do dia seguinte.

Não precisou sequer se preocupar em manter o seu lado da conversa: Tom Christie e Jocasta debatiam entusiasmados a cena literária de Edimburgo e um livro do qual ele jamais ouvira falar, enquanto Duncan, com um ar tão relaxado que poderia escorregar da cadeira a qualquer minuto, contribuía com comentários ocasionais, e o velho Arch... onde estava Arch? Ah, ali estava ele: andando de volta na direção da campina, sem dúvida após pensar em algum aviso de última hora que precisava dar a alguém.

Roger abençoou Jamie Fraser pela prudência de mandá-lo acompanhado de Arch e Tom. Os dois o haviam salvado de muitas gafes, cuidado dos dez mil detalhes necessários, e abrandado os temores dos novos arrendatários com relação àquele mais recente salto rumo ao desconhecido.

Ele sorveu uma funda e satisfeita inspiração, sentindo o aroma conhecido de fogueiras de acampamento ao longe e do jantar sendo assado mais perto... e recordou tardiamente o único pequeno detalhe cuja providência lhe cabia de modo exclusivo.

Pediu licença, entrou na casa, e encontrou Jem lá embaixo na cozinha principal, bem aconchegado no canto de um banco de madeira, comendo pudim de pão com manteiga derretida e xarope de bordo por cima.

– Isso não é o seu jantar, é? – perguntou, sentando-se ao lado do filho.

– Aham. Quer um pouco, papai?

O menino lhe estendeu uma colher que pingava, e ele se curvou depressa para enfiá-la na boca antes de o pudim cair. Estava uma delícia, uma explosão de açúcar e creme na língua.

– Humm – fez ele, e engoliu. – Não vamos contar para a mamãe nem para a vovó, que tal? Elas têm uma estranha predileção pela carne e os legumes.

Jem aquiesceu, dócil, e lhe ofereceu outra colherada. Eles esvaziaram juntos a tigela num silêncio agradável, e depois Jem subiu no seu colo e, encostando o rosto grudento no seu peito, pegou num sono profundo.

Criados passavam para lá e para cá, atarefados, e lhes davam de vez em quando um sorriso gentil. Roger pensou vagamente que deveria se levantar. O jantar seria servido dali a um instante... viu as travessas de pato e carneiro assado sendo cuidadosamente dispostas, tigelas com montanhas de arroz fofinho e fumegante encharcado de molho, e uma imensa salada de folhas verdes sendo mexida com vinagre.

Repleto de uísque, pudim de pão e contentamento, porém, ele foi ficando ali, adiando de instante em instante a necessidade de se separar de Jem e pôr fim à doce paz de segurar o filho adormecido.

– Sr. Roger? Quer que eu pegue ele? – disse uma voz suave.

Ele ergueu os olhos que examinavam os cabelos de Jem, nos quais havia pedaços de pudim de pão grudados, e deparou com Phaedre, a criada pessoal de Jocasta, agachada na sua frente com as mãos estendidas para receber o menino.

– Eu dou banho nele e o ponho na cama, senhor – disse ela, com a expressão do rosto ovalado tão suave quanto a voz ao olhar para Jem.

– Ah. Sim, claro. Obrigado. – Roger sentou-se com Jem no colo e se levantou cuidadosamente, segurando o peso considerável do filho. – Eu o carrego até lá em cima para você.

Foi seguindo a escrava pela estreita escada que subia da cozinha, admirando, de modo puramente abstrato e estético, a graça de sua postura. Quantos anos ela teria? Talvez 20, 22? Será que Jocasta a deixaria se casar? Ela com certeza devia ter admiradores. Mas ele sabia também quão valiosa aquela moça era para Jocasta, e que ela raramente se afastava da patroa. Não seria fácil conciliar isso com um lar e uma família próprios.

No alto da escada, Phaedre parou e se virou para pegar Jem do seu colo. Ele entregou-lhe o fardo inerte com relutância, mas também com certo alívio. Fazia um calor sufocante lá embaixo, e sua camisa estava úmida de suor no lugar em que Jem havia se encostado.

– Sr. Roger?

A voz de Phaedre o deteve quando ele estava prestes a ir embora. Ela o olhava por cima do ombro de Jem, e seus olhos hesitavam abaixo da curva branca do lenço de cabeça.

– Sim?

A batida de pés subindo a escada o fez se mexer, evitando por pouco Oscar, que subia correndo com uma travessa vazia debaixo do braço, obviamente rumando para a cozinha externa, onde os peixes estavam sendo fritos. Oscar sorriu para ele ao passar e soprou um beijo para Phaedre, cujos lábios se contraíram diante desse gesto.

Ela fez um leve movimento com a cabeça, e Roger a seguiu pelo corredor, para longe da agitação da cozinha. Ela parou junto à porta que dava para os estábulos e olhou em volta para ter certeza de que ninguém os escutava.

– Talvez eu não devesse dizer nada, senhor... pode ser que não *seja* nada. Mas estou pensando que deveria lhe dizer mesmo assim.

Ele aquiesceu, afastando os cabelos úmidos da têmpora. A porta estava aberta, e graças a Deus uma leve brisa soprava.

– Estávamos na cidade hoje de manhã, senhor, no armazém do sr. Benjamin, sabe qual é? Lá embaixo, perto do rio?

Ele tornou a aquiescer, e a moça passou a língua pelos lábios.

– O jovem Jem ficou inquieto e começou a remexer nas coisas enquanto a patroa conversava com o sr. Benjamin. Fui atrás, para me certificar de que ele não criasse problemas, então estava bem ali quando o homem apareceu.

– Ah, é? Que homem foi esse?

Ela balançou a cabeça, olhos sérios e muito escuros.

– Não sei, senhor. Era um homem grande, da mesma altura do senhor. Cabelos claros; estava sem peruca. Mas era um cavalheiro.

Roger supôs que ela quisesse dizer com isso que o homem estava bem-vestido.

– E...?

– Ele olhou em volta, viu o sr. Benjamin conversando com a srta. Jo e deu um passo de lado como se não quisesse que ninguém percebesse a sua presença ali. Mas então viu o jovem Jem e seu rosto adquiriu uma expressão um tanto intensa.

A lembrança a fez puxar Jem um pouco mais para perto.

– Vou lhe dizer a verdade, senhor, eu não gostei daquela expressão. Vi o homem começar a se aproximar de Jemmy, e fui depressa pegar o menino no colo, como estou com ele agora. O homem pareceu surpreso, como se tivesse achado alguma coisa engraçada. Sorriu para Jem e perguntou quem era o pai dele.

Phaedre deu um sorriso fugidio e afagou as costas do menino.

– As pessoas perguntam isso a ele o tempo todo, senhor, lá na cidade, e ele respondeu na hora: disse que seu pai era Roger MacKenzie, igualzinho sempre faz. O homem riu e afagou os cabelos dele... todo mundo faz isso, senhor, os cabelos dele são tão bonitos. Então falou: "É mesmo, meu homenzinho, é ele mesmo?"

Phaedre tinha um talento natural para a imitação. Reproduziu com perfeição a cadência irlandesa da voz, e o suor esfriou na pele de Roger.

– E o que aconteceu depois? – indagou ele. – O que o homem fez?

Inconscientemente, olhou por cima do ombro dela pela porta aberta, vasculhando a noite lá fora em busca de perigo.

Phaedre curvou os ombros e estremeceu de leve.

– Ele não *fez* nada, senhor. Mas olhou para Jem com toda a atenção, depois para mim, e sorriu bem diante dos meus olhos. Não gostei daquele sorriso, senhor, nem um pouquinho. – Ela balançou a cabeça. – Mas então ouvi o sr. Benjamin levantar a voz atrás de mim e chamar, perguntando se o cavalheiro queria falar com ele. E o homem girou depressa nos calcanhares e saiu pela porta *assim*.

Ela segurou Jem com um dos braços e estalou rapidamente os dedos da mão livre.

– Entendi. – O pudim de pão havia formado uma massa sólida que parecia ferro no fundo de seu estômago. – Você comentou alguma coisa com sua patroa sobre esse homem?

A moça fez que não com a cabeça, solene.

– Não, senhor. Ele na verdade não fez nada, como eu disse. Mas me deixou incomodada, senhor, então fiquei pensando nisso ao voltar para casa, e por fim pensei, bem, que era melhor lhe contar, senhor, se tivesse oportunidade.

– Fez bem – disse ele. – Obrigado, Phaedre. – Roger resistiu ao impulso de pegar Jem do seu colo e o segurar apertado. – Será que você... pode ficar com ele depois de colocá-lo na cama? Só até eu subir. Direi à sua patroa que eu pedi.

Os olhos escuros dela encararam os seus em perfeita compreensão, e ela aquiesceu.

– Sim, senhor. Eu o manterei seguro.

Ela se abaixou num esboço de mesura, então subiu a escada em direção ao quarto que ele dividia com Jem, cantarolando algo suave e ritmado para o menino.

Roger respirava lentamente, tentando dominar o impulso arrebatador de pegar um cavalo nos estábulos, galopar até Cross Creek e vasculhar a cidade, indo de casa em casa no escuro até encontrar Stephen Bonnet.

– Certo – falou em voz alta. – E depois fazer o quê?

Seus punhos se fecharam involuntariamente, sabendo muito bem o que fazer, ao mesmo tempo que sua mente reconhecia a inutilidade de tal ação.

Ele reprimiu a raiva e a impotência enquanto sentia os últimos vestígios de uísque acenderem seu sangue e latejarem nas têmporas. Saiu pela porta de modo abrupto para a noite lá fora, pois agora já estava totalmente escuro. Daquele lado da casa não dava para ver a campina, mas ele ainda podia sentir o cheiro das fogueiras do acampamento e ouvir a leve vibração da música no ar.

Sabia que Bonnet tornaria a aparecer algum dia. Lá embaixo, junto ao gramado, a forma branca do mausoléu de Hector Cameron era uma mancha pálida na noite. E segura lá dentro, escondida no caixão que aguardava Jocasta, esposa de Hector, repousava uma fortuna em ouro jacobita, o segredo de River Run guardado havia tempos.

Bonnet sabia que o ouro existia, e desconfiava que estivesse na fazenda. Havia tentado pegá-lo uma vez e fracassado. Não era um homem precavido... mas era *persistente*.

Roger sentiu os ossos pressionarem a carne na urgência do desejo de caçar e matar o homem que havia estuprado sua mulher e ameaçado sua família. Mas 26 pessoas dependiam dele... não, 27. A vingança travou uma guerra com a responsabilidade... e, com grande relutância, ele cedeu.

Ficou respirando de modo lento e profundo enquanto sentia o nó da cicatriz da corda se apertar em seu pescoço. Não. Precisava ir e garantir a chegada em segurança dos novos arrendatários. A ideia de mandar Arch e Tom em seu lugar enquanto ele ficava para procurar Bonnet era tentadora... mas aquela tarefa era sua, não podia abandoná-la por causa de uma demorada e decerto fútil jornada pessoal.

Também não podia deixar Jem desprotegido.

Mas precisava contar a Duncan. Podia confiar nele para tomar providências no sentido de proteger River Run, avisar as autoridades de Cross Creek e procurar saber mais.

E podia garantir também que Jem fosse embora em segurança quando a manhã chegasse, seguro à sua frente na mesma sela, e debaixo de seus olhos em cada centímetro do caminho até o santuário nas montanhas.

– Quem é o seu pai? – murmurou ele, e uma nova onda de raiva pulsou em suas veias. – Seu canalha maldito, o pai dele sou *eu*!

PARTE III

Cada coisa tem a sua estação

16

LE MOT JUSTE

Agosto de 1773

– Você está rindo sozinha – disse Jamie no meu ouvido. – Foi bom?

Virei a cabeça e, quando abri os olhos, vi que estavam no mesmo nível da boca dele... que também sorria.

– Bom – repeti, pensativa, traçando o contorno de seu lábio inferior carnudo com a ponta do dedo. – Está sendo propositalmente modesto, ou tem esperança de inspirar em mim algum arroubo de elogios por meio desse eufemismo clássico?

O sorriso se abriu mais ainda, e os dentes se fecharam delicadamente por um instante em volta do meu dedo explorador antes de soltarem.

– Ah, é modéstia, com certeza – disse ele. – Se eu tivesse esperança de inspirar algum arroubo em você, não seria com as minhas palavras, não é?

Uma de suas mãos desceu de leve por minhas costas para ilustrar o que ele dizia.

– Bem, as palavras *ajudam* – falei.

– Ajudam?

– Sim. Agorinha mesmo, eu na verdade estava tentando classificar "Eu te amo, eu gosto de você, eu te venero, eu preciso do meu pau dentro de você" em matéria de sinceridade relativa.

– Eu disse isso? – perguntou ele, com a voz levemente espantada.

– Disse. Não estava escutando?

– Não – admitiu ele. – Mas fui sincero em cada palavra. – Sua mão envolveu uma das minhas nádegas, que ele sopesou com um ar satisfeito. – Ainda estou sendo, aliás.

– Como assim, até a última frase?

Eu ri e esfreguei a testa de leve no peito dele, sentindo seu maxilar bem encaixado no alto da minha cabeça.

– Ah, sim – disse ele, puxando-me com firmeza para junto de si com um suspiro. – Eu diria que a carne demanda um jantarzinho e um pequeno descanso antes de eu pensar em repetir, mas o espírito está sempre disposto. Meu Deus, que delícia essa sua bundinha gorda. Só de ver já fico querendo repetir na mesma hora. Que sorte você ter se casado com um velho decrépito, Sassenach, ou estaria de quatro com o traseiro para cima neste exato momento.

Ele exalava um cheiro agradável de poeira de estrada e suor seco, além do forte aroma almiscarado de um homem que acabou de ter extremo prazer.

– Bom saber que eu fiz falta – falei, satisfeita, no pequeno espaço sob o seu braço.

– Também senti saudades de você.

Minha respiração lhe fez cócegas e a pele dele se arrepiou de repente, feito a de um cavalo que espanta moscas. Ele mudou um pouco a posição e me virou, fazendo minha cabeça se encaixar no vão de seu ombro, e suspirou, igualmente satisfeito.

– Bem. Vejo que a casa continua de pé.

Continuava. Era fim de tarde, as janelas estavam abertas e o sol chegava baixo por entre as árvores e desenhava formas dançantes nas paredes e lençóis de linho, fazendo-nos flutuar numa pérgula de folhas de sombra murmurantes.

– A casa está de pé, a cevada foi praticamente toda colhida e nada morreu – falei, acomodando-me de modo mais confortável para fazer meu relatório.

Agora que tínhamos cuidado da coisa mais importante, Jamie iria querer saber como a Cordilheira tinha se portado durante sua ausência.

– Praticamente? – repetiu ele, identificando na hora a parte esquisita. – O que houve? Está certo que choveu, mas a cevada já deveria ter sido toda colhida uma semana antes.

– Não foi a chuva. Foram gafanhotos.

A lembrança me fez estremecer. Uma nuvem dos detestáveis insetos de olhos esbugalhados tinha passado zumbindo bem no final da colheita da cevada. Eu subira até a horta para colher verduras e as descobrira infestadas de corpos em formato de cunha e patas agitadas e curvas, minhas alfaces e repolhos devorados até virarem tocos mastigados, e a trepadeira de glória-da-manhã da treliça em frangalhos.

– Corri para chamar a sra. Bug e Lizzie, e os espantamos com vassouras... mas eles então se levantaram todos numa grande nuvem e atravessaram a floresta até o campo de cevada depois de Green Spring. E lá pousaram. Dava para ouvi-los mastigar a quilômetros de distância. Pareciam gigantes pisando em arroz.

Arrepios de repulsa empolaram meus ombros, e Jamie esfregou minha pele distraidamente com a mão grande e morna.

– Humm. Foi só um campo que eles comeram, então?

– Ah, sim. – Inspirei fundo, ainda sentindo o cheiro do fogo. – Nós tocamos fogo nele e os queimamos vivos.

Seu corpo deu um tranco de susto e ele baixou os olhos para mim.

– O quê? Quem teve essa ideia?

– Eu – respondi, não sem orgulho.

Em retrospecto, pensando com sangue-frio, era a coisa sensata a se fazer: havia outros campos em risco, não apenas de cevada, mas de milho, trigo, batatas e feno ainda verdes... sem falar nas hortas das quais a maioria das famílias dependia.

Na realidade, fora uma decisão tomada no auge da raiva... uma pura e sangrenta vingança pela destruição da minha horta. Eu teria arrancado com prazer as asas de cada inseto e pisoteado os restos... mas queimá-los tinha sido quase tão bom.

135

O campo pertencia a Murdo Lindsay. Lento tanto de pensamento quanto de ação, Murdo não tivera tempo de reagir adequadamente ao meu anúncio de que pretendia pôr fogo na cevada, e ainda estava em pé no alpendre de seu chalé, com a boca escancarada, quando Brianna, Lizzie, Marsali, a sra. Bug e eu corremos pelo campo com os braços abarrotados de gravetos que fomos acendendo para fazer tochas e atirando o mais longe que conseguíamos no mar de cereal maduro e seco.

A cevada seca se incendiou primeiro com um crepitar, depois com um rugido à medida que o fogo tomou conta. Confusos com o calor e a fumaça de uma dezena de fogueiras, os gafanhotos começaram a voar pelos ares feito faíscas, acendendo-se quando suas asas pegavam fogo e sumindo em meio à coluna rodopiante de fumaça e cinzas que subia pelo céu.

– É claro que foi *justamente* nessa hora que Roger resolveu chegar com os novos arrendatários – falei, reprimindo o impulso inadequado de rir dessa lembrança. – Coitadinhos. Estava escurecendo, e todos eles ali, em pé no meio da mata com suas trouxas e filhos, assistindo àquilo... àquela maldita conflagração, e vendo todas nós dançando descalças com as saias arregaçadas, gritando feito macacos e cobertas de fuligem.

Jamie tapou os olhos com uma das mãos, claramente visualizando a cena. Seu peito se sacudiu por um breve instante e um largo sorriso se abriu por baixo da mão.

– Ai, meu Deus. Eles devem ter pensado que Roger Mac os tinha trazido para o inferno. Ou no mínimo para um concílio de bruxas.

Uma bolha de risada cheia de culpa começou a se agitar dentro de mim.

– E pensaram mesmo. Ah, Jamie... a cara daquelas pessoas!

Perdi o controle e enterrei o rosto no peito dele. Sacudimo-nos juntos por alguns instantes, rindo quase sem fazer barulho.

– Eu *tentei* fazer com que se sentissem bem-vindos – falei, soltando um pouco de ar pelo nariz. – Demos o jantar a eles, encontramos acomodações para dormirem... pusemos tantos quanto foi possível dentro de casa, e o restante espalhamos entre o chalé de Brianna, o estábulo e o celeiro. Mas eu desci já bem tarde da noite... não estava conseguindo dormir por causa de toda a agitação... e encontrei uma dezena rezando na cozinha.

Estavam em pé num círculo perto da lareira, de mãos dadas e com a cabeça abaixada em atitude reverente. Todas as cabeças se levantaram de supetão quando apareci, olhos muito brancos em rostos magros e emaciados. Ficaram me encarando em silêncio absoluto, e uma das mulheres soltou a mão do homem ao seu lado para esconder a própria debaixo do avental. Em outra época e lugar, eu teria pensado que ela estava tentando pegar alguma arma... e talvez estivesse mesmo: tive quase certeza de que estava fazendo o sinal dos chifres por baixo do abrigo do pano esfarrapado.

Já havia descoberto que apenas uns poucos dentre eles falavam inglês. Perguntei com meu gaélico capenga se eles precisavam de alguma coisa. Eles me encararam como se eu tivesse duas cabeças, e então, após alguns instantes, um dos homens, uma criatura encarquilhada de boca fina, fez que não com a cabeça de modo quase imperceptível.

– Eles então voltaram imediatamente a rezar, e restou-me apenas me esgueirar de volta para a cama.

– Você desceu de combinação?

– Bem... desci. Não imaginava que fosse ter alguém acordado àquela hora.

– Humm.

Os nós de seus dedos roçaram meu seio, e eu soube exatamente o que ele estava pensando. A combinação que eu usava para dormir no verão era feita de um linho fino e gasto, e sim, de fato, que droga, imaginava que desse, sim, para ver um pouco através dela na luz, mas a cozinha estava iluminada apenas pela claridade de um fogo abafado na lareira.

– Não imagino que você tenha descido com uma touca adequada, desceu, Sassenach? – indagou Jamie, correndo a mão pensativamente por meus cabelos.

Eu os havia soltado antes de me deitar com ele, e os fios se contorciam alegres em todas as direções, ao estilo da Medusa.

– É claro que não. Mas eu estava de trança – protestei. – Perfeitamente respeitável!

– Ah, sim, perfeitamente – concordou ele, sorrindo e empurrando os dedos para dentro da massa desordenada dos meus cabelos, segurando minha cabeça com as mãos e me dando um beijo. Apesar de ressecados por causa do vento e do sol, seus lábios estavam agradavelmente macios. Ele não se barbeava desde que partira, e sua barba estava curta e encaracolada, com uma textura elástica.

– Bem. Imagino que eles agora estejam acomodados? Os arrendatários?

Seus lábios roçaram minha bochecha e mordiscaram de leve a minha orelha. Inspirei fundo.

– Ah. Ah, sim. Arch Bug os levou embora na manhã seguinte. Já os distribuiu por famílias em toda a Cordilheira, e já está cuidando de...

Meu raciocínio foi temporariamente perturbado e fechei os dedos por reflexo em volta do músculo de seu peito.

– E você disse a Murdo que eu iria compensá-lo, é claro. Pela cevada?

– Sim, claro. – Minha atenção dispersa se fixou por um instante, e eu ri. – Ele só fez me encarar e depois menear a cabeça de um jeito atordoado e dizer ah, com certeza foi como Deus quis. Não sei se nem nessa hora ele entendeu por que eu incendiei seu campo, talvez tenha só pensado que eu havia decidido por capricho tocar fogo na sua cevada.

Jamie também riu... uma sensação das mais perturbadoras, já que ele estava com os dentes cravados no lóbulo da minha orelha.

– Humm – murmurei, debilmente, sentindo as cócegas da barba ruiva no pescoço e a carne muito quente e firme sob a palma da mão. – Os índios. Como você se virou com os cherokees?

– Tudo bem.

De repente, ele se moveu e rolou para cima de mim. Era um homem muito grande e estava *muito* quente, e exalava um cheiro de desejo forte e pungente. As sombras folhosas se moveram pelo rosto e pelos ombros dele, salpicando a cama e a pele branca de minhas coxas bem abertas.

– Eu gosto de você, Sassenach – murmurou ele no meu ouvido. – Posso até ver você lá, seminua, com sua combinação e seus cabelos soltos encaracolados caindo sobre o peito... eu amo você. Eu ven...

– O que você tinha dito sobre um descanso e um jantar?

Suas mãos se contorciam debaixo de mim, segurando minhas nádegas, apertando, e seu hálito estava suave e quente no meu pescoço.

– Eu *preciso* da minha...

– Mas...

– Agora, Sassenach.

Ele se levantou com um movimento abrupto e se ajoelhou na cama na minha frente. Seu rosto exibia um leve sorriso, mas seus olhos estavam azul-escuros e decididos. Ele sopesou os pesados testículos com uma das mãos e moveu o polegar para cima e para baixo por seu membro exigente, de modo lento e deliberado.

– De quatro, *a nighean* – falou, baixinho. – Agora.

17

OS LIMITES DO PODER

Do distinto cavalheiro James Fraser, Cordilheira dos Frasers
Para lorde John Grey, Fazenda Mount Josiah
14 de agosto de 1773

Milorde,

Escrevo para lhe informar sobre meu novo cargo, a saber, Agente Indígena da Coroa, para o qual fui nomeado pelo Departamento do Sul, comandado por John Stuart.

No início não tive certeza quanto a aceitar a nomeação, mas constatei que minhas opiniões se tornaram mais singulares por motivo de uma visita do sr. Richard Brown, um vizinho distante, e do irmão deste. Imagino que o sr. Higgins já deva ter lhe feito um relato sobre o suposto Comitê de Segurança por eles criado e sobre seu objetivo imediato de prendê-lo.

O senhor já encontrou esse tipo de corporação ad hoc na Virgínia? Acho que talvez a sua situação não esteja tão perturbada quanto a nossa aqui ou a de Boston, onde o sr. Higgins também relata a presença deles. Espero que não.

Acho que uma pessoa de bom senso deve deplorar por princípio esses co-

mitês. Seu objetivo declarado é proporcionar proteção contra vagabundos e bandidos, e prender criminosos em áreas nas quais não há nem xerife nem oficial de justiça disponível. Sem lei para regular seu comportamento a não ser o interesse próprio, porém, obviamente não há nada que impeça uma milícia irregular de se tornar uma ameaça maior aos cidadãos do que os perigos dos quais ela propõe protegê-los.

Seu atrativo é claro, contudo, particularmente no caso em que nos encontramos aqui, situados a uma distância tão remota. O tribunal mais próximo fica, ou ficava, a três dias a cavalo, e na perturbação constante que sucedeu à Regulação, a Situação se deteriorou até mesmo com relação a esse estado insatisfatório. O governador e seu conselho vivem em conflito constante com a Assembleia, a Corte Intermediária efetivamente deixou de existir, juízes já não são nomeados, e o condado de Surry está sem xerife no momento, uma vez que o último titular desse cargo renunciou ante a ameaça de ter sua casa incendiada.

Os xerifes dos condados de Orange e Rowan ainda se gabam de ter um cargo... mas a sua corrupção é tão notória que ninguém pode confiar neles, exceto aqueles cujo interesse eles defendem.

Temos ouvido nos últimos tempos relatos frequentes de incêndios em residências, ataques e perturbações de natureza semelhante na esteira da recente Guerra da Regulação. O governador Tryon perdoou oficialmente alguns dos envolvidos no conflito, mas nada fez para impedir a retaliação local contra eles. Seu sucessor tem ainda menos capacidade para lidar com tais acontecimentos... que de toda forma têm se dado no interior, longe de seu palácio em New Bern, sendo portanto mais fáceis de ignorar. (Para ser justo, o homem sem dúvida tem problemas mais próximos com os quais lidar.)

Entretanto, embora os colonos daqui estejam acostumados a se defender das ameaças normais da natureza, a ocorrência de ataques tão aleatórios quanto esses... e a possibilidade da irrupção dos índios, tão perto da linha do tratado... são o bastante para perturbá-los e fazê-los acolher com alívio o surgimento de qualquer corporação disposta a assumir o papel da proteção pública. Assim sendo, os milicianos dos comitês são bem recebidos... pelo menos no Início.

Estou lhe dando tantos detalhes como um modo de explicar meus pensamentos com relação à nomeação. Meu amigo major MacDonald (ex-oficial da 32ª Cavalaria) me disse que, caso eu em última instância recusasse me tornar agente indígena, iria abordar o sr. Richard Brown, uma vez que Brown tem o costume de travar um comércio significativo com os cherokees e está, portanto, numa posição de conhecimento e suposta confiança que predisporia sua aceitação pelos índios.

Meu relacionamento com o sr. Brown e seu irmão me deixa inclinado a considerar essa perspectiva com alarme. Com o aumento de influência que uma nomeação dessas traria, a importância de Brown nesta região perturbada poderia em pouco tempo se tornar tão grande que homem algum poderia se opor facilmente a ele em qualquer questão... e isso, penso eu, é perigoso.

Meu genro fez a astuta observação de que o conceito de moral de um homem tende a diminuir conforme o seu poder aumenta, e desconfio que os Browns já possuam desde o início uma quantidade relativamente pequena da primeira. Pode ser mera presunção minha supor que eu possua mais. Já vi os efeitos corrosivos do poder na alma de um homem... e já suportei seu fardo, como o senhor poderá entender por tê-lo suportado tantas vezes também. Ainda assim, se a escolha for entre mim e Richard Brown, suponho que eu deva recorrer ao velho ditado escocês de que o diabo que se conhece é melhor do que o diabo que não.

Da mesma forma, incomoda-me pensar nas longas ausências de casa que meus novos deveres irão exigir. Apesar disso, não posso em sã consciência permitir que as pessoas sob o meu domínio se sujeitem aos caprichos e possíveis danos do comitê de Brown.

É claro que eu poderia formar meu próprio comitê desse tipo... penso que o senhor me instaria a fazê-lo... mas não o farei. Além da inconveniência e do custo de tal ato, isso equivaleria a declarar guerra aberta aos Browns, e não penso que isso seja prudente, não se devo me ausentar de casa com frequência, deixando minha família desprotegida. Esse novo cargo, contudo, aumentará minha própria influência, e acredito que porá algum limite nas ambições dos Browns.

Assim, tendo tomado essa decisão, despachei sem demora a mensagem de que aceitava a nomeação, e fiz meu primeiro ensaio de visita aos cherokees no cargo de agente indígena durante o último mês. Minha recepção inicial foi extremamente cordata, e espero que meu relacionamento com os aldeões siga assim.

Visitarei os cherokees novamente no outono. Caso o senhor tenha alguma questão de negócios que meu novo cargo possa auxiliar, mande me avisar, e fique descansado de que farei todos os esforços em seu nome.

Passemos a questões mais domésticas. Nossa pequena população praticamente dobrou como resultado de um afluxo de colonos recém-chegados da Escócia. Embora muito desejável, essa incursão causou bastante turbulência, uma vez que os recém-chegados são pescadores do litoral. Para eles, a natureza das montanhas é repleta de ameaças e mistérios, personificados por porcos e arados.

(No que tange aos porcos, não tenho certeza de que não partilhe das suas

opiniões. A porca branca fixou residência recentemente sob os alicerces da minha casa, e lá se dedica a tais libidinagens que nosso almoço é perturbado a cada dia por barulhos infernais semelhantes ao som das almas em suplício. Essas almas parecem estar sendo esquartejadas membro por membro e devoradas por demônios debaixo dos nossos pés.)

Uma vez que estou discorrendo sobre questões infernais, devo observar que nossos recém-chegados são também, infelizmente, severos presbiterianos, para quem um papista como eu se apresenta como alguém totalmente equipado com chifres e rabo. Penso que o senhor deve se lembrar de um certo Thomas Christie, de Ardsmuir? Comparado a esses rígidos cavalheiros, o sr. Christie aparenta ser a generosidade e a compaixão encarnadas.

Eu não havia pensado em agradecer à Providência pelo fato de meu genro ter inclinações presbiterianas, mas agora vejo como é verdade que o Todo-Poderoso de fato tem desígnios que vão além da nossa compreensão de pobres mortais. Embora segundo os padrões deles até mesmo Roger MacKenzie seja um libertino tristemente depravado, com ele os novos arrendatários pelo menos conseguem falar sem precisar recorrer aos pequenos gestos e sinais destinados a repelir o mal que são um acompanhamento constante de suas conversas comigo.

Quanto ao seu comportamento com relação à minha esposa, parece até que ela é a Bruxa de Endor, senão a Grande Puta da Babilônia. Isso porque eles consideram os implementos de seu consultório "encantamentos", e ficaram consternados ao presenciar a entrada ali de certo número de cherokees alegremente paramentados para uma visita, vindo comercializar mistérios tais como presas de serpente e vesículas biliares de urso.

Minha esposa me pede que transmita sua satisfação pelos gentis elogios que o senhor lhe fez com relação à melhora de saúde do sr. Higgins... e, mais ainda, por sua oferta de lhe conseguir substâncias medicinais com seu amigo de Filadélfia. Ela me incumbiu de lhe mandar a lista anexa. Tendo dado uma olhada nesta, desconfio que o fato de o senhor prover seus desejos em nada contribuirá para aliviar as suspeitas dos pescadores, mas rogo-lhe por favor que não desista por causa disso, pois penso que nada, exceto o tempo e o hábito, irá diminuir o medo que eles sentem dela.

Minha filha me pede igualmente para expressar sua gratidão pelo fósforo que o senhor lhe mandou de presente. Não estou bem certo de que eu compartilhe esse seu sentimento, uma vez que seus experimentos com a substância se revelaram até aqui assustadoramente incendiários. Por sorte, nenhum dos recém-chegados observou esses experimentos, caso contrário não teriam dúvidas de que Satã é de fato um amigo chegado a mim e aos meus.

Num tom mais feliz, parabenizo-lhe por sua última safra, de fato tra-

gável. Mando em troca uma jarra da melhor sidra da sra. Bug, bem como uma garrafa do três anos envelhecido em barrica que, orgulho-me de pensar, o senhor achará menos corrosivo para a garganta do que a última leva.

Seu obediente criado,

J. Fraser

Postscriptum: recebi relatos de um cavalheiro que, pela descrição, se assemelha a um certo Stephen Bonnet, homem esse que fez uma breve aparição em Cross Creek no mês passado. Se tiver mesmo sido o cavalheiro, não se sabe o que deseja, e ele parece ter sumido sem deixar rastro. Meu tio Duncan Innes fez perguntas pela região, mas escreveu-me dizendo que estas se revelaram infrutíferas. Se o senhor escutar qualquer coisa a esse respeito, peço-lhe que me avise sem demora.

18

VRUM!

Do Diário de sonhos

Ontem à noite sonhei com água corrente. Em geral isso quer dizer que bebi demais antes de ir para a cama, mas dessa vez foi diferente. A água vinha da torneira da pia de casa. Eu estava ajudando mamãe a lavar a louça; ela jogava água quente nos pratos com a mangueira móvel e me entregava para eu secar. Eu podia sentir a quentura da porcelana através do pano de prato e também os borrifos da água no rosto.

Os cabelos de mamãe se encaracolavam loucamente por causa da umidade, e o desenho nos pratos eram as bojudas rosas cor-de-rosa da sua porcelana boa de casamento. Mamãe só me deixou lavar esses pratos depois de eu completar 10 anos ou algo assim, por medo de eu os deixar cair, e quando finalmente pude lavá-los fiquei muito orgulhosa!

Ainda posso ver cada objeto do armário de louça na sala de estar: o prato de bolo com pedestal pintado à mão que pertencera ao bisavô de mamãe (ele era um artista, segundo ela, e cem anos antes havia ganhado um concurso com aquele prato de bolo), as doze taças de cristal que a mãe de papai tinha lhe deixado, junto com a petisqueira de cristal e a xícara e o pires pintados à mão com violetas e bordas douradas.

Eu estava em pé em frente ao armário, guardando a louça... só que nós não guardávamos a louça naquele armário, e sim na prateleira acima do fogão... e a água transbordou da pia da cozinha e escorreu pelo chão, em-

poçando ao redor dos meus pés. Então começou a subir, e eu comecei a chapinhar de um lado para outro da cozinha, chutando a água até fazê-la cintilar como a petisqueira de cristal. A água foi ficando cada vez mais funda, mas ninguém parecia preocupado; eu não estava.

A água estava morna, quente na verdade, e eu podia ver o vapor emanar dela.

O sonho foi só isso... mas quando me levantei hoje de manhã a água da bacia estava tão fria que tive de esquentá-la numa panela antes de dar banho em Jemmy. Durante todo o tempo em que estava vigiando a água no fogo, fiquei recordando o sonho, e todos aqueles litros e mais litros de água quente correndo.

O que fico pensando é que esses sonhos que tenho com aquela época... parecem muito vívidos e detalhados, mais do que os que tenho sobre agora. Por que fico vendo coisas que não existem em lugar nenhum exceto dentro da minha cabeça?

O que fico pensando em relação ao sonho é: todas essas novas invenções que as pessoas criam, quantas delas são feitas por pessoas como eu... como nós? Quantas "invenções" são na verdade lembranças de coisas que conhecemos um dia? E... quantos de nós existem?

– Na verdade não é tão difícil assim ter água quente corrente. Em teoria.

– Não? Imagino que não.

Concentrado no objeto que tomava forma sob sua faca, Roger só tinha escutado pela metade.

– Quero dizer, daria um trabalhão horrível para *fazer*. Mas o conceito é simples. Escavar valas ou construir calhas... e por aqui provavelmente seriam calhas...

– Seriam?

Aquela era a parte complicada. Ele prendeu a respiração conforme ia raspando delicadas e diminutas lascas de madeira, uma de cada vez.

– Nós não temos metal – disse Bree, paciente. – Se tivéssemos metal, poderíamos construir canos na superfície. Mas aposto que não há metal suficiente em toda a colônia da Carolina do Norte para fabricar o encanamento necessário para trazer água do riacho até a Casa Grande. Quanto mais um boiler! E, mesmo que houvesse, custaria uma fortuna.

– Humm. – Sentindo que essa talvez não fosse uma resposta adequada, Roger arrematou depressa. – Mas tem algum metal disponível. O destilador de Jamie, por exemplo.

Sua mulher deu um muxoxo.

– É. Eu perguntei a ele onde tinha conseguido aquele metal... ele disse que foi num jogo alto de cartas contra um capitão de navio em Charleston. Acha que eu poderia viajar quase 650 quilômetros para apostar minha pulseira de prata contra umas poucas centenas de metros de cobre em rolo?

Mais uma lasquinha... duas... um arranhãozinho muito leve com a ponta da faca... ah. O pequeno círculo se soltou da matriz. E girou!

– Ahn... claro – disse ele, atrasado, ao perceber que ela havia feito uma pergunta. – Por que não?

Brianna deu uma gargalhada.

– Você não escutou uma só palavra do que eu disse, escutou?

– Ah, é claro que escutei – protestou ele. – Você disse "vala". E "água". Tenho certeza de que me lembro dessa.

Ela deu outro muxoxo, mas de leve.

– Bem, de todo modo seria você quem teria de fazer.

– Fazer o quê?

Seu polegar buscou a pequena roda e a fez girar.

– Jogar. Ninguém vai *me* deixar entrar num carteado de apostas altas.

– Graças a Deus – disse ele, por reflexo.

– Que Deus abençoe o seu pequeno coração presbiteriano – retrucou ela com tolerância, balançando a cabeça. – Você não é grande coisa como apostador, não é, Roger?

– Ah, e imagino que você seja?

Ele disse isso de brincadeira, perguntando-se ao mesmo tempo por que estava se sentindo vagamente repreendido por aquele comentário.

Brianna apenas sorriu e sua boca larga se curvou de um jeito que sugeria uma quantidade incalculável de más intenções. Isso provocou em Roger uma sensação de incômodo. Ela era *mesmo* uma apostadora, embora até ali... Ele relanceou os olhos involuntariamente para a grande mancha de queimado no centro da mesa.

– Isso foi um acidente – disse ela, na defensiva.

– Ah, sim. Pelo menos as suas sobrancelhas tornaram a crescer.

– Humm. Estou quase lá. Mais uma leva e...

– Foi o que você disse da última vez.

Ele teve consciência de estar pisando em terreno perigoso, mas pareceu incapaz de parar.

Ela sorveu uma longa, profunda inspiração e o encarou com olhos estreitados como quem calcula a distância antes de disparar uma grande peça de artilharia. Então pareceu reconsiderar o que quer que estava prestes a dizer. Seus traços relaxaram e ela esticou a mão em direção ao objeto que ele estava segurando.

– O que é isso que você anda fabricando?

– Só uma bobagenzinha para Jem. – Ele a deixou pegar o objeto e sentiu o calor de um modesto orgulho. – Todas as rodas giram.

– É meu, papai?

Jemmy até então estava brincando no chão com o gato Adso, que tolerava crianças pequenas. Ao ouvir seu nome, porém, abandonou o gato, que na mesma hora escapuliu pela janela, e levantou-se para ir ver o brinquedo novo.

– Ah, olhe!

Brianna fez o carrinho correr pela palma da mão e o levantou para deixar as quatro rodas girarem livremente. Jem estendeu as mãos, ansioso, e puxou as rodas.

– Cuidado, cuidado! Assim você arranca! Venha cá, deixe eu lhe mostrar. – Roger se agachou, pegou o carrinho e o fez rolar pelas pedras da lareira. – Viu só? Vrum. Vrum-vrum!

– Grão! – imitou Jem. – Deixe eu fazer, papai, deixe eu fazer!

Sorrindo, Roger entregou-lhe o brinquedo.

– Grão! Grão-grão!

O menino empurrou o carrinho com entusiasmo até este lhe escapulir da mão, e ficou olhando boquiaberto enquanto ele seguia zunindo sozinho até o final das pedras da lareira, batia na borda e caía para fora. Guinchando de alegria, saiu correndo atrás do brinquedo novo.

Ainda sorrindo, Roger ergueu os olhos e viu Brianna olhando para Jem com uma expressão um tanto estranha no rosto. Ela sentiu que o marido a encarava e baixou os olhos para ele.

– Vrum? – falou, baixinho, e Roger sentiu um pequeno choque interno, como um soco no estômago.

– O que é, papai, o que é? – Jemmy havia tornado a pegar o brinquedo e corria até ele apertando-o contra o peito.

– É um... um... – começou Roger, sem saber o que dizer.

Na verdade aquilo era uma réplica grosseira de um Morris Minor, mas nem mesmo a palavra "carro", quanto mais "automóvel", tinha significado ali. E o motor de combustão interna, com seus ruídos agradáveis sugestivos, ainda estava a pelo menos um século de distância.

– Acho que é um vrum, meu amor – disse Bree, com um tom de empatia perceptível na voz.

Roger sentiu sobre a cabeça o peso delicado da sua mão.

– Ahn... isso, é isso mesmo – falou, e pigarreou para desobstruir a garganta. – É um vrum.

– Grão – disse Jemmy, feliz, e se ajoelhou para fazer o carrinho rolar de novo na lareira. – Grão-grão!

Vapor. *Teria de ser movido a vapor ou então a vento. Um moinho de vento talvez funcionasse para bombear água para dentro do sistema, mas se eu quisesse água quente haveria vapor de todo modo... por que não usá-lo?*

O problema é a contenção: madeira queima e vaza, argila não resiste à pressão. Eu preciso de metal, a verdade é essa. O que a sra. Bug faria, eu me pergunto, se eu pegasse o caldeirão de lavar roupa? Bem, eu sei o que ela faria, e uma explosão de vapor nem se compara. Além do mais, nós precisamos lavar a roupa. Vou ter que sonhar com outra coisa.

19

A FEITURA DE FENO

O major MacDonald voltou no último dia da feitura de feno. Eu estava justamente contornando a casa com um imenso cesto de pão quando o vi junto à entrada da trilha, amarrando seu cavalo em uma árvore. O major levantou o chapéu para mim e se curvou, em seguida atravessou o quintal, olhando em volta com curiosidade para os preparativos em curso.

Tínhamos armado cavaletes debaixo dos castanheiros com tábuas por cima para servir de mesas, e um fluxo constante de mulheres corria para lá e para cá feito formigas entre a casa e o quintal para buscar comida. O sol se punha, e os homens dali a pouco chegariam para um banquete de celebração, imundos, exaustos, famintos... e animados com o fim do trabalho.

Cumprimentei o major com um meneio de cabeça e aceitei com alívio sua oferta de carregar o pão até as mesas para mim.

– Estão fazendo feno, é? – indagou ele, em resposta à minha explicação. Um sorriso de nostalgia se espalhou por seu rosto marcado. – Lembro-me de fazer feno quando era menino. Mas isso foi na Escócia, não é? Era raro termos um tempo tão glorioso quanto este de agora.

Ele ergueu os olhos para o domo azul ofuscante do céu de agosto lá em cima. De fato, um tempo perfeito para fazer feno, quente e seco.

– Uma maravilha – falei, farejando o ar com satisfação. O cheiro do feno fresco estava por toda parte, e o feno em si também: montes reluzentes em cada barracão, pedacinhos nas roupas de todo mundo e pequenas trilhas de palha em cada canto. Agora, o cheiro do feno cortado e seco se misturava ao delicioso perfume do churrasco sendo preparado num buraco no chão desde a noite anterior, com o aroma de pão fresco e a fragrância embriagante da sidra da sra. Bug. Marsali e Bree traziam jarras da bebida lá da despensa externa, onde a sidra estava esfriando, além de leitelho e cerveja.

– Vejo que escolhi bem a data da minha visita – comentou o major, observando com aprovação todo esse esforço.

– Se tiver vindo comer, sim – falei, achando um pouco de graça. – Se veio conversar com Jamie, acho que vai ter de esperar até amanhã.

Ele me encarou sem entender, mas não teve oportunidade de perguntar mais nada. Eu havia captado outro lampejo de movimento na entrada da trilha. O major se virou ao ver a direção do meu olhar e franziu de leve o cenho.

– Ora, é aquele sujeito com a marca no rosto – comentou, e sua voz traiu uma reprovação cautelosa. – Eu o vi lá em Coopersville, mas ele me viu primeiro e passou bem longe. Quer que eu o expulse daqui, senhora?

Ele pousou o pão, e já estava ajeitando o cinto da espada no quadril quando o segurei pelo braço.

– Não precisa fazer nada disso, major – falei, incisiva. – O sr. Higgins é um amigo.

Ele me encarou com um olhar inexpressivo, então baixou o braço.

– Como quiser, sra. Fraser, é claro – falou, frio; então tornou a pegar o pão e se afastou na direção das mesas.

Revirando os olhos de exasperação, fui cumprimentar o recém-chegado. Bobby Higgins poderia sem dúvida ter percorrido junto com o major a trilha até a Cordilheira. Sem dúvida, também, escolhera não fazê-lo. Vi que ele agora havia se tornado um pouco mais desenvolto na lida com as mulas: vinha montado em uma e conduzia outra carregada com uma promissora coleção de alforjes e caixas.

– Com os cumprimentos de lorde John, senhora – falou, batendo uma continência rápida ao apear.

Com o canto do olho, vi MacDonald nos observando... e seu leve susto ao reconhecer o gesto militar. Então agora ele sabia que Bobby era soldado, e com certeza conseguiria descobrir em pouco tempo sobre o seu passado. Reprimi um suspiro: eu não poderia consertar aquela situação, os dois teriam que resolvê-la sozinhos... se é que havia algo a resolver.

– Você está com uma cara boa, Bobby – falei, sorrindo enquanto afastava a preocupação. – Nenhuma dificuldade com o trajeto a cavalo, espero?

– Ah, não, senhora! – Ele exibia uma expressão radiante. – E ainda não caí desde que a vi da última vez!

"Cair" significava "desmaiar". Eu o parabenizei por seu estado de saúde e o observei enquanto ele descarregava a mula com destreza e eficiência. Ele parecia mesmo muito melhor, e, tirando a feia marca na bochecha, tinha a tez rosada e fresca como a de uma criança.

– Aquele soldado inglês – falou, fingindo descontração enquanto pousava uma caixa no chão. – A senhora o conhece?

– Aquele é o major MacDonald – falei, tomando cuidado para não olhar na direção deste. Podia sentir seus olhos cravados em minhas costas. – Sim. Ele... faz coisas para o governador, acredito eu. Quero dizer, ele não é do exército regular, é um oficial de meio-soldo.

Essa informação pareceu deixar Bobby um pouco mais tranquilo. Ele inspirou como se fosse dizer alguma coisa, mas em seguida mudou de ideia. Em vez disso, levou a mão até dentro da camisa e pegou uma carta lacrada, que me entregou.

– Isto aqui é para a senhora – explicou. – De lorde John. Por acaso a srta. Lizzie está por perto?

Seus olhos já vasculhavam o bando de meninas e mulheres que preparavam as mesas.

– Sim, estava na cozinha da última vez que a vi – respondi, e uma leve sensação de incômodo desceu por minha espinha. – Ela vai sair daqui a um minuto. Mas... você sabe que ela está noiva, não sabe, Bobby? O noivo dela virá jantar junto com os outros homens.

Ele me encarou e sorriu com uma doçura notável.

– Ah, sim, senhora, eu sei muito bem disso. Só pensei que deveria agradecer pela gentileza dela na última vez que estive aqui.

– Ah – falei, sem confiar nada naquele sorriso. Caolho ou não, Bobby era um rapaz muito bonito... e tinha sido soldado. – Bem... ótimo.

Antes que eu pudesse dizer mais, ouvi o som de vozes masculinas chegar por entre as árvores. Não era exatamente um canto, mais uma cantilena ritmada. Não tive certeza do que era, e havia muitos "ho-ro!" do gaélico e coisas assim, mas todos pareciam estar berrando em uníssono de modo cordial.

Fazer feno era um conceito novo para os novos arrendatários, muito mais acostumados a colher algas marinhas do que a ceifar capim. Jamie, Arch e Roger os haviam guiado no processo, porém, e eu fora solicitada para costurar não mais do que uns poucos ferimentos brandos, de modo que supus que a empreitada houvesse sido um sucesso: nada de mãos ou pés decepados, algumas discussões aos gritos mas nenhuma briga, e não mais do que a quantidade habitual de feno pisoteada ou estragada.

Todos eles pareciam estar de bom humor ao adentrarem o pátio, desgrenhados, encharcados de suor e sedentos como esponjas. Jamie vinha no meio deles, rindo, e cambaleou quando alguém o empurrou. Ele me viu e um enorme sorriso se abriu em seu rosto queimado de sol. Com poucos passos, chegou até mim e me colheu num abraço exuberante que recendia a feno, cavalos e suor.

– Acabou, por Deus! – falou, e me deu um beijo estalado. – Meu Deus, preciso beber alguma coisa. E não, pequeno Roger, isso não é blasfemar – acrescentou, olhando de relance para trás. – É gratidão sincera e necessidade desesperada, entendeu?

– Entendi. Mas primeiro as prioridades, não?

Roger havia aparecido atrás de Jamie, e sua voz soou tão rouca que mal se fez ouvir em meio a toda aquela algazarra. Ele engoliu em seco e fez uma careta.

– Ah, sim.

Jamie lançou um olhar rápido para Roger, avaliando-o, em seguida deu de ombros e andou até o meio do quintal.

– *Eìsd ris! Eìsd ris!* – bradou Kenny Lindsay ao vê-lo.

Evan e Murdo se juntaram a Kenny e começaram a bater palmas e gritar "Escutem, escutem!", alto o bastante para a multidão começar a se calar e prestar atenção.

Faço a prece com a boca,
Faço a prece com o coração,

Faço a prece a Ti em pessoa,
Ó, Mão que Cura, Ó Filho do Deus da salvação.

Ele não ergueu a voz muito acima do seu tom habitual de falar, mas todos se calaram na mesma hora, de modo que as palavras reverberaram com nitidez.

Senhor Deus dos anjos
Estende sobre mim Teu manto de linho.
Abriga-me de toda fome,
Liberta-me de toda forma espectral.
Fortalece-me em todo o bem,
Ampara-me em toda situação difícil,
Protege-me em toda dificuldade,
E de todos os inimigos me afasta.

Um leve tremor de aprovação percorreu a multidão. Vi alguns dos pescadores baixarem a cabeça, embora seus olhos tivessem permanecido pregados nele.

Fica entre mim e tudo que for assustador,
Fica entre mim e tudo que for mesquinho,
Fica entre mim e tudo que for horrendo
E vier sombriamente na minha direção.

Ó, Deus dos fracos,
Ó, Deus dos reles,
Ó, Deus dos justos,
Ó protetor dos lares:
Tu nos chama
Com a voz da glória,
Com a boca da misericórdia
De Teu amado Filho.

Olhei de relance para Roger, que também aquiescia de leve em sinal de aprovação. Eles sem dúvida haviam combinado aquilo juntos. Era uma boa decisão; aquela devia ser uma prece cujo formato era conhecido pelos pescadores, sem nada de especificamente católico.

Jamie abriu os braços de maneira um tanto inconsciente, e a brisa fez esvoaçar o pano úmido e gasto de sua camisa quando ele jogou a cabeça para trás e ergueu para o céu o rosto radiante de alegria.

Ó, que eu possa encontrar o descanso eterno
No lar da Tua Trindade,
No Paraíso dos devotos,
No jardim de Sol do Teu amor!

– Amém! – disse Roger o mais alto que conseguiu, e ouviram-se murmúrios agradecidos de "amém" por todo o quintal.

Então o major MacDonald ergueu a caneca de sidra que estava segurando, disse *"Slàinte!"* e entornou seu conteúdo.

Depois disso, os festejos se generalizaram. Peguei-me sentada num barril, com Jamie na grama aos meus pés, uma travessa de comida e uma caneca de sidra que nunca ficava vazia.

– Bobby Higgins chegou – informei-lhe, localizando Bobby no meio de um pequeno grupo de moças admirativas. – Está vendo Lizzie em algum lugar?

– Não – respondeu Jamie, disfarçando um bocejo. – Por quê?

– Ele perguntou por ela especificamente.

– Então tenho certeza de que vai encontrá-la. Não quer um pedaço de carne, Sassenach?

Ele ergueu um grande osso de costela com a sobrancelha arqueada de modo inquisitivo.

– Já comi um pouco – garanti, e ele imediatamente mordeu a carne, concentrando-se no churrasco temperado com vinagre como se não comesse há uma semana.

– O major MacDonald falou com você?

– Não – respondeu ele, com a boca cheia, e engoliu. – Ele pode esperar. Ali está Lizzie... com os McGillivrays.

Isso me tranquilizou. Os McGillivrays, em especial Frau Ute, com certeza iriam desencorajar qualquer atenção indevida para com sua nova futura nora. Lizzie estava conversando e rindo com Robin McGillivray, que lhe sorria de um jeito paternal enquanto seu filho Manfred comia e bebia com um apetite voraz. Vi que Frau Ute mantinha um olho arguto e interessado no pai de Lizzie, sentado na varanda ali perto bem aconchegado ao lado de uma senhora alemã alta de rosto um tanto feioso.

– Quem é aquela com Joseph Wemyss? – perguntei, cutucando Jamie com o joelho para direcionar sua atenção.

– Não conheço. É alemã. Deve ter vindo com Ute McGillivray. Será que ela está bancando a casamenteira?

Ele ergueu a caneca, bebeu e suspirou de alegria.

– Você acha?

Olhei com interesse para a estranha mulher. Ela com certeza parecia estar se entendendo bem com Joseph... e ele com ela. Com o rosto magro aceso, gesticulava para lhe explicar alguma coisa, e a cabeça cuidadosamente coberta pela touca estava curvada em sua direção, com um sorriso nos lábios.

Eu nem sempre aprovava os métodos de Ute McGillivray, que tendiam a ser brutais, mas fui obrigada a admirar a complexidade meticulosa de seus planos. Lizzie e Manfred iriam se casar na primavera seguinte, e eu vinha me perguntando como Joseph se viraria depois disso. Ele vivia em função da filha.

É claro que poderia acompanhá-la quando ela se casasse. Ela e Manfred simplesmente iriam morar na grande casa dos McGillivrays, e imaginei que pudessem encontrar lugar para Joseph também. Mesmo assim, ele ficaria dividido e não iria querer nos deixar... e embora qualquer homem capaz sempre pudesse ter utilidade numa fazenda, ele não era nem de longe um fazendeiro nato, muito menos um armeiro como Manfred e o pai. Mas se ele próprio viesse a se casar...

Olhei rapidamente para Ute McGillivray e vi que ela observava o sr. Wemyss e sua *inamorata* com a mesma expressão de contentamento de um títere cujas marionetes dançam ao ritmo exato de sua música.

Alguém havia deixado uma jarra de sidra ao nosso lado. Tornei a encher a caneca de Jamie, depois a minha. A bebida estava maravilhosa, de um âmbar escuro e enevoado, doce e pungente, com um sabor pronunciado que fazia pensar na picada de uma serpente particularmente sutil. Deixei o líquido fresco escorrer pela garganta e desabrochar dentro da cabeça feito uma flor silenciosa.

Eram muitas conversas e risos, e reparei que, embora os novos arrendatários ainda se mantivessem junto a seus grupos familiares, havia agora um pouco mais de mistura, pois os homens que haviam passado as duas últimas semanas trabalhando lado a lado mantinham suas relações cordiais, e essas cortesias sociais eram potencializadas pela sidra. Os novos arrendatários no geral consideravam o vinho uma bebida espirituosa, e os álcoois fortes como uísque, rum ou conhaque bebidas enfurecedoras, mas todos bebiam cerveja e sidra. A sidra era uma bebida saudável, dissera-me uma das mulheres enquanto passava uma caneca para o filho pequeno. Eu lhes dava meia hora, pensei, bebericando devagar, para eles começarem a cair feito moscas.

Jamie produziu um leve ruído de bom humor e baixei os olhos na sua direção. Ele meneou a cabeça para o outro lado do quintal e, quando olhei para lá, vi que Bobby Higgins havia se desvencilhado de suas admiradoras e, graças a algum truque alquímico, conseguira subtrair Lizzie do meio dos McGillivrays. Os dois agora conversavam em pé à sombra dos castanheiros.

Tornei a olhar para os McGillivrays. Manfred estava recostado nos alicerces da casa, com a cabeça a pender sobre o prato de comida. Seu pai havia se enroscado ao seu lado no chão e roncava tranquilamente. As moças tagarelavam em volta deles, passando comida umas para as outras por cima das cabeças baixas dos maridos, todos em estágios variados de sonolência. Ute havia se transferido para a varanda em frente à casa, onde conversava com Joseph e sua companheira.

Tornei a olhar. Lizzie e Bobby estavam só conversando, e havia entre os dois uma distância respeitável. No entanto, algo no modo como ele se curvava em direção a ela, e como ela meio que se virava para longe dele e depois voltava atrás, sacudindo com uma só mão a dobra da saia...

– Ai, ai – falei.

Mudei um pouco de posição e pus os pés no chão, mas não tive certeza se deveria mesmo ir interrompê-los. Afinal, eles estavam na frente de todo mundo, e...

– Três coisas me espantam, ou melhor, quatro, diz o profeta. – A mão de Jamie apertou minha coxa e, ao voltar-me para ele, vi que também estava observando com os olhos semicerrados o casal sob os castanheiros. – O comportamento de uma águia no ar, o comportamento de uma serpente na pedra, o comportamento de um navio no meio do mar... e o comportamento de um homem com uma donzela.

– Ah, quer dizer então que não é a minha imaginação – falei, seca. – Você acha que seria melhor eu fazer alguma coisa?

– Humm. – Ele inspirou fundo e se endireitou, balançando a cabeça com força para acordar. – Ah. Não, Sassenach. Se o pequeno Manfred não se dá o trabalho de vigiar a mulher, não cabe a você fazer isso por ele.

– Sim, concordo. Estou só pensando: e se Ute os vir... ou Joseph?

Não tinha certeza de como o sr. Wemyss agiria. Quanto a Ute, achava que ela decerto faria um grande escarcéu.

– Ah. – Ele piscou os olhos e titubeou de leve. – É, acho que você tem razão.

Virou a cabeça, à procura, e então, ao localizar Ian, empinou o queixo para chamá-lo.

Ian estava esparramado na grama numa postura sonhadora a poucos metros dali, junto a uma pilha de ossos de costela engordurados, mas rolou de bruços e engatinhou até nós, obediente.

– Humm? – fez ele.

Seus fartos cabelos castanhos haviam se soltado parcialmente e vários redemoinhos estavam espetados para cima, enquanto o resto caíra de modo pouco distinto por cima de um olho.

Jamie meneou a cabeça na direção dos castanheiros.

– Ian, vá pedir a Lizzie para fazer um curativo na sua mão.

O rapaz baixou os olhos avermelhados para a própria mão cujo dorso exibia um arranhão recente, coagulado havia tempos. Ele então olhou na direção que o tio havia indicado.

– Ah – murmurou ele.

Continuou de quatro no chão, com os olhos estreitados numa expressão pensativa, então levantou-se devagar e puxou a fita que lhe prendia os cabelos. Empurrando os fios para trás com um gesto casual de uma das mãos, foi andando descontraído em direção aos castanheiros.

Eles estavam longe demais para ouvirmos qualquer coisa, mas conseguimos ver. Bobby e Lizzie se afastaram como as ondas do mar Vermelho quando a silhueta alta e magra de Ian se intrometeu propositalmente entre os dois. Todos pareceram conversar de forma amigável por alguns instantes, então Lizzie e Ian partiram em direção à casa e Lizzie acenou casualmente para Bobby... e deu um breve olhar para trás. Bobby passou alguns instantes observando-a se afastar, oscilando pensativamente nos calcanhares, então balançou a cabeça e partiu na direção da sidra.

A bebida estava cobrando seu preço. Eu imaginara que todos os homens ali presentes fossem estar apagados quando a noite caísse: durante a feitura de feno, era comum homens dormirem sobre os pratos de tanta exaustão. Nesse dia ainda havia bastante conversa e risos, mas a suave claridade do crepúsculo que começava a inundar o quintal revelava um número cada vez maior de corpos espalhados pelo gramado.

Rollo, contente, roía os ossos descartados por Ian. Brianna estava sentada um pouco mais adiante e Roger dormia a sono solto com a cabeça no seu colo. O colarinho da camisa dele estava aberto e a cicatriz irregular da corda continuava muito visível em seu pescoço. Bree sorriu para mim enquanto com uma das mãos acariciava delicadamente os cabelos pretos lustrosos do marido e retirava dele pedaços de feno. Jemmy não estava por perto... tampouco Germain, como constatei após uma rápida olhada em volta. Por sorte, o fósforo continuava guardado e trancado no topo do meu armário mais alto.

Jamie, por sua vez, pousou na minha coxa a cabeça morna e pesada, e levei a mão aos seus cabelos enquanto sorria de volta para Bree. Ouvi-o dar um leve muxoxo e segui a direção do seu olhar.

– Para uma moça assim tão pequenina, essa Lizzie com certeza causa bastante problema – disse ele.

Bobby Higgins estava em pé junto a uma das mesas, bebendo sidra, muito evidentemente sem a menor consciência de estar sendo seguido pelos Beardsleys. Os gêmeos se esgueiraram qual raposas pela mata, não de todo invisíveis, e convergiram para cima dele de direções opostas.

Um deles, provavelmente Jo, surgiu de repente ao lado de Bobby, dando-lhe um susto que o fez derramar sua bebida. O rapaz franziu o cenho enquanto enxugava a camisa molhada e Jo chegava mais perto, evidentemente murmurando ameaças e alertas. Com um ar ofendido, Bobby virou-lhe as costas, apenas para ser confrontado por Kezzie do outro lado.

– Não tenho certeza de que seja Lizzie o problema – falei, num tom defensivo. – Afinal de contas, ela apenas conversou com ele.

O rosto de Bobby estava ficando perceptivelmente corado. Ele pousou a caneca da qual estava bebendo e se empertigou um pouco enquanto seu punho se fechava.

Os Beardsleys chegaram mais perto, com a óbvia intenção de forçá-lo a ir na direção da mata. Olhando desconfiado de um gêmeo para o outro, ele deu um passo para trás até ficar de costas para um sólido tronco de árvore.

Baixei os olhos: Jamie observava por entre as pálpebras semicerradas com uma expressão de alheamento sonhadora. Deu um suspiro profundo, seus olhos se fecharam por completo e ele de repente ficou inteiramente inerte, fazendo pressão sobre mim com seu peso.

O motivo dessa súbita partida surgiu dali a um segundo: MacDonald, corado de tanto comer e beber sidra, com o casaco vermelho a luzir como uma brasa à luz do poente. Ele baixou os olhos para Jamie, que dormitava tranquilamente deitado na minha perna, e balançou a cabeça. Virou-se devagar e avaliou a cena.

– Por Deus! – exclamou, num tom brando. – Vou lhe dizer uma coisa, senhora: já vi campos de batalha com bem menos carnificina.

– Ah, viu mesmo?

Sua aparição havia me distraído, mas ao ouvir a palavra "carnificina" tornei a olhar para Bobby. Ele e os Beardsleys tinham sumido, desaparecido feito volutas de névoa no lusco-fusco. Bem, se eles estavam se espancando na mata, eu tinha certeza de que os ouviria dali a pouco.

Com um leve dar de ombros, MacDonald se abaixou, segurou Jamie pelos ombros e o tirou do meu colo, pousando-o na grama com uma delicadeza surpreendente.

– Posso? – indagou, educado, e quando aquiesci ele se sentou do meu outro lado, com os braços unidos em volta dos joelhos numa postura amigável.

Estava bem-vestido como sempre, de peruca e tudo, mas tinha o colarinho da camisa encardido e as saias do casaco puídas na bainha e salpicadas de lama.

– Muitas viagens por estes dias, major? – indaguei, para puxar conversa. – O senhor parece um tanto cansado, se me perdoa o comentário.

Eu o havia surpreendido no meio de um bocejo. Ele o engoliu, piscando os olhos, então riu.

– Sim, senhora. Passei o último mês em cima da sela, e só vi cama em uma a cada três noites, talvez.

Mesmo à luz suave do poente, ele de fato parecia exausto: as linhas de seu rosto estavam fundas de cansaço, a pele sob os olhos flácida e manchada. Ele não era um homem belo, mas em geral demonstrava uma segurança abusada que lhe dava um ar atraente. Nesse dia, exibia o aspecto daquilo que realmente era: um soldado de meio-soldo com quase 50 anos, sem regimento ou posto regular, lutando para manter qualquer pequeno vínculo que pudesse lhe proporcionar alguma esperança de avanço na vida.

Eu normalmente não teria lhe falado sobre negócios, mas a empatia me levou a perguntar:

– Anda trabalhando muito para o governador Martin esses dias?

Ele aquiesceu, tomou mais um gole de sidra e inspirou profundamente em seguida.

– Tenho sim, senhora. O governador teve a bondade de me encarregar de lhe trazer notícias da situação na zona rural... e me fez o notável favor de aceitar meus conselhos de vez em quando.

Ele olhou para Jamie, que havia se enroscado feito um porco-espinho e começado a roncar, e sorriu.

– Com relação à nomeação do meu marido para o cargo de agente indígena, o senhor quer dizer? Nós lhe somos gratos, major.

Ele descartou meu agradecimento com um aceno casual.

– Ah, não, senhora. Isso não teve nada a ver com o governador, a não ser de maneira indireta. Essas nomeações são da alçada do superintendente do Departamento do Sul. Embora, é claro, seja do interesse do governador saber notícias dos índios – acrescentou ele, tomando mais um gole.

– Tenho certeza de que ele vai lhe contar tudo pela manhã – garanti, meneando a cabeça para Jamie.

– De fato, senhora. – Ele hesitou por alguns instantes. – A senhora saberia... o sr. Fraser por acaso mencionou, em suas conversas nas aldeias... houve alguma alusão aos... incêndios?

Endireitei as costas e o zumbido da sidra desapareceu da minha cabeça.

– O que aconteceu? Houve algum outro?

Ele aquiesceu e esfregou uma das mãos cansadas no rosto, roçando as suíças que brotavam.

– Sim, dois... mas um foi uma queima de celeiro mais abaixo de Salem. Um dos irmãos morávios. E, pelo que consegui descobrir sobre o ocorrido, provavelmente foram alguns dos presbiterianos escoceses-irlandeses que se instalaram no condado de Surry. Um pastorzinho rancoroso os tem instigado contra os morávios... uns pagãos incréus... – Isso o fez abrir um sorriso repentino, mas ele então ficou sério outra vez. – Os problemas vêm se anunciando há meses no condado de Surry. A ponto de os católicos terem pedido ao governador que retraçasse as linhas da divisa de modo a colocá-los no condado de Rowan. A divisa entre Surry e Rowan passa bem no meio das suas terras, sabia? E o xerife de Surry é...

Ele agitou uma das mãos.

– Talvez não tão cioso do cumprimento do seu dever quanto poderia? – sugeri. – Pelo menos no que diz respeito aos morávios?

– Ele é primo do pastorzinho rancoroso – disse MacDonald, e secou a caneca. – Falando nisso, vocês não tiveram problemas com seus novos arrendatários? – acrescentou ele, baixando a caneca. Deu um sorriso torto e correu os olhos pelo quintal, onde grupos de mulheres conversavam satisfeitas enquanto seus homens dormiam a seus pés. – Parece que conseguiram fazê-los se sentir bem-vindos.

– Bem, eles são presbiterianos e um tanto veementes com relação a isso... mas pelo menos ainda não tentaram incendiar a casa.

Dei uma olhada rápida em direção à varanda, onde o sr. Wemyss e sua companheira continuavam sentados conversando, com as cabeças próximas uma da outra. Pensei que o sr. Wemyss devia ser o único homem ainda sóbrio, com exceção do próprio major. A dama era sem dúvida alemã, mas não morávia, pensei. Os morávios raramente se casavam fora da sua comunidade, e as mulheres tampouco viajavam até muito longe.

– A menos que o senhor ache que os presbiterianos formaram uma gangue com o objetivo de expurgar papistas e luteranos da zona rural... e o senhor *não acha* isso, acha?

A pergunta o fez dar um breve sorriso, ainda que sem muito humor.

– Não. Mas afinal, madame, eu mesmo fui criado presbiteriano.

– Ah – fiz eu. – Ahn... mais um pouquinho de sidra, major?

Ele estendeu a caneca sem se acanhar.

– O outro incêndio... pelo visto é bem parecido com os demais – disse ele com elegância, decidindo ignorar meu comentário. – Uma fazenda isolada. Um homem que morava sozinho. Mas dessa vez foi logo acima da Linha do Tratado.

Essa última frase foi dita com um relancear de olhos cheio de significado, e involuntariamente olhei para Jamie. Ele tinha me dito que os cherokees estavam incomodados com os colonos que vinham invadindo seu território.

– Vou perguntar ao seu marido sobre isso pela manhã, senhora, é claro – disse MacDonald, interpretando corretamente o meu olhar. – Mas talvez a senhora saiba se ele escutou alguma referência...

– Ameaças veladas de um chefe dos juncos – confessei. – Ele escreveu para John Stuart a respeito. Mas nada específico. Quando foi esse último incêndio?

O major deu de ombros.

– Não há como saber. Ouvi falar faz três semanas, mas o homem que me contou tinha ficado sabendo um mês antes disso... e não tinha visto nada, só ouvido de outra pessoa.

Ele coçou o maxilar, pensativo.

– Talvez alguém devesse ir inspecionar a fazenda.

– Humm – murmurei, sem me dar o trabalho de disfarçar o ceticismo na voz. – E o senhor acha que essa tarefa cabe a Jamie, sim?

– Eu não teria a presunção de instruir o sr. Fraser quanto aos seus deveres, senhora – disse ele, sem qualquer esboço de sorriso. – Mas vou sugerir a ele que talvez a situação seja digna de interesse, sim?

– Sim, faça isso – murmurei.

Jamie havia planejado outra visita rápida às aldeias dos juncos, espremida entre a colheita e a chegada do tempo frio. Do meu ponto de vista, a ideia de marchar aldeia adentro e interrogar Pássaro que Canta de Manhã sobre uma fazenda incendiada parecia mais do que um pouco arriscada.

Um leve calafrio me fez estremecer, e bebi o resto da minha sidra desejando de repente que estivesse fazendo calor. O sol havia se posto por completo e o ar ficara frio, mas não era isso que estava esfriando meu sangue.

E se as suspeitas de MacDonald estivessem corretas? E se os cherokees estivessem incendiando fazendas? E se Jamie aparecesse fazendo perguntas inconvenientes...

Olhei para a casa, sólida e serena, com janelas iluminadas pela luz de velas, uma pálida defesa contra a mata cada vez mais escura atrás.

É com pesar que recebemos a notícia da morte por fogo de James MacKenzie Fraser e de sua esposa, Claire Fraser, numa conflagração que destruiu sua casa...

Os vaga-lumes começavam a surgir, flutuando nas sombras qual frias faíscas verdes, e quando olhei involuntariamente para cima vi uma chuva de centelhas vermelhas e amarelas saindo da chaminé. Sempre que pensava nessa macabra notícia – e eu tentava não pensar, tampouco contar os dias que separavam o momento presente do dia 21 de janeiro de 1776 –, pensava no incêndio como algo acidental. Acidentes assim eram mais do que frequentes, e iam de lareiras descontroladas ou velas caídas a incêndios provocados pelas tempestades de raios do verão. Pela primeira vez me ocorria de modo consciente que talvez aquilo pudesse ser um ato deliberado... um assassinato.

Movi o pé o suficiente para cutucar Jamie. Ele se remexeu no sono, estendeu uma das mãos e envolveu calidamente o meu tornozelo, então relaxou com um grunhido satisfeito.

– Fica entre mim e tudo que for assustador – falei, meio entre os dentes.

– *Slàinte* – disse o major, e tornou a esvaziar a caneca.

20

PRESENTES PERIGOSOS

Impulsionados pelas notícias do major MacDonald, Jamie e Ian partiram dois dias depois para uma rápida visita a Pássaro que Canta de Manhã, enquanto o major prosseguia rumo a suas outras misteriosas incumbências, deixando-me na companhia de Bobby Higgins caso precisasse de ajuda.

Eu estava louca para abrir os caixotes trazidos por Bobby, mas, em razão dos acontecimentos – a ensandecida tentativa da porca branca de comer Adso, uma cabra com as tetas infeccionadas, um estranho bolor verde surgido na última leva de queijo, a conclusão de uma muito necessária cozinha externa e uma conversa séria com os Beardsleys relacionada ao tratamento dos convidados, entre outras coisas –, mais de uma semana transcorreu antes que eu encontrasse tempo para abrir o presente de lorde John e ler sua carta.

De lorde John Grey, Fazenda Mount Josiah
Para a sra. James Fraser
4 de setembro de 1773

Minha cara senhora,

Confio que os artigos requisitados pela senhora tenham chegado intactos. O sr. Higgins está um pouco nervoso por transportar o óleo de vitríolo, pois entendo que teve alguma experiência ruim relacionada a este, mas nós embalamos a garrafa com algum cuidado, deixando-a lacrada da maneira como chegou da Inglaterra.

Após examinar os esplêndidos desenhos que a senhora mandou, nos quais julgo ter detectado a elegante mão de sua filha, fui até Williamsburg consultar um famoso fabricante de vidro que lá opera sob o nome (decerto inventado) de Blogweather. O sr. Blogweather reconheceu que a retorta seria muito simples, mal passando de um teste brando para a sua perícia, mas encantou-se com as exigências do aparato de destilação, sobretudo com a espiral removível. Ele apreendeu de imediato a desejabilidade de tal aparelho em caso de quebra, e fabricou três unidades.

Queira por favor considerá-los um presente meu... uma demonstração deveras insignificante de minha duradoura gratidão por suas muitas gentilezas, tanto para comigo quanto para com o sr. Higgins.

Seu mais humilde e obediente criado,
John Grey

Postscriptum: Até aqui, contive meu sentimento de vulgar curiosidade, mas ouso esperar que, em alguma ocasião futura, a senhora talvez possa me satisfazer explicando a finalidade que pretende dar a esses artigos.

Eles haviam embalado tudo com cuidado. Uma vez abertos, os caixotes se revelaram recheados com uma quantidade imensa de palha, no meio da qual as peças de vidro e garrafas lacradas brilhavam, protegidas como ovos de roca.

– Vai *mesmo* tomar cuidado com isso, não é, senhora? – indagou Bobby, aflito, ao me ver tirar do caixote uma garrafa atarracada e pesada feita de vidro marrom, cuja rolha estava muito bem lacrada com cera vermelha. – Isso é muito tóxico.

– Sim, eu sei. – Na ponta dos pés, ergui a garrafa até uma prateleira alta, a salvo de crianças e gatos curiosos. – Quer dizer que você já viu isso ser usado, Bobby?

Seus lábios se contraíram, e ele fez que não com a cabeça.

– Eu não diria *usado*, madame. Mas já vi o que isso *faz*. Tinha uma... uma moça em Londres que conheci ligeiramente enquanto esperávamos o navio que nos traria para a América. Metade do rosto dela era bonito e lisinho feito uma flor, mas a outra metade era uma cicatriz tão feia que mal se podia olhar. Como se houvesse derretido no fogo, mas ela disse que tinha sido vitríolo. – Ele ergueu os olhos para a garrafa e engoliu em seco de modo visível. – Disse que outra puta tinha jogado por ciúmes.

Ele tornou a balançar a cabeça, deu um suspiro e estendeu a mão para pegar a vassoura e varrer a palha do chão.

– Bem, não precisa se preocupar – assegurei-lhe. – Não tenho a intenção de jogar isso em ninguém.

– Ah, não, senhora! – Ele estava um tanto chocado. – Eu jamais teria pensado uma coisa dessas!

Entretida em desencavar mais tesouros, não dei atenção ao comentário.

– Ah, *olhe* – falei, encantada.

Estava segurando nas mãos o fruto da arte do sr. Blogweather: um globo de vidro do tamanho da minha cabeça, soprado até alcançar perfeita simetria, e sem vestígios de qualquer bolha. O vidro tinha um leve matiz azulado, e nele pude ver meu próprio reflexo distorcido, nariz chato e olhos esbugalhados, como uma sereia espiando lá de dentro.

– Sim, senhora – disse Bobby, examinando obedientemente a retorta. – É, ahn... é bem grande, não?

– É perfeita. Simplesmente perfeita!

Em vez de cortado rente ao canudo do vidraceiro, o gargalo do globo tinha sido esticado até virar um tubo de paredes grossas com cerca de 5 centímetros de comprimento e 2,5 de diâmetro. As bordas e a superfície interna desse tubo tinham sido... lixadas? Polidas? Eu não fazia ideia do que o sr. Blogweather tinha feito, mas o resultado era uma superfície sedosa e opaca que formaria um belo vácuo quando outra peça de acabamento semelhante fosse inserida lá dentro.

Minhas mãos estavam úmidas de animação e nervosismo, por medo de deixar cair o precioso objeto. Enrolei-o numa dobra do avental e me virei para um lado e outro enquanto refletia sobre o melhor lugar para guardá-lo. Não estava esperando uma retorta tão grande assim; precisaria que Bree ou um dos homens fabricasse para mim um suporte adequado.

– É necessário que ela fique sobre um pequeno fogo – expliquei, franzindo o cenho para o braseirozinho que usava para preparar poções. – Mas a temperatura é importante; talvez seja difícil demais manter o calor constante com uma cama de carvão. – Pus a grande bola dentro do armário, segura atrás de uma fileira de garrafas. – Acho que terá de ser um lampião a álcool... mas, como a retorta é maior do que eu pensava, vou precisar de um lampião de bom tamanho para aquecê-la...

Percebi então que Bobby não estava me ouvindo tagarelar, pois sua atenção fora distraída por algo lá fora. Ele tinha a testa franzida para alguma coisa, e fui espiar o que era pela janela aberta.

Devia ter adivinhado: no gramado, Lizzie Wemyss batia manteiga debaixo dos castanheiros, e com ela estava Manfred McGillivray.

Olhei para a dupla, entretida numa alegre conversa, em seguida para a atitude pesarosa de Bobby. Pigarreei.

– Talvez você pudesse abrir o outro caixote para mim, Bobby?

– Ahn?

Sua atenção continuava fixa na dupla lá fora.

– O caixote – repeti, paciente. – Este aqui.

Cutuquei-o com o dedão do pé.

– O caixote... ah! Ah, sim, senhora, claro.

Ele despregou os olhos da janela e começou a realizar a tarefa com um ar aborrecido.

Tirei o restante dos objetos de vidro do caixote aberto, sacudindo-os para remover a palha e guardando com cuidado globos, retortas, frascos e espirais num armário alto... mas mantendo um olho em Bobby enquanto o fazia, e refletindo sobre a situação recém-revelada do rapaz. Eu não pensara que os seus sentimentos por Lizzie fossem mais do que uma atração passageira.

E talvez não fossem mesmo nada além disso, lembrei a mim mesma. Mas, se fossem... Contra a minha vontade, olhei pela janela, apenas para descobrir que a dupla tinha virado um trio.

– Ian! – exclamei.

Bobby olhou para cima, assustado, mas eu já estava a caminho da porta, limpando a palha da roupa às pressas.

Se Ian estava de volta, Jamie estava...

Ele passou pela porta da frente na mesma hora em que irrompi no vestíbulo, agarrou-me pela cintura e me beijou com entusiasmo e suíças que pareciam lixas.

– Você voltou – falei, um tanto abobalhada.

– Voltei, e os índios estão vindo logo atrás de mim – disse ele, apertando-me as nádegas com as duas mãos e roçando as suíças com fervor na minha bochecha. – Meu Deus, o que eu não daria por uma hora sozinho com você, Sassenach! Estou com os bagos estourando... Ah, sr. Higgins, eu... ahn, não tinha visto que o senhor estava aqui.

Ele me soltou e se ajeitou abruptamente, tirando o chapéu e batendo com ele na coxa numa pantomima exagerada de casualidade.

– Nenhum problema, senhor – disse Bobby, desanimado. – O sr. Ian também voltou?

Pela sua voz, essa não parecia ser uma notícia particularmente boa. Se a chegada de Ian tinha distraído Lizzie de Manfred, como de fato era o caso, nada fizera no sentido de redirecionar sua atenção para Bobby.

Lizzie havia abandonado a manteiga nas mãos do pobre Manfred, que girava a manivela com um ar ressentido inequívoco enquanto ela se afastava rindo com Ian em direção ao estábulo, provavelmente para lhe mostrar o novo bezerro nascido durante a sua ausência.

– Índios – falei, com algum atraso, atinando com o que Jamie tinha dito. – Que índios?

– Meia dúzia de cherokees – respondeu ele. – O que é isto?

Ele indicou com a cabeça a trilha de palha solta que saía do meu consultório.

– Ah, isso. Isso é éter – respondi, feliz. – Ou vai ser. Imagino que vamos dar de comer aos índios?

– Sim. Avise a sra. Bug que há uma jovem com eles, que trouxeram para você cuidar.

– Ah? – Ele já estava atravessando o vestíbulo em direção à cozinha, e apressei-me para alcançá-lo. – O que há de errado com ela?

– Dor de dente – respondeu ele, sucinto, e abriu a porta da cozinha com um empurrão. – Sra. Bug! *Cá bhfuil tú?* Éter, Sassenach? Não está querendo dizer flogisto, está?

– *Acho* que não – falei, tentando recordar que diabos era um flogisto. – Mas sei que já comentei com você sobre anestesia... é isso que o éter é, um tipo de anestésico: ele adormece as pessoas para que se possa realizar uma cirurgia sem machucá-las.

– Muito útil em caso de dor de dente – observou Jamie. – Onde essa mulher se meteu? Sra. Bug!

– Seria mesmo, mas vai demorar um pouco para fabricar. Por enquanto vamos ter de nos virar com uísque. Imagino que a sra. Bug esteja na cozinha externa; hoje é dia de pão. E, falando em álcool... – Ele já tinha saído pela porta dos fundos, e desci rapidamente os degraus atrás dele. – Vou precisar de uma boa quantidade de álcool de alta qualidade para fazer o éter. Você poderia me trazer um barril da nova leva amanhã?

– Um barril? Meu Deus, Sassenach, o que você pretende, tomar banho com ele?

– Bem, para dizer a verdade, sim. Ou melhor, eu não... o óleo de vitríolo. É preciso despejá-lo devagar num banho de álcool quente, e ele...

– Ah, sr. Fraser! Bem que pensei ter ouvido alguém me chamar. – A sra. Bug apareceu de repente com um cesto de ovos pendurado num dos braços e um ar radiante. – Fico feliz em vê-lo novamente em casa são e salvo!

– Fico feliz por estar de volta, sra. Bug – garantiu-lhe ele. – Conseguimos alimentar meia dúzia de convidados no jantar?

Os olhos dela se arregalaram por alguns instantes, depois se estreitaram, calculando.

– Linguiça – declarou ela. – E nabo. Vamos, pequeno Bobby, venha se mostrar útil.

Ela me entregou os ovos, agarrou Bobby pela manga – ele tinha saído da casa atrás de nós – e o rebocou em direção ao canteiro de nabos.

Tive a sensação de ter ficado presa em alguma espécie de aparato giratório parecido com um carrossel, e segurei o braço de Jamie para me firmar.

– Você sabia que Bobby Higgins está apaixonado por Lizzie? – indaguei.

– Não, mas não vai ser nada bom para ele se estiver – respondeu Jamie, duro.

Interpretando minha mão no seu braço como um convite, me fez pousar no chão o cesto de ovos, então me puxou para perto e tornou a me beijar, mais devagar dessa vez, porém com a mesma meticulosidade.

Soltou-me com um profundo suspiro de contentamento e olhou para a nova cozinha externa que tínhamos construído na sua ausência: uma pequena estrutura de madeira com paredes de lona grosseira e um telhado composto por galhos de pinheiro, erguida em volta de uma lareira de pedra e de uma chaminé... só que com uma mesa grande no interior. O ar trazia lá de dentro aromas sedutores de massa fermentando, pão recém-saído do forno, bolos de aveia e brioches de canela.

– Então, Sassenach, com relação àqueles quinze minutos... Eu acho que poderia me contentar com um pouco menos, se fosse preciso...

– Bom, *eu* não – falei, firme, embora tenha permitido que minha mão o acariciasse por um instante de consideração. Meu rosto ardia devido ao contato com suas suíças. – E quando tivermos tempo você pode me dizer *o que* tem feito para causar isso.

– Sonhado – respondeu ele.

– Como assim?

– Não paro de ter sonhos libidinosos terríveis com você a noite inteira – explicou ele, ajeitando melhor a calça. – Sempre que eu rolava de bruços, deitava em cima do pau e acordava. Um horror.

Dei uma gargalhada, e ele se fingiu de magoado, embora eu tenha visto por trás dessa expressão um bom humor relutante.

– Bem, Sassenach, *você* pode rir – disse ele. – Não tem um para incomodar.

– Sim, um grande alívio, de fato – garanti a ele. – Ahn... que tipo de sonhos libidinosos?

Pude ver um brilho azul profundo de especulação nos seus olhos quando ele me encarou. Estendeu um dedo e, com toda a delicadeza, desceu-o pela lateral do meu pescoço, pela curva do meu seio até dentro do corpete, e por sobre o fino tecido que me recobria o mamilo... que na mesma hora se eriçou em reação ao seu toque feito um pequeno cogumelo redondo.

– Do tipo que me faz querer levá-la direto para a floresta, longe o bastante para ninguém escutar quando eu a deitar no chão, levantar sua saia e partir você ao meio feito um pêssego maduro – disse ele baixinho. – Está bem?

Engoli em seco de modo audível.

Nesse momento delicado, vivas de saudação nos chegaram da entrada da trilha do outro lado da casa.

– O dever chama – falei, um pouco sem ar.

Jamie também sorveu uma inspiração profunda, endireitou os ombros e assentiu.

– Bem, até hoje não morri de luxúria não correspondida, imagino que não vá morrer agora.

– Acho que não – falei. – Além do mais, você não me disse uma vez que a abstinência faz as coisas... ahn... ficarem mais firmes?

Ele me encarou com um olhar desolado.

– Se ficarem mais firmes eu vou desmaiar, por falta de sangue na cabeça. Não esqueça os ovos, Sassenach.

Era fim de tarde, mas felizmente ainda restava luz de sobra para o trabalho. Meu consultório, porém, estava posicionado de modo a aproveitar a luz da manhã para as operações e ficava mais escuro durante as tardes, de modo que montei uma sala de cirurgia improvisada no quintal.

Foi até melhor, levando em conta que todos queriam assistir. Os índios sempre consideravam qualquer tratamento médico uma questão comunitária, assim como quase tudo o mais. Demonstravam um entusiasmo especial em relação às operações, uma vez que estas possuíam um alto valor de entretenimento. Todos se aglomeraram ansiosos em volta e puseram-se a comentar sobre meus preparativos, discutindo entre si e conversando com a paciente, que tive a maior dificuldade para impedir que respondesse.

O nome dela era Camundongo, e só pude pensar que o tinha recebido em razão de algum motivo metafísico, pois com certeza o nome não correspondia nem à sua aparência, nem à sua personalidade. A moça tinha o rosto redondo, um nariz inabitualmente arrebitado para uma cherokee e, ainda que não se pudesse dizer que era bonita, tinha uma força de caráter muitas vezes mais atraente do que a simples beleza.

Isso, sem dúvida, estava surtindo efeito nos machos presentes. Ela era a única mulher do grupo de índios, e os outros consistiam em seu irmão, Wilson Argila Vermelha, e quatro amigos que tinham vindo para fazer companhia aos Wilsons, oferecer proteção na viagem... ou então para competir pelas atenções da srta. Camundongo, explicação que me parecia a mais provável.

Apesar do nome escocês Wilson, nenhum dos cherokees falava inglês além de algumas palavras básicas, entre elas "não", "sim", "bom", "mau" e "uísque". Como o equivalente cherokee para esses termos formava a totalidade do meu vocabulário, minha participação na conversa era mínima.

Por ora, na verdade, estávamos aguardando o uísque, bem como os tradutores. Um colono chamado Wolverhampton, morador de algum rincão sem nome ao leste, tinha inadvertidamente amputado um dedo e meio do próprio pé uma semana antes, cortando lenha. Por considerar a situação inconveniente, tentara em seguida remover ele mesmo o que restava do segundo dedo usando um enxó.

Digam o que quiserem com relação à utilidade geral: um enxó não é um instrumento de precisão. Mas é afiado.

O sr. Wolverhampton, um tipo forte dono de um temperamento irascível, vivia sozinho a cerca de 11 quilômetros do vizinho mais próximo. Depois de conseguir chegar à casa desse vizinho, locomovendo-se com o que lhe restava do pé, e após o vizinho o ter posto em cima de uma mula para levá-lo até a Cordilheira dos Frasers, quase 24 horas haviam se passado, e o pé parcial havia adquirido as dimensões e o aspecto de um guaxinim mutilado.

As exigências da cirurgia de limpeza, as múltiplas retiradas subsequentes de tecido necrosado para controlar a infecção, e o fato de o sr. Wolverhampton se recusar a parar de beber haviam exaurido razoavelmente meu estoque cirúrgico habitual. Como, em todo caso, eu precisava de um barril da bebida crua para fabricar meu éter, Jamie e Ian tinham ido buscar mais no alambique, situado a quase 2 quilômetros da casa. Torci para eles voltarem enquanto ainda houvesse luz suficiente para eu ver o que estava fazendo.

Interrompi os altos protestos da srta. Camundongo para com um dos cavalheiros, que obviamente a estava provocando, e indiquei na linguagem dos sinais que ela precisava abrir a boca para mim. Ela assim o fez, mas seguiu expressando seu forte desacordo por meio de gestos manuais um tanto explícitos, que pareciam indicar os diversos atos que esperava que o cavalheiro em questão realizasse em si mesmo, a julgar pelo rubor demonstrado por ele e pelo modo como seus companheiros caíam uns por cima dos outros de tanto rir.

A lateral do rosto da moça estava inchada e obviamente dolorida. No entanto, ela não fez careta nem se retraiu, nem mesmo quando virei mais o seu rosto em direção à luz para ver melhor.

– Dor de dente, de fato – falei, involuntariamente.

– Ato? – disse a srta. Camundongo, erguendo uma das sobrancelhas para mim.

– Ruim – expliquei, apontando para sua bochecha. – *Uyoi*.

– Ruim – concordou ela.

Seguiu-se uma exposição prolongada, interrompida apenas pela inserção periódica de meus dedos em sua boca, que interpretei como sendo uma explicação do que havia lhe acontecido.

Um trauma, pelo aspecto. Um dos dentes, um canino inferior, fora completamente arrancado, e o pré-molar vizinho estava tão quebrado que eu teria de extraí-lo. O dente seguinte poderia ser salvo, pensei. O interior da boca de Camundongo estava muito lacerado pelas bordas afiadas, mas não havia infecção na gengiva. Isso era animador.

Bobby Higgins desceu do estábulo atraído pela falação, e na mesma hora foi mandado de volta para me trazer uma lixa. A srta. Camundongo lhe abriu um sorriso torto quando ele a trouxe, e ele se curvou diante dela de modo extravagante, fazendo todos rirem.

– Essas pessoas são cherokees, não são, senhora? – Ele sorriu para Argila Vermelha e fez um gesto com a mão que pareceu divertir os índios, embora eles tenham retribuído. – Nunca conheci nenhum cherokee. Perto da casa de lorde John na Virgínia vivem sobretudo outras tribos.

Fiquei satisfeita ao constatar que ele estava acostumado a lidar com índios e tinha um comportamento descontraído com eles. Hiram Crombie, que apareceu nessa hora, não pensou o mesmo.

Ao ver o grupo reunido, ele estacou na borda da clareira. Dei-lhe um aceno alegre, e, com relutância evidente, ele avançou.

Roger tinha me contado como Duncan descrevera Hiram: "Aquele amargura-dozinho". Era uma descrição condizente. De baixa estatura, magro e rijo, ele tinha cabelos ralos e desgrenhados que usava presos numa trança tão apertada e puxados tanto para trás que devia ter dificuldade para piscar. Com o rosto cheio de rugas devido aos rigores de uma vida de pescador, parecia ter uns 60 anos, mas provavelmente era bem mais jovem... e tinha a boca quase sempre virada para baixo, na expressão de alguém que não apenas chupou um limão, mas chupou um limão podre.

– Eu estava procurando o sr. Fraser – disse ele, com um olho desconfiado pregado nos índios. – Ouvi dizer que ele tinha voltado.

Ele trazia uma machadinha no cinto, que apertava forte com uma das mãos.

– Ele não demora a voltar. Já conheceu o sr. Higgins, não? – Ficou óbvio que sim, e que a experiência lhe causara uma impressão desfavorável. Com os olhos pregados na marca de Bobby, Hiram deu um meneio de cabeça quase imperceptível. Sem me deixar intimidar, acenei na direção dos índios, que examinavam Hiram com um interesse bem maior do que ele lhes dedicava. – Permita-me apresentar a srta. Wilson, seu irmão e seus... ahn... amigos?

Hiram se contraiu mais um pouco, se é que isso era possível.

– Wilson? – repetiu, com uma voz pouco amigável.

– Wilson – confirmou alegremente a srta. Camundongo.

– Esse é o sobrenome da minha esposa – disse ele, e seu tom deixou bem claro que considerava o uso do nome por índios um tremendo ultraje.

– Ah – falei. – Que bom. O senhor acha que eles talvez possam ser parentes da sua esposa?

Seus olhos se esbugalharam de leve ao ouvir isso, e ouvi Bobby produzir um estranho gorgolejo.

– Bem, eles claramente herdaram o nome de um pai ou avô escocês – assinalei. – Pode ser que...

O rosto de Hiram parecia um quebra-nozes, e exibiu em rápida sucessão de emoções que iam da fúria à consternação. Sua mão direita se ergueu, e o indicador e o mindinho se projetaram feito chifres no gesto de afastar o mal.

– Meu tio-avô Ephraim – sussurrou ele. – Que Jesus Cristo nos salve!

E, sem dizer mais nada, girou nos calcanhares e se afastou a passos trôpegos.

– Adeus! – disse a srta. Camundongo em inglês, e acenou.

Hiram lançou-lhe um único e atormentado olhar por cima do ombro, em seguida fugiu como se estivesse sendo perseguido por demônios.

···

O uísque finalmente chegou, e, após uma quantidade razoável ser distribuída para a paciente e os espectadores, a operação enfim começou.

A lixa costumava ser usada em dentes de cavalo, e era portanto um pouco maior do que eu teria desejado, mas funcionou razoavelmente bem. A srta. Camundongo tendia a ser ruidosa com relação ao desconforto envolvido, mas suas reclamações foram diminuindo conforme aumentava seu consumo de uísque. Quando chegasse a hora de extrair o dente quebrado, pensei, ela não iria sentir nada.

Bobby, enquanto isso, divertia Jamie e Ian com imitações da reação de Hiram Crombie ao descobrir a possibilidade de ter algum vínculo de parentesco com os Wilsons. Entre uma risada e outra, Ian traduziu a história para os índios, que rolaram na grama tomados por acessos de riso.

– Eles têm *mesmo* um Ephraim Wilson em sua árvore genealógica? – indaguei, segurando com firmeza o queixo da srta. Camundongo.

– Bem, eles não têm certeza em relação ao "Ephraim", mas sim. – Jamie abriu um largo sorriso. – O avô deles era um andarilho escocês. Ficou lá por tempo suficiente para engravidar sua avó, depois caiu de um penhasco e foi soterrado por uma avalanche. Ela se casou de novo, é claro, mas gostou do sobrenome.

– Pergunto-me o que fez o tio-avô Ephraim deixar a Escócia.

Ian se levantou, enxugando lágrimas de riso dos olhos.

– A proximidade de pessoas como Hiram, suponho – falei, estreitando os olhos para ver o que estava fazendo. – Você acha que...

De repente me dei conta de que todos haviam parado de falar e de rir, e que sua atenção estava concentrada em algo do outro lado da clareira.

Esse algo era a chegada de outro índio carregando alguma coisa no ombro como se fosse uma trouxa.

O índio era um cavalheiro chamado Sequoia, um pouco mais velho do que os jovens Wilsons e seus amigos. Ele meneou a cabeça para Jamie com um ar grave, e então, tirando a trouxa do ombro, pousou-a no chão aos pés dele e disse alguma coisa em cherokee.

A expressão de Jamie mudou, e os últimos resquícios de bom humor desapareceram e foram substituídos por interesse... e cautela. Ele se ajoelhou, e ao erguer com cuidado um dos cantos da lona esfarrapada revelou um punhado de ossos gastos pelo tempo, com um crânio de órbitas vazias a espiar do meio deles.

– Quem diabos é *esse*?

Eu havia parado de trabalhar e, assim como todo mundo, até mesmo a srta. Camundongo, olhava fixamente para o recém-chegado.

– Segundo ele, o velho dono da fazenda sobre a qual MacDonald falou... aquela que foi incendiada dentro da Linha do Tratado.

Jamie baixou a mão, pegou o crânio e o manuseou delicadamente.

Ele ouviu meu pequeno arquejo, pois olhou para mim, em seguida virou o crânio e o segurou para que eu visse. A maior parte dos dentes estava faltando, e isso tinha acontecido havia tempo suficiente para o osso do maxilar ter se fechado por cima dos buracos vazios. No entanto, os dois molares que restavam nada exibiam a não ser rachaduras e manchas... nenhum brilho de obturação de prata, nenhum espaço vazio onde essas obturações poderiam ter estado.

Soltei a respiração aos poucos, sem saber se ficava aliviada ou decepcionada.

– O que houve com ele? E por que ele está *aqui*?

Jamie se ajoelhou, tornou a pousar o crânio com delicadeza sobre a lona, em seguida revirou alguns dos ossos para examiná-los. Ergueu os olhos e, com um leve movimento de cabeça, me convidou a me juntar a ele.

Os ossos não exibiam sinal algum de terem sido queimados, mas vários deles exibiam, *sim*, sinais de terem sido roídos por animais. Um ou dois dos ossos longos estavam rachados e abertos, sem dúvida para permitir o acesso à medula, e muitos dos ossos menores das mãos e dos pés estavam ausentes. Todos tinham o aspecto cinza e frágil de ossos que haviam passado um bom período expostos ao tempo.

Ian havia transmitido minha pergunta a Sequoia, que se agachou ao lado de Jamie e pôs-se a explicar enquanto espetava um dedo aqui e ali entre os ossos.

– Ele está dizendo que conhecia o homem havia muito tempo – traduziu Ian, com o cenho franzido. – Os dois não eram exatamente amigos, mas de vez em quando, nas vezes em que ele passava perto do chalé do homem, parava lá, e o sujeito dividia com ele sua comida. Então ele também levava coisas quando ia: uma lebre para a panela, um pouco de sal.

Um dia, poucos meses antes, Sequoia tinha encontrado o corpo do velho na mata, caído debaixo de uma árvore a alguma distância da casa.

– Ninguém o matou, segundo ele – disse Ian, enrugando a testa devido à concentração diante do rápido fluxo de palavras. – Ele simplesmente... morreu. Sequoia acha que o homem estava caçando... tinha a faca consigo, e a arma estava ao seu lado... que estava caçando quando o espírito o deixou, e simplesmente caiu.

Ele reproduziu o dar de ombros do índio.

Sem ver motivo para fazer qualquer coisa com o corpo, Sequoia o deixara ali, e deixara também a faca, caso o espírito precisasse dela, aonde quer que tivesse ido. Não sabia para onde iam os espíritos dos brancos, ou se lá eles caçavam. Ele apontou: sob os ossos havia uma velha faca, com a lâmina quase consumida pela ferrugem.

Ele havia pegado a arma de fogo, que parecia boa demais para ser deixada para trás, e, como o chalé ficava no seu caminho, havia parado lá. O velho tinha muito poucos pertences, e o que tinha era quase sem valor. Sequoia pegara uma panela de ferro, uma chaleira e um vidro de fubá, que levara de volta para sua aldeia.

– Ele não é de Anidonau Nuya, é? – indagou Jamie, repetindo em seguida a pergunta em cherokee.

Sequoia fez que não com a cabeça, e os pequenos enfeites trançados em seus cabelos produziram um leve tilintar.

Ele vinha de uma aldeia poucos quilômetros a oeste de Anidonau Nuya, que significava Pedra em Pé. Depois da visita de Jamie, Pássaro que Canta de Manhã tinha mandado perguntar nas cidades próximas se alguém conhecia o velho ou sabia o que tinha acontecido com ele. Ao ouvir o relato de Sequoia, Pássaro o havia despachado para recolher o que restava do velho e levar os restos mortais para Jamie como prova de que ninguém o havia matado.

Ian fez uma pergunta, na qual identifiquei a palavra em cherokee que significava "fogo". Sequoia tornou a balançar a cabeça e respondeu com uma fieira de palavras.

Ele não tinha posto fogo no chalé... por que faria uma coisa dessas? Achava que ninguém tinha feito isso. Após recolher os ossos do velho – e seu rosto demonstrou repulsa pelo ato –, ele fora ao chalé outra vez. Estava incendiado, sim... mas ficara claro para ele que uma árvore próxima fora atingida por um raio e que o fogo se espalhara por um bom pedaço de floresta em volta. O chalé só estava queimado pela metade.

Sequoia se levantou com um ar de finalidade.

– Ele quer ficar para jantar? – perguntei, ao ver que ele parecia prestes a partir.

Jamie transmitiu o convite, mas o índio fez que não com a cabeça. Tinha feito o que fora exigido dele, agora tinha outras coisas a fazer. Meneou a cabeça para os outros índios e se virou para ir embora.

Algo lhe ocorreu, porém, e ele parou e se virou outra vez.

– Tsisqua falou para o senhor se lembrar das armas – disse ele, com o cuidado de alguém que decorou um discurso numa língua desconhecida.

Então aquiesceu, decidido, e se foi.

O túmulo foi marcado por um pequeno monumento de pedras empilhadas e por uma cruzinha feita com gravetos de pinheiro. Sequoia não sabia o nome do morto, e não tínhamos a menor ideia de sua idade, nem das datas de nascimento e morte. Tampouco sabíamos se ele tinha sido cristão, mas a cruz pareceu uma boa ideia.

Foi uma cerimônia de enterro bem pequena, assistida por mim, Jamie, Ian, Bree e Roger, Lizzie e seu pai, o casal Bug e Bobby Higgins, que tive quase certeza de só estar ali porque Lizzie também estava. O sr. Wemyss parecia pensar a mesma coisa, a julgar pelos olhares desconfiados ocasionais que lançava para Bobby.

Roger leu um salmo breve junto ao túmulo, então se calou. Limpou a garganta com um pigarro e disse apenas:

– Senhor, entregamos aos Seus cuidados a alma deste nosso irmão...

– Ephraim – murmurou Brianna, olhos baixados com modéstia.

Um tremor subterrâneo de risos percorreu os presentes, mas ninguém chegou a rir. Roger encarou Bree com um olhar severo, mas vi o canto de sua boca tremer também.

– ... deste nosso irmão cujo nome o Senhor conhece – concluiu Roger com dignidade, e fechou o Livro de Salmos pego emprestado com Hiram Crombie... que recusara o convite para comparecer ao enterro.

A luz já tinha baixado quando Sequoia concluíra suas revelações na noite anterior, e eu fora obrigada a adiar o tratamento dentário da srta. Camundongo para a manhã seguinte. Completamente embriagada, ela não fez qualquer objeção, e foi amparada com cuidado até uma cama no chão da cozinha por Bobby Higgins... que podia ou não estar apaixonado por Lizzie, mas mesmo assim parecia apreciar muito os encantos da jovem cherokee.

Uma vez concluída a extração dentária, eu sugerira que ela e seus amigos ficassem mais um pouco, mas assim como Sequoia eles tinham outros compromissos, e com agradecimentos profusos e pequenos presentes partiram antes do meio da tarde, exalando um forte cheiro de uísque e deixando a nosso encargo cuidar dos restos mortais do finado Ephraim.

Todos tornaram a descer o morro após o enterro, mas Jamie e eu ficamos para trás, buscando uma oportunidade de passar alguns minutos a sós. A casa na noite anterior estivera repleta de índios, com muitas conversas e histórias contadas ao pé da fogueira, e, quando por fim fomos para a cama, simplesmente nos aconchegamos nos braços um do outro e pegamos no sono, quase sem trocar a breve civilidade de um "boa-noite".

O cemitério ficava num pequeno promontório a alguma distância da casa, um lugar bonito e tranquilo. Cercado por pinheiros cujas agulhas douradas cobriam o chão e cujos galhos murmurantes proporcionavam um sussurro suave e contínuo, aquele parecia um lugar reconfortante.

– Pobre velho – falei, colocando uma última pedra no monumento funerário de Ephraim. – Como você acha que ele foi parar num lugar daqueles?

– Só Deus sabe. – Jamie balançou a cabeça. – Sempre existem eremitas, homens que não gostam de conviver com seus semelhantes. Talvez ele fosse um desses. Ou talvez algum infortúnio o tenha levado à floresta, e ele... ficou.

Jamie deu de ombros de leve e me abriu um meio-sorriso.

– Às vezes me pergunto como qualquer um de nós acabou indo parar onde está, Sassenach. Você não?

– Antes, me perguntava – falei. – Mas depois de algum tempo, como não parecia haver possibilidade alguma de resposta, parei.

Ele baixou os olhos para mim, interessado.

– Parou, mesmo? – Estendendo uma das mãos, ajeitou para trás uma mecha de cabelos soprada pelo vento. – Talvez então eu não devesse perguntar, mas vou. Você se importa, Sassenach? De estar *aqui*, quero dizer? Alguma vez deseja poder... voltar?

Fiz que não com a cabeça.

– Não, nunca.

E era verdade. Mas eu às vezes acordava no meio da noite pensando: *Será que o sonho é agora?* Será que eu iria acordar de novo com o cheiro espesso e morno da calefação central e da colônia Old Spice de Frank? E quando tornava a adormecer sorvendo o cheiro de fumaça de lareira e o almíscar da pele de Jamie, sentia uma leve saudade que me deixava espantada.

Se ele viu esse pensamento no meu rosto, não deu qualquer sinal, mas abaixou-se e me beijou de leve na testa. Então segurou meu braço, e juntos entramos um pouco na mata, para longe da casa e de sua clareira lá embaixo.

– Às vezes eu sinto o cheiro dos pinheiros – disse ele, inspirando lenta e profundamente o ar perfumado. – E por um segundo penso que estou na Escócia. Mas então caio em mim e vejo que aqui não há samambaias nativas nem grandes montanhas nuas... a natureza que eu conhecia não existe, apenas uma natureza que eu desconheço.

Pensei detectar nostalgia em sua voz, não tristeza. Mas ele tinha perguntado; eu também iria perguntar.

– E você, há momentos em que gostaria de... voltar?

– Ah, sim – respondeu ele, deixando-me surpresa... então riu da minha expressão. – Mas não o suficiente para não desejar mais ainda estar aqui, Sassenach.

Ele olhou por cima do ombro para o minúsculo cemitério com sua pequena coleção de monumentos funerários e cruzes, onde aqui e ali um rochedo maior sinalizava um túmulo específico.

– Sabia, Sassenach, que para algumas pessoas aquele que foi enterrado mais recentemente num cemitério se torna o seu guardião? Ele precisa ficar de guarda até a pessoa seguinte morrer e vir assumir seu lugar... só então pode descansar.

– Imagino que o seu misterioso Ephraim esteja um tanto surpreso por se ver numa situação dessas, quando antes repousava sozinho debaixo de uma árvore – falei, sorrindo um pouco. – Mas fico me perguntando: o que o guardião de um cemitério está protegendo... e de quem?

Isso o fez rir.

– Ah... de vândalos, talvez; violadores de túmulos. Ou feiticeiros.

– Feiticeiros?

Aquilo me espantou: eu achava que a palavra "feiticeiro" fosse sinônimo de "curandeiro".

– Há feitiços que requerem ossos, Sassenach – disse ele. – Ou as cinzas de um corpo cremado. Ou terra de um túmulo. – Apesar do tom leve, ele não estava brincando. – Sim, mesmo os mortos talvez precisem ser defendidos.

– E quem melhor do que um fantasma residente para fazer isso? – falei. – É verdade.

Subimos no meio de um grupo de choupos trêmulos cuja luz nos salpicou de pontinhos verdes e prateados, e parei para raspar uma bolota da seiva vermelha de um tronco branco feito papel. Que estranho, pensei, perguntando-me por que aquela visão tinha me chamado a atenção... então me lembrei, e virei-me abruptamente para olhar o cemitério outra vez.

Não era uma lembrança, mas um sonho... ou uma visão. Um homem, espancado e ferido, pondo-se de pé no meio de um grupo de choupos, levantando-se pelo que sabia ser a última vez, seu último combate, expondo dentes quebrados manchados de um sangue que tinha a mesma cor da seiva dos choupos. Seu rosto estava pintado de preto para a morte... e eu sabia que havia em seus dentes obturações de prata.

Mas o rochedo de granito se erguia silencioso e tranquilo, coalhado de todos os lados por agulhas amarelas de pinheiro, sinalizando o local de repouso do homem que um dia se fizera conhecer pelo nome de Dente de Lontra.

O instante passou e desapareceu. Saímos do meio dos choupos para outra clareira, dessa vez mais alta do que o promontório em que ficava o cemitério.

Espantei-me ao ver que alguém estivera cortando lenha ali e desmatando o solo. Uma pilha considerável de troncos cortados se erguia em um dos lados, e perto dela havia um emaranhado de tocos arrancados, embora vários outros ainda enraizados no chão despontassem acima da densa vegetação rasteira composta por azedinhas e centáureas.

– Olhe, Sassenach.

Jamie levou a mão ao meu cotovelo e me virou.

– Ah! Ah, nossa!

O solo se erguia o suficiente ali para podermos ter uma vista esplendorosa. As árvores desciam abaixo de nós e podíamos ver além da nossa montanha, e além da seguinte e da outra, até uma distância azul enevoada pelo hálito das montanhas e com nuvens a se erguer de suas fendas.

– Gostou?

O tom de proprietário orgulhoso era palpável em sua voz.

– É claro que gostei. O que...

Virei-me e indiquei com um gesto os troncos e tocos.

– A próxima casa vai ficar aqui, Sassenach – disse ele apenas.

– A *próxima* casa? Por quê, nós vamos construir outra?

– Bem, eu não sabia se seríamos nós, ou quem sabe nossos filhos... ou nossos netos – acrescentou ele, e sua boca se curvou um pouco. – Mas pensei que, se alguma coisa acontecesse... e não acho que nada *vá* acontecer, veja bem, mas caso aconteça... bem, eu ficaria mais feliz se tivesse começado. Só por garantia.

Encarei-o por alguns instantes para tentar entender aquilo.

– Se alguma coisa acontecer – falei, devagar, e virei-me para fitar o leste, onde era possível distinguir o contorno de nossa casa entre as árvores, a fumaça de sua chaminé uma nuvem branca em meio ao verde suave dos castanheiros e abetos. – Se ela... se ela pegar mesmo fogo, você quer dizer.

O simples fato de traduzir a ideia em palavras fez meu estômago se contrair.

Então tornei a olhar para ele e vi que pensar naquilo o deixava assustado também. Numa atitude típica de Jamie, porém, ele simplesmente havia tomado providências para agir como podia contra o dia da tragédia.

– Você gostou? – repetiu ele, com os olhos azuis atentos. – Do lugar, quero dizer? Se não, posso escolher outro.

– É lindo – falei, sentindo as lágrimas arderem atrás dos olhos. – Simplesmente lindo, Jamie.

Com calor depois da subida, sentamo-nos à sombra de uma cicuta gigante para admirar nossa futura vista. E, após quebrar o silêncio em relação à difícil possibilidade do futuro, constatamos que podíamos conversar a respeito.

– Não é nem tanto a ideia de morrermos – falei. – Ou não só isso. O que me deixa arrepiada é aquele "não deixa filhos vivos".

– Bem, eu entendo o que você quer dizer, Sassenach. Embora tampouco seja a favor de nós morrermos, e pretenda cuidar para que isso não aconteça – garantiu-me ele. – Mas pense. Talvez isso não queira dizer que eles morreram. Eles podem apenas... ter ido embora.

Respirei fundo, tentando aceitar sem pânico essa suposição.

– Ter voltado, você quer dizer. Roger e Bree... e Jemmy, imagino eu. Estamos partindo do princípio de que ele consegue... viajar através das pedras.

Jamie aquiesceu, grave, com os braços unidos em volta dos joelhos.

– Depois do que ele fez com aquela opala? É, acho que devemos supor que sim.

Aquiesci, recordando o que Jem tinha feito com a opala: tinha segurado a pedra, reclamado que esta ficara quente demais na sua mão... até que a pedra explodira, estilhaçando-se em centenas de fragmentos afiados feito agulhas. Sim, na minha opinião devíamos supor que ele também era capaz de viajar no tempo. Mas e se Brianna tivesse outro filho? Estava claro para mim que ela e Roger queriam outro... ou pelo menos Roger queria, e ela estava disposta.

Pensar em perdê-los me causava uma dor aguda, mas imaginei que fosse preciso encarar essa possibilidade.

– O que deixa de toda forma uma escolha, imagino – falei, tentando ser corajosa e objetiva. – Se nós morrêssemos, eles iriam embora, porque sem nós não têm nenhum motivo de verdade para ficar aqui. Mas se nós *não* morrêssemos... será que eles iriam mesmo assim? Será que nós os mandaríamos embora, quero dizer? Por causa da guerra? Não vai ser seguro aqui.

– Não – disse ele baixinho.

Jamie estava com a cabeça baixa, e fios ruivos rebeldes se erguiam do cocuruto, nos redemoinhos que ele havia transmitido tanto a Bree quanto a Jemmy.

– Não sei – disse ele por fim, e levantou a cabeça, deixando o olhar se perder na terra e no céu ao longe. – Ninguém sabe, Sassenach. Devemos simplesmente encarar o que vier como pudermos.

Ele se virou e pousou a mão sobre a minha com um sorriso que tinha a mesma medida de dor e alegria.

– Nós temos fantasmas suficientes entre nós, Sassenach. Se os males do passado não podem nos deter... tampouco quaisquer temores em relação ao futuro irão fazê-lo. Precisamos simplesmente deixar as coisas para trás e seguir em frente. Não é?

Pousei a mão de leve no seu peito, não à guisa de convite, mas apenas por querer sentir o seu contato. A pele estava fria por causa do suor, mas ele havia ajudado a cavar o túmulo. O calor do esforço ainda perdurava no músculo mais abaixo.

– Você já foi um dos meus fantasmas – falei. – Por muito tempo. E por muito tempo eu tentei deixar *você* para trás.

– Tentou mesmo?

Ele pousou a mão por sua vez nas minhas costas, de leve, e começou a movê-la devagar. Eu conhecia aquele toque: a necessidade de tocar apenas para se certificar de que o outro estava de fato ali, fisicamente presente.

– Quando eu olhava para trás, pensava que não conseguiria viver... que não conseguiria suportar.

Senti a garganta embargada com a lembrança.

– Eu sei – disse ele baixinho, erguendo a mão para tocar meus cabelos. – Mas você tinha o menino... tinha um marido. Não era certo virar as costas para eles.

– Não era certo virar as costas para *você*.

Pisquei, mas as lágrimas vazaram pelos cantos dos meus olhos. Ele puxou minha cabeça para perto, pôs a língua para fora e lambeu delicadamente o meu rosto, o que me espantou tanto que ri no meio de um soluço e quase engasguei.

– Eu amo você como a carne ama o sal – citou ele, e riu também, bem baixinho. – Não chore, Sassenach. Você está aqui; eu também. Nada mais importa além disso.

Encostei a testa na sua bochecha e o envolvi com os braços. Espalmei as mãos na superfície plana de suas costas e o acariciei do ombro até a base afunilada da coluna, com leveza, sempre com leveza, percorrendo todo ele, toda a forma dele, e não as cicatrizes que lhe coalhavam a pele.

Ele me apertou contra si e deu um suspiro fundo.

– Sabia que desta vez estamos casados há quase o dobro do tempo que da última?

Afastei-me e franzi o cenho para ele, com um ar de quem duvida, aceitando a distração.

– Não estivemos casados entre uma vez e outra?

Isso o pegou de surpresa. Ele também franziu o cenho e correu um dedo devagar pelo osso queimado de sol do nariz enquanto refletia.

– Bem, isso com certeza é uma pergunta para um padre – falou. – Eu imaginaria que sim... mas, nesse caso, não somos os dois bígamos?

– Somos não, éramos – corrigi, levemente incomodada. – Mas na verdade, não. Padre Anselm falou.

– Anselm?

– Padre Anselm... um padre franciscano do Mosteiro de St. Anne. Mas talvez você não se lembre dele: estava muito doente na ocasião.

– Ah, eu me lembro sim – disse Jamie. – Ele vinha ficar sentado comigo à noite, quando eu não conseguia dormir. – Ele sorriu, um sorriso meio torto. Essa época não era algo que desejava recordar. – Ele gostava muito de você, Sassenach.

– Ah, é? E você? – perguntei, querendo distraí-lo da lembrança de Santana. – Você não gostava de mim?

– Ah, eu gostava de você naquela época, sim – garantiu-me ele. – Mas talvez goste ainda mais agora.

– Ah, é mesmo? – Sentei-me um pouco mais ereta, pavoneando-me. – O que mudou? Ele inclinou a cabeça para o lado e estreitou de leve os olhos para me avaliar.

– Bom, você solta menos pum quando dorme – começou, judicioso, então se encolheu, rindo, quando uma pinha passou zunindo junto à sua orelha esquerda.

Peguei um pedaço de madeira, mas, antes que pudesse dar com ele na cabeça de Jamie, ele se esticou e me segurou pelos braços. Derrubou-me de costas na grama e se deixou cair por cima de mim, imobilizando-me sem esforço.

– Saia daí, seu bruto! Eu *não* solto pum quando durmo!

– Ora, Sassenach, como você poderia saber? Você dorme tão profundamente que não acordaria sequer com o barulho do próprio ronco.

– Ah, você quer falar sobre ronco, é? Você...

– Você é orgulhosa feito Lúcifer – disse ele, interrompendo-me. Ainda estava sorrindo, mas as palavras eram mais sérias. – E corajosa. Sempre foi mais ousada do que era recomendável para a sua segurança. Hoje é brava feito um pequeno texugo.

– Quer dizer que eu sou arrogante e feroz. Isso não está parecendo grande coisa como catálogo de virtudes femininas – falei, arfando um pouco enquanto me debatia para sair de baixo dele.

– Bem, você também é bondosa – disse Jamie após pensar um pouco. – Muito bondosa. Embora tenda a ser boa segundo as próprias regras. Não que isso seja ruim, veja bem – acrescentou.

Tornou a capturar o braço que eu havia soltado e imobilizou meu pulso acima da cabeça.

– Femininas – murmurou ele, sobrancelhas unidas numa expressão concentrada. – Virtudes femininas...

Sua mão livre se enfiou entre nós dois e segurou meu seio.

– E o que mais?

– Você é muito limpa – disse ele, com aprovação. Soltou meu pulso e pôs uma das mãos entre os meus cabelos... que de fato estavam bem limpos e recendiam a girassol e cravo. – Nunca vi mulher nenhuma se lavar tanto quanto você... exceto Brianna, talvez. Não é grande coisa como cozinheira – prosseguiu ele, semicerrando os olhos para pensar melhor. – Embora nunca tenha envenenado ninguém, a não ser de propósito. E eu diria que você sabe costurar bem... embora goste muito mais se for a pele de alguém.

– Muito obrigada!

– Então me diga mais algumas virtudes – sugeriu ele. – Talvez eu tenha deixado escapar alguma.

– Humm! Delicadeza, paciência... – enumerei, com esforço.

– Delicadeza? Meu Deus! – Ele balançou a cabeça. – Você é a mais implacável, mais sanguinária...

Levantei a cabeça com um tranco e quase consegui mordê-lo no pescoço. Ele recuou, rindo.

– Não, você também não é muito paciente.

Desisti de lutar por ora e desabei de costas no chão, com os cabelos despenteados espalhados pela grama.

– Então *qual é* o meu traço mais sedutor? – exigi saber.

– Você me acha engraçado – respondeu ele com um sorriso.

– Eu... não... acho – grunhi, debatendo-me feito louca.

Ele simplesmente ficou deitado por cima de mim, tranquilo e alheio aos meus cutucões e chutes, até eu ficar exausta e me imobilizar arfando debaixo dele.

– E gosta muito quando eu a levo para a cama – disse ele depois de pensar um pouco. – Não?

– Ahn...

Eu quis contradizê-lo, mas a honestidade não me permitiu. Além do mais, ele sabia muito bem que era verdade.

– Você está me amassando – falei, com dignidade. – Por favor, saia daí.

– Não gosta? – repetiu ele sem se mexer.

– Gosto! Está bem! Eu gosto! Quer sair *daí*, droga?

Ele não saiu, mas abaixou a cabeça e me beijou. Fiquei com os lábios fechados, decidida a não ceder, mas ele também estava decidido, e pensando bem... a pele de seu rosto estava morna, os pelos de sua barba arranhavam suavemente, e sua boca larga e deliciosa... Minhas pernas estavam abertas numa postura de abandono, e ele solidamente plantado entre elas, com o peito nu recendendo a almíscar, suor e serragem presa entre os pelos ruivos encaracolados... Eu ainda sentia calor por me ter debatido, mas a grama à nossa volta estava úmida e fresca... Bom, tudo bem: um minuto a mais e ele poderia me ter ali mesmo, se quisesse.

Ele me sentiu ceder e suspirou, permitindo ao próprio corpo relaxar. Não estava mais me prendendo, apenas me abraçando. Então levantou a cabeça e segurou meu rosto com a mão.

– Quer saber o que é, de verdade? – indagou, e pude ver no azul-escuro de seus olhos que ele estava sendo sincero.

Aquiesci sem dizer nada.

– Mais do que qualquer outra criatura neste mundo, você é fiel – sussurrou ele.

Pensei em dizer alguma coisa sobre são-bernardos, mas havia tamanha ternura em seu rosto que eu não disse nada, apenas fiquei olhando para ele, piscando devido à luz esverdeada que entrava por entre as agulhas dos pinheiros lá em cima.

– Bem – falei, por fim, dando um suspiro fundo. – Você também. Na verdade isso é uma coisa bem boa. Não?

21

TEMOS IGNIÇÃO

A sra. Bug havia preparado fricassê de frango para o jantar, mas isso não bastava para explicar o ar de empolgação incontida que Bree e Roger trouxeram consigo ao entrar. Ambos sorriam, com as faces coradas, e os olhos dele brilhavam tanto quanto os dela.

Assim, quando Roger anunciou que eles tinham ótimas notícias, talvez fosse natural a sra. Bug na mesma hora tirar a conclusão óbvia.

– Você está esperando outro bebê! – exclamou ela, deixando cair uma colher de tanta animação. Bateu palmas com as mãos e inflou como um balão de aniversário. – Ah, que alegria! E já não era sem tempo – acrescentou, separando as mãos de modo a agitar um dedo para Roger. – E eu pensando que deveria pôr um pouco de gengibre e enxofre no seu mingau, rapaz, para fazê-lo alcançar o padrão! Mas no final das contas estou vendo que você soube muito bem cumprir o seu papel. E você, *a bhailach*, o que achou disso? Um lindo irmãozinho!

Jemmy, interpelado, pôs-se a encará-la com a boca aberta.

– Ahn – murmurou Roger, e corou.

– Ou é claro que pode ser uma irmãzinha, imagino eu – admitiu a sra. Bug. – Mas é uma boa notícia, de toda forma é uma boa notícia. Tome, *a luaidh*, coma uma balinha para comemorar, enquanto nós fazemos um brinde!

Obviamente sem entender nada, mas muito a favor das balas, Jem aceitou o pingo de melado que ela oferecia e na mesma hora o enfiou na boca.

– Mas ele não está... – começou Bree.

– Obrigado, sra. Bug – disse Jem depressa, levando uma das mãos à frente da boca para o caso de sua mãe tentar recuperar aquela guloseima pré-jantar estritamente proibida alegando que era falta de educação.

– Ah, uma balinha de nada não vai fazer mal a ele – garantiu-lhe a sra. Bug, catando a colher caída e limpando-a no avental. – Vá chamar Arch, *a muirninn*, para contarmos a novidade a ele. Que Santa Brígida a proteja, menina, pensei que você nunca fosse chegar lá! E todas as damas dizendo que não sabiam se você tinha esfriado com seu marido ou se talvez fosse a ele que faltasse a centelha vital, mas nesse caso...

– Bem, *nesse caso* – repetiu Roger, erguendo a voz para ser ouvido.

– Eu *não estou grávida*! – disse Bree, muito alto.

O silêncio que se sucedeu ecoou feito um trovão.

– Ah – fez Jamie, suave. Pegou um guardanapo e se sentou, enfiando-o na gola da camisa. – Bem, nesse caso... vamos comer?

Estendeu uma das mãos para Jem, que subiu no banco ao seu lado ainda chupando com vontade o pingo de melado.

Momentaneamente petrificada, a sra. Bug ressuscitou com um "Humm!" distinto. Muitíssimo ofendida, virou-se para o aparador e pousou nele uma pilha de pratos de estanho, fazendo um som estridente.

A julgar pelo tremor em seus lábios, Roger, ainda um tanto vermelho, parecia estar achando graça da situação. Já Brianna estava incandescente, e respirava feito uma orca.

– Sente-se, querida – falei, no tom hesitante de quem se dirige a um grande artefato explosivo. – Vocês estavam dizendo que... ahn... receberam uma notícia?

– Deixe estar! – Brianna continuou parada, com os olhos chispando. – Ninguém dá a mínima, já que eu não estou grávida. Afinal de contas, o que *mais* eu poderia fazer que alguém fosse achar útil?

Ela passou a mão com violência pelos cabelos e, ao dar com a fita que os prendia para trás, arrancou-a e jogou-a no chão.

– Ora, meu amor... – começou Roger.

Eu poderia ter lhe dito que isso era um erro: um Fraser enfurecido tendia a não prestar nenhuma atenção em palavras doces, ficando inclinado, isso sim, a partir para a jugular da pessoa mais próxima incauta o bastante para lhe dirigir a palavra.

– Não me venha com "meu amor"! – disparou Brianna, virando-se para ele. – Você também acha isso! Acha tudo que eu faço uma perda de tempo se não for lavar roupa ou preparar o jantar ou consertar as porcarias das suas meias! E também me culpa por eu não engravidar, acha que a culpa é minha! Bom, NÃO é, e você sabe disso!

– Não! Eu não acho isso, não mesmo. Brianna, por favor...

Ele lhe estendeu a mão, em seguida repensou o gesto e a recolheu, claramente sentindo que ela seria capaz de arrancá-la do pulso.

– Vamos COMER, mamãe! – entoou Jemmy, tentando ajudar.

Um comprido filete de baba tingida de melado escorria do canto de sua boca e pingava na frente da camisa. Ao ver isso, sua mãe se virou para a sra. Bug feito um tigre.

– Está vendo o que a senhora fez, sua velha enxerida? Era a última camisa limpa dele! E como se atreve a falar sobre a nossa vida privada na frente de todo mundo, como se tivesse alguma coisa a ver com isso, maldita velha fofoqueira...

Ao ver a futilidade do protesto, Roger a enlaçou por trás, suspendeu-a do chão e a carregou para fora pela porta dos fundos, sob os protestos incoerentes de Bree e os próprios grunhidos de dor, conforme ela o chutava nas canelas com força e precisão consideráveis.

Fui até a porta e a fechei delicadamente, abafando os ruídos da altercação que prosseguia no quintal.

– Foi de *você* que ela herdou isso, sabia? – falei, em tom de reprimenda, enquanto me sentava em frente a Jamie. – Sra. Bug, o cheiro está uma delícia. *Vamos* comer!

A sra. Bug serviu o fricassê num silêncio permeado por bufadas, mas declinou o convite de se sentar conosco à mesa. Em vez disso, vestiu a capa e saiu pisando firme pela porta da frente, deixando-nos encarregados de tirar a mesa. Um excelente arranjo, na minha opinião.

Comemos numa paz abençoada, cujo silêncio foi interrompido apenas pelo estalo das colheres nos pratos de estanho e pelas ocasionais perguntas de Jemmy, sobre por que o melado era grudento, como o leite entrava *dentro* da vaca e quando ele iria ganhar seu irmãozinho.

– *O que* vou dizer à sra. Bug? – perguntei, no breve hiato entre as indagações.

– Por que você deveria dizer alguma coisa, Sassenach? Não foi você que a xingou.

– Bem, não. Mas aposto que Brianna não vai pedir desculpas...

– E por que deveria? – Jamie deu de ombros. – Ela foi provocada, afinal. Além disso, não deve ter sido a primeira vez na vida que a sra. Bug foi chamada de enxerida e fofoqueira. Ela vai desabafar contando tudo para Arch, e amanhã estará tudo bem de novo.

– Bem – falei, sem convicção. – Pode ser. Mas Bree e Roger...

Ele sorriu para mim, e seus olhos azul-escuros se franziram até virarem triângulos.

– Não pense que cabe a você se preocupar com todos os desastres que acontecem, *mo chridhe* – disse ele. Estendeu a mão por cima da mesa e afagou a minha. – Roger Mac e a menina precisam resolver as coisas sozinhos... e o rapaz me pareceu ter um controle razoável da situação.

Ele riu, e com relutância juntei-me a ele.

– Bem, se ela tiver quebrado a perna dele, sou eu quem vou ter de me preocupar – observei, levantando-me para pegar creme para o café. – Ele provavelmente vai voltar mancando para eu consertá-la.

Nesse momento propício, uma batida soou na porta dos fundos. Perguntando-me por que Roger iria bater, fui abrir, e encarei espantada o rosto pálido de Thomas Christie.

...

Ele não só estava pálido como também suava, e tinha um pano sujo de sangue enrolado em uma das mãos.

– Não desejo incomodá-la, dona – disse ele, mantendo-se rígido. – Vou... esperar a senhora se liberar.

– Que bobagem – falei, um tanto brusca. – Venha até o consultório enquanto ainda há alguma luz.

Tomei cuidado para não encarar Jamie diretamente, mas olhei de relance para ele quando me curvei para empurrar o banco. Ele estava inclinado para a frente, posicionando um pires sobre o meu café, olhos pregados em Tom Christie com um ar de especulação pensativa que eu tinha visto pela última vez num gato selvagem observando um bando de patos passar voando. Não era um olhar de urgência, mas com certeza era um olhar atento.

Já Christie não estava prestando atenção em nada a não ser na mão ferida, o que era de esperar. As janelas do meu consultório ficavam viradas para o leste e para o sul de modo a aproveitar melhor a luz da manhã, mas mesmo perto do pôr do sol o recinto conservava uma suave claridade: era o reflexo do poente nas folhas cintilantes do arvoredo de castanheiros. Tudo lá dentro estava banhado numa luz dourada, exceto o semblante de Tom Christie, perceptivelmente esverdeado.

– Sente-se – falei, empurrando depressa um banquinho na sua direção. Seus joelhos cederam quando ele se abaixou. Ao aterrissar com mais força do que pretendia, ele acabou sacudindo a mão e deixou escapar uma pequena exclamação de dor.

Apertei a grande veia de seu pulso com o polegar para ajudar a diminuir a hemorragia e desenrolei o pano. Pelo seu aspecto, estava imaginando um ou dois dedos decepados, e fiquei surpresa ao encontrar um simples corte na carne na base do polegar, direcionado para baixo e se estendendo até o pulso. Era grande o suficiente para as bordas ficarem separadas e ainda sangrava copiosamente, mas nenhum vaso importante fora rompido, e por muita sorte ele havia atingido apenas de raspão o tendão do polegar. Eu conseguiria reparar aquilo com um ou dois pontos.

Levantei a cabeça para dizer isso a ele, e o que vi foram seus olhos se revirando nas órbitas.

– Socorro! – gritei, largando sua mão e tentando segurá-lo pelos ombros enquanto ele desabava para trás.

O estrondo de um banco sendo derrubado e as batidas de pés correndo responderam ao meu chamado, e Jamie irrompeu consultório adentro num piscar de olhos. Ao me ver arrastada ao chão pelo peso de Christie, segurou o homem pelo cangote e o empurrou para a frente feito um boneco de pano, enfiando sua cabeça para baixo entre as pernas.

– Ele está muito ruim? – indagou, estreitando os olhos para a mão ferida de Christie, que, pousada no chão, vertia sangue. – Quer que eu o deite na mesa?

– Acho que não. – Com a mão sob o maxilar de Christie, eu tomava seu pulso. –

Ele não está gravemente ferido, só desmaiou. Sim, veja, está acordando. Mantenha a cabeça baixa por um tempo, o senhor daqui a pouco vai estar bem.

Fiz esse último comentário para Christie, que, apesar de respirar feito um motor a vapor, havia se firmado um pouco.

Jamie tirou a mão do pescoço de Christie e a enxugou no kilt com uma expressão de leve repulsa. Christie havia começado a suar frio profusamente. Eu podia sentir minha mão escorregadia com a umidade, mas peguei o pano caído e, com mais tato, usei-o para enxugá-la.

– Gostaria de se deitar? – perguntei, curvando-me para examinar seu rosto. Ele ainda exibia uma cor horrível, mas fez que não com a cabeça.

– Não, dona. Estou muito bem. Só fiquei esquisito um instante.

Sua voz, apesar de rouca, saiu firme, de modo que me contentei em pressionar o pano com força sobre a ferida para estancar o sangue que pingava.

Jemmy espiava do vão da porta, com os olhos arregalados, mas sem dar mostras de nenhum alarme especial. Sangue não era novidade para ele.

– Quer que eu vá lhe buscar um uísque, Tom? – ofereceu Jamie, encarando o paciente com um ar desconfiado. – Sei que você não tolera bebidas fortes, mas este com certeza é o momento certo, não?

A boca de Christie se moveu um pouco, mas ele fez que não com a cabeça.

– Eu... não. Quem sabe... Quem sabe um pouco de vinho?

– *Tome também um pouco de vinho, por causa do seu estômago*, é? Bom, está bem. Aguente firme, homem, vou buscar.

Jamie deu-lhe um tapinha encorajador no ombro e se retirou apressado, puxando Jemmy pela mão ao sair.

A boca de Christie se contraiu numa careta. Eu já tinha percebido antes que, como alguns protestantes, Tom Christie considerava a Bíblia um documento dirigido especificamente a ele e confiado aos seus cuidados pessoais para uma prudente distribuição junto às massas. Assim, desagradava-lhe ouvir católicos, ou seja, Jamie, fazendo citações casuais do texto bíblico. Eu tinha percebido também que Jamie sabia disso, e aproveitava qualquer oportunidade para fazer citações assim.

– O que aconteceu? – perguntei, tanto para distrair Christie quanto por querer de fato saber.

Christie interrompeu o olhar raivoso que dirigia para a porta e olhou para a própria mão esquerda... então tornou a desviar os olhos e empalideceu outra vez.

– Um acidente – respondeu, taciturno. – Eu estava cortando juncos e a faca escorregou.

Sua mão direita se flexionou de leve quando ele disse isso, e olhei para ela.

– Não é de espantar, droga! – exclamei. – Mantenha esta mão erguida, assim.

Levantei a mão esquerda machucada acima de sua cabeça, enrolada bem apertado, soltei-a e peguei a outra.

Ele vinha sofrendo de um distúrbio da mão direita chamado contratura de Dupuytren – ou que pelo menos *iria* se chamar assim quando o barão Dupuytren o descrevesse dali a sessenta ou setenta anos. Causada por um espessamento e encurtamento do tecido fibroso que mantém os tendões da mão no lugar quando os dedos são flexionados, o resultado dessa contratura era puxar o anular em direção à palma. Nos casos avançados, o mindinho também ficava comprometido, e às vezes o dedo médio. O caso de Tom Christie tinha avançado bastante desde a última vez que eu tivera a chance de dar uma boa olhada em sua mão.

– Eu não lhe disse? – indaguei, de maneira retórica, puxando delicadamente os dedos encurvados. O médio ainda podia ser desdobrado até a metade; o anular e o mindinho quase não podiam ser afastados da palma. – Eu disse que iria piorar. Não é de espantar que a faca tenha escapulido... estou surpresa que o senhor sequer tenha conseguido segurá-la.

Um leve rubor surgiu por baixo da barba grisalha aparada, e ele desviou os olhos.

– Eu poderia ter cuidado desta mão facilmente meses atrás – falei, virando-a para examinar com um olhar crítico o ângulo da contratura. – Teria sido uma coisa bem simples. Agora vai ser bem mais complicado... mas acho que ainda consigo corrigir.

Se ele fosse um homem menos contido, eu poderia dizer que se contorceu de constrangimento. Nas suas circunstâncias, ele apenas estremeceu de leve, e o rubor em seu rosto se intensificou.

– Eu... eu não desejo...

– Não estou nem aí para o que o senhor deseja, droga – falei, pousando a mão encurvada de volta no seu colo. – Se não me permitir operar essa mão, daqui a seis meses ela vai estar inútil. O senhor já mal consegue escrever com ela, não é?

Seu olhar cruzou o meu, cinza-escuro e espantado.

– Eu consigo escrever – disse ele, mas pude perceber que a beligerância em sua voz escondia uma profunda inquietação.

Tom Christie era um homem instruído, um estudioso, e era o professor primário da Cordilheira. Era a ele que muitos dos moradores dali recorriam para ajudar na redação de cartas ou documentos oficiais. Isso lhe causava um grande orgulho. Eu sabia que ameaçá-lo com a perda dessa capacidade era o meu melhor trunfo... e não era uma ameaça vã.

– Não por muito tempo – falei, e arregalei os olhos para ele de modo a deixar bem claro o que estava dizendo.

Ele engoliu em seco, incomodado, mas, antes de conseguir responder, Jamie apareceu com uma jarra de vinho na mão.

– É melhor ouvir o que ela diz – aconselhou a Christie, pousando a jarra na bancada. – Eu sei o que é tentar escrever com um dedo rígido, não é? – Ele ergueu a própria mão e a flexionou com um ar pesaroso. – Se ela conseguisse consertar *isto aqui* com essa faquinha, eu poria minha mão na mesa de operação agora mesmo.

O problema de Jamie era quase o contrário do de Christie, embora o efeito fosse bastante parecido. O anular fora tão gravemente esmagado que as juntas haviam se solidificado; era impossível dobrá-lo. Logo, os dois dedos de cada lado também tinham um movimento limitado, embora suas cápsulas articulares estivessem intactas.

– A diferença é que a sua mão não está piorando – falei para Jamie. – A dele, sim.

Com um pequeno movimento, Christie enfiou a mão direita entre as coxas como se quisesse escondê-la.

– Sim, bem – falou, pouco à vontade –, com certeza isso pode esperar um pouco.

– Pelo menos tempo suficiente para deixar minha mulher consertar a outra – observou Jamie, servindo uma caneca de vinho. – Tome... consegue segurar, Tom, ou quer que eu segure...?

Ele fez um gesto de interrogação e segurou a caneca como se fosse dar de beber a Christie, que tirou depressa a mão direita do meio das dobras protetoras da roupa.

– Consigo – disse ele, ríspido, e pegou o vinho, segurando a caneca entre o polegar e o indicador de um modo canhestro que o fez enrubescer mais ainda.

Sua mão esquerda continuava erguida no ar acima do ombro. Ele tinha um aspecto bobo, e claramente podia sentir isso.

Jamie serviu outra caneca e me estendeu, ignorando o paciente. Eu teria interpretado isso como um tato natural da sua parte, se não conhecesse a complicada história entre os dois. Havia sempre uma pequena troca de farpas em qualquer interação entre Jamie e Tom Christie, muito embora eles conseguissem manter uma fachada cordial.

Com qualquer outro homem, o fato de Jamie exibir a própria mão ferida teria sido exatamente o que parecia: um gesto tranquilizador, e uma proposta de parceria na enfermidade. No caso de Tom Christie, o gesto talvez tivesse tido o *objetivo* consciente de ser tranquilizador, mas havia também uma ameaça subjacente, embora isso talvez fosse algo que Jamie não pudesse evitar.

O fato era que as pessoas recorriam à ajuda de Jamie com mais frequência do que à de Christie. Apesar da mão aleijada, Jamie era respeitado e admirado por todos. Já Christie não era um homem especialmente popular. Caso perdesse a capacidade de escrever, poderia muito bem perder todo o seu status social. Além do mais, como eu havia comentado de modo bem direto, a mão de Jamie não iria piorar.

Os olhos de Christie tinham se estreitado um pouco acima da caneca. Ele não deixara passar a ameaça, quer esta houvesse sido intencional ou não. Era natural que não deixasse: Tom Christie era um homem desconfiado por natureza e inclinado a ver uma ameaça até quando *não havia* intenção alguma nesse sentido.

– Acho que essa mão agora já repousou um pouco, deixe-me cuidar dela.

Segurei sua mão esquerda com delicadeza e a desembrulhei. O sangramento havia estancado. Pus a mão de molho numa tigela de água fervida com alho, acrescentei algumas gotas de etanol puro para desinfetar ainda mais e tratei de reunir meus instrumentos.

Estava começando a ficar escuro, e acendi o lampião a álcool que Brianna havia fabricado para mim. À luz de sua chama forte e firme, pude ver que o semblante de Christie tinha perdido seu rubor de raiva momentâneo. Ele não estava tão pálido quanto antes, mas parecia tão pouco à vontade quanto um rato-do-mato num encontro de texugos, e seus olhos acompanharam minhas mãos enquanto eu ia dispondo minhas linhas, agulhas e tesouras, todas limpas e rutilando à luz do lampião.

Jamie não se retirou, mas ficou ali encostado na bancada, bebericando sua caneca de vinho... provavelmente para o caso de Christie desmaiar outra vez.

Um belo tremor percorria a mão e o braço de Christie, imobilizados sobre a mesa. Ele havia recomeçado a suar; pude sentir o cheiro acre e amargo de sua transpiração. Foi esse cheiro, quase esquecido, mas imediatamente familiar, que me fez perceber por fim a dificuldade: era medo. Ele talvez tivesse medo de sangue; da dor, com certeza.

Mantive os olhos fixos no meu trabalho, curvando mais a cabeça para impedi-lo de ver qualquer expressão no meu rosto. Eu deveria ter percebido antes, e teria, pensei, caso ele não fosse homem. A palidez, o desmaio... nada disso se devia à perda de sangue, mas sim ao choque de ver o sangramento.

Eu vivia costurando homens e meninos. O trabalho rural na montanha era duro, e raramente uma semana transcorria sem que eu visse ferimentos de machado, talhos de enxada, cortes de escardilho, mordidas de porco, lacerações do couro cabeludo devido a quedas em cima de alguma coisa, ou alguma outra pequena calamidade que demandasse suturas. De modo geral, todos os meus pacientes se comportavam com total casualidade, aceitavam de maneira estoica os meus cuidados e voltavam ao trabalho na mesma hora. Mas praticamente todos os homens vinham das Terras Altas, percebi, e muitos já tinham sido soldados.

Tom Christie era um homem da cidade, natural de Edimburgo. Fora preso em Ardsmuir por apoiar os jacobitas, mas nunca fora um combatente. Havia trabalhado como oficial comissionado. Na verdade, dei-me conta com surpresa, era provável que *nunca* tivesse visto uma batalha militar de verdade, quanto mais se dedicado ao conflito físico diário com a natureza exigido pela agricultura e a pecuária nas Terras Altas.

Tomei consciência de Jamie, ainda em pé nas sombras, bebericando seu vinho e nos observando com uma falta de paixão levemente matizada de ironia. Ergui os olhos para ele rapidamente. Sua expressão não se alterou, mas ele cruzou olhares comigo e aquiesceu muito de leve.

O lábio de Tom Christie estava preso entre os dentes; eu podia escutar o leve chiado de sua respiração. Ele não conseguia ver Jamie, mas sabia que Jamie estava ali. Suas costas retesadas revelavam isso. Tom Christie podia até estar com medo, mas ainda lhe restava alguma coragem.

Ele teria sentido menos dor se tivesse relaxado os músculos contraídos do braço e da mão. Nas circunstâncias, contudo, eu não podia sugerir tal coisa. Poderia ter insistido para Jamie sair, mas estava quase terminando. Com um suspiro em que se mesclavam exasperação e incompreensão, aparei o último nó da linha e pousei a tesoura.

– Certo, então – falei, besuntando o ferimento com o resto de unguento de equinácea e estendendo a mão para pegar uma atadura de linho limpa. – Mantenha isto limpo. Vou preparar um unguento novo para o senhor; mande Malva vir buscar. Volte daqui a uma semana e tirarei os pontos.

Hesitei, olhando para Jamie. Relutei um pouco em usar sua presença como chantagem, mas era para o bem do próprio Christie.

– Então vou cuidar da sua mão direita também, sim? – falei, com firmeza.

Ele ainda suava, embora a cor de seu rosto houvesse começado a retornar. Então olhou para mim, e em seguida, involuntariamente, para Jamie.

Jamie abriu um sorriso débil.

– Vamos lá, Tom – falou. – Não vai ser nada. Nada além de um cortezinho. Eu já passei por coisa pior.

As palavras foram ditas de modo casual, mas poderiam muito bem ter sido escritas em letras de fogo com meio metro de altura. *Eu já passei por coisa pior.*

O rosto de Jamie continuava nas sombras, mas seus olhos estavam claramente visíveis, enviesados pelo sorriso.

Tom Christie não tinha relaxado sua postura rígida. Retribuiu o olhar de Jamie e fechou a mão direita encarquilhada por cima da esquerda enfaixada.

– Sim – falou. – Bem. – Estava respirando fundo. – Vou indo, então.

Ele se levantou abruptamente, derrubando o banquinho de lado, e tomou o rumo da porta um pouco desequilibrado, como um homem prejudicado por uma bebida forte.

Na porta, parou e tateou em busca da maçaneta. Ao encontrá-la, empertigou-se e tornou a se virar, à procura de Jamie.

– Pelo menos... – falou, respirando tão fundo que tropeçou nas palavras. – Pelo menos vai ser uma cicatriz honrada. Não vai, *Mac Dubh*?

Jamie se empertigou de modo abrupto, mas Christie já tinha saído e descia o corredor com passos firmes o suficiente para fazer tremer os pratos de estanho na prateleira da cozinha.

– Ora, mas que homenzinho desprezível! – desabafou ele, com um tom situado em algum lugar entre a raiva e a surpresa.

Seu punho esquerdo se fechou de modo involuntário, e pensei que era uma boa coisa Christie ter saído tão depressa.

Não tive muita certeza *do que* exatamente havia acontecido, ou do que vinha acontecendo, mas fiquei aliviada com a saída de Christie. Sentira-me um punhado de grão preso entre as duas pedras de um moinho, cada qual tentando moer a face da outra sem ligar a mínima para o pobre milho no meio.

– Nunca ouvi Tom Christie chamar você de *Mac Dubh* – observei com cautela, passando à arrumação do material cirúrgico usado.

Christie não falava gaélico, é claro, mas eu jamais o ouvira dizer o apelido em gaélico pelo qual os outros homens de Ardsmuir ainda chamavam Jamie. Christie sempre o chamava de "sr. Fraser", ou simplesmente de "Fraser", em momentos de quase cordialidade.

Jamie produziu um ruído escocês de desdém, então empunhou a caneca de Christie ainda pela metade e energicamente a secou.

– Não, ele não faria isso... maldito *sassenach*. – Então viu meu rosto e me abriu um sorriso de viés. – Não estava me referindo a você, Sassenach.

Eu sabia que ele não estava se referindo a mim: a palavra fora dita com uma entonação totalmente diferente... e um tanto chocante; uma amargura que me fez lembrar que o termo "Sassenach" não era de modo algum amigável em sua acepção normal.

– Por que você o chamou assim? – indaguei, curiosa. – E o que ele quis dizer exatamente com aquela tirada sobre uma "cicatriz honrada"?

Jamie baixou os olhos e passou alguns instantes sem responder, embora os dedos retesados de sua mão direita tamborilassem contra a coxa sem emitir som algum.

– Tom Christie é um homem sólido – disse ele por fim. – Mas, por Deus, que filho da puta mais rígido! – Então ergueu o rosto e sorriu para mim com certo pesar. – Ele passou oito anos numa cela com homens que falavam gaélico... e recusou-se a se rebaixar a ponto de permitir que uma só palavra dessa língua bárbara lhe saísse da boca! Meu Deus, não. Ele falava inglês, quem quer que fosse o seu interlocutor, e, se este não falasse inglês, ora, nesse caso ele simplesmente ficava ali, mudo feito uma pedra, até aparecer alguém que pudesse lhe servir de intérprete.

– Alguém como você?

– Às vezes.

Ele relanceou os olhos para a janela, como se quisesse ver Christie, mas a noite havia caído por completo, e as vidraças só fizeram devolver um débil reflexo do consultório, com nossas silhuetas desenhadas qual fantasmas no vidro.

– Roger de fato disse que Kenny Lindsay comentou alguma coisa sobre as... pretensões do sr. Christie – falei, com delicadeza.

Isso fez Jamie me lançar um olhar incisivo.

– Ah, disse, foi? Então imagino que Roger Mac estivesse reconsiderando a própria sensatez ao decidir aceitar Christie como arrendatário. Kenny não teria dito nada a menos que alguém houvesse perguntado.

Eu havia mais ou menos me acostumado à velocidade de suas deduções e à precisão de suas conclusões, e não questionei essa.

– Você nunca me contou isso – falei, indo me postar na sua frente.

Levei as mãos ao seu peito e ergui os olhos para seu rosto. Ele pousou as próprias mãos por cima das minhas e suspirou, fundo o bastante para eu poder sentir o movimento de seu peito. Então me envolveu com os braços e me puxou para perto, fazendo meu rosto repousar no pano morno de sua camisa.

– É, bem. Não era realmente importante, sabe?

– E você não queria pensar em Ardsmuir, talvez?

– Não – disse ele, baixinho. – Para mim já chega do passado.

Eu agora estava com as mãos em suas costas, e de repente entendi o que Christie provavelmente quisera dizer. Dava para sentir através do tecido as linhas das cicatrizes desenhadas na pele, tão marcadas sob meus dedos quanto as linhas de uma rede.

– Cicatrizes honradas! – falei, levantando a cabeça. – Ora, mas que canalha! Foi isso que ele quis dizer?

Minha indignação fez Jamie sorrir um pouco.

– Sim, foi – respondeu ele, seco. – Por isso ele me chamou de *Mac Dubh*... para me lembrar de Ardsmuir, de modo que eu tivesse certeza do que ele estava querendo dizer. Ele me viu ser açoitado lá.

– Aquele... aquele... – Eu mal conseguia falar de tão zangada. – Queria ter costurado a porra da mão dele nos bagos!

– Você, uma médica, que jurou não praticar o mal? Estou muito chocado, Sassenach. Ele agora ria, mas eu não estava achando a menor graça.

– Mas que covarde! Ele tem medo de sangue, sabia?

– Bem... sim, sabia. Não se pode viver colado no sovaco de outro homem sem descobrir muitas coisas que nunca se quis saber sobre ele, quanto mais uma dessas. – Ele se fez um pouco mais sério, embora um resquício de ironia ainda perdurasse no canto de sua boca. – Quando eles me levaram de volta depois de me açoitar, ele ficou branco feito sebo, foi vomitar no canto, depois se deitou de frente para a parede. Eu na verdade nem estava prestando atenção, mas me lembro de achar aquilo meio coisa de novato. Quem estava todo ensanguentado era eu, então por que ele estava se comportando feito uma moçoila desfalecida?

Dei um muxoxo.

– Não brinque com esse assunto! Como ele se atreve? E, de toda forma, o que ele quis dizer... eu sei o que aconteceu em Ardsmuir, e essas com certeza... quero dizer, essas *com certeza* são cicatrizes honradas, e todo mundo lá sabia disso!

– É, pode ser – falou Jamie, já sem qualquer indício de riso. – Daquela vez. Mas, quando eles me puseram de pé, todo mundo pôde ver que eu já tinha sido açoitado antes, não é? E nenhum homem lá jamais me disse uma palavra sequer sobre essas cicatrizes. Até agora.

Isso me calou.

O açoitamento não era apenas brutal, era também vergonhoso... destinado, além de causar dor, a desfigurar de modo permanente, alardeando o passado de um criminoso com a mesma clareza de uma marca na bochecha ou de uma orelha cortada. E Jamie, claro, teria preferido que lhe cortassem a língua na raiz a revelar para qualquer um as razões de suas cicatrizes, ainda que isso significasse deixar todo mundo pensando que ele fora açoitado por algum ato indigno.

Eu estava tão acostumada ao fato de ele sempre ficar de camisa na frente de qualquer outra pessoa que jamais me ocorrera pensar que, naturalmente, os homens de Ardsmuir deviam saber sobre as cicatrizes em suas costas. E mesmo assim ele as escondia, e todos fingiam que elas não existiam... todos menos Tom Christie.

– Humm – murmurei. – Bem... Enfim, que Deus o condene. Por que ele diria uma coisa dessas?

Jamie emitiu uma risada curta.

– Porque ele não gostou que eu o visse suar. Imagino que tenha desejado se vingar um pouco.

– Humm – tornei a murmurar, e cruzei os braços sob os seios. – Já que você tocou no assunto... *por que* fez isso? Quero dizer, se sabia que ele não suporta sangue e coisas do tipo, por que ficar olhando para ele daquele jeito?

– Porque eu sabia que ele não iria choramingar nem desmaiar se eu ficasse – respondeu Jamie. – Teria preferido deixá-la enfiar agulhas quentes nos seus globos oculares a dar um ai na minha frente.

– Ah, quer dizer que você percebeu isso?

– Bem, Sassenach, é claro que eu percebi. O que você acha que eu fiquei fazendo aqui? Não que não aprecie a sua habilidade, mas vê-la dar pontos em ferimentos não é exatamente bom para a digestão. – Ele lançou um olhar breve na direção do pano descartado manchado de sangue e fez uma careta. – Acha que o café já esfriou?

– Eu requento.

Guardei a tesoura limpa de volta em sua bainha, em seguida esterilizei a agulha que havia usado, passei uma linha de seda nova por ela e a enrosquei dentro de seu vidro de álcool... tudo isso enquanto tentava dar sentido às coisas.

Guardei tudo de volta no armário, então me virei para Jamie.

– Você não tem medo de Tom Christie, tem?

Ele piscou os olhos, espantado, então gargalhou.

– Meu Deus, não! O que a fez pensar isso, Sassenach?

– Bem... o modo como vocês dois às vezes agem. Parecem ovelhas selvagens batendo cabeças para ver quem é mais forte.

– Ah, por isso. – Ele descartou o assunto com um gesto da mão. – A minha cabeça é muito mais dura que a de Tom, e ele sabe muito bem disso. Só que tampouco vai abaixar a cabeça e me seguir feito um cordeirinho.

– Ah? Mas então o que você acha que estava fazendo? Não o estava torturando apenas para provar que podia, não é?

– Não – respondeu ele, e sorriu de leve para mim. – Um homem teimoso o suficiente para falar inglês com prisioneiros das Terras Altas durante oito anos é um homem teimoso o suficiente para lutar ao meu lado durante os oito anos seguintes. É isso que eu penso. Mas seria bom se ele próprio tivesse certeza.

Sorvi uma funda inspiração e suspirei, balançando a cabeça.

– Eu *não entendo* os homens.

Isso o fez dar uma risadinha contida.

– Entende, sim, Sassenach. Só preferiria não entender.

O consultório estava de novo arrumado, pronto para quaisquer emergências que o dia seguinte pudesse trazer. Jamie estendeu a mão para pegar o lampião, mas pousei uma das minhas no seu braço para detê-lo.

– Você prometeu ser honesto *comigo* – falei. – Mas tem certeza absoluta de que está sendo honesto consigo mesmo? Não estava provocando Tom Christie só porque ele provoca você?

Ele se deteve a poucos centímetros de mim, com um olhar límpido e sem defesas. Ergueu a mão e tocou a lateral do meu rosto, a palma quente contra minha pele.

– Só existem duas pessoas neste mundo para quem eu jamais mentiria, Sassenach – disse ele baixinho. – Você é uma delas. E a outra sou eu.

Ele me beijou de leve na testa, então se inclinou e apagou o lampião com um sopro.

– Veja bem, eu posso me enganar. – Sua voz emergiu da escuridão, e vi sua forma alta destacada contra a tênue luz oblonga vinda do vão da porta quando ele se endireitou. – Mas não estaria fazendo isso de propósito.

Roger se mexeu um pouco e grunhiu.

– Acho que você quebrou minha perna.

– Quebrei nada – respondeu-lhe a esposa, agora mais calma, mas ainda disposta a discutir. – Mas posso dar um beijo nela, se você quiser.

– Seria bom.

Um forte farfalhar do colchão de palha de milho se seguiu enquanto ela assumia a posição para dispensar esse tratamento, que acabou com Brianna sentada em cima do peito dele e lhe proporcionando uma visão que o fez desejar que eles tivessem se dado o trabalho de acender a vela.

Ela de fato estava beijando suas canelas, o que lhe causou cócegas. Devido às circunstâncias, contudo, ele sentiu-se inclinado a suportar. Levantou as duas mãos. Na falta de luz, o braile iria servir.

– Quando eu tinha mais ou menos 14 anos – falou, num tom sonhador –, uma das lojas de Inverness montou uma vitrine muito ousada... quero dizer, ousada para a época: um manequim de mulher só de roupa de baixo.

– Humm?

– Sim, um espartilho cor-de-rosa inteiriço, cinta-liga e tudo o mais... com um sutiã combinando. Todo mundo ficou chocado. Comitês de protesto foram criados e ligações foram feitas para todos os pastores da cidade. No dia seguinte eles desmontaram a vitrine, mas nesse meio-tempo toda a população masculina de Inverness passou em frente à loja, esforçando-se para que isso parecesse casual. Até hoje, eu achava que essa era a coisa mais erótica que já tinha visto na vida.

Ela interrompeu por um instante o que estava fazendo, e ele pensou, pela sensação do movimento, que o estivesse olhando por cima do ombro.

– Roger, eu acho que você é um pervertido – disse, num tom pensativo.

– Sim, mas um pervertido com uma excelente visão noturna.

Isso a fez rir, objetivo que ele perseguia desde que conseguira fazê-la parar de espumar. Roger ergueu o corpo por um breve instante, plantou um beijo leve em cada um dos lados do objeto de sua afeição, então tornou a afundar satisfeito no travesseiro.

Ela beijou seu joelho e abaixou a cabeça, encostando a bochecha em sua coxa e fazendo a massa dos cabelos se espalhar por suas pernas, fresca e macia como uma nuvem de fios de seda.

– Desculpe – falou baixinho após alguns instantes.

Ele produziu um ruído de quem descarta o assunto e correu uma das mãos pela curva de seu quadril para tranquilizá-la.

– Ah, não faz mal. Mas é uma pena: eu queria ter visto a cara deles quando vissem o que você fez.

Ela deu um muxoxo rápido, e a perna dele estremeceu com o calor de seu hálito.

– De toda forma, valeu a pena não ter visto a cara deles. – Sua voz soou meio desanimada. – E depois *daquilo* teria sido um verdadeiro anticlímax.

– Bem, quanto a isso você tem razão – reconheceu ele. – Mas nós mostramos a eles amanhã, quando estiverem com uma disposição propícia para apreciar a coisa direito.

Ela suspirou e tornou a beijar seu joelho.

– Eu não quis dizer o que disse – retomou ela após alguns instantes. – Dar a entender que a culpa era sua.

– Quis, sim – disse ele, suave, sem parar de acariciá-la. – Não faz mal. Você provavelmente está certa.

Era provável que estivesse. Ele não iria fingir que não ficara magoado ao ouvir aquilo, mas tampouco iria se permitir ficar zangado; isso não ajudaria nenhum dos dois.

– Você não sabe se isso é verdade. – Ela se levantou de repente, erguendo-se qual um obelisco destacado contra o pálido retângulo da janela. Passando uma das pernas com agilidade por cima do seu corpo deitado, deslizou até o seu lado. – Posso ser eu. Ou nenhum de nós. Talvez simplesmente ainda não seja a hora certa.

Em resposta, ele a enlaçou com um dos braços e a puxou para si.

– Seja qual for a causa, não vamos culpar um ao outro, sim?

Ela emitiu um leve ruído de concordância e se aninhou mais junto dele. Melhor assim; mas não havia como impedi-lo de culpar a si mesmo.

Os fatos eram bem claros: ela havia engravidado de Jemmy após uma única noite... se dele ou de Stephen Bonnet, ninguém sabia, mas bastara uma única vez. Enquanto isso, eles tinham passado os vários últimos meses tentando, e cada vez mais

189

parecia que Jemmy seria filho único. Talvez lhe faltasse *mesmo* a centelha vital, como haviam especulado a sra. Bug e suas amigas.

A pergunta *Quem é seu pai?* ecoou de forma zombeteira no fundo de sua mente... com um sotaque irlandês.

Ele tossiu de maneira ruidosa e tornou a se recostar, decidido a não ficar pensando *nessa* pequena questão.

– Bem, eu também peço desculpas – falou, mudando de assunto. – Talvez você tenha razão quanto a eu agir como se preferisse ver você cozinhando e fazendo faxina a manusear aquele seu pequeno kit de química.

– É só porque você *preferiria mesmo* – disse ela, sem rancor.

– Não é nem tanto o fato de você não cozinhar que me incomoda, mas o fato de pôr fogo nas coisas.

– Bom, nesse caso você vai adorar o próximo projeto – disse ela, afundando o rosto no seu ombro. – É quase só água.

– Ah... ótimo – disse Roger, embora até mesmo ele tivesse escutado o tom de dúvida na própria voz. – Quase?

– Envolve um pouco de terra, também.

– Nada que pegue fogo?

– Só madeira. Um pouco. Nada de especial.

Ela estava descendo os dedos por seu peito devagar. Ele segurou sua mão e beijou a ponta dos dedos; eram lisos, porém duros, calejados pelo constante manuseio do tear para mantê-los vestidos.

– *Uma esposa exemplar, feliz quem a encontrar!* – citou ele. – *É muito mais valiosa que os rubis. Escolhe a lã e o linho e com prazer trabalha com as mãos. Faz cobertas para a sua cama, veste-se de linho fino e de púrpura.*

– Eu *adoraria* encontrar alguma tintura de planta que produzisse um púrpura de verdade – comentou Brianna, desejosa. – Sinto falta de cores vivas. Lembra-se do vestido que usei no dia da festa do homem na Lua? Aquele preto, com as faixas cor-de-rosa e verde-limão que brilhavam no escuro?

– Sim, esse vestido foi memorável.

Particularmente, ele achava que as cores discretas das roupas caseiras caíam muito melhor nela: com saias cor de ferrugem e marrons ou casacos cinza e verdes, ela ficava parecendo uma espécie de líquen belo e exótico.

Tomado pelo súbito desejo de vê-la, ele estendeu as mãos e tateou sobre a mesa junto à cama. A caixinha estava no mesmo lugar em que ela a jogara quando os dois tinham voltado. Afinal, Brianna a fabricara para ser usada à noite: um giro da tampa fazia cair uma das pequenas varetas de cera, e ele sentiu com a mão o frescor da finíssima tira de metal áspero colada na lateral.

Ouviu-se um *tch!* cuja familiaridade e simplicidade fizeram seu coração dar um pinote, e a chama diminuta apareceu acompanhada por uma lufada de enxofre... magia.

– Não os desperdice – disse ela, mas apesar do protesto sorriu, tão deliciada com aquela visão quanto na primeira vez que havia lhe mostrado o que tinha feito.

Seus cabelos estavam soltos e limpos, recém-lavados; cintilavam sobre a curva pálida de seu ombro, e nuvens de fios repousavam macias sobre o peito de Roger, em tons de canela, âmbar, couro de ovelha e ouro, acesas pela chama.

– *Não receia a neve por seus familiares, pois todos eles vestem agasalhos* – disse ele baixinho, com a mão livre à sua volta, enrolando um cacho de cabelos no dedo junto ao seu rosto, torcendo os finos fios como a vira fazer com a linha.

Os longos cílios das pálpebras de Brianna baixaram até a metade como os de um gato que se entrega ao sol, mas o sorriso perdurou naquela boca larga e macia... aqueles lábios que machucavam e depois curavam. A luz resplandecia em sua pele e tingia de bronze a pequenina verruga castanha abaixo da orelha direita. Teria sido capaz de ficar admirando-a para sempre, mas o fósforo estava no fim. Pouco antes de o fogo lhe chegar aos dedos, Brianna se inclinou para a frente e o soprou.

E, na escuridão povoada por filetes de fumaça, sussurrou no seu ouvido:

– *Seu marido tem plena confiança nela e nunca lhe falta coisa alguma. Ela só lhe faz o bem, e nunca o mal, todos os dias da sua vida.* E pronto.

22

FEITIÇO

Tom Christie não voltou ao consultório, mas mandou a filha Malva ir buscar o unguento. A moça tinha cabelos escuros, era esbelta e calada, mas parecia inteligente. Prestou bastante atenção quando a interroguei sobre o aspecto da ferida, que até então parecia bem: um pouco de vermelhidão, mas sem supuração ou listras avermelhadas a subir pelo braço. Dei-lhe instruções sobre como aplicar o unguento e trocar o curativo.

– Ótimo, então – falei, entregando-lhe o vidro. – Se ele ficar com febre, venha me chamar. Caso contrário, faça-o voltar daqui a uma semana para retirar os pontos.

– Sim, senhora, farei isso.

No entanto, ela não virou as costas para ir embora, mas permaneceu ali, e seu olhar passeou pelos montinhos de ervas secando nas armações de gaze e pelos implementos do meu consultório.

– Você precisa de mais alguma coisa, querida? Ou tem alguma pergunta?

Ela parecia ter entendido perfeitamente bem as minhas instruções... mas talvez quisesse perguntar algo mais pessoal. Afinal de contas, não tinha mãe...

– Bem, sim – disse ela, e meneou a cabeça em direção à mesa. – Estava só pensando... o que a senhora escreve naquele livro preto?

– Aquilo? Ah. São minhas anotações cirúrgicas, e receitas... ahn, recibos, digo, de remédios. Está vendo?

Virei o livro para ela e o abri para que pudesse ver a página em que havia desenhado um esboço do estrago nos dentes da srta. Camundongo.

Os olhos cinzentos de Malva estavam acesos de curiosidade, e ela se inclinou para a frente para ler, com as mãos cuidadosamente unidas nas costas como se temesse tocar o livro por acidente.

– Tudo bem – falei, achando aquela cautela um pouco divertida. – Pode folhear, se quiser.

Empurrei o livro na sua direção e ela recuou um passo, assustada. Ergueu os olhos para mim e uma expressão de dúvida enrugou-lhe a testa. Quando sorri para ela, porém, soltou uma pequena expiração animada e estendeu a mão para virar uma página.

– Ah, veja!

A página em que havia aberto o livro não era uma das minhas, mas sim de Daniel Rawlings... mostrava a remoção de um bebê morto do útero por meio do uso de vários instrumentos de dilatação e curetagem. Relanceei os olhos para a página e logo os desviei. Rawlings não tinha sido um artista, mas possuía um talento brutal para transmitir a realidade de uma situação.

Malva, porém, não pareceu perturbada pelos desenhos; tinha os olhos esbugalhados de interesse.

Comecei a me interessar também, e pus-me, com discrição, a observá-la virar as páginas aleatoriamente. Como era natural, ela prestava mais atenção nos desenhos... mas além disso parava para ler as descrições e receitas.

– Por que a senhora anota coisas que fez? – indagou ela, erguendo os olhos com as sobrancelhas arqueadas. – As receitas, sim, entendo que possa esquecer coisas... mas por que fez esses desenhos e anotou os detalhes sobre como removeu um dedão do pé gangrenado pelo frio? Faria diferente numa outra vez?

– Bem, às vezes pode ser que aconteça – respondi, deixando de lado o ramo de alecrim do qual vinha removendo as folhas. – As cirurgias não são iguais todas as vezes. Cada corpo é um pouco diferente, e ainda que você execute o mesmo procedimento uma dezena de vezes, haverá uma dezena de coisas que vão acontecer de um jeito diferente... às vezes coisas pequenas, às vezes grandes. Mas eu mantenho um registro do que fiz por vários motivos – acrescentei, empurrando para trás o banquinho em que estava sentada e dando a volta da mesa para me postar ao seu lado.

Virei mais algumas páginas e parei no registro que havia mantido das queixas de vovó MacBeth... uma lista tão extensa que eu a tinha organizado em ordem alfabética de modo a facilitar as coisas para mim mesma, começando por *Artrite – todas as articulações*, passando por *Desmaios, Dispepsia* e *Dor de ouvido*, e assim prosseguindo por quase duas páginas até concluir com Útero, prolapso.

– Em parte é para eu saber o que foi feito com uma pessoa específica, e o que aconteceu... de modo que, se essa mesma pessoa precisar de tratamento posterior, eu possa consultar o caderno e ter uma descrição precisa do seu estado anterior. Para comparar, entende?

Ela aquiesceu, animada.

– Entendo, sim. Para a senhora saber se a pessoa está melhor ou pior. O que mais, então?

Pensei um pouco e falei devagar, tentando escolher as melhores palavras.

– Bem, o motivo mais importante é manter o registro. Pode ser que chegue outro médico depois, e assim ele vai poder ler tudo e ver como eu fiz isso ou aquilo. A anotação pode lhe mostrar um jeito de executar algo que ele mesmo nunca fez antes... ou um jeito melhor.

A boca de Malva se franziu de interesse.

– Aah! Quer dizer que alguém poderia aprender aqui a fazer o que a senhora faz? – perguntou ela, tocando delicadamente a página com um dedo. – Sem ser aprendiz de um médico?

– Bem, o melhor é ter alguém para lhe ensinar – falei, achando graça na animação dela. – E há coisas que na verdade não se pode aprender num livro. Mas, se não houver ninguém para ensinar... – Olhei pela janela para a vista verde da natureza que cobria as montanhas. – É melhor do que nada – concluí.

– Onde a senhora aprendeu? – perguntou ela, curiosa. – Com este livro? Vejo que há outra caligrafia além da sua. De quem é?

Eu deveria ter antecipado essa pergunta. Mas não estava propriamente preparada para o raciocínio rápido de Malva Christie.

– Ah... eu aprendi com *vários* livros – respondi. – E com outros médicos.

– Outros médicos – repetiu ela, encarando-me fascinada. – Quer dizer que a senhora se considera médica? Não sabia que mulheres podiam ser isso.

Pelo bom motivo de que mulher nenhuma se *fazia* chamar de médica ou cirurgiã naquela época... e tampouco era aceita como tal.

Tossi.

– Bem... é um nome, só isso. Muita gente diz apenas mulher sábia, ou então feiticeira. Ou *ban-lichtne* – acrescentei. – Mas na verdade é tudo a mesma coisa. O que importa é que eu sei algo que pode ajudar as pessoas, só isso.

– *Ban...* – Ela articulou a palavra desconhecida. – Nunca ouvi isso antes.

– É gaélico. A língua das Terras Altas, sabe? Significa "curandeira", ou algo assim.

– Ah, gaélico. – Uma expressão de leve desdém cruzou seu semblante. Supus que ela houvesse absorvido a atitude do pai em relação ao antigo idioma dos habitantes das Terras Altas. Mas ela obviamente viu algo no *meu* semblante, pois na mesma hora apagou o desdém dos próprios traços e tornou a se curvar por cima do livro. – Mas então quem escreveu essas outras partes?

– Um homem chamado Daniel Rawlings. – Alisei uma página amassada com a costumeira sensação de afeto por meu predecessor. – Um médico da Virgínia.

– Ele? – Malva ergueu os olhos, surpresa. – O mesmo que está enterrado no cemitério lá no alto da montanha?

– Ah... isso, ele mesmo. – E a história de como ele tinha ido parar lá não era algo a ser compartilhado com a srta. Christie. Olhei pela janela para avaliar a luz. – Seu pai não vai querer almoçar?

– Ah! – Isso a fez se levantar e também olhar pela janela com uma leve expressão de alarme. – Vai, sim. – Ela ainda lançou um último olhar desejoso na direção do livro, mas em seguida alisou a saia e ajeitou a touca, preparando-se para sair. – Obrigada, sra. Fraser, por me mostrar seu pequeno livro.

– Foi um prazer – garanti, sincera. – Fique à vontade para voltar e olhar. Na verdade, será que... – Hesitei, mas, incentivada por seu olhar de vivo interesse, arrisquei-me. – Amanhã vou remover uma excrescência da orelha de vovó MacBeth. Gostaria de ir comigo e ver como se faz? Para mim seria útil ter outro par de mãos – acrescentei, ao ver uma dúvida repentina entrar em conflito com o interesse nos seus olhos.

– Ah, sim, sra. Fraser... eu gostaria muito! – disse Malva. – Mas é que o meu pai... – Falou isso com uma expressão de embaraço, mas então pareceu se decidir. – Bem... eu vou. Estou certa de que consigo convencê-lo.

– Ajudaria se eu mandasse um bilhete? Ou fosse falar com ele?

De repente, eu estava querendo muito que ela fosse comigo.

Malva balançou a cabeça de leve.

– Não, senhora. Vai ficar tudo bem, tenho certeza. – De repente, ela me expôs suas covinhas, e seus olhos cinzentos brilharam. – Vou dizer a ele que dei uma espiadela no seu livro preto, e que não tem nenhum feitiço nele, apenas receitas para chás e purgantes. Mas talvez não diga nada sobre os desenhos – concluiu.

– Feitiços? – indaguei, incrédula. – Era isso que ele achava?

– Ah, sim – garantiu-me ela. – Ele me avisou para não tocar no livro por medo de um encantamento.

– Encantamento – murmurei, intrigada.

Bem, Thomas Christie era professor primário, *afinal*. Na verdade, ele talvez tivesse razão, pensei: enquanto eu a acompanhava até a porta, Malva olhou outra vez para o livro, e o fascínio em sua expressão foi evidente.

23

ANESTESIA

Fechei os olhos e, mantendo a mão a uns 30 centímetros do rosto, agitei-a delicadamente em direção ao nariz como um dos *parfumeurs* que vira testar uma fragrância em Paris.

O cheiro me atingiu no rosto feito uma onda do mar, e mais ou menos com o mesmo efeito. Meus joelhos se dobraram, linhas pretas se contorceram no meu campo de visão, e deixei de distinguir o que era em cima e o que era embaixo.

No que me pareceu ser um segundo mais tarde, recobrei os sentidos, e me vi deitada no chão do consultório com a sra. Bug a me encarar horrorizada.

– Sra. Claire! A senhora está bem, *mo gaolach*? Eu a vi cair...

– Sim – grasnei, balançando a cabeça com cuidado enquanto me erguia sobre um dos cotovelos. – Ponha... ponha a rolha. – Fiz um gesto desajeitado para o grande frasco aberto sobre a mesa, com a rolha pousada ao lado. – Não aproxime o rosto!

Com o rosto distante e franzido numa careta de cautela, ela pegou a rolha e a inseriu com o braço esticado.

– Meu Deus, o que é essa coisa? – indagou, dando um passo para trás e fazendo caretas. Deu um espirro explosivo no avental. – Nunca senti nenhum cheiro assim antes... e Santa Brígida sabe que já senti muitos cheiros desagradáveis no meu quarto!

– Isso, minha cara sra. Bug, é éter.

A sensação de tontura na minha cabeça havia quase sumido, agora substituída por euforia.

– Éter? – Ela encarou com fascínio o aparato de destilação sobre a minha bancada, o banho de álcool que fervilhava de leve dentro de sua imensa bolha de vidro acima de uma chama baixa, e o óleo de vitríolo, que mais tarde viria a ser conhecido como ácido sulfúrico, a descer viscoso pelos tubos inclinados, com seu cheiro quente e maligno à espreita por baixo dos aromas habituais de raízes e ervas do consultório. – Imagine só! E o que vem a ser isso?

– Ele faz as pessoas dormirem para elas não sentirem dor quando são cortadas – expliquei, empolgada com meu sucesso. – E eu sei exatamente em quem vou usá-lo primeiro!

– Tom Christie? – repetiu Jamie. – Já avisou a ele?

– Avisei a Malva. Ela vai conversar com ele, amaciá-lo um pouco.

Essa ideia fez Jamie dar um breve muxoxo.

– Nem fervendo Tom Christie em leite durante quinze dias ele deixaria de ser duro feito pedra. E se você acha que ele vai dar ouvidos às tagarelices de sua filhinha sobre um líquido mágico que o fará adormecer...

– Não, ela não vai lhe dizer nada sobre o éter. Quem vai fazer isso sou eu – garanti a ele. – Ela só vai atormentá-lo em relação à mão, convencê-lo de que é preciso consertá-la.

– Humm. – Jamie ainda aparentava ceticismo, embora pelo visto isso não se devesse totalmente a Tom Christie. – Esse éter que você fabricou, Sassenach. Não corre o risco de matá-lo com isso?

Na realidade, eu andava consideravelmente preocupada com essa exata possibilidade. Já tinha feito muitas operações nas quais se usava éter, e no geral se tratava de um anestésico bastante seguro. Mas o éter caseiro, administrado à mão... e *de fato* havia quem morresse de acidentes com anestesia, mesmo nos ambientes mais cuidadosos, com anestesistas treinados e todo tipo de equipamento de ressuscitação disponível. E eu me lembrava de Rosamund Lindsay, cuja morte acidental ainda assombrava meus sonhos de tempos em tempos. Mas a possibilidade de ter um anestésico confiável, de poder realizar cirurgias sem dor...

– Sim – reconheci. – Não acho que vá acontecer, mas sempre existe algum risco. Vale a pena, porém.

Jamie me lançou um olhar levemente ressentido.

– Ah, é? Tom acha isso?

– Bem, vamos descobrir. Vou lhe explicar tudo com cuidado, e se ele não concordar... bem, não concordou. Mas espero que concorde!

O canto da boca de Jamie se curvou para cima, e ele balançou a cabeça com tolerância.

– Você parece o pequeno Jem com um brinquedo novo, Sassenach. Cuidado para as rodas não saírem.

Eu poderia ter reagido a isso com alguma resposta indignada, mas já estávamos perto o suficiente para ver o chalé dos Bug, e Arch Bug, sentado no seu alpendre, fumava tranquilamente um cachimbo de barro. Tirou-o da boca e fez menção de se levantar ao nos ver, mas Jamie o conteve com um gesto.

– *Ciamar a tha thu, a charaid?*

Arch retrucou com seu costumeiro "humm", impregnado com um tom de cordialidade e boas-vindas. Uma sobrancelha branca arqueada na minha direção e um giro da piteira do cachimbo em direção à trilha indicaram que sua esposa estava em nossa casa, caso fosse ela que estivéssemos procurando.

– Não, eu só vou até a floresta colher algumas coisas – falei, erguendo o cesto vazio para provar o que dizia. – Mas a sra. Bug esqueceu seu bordado... posso pegá-lo para ela?

Ele aquiesceu, franzindo os olhos ao sorrir com o cachimbo na boca. Cortês, moveu as nádegas magras para me deixar passar por ele e entrar no chalé. Atrás de mim, escutei o "humm?" de um convite, e senti as tábuas do alpendre se moverem quando Jamie se sentou ao lado do sr. Bug.

Não havia janelas, e fui obrigada a ficar parada por alguns instantes para que meus olhos se adaptassem à penumbra. Mas o chalé era pequeno, e não levei mais de meio minuto para distinguir tudo o que continha: pouco mais do que a estrutura da cama, um baú de cobertores e uma mesa com dois banquinhos. A bolsa de costura da sra. Bug pendia de um gancho na parede dos fundos, e atravessei o recinto para pegá-la.

Na varanda atrás de mim, ouvi o murmúrio de uma conversa masculina que incluía o som muito inabitual da voz do sr. Bug. Ele sabia falar, e falava, claro, mas a sra. Bug tagarelava tanto que, quando estava presente, a contribuição de seu marido em geral não passava de um sorriso e de um ocasional "humm" de acordo ou desacordo.

– Aquele Christie – dizia o sr. Bug num tom de voz meditativo. – O senhor o acha estranho, *a Sheaumais*?

– Bem, sim, ele é das Terras Baixas – disse Jamie com um dar de ombros audível.

Um "humm" bem-humorado produzido pelo sr. Bug indicou que essa explicação era perfeitamente suficiente, e foi sucedido pelos ruídos de sucção de quem tenta acender um cachimbo.

Abri a bolsa para me certificar de que o tricô estava lá dentro. Na verdade não estava, e fui obrigada a vasculhar um pouco o chalé, com os olhos semicerrados por causa da penumbra. Ah... ali: uma poça escura de algo macio no canto, caído de cima da mesa e chutado pelo pé de alguém.

– Christie anda mais estranho que de costume? – ouvi Jamie indagar, por sua vez num tom casual.

Espiei pela porta a tempo de ver Arch Bug fazer que sim com a cabeça para Jamie, embora não tivesse dito nada, entretido numa batalha feroz com seu cachimbo. No entanto, ergueu a mão direita e a agitou, exibindo os cotos de dois dedos faltantes.

– Sim – disse ele por fim, soltando junto com a palavra uma lufada triunfante de fumaça branca. – Ele me perguntou se doeu muito quando isto aqui foi feito.

Seu rosto se vincou feito um saco de papel, e ele chiou um pouco... uma grande demonstração de hilaridade para Arch Bug.

– Ah, é? E o que você disse a ele, Arch? – quis saber Jamie, sorrindo de leve.

Arch, agora colaborando inteiramente, deu uma sugada pensativa no cachimbo, em seguida franziu os lábios e soprou um pequeno e perfeito anel de fumaça.

– Beeem, eu disse que não tinha doído nadinha... na época. – Ele se deteve, com os olhos azuis a cintilar. – É claro que talvez tenha sido porque eu estava apagado feito um peixe morto por causa do choque. Quando acordei, senti um pouco de ardência. – Ele ergueu a mão, encarou-a sem paixão alguma, em seguida olhou para mim pelo vão da porta aberta. – A senhora não pretende usar um machado no pobre Tom, pretende? Ele disse que a senhora está decidida a consertar a mão dele na semana que vem.

– Provavelmente, não. Posso ver?

Saí para a varanda, abaixei-me ao seu lado, e ele me deixou segurar sua mão, movendo gentilmente o cachimbo para a esquerda.

O indicador e o dedo médio tinham sido decepados de modo preciso, bem na articulação. Era um ferimento muito antigo, tanto que já havia perdido aquele aspecto chocante comum às mutilações recentes, nas quais o cérebro ainda vê o que *deveria* estar ali e tenta em vão, por um instante, conciliar realidade e expectativa. O corpo humano, porém, é incrivelmente plástico, e compensa os pedaços perdidos da melhor forma que consegue. Em caso de mutilação de uma das mãos, a parte remanescente muitas vezes sofre uma sutil deformação utilitária, para maximizar quaisquer funções que tenham sobrado.

Fui tateando a mão com cuidado, fascinada. Os metacarpos dos dedos decepados estavam intactos, mas os tecidos circundantes haviam encolhido e se deformado, repuxando um pouco essa parte da mão para que os dois dedos restantes e o polegar pudessem fazer uma oposição mais eficaz. Eu já tinha visto o velho Arch usar aquela mão com perfeita graça, para segurar uma xícara de bebida ou manejar o cabo de uma pá.

As cicatrizes dos cotos haviam se tornado planas e claras, formando uma superfície lisa e calejada. As articulações dos dedos remanescentes exibiam calombos de artrite, e a mão como um todo era tão retorcida que na verdade não parecia mais uma mão... mas apesar disso não era nem um pouco repulsiva. Eu podia senti-la dentro da minha, forte e cálida, e na verdade ela era estranhamente atraente, do mesmo modo que um pedaço de madeira castigado pelo tempo.

– Isso foi feito com um machado, o senhor disse? – perguntei, pensando como exatamente ele teria conseguido infligir um ferimento daqueles a si mesmo, considerando que era destro. Se o machado houvesse escorregado, poderia ter cortado um braço ou uma perna, mas decepar dois dedos da mesma mão de modo assim tão completo... Então entendi, e meu aperto se intensificou involuntariamente.

– Ah, sim – disse ele, e exalou uma coluna de fumaça.

Levantei a cabeça e fitei seus olhos azuis brilhantes.

– Quem foi? – perguntei.

– Os Frasers – respondeu ele. Apertou de leve a minha mão, então recolheu a sua e a virou para um lado e outro. Olhou para Jamie. – Não os Frasers de Lovat – garantiu-lhe. – Bobby Fraser, de Glenhelm, e seu sobrinho, Leslie.

– Ah, é? Bem, que ótimo – respondeu Jamie, com uma das sobrancelhas arqueadas. – Eu não teria gostado de saber que foi um parente próximo meu.

Arch deu uma risadinha quase sem som. Seus olhos ainda reluziam com força dentro das teias de pele enrugada, mas algo naquela risada de repente me fez querer recuar um pouco.

– Não, não teria – concordou ele. – Nem eu. Mas isso talvez tenha sido no ano em que o senhor nasceu, *a Sheaumais*, ou um pouco antes. E hoje em dia não há mais nenhum Fraser em Glenhelm.

A mão em si não tinha me perturbado nem um pouco, mas imaginar como ela havia ficado daquele jeito estava me deixando meio tonta. Sentei-me ao lado de Jamie sem esperar convite.

– Por quê? – perguntei, sem rodeios. – Como?

Arch sugou o cachimbo e soprou mais um anel. Este esbarrou nos resquícios do primeiro e ambos se desintegraram numa névoa de fumaça perfumada. Ele franziu um pouco o cenho e baixou os olhos para a própria mão, que agora repousava sobre o joelho.

– Ah, bem. A escolha foi minha. Éramos arqueiros, entende – explicou-me ele. –

Todos os homens do meu clã, todos nós fomos criados para isso desde cedo. Ganhei meu primeiro arco aos 3 anos, e aos 6 já conseguia acertar um tetraz no coração a 12 metros de distância.

Ele disse isso com um ar de orgulho simples, semicerrando os olhos para um pequeno bando de pombas que ciscava sob as árvores ali perto como se estivesse calculando com que facilidade teria conseguido pegar uma delas.

– Eu ouvi meu pai falar sobre os arqueiros – disse Jamie. – Em Glenshiels. Segundo ele, muitos eram da família Grant... e alguns da família Campbell.

Ele se inclinou para a frente com os cotovelos apoiados nos joelhos, interessado na história, mas cauteloso.

– Sim, éramos nós. – Arch tragou com vontade e a fumaça formou volutas ao redor de sua cabeça. – Tínhamos descido pelo meio das samambaias durante a noite e nos escondido entre as pedras acima do rio em Glenshiels, debaixo das samambaias e sorveiras – explicou ele. – A vegetação era tão densa que dava para uma pessoa ficar a menos de meio metro de nós sem nos ver. E o espaço era um pouco apertado – acrescentou num tom confidencial. – Era impossível levantar para mijar, e nós já tínhamos jantado e tomado um pouco de cerveja antes de chegarmos ao outro lado da montanha. Ficamos todos agachados feito mulheres. Também tentávamos ao máximo manter as cordas dos arcos secas dentro da camisa, com toda a chuva que caía e atravessava as samambaias até escorrer por nosso pescoço.

Depois de uma pausa, Arch Bug prosseguiu, alegremente:

– Mas, quando o dia nasceu, nós nos levantamos ao ouvir o sinal e começamos a atirar. Eu diria que foi uma bela visão, nossas flechas chovendo da montanha sobre os pobres coitados acampados ali junto ao rio. Sim, seu pai também lutou ali, *a Sheaumais* – acrescentou ele, apontando para Jamie a piteira do cachimbo. – Ele era um dos que estavam junto ao rio.

Um espasmo de risada muda o sacudiu.

– A relação não era boa, então – retrucou Jamie, seco. – Entre você e os Frasers.

O velho Arch assentiu com a cabeça, nem um pouco constrangido.

– Nada boa – disse ele.

Tornou a dirigir sua atenção para mim, e seus modos se suavizaram um pouco.

– Então, quando os Frasers capturavam um Grant sozinho em suas terras, o costume era lhe darem uma escolha. Ele poderia perder o olho direito, ou então dois dedos da mão direita. De toda forma, eu nunca mais dispararia um arco contra eles.

Ele esfregou a mão mutilada na coxa de um lado para o outro, esticando-a, como se os seus dedos-fantasma estivessem se estendendo e ansiassem pelo contato de tendões sibilantes. Então balançou a cabeça como quem descarta essa visão e cerrou o punho. Virou-se para mim.

– A senhora não estava pretendendo cortar fora os dedos de Christie, não é, sra. Fraser?

– Não – respondi, espantada. – É claro que não. Ele não achou que...

Arch deu de ombros, e as sobrancelhas brancas peludas se ergueram em direção à linha dos cabelos recuada.

– Eu não saberia dizer com certeza, mas ele parecia bastante aflito com a ideia de ser cortado.

– Humm – falei, pensando que teria de conversar com Tom Christie.

Jamie havia se levantado para ir embora e eu automaticamente o imitei, sacudindo as saias e tentando expulsar da mente a imagem da mão de um rapaz imobilizada no chão e de um machado sendo brandido.

– Nenhum Fraser em Glenhelm, você disse? – indagou Jamie após pensar um pouco, baixando os olhos para o sr. Bug. – O sobrinho, Leslie... ele teria sido o herdeiro de Bobby Fraser, não?

– Sim, teria.

O cachimbo do sr. Bug havia se apagado. Ele o virou e bateu com ele na beirada do alpendre para remover o resto de fumo num gesto preciso.

– Os dois foram mortos juntos, não foram? Lembro-me de meu pai ter me contado isso um dia. Foram encontrados num riacho com a cabeça quebrada, disse ele.

Arch Bug piscou para Jamie, pálpebras abaixadas feito um lagarto por causa da claridade do sol.

– Bem, *a Sheaumais*, um arco é como uma boa esposa, entende? Reconhece o mestre e responde ao seu toque. Já um machado... – Ele balançou a cabeça. – Um machado é uma puta. Qualquer homem pode usar... e funciona igualmente bem em qualquer mão.

Ele soprou pela piteira do cachimbo para retirar o restante das cinzas, limpou o fornilho no lenço e o guardou com cuidado – usando a mão esquerda. Sorriu para nós dois, e os dentes que lhe restavam eram afiados nas pontas e amarelados por causa do tabaco.

– Vá com Deus, *Seaumais mac Brian.*

Mais tarde na mesma semana, fui ao chalé dos Christies retirar os pontos da mão esquerda de Tom e lhe explicar sobre o éter. No quintal, seu filho Allan afiava uma faca num amolador movido a pedal. Apesar de ter sorrido e meneado a cabeça para mim, não disse nada, pois não poderia se fazer ouvir com o gemido rascante do amolador.

Talvez aquele barulho é que houvesse despertado as apreensões de Tom Christie, pensei instantes depois.

– Decidi que vou deixar minha outra mão como está – disse ele, rígido, enquanto eu cortava o último ponto e o removia com um puxão.

Pousei a pinça e o encarei.

– Por quê?

Um rubor opaco surgiu em suas bochechas e ele se levantou, erguendo o queixo e olhando por cima do meu ombro para não ter que me encarar.

– Eu rezei sobre isso, e cheguei à conclusão de que, se esta enfermidade é a vontade de Deus, seria errado tentar mudá-la.

Reprimi, ainda que com grande dificuldade, o forte impulso de gritar: "Mas que monte de baboseiras!"

– Sente-se – falei, sorvendo uma funda inspiração. – E me diga, por obséquio, por que motivo exatamente acha que Deus quer que o senhor viva a vida com a mão deformada.

Nessa hora ele olhou para mim, surpreso e confuso.

– Ora... não cabe a mim questionar os desígnios do Senhor!

– Ah, não? – indaguei, branda. – Pois pensei que era isso que estava fazendo no domingo passado. Ou não terá sido o senhor que eu escutei, perguntando o que o Senhor tinha na cabeça para permitir que tantos católicos florescessem feito pés de louro verde?

A cor vermelha opaca escureceu significativamente.

– Tenho certeza de que a senhora me entendeu mal, sra. Fraser. – Ele se empertigou mais ainda, a ponto de ficar quase inclinado para trás. – De toda forma, não vou precisar da sua ajuda.

– É porque eu sou católica? – perguntei, acomodando-me para trás no banquinho e unindo as mãos sobre os joelhos. – Acha que eu posso tirar vantagem do senhor e batizá-lo na Igreja de Roma enquanto estiver sob os meus cuidados?

– Eu já fui devidamente batizado! – disparou ele. – E lhe agradeceria se a senhora guardasse suas ideias papistas para si.

– Eu tenho um acordo com o papa – falei, sustentando seu olhar com a mesma firmeza. – Não emito nenhuma bula sobre questões de doutrina, e ele não realiza cirurgias. Agora, com relação à sua mão...

– A vontade de Deus... – começou ele, teimoso.

– Foi vontade de Deus a sua vaca cair no desfiladeiro mês passado e quebrar a pata? – interrompi. – Porque, caso tenha sido, o senhor provavelmente deveria tê-la deixado lá para morrer, em vez de ir chamar meu marido para ajudar a tirá-la e depois permitir que eu pusesse a pata no lugar. Como vai ela, aliás?

Pude ver pela janela a vaca em questão, pastando tranquila no quintal e obviamente nem um pouco incomodada nem pelo bezerro que mamava nela nem pela tala que eu havia colocado para sustentar seu metacarpo.

– Ela vai bem, obrigado. – A voz de Christie estava começando a soar um pouco engasgada, embora ele tivesse a camisa aberta no colarinho. – Quero dizer...

– Bem, então – falei. – O senhor acha que Deus o considera menos merecedor de ajuda médica do que a sua vaca? Parece-me improvável, levando em conta que ele considera os pardais e coisas assim.

A essa altura, ele havia adquirido um tom roxo-escuro ao redor da papada, e apertava a mão defeituosa com a boa como se quisesse mantê-la a salvo de mim.

– Vejo que a senhora já ouviu falar um pouco na Bíblia – começou ele, muito pomposo.

– Na verdade, eu mesma já a li – falei. – Eu leio bastante bem, sabe?

Ele descartou o comentário, e uma débil luz de triunfo se acendeu em seus olhos.

– De fato. Então tenho certeza de que já leu a carta de São Paulo a Timóteo na qual ele diz: *Permaneçam as mulheres em silêncio*...

Eu já havia, sim, deparado com São Paulo e suas opiniões, e tinha algumas também.

– Imagino que São Paulo também tenha encontrado uma mulher capaz de derrotá-lo numa argumentação – falei, não sem empatia. – Era mais fácil tentar pôr uma rolha no gênero como um todo do que vencer a argumentação de modo justo. Mas da *sua parte* eu teria esperado coisa melhor, sr. Christie.

– Mas isso é blasfêmia! – arquejou ele, obviamente chocado.

– Não, não é – rebati. – A menos que o senhor esteja afirmando que São Paulo na realidade é Deus... e, caso esteja, acho que na realidade isso *sim* é blasfêmia. Mas não vamos brigar – falei, ao ver os olhos dele começarem a se esbugalhar. – Deixe-me...

Levantei-me do banquinho e dei um passo à frente, o que me fez chegar perto o bastante para tocá-lo. Ele recuou tão depressa que bateu na mesa e a derrubou, fazendo o cesto de costura de Malva, uma jarra de leite de cerâmica e um prato de estanho cascatearem até o chão com alarde.

Curvei-me depressa e peguei o cesto de costura a tempo de impedir que fosse encharcado pelo leite derramado. O sr. Christie havia rapidamente pegado um trapo na lareira e se abaixado para enxugar o líquido. Quase batemos cabeças, mas mesmo assim nos esbarramos, e eu perdi o equilíbrio e caí pesadamente por cima dele. Por reflexo, ele segurou meus braços e soltou o trapo, então me largou às pressas e se retraiu, deixando-me a oscilar ajoelhada no chão.

Também de joelhos, respirava pesadamente, mas agora a uma distância segura.

– A verdade é que o senhor está com medo – falei, severa, apontando-lhe um dedo.

– Não estou!

– Está, sim. – Levantei-me, tornei a pôr o cesto de costura sobre a mesa e empurrei o trapo delicadamente para cima da poça de leite com o pé. – Está com medo que eu o machuque... mas não vou machucá-lo – garanti-lhe. – Tenho um remédio chamado éter, ele o fará adormecer e o senhor não sentirá nada.

Ele piscou os olhos ao ouvir isso.

– E talvez esteja com medo de perder alguns dedos, ou o uso da mão que tem agora.

Ainda ajoelhado na lareira, ele me encarava.

– Não posso lhe garantir com toda a certeza que isso não vá acontecer – falei. – Eu não *acho* que vá acontecer... mas o homem propõe e Deus dispõe, não é mesmo?

Ele aquiesceu, bem devagar, mas não disse nada. Inspirei fundo, por ora sem outros argumentos.

– Eu *acho* que consigo consertar sua mão – falei. – Não posso garantir. Às vezes acontecem coisas. Infecções, acidentes... coisas inesperadas. Mas...

Estendi uma das mãos para ele, fazendo um gesto em direção à mão aleijada. Movendo-se qual um pássaro hipnotizado preso pelo olhar de uma serpente, ele estendeu o braço e me deixou segurá-lo. Agarrei seu pulso e o ajudei a ficar em pé. Ele se levantou com facilidade e ficou parado na minha frente, deixando que eu lhe pegasse a mão.

Segurei-a com as minhas, pressionei os dedos retorcidos para trás e esfreguei de leve o polegar sobre a aponeurose palmar espessa que prendia os tendões. Pude senti-la com clareza e visualizar em detalhes como iria abordar o problema. Onde pressionaria o bisturi, como a pele calejada iria se abrir. O comprimento e a profundidade da incisão em forma de Z que libertaria sua mão e a tornaria novamente útil.

– Eu já fiz isso antes – falei, suave, pressionando para sentir os ossos enterrados. – Posso fazer outra vez. Se Deus permitir. O senhor deixa?

Christie era apenas uns 5 centímetros mais alto do que eu. Além de segurar sua mão, sustentei também seu olhar. Seus olhos de um cinza límpido e acentuado vasculharam meu semblante com algo entre o medo e a desconfiança... mas por trás desses sentimentos havia outra coisa. Muito de repente, tornei-me consciente de sua respiração, lenta e regular, e senti o calor de seu hálito na face.

– Está bem – disse ele por fim, com uma voz rouca. Puxou a mão que eu segurava, não de modo abrupto, mas quase relutante, e a segurou com a boa. – Quando?

– Amanhã – falei. – Se o tempo estiver bom. Vou precisar de uma luz boa – expliquei, ao ver a expressão de surpresa em seus olhos. – Venha pela manhã, mas não coma nada no café.

Recolhi meus apetrechos, curvei-me numa mesura canhestra para ele e saí, sentindo-me mais do que esquisita.

Allan Christie acenou alegremente para mim, quando fui embora, e continuou a amolar sua faca.

– Acha que ele virá?

O café da manhã já fora consumido, e ainda não havia nenhum sinal de Tom Christie. Após uma noite de sono entrecortado na qual eu tinha sonhado repetidamente com máscaras de éter e tragédias cirúrgicas, não tinha certeza se queria que ele aparecesse ou não.

– Sim, ele virá. – Jamie estava lendo uma edição de quatro meses antes da *North Carolina Gazette* enquanto mastigava um último bocado de torrada de canela da sra. Bug. – Olhe, eles publicaram uma carta do governador para lorde Dartmouth dizendo como nós somos todos um bando de safados rebeldes, conspiradores e ladrões, e pedindo ao general Gage que lhe envie canhões de modo a nos ameaçar e nos fazer voltar a ter um bom comportamento. Pergunto-me se MacDonald sabe que isso é de conhecimento geral?

– Publicaram mesmo isso? – indaguei, distraída. Levantei-me e peguei a máscara de éter que vinha encarando durante todo o desjejum. – Bem, se ele vier mesmo, imagino que seja melhor eu estar pronta.

Já havia disposto no meu consultório a máscara de éter que Bree fabricara para mim e o conta-gotas, junto aos outros instrumentos de que necessitaria para a cirurgia em si. Sem ter certeza, peguei o conta-gotas, tirei a rolha e agitei a mão acima do gargalo para fazer os vapores flutuarem em direção ao meu nariz. O resultado foi uma reconfortante onda de tontura que por alguns instantes borrou minha visão. Quando esta clareou, tornei a pôr a rolha no conta-gotas e o pousei, sentindo-me ligeiramente mais confiante.

Bem a tempo. Ouvi vozes atrás da casa, e passos no corredor.

Virei-me, ansiosa, e me deparei com o sr. Christie a me encarar da soleira da porta com um olhar raivoso, segurando a mão encolhida contra o peito de modo protetor.

– Mudei de ideia. – Ele baixou as sobrancelhas mais ainda para enfatizar o que dizia. – Refleti sobre o assunto, rezei, e não vou permitir que a senhora utilize em mim suas poções imundas.

– Não seja estúpido – falei, sem rodeios. Levantei-me e o encarei, também com raiva. – Qual é o seu *problema*?

Ele pareceu espantado, como se uma cobra na grama houvesse se atrevido a lhe dirigir a palavra.

– Comigo não há problema algum – disse ele, com uma voz um tanto grave. Ergueu o queixo de modo agressivo, espetando a barba curta na minha direção. – E a *senhora*, qual é o seu problema?

– E eu pensando que só quem vinha das Terras Altas fosse teimoso feito uma mula!

Ele pareceu um tanto ofendido com essa comparação, mas, antes que pudesse me dizer qualquer outra coisa, Jamie espichou a cabeça para dentro do consultório, atraído pelos ruídos da altercação.

– Está havendo alguma dificuldade? – indagou, educado.

– Sim! Ele está se recusando a...

– Está, sim. Ela está insistindo...

As palavras colidiram e ambos deixamos a frase pela metade enquanto nos encarávamos zangados. Jamie olhou para mim, depois para o sr. Christie, em seguida para o aparato em cima da mesa. Ergueu os olhos para o céu como quem implora para ser guiado, então esfregou um dedo pensativamente abaixo do nariz.

– Bem, Tom. Você quer que a sua mão seja consertada?

Christie continuou com uma cara obstinada, segurando a mão aleijada contra o peito de modo protetor. Após alguns instantes, contudo, aquiesceu devagar.

– Sim – falou. Lançou-me um olhar de profunda desconfiança. – Mas não vou escutar nada dessa baboseira papista em relação ao assunto!

– Papista? – dissemos Jamie e eu ao mesmo tempo, Jamie soando apenas intrigado, eu profundamente exasperada.

– Sim, e não vá pensar que pode me convencer também, Fraser!

Jamie lançou-me um olhar como quem dissesse "Eu lhe disse, Sassenach", mas tomou coragem para fazer uma tentativa.

– Bem, Tom, você sempre foi um safado bem esquisito – disse ele, brando. – Com certeza deve se ufanar de ser assim... mas posso lhe dizer, por experiência, que isso dói bastante.

Pensei ter visto Christie empalidecer um pouco.

– Tom. Olhe aqui. – Jamie meneou a cabeça para a bandeja de instrumentos: dois bisturis, uma sonda, tesouras, fórceps, e duas agulhas de sutura com as linhas já passadas boiando dentro de um vidro de álcool. Os objetos reluziam opacos sob a luz do sol. – Ela pretende cortar sua mão, não é?

– Eu sei – disparou Christie, embora tenha desviado os olhos da sinistra coleção de lâminas afiadas.

– É, você sabe. Mas não faz a menor ideia de como é. Eu faço. Está vendo aqui?

Ele ergueu a mão direita com as costas viradas para Christie e a sacudiu. Nessa posição, com a luz do sol da manhã a bater diretamente sobre a mão, as finas cicatrizes brancas que lhe rendilhavam os dedos se destacavam em contraste com a pele bronzeada.

– Isso doeu *muito* – garantiu ele a Christie. – Você não gostaria de passar por uma coisa dessas, e pode escolher... sim, você pode escolher.

Christie mal olhou para a mão de Jamie. Devia saber qual era o seu aspecto, é claro, pensei: havia morado com Jamie por três anos.

– Eu fiz minha escolha – disse Christie com dignidade.

Sentou-se na cadeira e pousou a mão sobre a toalha com a palma para cima. Seu rosto havia perdido toda a cor e a mão livre estava cerrada com tanta força que chegava a tremer.

Jamie o encarou por um instante por baixo das sobrancelhas pesadas, então deu um suspiro.

– Está bem. Então espere um instante.

Era óbvio que não adiantava prolongar a discussão, e não me dei o trabalho de tentar. Peguei a garrafa de uísque medicinal que guardava na prateleira e servi uma boa dose numa caneca.

– *Tome também um pouco de vinho, por causa do seu estômago* – falei, empurrando-a com firmeza para dentro da sua mão virada. – Nosso conhecido em comum, São Paulo. Se não há problema em beber pelo bem de um estômago, certamente o senhor pode dar um golinho pelo bem de uma das mãos.

Sua boca, severamente contraída de expectativa, abriu-se de surpresa. Ele olhou para a caneca, então para mim, depois outra vez para a caneca. Engoliu em seco, aquiesceu e levou a caneca aos lábios.

Antes de ele acabar de beber, contudo, Jamie voltou trazendo um pequeno e surrado livro verde, que empurrou sem a menor cerimônia para sua mão.

Christie pareceu levar um susto, mas segurou o livro com o braço estendido e estreitou os olhos para ver do que se tratava. As palavras *BÍBLIA SAGRADA, versão do rei Jaime*, estavam impressas na capa deformada.

– Imagino que você vá buscar ajuda onde puder, não é mesmo? – indagou Jamie, um pouco mal-humorado.

Christie o encarou com intensidade, então aquiesceu e um sorriso muito leve atravessou sua barba como uma sombra.

– Agradecido, senhor – disse ele.

Tirou os óculos do bolso do casaco e os colocou, então abriu o livrinho com grande cuidado e começou a folheá-lo, obviamente em busca de uma inspiração adequada para aguentar uma cirurgia sem anestésico.

Encarei Jamie com um olhar demorado ao qual ele respondeu com um levíssimo dar de ombros. Aquilo não era apenas uma Bíblia. Era a Bíblia que havia pertencido a Alexander MacGregor.

Jamie a havia encontrado quando era bem jovem e estava preso no Forte William pelo capitão Jonathan Randall. Açoitado uma vez e aguardando uma nova rodada, assustado e com dor, fora deixado na solitária sem qualquer outra companhia que não os próprios pensamentos... e aquela Bíblia, que lhe fora dada pelo médico da guarnição para qualquer reconforto que pudesse proporcionar.

Alex MacGregor era outro jovem prisioneiro escocês... que preferira tirar a própria vida a continuar sofrendo com as atenções do capitão Randall. Seu nome estava escrito dentro do livro numa caligrafia bem-feita e um tanto dispersa. O medo e o sofrimento não eram novidade para aquela pequena Bíblia, e, mesmo esta não sendo éter, torci para que tivesse o seu próprio poder analgésico.

Christie tinha encontrado algo que lhe agradava. Limpou a garganta com um pigarro, endireitou as costas na cadeira e pousou a mão sobre a toalha, palma para cima, de modo tão direto que me perguntei se ele havia escolhido o trecho em que os macabeus apresentam voluntariamente as mãos e a língua para serem amputadas pelo rei pagão.

Uma olhadela por cima do seu ombro indicou, porém, que ele estava em algum ponto dos Salmos.

– Quando quiser, sra. Fraser – falou, com educação.

Uma vez que Christie não estaria inconsciente, eu precisava de um pouco de preparação suplementar. Não tinha nada contra a coragem masculina, nem contra a inspiração bíblica... mas pessoas capazes de ficar sentadas sem se mexer enquanto têm a mão cortada eram relativamente raras, e eu não achava que Thomas Christie fosse uma delas.

Eu tinha um estoque abundante de ataduras para enfaixar. Arregacei a manga de Tom e usei algumas para amarrar seu antebraço com firmeza na mesinha, com uma faixa extra a segurar os dedos retorcidos para trás e para longe do local da operação.

Embora Christie parecesse um tanto chocado com a ideia de ingerir bebida alcoólica enquanto lia a Bíblia, Jamie, e talvez a visão dos bisturis alinhados, o haviam convencido de que as circunstâncias justificavam tal prática. Quando terminei de amarrá-lo e de limpar a palma de sua mão inteira com álcool puro, ele já havia consumido algumas doses e exibia um aspecto bem mais relaxado do que ao adentrar o consultório.

Essa sensação de relaxamento desapareceu abruptamente quando fiz a primeira incisão.

Sua expiração saiu num jato, acompanhada por um arquejo agudo, e ele se arqueou para cima e para fora da cadeira, fazendo a mesa se arrastar no chão com um rangido. Segurei seu pulso a tempo de impedir que ele rompesse as ataduras, e Jamie o agarrou pelos ombros e o empurrou de volta para a cadeira.

– Ora, ora – disse Jamie, apertando com firmeza. – Você vai conseguir, Tom. Vai sim.

O suor havia brotado por todo o rosto de Christie e seus olhos estavam imensos por trás das lentes dos óculos. Ele engoliu em seco, deu uma olhada rápida em direção à mão que vertia sangue, em seguida olhou depressa para o outro lado, branco feito um lençol.

– Se for vomitar, sr. Christie, vomite aqui dentro, sim? – falei, e empurrei um balde vazio na sua direção com um dos pés.

Continuava com uma das mãos no seu pulso e a outra pressionada com força sobre a incisão por cima de um bolo de fiapos esterilizados.

Jamie continuava a conversar com ele como quem tenta acalmar um cavalo em pânico. Christie estava rígido, mas tinha a respiração ofegante e todos os seus membros tremiam, inclusive aquele no qual eu pretendia trabalhar.

– Devo parar? – perguntei a Jamie depois de avaliar Christie com um olhar rápido.

Podia sentir seu coração acelerado no pulso que estava segurando. Ele não estava em choque, não de todo, mas era evidente que não estava se sentindo nem um pouco bem.

Com os olhos pregados no seu rosto, Jamie fez que não com a cabeça.

– Não. Seria uma pena desperdiçar tanto uísque, não é? E ele não vai querer passar outra vez pela espera. Aqui, Tom, beba mais uma dose, vai lhe fazer bem.

Ele encostou a caneca nos lábios de Christie, que engoliu a bebida sem hesitar.

Jamie havia soltado seus ombros à medida que ele fora se acalmando, então segurou-lhe o antebraço com uma das mãos e apertou bem forte. Com a outra, pegou a Bíblia que tinha caído no chão e a abriu com o polegar.

– *A mão direita do Senhor é exaltada!* – leu ele, estreitando os olhos para o livro por cima do ombro de Christie. – *A mão direita do Senhor age com poder!* Bem, muito apropriado, não?

Ele baixou os olhos para Christie, que tinha se acalmado e agora segurava a mão livre contraída com força junto à barriga.

– Continue – pediu ele com a voz rouca.

– *Não morrerei, mas vivo ficarei para anunciar os feitos do Senhor* – prosseguiu Jamie com uma voz baixa, porém firme. – *O Senhor me castigou com severidade, mas não me entregou à morte.*

Christie pareceu achar isso animador; sua respiração se acalmou um pouco.

Não tive tempo para olhar na sua direção, e o braço que Jamie segurava estava duro feito madeira. Mesmo assim, ele começou a murmurar junto com Jamie, repetindo uma em cada tantas palavras.

– *Abram as portas da justiça para mim... Dou-Te graças, porque me respondeste...*

Eu havia exposto a aponeurose e podia ver com clareza o espessamento. Um pequeno movimento do bisturi soltou a ponta; então um corte implacável, com força, através da faixa de tecido fibroso... o bisturi bateu no osso e Christie arquejou.

– *O Senhor é Deus, fez resplandecer sobre nós a sua luz. Atai a vítima da festa com cordas, até às pontas do altar...*

Pude ouvir um quê de bom humor na voz de Jamie ao ler esse trecho e senti seu corpo mudar de direção quando ele me olhou.

Parecia de fato que eu estava sacrificando alguma coisa. Mãos não sangram de modo tão profuso quanto ferimentos na cabeça, mas a palma tem muitos pequenos vasos sanguíneos, e eu ia enxugando rapidamente o sangue com uma das mãos enquanto trabalhava com a outra. Chumaços usados de fiapos sujos de sangue coalhavam a mesa e o chão ao meu redor.

Jamie avançava e recuava pelas páginas, escolhendo trechos aleatórios das Escrituras, mas Christie agora o acompanhava e recitava as palavras junto com ele. Lancei-lhe um breve olhar: apesar da cor ainda ruim e da pulsação acelerada, sua respiração estava melhor. Ele claramente recitava de cabeça. As lentes de seus óculos estavam embaçadas.

Eu agora havia exposto por completo o tecido que restringia os movimentos e estava aparando as pequenas fibras da superfície do tendão. Os dedos retorcidos estremeceram e os tendões expostos se moveram de repente, prateados como peixes velozes. Segurei os dedos que se remexiam debilmente e os apertei com força.

– O senhor não deve se mover – falei. – Preciso das duas mãos. Não posso segurar a sua.

Eu não podia erguer o rosto, mas senti quando ele aquiesceu e soltei seus dedos. Com os tendões a reluzir suavemente em seus leitos, removi os últimos pedacinhos de aponeurose, borrifei na ferida uma mistura de álcool e água destilada para desinfetá-la e comecei o trabalho de fechar as incisões.

As vozes dos homens não passavam de sussurros, um leve murmúrio no qual, de tão concentrada, eu não havia prestado a menor atenção. Conforme fui concluindo e começando a costurar o ferimento, porém, tornei-me mais uma vez consciente delas.

– *O Senhor é meu pastor, nada me faltará...*

Ergui os olhos, enxuguei o suor da testa com a manga, e vi que Thomas Christie agora segurava a pequena Bíblia com o braço livre, fechada e pressionada contra o corpo. Tinha o queixo enterrado no peito, os olhos fechados com força e o rosto contorcido de dor.

Jamie ainda segurava firme o braço amarrado, mas sua outra mão estava no ombro de Christie e sua cabeça curvada junto à dele. Também de olhos fechados, ele murmurava as palavras.

– *Mesmo quando eu andar por um vale de trevas e morte, não temerei perigo algum...*

Dei o último ponto, aparei a linha e num mesmo movimento cortei as ataduras de linho que prendiam a mão e soltei a expiração contida. As vozes dos homens se calaram de maneira abrupta.

Ergui a mão, enrolei-a bem firme numa atadura limpa e empurrei os dedos retorcidos para trás delicadamente a fim de endireitá-los.

Christie abriu os olhos devagar. Tinha as pupilas imensas e escuras por trás das lentes, e piscou para a própria mão. Sorri para ele e afaguei sua mão.

– *Sei que a bondade e a fidelidade me acompanharão todos os dias da minha vida* – falei, baixinho. – *E voltarei à casa do Senhor enquanto eu viver.*

24

NÃO ME TOQUES

Apesar de fortes, os batimentos cardíacos de Christie estavam um pouco acelerados. Pousei o pulso que estava segurando e levei as costas da mão até sua testa.

– O senhor está um pouco febril – falei. – Tome, engula isto.

Pus a mão em suas costas para ajudá-lo a se sentar na cama, o que o deixou alarmado. Ele se sentou em meio a uma profusão de cobertas e inspirou com um arquejo ao mover a mão machucada.

Com certo tato, fingi não reparar na sua descompostura, que atribuí ao fato de ele estar só de camisa e eu de roupa de dormir. Com certeza ambos os trajes eram suficientemente modestos, e um leve xale cobria minha camisola de linho, mas eu estava quase certa de que ele não chegara nem perto de uma mulher de *déshabillée* desde a morte da esposa... se tanto.

Murmurei algo sem significado enquanto segurava a caneca de chá de confrei para ele beber, em seguida ajeitei seus travesseiros de modo confortável, mas impessoal.

Em vez de mandá-lo de volta para o próprio chalé, eu insistira para ele passar a noite ali, de modo a poder ficar de olho caso surgisse alguma infecção pós-operatória. Devido ao seu caráter intransigente, não confiava de modo algum que ele seguiria as instruções de não dar comida aos porcos, nem cortar lenha, nem limpar o traseiro com a mão machucada. Só o deixaria sair da minha vista quando a incisão tivesse começado a granular... o que, se tudo corresse bem, deveria acontecer no dia seguinte.

Ainda abalado pelo choque da cirurgia, ele não havia protestado, e a sra. Bug e eu o tínhamos posto para dormir no quarto dos Wemyss, já que o sr. Wemyss e Lizzie tinham ido à casa dos McGillivrays.

Eu não tinha láudano, mas dera uma forte infusão de valeriana e erva-de-são-joão para Christie beber, e ele havia passado a maior parte da tarde dormindo. Não quisera jantar, mas a sra. Bug, que tinha apreço por ele, passara o final do dia alimentando-o com grogues, sobremesas com vinho e outros elixires nutritivos... todos com alto teor alcoólico. Consequentemente, além de corado, ele parecia um tanto atordoado, e não protestou quando segurei sua mão enfaixada e a aproximei da vela para examiná-la.

A mão estava inchada, o que era esperado, mas não era um inchaço excessivo. Mesmo assim, as ataduras estavam apertadas e penetravam a pele de modo desconfortável. Cortei-as e, cuidando para manter no lugar a atadura embebida em mel que cobria a ferida, ergui a mão e a cheirei.

Senti cheiro de mel, de sangue, de ervas, e o leve aroma metálico de carne recém-cortada... mas nada do cheiro adocicado de pus. Ótimo. Pressionei com cuidado perto do curativo, atenta para sinais de dor aguda ou riscos vermelho-vivos na pele, mas, tirando uma sensibilidade razoável, vi apenas uma inflamação de grau leve.

Apesar disso, ele *estava* febril. Seria bom observá-lo. Peguei um pedaço limpo de atadura e o enrolei com cuidado por cima do curativo, arrematando com um belo laço no dorso da mão.

– Por que a senhora nunca usa um lenço ou uma touca decentes? – perguntou ele de súbito.

– O quê? – Ergui os olhos, surpresa, pois havia esquecido temporariamente o homem ligado à mão. Levei a mão livre à própria cabeça. – Por que deveria?

Eu às vezes trançava os cabelos antes de ir dormir, mas nessa noite não o tinha feito. Escovara-os, porém, e eles flutuavam soltos ao redor de meus ombros, exalando um aroma agradável da infusão de hissopo e flor de urtiga com a qual eu os escovava para afastar os piolhos.

– Por quê? – Sua voz se fez um pouco mais alta. – *Toda mulher que ora ou profetiza com a cabeça descoberta desonra a sua cabeça, pois é como se a tivesse rapada.*

– Ah, voltamos a Paulo outra vez? – murmurei, tornando a prestar atenção na sua mão. – Não lhe ocorre que esse homem tinha certa implicância com as mulheres? Além do mais, eu não estou orando no momento, e quero ver como isto aqui passa a noite antes de arriscar qualquer profecia a respeito. Até agora, porém, parece que...

– Os seus cabelos. – Ergui os olhos e dei com ele a me encarar, a boca encurvada para baixo numa expressão de reprovação. – Eles... – Ele fez um movimento vago em volta da própria cabeça de cabelos cortados. – Eles...

Ergui as sobrancelhas.

– Eles são muito abundantes – disse Christie, numa conclusão um tanto sofrível.

Encarei-o por alguns instantes, então soltei sua mão e estendi a minha para pegar a pequena Bíblia verde que estava sobre a mesa.

– Coríntios, não era? Humm, ah, sim, aqui está. – Endireitei as costas e li os versículos. – *A própria natureza das coisas não lhes ensina que é uma desonra para o homem ter cabelo comprido, e que o cabelo comprido é uma glória para a mulher? Pois o cabelo comprido foi-lhe dado como manto.*

Fechei o livro com um estalo e o pousei.

– O senhor gostaria de cruzar o patamar e ir explicar ao meu marido quão vergonhosos são os cabelos *dele?* – indaguei, educada. Jamie já tinha ido se deitar. Era possível ouvir um ronco leve e ritmado vindo de nosso quarto. – Ou imagina que ele já saiba?

Christie já estava afogueado por causa da bebida e da febre. Ao ouvir isso, um vermelho escuro e feio o submergiu do peito até a linha dos cabelos. Sua boca se moveu, abrindo e fechando sem emitir ruído algum. Não esperei que ele decidisse dizer alguma coisa, simplesmente tornei a voltar minha atenção para a mão operada.

– O senhor precisa se exercitar regularmente para garantir que os músculos não se contraiam conforme cicatrizam – falei, firme. – No início vai doer, mas é preciso. Deixe-me lhe mostrar.

Segurei seu dedo anular, logo abaixo da primeira falange, e, mantendo o dedo esticado, dobrei a articulação um pouco para dentro.

– Está vendo? Tome, faça o senhor mesmo. Segure com sua outra mão, depois tente dobrar apenas essa articulação. Isso, assim mesmo. Sentiu repuxar até a palma? É exatamente isso que nós queremos. Agora faça o mesmo com o mindinho... isso. Isso, muito bem!

Ergui os olhos e sorri. O rubor havia suavizado um pouco, mas ele ainda parecia totalmente encabulado. Não sorriu de volta, mas desviou o olhar depressa para a própria mão.

– Certo. Agora pouse a mão espalmada sobre a mesa... isso, assim... e tente levantar sozinhos o anular e o mindinho. Sim, eu sei que não é fácil. Mas continue tentando. Está com fome, sr. Christie?

Seu estômago havia emitido um forte ronco, assustando tanto a ele quanto a mim.

– Acho que eu poderia comer – resmungou ele, sem elegância, olhando feio para a mão que não cooperava.

– Vou buscar alguma coisa. Por que não continua tentando um pouco esses exercícios?

A casa estava silenciosa, recolhida para a noite. Por causa do calor, as persianas tinham sido deixadas abertas, e o luar que entrava pelas janelas era suficiente para eu não precisar acender uma vela. Uma sombra se destacou da escuridão do meu consultório e me seguiu pelo corredor até a cozinha: era Adso, deixando de lado sua caça noturna aos camundongos na esperança de encontrar presas mais fáceis.

– Olá, gato – falei, quando ele entrou na despensa roçando em meus tornozelos. – Se acha que vai comer algum presunto, pode ir pensando melhor. Mas eu talvez seja generosa o bastante para lhe dar um pires de leite. – A jarra de leite era de cerâmica branca com uma faixa azul em volta, uma forma atarracada e pálida a flutuar no escuro. Servi um pires, pus no chão para Adso, então comecei a compor um jantar leve, ciente de que as expectativas escocesas em relação a uma refeição leve envolviam comida suficiente para derrubar um cavalo.

– Presunto, batatas fritas frias, papa fria frita, pão e manteiga – fui enumerando entre os dentes enquanto punha tudo sobre uma grande bandeja de madeira. – Massa recheada com carne de coelho, tomates em conserva, um pouco de torta de uva de sobremesa... o que mais? – Baixei os olhos na direção dos leves ruídos de lambidas vindos da sombra a meus pés. – Eu lhe daria leite também, mas ele não beberia. Bem, imagino que o melhor talvez seja continuar como começamos, vai ajudá-lo a dormir.

Estendi a mão para pegar o decânter de uísque e o pus também sobre a bandeja.

Um leve cheiro de éter pairava no ar escuro do corredor quando voltei em direção à escada. Farejei o ar, desconfiada. Teria Adso derrubado a garrafa? Não, o cheiro não estava forte o suficiente para isso, concluí, eram apenas algumas moléculas fujonas vazando pelas bordas da rolha.

Estava ao mesmo tempo aliviada e pesarosa com o fato de o sr. Christie ter se recusado a me deixar usar o éter. Aliviada porque não havia como prever como a substância teria funcionado... ou não funcionado. Pesarosa porque eu teria gostado muito de acrescentar ao meu rol de habilidades o dom da inconsciência... presente precioso de conceder a futuros pacientes, e que eu teria gostado muito de dar ao sr. Christie.

Tirando o fato de que a cirurgia devia ter lhe causado muita dor, era bem mais difícil operar uma pessoa consciente. Os músculos se tensionavam, a adrenalina inundava o organismo e os batimentos cardíacos ficavam extremamente acelerados, o que fazia o sangue esguichar em vez de escorrer... Pela décima vez desde a manhã, visualizei exatamente o que tinha feito, perguntando a mim mesma se poderia ter feito melhor.

Para minha surpresa, Christie continuava fazendo os exercícios. Seu rosto brilhava de suor e a boca estava contraída numa expressão carrancuda, mas ele seguia dobrando com obstinação as articulações.

– Muito bem – falei. – Mas agora pode parar. Não quero que recomece a sangrar.

Peguei o guardanapo com um gesto automático e enxuguei o suor de suas têmporas.

– Tem mais alguém em casa? – perguntou ele, afastando a cabeça com um tranco irritado para longe dos meus cuidados. – Ouvi a senhora falando com alguém lá embaixo.

– Ah – disse eu, um tanto encabulada. – Não, era só o gato.

Incentivado por essa apresentação, Adso, que havia me seguido escada acima, pulou na cama e começou a afofar as cobertas com as patas, com os grandes olhos verdes pregados no prato de presunto.

Christie virou um olhar de profunda desconfiança do animal para mim.

– Não, ele não é um demônio que obedece às minhas ordens – falei, atrevida, pegando Adso e o largando no chão sem qualquer cerimônia. – Ele é um gato. Falar com ele é levemente menos ridículo do que falar sozinha, só isso.

Uma expressão de surpresa atravessou rapidamente o semblante de Christie, talvez por eu ter lido seus pensamentos, ou talvez por simples surpresa diante do meu comportamento bobo, mas as rugas de desconfiança em volta de seus olhos se atenuaram.

Cortei sua comida com rápida eficiência, mas ele insistiu para se alimentar sozinho. Comeu de modo canhestro usando a mão esquerda, com os olhos pregados no prato e o cenho franzido de concentração.

Ao terminar, secou uma caneca de uísque como se fosse água, pousou a caneca vazia e olhou para mim.

– Sra. Fraser – falou, articulando com grande precisão. – Eu sou um homem instruído. Não acho que a senhora seja uma bruxa.

– Ah, não? – indaguei, achando certa graça. – Então o senhor não acredita em bruxas? Mas há menção de bruxas na Bíblia, sabia?

Ele disfarçou um arroto com o punho e me encarou com um olhar inexpressivo.

– Eu não disse que não acreditava em bruxas. Eu acredito. Falei que a senhora não era uma delas. Está bem?

– Folgo muito em ouvir isso – falei, tentando não sorrir.

Ele estava um tanto embriagado, embora a dicção estivesse ainda mais precisa do que de costume, o sotaque havia começado a aparecer. Ele em geral reprimia tanto quanto possível as inflexões de sua Edimburgo natal, mas seu sotaque estava se tornando mais pronunciado a cada instante que passava.

– Mais um pouco?

Não esperei resposta, mas servi uma dose generosa de uísque em sua caneca vazia. As persianas estavam abertas e o quarto fresco, mas o suor ainda reluzia nas dobras do seu pescoço. Era óbvio que ele estava sentindo dor, e não era provável que voltasse a dormir sem ajuda.

Christie dessa vez ficou bebericando o uísque enquanto me observava arrumar os restos do jantar por sobre a borda da caneca. Apesar do uísque e do estômago cheio, estava cada vez mais inquieto, movendo as pernas por baixo da colcha e remexendo os ombros. Achei que talvez estivesse precisando do penico e ponderei se deveria lhe oferecer ajuda com isso ou simplesmente me retirar para que ele pudesse se virar sozinho. A segunda opção, pensei.

Mas eu estava errada. Antes de poder pedir licença para me retirar, ele pousou a caneca sobre a mesa e se endireitou sentado na cama.

– Sra. Fraser – falou, encarando-me com os olhos miúdos. – Gostaria de me desculpar com a senhora.

– Por quê? – indaguei, espantada.

Ele contraiu os lábios.

– Pelo... pelo meu comportamento hoje de manhã.

– Ah. Bem... não tem problema. Posso entender como a ideia de ser adormecido deve lhe parecer... um tanto singular.

– Não foi isso que eu quis dizer. – Ele ergueu os olhos abruptamente, então tornou a baixá-los. – Eu quis dizer quando... quando eu... quando não consegui ficar parado.

Vi o rubor cada vez mais intenso lhe colorir as faces outra vez e senti uma súbita e surpreendente pontada de empatia. Ele estava realmente constrangido.

Pousei a bandeja e sentei-me devagar no banquinho ao seu lado, perguntando-me o que poderia dizer para aliviar seus sentimentos... e não piorar as coisas.

– Mas, sr. Christie – falei. – Eu não esperaria que *ninguém* ficasse parado enquanto tem a mão aberta ao meio. É simplesmente... não é da natureza humana!

Ele me lançou um olhar rápido e feroz.

– Nem mesmo da do seu marido?

Pisquei os olhos, espantada. Nem tanto pelas palavras, mas pelo tom de amargura. Roger tinha me contado um pouco do que Kenny Lindsay lhe dissera sobre Ardsmuir. Não era segredo algum que Christie sentia inveja da liderança de Jamie na época... mas o que isso tinha a ver com o momento presente?

– O que o faz dizer isso? – indaguei em voz baixa.

Segurei sua mão machucada, a pretexto de verificar as ataduras... mas na verdade apenas para ter outro lugar para onde olhar que não fossem os seus olhos.

– É verdade, não é? A mão do seu marido. – Sua barba se espichou com insistência na minha direção. – Ele disse que a senhora a consertou para ele. *Ele* não se remexeu nem se contorceu quando a senhora fez isso, não é?

Bem, na verdade não, Jamie não tinha feito essas coisas. Tinha rezado, praguejado, suado, chorado... e gritado, uma ou duas vezes. Mas não tinha se mexido.

Mas a mão de Jamie não era um assunto que eu quisesse discutir com Thomas Christie.

– As pessoas são diferentes – falei, encarando-o com o olhar mais direto que consegui. – Eu não esperaria que...

– Não esperaria que nenhum homem se saísse tão bem quanto ele. Sim, eu sei.

O vermelho opaco ardia outra vez em suas bochechas e ele baixou os olhos para a mão enfaixada. Os dedos da mão boa formavam um punho cerrado.

– Não foi isso que eu quis dizer – protestei. – De jeito nenhum! Já costurei feridas e coloquei no lugar os ossos de muitos homens bons... quase todos os homens das Terras Altas se mostraram muito valentes em relação a...

Ocorreu-me, uma fração de segundo tarde demais, que Christie *não era* das Terras Altas.

Ele produziu na garganta um rosnado grave.

– Homens das Terras Altas – falou. – Humm!

Disse isso num tom que deixava claro que o seu desejo teria sido cuspir no chão caso não estivesse na presença de uma dama.

– São uns bárbaros? – indaguei, em reação ao seu tom de voz.

Ele me olhou, e vi sua boca estremecer quando ele próprio experimentou seu instante de compreensão tardia. Desviou os olhos e inspirou fundo... pude sentir a lufada de uísque quando ele exalou.

– O seu marido... é... com certeza é um cavalheiro. Vem de uma família nobre, ainda que maculada pela traição. – O "r" de traição reverberou feito uma trovoada... ele estava mesmo bastante embriagado. – Mas ele também é... também é... – Christie franziu o cenho, tentando encontrar uma palavra melhor, então desistiu. – Também é um deles. A senhora com certeza sabe disso, sendo inglesa?

– Um deles – repeti, achando uma leve graça. – Um homem das Terras Altas ou um bárbaro, o senhor quer dizer?

Ele me encarou com uma expressão a meio caminho entre o triunfo e a incompreensão.

– É a mesma coisa, não?

Eu até que pensava que ele tinha certa razão. Embora houvesse conhecido homens das Terras Altas ricos e instruídos como Colum e Dougal MacKenzie, sem falar no avô de Jamie, o traidor lorde Lovat a quem Christie havia se referido, o fato era que todos eles tinham os mesmos instintos de um aventureiro viking. E, para ser totalmente sincera, Jamie também.

– Ah... bem, eles, ahn, eles tendem a ser um tanto... – comecei, com a voz débil. Esfreguei um dedo abaixo do nariz. – Bem, eles são criados para serem guerreiros, imagino eu. Será isso que o senhor quer dizer?

Ele suspirou fundo e balançou um pouco a cabeça, embora eu tenha pensado que não estava discordando, mas apenas consternado ao pensar nos costumes e modos dos homens das Terras Altas.

O próprio sr. Christie era um homem instruído, filho de um comerciante de Edimburgo que subira na vida sozinho. Como tal, tinha pretensões, pretensões dolorosas, quanto a ser um cavalheiro, mas obviamente jamais daria um bárbaro de verdade. Eu entendia por que os homens das Terras Altas o deixavam ao mesmo tempo intrigado e irritado. Como devia ter sido, pensei, ficar preso junto com uma turba de bárbaros católicos violentos e exuberantes, sem educação alguma pelos seus padrões, e ser tratado ou maltratado como um deles?

Ele havia se recostado um pouco no travesseiro, olhos fechados e lábios contraídos. Sem abrir os olhos, perguntou de chofre:

– A senhora sabe que o seu marido carrega as listras do açoite?

Abri a boca para responder atrevidamente que eu era *casada* com Jamie havia quase trinta anos... quando me dei conta de que a pergunta sugeria algo em relação à natureza do conceito de matrimônio do próprio sr. Christie que eu não queria examinar muito de perto.

– Sei – respondi em vez disso, sucinta, com um rápido olhar em direção à porta aberta. – Por quê?

Christie abriu os olhos, que estavam um pouco desfocados. Com algum esforço, fez o olhar se fixar em mim.

– A senhora sabe por quê? – indagou ele, com a voz um pouco arrastada. – Sabe o que ele fez?

Senti um calor me subir pelas faces, por Jamie.

– Em Ardsmuir – disse Christie antes que eu conseguisse responder, esticando o dedo para mim e gesticulando de modo quase acusatório. – Ele pegou para si um pedaço de *tartan*, sabia? Proibido.

– Ah, sim? – retruquei, num reflexo aturdido. – Quero dizer... foi mesmo?

Christie balançou a cabeça devagar para a frente e para trás como uma grande coruja entorpecida, os olhos fixos agora acesos de raiva.

– Não era o *tartan* dele – falou. – Era o de um jovem rapaz.

Ele abriu a boca para dizer mais, porém tudo que saiu foi um leve arroto que lhe deu um susto. Christie fechou a boca, piscou os olhos e tornou a tentar.

– Foi um ato de extra... de extraordinária nobreza e... e coragem. – Ele olhou para mim e balançou a cabeça de leve. – In... incompreen... sível.

– Incompreensível? O modo como ele agiu, o senhor quer dizer?

Eu sabia muito bem como ele tinha agido. Jamie era tão incrivelmente teimoso que realizava qualquer ação que pretendesse, pouco importando se o próprio inferno estivesse no seu caminho ou o que lhe acontecesse durante o processo. Mas Christie com certeza sabia *isso* a seu respeito.

– Não o modo. – A cabeça de Christie pendeu um pouco, e ele a endireitou com esforço. – O motivo.

"O motivo?", eu quis dizer, *O motivo é porque ele é uma porcaria de um herói, só isso; ele não pode evitar...* mas isso não teria sido de todo correto. Além do mais, eu não sabia o que Jamie tinha feito. Ele nunca havia me contado, e eu de fato me perguntava por que não.

– Ele faria qualquer coisa para proteger um dos seus homens – falei, em vez disso.

Apesar de um tanto vidrado, o olhar de Christie continuava inteligente. Ele me encarou por vários instantes, sem dizer nada, enquanto os pensamentos passavam lentamente atrás de seus olhos. No corredor, uma tábua do piso rangeu e apurei os ouvidos para detectar a respiração de Jamie. Sim, consegui ouvi-la, suave e regular. Ele continuava dormindo.

– Ele acha que eu sou um dos "seus homens"? – indagou Christie por fim. Falou em voz baixa, porém tomada tanto por incredulidade quanto por indignação. – Porque eu não sou, isso eu lhe ga... eu lhe garanto!

Comecei a pensar que aquele último copo de uísque tinha sido um grave erro.

– Não – falei com um suspiro, reprimindo o impulso de fechar os olhos e esfregar a testa. – Tenho certeza de que ele não acha isso. – Meneei a cabeça para a pequena Bíblia. – Estou certa de que foi mera gentileza. Ele faria a mesma coisa por qualquer desconhecido... como o senhor mesmo faria, não?

Christie passou algum tempo respirando pesado, com os olhos acesos de raiva, mas então meneou a cabeça uma vez e se recostou na cama, parecendo exaurido... como de fato talvez estivesse. Toda a beligerância de repente se esvaíra dele como de um balão, e ele pareceu de certa forma menor e um tanto perdido.

– Peço desculpas – falou, baixinho. Levantou um pouco a mão enfaixada e a deixou cair.

Eu não soube ao certo se ele estava se desculpando pelos comentários sobre Jamie ou pelo que considerava sua falta de coragem naquela manhã. Achei mais sensato não perguntar, porém, e me levantei, alisando a camisola de linho por cima das coxas.

Puxei a colcha um pouco para cima e a endireitei, então soprei a vela. Christie não passava de uma forma escura sobre os travesseiros, com a respiração lenta e rouca.

– O senhor se saiu muito bem – sussurrei, e afaguei seu ombro. – Boa noite, sr. Christie.

Meu bárbaro particular estava dormindo, mas, como os gatos, acordou quando entrei na cama. Esticou um dos braços e me puxou para junto de si com um sonolento e interrogativo "humm".

Aninhei-me junto a ele, e meus músculos tensos começaram automaticamente a relaxar com o contato da sua quentura.

– Humm.

– Ah. E como vai nosso pequeno Tom?

Ele se afastou um pouco para trás e pousou as mãos grandalhonas no meu trapézio, massageando os nós do pescoço e dos ombros.

– Ah. Ah. Desagradável, melindrado, repressor e muito bêbado. Fora isso, está bem. Ah, isso. Mais, por favor... mais para cima um pouco, ah, isso. Aaah.

– Sim, bem, isso está me soando como Tom na sua melhor forma... tirando a embriaguez. Se você gemer desse jeito, Sassenach, ele vai achar que estou massageando outra coisa que não o seu pescoço.

– Não estou *nem aí* – falei, com os olhos fechados para apreciar melhor as deliciosas sensações que vibravam por minha coluna vertebral. – Já tive a minha dose de

Tom Christie por ora. Além do mais, a esta altura ele já deve ter apagado, com tudo que bebeu.

Mesmo assim, moderei minha reação vocal em prol do descanso de meu paciente.

– De onde saiu aquela Bíblia? – perguntei, embora a resposta fosse óbvia.

Jenny a devia ter mandado de Lallybroch. Seu último pacote chegara poucos dias antes, durante minha visita a Salem.

Jamie respondeu à pergunta que eu realmente tinha feito, com um suspiro que fez meus cabelos esvoaçarem.

– Senti uma coisa esquisita quando a vi no meio dos livros que minha irmã mandou. Não consegui decidir o que fazer com ela, sabe?

Não era de espantar que ele tivesse sentido uma coisa esquisita.

– Por que Jenny a mandou, ela disse?

Meus ombros estavam começando a relaxar, e a dor entre eles a ficar mais difusa. Senti quando ele deu de ombros atrás de mim.

– Ela a mandou junto com uns outros livros; disse que estava arrumando o sótão e encontrou uma caixa cheia, então resolveu mandar para mim. Mas comentou ter ouvido dizer que o vilarejo de Kildennie tinha decidido emigrar para a Carolina do Norte. São todos MacGregors lá em cima, sabe?

– Ah, entendi.

Jamie certa vez tinha me dito que a sua intenção era um dia encontrar a mãe de Alex MacGregor e lhe dar sua Bíblia junto com a informação de que seu filho fora vingado. Havia feito algumas perguntas depois de Culloden, mas descobrira que tanto o pai quanto a mãe de MacGregor estavam mortos. Restava apenas uma irmã viva, que se casara e saíra de casa. Ninguém sabia exatamente onde ela estava, ou mesmo se continuava na Escócia.

– Acha que Jenny... ou melhor, Ian... encontrou enfim a irmã? E que ela morava nesse vilarejo?

Ele tornou a fazer um gesto de descaso e, com um último apertão nos meus ombros, encerrou a massagem.

– Pode ser. Você conhece Jenny. Ela deixaria ao meu critério a decisão de procurar ou não a mulher.

– E você vai procurá-la?

Rolei até ficar de frente para ele. Alex MacGregor tinha preferido se enforcar a viver fugindo de Black Jack Randall. Jack Randall estava morto, tinha morrido em Culloden. Mas as lembranças que Jamie tinha de Culloden não passavam de fragmentos, extirpados dele pelo trauma do combate e pela febre que o acometera em seguida. Havia acordado, ferido, com o cadáver de Randall deitado sobre si... mas sem lembrança alguma do que havia acontecido.

Mesmo assim, supunha eu, Alex MacGregor *tinha sido* vingado... fosse pela mão de Jamie ou não.

Ele refletiu sobre isso por alguns instantes, e senti o leve movimento quando bateu com os dois dedos rígidos da mão direita na própria coxa.

– Vou perguntar – disse ele por fim. – O nome dela era Mairi.

– Entendi – falei. – Bom, não pode haver mais de, ah... umas trezentas ou quatrocentas mulheres chamadas Mairi na Carolina do Norte.

Isso o fez rir, e adormecemos ao som dos estrondosos roncos de Tom Christie do outro lado do corredor.

Podiam ter se passado minutos ou horas quando acordei de repente, ouvidos à escuta. O quarto estava escuro, o fogo frio na lareira e as persianas chacoalhavam de leve. Tensionei o corpo um pouco, tentando despertar o suficiente para me levantar e ir ver meu paciente... mas então a escutei, uma longa inspiração chiada seguida por um ronco ribombante.

Percebi que não fora isso que me havia acordado. Fora o silêncio repentino ao meu lado. Deitado rígido junto a mim, Jamie mal respirava.

Estendi uma das mãos devagar, para ele não se assustar com o meu toque, e a pousei na sua perna. Fazia alguns meses que ele não tinha pesadelos, mas reconheci os sinais.

– O que foi? – sussurrei.

Ele inspirou um pouco mais fundo do que de costume e seu corpo pareceu se contrair por um instante. Não me mexi, mas deixei a mão esquerda pousada em sua coxa e senti o músculo se flexionar microscopicamente sob meus dedos, uma tênue sugestão de fuga.

Mas ele não fugiu. Mexeu os ombros num espasmo breve e violento, então expirou e se acomodou no colchão. Não disse nada por um tempo, mas seu peso me fez chegar mais perto, como uma lua atraída mais para junto do seu planeta. Fiquei deitada, imóvel, com a mão pousada nele e o quadril encostado no seu... pele sobre pele.

Ele tinha os olhos voltados fixamente para cima, na direção das sombras entre as vigas. Eu podia ver o contorno de seu perfil, e o brilho de seus olhos quando ele piscava de tanto em tanto.

– No escuro... – sussurrou ele por fim. – Lá em Ardsmuir, nós ficávamos deitados no escuro. Às vezes havia lua, ou então a luz das estrelas, mas mesmo assim não dava para ver nada no andar em que ficávamos. Nada além de breu... mas dava para ouvir.

Ouvir a respiração dos quarenta homens na cela, e os arrastares e deslocamentos de sua movimentação. Roncos, tossidos, barulhos de um sono inquieto... e os leves ruídos furtivos de quem ficava acordado.

– Semanas se passavam e nós nem percebíamos. – A voz dele agora saía mais fácil.

– Vivíamos famintos, com frio. Extenuados até o osso. Na época ninguém pensava muito, só em como pôr um pé na frente do outro, erguer mais uma pedra... Na verdade ninguém *queria* pensar, sabe? E é bem fácil não pensar. Por um tempo.

Mas de vez em quando algo mudava. A névoa da exaustão se dissipava de repente, sem aviso.

– Às vezes você sabia o que era... uma história contada por alguém, quem sabe, ou então uma carta de alguma esposa ou irmã. Às vezes vinha do nada. Ninguém dizia uma só palavra, mas acordávamos com aquilo no meio da noite, como o cheiro de uma mulher deitada ao seu lado.

Lembranças, anseios... necessidade. Eles viravam homens tocados pelo fogo... despertados de uma aceitação entorpecida pela súbita, cauterizante recordação da perda.

– Todos ficavam meio loucos por um tempo. Havia brigas o tempo todo. E à noite, no escuro...

À noite se podia escutar os sons do desespero, soluços contidos ou farfalhares furtivos. No fim das contas, alguns homens recorriam a outros... às vezes sendo repelidos com gritos e socos. Outras vezes, não.

Não tive certeza do que ele estava tentando me contar, ou do que aquilo tinha a ver com Thomas Christie. Ou com lorde John Grey, quem sabe.

– Algum deles alguma vez tentou... tocar em você? – perguntei, hesitante.

– Não. Ninguém jamais pensaria em me tocar – respondeu ele bem baixinho. – Eu era o chefe. Eles me amavam... mas jamais pensariam em me tocar.

Ele deu uma inspiração funda e entrecortada.

– E você queria que eles tocassem? – sussurrei.

Pude sentir minha própria pulsação começar a latejar nas pontas dos dedos junto à sua pele.

– Eu ansiava por isso – disse ele, tão baixinho que mal consegui escutar, apesar de estar muito perto. – Mais do que por comida. Mais do que por dormir... embora eu ansiasse desesperadamente por dormir, e não só por causa do cansaço. Porque quando eu dormia às vezes via você. Mas não era o anseio por uma mulher... embora Deus saiba que isso já era ruim o bastante. Era só... eu queria que a mão de alguém me tocasse. Só isso.

Sua pele chegava a doer de tanta necessidade, até ele ter a sensação de que havia se tornado transparente, e de que devia dar para ver dentro do peito a carne viva dolorida do seu coração.

Ele produziu um leve ruído pesaroso que não chegou a ser uma risada.

– Sabe aqueles quadros do Sagrado Coração... os mesmos que vimos em Paris?

Eu sabia quais eram: quadros renascentistas, e os vívidos vitrais a reluzir nos corredores de Notre-Dame. O Homem de Tristeza, coração exposto e perfurado, radiante de amor.

– Eu me lembrava disso. E pensava comigo mesmo que quem tivesse aquela visão de Nosso Senhor provavelmente era um homem muito solitário, para ter compreendido tão bem.

Ergui a mão e a pousei bem de leve na pequena depressão no centro de seu peito. O lençol estava afastado e sua pele, fresca.

Ele fechou os olhos, deu um suspiro e segurou com força a minha mão.

– Esse pensamento me ocorria às vezes, e eu achava que sabia como Jesus devia se sentir lá... tão necessitado e sem ninguém para tocá-Lo.

25

DAS CINZAS ÀS CINZAS

Jamie verificou de novo os alforjes, embora já tivesse feito isso tantas vezes ultimamente que o exercício pouco passava de um costume. Sempre que abria o esquerdo, porém, ainda sorria. Brianna o tinha reformado para ele e costurado alças de couro que sustentavam suas pistolas com o cabo para cima, prontas para serem sacadas numa emergência. Havia ainda uma astuta disposição de compartimentos que mantinham à mão sua bolsinha de balas, o corno de pólvora, uma faca sobressalente, um rolo de linha de pesca, um rolo de sisal para uma armadilha, um kit de costura com alfinetes, agulhas e linha, um embrulho de comida, uma garrafa de cerveja e uma camisa limpa cuidadosamente enrolada.

Do lado de fora do alforje havia um pequeno bolso contendo o que Bree gostava de chamar de "kit de primeiros socorros", embora ele não soubesse muito bem o que supostamente deveria socorrer. O kit continha várias trouxinhas de gaze embebidas num chá de cheiro amargo, uma latinha de bálsamo e várias tiras de seu curativo adesivo, aparentemente sem grande utilidade em caso de desventuras, mas que não faziam mal algum.

Ele retirou um pedaço de sabão que ela havia incluído junto com alguns outros itens desnecessários e escondeu-o cuidadosamente debaixo de um balde, para evitar que ela se ofendesse.

Foi bem a tempo. Ouviu sua voz, exortando o pequeno Roger a incluir na bagagem meias limpas suficientes. Quando eles dobraram a quina do celeiro de feno, Jamie já tinha afivelado tudo com segurança.

– Então, *a charaid*, está pronto?

– Ah, sim. – Roger assentiu e pousou no chão os alforjes que trazia no ombro. Virou-se para Bree, que carregava Jemmy no colo, e lhe deu um beijo rápido.

– Eu vou com *você*, papai! – exclamou Jem, esperançoso.

– Dessa vez não, garoto.

– Quero ver índios!

– Depois, quem sabe, quando você for maior.

– Eu sei falar índio! Tio Ian me ensinou! Eu quero ir!

– Dessa vez não – disse-lhe Bree com firmeza, mas o menino não estava inclinado a escutar e começou a se contorcer para sair do colo.

Jamie emitiu um pequeno ronco na garganta e o encarou com um olhar de autoridade.

– Você ouviu seus pais – falou.

Jem adotou um ar zangado e espichou o lábio inferior como se fosse uma prateleira, mas parou de fazer manha.

– Algum dia o senhor precisa me ensinar a fazer isso – disse Roger, espiando o filho.

Jamie riu e se abaixou até a altura de Jemmy.

– Um beijo de despedida no vovô, sim?

Abandonando generosamente a própria decepção, Jemmy ergueu os braços e o enlaçou pelo pescoço. Jamie pegou o menino do colo de Brianna e o abraçou e beijou. Jem tinha cheiro de mingau, torrada e mel, um peso conhecido e morno em seus braços.

– Seja bonzinho e obedeça à sua mãe, está bem? E quando você for um pouquinho maior vai vir conosco. Venha se despedir de Clarence. Pode dizer a ele as palavras que seu tio Ian ensinou.

E, se Deus quisesse, seriam palavras adequadas a uma criança de 3 anos. Ian tinha um senso de humor dos mais irresponsáveis.

Ou talvez, pensou Jamie, sorrindo consigo mesmo, *eu esteja só lembrando algumas das coisas que ensinei os filhos de Jenny, inclusive Ian, a dizer em francês.*

Ele já havia selado e arreado o cavalo de Roger, e o burro de carga Clarence estava totalmente carregado. Brianna verificava as correias da barrigueira e dos estribos enquanto Roger punha seus alforjes no lugar – mais para se manter ocupada do que por alguma necessidade. Tinha o lábio inferior preso entre os dentes. Estava tomando cuidado para não aparentar preocupação, mas não conseguia enganar ninguém.

Jamie levantou Jem para o menino poder afagar o focinho do burro de modo a dar à filha e seu marido alguns instantes de privacidade. Clarence era boa-praça, e suportou os afagos entusiasmados e as expressões em cherokee mal pronunciadas com uma tolerância paciente, mas quando Jem virou os braços na direção de Gideon, Jamie inclinou o corpo para trás de maneira pronunciada.

– Não, rapaz, você não vai querer tocar nesse safadinho malvado. Ele vai arrancar sua mão na hora.

Gideon remexeu as orelhas e bateu com um dos cascos no chão, impaciente. O grande garanhão estava louco para partir e ter mais uma chance de matá-lo.

– Por que você mantém esse bicho perigoso? – perguntou Brianna ao ver Gideon arreganhar o beiço comprido e exibir os dentes amarelos, ansioso. Pegou Jemmy do colo do pai e se afastou do cavalo.

– Quem, o pequeno Gideon? Ah, nós nos damos bem. Além do mais, ele é metade do que eu tenho para trocar, menina.

– É mesmo? – Ela olhou desconfiada para o alazão. – Tem certeza de que não vai começar uma guerra se der aos índios uma coisa feito ele?

– Ah, eu não pretendia dar o cavalo aos índios – garantiu-lhe o pai. – Pelo menos não diretamente.

Gideon era um cavalo que mais parecia um galo de briga. Mal-humorado, vivia torcendo a cabeça, e tinha uma boca dura feito ferro e um temperamento equivalente. Essas qualidades antissociais, contudo, pareciam muito atraentes para os índios, bem como o peito largo, o fôlego, e o físico sólido e musculoso do garanhão. Quando Ar Tranquilo, cacique de uma das aldeias, lhe oferecera três peles de cervo pela chance de cruzar sua égua pintada com Gideon, Jamie entendera de repente que o cavalo valia alguma coisa.

– Foi a maior sorte eu nunca ter encontrado tempo para castrá-lo – falou, dando um tapa de brincadeira na anca do cavalo e se esquivando por reflexo quando o garanhão virou a cabeça para mordê-lo. – Ao servir de reprodutor para as pôneis fêmeas dos índios, ele mais do que faz jus ao que come. Foi a única coisa que eu jamais lhe pedi para fazer que ele não se recusou.

Brianna corou feito uma rosa de Natal com a friagem da manhã, mas riu, e ficou ainda mais vermelha.

– O que é castrar? – quis saber Jemmy.

– Sua mãe vai lhe explicar. – Jamie sorriu para Brianna, bagunçou os cabelos de Jemmy e virou-se para Roger. – Está pronto, rapaz?

Roger Mac fez que sim com a cabeça, pisou no estribo e montou. Tinha um velho e confiável capão baio chamado Agrippa que, apesar de uma tendência a grunhir e chiar, era bastante firme e bom para um cavaleiro como Roger, de competência razoável, mas com uma reserva persistente em relação a cavalos.

Roger se inclinou da sela para um último beijo em Brianna, e eles partiram. Jamie tinha se despedido de Claire mais cedo de modo privado e completo.

Ela estava na janela do quarto que os dois dividiam, esperando para lhes acenar quando passassem, com a escova de cabelos na mão. Seus cabelos se destacavam feito uma grande cascata encaracolada ao redor da cabeça, e o sol do início da manhã se refletia nos fios como fogo num arbusto cheio de espinhos. Vê-la assim tão desarrumada e seminua, só de combinação, provocou nele subitamente uma sensação esquisita. Um sentimento de forte desejo, apesar do que tinha feito com ela menos de uma hora antes. E algo que era quase um medo, como se talvez nunca mais fosse tornar a vê-la.

Praticamente sem pensar, relanceou os olhos para a mão esquerda e viu o fantasma da cicatriz na base do polegar, o "c" tão apagado a ponto de estar quase invisível. Fazia anos que não reparava nem pensava na cicatriz, e de repente sentiu não ter ar suficiente para respirar.

Acenou, porém, e Claire lançou-lhe um beijo de mentira, rindo. Meu Deus, ele a deixara *marcada*: pôde ver a mancha escura do chupão no pescoço de Claire, e um rubor quente de vergonha subiu por seu rosto. Ele cravou os calcanhares no flanco de Gideon, fazendo o garanhão soltar um ganido de desagrado e se virar para tentar mordê-lo na perna.

Com essa distração, eles partiram. Ele só olhou para trás uma vez, da entrada da trilha, e viu Claire ainda no mesmo lugar, emoldurada pela luz. Ela ergueu a mão como quem concede uma bênção, e então as árvores a esconderam.

O tempo estava bom, embora frio para um outono tão no início. A respiração dos cavalos se condensava à medida que eles desciam da Cordilheira, passavam pelo minúsculo assentamento que as pessoas agora chamavam de Cooperville e margeavam a Grande Trilha de Búfalos rumo ao norte. Jamie ficou de olho no céu. Era cedo demais para nevar, mas chuvas fortes não eram incomuns. Porém as nuvens que havia eram rabos de égua; não havia motivo algum para preocupação.

Eles não conversaram muito, cada qual entretido com os próprios pensamentos. Roger Mac no geral era uma companhia fácil. Apesar disso, Jamie sentia falta de Ian. Teria gostado de conversar sobre em que pé estava a situação com Tsisqua. Ian compreendia a mentalidade dos índios melhor do que a maioria dos brancos, e embora Jamie entendesse bem o bastante o gesto de Pássaro de mandar os ossos do eremita, uma prova de que ele continuava com uma atitude de boa vontade em relação aos colonos, contanto que o rei lhes mandasse armas, teria valorizado a opinião do sobrinho.

E embora fosse preciso apresentar Roger Mac nas aldeias, pelo bem das relações futuras... Bem, ele enrubescia ao pensar em ter de explicar ao genro sobre...

Maldito Ian. O rapaz tinha simplesmente desaparecido na noite, ele e seu cão, poucos dias antes. Já tinha feito isso antes, e sem dúvida estaria de volta assim que Jamie houvesse partido. Fosse qual fosse a escuridão que Ian trouxera consigo do norte, de vez em quando ela se tornava excessiva para ele, e o rapaz sumia na mata e voltava calado e retraído, mas de algum modo mais em paz consigo mesmo.

Jamie compreendia essa necessidade bastante bem. Ficar sozinho era de certa forma um bálsamo para a solidão. E, fosse qual fosse a lembrança de que Ian fugia... ou que estava buscando dentro da mata...

"*Ele algum dia falou com você sobre elas?*", perguntara-lhe Claire, preocupada. "*Sobre a esposa? A filha?*"

Nunca. Ian não falava sobre nada da época em que vivera entre os mohawks, e a única recordação que trouxera consigo do norte era uma braçadeira feita de contas azuis e brancas. Jamie certa vez a tinha visto de relance no *sporran* do sobrinho, mas não o suficiente para distinguir seu formato.

Que o abençoado Miguel o defenda, rapaz, pensou em silêncio. *E que os anjos o curem.*

Entre uma coisa e outra, só teve uma conversa de verdade com Roger Mac quando eles pararam para fazer a refeição do meio-dia. Comeram e saborearam a comida fresca que as mulheres tinham mandado. Sobrou o suficiente para o jantar; no dia seguinte seriam bolinhos de milho, e qualquer outra coisa que cruzasse o seu caminho e pudesse com facilidade ser capturada e cozida. Dali a mais um dia, as mulheres dos juncos os alimentariam feito reis, como representantes do soberano da Inglaterra.

– Da última vez foram patos recheados com inhame e milho – disse ele a Roger. – É de bom-tom comer o máximo que puder quando você for o convidado, veja bem, independentemente do que for servido.

– Entendi. – Roger sorriu de leve, então baixou os olhos para o pão com linguiça já pela metade que segurava na mão. – Com relação a isso... A sermos convidados, quero dizer. Acho que há um pequeno problema... com Hiram Crombie.

– Hiram? – Jamie se espantou. – O que isso tem a ver com Hiram?

A boca de Roger estremeceu, sem saber se ria ou não.

– Bem, é que... o senhor sabe que todo mundo está chamando os ossos que enterramos de Ephraim, não sabe? Tudo por culpa de Bree, mas enfim.

Jamie aquiesceu, curioso.

– Bem, então. Ontem Hiram veio me procurar e disse que tinha estudado o assunto, rezando e coisa e tal, e chegado à conclusão de que, se fosse verdade que alguns dos índios eram parentes da sua esposa, então evidentemente alguns deles também precisavam ser salvos.

– Ah, é?

A hilaridade começou a subir pelo peito do próprio Jamie.

– É. Assim sendo, segundo me disse, ele se sente impelido a levar a palavra de Cristo a esses pobres selvagens. Pois de que outro modo eles vão escutá-la?

Jamie esfregou o nó de um dos dedos no lábio superior, agora dividido entre achar graça e ficar consternado ao pensar em Hiram Crombie invadindo as aldeias dos cherokees com o livro dos Salmos na mão.

– Humm. Bem, mas... você, quero dizer, os presbiterianos, não acreditam que está tudo predestinado? Quero dizer, que alguns serão salvos e outros condenados, e que não se pode fazer nada a respeito? E que é por isso que todos os papistas estão fadados ao inferno?

– Ah... bem... – Roger hesitou, obviamente sem querer apresentar a questão de modo tão indelicado. – Humm. Suponho que possa haver alguma diferença de opinião entre presbiterianos. Mas sim, isso é mais ou menos o que Hiram e seus comparsas pensam.

– É. Bem, nesse caso, se ele acha que alguns índios já estão salvos, por que eles precisam de pregação?

Roger esfregou um dedo entre as sobrancelhas.

– Bem, pelo mesmo motivo que faz os presbiterianos orarem, irem à igreja e coisas assim, entende? Mesmo já estando salvos, eles sentem o desejo de louvar a Deus por isso, e de... de aprender a melhorar para poder viver como Deus deseja que vivam. Em gratidão pelo fato de serem salvos, entende?

– Desconfio que o Deus de Hiram Crombie talvez não aprecie muito o modo de viver dos índios – falou Jamie, com lembranças vívidas de corpos nus à luz mortiça de carvões em brasa e do cheiro de peles de animal.

– Verdade – concordou Roger, reproduzindo com tanta exatidão o tom seco de Claire que Jamie riu.

– Sim, entendo a dificuldade – disse Jamie, e entendia mesmo, embora ainda achasse aquilo engraçado. – Quer dizer então que Hiram pretende ir pregar nas aldeias cherokees? É isso?

Roger assentiu e engoliu um pedaço de linguiça.

– Para ser mais exato, ele quer que o senhor o leve. E que o apresente. Segundo ele, não iria esperar que o senhor interpretasse as pregações.

– Santo Deus. – Jamie passou alguns instantes refletindo sobre essa possibilidade, então balançou a cabeça com decisão. – Não.

– É claro que não. – Roger tirou a rolha de uma garrafa de cerveja e lhe ofereceu. – Só achei que deveria lhe contar, para o senhor poder decidir melhor o que lhe dizer quando ele pedir.

– Muito atencioso da sua parte – falou Jamie, pegando a garrafa e tomando um gole grande.

Ele baixou a garrafa, inspirou... e gelou. Viu a cabeça de Roger Mac se virar com um movimento abrupto e soube que o genro também tinha sentido o cheiro trazido pela brisa gelada.

Roger Mac virou-se de volta para ele com as sobrancelhas negras franzidas.

– Está sentindo cheiro de queimado? – perguntou.

Roger foi o primeiro a escutá-los: uma alta cacofonia de gritos e cacarejos, agudos feito bruxas. Então um bater de asas quando eles apareceram, e as aves levantaram voo, em sua maioria gralhas, mas aqui e ali um imenso corvo negro.

– Ai, meu Deus – disse ele baixinho.

Dois corpos pendiam de uma árvore junto à casa. O que restava deles. Roger pôde ver que eram um homem e uma mulher, mas só pelas roupas. Havia um pedaço de papel preso à perna do homem, tão amassado e manchado que ele só o viu porque um dos cantos se levantou com a brisa.

Jamie arrancou o papel, desdobrou-o o suficiente para ler e jogou-o no chão. *Morte aos Reguladores*, estava escrito. Viu o garrancho por um segundo antes de o vento levar embora o papel.

– Onde estão as crianças? – indagou, virando-se abruptamente para Roger. – Essa gente tem filhos. Onde estão eles?

As cinzas frias já se espalhavam ao vento, mas o cheiro de queimado o dominou, congestionou sua respiração, cauterizou sua garganta e fez as palavras arranharem feito cascalho, tão insignificantes quanto o arranhar dos seixos do chão. Roger tentou falar, limpou a garganta e cuspiu.

– Escondidos, talvez – falou, rascante, e abriu um dos braços em direção à mata.

– É, pode ser. – Jamie se levantou com um movimento abrupto, fez um chamado em direção à mata e, sem esperar resposta, partiu pelo meio das árvores enquanto chamava outra vez.

Roger o seguiu. Eles mudaram de curso ao chegarem à orla da mata e subiram o aclive atrás da casa, ambos gritando palavras tranquilizadoras que foram na mesma hora engolidas pelo silêncio da floresta.

Roger tropeçava por entre as árvores, suado e ofegante, sem ligar para a dor que sentia na garganta ao gritar, mal parando por tempo suficiente para ouvir se alguém respondia. Em várias ocasiões, viu movimentos com o canto do olho e virou-se na direção correspondente, apenas para deparar com nada a não ser o vento fazendo ondular um pequeno ajuntamento de juncos ressecados ou uma trepadeira pendurada a se balançar como se alguém houvesse passado por ali.

Quase imaginou estar vendo Jem a brincar de esconde-esconde, e a visão de um pé veloz e do sol refletido numa pequena cabeça lhe deu forças para gritar de novo, e outra vez. No fim, porém, foi forçado a admitir que crianças não teriam fugido até tão longe, e deu meia-volta em direção ao chalé, ainda fazendo chamados intermitentes, grasnados roucos e engasgados.

Chegou de novo ao quintal e deu com Jamie se abaixando para pegar uma pedra e lançá-la com toda a força num par de corvos, que haviam se empoleirado na árvore dos enforcados e tornavam a avançar sorrateiramente em direção aos cadáveres com os olhinhos a brilhar. As aves grasnaram e se afastaram batendo as asas... mas só até a árvore seguinte, onde ficaram encarapitadas, observando.

– Q-quantas... crianças?

Roger estava ofegante, e sua garganta ardia tanto que as palavras mal passaram de um sussurro.

– Três, pelo menos. – Jamie tossiu, escarrou e cuspiu. – A mais velha deve ter uns 12 anos. – Passou um tempo parado, olhando para os cadáveres. Então se benzeu e sacou a adaga para tirá-los da árvore.

Eles não tinham nada com que cavar. O melhor que puderam fazer foi raspar uma área ampla das folhas mofadas da floresta e erguer um pequeno monumento fúnebre com pedras, tanto para atrapalhar os corvos quanto em nome da decência.

– Eles eram reguladores? – perguntou Roger, parando no meio do que estava fazendo para enxugar a testa na manga.

– Eram, mas... Isto aqui não tem nada a ver com essa questão.

Ele balançou a cabeça e se virou para catar mais pedras.

Roger *pensou* que fosse uma pedra no início, meio escondida pelas folhas sopradas para junto da parede queimada do chalé. Tocou-a, e a pedra se moveu, fazendo-o se levantar com um grito que teria feito jus a qualquer um dos corvos.

Jamie o alcançou em segundos, a tempo de ajudar a desenterrar a menininha do meio das folhas e cinzas.

– Shh, *a muirninn*, calma – disse Jamie com urgência, embora na realidade a criança não estivesse chorando.

Devia ter uns 8 anos, suas roupas e cabelos tinham queimado, e a pele estava tão enegrecida que ela poderia mesmo ter sido feita de pedra, não fossem os olhos.

– Ai, meu Deus, ai, meu Deus!

Roger não parava de repetir a mesma coisa entre os dentes bem depois de ficar claro que, caso aquilo fosse uma prece, já passara muito da hora de ser atendida.

Ele segurava a menina aninhada junto ao peito, e ela abriu os olhos até a metade e o encarou com nada semelhante a alívio ou curiosidade... somente com uma fatalidade tranquila.

Jamie tinha despejado água de seu cantil num lenço. Pôs a ponta do lenço entre os lábios da menina para molhá-los, e Roger viu a garganta se mover por reflexo quando ela sugou.

– Você vai ficar bem – sussurrou-lhe Roger. – Está tudo bem, *a leannan*.

– Quem fez isso, *a nighean*? – perguntou Jamie, com igual delicadeza.

Roger viu que a menina tinha entendido: a pergunta fez a superfície de seus olhos estremecer como faz o vento num lago... mas então passou, e eles ficaram calmos novamente. Fossem quais fossem as perguntas que eles fizessem, ela não dizia nada, apenas continuava a encará-los com olhos desprovidos de curiosidade e a sugar sonhadoramente o pano molhado.

– Você é batizada, *a leannan*? – perguntou-lhe Jamie por fim, e a pergunta provocou em Roger um choque profundo. No susto de encontrá-la, não havia compreendido verdadeiramente a sua condição.

– *Elle ne peut pas vivre* – disse Jamie baixinho, cruzando olhares com Roger.

Ela não pode viver.

O primeiro instinto de Roger foi uma negação visceral. É claro que ela podia viver, devia viver. No entanto, enormes pedaços de sua pele já não existiam, e a carne viva, apesar de coberta por uma casquinha, ainda purgava. Ele podia distinguir a ponta branca de um osso de joelho, e literalmente ver o coração dela bater, um calombo avermelhado e translúcido a pulsar na depressão de sua caixa torácica. A menina era leve feito uma boneca de palha de milho, e ele adquiriu a dolorosa consciência de que ela parecia flutuar nos seus braços, como uma camada de óleo sobre a água.

– Está doendo, meu amor? – perguntou.

– Mamãe? – sussurrou a menina.

Então fechou os olhos e não quis dizer mais nada, murmurando apenas "Mamãe?" de vez em quando.

Roger no início havia pensado que eles pudessem levá-la de volta para a Cordilheira, para Claire. Estavam a mais de um dia a cavalo de lá, porém; ela não iria resistir. Não havia como.

Ele engoliu em seco. A compreensão fechou sua garganta feito uma forca. Olhou para Jamie e viu nos olhos do sogro o mesmo reconhecimento engulhado. Jamie também engoliu em seco.

– Você... você sabe o nome dela?

Roger mal conseguia respirar, e forçou as palavras a saírem. Jamie fez que não com a cabeça, então se endireitou e encolheu os ombros.

A menina havia parado de sugar, mas seguia murmurando "Mamãe?" de vez em quando. Jamie tirou o lenço de sua boca e espremeu algumas gotas sobre a testa enegrecida enquanto sussurrava as palavras do batismo.

Os dois então se entreolharam, reconhecendo uma necessidade. Jamie estava pálido e o suor brotava em seu lábio superior por entre os fios espetados de barba ruiva. Ele inspirou fundo e ergueu as mãos, se oferecendo.

– Não – disse Roger baixinho. – Deixe que eu faço.

Ela era sua. Não a poderia ter entregado a outro homem, da mesma forma que não poderia ter arrancado um dos braços. Estendeu a mão para o lenço e Jamie o pôs sobre ela, sujo de fuligem, ainda úmido.

Nunca havia pensado numa coisa dessas, nem conseguiu pensar naquele momento. Não foi preciso. Sem hesitar, segurou a menina bem junto de si, pôs o lenço por cima de seu nariz e boca, então espalmou a mão com força sobre o pano, sentindo o pequeno calombo do nariz bem encaixado entre o polegar e o indicador.

O vento agitou as folhas lá em cima e uma chuva dourada caiu sobre eles, sussurrando na sua pele, roçando fresca no seu rosto. A menina devia estar com frio, pensou, e desejou cobri-la, mas suas mãos não estavam livres.

Seu outro braço estava em volta dela, a mão sobre o peito. Ele sentia bater sob os dedos o pequenino coração. Este deu um pulo, bateu depressa, pulou uma batida, bateu mais duas vezes... e parou. Então estremeceu por alguns instantes. Roger pôde senti-lo tentando encontrar força suficiente para bater uma última vez, e teve a momentânea ilusão de que não só conseguiria como também, na ânsia de viver, forçaria passagem através da frágil parede do peito da menina para dentro da sua mão.

Mas o instante passou, assim como a ilusão, e uma grande imobilidade se seguiu. Bem perto dali, um corvo grasnou.

Eles tinham quase terminado o enterro quando um barulho de cascos e arreios se sacudindo anunciou visitantes... muitos visitantes.

Pronto para fugir em direção à mata, Roger olhou para o sogro, mas Jamie fez que não com a cabeça em resposta à pergunta muda.

– Não, eles não iriam voltar. Para quê?

Seu olhar desolado abarcou a ruína fumegante da casa, o quintal pisoteado e os montinhos baixos dos túmulos. A menininha continuava deitada no chão ali perto, coberta pela capa de Roger. Ele não fora capaz de enterrá-la por enquanto; a consciência dela viva ainda era demasiado recente.

Jamie se endireitou e esticou as costas. Roger o viu relancear os olhos para verificar que seu fuzil estava ao alcance da mão, apoiado num tronco de árvore. Ele então se acomodou e se apoiou para esperar na tábua chamuscada que vinha usando como pá.

O primeiro dos cavaleiros saiu da mata, e sua montaria bufou e agitou a cabeça ao sentir o cheiro de queimado. Com habilidade, o cavaleiro a fez dar um giro e chegar mais perto, inclinando-se para a frente para ver quem eles eram.

– Então é você, Fraser? – O rosto marcado por rugas de Richard Brown tinha um aspecto ao mesmo tempo carrancudo e jovial. Ele olhou para as toras carbonizadas e fumegantes, em seguida para trás na direção dos companheiros. – Não pensei que ganhasse dinheiro somente vendendo uísque.

Os homens, Roger contou seis, se remexeram nas selas dando muxoxos bem-humorados.

– Tenha um pouco de respeito pelos mortos, Brown.

Jamie meneou a cabeça em direção aos túmulos, e o semblante de Brown endureceu. Ele encarou abruptamente primeiro Jamie, depois Roger.

– Só vocês dois, é? O que estão fazendo aqui?

– Cavando túmulos – respondeu Roger. Suas palmas estavam cheias de bolhas. Ele esfregou a mão lentamente na lateral da calça. – E *você*, o que está fazendo aqui?

Brown se empertigou de maneira abrupta na sela, mas quem respondeu foi seu irmão Lionel.

– Descendo de Owenawisgu – disse ele, indicando os cavalos com um meneio de cabeça. Roger olhou e viu que havia quatro animais de carga carregados com peles, e que vários dos outros animais portavam alforjes abarrotados. – Sentimos o cheiro do incêndio e viemos ver. – Ele olhou para os túmulos. – Foi Tige O'Brian?

Jamie assentiu.

– Você o conhecia?

Richard Brown deu de ombros.

– Sim. Fica no caminho de Owenawisgu. Parei aqui uma ou duas vezes, jantei com eles. – Tardiamente, ele tirou o chapéu e alisou com a palma da mão chumaços de cabelo sobre o cocuruto calvo. – Que Deus lhes dê descanso.

– Quem os queimou, se não foram vocês? – indagou um dos homens mais jovens do grupo.

Pelos ombros estreitos e a mandíbula proeminente, ele era um Brown, e sorriu de modo inadequado, obviamente achando a pergunta uma piada.

O pedaço de papel chamuscado tinha sido soprado pelo vento e veio parar em cima de uma pedra junto ao pé de Roger. Ele o catou e, dando um passo à frente, espalmou-o com um tapa na sela de Lionel Brown.

– Você sabe alguma coisa sobre isso? – perguntou. – Estava pregado no corpo de O'Brian.

Sua voz soou zangada. Ele percebeu e não ligou. Sua garganta doía, e a voz saía arranhada e aos engasgos.

Lionel Brown olhou para o papel com as sobrancelhas arqueadas, então o passou para o irmão.

– Não. Foi você mesmo quem escreveu?

– O quê?

Ele ergueu os olhos para o homem e o vento o fez piscar.

– Índios – disse Brown, indicando a casa. – Foram índios que fizeram isso.

– Ah, é? – Roger pôde detectar as inflexões subjacentes na voz de Jamie: ceticismo, desconfiança e raiva. – Que índios? Aqueles de quem vocês compraram as peles? Eles contaram para vocês, foi?

– Não seja bobo, Nelly.

Richard Brown manteve a voz baixa, mas seu irmão se retraiu um pouco ao escutá-la. Brown chegou mais perto com o cavalo. Jamie não se moveu, mas Roger viu suas mãos se retesarem na tábua.

– Pegaram a família inteira, foi? – indagou Brown, relanceando os olhos para o corpo debaixo da capa.

– Não – respondeu Jamie. – Não encontramos as duas crianças mais velhas. Só a menina pequena.

– Índios – repetiu Lionel Brown com teimosia atrás do irmão. – Foram eles.

Jamie inspirou fundo e tossiu por causa da fumaça.

– É – falou. – Vou perguntar nas aldeias, então.

– Você não vai encontrá-las – disse Richard Brown. Cerrando o punho de repente, amassou o bilhete. – Se os índios as levaram, não vão mantê-las por perto. Vão vendê-las para alguém lá no Kentucky.

Um murmúrio de aprovação generalizada percorreu os homens, e Roger sentiu a brasa que vinha ardendo a tarde inteira dentro de seu peito pegar fogo.

– Não foram índios que escreveram isso – disparou ele, apontando com o polegar para o bilhete na mão de Brown. – E se o que houve aqui foi vingança contra O'Brian por ele ser um regulador, eles não teriam levado as crianças.

Brown o encarou longamente, com os olhos estreitados. Roger sentiu Jamie mover o corpo de leve, preparando-se.

– Não – disse Brown, suave. – Não teriam. Por isso Nelly concluiu que foi você quem escreveu o bilhete. Digamos que os índios tenham vindo e roubado as crianças, mas depois *vocês* apareceram e decidiram levar o que sobrou. Então puseram fogo no chalé, enforcaram O'Brian e a esposa, pregaram esse bilhete e agora aqui estão. O que me diz desse raciocínio, sr. MacKenzie?

– Eu perguntaria como o senhor sabe que eles foram enforcados, sr. Brown.

O rosto de Brown se contraiu e Roger sentiu a mão de Jamie lhe tocar o braço em sinal de alerta, percebendo só então que estava com os punhos cerrados.

– As cordas, *a charaid* – disse Jamie com a voz bem calma.

As palavras penetraram vagamente e Roger olhou. É verdade: as cordas que eles haviam cortado dos corpos jaziam junto à árvore onde tinham caído. Jamie continuou a falar, com a voz ainda calma, mas Roger não conseguiu ouvir as palavras. O vento o estava deixando surdo, e logo abaixo do seu gemido ele podia ouvir as suaves batidas intermitentes de um coração a pulsar. Poderia ter sido o seu próprio... ou o da menina.

– Desça desse cavalo – disse ele, ou pensou ter dito.

O vento lambeu seu rosto, carregado de fuligem, e as palavras entalaram na sua garganta. O gosto de cinza em sua boca era espesso e amargo; ele tossiu e cuspiu, com os olhos lacrimejando.

Vagamente, tomou consciência de uma dor no braço, e o mundo tornou a entrar em foco. Os homens mais jovens o encaravam com expressões que iam de sorrisinhos pretensiosos a cautela. Richard Brown e seu irmão evitavam cuidadosamente encará-lo, e estavam concentrados em Jamie... que ainda o segurava pelo braço.

Com esforço, Roger se desvencilhou da mão de Jamie e deu para o sogro um levíssimo meneio de cabeça, de modo a lhe assegurar que não estava prestes a enlouquecer... embora seu coração continuasse a bater forte, e a sensação da forca em seu pescoço fosse tão apertada que ele não teria sido capaz de falar, ainda que houvesse conseguido formar palavras.

– Vamos ajudar.

Brown indicou com a cabeça o corpinho no chão e começou a passar uma das pernas por cima da sela, mas Jamie o deteve com um pequeno gesto.

– Não, nós damos conta.

Brown se deteve, canhestro, meio na sela, meio fora dela. Seus lábios se afinaram e ele tornou a montar, puxou as rédeas para fazer o cavalo dar meia-volta e foi embora sem se despedir. Os outros o seguiram e olharam para trás com curiosidade enquanto se afastavam.

– Não foram eles. – Jamie havia pegado o fuzil e o segurava, com os olhos pregados na floresta onde os homens tinham desaparecido. – Mas eles sabiam mais a respeito do que quiseram dizer.

Roger aquiesceu sem dizer nada. Foi até a árvore com um passo decidido, chutou as cordas longe e deu um soco no tronco, dois socos, três. Ficou ali arfando, com a testa encostada na casca áspera. A dor na mão machucada ajudou, um pouco.

Uma trilha de diminutas formigas subia correndo por entre as placas da casca, dedicadas a alguma tarefa importante que as absorvia por completo. Ele passou um tempo a observá-las, até conseguir engolir outra vez. Então se endireitou e foi enterrar a menina, esfregando o hematoma no braço que ia até o osso.

PARTE IV

Rapto

26

UM OLHO NO FUTURO

9 de outubro de 1773

Roger largou os alforjes no chão junto à vala e espiou lá dentro.

– Onde está Jem? – perguntou.

Sua esposa toda suja de lama ergueu os olhos para ele e afastou do rosto uma mecha de cabelos encharcada de suor.

– Olá para você também – disse ela. – Fez boa viagem?

– Não – respondeu ele. – Onde está Jem?

As sobrancelhas de Brianna se arquearam ao ouvir isso, e ela cravou a pá no fundo da vala e estendeu a mão para que ele a ajudasse a subir.

– Jem está na casa de Marsali. Ele e Germain estão brincando de Vrum com os carrinhos que você fabricou para eles... ou pelo menos estavam quando eu o deixei lá.

O nó de ansiedade que ele vinha carregando sob as costelas durante as duas últimas semanas começou a relaxar lentamente. Ele aquiesceu, e um súbito espasmo na garganta o impediu de falar. Então estendeu os braços e a puxou, esmagando-a contra si apesar do seu ganido de surpresa e de suas roupas enlameadas.

Segurou-a com força, com o próprio coração a martelar bem alto em seus ouvidos, e não soltou, não conseguiu soltar, até ela se desvencilhar do abraço. Ela manteve as mãos nos seus ombros, mas inclinou a cabeça para o lado com a sobrancelha erguida.

– É, eu também senti saudades – falou. – Qual é o problema? O que aconteceu?

– Coisas terríveis.

O incêndio, a morte da menina... tudo havia se transformado num sonho durante a viagem, seu horror embotado até o surrealismo pela monótona labuta de cavalgar e caminhar, pelo gemido constante do vento e pelo estalar das botas no cascalho, na areia, sobre as agulhas dos pinheiros, na lama, pelo imenso borrão de verdes e amarelos no qual eles se perderam debaixo de um céu sem fim.

Mas agora ele estava em casa, não mais à deriva no meio da natureza. E a lembrança da garotinha cujo coração havia batido pela última vez em sua mão de repente se fez tão real quanto no instante em que ela morrera.

– Entre. – Preocupada, Brianna o observava com atenção. – Você precisa de algo quente, Roger.

– Eu estou bem – disse ele, mas seguiu-a sem protestar.

Sentou-se à mesa enquanto ela punha a água do chá para ferver e contou-lhe tudo que havia acontecido, segurando a cabeça com as mãos, olhos pregados no tampo surrado da mesa com suas conhecidas manchas e cicatrizes de queimadura.

– Eu não parava de pensar que devia haver alguma coisa... algum jeito. Só que não havia. Mesmo quando... quando eu pus a mão no rosto dela... tive certeza de que aquilo não estava acontecendo de verdade. Mas ao mesmo tempo...

Ele então se sentou e olhou para as palmas das mãos. Ao mesmo tempo, aquela tinha sido a experiência mais vívida de toda a sua vida. Não conseguia pensar na menina a não ser do modo mais fugidio, mas sabia que nunca esqueceria nada em relação a ela. Sua garganta tornou a se fechar de repente.

Brianna encarou seu rosto com um ar perscrutador, e viu a mão dele tocar a cicatriz irregular da corda no pescoço.

– Está conseguindo respirar? – indagou, aflita. Ele fez que não com a cabeça, mas não era verdade, estava respirando *sim*, de alguma forma, embora se sentisse como se a sua garganta tivesse sido esmagada pela imensa mão de alguém, laringe e traqueia destroçadas até virarem uma polpa sangrenta.

Agitou a mão no ar para indicar que iria ficar bem, ainda que ele próprio duvidasse. Brianna deu a volta até ficar por trás dele, tirou-lhe a mão do pescoço e tocou bem de leve a cicatriz com os próprios dedos.

– Vai ficar tudo bem – falou, baixinho. – É só respirar. Não pense. Apenas respire.

Os dedos dela estavam frios e suas mãos com cheiro de terra. Os olhos de Roger estavam cheios d'água. Ele piscou, querendo ver a cozinha, a lareira, a vela, a louça e o tear, para se convencer de onde estava. Uma gota de líquido morno desceu por sua bochecha.

Tentou dizer a Brianna que estava tudo bem, que ele não estava chorando, mas ela só fez chegar mais perto e segurá-lo em frente ao peito com um dos braços, com a outra mão ainda fresca pousada sobre o bolo dolorido em sua garganta. Os seios encostados em suas costas eram macios, e ele pôde sentir, mais do que escutar, o seu cantarolar, o ruído baixo e sem melodia que ela produzia quando estava nervosa ou muito concentrada.

Por fim, o espasmo começou a ceder, e a sensação de sufocamento o abandonou. Seu peito inflou com o alívio inacreditável de uma respiração desimpedida, e Brianna o soltou.

– O que... o que é que... você está cavando? – perguntou ele apenas com um pequeno esforço. Olhou para trás na sua direção e sorriu com dificuldade bem maior. – Um forno de chão para... para um hipo... pótamo?

O esboço de um sorriso surgiu no rosto dela, embora seus olhos continuassem escuros de preocupação.

– Não – disse ela. – Uma fornalha subterrânea.

– Ah.

Pegou a caneca quente de chá de erva-dos-gatos que Brianna pôs na sua mão e a segurou junto ao rosto, deixando a fumaça perfumada lhe aquecer o nariz e se condensar na pele fria das bochechas.

Brianna serviu também uma caneca para si e sentou-se em frente ao marido.

– Que bom que você voltou para casa – disse ela baixinho.

– É. Também estou feliz. – Ele tentou tomar um golinho; ainda estava pelando. – Uma fornalha?

Havia contado a ela sobre os O'Brians. Tivera de contar, mas não queria conversar a respeito. Não agora. Ela pareceu perceber isso e não o pressionou.

– Aham. Para a água. – Ele deve ter feito uma cara de quem não entendia, pois ela abriu um sorriso mais genuíno. – Eu disse a você que iria envolver sujeira, não disse? Além do mais, a ideia foi sua.

– Foi?

Àquela altura, quase mais nada o surpreenderia, mas ele não se lembrava de ter tido qualquer ideia brilhante sobre água.

O problema de fazer chegar água até as casas era uma questão de transporte. Deus bem sabia que havia água suficiente: ela corria nos riachos, caía nas cascatas, pingava dos beirais, jorrava de fontes, minava dos trechos alagados sob as montanhas... mas fazê-la ir aonde se queria demandava algum método de contenção.

– O sr. Wemyss disse a Fraulein Berrisch... a namorada dele, foi Frau Ute quem os juntou... ele lhe disse o que eu estava fazendo, e ela falou que o coro masculino lá de Salem estava trabalhando no mesmo problema, então...

– O coro? – Roger tentou outro golinho cauteloso e constatou que dava para beber. – Por que é que o coro...

– É só o nome que eles usam. Tem o coro dos solteiros, o coro das solteiras, o coro dos casados... só que eles não cantam juntos, é mais um grupo social, e cada coro tem trabalhos específicos que faz para a comunidade. Mas enfim... – Ela agitou a mão no ar. – Eles estão tentando fazer a água chegar à cidade, e estão encontrando o mesmo problema... não há metal para o encanamento.

Ela fez uma pausa e prosseguiu.

– Mas lembre-se... você me fez pensar na cerâmica fabricada em Salem. Bom, eles tentaram produzir canos de água usando troncos de madeira, mas é muito difícil e demorado, pois é preciso retirar o miolo da madeira com uma verruma, e ainda assim são necessárias braçadeiras de metal para prender os troncos uns nos outros. E depois de um tempo eles apodrecem. Mas então eles tiveram a mesma ideia que você... por que não construir canos feitos de argila cozida?

Falar sobre aquilo a estava deixando animada. Não tinha mais o nariz vermelho de frio, mas bochechas coradas e olhos brilhando de interesse. Ela gesticulava ao falar... havia herdado isso da mãe, pensou Roger consigo mesmo, achando graça.

– ... então nós deixamos as crianças com mamãe e o sr. Bug, e Marsali e eu fomos a Salem...

– Marsali? Não me diga que ela estava montando...

Marsali estava imensa de grávida, a ponto de o simples fato de estar na sua presença deixá-lo nervoso, por medo de ela entrar em trabalho de parto a qualquer momento.

– Ainda falta um mês. Além do mais, não fomos montadas. Levamos a carroça, e trocamos mel, sidra e carne de cervo por queijos e mantas, e... você viu meu bule novo?

Com orgulho, ela indicou o bule, um objeto feioso e atarracado, vitrificado de marrom-avermelhado e com arabescos amarelos pintados na faixa central. Era um dos objetos mais feios que Roger já tinha visto, e a visão lhe trouxe lágrimas aos olhos pela simples alegria de estar em casa.

– Não gostou? – indagou Brianna, e um pequeno vinco se formou entre as suas sobrancelhas.

– Não, é incrível – disse ele, rouco. Tateou em busca de um lenço e assoou o nariz para disfarçar a emoção. – Adorei. Mas você estava falando... sobre Marsali?

– Eu estava falando sobre o encanamento da água. Mas... tem uma coisa sobre Marsali também. – O vinco ficou mais fundo. – Infelizmente, acho que Fergus não está se comportando muito bem.

– Não? O que ele está fazendo? Tendo um caso tórrido com a sra. Crombie?

A sugestão foi recebida com um olhar fulminante, porém passageiro.

– Para começar, ele passa muito tempo fora, o que obriga a pobre Marsali a cuidar das crianças *além* de fazer todo o trabalho.

– Totalmente normal, para a época – observou ele. – A maioria dos homens faz isso. Seu pai faz isso. *Eu* faço isso; você não tinha reparado?

– Reparei – disse ela, lançando-lhe um olhar levemente mau. – Mas o que estou querendo dizer é que a maioria dos homens faz o trabalho pesado, como arar e plantar, e deixa ao encargo das esposas as coisas de casa: preparar a comida, fiar e tecer, *e* lavar a roupa, *e* fazer as conservas, *e*... bom, essas coisas todas. Só que Marsali está fazendo tudo isso, mais as crianças e o trabalho externo, *além* de trabalhar na maltaria. E, quando Fergus *está* em casa, fica mal-humorado e bebe além da conta.

Aquele também parecia um comportamento normal para um pai de três crianças pequenas e indisciplinadas e marido de uma mulher nos últimos estágios de uma gestação, pensou Roger, mas não falou nada.

– Eu não teria tomado Fergus por um indolente – observou, num tom brando.

Bree balançou a cabeça, ainda com o cenho franzido, e serviu mais chá na caneca dele.

– Ele na verdade não é preguiçoso, não é isso. É difícil para ele com uma só mão: na verdade ele não consegue realizar algumas das tarefas mais pesadas... mas não ajuda com as crianças, nem cozinha ou limpa a casa enquanto Marsali cuida delas. O pai e Ian ajudam com a aragem, mas... E ele some por dias a fio... às vezes arruma aqui e ali pequenos bicos de tradução para algum viajante... mas na maior parte do tempo simplesmente desaparece. E...

Brianna hesitou, e lançou-lhe um olhar como quem se pergunta se deve continuar.

– E...? – incentivou Roger.

O chá estava funcionando: sua dor de garganta tinha quase desaparecido.

Ela baixou os olhos para a mesa e desenhou formas invisíveis no tampo de carvalho com o indicador.

– Ela não disse nada... mas eu acho que ele bate nela.

Roger sentiu um súbito peso no coração. Sua primeira reação foi descartar a ideia na hora... mas ele tinha visto coisas demais quando morava com o reverendo. Um sem-número de famílias satisfeitas e respeitáveis quando vistas de fora, em que as esposas zombavam da própria "falta de jeito", afastando a preocupação dos outros com olhos roxos, narizes quebrados, pulsos deslocados. Um sem-número de homens que lidavam com a pressão de sustentar uma família recorrendo ao álcool.

– Maldição – falou, sentindo-se repentinamente exausto. Esfregou a testa no ponto em que uma dor de cabeça começava a aparecer. – Por que você acha isso? – indagou, direto. – Ela está com marcas?

Bree aquiesceu com um ar infeliz, ainda sem levantar o rosto, embora houvesse imobilizado o dedo.

– No braço. – Ela envolveu o antebraço com uma das mãos à guisa de ilustração. – Pequenos hematomas redondos, como marcas de dedos. Eu vi quando ela levantou os braços para tirar um balde de favos de mel da carroça e a manga da roupa escorregou.

Ele aquiesceu, desejando que houvesse em sua caneca algo mais forte do que chá.

– Acha que eu devo falar com ele, então?

Bree então ergueu os olhos para ele e seu olhar se abrandou, embora a expressão de preocupação tivesse perdurado.

– A maioria dos homens não ofereceria isso, você sabe.

– Bem, não é que eu ache divertido – reconheceu ele. – Mas não se pode permitir que esse tipo de coisa continue na esperança de que se cure sozinho. Alguém precisa dizer *alguma coisa*.

Mas só Deus sabia o quê... ou como. Ele já estava se arrependendo da oferta, tentando pensar no que diabos poderia dizer. *"Então, Fergus, meu velho. Ouvi dizer que você está batendo na sua mulher. Seja um bom sujeito e pare com isso, sim?"*

Secou o que restava de chá na caneca e se levantou para procurar o uísque.

– Acabou – disse Brianna, ao ver o que ele pretendia. – O sr. Wemyss teve um resfriado.

Roger pousou a garrafa vazia com um suspiro. Ela tocou-lhe o braço com delicadeza.

– Fomos convidados para jantar na Casa Grande. Poderíamos ir cedo.

Era uma sugestão animadora. Jamie invariavelmente tinha uma garrafa de excelente *single malt* escondida em algum lugar da casa.

– Sim, está bem. – Ele pegou a capa de Bree no cabide e a pôs sobre os seus ombros. – Ei. Acha que eu deveria comentar sobre essa história de Fergus com o seu pai? Ou é melhor eu mesmo cuidar disso?

Teve uma súbita e indigna esperança de que Jamie considerasse a questão responsabilidade sua e cuidasse do assunto.

Pelo visto, era o que Brianna temia; ela balançou a cabeça ao mesmo tempo que afofava os cabelos ainda um pouco molhados.

– Não! Acho que papai quebraria o pescoço dele. E Fergus não vai ter serventia alguma para Marsali se estiver morto.

– Humm.

Roger aceitou o inevitável e abriu a porta para ela. A grande casa branca reluzia tranquila sob a luz vespertina no morro acima deles, o grande espruce-vermelho atrás dela uma presença vultosa, porém benigna; não pela primeira vez, ele pensou que aquela árvore de certa forma protegia a casa... e, no seu estado mental atualmente frágil, achou isso reconfortante.

Eles fizeram um curto desvio para que ele pudesse admirar adequadamente a vala nova e ser informado de todos os aspectos relativos ao funcionamento interno de uma fornalha subterrânea. Não conseguiu acompanhar tudo em grandes detalhes e só captou o conceito de que o objetivo era tornar o interior muito quente, mas achou o fluxo da explicação de Brianna tranquilizador.

– ... tijolos para a chaminé – ia dizendo ela enquanto apontava para a extremidade mais distante da vala de 2,5 metros, que no momento não se parecia com mais nada a não ser o local de descanso eterno de um caixão muito grande. Até agora, porém, havia feito um trabalho bom, cuidadoso: os cantos quadrados pareciam ter sido acertados com algum tipo de instrumento e as paredes estavam meticulosamente lisas. Roger comentou isso e ela o encarou radiante, ajeitando uma mecha de cabelos ruivos atrás da orelha.

– Ainda precisa ser bem mais funda – explicou. – Talvez um metro mais. Mas a terra aqui é muito boa para cavar: macia, mas sem esfarelar demais. Tomara que eu consiga terminar o buraco antes que comece a nevar, mas não sei. – Ela esfregou o nó de um dos dedos sob o nariz e encarou a vala com um olhar duvidoso e olhos semicerrados. – Preciso cardar e fiar mais lã para tecer a fazenda para as suas camisas de inverno e as de Jem, mas vou ter que passar a próxima semana ou algo assim colhendo e fazendo conservas, e...

– Eu cavo para você.

Ela ficou na ponta dos pés e lhe deu um beijo logo abaixo da orelha, e ele riu, sentindo-se subitamente melhor.

– Não para este inverno – falou, segurando-o pelo braço, satisfeita. – Mas algum dia... estava pensando se conseguiria canalizar um pouco do calor da fornalha e fazê-lo passar debaixo do piso do chalé. Você sabe o que é um hipocausto romano?

– Sei. – Ele se virou para olhar os alicerces de sua casa, uma simples base oca de pedra sobre a qual se erguiam as paredes feitas de toras de madeira. O conceito de calefação central num grosseiro chalé de montanha lhe deu vontade de rir, mas na verdade não era nada impossível, imaginou ele. – Você faria como? Passaria canos de ar quente por entre as pedras dos alicerces?

– Isso. Sempre supondo que eu consiga mesmo fabricar bons canos, o que ainda não é garantido. O que você acha?

Ele olhou do projeto proposto para a Casa Grande no alto do morro. Mesmo daquela distância, dava para ver um montinho de terra junto aos alicerces, indício das capacidades de escavação da porca branca.

– Eu acho que, se você fizer um ninho quentinho e aconchegante debaixo da nossa casa, corre um grande risco de aquela grande sodomita branca transferir suas atenções para nós.

– Sodomita do sexo feminino? – estranhou ela. – Isso é fisicamente possível?

– É uma descrição metafísica – informou-lhe ele. – E você viu o que ela tentou fazer com o major MacDonald.

– Aquela porca não gosta mesmo do major – comentou Bree, com um ar pensativo. – Por que será?

– Pergunte à sua mãe, ela tampouco tem grande apreço por ele.

– Ah, bem, quanto a isso...

Ela se calou de repente, com os lábios franzidos, e olhou para a Casa Grande com uma expressão de quem reflete. Uma sombra atravessou a janela do consultório, alguém se movendo lá dentro. – Vou lhe dizer uma coisa. Vá procurar papai e tome um trago com ele, e enquanto estiver fazendo isso eu falo com mamãe sobre Marsali e Fergus. Ela talvez tenha alguma ideia boa.

– Não sei se é propriamente um problema médico – disse ele. – Mas com certeza anestesiar Germain seria um começo.

27

O BARRACÃO DE MALTAGEM

Conforme subia a trilha, pude sentir no vento o cheiro adocicado e bolorento dos grãos úmidos. Não tinha nada a ver com a pungência embriagante da mistura de malte moído com água, com o aroma tostado da maltagem que lembrava vagamente o café, nem mesmo com o mau cheiro da destilação... mas lembrava com a mesma força o uísque. A fabricação do *uisgebaugh* era um ofício muito aromático, motivo pelo qual a clareira do uísque ficava a 1,5 quilômetro da Casa Grande. Na verdade, eu muitas vezes sentia um leve cheiro desgarrado de bebida alcoólica pelas janelas abertas do meu consultório quando o vento soprava na direção certa e a mistura de malte estava em preparação.

A fabricação do uísque tinha seu ciclo próprio, e todos na Cordilheira tinham com ele uma sintonia subconsciente, quer tivessem ou não algum envolvimento direto com a atividade. Por isso eu soube, sem perguntar, que a cevada no barracão de maltagem acabara de começar a germinar, e que portanto Marsali estaria lá, revirando e espalhando os grãos de maneira uniforme antes de o fogo da maltagem ser aceso.

Era preciso deixar os grãos germinarem para garantir um máximo de doçura... mas eles não podiam brotar, senão a mistura de malte moído ficaria com um sabor amargo e não prestaria. Não mais de 24 horas podiam transcorrer após o início da germinação, e eu tinha sentido o cheiro úmido e fecundo dos grãos começando a germinar quando fora colher suprimentos na mata na tarde anterior. Estava na hora.

Aquele era de longe o melhor lugar para se ter uma conversa particular com Marsali. A clareira do uísque era o único local em que ela ficava sem a sua coleção ruidosa de filhos. Eu muitas vezes pensava que ela devia valorizar o caráter solitário daquele trabalho muito mais do que a porção de uísque que Jamie lhe dava por cuidar dos grãos... por mais *valiosa* que esta fosse.

Brianna tinha me dito que Roger galantemente se oferecera para dar uma palavrinha com Fergus, mas pensei que eu devesse falar com Marsali primeiro, só para descobrir o que estava realmente acontecendo.

O que eu deveria dizer, pensei? Um *"Fergus está batendo em você?"* direto? Não conseguia acreditar de todo nisso, apesar, ou talvez por causa, de um íntimo conhecimento de prontos-socorros repletos dos destroços de brigas domésticas.

Não que eu achasse Fergus incapaz de violência: ele tinha visto e vivenciado brutalidades suficientes desde tenra idade, e ter crescido entre homens das Terras Altas no meio do Levante e de suas consequências provavelmente não inculcava num jovem nenhum apreço profundo pelas virtudes da paz. Por outro lado, Jenny Murray havia participado da sua criação.

Tentei, e não consegui, imaginar um homem que tivesse vivido com a irmã de Jamie por mais de uma semana levantando a mão para uma mulher. Além do mais, eu sabia, por observação própria, que Fergus era um pai muito delicado, e em geral havia entre ele e Marsali uma facilidade que parecia...

Houve um súbito estardalhaço mais acima. Antes de eu conseguir sequer erguer os olhos, algo imenso despencou pelos galhos em meio a uma chuva de poeira e agulhas mortas de pinheiro. Dei um pulo para trás e levantei o cesto num gesto instintivo de defesa... mas no exato momento em que o fiz percebi que na realidade não estava sendo atacada. Vi Germain estatelado na trilha à minha frente, com os olhos esbugalhados, lutando para recuperar o fôlego que havia perdido.

– Que *diabos...*? – comecei, bastante brava.

Então vi que ele segurava algo junto ao peito: um ninho tardio dentro do qual havia um conjunto de quatro ovos esverdeados que ele milagrosamente conseguira não quebrar na queda.

– Para.. *maman* – arquejou ele, sorrindo para mim.

– *Muito* bom – falei.

Já tinha lidado o suficiente com jovens do sexo masculino – e bem, com homens de qualquer idade, na verdade, pois todos faziam aquilo – para entender a total futilidade de uma reprimenda em situações como aquela, e como ele não havia quebrado nem os ovos, nem as pernas, simplesmente peguei o ninho e o segurei enquanto ele recuperava o fôlego aos arquejos e meu coração recomeçava a bater no ritmo normal.

Recuperado, ele se levantou atabalhoadamente, sem ligar para a terra, o piche e as agulhas quebradas de pinheiro que o cobriam da cabeça aos pés.

– *Maman* está no barracão – falou, estendendo a mão para pegar seu tesouro. – A senhora também vem, *grand-mère*?

– Sim. Onde estão suas irmãs? – perguntei, desconfiada. – Você não as deveria estar vigiando?

– *Non* – respondeu ele, distraído. – Elas estão em casa; é onde mulheres devem ficar.

– Ah, é mesmo? E quem lhe disse isso?

– Esqueci.

Inteiramente refeito, ele saiu saltitando na minha frente, cantando uma canção cujo refrão parecia ser "*Na tuit, na tuit, na tuit, Germain!*".

Marsali estava de fato na clareira do uísque: sua touca, sua capa e seu vestido pendiam de um dos galhos do caquizeiro de folhas amarelas, e uma panela de barro cheia de carvões aguardava ali perto, fumegante e pronta.

A área de maltagem agora tinha sido delimitada por paredes de verdade, formando um barracão no qual os grãos úmidos podiam ser empilhados, primeiro para germinar, depois para serem vagarosamente tostados por um fogo baixo sob o piso. As cinzas e o carvão tinham sido limpos, e lenha de carvalho para um novo fogo disposta no espaço abaixo do piso sobre palafitas, mas ainda não acesa. Mesmo sem fogo, o barracão estava quente. Senti o calor a vários metros de distância. Conforme o grão germinava, irradiava tamanha quentura que quase chegava a acender o barracão.

Ruídos ritmados de algo chiando e sendo arrastado emanavam lá de dentro. Marsali revirava os grãos com uma pá de madeira para se certificar de que estivessem espalhados de modo regular antes de acender o fogo da maltagem. A porta do barracão estava aberta, mas naturalmente não havia janelas. De longe, eu só conseguia ver uma débil sombra se movendo lá dentro.

O chiado produzido pelos grãos tinha disfarçado nossos passos. Marsali ergueu os olhos, espantada, quando meu corpo bloqueou a luz do vão da porta.

– Mãe Claire!

– Olá – cumprimentei, alegre. – Germain disse que você estava aqui. Eu pensei que poderia...

– *Maman!* Olhe, olhe, veja o que eu trouxe!

Germain passou me empurrando com uma animação decidida e seu prêmio estendido nas mãos. Marsali sorriu para o filho e afastou uma mecha de cabelos louros úmidos para trás da orelha.

– Ah, é? Bem, que ótimo, não? Vamos levar até a luz para podermos ver direitinho.

Ela saiu do barracão e suspirou de prazer ao sentir o ar fresco. Estava só de combinação, e a musselina tão molhada de suor me permitia ver não apenas as rodelas escuras das aréolas, mas até mesmo a diminuta protuberância do umbigo saltado onde o tecido grudava nas imensas curvas de sua barriga.

Marsali se sentou com outro enorme suspiro de alívio e esticou as pernas com os dedos descalços em ponta. Tinha os pés um pouco inchados, e veias azuis apareciam distendidas por sob a pele transparente das pernas.

– Ah, que bom sentar! Então, *a chuisle*, me mostre o que você tem aí.

Aproveitei a oportunidade para dar a volta por trás dela enquanto Germain exibia seu troféu e procurar discretamente por hematomas ou outros sinais mórbidos.

Ela estava magra... mas Marsali simplesmente *era* magra, tirando a barriga da gravidez, e sempre fora assim. Tinha os braços finos, mas rijos de músculos, assim como as pernas. Havia olheiras de cansaço sob seus olhos... mas, além dos desconfortos da gestação, ela afinal tinha três filhos pequenos para mantê-la acordada. Seu rosto estava rosado e úmido, com um aspecto inteiramente saudável.

Havia um ou dois pequenos hematomas nas pernas, mas eu os descartei. Grávidas eram propensas a hematomas, e com todas as obstruções apresentadas pelo fato de morar num chalé de madeira e atravessar montanhas selvagens, poucas pessoas na Cordilheira, fossem homens *ou* mulheres, deixavam de exibir uma ou outra contusão.

Ou estaria eu apenas procurando desculpas, sem querer admitir a possibilidade daquilo que Brianna havia sugerido?

– Um para mim – explicava Germain, tocando os ovos. – Um para Joan, um para Félicité e um para monsieur L'Oeuf.

Ele apontou para a barriga inchada feito um melão.

– Ah, ora, que menino encantador – disse Marsali, puxando-o para perto e beijando sua testa suja. – Você com certeza é meu pequeno filhote de passarinho.

A expressão de prazer de Germain se dissolveu num ar especulativo quando ele entrou em contato com o ventre protuberante da mãe. Tocou-o com cuidado.

– Quando o ovo aí dentro abrir, o que você vai fazer com a casca? – indagou. – Posso ficar com ela?

A gargalhada contida fez Marsali ficar cor-de-rosa.

– Pessoas não vêm em cascas – disse ela. – Graças a Deus.

– Tem certeza, *maman*? – Ele encarou seu ventre com um ar de dúvida, em seguida o cutucou de leve. – *Parece* um ovo.

– Bem, parece, mas não é. Isso é só como papai e eu chamamos um pequenino antes de ele nascer. *Você* também já foi monsieur L'Oeuf, sabia?

– Fui?

A revelação pareceu deixar Germain estupefato.

– Foi, sim. E suas irmãs também.

O menino franziu o cenho e sua franja loura descabelada quase encostou no nariz.

– Não foram, não. Elas foram *mademoiselles L'Oeufs*.

– *Oui, certainement* – disse Marsali, rindo para o filho. – E talvez este aqui também seja... mas é mais fácil de dizer "monsieur". Olhe aqui.

Ela se inclinou um pouco para trás e empurrou a mão com firmeza em uma das laterais da barriga. Então segurou a mão de Germain e a encostou no mesmo ponto. Mesmo de onde eu estava, pude ver a pele se erguer quando o bebê deu um vigoroso chute em reação a ser cutucado.

Germain retirou a mão com um tranco, espantado, em seguida tornou a tocar a barriga com um ar fascinado e empurrou.

– Olá! – falou, alto, aproximando o rosto da barriga da mãe. – *Comment ça va* aí dentro, monsieur L'Oeuf?

– Ele vai bem – garantiu-lhe a mãe. – Ou ela. Mas os bebês logo no início não falam. Você sabe disso. Félicité até agora só diz "mamãe".

– Ah, é.

Perdendo o interesse pelo irmão ou irmã iminente, Germain abaixou-se para pegar uma pedra de aspecto interessante.

Marsali levantou a cabeça e estreitou os olhos por causa do sol.

– Você deveria ir para casa, Germain. Mirabel deve estar querendo ser ordenhada, e ainda tenho um pouco a fazer por aqui. Vá ajudar *papa*, sim?

Mirabel era uma cabra, e uma adição suficientemente nova à casa para ainda ser interessante, pois Germain ficou radiante com a sugestão.

– *Oui, maman. Au'voir, grand-mère!*

Ele mirou, atirou a pedra no barracão, errou, então se virou e saiu correndo em direção à trilha.

– Germain! – chamou Marsali. – *Na tuit!*

– O que isso quer dizer? – perguntei, curiosa. – É gaélico... ou francês?

– Gaélico – respondeu ela, sorrindo. – Quer dizer "Não caia". – Balançou a cabeça com uma consternação fingida. – Esse garoto não consegue ficar longe das árvores de jeito nenhum.

Germain tinha deixado para trás o ninho com seus ovos. Ela o pousou delicadamente no chão, e então eu vi os ovais amarelados na parte interna do antebraço... já atenuados, mas iguaizinhos à descrição de Brianna.

– E como vai Fergus? – perguntei, como se não tivesse nada a ver com a conversa.

– Bastante bem – respondeu ela, e uma expressão de cautela tomou conta de seus traços.

– É mesmo?

Olhei deliberadamente para seu braço, em seguida a encarei. Ela corou e virou o braço depressa para esconder as marcas.

– Sim, ele vai bem! – enfatizou. – Ainda não está muito bom na ordenha, mas daqui a pouco vai pegar o jeito. Com certeza é esquisito só com uma das mãos, mas ele...

Sentei-me no tronco ao seu lado, segurei seu pulso e o virei.

– Brianna me contou – falei. – Foi Fergus quem fez isso?

– Ah. – Parecendo constrangida, ela puxou o pulso de volta e pressionou o antebraço na barriga para esconder as marcas. – Bem, sim. Foi ele, sim.

– Quer falar sobre isso com Jamie?

Uma forte maré de cor inundou seu rosto, e ela se empertigou, alarmada.

– Meu Deus, não! Ele quebraria o pescoço de Fergus! E na verdade não foi culpa dele.

– Com certeza foi culpa dele – falei, firme.

Tinha visto um número excessivo de mulheres espancadas nos prontos-socorros de Boston, e todas alegavam na verdade não ser culpa nem do marido, nem do namorado. De fato, as mulheres muitas vezes *tinham* algo a ver com o ocorrido, mas mesmo assim...

– Mas não foi! – insistiu Marsali. A cor não tinha sumido de seu rosto; pelo contrário, tinha se intensificado. – Eu... ele... quero dizer, ele segurou meu braço, sim, mas foi só porque eu... ahn... bem, eu na hora estava tentando bater nele com um pedaço de pau.

Ela olhou para o outro lado, enrubescendo intensamente.

– Ah. – Esfreguei o nariz, um pouco desconcertada. – Entendi. E por que estava tentando fazer isso? Ele estava... atacando você?

Ela suspirou e seus ombros se encolheram um pouco.

– Ah. Não. Bem, foi porque Joanie derramou o leite, e ele gritou com ela, e ela chorou, e... – Marsali deu de ombros de leve, com um ar constrangido. – Acho que tinha um diabinho cochichando no meu ouvido, só isso.

– Fergus não costuma gritar com as crianças, costuma?

– Ah, não, não mesmo! – disse ela depressa. – Ele quase nunca... bom, antes não costumava, mas com tantas... bom, dessa vez eu não pude culpá-lo. Ele levou um tempão para ordenhar a cabra, e depois ver o leite todo derramado e desperdiçado... eu acho que também teria gritado.

Seus olhos estavam fixos no chão, evitando os meus, e ela mexia na bainha da combinação, correndo um polegar por cima da costura.

– Crianças pequenas com certeza podem ser difíceis – concordei, com lembranças vívidas de um acidente envolvendo Brianna aos 2 anos de idade, um telefonema que tinha me distraído, uma grande tigela de espaguete com almôndegas e a pasta de trabalho aberta de Frank. Frank em geral era paciente como um santo com Bree, mesmo que um pouco menos comigo, mas nessa ocasião específica seus brados de indignação fizeram as janelas tremerem.

Então recordei a vez em que eu *de fato* tinha jogado uma almôndega nele, tomada por uma fúria que beirava a histeria. Bree também tinha jogado, só que por alegria, não por vingança. Se eu estivesse à beira do fogão na hora, poderia facilmente ter atirado a panela. Esfreguei um dedo debaixo do nariz, sem saber se a lembrança deveria me deixar arrependida ou me fazer rir. Nunca mais consegui tirar as manchas do tapete.

Era uma pena eu não poder compartilhar essa lembrança com Marsali, uma vez que ela ignorava tanto a existência de espaguete e pastas de trabalho quanto também a de Frank. Ainda de cabeça baixa, ela remexia as folhas mortas de carvalho com um dedão pontudo.

– Na verdade foi tudo culpa minha – disse ela, e mordeu o lábio.

– Não foi, não. – Apertei seu braço para reconfortá-la. – Essas coisas não são culpa de ninguém; acidentes acontecem, pessoas perdem a cabeça... mas tudo dá certo no final.

E dava mesmo, pensei... embora muitas vezes não da maneira esperada.

Ela aquiesceu, mas a sombra continuou a lhe cobrir o rosto, e seu lábio inferior permaneceu encolhido.

– É, é só que... – começou ela, e não terminou.

Fiquei sentada, paciente, cuidando para não pressioná-la. Ela queria, precisava conversar. E eu precisava ouvir antes de decidir o que contar para Jamie, ou se contaria alguma coisa. Algo estava acontecendo entre Marsali e Fergus, disso não havia dúvida.

– Eu... eu estava justamente pensando nisso agora, enquanto mexia o grão. Não teria feito aquilo, acho que não, mas fiquei tão abalada... é que eu senti que era a mesma coisa outra vez...

– A mesma coisa que o quê? – perguntei, quando ficou claro que ela não iria completar a frase.

– Eu derramei o leite – disse ela de uma vez só. – Quando era pequena. Estava com fome, estendi a mão para puxar a jarra e ela derramou.

– Ah?

– É. E ele gritou.

Seus ombros se encolheram um pouco, como quem recorda um golpe.

– Ele quem?

– Não sei exatamente. Pode ter sido Hugh, meu pai... mas pode ter sido Simon... o segundo marido de mamãe. Não me lembro direito... só me lembro de ter ficado com tanto medo que fiz xixi, e isso o deixou mais bravo ainda.

Seu rosto se acendeu, muito vermelho, e ela curvou os dedos dos pés de tanta vergonha.

– Minha mãe chorou, pois era toda a comida que havia, um pouco de pão e leite, e agora o leite tinha derramado... mas *ele* gritou que não suportava o barulho, porque tanto Joan quanto eu estávamos aos urros também... e então deu um tapa no meu rosto, e mamãe partiu para cima dele sem pensar, e ele a empurrou e a fez cair em cima da pedra da lareira e bateu com a cara dela na chaminé... pude ver o sangue escorrer do nariz dela.

Marsali fungou e esfregou o nó de um dedo sob o próprio nariz, piscando os olhos ainda fixos nas folhas.

– Então ele saiu, batendo a porta, e Joanie e eu corremos até mamãe, ambas gritando feito loucas, pois achamos que ela tivesse morrido... mas ela se levantou de quatro no chão e nos disse que estava tudo bem, que iria ficar tudo bem... e começou a se balançar para a frente e para trás, com a touca caída e filetes de catarro e sangue a pingar do rosto até o chão... eu tinha me esquecido disso. Mas quando Fergus começou a gritar com a coitadinha da Joanie... era como se ele fosse Simon. Ou talvez Hugh. Como se fosse *ele*, quem quer que tenha sido.

Ela fechou os olhos e deu um suspiro fundo, inclinando-se para a frente e envolvendo com os braços a barriga prenhe.

Estendi a mão e ajeitei os chumaços de cabelo molhado para longe de seu rosto, afastando-os de sua testa arredondada.

– Você sente saudades da sua mãe, não é? – perguntei, baixinho.

Pela primeira vez, senti um pouco de empatia por sua mãe, Laoghaire, bem como pela própria Marsali.

– Ah, sim – disse ela apenas. – Uma saudade terrível.

Tornou a suspirar, fechou os olhos e encostou a bochecha na minha mão. Puxei sua cabeça para perto, abracei-a, e fiquei acariciando seus cabelos sem dizer nada.

Era fim de tarde, e as sombras se desenhavam compridas e frias na madeira do carvalho. Ela agora não estava mais com calor, e estremeceu um pouco no ar que esfriava enquanto uma textura pontilhada arrepiava a pele de seus braços torneados.

– Tome – falei, levantando-me e tirando a capa dos ombros. – Vista isso. Você não vai querer se resfriar.

– Ah, não, tudo bem. – Ela se endireitou, jogou os cabelos para trás e enxugou o rosto com as costas da mão. – Só tem mais um pouco a fazer aqui, depois preciso ir para casa preparar o jantar...

– Eu faço – falei, com firmeza, e ajeitei a capa em volta de seus ombros. – Descanse um pouco.

O ar dentro do pequeno barracão estava carregado o suficiente para deixar uma pessoa tonta por si só, tomado pelo cheiro fecundo dos grãos germinados e pela fina e pungente poeira das cascas de cevada. O calor foi bem-vindo depois do ar frio lá fora, mas em instantes minha pele ficou úmida por baixo do vestido e da combinação, então tirei o vestido por cima da cabeça e o pendurei num prego junto à porta.

Não tinha importância; Marsali estava certa, não restava grande coisa a fazer. O trabalho me manteria aquecida, e eu então voltaria com ela a pé direto para sua casa. Prepararia o jantar da família e a deixaria descansar... e enquanto estivesse fazendo isso quem sabe daria uma palavrinha com Fergus para descobrir mais sobre o que estava acontecendo.

Fergus poderia estar fazendo o jantar, pensei, franzindo o cenho enquanto cravava a pá nas pilhas escuras de grãos pegajosos. Não que algo assim fosse ocorrer àquele francesinho descansado. Ordenhar a cabra era o máximo que ele decerto faria em matéria de "trabalho de mulher".

Então pensei em Joan e Félicité, e me senti mais caridosa em relação a Fergus. Joan estava com 3 anos, Félicité com 1 ano e 6 meses... e qualquer um sozinho em casa com aquelas duas tinha minha total empatia, independentemente de *qual* trabalho estivesse fazendo.

Para quem visse de fora, Joan era uma criancinha doce e morena, e sozinha tinha um temperamento fácil e obediente... até certo ponto. Félicité era o retrato escarrado do pai, cabelos escuros, ossatura delicada e dada a acessos alternados de charme lânguido e paixão destemperada. Juntas... Jamie se referia a elas casualmente como as gatinhas infernais, e se as duas estavam em casa não era de espantar que Germain estivesse rondando pela mata... ou que Marsali achasse um alívio estar ali sozinha no barracão fazendo um trabalho pesado.

"Pesado" era a palavra operante, pensei, enquanto cravava a pá outra vez e arfava. Grãos que germinavam eram grãos úmidos, e cada pazada pesava muitos quilos. Os grãos revirados tinham uma cor irregular, manchada de escuro pela umidade das camadas inferiores. Os que não tinham sido revirados tinham uma cor mais clara, mesmo à luz já fraca. Restavam apenas uns poucos montinhos de grãos claros no canto mais afastado.

Ataquei-os com vontade, percebendo, ao fazê-lo, que estava tentando com muito esforço não pensar na história que Marsali havia me contado. Não queria gostar de Laoghaire... e não gostava, mesmo. Mas tampouco queria sentir empatia por ela, e isso estava se mostrando mais difícil de evitar.

Pelo visto, ela não tivera uma vida fácil. Bem, o mesmo se podia dizer de todas as pessoas que viviam nas Terras Altas naquela época, pensei, grunhindo, enquanto arremessava uma pazada de grãos para o lado. Ser mãe não era assim tão fácil em lugar nenhum... mas ela parecia ter se virado bem.

A poeira dos grãos me fez espirrar, e parei para enxugar o nariz na manga da combinação antes de voltar a manejar a pá.

Não era como se ela tivesse tentado me roubar Jamie, afinal, falei para mim mesma, buscando uma compaixão e objetividade dignas das mentes superiores. Muito pelo contrário, na verdade... ou pelo menos ela poderia muito bem pensar assim.

O canto da pá arranhou com força o chão quando revirei os últimos grãos. Arremessei-os de lado, fazendo-os voar, em seguida usei a face plana da pá para empurrar um pouco deles para o canto vazio e alisar os montinhos mais altos.

Eu conhecia todos os motivos pelos quais ele a havia desposado... e acreditava nele. Ainda assim, a menção do nome dela me inspirava visões diversas – começando com Jamie a beijá-la ardentemente numa alcova no Castelo de Leoch e terminando com ele a arregaçar sua camisola na escuridão do leito nupcial, as mãos mornas e ávidas em suas coxas –, que me faziam bufar como um cetáceo e sentir o sangue latejar quente nas têmporas.

Talvez eu não fosse uma pessoa de elevados princípios morais, refleti. Na verdade, às vezes tinha pensamentos bem reles e rancorosos.

Esse acesso de autocrítica foi interrompido pelo som de vozes e movimento lá fora. Fui até a porta do barracão e semicerrei os olhos sob a luz ofuscante do sol de fim de tarde.

Não consegui ver seus rostos, nem distinguir ao certo quantos podiam ser. Alguns estavam a cavalo, outros a pé, silhuetas negras com o poente por detrás. Captei um movimento com o canto do olho: de pé, Marsali recuava em direção ao barracão.

– Quem são os senhores? – perguntou ela, com o queixo empinado.

– Viajantes sedentos, dona – respondeu uma das formas negras, fazendo o cavalo avançar à frente dos outros. – Em busca de hospitalidade.

As palavras foram suficientemente corteses, mas não a voz. Dei um passo para fora do barracão, ainda segurando a pá.

– Bem-vindos – falei, esforçando-me para soar acolhedora. – Fiquem onde estão, cavalheiros; teremos prazer em lhes trazer algo para beber. Marsali, pode ir buscar o barril?

Um pequeno barril de uísque cru era guardado ali perto justamente para essas ocasiões. Pude ouvir meu coração batendo alto nos ouvidos e segurei o cabo da pá com tanta força que cheguei a sentir o grão da madeira.

Era mais do que incomum ver tantos desconhecidos nas montanhas de uma só vez. De tempos em tempos víamos um grupo de caçadores cherokees... mas aqueles homens não eram índios.

– Não se incomode, dona – disse outro homem, e apeou do cavalo. – Eu a ajudo a buscar. Mas acho que vamos precisar de mais de um barril.

Sua voz era inglesa e estranhamente conhecida. Ele não tinha um sotaque culto, mas a dicção era cuidadosa.

– Só temos um barril pronto – falei, afastando-me para o lado devagar e mantendo os olhos no homem que havia falado.

Ele era baixo e muito esbelto, e movia-se com passos rígidos e sincopados, feito uma marionete.

Agora avançava na minha direção; os outros também. Marsali tinha chegado à pilha de lenha e tateava atrás dos pedaços de carvalho e nogueira. Pude ouvir sua respiração áspera na garganta. O barril estava escondido na pilha de lenha. Eu sabia que, ao lado da lenha, havia também um machado.

– Marsali – falei. – Fique aí. Vou ajudá-la.

Um machado era uma arma melhor do que uma pá... mas duas mulheres contra... quantos homens? Dez... doze... mais? Pisquei, sentindo os olhos lacrimejarem por causa do sol, e vi vários outros saírem a pé da floresta. Esses pude ver com clareza; um deles me sorriu, e tive de me conter para não desviar os olhos. O sorriso dele se alargou.

O baixinho estava chegando mais perto também. Olhei para ele e uma breve comichão de reconhecimento me fez cócegas. Quem diabos era aquele sujeito? Eu o conhecia, já o tinha visto antes... mas mesmo assim não encontrei nome algum para encaixar naquele queixo saliente e naquela testa estreita.

Ele fedia a suor seco, terra entranhada na pele e ao ranço azedo de urina pingada. Todos eles fediam da mesma forma, e seu cheiro flutuava no vento, tão selvagem quanto o fedor de fuinhas.

Ele viu quando o reconheci. Seus lábios finos se repuxaram por um instante, então relaxaram.

– Sra. Fraser – falou, e meu sentimento de apreensão se aprofundou brutalmente quando vi a expressão em seus olhos miúdos e inteligentes.

– Acho que não estou conseguindo acompanhá-lo, senhor – falei, exibindo o semblante mais valente de que fui capaz. – Já nos conhecemos?

Ele não respondeu. Um dos cantos de sua boca se curvou para cima de leve, mas sua atenção foi distraída pelos dois homens que haviam se esticado para pegar o barril que Marsali rolava para fora do esconderijo. Um deles já tinha empunhado o machado no qual eu estava de olho, e estava prestes a fender o topo do barril quando o magro lhe gritou:

– Deixe isso!

O homem ergueu os olhos para ele boquiaberto, tomado pela incompreensão.

– Falei para deixar! – disparou o magro quando o outro olhou alternadamente para o barril e para o machado, sem entender. – Vamos levar isso conosco, não quero que fiquemos todos entorpecidos por bebida agora!

Virando-se para mim como quem retoma uma conversa, ele perguntou:

– Onde está o resto?

– É tudo que há – disse Marsali antes que eu conseguisse responder. Tinha o cenho franzido para ele, desconfiada, mas também estava zangada. – Leve, se quiser.

A atenção do homem magro se transferiu para ela pela primeira vez, mas ele não lhe deu mais do que uma olhadela casual antes de se virar para mim outra vez.

– Por favor, não minta para mim, sra. Fraser. Eu sei muito bem que tem mais, e vou querer.

– Não tem. Ei, me dê isso aqui, seu idiota! – Com um gesto certeiro, Marsali arrancou o machado da mão do homem que o segurava e fez uma cara feia para o magro. – É assim que se retribui uma acolhida decente, é... roubando? Bem, nesse caso peguem o que vieram buscar e vão embora!

Não tive outra escolha senão seguir o exemplo dela, embora sinetas de alarme soassem no meu cérebro toda vez que eu olhava para o homenzinho magro.

– Ela tem razão – falei. – Podem olhar vocês mesmos. – Apontei para o barracão, para as banheiras que receberiam a mistura de malte com água e para o alambique ali perto, não lacrado e obviamente vazio. – Estamos apenas começando a maltagem. Uma nova leva de uísque ainda vai demorar semanas para ficar pronta.

Sem a menor mudança de expressão, ele deu um passo rápido para a frente e me acertou no rosto com um tapa forte.

O tapa não teve força suficiente para me derrubar, mas projetou minha cabeça para trás e deixou meus olhos lacrimejando. Fiquei mais chocada do que ferida, embora um súbito gosto de sangue tivesse surgido na minha boca, e eu já pudesse sentir o lábio começando a inchar.

Marsali deu um grito agudo de choque e indignação, e ouvi alguns dos homens murmurarem com uma surpresa interessada. Eles haviam se aproximado, e agora nos cercavam.

Encostei as costas da mão na boca que sangrava, e reparei, um tanto alheia, que estava tremendo. Meu cérebro, porém, havia se retirado para uma distância segura, e fazia e descartava suposições com tamanha rapidez que elas passavam voando feito cartas sendo embaralhadas.

Quem eram aqueles homens? Quão perigosos seriam? O que estariam dispostos a fazer? O sol estava se pondo... Quanto tempo demoraria para alguém dar por falta de mim ou de Marsali e vir nos procurar? Seria Fergus ou Jamie? Até Jamie, se viesse sozinho...

Não tive dúvidas de que aqueles eram os mesmos homens que haviam incendiado a casa de Tige O'Brian, e decerto eram responsáveis também pelos ataques dentro da Linha do Tratado. Cruéis, portanto... mas com o roubo como principal objetivo.

Minha boca tinha um gosto de cobre, o travo metálico do sangue e do medo. Todos esses cálculos não demoraram mais de um segundo, mas quando baixei a mão já havia concluído que o melhor seria lhes dar o que eles queriam e torcer para que fossem embora em seguida com o uísquè.

Só que não tive chance de dizer isso. O homem magro me segurou pelo pulso e torceu com crueldade. Senti os ossos se moverem e estalarem com uma dor lancinante, e caí ajoelhada no meio das folhas sem conseguir emitir nada além de um som débil e sem ar.

251

Marsali produziu um som mais alto e se moveu feito uma cobra que dá o bote. Desferiu o machado com um movimento que partiu do ombro, mobilizando toda a potência de seu corpo, e a lâmina se cravou bem fundo no ombro do homem ao seu lado. Ela a soltou com um puxão, e o sangue esguichou quente no meu rosto, tamborilando feito chuva sobre as folhas.

Ela gritou, um grito agudo e fino, e o homem também gritou, e então a clareira toda se pôs em movimento, e os homens chegaram mais perto com um rugido que parecia uma onda a quebrar. Estiquei-me para a frente, agarrei os joelhos do homem magro e projetei a cabeça com força para cima em direção às suas partes íntimas. Ele produziu um chiado de quem sufoca e caiu por cima de mim, esmagando-me contra o chão.

Contorci-me para sair de baixo de seu corpo encolhido, sabendo apenas que precisava chegar até Marsali e me interpor entre ela e os homens... mas estes já estavam em cima dela. Um grito foi interrompido no meio pelo ruído de punhos atingindo carne, e um estrondo surdo ecoou quando corpos bateram com força na parede do barracão de maltagem.

O braseiro de barro estava ao meu alcance. Peguei-o, sem ligar para o calor que me queimou, e joguei-o bem no meio do grupo de homens. Ele bateu com força nas costas de um deles e se partiu, espalhando carvões quentes por todo lado. Homens gritaram e pularam para trás, e vi Marsali caída junto à parede do barracão, com o pescoço dobrado por cima de um dos ombros, os olhos revirados nas órbitas, as pernas bem abertas e a combinação rasgada no pescoço, expondo os seios pesados sobre a protuberância da barriga.

Então alguém me acertou na lateral da cabeça e eu voei de lado, derrapei pelo meio das folhas e fui parar inerte, estatelada no chão, incapaz de me levantar, me mexer, pensar ou falar.

Uma imensa calma me dominou e minha visão ficou mais estreita, num processo que me pareceu muito lento – o fechamento de uma imensa íris que foi se estreitando numa espiral. Na minha frente vi o ninho no chão, a poucos centímetros do nariz, com seus gravetos finos astutamente entrelaçados, os quatro ovos esverdeados redondos e frágeis, perfeitos dentro de sua concavidade. Então um calcanhar esmagou os ovos e a íris se fechou.

O cheiro de queimado me acordou. Eu talvez tivesse ficado desacordada por não mais do que alguns segundos. O tufo de grama seca junto a meu rosto mal começava a soltar fumaça. Uma brasa reluzia dentro de um ninho de carvão, soltando faíscas. Fios incandescentes subiram pelas folhas da grama ressecada e o tufo irrompeu em chamas na mesma hora em que mãos me seguraram pelo braço e pelo ombro e me puxaram até me pôr de pé.

Ainda tonta, agitei os braços para o meu captor quando ele me levantou, mas fui carregada sem a menor cerimônia até um dos cavalos, suspendida até o lombo do animal e atirada na sela com tanta força que fiquei sem ar. Mal tive a presença de espírito de segurar a correia do estribo antes de alguém dar um tapa na anca do cavalo, que saiu trotando a ponto de me machucar.

Em meio à tontura e aos sacolejos, tudo que eu via era fraturado, desconexo como vidro quebrado... mas tive um último lampejo de Marsali, agora deitada inerte feito uma boneca de pano em meio a uma dúzia de pequeninas fogueiras conforme os carvões espalhados começavam a incendiar a grama.

Produzi uns ruídos abafados para tentar chamá-la, mas estes se perderam em meio ao clangor de arreios e às vozes dos homens que falavam com urgência bem perto de mim.

– Ficou maluco, Hodge? Você não quer levar essa mulher. Devolva-a!

– Não vou devolver. – Em algum lugar bem perto de mim, a voz do homem baixo soou raivosa, mas controlada. – Ela vai nos mostrar onde está o uísque.

– Uísque não vai nos servir de nada se estivermos mortos, Hodge! Pelo amor de Deus, ela é a *esposa* de Jamie Fraser!

– Eu sei quem ela é. Ande logo!

– Mas ele... Hodge, você não conhece aquele homem! Uma vez eu o vi...

– Poupe-me das suas lembranças. Ande *logo*, já falei!

Essa última frase foi pontuada por um *tum* repentino e cruel, e por uma exclamação espantada de dor. A coronha de uma pistola, pensei. Bem no meio da cara, acrescentei mentalmente, engolindo em seco ao escutar os arquejos úmidos e os chiados de um homem com o nariz quebrado.

A mão de alguém me segurou pelos cabelos e puxou minha cabeça para trás dolorosamente. O rosto do homem magro me encarou de cima, olhos estreitados no ato de calcular. Ele parecia apenas querer se assegurar de que eu estivesse de fato viva, pois não disse nada e tornou a largar minha cabeça, indiferente como se esta fosse uma pinha que houvesse catado no caminho.

Alguém puxava o cavalo no qual eu estava. Além disso, vários homens seguiam a pé. Pude ouvi-los falando uns com os outros, quase correndo para não se atrasar quando os cavalos subiam algum aclive, ruidosos e grunhindo feito porcos ao atravessar a vegetação rasteira.

Só conseguia respirar com arquejos rasos, e cada passo do cavalo me sacudia sem dó... mas eu não tinha atenção suficiente para me importar com o desconforto físico. Será que Marsali estava morta? Certamente assim parecera, mas eu não tinha visto sangue algum, e me agarrei a esse fato pelo pequeno e temporário reconforto que ele representava.

Mesmo que ela ainda não estivesse morta, em breve poderia estar. Quer devido a um ferimento, quer ao choque, ou então a um súbito aborto espontâneo... ai, Deus, ai, Deus, coitadinho de monsieur L'Oeuf...

Agarrei-me impotente às correias do estribo, desesperada. Quem poderia encontrá-la... e quando?

Faltava pouco mais de uma hora para o jantar quando eu tinha chegado ao barracão de maltagem. Que horas seriam agora? Eu captava lampejos do chão que passava se sacudindo lá embaixo, mas meus cabelos haviam se soltado e caíam sobre o meu rosto sempre que eu tentava levantar a cabeça. O ar, porém, foi ficando cada vez mais frio, e um aspecto parado da luz me informou que o sol estava próximo do horizonte. Em poucos minutos, a luz começaria a cair.

E então, o que iria acontecer? Quanto tempo para uma busca começar? Fergus iria notar a ausência de Marsali quando ela não aparecesse para preparar o jantar... mas será que sairia à sua procura, com as duas meninas sob seus cuidados? Não, mandaria Germain. Esse pensamento fez meu coração dar um pinote e entalar na garganta. Um menino de 5 anos encontrar a mãe...

Ainda podia sentir o cheiro de queimado. Farejei o ar, uma vez, duas, uma terceira, torcendo para ser minha imaginação. No entanto, além da poeira e do suor dos cavalos, além do travo do couro de estribo e do leve aroma de plantas amassadas, pude sentir de modo distinto um fedor de fumaça. A clareira, o barracão ou ambos estavam agora pegando fogo de verdade. Alguém veria a fumaça e iria até lá. Mas será que chegaria a tempo?

Fechei os olhos com força tentando parar de pensar, buscando qualquer distração para não ver na imaginação a cena que devia estar se desenrolando atrás de mim.

Ainda havia vozes próximas. O homem que os outros chamavam de Hodge outra vez. Devia ser no seu cavalo que eu estava. Ele caminhava junto à cabeça do animal, do outro lado. Alguma outra pessoa discutia com ele, mas sem mais efeito do que o primeiro homem.

– Vamos espalhar os homens – disse ele, tenso. – Dividi-los em dois grupos... você fica com um, o restante vai comigo. Encontrem-me de novo daqui a três dias em Brownsville.

Pelos infernos. Ele estava prevendo uma perseguição e pretendia frustrá-la dividindo seu grupo para confundir o rastro. Tentei freneticamente pensar em algo que pudesse deixar cair, com certeza eu tinha *alguma coisa* para largar pelo caminho como um modo de informar a Jamie em que direção tinha sido levada.

Só que eu não estava usando nada a não ser uma combinação, um espartilho e meias... meus sapatos tinham se perdido quando eles me arrastaram até o cavalo. As meias pareciam ser a única possibilidade, mas as ligas, com extrema perversidade, estavam muito bem amarradas e, no momento, inteiramente fora do meu alcance.

A toda minha volta, eu podia escutar o ruído de homens e cavalos se movendo, chamando e empurrando enquanto o grupo principal se dividia. Hodge assobiou para seu cavalo e começamos a avançar mais depressa.

Meus cabelos esvoaçantes se enrolaram num graveto quando passamos roçando por um arbusto, ficaram presos por um instante, então se soltaram com um *plec!* dolorido quando o graveto se partiu, ricocheteando na minha bochecha e por pouco não acertando meu olho. Eu disse algo bem rude, e alguém, imagino que Hodge, me censurou com um tapa no traseiro.

Eu disse algo muito, muito mais grosseiro, só que entre os dentes trincados. Meu único reconforto foi pensar que não seria nenhum grande feito seguir um bando como aquele, que deixava atrás de si um amplo rastro de galhos partidos, pegadas de cascos e pedras viradas.

Já tinha visto Jamie rastrear animais pequenos e astutos, e também outros grandes e vagarosos... e já o vira examinar a casca das árvores e os galhos dos arbustos conforme avançava, à procura de algum arranhão ou de reveladores tufos de... cabelo.

Ninguém caminhava do lado do cavalo no qual minha cabeça pendia. Às pressas, comecei a arrancar cabelos da cabeça. Três, quatro, cinco... será que bastaria? Estendi a mão e a arrastei num arbusto de azevinho yaupon; os fios longos e encaracolados flutuaram na brisa causada pelo cavalo passando, mas permaneceram emaranhados e bem presos na folhagem serrilhada.

Fiz a mesma coisa mais quatro vezes. Com certeza ele veria pelo menos um dos sinais, e saberia qual trilha seguir... isso se não perdesse tempo seguindo a outra primeiro. Não havia nada que eu pudesse fazer em relação a isso senão rezar... coisa que comecei a fazer com fervor, primeiro com uma súplica por Marsali e monsieur L'Oeuf, cuja necessidade era obviamente bem maior do que a minha.

Continuamos a subir por algum tempo ainda. Quando chegamos ao que parecia ser o ponto mais alto de uma serrania, a noite já caíra e eu estava quase inconsciente, com a cabeça latejando de sangue e o espartilho pressionado com tanta força contra o corpo que podia sentir cada barbatana de baleia como um ferro em brasa na pele.

Tive apenas energia suficiente para me impulsionar para trás quando o cavalo parou. Aterrissei no chão e na mesma hora me encolhi toda, e fiquei ali, tonta e arquejante, esfregando as mãos inchadas de tanto ficar de cabeça para baixo.

Os homens estavam reunidos num pequeno grupo, entretidos numa conversa em voz baixa, mas próximos demais para eu pensar em tentar me esgueirar para o meio dos arbustos. Um deles estava em pé a apenas poucos metros, com o olho pregado em mim.

Olhei para trás na direção de onde tínhamos vindo, meio temendo, meio torcendo para ver o brilho do incêndio ao longe lá embaixo. O fogo teria atraído a atenção de alguém... alguém àquela altura já saberia o que tinha acontecido, estaria naquele exato momento dando o alarme, organizando a perseguição. Entretanto... Marsali.

Será que ela já estava morta, e o bebê junto?

Engoli com força e estreitei os olhos no escuro, tanto para impedir as lágrimas quanto na esperança de ver alguma coisa. As árvores, porém, se erguiam densas à nossa volta, e não consegui ver nada a não ser variações de um breu retinto.

Não havia luz. A lua ainda não tinha nascido e as estrelas ainda estavam fracas... mas meus olhos tiveram tempo mais do que suficiente para se adaptar, e, embora eu não fosse nenhum gato para ver no escuro, pude distinguir o suficiente para efetuar uma contagem aproximada. Eles discutiam, olhando para mim de vez em quando. Talvez uma dúzia de homens... Quantos houvera no início? Vinte? Trinta?

Dobrei os dedos, trêmula. Meu pulso estava muito dolorido, mas não era isso que me preocupava no momento.

Estava claro para mim – e portanto para os homens também, era de presumir – que eles não poderiam ir direto para o esconderijo do uísque, mesmo que eu conseguisse encontrá-lo à noite. Quer Marsali sobrevivesse para falar ou não, e senti minha garganta se fechar ao pensar nisso, era provável que Jamie desconfiasse que o objetivo dos intrusos era o uísque e mandasse vigiá-lo.

Se as coisas não tivessem transcorrido daquele jeito, os homens teriam preferido me obrigar a levá-los até o esconderijo, pegado o uísque e fugido, torcendo para conseguir escapar antes de o roubo ser descoberto. Mas deixariam que eu e Marsali vivêssemos para dar o alarme e descrevê-los? Era a pergunta que eu me fazia. Talvez sim, talvez não.

No pânico que se seguira ao ataque de Marsali, porém, o plano original fora por água abaixo. E agora?

O círculo de homens estava se desfazendo, mas a discussão prosseguia. Passos chegaram mais perto.

– Não vai servir, estou dizendo – dizia um dos homens, exaltado. Pela voz engrossada, supus que fosse o cavalheiro do nariz quebrado, sem se deixar deter pelo ferimento. – Vamos matá-la agora. E deixá-la aqui, ninguém vai encontrá-la antes de os animais terem espalhado seus ossos.

– Ah, é? E se ninguém a encontrar vão pensar que ela ainda está conosco, não é?

– Mas se Fraser nos alcançar e ela não estiver, quem ele irá culpar...

Eles pararam, quatro ou cinco ao meu redor. Levantei-me com esforço, fechando a mão por reflexo em volta da coisa mais próxima semelhante a uma arma... uma pedra desafortunadamente pequena.

– A que distância estamos do uísque? – Hodge exigiu saber.

Ele havia tirado o chapéu, e seus olhos cintilavam nas sombras como os de um rato.

– Não sei – respondi, controlando os nervos com determinação... e segurando a pedra com firmeza. Minha boca ainda estava dolorida, inchada por causa do tapa que ele tinha me dado, e tive de formar as palavras com cuidado. – Eu não sei onde nós estamos.

Era verdade, embora eu pudesse ter arriscado um palpite razoável. Tínhamos viajado algumas horas, quase o tempo todo morro acima, e as árvores em volta eram abetos e abetos-balsâmicos, eu podia sentir o cheiro forte e limpo de sua resina.

Estávamos nas encostas superiores, e provavelmente perto de um pequeno desfiladeiro que atravessava o cume da montanha.

– Vamos matá-la – instou um dos outros. – Ela não nos serve de nada, e se Fraser a encontrar conosco...

– Cale essa boca!

Hodge se virou para o homem que tinha falado com tamanha violência que este, bem maior, deu um passo involuntário para trás. Feita a ameaça, Hodge o ignorou e me segurou pelo braço.

– Não banque a bobinha comigo, mulher. Diga-me o que eu quero saber.

Não se importou em dizer "senão eu" – algo frio deslizou pelo alto do meu seio e, um segundo depois, veio a quentura ardida do corte, e o sangue começou a brotar.

– Jesus H. Roosevelt Cristo! – exclamei, mais de surpresa do que de dor. Puxei o braço para me soltar dele. – Eu já disse que não sei onde nós *estamos*, seu idiota! Como espera que eu lhe diga onde fica qualquer outra coisa?

Ele piscou os olhos, espantado, e ergueu a faca por reflexo, desconfiado, como se pensasse que eu poderia atacá-lo. Ao perceber que não era essa a minha intenção, armou uma cara feia para mim.

– Vou lhe dizer o que eu *sei* – falei, e senti uma distante satisfação ao ouvir minha voz sair distinta e firme. – O esconderijo fica a mais ou menos 800 metros do barracão de maltagem, mais ou menos a noroeste. Fica numa caverna, bem escondido. Eu poderia levá-los até lá se partíssemos da nascente em que vocês me pegaram... mas isso é tudo que posso lhes dizer em matéria de direção.

E era verdade. Eu poderia encontrar o esconderijo com bastante facilidade... mas dar direções? "*Ande um pouquinho por uma brecha nos arbustos, até ver o arvoredo de carvalhos onde Brianna atirou num gambá, vire à esquerda até uma pedra meio quadrada com um monte de língua-de-serpente crescendo por cima...*" O fato de a necessidade dos meus serviços de guia decerto ser tudo que o impedia de me matar ali mesmo era, naturalmente, uma consideração secundária.

O corte tinha sido bem raso; não estava sangrando muito, nem de longe. Meu rosto e minhas mãos, porém, estavam gelados, e luzinhas piscantes surgiam e se apagavam nas bordas do meu campo de visão. Nada me sustentava a não ser uma vaga convicção de que, se a situação chegasse a tanto, eu preferiria morrer em pé.

– Estou lhe dizendo, Hodge, você não vai querer nada com essa daí... nada. – Um homem maior tinha se juntado ao pequeno grupo à minha volta. Ele se inclinou por cima do ombro de Hodge, olhou para mim e assentiu. Na sombra, todos eles eram negros, mas esse homem tinha na voz uma cadência africana... um ex-escravo, ou quem sabe um comerciante de escravos. – Essa mulher... eu ouvi falar nela. É feiticeira. Eu conheço mulheres assim. Feiticeiras são como serpentes. Não toque nessa daí, está me ouvindo? Ela vai amaldiçoar você!

Consegui dar uma gargalhada de som bem desagradável em resposta a isso, e o homem mais próximo de mim deu meio passo para trás. Levei um vago susto; de onde tinha saído *aquilo*?

Mas eu agora estava respirando melhor, e as luzinhas piscantes tinham sumido.

O homem alto esticou o pescoço ao ver a linha escura de sangue na minha combinação.

– Você tirou sangue dela? Hodge, seu maldito, agora pronto...

Sua voz tinha uma nota distinta de alarme, e ele recuou um pouco, fazendo algum tipo de sinal para mim com uma das mãos.

Sem a menor noção do que me levou a fazer isso, soltei a pedra, esfreguei os dedos da mão direita no corte, e com um movimento veloz a estendi e os passei na bochecha do homem magro. Repeti a gargalhada desagradável.

– Maldição, é? – falei. – Que tal isso? Se tocar em mim outra vez, você vai morrer em menos de 24 horas.

As riscas de sangue se destacavam, escuras, no branco de seu rosto. Ele estava perto o suficiente para eu sentir seu hálito azedo e ver a fúria tomar conta do seu rosto.

Que diabos você pensa que está fazendo, Beauchamp?, pensei, inteiramente surpresa comigo mesma. Hodge ergueu o punho para me bater, mas o homem grande o segurou pelo pulso com um grito de medo.

– Não faça isso! Você vai matar todos nós!

– Eu vou matar é *você* agora mesmo, seu imbecil!

Hodge ainda estava segurando a faca com a outra mão e, grunhindo de raiva, desferiu um golpe canhestro no homem maior. O grandalhão arquejou com o impacto, mas não foi atingido com gravidade... torceu o pulso que estava segurando, e Hodge soltou um grito agudo e estridente, como um coelho capturado por uma raposa.

Então os outros todos se meteram, aos empurrões e gritos, levando as mãos às armas. Virei-me e comecei a correr, mas não consegui dar mais de uns poucos passos antes de um deles me agarrar, passar o braço à minha volta e me puxar com força contra si.

– A senhora não vai a lugar nenhum – disse ele, arfando no meu ouvido.

Era verdade. Embora não fosse mais alto do que eu, ele era bem mais forte. Estiquei-me para tentar me desvencilhar, mas ele tinha os dois braços firmes ao meu redor e apertou com mais força. Retesei-me então, com o coração a bater forte de raiva e de medo, sem querer lhe dar um pretexto para me machucar. Ele estava empolgado: pude sentir seu coração bater forte também, e senti o cheiro forte de suor recente por sobre o fedor das roupas e do corpo.

Não conseguia ver o que estava acontecendo, porém não achei que eles estivessem lutando, mas apenas gritando uns com os outros. Meu captor endireitou o corpo e limpou a garganta.

– Ahn... de onde a senhora é? – perguntou ele, com bastante educação.

– O quê? – falei, perplexa. – De onde eu sou? Ahn... é... da Inglaterra. Oxfordshire, originalmente. Depois Boston.

– Ah? Eu mesmo sou do norte.

Reprimi a ânsia automática de responder "Prazer em conhecê-lo", já que não era um prazer, e a conversa perdeu força.

A luta havia terminado da mesma forma abrupta como havia começado. Com muitos rosnados e grunhidos simbólicos, todos os outros recuaram diante das afirmações berradas de Hodge de que quem estava no comando ali era ele, e de que era melhor fazerem o que ele mandava ou aguentarem as consequências.

– Ele está falando sério – murmurou meu captor, ainda me apertando com força contra o peito imundo. – A senhora não quer deixá-lo irritado, acredite em mim.

– Humm – murmurei, embora imaginasse que o conselho fosse bem-intencionado.

Estava torcendo para o conflito ser ruidoso e prolongado, aumentando assim as chances de Jamie nos alcançar.

– E, falando em origens, de onde vem esse tal de Hodge? – perguntei.

Ele ainda me parecia extremamente familiar. Tinha certeza de que já o vira em *algum lugar*... mas onde?

– Hodgepile? Ahhh... da Inglaterra, imagino eu – respondeu o jovem que me segurava. Sua voz soou surpresa. – Não dá para ouvir na voz dele?

Hodge? Hodgepile? Isso com certeza soava conhecido, mas...

Houve uma boa quantidade de murmúrios e ajuntamentos, mas dali a um tempo demasiado curto nós tornamos a partir. Dessa vez, com a graça de Deus, pude seguir montada, ainda que com as mãos amarradas e presas na sela.

Avançamos bem devagar. Havia uma espécie de trilha, mas mesmo à luz débil da lua nascente o avanço era difícil. Hodgepile não conduzia mais o cavalo em que eu ia montada. O rapaz que tinha me recapturado era quem segurava o bridão, puxando e instigando o cavalo cada vez mais relutante pelo meio dos densos arbustos. Eu por vezes o via de relance, esbelto, cabelos fartos e despenteados que desciam até abaixo dos ombros e o deixavam com a mesma silhueta de uma juba de leão.

A ameaça da morte imediata havia se afastado um pouco, mas eu continuava com o estômago contraído e os músculos das costas rijos de apreensão. Hodgepile por ora tinha conseguido o que queria, mas não houvera nenhum acordo de verdade entre os homens. Um daqueles a favor de me matar e deixar meu corpo para os gambás e fuinhas poderia facilmente decidir dar um fim rápido à controvérsia surgindo da escuridão.

Em algum lugar à frente, pude ouvir a voz de Hodgepile, distinta e intimidadora. Ele parecia estar percorrendo a coluna de ponta a ponta, intimidando, importunando, mordiscando feito um cão pastor para tentar manter seu rebanho em movimento.

Eles *estavam* se movendo, embora até para mim estivesse claro que os cavalos estavam cansados. Aquele em que eu ia montada avançava devagar, dando trancos irritados com a cabeça. Só Deus sabia de onde vinham aqueles saqueadores, ou por quanto tempo tinham viajado antes de chegar à clareira do uísque. Os homens também diminuíam a velocidade, e uma névoa gradual de cansaço se abateu sobre eles à medida que a adrenalina da fuga e do conflito se diluía. Pude sentir a exaustão me dominar também e lutei contra ela, esforçando-me para me manter alerta.

O outono ainda estava no início, mas eu vestia apenas minha combinação e espartilho, e estávamos alto o suficiente para o ar esfriar depressa depois do anoitecer. Eu tremia o tempo todo, e o corte em meu peito ardia quando os pequenos músculos se contraíam sob a pele. Não era nada sério, mas e se infeccionasse? Só pude torcer para viver tempo suficiente a ponto de isso ser um problema.

Por mais que tentasse, não conseguia evitar pensar em Marsali, nem impedir minha mente de fazer especulações médicas, imaginando tudo, desde uma concussão com inchaço intracraniano até queimaduras com inalação de fumaça. Eu poderia fazer alguma coisa se estivesse lá... talvez até uma cesariana de emergência. Ninguém mais podia.

Apertei as mãos com força na borda da sela, forçando as cordas que as prendiam. Eu tinha que estar lá!

Mas não estava, e talvez nunca mais estivesse.

Os bate-bocas e murmúrios tinham praticamente cessado quando a escuridão da floresta se fechou à nossa volta, mas uma sensação persistente de inquietação continuou a pesar sobre o grupo. Em parte, pensei que fosse apreensão e medo de uma perseguição, mas era muito mais uma sensação de discórdia interna. A briga não fora resolvida, apenas adiada para um momento mais conveniente. O ar carregava uma sensação aguda de conflito em preparação.

E esse conflito estava centrado diretamente em *mim*. Como eu não conseguira ver direito durante a discussão, não podia ter certeza de quais homens defendiam quais opiniões, mas a divisão era clara: um dos grupos, liderado por Hodgepile, era a favor de me manter viva, pelo menos por tempo suficiente para levá-los até o uísque. Um segundo grupo era a favor de minimizar as perdas e cortar meu pescoço. E uma opinião minoritária, expressada pelo cavalheiro de sotaque africano, era a favor de me soltar o quanto antes.

Evidentemente, seria adequado me aproximar desse cavalheiro e tentar fazer com que as suas opiniões me rendessem alguma vantagem. Como? Eu tinha começado amaldiçoando Hodgepile... e continuava um tanto espantada por ter feito isso. No entanto, não achava aconselhável começar a amaldiçoá-los de modo generalizado... isso estragaria o efeito.

Mudei de posição na sela, que estava começando a me deixar muito assada. Aquela não fora a primeira vez que homens haviam se retraído diante de mim por medo daquilo que pensavam que eu fosse. O medo gerado pela superstição podia ser uma arma eficaz... mas muito perigosa de usar. Se eu realmente os assustasse, eles me matariam sem hesitar um só segundo.

Tínhamos adentrado o desfiladeiro. Ali havia algumas árvores entre os rochedos, e quando emergimos do outro lado da montanha o céu se abriu à minha frente, imenso e cintilante, iluminado por uma multidão de estrelas.

A visão deve ter me feito dar um arquejo, pois o rapaz que conduzia meu cavalo parou e ergueu por sua vez o rosto para o céu.

– Ah – disse ele baixinho.

Passou alguns instantes admirando aquilo, em seguida foi puxado de volta à terra pela passagem de outro cavalo que roçou em nós, e cujo cavaleiro se virou para me examinar com atenção.

– Tinha estrelas assim... lá de onde a senhora vem? – quis saber meu acompanhante.

– Não – respondi, ainda levemente enfeitiçada pela grandiosidade muda do céu. – Não tão brilhantes.

– Não eram, mesmo – concordou ele, balançando a cabeça, e puxou as rédeas.

Aquilo me pareceu um comentário estranho, mas não consegui interpretá-lo. Poderia ter conversado mais com ele. Deus sabia que precisava de todos os aliados que conseguisse arrumar. No entanto, alguém gritou lá da frente; ficou claro que estavam montando acampamento.

Fui desamarrada e tirada do cavalo. Hodgepile abriu caminho entre os outros e me segurou pelos ombros.

– Tente fugir, mulher, e vai desejar não ter tentado. – Ele apertou com maldade, afundando os dedos na minha carne. – Preciso de você viva... não preciso de você inteira.

Sem largar meu ombro, ele ergueu a faca, pressionou a superfície plana da lâmina nos meus lábios, enfiou a ponta dentro do meu nariz, então chegou tão perto que pude sentir no rosto a quentura úmida de seu hálito repugnante.

– A única coisa que não vou cortar é a sua língua – sussurrou ele. A lâmina da faca foi saindo devagar do meu nariz, desceu por meu queixo, acompanhou o contorno do meu pescoço e rodeou a curva do meu seio. – Está me entendendo, não está?

Ele esperou eu conseguir assentir, então me soltou e desapareceu na escuridão.

Se queria me deixar abalada, tivera êxito. Apesar do frio, eu suava, e ainda estava tremendo quando uma sombra alta se avultou ao meu lado, segurou uma das minhas mãos e pressionou alguma coisa dentro dela.

– Meu nome é Tebbe – murmurou ele. – Lembre-se disso... Tebbe. Lembre-se de que fui bom com você. Diga aos seus espíritos para não machucarem Tebbe, que ele foi bom com você.

Tornei a aquiescer, estupefata, e fui deixada sozinha de novo, dessa vez com um pedaço de pão na mão. Comi depressa e observei que, apesar de muito duro, originalmente tinha sido um bom pão de centeio escuro do tipo fabricado pelas mulheres alemãs de Salem. Teriam os homens atacado alguma casa perto de lá, ou apenas comprado o pão?

Uma sela de cavalo fora jogada no chão perto de mim; um cantil pendia do cepilho, e ajoelhei-me para beber dele. O pão e a água, que tinha gosto de lona e madeira, eram mais saborosos do que qualquer coisa que eu houvesse comido em muito tempo. Eu já tinha reparado antes que chegar bem perto da morte aguça notavelmente o apetite. Ainda assim, tinha esperanças de algo mais elaborado como última refeição.

Hodgepile voltou dali a alguns minutos com uma corda. Não se importou com novas ameaças, sem dúvida sentindo que já tinha dado o seu recado. Simplesmente me amarrou, mãos e pés, e me empurrou para o chão. Ninguém me dirigiu a palavra, mas alguém, num impulso bondoso, jogou um cobertor por cima de mim.

O acampamento se aquietou depressa. Nenhuma fogueira foi acesa, de modo que não se preparou nenhum jantar. Era de se presumir que os homens tivessem matado a fome e a sede da mesma forma improvisada que eu, em seguida se espalhado pela mata para tentar descansar, deixando os cavalos amarrados a uma pequena distância.

Esperei a movimentação cessar, então segurei o cobertor com os dentes e me contorci com cuidado para sair do lugar em que fora deixada e avançar feito uma lagarta até outra árvore, a uns 10, 12 metros dali.

Não estava pensando em fugir quando fiz isso. No entanto, se um dos bandidos favoráveis à minha morte resolvesse aproveitar o escuro para alcançar seus objetivos, não pretendia estar deitada lá feito uma cabra amarrada. Com sorte, se alguém se aproximasse sorrateiramente do lugar em que eu estava antes, eu seria alertada com antecedência suficiente para gritar por ajuda.

Sabia, sem sombra de dúvida, que Jamie iria aparecer. Meu trabalho era sobreviver até ele chegar.

Ofegante e suada, coberta por farelos de folhas e com as meias em frangalhos, encolhi-me ao pé de uma grande carpa e tornei a me enterrar debaixo do cobertor. Assim escondida, fiz uma tentativa de usar os dentes para desatar os nós da corda em volta dos pulsos. Fora Hodgepile quem as havia amarrado, porém, e o fizera com zelo militar. A menos que eu mastigasse as cordas à maneira de um roedor, não iria a lugar algum.

Militar. Foi esse pensamento que me fez recordar de repente quem ele era, e onde eu o vira antes. Arvin Hodgepile! Ele trabalhava como escrevente no armazém da Coroa em Cross Creek. Eu havia cruzado brevemente com ele, três anos antes, quando Jamie e eu tínhamos levado o corpo de uma menina assassinada para o sargento da guarnição de lá.

O sargento Murchinson tinha morrido... e eu pensara que Hodgepile também tivesse morrido na conflagração que destruíra o armazém e tudo que este continha. Um desertor, então. Ou ele tivera tempo de fugir do armazém antes do incêndio, ou simplesmente não estava lá na ocasião. Fosse como fosse, tivera inteligência suficiente para entender que poderia aproveitar essa oportunidade e desaparecer do exército de Sua Majestade, deixando que pensassem que estivesse morto.

Estava claro também o que vinha fazendo desde então. Percorrendo a zona rural, roubando, assaltando e matando... e acumulando pelo caminho diversos companheiros de opinião semelhante.

Não que eles no presente momento parecessem estar concordando. Embora Hodgepile pudesse ser agora o líder autoproclamado daquela gangue, estava claro para mim que não ocupava essa posição havia muito tempo. Não estava acostumado a comandar, não sabia administrar os homens a não ser ameaçando. Eu já tinha visto muitos comandantes militares ao longo dos anos, bons e ruins, e sabia reconhecer a diferença.

Naquele exato instante, podia ouvi-lo, a voz erguida numa discussão distante com outra pessoa. Já tinha visto gente como ele, homens maus capazes de intimidar por um tempo outros à sua volta com rompantes de violência imprevisível. Raramente duravam muito... e eu duvidava que Hodgepile fosse durar muito mais.

Não duraria mais do que o tempo que Jamie levaria para nos encontrar. Esse pensamento me acalmou como uma golada de um bom uísque. Jamie com certeza já devia estar à minha procura.

Enrosquei-me mais debaixo do cobertor, tremendo um pouco. Jamie precisaria de luz para rastrear à noite... tochas. Isso tornaria seu grupo visível, e vulnerável, caso chegassem perto o bastante para serem vistos do acampamento. O acampamento em si não estaria visível: não havia fogueira acesa, e os cavalos e homens estavam espalhados pela mata. Eu sabia que sentinelas tinham sido posicionados, podia ouvi-los se mover na mata vez ou outra, falando em voz baixa.

Mas Jamie não era nenhum bobo, pensei, tentando afastar visões de emboscada e massacre. Pelo frescor do esterco dos cavalos, saberia se estava chegando perto, e certamente não iria marchar direto acampamento adentro com as tochas todas acesas. Se houvesse seguido o bando até ali, ele iria...

O barulho de passos silenciosos me fez gelar. Vinham da direção do meu lugar de descanso original, e encolhi-me sob o cobertor como um camundongo do campo que avistou uma fuinha.

Os passos se arrastaram para a frente e para trás, como se alguém estivesse tateando as folhas secas e agulhas de pinheiro à minha procura. Prendi a respiração, embora certamente ninguém fosse capaz de escutá-la, com o vento noturno a assobiar por entre os galhos lá em cima.

Tentei ver no escuro, mas não consegui distinguir nada além de um débil borrão se movendo entre os troncos das árvores, a 12 metros de mim. Um súbito pensamento me ocorreu... será que poderia ser Jamie? Se ele houvesse chegado perto o suficiente para localizar o acampamento, muito provavelmente iria se aproximar de fininho a pé para me procurar.

Esse pensamento me fez arquejar e retesar as cordas que me prendiam. Senti uma vontade urgente de chamá-lo, mas não me atrevi. Se *fosse* mesmo Jamie, chamá-lo revelaria sua presença aos bandidos. Se eu podia escutar as sentinelas, elas com certeza podiam escutar a mim.

Mas se *não fosse* Jamie, e sim um dos bandidos com a intenção de me matar em surdina...

Exalei bem devagar, com todos os músculos do corpo contraídos e trêmulos. Fazia um frio razoável, mas eu estava banhada em suor. Podia sentir o cheiro de meu próprio corpo, o forte fedor do medo misturado aos cheiros mais frios de terra e vegetação.

O borrão havia sumido, os passos, silenciado e meu coração batia com a força de um tambor. As lágrimas que eu vinha contendo havia horas vazaram, quentes, no meu rosto e eu chorei, tremendo em silêncio.

A noite ao meu redor era imensa, a escuridão repleta de ameaças. Lá em cima, as estrelas reluziam no céu, atentas, e em algum momento eu adormeci.

28

MALDIÇÕES

Acordei pouco antes da aurora, coberta de suor pegajoso e com a cabeça latejando de dor. Os homens, já em movimento, resmungavam por causa da falta de café ou desjejum.

Hodgepile parou ao meu lado e olhou para baixo com os olhos semicerrados. Relanceou a vista para a árvore ao abrigo da qual tinha me deixado na noite anterior e para a funda vala de folhas decompostas remexidas que eu havia criado ao rastejar feito uma minhoca até onde me encontrava. Ele quase não tinha lábios, mas seu maxilar inferior se contraiu de desprazer.

Ele sacou a faca do cinto e senti o sangue se esvair do meu rosto. No entanto, ele apenas se ajoelhou e cortou minhas cordas, em vez de me decepar um dedo para expressar suas emoções.

– Partimos daqui a cinco minutos – disse ele, e se afastou.

Eu estava trêmula e um pouco enjoada de tanto medo, e tão rígida que mal consegui ficar em pé. Ao me levantar, porém, cambaleei a curta distância até um pequeno riacho.

O ar estava úmido, e eu agora sentia frio com minha combinação ensopada de suor, mas molhar as mãos e o rosto na água fria pareceu ajudar um pouco, além de aliviar o latejar atrás do meu olho direito. Tive o tempo exato de fazer uma toalete sumária, tirar os farrapos das meias e correr os dedos molhados por entre os cabelos antes de Hodgepile reaparecer para me levar embora de novo.

Dessa vez fui posta no lombo de um cavalo, mas graças a Deus não fui amarrada. Apesar disso, não me deixaram segurar as rédeas: meu cavalo estava arreado com uma guia que um dos bandidos segurava.

Foi minha primeira chance de dar uma boa olhada em meus captores à medida que eles saíam da mata e se sacudiam até se disporem numa formação grosseira, tossindo, cuspindo e urinando nas árvores sem ligar para a minha presença. Além de Hodgepile, contei mais doze homens... uma dúzia certinha de vilões.

Foi fácil identificar o que se chamava Tebbe: tirando a estatura, ele era mulato. Havia um outro de sangue mestiço, negro com índio, pensei, mas era baixo e atarracado. Tebbe não olhou na minha direção, mas seguiu cuidando de seus afazeres com a cabeça baixa e o semblante fechado.

Isso me deixou decepcionada. Eu não sabia o que havia acontecido entre os homens durante a noite, mas pelo visto a insistência de Tebbe para que eu fosse solta não estava mais tão insistente assim. Um lenço com manchas cor de ferrugem lhe cingia o pulso; talvez isso tivesse algo a ver com a questão.

O rapaz que conduzira meu cavalo na véspera também foi fácil de identificar pelos cabelos compridos e volumosos, mas ele tampouco chegou perto e evitou olhar para mim. Era índio, o que me deixou um tanto surpresa... não cherokee, talvez tuscarora? Eu não havia imaginado isso nem pelo seu modo de falar, nem pelos cabelos encaracolados. Era óbvio que ele também tinha sangue mestiço.

O restante da gangue era mais ou menos branco, mas mesmo assim formava um grupo heterogêneo. Três não passavam de adolescentes encardidos e desengonçados, que mal tinham barba. *Eles* sim me olharam, com os olhos esbugalhados e o queixo caído, cutucando uns aos outros. Encarei um deles até que cruzasse o olhar comigo. O rapaz ficou escarlate por baixo das suíças ralas e virou o rosto para o outro lado.

Por sorte, a combinação que eu usava tinha mangas. A roupa me cobria de modo razoavelmente decente do pescoço fechado por um cordão até a bainha no meio da canela, mas não havia como negar que eu me sentia desconfortavelmente exposta. O tecido úmido aderia à curva dos meus seios, pesado... sensação da qual eu estava desconfortavelmente consciente. Desejei ter mantido o cobertor comigo.

Os homens rodopiavam lentamente à minha volta, carregando os cavalos, e tive a distinta e desagradável sensação de ser o centro daquela massa... de um jeito bem semelhante ao centro vermelho que fica no meio de um alvo. Pude apenas torcer para estar com um aspecto envelhecido e feio o bastante para meu estado de desalinho ser repugnante, não interessante; meus cabelos estavam soltos, revoltos, e tão embaraçados ao redor dos ombros quanto barba-de-velho, e eu com certeza me *sentia* como se tivesse sido amassada feito um saco velho de papel.

Mantive-me bem ereta na sela e olhava com ares de poucos amigos para qualquer um que sequer me olhasse de relance. Um dos homens piscou os olhos cansados em direção à minha perna nua com uma leve expressão especulativa... apenas para se retrair de modo perceptível ao cruzar olhares comigo.

Aquilo me proporcionou uma sensação momentânea de triste satisfação... superada quase na mesma hora pelo choque. Os cavalos tinham começado a se mover, e quando o meu, obediente, pôs-se a seguir o homem à minha frente, dois outros homens apareceram e se postaram debaixo de um grande carvalho. Eu conhecia ambos.

Harley Boble amarrava as correias de uma sela de carga e fazia uma careta enquanto dizia algo para outro homem mais grandalhão. Harley Boble era um ex-caçador de ladrões, agora obviamente convertido em ladrão. Homenzinho detestável da cabeça aos pés, era improvável que demonstrasse boa disposição em relação a mim, considerando o ocorrido durante uma reunião algum tempo antes.

Não fiquei nada satisfeita ao vê-lo ali, embora não tivesse ficado de modo algum surpresa por encontrá-lo naquela companhia. Mas foi a visão de seu companheiro que fez meu estômago se contrair e minha pele se eriçar feito a de um cavalo com moscas.

O sr. Lionel Brown, de Brownsville.

Ele olhou para cima, me viu e tornou a se virar para o outro lado depressa, encolhendo os ombros. Deve ter percebido que eu o vi, contudo, pois virou-se novamente para mim com os traços magros fixos numa espécie de desafio cauteloso. Tinha o nariz inchado e congestionado, um bulbo vermelho-escuro visível até mesmo à luz acinzentada. Passou alguns instantes me encarando, então aquiesceu como quem reconhece algo com relutância e tornou a me dar as costas.

Arrisquei um olhar para trás por cima do ombro quando entramos no meio das árvores, mas não consegui mais vê-lo. *O que* ele estava fazendo ali? Não havia reconhecido sua voz na ocasião, mas obviamente fora ele quem havia debatido com Hodgepile a sensatez de me levar como prisioneira. Não era de espantar! Ele não era o único a estar perturbado com nosso reconhecimento mútuo.

Lionel Brown e seu irmão Richard eram negociantes, fundadores e patriarcas de Brownsville, um diminuto povoado nas montanhas a uns 65 quilômetros da Cordilheira. Aventureiros como Boble ou Hodgepile percorrerem a zona rural roubando e incendiando era uma coisa, outra bem diferente era os Browns de Brownsville proporcionarem uma base para suas depredações. A última coisa no mundo que o sr. Lionel Brown poderia querer era que eu encontrasse Jamie com a notícia do que ele tinha feito.

E pensei que ele decerto iria tomar providências para me impedir de fazê-lo. O sol nascente começava a aquecer o ar, mas de repente senti frio, como se houvesse caído dentro de um poço.

Raios de luz passavam por entre os galhos, tingindo de dourado os resquícios da névoa noturna que cobria as árvores e de prata as pontas de suas folhas pingando orvalho. As árvores estavam tomadas pelo canto dos pássaros, e um tentilhão pulava e fuçava o chão em uma poça de sol, alheio aos homens e cavalos que passavam. Era cedo ainda para moscas e mosquitos, e a brisa suave da manhã acariciava meu rosto. Com certeza se tratava de uma daquelas paisagens nas quais só o homem é vil.

A manhã transcorreu em razoável silêncio, mas tive consciência do estado de tensão constante entre os homens... embora eles não estivessem mais tensos do que eu.

Jamie Fraser, onde está você?, pensei, totalmente concentrada na floresta ao redor. Cada farfalhar distante ou graveto partido podia ser o presságio de um resgate, e meus nervos começaram a ficar visivelmente à flor da pele de tanta expectativa.

Onde? Quando? Como? Eu não tinha nem rédeas, nem armas; se e quando o grupo fosse atacado, minha melhor estratégia, bem, minha única estratégia seria me jogar do cavalo e sair correndo. Conforme avançávamos, eu não parava de avaliar cada arbusto de hamamélis e cada grupo de espruces, identificando apoios para os pés e planejando um zigue-zague por entre árvores jovens e rochedos.

Não estava me preparando apenas para um ataque de Jamie e seus homens. Não podia ver Lionel Brown, mas sabia que ele estava em algum lugar por perto. Um ponto entre minhas escápulas se contraiu em um nó, prevendo uma faca.

Mantive o olho atento para armas potenciais: pedras de tamanho útil, galhos que eu pudesse agarrar do chão. Se e quando eu saísse correndo, não tinha a intenção de deixar ninguém me parar. Seguimos em frente, porém, tão depressa quanto os cascos dos cavalos permitiam, e os homens viviam olhando para trás por cima dos ombros, com as mãos nas armas. Eu, por minha vez, era obrigada a desistir de empunhar de modo imaginário cada arma possível conforme estas iam passando sucessivamente e sumindo de vista.

Para minha intensa decepção, chegamos ao desfiladeiro por volta do meio-dia, sem incidentes.

Eu já estivera ali com Jamie. As cataratas despencavam pouco menos de 20 metros por um paredão de granito, cintilavam cheias de arco-íris e rugiam com uma voz que parecia o arcanjo Miguel. Arbustos de arônia e índigo-selvagem bordejavam a cachoeira, e choupos amarelos encimavam o rio abaixo do poço da cachoeira, tão densos que apenas um lampejo fugidio da superfície da água aparecia entre as margens de luxuriante vegetação. Hodgepile, claro, não fora atraído pela beleza natural do lugar.

– Desça. – Uma voz áspera falou junto ao meu cotovelo e, quando olhei para baixo, vi Tebbe. – Vamos fazer os cavalos atravessarem a nado. A senhora vem comigo.

– Eu a levo.

Meu coração quase saiu pela boca ao ouvir a voz fortemente anasalada. Era Lionel Brown, que abria caminho entre um cipó de trepadeira pendurado, os olhos escuros grudados em mim.

– Você, não.

Tebbe virou-se para Brown com o punho cerrado.

– Você, não – repeti com firmeza. – Eu vou com ele.

Saltei do cavalo, refugiei-me na mesma hora atrás do físico ameaçador do mulato e espiei Brown por baixo do braço do homem mais alto.

Não tinha a menor ilusão quanto à intenção de Brown. Ele não correria o risco de me assassinar diante do olhar de Hodgepile, mas poderia me afogar com facilidade e o faria, depois diria que tinha sido um acidente. O rio ali era raso, mas ainda veloz; eu podia ouvi-lo zunir ao passar pelas pedras próximas da margem.

Os olhos de Brown chisparam para a direita, depois para a esquerda, ponderando se deveria tentar... mas Tebbe encolheu os ombros imensos e Brown descartou aquilo como uma tarefa ingrata. Deu um muxoxo, cuspiu de lado e se afastou, pisando firme e partindo galhos.

Eu talvez não tivesse mais outra chance melhor. Sem esperar os ruídos da partida ofendida de Brown arrefecerem, passei uma das mãos por cima do cotovelo do grandalhão e apertei seu braço.

– Obrigada – falei, em voz baixa. – Pelo que o senhor fez ontem à noite. Está muito machucado?

Ele baixou os olhos para mim, com a apreensão patente no rosto. O fato de eu o tocar claramente o desconcertou. Pude sentir a tensão em seu braço enquanto ele tentava decidir entre se afastar de mim ou não.

– Não – respondeu ele por fim. – Eu estou bem.

Hesitou um segundo, mas então abriu um sorriso hesitante.

A intenção de Hodgepile era clara: os cavalos iam sendo conduzidos um de cada vez por uma estreita trilha de cervos que margeava o penhasco. Estávamos a mais de 1,5 quilômetro da cachoeira, mas mesmo assim seu barulho dominava o ar. As laterais do desfiladeiro mergulhavam abruptas na direção da água 15 metros mais abaixo, e a margem oposta era igualmente íngreme e coberta por vegetação.

Uma espessa franja de arbustos ocultava a borda do penhasco, mas pude ver que o rio ali se alargava e ficava mais lento e mais raso. Sem correntezas perigosas, os cavalos poderiam ser conduzidos rio abaixo e sair da água em algum ponto aleatório da margem oposta. Qualquer um que houvesse conseguido nos rastrear até o desfiladeiro perderia o rastro ali, e teria muita dificuldade para tornar a encontrá-lo do outro lado.

Com esforço, contive-me para não olhar por cima do ombro em busca de sinais de uma perseguição iminente. Meu coração batia apressado. Se Jamie estivesse por perto, iria esperar para atacar o grupo quando este entrasse na água, na hora em que ficasse mais vulnerável. Mesmo que ele ainda não estivesse perto, a travessia do rio seria uma operação confusa. Se houvesse algum bom momento para tentar uma fuga...

– Você não deveria ir com eles – falei para Tebbe num tom casual. – Vai morrer também.

O braço sob a minha mão deu um tranco convulso. Ele baixou para mim os olhos arregalados. As escleras estavam amareladas de icterícia e as íris fragmentadas, o que o deixava com um olhar esquisito e borrado.

– Eu disse a verdade, sabe? – Ergui o queixo em direção a Hodgepile, visível ao longe. – Ele vai morrer. Todos que estiverem com ele também. Mas você não tem por que morrer.

Ele resmungou alguma coisa entre os dentes e pressionou um punho fechado contra o peito. Havia algo pendurado ali num barbante, por baixo da camisa. Eu não sabia se poderia ser uma cruz ou algum amuleto mais pagão, mas ele até então parecia estar reagindo bem ao sugestionamento.

Assim tão perto do rio, o ar estava espesso de umidade, vivo e com o cheiro de coisas verdes e de água.

– A água é minha amiga – falei, tentando transmitir um ar misterioso condizente com uma feiticeira. Não era boa em mentir, mas estava mentindo para salvar minha vida. – Quando entrarmos no rio, solte-me. Um cavalo aquático vai emergir para me levar embora.

Os olhos dele não podiam ficar mais arregalados. Era óbvio que ele já ouvira falar nos *kelpies*, os espíritos aquáticos do folclore escocês, ou pelo menos em algo parecido. Mesmo tão longe da queda, o rugido da água trazia vozes... para quem decidisse escutar.

– Eu não vou embora num cavalo aquático – disse ele, sem convicção. – Eu sei sobre eles. Eles o levam para o fundo, afogam você e depois o comem.

– Ele não vai me comer – garanti-lhe. – Não precisa chegar perto. Basta se afastar quando estivermos dentro d'água. Fique bem afastado.

E, se assim o fizesse, antes de ele perceber eu já estaria debaixo d'água e nadando o mais rápido que conseguisse. Estaria disposta a apostar que a maioria dos bandidos de Hodgepile não sabia nadar; pouca gente nas montanhas sabia. Flexionei os músculos das pernas, preparando-me, e as dores e a rigidez se dissolveram numa torrente de adrenalina.

Metade dos homens já tinha passado pela borda com os cavalos... eu poderia atrasar Tebbe, pensei, até o restante ter entrado na água. Ainda que ele não fosse contribuir deliberadamente para a minha fuga, se eu escapulisse achava que não tentaria me capturar.

Ele deu um puxão sem vontade no meu braço e estaquei abruptamente.

– Ai! Espere, pisei num carrapicho.

Ergui um dos pés para examinar a sola. Com a sujeira e as manchas de resina que a cobriam, ninguém poderia ter dito se eu havia pisado em um carrapicho, no espinho de algum arbusto, ou mesmo num prego de ferradura.

– Temos que ir, mulher.

Não soube se era a minha proximidade, o rugido da cachoeira ou a menção de cavalos aquáticos que estava deixando Tebbe perturbado, mas ele chegava a suar de tão nervoso. Seu cheiro, antes um almíscar simples, havia se transformado em algo forte e pungente.

– Só um instante – falei, fingindo cutucar o pé. – Estou quase tirando.

– Deixe. Eu carrego a senhora.

Com a respiração pesada, Tebbe olhava alternadamente para a frente e para trás, na minha direção e na da borda do penhasco onde a trilha de cervos sumia em meio à vegetação, como se temesse a aparição de Hodgepile.

Mas não foi Hodgepile quem surgiu do meio dos arbustos. Foi Lionel Brown, com o semblante decidido, e dois homens mais jovens de ar igualmente determinado atrás dele.

– Eu a levo – disse ele sem preâmbulo, segurando meu braço.

– Não!

Por reflexo, Tebbe pegou meu outro braço e puxou.

Seguiu-se um cabo de guerra bem pouco digno, com Tebbe e o sr. Brown puxando cada um dos meus braços. Antes de eu ser partida ao meio feito um ossinho da sorte, Tebbe felizmente mudou de tática. Soltou meu braço, segurou-me pelo tronco e me apertou contra si, desferindo um chute no sr. Brown com um dos pés.

O resultado dessa manobra foi fazer Tebbe e eu cairmos para trás numa pilha desordenada de braços e pernas, enquanto Brown também perdeu o equilíbrio, embora no início eu não tivesse percebido. Tudo de que tive consciência foi um grito alto e barulhos de queda, seguidos por um estrondo e pelo chacoalhar de pedras soltas a quicar por uma encosta pedregosa.

Desvencilhei-me de Tebbe e engatinhei até descobrir o restante dos homens reunido em volta de um trecho sinistramente aplainado nos arbustos que margeavam o desfiladeiro. Um ou dois pegavam cordas às pressas enquanto gritavam ordens contraditórias, o que me fez deduzir que o sr. Brown de fato tinha caído no desfiladeiro, mas que sua morte ainda não estava confirmada.

Inverti a direção depressa, com a intenção de mergulhar de cabeça na vegetação, mas em vez disso dei com um par de botas rachadas pertencentes a Hodgepile. Ele me agarrou pelos cabelos e puxou, fazendo-me gritar e bater nele por reflexo. Acertei-o no meio do corpo. Ele expirou com força e abriu a boca, arquejando em busca de ar, mas sua mão de ferro não soltou meus cabelos.

Com caretas furiosas na minha direção, ele então me soltou e, com um dos joelhos, me fez avançar em direção à borda do desfiladeiro. Agarrado aos arbustos, um dos homens mais jovens tateava cuidadosamente com os pés para tentar encontrar apoio na encosta mais abaixo, com uma corda amarrada na cintura e outra enrolada e pendurada no ombro.

– Sua vagabunda! – berrou Hodgepile, e enterrou os dedos no meu braço enquanto se inclinava por entre os arbustos partidos. – Por que fez isso, vadia?

Ele ficou saltitando na borda feito o duende Rumpelstiltskin, brandindo os punhos e gritando impropérios de modo indiscriminado para seu sócio ferido e para mim enquanto começavam as operações de resgate. Tebbe havia recuado até uma distância segura, onde estava parado com cara de ofendido.

Por fim, Brown foi içado, grunhindo bem alto, e deitado na grama. Os homens que já não estavam dentro do rio se juntaram, todos afogueados e parecendo estar com calor.

– Pretende consertá-lo, feiticeira? – indagou Tebbe, me olhando com um ar cético.

Eu não soube se ele estava querendo pôr em dúvida as minhas capacidades ou somente a sensatez de eu ajudar Brown, mas aquiesci, meio hesitante, e dei um passo à frente.

– Acho que sim.

Juramento era juramento, embora eu tenha me perguntado se Hipócrates algum dia havia se deparado com uma situação como essa. Possivelmente sim; os gregos antigos também eram um povo violento.

Os homens abriram caminho para mim com relativa facilidade. Após tirarem Brown do desfiladeiro, era evidente que não tinham a menor noção do que fazer com ele.

Fiz uma triagem rápida. Além de múltiplos cortes, contusões e uma grossa camada de terra e lama, o sr. Lionel Brown havia fraturado a perna em pelo menos dois lugares, quebrado o pulso esquerdo e, provavelmente, esmagado uma ou duas costelas. Somente uma das fraturas na perna era exposta, mas estava feia, e a ponta lascada do fêmur quebrado despontava através da pele e da calça cercada por uma mancha vermelha cada vez maior.

Infelizmente, ele não havia rompido a artéria femoral, pois nesse caso já teria morrido. Mesmo assim, o sr. Brown provavelmente tinha deixado por enquanto de ser uma ameaça pessoal para mim, o que era muito bom.

Como eu não tinha nenhum equipamento ou remédio à exceção de vários lenços de pescoço imundos, um galho de pinheiro e um pouco de uísque de um cantil, meus cuidados foram necessariamente limitados. Consegui, não sem grande dificuldade e bastante uísque, endireitar mal e mal e pôr uma tala no fêmur sem que Brown morresse de choque, o que, naquelas circunstâncias, considerei um feito nada desprezível.

Foi um trabalho difícil, porém, e fiquei resmungando sozinha entre os dentes... algo que nem sequer percebi estar fazendo até erguer os olhos e dar com Tebbe de cócoras do outro lado do corpo de Brown, encarando-me interessado.

– Ah, isso, amaldiçoe o sujeito – disse ele, num tom de aprovação. – Isso, boa ideia.

Os olhos do sr. Brown se abriram de chofre e se esbugalharam. Ele estava desatinado de dor e, àquela altura, já bêbado, mas não tanto a ponto de deixar passar um comentário daqueles.

– Faça ela parar – falou, rouco. – Hodgepile, ei... faça ela parar! Faça ela retirar o que disse!

– O que está acontecendo aqui? O que você disse, mulher?

Hodgepile havia se acalmado um pouco, mas aquilo reacendeu na mesma hora sua hostilidade. Ele esticou o braço para baixo e agarrou meu pulso bem na hora em que eu estava tateando o tronco ferido de Brown. Era o mesmo pulso que ele havia tão cruelmente torcido na véspera, e uma pontada de dor subiu por meu antebraço.

– Se precisa mesmo saber, eu acho que disse "Jesus H. Roosevelt Cristo!" – disparei. – Por favor, me solte!

– Foi isso que ela disse quando amaldiçoou você! Tire-a de perto de mim! Não a deixe tocar em mim!

Em pânico, Brown tentou rastejar para longe de mim, péssima ideia para alguém que acabara de ter vários ossos quebrados. Ele ficou branco feito um cadáver por baixo das manchas de lama, e seus olhos se reviraram nas órbitas.

– Olhem só para isso! Ele morreu! – exclamou um dos espectadores. – Ela conseguiu! Fez uma bruxaria nele!

Isso causou uma comoção considerável, com a aprovação vocal de Tebbe e daqueles que o apoiavam, meus próprios protestos e os gritos de preocupação dos amigos e parentes do sr. Brown, um dos quais se agachou junto ao corpo e levou a orelha ao seu peito.

– Ele está vivo! – exclamou o homem. – Tio Lionel! O senhor está bem?

Lionel Brown grunhiu bem alto e abriu os olhos, aumentando ainda mais a comoção. O jovem que o havia chamado de tio sacou um facão do cinto e o apontou para mim. Seus olhos estavam tão arregalados que o branco aparecia a toda volta.

– Você, para trás! – ordenou. – Não toque nele!

Ergui as mãos com as palmas para a frente, num gesto de abnegação.

– Está bem! – falei. – Não vou tocar!

Na verdade, não havia muito mais que eu pudesse fazer por Brown. Ele precisava ser mantido aquecido, seco e hidratado, mas algo me disse que Hodgepile não estaria aberto a nenhuma sugestão desse tipo.

E não estava mesmo. Por meio de gritos furiosos e repetidos, ele abafou a revolta incipiente, então declarou que iríamos atravessar o desfiladeiro, e bem depressa, por sinal.

– Então ponham-no numa maca – falou, impaciente, em resposta aos protestos do sobrinho de Brown. – Quanto a você... – Ele se virou para mim, enfurecido. – Eu já não falei? Sem truques, eu disse!

– Mate-a – disse Brown do chão, rouco. – Mate-a agora.

– Matá-la? Nem um pouco provável, meu filho. – Os olhos de Hodgepile cintilavam de maldade. – Para *mim* ela não representa um risco maior viva do que morta... e representa um lucro bem maior viva. Mas vou mantê-la na linha.

A faca estava sempre ao alcance da sua mão. Ele a sacou num instante, e já tinha agarrado a minha mão. Antes de eu conseguir sequer inspirar, senti a lâmina ser pressionada para baixo e cortar até a metade da base do meu indicador.

– Lembra do que eu disse? – Ele falou num sussurro, com o semblante relaxado de expectativa. – Que não preciso de você inteira?

Eu me lembrava, e senti a barriga ficar oca e a garganta secar, silenciando-me. Minha pele ardeu onde ele havia cortado, e a dor se espalhou por meus nervos num instante; a necessidade de dar um tranco para longe da faca foi tão forte que provocou cãibras nos músculos do meu braço.

Pude imaginar de modo vívido o coto a jorrar sangue, o choque do osso quebrado, carne rasgada, o horror da perda irrevogável.

Atrás de Hodgepile, porém, Tebbe tinha se levantado. Seu olhar estranho e desfocado estava fixo em mim, com uma expressão de apreensão fascinada. Vi seu punho se cerrar, sua garganta se mover quando ele engoliu, e senti a saliva retornar à minha boca. Se fosse para continuar sob a sua proteção, eu precisava manter sua crença.

Cravei os olhos nos de Hodgepile e me forcei a me inclinar na sua direção. Minha pele estremecia e pulava, e o sangue rugia mais alto em meus ouvidos do que a voz da cachoeira... mesmo assim, abri bem os olhos. Uns olhos de bruxa... ou assim diziam alguns.

Devagar, bem devagar, ergui a mão livre, ainda suja com o sangue de Brown. Aproximei os dedos ensanguentados do rosto de Hodgepile.

– Eu me lembro – falei, num sussurro rouco. – E você, lembra-se do que *eu* disse?

Ele teria ido até o fim. Vi a decisão lampejar nos seus olhos, mas, antes que ele pudesse pressionar para baixo a lâmina da faca o jovem índio de cabelos volumosos pulou para a frente e agarrou seu braço com um grito de horror. Com a distração, Hodgepile soltou meu braço e eu me libertei.

Num segundo, Tebbe e dois outros homens se adiantaram, mãos nas facas e cabos de pistola.

O rosto magro de Hodgepile estava contraído de fúria, mas o instante de violência incipiente havia passado. Ele baixou a própria faca, e a ameaça se dissipou.

Abri a boca para dizer algo que pudesse ajudar a desarmar ainda mais a situação, mas fui impedida por um grito de pânico do sobrinho de Brown.

– Não a deixe falar! Ela vai amaldiçoar todos nós!

– Ah, pelos infernos! – praguejou Hodgepile, cuja fúria havia se transformado em simples irritação.

Eu tinha usado vários lenços de pescoço para prender a tala de Brown. Hodgepile se abaixou, recolheu um deles do chão, embolou-o e deu um passo à frente.

– Abra a boca – falou, tenso, e, agarrando meu maxilar com uma das mãos, forçou-me a abrir a boca e enfiou o pano lá dentro. Olhou com raiva para Tebbe, que tinha feito um movimento brusco para a frente.

– Não vou matá-la. Mas ela não vai dizer mais nenhuma palavra. – Não para ele... – Meneou a cabeça para Brown, depois para Tebbe. – ... nem para você. Nem para mim. – Ele tornou a me olhar e, para minha surpresa, vi uma inquietação à espreita nos seus olhos. – Nem para mais ninguém.

Tebbe pareceu hesitar, mas Hodgepile já estava amarrando o próprio lenço em volta da minha cabeça para me amordaçar.

– Nenhuma palavra – repetiu Hodgepile, olhando para os outros com uma expressão raivosa. – Agora vamos!

Atravessamos o rio. Para minha surpresa, Lionel Brown sobreviveu, mas foi uma travessia demorada, e o sol já estava baixo quando montamos acampamento na outra margem, uns 3 quilômetros depois do desfiladeiro.

Todos estavam molhados e uma fogueira foi acesa sem discussão. As correntes de desacordo e desconfiança continuavam presentes, mas tinham sido encharcadas pelo rio e pela exaustão. Estavam todos simplesmente cansados demais para novas brigas.

Minhas mãos tinham sido amarradas de maneira frouxa, mas meus pés foram deixados soltos. Andei até um tronco que jazia perto do fogo e me deixei cair ali, inteiramente exaurida. Estava molhada, com frio, e meus músculos tremiam de exaustão, pois eu fora obrigada a vir a pé desde o rio, e pela primeira vez comecei a me perguntar se Jamie realmente iria me encontrar. Algum dia.

Talvez ele tivesse seguido o grupo errado de bandidos. Talvez os houvesse encontrado e atacado... e sido ferido ou morto no confronto. Eu tinha fechado os olhos, mas tornei a abri-los para tentar evitar as visões provocadas por esse pensamento. Continuava preocupada com Marsali... mas eles ou a tinham encontrado a tempo ou não; fosse como fosse, o seu destino já fora decidido.

A fogueira, pelo menos, ardia bem. Com frio, molhados e ansiosos por uma comida quente, os homens tinham trazido uma pilha imensa de lenha. Um negro baixo e calado cuidava do fogo enquanto dois adolescentes vasculhavam a carga em busca de comida. Uma panela d'água foi posta no fogo com um pedaço de carne salgada, e o jovem índio de cabelos de leão despejou fubá numa tigela junto com um naco de banha.

Outro pedaço de banha chiou numa frigideira de ferro até derreter e virar gordura. O cheiro era delicioso.

A saliva inundou minha boca, foi absorvida na mesma hora pelo bolo de tecido e, apesar do desconforto, o cheiro de comida me animou um pouco. Meu espartilho, afrouxado pelas últimas 24 horas de viagem, havia se apertado outra vez quando os cordões molhados secaram e encolheram. Minha pele coçava sob o tecido, mas as finas tiras de barbatana me davam uma sensação de suporte mais do que bem-vinda naquele momento.

Os dois sobrinhos do sr. Brown, Aaron e Moses, segundo fui informada, entraram mancando devagar no acampamento, segurando entre si uma maca improvisada afundada. Baixaram-na junto à fogueira, aliviados, provocando um grito alto de seu passageiro.

O sr. Brown tinha sobrevivido à travessia do rio, mas esta não lhe fizera bem algum. É claro que eu *tinha* lhes dito para mantê-lo bem hidratado. Esse pensamento me frustrou, por mais cansada que eu estivesse, e dei um muxoxo abafado por trás da mordaça.

Um dos jovens ali perto me escutou e estendeu a mão hesitante para o nó da mordaça, mas baixou-a na mesma hora quando Hodgepile ladrou para ele:

– Deixe isso!

– Mas... ela não precisa comer, Hodge?

O menino olhou para mim, pouco à vontade.

– Ainda não. – Hodgepile se agachou na minha frente e me examinou. – Já aprendeu sua lição?

Não me mexi. Apenas fiquei sentada olhando para ele, imprimindo ao meu olhar o máximo de desprezo possível. O corte no meu dedo ardia, minhas palmas tinham começado a suar... mas sustentei aquele olhar. Ele tentou me encarar de volta, mas não conseguiu... seus olhos não paravam de se desviar.

Isso o deixou ainda mais bravo. Suas faces ossudas ficaram muito vermelhas.

– Pare de me encarar!

Pisquei devagar, uma única vez, e continuei olhando com o que torci para parecer uma falta de paixão desinteressada. Ele estava com uma cara um tanto tensa, o nosso sr. Hodgepile. Círculos escuros debaixo dos olhos, fibras de músculos a lhe emoldurar a boca como rugas esculpidas em madeira. Manchas de suor úmidas e quentes nas axilas. A intimidação constante devia ser exaustiva.

De um instante para o outro, ele se levantou, me segurou pelo braço e me pôs de pé com um puxão.

– Vou pôr você num lugar onde não possa me encarar, vadia – resmungou ele, e me fez passar marchando pela fogueira empurrando-me na sua frente.

Um pouco fora do acampamento, achou uma árvore do seu agrado. Desamarrou minhas mãos e tornou a prender meus pulsos, passando um pedaço de corda em volta da minha cintura e amarrando nele minhas mãos. Então me empurrou para baixo até eu ficar sentada, fez um laço grosseiro com um nó de forca e pôs em volta do meu pescoço, amarrando a ponta solta na árvore.

– Para você não ir embora – falou, e puxou o cânhamo áspero até deixá-lo bem rente ao meu pescoço. – Eu não iria querer que se perdesse. Você poderia ser comida por um urso, e nesse caso...

Aquilo o tinha feito recobrar razoavelmente o humor. Ele riu de maneira desbragada, e ainda estava dando algumas risadinhas ao se afastar. Virou-se, no entanto, e olhou de novo para mim. Sentei-me ereta e o encarei, e o bom humor abandonou de repente o seu rosto. Ele virou as costas e se afastou, com os ombros rígidos feito madeira.

Apesar da fome, da sede e do desconforto generalizado, tive na verdade uma sensação de alívio profundo, ainda que momentâneo. Se não estava sozinha, estritamente falando, pelo menos ninguém me observava, e esse arremedo de privacidade foi uma bênção.

Eu estava a uns bons 20 metros do círculo da fogueira, fora do campo de visão de todos os homens. Deixei-me cair contra o tronco da árvore; os músculos do meu rosto e corpo cederam todos de uma vez só, e um calafrio me dominou, embora não fizesse frio.

Em breve. Jamie me encontraria em breve. A menos que... empurrei para longe o pensamento dúbio como se fosse um escorpião venenoso. Fiz o mesmo com qualquer consideração sobre o que tinha acontecido com Marsali, ou sobre o que poderia acontecer se e quando... não, *quando*... ele nos encontrasse. Não sabia como ele faria isso, mas ele o faria. Simplesmente *faria*.

O sol já tinha quase se posto. Sombras se acumulavam debaixo das árvores e a luz se esvaía do ar aos poucos, tornando as cores fugidias e fazendo os objetos sólidos perderem a profundidade. Água corria em algum lugar ali perto, e um pássaro ocasional de vez em quando chamava das árvores distantes. As aves começaram a se calar à medida que a noite esfriava, e foram substituídas pelo canto cada vez mais alto dos grilos próximos. Meus olhos captaram uma centelha de movimento e vi um coelho, cinza feito o crepúsculo, sentado nas patas traseiras sob um arbusto a poucos metros de mim, agitando o nariz.

A simples normalidade daquilo fez meus olhos arderem. Pisquei para afastar as lágrimas, e o coelho se foi.

A visão do animal havia me feito recuperar um pouco o autocontrole. Fiz alguns movimentos para testar os limites das cordas que me prendiam. Minhas pernas estavam livres... isso era bom. Eu podia me levantar até uma posição acocorada, desgraciosa, e dar a volta na árvore andando feito um pato. Melhor ainda: poderia fazer minhas necessidades na privacidade do outro lado.

Mas não conseguia ficar completamente de pé, tampouco alcançar o nó da corda que cingia o tronco da árvore; ou a corda escorregava ou ficava presa na casca, mas, fosse como fosse, para minha frustração, o nó permanecia sempre do outro lado do tronco... que devia medir quase 1 metro de diâmetro.

Eu dispunha de uns 60 centímetros de corda entre o tronco e o laço em volta do meu pescoço, o suficiente para me permitir deitar ou virar de um lado para o outro. Era óbvio que Hodgepile conhecia bem os métodos convenientes para amarrar prisioneiros. Pensei na fazenda dos O'Brians e nos dois corpos encontrados lá. Nas duas crianças mais velhas sumidas. Um leve calafrio tornou a me percorrer.

Onde estariam elas? Teriam sido vendidas como escravas para uma das tribos indígenas? Levadas para um bordel de marinheiros em uma cidade costeira? Ou embarcadas num navio para serem usadas nas lavouras de cana das Índias?

Eu não tinha a ilusão de que algum desses destinos pitorescos e desagradáveis estivesse reservado para mim. Era velha demais, indisciplinada demais... e excessivamente conhecida. Não, o único valor que eu tinha para Hodgepile era saber onde ficava o esconderijo do uísque. Uma vez que ele houvesse chegado suficientemente perto para sentir o cheiro da bebida, cortaria minha garganta sem hesitar um só segundo.

O cheiro de carne assando que pairava no ar inundou minha boca de saliva outra vez... um alívio bem-vindo, apesar dos roncos da minha barriga, pois a mordaça deixava minha boca desagradavelmente seca.

Um leve choque de pânico tensionou meus músculos. Eu não queria pensar na mordaça. Nem nas cordas ao redor dos pulsos e do pescoço. Seria fácil demais sucumbir ao pânico do confinamento e me exaurir numa luta inútil. Precisava preservar minhas forças. Não sabia quando nem como precisaria delas, mas com certeza iria precisar. *Em breve*, rezei. *Permita que seja em breve.*

Os homens tinham se acomodado para jantar e os desentendimentos do dia se afogaram em apetite. Eles estavam distantes o suficiente para eu não conseguir escutar os detalhes de suas conversas, apenas uma ou outra palavra ou expressão trazidas pela brisa da noite. Virei a cabeça para que a brisa afastasse os cabelos do meu rosto e constatei que podia ver uma comprida e estreita nesga de céu acima do desfiladeiro distante, pintada de um azul-escuro sobrenatural, como se a frágil camada da atmosfera que cobria a Terra houvesse afinado ainda mais, e a escuridão do espaço mais além transparecesse através dela.

As estrelas começaram a surgir, uma a uma, e consegui me perder na sua observação, contando-as à medida que apareciam, uma, depois outra, depois outra... tocando-as como teria tocado as contas de um rosário, e dizendo a mim mesma os nomes astronômicos que conhecia, reconfortando-me com sua sonoridade, muito embora não fizesse a menor ideia se esses nomes tinham qualquer relação com os corpos celestes que estava vendo. Alpha Centauri, Deneb, Sírio, Betelgeuse, as Plêiades, Orion...

Consegui me acalmar a ponto de pegar no sono, mas acordei logo depois e vi que havia escurecido por completo. A luz da fogueira irradiava um brilho tremeluzente através da vegetação rasteira e pintava de rosa meus pés pousados num ponto aberto. Mudei de posição, estiquei-me da melhor maneira que pude para tentar aliviar a rigidez das costas e me perguntei se Hodgepile estaria se sentindo seguro agora para ter permitido uma fogueira tão grande.

O vento trouxe um grunhido alto até meus ouvidos: Lionel Brown. Fiz uma careta, mas na minha atual condição não havia nada que pudesse fazer por ele.

Ouvi pés se arrastando e um murmúrio de vozes; alguém o estava acudindo.

– ... quente como uma pistola... – disse uma das vozes, soando apenas levemente preocupada.

– ... buscar a mulher?

– Não – ordenou uma voz decidida.

Hodgepile. Dei um suspiro.

– ... água. Não há como evitar *isso*...

Eu escutava com tanta atenção, na esperança de ouvir o que estava acontecendo junto à fogueira, que demorei um pouco para perceber os ruídos nos arbustos próximos.

Não eram animais; apenas ursos fariam tanto barulho, e ursos não davam risadinhas. Eram risadinhas discretas, não apenas abafadas, mas repetidamente interrompidas.

Houve sussurros também, embora eu não tenha conseguido distinguir a maior parte das palavras. A atmosfera geral lembrava tanto a de uma animada conspiração juvenil, porém, que tive certeza de se tratar de alguns dos integrantes mais jovens da gangue.

– ... *vá lá*, então! – escutei alguém dizer, num tom veemente, e em seguida um barulho de algo caindo, indicando que alguém fora empurrado contra uma árvore.

Outro barulho de queda indicou uma retaliação.

Mais farfalhares. Sussurro, sussurro, risinho, muxoxo. Sentei-me ereta, perguntando-me em nome de Deus o que eles estariam pretendendo.

Então ouvi:

– As pernas dela não estão amarradas... – E meu coração deu um breve pinote.

– Mas e se ela...

Balbucios ininteligíveis.

– Não importa. Ela não pode gritar.

Isso eu escutei com toda a clareza, e levei os pés para trás com um tranco para tentar me levantar... mas fui contida pela corda em volta do pescoço. Esta pareceu uma barra de ferro em frente à minha traqueia, e caí para trás enquanto os cantos dos meus olhos se enchiam de borrões vermelho-sangue.

Balancei a cabeça e sorvi uma golfada de ar na tentativa de me livrar da tontura; a adrenalina corria por meu sangue. Senti a mão de alguém no tornozelo e chutei com força.

– Ei! – disse ele em voz alta, num tom surpreso.

Tirou a mão do meu tornozelo e sentou-se um pouco para trás. Minha visão estava clareando; eu agora podia vê-lo, mas a luz da fogueira o iluminava por trás: era um dos rapazes mais jovens, mas não passava de uma silhueta sem rosto e corcunda na minha frente.

– Shh – fez ele, e deu um risinho nervoso enquanto estendia a mão para mim.

Produzi um gorgolejo grave sob a mordaça e ele se deteve, congelando o gesto no meio. Algo farfalhou no arbusto atrás dele.

Isso pareceu lembrá-lo de que o amigo, ou amigos, estava observando, e ele estendeu a mão com uma resolução renovada e me deu uns tapinhas na coxa.

– Não se preocupe, senhora – sussurrou, aproximando-se de cócoras com um andar de pato. – Não pretendo lhe fazer mal.

Dei um muxoxo e ele tornou a hesitar... mas então um novo farfalhar nos arbustos pareceu aumentar sua determinação, e ele me segurou pelos ombros para tentar fazer eu me deitar. Debati-me com força, desferindo chutes e joelhadas, e ele me soltou, perdeu o equilíbrio e caiu de traseiro no chão.

Uma explosão abafada de risadinhas vinda dos arbustos o fez se levantar outra vez feito um joão-bobo. Ele estendeu a mão, decidido, agarrou meus tornozelos e puxou, fazendo-me deitar. Então se jogou por cima de mim e me imobilizou com seu peso.

– Calada! – falou no meu ouvido com urgência. Suas mãos tentaram alcançar minha garganta, e eu me contorci e me debati debaixo dele para tentar fazê-lo sair. Mas suas mãos se fecharam com força em volta do meu pescoço, e parei ao sentir a visão tornar a ficar preta e manchada de sangue. – Calada agora – insistiu ele, mais baixo. – Apenas fique calada, sim? – Produzi uns ruídos baixos e sufocados que ele deve ter tomado por um sim, pois diminuiu a pressão no meu pescoço. – Não vou machucar a senhora, não mesmo – sussurrou ele, tentando me segurar com uma das mãos enquanto remexia entre nós dois com a outra. – Quer ficar *quieta*, por favor?

Não fiquei, e ele por fim levou o antebraço ao meu pescoço e se apoiou nele. Não com força suficiente para me fazer ver tudo preto outra vez, mas o suficiente para diminuir minha resistência. Era um rapaz magro e rijo, mas muito forte, e graças à simples determinação conseguiu subir minha combinação e encaixar o joelho entre as minhas coxas.

Ele ofegava quase tanto quanto eu, e pude sentir o forte fedor de bode da sua excitação. As mãos haviam soltado o meu pescoço e tentavam tocar meus seios com sofreguidão, de um jeito que deixou bem claro que os únicos outros seios que ele jamais havia tocado deviam ser os da mãe.

– Calada agora, não tenha medo, senhora, está tudo bem, eu não vou... ah. Ah, nossa. Eu... ahn... ah.

Sua mão explorava o espaço entre minhas coxas, então se afastou por um breve instante quando ele ergueu o corpo e se remexeu para baixar a calça.

Ele então se deixou cair pesadamente em cima de mim, e pôs-se a bombear os quadris num frenesi enquanto arremetia feito um louco... sem travar qualquer contato exceto a fricção, pois claramente não tinha a menor ideia de como era constituída a anatomia feminina. Fiquei deitada sem me mexer, paralisada de tão atônita, e então senti um jorro de líquido morno debaixo das coxas quando ele se derramou num êxtase ofegante.

Toda a tensão rija abandonou seu corpo de uma vez, e ele desabou sobre o meu peito como um balão murcho. Pude sentir seu jovem coração batendo qual um pistão a vapor, e sua têmpora encostada na minha bochecha estava úmida de suor.

Achei a intimidade daquele contato quase tão questionável quanto a presença cada vez mais flácida encaixada entre minhas coxas, e rolei abruptamente de lado, derrubando-o de cima de mim. Ele ganhou vida de repente e se ajoelhou depressa, puxando a calça arriada.

Balançou-se por um instante para a frente e para trás, então caiu de quatro no chão e engatinhou até junto de mim.

– Eu sinto muito, senhora – sussurrou.

Não me mexi, e após alguns instantes ele estendeu uma das mãos hesitantes e, com delicadeza, me deu uns tapinhas no ombro.

– Sinto muito mesmo – repetiu, ainda num sussurro, e então se foi, deixando-me deitada de costas em cima de uma poça a me perguntar se um ataque tão incompetente podia ser legitimamente qualificado de estupro.

Um farfalhar distante nos arbustos acompanhado por vivas abafados de jovem deleite masculino me fizeram decidir com firmeza que sim. Meu Deus, o resto dos animaizinhos detestáveis estaria em cima de mim num piscar de olhos. Em pânico, sentei-me, tomando cuidado com a corda.

A luz da fogueira, irregular e tremeluzente, mal me permitia distinguir os troncos das árvores e a camada mais clara de agulhas e folhas decompostas sobre o chão, mas bastava para revelar as protuberâncias dos rochedos de granito através da camada de folhas e o calombo ocasional de um graveto caído. Não que a falta de armas potenciais tivesse alguma importância, considerando que minhas mãos continuavam amarradas com firmeza.

O peso do jovem agressor tinha piorado a situação: os nós tinham se apertado durante a minha luta e minhas mãos latejavam devido à falta de circulação. Meus dedos estavam começando a ficar dormentes nas pontas. Que inferno. Será que eu estava prestes a perder vários dedos para a gangrena como consequência daquele absurdo?

Por um segundo, avaliei a sensatez de me mostrar dócil com o horrível garotinho seguinte, na esperança de que ele me tirasse a mordaça. Se ele o fizesse, eu pelo menos poderia lhe implorar para afrouxar as cordas... e depois gritar por socorro, na esperança de que Tebbe aparecesse e impedisse novos ataques por medo de uma eventual vingança sobrenatural minha.

E lá veio ele, um farfalhar furtivo nos arbustos. Cerrei os dentes na mordaça e ergui os olhos, mas a silhueta sombreada à minha frente não era um dos jovens rapazes.

O único pensamento que me veio à mente quando percebi quem era o novo visitante foi: *Jamie Fraser, seu canalha, onde está você?*

Congelei, como se não me mexer pudesse de alguma forma me tornar invisível. O homem se moveu na minha frente e se agachou para me olhar no rosto.

– Não está rindo tanto agora, está? – disse ele num tom casual. Era Boble, o ex-caçador de ladrões. – A senhora e seu marido acharam muita graça no que as alemãs fizeram comigo, não foi? E depois o sr. Fraser me disse que elas pretendiam me usar para fazer linguiça, e disse isso com a mesma cara de um cristão que lê a Bíblia. A senhora também achou graça, não foi?

Para ser totalmente honesta, tinha sido engraçado, sim. Mas ele tinha razão: eu não estava rindo agora. Ele ergueu o braço e me deu um tapa.

O impacto fez meus olhos lacrimejarem, mas a fogueira o iluminava de lado. Ainda pude distinguir o sorriso em seu rosto rechonchudo. Uma apreensão gelada me percorreu e me fez estremecer. Ele percebeu, e seu sorriso se abriu mais ainda. Tinha os caninos curtos e rombudos, o que fazia os incisivos se sobressaírem em contraste, compridos e amarelos como os de um roedor.

– Imagino que vá achar isto aqui mais engraçado ainda – disse ele, ficando de pé e levando a mão à braguilha. – Espero que Hodge não a mate logo, para a senhora poder contar ao seu marido. Aposto que ele vai gostar da piada, um homem com o senso de humor igual ao dele.

O sêmen do rapaz ainda estava úmido e grudento em minhas coxas. Por reflexo, dei um tranco para trás e tentei me levantar, mas fui impedida pela corda ao redor do pescoço. Minha visão escureceu por um instante quando a corda apertou minhas carótidas, então clareou, e deparei com o rosto de Boble a poucos centímetros do meu, seu hálito quente sobre a minha pele.

Ele segurou meu queixo com uma das mãos e esfregou o rosto no meu, mordendo meus lábios e raspando a barba áspera com força nas minhas bochechas. Então recuou, deixando meu rosto molhado com seu cuspe, empurrou-me para me fazer cair deitada e subiu em cima de mim.

Pude sentir a violência pulsar dentro dele feito um coração exposto, de paredes finas, prestes a explodir. Sabia que não poderia fugir nem detê-lo... sabia que bastaria o mais ínfimo pretexto para ele me machucar. A única coisa a fazer era ficar parada e aguentar.

Não consegui. Arqueei o corpo debaixo dele e rolei de lado, subindo o joelho enquanto ele empurrava minha combinação para o lado. A joelhada pegou de raspão em sua coxa, e ele, por reflexo, ergueu o punho e me deu um soco na cara, potente e rápido.

Uma dor vermelha e preta brotou de repente do centro do meu rosto, preencheu minha cabeça, e eu fiquei cega, momentaneamente paralisada de choque. *Sua idiota*, pensei, com total clareza. *Ele agora vai matá-la.* O segundo soco me acertou na bochecha e projetou minha cabeça para o lado. Talvez eu tenha feito algum outro movimento de resistência cega, talvez não.

De repente, Boble estava ajoelhado por cima de mim desferindo socos e tapas, golpes surdos e pesados feito o bater das ondas do mar na areia, ainda distantes demais para que eu sentisse dor. Contorci-me e me encolhi, erguendo o ombro e tentando proteger o rosto no chão, e então seu peso sumiu.

Ele estava de pé. Começou a chutar e a me xingar, arfando e quase soluçando enquanto sua bota acertava meus flancos, minhas costas, minhas coxas e nádegas. Eu arfava em arquejos curtos, tentando respirar. A cada golpe, meu corpo dava um tranco e estremecia, derrapando no chão coberto de folhas, e agarrei-me à sensação do chão debaixo de mim, tentando com muita força afundar, ser engolida pela terra.

Então acabou. Pude ouvi-lo arfar ao tentar falar.

– Maldita... maldita... ah, maldita... mal... maldita... vadia!

Fiquei inerte, tentando sumir na escuridão que me cercava, sabendo que ele iria me dar um chute na cabeça. Já podia sentir meus dentes chacoalharem, os frágeis ossos do crânio se racharem e desabarem para dentro da polpa macia e úmida do cérebro, e comecei a tremer, trincando os dentes numa fútil resistência ao impacto. O barulho seria o mesmo de um melão sendo esmagado, surdo, pegajoso e oco. Será que eu iria escutá-lo?

O barulho não veio. Houve outro barulho, um farfalhar veloz e forte que não fez sentido. Um leve ruído carnoso, pele contra pele num ritmo suave de batidas, e ele então deu um grunhido e gotas mornas de líquido pingaram no meu rosto e ombros, salpicando a pele nua onde o tecido da combinação tinha sido rasgado.

Eu estava paralisada. Em algum lugar no fundo da minha mente, a observadora distante se perguntou em voz alta se aquela na verdade era a coisa mais nojenta com a qual eu já tinha me deparado. Bem, não, não era. Algumas das coisas que eu tinha visto no Hôpital des Anges, sem falar na morte de padre Alexandre ou no sótão dos Beardsleys... o hospital de campanha em Amiens... pelos céus, não, aquilo não chegava nem perto.

Fiquei deitada, rígida, com os olhos fechados, relembrando as diversas experiências desagradáveis do passado e desejando na verdade estar presenciando aqueles acontecimentos, em vez de estar ali.

Boble se inclinou, me segurou pelos cabelos e bateu com a minha cabeça várias vezes na árvore, chiando enquanto o fazia.

– Vou mostrar... – resmungou ele, então soltou, e ouvi o arrastar de passos quando ele se afastou cambaleando.

Quando finalmente abri os olhos, estava sozinha.

Continuei sozinha, uma pequena bênção. O violento ataque de Boble parecia ter feito os rapazes fugirem assustados.

Rolei de lado e fiquei parada respirando. Sentia-me muito cansada e totalmente desalentada.

Jamie, pensei, *onde está você?*

Não temia o que poderia acontecer em seguida; não conseguia ver além do instante em que me encontrava, uma única inspiração, uma única batida do coração. Não pensava, e não iria sentir. Ainda não. Simplesmente fiquei parada respirando.

Muito lentamente, comecei a reparar em pequenas coisas. Um fragmento de casca de árvore preso em meus cabelos que me arranhava a bochecha. A grossa camada de folhas mortas debaixo de mim cedendo, aninhando meu corpo. A sensação de esforço quando meu peito se erguia. Um esforço cada vez maior.

Um minúsculo nervo começou a tremer perto de um dos olhos.

Dei-me conta de repente de que, com a mordaça na boca e os tecidos nasais se congestionando rapidamente devido ao sangue e ao inchaço, eu na verdade corria algum risco de sufocamento. Girei o máximo para o lado que consegui sem me estrangular e esfreguei o rosto no chão, e então, com um desespero cada vez maior, cravei os calcanhares no chão e me contorci para cima, raspando o corpo com força contra a casca da árvore numa tentativa malsucedida de soltar ou remover a mordaça.

A casca da árvore arranhou meus lábios e minha bochecha, mas o lenço amarrado em volta da minha cabeça estava tão apertado que afundava com força nos cantos da minha boca, forçando-a a se abrir e fazendo a saliva escorrer constantemente para o bolo de tecido dentro da minha boca. As cócegas que o tecido empapado fazia na garganta me deram ânsia de vômito, e senti a bile queimar a parte de trás do meu nariz.

Você não vai, você não vai, você não vai *vomitar!* Inspirei o ar borbulhando pelo nariz ensanguentado, senti um gosto espesso de cobre quando o muco escorreu pela garganta, tive mais ânsia ainda, dobrei o corpo... e vi uma luz branca na periferia do meu campo de visão quando a corda se apertou em volta da minha garganta.

Caí para trás e bati com a cabeça na árvore com força. Mal notei: a corda afrouxou outra vez, e com a graça de Deus consegui sorver uma, duas, três preciosas inspirações de ar congestionado de sangue.

Meu nariz estava inchado de um malar até o outro, e seguia inchando depressa. Cerrei os dentes na mordaça e expirei pelo nariz para tentar descongestioná-lo, nem que fosse apenas por um instante. Um sangue morno misturado com bile escorreu por meu queixo e respingou no meu peito... e suguei o ar depressa, conseguindo absorver um pouco.

Soprar, inalar. Soprar, inalar. Soprar... mas meus dutos nasais estavam agora praticamente fechados por causa do inchaço, e quase solucei de pânico e frustração quando não consegui sorver o ar.

Meu Deus, não vá chorar! Se chorar você morre, pelo amor de Deus, não chore!

Soprar... soprar... Expirei pelo nariz com a última reserva de ar parado que tinha nos pulmões e consegui um tiquinho de alívio, o suficiente para enchê-los outra vez.

Prendi a respiração, tentando me manter consciente por tempo suficiente para descobrir um jeito de respirar... *tinha* de haver um jeito de respirar.

Eu *não iria* permitir que um desgraçado como Harley Boble me matasse por simples descuido. Isso não estava certo, não podia estar.

Pressionei o corpo na árvore numa posição parcialmente sentada para tentar aliviar o máximo possível a pressão em volta do pescoço, e deixei a cabeça pender para a frente, permitindo ao sangue do nariz escorrer e pingar. Isso ajudou um pouco. Não por muito tempo, porém.

Minhas pálpebras começaram a repuxar; o nariz com certeza estava quebrado, e toda a carne da parte superior do meu rosto agora estava inchando, deformada pelo sangue e pela linfa dos capilares traumatizados, apertando meus olhos e fazendo-os fechar, restringindo mais ainda meu fluxo de ar.

Numa agonia frustrada, cravei os dentes na mordaça, e então, tomada pelo desespero, comecei a mastigá-la, moendo o tecido entre os dentes na tentativa de esmagá-lo, comprimi-lo, fazê-lo mudar de posição de algum modo dentro da minha boca... Mordi a parte interna da bochecha, senti a dor mas não liguei, aquilo não era importante, nada mais importava exceto o ar, ah, meu Deus, eu não estava *conseguindo* respirar, por favor me ajude a respirar, por favor...

Minha cabeça estava inclinada dolorosamente para um dos lados, a testa apoiada na árvore, mas tive medo de fazer qualquer movimento por receio de perder o tênue fluxo de ar que me mantinha viva caso a mordaça mudasse de posição quando eu mexesse a cabeça. Fiquei sentada sem me mexer, os punhos cerrados com força, sorvendo inspirações longas, gorgolejantes e terrivelmente rasas, e me perguntando quanto tempo poderia passar daquele jeito. Os músculos do meu pescoço já começavam a tremer por causa do esforço.

Minhas mãos estavam latejando outra vez... nunca haviam parado, supus, mas eu não pudera prestar atenção. Nessa hora prestei, e por um instante acolhi com alegria as dores que subiam contornando cada unha com fogo líquido, pois aquilo me distraía da rigidez mortal que descia por meu pescoço e se espalhava pelo ombro.

Os músculos do meu pescoço saltaram e se contraíram em espasmos; arquejei, perdi o ar e curvei o corpo inteiro como um arco, cravando os dedos nas cordas que me prendiam no esforço de recuperá-lo.

A mão de alguém tocou meu braço. Eu não o tinha ouvido chegar. Virei-me às cegas e tentei lhe dar uma cabeçada. Não me importava quem fosse ou o que ele quisesse, contanto que tirasse a mordaça. O estupro pareceu algo totalmente razoável a ser trocado pela sobrevivência, pelo menos naquele momento.

Produzi ruídos desesperados, choramingando, expirando pelo nariz e cuspindo gotículas de sangue e muco ao balançar a cabeça com violência para tentar mostrar que estava sufocando... considerando o nível de incompetência sexual até então demonstrado, o homem talvez nem percebesse que eu não estava conseguindo respirar, e simplesmente continuasse o que estava fazendo, sem se dar conta de que um simples estupro estava se transformando em necrofilia.

Ele se pôs a tatear em volta da minha cabeça. Graças a Deus, graças a Deus! À custa de um esforço sobre-humano, mantive-me rígida e senti a cabeça girar enquanto pequenos clarões de fogo explodiam dentro das minhas órbitas oculares. Então o pedaço de fazenda saiu, expulsei o bolo de tecido da boca por reflexo, senti ânsia de vômito na mesma hora e vomitei, engolindo ar e botando as tripas para fora ao mesmo tempo.

Eu não tinha comido; apenas um filete de bile fez arder minha garganta e escorreu por meu queixo. Engasguei, engoli e *respirei*, sorvendo o ar em imensas e ávidas golfadas capazes de fazer explodir meus pulmões.

Ele estava dizendo alguma coisa, sussurrando com urgência. Não liguei, não conseguia escutar. Tudo que podia ouvir era o chiado agradecido da minha própria respiração e as batidas do coração. Finalmente desacelerando da corrida frenética para manter o oxigênio circulando por meus tecidos esfomeados, ele batia com força suficiente para sacudir meu corpo.

Então uma ou duas palavras chegaram até mim e ergui a cabeça para encará-lo.

– O quê? – perguntei, com a voz pastosa. Tossi e balancei a cabeça para tentar clarear os pensamentos. Doeu muito. – *O que foi* que o senhor disse?

À luz débil da fogueira, ele era visível apenas como uma silhueta irregular com cabelos de leão e ombros ossudos.

– Eu perguntei... – sussurrou ele, chegando mais perto. – ... se o nome "Ringo Starr" significa alguma coisa para a senhora?

Àquela altura, eu já estava muito além do choque. Apenas limpei delicadamente o lábio aberto no ombro e respondi, com toda a calma:

– Sim.

Ele estava com a respiração presa. Só percebi isso ao ouvir o suspiro quando ele a soltou e vi seus ombros afundarem.

– Ai, meu Deus – falou, meio entre os dentes. – Ai, meu Deus.

De repente, ele projetou o corpo para a frente e me estreitou contra si num forte abraço. Recuei, engasgando quando a corda em volta do meu pescoço tornou a se retesar, mas ele estava tão absorto na própria emoção que não percebeu.

– Ai, meu Deus – repetiu, e enterrou o rosto no meu ombro, quase soluçando. – Ai, meu Deus, eu sabia que tinha de ser a senhora, eu sabia, mas não conseguia acreditar, ai, meu Deus, ai, meu Deus, ai, meu Deus! Não pensei que algum dia fosse encontrar outro, nunca mais...

Arqueei as costas com urgência, sufocando, emitindo um som de engasgo.

– O qu... Ah, merda! – Ele me soltou e levou a mão à corda que me cingia o pescoço. Segurou-a e puxou o laço pela minha cabeça, quase arrancando minha orelha ao fazer isso, mas não liguei. – Merda, a senhora está bem?

– Estou – respondi, rouca. – Por favor, me... desamarre.

Ele fungou, enxugou o nariz na manga e olhou para trás por cima do ombro.

– Não posso – sussurrou ele. – O próximo que vier vai ver.

– O próximo?! – gritei, tanto quanto conseguia gritar num sussurro engasgado. – Como assim, o próximo...

– Bem, a senhora sabe... – Subitamente, pareceu lhe ocorrer que eu talvez tivesse objeções ao fato de esperar quietinha o estuprador seguinte da fila feito um peru pronto para ir ao forno. – Ahn... quero dizer... bem, pouco importa. Quem é a senhora?

– Você sabe muito bem quem eu sou – retruquei, furiosa, empurrando-o com as mãos amarradas. – Eu sou Claire Fraser. E *você*, seu maldito, quem é você, o que está fazendo aqui, e se quiser mais alguma palavra de mim vai me desamarrar agora mesmo!

Ele tornou a se virar para olhar apreensivo por cima do ombro, e ocorreu-me vagamente que tinha medo de seus supostos companheiros. Eu também tinha. Podia ver o contorno de seu perfil: era de fato o jovem índio de cabelos volumosos, o que eu havia pensado que podia ser tuscarora. Índio... alguma conexão se encaixou no lugar, bem lá no fundo das sinapses embaralhadas.

– Santo Deus! – exclamei, e enxuguei um filete de sangue que escorria do canto machucado da boca. – Dente de Lontra. Você é um dos dele.

– O quê? – Ele recuou a cabeça para me encarar, com os olhos tão arregalados que por um instante a parte branca ficou visível. – Quem?

– Ah, qual era a porcaria do nome dele de verdade? Robert... Robert alguma coisa...

Tremendo de fúria, terror, choque e exaustão, eu tateava pelos resquícios enlameados do que antes era a minha mente. Por mais que estivesse em petição de miséria, lembrava-me muito bem de Dente de Lontra. Tive uma súbita e vívida lembrança de estar sozinha no escuro, numa noite como aquela, molhada de chuva e inteiramente sozinha, segurando nas mãos um crânio havia muito enterrado.

– Springer – disse ele, e segurou meu braço, animado. – Springer... era isso? Robert Springer?

Tive a presença de espírito necessária para cerrar a mandíbula, espichar o queixo para a frente e segurar as mãos atadas diante dele. Nem mais uma palavra até ele me desamarrar.

– Merda – ele tornou a murmurar, e com mais um olhar apressado para trás de si tateou em busca da faca.

Não era muito hábil com ela. Se eu tivesse precisado de alguma prova de que não era um genuíno índio daquela época... mas ele conseguiu soltar minhas mãos sem me cortar, e dobrei o corpo com um grunhido, levando as mãos às axilas enquanto o sangue tornava a circular por elas. Pareciam dois balões cheios e esticados quase a ponto de arrebentar.

– Quando? – ele exigiu saber, sem ligar para o meu incômodo. – Quando a senhora veio? Quando encontrou Bob? Onde ele está?

– Em 1946 – respondi, apertando os braços com força sobre as mãos que latejavam. – Da primeira vez. Da segunda, em 1968. Quanto ao sr. Springer...

– Da segunda... você disse da *segunda* vez?

A surpresa fez sua voz aumentar de volume. Ele a engoliu e olhou para trás com uma expressão culpada, mas o barulho dos homens jogando dados e discutindo em volta da fogueira era alto o suficiente para abafar uma simples exclamação.

– Da segunda vez – repetiu ele mais baixo. – Então a senhora conseguiu? A senhora voltou?

Aquiesci, pressionando os lábios um no outro e me balançando um pouco para a frente e para trás. Tinha a impressão de que minhas unhas iriam se soltar a cada batida do coração.

– E você? – perguntei, embora tivesse quase certeza de já saber.

– Em 1968 – respondeu ele, confirmando.

– Em que ano você veio parar? – indaguei. – Quero dizer... há quanto tempo está aqui? Ahn... no agora, quero dizer.

– Ai, meu Deus. – Ele se sentou nos calcanhares e correu a mão pelos cabelos compridos e embaraçados. – Estou aqui há seis anos, até onde eu sei. Mas a senhora falou... da segunda vez. Se conseguiu voltar para casa, por que diabos voltou para *cá*? Ah, espere... A senhora não voltou para casa, mas sim para outra época, não a mesma de onde tinha vindo? Qual foi o seu ponto de partida?

– Escócia, 1946. E eu voltei para casa, sim – falei, sem querer entrar em detalhes. – Só que o meu marido estava aqui. Eu voltei de propósito, para ficar com ele.

Uma decisão cuja sensatez parecia agora severamente posta em dúvida.

– E, por falar no meu marido... – acrescentei, começando a sentir que talvez no fim das contas me restasse algum resquício de sanidade. – Eu *não* estava brincando. Ele virá. Você não vai querer que ele o encontre me mantendo prisioneira, isso eu lhe garanto. Mas se você...

Ele descartou o que eu dizia e se inclinou animado na minha direção.

– Mas isso significa que a senhora sabe como funciona! A senhora sabe guiar!

– Algo assim – falei, impaciente. – Imagino que você e seus companheiros *não* soubessem guiar, como você diz?

Massageei uma das mãos com a outra e cerrei os dentes por causa do sangue que latejou. Pude sentir os sulcos que a corda havia deixado na minha carne.

– Nós achávamos que sim. – A amargura permeava sua voz. – Pedras cantantes. Pedras preciosas. Foi isso que usamos. Raymond falou... Só que não deu certo. Ou talvez... talvez tenha dado.

Ele estava fazendo deduções. Pude perceber a empolgação aumentar de novo em sua voz.

– A senhora encontrou Bob Springer... Dente de Lontra, quero dizer. Então ele *conseguiu!* E, se ele conseguiu, talvez outros também tenham conseguido. Eu pensei que estivessem todos mortos, entende? Pensei... que estivesse sozinho.

Sua voz se embargou e, apesar da urgência da situação e da irritação que ele me causava, senti uma pontada de empatia. Conhecia muito bem a sensação de estar sozinho assim, à deriva no tempo.

De certa forma, eu detestava decepcioná-lo, mas não havia por que lhe esconder a verdade.

– Infelizmente, Dente de Lontra morreu.

De repente, ele parou de se mexer e ficou sentado, imóvel. A débil claridade da fogueira através das árvores desenhava o seu contorno; eu podia ver seu rosto. Alguns cabelos compridos se ergueram na brisa. Nada mais se movia.

– Como? – perguntou ele por fim, numa voz baixa e engasgada.

– Morto pelos iroqueses – respondi. – Pelos mohawks.

Minha cabeça recomeçava muito lentamente a funcionar. Seis anos antes, aquele homem, fosse quem fosse, havia chegado. Ou seja, em 1767. Mas Dente de Lontra, o homem que antes se chamava Robert Springer, tinha morrido mais de uma geração antes. Os dois tinham começado juntos, mas ido parar em épocas diferentes.

– Merda – lamentou ele, embora o evidente pesar em sua voz estivesse misturado com algo semelhante ao assombro. – Isso deve ter sido bem ruim, principalmente para Bob. Ele tipo idolatrava esses caras.

– Sim. Imagino que tenha sido uma baita decepção para ele – respondi, um tanto seca.

Minhas pálpebras estavam grossas e pesadas. Era um esforço forçá-las a se abrir, mas eu ainda conseguia ver. Olhei em direção à luz da fogueira, mas não consegui distinguir nada além da débil movimentação de sombras ao longe. Se de fato houvesse uma fila de homens à espera dos meus serviços, pelo menos eles estavam tendo o tato de se manterem fora do meu campo de visão. Duvidei que isso estivesse acontecendo e agradeci em silêncio por não ter vinte anos a menos... nesse caso, talvez tivesse havido uma fila.

– Eu conheci alguns iroqueses... Meu Deus, eu fui *atrás* deles, se é que dá para acreditar! Era justamente esse o objetivo, entende? Achar as tribos iroquesas e conseguir que elas...

– Sim, eu sei o que vocês tinham em mente – interrompi. – Olhe, aqui não é hora nem lugar para uma conversa longa. Eu acho que...

– Esses iroqueses são uma gente ruim, senhora, *isso* eu lhe garanto – disse ele, espetando o dedo no meu peito para dar mais ênfase. – A senhora não iria *acreditar* no que eles fazem...

– Eu sei. Meu marido também é.

Olhei para ele com uma raiva que, a julgar pelo modo como ele se retraiu, decerto foi tornada altamente eficaz pela condição do meu rosto. Torci para que sim; fazer aquela expressão doeu muito.

– Agora o que *você* vai querer fazer... – falei, reunindo o máximo de autoridade na voz que consegui. – ... é voltar para a fogueira, esperar um pouco, depois sair de modo casual, se esgueirar e pegar dois cavalos. Posso ouvir um regato ali embaixo... – Dei um breve aceno para a direita. – Eu o encontro lá. Quando tivermos conseguido ir embora com segurança, conto-lhe tudo o que sei.

Na verdade, eu provavelmente não poderia lhe contar nada muito útil, mas isso ele não sabia. Escutei-o engolir em seco.

– Não sei... – disse ele, sem certeza, e olhou em volta outra vez. – Hodge é meio perigoso. Atirou num cara uns dias atrás. Nem falou nada, simplesmente foi até ele, sacou a arma e *bum!*

– Por quê?

Ele deu de ombros e balançou a cabeça.

– Cara, nem sei. Foi só... *bum*, sabe como?

– Sei – garanti, agarrando-me por um fio ao autocontrole e à sanidade. – Olhe, não vamos nos dar o trabalho de pegar cavalos, então. Vamos simplesmente fugir.

Projetei o corpo de modo canhestro até ficar apoiada em um dos joelhos, na esperança de que dali a alguns segundos fosse conseguir ficar em pé, quem sabe até andar. Os músculos grandes das minhas coxas estavam muito retesados nos pontos em que Boble tinha me chutado. Tentar ficar em pé os fez saltar e tremer em espasmos que me deixaram efetivamente aleijada.

– Merda, agora não!

Na agitação, o rapaz agarrou meu braço e me puxou para o chão ao seu lado. Bati com força no chão com a lateral do quadril e soltei um grito de dor.

– Tudo bem aí, Donner?

A voz emergiu do breu em algum lugar atrás de mim. O tom era casual, pelo visto um dos homens que saíra do acampamento apenas para fazer as necessidades, mas o efeito no jovem índio foi radical. Ele se jogou em cima de mim com o corpo inteiro, fazendo minha cabeça bater no chão e expulsando todo o ar do meu peito.

– Tudo... mesmo... tudo ótimo – respondeu ele ao companheiro.

Arquejava com exagero, na óbvia tentativa de parecer um homem tomado pelo êxtase de uma luxúria ainda não saciada. Parecia alguém morrendo de asma, mas não reclamei. Nem teria conseguido.

Já tinha levado algumas pancadas na cabeça, e em geral isso não tinha consequência alguma além de me escurecer a visão. Dessa vez eu de fato vi estrelas coloridas, e fiquei prostrada e sem entender, com a sensação de estar pairando tranquilamente alguma distância acima de meu corpo espancado. Donner então pôs a mão no meu seio e voltei imediatamente à terra.

– Largue-me agora mesmo! – silvei. – O que pensa que está fazendo?

– Ei, ei, nada, nada, desculpe – garantiu-me ele às pressas. Tirou a mão, mas não me soltou. Contorceu-se um pouco e dei conta de que o contato o tinha deixado excitado, fosse de propósito ou não.

– *Saia!* – ordenei, num sussurro enfurecido.

– Ei, eu não pretendo fazer nada, quero dizer, não vou machucar a senhora nem nada. É só que eu não fico com uma mulher há...

Agarrei um chumaço de seus cabelos, levantei a cabeça e mordi sua orelha com força. Ele deu um grito agudo e rolou para longe de mim.

O outro homem tinha voltado na direção da fogueira. Ao ouvi-lo gritar, contudo, virou-se e tornou a falar:

– Meu Deus, Donner, ela é *tão* boa assim? Vou ter que experimentar!

Isso fez os homens junto à fogueira rirem, mas por sorte foram risos breves, e eles logo voltaram às suas próprias preocupações. E eu voltei à minha, que era fugir.

– A senhora não precisava fazer isso – choramingou Donner baixinho, segurando a própria orelha. – Eu não ia fazer *nada!* Meu Deus, a senhora tem bons peitos, mas tem idade suficiente para ser minha mãe!

– Cale essa boca! – exclamei, e empurrei o chão para me sentar.

O esforço fez minha cabeça girar; minúsculas luzes coloridas cintilaram feito luzinhas de Natal na periferia do meu campo de visão. Apesar disso, parte da minha mente estava ativa e operante outra vez.

Ele tinha razão, pelo menos em parte. Não podíamos ir embora naquele momento. Após atrair tanta atenção para si, os outros o estariam esperando voltar dali a poucos minutos; caso ele não aparecesse, começariam a procurar... e nós precisávamos de mais do que alguns minutos de vantagem.

– Não podemos ir agora – sussurrou ele, esfregando a orelha com um ar de reprovação. – Eles vão perceber. Espere eles irem dormir. Aí virei buscá-la.

Hesitei. A cada segundo que passava ao alcance de Hodgepile e sua gangue de feras, eu corria um perigo mortal. Se precisava de algum convencimento, os encontros das duas últimas horas haviam demonstrado isso. Aquele Donner precisava voltar para junto da fogueira e aparecer... mas eu podia sair de fininho. Será que isso valia o risco de alguém aparecer e constatar minha fuga antes de eu ter ido longe o suficiente para não poder ser perseguida? Seria mais seguro aguardar eles dormirem. Mas será que eu me atreveria a esperar tanto assim?

E havia também a questão do próprio Donner. Se ele queria falar comigo, eu com certeza também queria falar com ele. As chances de esbarrar com outro viajante no tempo...

O rapaz leu minha hesitação, mas não soube interpretá-la.

– A senhora não vai sem mim!

Ele agarrou meu pulso com súbito alarme, e antes que eu pudesse puxar a mão para longe já tinha passado um pouco da corda em volta dele. Debati-me e tentei me soltar, sibilando para tentar fazê-lo entender, mas a ideia de que eu pudesse fugir sem ele o deixara em pânico, e ele não quis escutar. Enfraquecida pelos ferimentos e sem querer fazer tanto barulho a ponto de chamar atenção, consegui apenas adiar, mas não impedir, seus esforços determinados de me amarrar outra vez.

– Está bem.

Ele suava. Uma gota morna pingou no meu rosto quando se inclinou por cima de mim para verificar os nós. Pelo menos não tinha posto de novo a corda em volta do meu pescoço, e sim me amarrado na árvore com uma corda em torno da cintura.

– Eu deveria ter percebido o que a senhora era – murmurou ele, concentrado na tarefa. – Mesmo antes de ouvi-la dizer "Jesus H. Roosevelt Cristo".

– Que diabos significa isso? – disparei, contorcendo-me para longe da mão dele. – Não faça isso, seu maldito... eu vou sufocar!

Ele estava tentando recolocar a tira de pano de volta na minha boca, mas pareceu detectar o viés de pânico na minha voz, pois hesitou.

– Ah – fez ele, sem certeza. – Bom. Eu acho que... – Mais uma vez olhou para trás por cima do ombro, mas então se decidiu e jogou a mordaça no chão. – Está bem. Mas fique quieta, sim? O que eu quis dizer foi... a senhora não age como se temesse os homens. A maioria das mulheres desta época age assim. A senhora deveria se comportar como se tivesse mais medo.

E, com essa última tirada, ele se levantou e limpou as folhas mortas das roupas antes de voltar para junto da fogueira.

Chega um ponto em que o corpo simplesmente não aguenta mais. Seja qual for a ameaça que o futuro possa reservar, o corpo dorme. Eu já tinha visto isso acontecer: os soldados jacobitas que dormiam nas trincheiras em que caíam, os pilotos ingleses que dormiam nos aviões enquanto os mecânicos os reabasteciam apenas para se sobressaltarem, totalmente alertas, a tempo da decolagem. Aliás, mulheres em longos trabalhos de parto muitas vezes dormem entre uma e outra contração.

Da mesma forma, eu dormi.

Esse tipo de sono, porém, não é nem profundo nem tranquilo. Despertei dele com a mão de alguém por cima da boca.

O quarto homem não foi nem incompetente, nem brutal. Era grande e tinha um corpo macio, e havia amado a falecida esposa. Eu soube disso porque ele chorou nos meus cabelos e me chamou pelo nome dela no final. Ela se chamava Martha.

Emergi do sono outra vez algum tempo depois. De uma vez só, totalmente consciente, com o coração a bater forte. Só que não era o meu coração... era um tambor.

Ruídos de espanto vinham da direção da fogueira, homens acordando alarmados.

– Índios! – gritou alguém, e a luz se partiu e voou quando alguém chutou a fogueira para dispersá-la.

Aquilo não era um tambor indígena. Sentei-me e apurei os ouvidos. Era um tambor que tinha o mesmo som de um coração batendo, lento e ritmado, depois acelerado feito um martinete, como a fuga frenética de um animal que está sendo caçado.

Eu poderia ter lhes dito que os índios nunca usavam tambores como armas; os celtas, sim. Aquilo era o som de um *bodhran*.

O que vai vir depois?, pensei, com uma pontinha de histeria. *Gaitas de fole?*

Era Roger, com certeza; só ele era capaz de fazer um tambor falar daquele jeito. Era Roger, e Jamie estava por perto. Levantei-me atabalhoadamente, querendo, precisando com urgência *me mexer*. Num frenesi de impaciência, puxei a corda em volta da cintura, mas não consegui me soltar.

Um segundo tambor começou a tocar, mais lento, menos habilidoso, mas igualmente ameaçador. O som parecia se mover... *estava* se movendo. Diminuía, depois voltava com força total. Um terceiro tambor soou, e agora as batidas pareciam vir de toda parte, rápidas, lentas, zombeteiras.

Alguém disparou uma arma em direção à floresta, em pânico.

– Parem de atirar!

A voz de Hodgepile soou alta e furiosa, mas de nada adiantou. Ouviu-se uma rajada de tiros que parecia pipoca, quase afogada pelo som dos tambores. Ouvi um *tlec* perto da cabeça e um punhado de agulhas roçou em mim ao despencar. Dei-me conta de que ficar em pé enquanto armas eram disparadas a esmo a toda volta era uma estratégia perigosa, e na mesma hora deitei-me no chão e me enterrei nas agulhas mortas, tentando manter o tronco da árvore entre mim e o grupo principal de homens.

Os tambores agora se sobrepunham, ora mais próximos, ora mais distantes. O som era perturbador até para mim, que sabia do que se tratava. Eles estavam cercando o acampamento, ou assim parecia. Será que eu deveria gritar caso chegassem perto o suficiente?

Fui salva da agonia de ter que decidir; os homens faziam tanto barulho ao redor da fogueira que eu não me teria feito ouvir nem se tivesse gritado até ficar rouca. Chamavam uns aos outros alarmados, gritavam perguntas, bradavam ordens... pelo visto ignoradas, a julgar pelos ruídos de confusão que prosseguiam.

Para fugir dos tambores, alguém varou os arbustos perto de mim. Um, mais dois... o som de uma respiração arquejante e de passos estalando no chão. *Donner?* Esse pensamento me ocorreu de repente e me sentei, mas tornei a me deitar quando outro tiro passou zunindo mais acima.

Os tambores cessaram abruptamente. Ao redor da fogueira reinava o caos, embora eu pudesse ouvir Hodgepile tentando organizar seus homens com berros e ameaças, a voz anasalada erguida acima das outras. Os tambores então recomeçaram a tocar... mais próximos.

Eles estavam chegando perto, reunindo-se em algum lugar na floresta à minha esquerda, e as zombeteiras batidas *tip-tap-tip-tap* tinham mudado. Agora trovejavam. Nenhuma perícia, apenas ameaça. Cada vez mais perto.

Armas disparavam furiosamente, próximas o suficiente para eu ver seu cano se acender e sentir o cheiro da fumaça, espesso e quente no ar. Apesar de terem sido espalhadas, as brasas da fogueira ainda ardiam e emitiam uma claridade discreta por entre as árvores.

– Ali estão eles! Estou vendo! – gritou alguém da fogueira, e ouviu-se uma nova rajada de mosquetão em direção aos tambores.

Então o mais sobrenatural dos uivos emergiu do escuro à minha direita. Eu já tinha ouvido escoceses gritarem ao entrar numa batalha, mas aquele grito específico das Terras Altas fez os pelos do meu corpo se arrepiarem do cóccix até a nuca. *Jamie.* Apesar dos meus temores, senti-me muito ereta e espiei ao redor da árvore que me abrigava a tempo de ver os demônios se derramarem da floresta.

Eu os conhecia, sabia que os conhecia, mas me encolhi ao vê-los enegrecidos de fuligem e berrando com a loucura do inferno, a luz da fogueira vermelha sobre as lâminas de facas e machados.

Os tambores tinham se calado abruptamente com o primeiro grito, e então uma nova série de uivos irrompeu à esquerda quando os tocadores de tambor correram para o ataque. Pressionei o corpo bem rente à árvore, sentindo o coração imenso a me sufocar na garganta, petrificada pelo medo de as lâminas golpearem qualquer movimento aleatório nas sombras.

Alguém veio na minha direção fazendo grande estardalhaço, tateando no escuro... Donner? Grasnei seu nome na esperança de atrair sua atenção, e a forma franzina se virou para mim, hesitou, então me viu e se atirou sobre mim.

Não era Donner, e sim Hodgepile. Ele agarrou meu braço e me puxou para cima ao mesmo tempo que cortava a corda que me prendia à árvore. O esforço o fazia ofegar, ou talvez fosse o medo.

Entendi na hora o que ele pretendia: sabia que suas chances de escapar eram tênues... me fazer de refém era sua única esperança. Mas eu *nunca* seria sua refém. Não mais.

Chutei-o, com força, e acertei na lateral do joelho. O chute não o derrubou, mas o distraiu por um segundo. Ataquei-o com a cabeça baixa e dei-lhe uma cabeçada bem no meio do peito que o fez voar.

O impacto doeu muito e cambaleei, com os olhos lacrimejando por causa da dor. Hodgepile já tinha se levantado e partido outra vez para cima de mim. Chutei, errei e caí pesadamente com o traseiro no chão.

– Vamos *logo*, sua maldita! – sibilou ele, puxando com força minhas mãos atadas.

Encolhi a cabeça, puxei para trás e o fiz cair junto comigo. Rolei e me revirei nas folhas decompostas, tentando o quanto podia envolvê-lo com as pernas na intenção de prendê-lo pelas costelas e fazer a vida se esvair daquele vermezinho imundo, mas ele se contorceu até se libertar, rolou por cima de mim e socou minha cabeça para tentar me dominar.

Acertou-me em uma das orelhas e eu me encolhi, fechando os olhos por reflexo. Então seu peso de repente se foi, e quando abri os olhos vi Jamie segurando-o a vários centímetros do chão. As pernas magrelas se agitavam enlouquecidas num fútil esforço de fugir, e senti um desejo insano de rir.

Na verdade devo mesmo ter rido, pois a cabeça de Jamie deu um tranco para me olhar. Vi de relance o branco de seus olhos antes que ele voltasse a atenção novamente para Hodgepile. Sua silhueta se destacava contra a débil claridade das brasas. Vi-o de perfil por um segundo, e seu corpo então se flexionou de esforço quando ele curvou a cabeça.

Jamie segurava Hodgepile bem junto ao peito, com um dos braços dobrado. Pisquei os olhos; como eles estavam meio fechados por causa do inchaço, não soube ao certo o que ele estava fazendo. Então ouvi um pequeno grunhido de esforço e um grito agudo estrangulado de Hodgepile, e vi o cotovelo dobrado de Jamie descer com um movimento abrupto.

A curva escura da cabeça de Hodgepile se moveu para trás... e mais para trás ainda. Pude ver o nariz afilado de marionete e o maxilar anguloso... posicionado num ângulo impossível de tão alto, com a base da mão de Jamie bem encaixada sob ele. Ouviu-se um *tlec!* abafado que eu senti no fundo do estômago quando os ossos do pescoço de Hodgepile se separaram, e a marionete ficou flácida.

Jamie jogou o corpo do boneco no chão, estendeu os braços para mim e me ajudou a levantar.

– Você está viva, *mo nighean donn*, está inteira? – perguntou em gaélico com urgência.

Ele tateava, fazendo as mãos voarem por meu corpo enquanto tentava ao mesmo tempo me manter de pé, pois meus joelhos de repente pareciam ter virado água, e localizar a corda que me prendia as mãos.

Eu chorava e ria, aspirando lágrimas e sangue pelo nariz, batendo nele com as mãos amarradas e tentando desajeitadamente esticá-las na sua direção para que ele pudesse cortar a corda.

Ele parou de tatear e me abraçou tão apertado contra si que gani de dor quando meu rosto foi pressionado contra seu *tartan*.

Jamie estava dizendo alguma outra coisa, com urgência, mas não fui capaz de traduzir. A energia pulsava por seu corpo, quente, violenta, como a corrente de um fio elétrico, e compreendi vagamente que ele ainda estava quase ensandecido; não sabia mais falar inglês.

– Eu estou bem – arquejei, e ele me soltou.

A luz iluminou a clareira além das árvores. Alguém havia juntado as brasas espalhadas e jogado mais gravetos por cima. O rosto de Jamie estava preto, e os olhos se destacaram azuis num súbito lampejo quando ele virou a cabeça e a luz bateu no seu rosto.

Ainda havia alguma luta sendo travada. Nada de gritos agora, mas eu podia ouvir os grunhidos e o baque de corpos engatados em combate. Jamie levantou minhas mãos, sacou a adaga escocesa e cortou a corda; minhas mãos caíram feito pesos de chumbo. Ele passou alguns instantes me encarando, como quem tenta encontrar palavras, então balançou a cabeça, levou uma das mãos ao meu rosto por um segundo e tornou a sumir na direção da briga.

Afundei no chão, atordoada. O corpo de Hodgepile jazia ali perto, com os membros esparramados. Olhei para ele de relance, e na mente vi com clareza a imagem de um colar que Bree tinha quando criança, feito de contas plásticas entrelaçadas que se soltavam quando puxadas. Pérolas Ploc, era assim que se chamavam. Desejei vagamente não ter lembrado disso.

O rosto tinha o maxilar protuberante e as faces encovadas; sua expressão era de espanto, com os olhos arregalados para a luz bruxuleante. Algo, porém, parecia estranhamente errado, e estreitei os olhos para tentar entender o que era. Então percebi que sua cabeça estava virada para trás.

Posso ter passado segundos ou minutos ali a encará-lo, com os braços ao redor dos joelhos e a mente inteiramente vazia. Então o ruído de passos me fez olhar para cima.

Arch Bug emergiu da escuridão, alto, magro e negro contra o fundo tremeluzente de uma fogueira cada vez mais vigorosa. Vi que ele segurava um machado com firmeza na mão esquerda. O machado também estava preto, e o cheiro de sangue se espalhou, forte e encorpado, quando ele chegou mais perto.

– Tem alguns ainda vivos – disse ele, e senti algo frio e duro encostar na minha mão. – Quer se vingar deles agora, *a bana-mhaighistear*?

Baixei os olhos e vi que ele estava me oferecendo uma adaga escocesa, com o cabo virado para a frente. Eu estava em pé, mas não me lembrava de ter me levantado.

Não conseguia falar nem me mexer... mas meus dedos se fecharam sem que eu ordenasse, e minha mão se ergueu para segurar o punhal enquanto eu o observava com um ar de leve curiosidade. Então a mão de Jamie se abateu sobre a adaga e a arrancou de mim, e eu vi, como de uma distância muito grande, a luz recair sobre a sua mão reluzente e molhada de sangue até o pulso. Gotas aleatórias reluziam vermelhas, joias escuras a brilhar grudadas nos pelos encaracolados do braço.

– Ela fez um juramento – disse ele a Arch, e entendi de modo difuso que ainda estava falando gaélico, embora eu o compreendesse com clareza. – Não pode matar a menos que seja para salvar a própria vida. Quem mata por ela sou eu.

– E eu – disse uma figura alta atrás dele: Ian.

Arch assentiu, embora seu rosto continuasse no escuro. Havia mais alguém ao seu lado... Fergus. Reconheci-o na hora, mas foi preciso me esforçar alguns instantes para dar nome ao rosto pálido riscado de preto e ao corpo magro e rijo.

– Madame – disse ele, e sua voz saiu fina de choque. – Milady.

Jamie então olhou para mim, e sua própria expressão mudou quando a consciência retornou aos seus olhos. Vi suas narinas inflarem quando ele sentiu o cheiro de suor e sêmen nas minhas roupas.

– Quais? – perguntou. – Quantos?

Disse isso em inglês e num tom de uma casualidade impressionante, como se estivesse perguntando quantos convidados eram esperados para o almoço, e achei o simples tom de sua voz tranquilizador.

– Não sei – respondi. – Eles... estava escuro.

Ele aquiesceu, apertou meu braço com força e se virou.

– Matem todos – falou para Fergus, com a voz ainda calma.

Fergus tinha os olhos imensos e escuros, afundados no crânio, ardentes. Simplesmente aquiesceu e sacou o machado do cinto. A frente da sua camisa estava ensopada e a ponta de seu gancho tinha um aspecto escuro e pegajoso.

De um modo distanciado, pensei que devesse dizer alguma coisa. Mas não disse. Fiquei em pé, com as costas apoiadas na árvore, e não disse absolutamente nada.

Jamie deu uma olhada rápida na adaga que estava segurando, como para se certificar de que estivesse em boas condições... não estava; limpou a lâmina na coxa, ignorando o sangue já meio seco que deixava o cabo de madeira grudento... e voltou para a clareira.

Fiquei bem paradinha. Houve mais barulhos, mas não lhes dei mais atenção do que ao vento que corria entre as agulhas lá em cima. A árvore era um abeto-balsâmico, e seu cheiro limpo e fresco caía sobre mim numa chuva de resinas aromáticas potente o bastante para eu sentir seu gosto no palato, embora pouca coisa penetrasse as membranas congestionadas do meu nariz. Por baixo do delicado véu do perfume da árvore, senti gosto de sangue, de trapos ensopados e o fedor da minha própria pele cansada.

O dia havia raiado. Pássaros cantavam na mata distante e a luz cobria o chão, tão suave quanto cinzas de madeira.

Fiquei bem paradinha, sem pensar em nada a não ser em quão agradável seria estar mergulhada até o pescoço em água quente, esfregar a pele até arrancá-la da carne, e deixar o sangue correr vermelho e limpo pelas pernas, erguendo-se em nuvens suaves que iriam me esconder.

29

PERFEITAMENTE BEM

Eles então se foram. Deixaram todos para trás, sem enterro ou palavra de consagração. De certo modo, isso foi mais chocante do que a matança. Roger tinha acompanhado o reverendo a mais de um leito de morte ou cena de acidente, ajudado a reconfortar os enlutados, presenciado o espírito partir enquanto o velho pronunciava as palavras da graça. Era isso que se fazia quando alguém morria: virar-se para Deus e pelo menos reconhecer o fato.

No entanto... como era possível postar-se junto ao corpo de um homem que se havia matado e encarar Deus?

Ele não conseguia sentar. O cansaço o preenchia como areia molhada, mas ele não conseguia pensar.

Levantou-se e pegou o atiçador, mas ficou parado com a ferramenta na mão, encarando a fogueira montada dentro de sua lareira. Era uma fogueira perfeita, carvões negros como cetim envoltos em cinzas, com o calor vermelho sufocado logo abaixo. Tocá-la seria partir as brasas, fazer a chama saltar... apenas para morrer na mesma hora, sem combustível. E seria um desperdício de madeira pôr mais combustível àquela hora tardia da noite.

Ele largou o atiçador e andou de uma parede à outra, uma abelha exausta dentro de uma garrafa, ainda zumbindo, embora com as asas esfarrapadas e inúteis.

Fraser não tinha se abalado. Deixara de pensar nos bandidos na mesma hora em que eles haviam morrido. Todos os seus pensamentos estavam voltados para Claire, o que com certeza era compreensível.

Ele a havia conduzido pela luz matinal naquela clareira, um Adão encharcado de sangue, uma Eva maltratada, e o conceito do bem e do mal bem diante dos seus olhos. Então a havia enrolado em seu *tartan* xadrez, pegado-a no colo e andado até seu cavalo.

Os homens foram atrás, calados, puxando os cavalos dos bandidos atrás dos seus. Uma hora mais tarde, com o sol quente nas costas, Fraser tinha virado a cabeça de seu cavalo morro abaixo e os guiado até um regato. Tinha apeado, ajudado Claire a desmontar, então desaparecido com ela no meio das árvores.

Os homens trocaram olhares intrigados, mas ninguém disse nada. Então o velho Arch Bug desceu da mula e disse, prático:

– Bom, ela vai querer se lavar agora, não?

Um suspiro de compreensão percorreu o grupo, e a tensão na mesma hora diminuiu e se dissolveu nas pequenas tarefas cotidianas de apear, imobilizar os animais, verificar barrigueiras, escarrar, dar uma mijada. Aos poucos, eles foram procurando uns aos outros em busca de algo para dizer, à procura de alívio nas banalidades.

Roger cruzou olhares com Ian, mas eles ainda estavam demasiado rígidos um com o outro para aquilo. Ian se virou, deu um tapinha no ombro de Fergus, o abraçou, então o empurrou para longe com uma piadinha grosseira sobre o seu fedor. O francês lhe abriu um minúsculo sorriso e ergueu o gancho escurecido numa saudação.

Kenny Lindsay e o velho Arch Bug compartilhavam tabaco, enchendo os cachimbos com aparente tranquilidade. Tom Christie foi até eles, pálido feito um fantasma, mas de cachimbo na mão. Não pela primeira vez, Roger entendeu os valiosos aspectos sociais do ato de fumar.

Arch o vira, porém, parado junto ao seu cavalo sem saber aonde ir, e fora falar com ele; a voz do velho era calma e tranquilizadora. Roger não soube ao certo o que Arch disse, quanto mais o que ele próprio respondeu. O simples ato de conversar lhe permitiu voltar a respirar e acalmar os tremores que o percorriam qual ondas a quebrar na praia.

De repente, o velho interrompeu o que estava dizendo e meneou a cabeça por cima do seu ombro.

– Vá lá, rapaz. Ele precisa de você.

Roger tinha se virado e visto Jamie em pé do outro lado da clareira, meio virado para o outro lado e apoiado numa árvore, com a cabeça inclinada, pensativo. Teria ele feito algum sinal para Arch? Jamie então olhou em volta e cruzou olhares com Roger. Sim, ele queria lhe falar, e Roger se pegou em pé ao lado de Fraser sem qualquer lembrança clara de ter atravessado o espaço que os separava.

Jamie estendeu a mão e apertou a sua, com força, e ele aguentou e apertou de volta.

– Uma palavrinha, *a cliamhuinn* – disse Jamie, e soltou. – Eu não queria falar sobre isso agora, mas pode ser que não haja uma hora boa depois, e não posso esperar muito.

Ele também soava calmo, mas não como Arch. Havia coisas quebradas em sua voz. Ao escutá-la, Roger sentiu a pressão áspera da corda e limpou a garganta.

– Pode falar, então.

Jamie inspirou fundo e deu de ombros de leve, como se a sua camisa estivesse apertada demais.

– O menino. Não é certo perguntar isso a você, mas eu preciso. Você sentiria a mesma coisa por ele se tivesse certeza de que não era seu?

– O quê? – Roger só fez piscar os olhos, sem entender nada do que fora dito. – O me... Jem, o senhor quer dizer?

Jamie aquiesceu, com os olhos cravados nos de Roger.

– Bem, eu... eu não sei ao certo – disse Roger, sem entender que história era aquela. Por quê? E por que justamente *agora*?

– Pense.

Ele *estava* pensando, perguntando-se que diabo de conversa era aquela? Obviamente seu pensamento transpareceu, pois Fraser baixou a cabeça ao reconhecer a necessidade de se explicar melhor.

– Eu... eu sei que não é provável, sim? Mas é possível. Ela pode ter engravidado com o que aconteceu na noite passada, entende?

Com um golpe que foi como um soco abaixo do esterno, Roger entendeu. Antes que ele conseguisse recuperar o fôlego para falar, Fraser prosseguiu.

– Tenho um dia ou dois, quem sabe, para talvez... – Ele olhou para o outro lado, e um rubor opaco surgiu por entre as listras de fuligem com as quais havia pintado o rosto. – Poderia haver dúvida, não? Como há no seu caso. Mas...

Ele engoliu, e o "mas" ficou pairando, eloquente.

Jamie olhou para o outro lado de maneira involuntária e os olhos de Roger acompanharam a direção de seu olhar. Para além de um biombo de arbustos e trepadeiras em tons de vermelho havia uma piscina com um redemoinho, e Claire, ajoelhada e nua na margem oposta, estudava o próprio reflexo. O sangue trovejou nos ouvidos de Roger e ele arrancou os olhos dali, mas a imagem tinha ficado gravada em sua mente.

A primeira coisa que ele pensou foi que ela não parecia humana. O corpo sarapintado de hematomas, o rosto irreconhecível, parecia algo estranho e primevo, uma criatura exótica daquela piscina na floresta. Além da aparência, porém, o que o impressionou foi sua atitude. Ela estava de certa forma distante, e imóvel tal qual uma árvore, mesmo quando o ar lhe agita as folhas.

Ele tornou a olhar, incapaz de se conter. Curvada acima d'água, ela estudava o próprio rosto. Os cabelos pendiam molhados e embaraçados nas costas, e ela os afastou para trás com a palma da mão, segurando-os fora do caminho enquanto examinava os traços machucados com uma atenção desprovida de paixão.

Pressionou delicadamente aqui e ali, abrindo e fechando o maxilar enquanto as pontas dos dedos exploravam os contornos da face. Roger imaginou que estivesse testando para ver se havia dentes soltos ou ossos quebrados. Ela fechou os olhos e traçou o contorno da testa e do nariz, do maxilar e da boca, a mão segura e delicada como a de um pintor. Então pegou com determinação a ponta do nariz e puxou com força.

Ele se encolheu por reflexo quando sangue e lágrimas escorreram pelo rosto de Claire, mas ela não produziu som algum. O estômago de Roger, já contraído numa bola pequena e dolorida, subiu-lhe até a garganta e fez pressão na cicatriz da corda.

Ela tornou a se apoiar nos calcanhares, respirando profundamente, com os olhos fechados e as mãos unidas frente ao centro do rosto.

De repente, ele tomou consciência de que ela estava *nua* e de que ele continuava olhando. Afastou-se com um tranco, sentindo o sangue quente no rosto, e deu uma olhada dissimulada na direção de Jamie com esperança de que ele não tivesse percebido. Não tinha... Fraser nem estava mais ali.

Roger olhou em volta atarantado, mas viu o sogro quase na mesma hora. Seu alívio por não ser surpreendido olhando foi imediatamente superado por um choque de adrenalina ao ver o que Fraser estava fazendo.

Ele estava em pé ao lado de um corpo no chão.

Fraser olhou em volta rapidamente, observando onde estavam seus homens, e Roger quase pôde sentir o esforço com o qual reprimiu os próprios sentimentos. Então seus brilhantes olhos azuis se pregaram no homem a seus pés, e Roger o viu inspirar muito lentamente.

Lionel Brown.

Quase sem ter a intenção de fazê-lo, Roger havia se pegado atravessando a clareira. Assumiu seu lugar à direita de Jamie sem qualquer pensamento consciente, com a atenção igualmente fixada no homem caído no chão.

Apesar dos olhos fechados, Brown não dormia. Tinha o rosto ferido e inchado, além de manchado por causa da febre, mas a expressão de pânico quase incontida era evidente em seus traços deformados. E inteiramente justificada, também, até onde Roger podia constatar.

Único sobrevivente dos trabalhos da noite, Brown só continuava vivo porque Arch Bug havia segurado o jovem Ian Murray a poucos centímetros de lhe esmagar o crânio com um tacape. Não devido a qualquer hesitação quanto a matar um homem ferido, mas por frio pragmatismo.

– Seu tio vai ter perguntas – dissera Arch, com os olhos estreitados para Brown. – Vamos deixar este aqui vivo por tempo suficiente para respondê-las.

Sem dizer nada, Ian tinha soltado o braço da mão de Arch e girado nos calcanhares até desaparecer feito fumaça nas sombras da floresta.

Jamie tinha o semblante bem menos expressivo do que o de seu prisioneiro, pensou Roger. Ele próprio nada conseguia deduzir do que Fraser estava pensando pela sua expressão... mas praticamente não precisava. Apesar de imóvel como uma pedra, seu sogro mesmo assim parecia latejar com algo lento e inexorável. O simples fato de estar ao seu lado era aterrorizante.

– O que me diz, amigo? – perguntou Fraser por fim, virando-se para Arch, que estava em pé do outro lado da maca improvisada, cabelos brancos e todo riscado de sangue. – Ele pode continuar viajando, ou o trajeto vai matá-lo?

Bug se inclinou para a frente e examinou Brown deitado sem qualquer paixão.

– Eu digo que ele vai viver. Tem o rosto vermelho, não branco, e está acordado. Quer levá-lo conosco, ou prefere fazer suas perguntas agora?

Por um breve instante a máscara caiu e Roger, que vinha prestando atenção no rosto de Jamie, viu em seus olhos exatamente o que ele desejava fazer. Se Lionel Brown também tivesse visto, teria pulado da maca e saído correndo, perna quebrada ou não. Mas seus olhos permaneceram teimosamente fechados e, como Jamie e o velho Arch estavam falando gaélico, ele continuou ignorante.

Sem responder à pergunta de Arch, Jamie se ajoelhou e pôs a mão no peito de Brown. Roger pôde ver a pulsação a martelar no pescoço do ferido, e sua respiração rápida e curta. Mesmo assim, ele manteve as pálpebras bem fechadas, embora as órbitas sob elas se revirassem de um lado para o outro, frenéticas.

Jamie permaneceu imóvel pelo que pareceu um longo tempo – e que, para Brown, deve ter sido uma eternidade. Então produziu um pequeno som, que poderia ter sido tanto uma risada de desprezo quanto um muxoxo de repulsa, e se levantou.

– Vamos levá-lo. Cuide para que ele viva, então – falou, em inglês. – Por enquanto.

Brown tinha continuado a fingir inconsciência durante a viagem até a Cordilheira, apesar das especulações sangrentas feitas por diversos membros do grupo no raio de alcance da sua audição durante o trajeto. Ao final da viagem, Roger havia ajudado a desamarrá-lo da padiola. Suas roupas e ataduras estavam ensopadas de suor, e o fedor de medo era um miasma palpável à sua volta.

Claire tinha feito um movimento em direção ao ferido, com o cenho franzido, mas Jamie a detivera pousando a mão no seu braço. Roger não ouviu o que ele lhe murmurou, mas ela assentiu e o acompanhou até a Casa Grande. Instantes depois, a sra. Bug apareceu, inabitualmente calada, e assumiu os cuidados com Lionel Brown.

Murdina Bug não era igual a Jamie nem ao velho Arch. Seus pensamentos eram visíveis na linha pálida de sua boca e em seu cenho ameaçador. Mas Lionel Brown aceitou que ela lhe desse água e, com os olhos abertos, observou-a como se ela fosse a luz da sua salvação. Roger pensou que ela teria gostado de matar Brown como uma das baratas que exterminava sem dó na cozinha. Mas Jamie desejava que ele fosse mantido vivo, então vivo ele iria ficar.

Por enquanto.

Um barulho na porta chamou a atenção de Roger de volta ao presente. Brianna!

Só que não era ela quando ele foi abrir a porta, apenas o chacoalhar dos gravetos e cascas de bolotas sacudidos pelo vento. Ele olhou para a trilha escura na esperança de vê-la, mas ainda não havia sinal dela. É claro, pensou consigo mesmo, Claire provavelmente estava precisando da filha.

Eu também.

Rechaçou esse pensamento, mas continuou na porta, olhando para fora, com o vento a gemer nos ouvidos. Ela havia subido até a Casa Grande na hora, no mesmo instante em que ele fora lhe dizer que sua mãe estava bem. Ele não dissera muito mais, mas pelo sangue em suas roupas ela havia depreendido alguma coisa sobre a situação, e mal havia parado para se certificar de que nenhum daquele sangue era dele antes de sair correndo.

Ele fechou a porta com cuidado, e foi ver se a corrente de ar não tinha acordado Jemmy. Teve um forte impulso de pegar o menino, e apesar da arraigada cautela parental relacionada a incomodar uma criança que dorme, tirou Jem de sua cama rente ao chão; precisava fazê-lo.

O menino pesou no seu colo, grogue. Mexeu-se, levantou a cabeça e piscou, com os olhos azuis vidrados de sono.

– Está tudo bem – sussurrou Roger, dando tapinhas em suas costas. – Papai está aqui.

Jem suspirou como um pneu furado e deixou a cabeça cair no ombro de Roger com a força de uma bala de canhão cansada. Pareceu inflar de novo por um segundo, mas então enfiou o polegar na boca e se entregou àquele estado singular e desconjuntado comum às crianças que dormem. Sua carne pareceu derreter confortavelmente para dentro da de Roger, numa confiança tão absoluta que não era necessário sequer manter as fronteiras do próprio corpo... papai se encarregaria disso.

Roger fechou os olhos para conter as lágrimas que começavam a sair e pressionou a boca no calor macio dos cabelos de Jemmy.

A luz da fogueira formava sombras pretas e vermelhas na parte interna de suas pálpebras. Olhando para elas, ele conseguiu impedir as lágrimas de brotarem. Pouco importava o que via ali. Tinha uma pequena coleção de momentos de horror, vívidos no raiar do dia, mas podia assistir a eles sem emoção... por enquanto. O que o comovia era a confiança adormecida em seus braços e o eco de suas próprias palavras sussurradas.

Seria mesmo uma lembrança? Talvez não fosse mais do que um desejo... de um dia ser despertado do sono apenas para adormecer novamente em braços fortes ouvindo "papai está aqui".

Ele inspirou fundo e diminuiu o ritmo de sua respiração até se igualar ao de Jem, acalmando-se. Parecia importante não chorar, embora não houvesse ninguém para ver ou se importar com isso.

Jamie tinha olhado para ele quando os dois estavam se afastando da padiola de Brown, e a pergunta estava clara em seus olhos.

– Você não pensou que eu fosse me importar só por mim, espero? – dissera ele em voz baixa.

Seus olhos se voltaram para a brecha nos arbustos pela qual Claire tinha desaparecido, semicerrados como se não suportasse olhar, mas não conseguisse manter os olhos afastados.

– Por ela – dissera ele, tão baixo que Roger mal escutou. – Será que ela preferiria... ter a dúvida, você acha? Se chegasse a esse ponto.

Roger inspirou fundo nos cabelos do filho e pediu a Deus que tivesse dito a coisa certa ali, entre as árvores.

– Não sei – dissera ele. – Mas em relação a você... se houver espaço para dúvida... aproveite, meu conselho é esse.

Se Jamie estivesse disposto a seguir esse conselho, Bree voltaria para casa em breve.

– Eu estou bem – falei, com firmeza. – Perfeitamente bem.

Bree estreitou os olhos para mim.

– É claro que está – disse ela. – Você parece que foi atropelada por uma locomotiva. Por *duas* locomotivas.

– Sim – falei, e toquei com cuidado o lábio partido. – Mas, tirando isso...

– Está com fome? Sente-se, mamãe, vou preparar um chá para você, e depois quem sabe um jantarzinho.

Eu não estava com fome, não queria chá, e principalmente não queria me sentar... não depois de um longo dia a cavalo. Brianna, porém, já estava tirando o bule de chá da prateleira acima do aparador, e não consegui encontrar as palavras certas para detê-la. De repente, foi como se eu não tivesse palavra alguma. Virei-me para Jamie, impotente.

De alguma forma, ele adivinhou o que eu estava sentindo, embora a condição do meu rosto não lhe permitisse ler muita coisa ali. Deu um passo à frente, porém, e pegou o bule da mão dela enquanto murmurava algo baixo demais para eu ouvir. Ela franziu o cenho para ele, olhou para mim, depois outra vez para ele, ainda franzindo o cenho. Então sua expressão mudou um pouco e ela veio na minha direção, encarando-me com um olhar atento.

– Um banho? – indagou, baixinho. – Xampu?

– Ah, sim – falei, e meus ombros afundaram num alívio agradecido. – Por favor.

Então me sentei, afinal, e deixei que ela banhasse com uma esponja minhas mãos e pés, e que lavasse meus cabelos numa bacia de água morna tirada do caldeirão na lareira. Ela o fez em silêncio, cantarolando entre os dentes, e comecei a relaxar enquanto seus dedos longos e fortes me esfregavam.

Tinha dormido uma parte da viagem, de pura exaustão, encostada no peito de Jamie. Mas não há como descansar de verdade no lombo de um cavalo, e nesse instante me vi à beira de pegar no sono, e reparei de modo apenas sonhador e distanciado que a água na bacia havia adquirido uma cor suja, vermelha e opaca, cheia de terra e fragmentos de folhas.

Tinha me trocado e posto uma combinação limpa. A sensação do tecido gasto na pele era puro luxo, fresca e macia.

Bree cantarolava baixinho entre os dentes. Que música era... "Mr. Tambourine Man", pensei. Uma daquelas músicas bobas e adoráveis dos anos sess...

1968.

Arquejei, e Bree segurou minha cabeça com as mãos para me firmar.

– Mamãe? Tudo bem? Eu toquei em alguma coisa...

– Não! Não, eu estou bem – falei, olhando para as espirais de sujeira e sangue. Inspirei fundo, com o coração aos pulos. – Perfeitamente bem. É só que... comecei a pegar no sono, só isso.

Ela deu um muxoxo, mas afastou as mãos e foi buscar uma jarra d'água para me enxaguar, deixando-me agarrada na borda da mesa tentando não estremecer.

A senhora não age como se temesse os homens. Deveria se comportar como se tivesse mais medo. Esse eco particularmente irônico me voltou com clareza, junto com o contorno da cabeça do rapaz, os cabelos de leão vistos destacados pela luz da fogueira. Não conseguia recordar com clareza o seu rosto... mas com certeza teria reparado naqueles cabelos, não?

Jamie tinha me segurado pelo braço, depois, e me guiado de baixo da árvore que me abrigava até a clareira. A fogueira fora espalhada durante a briga. Havia pedras enegrecidas e trechos de grama chamuscada e pisoteada aqui e ali... no meio dos cadáveres. Ele me conduzira lentamente de um para o outro. Por fim, detivera-se e perguntara baixinho:

– Está vendo que estão mortos?

Eu estava, e sabia por que ele havia me mostrado... para eu não precisar temer sua volta nem sua vingança. Mas não me ocorrera contá-los, nem examinar o rosto deles com cuidado. Ainda que eu tivesse certeza de quantos eram... outro calafrio me percorreu, e Bree enrolou uma toalha morna em volta dos meus ombros enquanto murmurava palavras que não escutei devido às perguntas que gritavam na minha mente.

Será que Donner estava entre os mortos? Ou teria me obedecido quando eu lhe disse que deveria fugir se tivesse juízo? Ele não me parecera um rapaz ajuizado.

Mas me parecera, *sim*, um covarde.

A água morna escorreu em volta das minhas orelhas e afogou o ruído das vozes de Jamie e Brianna; captei somente uma ou duas palavras, mas, quando tornei a me sentar, com água a pingar pelo pescoço e segurando uma toalha junto aos cabelos, Bree se movia com relutância em direção à sua capa pendurada no prego ao lado da porta.

– Mamãe, tem *certeza* de que você está bem?

O vinco de preocupação havia reaparecido entre as suas sobrancelhas, mas dessa vez consegui encontrar algumas palavras de conforto.

– Obrigada, querida; foi maravilhoso – falei, com total sinceridade. – Tudo que eu quero agora é dormir – acrescentei, um pouco menos sincera.

Apesar do cansaço terrível que ainda sentia, eu agora estava totalmente desperta. O que eu queria era... bem, eu não sabia muito bem *o quê*, mas uma ausência generalizada de presenças solícitas fazia parte da lista. Além do mais, tinha visto Roger de relance mais cedo, sujo de sangue, pálido e bambo de cansaço. Eu não era a única vítima dos recentes e desagradáveis acontecimentos.

– Vá para casa, menina – disse Jamie com uma voz branda. Pegou a capa no prego, pôs nos ombros de Brianna e lhe deu alguns tapinhas de leve. – Dê comida ao seu homem. Leve-o para a cama e faça uma prece por ele. Eu cuido da sua mãe, sim?

Bree olhou alternadamente para nós dois com os olhos azuis preocupados, mas adotei o que torci para ser uma expressão tranquilizadora, o que me causou certa dor, e após hesitar alguns instantes ela me deu um abraço apertado, beijou minha testa com toda a delicadeza e foi embora.

Jamie fechou a porta e ficou parado de costas para ela, com as mãos para trás. Eu estava acostumada com a fachada impassível que Jamie costumava usar para ocultar os pensamentos quando estava aflito ou zangado. Ele não a estava usando nesse momento, e a expressão no seu rosto estava me deixando muito aflita.

– Não precisa se preocupar comigo – falei, no tom mais reconfortante de que fui capaz. – Não estou traumatizada nem nada desse tipo.

– Não preciso? – indagou ele, desconfiado. – Bem... talvez eu não me preocupasse se soubesse o que isso significa.

– Ah. – Sequei com cuidado o rosto úmido e encostei a toalha no pescoço. – Bem. Significa... muito machucada... ou num estado de choque terrível. Acho que vem do grego... o radical "trauma", quero dizer.

– Ah, é? E você não está... em estado de choque. Segundo você.

Ele estreitou os olhos enquanto me examinava com o mesmo tipo de atenção crítica de que se valia ao cogitar a compra de animais caros.

– Eu estou bem – falei, recuando um pouco. – Só... estou bem. Apenas um pouco... abalada.

Ele deu um passo na minha direção e recuei de modo abrupto, percebendo tardiamente que segurava a toalha junto ao peito como se fosse um escudo. Forcei-me a baixá-la, e senti o sangue pinicar de modo desagradável em partes do meu rosto e pescoço.

Jamie ficou imóvel, encarando-me com aquele mesmo olhar semicerrado. Então baixou os olhos para o chão entre nós dois. Ficou assim, como entretido em pensamentos, e então suas grandes mãos se fecharam. Uma vez, duas. Bem devagar. E eu ouvi, ouvi com toda a clareza, o barulho das vértebras de Arvin Hodgepile se separando uma da outra.

Jamie ergueu a cabeça com um tranco, espantado, e eu percebi que estava em pé na sua frente do outro lado da cadeira, com a toalha embolada pressionada em frente à boca. Meus cotovelos se moveram qual dobradiças enferrujadas, emperradas e lentas, mas baixei a toalha. Meus lábios estavam quase tão emperrados quanto os cotovelos, mas também consegui falar.

– Estou um pouco abalada, sim – falei, com muita clareza. – Eu vou ficar bem. Não se preocupe. Não quero que você se preocupe.

Seu olhar preocupado estremeceu de repente, como o vidro de uma janela atingido por uma pedra na fração de segundo antes de se quebrar, e ele fechou os olhos. Engoliu em seco uma vez e tornou a abri-los.

– Claire – disse ele, muito suavemente, e os cacos partidos e estilhaçados surgiram nítidos e cortantes dentro de seus olhos. – Eu *já fui* estuprado. E você diz que não devo me preocupar com você?

– Ah, meu Deus, mas que droga!

Joguei a toalha no chão, e na mesma hora desejei pegá-la outra vez. Sentia-me nua, em pé só de combinação, e detestei a comichão da minha pele com uma súbita paixão que me fez dar um tapa na coxa para eliminá-la.

– Droga, droga, mas que droga! Eu *não quero* que você tenha que pensar nisso outra vez. Não quero!

Desde o início, porém, eu já sabia que aquilo iria acontecer.

Segurei o encosto da cadeira com as duas mãos, apertei com força, e tentei forçar meu olhar a penetrar o dele, morta de vontade de me atirar sobre aqueles cacos reluzentes para protegê-lo deles.

– Olhe – falei, firmando a voz. – Eu não quero... não quero fazer você recordar coisas que é melhor esquecer.

Ao ouvir isso, o canto da boca dele de fato sofreu um espasmo.

– Meu Deus – disse ele, com algo semelhante ao assombro. – E você acha que eu poderia esquecer alguma parte?

– Pode ser que não – falei, rendendo-me. Olhei para ele com olhos desfocados. – Mas... ah, Jamie, eu queria tanto que você esquecesse!

Ele estendeu uma das mãos, com toda a delicadeza, e encostou a ponta do indicador na ponta do meu, onde eu estava segurando a cadeira.

– Não se preocupe com isso – disse ele suavemente, e retirou o dedo. – Não tem importância agora. Quer descansar um pouco, Sassenach? Ou quem sabe comer?

– Não. Não quero...

Na verdade, eu não conseguia decidir *o que* queria fazer. Não queria fazer absolutamente nada. A não ser abrir o fecho ecler da minha pele, despi-la e sair correndo...

o que não parecia factível. Inspirei fundo algumas vezes, torcendo para me acalmar e voltar àquela agradável sensação de completa exaustão.

Será que eu deveria perguntar a ele sobre Donner? Mas o que havia para perguntar? *Você por acaso matou um homem de cabelos compridos embaraçados?* Todos eles eram assim, em certa medida. Donner era, ou possivelmente continuava sendo, um índio, mas ninguém teria percebido isso no escuro, no calor do combate.

– Como... como está Roger? – perguntei, na falta de outra coisa melhor para dizer. – E Ian? E Fergus?

Jamie fez uma cara um pouco espantada, como se houvesse esquecido a existência deles.

– Eles? Os rapazes estão bem. Ninguém se machucou na briga. Tivemos sorte.

Ele hesitou, então deu um passo cuidadoso na minha direção, observando meu rosto. Não gritei nem dei um pulo, e ele avançou mais um passo, e chegou perto o suficiente para eu poder sentir o calor de seu corpo. Sem levar nenhum susto dessa vez, e com frio dentro da combinação, relaxei um pouco, oscilando na sua direção, e vi a tensão em seus próprios ombros relaxar de leve ao constatar isso.

Ele tocou meu rosto com toda a delicadeza. O sangue latejava logo abaixo da superfície, sensível, e tive de me conter para não me retrair com aquele toque. Ele percebeu e recuou um pouco a mão, deixando-a pairar logo acima da minha pele... eu podia sentir o calor de sua palma.

– Isso vai sarar? – perguntou, passando as pontas dos dedos pelo corte em meu supercílio esquerdo, depois descendo pelo campo minado da face até o arranhão no maxilar, onde a bota de Harley Boble por pouco não havia conseguido uma conexão firme o suficiente para quebrar meu pescoço.

– É claro que vai. Você sabe que vai, já viu coisa pior nos campos de batalha.

Teria sorrido para tranquilizá-lo, mas não queria tornar a abrir o corte fundo no lábio, então fiz uma espécie de bico de peixe que o pegou de surpresa e o fez sorrir.

– Sim, eu sei. – Ele encolheu um pouco a cabeça, tímido. – É só que... – Sua mão ainda pairava perto do meu rosto, enquanto o dele estava tomado por uma expressão de ansiedade aflita. – Ai, meu Deus, *mo nighean donn* – disse ele baixinho. – Ah, meu Deus, o seu rosto tão lindo.

– Não está suportando olhar para ele? – perguntei, olhando eu mesma para o outro lado e sentindo uma pequena e forte pontada ao pensar nisso, mas tentando me convencer de que não tinha importância.

Afinal de contas, aquilo *iria* sarar.

Seus dedos tocaram meu queixo, um toque delicado, porém firme, e o ergueram até eu voltar a encará-lo. Sua boca se contraiu de leve quando seu olhar percorreu lentamente meu rosto machucado, fazendo um inventário. À luz das velas, seu olhar estava suave e escuro, os cantos dos olhos contraídos de dor.

– Não – disse ele baixinho. – Não estou suportando. Olhar para você me estraçalha o coração. E me enche de uma raiva tamanha que eu penso que preciso matar alguém, senão vou explodir. Mas Sassenach, pelo Deus que a criou, eu não vou me deitar com você sem conseguir olhar para o seu rosto.

– Se deitar comigo? – indaguei, perplexa. – Como assim... *agora*?

Ele largou meu queixo, mas continuou me encarando sem piscar.

– Bem... sim. Agora.

Se meu maxilar não estivesse tão inchado, minha boca teria se escancarado de puro espanto.

– Ahn... por quê?

– Por quê? – repetiu ele. Baixou os olhos então, e deu de ombros daquele jeito esquisito que fazia quando estava encabulado ou incomodado. – Eu... bem... é que parece... necessário.

Tive um impulso inteiramente inadequado de gargalhar.

– Necessário? Você acha que é como cair de um cavalo? Que eu deveria montar de novo o quanto antes?

Ele ergueu a cabeça com um tranco e me encarou com um olhar zangado.

– Não – falou, entre os dentes. Engoliu em seco, com força e de modo visível, obviamente reprimindo fortes sentimentos. – Quer dizer que você está... muito danificada?

Encarei-o da melhor maneira que consegui por entre as pálpebras inchadas.

– Isso é algum tipo de brin... ah – fiz eu, finalmente compreendendo o que ele queria dizer.

Senti o calor me subir pelo rosto e minhas contusões latejaram.

Inspirei fundo para ter certeza de que conseguiria falar com firmeza.

– Jamie, eu levei uma surra feia, e fui molestada de várias formas horríveis. Mas apenas um... somente um, de fato... e ele... não foi... violento. – Engoli em seco, mas o nó duro em minha garganta não se moveu de modo perceptível. Lágrimas embaçaram a luz da vela e me impediram de ver seu rosto, então olhei para o outro lado, piscando os olhos. – Não! – falei, e minha voz soou bem mais alta do que eu pretendia. – Eu não estou... danificada.

Ele disse alguma coisa em gaélico entre os dentes, algo curto e explosivo, e empurrou-se para longe da mesa. Seu banquinho caiu com um estrondo alto e ele o chutou. Então chutou de novo, e outra vez, e pisou no banquinho com tamanha violência que pedaços de madeira saíram voando pela cozinha e bateram no armário de tortas com um leve tilintar.

Fiquei sentada, totalmente imóvel, chocada e anestesiada demais para me abalar. Será que não deveria ter lhe contado, perguntei-me? Mas ele sabia, com certeza devia saber. Tinha perguntado ao me encontrar. "*Quantos?*", quisera saber. E então dissera: "*Matem todos.*"

Mas afinal... saber algo era uma coisa, conhecer os detalhes era outra. Eu sabia disso, e fiquei observando com uma sensação difusa de tristeza e culpa enquanto ele chutava longe as lascas do banquinho e se jogava na janela. As persianas estavam fechadas, mas ele ficou ali em pé, segurando o peitoril com as mãos e de costas para mim, ombros convulsionados. Eu não soube dizer se estava chorando.

O vento ganhava força; um temporal estava chegando do oeste. As persianas chacoalharam e o fogo meio abafado para a noite cuspiu lufadas de fuligem quando o ar desceu pela chaminé. A rajada então passou, e não houve ruído algum a não ser o leve e súbito *tlec!* de uma brasa na lareira.

– Por favor, me desculpe – falei por fim, com uma voz miúda.

Na mesma hora, Jamie girou nos calcanhares e me encarou com fúria. Não estava chorando, mas tinha chorado; suas faces estavam molhadas.

– Não se atreva a pedir desculpas! – vociferou ele. – Eu não vou aceitar isso, ouviu bem? – Então deu um passo gigante em direção à mesa e socou o tampo com força suficiente para fazer o saleiro pular e cair. – Não se desculpe!

Eu havia fechado os olhos por reflexo, mas me forcei a abri-los outra vez.

– Está bem – falei. Senti mais uma vez um terrível cansaço e uma forte vontade de chorar também. – Não vou me desculpar.

Fez-se um silêncio carregado. Pude ouvir castanhas caindo no arvoredo atrás da casa, derrubadas pelo vento. Uma, depois outra, uma terceira, uma chuva de pequenos baques abafados. Jamie então sorveu uma inspiração funda e trêmula e passou uma das mangas pelo rosto.

Pus os cotovelos sobre a mesa e segurei a cabeça com as mãos. Ela me pareceu pesada demais para que eu a continuasse sustentando.

– Necessário – falei para o tampo da mesa com relativa calma. – Como assim, necessário?

– Não lhe ocorreu que você pode ter engravidado?

Ele havia tornado a se controlar, e disse isso com a mesma calma que poderia ter usado para perguntar se eu estava planejando servir toucinho junto com o mingau do desjejum.

Ergui os olhos para ele, espantada.

– Eu não engravidei. – No entanto, tinha levado as mãos à barriga por reflexo. – Não engravidei – repeti, mais firme. – Não posso estar grávida. – Mas eu poderia... essa possibilidade existia. Era pequena, mas existia. Em geral eu usava algum método anticoncepcional, só para ter certeza... mas é claro que... – Eu *não* estou grávida – falei. – Eu saberia.

Ele ficou apenas me encarando, com as sobrancelhas erguidas. Eu não poderia saber, não tão cedo assim. Cedo assim... cedo o bastante para que, se *fosse* o caso, e se houvesse mais de um homem... cedo o bastante para haver dúvida. O benefício da dúvida; era isso que Jamie estava oferecendo a mim... e a si mesmo.

Um tremor fundo nasceu nas profundezas do meu útero e se espalhou num instante por todo o meu corpo, fazendo a pele se arrepiar apesar do calor que fazia na cozinha.

"*Martha*", havia sussurrado o homem enquanto o peso de seu corpo me fazia afundar nas folhas.

– Que inferno... maldição, mas que inferno – falei, bem baixinho.

Espalmei as mãos sobre a mesa, tentando pensar.

"*Martha*". E seu cheiro rançoso, a pressão carnuda de coxas úmidas e nuas cobertas de pelos ásperos...

– Não!

Minhas pernas e nádegas se contraíram com tamanha força de repulsa que me levantei uns 5 centímetros no banco.

– Você poderia... – começou Jamie, teimoso.

– Eu não estou – repeti, com igual teimosia. – Mas mesmo que eu... Jamie, você não pode.

Ele olhou para mim e captei um brilho de medo em seus olhos. Aquilo era exatamente o que ele temia. Ou uma das coisas que ele temia.

– Quero dizer, nós não podemos – falei, depressa. – Tenho quase certeza de que eu não engravidei... mas não tenho certeza alguma de não ter sido exposta a alguma doença nojenta. – Essa era outra coisa na qual eu não tinha pensado até então, e os arrepios voltaram com força total. Uma gravidez era improvável; gonorreia ou sífilis, não. – Nós... nós não podemos. Só depois de eu me tratar com penicilina.

Eu já estava me levantando da mesa antes mesmo de concluir a frase.

– Aonde você está indo? – perguntou Jamie, espantado.

– Para o consultório!

O corredor estava escuro e a lareira do meu consultório apagada, mas nada disso me deteve. Escancarei a porta do armário e comecei a tatear às pressas lá dentro. Uma luz surgiu acima do meu ombro e iluminou a fileira reluzente de frascos. Jamie havia acendido uma vela fina e vindo atrás de mim.

– Pelo amor de Deus, Sassenach, o que você está fazendo?

– Penicilina – falei, pegando um dos frascos e a bolsinha de couro na qual guardava minhas seringas feitas com presas de cobra.

– Agora?

– Sim, agora, droga! Pode acender a vela?

Ele assim o fez, e a luz estremeceu e se transformou num globo amarelo quente, refletindo-se nos tubos de couro de minhas seringas feitas em casa. Por sorte, eu tinha uma quantidade razoável de mistura de penicilina. O líquido dentro do frasco era rosado; muitas das colônias de *Penicillium* daquela leva tinham sido cultivadas em vinho rançoso.

– Tem certeza de que vai dar certo? – indagou Jamie baixinho das sombras.

– Não – respondi, quase sem abrir a boca. – Mas é o que eu tenho. – Pensar em espiroquetas se proliferando silenciosamente na minha corrente sanguínea, segundo após segundo, estava fazendo minha mão tremer. Engoli o medo de que a penicilina pudesse estar estragada. Ela já tinha operado milagres em infecções superficiais repulsivas. Não havia motivo algum para...

– Deixe que eu faço, Sassenach. – Jamie pegou a seringa da minha mão. Meus dedos estavam escorregadios e desajeitados. Os dele estavam firmes, e seu rosto à luz da vela aparentava calma quando ele encheu a seringa. – Faça em mim primeiro, então – falou, devolvendo-a para mim.

– O quê... em você? Mas você não precisa tomar... quero dizer... você odeia injeções – concluí, débil.

Ele deu um breve muxoxo e baixou as sobrancelhas para mim.

– Escute, Sassenach. Se eu quiser lutar contra os meus próprios medos, e contra os seus... e eu quero fazer isso... não vou me importar com picadas de agulha, sim? Dê logo essa injeção!

Ele me virou o flanco, curvou-se com um dos cotovelos apoiados na bancada e levantou um dos lados do kilt até expor uma nádega musculosa.

Eu não soube se ria ou se chorava. Poderia ter discutido mais, mas bastou um olhar para Jamie, em pé com a bunda de fora e tão irredutível quanto uma montanha, para me fazer concluir que seria inútil. Ele estava decidido, e ambos iríamos viver com as consequências.

Sentindo-me súbita e estranhamente calma, ergui a seringa e apertei de leve para retirar qualquer bolha de ar.

– Troque o peso de perna, então – falei, dando-lhe um cutucão violento. – Relaxe este lado, não quero quebrar a agulha.

Ele inspirou com um sibilo. A agulha era grossa e o vinho tinha álcool suficiente para provocar uma forte ardência, como descobri ao tomar minha própria injeção um minuto depois.

– Ai! Jesus H. Roosevelt Cristo! – exclamei, trincando os dentes enquanto extraía a agulha da coxa. – Meu Deus, que dor!

Ainda esfregando o traseiro, Jamie me abriu um sorriso torto.

– É, bem. Imagino que o resto não vá ser pior do que isso.

O resto. Senti-me subitamente oca e tonta ao pensar nisso, como se não comesse há uma semana.

– Você... tem certeza? – perguntei, largando a seringa.

– Não – respondeu ele. – Não tenho. – Então inspirou fundo e olhou para mim. Sua expressão à luz bruxuleante da vela era de hesitação. – Mas eu pretendo tentar. Preciso tentar.

Alisei a camisola de linho por cima da coxa furada, encarando-o enquanto o fazia. Ele já tinha deixado cair havia muito tempo todas as máscaras: a dúvida, a raiva e o medo estavam todos ali, desenhados claramente nos traços desesperados de seu rosto. E dessa vez minha própria disposição estava mais difícil de ler, pensei, escondida atrás dos hematomas.

Algo macio roçou na minha perna com um débil *miau!*, e ao olhar para baixo vi que Adso tinha me trazido uma ratazana morta, sem dúvida para demonstrar empatia. Comecei a sorrir e senti o lábio arder. Então ergui os olhos para Jamie e deixei meu lábio se partir quando abri um sorriso, sentindo na língua o gosto de sangue, como prata quente.

– Bem... você compareceu sempre que eu precisei. Acho que dessa vez vai fazer a mesma coisa.

Ele pareceu não entender nada por alguns instantes, sem captar a piada sofrível. Então compreendeu e o sangue lhe subiu às faces. Seu lábio estremeceu e tornou a estremecer, incapaz de escolher entre o choque e o riso.

Pensei que ele tivesse virado as costas nessa hora para esconder o rosto, mas na verdade ele só tinha se virado para vasculhar o armário. Encontrou o que estava procurando e tornou a se virar segurando uma garrafa do meu melhor vinho moscatel, escuro e reluzente. Segurou-a junto ao corpo com o cotovelo e pegou outra.

– Sim, eu vou comparecer – falou, estendendo a mão livre para mim. – Mas se você acha que algum de nós dois vai fazer isso sóbrio, Sassenach, está muito enganada.

Uma rajada de vento vinda da porta aberta despertou Roger de um sono inquieto. Ele havia adormecido sobre o banco, com as pernas a se arrastar no chão e Jemmy aninhado contra a quentura de seu peito.

Ergueu os olhos e piscou, desorientado, quando Brianna se abaixou para tirar o menino do seu colo.

– Está chovendo lá fora? – indagou, ao sentir a capa dela exalar um leve cheiro de umidade e ozônio.

Sentou-se e esfregou a mão no rosto para despertar, sentindo a aspereza de uma barba de quatro dias.

– Não, mas vai.

Ela tornou a deitar Jemmy em sua caminha, cobriu-o e pendurou a capa antes de ir até Roger. Exalava o cheiro da noite, e o contato de sua mão na bochecha corada dele foi frio. Ele a enlaçou pela cintura, apoiou a cabeça nela e deu um suspiro.

Teria ficado feliz em permanecer assim para sempre... ou pelo menos durante a próxima hora ou duas. Ela acariciou sua cabeça delicadamente por alguns instantes, mas depois se afastou e se abaixou para acender a vela na lareira.

– Você deve estar faminto. Quer que eu prepare alguma coisa?

– Não. Quero dizer... sim. Por favor.

Conforme os últimos resquícios de torpor se dissipavam, ele entendeu que na realidade estava morto de fome. Após a parada no regato pela manhã, eles não tinham feito nenhuma outra, pois Jamie estava ansioso para chegar em casa. Apesar de não se lembrar da última vez que tinha comido, Roger não tivera qualquer sensação de fome até aquele minuto.

311

Faminto, atirou-se sobre o pão com manteiga e geleia que ela lhe trouxe. Concentrou-se inteiramente em comer e levou vários minutos para atinar em perguntar, enquanto engolia um último bocado espesso, amanteigado e doce:

– Como vai sua mãe?

– Bem – respondeu Brianna, numa perfeita imitação de Claire e sua mais empolada dicção inglesa. – *Perfeitamente* bem.

Fez uma careta para ele e Roger riu, mas baixinho, e lançou um olhar automático em direção à caminha.

– Está mesmo?

Bree arqueou uma das sobrancelhas para ele.

– O que *você* acha?

– Acho que não – admitiu ele, ficando sério. – Mas não acho que ela vá lhe dizer se não estiver. Não vai querer que você se preocupe.

Ela reagiu a essa afirmação com um ruído da glote um tanto grosseiro e virou-lhe as costas enquanto afastava do pescoço o comprido véu dos cabelos.

– Pode soltar meus cordões?

– Você faz esse ruído igualzinho ao seu pai... só que mais agudo. Andou treinando?

Ele se levantou e puxou os cordões para soltá-los. Desfez também o espartilho, e então, por impulso, deslizou as mãos por dentro do vestido aberto e as pousou na curva morna dos quadris de Brianna.

– Diariamente. E você?

Ela se inclinou para trás na sua direção e ele subiu as mãos, segurando seus seios por reflexo.

– Não – admitiu ele. – Dói.

Claire havia sugerido a Roger que tentasse cantar, imprimir à voz uma sonoridade tanto mais aguda quanto mais grave do que o normal na esperança de soltar as cordas vocais, e quem sabe assim recuperar um pouco de seu timbre original.

– Covarde – disse Bree, mas com a voz quase tão macia quanto os cabelos que roçavam o rosto dele.

– É, sou mesmo – disse ele, com a voz igualmente macia.

Doía, de fato, mas o que o incomodava não era a dor física. Era sentir nos ossos o eco de sua antiga voz, sua facilidade e sua potência, e em seguida ouvir os ruídos grosseiros que agora lhe saíam com tanta dificuldade da garganta... grasnados, grunhidos, ganidos. Feito um porco morrendo engasgado com um corvo, pensou, desanimado.

– Covardes são eles – disse Bree, ainda falando macio, mas agora com aço na voz. Ela se tensionou um pouco no seu abraço. – O rosto dela... o pobre do rosto dela! Como eles puderam fazer aquilo? Como alguém pode fazer uma coisa daquelas?

Roger teve uma súbita visão de Claire, nua na beira da piscina, silenciosa como as pedras, os seios riscados pelo sangue do nariz recém-recolocado no lugar. Retraiu-se e quase recolheu as mãos.

– O que foi? – perguntou Brianna, espantada. – Qual é o problema?

– Nenhum. – Ele tirou as mãos de dentro do vestido e deu um passo para trás. – Eu... ahn, será que tem um pouco de leite?

Ela o encarou com uma expressão estranha, mas foi até o anexo nos fundos e voltou com uma jarra de leite. Roger bebeu com sede, consciente dos olhos de Bree pregados nele, atentos como os de um gato, enquanto ela se despia e punha a camisola.

Ela então sentou-se na cama e começou a escovar os cabelos, preparando-se para trançá-los antes de dormir. Por impulso, ele estendeu o braço e pegou a escova da mão dela. Sem dizer nada, correu uma das mãos pelos fartos cabelos, erguendo-os e afastando-os do rosto dela.

– Você é linda – sussurrou, e sentiu que as lágrimas lhe subiam aos olhos outra vez.

– Você também.

Brianna levou as mãos aos ombros dele e o fez se ajoelhar na sua frente devagar. Fitou seus olhos com uma expressão observadora... e Roger retribuiu da melhor maneira que pôde. Ela então sorriu um pouco e estendeu a mão para desatar a tira de couro que prendia os cabelos compridos dele.

Os cabelos de Roger caíram em volta de seus ombros num emaranhado preto empoeirado que recendia a queimado, suor, ranço e cavalos. Ele protestou quando ela empunhou sua escova, mas Bree o ignorou e o fez abaixar a cabeça acima do seu colo enquanto catava dos cabelos palha de pinheiro e carrapichos, desfazendo devagar os nós. Ele abaixou um pouco a cabeça, depois ainda mais, até por fim ficar com a testa encostada no colo dela, respirando seu cheiro.

Recordou as pinturas medievais: pecadores ajoelhados, de cabeça baixa na confissão e no remorso. Os presbiterianos não se confessavam de joelhos... os católicos ainda o faziam, pensou ele. No escuro, daquele mesmo jeito... no anonimato.

– Você não me perguntou o que aconteceu – sussurrou ele por fim para as sombras das coxas dela. – Seu pai contou?

Ouviu-a inspirar, mas quando ela respondeu sua voz saiu calma.

– Não.

Foi tudo que Brianna disse, e o cômodo estava em silêncio a não ser pelo barulho da escova em seus cabelos e o farfalhar cada vez mais forte do vento lá fora.

Como seria para Jamie, perguntou-se Roger de repente? Será que ele realmente iria fazer aquilo? Será que iria tentar... Afastou o pensamento, incapaz de conceber uma coisa daquelas. Em vez disso, viu uma imagem de Claire emergindo da aurora, seu rosto uma máscara inchada. Ainda ela mesma, mas distante como um planeta longínquo numa órbita com destino aos confins mais remotos do espaço profundo... quando voltaria a se tornar visível? Abaixando-se para tocar os mortos, a pedido de Jamie, para ver por si mesma o preço da sua honra.

Não era a possibilidade de um filho, pensou ele de repente. Era medo... mas não disso. Era o medo que Jamie sentia de perdê-la... de ela ir embora, partir sem ele

313

rumo a um espaço escuro e solitário, a menos que ele de alguma forma conseguisse prendê-la a si, mantê-la consigo. Mas, meu Deus, que risco a se correr... com uma mulher tão chocada e brutalizada, como ele poderia arriscar uma coisa daquelas?

Como poderia não arriscar?

Brianna pousou a escova, mas manteve uma das mãos delicadamente pousada na cabeça de Roger, acariciando-a. Ele próprio conhecia muito bem aquele medo... lembrava-se do abismo que um dia existira entre ele e Bree, e da coragem necessária para superá-lo. Coragem de ambos.

Ele talvez pudesse até ser uma espécie de covarde... mas não daquele tipo.

– Brianna – falou, e sentiu o bolo na garganta, a cicatriz da corda. Ela ouviu a necessidade na sua voz e o encarou quando ele ergueu a cabeça, levantou a mão em direção ao seu rosto e a segurou com força, pressionando a palma contra a própria bochecha e se esfregando nela. – Brianna – repetiu.

– O quê? O que foi?

Sua voz era baixa para não acordar o menino, mas estava cheia de urgência.

– Brianna, você vai me ouvir?

– Você sabe que sim. O que foi?

O corpo dela estava encostado no seu, querendo cuidar dele, e Roger desejava tanto o reconforto proporcionado por ela que teria sido capaz de se deitar ali no tapete diante do fogo e enterrar a cabeça entre os seus seios... mas não ainda.

– Só... só escute o que eu preciso dizer. E depois... por favor, Deus... me diga que eu agi certo.

Diga que ainda me ama, foi o que ele quis dizer, mas não conseguiu.

– Você não precisa me contar nada – sussurrou ela.

Seus olhos estavam escuros e suaves, insondáveis com um perdão ainda não conquistado. E em algum lugar depois deles Roger viu outro par de olhos, a encará-lo com um assombro embriagado que se transformou abruptamente em medo quando ele ergueu o braço para matar.

– Preciso, sim – falou, baixinho. – Apague a vela, sim?

Não na cozinha, ainda carregada de destroços emocionais. No consultório tampouco, com todas as suas lembranças afiadas. Jamie hesitou, mas então meneou a cabeça em direção à escada e arqueou uma sobrancelha. Aquiesci e subi atrás dele para o nosso quarto.

O cômodo me pareceu ao mesmo tempo familiar e estranho, como acontece com os lugares quando se passa um tempo fora. Talvez fosse apenas meu nariz machucado que o deixasse também com um cheiro esquisito, talvez eu estivesse apenas imaginando poder sentir seu cheiro... um cheiro frio e um tanto rançoso, embora tudo estivesse varrido e sem pó. Jamie aumentou o fogo na lareira e a luz cresceu, tremeluzindo em poças claras nas paredes de madeira, e o cheiro de fumaça e resina quente ajudaram a preencher a sensação de vazio do quarto.

Nenhum de nós dois olhou para a cama. Ele acendeu o castiçal na pia, em seguida pôs nossos dois banquinhos junto à janela e abriu as persianas para a noite inquieta. Trouxera consigo dois cálices de estanho que encheu e pousou sobre o largo peitoril junto com as garrafas.

Fiquei parada logo depois da porta, observando seus preparativos, sentindo-me inteiramente esquisita.

Estava experimentando uma estranhíssima contradição de sentimentos. Por um lado, tinha a sensação de que ele era um completo desconhecido. Sequer conseguia imaginar, quanto mais recordar, uma sensação de naturalidade ao tocá-lo. Seu corpo não era mais a confortável extensão do meu, mas sim algo estrangeiro, inabordável.

Ao mesmo tempo, ondas alarmantes de desejo me percorriam sem aviso. Isso vinha acontecendo o dia inteiro. Não tinha nada a ver com a lenta combustão do desejo conhecido, nem com a centelha instantânea da paixão. Nem mesmo com aquele cíclico e irracional anseio uterino de precisar acasalar que pertencia inteiramente ao corpo. Aquilo era assustador.

Ele se abaixou para pôr outro pedaço de lenha no fogo e quase cambaleei quando o sangue me fugiu da cabeça. A luz bateu nos pelos de seus braços, nas concavidades escuras de seu rosto...

O que me aterrorizou foi a simples e impessoal sensação de *apetite* voraz... algo que me possuía, mas que não fazia parte de mim. Era esse medo, mais do que a sensação de distanciamento, que me fazia evitar seu toque.

– Você está bem, Sassenach?

Ele havia reparado no meu rosto e dado um passo na minha direção com o cenho franzido. Ergui uma das mãos para detê-lo.

– Estou – falei, sentindo-me sem ar. Sentei-me depressa, com os joelhos bambos, e peguei um dos cálices que ele acabara de encher. – Ahn... saúde.

Suas sobrancelhas se arquearam, mas ele se moveu para se sentar na minha frente.

– Saúde – falou, baixinho, e encostou o cálice no meu. O vinho que eu segurava era pesado e tinha um cheiro doce.

Meus dedos das mãos e dos pés estavam frios e a ponta do nariz também. Isso podia mudar, sem aviso. Dali a mais um minuto eu poderia estar tomada pelo calor, suada e vermelha. Por enquanto, porém, estava com frio, e estremeci com a brisa chuvosa que vinha da janela.

O aroma do vinho era potente o bastante para ter um impacto mesmo nas minhas membranas danificadas, e sua doçura foi um conforto tanto para os nervos quanto para o estômago. Bebi o primeiro cálice depressa e servi outro, desejando urgentemente uma pequena camada de esquecimento entre a realidade e mim mesma.

Jamie bebeu mais devagar, mas encheu seu cálice ao mesmo tempo que eu. O baú de cobertores feito de cedro, aquecido pelo fogo, começava a espalhar pelo quarto sua fragrância conhecida. Jamie me olhava de relance de vez em quando, mas não dizia nada. O silêncio entre nós não era exatamente desconfortável, mas *carregado*.

Eu deveria dizer alguma coisa, pensei. Mas o quê? Beberiquei o segundo cálice enquanto tentava decidir.

Por fim, estendi a mão devagar e toquei seu nariz no ponto em que a fina linha da fratura curada tanto tempo antes se destacava branca na pele.

– Sabe de uma coisa? – falei. – Você nunca me disse como quebrou o nariz. Quem o pôs no lugar para você?

– Ah, isto aqui? Ninguém. – Ele sorriu e tocou o próprio nariz, um pouco acanhado. – Foi sorte ter sido uma fratura reta, pois não prestei a menor atenção na ocasião.

– Imagino que não. Você disse que...

Não completei a frase, recordando o que ele *tinha* dito. Quando eu havia tornado a encontrá-lo na sua oficina tipográfica em Edimburgo. Perguntei-lhe quando ele tinha quebrado o nariz. E ele respondeu: "*Uns três minutos depois da última vez que vi você, Sassenach.*" Na véspera de Culloden, portanto... naquele rochoso morro escocês, abaixo do círculo de pedras altas.

– Por favor, me desculpe – falei, um pouco fraca. – Você provavelmente não quer pensar nisso, não é?

Ele segurou minha mão livre, com força, e baixou os olhos para mim.

– Você pode ouvir – disse ele. Sua voz estava muito baixa, mas ele me encarou. – Pode ouvir tudo. Qualquer coisa que jamais me tenham feito. Se você assim quiser, se isso for ajudá-la, eu tornarei a viver essas coisas.

– Ah, Jamie, pelo amor de Deus – falei baixinho. – Não. Eu não preciso saber; tudo que preciso é saber que você *sobreviveu*. Que está bem. Mas... – Hesitei. – Será que *eu* vou contar a *você*?

O que fizeram comigo, eu quis dizer, e ele sabia. Então olhou para o outro lado, embora tenha continuado a segurar minha mão nas suas, aninhando-a e esfregando a palma delicadamente nas minhas articulações feridas.

– Você precisa?

– Acho que sim. Em algum momento. Mas agora não... a menos que você... que você precise escutar. – Engoli em seco. – Antes.

Ele fez que não com a cabeça, muito de leve, mas mesmo assim não olhou para mim.

– Agora não – sussurrou. – Agora não.

Recolhi a mão e bebi o resto de vinho em meu cálice, forte, quente e almiscarado, devido ao travo das cascas de uva. Tinha parado de sentir calor e calafrios alternados. Agora estava apenas com calor no corpo inteiro, e grata por isso.

– Seu nariz – falei, e servi outro cálice. – Conte-me, então. Por favor.

Ele deu de ombros de leve.

– Sim, bem. Dois soldados ingleses subiram o morro para um reconhecimento. Acho que não imaginavam encontrar ninguém... nenhum dos dois estava com o mosquetão carregado, ou eu teria morrido ali mesmo.

Seu tom foi bastante casual. Um leve calafrio percorreu meu corpo, mas não de frio.

– Eles me viram, sabe, e então um deles viu você lá em cima. Ele gritou e fez que ia atrás de você, então eu me joguei em cima dele. Não estava ligando nem um pouco para o que fosse acontecer, contanto que vocês conseguissem fugir com segurança, então parti para cima dele feito um louco; cravei minha adaga escocesa no seu flanco. Só que a caixa de balas entrou na frente e a faca pegou nela, e... – Ele sorriu torto. – Enquanto eu estava tentando soltá-la e evitar ser morto, o amigo dele chegou e deu com a coronha do mosquetão na minha cara.

Sua mão livre havia se fechado enquanto ele falava, segurando o cabo de uma adaga escocesa imaginária.

Encolhi-me, pois sabia exatamente a sensação que ele tivera. O simples fato de ouvir aquilo fez meu nariz latejar. Funguei, encostei com cuidado as costas da mão no nariz e servi mais vinho.

– Como você escapou?

– Tirei o mosquetão da mão dele e matei os dois de pancada.

Ele falou baixo, quase sem entonação, mas uma estranha ressonância em sua voz causou uma contração aflita em meu estômago. A visão daquelas gotas de sangue cintilando à luz da aurora nos pelos de seu braço estava recente demais. Recente demais também aquele seu tom de voz... o que seria? Satisfação?

De repente, senti-me inquieta demais para ficar sentada. Um segundo antes, sentia-me tão exausta que meus ossos estavam derretendo; agora, precisava me mexer. Levantei-me e me debrucei na janela. A tempestade se aproximava; o vento refrescante soprava meus cabelos recém-lavados para trás, e um relâmpago bruxuleou ao longe.

– Desculpe, Sassenach – disse Jamie, com um tom preocupado. – Eu não deveria ter lhe contado. Você ficou incomodada?

– Incomodada? Não, com isso não.

Minha voz saiu um pouco tensa. Por que eu tinha lhe perguntado sobre o seu nariz, dentre todos os assuntos? Por que agora, quando eu me contentara em viver na ignorância por vários anos?

– O que a está incomodando, então? – perguntou ele baixinho.

O que estava me incomodando era que o vinho havia cumprido direitinho seu papel de me anestesiar, e agora eu tinha estragado tudo. Todas as imagens da noite anterior tinham me voltado à cabeça, intensificadas num vívido Technicolor por aquela simples afirmação, ah, por aquela afirmação tão casual. *"Tirei o mosquetão da mão dele e matei os dois de pancada."* E seu eco não dito, *Quem mata por ela sou eu.*

Senti vontade de vomitar. Em vez disso, bebi mais vinho, sem nem sentir o gosto, apenas engolindo o mais depressa que consegui. Ouvi difusamente Jamie perguntar outra vez o que estava me incomodando e girei nos calcanhares para encará-lo com um ar zangado.

– O que está me incomodando... incomodando! Que palavra idiota! O que me deixa absolutamente *enlouquecida* é que eu poderia ter sido qualquer uma, qualquer coisa... um lugar conveniente e quentinho com pedaços macios para apertar... meu Deus, para eles eu não passava de um *buraco*!

Soquei o peitoril, e então, irritada com o pequeno baque impotente, peguei meu cálice, virei-me e o arremessei na parede.

– Não foi assim com Black Jack Randall, foi? – perguntei. – Ele conhecia você, não é? Ele viu *você* quando o usou. Não teria sido a mesma coisa se você fosse qualquer um... ele queria *você*.

– Meu Deus, você acha que foi melhor desse jeito? – falou Jamie abruptamente e me encarou com os olhos arregalados.

Parei, com a respiração ofegante e sentindo-me tonta.

– Não. – Deixei-me cair sobre o banquinho e fechei os olhos, sentindo o quarto girar e girar à minha volta, as luzes coloridas atrás dos meus olhos parecendo um carrossel. – Não, não acho. Eu acho que Jack Randall era um maldito de um sociopata, um pervertido de primeira categoria, e aqueles... aqueles... – Agitei a mão no ar, incapaz de encontrar uma palavra adequada. – Eles eram apenas... homens.

Pronunciei essa última palavra com uma sensação de ojeriza evidente até mesmo para mim.

– Homens – disse Jamie, e sua voz saiu estranha.

– Homens – repeti. Abri os olhos e o encarei. Senti que meu olhar estava quente, e pensei que meus olhos deviam estar brilhantes e vermelhos, como os de um gambá à luz de uma tocha. – Eu passei por uma porra de uma guerra mundial – falei, com uma voz baixa e venenosa. – Perdi um filho. Perdi dois maridos. Passei fome junto com um exército, fui espancada e ferida, fui tratada como se fosse inferior, fui traída, presa e atacada. E eu sobrevivi, porra! – Minha voz estava ficando mais alta, mas não consegui me conter. – E agora devo ficar estraçalhada porque uns infelizes, uns patéticos arremedos de homens enfiaram seus pequenos apêndices imundos entre as minhas pernas e se *remexeram*?! – Levantei-me, segurei a borda da pia e a ergui, fazendo tudo sair voando com estrondo: pia, moringa e o castiçal aceso, que na mesma hora se apagou. – Bom, eu me recuso – falei, com bastante calma.

– Pequenos apêndices imundos? – repetiu Jamie, com um ar um tanto atordoado.

– Não o seu – falei. – Eu não estava me referindo ao seu. Do seu eu bem que gosto.

Então me sentei e irrompi em prantos.

Ele me envolveu nos braços, lenta e delicadamente. Não me sobressaltei nem tentei me afastar, e ele apertou minha cabeça contra si e alisou meus cabelos úmidos e embaraçados, prendendo os dedos nos fios.

– Meu Deus do céu, mas que coisinha corajosa você é – murmurou.

– Não – falei, de olhos fechados. – Não sou, não.

Segurei sua mão e a levei à boca, fechando os olhos ao fazê-lo.

Às cegas, rocei a boca machucada nas articulações de seus dedos. Estavam inchadas e tão feridas quanto as minhas. Toquei sua pele com a língua, senti gosto de sabão, poeira, e o sabor de prata dos arranhões e cortes... marcas deixadas por ossos e dentes quebrados. Pressionei com os dedos as veias sob a pele do pulso e do braço, macia e resiliente, e as linhas sólidas dos ossos mais embaixo. Senti os tributários das veias e desejei entrar na sua corrente sanguínea, viajar por ela, dissolvida e sem corpo, até me refugiar entre as grossas paredes das câmaras do seu coração. Só que eu não podia.

Subi a mão por sua manga, explorando, tocando, reaprendendo seu corpo. Toquei os pelos da sua axila e os alisei, surpresa com sua textura macia e sedosa.

– Sabe de uma coisa? – falei. – Acho que nunca toquei você aqui antes.

– Acho que não mesmo – disse ele, com um arremedo de riso nervoso na voz. – Eu teria me lembrado. Ah!

A pele ali se arrepiou, pontilhada, e pressionei a testa contra o seu peito.

– O pior de tudo foi que eu os *conheci* – falei, junto à sua camisa. – Cada um. E vou me lembrar deles. E sinto culpa por eles terem morrido por minha causa.

– Não – disse Jamie baixinho, mas com muita firmeza. – Eles morreram por *minha* causa, Sassenach. E por causa da própria maldade. Se existe culpa, deixe que eles a carreguem. Ou eu.

– Não você sozinho – falei, ainda de olhos fechados. A penumbra do quarto era tranquilizadora. Pude ouvir minha própria voz, distante, porém nítida, e perguntei-me de modo difuso de onde estavam vindo aquelas palavras. – Você é sangue do meu sangue, osso do meu osso. Você mesmo disse. O que você faz recai sobre mim também.

– Nesse caso, que o seu juramento possa me redimir – sussurrou ele.

Ele me pôs de pé e me estreitou junto a si como um alfaiate que recolhe uma peça de seda pesada e frágil... bem devagar, com dedos longos, dobra após dobra. Então me carregou pelo quarto e me deitou delicadamente na cama sob a luz bruxuleante do fogo.

Sua intenção era ser delicado. Muito delicado. Ele havia planejado aquilo com cuidado, preocupado a cada passo do longo trajeto de volta para casa. Ela estava em pedaços, ele precisaria ser astuto, não ter pressa. Tomar cuidado ao colar de volta suas partes estilhaçadas.

Então se aproximou dela e descobriu que ela não queria ter qualquer participação naquela delicadeza, naquela corte. Ela queria algo direto. Breve e violento. Se estava estilhaçada, iria cortá-lo com suas arestas pontiagudas, descuidada qual um bêbado com uma garrafa quebrada.

Por um segundo, dois, ele lutou, tentando segurá-la junto a si e beijá-la com ternura. Ela se contorceu em seus braços feito uma enguia, então rolou por cima dele, remexendo-se e mordendo.

Ele pensou que o vinho fosse acalmá-la... acalmar a ambos. Sabia que ela perdia qualquer noção de contenção quando bebia; simplesmente não tinha se dado conta do que ela estava se contendo, pensou, com desalento, tentando segurá-la sem a machucar.

Ele, dentre todas as pessoas, deveria ter sabido. Nem medo, nem tristeza, nem dor... e sim raiva.

Ela cravou as unhas em suas costas. Ele sentiu as unhas quebradas o arranharem, e pensou difusamente que aquilo era bom... ela havia lutado. Foi a última coisa que pensou; sua própria fúria então o dominou, e uma luxúria se apoderou dele como o trovão negro numa montanha, uma nuvem que escondia tudo dele e que o escondia de tudo, fazendo qualquer familiaridade se perder e deixando-o sozinho, um estranho no escuro.

O pescoço que ele agarrou poderia ter sido o dela ou o de qualquer pessoa. Veio-lhe a sensação de ossos pequeninos, protuberâncias no escuro, e gritos de coelhos que ele havia matado com a mão. Ele virou um tufão, sufocado por terra e restos de sangue.

A ira ferveu e coagulou em seus testículos, e ele se inflamou como ela. Que o seu raio abrasasse e cauterizasse qualquer traço do intruso naquele útero, e se aquilo queimasse ambos até transformá-los em ossos e cinzas... que assim fosse.

Quando ele recuperou a razão, estava deitado com todo o seu peso apoiado nela, esmagando-a na cama. A respiração soluçava em seus pulmões, suas mãos apertavam os braços dela com tanta força que ele podia sentir os ossos feito gravetos prestes a se partir com a sua força.

Havia se deixado levar. Não tinha certeza de onde terminava o seu corpo. Sua mente oscilou por alguns instantes no pânico de ter saído inteiramente do lugar... mas não. Ele sentiu de repente no ombro uma gota fria, e suas partes espalhadas se juntaram na mesma hora como pedaços separados de mercúrio, deixando-o trêmulo e consternado.

Ele continuava unido a ela. Quis pular feito uma codorna assustada, mas conseguiu se mover devagar, soltando os dedos um a um do aperto de morte nos braços dela, erguendo o corpo e afastando-o com delicadeza, embora o esforço daquilo parecesse imenso, como se o seu peso fosse igual ao de luas e planetas. Quase imaginou que fosse encontrá-la esmagada e achatada, sem vida sobre o lençol. Mas o arco flexível de suas costelas se erguia, caía e tornava a se erguer, redondo e reconfortante.

Uma segunda gota o acertou na parte de trás do pescoço, e ele encolheu os ombros, espantado. O movimento chamou a atenção dela, que olhou para cima, e ele a encarou, chocado. Ela compartilhava o mesmo choque: o de dois desconhecidos que se encontram, nus. Desviou os olhos dos dele e para cima, em direção ao telhado.

– O telhado está pingando – sussurrou ela. – Tem um pedaço molhado.

– Ah.

Ele nem sequer havia reparado que estava chovendo. O quarto, porém, estava escuro com a luz da chuva, e o telhado lá em cima rufava. O som parecia vir de dentro do seu sangue, como a batida dos *bodhrana* na noite, como as batidas de seu coração na floresta.

Ele estremeceu e, por falta de ideia melhor, lhe deu um beijo na testa. Os braços dela se ergueram de repente, como uma armadilha, e seguraram-no com força, puxando-o novamente para baixo e para cima de si, e ele também a abraçou, esmagando-a contra o próprio corpo com força suficiente para sentir o ar sair de seu peito, sem conseguir soltar. Pensou vagamente na conversa de Brianna sobre gigantescos corpos celestes a girar pelo espaço, na coisa chamada gravidade... o que havia de grave nela? Via tudo isso muito bem agora: uma força tão grande a ponto de equilibrar no ar um corpo de tamanho imenso, inconcebível, sem qualquer suporte... ou de fazer dois corpos colidirem numa explosão de destruição em meio à fumaça das estrelas.

Ele a tinha machucado: marcas vermelho-escuras nos braços dela indicavam os pontos onde seus dedos haviam estado. Em menos de um dia, ficariam pretas. As marcas dos outros homens desabrochavam pretas e roxas, azuis e amarelas, pétalas opacas presas sob a brancura da pele.

Suas coxas e nádegas estavam tensas por causa do esforço, e ele sentiu uma cãibra forte que o fez grunhir e se mexer para aliviá-la. Sua pele estava úmida; a dela também, e eles escorregaram para longe um do outro com vagarosa relutância.

Olhos inchados e machucados, enevoados como mel silvestre, a centímetros dos seus.

– Como está se sentindo? – indagou ela suavemente.

– Horrível – respondeu ele, com total honestidade.

Estava rouco, como se houvesse gritado... por Deus, talvez ele houvesse mesmo gritado. A boca de Claire havia tornado a sangrar: seu queixo exibia uma mancha vermelha, e ele podia sentir na própria boca o gosto de metal.

Pigarreou, querendo parar de encará-la, mas sem conseguir. Esfregou um polegar na mancha de sangue e a apagou desajeitadamente.

– E você? – indagou, e as palavras foram como uma lixa em sua garganta. – Como está se sentindo?

Seu toque a tinha feito recuar um pouco, mas ela continuava com os olhos cravados nele. Jamie teve a sensação de que ela estava olhando para muito além dele, através dele... mas então o foco de seu olhar retornou e ela o encarou, pela primeira vez desde que ele a trouxera de volta para casa.

– Segura – sussurrou, e fechou os olhos.

Sorveu uma grande inspiração, e seu corpo relaxou todo de uma só vez, tornando-se flácido e pesado com o de uma lebre à beira da morte.

Ele a segurou, os dois braços à sua volta como para salvá-la de morrer afogada, mas mesmo assim a sentiu afundar. Desejou gritar para que ela não se fosse, para que não o deixasse só. Ela desapareceu nas profundezas do sono, e ele ficou ali, compadecido por ela, desejando que ela se curasse, temendo sua fuga, e abaixou a cabeça até enterrar o rosto em seus cabelos e em seu cheiro.

O vento fez as persianas abertas baterem ao passar, e no escuro lá fora uma coruja piou e outra respondeu, escondida da chuva.

Ele então chorou, sem fazer barulho, retesando os músculos até sentir dor para não se sacudir com o pranto, para ela não acordar e saber. Chorou até ficar vazio e com a respiração entrecortada, até o travesseiro ficar molhado sob o seu rosto. Então ficou deitado, exausto além do conceito de cansaço, longe demais do sono até mesmo para se lembrar de como era dormir. Seu único reconforto era o peso cálido, leve e muito frágil deitado sobre o seu coração, a respirar.

As mãos dela então se levantaram e foram descansar em cima dele, as lágrimas frias no seu rosto, já secando, sua brancura tão limpa quanto a neve silenciosa que recobre o carvão e o sangue e instila paz no mundo.

30

O PRISIONEIRO

A manhã estava parada e quente; era o final do veranico. Um pica-pau martelava a madeira ali perto, e no mato alto atrás da casa algum inseto produzia um barulho parecido com o arranhar do metal. Desci do andar de cima devagar, sentindo-me ligeiramente incorpórea... e desejando estar, uma vez que o corpo que eu tinha doía em quase todos os lugares.

A sra. Bug não tinha ido naquela manhã, talvez não estivesse se sentindo bem. Ou talvez não soubesse muito bem como lidar com o fato de me ver, ou o que me dizer quando me visse. Minha boca se contraiu um pouco, algo que só percebi porque o corte parcialmente cicatrizado no meu lábio ardeu quando o fiz.

Muito conscientemente, relaxei o rosto e comecei a reunir as coisas para o café na prateleira da cozinha. Uma trilha de diminutas formigas pretas corria pela borda da prateleira, e havia um enxame delas sobre a pequena lata de metal onde eu guardava o açúcar em pedaços. Enxotei-as com algumas passadas severas do avental e fiz a anotação mental de que precisava encontrar algumas raízes de erva-benta para usar como repelente.

Essa decisão, por pequena que fosse, na mesma hora fez com que eu me sentisse melhor e mais firme. Desde que Hodgepile e seus homens tinham aparecido no barração de maltagem, eu estivera completamente à mercê de outra pessoa, impedida de qualquer tipo de ação independente. Pela primeira vez em dias, e era como se fosse muito mais, fui capaz de decidir o que faria. Pareceu-me uma liberdade preciosa.

Muito bem, pensei. O que eu faria, então? Iria... tomar um café. Comer um pouco de torrada? Não. Tateei cuidadosamente com a língua: vários dentes em um dos lados estavam soltos, e os músculos do maxilar tão doloridos que qualquer mastigação séria estava fora de cogitação. Só café, então, e enquanto estivesse bebendo eu decidiria como meu dia iria se organizar.

Sentindo-me satisfeita com esse plano, tornei a guardar na prateleira a caneca de madeira simples, e em vez dela dispus com toda a pompa minha única xícara e pires de louça, delicadas peças de porcelana que Jocasta tinha me dado de presente, pintadas à mão com violetas.

Jamie havia atiçado o fogo mais cedo e a chaleira fervia. Despejei água suficiente para aquecer o bule, girei-a lá dentro e abri a porta dos fundos para jogá-la fora. Por sorte, olhei antes.

Ian estava sentado de pernas cruzadas na varanda dos fundos, com uma pequena pedra de amolar em uma das mãos e uma faca na outra.

– Bom dia para a senhora, tia – disse ele, alegre, e arrastou a faca na pedra, produzindo o mesmo arranhar fino e monótono que eu tinha escutado mais cedo. – Sentindo-se melhor?

– Sim, estou bem – garanti.

Ele arqueou a sobrancelha, cético, enquanto me olhava de cima a baixo.

– Bom, melhor do que aparenta, espero.

– Não *tão bem* assim – falei, sarcástica, e ele riu.

Ian largou a faca e a pedra e se levantou. Ele era bem mais alto do que eu: tinha quase a mesma altura de Jamie, embora fosse mais magro. Havia herdado a magreza do pai, bem como o senso de humor... e a sua dureza.

Ele me segurou pelos ombros e me virou de frente para o sol, franzindo um pouco os lábios enquanto me inspecionava de perto. Pisquei os olhos para ele, imaginando como devia estar. Ainda não tivera coragem de me olhar no espelho, mas sabia que as contusões deviam estar passando de pretas e vermelhas a um colorido sortimento de azuis, verdes e amarelos. Somando a isso inchaços e calombos variados, e as casquinhas pretas endurecidas no lábio cortado e nas crostas dos machucados, eu sem dúvida devia estar um retrato perfeito de saúde.

Mas os suaves olhos cor de avelã de Ian perscrutaram atentamente meu rosto sem qualquer surpresa ou aflição aparente. Por fim, ele me soltou e deu alguns tapinhas de leve no meu ombro.

– A senhora vai ficar boa, tia – falou. – Ainda é a senhora, não é?

– Sou – respondi.

E, sem qualquer aviso, as lágrimas brotaram e transbordaram dos meus olhos. Eu sabia exatamente o que ele quisera dizer e por que o tinha dito... e era verdade.

Tive a sensação de que meu centro havia se transformado inesperadamente em líquido e agora jorrava para fora, não de tristeza, mas de alívio. Ainda era eu, *sim*. Frágil, brutalizada, dolorida e desconfiada... mas eu. Somente ao reconhecer isso foi que entendi o quanto temera não ser mais eu... emergir do choque e me ver alterada de modo irrevogável, com alguma parte vital perdida para sempre.

– Estou bem – garanti a Ian, enxugando depressa os olhos com a barra do avental. – Só um pouco...

– Sim, eu sei – disse ele, e pegou o bule da minha mão para jogar a água fora na grama perto da trilha. – É um pouco estranho, não? Voltar.

Peguei o bule de café da mão dele e, ao fazê-lo, apertei sua mão. Ian tinha voltado duas vezes da prisão: resgatado do estranho complexo de Geillis Duncan, na Jamaica, apenas para optar por um exílio posterior com os mohawks. Chegara à maturidade durante essa jornada, e eu me perguntava que partes dele mesmo poderiam ter sido deixadas pelo caminho.

– Quer tomar café, Ian? – perguntei, fungando e enxugando com cuidado o nariz inchado.

– É claro que eu quero – respondeu ele, sorrindo. – Venha se sentar, tia... eu busco.

Segui-o até dentro da casa, enchi o bule de café e o deixei infundindo, então me sentei à mesa, com o sol que entrava pela porta aberta a me aquecer as costas, e fiquei observando Ian vasculhar a despensa. Sentia a mente empapada e incapaz de pensar, mas uma sensação de paz foi me invadindo aos poucos, delicada como a luz tremeluzente entre os castanheiros. Até mesmo os débeis latejares aqui e ali pareciam agradáveis, uma sensação de cura se operando em silêncio.

Ian espalhou sobre a mesa uma braçada de alimentos aleatórios e sentou-se na minha frente.

– Está tudo bem, tia? – tornou a perguntar, erguendo uma das sobrancelhas ralas do pai.

– Sim. Mas é meio como estar sentada numa bolha de sabão. Não?

Olhei para ele enquanto servia o café, mas ele baixou os olhos para o pedaço de pão no qual passava manteiga. Pensei ver um leve sorriso lhe tocar os lábios, mas não tive certeza.

– Algo assim – disse ele baixinho.

O calor do café aqueceu minhas mãos através da louça e aliviou as membranas irritadas do meu nariz e palato. Minha sensação era ter passado horas gritando, mas na verdade eu não me lembrava de ter feito nada disso. Será que tinha, com Jamie, na noite anterior?

Não queria muito pensar na noite anterior. Ela fazia parte da sensação de bolha de sabão. Jamie já tinha saído quando acordei, e eu não soube ao certo se estava satisfeita ou decepcionada com isso.

Ian não disse nada, mas seguiu comendo de modo compenetrado até consumir meio pão com manteiga e mel, três muffins de passas, duas fatias grossas de presunto e uma jarra de leite. Vi que Jamie tinha feito a ordenha: ele sempre usava a jarra azul, enquanto o sr. Wemyss usava a branca. Perguntei-me vagamente onde estaria o sr. Wemyss, pois não o tinha visto e a casa tinha um ar vazio, mas na verdade pouco me importava. Ocorreu-me que talvez Jamie tivesse dito tanto ao sr. Wemyss quanto à sra. Bug para ficarem longe por um período, sentindo que eu talvez precisasse de um pouco de tempo sozinha.

– Mais café, tia?

Quando aquiesci, Ian se levantou da mesa, pegou o decânter na prateleira e serviu uma dose generosa de uísque na minha xícara antes de tornar a enchê-la de café.

– Mamãe sempre disse que isso é bom para o que nos faz mal – falou.

– Sua mãe tem razão. Quer um pouco?

Ele farejou as emanações perfumadas, mas fez que não com a cabeça.

– Não, tia, acho que não. Preciso estar com a cabeça limpa hoje de manhã.

– É mesmo? Por quê?

O mingau na panela não tinha nove dias, não chegava a tanto, mas estava ali havia uns três ou quatro. É claro, não houvera ninguém em casa para comê-lo. Examinei com um olhar crítico a substância semelhante a cimento colada na minha colher, então decidi que ainda estava macia o suficiente para comer e despejei mel por cima.

Ian lidava com um bocado da mesma substância e demorou alguns instantes para soltá-la do palato antes de responder.

– Tio Jamie pretende fazer suas perguntas – respondeu ele, lançando-me um olhar de cautela enquanto estendia a mão para pegar o pão.

– É mesmo? – falei, sem entender direito, mas, antes que eu pudesse perguntar o que ele queria dizer com aquilo, o ruído de passos na trilha anunciou a chegada de Fergus.

Ele estava com cara de quem dormira no mato... bem, claro, pensei; tinha dormido mesmo. Ou melhor, ficado acordado: os homens mal haviam parado para descansar durante a perseguição à gangue de Hodgepile. Fergus tinha feito a barba, mas seu asseio pessoal em geral fastidioso estava tristemente ausente, e seu rosto bonito exibia um aspecto emaciado, com os olhos fundos sombreados.

– Milady – murmurou ele, e inesperadamente se curvou para beijar minha bochecha, com a mão no meu ombro. – *Comment ça va?*

– *Très bien, merci* – respondi, sorrindo com cuidado. – Como estão Marsali e as crianças? E nosso herói Germain?

Eu havia perguntado a Jamie sobre Marsali no caminho de volta, e fora assegurada de que ela estava bem. Germain, aquele macaquinho, subira na mesma hora numa árvore ao ouvir os homens de Hodgepile se aproximarem. Assistira a tudo de seu poleiro, e assim que os homens foram embora descera correndo, arrastara a mãe semiconsciente para longe do fogo e correra para buscar socorro.

– Ah, Germain – disse Fergus, e um débil sorriso dissipou por um instante as sombras do cansaço. – *Notre p'tit guerrier*. Ele disse que *grand-père* lhe prometeu uma pistola só sua, para atirar nas pessoas más.

Grand-père sem dúvida devia estar falando sério, pensei. Germain não conseguiria manejar um mosquetão, já que era um pouco mais baixo do que a arma em si... mas uma pistola seria possível. No meu atual estado de espírito, o fato de Germain ter apenas 5 anos não pareceu particularmente relevante.

– Já tomou café, Fergus?

Empurrei o bule na sua direção.

– *Non. Merci.*

Ele se serviu de biscoitos frios, presunto e café, embora eu tenha reparado que comeu sem muito apetite.

Ficamos os três sentados em silêncio, bebericando café e escutando os pássaros. Corruíras-da-carolina tinham feito um ninho tardio no beiral da casa, e o casal de aves não parava de entrar e sair logo acima de nossa cabeça. Eu podia ouvir os pios agudos dos filhotes implorando por comida, e vi sobre as tábuas da varanda alguns gravetos espalhados e um pedaço de casca de ovo vazia. Os passarinhos estavam quase prontos para voar; bem a tempo, antes do frio de verdade chegar.

A visão daquela casca de ovo sarapintada de marrom me fez lembrar de monsieur L'Oeuf. Sim, era isso que eu faria, resolvi, com uma pequena sensação de alívio por conseguir pensar em algo com firmeza. Iria visitar Marsali mais tarde. E talvez a sra. Bug também.

– Você viu a sra. Bug hoje de manhã? – perguntei, virando-me para Ian.

O chalé do rapaz, pouco mais do que um puxadinho com telhado feito de galhos, ficava logo depois do dos Bugs; ele teria passado por lá a caminho da casa.

– Ah, sim – respondeu ele, com um ar um pouco surpreso. – Ela estava varrendo quando eu passei. Perguntou se eu queria tomar o desjejum, mas eu disse que comeria aqui. Sabia que tio Jamie tinha um presunto, não é?

Ele sorriu e, para ilustrar, ergueu seu quarto biscoito com presunto.

– Ela está bem, então? Pensei que pudesse estar doente. Ela em geral chega bem cedo.

Ian assentiu e deu uma enorme mordida no biscoito.

– Sim, imagino que esteja ocupada cuidando do *ciomach*.

Minha frágil sensação de bem-estar se quebrou como os ovos das corruíras. Um *ciomach* era um prisioneiro. Em minha euforia entorpecida, eu dera um jeito de esquecer a existência de Lionel Brown.

O comentário de Ian de que Jamie pretendia fazer perguntas naquela manhã de repente se encaixou no contexto... assim como a presença de Fergus. E a faca que Ian estava amolando.

– Onde está Jamie? – perguntei, com a voz um tanto débil. – Você o viu?

– Ah, sim – respondeu Ian com um ar de surpresa. Ele engoliu e fez um gesto com o queixo em direção à porta. – Ele está ali no barracão de lenha fabricando telhas novas. Disse que o telhado está com uma goteira.

Assim que ele disse isso, um barulho de marteladas se fez ouvir do telhado, bem lá em cima. Claro, pensei. Primeiro as prioridades. Mas enfim, afinal de contas, Lionel Brown não iria a lugar algum, supus.

– Talvez... eu devesse ir ver o sr. Brown – falei, engolindo em seco.

Ian e Fergus se entreolharam.

– Não, tia, a senhora não deveria – disse Ian com bastante calma, mas com um ar de autoridade que eu não estava acostumada a ver nele.

– Como assim?

Encarei-o, mas ele simplesmente continuou a comer, embora um tiquinho mais devagar.

– Milorde falou que a senhora não deve ir – esclareceu Fergus, despejando uma colherada de mel no café.

– Ele falou o quê? – perguntei, incrédula.

Nenhum dos dois quis olhar para mim, mas pareceram se aproximar um do outro e exalar uma espécie de resistência obstinada. Qualquer um dos dois faria qualquer coisa que eu pedisse, eu sabia... exceto desafiar Jamie. Se Jamie achava que eu não deveria ir ver o sr. Brown, eu não o faria com a ajuda de Ian nem de Fergus.

Larguei a colher de volta dentro da minha tigela de mingau, com pedaços ainda não comidos.

– Ele por acaso disse *por que* acha que eu não deveria visitar o sr. Brown? – indaguei, calma diante das circunstâncias.

Ambos os homens pareceram surpresos, então trocaram outro olhar, dessa vez mais longo.

– Não, milady – respondeu Fergus, com a voz cuidadosamente neutra.

Houve um breve silêncio durante o qual ambos pareceram refletir. Fergus então olhou para Ian, confiando-lhe a decisão com um dar de ombros.

– Bem, tia, nós temos a intenção de interrogar o sujeito, entende? – disse Ian com cuidado.

– E teremos respostas – disse Fergus, com os olhos pregados na colher que usava para mexer o café.

– E quando tio Jamie estiver convencido de que ele nos disse tudo que pode...

Ian tinha pousado a faca recém-afiada na mesa, ao lado do prato. Pegou-a e cuidadosamente a passou numa linguiça fria no sentido do comprimento, fazendo o embutido rebentar com uma explosão aromática de sálvia e alho. Então ergueu os olhos e me encarou. E eu entendi que, embora talvez ainda fosse eu mesma... Ian já não era mais o menino que costumava ser. Nem um pouco.

– Vocês vão matá-lo? – perguntei, sentindo os lábios dormentes apesar do café quente.

– Ah, sim – respondeu Fergus bem baixinho. – Imagino que sim.

Ele também me encarou. Seu rosto exibia uma expressão desanimada e sombria, e seus olhos fundos estavam duros como pedra.

– Ele... não... quero dizer... não foi ele – falei. – Não poderia ter sido. Ele já tinha quebrado a perna quando... – Era como se eu não tivesse ar suficiente para terminar as frases. – E Marsali. Não foi... não acho que ele...

Algo atrás dos olhos de Ian mudou quando ele entendeu o que eu estava dizendo. Seus lábios se contraíram por um instante e ele assentiu.

– Melhor para ele, então – falou, sucinto.

– Melhor – repetiu Fergus. – Mas não acho que no fim das contas vá ter importância. Nós matamos os outros... por que ele deveria viver? – Ele se afastou da mesa, deixando seu café sem tomar. – Acho que vou indo, primo.

– Ah, é? Também vou, então. – Ian empurrou o prato para longe e meneou a cabeça para mim. – Pode dizer ao tio Jamie que nós fomos na frente, tia?

Aquiesci, anestesiada, e fiquei olhando enquanto eles se afastavam, desaparecendo um após o outro sob os grandes castanheiros que encimavam a trilha até o chalé dos Bugs. Mecanicamente, levantei-me e comecei a tirar da mesa, devagar, o que restava do desjejum improvisado.

Eu, na verdade, não tinha certeza se me importava muito com o sr. Brown ou não. Por um lado, reprovava por princípio a tortura e o assassinato a sangue-frio. Por outro, embora fosse verdade que Brown não tinha me violentado nem me machucado pessoalmente, e que *tinha* tentado fazer Hodgepile me soltar, posteriormente ele se mostrara a favor de me matar. E não me restava a menor dúvida de que ele teria me afogado no desfiladeiro caso Tebbe não houvesse interferido.

Não, pensei, erguendo com cuidado a xícara e secando-a no avental; talvez eu não me importasse lá tanto assim com o sr. Brown.

Apesar disso, sentia-me pouco à vontade e abalada. Eu me *importava*, isso sim, com Ian e Fergus. E com Jamie. O fato era que matar uma pessoa no calor da batalha é bem diferente de executar alguém, e eu sabia disso. Será que eles sabiam?

Bem, Jamie sabia.

"*Que o seu juramento possa me redimir.*" Ele havia me sussurrado isso na noite anterior. Na verdade, era quase a última coisa que eu me lembrava de ouvi-lo dizer. Bom, tudo bem; mas eu preferiria muito que ele não sentisse necessidade alguma de se redimir, para começo de conversa. Quanto a Ian e Fergus...

Fergus tinha lutado na Batalha de Prestonpans aos 10 anos de idade. Eu ainda recordava o rosto do pequeno órfão francês, sujo de fuligem e atordoado de choque e exaustão, olhando para mim de seu poleiro em cima de um canhão capturado. "*Eu matei um soldado inglês, madame*", dissera-me o menino. "*Ele caiu e eu o espetei com a minha faca.*"

E Ian, aos 15 anos, chorando de remorso por pensar ter matado acidentalmente um intruso que invadira a oficina tipográfica de Jamie em Edimburgo. Só Deus sabia o que ele tinha feito desde então; ele não falava. Tive uma súbita visão do gancho de Fergus, escuro de sangue, e da silhueta de Ian destacada contra a escuridão. "*E eu*", dissera ele, fazendo eco a Jamie. "*Quem mata por ela sou eu.*"

Era o ano de 1773. E *no dia 18 de abril do ano de 75...* o tiro ouvido mundo afora já estava sendo carregado. Fazia calor na cozinha, mas estremeci convulsivamente. De que, em nome de Deus, eu pensava poder protegê-los? Qualquer um deles?

Um súbito rugido do telhado lá em cima me espantou de meus pensamentos.

Saí para o quintal e olhei para cima, protegendo os olhos do sol da manhã. Sentado na cumeeira, Jamie se balançava para a frente e para trás por cima de uma das mãos que segurava encolhida junto à barriga.

– O que está acontecendo aí? – perguntei.

– Uma farpa – foi a resposta tensa, obviamente dita entre os dentes.

Senti vontade de rir, nem que fosse como uma pequena escapatória para a tensão, mas não o fiz.

– Bem, então desça. Eu tiro.

– Ainda não terminei!

– Não me importa! – falei, de súbito impaciente com ele. – Desça agora mesmo. Eu quero falar com você.

Um saco de pregos bateu na grama com um súbito clangor, seguido imediatamente pelo martelo.

Primeiro as prioridades, então.

Imagino que tecnicamente fosse uma farpa. Uma lasca de 5 centímetros de cedro, que ele conseguira enfiar completamente por baixo da unha do dedo médio, quase até a primeira articulação.

– Ai, Jesus H. Roosevelt Cristo!

– É – concordou ele, um pouco pálido. – Pode-se dizer isso.

A ponta que estava para fora era curta demais para pegar com os dedos. Levei-o depressa até o consultório e arranquei a lasca com o fórceps antes que ele pudesse dar um pio. Jamie estava dando bem mais do que um pio... a maior parte em francês, idioma excelente para xingar.

– Você vai perder essa unha – observei, mergulhando o dedo prejudicado numa tigelinha de água com álcool. O sangue brotou dele feito tinta de um polvo.

– Que se dane a unha – disse Jamie, cerrando os dentes. – Corte o maldito dedo inteiro fora e acabe com isso! *Merde d'chèvre!*

– Os chineses antigamente... não, imagino que hoje em dia, pensando bem... eles enfiam farpas de bambu debaixo das unhas das pessoas para forçá-las a falar.

– Meu Deus! *Tu me casses les couilles!*

– Obviamente uma técnica bem eficaz – falei, tirando a mão dele da tigela e enrolando o dedo bem apertado num pedaço de pano. – Você estava experimentando antes de usá-la em Lionel Brown?

Tentei falar num tom leve, mantendo os olhos fixos na mão dele. Senti seu olhar se fixar em mim, e ele deu um muxoxo.

– Em nome dos santos e dos arcanjos, Sassenach, o que foi que o pequeno Ian andou lhe dizendo?

– Que você pretendia interrogar Brown... e conseguir respostas.

– Pretendo, e vou – disse ele, sucinto. – E daí?

– Fergus e Ian pareciam pensar que... você poderia ser levado a lançar mão de qualquer método necessário – falei, com alguma delicadeza. – Eles estão mais do que dispostos a ajudar.

– Imagino que estejam mesmo. – A primeira dor havia cedido um pouco. Ele já respirava mais fundo, e seu rosto começava a recuperar a cor. – Fergus tem direito. A esposa dele foi atacada.

– Ian parecia... – Hesitei, à procura da palavra certa. Ian me parecera tão calmo a ponto de meter medo. – Você não chamou Roger para ajudar no... interrogatório?

– Não. Ainda não. – Um dos cantos de sua boca se curvou para dentro. – Roger Mac é um bom guerreiro, mas não do tipo que mete medo em ninguém, a não ser quando está realmente animado. Ele não sabe enganar de jeito nenhum.

– Ao passo que você, Ian e Fergus...

– Ah, sim – fez ele, seco. – Nós somos ardilosos feito cobras. Basta olhar para Roger Mac para ver como a vida deles deve ser segura, dele e da menina. Isso é de certa forma um reconforto – acrescentou ele, e sua boca se curvou mais um pouco. – Saber que as coisas vão melhorar, quero dizer.

Vi que ele estava tentando mudar de assunto, o que não era um bom sinal. Dei um pequeno muxoxo, mas meu nariz doeu.

– E *você* não está realmente animado, é isso que está me dizendo?

Ele deu um muxoxo bem mais eficaz, mas não respondeu. Inclinou a cabeça para o lado e ficou observando enquanto eu dispunha um quadradinho de gaze e começava a esfregá-lo com folhas secas de confrei. Eu não sabia como expressar o que estava me incomodando, mas ele claramente viu que havia algo.

– Você vai matá-lo? – perguntei, à queima-roupa, mantendo os olhos no vidro de mel.

O vidro era marrom e a luz brilhava através dele como se fosse uma imensa bola de âmbar transparente.

Jamie ficou sentado sem se mexer, olhando para mim. Pude sentir seu olhar especulativo, mas não ergui os olhos.

– Acho que sim – respondeu ele.

Minhas mãos tinham começado a tremer e pressionei-as na superfície da mesa para fazê-las parar.

– Hoje, não – emendou ele. – Se o matar, vou fazer isso direito.

Não tive certeza se queria saber em que consistia uma morte direita, na sua opinião, mas ele me disse mesmo assim.

– Se ele morrer pelas minhas mãos, vai ser abertamente, na frente de testemunhas que conhecem a verdade, e com ele de pé. Não quero que digam que matei um homem indefeso, seja qual for o seu crime.

– Ah. – Engoli em seco, levemente enjoada, e acrescentei uma pitada de sanguinária ao bálsamo que estava preparando. O pó tinha um leve cheiro adstringente que pareceu ajudar. – Mas... pode ser que você o deixe viver?

– Pode ser. Imagino que talvez possa pedir um resgate ao irmão dele... vai depender.

– Você está falando igualzinho ao seu tio Colum, sabia? Ele teria raciocinado assim.

– Estou? – O canto da boca dele se ergueu de leve. – Devo interpretar isso como um elogio, Sassenach?

– Imagino que sim.

– É, bem – disse ele, pensativo. Os dedos rígidos tamborilaram o tampo da mesa, e ele fez uma leve careta quando o movimento abalou o dedo machucado. – Colum tinha um castelo. E membros de clã armados sob o seu comando. Eu talvez tivesse alguma dificuldade para defender esta casa de um ataque.

– Foi isso que você quis dizer com "vai depender"?

Aquilo me deixava bem pouco à vontade. Não tinha me ocorrido pensar em atacantes armados invadindo a casa... e vi que o cuidado de Jamie ao hospedar o sr. Brown fora de nosso terreno talvez não se devesse apenas a um desejo de poupar minha sensibilidade.

– Uma das coisas.

Misturei um pouco de mel com as ervas pulverizadas, em seguida despejei um pouco de banha de urso purificada dentro do almofariz.

– Imagino que... – falei, com os olhos na mistura. – Que não adiante nada entregar Lionel Brown às... autoridades?

– Em que autoridades você estava pensando, Sassenach? – perguntou Jamie, seco.

Boa pergunta. Aquela parte das montanhas ainda não havia formado um condado nem se unido a nenhum outro, embora houvesse um movimento em curso com esse objetivo. Se Jamie entregasse o sr. Brown ao xerife ou para ser julgado no condado mais próximo... bem, não, talvez não fosse uma boa ideia. Brownsville ainda ficava dentro das divisas do condado mais próximo, e o sobrenome do atual xerife na verdade era Brown.

Mordi o lábio, ponderando a questão. Em momentos de tensão, ainda tendia a reagir como o que eu era: uma inglesa civilizada, acostumada a confiar nas certezas do governo e da lei. Bem, certo, Jamie tinha certa razão: o século XX tinha seus próprios perigos, mas algumas coisas haviam melhorado. Mas *ali* era quase 1774, e o governo colonial já estava exibindo rachaduras e fendas, sinais do colapso que estava por vir.

– Poderíamos levá-lo para Cross Creek, suponho. – Farquard Campbell era juiz de paz lá... e ele era amigo de Jocasta Cameron, tia de Jamie. – Ou para New Bern. – O governador Martin e a maior parte do Conselho Real ficavam em New Bern... a 500 quilômetros de distância. – Quem sabe Hillsborough?

Hillsborough era a sede da Corte Intermediária.

– Humm.

Esse ruído denotava uma nítida falta de inclinação à ideia de perder várias semanas de trabalho de modo a conduzir o sr. Brown até diante de alguma dessas entidades jurídicas, quanto mais a confiar uma questão importante ao sistema judicial altamente pouco confiável... e muitas vezes corrupto. Ergui os olhos e cruzei os seus, bem-humorados, porém desanimados. Se eu reagia como o que eu era, Jamie também o fazia.

E Jamie era um proprietário de terras das Terras Altas, acostumado a seguir as próprias leis e travar as próprias batalhas.

– Mas... – comecei.

– Sassenach – disse ele, com bastante delicadeza. – E os outros?

Os outros. Parei de me mexer, paralisada pela repentina lembrança: um bando numeroso de formas pretas saindo da mata com o sol por trás. Mas aquele grupo tinha se dividido em dois, com a intenção de se encontrar novamente em Brownsville três dias depois... naquele exato dia em que estávamos, na verdade.

Por enquanto, era de supor que ninguém em Brownsville soubesse o que havia acontecido: que Hodgepile e seus homens estavam mortos, ou que Lionel Brown era prisioneiro na Cordilheira. Considerando a velocidade com que as notícias se espalhavam nas montanhas, porém, dali a uma semana todos já saberiam.

Na esteira do choque, eu de alguma forma não havia prestado atenção no fato de que muitos bandidos continuavam soltos... e embora eu não soubesse quem eram, eles sabiam tanto quem eu era quanto onde estava. Será que se dariam conta de que eu não seria capaz de identificá-los? Ou estariam dispostos a correr esse risco?

Era óbvio que Jamie não estava disposto a correr o risco de sair da Cordilheira para escoltar Lionel Brown até onde quer que fosse, quer decidisse ou não deixar o homem vivo.

Pensar nos outros tinha me feito lembrar de algo importante. Talvez não fosse a melhor hora para mencionar aquilo, mas, pensando bem, não haveria uma hora boa.

Inspirei fundo e me preparei.

– Jamie.

Meu tom de voz o despertou na hora do que quer que ele estivesse pensando. Ele me encarou com um olhar incisivo e uma das sobrancelhas arqueada.

– Eu... preciso contar uma coisa para você.

Ele empalideceu um pouco, mas na mesma hora estendeu a mão e segurou a minha. Sorveu por sua vez uma funda inspiração e assentiu.

– Sim.

– Ah – murmurei, entendendo que ele achava que eu de repente tinha chegado num momento em que precisava lhe relatar os detalhes escabrosos de minhas experiências. – Não... não é isso. Não exatamente.

Apertei sua mão, porém, e continuei apertando enquanto lhe contava sobre Donner.

– Outro? – indagou ele. Sua voz soou levemente atordoada. – Mais um?

– Mais um – confirmei. – O fato é que... eu, ahn, eu não me lembro de ter visto... de tê-lo visto morto.

A sensação sinistra daquela madrugada voltou a mim. Eu tinha lembranças muito nítidas, distintas... mas desconjuntadas, tão fraturadas que não tinham relação alguma com o todo. Uma orelha. Lembrava-me de uma orelha, grossa e com o mesmo formato de cálice de um fungo da floresta. Ela exibia sombras nos mais belos tons de roxo, marrom e índigo, era sombreada nas espirais côncavas das partes internas, e quase translúcida na borda; parecia perfeita à luz de um raio de sol que atravessou a copa de uma cicuta para tocá-la.

Eu recordava com tanta perfeição essa orelha que quase podia esticar a mão até dentro da minha memória e tocá-la... mas não fazia ideia de a quem pertencia. Seriam os cabelos por trás dela castanhos, pretos, avermelhados, lisos, ondulados, grisalhos? E o rosto... eu não sabia. Se tinha olhado, não tinha visto.

Jamie me lançou um olhar incisivo.

– E acha que ele talvez não esteja.

– Talvez não. – Engoli o gosto de terra, agulhas de pinheiro e sangue, e inspirei o cheiro fresco e reconfortante de leitelho. – Eu o avisei, entende? Disse que você viria, e que ele não iria querer ser encontrado comigo. Quando você atacou o acampamento... pode ser que ele tenha fugido. Ele com certeza me pareceu um covarde. Mas não sei.

Jamie aquiesceu e deu um fundo suspiro.

– Você acha que consegue... se lembrar? – indaguei, hesitante. – Quando me mostrou os mortos. Olhou para eles?

– Não – respondeu Jamie, suave. – Não estava olhando para nada a não ser você.

Ele estava fitando nossas mãos unidas. Então ergueu os olhos e me encarou com uma expressão perturbada e perscrutadora. Levantei sua mão, encostei a face nos nós de seus dedos e fechei os olhos por um instante.

– Eu vou ficar bem – falei. – O fato é que... – falei, e me interrompi.

– Sim?

– Se ele tiver *mesmo* fugido... para onde acha que iria?

Jamie fechou os olhos e inspirou fundo.

– Para Brownsville – falou, resignado. – E, se ele tiver ido para lá, Richard Brown já sabe o que aconteceu com Hodgepile e seus homens... e decerto pensa que o irmão também está morto.

– Ah.

Engoli em seco e mudei ligeiramente de assunto.

– Por que você disse a Ian para não me deixar ver o sr. Brown?

– Eu não disse isso. Mas acho melhor que não vá vê-lo, isso é verdade.

– Por quê...?

– Porque você prestou um juramento – respondeu ele, soando um pouco surpreso por eu não ter entendido na hora. – Pode ver um homem ferido e deixá-lo sofrendo?

O unguento estava pronto. Desenrolei seu dedo, que havia parado de sangrar, e passei o máximo de bálsamo que consegui debaixo da unha danificada.

– Provavelmente não – falei, com os olhos pregados no que estava fazendo. – Mas por que...

– Se você o consertar, se cuidar dele... e depois eu decidir que ele deve morrer? – Seus olhos indagadores estavam pousados em mim. – Como seria isso para você?

– Bem, seria *mesmo* um pouco estranho – falei, inspirando fundo para me firmar. Enrolei uma fina tira de pano em volta da unha e amarrei bem. – Mas, mesmo assim...

– Você deseja cuidar dele? Por quê? – Sua voz soou curiosa, mas não zangada. – O seu juramento é tão forte assim?

– Não. – Levei as duas mãos à mesa para me apoiar. Meus joelhos pareceram enfraquecer de repente. – Porque eu estou feliz por eles estarem mortos – sussurrei, olhando para baixo. Minhas mãos estavam sensíveis, e meus gestos ao trabalhar eram imprecisos porque os dedos permaneciam inchados; a pele dos meus pulsos ainda exibia marcas roxas profundas. – E estou muito... – O quê? Com medo; com medo dos homens, com medo de mim mesma. Empolgada, de um jeito horrível. – Envergonhada – falei. – Terrivelmente envergonhada. – Ergui os olhos para ele. – Odeio isso.

Ele estendeu a mão para mim, à espera. Sabia que não deveria me tocar, eu não teria suportado ser tocada nessa hora. Não segurei sua mão, não de imediato, embora ansiasse por fazê-lo. Olhei para o outro lado e falei rapidamente com Adso, que havia se materializado em cima da bancada e me encarava com um olhar verde insondável.

– Se eu... fico pensando... se eu fosse vê-lo, se o ajudasse... meu Deus, eu não *quero* fazer isso, não quero mesmo! Mas se eu pudesse ir... quem sabe isso... pudesse ajudar, de alguma forma. – Ergui os olhos então, sentindo-me atormentada. – A... a me redimir.

– Por estar feliz com a morte deles... e por querer que eles morressem também? – sugeriu Jamie com delicadeza.

Assenti, sentindo que um fardo pequeno e pesado fora removido depois de aquelas palavras serem ditas. Não me lembrava de ter pegado na mão dele, mas agora a apertava com força. O sangue de seu dedo vazava pelo curativo novo, mas ele não prestou atenção.

– Você *quer* matá-lo? – perguntei.

Ele me encarou por vários instantes antes de responder.

– Ah, sim – respondeu, bem baixinho. – Mas por enquanto a vida dele garante a sua. A de nós todos, talvez. Então ele vai viver. Por enquanto. Mas eu vou fazer perguntas... e vou ter respostas.

Passei algum tempo sentada no meu consultório depois que ele saiu. Enquanto emergia lentamente do choque, sentira-me segura, cercada por minha casa e por meus amigos, por Jamie. Agora precisava lidar com o fato de que nada estava seguro... nem eu, nem minha casa, nem meus amigos... e certamente não Jamie.

– Mas, afinal de contas, você nunca está seguro, não é, seu escocês maldito? – falei, em voz alta, e dei uma risada fraca.

Por mais fraca que tenha sido, ela me ajudou a me sentir melhor. Levantei-me, subitamente decidida, e comecei a arrumar meus armários, enfileirando as garrafas por ordem de tamanho, varrendo pedaços de ervas espalhados, jogando fora soluções rançosas ou suspeitas.

Pretendia visitar Marsali, mas Fergus tinha me dito durante o café da manhã que Jamie a enviara junto com as crianças e Lizzie para a casa dos McGillivrays, onde ela receberia cuidados e estaria segura. Se a segurança estava na quantidade, a casa dos McGillivrays com certeza era o lugar certo para isso.

Situado perto do Córrego de Woolam, o lar dos McGillivrays ficava contíguo à tanoaria de Ronnie Sinclair, e abrigava uma fervilhante massa de humanidade cordial que incluía não somente Robin e Ute McGillivray, seu filho Manfred e sua filha Senga, mas também Ronnie, que vivia com eles. A multidão habitual era aumentada de forma intermitente pelo noivo de Senga McGillivray, Heinrich Strasse, e por seus parentes alemães de Salem, bem como por Inga e Hilda, seus maridos e filhos, e os parentes de seus maridos.

Caso se acrescentasse a isso os homens que se reuniam diariamente na oficina de Ronnie, ponto de parada conveniente na estrada que ia e voltava do Moinho de Woolam, e decerto ninguém iria sequer reparar em Marsali e sua família no meio daquela turba. Com certeza ninguém tentaria machucá-la ali. Mas se eu fosse visitá-la...

O tato e a delicadeza das Terras Altas eram uma coisa. A hospitalidade e a curiosidade das Terras Altas eram outra bem diferente. Se eu ficasse tranquila em casa, era provável que fosse deixada em paz... pelo menos por um tempo. Já se pisasse perto da casa dos McGillivrays... esse pensamento me fez empalidecer, e decidi rapidamente que talvez fosse visitar Marsali no dia seguinte. Ou no outro. Jamie havia me assegurado que ela estava bem, apenas em choque e contundida.

335

A casa me rodeava, tranquila. Nada do fundo sonoro moderno de boiler, ventiladores, encanamento, geladeiras. Nenhum sopro de chama-piloto ou zumbido de compressores. Apenas o rangido ocasional de vigas ou tábuas do piso, e o eventual arranhão abafado de uma vespa fazendo ninho debaixo do beiral.

Olhei em volta para o mundo ordenado do meu consultório: fileiras de vidros e garrafas reluzentes, telas de tecido repletas de raízes de araruta secando e montes de lavanda, buquês de urtiga, milefólio e alecrim pendurados no teto. O frasco de éter com o sol batendo em cima. Adso enroscado sobre a bancada, rabo bem arrumadinho ao redor das patas, olhos semicerrados numa contemplação ronronante.

Minha casa. Um pequeno arrepio desceu por minha espinha. Tudo que eu queria era estar sozinha, segura e sozinha, na minha própria casa.

Segura. Eu tinha um dia, quem sabe dois, em que a minha casa ainda seria segura. Depois disso...

Dei-me conta de que havia passado alguns instantes parada, encarando com um olhar vazio o interior de uma caixa de frutinhas amarelas de beladona, tão redondas e brilhantes quanto bolas de gude. Muito venenosas e portadoras de uma morte lenta e dolorosa. Meus olhos subiram até o éter... rápido e misericordioso. Se Jamie decidisse mesmo matar Lionel Brown... Mas não. Abertamente, dissera ele, de pé, na frente de testemunhas. Bem devagar, fechei a caixa e tornei a colocá-la na prateleira.

E agora?

Havia sempre tarefas domésticas a serem feitas... mas nada urgente, ninguém clamando para ser alimentado, vestido ou cuidado. Sentindo-me um tanto esquisita, passei um tempo vagando pela casa e, por fim, fui até o escritório de Jamie, onde examinei os livros da prateleira e acabei me decidindo por *Tom Jones*, de Henry Fielding.

Não conseguia pensar em quanto tempo fazia desde que tinha lido um romance. E durante o dia! Sentindo-me agradavelmente malvada, sentei-me junto à janela aberta do consultório e mergulhei, resoluta, em um mundo muito distante do meu.

Perdi a noção do tempo, mexendo-me apenas para espantar os insetos curiosos que entravam pela janela ou coçar distraidamente a cabeça de Adso quando ele se aconchegava junto a mim. Pensamentos ocasionais sobre Jamie e Lionel Brown pairavam lá no fundo da minha mente, mas eu os enxotava como as cigarrinhas e maruins que entravam pela janela e aterrissavam na minha página. O que quer que estivesse acontecendo no chalé dos Bugs já tinha acontecido, ou iria acontecer... eu simplesmente não conseguia pensar a respeito. Conforme fui lendo, a bolha de sabão tornou a se formar ao meu redor, plena de uma imobilidade perfeita.

O sol já estava a meio caminho de sua descida do céu quando leves espasmos de fome começaram a se manifestar. Foi quando ergui os olhos, esfregando a testa e me perguntando vagamente se sobrara algum presunto, e vi um homem parado no vão da porta do consultório.

Dei um grito agudo e me levantei com um pulo, fazendo Henry Fielding voar longe.

– Por favor, me perdoe, dona! – disse na mesma hora Thomas Christie, que parecia tão espantado quanto eu. – Não me dei conta de que a senhora não tinha me escutado.

– Não. Eu... eu estava lendo.

Fiz um gesto bobo em direção ao livro caído no chão. Meu coração batia forte, o sangue se movia de um lado para outro em meu corpo de modo aparentemente aleatório, fazendo meu rosto corar e meus ouvidos latejarem, e minhas mãos descontroladas formigavam.

Ele se abaixou, pegou o livro e alisou a capa com a atitude cuidadosa de alguém que valoriza livros, embora aquele volume em si estivesse surrado, com a capa cheia de cicatrizes circulares nos pontos em que copos ou garrafas molhados tinham sido pousados. Jamie o conseguira com o dono de uma hospedaria em Cross Creek, como retribuição parcial na troca de um carregamento de lenha; algum cliente o deixara lá meses antes.

– Não tem ninguém aqui para cuidar da senhora? – indagou ele, e franziu o cenho ao olhar em volta.– Quer que eu vá chamar minha filha para vir?

– Não. Quero dizer... eu não preciso de ninguém. Estou bastante bem. E o senhor? – perguntei depressa, de modo a impedir qualquer outra expressão de preocupação da parte dele.

Christie olhou para mim, em seguida olhou para longe depressa. Com o olhar cuidadosamente cravado na proximidade da minha escápula, pousou o livro sobre a mesa e estendeu a mão direita enrolada num pano.

– Peço desculpas, dona. Eu não teria feito essa intrusão a não ser...

Eu já estava desenrolando o pano. Ele havia aberto a incisão da mão direita... provavelmente durante a luta com os bandidos, compreendi, com uma leve contração da barriga. A ferida não era um problema muito grande, mas havia pedacinhos de terra e detritos lá dentro, e as bordas, inflamadas e desbeiçadas, eram superfícies vermelhas recobertas por um filme de pus.

– O senhor deveria ter vindo na hora – falei, mas sem qualquer tom de repreensão.

Sabia perfeitamente bem por que ele não aparecera... e, na verdade, mesmo se houvesse aparecido, eu não teria estado em condições de cuidar dele.

Christie encolheu os ombros de leve, mas não se deu o trabalho de responder. Fiz com que se sentasse e fui buscar o material. Por sorte, tinha sobrado um pouco do bálsamo antisséptico que eu havia preparado para a farpa de Jamie. Aquilo, uma lavagem rápida com álcool, um curativo limpo...

Ele estava virando lentamente as páginas de *Tom Jones*, com os lábios franzidos de concentração. Pelo visto Henry Fielding faria as vezes de anestésico para o trabalho necessário, eu não precisaria buscar uma Bíblia.

– O senhor lê romances? – perguntei, sem qualquer intenção de ser rude, apenas surpresa com o fato de ele se permitir algo tão frívolo.

Ele hesitou.

– Sim. Eu... leio, sim.

Ele inspirou fundo quando mergulhei sua mão na tigela, mas esta continha apenas água, planta-sabão e uma pequeníssima quantidade de álcool, e ele exalou com um suspiro.

– Já leu *Tom Jones*? – indaguei, continuando a conversa para fazê-lo relaxar.

– Não exatamente, embora conheça a história. Minha esposa...

Ele se calou de maneira abrupta. Era a primeira vez que mencionava a esposa. Imaginei que fosse o simples alívio por ainda não ter sentido nenhuma dor que havia soltado sua língua. Mas ele pareceu se dar conta de que precisava completar a frase, e retomou com relutância. – Minha esposa... lia romances.

– É mesmo? – murmurei, iniciando o trabalho de remover as partes infeccionadas da ferida. – E ela gostava?

– Imagino que sim.

Algo esquisito em sua voz me fez erguer os olhos do que estava fazendo. Ele reparou no meu olhar e desviou os olhos, enrubescendo.

– Eu... eu não aprovava o fato de ler romances. Na época.

Passou alguns instantes calado, mantendo a mão parada. Então falou de repente:

– Eu queimava os livros dela.

Esse parecia mais o tipo de resposta que eu teria esperado dele.

– Ela não deve ter ficado muito satisfeita com isso – falei, num tom brando.

Ele me lançou um olhar de espanto, como se a questão da reação de sua esposa fosse tão irrelevante que nem sequer merecesse qualquer comentário.

– Ah... e o que fez o senhor mudar de opinião? – perguntei, concentrando-me nos pedacinhos de tecido morto que retirava da ferida com o fórceps.

Farpas, lascas de casca de árvore. O que ele tinha feito? Manejado um porrete de algum tipo, pensei... um galho de árvore? Inspirei fundo, concentrando-me no trabalho para evitar pensar nos corpos na clareira.

Ele mexeu as pernas, nervoso; agora estava doendo um pouco.

– Eu... foi... em Ardsmuir.

– O quê? O senhor lia na prisão?

– Não. Não tínhamos livros lá. – Ele inspirou longamente, olhou para mim, em seguida para longe, e fixou os olhos no canto do recinto, onde uma aranha empreendedora havia aproveitado a ausência temporária da sra. Bug para fazer uma teia. – Na verdade eu nunca cheguei a ler este livro. Mas o sr. Fraser costumava contar a história para os outros prisioneiros. Ele tem boa memória – acrescentou, com certa relutância.

– Tem mesmo – murmurei. – Não vou dar pontos. Vai ser melhor deixar a ferida curar sozinha. Infelizmente a cicatriz não vai ficar tão boa – acrescentei, pesarosa. – Mas acho que vai cicatrizar bem.

Passei uma grossa camada de bálsamo na ferida e aproximei as bordas o máximo que consegui sem interromper a circulação. Bree vinha fazendo experimentos com curativos adesivos e havia fabricado alguns bem úteis no formato de pequenas borboletas usando linho engomado e alcatrão de pinho.

– Quer dizer que o senhor gostou de Tom Jones? – perguntei, voltando ao assunto. – Não teria imaginado que fosse considerá-lo um personagem admirável. Quero dizer, ele não é lá um grande exemplo de moral.

– Não considero – disse ele, direto. – Mas entendi que a ficção... – Ele pronunciou a palavra com cautela, como se fosse algo perigoso. – Que a ficção talvez não seja, como eu pensava antes, apenas um incentivo ao ócio e às fantasias malvadas.

– Ah, é mesmo? – falei, achando graça, mas tentando não sorrir por causa do meu lábio. – E quais o senhor acha que são suas características redentoras?

– É, bem. – Suas sobrancelhas se aproximaram quando ele se pôs a pensar. – Achei deveras notável. Que aquilo que basicamente não passa de uma invenção de mentiras de algum modo ainda consiga exercer um efeito benéfico. Pois isso acontecia – concluiu ele, ainda soando um tanto surpreso.

– É mesmo? Como assim?

Ele inclinou a cabeça, pensativo.

– Com certeza era uma distração. Em condições como aquelas, a distração não é algo ruim – garantiu-me ele. – Embora, é claro, seja mais desejável se refugiar na oração...

– Ah, claro – murmurei.

– Mas, tirando essa consideração... a ficção aproximava os homens. Ninguém iria pensar que homens como aqueles... homens das Terras Altas, agricultores... que eles fossem simpatizar particularmente com... situações e pessoas como aquelas. – Ele acenou na direção do livro com a mão livre, indicando, imagino eu, pessoas como o distinto cavalheiro Allworthy e lady Bellaston. – Mas eles passavam horas conversando a respeito... enquanto trabalhávamos no dia seguinte, ficavam se perguntando por que o alferes Northerton tinha feito o que fizera com relação à srta. Western, e discutindo se eles teriam ou não se comportado assim. – Sua expressão se desanuviou um pouco ao recordar algo. – E invariavelmente algum homem balançava a cabeça e dizia: "Pelo menos eu jamais teria sido tratado *daquela* maneira!" Ele podia estar faminto, com frio, coberto de feridas, separado permanentemente da família e da sua situação habitual... mas mesmo assim conseguia se reconfortar por nunca ter sofrido as mesmas vicissitudes que haviam se abatido sobre aqueles seres imaginários!

Ele chegou até a sorrir, balançando a cabeça ao recordar aquilo, e pensei que o sorriso melhorava muito o seu aspecto.

Tinha concluído o trabalho, e pousei sua mão sobre a mesa.

– Obrigada – falei, baixinho.

Ele pareceu se espantar.

– O quê? Por quê?

– Imagino que esse ferimento talvez tenha sido resultado de um co... combate travado por minha causa – falei. Toquei sua mão de leve. – Eu, ahn... bem. – Inspirei fundo. – Obrigada.

– Ah. – Ele pareceu inteiramente perplexo com o comentário, e bastante constrangido. – Eu... ahn... humm!

Empurrou o banquinho para trás e se levantou, corado.

Levantei-me também.

– O senhor vai precisar passar bálsamo todos os dias – falei, retomando um tom profissional. – Vou preparar um pouco mais. Pode vir o senhor mesmo buscar, ou então pode mandar Malva.

Ele aquiesceu, mas não disse nada. Era óbvio que o seu estoque de sociabilidade para o dia estava esgotado. Vi seus olhos se demorarem na capa do livro, porém, e por impulso o ofereci a ele.

– Gostaria de pegar emprestado? O senhor deveria lê-lo sozinho. Tenho certeza de que Jamie não pode ter lembrado todos os detalhes.

– Ah!

Ele pareceu espantado e franziu os lábios e o cenho, como se desconfiasse de algum tipo de armadilha. Quando insisti, porém, pegou o livro, recolhendo-o com uma expressão de avidez contida que fez eu me perguntar quanto tempo fazia desde que tivera qualquer outro livro para ler que não a Bíblia.

Ele meneou a cabeça para me agradecer, pôs o chapéu e se virou para ir embora. Num impulso momentâneo, perguntei:

– O senhor algum dia teve oportunidade de pedir desculpas à sua esposa?

Foi um erro. O rosto dele se contraiu, ficou frio, e seus olhos se tornaram inexpressivos como os de uma serpente.

– Não – respondeu ele, conciso.

Pensei por um instante que ele fosse largar o livro e se recusar a levá-lo. Em vez disso, porém, ele apertou os lábios um no outro, enfiou o volume debaixo do braço com mais firmeza e saiu sem qualquer outra despedida.

31

HORA DE DORMIR

Ninguém mais apareceu. Quando a noite caiu, eu já estava começando a me sentir um tanto nervosa, sobressaltando-me com qualquer barulho, vasculhando as sombras cada vez mais escuras debaixo dos castanheiros em busca de homens à espreita... ou coisa pior. Pensei que deveria cozinhar alguma coisa. Com certeza Jamie e Ian pretendiam vir jantar em casa, ou não? Ou quem sabe eu devesse ir até o chalé ficar com Roger e Bree.

No entanto, a ideia de ser exposta a qualquer tipo de solicitude, por mais bem-intencionada que fosse, me causava desconforto, e, embora eu ainda não tivesse juntado coragem para me olhar no espelho, estava razoavelmente certa de que minha visão iria assustar Jemmy... ou pelo menos suscitar várias perguntas. Não queria ter que explicar a ele o que havia acontecido comigo. Tinha quase certeza de que Jamie dissera a Brianna para ficar um tempo afastada, o que era bom. Eu realmente não estava em condições de fingir que estava bem. Não ainda.

Zanzando pela cozinha, fiquei pegando e largando coisas a esmo. Abri e fechei as gavetas do aparador... então tornei a abrir a segunda, aquela em que Jamie guardava suas pistolas.

A maioria tinha sumido. Restava apenas a que tinha detalhes folheados a ouro e não atirava direito, com umas poucas balas e um pequenino chifre contendo pólvora, do tipo fabricado para elegantes pistolas de duelo.

Com as mãos tremendo um pouco, carreguei a pistola e despejei um pouco de pólvora na caçoleta.

Quando a porta dos fundos se abriu, bastante tempo depois, estava sentada à mesa com um exemplar de *Dom Quixote* pousado na minha frente, apontando a pistola para a porta com as duas mãos.

Ian congelou por um instante.

– A senhora nunca vai acertar em ninguém dessa distância, tia – disse ele, suave, entrando na cozinha.

– Mas eles não saberiam disso, saberiam?

Pousei a pistola na mesa com cuidado. Minhas palmas estavam úmidas e meus dedos doíam.

Ele aquiesceu, pegou a pistola e se sentou.

– Onde está Jamie? – perguntei.

– Tomando banho. Tia, a senhora está bem?

Seus suaves olhos cor de avelã fizeram uma casual, porém cuidadosa avaliação do meu estado.

– Não, mas vou ficar. – Hesitei. – E... e o sr. Brown? Ele... ele contou alguma coisa a vocês?

Ian produziu um ruído crítico.

– Ele se mijou quando tio Jamie sacou a adaga escocesa do cinto para limpar as unhas. Nós não tocamos nele, tia, não se preocupe.

Nessa hora Jamie entrou, recém-barbeado, a pele fria e fresca por causa da água do poço, os cabelos molhados nas têmporas. Apesar disso, parecia morto de cansaço, com rugas fundas no rosto e olheiras ao redor dos olhos. Estas se desanuviaram um pouco, entretanto, quando ele viu a mim e a pistola.

– Está tudo bem, *a nighean* – disse ele baixinho, tocando meu ombro ao se sentar ao meu lado. – Mandei homens vigiarem a casa... só para garantir. Embora não ache que teremos problemas pelos próximos dias.

Exalei com um longo suspiro.

– Você poderia ter me dito.

Ele olhou para mim, surpreso.

– Achei que você fosse saber, Sassenach. Com certeza não pensou que eu a deixaria desprotegida, pensou?

Fiz que não com a cabeça, sem conseguir falar por um momento. Se estivesse em condição de raciocinar de maneira lógica, é claro que não teria pensado isso. Nas atuais circunstâncias, porém, havia passado a maior parte da tarde num estado de terror mudo e desnecessário, imaginando, lembrando...

– Peço desculpas, minha menina – disse ele suavemente, e pousou a mão grande e fria sobre a minha. – Eu não deveria tê-la deixado sozinha. Pensei que...

Balancei a cabeça, mas pousei minha outra mão por cima da sua e apertei com força.

– Não, você tem razão. Eu não teria suportado outra companhia que não a de Sancho Pança.

Ele olhou para o *Dom Quixote* e em seguida para mim, com as sobrancelhas erguidas. O livro era em espanhol, língua que eu não falava.

– Bom, parte era parecida com o francês, e eu já conhecia a história – falei.

Respirei fundo, reconfortando-me como podia com o calor do fogo, o bruxulear da vela e a proximidade daqueles dois homens, grandes, sólidos, pragmáticos e, pelo menos vistos de fora, imperturbáveis.

– Tem alguma comida, tia? – indagou Ian, levantando-se para ir olhar. Sem apetite algum e agitada demais para me concentrar no que quer que fosse, eu não tinha almoçado nem preparado nada para o jantar... mas havia sempre comida naquela casa, e sem qualquer dificuldade especial Jamie e Ian se serviram em pouco tempo dos restos de uma torta salgada fria, vários ovos cozidos, um prato de *piccalilli* e meio pão, que fatiaram e tostaram no fogo espetado num garfo, passando manteiga nas fatias e me obrigando a comer de um jeito que não admitia discussão.

Torradas quentinhas com manteiga proporcionam imenso reconforto, mesmo quando mordiscadas de modo hesitante por um maxilar dolorido. De barriga cheia, comecei a me sentir bem mais calma, e capaz de perguntar o que eles haviam descoberto com Lionel Brown.

– Ele pôs a culpa toda em Hodgepile – disse-me Jamie, passando *piccalilli* numa fatia de torta. – Era de esperar, claro.

– Você não conheceu Arvin Hodgepile – falei, com um arrepio. – Ahn, não conversou com ele, quero dizer.

Jamie me lançou um olhar incisivo, mas não falou mais no assunto, deixando a cargo de Ian explicar a versão de Lionel Brown para os acontecimentos.

Tudo começara quando ele e o irmão Richard haviam criado o Comitê de Segurança. A intenção era que este fosse pura e simplesmente um serviço público. Jamie deu um muxoxo ao ouvir isso, mas não interrompeu.

Quase todos os moradores homens de Brownsville tinham entrado para o comitê... a maioria dos colonos e pequenos fazendeiros dos arredores, não. Ainda assim, fora suficiente. O comitê tinha cuidado de vários pequenos assuntos, dispensado justiça em casos de ataque, roubo e coisas do tipo, e, se tinha se apropriado de um ou outro porco ou carcaça de cervo como remuneração por seus serviços, não houvera muita reclamação.

– Ainda há muito descontentamento em relação à Regulação – explicou Ian, franzindo o cenho enquanto cortava outra fatia de pão. – Os Browns não entraram na Regulação. Como seu primo era xerife, não precisaram, e metade do tribunal é formado por Browns ou por homens casados com alguma Brown.

Em outras palavras, a corrupção os havia ajudado.

O descontentamento com a Regulação ainda grassava na região das montanhas, muito embora os principais líderes do movimento, como Hermon Husband e James Hunter, houvessem deixado a colônia. Na esteira de Alamance, a maioria dos reguladores tinha se tornado mais cautelosa na hora de se expressar... mas várias famílias de reguladores que viviam perto de Brownsville haviam começado a externar suas críticas à influência dos Browns na política e nos negócios da região.

– Tige O'Brian era um deles? – perguntei, sentindo a torrada com manteiga se transformar numa bola pequena e dura dentro da barriga.

Jamie tinha me contado o que acontecera com os O'Brians... e eu vira a expressão de Roger ao voltar.

Jamie aquiesceu, sem erguer os olhos da torta.

– É aí que entra Arvin Hodgepile – disse ele, e deu uma mordida feroz.

Após escapar por pouco das restrições do Exército britânico ao forjar a própria morte no incêndio do armazém em Cross Creek, Hodgepile passara a ganhar a vida de diversas maneiras indigestas. E, assim como a água, que tem uma forte tendência a se adaptar à superfície, acabara se juntando a um pequeno bando de capangas de inclinação semelhante.

Essa gangue havia começado de modo bem simples, assaltando qualquer um com quem cruzasse, praticando roubos em tabernas e coisas assim. Esse tipo de comportamento costuma atrair atenção, porém, e, com vários agentes de paz, xerifes, Comitês de Segurança e assemelhados no seu encalço, a gangue havia se afastado da região baixa em que iniciara suas atividades e subido para as montanhas, onde podia encontrar assentamentos e casas isolados. Haviam começado também a matar suas vítimas, de modo a evitar a inconveniência da identificação e da perseguição.

343

– Ou a maioria delas – murmurou Ian.

Observou por um instante o ovo já meio comido na mão, então o largou.

Em sua carreira no Exército em Cross Creek, Hodgepile estabelecera contato com vários comerciantes fluviais e contrabandistas do litoral. Alguns negociavam peles, outros qualquer coisa que desse lucro.

– E ocorreu-lhes... – disse Jamie, inspirando fundo – ... que meninas, mulheres e meninos novos eram mais rentáveis do que quase qualquer outra coisa... exceto talvez uísque.

O canto de sua boca se contraiu, mas não num sorriso.

– Nosso sr. Brown insiste que não teve nada a ver com isso – acrescentou Ian, com um viés de cinismo na voz. – Nem seu irmão ou o comitê por eles criado.

– Mas como os Browns foram se envolver com o a gangue de Hodgepile? – perguntei. – E o que eles fizeram com as pessoas que raptaram?

A resposta à primeira pergunta foi que o encontro tinha sido o feliz desfecho de um assalto frustrado.

– Você se lembra do antigo estabelecimento de Aaron Beardsley?

– Sim – respondi, franzindo o nariz por reflexo ao recordar aquela pocilga imunda, então dando um gritinho e levando as duas mãos ao apêndice machucado.

Jamie me olhou de relance e pôs outro pedaço de pão no garfo para tostar.

– Bem, então – prosseguiu, ignorando meu protesto de que já estava satisfeita. – Os Browns assumiram aquilo lá quando adotaram a menina, claro. Limparam tudo, renovaram o estoque e continuaram a usar o estabelecimento como entreposto comercial.

Os cherokees e os catawbas tinham o costume de frequentar o lugar, por mais horrendo que fosse, na época em que Aaron Beardsley o administrava como negociante indígena, e haviam continuado a fazer negócio com a nova administração... um arranjo muito benéfico e lucrativo para todos.

– E foi isso que Hodgepile viu – interveio Ian.

Com seus costumeiros métodos diretos de negociação, a gangue de Hodgepile matara a tiros o casal que administrava o entreposto e começara a saqueá-lo sistematicamente. A filha de 11 anos do casal, que felizmente estava no celeiro quando a gangue chegou, tinha fugido, montado em uma mula e cavalgado o mais depressa possível até Brownsville em busca de socorro. Por sorte, tinha topado com o Comitê de Segurança, que voltava de algum compromisso, e o levado até lá a tempo de confrontar os ladrões.

Seguira-se então o que, em anos futuros, viria a ser chamado de impasse. Os Browns mandaram cercar a casa. Hodgepile, contudo, tinha Alicia Beardsley Brown, a menina de 2 anos que era a proprietária legal do entreposto, e que fora adotada pelos Browns após a morte do pai de consideração.

Hodgepile tinha comida e munição suficientes dentro do entreposto para resistir a semanas de cerco. Os Browns não quiseram incendiar sua valiosa propriedade para expulsá-lo de lá, nem arriscar a vida da menina invadindo o lugar. Após um ou dois dias durante os quais foram trocados tiros protocolares, e ao longo dos quais os membros do comitê foram ficando cada vez mais nervosos por terem de acampar nas matas ao redor do entreposto, uma bandeira de trégua fora agitada na janela do andar superior e Richard Brown entrara para falar com Hodgepile.

O resultado fora uma espécie de fusão cautelosa. A gangue de Hodgepile prosseguiria com suas operações e manteria distância de qualquer assentamento sob a proteção dos Browns, mas levaria o produto de seus assaltos para o entreposto, onde este poderia ser dividido discretamente e gerar um bom lucro, do qual um generoso quinhão caberia à gangue de Hodgepile.

– Produto – falei, aceitando uma nova fatia de torrada com manteiga de Jamie. – Isso quer dizer... você está se referindo aos prisioneiros?

– Às vezes. – Seus lábios se contraíram enquanto ele enchia uma caneca de sidra e me passava. – E dependendo de onde eles estivessem. Quando capturavam prisioneiros nas montanhas, alguns eram vendidos para os índios pelo entreposto. Aqueles capturados no sopé eram vendidos a piratas de rio, ou então levados até o litoral para serem vendidos para as Índias... o que seria o melhor preço, não é? Um menino de 14 anos renderia 100 libras, no mínimo.

Senti os lábios dormentes, e não só por causa da sidra.

– Por quanto tempo? – perguntei, consternada. – Quantos? – Crianças, rapazes jovens e moças, arrancados de suas casas e vendidos como escravos a sangue-frio. Sem ninguém para segui-los. Mesmo que algum dia conseguissem fugir, não haveria para onde nem para quem voltar.

Jamie deu um suspiro. Parecia exausto.

– Brown não sabe – respondeu Ian baixinho. – Ele disse... que não teve nada a ver com isso.

– Não teve uma ova – rebati, e um clarão de fúria eclipsou o horror por um instante. – Ele *estava* com Hodgepile quando eles vieram aqui. Sabia que eles pretendiam pegar o uísque. E deve ter estado antes quando eles fizeram... outras coisas.

Jamie aquiesceu.

– Ele alega que tentou impedir que eles levassem você.

– E tentou, de fato – falei, sucinta. – E depois tentou fazer com que me matassem para eu não dizer que ele estava lá. E depois pretendeu me afogar ele próprio, o maldito! Não imagino que tenha contado isso a você.

– Não, não contou.

Ian trocou um olhar breve com Jamie, e vi um acordo tácito ser firmado entre os dois. Ocorreu-me que eu possivelmente talvez houvesse acabado de selar o destino de Lionel Brown. Nesse caso, não sabia ao certo se me sentia culpada.

– O que... o que você pretende fazer com ele? – perguntei.

– Acho que talvez o enforque – respondeu Jamie, após alguns instantes de pausa. – Mas tenho mais perguntas para as quais quero respostas. E preciso pensar na melhor maneira de administrar a questão. Não se incomode com isso, Sassenach; você não vai tornar a vê-lo.

Dito isso, ele se levantou e se espreguiçou, fazendo os músculos estalarem, em seguida moveu os ombros e se endireitou com um suspiro. Deu-me a mão e me ajudou a ficar em pé.

– Vá para a cama, Sassenach, eu subo já. Só preciso dar uma palavrinha com Ian primeiro.

As torradas com manteiga quentinhas, a sidra e a conversa tinham feito com que eu me sentisse momentaneamente melhor. Constatei porém que, de tão cansada, mal conseguia me arrastar escada acima, e fui obrigada a me sentar na cama e ficar me balançando, tonta de sono, na esperança de reunir forças para tirar a roupa. Demorei alguns instantes para perceber Jamie parado no vão da porta.

– Ahn...? – falei, vaga.

– Eu não sabia se você iria querer que eu ficasse com você hoje à noite – disse ele, tímido. – Se preferir descansar sozinha, posso dormir na cama de Joseph. Ou ao seu lado, no chão.

– Ah – falei, confusa, tentando pesar as alternativas. – Não. Fique. Quero dizer, durma comigo. – Do fundo de um poço de exaustão, consegui arrancar algo semelhante a um sorriso. – Pelo menos você pode esquentar a cama.

Uma expressão muito estranha atravessou seu rosto ao ouvir isso, e pisquei os olhos, duvidando se a tinha mesmo visto. Mas tinha: sua expressão hesitava entre o constrangimento e um bom humor consternado... e em algum lugar atrás disso tudo havia o tipo de expressão que ele poderia ter exibido caso estivesse a caminho da fogueira: uma heroica resignação.

– Que *diabos* você andou fazendo? – perguntei, suficientemente surpresa para ser sacudida do meu torpor.

O constrangimento estava levando a melhor: as pontas das orelhas de Jamie estavam ficando vermelhas, e mesmo à luz mortiça da vela que eu tinha posto sobre a mesa dava para ver um rubor em suas faces.

– Eu não ia lhe contar – murmurou ele, evitando me encarar. – Fiz Ian e Roger Mac jurarem silêncio.

– Ah, eles foram um túmulo – garanti-lhe. Embora aquela afirmação talvez explicasse a ocasional expressão estranha no rosto de Roger ultimamente. – O que anda acontecendo?

Ele suspirou e arrastou a borda do solado da bota no chão.

– É, bem... Foi Tsisqua, entende? Ele agiu com hospitalidade da primeira vez, mas depois, quando Ian lhe disse... bem, não era a melhor coisa para se ter dito nas circunstâncias, só que... Então nós fomos lá na vez seguinte, e lá estavam elas de novo, só que era outra dupla, e quando tentei fazer com que fossem embora elas disseram que Pássaro tinha mandado dizer que era para honrar meu juramento, pois de que valia um juramento se não custava nada mantê-lo? E não faço a menor ideia se ele está dizendo isso a sério ou se está só pensando que eu vou ceder e ele vai ficar de uma vez com a vantagem sobre mim, ou então que eu vou conseguir as armas que ele quer para acabar com isso de um jeito ou de outro... ou se ele está só se divertindo às minhas custas. Até Ian diz que não sabe o que é, e se ele...

– Jamie – interrompi. – Do que você está falando?

Ele me lançou um olhar rápido, então tornou a desviar os olhos.

– Ahn... mulheres nuas – respondeu depressa, e ficou vermelho como um pedaço de flanela nova.

Passei alguns instantes a encará-lo. Meus ouvidos ainda zumbiam um pouco, mas não havia nada de errado com a minha audição. Apontei um dedo para ele... com cuidado, pois todos os meus dedos estavam inchados e contundidos.

– Você – falei, num tom controlado. – Venha cá agora mesmo. Sente-se bem aqui... – Apontei para a cama ao meu lado. – ... e me diga, com palavras de uma sílaba, *exatamente* o que andou fazendo.

Ele assim o fez, e o resultado foi que cinco minutos depois eu estava caída de costas na cama, chiando de tanto rir, gemendo por causa da dor nas costelas fraturadas e com lágrimas que não conseguia controlar a escorrer pelas têmporas até dentro dos ouvidos.

– Ai, meu Deus, ai, meu Deus, ai, meu Deus – eu arquejava. – Não estou aguentando, não estou mesmo. Ajude-me a levantar.

Estendi uma das mãos, gani de dor quando seus dedos se fecharam em volta do meu pulso lacerado, mas por fim consegui me endireitar, curvei-me com um travesseiro agarrado junto ao corpo e o apertava com mais força a cada vez que um acesso de riso recorrente me acometia.

– Que bom que você acha engraçado, Sassenach – disse Jamie, muito seco. Ele havia se recuperado em alguma medida, embora seu rosto continuasse afogueado. – Tem certeza de que não está histérica?

– Tenho, absoluta. – Funguei, enxuguei os olhos com um lenço de linho úmido, então bufei pelo nariz, sem conseguir parar de rir. – Ah! Ai, meu Deus, como dói.

Com um suspiro, ele serviu um copo d'água da moringa sobre o criado-mudo e estendeu para eu beber. A água estava fresca, mas parada e um pouco rançosa; pensei que talvez estivesse ali desde antes de...

– Está bem – falei, acenando com o cálice e enxugando a umidade dos lábios com muito cuidado. – Eu estou bem. – Dei inspirações curtas e senti o coração começar a desacelerar. – Bom, então. Pelo menos agora eu sei por que você tem chegado das aldeias cherokees num tamanho estado de... de... – Senti uma risada descontrolada brotar e me curvei, gemendo enquanto a reprimia. – Ai, Jesus H. Roosevelt Cristo. E eu achando que fosse eu, enlouquecendo você de luxúria.

Jamie então também bufou pelo nariz, só que de leve. Pousou o cálice, levantou-se e afastou a colcha da cama. Em seguida olhou para mim, e seus olhos estavam límpidos, sem defesa.

– Claire – disse ele, com bastante suavidade. – *Era* você. Sempre foi e sempre será. Entre na cama e apague a vela. Assim que eu fechar as persianas, abafar o fogo e puser a barra na porta, vou esquentar você.

– Me mate. – Os olhos de Randall estavam acesos pela febre. – Me mate – repetiu ele. – Desejo do meu coração.

Acordou sobressaltado, ouvindo as palavras ecoarem na mente, vendo aqueles olhos, vendo os cabelos empapados de chuva, o rosto de Randall, molhado como o de um afogado.

Esfregou a mão com força no rosto, espantado ao sentir a pele seca, a barba não mais do que uma sombra. A sensação de umidade, a sensação de descamação das suíças de um mês, estavam ainda tão fortes que ele se levantou, movendo-se por instinto sem fazer barulho, e foi até a janela, onde o luar entrava pelas frestas da persiana. Despejou um pouco d'água na bacia, moveu-a até um facho de luz e olhou lá dentro para se livrar daquela sensação insistente de ser outra pessoa, de estar em outro lugar.

O rosto na água não passava de um oval sem traços definidos, mas estava recém-barbeado, e os cabelos pendiam soltos acima dos ombros, não presos para a batalha. Mesmo assim, parecia o rosto de um desconhecido.

Perturbado, ele deixou a água na bacia e, após alguns segundos, voltou para a cama pé ante pé.

Ela dormia. Ele sequer pensara nela ao despertar, mas, nessa hora, vê-la o deixou mais calmo. Aquele rosto ele conhecia, mesmo agredido e inchado como estava.

Pousou a mão na cabeceira da cama, reconfortado pela madeira sólida. Às vezes, quando acordava, o sonho permanecia em sua lembrança, e ele sentia o mundo real como um fantasma, tênue ao seu redor. Às vezes temia ser ele próprio um fantasma.

No entanto, sentiu os lençóis frescos na pele, e o calor de Claire o reconfortou. Estendeu a mão na sua direção, e ela rolou de costas e se aninhou junto a seus braços com um gemido de contentamento, o traseiro redondo e firme encostado nele.

Ela tornou a adormecer na mesma hora. Na verdade, não chegara a acordar. Ele teve o impulso de acordá-la e fazê-la falar com ele... só para ter certeza de que ela podia vê-lo e escutá-lo. Mas apenas a abraçou apertado, e por sobre seus cabelos encaracolados ficou observando a porta como se esta pudesse abrir e revelar Jack Randall postado ali, encharcado e pingando água.

Me mate, ele tinha dito. Desejo do meu coração.

Seu coração batia devagar e ecoava em seu ouvido encostado no travesseiro. Havia noites em que ele adormecia escutando-o, reconfortado pelas batidas carnosas e monótonas. Em outros momentos, como naquele, o que ouvia era o silêncio mortal entre cada batida... o silêncio que aguarda pacientemente todos os homens.

Havia subido os cobertores, mas então os afastou, deixando Claire coberta, mas as próprias costas nuas e expostas ao frio do quarto, para não correr o risco de, aquecido, se deixar levar pelo sono e voltar ao sonho. O sono que lutasse por ele no frio e por fim o puxasse do precipício da consciência para as profundezas do negro esquecimento lá embaixo.

Pois ele não queria entender o que Randall quisera dizer com aquilo.

32

A FORCA É BOA DEMAIS

Pela manhã, a sra. Bug estava de volta à cozinha, e o ar aquecido e perfumado com os cheiros da comida sendo preparada. Ela parecia a de sempre e, fora uma olhada rápida para o meu rosto e de um "tsc!", não parecia inclinada a fazer drama. Ou era mais sensível do que eu pensava, ou Jamie tinha lhe dito alguma coisa.

– Tome aqui, *a muirninn*, coma enquanto está quente.

Ela transferiu uma pilha de purê de batatas com peru da travessa para o meu prato e destramente a arrematou com um ovo frito.

Aquiesci para lhe agradecer e empunhei o garfo com certa falta de entusiasmo. Meu maxilar continuava tão dolorido que comer era uma tarefa lenta e dolorosa.

O ovo desceu bem, mas o cheiro de cebola queimada pareceu muito forte e oleoso nas minhas narinas. Separei um pequeno bocado de batata e o amassei contra o céu da boca, esmagando-o com a língua em vez de mastigar, em seguida o fiz descer com um gole de café.

Mais na esperança de me distrair do que por de fato querer saber, perguntei:

– E como está o sr. Brown hoje de manhã?

Seus lábios se contraíram e ela bateu com a espátula cheia de batatas fritas no meu prato como se estas fossem os miolos de Brown.

– Nem de longe tão ruim quanto deveria estar – falou. – A forca é boa demais para ele, e ele não passa de uma maldita pilha de estrume cheia de vermes.

Cuspi o bocado de batatas que vinha amolecendo na boca e tomei outro gole apressado de café. A bebida bateu lá embaixo e começou a subir outra vez. Empurrei o banco para trás e corri até a porta, onde cheguei bem a tempo de vomitar em cima do arbusto de amoras uma mistura de café, bile e ovo frito.

Tive uma vaga noção da sra. Bug parada no vão da porta, aflita, e afastei-a com um aceno da mão. Ela hesitou um segundo, mas então tornou a entrar, enquanto eu me levantava e começava a andar em direção ao poço.

Todo o interior da minha cabeça estava com gosto de café e bile, e a parte de trás do meu nariz ardia muito. Tive a sensação de que o nariz estava sangrando outra vez, mas ao tocá-lo com delicadeza descobri que não. Um bochecho cuidadoso com água limpou minha boca e atenuou um pouco o gosto ruim... mas nada que afogasse o pânico que tinha vindo no encalço do enjoo.

Tive a súbita, distinta e bizarra impressão de que não possuía mais pele. Senti as pernas bambas e sentei-me no toco em que partíamos lenha, sem ligar para as farpas.

Eu não consigo, pensei. *Simplesmente não consigo*.

Fiquei sentada no toco, sem forças para me levantar. Podia sentir meu útero de modo muito distinto. Um peso pequeno e redondo na base do abdômen, que eu sentia levemente inchado, muito sensível.

Não é nada, pensei, com toda a determinação de que fui capaz. Totalmente normal. Eu sempre me sentia assim num determinado momento do meu ciclo. E depois do que Jamie e eu tínhamos feito... bem, não era de espantar que eu ainda tivesse consciência do meu funcionamento interno. Era verdade que não tínhamos feito nada na noite anterior; eu quisera apenas ser abraçada. Por outro lado, quase havia me rasgado de tanto rir. Uma risadinha me escapou então quando recordei a confissão de Jamie. Aquilo doeu e segurei as costelas, mas senti-me um pouco melhor.

– Ora, que se dane, enfim – falei, em voz alta, e me levantei. – Tenho coisas a fazer.

Movida por essa impetuosa afirmação, fui pegar meu cesto e minha faca de jardinagem, disse à sra. Bug que iria sair e parti em direção à casa dos Christies.

Iria verificar a mão de Tom, depois convidar Malva para sair comigo à procura de raiz de ginseng e qualquer outra coisa útil que conseguíssemos encontrar. Ela era uma boa aluna, observadora, e tinha o raciocínio rápido, com uma boa memória para plantas. E eu tinha a intenção de lhe ensinar a preparar colônias de penicilina. Examinar um monte de lixo úmido e mofado seria tranquilizador. Ignorei uma leve tendência da garganta a se contrair diante dessa ideia, e ergui o rosto machucado para o sol da manhã.

E eu tampouco iria me preocupar com o que Jamie pretendia fazer com Lionel Brown.

33

ONDE A SRA. BUG INTERVÉM

Na manhã seguinte, eu já tinha me recuperado bastante. Meu estômago estava mais calmo, e eu me sentia bem mais resiliente em termos emocionais, o que era bom, visto que quaisquer alertas que Jamie houvesse feito à sra. Bug para não se preocupar demasiado comigo evidentemente haviam perdido o efeito.

Tudo doía menos, e minhas mãos estavam quase de volta ao normal, mas eu continuava desesperadamente cansada, e na verdade foi bem reconfortante pôr os pés para cima no banco de madeira e ficar ali enquanto me traziam xícaras de café, já que o chá estava acabando e havia pouca chance de conseguir mais por vários anos, e pratos de pudim de arroz com passas.

– E a senhora tem certeza de que o seu rosto vai voltar a se parecer com um rosto?

A sra. Bug me passou outro muffin pingando com manteiga e mel, e espiou-me com um ar cético e os lábios franzidos.

Fiquei tentada a lhe perguntar qual era o aspecto atual da coisa na parte da frente da minha cabeça, mas tive quase certeza de que não queria ouvir a resposta. Em vez disso, contentei-me com um sucinto "sim" e um pedido de mais café.

– Uma vez conheci uma mulher em Kirkcaldy que foi chutada na cara por uma vaca – disse ela, ainda me encarando com um olhar crítico enquanto servia o café. – Ela perdeu os dentes da frente, pobrezinha, e mesmo depois ficou com o nariz apontado para o lado, *assim*.

Com um dedo indicador, ela deu um forte puxão de lado no próprio nariz redondo a fim de ilustrar o que dizia, ao mesmo tempo que escondia o lábio superior debaixo do inferior para simular a falta de dentes.

Toquei com cuidado o osso do nariz, mas constatei que, embora ainda inchado, ele estava reconfortantemente reto.

– E houve também William McCrea, de Balgownie, que lutou em Sheriffsmuir junto com o meu Arch. Ele foi atingido por uma lança inglesa que cortou fora metade do seu maxilar *e* a maior parte do nariz! Arch falou que dava para ver direto tanto dentro da garganta quanto do crânio dele... mas ele sobreviveu. Praticamente só à base de mingau – acrescentou ela. – E de uísque.

– Que ótima ideia – falei, largando o muffin mordido. – Acho que vou pegar um pouco de uísque.

Levando minha xícara, fugi o mais depressa que pude pelo corredor até meu consultório, seguida por reminiscências sobre Dominic Mulroney, um irlandês que havia trombado de cara com a porta de uma igreja em Edimburgo e estava perfeitamente sóbrio na ocasião...

Fechei a porta do consultório atrás de mim, abri a janela e joguei fora o resto de café, em seguida peguei a garrafa na prateleira e enchi a xícara até a borda.

Eu pretendia perguntar à sra. Bug sobre o estado de saúde de Lionel Brown, mas... talvez isso pudesse esperar. Constatei que minhas mãos tremiam outra vez e tive de espalmá-las sobre a mesa por um instante para firmá-las antes de poder pegar a xícara.

Inspirei fundo e tomei um gole de uísque. E outro. Sim, melhor.

Pequenas ondas de um pânico sem propósito ainda tendiam a me dominar sem aviso. Eu não tivera nenhuma naquela manhã, e meio que torcia para terem ido embora. Pelo visto, ainda não.

Tomei um pequeno gole de uísque, enxuguei o suor frio das têmporas e olhei em volta à procura de algo útil para fazer. Malva e eu tínhamos começado a preparar uma nova leva de penicilina no dia anterior e fabricado novas tinturas de eupatório e lírio-truta, e um pouco de bálsamo de genciana também. Acabei folheando devagar meu grande caderno preto enquanto tomava pequenos goles de uísque, demorando-me nas páginas que narravam diversas complicações horríveis do parto.

Percebi o que estava fazendo, mas não parecia capaz de parar. Eu *não* estava grávida. Tinha certeza. Apesar disso, meu útero estava sensível, e todo o meu ser estava abalado.

Ah, ali estava um caso divertido: um dos registros de Daniel Rawlings descrevendo uma escrava de meia-idade que padecia de uma fístula retovaginal devido à qual um pequeno e constante fluxo de matéria fecal vazava pela vagina.

Essas fístulas eram causadas por traumas durante o parto, e eram mais frequentes em meninas muito novas, em quem a pressão do trabalho de parto prolongado muitas vezes provocava esse tipo de laceração... ou em mulheres mais velhas, cujos tecidos já tinham perdido elasticidade. Nas mais velhas, é claro, o dano tinha grande probabilidade de ser acompanhado por um colapso total do períneo, que fazia útero, uretra, e possivelmente também o ânus, para arrematar, afundarem através do assoalho pélvico.

– Que sorte imensa eu não estar grávida – falei, em voz alta, fechando o livro com firmeza.

Talvez lesse mais um trecho de *Dom Quixote*.

De modo geral, foi um alívio considerável quando Malva Christie chegou e bateu na porta pouco antes do meio-dia.

Ela deu uma olhada rápida no meu rosto, mas, como tinha feito na véspera, apenas aceitou minha aparência sem qualquer comentário.

– Como vai a mão do seu pai? – perguntei.

– Ah, vai bem, senhora – respondeu ela depressa. – Eu olhei do jeito exato que a senhora falou, mas não vi nenhuma risca vermelha, nenhum pus, só aquela vermelhidão bem leve perto de onde a pele está cortada. Pedi para ele agitar os dedos como a senhora disse – acrescentou ela, e uma covinha surgiu por um breve instante em sua bochecha. – Ele não quis, e ficou agindo como se eu o estivesse espetando com espinhos... mas acabou fazendo.

– Ah, muito bem! – exclamei, e dei-lhe um tapinha no ombro que a fez ficar corada de prazer. – Acho que isso merece um biscoito com mel – falei, pois havia reparado no delicioso cheiro de algo assando que flutuava pelo corredor vindo da cozinha na última hora. – Venha comigo.

Quando entramos no corredor e dobramos na direção da cozinha, porém, ouvi um barulho estranho atrás de nós. Uns baques e arranhões esquisitos lá fora, como se algum animal grande estivesse se arrastando por cima das tábuas ocas do alpendre da frente.

– O que foi isso? – perguntou Malva, olhando alarmada por cima do ombro.

Um rugido alto lhe respondeu, e um *tum!* que sacudiu a porta da frente quando algo se projetou sobre ela.

– Maria, José e Santa Brígida! – A sra. Bug tinha saído da cozinha e estava se benzendo. – O que foi isso?

Meu coração tinha começado a acelerar depois que ouvi os barulhos, e minha boca ficou seca. Algo grande e escuro impedia a passagem da luz por baixo da porta, e era possível ouvir com clareza uma respiração difícil entremeada a grunhidos.

– Bem, seja lá o que for, está doente ou ferido – falei. – Para trás.

Limpei as mãos no avental, engoli em seco, avancei e abri a porta com um puxão.

Por um instante, não o reconheci. Ele não passava de um monte de carne, cabelos desgrenhados e roupas desalinhadas sujas de terra. Mas então, com esforço, levantou-se sobre um dos joelhos e ergueu a cabeça, ofegante, para me exibir um rosto pálido como o de um cadáver, marcado por hematomas e reluzente de suor.

– Sr. Brown? – falei, sem acreditar.

Seus olhos estavam opacos. Não tive certeza se ele sequer me viu, mas obviamente reconheceu minha voz, pois projetou-se para a frente e quase me derrubou. Dei um passo para trás depressa, mas ele me segurou pelo pé e não largou enquanto implorava:

– Misericórdia! Tenha misericórdia de mim, dona, eu lhe suplico!

– Mas o quê, em nome de... me largue. Por favor, me largue!

Sacudi o pé para tentar me livrar dele, mas ele se segurou como um molusco e continuou a gritar "Misericórdia!" numa espécie de cântico rouco e desesperado.

– Ah, pare com esse barulho, homem! – ordenou a sra. Bug, com raiva.

Recuperada do choque daquela aparição, não parecia em nada perturbada, embora sua irritação fosse visível.

Mas Lionel Brown não se calou, e seguiu me implorando misericórdia apesar das tentativas que fiz para aplacá-lo. Estas foram interrompidas quando a sra. Bug se inclinou na minha frente com um grande martelo de bater carne na mão e atingiu o sr. Brown na testa com um gesto certeiro. Os olhos dele se reviraram nas órbitas, e ele caiu de cara no chão sem dizer mais nada.

– Eu sinto muito, sra. Fraser – disse a sra. Bug, contrita. – Não consigo imaginar como ele se soltou, quanto mais como conseguiu chegar até aqui!

Eu também não sabia como ele tinha conseguido sair, mas estava bem claro como havia chegado: viera rastejando, arrastando a perna quebrada. Tinha as mãos e os pés arranhados e ensanguentados, a calça em frangalhos, e estava coberto por manchas de lama e grama e folhas grudadas.

Inclinei-me e tirei uma folha de olmo de seus cabelos enquanto tentava pensar em que diabos fazer com ele. O óbvio, supus.

353

– Ajude-me a levá-lo até o consultório – falei, dando um suspiro e me curvando para segurá-lo por baixo dos braços.

– A senhora não pode fazer isso, sra. Fraser! – A sra. Bug estava escandalizada. – Ele foi muito enfático: a senhora não deve se importar com esse canalha, não deve nem pousar os olhos no sujeito!

– Bem, acho que é um pouco tarde para não pousar os olhos nele – falei, puxando o corpo inerte. – Não podemos deixá-lo simplesmente caído aqui na varanda, podemos? Vamos logo, me ajude!

A sra. Bug não parecia ver nenhum bom motivo pelo qual o sr. Brown *não podia* continuar caído na varanda, mas quando Malva, que durante a confusão ficara espremida contra a parede com os olhos arregalados, veio ajudar, cedeu com um suspiro, largou a arma e veio dar uma mãozinha.

Quando conseguimos arrastá-lo até a mesa de cirurgia, ele já havia recobrado a consciência e gemia.

– Não deixe que ele me mate... por favor, não deixe que ele me mate!

– Quer ficar quieto? – falei, já bastante irritada. – Deixe-me olhar sua perna.

Ninguém havia aprimorado meu primeiro e tosco esforço para pôr uma tala, e a viagem desde o chalé dos Bug não tinha melhorado em nada a situação: o sangue vazava pelas ataduras. Fiquei realmente abismada que ele tivesse chegado até ali, considerando seus outros ferimentos. Sua pele estava coberta de suor frio e a respiração curta, mas ele não apresentava muita febre.

– Sra. Bug, pode me trazer um pouco de água quente, por favor? – pedi, cutucando de leve o membro fraturado. – E talvez um pouco de uísque? Ele vai precisar de alguma coisa para o choque.

– Não – respondeu a sra. Bug, encarando o paciente com um olhar de intensa antipatia. – Nós deveríamos era poupar ao sr. Fraser o trabalho de lidar com este bostinha, já que ele não tem a cortesia de morrer sozinho.

Ela ergueu de modo ameaçador o martelo de carne que continuava segurando, fazendo o sr. Brown se encolher e gritar, pois o movimento machucava o seu pulso quebrado.

– Vou buscar a água – disse Malva, e desapareceu.

Ignorando minhas tentativas de lidar com seus ferimentos, o sr. Brown agarrou meu pulso com a mão boa e apertou com uma força surpreendente.

– Não deixe que ele me mate – falou, rouco, encarando-me com os olhos injetados. – Por favor, eu lhe imploro!

Hesitei. Eu não havia exatamente esquecido a existência do sr. Brown, mas tinha mais ou menos suprimido o conhecimento desse fato desde a véspera ou algo assim. Ficara satisfeita em não pensar nele.

Ele viu minha hesitação, passou a língua pelos lábios e tornou a tentar.

– Salve-me, sra. Fraser... eu lhe imploro! A senhora é a única que ele vai escutar!

Com alguma dificuldade, soltei a mão dele do meu pulso.

– Por que exatamente o senhor acha que alguém quer matá-lo? – indaguei, com cuidado.

Brown não riu, mas sua boca se retorceu de um jeito amargo ao ouvir isso.

– Foi ele que disse. E não duvido. – Ele parecia um pouco mais calmo agora, e sorveu uma inspiração profunda e trêmula. – Por favor, sra. Fraser – falou, num tom mais brando. – Eu lhe imploro, salve-me.

Nessa hora Malva entrou apressada, com um béquer de água quente numa das mãos e a jarra de uísque na outra.

– O que devo fazer? – perguntou ela, ofegante.

– Ahn... no armário – falei, tentando concentrar a mente. – Sabe que aspecto tem o confrei... eupatório?

Eu havia segurado o pulso de Brown para verificar o ritmo de sua pulsação. Estava galopante.

– Sim, senhora. Quer que ponha um pouco para infundir?

Ela havia pousado a jarra e o béquer, e já estava vasculhando o armário.

Cruzei olhares com Brown, tentando transmitir uma expressão desprovida de qualquer paixão.

– O senhor teria me matado se pudesse – falei, bem baixinho.

Minha própria pulsação estava quase tão acelerada quanto a dele.

– Não – disse ele, mas desviou os olhos dos meus. Só um tiquinho, mas desviou. – Não, eu jamais teria feito isso!

– O senhor disse para H-Hodgepile me matar. – Minha voz tremeu ao pronunciar aquele nome, e um rubor de raiva brotou de repente dentro de mim. – E sabe muito bem disso!

Seu pulso esquerdo provavelmente estava quebrado, e ninguém o havia posto no lugar; a carne estava inchada, coberta de hematomas escuros. Mesmo assim, ele pressionou a mão livre sobre a minha, com uma necessidade urgente de me convencer. Exalava um cheiro rançoso, quente e selvagem, como o de...

Arranquei a mão de baixo da dele, e a repulsa percorreu minha pele qual um enxame de centopeias. Esfreguei a palma com força no avental, tentando não vomitar.

Não tinha sido ele. Isso eu sabia. Dentre todos os homens, não poderia ter sido ele: ele tinha quebrado a perna durante a tarde. Não havia como ter sido aquela presença pesada e inexorável durante a noite, arremetendo, cheirando mal. Apesar disso, minha sensação era de que sim; engoli bile, e minha cabeça ficou leve de repente.

– Sra. Fraser? Sra. Fraser!

Malva e a sra. Bug falaram ao mesmo tempo, e, antes que eu soubesse direito o que estava acontecendo, a sra. Bug já tinha me feito sentar num banquinho e estava me segurando enquanto Malva pressionava um cálice de uísque com urgência junto à minha boca.

Bebi, com os olhos fechados, tentando me perder por um instante no aroma pungente e no sabor que me queimou a garganta.

Lembrei-me da fúria de Jamie na noite em que ele me trouxera para casa. Se Brown houvesse estado no mesmo recinto que nós naquela ocasião, ele sem dúvida o teria matado. Será que o faria agora, a sangue-frio? Eu não sabia. Brown obviamente pensava que sim.

Pude ouvi-lo chorar, um ruído baixo e lamentável. Engoli o que restava de uísque, afastei o cálice, sentei-me ereta e abri os olhos. Para minha vaga surpresa, estava chorando também.

Levantei-me e enxuguei o rosto no avental. O pano tinha um cheiro reconfortante de manteiga, canela e molho de maçã recém-preparado, que aliviou minha náusea.

– O chá está pronto, sra. Fraser – sussurrou Malva, tocando minha manga. Tinha os olhos cravados em Brown, encolhido miseravelmente em cima da mesa. – A senhora vai beber?

– Não – respondi. – Dê a ele. Depois vá buscar umas ataduras... e volte para casa.

Eu não tinha a menor ideia do que Jamie pretendia fazer; não tinha a menor ideia do que eu poderia fazer quando descobrisse a sua intenção. Não sabia o que pensar nem o que sentir. A única coisa da qual tinha certeza era que havia um homem ferido na minha frente. Por ora, isso teria de bastar.

Por um curto tempo, consegui esquecer quem ele era. Após proibi-lo de falar, cerrei os dentes e me deixei absorver pela tarefa que tinha pela frente. Ele choramingou, mas ficou parado. Limpei, fiz curativo e ajeitei, proporcionando um conforto impessoal. À medida que as tarefas foram se concluindo, porém, ainda me restava o homem, e eu tinha consciência de uma repulsa crescente a cada vez que o tocava.

Por fim, terminei e fui me limpar; esfreguei meticulosamente as mãos com um pano embebido em terebintina e álcool e, apesar da sensibilidade, limpei debaixo de cada unha. Percebi que estava agindo como se ele estivesse contaminado com alguma doença vil. Mas não consegui me controlar.

Lionel Brown me observava com um ar apreensivo.

– O que a senhora pretende fazer?

– Ainda não decidi.

Era mais ou menos verdade. Não fora um processo decisório consciente, embora meu curso de ação, ou a falta dele, já houvesse sido determinado. Jamie tinha razão, o maldito. Mas eu não via motivo para dizer isso a Lionel Brown. Ainda não.

Ele estava abrindo a boca, sem dúvida para me suplicar mais um pouco, mas eu o detive com um gesto incisivo.

– Havia um homem com o senhor chamado Donner. O que sabe sobre ele?

O que quer que ele estivesse esperando, não era isso. Sua boca demorou a se fechar.

– Donner? – repetiu ele, num tom de hesitação.

– Não se atreva a me dizer que não se lembra dele – falei, e a agitação fez minha voz soar feroz.

– Ah, não, senhora – garantiu-me ele depressa. – Lembro-me bem dele... muito bem! O que... – Sua língua tocou o canto ferido da boca. – O que quer saber sobre ele?

A principal coisa que eu queria saber era se ele estava morto ou não, mas isso Brown quase com certeza não sabia.

– Vamos começar com seu nome todo – propus, sentando-me cuidadosamente ao seu lado. – E prosseguir daí.

No caso, Brown não sabia quase nada de certo em relação a Donner além do seu nome... que, segundo ele, era Wendigo.

– O quê? – indaguei, sem acreditar, mas Brown não pareceu achar aquilo nada estranho.

– Foi assim que ele disse que se chamava – respondeu ele, soando magoado com o fato de eu duvidar dele. – É indígena, não?

Sim. Para ser exata, era o nome de um monstro da mitologia de alguma tribo do norte... eu não me lembrava qual. A turma de Brianna no ensino médio certa vez havia estudado os mitos indígenas norte-americanos, e cada aluno tivera de explicar e ilustrar uma história específica. Bree tinha falado sobre o Wendigo.

Eu só me lembrava disso por causa do desenho que ela havia feito para acompanhar o trabalho, que passara algum tempo sem me sair da cabeça. Era um desenho em técnica reversa, e o esboço básico em lápis de cera branco aparecia sob uma camada superior de carvão. Árvores balançavam de um lado para outro num redemoinho de neve e vento, sem folhas e com agulhas a voar, e os espaços entre elas faziam parte da noite. O desenho transmitia uma sensação de urgência, natureza selvagem e movimento. Era preciso passar vários instantes olhando para ele antes de distinguir o rosto entre os galhos. Eu chegara a dar um gritinho e largar o papel quando o vira... para grande satisfação de Bree.

– Vejam só – falei, reprimindo com firmeza a lembrança do rosto do Wendigo. – De onde ele vinha? Morava em Brownsville?

Ele havia se hospedado em Brownsville, mas só por algumas semanas. Hodgepile o trouxera de algum lugar junto com seus outros homens. Brown não lhe dera atenção, ele não causava problemas.

– Ele se hospedava com a viúva Baudry – falou, soando subitamente esperançoso. – Talvez tenha contado a ela algo sobre si. Posso tentar descobrir para a senhora. Quando voltar para casa.

Ele me lançou um olhar cuja intenção, supus, era simular uma confiança canina, mas que mais me pareceu o de uma salamandra moribunda.

– Humm – murmurei, encarando-o com uma expressão de extremo ceticismo. – Veremos quanto a isso.

Ele passou a língua pelos lábios, tentando adotar um ar digno de pena.

– Será que eu por acaso poderia beber um pouco d'água, senhora?

Não imaginei que pudesse deixá-lo morrer de sede, mas já estava um tanto farta de tê-lo aos meus cuidados. Queria-o fora do meu consultório e fora da minha vista o quanto antes. Aquiesci com um gesto brusco, saí para o corredor e chamei a sra. Bug, a quem pedi que lhe trouxesse um pouco d'água.

A tarde estava quente, e eu sentia um pinicar desagradável após trabalhar em Lionel Brown. Sem aviso, uma onda de calor subiu de repente por meu peito e pescoço e preencheu meu rosto como cera quente, fazendo o suor brotar atrás das minhas orelhas. Murmurando um pedido de desculpas, deixei o paciente aos cuidados da sra. Bug e saí depressa para o bem-vindo ar livre.

Havia um poço lá fora; pouco mais de uma vala rasa, cuidadosamente margeada por pedras. Uma concha grande feita de cabaça estava encaixada entre duas das pedras. Tirei-a dali, ajoelhei-me e peguei água suficiente para beber e molhar meu rosto fumegante.

As ondas de calor em si na verdade não eram desagradáveis... eram até interessantes, do mesmo modo que uma gravidez. Aquela sensação esquisita de o corpo estar fazendo algo um tanto inesperado, que não se podia controlar de forma consciente. Perguntei-me por um breve instante se os homens sentiam isso em relação às ereções.

Naquele momento, uma onda de calor parecia bastante bem-vinda. Eu com certeza não poderia estar tendo ondas de calor se estivesse grávida. Ou será que poderia? Para minha aflição, eu sabia que as sobrecargas hormonais do início da gestação eram tão capazes de causar todo tipo de fenômeno térmico estranho quanto as da menopausa. Eu com certeza estava experimentando o tipo de manifestação emocional natural de quando se está grávida... ou na menopausa... ou depois de um estupro...

– Não seja ridícula, Beauchamp – falei, em voz alta. – Você sabe muito bem que não está grávida.

Ouvir isso me provocou uma sensação estranha, nove partes de alívio, uma de pesar. Bem, talvez 9.999 partes de alívio contra uma de pesar... mas mesmo assim o pesar estava ali.

A enxurrada de suor que às vezes ocorre na esteira de uma onda de calor era algo que eu poderia ter dispensado, porém. As raízes dos meus cabelos estavam encharcadas, e embora a água fria no meu rosto tenha sido uma delícia, ondas de calor ainda brotavam dentro de mim e se espalhavam feito um véu grudado no meu peito, rosto, pescoço e couro cabeludo. Tomada por um impulso, virei meia concha de água na frente do corpete, e expirei aliviada quando o líquido encharcou o tecido e escorreu por entre os seios e pela barriga, fazendo uma cosquinha fresca entre minhas pernas e pingando no chão.

Eu estava um lixo, mas a sra. Bug não iria se importar... e ao diabo o que Lionel Brown pensasse. Enxuguei as têmporas com o canto do avental e comecei a andar de volta para casa.

A porta estava entreaberta como eu a deixara. Abri-a com um empurrão, e a luz forte e pura da tarde passou por mim e iluminou a sra. Bug no ato de pressionar um travesseiro com toda a força sobre o rosto de Lionel Brown.

Passei alguns instantes parada piscando os olhos, tão surpresa que simplesmente não consegui traduzir aquela visão em realidade. Então me precipitei para a frente com um grito incoerente e a segurei pelo braço.

Ela era muito forte, e estava tão concentrada no que fazia que não se moveu. As veias da testa e do rosto saltavam quase roxas por causa do esforço. Dei um puxão no seu braço, não consegui fazê-la soltar, e no desespero lhe dei um empurrão com a maior força de que fui capaz.

Ela cambaleou, desequilibrada, e segurei o travesseiro pela borda e o puxei de lado, para longe do rosto de Brown. Ela tornou a se projetar para a frente, decidida a terminar o serviço, e suas mãos grosseiras afundaram na massa do travesseiro e desapareceram até os pulsos.

Dei um passo para trás e me joguei em cima dela com todo o meu peso. Caímos com um estrondo, batendo na mesa, tirando o banco do lugar e indo parar num emaranhado no chão em meio a uma profusão de cerâmica quebrada e aos cheiros de chá de hortelã e de um penico derramado.

Rolei, dei um arquejo para respirar, e a dor das costelas partidas me paralisou por um instante. Então cerrei os dentes, empurrei-a para longe enquanto tentava me desvencilhar de um nó de saias... e me levantei cambaleando.

A mão de Brown pendia inerte para fora da mesa, e agarrei seu maxilar, empurrei a cabeça para trás e pressionei a boca sobre a sua com fervor. Soprei para dentro dele o pouco ar que tinha, dei um arquejo e tornei a soprar, o tempo inteiro tentando freneticamente encontrar algum vestígio de pulsação em seu pescoço.

Ele estava quente, os ossos de sua mandíbula e seu ombro pareciam normais... mas sua pele tinha uma frouxidão terrível, e os lábios sob os meus se achatavam de forma obscena, me escapando de alguma forma toda vez que eu pressionava e soprava enquanto o sangue de meu lábio cortado se espalhava por toda parte, de modo que fui forçada a sugar feito uma louca para mantê-los fechados e a respirar pelos cantos da boca, lutando contra minhas próprias costelas em busca de ar suficiente para tornar a soprar.

Senti alguém atrás de mim, a sra. Bug, e dei-lhe um chute. Ela tentou me segurar pelo ombro, mas me desvencilhei e seus dedos escorregaram. Virei-me depressa e bati na sua barriga com a maior força de que fui capaz, e ela caiu no chão com um *uff!* bem alto. Não havia tempo a perder com ela: virei-me e me joguei outra vez em cima de Brown.

O peito sob minha mão me tranquilizou ao se erguer quando soprei... mas caiu abruptamente quando parei de soprar. Recuei e bati com força usando as duas mãos fechadas, socando a elasticidade rígida do esterno com força suficiente para machucar ainda mais minhas próprias mãos... e a pele de Brown, caso ele ainda tivesse a capacidade de se machucar.

Só que não tinha. Continuei soprando, batendo e soprando até um riacho de sangue misturado com suor escorrer por meu corpo e tornar minhas coxas escorregadias, e até meus ouvidos zumbirem e pontinhos pretos boiarem diante dos meus olhos por causa da respiração acelerada. Por fim, parei. Fiquei parada ofegando em arquejos fundos, chiados, com os cabelos molhados a pender na frente do meu rosto e as mãos latejando no mesmo ritmo do meu coração disparado.

O maldito estava morto.

Esfreguei as mãos no avental, depois usei-o para limpar o rosto. Minha boca estava inchada e com gosto de sangue; cuspi no chão. Sentia-me muito calma. O ar tinha aquela sensação singular de imobilidade que muitas vezes acompanha uma morte silenciosa. Uma corruíra da Carolina piou na mata ali perto: "Pi-pi-piu, pi-pi-piu, pi-pi-piu, pi-pi-piu!"

Ouvi um leve farfalhar e me virei. A sra. Bug havia endireitado o banco e se sentado nele. Estava curvada para a frente, com as mãos unidas no colo e um pequeno vinco no rosto redondo enrugado, encarando com atenção o corpo sobre a mesa. A mão de Brown pendia inerte, os dedos levemente curvados, segurando sombras.

O lençol que lhe cobria o corpo estava manchado, era esta a origem do cheiro de penico. Quer dizer que ele estava morto antes mesmo de eu iniciar minhas tentativas de ressuscitação.

Uma nova onda de calor brotou lá de baixo e cobriu minha pele como cera quente. Senti o cheiro do meu próprio suor. Fechei os olhos por um instante, então os abri e virei-me para a sra. Bug.

– Por que *diabos* a senhora fez isso? – indaguei, num tom casual.

– Ela fez o quê?

Jamie me encarou sem entender, então encarou a sra. Bug, sentada à mesa da cozinha com a cabeça baixa e as mãos torcidas em frente ao corpo.

Sem esperar que eu repetisse o que tinha dito, ele desceu marchando o corredor até o consultório. Ouvi seus passos estacarem de repente. Houve alguns instantes de silêncio, então um sincero palavrão em gaélico. Os ombros da sra. Bug subiram junto às orelhas.

Os passos voltaram mais devagar. Ele entrou e foi até a mesa em que ela estava sentada.

– Mulher, como você se atreveu a pôr as mãos num homem que era meu? – perguntou ele bem baixinho, em gaélico.

– Ah, senhor – sussurrou ela. Estava com medo de erguer os olhos. Encolheu-se debaixo da touca, o rosto quase invisível. – Eu... eu não tive a intenção. É verdade, senhor! Jamie olhou para mim.

– Ela o sufocou – repeti. – Com um travesseiro.

– Acho que ninguém faz uma coisa dessas sem ter intenção – disse ele, com um viés na voz que poderia ter afiado uma faca. – O que deu em você, *a boireannach*, para fazer isso?

Os ombros arredondados começaram a tremer de medo.

– Ai, senhor, ai, senhor! Eu sabia que era errado... mas foi... mas foi aquela língua ruim dele. O tempo todo que eu passei cuidando dele, ele se encolhia e tremia, é, quando o senhor ou o rapaz vinham falar com ele, ou até mesmo Arch... mas comigo... – Ela engoliu em seco, e a pele do seu rosto pareceu subitamente frouxa. – Eu sou só uma mulher, comigo ele podia dizer o que pensava, e dizia. Ele fazia ameaças, senhor, e praguejava de um jeito horrível. Ele disse... que o irmão iria vir, ele e seus homens, para soltá-lo, e que matariam todos nós com crueldade e queimariam as casas sobre nossas cabeças.

Sua papada tremia enquanto falava, mas ela encontrou coragem para erguer os olhos e encarar Jamie.

– Eu sabia que o senhor jamais deixaria isso acontecer e dei o melhor de mim para não prestar atenção nele. E, depois de ele me atazanar bastante, eu disse que estaria morto muito antes que o irmão descobrisse onde estava. Mas então aquele cãozinho malvado fugiu... e eu com certeza não tenho ideia de como ele fez isso, pois teria jurado que não estava em condições sequer de se levantar da cama, quanto mais de chegar até aqui, e ele se entregou à misericórdia de sua esposa, e ela o aceitou... eu própria teria arrastado a sua carcaça maligna para longe daqui, mas ela não quis...

Nesse ponto, ela me lançou um breve olhar ressentido, mas quase na mesma hora tornou a encarar Jamie com um ar de súplica.

– E ela o levou para ser consertado, senhor, como a doce e graciosa dama que é... e pude ver no rosto dela que, depois de ter cuidado dele daquela forma, não podia suportar vê-lo ser morto. E ele também viu, o bostinha, e quando ela saiu zombou de mim dizendo que agora estava seguro, que a tinha enganado para ela cuidar dele e que ela jamais deixaria que o matassem, e que assim que se visse livre mandaria uma dúzia de homens para cima de nós numa sanha de vingança, e depois...

Ela fechou os olhos, balançou-se um pouco e levou a mão ao peito.

– Eu não pude evitar, senhor – falou, com toda a simplicidade. – Não pude mesmo.

Jamie a vinha escutando com uma expressão no cenho que parecia o trovão. Nessa hora, ergueu os olhos para mim de modo abrupto... e obviamente viu nos meus próprios traços machucados provas que corroboravam o relato dela. Seus lábios se contraíram.

– Vá para casa – disse ele à sra. Bug. – Conte ao seu marido o que a senhora fez, e mande-o vir falar comigo.

Ele então girou nos calcanhares e seguiu na direção do escritório. Sem olhar para mim, a sra. Bug se levantou desajeitadamente e saiu, caminhando feito uma cega.

– Você tinha razão. Eu sinto muito.

Eu estava parada à porta do escritório, com a mão no batente. Jamie estava sentado com os cotovelos sobre a mesa e a cabeça apoiada nas mãos, mas ao ouvir o que eu disse ergueu os olhos e piscou.

– Eu não a proibi de sentir muito, Sassenach? – disse ele, e me abriu um sorriso torto.

Seus olhos então me percorreram e uma expressão preocupada tomou conta do seu rosto.

– Meu Deus, Claire, você está com cara de quem vai desabar – falou, levantando-se às pressas. – Venha se sentar.

Ele me pôs na sua cadeira e ficou parado junto a mim.

– Eu chamaria a sra. Bug para lhe trazer alguma coisa, mas como a mandei embora... Quer que eu lhe traga uma xícara de chá, Sassenach?

Eu estava com vontade de chorar, mas em vez disso ri, e pisquei os olhos para afastar as lágrimas.

– Nós não temos chá. Há meses não temos chá. Eu estou bem. Só meio... chocada.

– É, imagino que sim. Você está sangrando um pouco.

Ele tirou do bolso um lenço amarfanhado, curvou-se e o encostou na minha boca, com o cenho contraído numa expressão ansiosa.

Fiquei parada e o deixei agir, lutando contra uma súbita onda de exaustão. De um momento para o outro, não queria nada a não ser me deitar, dormir e nunca mais acordar. E, caso acordasse, queria que o homem morto no meu consultório tivesse desaparecido. Queria também que a casa não fosse queimada sobre a nossa cabeça.

Mas não está na hora, pensei, de repente, e achei esse pensamento, por mais idiota que fosse, estranhamente reconfortante.

– Isso vai dificultar as coisas para você? – indaguei, esforçando-me para espantar o cansaço e pensar de modo sensato. – Com Richard Brown?

– Não sei – admitiu ele. – Estou tentando pensar. Quase chego a querer que estivéssemos na Escócia – falou, um pouco tristonho. – Se Brown fosse escocês, saberia melhor o que ele seria capaz de fazer.

– Ah, é mesmo? Digamos por exemplo que você estivesse lidando com seu tio Colum – sugeri. – O que acha que ele faria?

– Tentaria me matar e pegar o irmão de volta – respondeu ele na hora. – Se soubesse que eu estava com ele. E se o seu Donner tiver *mesmo* voltado para Brownsville... a esta altura Richard já sabe.

Ele tinha toda a razão, e saber disso fez dedinhos de apreensão subirem velozes por minhas costas.

A preocupação pelo visto transpareceu no meu rosto, pois ele sorriu de leve.

– Não se aflija, Sassenach – disse ele. – Os Lindsays partiram para Brownsville na manhã seguinte à nossa volta. Kenny está de olho na cidade, e Evan e Murdo estão esperando em pontos da estrada com cavalos descansados. Se Richard Brown e seu maldito Comitê de Segurança tomarem o rumo daqui, nós vamos saber a tempo.

Aquilo era reconfortante, e sentei-me um pouco mais ereta.

– Que bom. Mas... mesmo que Donner tenha voltado, ele não saberia que Lionel Brown era seu prisioneiro. Você poderia tê-lo matado durante a luta.

Ele relanceou para mim os olhos azuis, mas só fez assentir.

– Talvez tivesse sido melhor – falou, com uma leve careta. – Teria poupado trabalho. Mas nesse caso... eu não teria descoberto o que eles estavam fazendo, e isso eu precisava saber. Se Donner tiver voltado, porém, terá contado a Richard o que aconteceu e o levado para recolher os corpos. Ele terá visto que seu irmão não está entre os outros.

– E daí vai tirar a conclusão lógica e vir até aqui atrás dele.

O barulho da porta dos fundos se abrindo nesse instante provocou-me um sobressalto, mas foi sucedido pelo arrastar no corredor de pés macios calçados com mocassins anunciando o Jovem Ian, que espiou para dentro do escritório com um ar curioso.

– Acabei de cruzar com a sra. Bug indo apressada para casa – disse ele, com o cenho franzido. – Ela não quis parar e falar comigo, e me pareceu muito esquisita. O que houve?

– O que não houve? – falei, e ri, o que o fez me lançar um olhar incisivo.

Jamie deu um suspiro.

– Sente-se – falou, empurrando um banquinho na direção do sobrinho com um dos pés. – E vou lhe contar.

Ian escutou com toda a atenção, mas sua boca se abriu um pouco quando Jamie chegou à parte em que a sra. Bug punha um travesseiro sobre o rosto de Brown.

– Ele ainda está aqui? – perguntou Ian ao final da história.

Curvou um pouco as costas e olhou desconfiado para trás por cima do ombro, como se esperasse que Brown fosse sair a qualquer momento pela porta do escritório.

– Bem, não acho provável que ele vá a qualquer lugar por vontade própria – observei, atrevida.

Ian aquiesceu, mas mesmo assim se levantou para ir conferir. Voltou dali a instantes com um ar pensativo.

– Não há marca alguma nele – falou para Jamie, e tornou a se sentar.

Jamie aquiesceu.

– Não, e ele está com curativos novos. Sua tia tinha acabado de cuidar dele.

Os dois se entreolharam, ambos obviamente pensando a mesma coisa.

– Olhando para ele, não se pode dizer que alguém o matou, tia – explicou Ian ao ver que eu ainda não estava na mesma sintonia. – Ele pode ter morrido naturalmente.

– Acho que se poderia dizer que *morreu*. Se ele não tivesse tentado aterrorizar a sra. Bug...

Passei uma das mãos de leve na testa, onde uma dor de cabeça começava a latejar.

– Como está se sentindo... – começou Ian num tom preocupado, mas de repente eu estava mais do que farta de as pessoas perguntarem como eu estava me sentindo.

– Nem eu sei – falei, ríspida, e baixei a mão. Olhei para meus punhos cerrados unidos no colo. – Ele... ele não era um homem *mau*, não acho que fosse – falei. Meu avental exibia um pingo de sangue. Eu não sabia se era dele ou meu. – Era só... extremamente fraco.

– Nesse caso, é melhor que esteja morto – disse Jamie, direto e sem qualquer maldade especial.

Ian concordou com um meneio de cabeça.

– Bem, então. – Jamie retomou o fio da conversa. – Eu estava justamente dizendo à sua tia que, se Brown fosse escocês, saberia melhor como lidar com ele... mas então me ocorreu que, embora ele não seja escocês, *está* agindo de um modo escocês. Ele e o seu comitê. Eles parecem uma milícia.

Ian aquiesceu, com as sobrancelhas ralas erguidas.

– Parecem mesmo. – O rapaz parecia interessado. – Nunca vi uma milícia, mas mamãe me contou... sobre a que prendeu o senhor, tio Jamie, e como ela e tia Claire foram atrás. – Ele sorriu para mim e seu rosto magro de repente se transformou para revelar um resquício do menino que ele tinha sido.

– Bem, eu era mais jovem na época – falei. – E mais valente.

Jamie produziu um leve ruído na garganta que podia ser de bom humor.

– Eles não se acanham muito com as coisas... – disse ele. – Matar e incendiar, quero dizer...

– Ao contrário de extorsão permanente. – Eu estava começando a entender onde ele queria chegar. Ian tinha nascido depois de Culloden; nunca vira uma milícia, um daqueles bandos organizados de homens armados que percorriam o país e cobravam taxas dos chefes das Terras Altas para proteger arrendatários, terras e animais... e caso o aluguel ilegal que cobravam não fosse pago, eles imediatamente confiscavam mercadorias e animais. Eu tinha visto as milícias. E, para dizer a verdade, tinha ouvido falar que elas às vezes também incendiavam e matavam – embora em geral apenas para dar exemplo e promover a cooperação.

Jamie assentiu.

– Bem, como eu disse, Brown não é escocês. Mas negócios são negócios, certo? – Um ar contemplativo tomou conta de seu rosto, e ele se inclinou um pouco na direção de Ian, mãos unidas atrás do joelho. – Em quanto tempo você consegue chegar a Anidonau Nuya?

Depois que Ian saiu, ficamos os dois no escritório. Seria preciso lidar com a situação no meu consultório, mas eu ainda não estava pronta para ir até lá e encará-la. Tirando um breve comentário de que era uma pena ele ainda não ter tido tempo para construir uma casinha refrigerada, Jamie tampouco fez qualquer referência ao assunto.

– Coitada da velha sra. Bug – falei, começando a me recuperar. – Eu não fazia ideia de que ele a vinha atormentando desse jeito. Deve ter pensado que ela era uma molenga. – Dei uma risada débil. – *Isso* foi um erro. Ela é muito forte. Fiquei abismada.

Não deveria ter ficado: já tinha visto a sra. Bug andar 1,5 quilômetro carregando um bode adulto nas costas... mas por algum motivo ninguém jamais equaciona a força exigida para a lida diária numa fazenda à capacidade de uma fúria homicida.

– Eu também – disse Jamie, seco. – Não que ela tenha tido força suficiente para fazer aquilo, mas que tenha ousado se encarregar ela própria da situação. Por que não disse nada a Arch, quando não a mim?

– Acho que foi como ela falou... ela pensou que não lhe coubesse dizer nada. Você tinha lhe confiado a tarefa de cuidar dele, e ela moveria mundos e fundos para fazer qualquer coisa que você pedisse. Ouso dizer que ela pensou estar se saindo bastante bem, mas quando ele apareceu daquele jeito... ela simplesmente perdeu o tino. Isso acontece, eu já vi acontecer.

– Eu também – murmurou ele. Um pequeno vinco havia se formado e aprofundado a marca entre suas sobrancelhas, e me perguntei que incidentes violentos ele poderia estar recordando. – Mas não teria pensado que...

Arch Bug entrou tão em silêncio que não o escutei. Só percebi que ele estava ali quando vi Jamie erguer os olhos e se retesar. Girei nos calcanhares e vi o machado na mão de Arch. Abri a boca para falar, mas ele andou até Jamie com passos largos, sem dar atenção ao entorno. Era óbvio que para ele não havia ninguém no recinto a não ser Jamie.

Ele chegou à escrivaninha e pousou nela o machado, quase com delicadeza.

– Minha vida pela dela, ó líder – falou baixinho, em gaélico.

Então deu um passo para trás e se ajoelhou, com a cabeça abaixada. Havia entrelaçado os macios cabelos brancos numa trança fina e a prendido, deixando exposta a parte de trás do pescoço. Seu pescoço tinha um tom de noz e riscas profundas por causa do sol, mas ainda era grosso e musculoso acima da faixa branca da gola.

Um levíssimo ruído vindo da porta fez com que eu me desviasse da cena, por mais fascinante que fosse. Ali estava a sra. Bug, agarrada ao batente para se apoiar, e evidentemente precisando do apoio. Sua touca estava torta, e fios suados de cabelos grisalhos aderiam ao rosto da mesma cor de creme de leite estragado.

Ela relanceou os olhos para mim quando me movi, mas em seguida voltou sua

365

atenção para o marido ajoelhado – e para Jamie, que, agora em pé, olhava alternadamente para Arch e para ela. Ele esfregou um dedo lentamente no osso do nariz, para cima e para baixo, encarando Arch.

– Ah, sim – disse ele, num tom suave. – Eu devo cortar a sua cabeça, não é? Prefere que seja aqui, no meu escritório, e que sua mulher limpe o sangue depois, ou devo fazer isso no quintal e pregá-lo pelos cabelos acima da porta como alerta para Richard Brown? Levante-se, velho farsante.

Tudo no recinto se congelou por um instante, tempo suficiente para eu reparar na minúscula verruga preta no meio do pescoço de Arch, e o velho então se levantou, bem devagar.

– É o seu direito – disse ele, em gaélico. – Eu sou seu vassalo, *a ceann-cinnidh*, juro pelo meu ferro; é o seu direito.

Ele ficou parado, com as costas bem eretas, mas seus olhos estavam abaixados, fixos na escrivaninha sobre a qual repousava o machado, cujo fio cortante formava uma linha prateada contra o fundo de metal opaco da cabeça.

Jamie inspirou para responder, mas então se deteve e encarou o velho com atenção. Algo nele mudou, e alguma consciência o dominou.

– *A ceann-cinnidh?* – disse ele, e Arch Bug assentiu em silêncio.

O ar do escritório havia se tornado mais pesado em uma fração de segundo e os pelos da minha nuca se arrepiaram.

"*A ceann-cinnidh*", tinha dito Arch. Ó, líder. Uma palavra, e estávamos na Escócia. Era fácil ver a diferença de atitude entre os novos arrendatários de Jamie e seus homens de Ardsmuir... a diferença entre uma lealdade por acordo e uma lealdade por reconhecimento. Aquilo ali era outra coisa ainda: um compromisso mais antigo, que havia governado as Terras Altas por mil anos. O juramento do sangue e do ferro.

Vi Jamie avaliar o presente e o passado e se dar conta de onde Arch Bug se situava entre os dois. Vi isso no seu rosto, a irritação se transformando em compreensão... e vi seus ombros afundarem um pouco quando ele aceitou.

– Pela sua palavra, então, é o meu direito – disse ele baixinho, também em gaélico. Levantou-se, empunhou o machado e o estendeu, com o cabo na frente. – E por esse direito eu lhe devolvo a vida da sua mulher... e a sua.

A sra. Bug deixou escapar uma pequena expiração soluçante. Arch não se virou para olhar para ela, mas estendeu a mão e pegou o machado com um meneio grave da cabeça. Então virou-se e saiu sem dizer mais nada... embora eu tenha visto os dedos de sua mão aleijada roçarem a manga da esposa ao passar, muito de leve.

A sra. Bug se empertigou e ajeitou depressa os cabelos rebeldes com dedos trêmulos. Jamie não olhou para ela, mas tornou a se sentar e pegou sua pena e uma folha de papel, embora eu tenha achado que não tivesse a intenção de escrever nada. Sem querer constrangê-la, fingi grande interesse pela estante de livros e peguei a pequena cobra de cerejeira de Jamie como para examiná-la mais de perto.

Com a touca agora direita, a sra. Bug entrou no recinto e fez uma mesura na frente dele.

– Quer que eu vá buscar algo para o senhor comer? Tem pão fresco.

Ela falou com grande dignidade e a cabeça erguida. Jamie ergueu os olhos do papel e sorriu.

– Isso seria ótimo. *Gun robh math agaibh, a nighean.*

Ela aquiesceu enfaticamente e girou nos calcanhares. Na porta, porém, parou e se virou para trás. Jamie arqueou as sobrancelhas.

– Eu estava lá, sabia? – disse ela, encarando-o com um olhar direto. – Quando os *sassenachs* mataram seu avô, lá em Tower Hill. Houve muito sangue.

Ela franziu os lábios e o examinou com olhos semicerrados e vermelhos, então relaxou.

– Ele se orgulharia do senhor – disse ela, e desapareceu num farfalhar de saias e cordões de avental.

Jamie olhou para mim, surpreso, e dei de ombros.

– Isso não foi necessariamente um elogio, você sabe – falei, e os ombros dele começaram a ser sacudidos por uma risada silenciosa.

– Eu sei – disse ele por fim, e passou o nó de um dos dedos debaixo do nariz. – Sabe que eu às vezes lamento a morte do danado do velho, Sassenach? – Ele balançou a cabeça. – Um dia preciso perguntar à sra. Bug se pelo menos é verdade o que ele falou. Quero dizer, o que dizem que ele falou.

– E o que foi?

– Ele pagou a tarifa do carrasco e lhe disse para fazer um bom trabalho... "Pois vou ficar mesmo muito bravo se o senhor não fizer".

– Bom, com certeza soa como algo que ele *poderia dizer* – falei, sorrindo de leve. – O que acha que os Bugs estavam fazendo em Londres?

Ele tornou a balançar a cabeça e virou o rosto para mim, erguendo o queixo de modo que o sol da janela cintilou feito água na linha de sua mandíbula e do osso malar.

– Só Deus sabe. Você acha que ela tem razão, Sassenach? Sobre eu ser parecido com ele?

– Não na aparência – falei, com um leve sorriso.

O falecido Simon, lorde Lovat, era um homem baixo e atarracado, embora com um físico potente para a idade. Tinha também forte semelhança com um sapo malévolo – mas muito inteligente.

– Não – concordou Jamie. – Graças a Deus. Mas no resto?

A luz do bom humor continuava acesa nos seus olhos, mas ele estava sério; queria mesmo saber.

Estudei-o com cuidado. Não havia vestígio algum da Velha Raposa em seus traços marcantes e bem-feitos, vindos principalmente do lado MacKenzie de sua mãe, tampouco na estatura ou nos ombros largos, mas em algum lugar por detrás daqueles olhos azuis oblíquos eu de vez em quando percebia um eco tênue do olhar fundo de lorde Lovat, cintilante de interesse e humor sardônico.

– Você tem algo dele – admiti. – Às vezes mais do que apenas algo. Não tem aquela ambição excessiva, mas... – Estreitei um pouco os olhos, refletindo. – Eu ia dizer que você não é tão implacável quanto ele – prossegui, devagar. – Mas na verdade é, sim.

– Sou mesmo?

Ele não pareceu nem surpreso nem abalado por ouvir isso.

– Você pode ser – falei, e senti em algum lugar na medula dos meus ossos o estalo do pescoço de Arvin Hodgepile se partindo.

A tarde estava abafada, mas um arrepio me eriçou de repente os braços, então sumiu.

– Você acha que eu tenho a mesma natureza pervertida? – indagou ele, sério.

– Não sei direito – falei, meio em tom de dúvida. – Você não é um pervertido de verdade como ele era... mas talvez só porque tem uma noção de honra que ele não tinha. Você não usa as pessoas como ele usava.

Isso o fez sorrir, mas com menos humor genuíno do que ele havia demonstrado antes.

– Ah, mas eu uso sim, Sassenach – disse ele. – É que eu tento não deixar transparecer.

Ele passou alguns instantes sentado com o olhar pregado na pequena cobra de cerejeira que eu segurava, mas não acho que estivesse olhando para ela. Por fim, balançou a cabeça e ergueu os olhos para mim, com o canto da boca encolhido numa expressão de ironia.

– Se existir um céu e meu avô estiver nele... e permito-me duvidar desta última parte... o velho malvado deve estar perdendo a cabeça de tanto rir. Ou estaria, caso ela não estivesse enfiada debaixo do próprio braço.

34

AS PROVAS DO CASO

E foi assim que, vários dias depois, nós adentramos Brownsville. Jamie, todo paramentado em seu traje típico das Terras Altas, com a adaga escocesa de cabo de ouro de Hector Cameron na cintura e uma pena de gavião na boina – e montado em Gideon, que como de hábito tinha as orelhas achatadas para trás e sangue nos olhos.

Ao seu lado ia Pássaro que Canta pela Manhã, chefe da paz dos cherokees da tribo junco. Segundo Ian me contara, Pássaro pertencia ao clã Cabelos Compridos, e pelo visto isso era mesmo verdade. Ele tinha os cabelos não só compridos e lustrosos por causa da banha de urso, mas penteados de modo esplendoroso num rabo de cavalo que caía pelas costas e terminava em uma dúzia de minúsculas tranças decoradas, assim como o restante da roupa, com contas feitas de conchas, contas de vidro, pequeninas sinetas de latão, penas de papagaio e um iene chinês que só Deus sabia onde ele havia encontrado. Pendurado em sua sela, seu mais novo e mais precioso bem: o fuzil de Jamie.

Do outro lado de Jamie... eu, a Prova A. Montada em meu burro Clarence, com um vestido e uma capa de lã azul-índigo que destacavam a palidez da minha pele e realçavam lindamente o amarelo e o verde dos hematomas ainda visíveis no meu rosto, além de meu colar de pérolas de água doce no pescoço para me dar apoio moral.

Ian ia atrás de nós com os dois guerreiros que Pássaro trouxera à guisa de comitiva, mais parecendo índio do que escocês, com os semicírculos de pontinhos tatuados a contornar as faces queimadas de sol e os próprios cabelos compridos alisados com banha para longe do rosto e presos em um nó com uma única pena de peru espetada. Pelo menos ele não havia raspado a cabeça ao estilo mohawk; já tinha um aspecto suficientemente ameaçador sem isso.

E na padiola atrás do cavalo de Ian vinha a Prova B: o cadáver de Lionel Brown. Nós o tínhamos posto na despensa externa para mantê-lo resfriado junto com a manteiga e os ovos, e Bree e Malva tinham dado o melhor de si para embalar o corpo em musgo, de modo que este absorvesse os líquidos, acrescentar o máximo de ervas de cheiro forte que puderam encontrar, depois enrolar o indigesto pacote numa pele de cervo amarrada com tiras de couro à moda indígena. Apesar desses esforços, nenhum dos cavalos estava muito animado com o fato de ficar perto do cadáver, mas a montaria de Ian aceitava a situação com um ar contrariado, contentando-se em bufar bem alto de tantos em tantos minutos e balançar a cabeça, fazendo os arreios chacoalharem num lúgubre contraponto às leves batidas dos cascos.

Não dissemos muita coisa.

A chegada de visitantes a qualquer assentamento na montanha era motivo de atenção e comentários generalizados. Nossa pequena comitiva fez as pessoas saírem de casa feito moluscos para fora da concha, com a boca escancarada. Quando chegamos à casa de Richard Brown, que também fazia as vezes de taberna da cidade, já tínhamos um pequeno bando de seguidores, em sua maioria homens e meninos.

O barulho de nossa chegada fez uma mulher, em quem reconheci a sra. Brown, acorrer ao alpendre de construção grosseira. Ela levou as mãos à boca depressa e tornou a correr para dentro de casa.

Ficamos aguardando em silêncio. Era um dia frio e ensolarado de outono e a brisa fazia os cabelos do meu pescoço esvoaçarem. A pedido de Jamie, eu os havia prendido para trás e não usava touca. Meu rosto estava exposto, a verdade escrita nele.

Será que eles sabiam? Sentindo-me estranhamente distante, como se estivesse assistindo àquilo de algum lugar fora do meu próprio corpo, corri os olhos em sucessão pelos rostos à nossa volta.

Não tinham como saber. Jamie me garantira isso, eu mesma sabia. A menos que Donner tivesse fugido e contado a todos ali o que havia acontecido naquela última noite. Mas ele não o fizera. Se tivesse feito, Richard Brown teria ido nos procurar.

Tudo que eles sabiam era o que transparecia no meu rosto. E isso já era demais.

Clarence podia sentir a histeria que tremia sob a minha pele qual uma poça de mercúrio. Bateu com o casco no chão uma vez e balançou a cabeça como se quisesse desalojar moscas das orelhas.

A porta se abriu e Richard Brown saiu de casa. Vários homens vinham atrás dele, todos armados.

Brown estava pálido, com um aspecto desleixado, a barba nascente e os cabelos engordurados. Tinha os olhos vermelhos e irritados, e um miasma de cerveja parecia rodeá-lo. Andara bebendo muito, e era óbvio que estava tentando se controlar o suficiente para lidar com qualquer ameaça que nós pudéssemos representar.

– Fraser – disse ele, e se deteve, pestanejando.

– Sr. Brown.

Jamie fez Gideon chegar mais perto, até seus olhos ficarem no mesmo nível daqueles dos homens na varanda, a não mais de 1,80 metro de Richard Brown.

– Dez dias atrás, um bando de homens invadiu minhas terras – disse Jamie num tom neutro. – Roubaram meus bens, agrediram minha filha que está grávida, incendiaram meu barracão de maltagem, destruíram meus cereais e raptaram e molestaram minha esposa.

Metade dos homens já me encarava. Nessa hora, todos o fizeram. Ouvi o leve clique metálico da trava de uma pistola sendo solta. Mantive o semblante imóvel, as mãos firmes nas rédeas, os olhos fixos no rosto de Richard Brown.

A boca de Brown começou a se mover, mas, antes que ele pudesse falar, Jamie ergueu uma das mãos para ordenar silêncio.

– Eu os segui, junto com meus homens, e os matei – disse ele, no mesmo tom neutro. – Encontrei seu irmão com eles. Levei-o como prisioneiro, mas não o matei.

Ouviu-se uma inspiração generalizada e murmúrios inquietos da multidão atrás de nós. Os olhos de Richard Brown chisparam na direção do montinho sobre a padiola, e seu rosto empalideceu por baixo da barba falhada.

– Você... – grasnou ele. – Nelly?

Era a minha deixa. Inspirei fundo e fiz Clarence avançar.

– Seu irmão sofreu um acidente antes de o meu marido nos encontrar – falei. Minha voz saiu rouca, mas nítida o suficiente. Projetei mais ar nela de modo a ser ouvida por todos. – Ele se feriu gravemente numa queda. Nós cuidamos dos seus ferimentos. Mas ele morreu.

Jamie deixou passar alguns instantes de silêncio aturdido antes de prosseguir.

– Trouxemos seu irmão para o senhor poder enterrá-lo.

Ele fez um pequeno gesto e Ian, que havia apeado, cortou as cordas que prendiam a padiola. Ele e os dois cherokees puxaram-no até a varanda da casa, deixaram-no na rua sulcada e voltaram para seus cavalos sem dizer nada.

Jamie inclinou a cabeça de modo abrupto e virou a cabeça de Gideon. Pássaro o seguiu, tão agradavelmente impassível quanto Buda. Eu não sabia se ele compreendia inglês o suficiente para ter acompanhado o discurso de Jamie, mas pouco importava. Ele entendia o seu papel, e o havia desempenhado com perfeição.

Os Browns podiam muito bem ter no assassinato, no roubo e na escravidão uma lucrativa atividade paralela, mas sua principal fonte de renda era o comércio com os índios. Com sua presença ao lado de Jamie, Pássaro dava um aviso claro de que os cherokees consideravam sua relação com o rei da Inglaterra e seu agente mais importante do que o comércio com os Browns. Se eles tornassem a atacar Jamie ou seus bens, essa lucrativa conexão poderia ser rompida.

Eu não sabia tudo que Ian tinha dito a Pássaro quando lhe pedira para ir conosco... mas achava bem provável que houvesse também um acordo tácito de que nenhuma investigação formal seria conduzida pela Coroa quanto ao destino de qualquer cativo que pudesse ter passado pelas mãos dos índios.

Afinal de contas, aquela era uma questão de negócios.

Chutei Clarence nas costelas e fui me posicionar atrás de Pássaro, mantendo os olhos cravados com firmeza no iene chinês que reluzia no meio de suas costas, pendurado em seus cabelos num barbante vermelho. Tive um impulso quase incontrolável de olhar para trás e segurei mais firme as rédeas, cravando as unhas nas palmas.

Será que Donner estava morto, afinal? Ele não era um dos homens de Richard Brown; eu tinha olhado.

Não sabia se eu *queria* que ele estivesse morto. O desejo de descobrir mais sobre ele era forte... mas o desejo de encerrar aquele assunto, de deixar aquela noite nas montanhas para trás de uma vez por todas, com todas as testemunhas entregues em segurança ao silêncio do túmulo... isso era mais forte.

Ouvi Ian e os dois cherokees entrarem em fila atrás de nós, e em poucos segundos já não era mais possível ver Brownsville, embora o cheiro de cerveja e fumaça de chaminé perdurasse nas minhas narinas. Fiz Clarence avançar até ao lado de Jamie. Pássaro tinha diminuído o passo para cavalgar junto de seus homens e Ian; eles estavam rindo de alguma coisa.

– Será que essa história terminou? – perguntei.

Minha voz soou fina no ar frio, e não tive certeza se ele havia me escutado. Mas ele escutou. Fez que não com a cabeça, de leve.

– Essas coisas nunca terminam – falou, baixinho. – Mas nós estamos vivos. E isso é bom.

PARTE V

Grandes desesperanças

35

LAMINARIA

Depois de voltar em segurança de Brownsville, dei passos firmes para retomar a vida normal. Esses passos incluíam uma visita a Marsali, que tinha voltado de seu refúgio com os McGillivrays. Eu já estivera com Fergus, que me garantira que ela estava recuperada dos ferimentos e sentindo-se bem... mas precisava ver com meus próprios olhos.

Vi que a casa estava em boas condições, mas exibia alguns sinais de deterioração: telhas arrancadas do telhado pelo vento, um dos cantos do alpendre caído, além do pergaminho untado com óleo que tampava a única janela partido até metade da altura e o problema remediado às pressas com um trapo enfiado no buraco. Eram coisas pequenas, mas que precisavam ser consertadas antes de a neve chegar... e a neve estava chegando: eu já podia sentir sua textura no ar, e o céu azul brilhante do final do outono já se transformava no cinza enevoado do inverno próximo.

Ninguém correu para me receber, mas eu sabia que eles estavam em casa: uma nuvem de fumaça e centelhas saía da chaminé, e pensei, atrevida, que pelo menos Fergus parecia capaz de catar lenha suficiente para a lareira. Entoei um "Oláááá!" alegre e abri a porta com um empurrão.

A sensação se apoderou de mim na mesma hora. Eu no momento não confiava na maioria dos meus sentimentos, mas esse veio do fundo dos ossos. É a sensação que se tem, quando se é médico, ao adentrar uma sala de exame e *saber* que há algo muito errado. Antes de fazer a primeira pergunta, antes de medir o primeiro sinal vital. Não é frequente acontecer, e seria preferível que não acontecesse nunca, mas é isso. Você sabe, e não há como disfarçar.

O que me alertou foram as crianças, mais do que qualquer outra coisa. Marsali estava sentada junto à janela, costurando, enquanto as duas meninas brincavam em silêncio a seus pés. Germain, num raro momento dentro de casa, estava sentado diante da mesa balançando as pernas, com o cenho franzido para um livro esfarrapado, porém precioso, que Jamie lhe trouxera de Cross Creek. Eles também sabiam.

Marsali ergueu os olhos quando entrei, e vi seu rosto se contrair de choque diante da visão do meu... embora eu estivesse bem melhor do que já estivera.

– Eu estou bem – falei depressa, impedindo sua exclamação. – São só hematomas. Mas e você, como está?

Pus minha maleta no chão e segurei seu rosto com as duas mãos, virando-o delicadamente na direção da luz. Uma das bochechas e das orelhas estava muito machucada, e havia um galo já esmaecido na testa... mas ela não tinha nenhum corte, e seus olhos me encararam de volta, límpidos e saudáveis. A pele tinha uma cor boa, sem icterícia, sem o leve odor da disfunção renal.

Ela está bem. É o bebê, pensei, e baixei as mãos para seu ventre sem pedir. Senti o coração frio ao envolver a barriga e erguê-la de leve. Quase mordi a língua de susto quando um pequeno joelho se moveu em reação ao meu toque.

Aquilo me animou muito. Eu tinha pensado que o bebê poderia estar morto. Uma olhada rápida para o rosto de Marsali jogou água fria no meu alívio. Tensa, dividida entre a esperança e o temor, ela torcia para eu lhe dizer que o que ela sabia ser verdade não o era.

– O bebê tem se mexido muito nestes últimos dias? – indaguei, mantendo a voz calma enquanto ia pegar o estetoscópio.

Eu mandara fabricá-lo num artesão de Wilmington que trabalhava com estanho: uma sineta com uma peça plana do lado oposto; primitivo, mas eficaz.

– Não tanto quanto antes – respondeu Marsali, inclinando-se para trás de modo a me deixar auscultar sua barriga. – Mas eles não se mexem muito quando está quase na hora de chegar, não é? Joanie ficou parada feito um mor... feito uma pedra a noite inteira antes de a bolsa estourar.

– Bom, sim, eles muitas vezes fazem isso – concordei, ignorando o que ela quase tinha dito. – Imagino que ele deva estar descansando.

Ela sorriu em resposta, mas o sorriso desapareceu como um floco de neve numa chapa quente quando me inclinei mais para perto e aproximei o ouvido da extremidade plana do tubo de metal que se abria, com a larga extremidade em formato de sino a lhe cobrir a barriga.

Levei algum tempo para captar os batimentos cardíacos, e quando consegui notei que estavam inabitualmente lentos. Estavam também irregulares. Os pelos dos meus braços se arrepiaram e minha pele se eriçou ao escutá-los.

Prossegui o exame, fazendo perguntas, pequenas brincadeiras, parando para responder a perguntas das outras crianças que se aglomeravam ao redor, pisando nos pés umas das outras e atrapalhando... enquanto o tempo inteiro minha mente estava a mil imaginando possibilidades, todas ruins.

O bebê *estava* se mexendo... mas errado. Os batimentos cardíacos estavam presentes... mas errados. Tudo naquela barriga me parecia *errado*. Mas o que poderia ser? Um cordão umbilical em volta do pescoço era totalmente possível, e bastante perigoso.

Afastei um pouco mais o vestido, tentando ouvir melhor, e vi o extenso hematoma: feias manchas já meio esmaecidas, verdes e amarelas, algumas ainda com o centro de um vivo negro avermelhado, a florescer qual rosas mortais sobre a curva do seu ventre. Meus dentes se enterraram no lábio quando vi aquilo; os malditos a tinham chutado. Era um assombro ela não ter abortado na hora.

A raiva inchou subitamente sob o meu esterno, uma coisa imensa e sólida, empurrando com força suficiente para rebentar meu peito.

Ela estava com algum sangramento? Não. Nenhuma dor, só a dos hematomas. Nenhuma cãibra. Nenhuma contração. Até onde eu podia constatar, a pressão arterial parecia normal.

Um acidente com o cordão ainda era possível... ou mesmo provável. Mas podia ser também uma placenta descolada sangrando dentro do útero. Uma ruptura uterina? Ou algo mais raro ainda: um gêmeo morto, um crescimento anormal... A única coisa de que eu tinha certeza era que a criança precisava sair o quanto antes para o mundo em que se respirava ar.

– Onde está Fergus? – perguntei, falando com uma voz calma.

– Não sei – respondeu ela, no mesmo tom de calma absoluta que o meu. – Ele não aparece em casa desde anteontem. Não ponha isso na boca, *a chuisle*.

Ela ergueu a mão na direção de Félicité, que mordiscava um toco de vela, mas não conseguiu alcançar a menina.

– Não? Bom, nós vamos encontrá-lo.

Peguei o toco de vela. Félicité não protestou, consciente de que algo estava acontecendo, mas sem saber o quê. Querendo ser tranquilizada, agarrou a perna da mãe e, decidida, começou a tentar escalar até o colo inexistente de Marsali.

– Não, *bébé* – falou Germain, segurando a irmã pela cintura e a puxando para trás. – Venha comigo, *a piuthar*. Quer um pouco de leite? – acrescentou, persuasivo. – Vamos até a despensa externa, sim?

– Eu quero mamãe!

Félicité girou os braços e as pernas para tentar fugir, mas Germain levantou nos braços seu corpinho gordo.

– Vocês vêm comigo, meninotas – falou, firme.

Em seguida, saiu desajeitadamente, com Félicité grunhindo e se contorcendo em seu colo e Joanie correndo no seu encalço – e parando na porta para olhar para a mãe com os grandes olhos castanhos arregalados e cheios de medo.

– Vá lá então, *a muirninn* – disse-lhe Marsali, sorrindo. – Leve-as para visitar a sra. Bug. Vai ficar tudo bem.

Quando ele saiu, Marsali uniu as mãos sobre a barriga enquanto o sorriso desaparecia.

– Germain é um doce de menino – murmurou.

– Um doce... – concordei. – Marsali...

– Eu sei – disse ela apenas. – Este daqui pode viver, a senhora acha?

Ela passou a mão na barriga com delicadeza, olhando para baixo.

Eu não tinha certeza alguma, mas a criança por enquanto *estava* viva. Hesitei, percorrendo mentalmente as possibilidades. Qualquer coisa que eu fizesse acarretaria enormes riscos... para ela, para o bebê, ou para ambos.

Por que eu não fora lá antes? Repreendi a mim mesma por acreditar nas afirmações de Jamie e depois de Fergus de que ela estava bem, mas não havia tempo para autorrecriminação... e talvez também não tivesse feito diferença.

– Você consegue andar? – perguntei. – Precisamos ir para a Casa Grande.

– Sim, claro. – Ela se levantou com cuidado, segurando o meu braço. Correu os olhos pelo chalé como se para memorizar todos os seus detalhes conhecidos, então me lançou um olhar incisivo e límpido. – Conversamos no caminho.

Havia alternativas, a maioria delas horrenda de se contemplar. Se houvesse o risco de um descolamento de placenta, eu *poderia* fazer uma cesariana de emergência e possivelmente salvar a criança... mas Marsali iria morrer. Fazer o parto devagar, por indução, significava pôr a criança em risco, mas seria bem mais seguro para a mãe. É claro que induzir o trabalho de parto aumentava o risco de hemorragia, e guardei esse pensamento para mim mesma. Caso isso acontecesse...

Talvez eu conseguisse estancar a hemorragia e salvar Marsali... mas não conseguiria ajudar a criança, que decerto também estaria em sofrimento. Era bem verdade que havia o éter... uma ideia tentadora, mas que deixei de lado com relutância. Era éter, *sim*... mas eu não o havia usado, não tinha uma noção clara de sua concentração ou eficácia, e tampouco possuía qualquer coisa semelhante à formação de um anestesista que me permitisse calcular seus efeitos numa situação tão perigosa quanto um parto de risco. Em uma operação de menor porte, poderia ir devagar, avaliar a respiração do paciente e simplesmente recuar se parecesse haver algo de errado. Se estivesse no meio de uma cesariana e as coisas azedassem, não haveria saída possível.

Marsali parecia tomada por uma calma sobrenatural, como se estivesse escutando o que acontecia dentro de si, e não minhas explicações e especulações. Ao chegarmos perto da Casa Grande, porém, encontramos o Jovem Ian descendo o morro com um punhado de coelhos mortos pendurados pelas orelhas, e ela ficou mais alerta.

– Olá, prima! Como vão as coisas? – perguntou ele, alegre.

– Ian, eu preciso de Fergus – disse ela sem qualquer preliminar. – Consegue encontrá-lo?

O sorriso sumiu do rosto de Ian assim que ele constatou a palidez de Marsali e o fato de eu a estar amparando.

– Meu Deus, a criança está chegando? Mas por que...

Ele ergueu os olhos para a trilha acima de nós, obviamente se perguntando por que tínhamos saído da casa de Marsali.

– Ian, vá achar Fergus – interrompi. – *Agora.*

– Ah. – Ele engoliu em seco, parecendo subitamente muito jovem. – Ah. Sim. Vou sim. Agora mesmo!

Começou a se afastar, então girou nos calcanhares e empurrou os coelhos para a minha mão. Em seguida pulou para fora da trilha e começou a descer correndo a encosta da montanha, chispando entre as árvores e pulando por cima dos troncos caídos. Sem querer ficar de fora de nada, Rollo passou feito um raio em meio a um borrão cinza e desceu desabalado o morro atrás de seu dono como uma pedra que cai.

– Não se preocupe – falei, dando uns tapinhas no braço de Marsali. – Eles vão encontrá-lo.

– Ah, sim – disse ela, olhando para a direção em que eles tinham partido. – Mas se não o encontrarem a tempo...

– Vão encontrá-lo – falei, firme. – Venha.

Mandei Lizzie achar Brianna e Malva Christie, pois pensei que poderia muito bem precisar de mais alguns pares de mãos, e disse para Marsali ir descansar na cozinha com a sra. Bug enquanto eu aprontava o consultório. Estendi roupas de cama e travesseiros limpos sobre a mesa de exame. Uma cama seria melhor, mas eu precisava ter meus equipamentos à mão.

E os equipamentos em si: os instrumentos cirúrgicos cuidadosamente escondidos sob uma toalha limpa, a máscara de éter forrada com uma gaze grossa e limpa, o conta-gotas... será que eu poderia confiar em Malva para administrar o éter caso tivesse que fazer uma cirurgia de emergência? Pensei que talvez sim; a moça era bem jovem e quase não tinha treinamento, mas possuía uma tranquilidade notável, e eu sabia que não era excessivamente sensível. Enchi o conta-gotas, afastando o rosto do cheiro doce e espesso que emanou do líquido, e pus no bico um pedacinho de algodão retorcido para impedir o éter de evaporar e envenenar todas nós... ou então pegar fogo. Olhei depressa para a lareira, mas o fogo estava apagado.

E se o trabalho de parto se prolongasse e as coisas dessem errado... se eu tivesse que fazer tudo aquilo à noite, à luz de velas? Não seria possível. O éter era terrivelmente inflamável. Afastei uma imagem mental de mim mesma realizando uma cesariana de emergência no escuro, guiada pelo tato.

– Se vocês tiverem um instantinho disponível, agora seria um excelente momento para fazer uma visita – murmurei.

Meu comentário era endereçado coletivamente a Santa Brígida, São Raimundo Nonato e Margarida de Antioquia, todos supostamente padroeiros do parto e das mulheres grávidas, além de a qualquer anjo da guarda – meu, de Marsali ou do bebê – que pudesse estar pairando ali por perto.

Ficou óbvio que alguém estava escutando. Quando consegui fazer Marsali subir na mesa, fiquei extremamente aliviada ao constatar que o colo do útero havia começado a dilatar... mas não havia sinal de hemorragia. Aquilo não excluía o risco de hemorragia, de modo algum, mas significava que a probabilidade era bem mais baixa.

A pressão arterial de Marsali estava boa, até onde pude constatar olhando para ela, e os batimentos cardíacos do bebê tinham se regularizado, embora ele houvesse parado de se mexer e se recusasse a reagir a cutucões e empurrões.

– Imagino que deva estar ferrado no sono – falei, e sorri para Marsali. – Descansando.

Ela me respondeu com um sorriso apagado e virou de lado, grunhindo feito um porco.

– Eu mesma bem que preciso de um descanso depois dessa caminhada.

Suspirando, pousou a cabeça no travesseiro. Em reação a esse movimento, Adso pulou na mesa e se aninhou junto aos seus seios, esfregando o rosto nela com afeto.

Eu teria enxotado o gato, mas Marsali pareceu encontrar algum reconforto na sua presença, e ficou coçando suas orelhas até ele se enroscar sob seu queixo, ronronando feito um louco. Bem, eu já tinha feito partos em ambientes bem menos salubres, mesmo com o gato, e era provável que aquele fosse um processo lento. Adso já teria ido embora bem antes de a sua presença se tornar um estorvo.

Estava me sentindo um pouco mais tranquilizada, mas não a ponto de estar confiante. Aquela sutil sensação de que algo estava errado perdurava. No caminho, tinha avaliado todas as diversas opções disponíveis: considerando a leve dilatação do colo do útero e os batimentos cardíacos agora regulares, achava que poderíamos tentar o método mais conservador para induzir o trabalho de parto, de modo a não causar estresse desnecessário nem para a mãe, nem para o bebê. Caso houvesse uma emergência... bem, lidaríamos com isso quando e se fosse preciso.

Eu só estava torcendo para o conteúdo do vidro estar utilizável; ainda não tivera oportunidade de abri-lo. *Laminaria*, dizia o rótulo, escrito na caligrafia graciosa de Daniel Rawling. Era um pequeno vidro verde-escuro, bem tampado com uma rolha e muito leve. Quando o abri, um leve cheiro de iodo flutuou lá de dentro, mas graças a Deus não senti cheiro de podre.

Laminaria é uma alga marinha. Seca, não passa de finíssimas tiras de uma cor entre o marrom e o verde. Ao contrário de muitas algas secas, contudo, a *Laminaria* não se esfarela com facilidade. E tem uma capacidade das mais notáveis de absorver água.

Inserida na abertura do colo do útero, ela absorve a umidade das mucosas... e incha, forçando o colo a se abrir lentamente e iniciando assim, após algum tempo, o trabalho de parto. Eu já tinha visto a *Laminaria* ser usada, mesmo na minha época, embora nos tempos modernos ela fosse usada com mais frequência para ajudar a expelir um bebê morto do útero. Enfiei *esse* pensamento bem no fundo da minha mente e escolhi um bom pedaço.

Era um procedimento simples de realizar, e uma vez concluído não havia nada a fazer a não ser esperar. E torcer. O consultório estava muito tranquilo, repleto de luz e dos barulhos das andorinhas-das-chaminés se agitando sob os beirais.

– Tomara que Ian encontre Fergus – disse Marsali após um período de silêncio.

– Tenho certeza de que vai encontrar – respondi, distraída com uma tentativa de acender meu pequeno braseiro usando uma pederneira e aço. Deveria ter dito a Lizzie para pedir que Brianna trouxesse fósforos. – Você falou que Fergus não tem estado em casa?

– Não. – Sua voz soou abafada, e quando ergui os olhos vi sua cabeça curvada por cima de Adso, o rosto escondido no pelo do gato. – Eu mal o vi desde... desde que os homens apareceram no barracão de maltagem.

– Ah.

Não soube o que responder. Não percebera que Fergus tinha se mantido distante... embora, sabendo o que sabia sobre os homens do século XVIII, achasse que podia entender o motivo.

– Ele está com vergonha, aquele francesinho bobo – disse Marsali num tom casual, confirmando minha suposição. Virou o rosto e um olho azul surgiu acima da curva da cabeça de Adso. – Ele acha que foi culpa dele, sabe? Quero dizer, eu ter estado lá. Acha que, se ele tivesse conseguido sustentar melhor a família, eu não precisaria ter ido cuidar da maltagem.

– Homens – falei, balançando a cabeça, e ela riu.

– É, homens. Não que ele *diga* qual é o problema, claro. Muito melhor sair e ir ficar emburrado, e me deixar em casa com três crianças descontroladas!

Ela revirou os olhos.

– É, bem, os homens fazem isso – disse a sra. Bug num tom tolerante, entrando com uma vela acesa. – Eles não têm juízo algum, mas têm boa intenção. Ouvi a senhora batendo com essa pederneira feito uma condenada, sra. Claire. Por que não foi buscar um pouco de fogo como uma pessoa sensata?

Ela encostou a vela nos gravetos do meu braseiro, que pegaram fogo na hora.

– Para treinar – respondi, suave, acrescentando mais gravetos à chama nascente. – Tenho esperança de um dia aprender a acender um fogo em menos de quinze minutos.

Marsali e a sra. Bug deram muxoxos simultâneos de desdém.

– Que Deus a abençoe, pobrezinha, quinze minutos não é nada! Ora, eu muitas vezes passei uma hora ou mais tentando fazer uma faísca em madeira úmida... na Escócia, sobretudo, já que lá no inverno nada fica seco. Por que a senhora acha que as pessoas se dão tanto trabalho para abafar o fogo na lareira?

Isso provocou uma conversa acalorada sobre a melhor forma de abafar um fogo para a noite, com direito a um debate sobre a oração adequada a se recitar enquanto isso era feito, e a coisa toda se estendeu por tempo bastante para eu conseguir atiçar o braseiro até uma intensidade decente e pôr dentro dele uma pequena chaleira. Um chá de folhas de amoreira incentivaria contrações.

A menção da Escócia pareceu fazer Marsali se lembrar de alguma coisa, pois ela se ergueu sobre um dos cotovelos.

– Mãe Claire... a senhora acha que o pai se importaria se eu pegasse emprestado uma folha de papel e um pouco de tinta? Estava pensando que seria bom escrever para a minha mãe.

– Acho que é uma excelente ideia.

Fui buscar papel e tinta com o coração batendo um pouco mais depressa. Marsali estava totalmente calma; eu não. Já tinha visto aquilo antes, porém. Não sabia ao certo se era fatalismo, fé religiosa ou algo puramente físico, mas mulheres em vias de dar à luz muitas vezes pareciam perder qualquer noção de medo ou hesitação, voltando-se para dentro de si mesmas e demonstrando uma concentração que equivalia à indiferença – pelo simples fato de não terem qualquer atenção a dedicar a outra coisa que não o universo limitado pela barriga delas.

Naquele caso, meu persistente sentimento de apreensão estava contido, e duas ou três horas transcorreram em paz e silêncio. Marsali escreveu para Laoghaire, mas escreveu também bilhetes curtos para cada um dos filhos.

– Só para garantir – falou, lacônica, entregando-me os bilhetes dobrados para eu guardar.

Reparei que ela não escrevera para Fergus – mas seus olhos se moviam velozes na direção da porta toda vez que havia algum barulho.

Lizzie voltou e disse que não conseguira encontrar Brianna, mas Malva Christie apareceu, com um ar animado, e foi prontamente posta para trabalhar lendo em voz alta *As aventuras do peregrino Pickle*, de Tobias Smollett.

Jamie apareceu, coberto pela poeira da estrada, e deu um beijo na minha boca e outro na testa de Marsali. Observou a situação pouco ortodoxa e ergueu uma das sobrancelhas para mim de modo quase imperceptível.

– Como vão as coisas, *a muirninn*? – perguntou ele a Marsali.

Ela fez uma pequena careta e pôs a língua para fora, e ele riu.

– Você não viu Fergus em lugar nenhum, viu? – perguntei.

– Vi, vi sim – disse ele, com um ar de leve surpresa. – Vocês o querem aqui?

A pergunta foi dirigida tanto a Marsali quanto a mim.

– Queremos – respondi, com firmeza. – Onde ele está?

– No Moinho de Woolam. Está servindo de intérprete para um viajante francês, um artista que veio procurar pássaros.

– Pássaros, é? – O conceito pelo visto era uma afronta para a sra. Bug, que pousou seu tricô e sentou-se ereta. – O nosso Fergus por acaso fala a língua dos pássaros? Bem, pois o senhor vá lá chamar o homem agora mesmo. Esse tal francês pode cuidar dos próprios pássaros!

Parecendo um tanto espantado com essa veemência toda, Jamie permitiu que eu o acompanhasse pelo corredor até a porta da frente. Quando ficou seguro de que já não podíamos ser ouvidos, parou.

– O que está acontecendo com a menina? – quis saber, em voz baixa, e lançou um rápido olhar de volta na direção do consultório, onde a voz nítida e aguda de Malva havia retomado a leitura.

Contei-lhe da melhor maneira que consegui.

– Pode não ser nada, tomara que não. Mas... ela quer Fergus. Disse que ele tem se mantido distante, pois se sente culpado pelo que aconteceu no barracão de maltagem.

Jamie aquiesceu.

– Bem, sim, é natural.

– Natural? Por quê, pelo amor dos céus? – perguntei, irritada. – Não foi culpa *dele*!

Jamie olhou para mim, e sua expressão sugeria que eu havia deixado passar algo evidente até para o mais medíocre dos intelectos.

– Você acha que isso faz diferença? E se a menina viesse a morrer... ou se algo de ruim acontecesse com a criança? Acha que ele não iria se culpar?

– Pois não *deveria* – falei. – Mas está bem óbvio que ele se culpa. Você não...

Interrompi a frase no meio, pois na verdade Jamie se culpava *sim*. Tinha me dito isso de modo bem claro na noite em que me trouxera de volta.

Ele viu a lembrança atravessar meu semblante, e um esboço de sorriso irônico e dolorido surgiu em seus olhos. Estendeu a mão e traçou com o dedo o contorno da minha sobrancelha, no ponto em que um corte já meio cicatrizado a havia dividido.

– Você pensou que eu não sentisse isso? – indagou, em voz baixa.

Balancei a cabeça, não para comunicar uma negativa, e sim minha impotência.

– Cabe ao homem proteger sua esposa – disse ele apenas, e virou as costas. – Vou buscar Fergus.

A *Laminaria* havia feito seu lento e paciente trabalho, e Marsali estava começando a ter contrações ocasionais, embora o trabalho de parto em si ainda não tivesse começado. A luz começava a baixar quando Jamie chegou com Fergus – e com Ian, que eles haviam encontrado pelo caminho.

Fergus tinha a barba por fazer, estava coberto de poeira e obviamente fazia muitos dias que não tomava banho, mas o rosto de Marsali se iluminou quando ela o viu. Eu não sabia o que Jamie tinha lhe dito; ele exibia uma expressão fechada e preocupada... ao ver Marsali, porém, foi até ela como uma flecha em direção ao alvo e abraçou-a com tamanho fervor que Malva deixou o livro cair no chão e ficou encarando, atônita.

Relaxei um pouco, pela primeira vez desde que adentrara a casa de Marsali naquela manhã.

– Bem – falei, e inspirei fundo. – Quem sabe nós não comemos alguma coisa?

Deixei Fergus e Marsali sozinhos enquanto comíamos, e quando voltei ao consultório encontrei-os conversando baixinho, com a cabeça encostada uma na outra. Detestei ter que incomodá-los, mas era preciso.

Por um lado, o colo do útero havia se dilatado sensivelmente e não havia sinal de nenhum sangramento anormal, o que foi um tremendo alívio. Por outro... os batimentos cardíacos do bebê estavam outra vez irregulares. Quase com certeza um problema de cordão, pensei.

Tive muita consciência dos olhos de Marsali fixos no meu rosto enquanto eu auscultava com o estetoscópio, e mobilizei cada grama da minha força de vontade para não deixar transparecer nada.

– Você está indo muito bem – tranquilizei-a, ajeitando seus cabelos caídos na testa e abrindo-lhe um sorriso. – Acho que talvez esteja na hora de uma ajudinha para acelerar as coisas.

Diversas ervas podiam acelerar o trabalho de parto, mas a maioria não era algo que eu usaria caso houvesse algum risco de hemorragia. Àquela altura, porém, estava aflita o suficiente para querer que as coisas progredissem o mais depressa possível. Um chá de folhas de amoreira poderia ajudar sem ser tão forte a ponto de induzir contrações importantes ou abruptas. Será que deveria acrescentar acteia-azul, pensei?

– O bebê precisa vir logo – disse Marsali a Fergus com um ar de calma absoluta.

Pelo visto, eu não tivera tanto sucesso ao esconder minha preocupação quanto havia pensado.

Ela estava segurando seu terço, e nesse momento o enrolou na mão, deixando a cruz pendurada.

– Me ajude, *mon cher*.

Ele ergueu a mão do terço e a beijou.

– *Oui, chérie*.

Então fez o sinal da cruz e pôs mãos à obra.

Fergus havia passado os primeiros dez anos de vida no bordel em que nascera. Consequentemente, sabia muito mais sobre mulheres, sob alguns aspectos, do que qualquer outro homem que eu jamais houvesse conhecido. Mesmo assim, espantei--me ao vê-lo estender as mãos para os cordões no pescoço da combinação de Marsali e a baixar, deixando os seios expostos.

Sem parecer nem um pouco surpresa, Marsali simplesmente se reclinou e se virou um pouco na direção dele, cutucando-o com a protuberância do ventre ao fazê-lo.

Ele se ajoelhou num banquinho ao lado da cama e, pousando uma das mãos na barriga da mulher de modo carinhoso, porém distraído, curvou a cabeça em direção ao seu seio, com os lábios levemente franzidos. Então pareceu reparar que eu o encarava boquiaberta e espiou por cima da barriga.

– Ah. – Ele sorriu para mim. – A senhora não... bem, imagino que talvez nunca tenha visto isso, milady?

– Não posso afirmar que sim. – Eu estava dividida entre o fascínio e uma sensação de que deveria olhar para o outro lado. – O quê...?

– Quando as dores do parto demoram para começar, sugar os seios da mulher incentiva o útero a se mover, apressando assim a criança – explicou ele, e sem prestar muita atenção esfregou um dos polegares num mamilo marrom-escuro, fazendo-o se contrair, redondo e duro feito uma cereja. – No bordel, quando alguma das *filles* tinha uma dificuldade, às vezes outra fazia isso por ela. Eu já fiz por *ma douce* uma vez... quando Félicité chegou. Ajuda; a senhora vai ver.

E, sem mais delongas, ele segurou o seio com as duas mãos, pôs o mamilo na boca e começou a sugar com delicadeza, mas muito concentrado, de olhos fechados.

Marsali suspirou, e seu corpo pareceu relaxar do jeito fluido que acontece com o corpo de uma grávida, como se ela de repente ficasse tão sem ossos quanto uma água-viva encalhada na praia.

Fiquei mais do que desconcertada, mas não podia sair, caso alguma coisa drástica acontecesse.

Hesitei por um instante, então puxei um banquinho e me sentei, tentando me manter discreta. Na verdade, porém, nenhum dos dois parecia incomodado com a minha presença... como se não tivessem mais sequer consciência de que eu estava aqui. Virei-me um pouco para o outro lado, contudo, de modo a não encarar.

Estava ao mesmo tempo atônita e interessada na técnica de Fergus. Ele tinha toda a razão: dar de mamar a um bebê provoca contrações uterinas. As parteiras que eu conhecera no Hôpital des Anges em Paris também tinham me dito isso. Uma mulher recém-parida deve receber o filho para amamentar na mesma hora, de modo a diminuir a hemorragia. Nenhuma delas, porém, chegara a mencionar o uso da técnica como uma forma de induzir o trabalho de parto.

"*No bordel, quando alguma das* filles *tinha uma dificuldade, às vezes outra fazia isso por ela*", dissera Fergus.

Sua mãe tinha sido uma das *filles*, embora ele nunca a houvesse conhecido. Pude imaginar uma prostituta parisiense, cabelos escuros, decerto jovem, grunhindo durante o trabalho de parto... e uma amiga se ajoelhando para sugá-la carinhosamente, segurando os seios sensíveis e inchados e sussurrando palavras de incentivo enquanto os barulhos ruidosos de clientes satisfeitos ecoavam pelos pisos e paredes.

Será que sua mãe tinha morrido? No parto dele, ou de outro filho depois? Esganada por um cliente bêbado, espancada pelo capanga da cafetina? Ou será que simplesmente não o quisera, não desejara ser responsável por uma criança ilegítima, e portanto o deixara entregue à piedade das outras mulheres, um daqueles filhos sem nome das ruas, filho de ninguém?

Marsali mudou de posição na cama e espiei para ver se ela estava bem. Estava. Só tinha se mexido para envolver com os braços os ombros de Fergus, aproximando a cabeça da sua. Havia tirado a touca, seus cabelos louros soltos brilhavam em contraste com o tom escuro e lustroso dos dele.

– Fergus... acho que talvez eu morra – sussurrou ela, a voz praticamente inaudível por causa do vento nas árvores.

Ele soltou seu mamilo, mas moveu os lábios com delicadeza pela superfície do seio enquanto murmurava:

– Você sempre acha que vai morrer, *p'tite puce*, todas as mulheres acham.

– Sim, isso é porque muitas delas de fato *morrem* – disse ela, um tanto incisiva, e abriu os olhos.

Ele sorriu, com os olhos ainda fechados, movendo a ponta da língua delicadamente sobre o mamilo.

– Você, não – falou baixinho, mas com grande segurança.

Passou a mão pela barriga dela, primeiro delicadamente, em seguida com mais força. Pude ver o montinho se firmar e se adensar de repente, redondo e duro. Marsali inspirou de modo fundo e repentino, e Fergus pressionou a base da mão na parte baixa de seu ventre com força, contra o osso púbico, e a manteve ali até a contração relaxar.

– Ah – fez ela, soando ofegante.

– *Tu... Non* – sussurrou ele, ainda mais baixinho. – Você, não. Eu não vou deixar você ir.

Torci as mãos no pano da saia. Aquilo me parecia uma boa contração, sólida. Nada horrível parecia estar acontecendo como resultado dela.

Fergus retomou os trabalhos, parando de vez em quando para murmurar algo ridículo para Marsali em francês. Levantei-me e dei a volta com cuidado na mesa que servia de cama, de mansinho, até chegar ao pé. Não, nada fora do normal. Dei uma olhada rápida na direção da bancada para me certificar de que estava tudo pronto, e estava.

Talvez fosse ficar tudo bem. Havia um filete de sangue no lençol... mas era apenas um pequeno sangramento, bastante normal. Havia ainda os batimentos cardíacos irregulares da criança, a possibilidade de um acidente do cordão... mas eu não podia fazer nada em relação a isso agora. Marsali tinha tomado a sua decisão, e fora a decisão certa.

Fergus recomeçara a mamar. Saí para o corredor sem fazer barulho e fechei parcialmente a porta para lhes dar privacidade. Se ela tivesse uma hemorragia, estaria ao seu lado num segundo.

Ainda estava segurando o vidro de folhas de amoreira. Pensei que poderia continuar e fazer o chá, afinal... nem que fosse apenas para me sentir útil!

Como não tinha encontrado a mulher em casa, o velho Arch Bug subira até a casa com as crianças. Félicité e Joan dormiam profundamente no banco da cozinha, e Arch fumava seu cachimbo junto à lareira e soprava anéis de fumaça diante de um fascinado Germain. Enquanto isso, Jamie, Ian e Malva Christie pareciam entretidos num debate literário amigável relacionado aos méritos de Henry Fielding, Tobias Smollett e...

– Ovídio? – falei, pescando o final de um comentário. – Sério?

– *Contanto que você tenha segurança, contará com muitos amigos* – citou Jamie. – *Se a sua vida se obscurecer, você ficará sozinho*. Não acham que foi isso que aconteceu com o pobre Tom Jones e o pequeno Perry Pickle?

– Mas com certeza um homem não deveria ser abandonado por amigos de verdade só porque está passando por dificuldades! – protestou Malva. – Que tipo de amigos são esses?

– Do tipo bem comum, infelizmente – falei. – Por sorte existem *alguns* do outro tipo.

– É, existem mesmo – concordou Jamie. Ele sorriu para Malva. – O povo das Terras Altas dá o melhor tipo de amigo... nem que seja por dar o pior tipo de inimigo.

Ela corou de leve, mas entendeu que era uma provocação.

– Humm – disse, e empinou o nariz para poder encará-lo de cima. – Meu pai falou que os homens das Terras Altas são guerreiros tão valentes porque existe muito pouca coisa *de valor* nas Terras Altas, e as piores batalhas são sempre travadas pelas causas mais reles.

Isso fez todos gargalharem, e Jamie se levantou e veio na minha direção, deixando Ian e Malva continuarem sua contenda.

– Como vai a pequena? – indagou ele baixinho, despejando água quente da chaleira para mim.

– Não tenho certeza – falei. – Fergus a está... ahn... ajudando.

Jamie arqueou as sobrancelhas.

– Como? – perguntou ele. – Não sabia que existia muita coisa que um homem pudesse fazer com relação a esse assunto uma vez que tudo tenha de fato começado.

– Ah, você ficaria surpreso – assegurei-lhe. – *Eu* com certeza fiquei!

Ele pareceu intrigado ao ouvir isso, mas foi impedido de fazer mais perguntas pela exigência da sra. Bug de que todos parassem de falar sobre aquela maldita gente que só aprontava nas páginas dos livros e fossem se sentar para comer.

Sentei-me para jantar também, mas, distraída pela preocupação com Marsali, não consegui comer direito. O chá de folha de amoreira tinha acabado de infundir enquanto comíamos; servi-o e levei-o até o consultório... batendo na porta com cautela antes de entrar.

Apesar de afogueado e sem ar, Fergus tinha os olhos brilhantes. Não consegui convencê-lo a ir comer, e ele insistiu para ficar com Marsali. Seus esforços estavam dando frutos: ela agora estava tendo contrações regulares, embora ainda um tanto espaçadas.

– Vai ser rápido depois que a bolsa estourar – disse-me Marsali. Também levemente corada, ela exibia um ar de escuta interna. – Sempre é.

Tornei a verificar os batimentos cardíacos: nenhuma grande mudança – continuavam irregulares, mas não estavam enfraquecendo. Pedi licença e saí. Jamie estava em seu escritório do outro lado do corredor. Fui me sentar com ele, para estar por perto quando fosse preciso.

Ele estava escrevendo seu bilhete vespertino habitual para a irmã, parando de vez em quando para esfregar a cãibra da mão direita antes de recomeçar. No andar de cima, a sra. Bug punha as crianças para dormir. Pude ouvir Félicité choramingando e Germain tentando cantar para ela.

Do outro lado do corredor, leves arrastares e murmúrios, um peso sendo deslocado e o rangido da mesa. E, nas profundezas do meu ouvido interno, num eco da minha própria pulsação, as batidas suaves e velozes do coração de um bebê.

Seria tão fácil tudo acabar mal...

– O que está fazendo, Sassenach?

Ergui os olhos, espantada.

– Não estou fazendo nada.

– Está encarando a ponto de ver através da parede, e não parece gostar do que está vendo.

– Ah. – Baixei o olhar, e me dei conta de que vinha plissando e replissando o tecido da saia entre os dedos: a fazenda de fabricação caseira exibia uma grande área enrugada. – Acho que estou revivendo meus fracassos.

Ele passou alguns instantes me encarando, então se levantou, veio por trás de mim, pôs as mãos na base do meu pescoço e começou a massagear meus ombros com um toque forte e morno.

– Que fracassos? – indagou.

Fechei os olhos e deixei a cabeça pender para a frente, tentando não gemer com as sensações de dor dos músculos tensos e com o simultâneo e delicioso alívio.

– Ah – falei, e dei um suspiro. – Pacientes que não consegui salvar. Erros. Tragédias. Acidentes. Bebês natimortos.

A última palavra ficou pairando no ar, e as mãos dele pararam por um instante o que estavam fazendo, em seguida recomeçaram com mais força.

– Com certeza deve haver ocasiões em que não há nada que você possa fazer, não? Nem você nem ninguém. Algumas coisas estão além da capacidade de qualquer um consertar, não?

– *Você* nunca acredita nisso quando se trata de você – falei. – Por que eu deveria?

Ele parou a massagem e o encarei por cima do ombro. Ele abriu a boca para me contradizer, então se deu conta de que não podia. Balançou a cabeça, deu um suspiro e retomou.

– É, bem. Acho que é verdade – falou, com extrema ironia.

– Acha que era isso que os gregos chamavam de *hubris*?

Ele deu um leve muxoxo que poderia ter sido de diversão.

– Acho. E você sabe a que *isso* conduz.

– A um rochedo isolado sob um sol escaldante, com um abutre devorando seu fígado – falei, e ri.

Jamie também riu.

– É, bem, acho que um rochedo isolado sob um sol escaldante é um lugar muito bom para se ter companhia. E não estou me referindo ao abutre.

Suas mãos deram um apertão final nos meus ombros, mas ele não as retirou. Inclinei a cabeça para trás e a encostei nele, com os olhos fechados, reconfortando-me com a sua companhia.

No silêncio momentâneo que se fez, pudemos ouvir leves ruídos vindos do consultório do outro lado do corredor. Um grunhido abafado de Marsali na hora em que sobreveio uma contração, uma pergunta feita baixinho por Fergus em francês.

Senti que na realidade não deveríamos estar escutando... mas nenhum de nós dois conseguiu pensar em nada para dizer que pudesse abafar os sons daquela conversa íntima.

Um murmúrio de Marsali, uma pausa, então Fergus disse algo hesitante.

– Sim, como fizemos antes de Félicité – disse a voz de Marsali, abafada, porém bem nítida.

– *Oui*, mas...

– Bloqueie a porta com alguma coisa, então – disse ela, soando impaciente.

Ouvimos passos e a porta do consultório se abriu. Fergus estava parado ali, cabelos escuros despenteados, camisa meio desabotoada e o belo rosto muito ruborizado por baixo da sombra da barba por fazer. Ele nos viu e uma expressão das mais extraordinárias atravessou seu rosto. Orgulho, constrangimento e algo indefinivelmente... francês. Ele sorriu torto para Jamie e levantou um ombro só num gesto de supremo descaso gálico... então fechou a porta com firmeza. Ouvimos o arranhar de uma mesinha sendo arrastada e um leve baque quando ela bateu de encontro à porta.

Jamie e eu nos entreolhamos, sem entender.

Risadinhas se fizeram ouvir atrás da porta fechada, acompanhadas por rangidos e farfalhares bem altos.

– Ele não vai... – começou Jamie, e parou abruptamente, com uma expressão incrédula. – Vai?

Obviamente sim, a julgar pelos débeis rangidos ritmados que começaram a vir do consultório.

Senti um leve calor me percorrer, junto com uma suave sensação de choque... e um impulso um pouco mais forte de gargalhar.

– Bom.. ahn... eu *já ouvi* dizer que... ahn... isso às vezes parece provocar o trabalho de parto. Quando um bebê passava do termo, as *maîtresses sages-femmes* de Paris às vezes aconselhavam as mulheres a embriagarem os maridos e... ahn.

Jamie lançou para a porta do consultório um olhar que era um misto de incredulidade com um respeito relutante.

– E ele não bebeu nem uma gota. Bem, se for isso que estiver fazendo, o danadinho tem colhões, isso eu posso afirmar.

Ian, que veio descendo o corredor a tempo de ouvir esse diálogo, estacou. Passou alguns instantes escutando os ruídos que vinham do consultório, olhou alternadamente para Jamie, para mim e para a porta, tornou a olhar para nós, então balançou a cabeça, deu meia-volta e retornou à cozinha.

Jamie estendeu a mão e fechou delicadamente a porta do escritório.

Sem comentar nada, tornou a se sentar, pegou a pena e começou a fazer garranchos decididos. Fui até a pequena estante e fiquei ali parada olhando para a coleção de lombadas gastas, sem absorver nada.

Histórias de mulher velha às vezes não passavam de histórias de mulher velha. Outras vezes, não.

Eu raramente era incomodada por lembranças pessoais ao lidar com pacientes; não tinha nem tempo nem atenção para isso. Nessa hora, porém, tinha as duas coisas de sobra. E tive uma lembrança muito vívida da noite anterior ao nascimento de Bree.

A sensação de gigantesca inércia, sobretudo. Aquele período interminável mais para o final, quando parece que aquilo *nunca* vai terminar, quando se está atolada numa espécie de poço de piche pré-histórico e cada pequeno movimento é uma luta fadada à futilidade. Cada centímetro quadrado de pele esticado tanto quanto os nervos.

Você não esquece. Apenas chega ao ponto em que não se importa mais com a dor que o parto vai causar. Qualquer coisa é melhor do que ficar grávida nem que seja por um segundo a mais.

Eu havia chegado a esse ponto mais ou menos quinze dias antes do termo. A data chegou... e passou. Uma semana depois, eu estava tomada por uma histeria crônica, se é que é possível estar ao mesmo tempo histérica e letárgica.

Fisicamente, Frank estava mais confortável do que eu, mas no quesito nervos estávamos mais ou menos no mesmo pé. Ambos aterrorizados... não com o parto, mas com o que poderia vir depois. Frank, sendo Frank, reagiu ao terror ficando muito calado, retraindo-se para dentro de si mesmo até um lugar onde podia controlar o que estava acontecendo se recusando a deixar qualquer coisa entrar.

Mas eu não estava com a menor disposição para respeitar as barreiras de ninguém, e irrompi em lágrimas de puro desespero quando um alegre obstetra me informou que eu estava com zero dilatação, e que "ainda poderia demorar vários dias... talvez até mais uma semana".

Para tentar me acalmar, Frank havia começado a massagear meus pés. Depois as costas, o pescoço, os ombros... qualquer coisa que eu o deixasse tocar. E aos poucos eu havia me exaurido e ficado parada, permitindo que ele me tocasse. E... estávamos ambos mortos de medo, precisando muito ser reconfortados, e nenhum de nós dois dispunha de qualquer palavra para dispensar esse reconforto.

Ele fez amor comigo, lenta e delicadamente, e pegamos no sono abraçados... e acordamos em pânico, várias horas depois, quando a minha bolsa estourou.

– Claire!

Imagino que Jamie tenha chamado meu nome mais de uma vez. Eu estava tão perdida nas lembranças que esquecera completamente onde estava.

– O que foi? – Virei-me, com o coração aos pulos. – Aconteceu alguma coisa?

– Não, ainda não.

Ele me estudou por alguns instantes, com o cenho franzido, então se levantou e veio se postar ao meu lado.

– Você está bem, Sassenach?

– Estou. Estava só... pensando.

– É, eu vi – disse ele, seco.

Hesitou e, então, quando um gemido particularmente alto atravessou a porta, tocou meu ombro.

– Você está com medo? – indagou baixinho. – De estar grávida também, quero dizer?

– Não – falei e ouvi o viés de consternação na minha voz tão claramente quanto ele. – Eu sei que não estou. – Ergui os olhos para ele. Seu rosto estava borrado por uma névoa de lágrimas não derramadas. – Fico triste por não estar... porque nunca mais vou ficar.

Pisquei com força, e vi no seu rosto as mesmas emoções que estava sentindo: alívio e pesar, misturados em tal proporção que era impossível dizer qual dominava. Ele me envolveu nos braços e descansei a cabeça em seu peito, pensando como era reconfortante saber que eu tinha companhia naquele rochedo também.

Passamos um tempo calados, só respirando. Então houve uma mudança repentina nos discretos barulhos vindos do consultório. Ouviu-se um gritinho de surpresa, uma exclamação mais alta em francês e então o barulho de pés aterrissando pesados no chão junto com a inconfundível cascata de fluido amniótico.

As coisas de fato progrediram depressa. Uma hora depois, vi surgir uma cabeça coberta por uma penugem preta.

– Ele tem muito cabelo – falei, massageando o períneo com óleo. – Cuidado, não faça força demais! Ainda não. – Espalmei a mão sobre o crânio que despontava. – Ele tem a cabeça muito grande.

– Eu jamais teria adivinhado – disse Marsali, ofegante e com o rosto vermelho. – Obrigada por me avisar.

Mal tive tempo de rir e a cabeça saiu direitinho para dentro das minhas mãos, com o rosto virado para baixo. O cordão estava *mesmo* em volta do pescoço, mas não estava apertado; graças a Deus! Inseri um dedo sob ele e o soltei, e sequer precisei dizer "Empurre!" para Marsali sorver uma inspiração tão grande que poderia ter chegado na China e expelir o bebê na direção do meu tronco feito uma bala de canhão.

Foi como se de repente tivessem me entregado um porco besuntado em óleo, e me atrapalhei toda para tentar virar a criatura e ver se ele ou ela estava respirando.

Enquanto isso, Malva e a sra. Bug deram gritinhos animados, e passos pesados vieram apressados da cozinha pelo corredor.

Encontrei o rosto da criança, limpei rapidamente as narinas e a boca, soprei uma lufada curta de ar para dentro da boca, dei um peteleco na sola de um dos pés. O pé recuou por reflexo e a boca se escancarou, soltando um uivo potente.

– *Bonsoir, monsieur L'Oeuf* – falei, verificando depressa para ter certeza de que era de fato um *monsieur*.

– *Monsieur?*

O rosto de Fergus se abriu num sorriso de orelha a orelha.

– *Monsieur* – confirmei, enrolando o bebê às pressas num pedaço de flanela e entregando-o ao pai antes de voltar minha atenção para o nó e o corte do cordão, depois para os cuidados com a mãe.

A mãe, graças a Deus, estava passando bem. Exausta e coberta de suor, mas igualmente sorridente. Assim como todos no recinto. Havia uma poça no chão, a roupa de cama estava encharcada e o ar espesso com os cheiros fecundos do parto, mas em meio à animação geral ninguém pareceu reparar.

Massageei a barriga de Marsali para estimular o útero a se contrair enquanto a sra. Bug lhe trazia uma imensa caneca de cerveja para beber.

– Está tudo bem com ele? – perguntou ela, voltando a si após deglutir avidamente a bebida. – Tudo bem mesmo?

– Bom, ele tem dois braços, duas pernas e uma cabeça – falei. – Não tive tempo de contar os dedos das mãos e dos pés.

Fergus pousou o bebê na mesa ao lado de Marsali.

– Veja você mesma, *ma chère* – disse ele.

Afastou a manta. Então piscou e chegou mais perto, com o cenho franzido. Ao vê-lo, Ian e Jamie pararam de falar.

– Algum problema? – perguntou Ian, chegando perto.

Um súbito silêncio tomou conta do recinto. Malva correu os olhos pelos rostos dos presentes, atarantada.

– *Maman?*

Em pé na soleira da porta, Germain se balançava, sonolento.

– Ele chegou? *C'est monsieur?*

Sem esperar resposta ou permissão, o menino cambaleou para a frente e se inclinou por sobre a roupa de cama ensanguentada, encarando o irmão recém-nascido com a boca um pouco aberta.

– Ele é gozado – falou, e enrugou um pouco a testa. – O que tem de errado com ele?

Fergus estava paralisado, assim como todos nós. Ao ouvir a pergunta do filho, baixou os olhos para Germain, depois tornou a olhar para o bebê, então novamente para o seu primogênito.

– *Il est un nain* – falou, num tom quase casual.

Apertou o ombro de Germain com força suficiente para extrair do menino um ganido de espanto, em seguida girou nos calcanhares de repente e saiu. Ouvi a porta da frente se abrir e uma corrente de ar frio subiu o corredor e entrou no consultório.

Il est un nain. Ele é anão.

Fergus não tinha fechado a porta, e o vento apagou as velas e nos deixou numa semiescuridão iluminada apenas pelo fulgor da lareira.

36

LOBOS DE INVERNO

O pequeno Henri-Christian parecia gozar de perfeita saúde; era apenas anão. Teve uma icterícia branda, porém, e sua pele exibia um leve tom dourado que dava às faces redondas um brilho delicado, como as pétalas de um narciso. Com um chumaço de cabelos pretos no alto da cabeça, poderia ter sido um bebê chinês... não fossem os imensos e redondos olhos azuis.

De certa forma, eu imaginava que devesse lhe ser grata. Nada exceto o nascimento de um anão teria conseguido desviar a atenção da Cordilheira de mim e dos acontecimentos do mês anterior. Agora as pessoas já não encaravam meu rosto em processo de recuperação, nem ficavam buscando canhestramente algo para me dizer. Tinham bastante coisa a dizer... para mim, umas para as outras, e não raro para Marsali, caso nem Bree nem eu chegássemos a tempo de impedi-las.

Imaginei que devessem estar dizendo a mesma coisa a Fergus... caso o vissem. Ele voltara três dias após o nascimento do bebê, calado e com o semblante soturno. Ficara tempo suficiente para concordar com o nome escolhido por Marsali e ter com ela uma conversa breve e reservada. Em seguida fora embora outra vez.

Se ela sabia onde ele estava, não queria dizer. Por enquanto, ela e os filhos continuavam na Casa Grande conosco. Marsali sorria e dava atenção às outras crianças, como devem fazer as mães, mas parecia sempre à escuta de algo que não estava ali. Seriam os passos de Fergus, perguntava-me eu?

Uma coisa boa: ela mantinha Henri-Christian sempre junto a si, carregando-o num pano enrolado ou deixando-o a seus pés em sua cesta de juncos trançados. Eu já tinha visto pais de filhos defeituosos. Muitas vezes sua reação era se retrair, incapazes de lidar com a situação. Marsali estava fazendo o contrário, mostrando-se muito protetora com o bebê.

Visitas apareciam, supostamente para falar com Jamie sobre algum assunto ou pegar comigo um pouco de tônico ou bálsamo... mas na realidade torcendo para conseguir ver Henri-Christian. Não foi de espantar, portanto, que Marsali tenha ficado tensa e apertado o filho contra o peito quando a porta dos fundos se abriu e uma sombra apareceu na soleira.

Relaxou um pouco, no entanto, ao ver que o visitante era o Jovem Ian.

– Olá, prima – disse ele, sorrindo-lhe. – Quer dizer que você está bem, e o menino também?

– Muito bem – respondeu ela com firmeza. – Veio visitar seu novo primo, é?

Pude ver que ela o observava com atenção.

– Vim, sim, e trouxe-lhe um presentinho também. – Ele ergueu uma das mãos grandes e tocou a camisa, que exibia uma protuberância do que quer que estivesse lá dentro. – A senhora também está bem, espero, tia Claire?

– Olá, Ian – falei, levantando-me e deixando de lado a camisa na qual estava fazendo bainha. – Sim, estou bem. Quer um pouco de cerveja?

Fiquei grata ao vê-lo. Vinha fazendo companhia para Marsali enquanto ela costurava... ou melhor, vinha montando guarda ao seu lado para repelir os visitantes menos desejados enquanto a sra. Bug cuidava das galinhas. Mas estava com uma decocção de urtiga em curso no consultório e precisava ir verificá-la. Ian era de confiança e podia ficar cuidando de Marsali.

Deixei-os com bebidas, escapuli para o consultório e passei quinze agradáveis minutos sozinha com as ervas, decantando infusões e separando um montinho de alecrim para secar, cercada por aromas pungentes e pela paz das plantas. Uma solidão assim era difícil de encontrar ultimamente, com crianças brotando pelo chão feito cogumelos. Eu sabia que Marsali estava ansiosa para voltar para casa... mas não queria deixá-la ir sem Fergus presente para dar *alguma* ajuda.

– Maldito homem – resmunguei entre os dentes. – Que animalzinho egoísta.

Obviamente eu não era a única a pensar assim. Quando estava voltando pelo corredor, cheirando a alecrim e raiz de ginseng, entreouvi Marsali expressando para Ian uma opinião semelhante.

– Sim, eu sei que ele está chocado, quem não ficaria? – dizia ela, com a voz cheia de mágoa. – Mas por que precisa fugir e nos deixar sozinhos? Você falou com ele, Ian? Ele *disse* alguma coisa?

Então era isso. Ian estivera fora numa de suas viagens misteriosas. Devia ter encontrado Fergus em algum lugar e contado isso a Marsali.

– Sim – respondeu ele após hesitar alguns instantes. – Só um pouquinho. – Detive-me, sem querer interrompê-los, mas pude ver o rosto dele, a ferocidade das tatuagens em conflito com a empatia que lhe anuviava os olhos. Ele se inclinou por cima da mesa com os braços estendidos. – Posso segurá-lo, prima? Por favor?

As costas de Marsali se retesaram de surpresa, mas ela entregou-lhe o bebê, que se contorceu e chutou um pouco dentro dos panos que o envolviam, mas logo se acomodou no ombro de Ian e começou a produzir leves ruídos de lábios estalados. Ian abaixou a cabeça, sorrindo, e roçou os próprios lábios na grande cabeça redonda de Henri-Christian.

Então disse alguma coisa baixinho para o bebê numa língua que pensei ser mohawk.

– O que você falou? – quis saber Marsali, curiosa.

– Você chamaria de um tipo de bênção. – Ele deu uns tapinhas bem de leve nas costas de Henri-Christian. – Invoca-se o vento para acolhê-lo, o céu para lhe dar abrigo, e a água e a terra para lhe gerar comida.

– Ah. – A voz de Marsali foi suave. – Que bonito, Ian. – Mas ela então empinou os ombros, sem querer se deixar distrair. – Você disse que falou com Fergus.

Ian assentiu, de olhos fechados. Sua bochecha repousava de leve sobre a cabeça do bebê. Ele passou alguns instantes sem falar, mas vi sua garganta se mover e o grande pomo de adão subir e descer quando ele engoliu em seco.

– Eu tive uma filha, prima – sussurrou, tão baixinho que mal o escutei.

– Foi mesmo? – respondeu ela, numa voz igualmente baixa.

Então se levantou, deu a volta na mesa em meio a um débil farfalhar de saias, sentou-se ao lado de Ian no banco, perto o bastante para ele a sentir ali, e pousou a mão miúda no seu cotovelo.

Ele não abriu os olhos, mas inspirou e, com o bebê aninhado junto ao coração, começou a falar com uma voz quase tão baixa quanto o estalar do fogo.

Ele despertou do sono sabendo que algo estava profundamente errado. Rolou em direção à parte de trás da plataforma de dormir, onde suas armas estavam à mão, mas antes de conseguir pegar a faca ou a lança tornou a ouvir o barulho que o devia ter despertado. Vinha de trás dele; era apenas um leve arquejo, mas ele ouviu naquilo tanto dor quanto medo.

A fogueira estava muito baixa. Ele só conseguia ver o alto da cabeça escura de Wako'teqehsnonhsa, contornado por um brilho vermelho, e o montinho duplo de seu ombro e quadril debaixo das peles. Ela não se mexeu nem tornou a fazer o ruído, mas algo naquelas curvas escuras e imóveis fendeu o coração dele como um tacape que acerta o alvo.

Ele a segurou pelo ombro com força, torcendo para ela estar bem. Os ossos eram pequenos e duros por baixo da pele. Não conseguiu encontrar palavras certas; todo o Kahnyen'kehaka lhe fugira da mente, e ele disse portanto as primeiras palavras que lhe ocorreram.

– Menina... amor... está tudo bem? Que São Miguel nos proteja, você está bem?

Ela sabia que ele estava ali, mas não se virou na sua direção. Alguma coisa, um estremecimento estranho, como uma pedra lançada n'água, varou-lhe o corpo e sua respiração tornou a entalar na garganta, um leve ruído seco.

Ele não esperou, mas levantou-se nu do meio das peles e chamou por socorro. Pessoas começaram a acorrer cambaleando para a luz mortiça da maloca, formas grandes vindo apressadas na sua direção com uma névoa de perguntas. Ele não conseguiu falar, não foi preciso. Em instantes, Tewaktenyonh chegou, com uma expressão tranquila e séria no rosto velho e forte, e as mulheres da maloca passaram por ele correndo, empurrando-o de lado enquanto levavam Emily embora enrolada numa pele de cervo.

Ele as seguiu até lá fora, mas elas o ignoraram e desapareceram na casa das mulheres no fundo da aldeia. Dois ou três homens saíram, olharam para a direção que elas haviam tomado, então deram de ombros, viraram-se e tornaram a entrar. Estava frio e muito tarde, e aquilo evidentemente era um problema de mulher.

Após alguns instantes, ele próprio entrou, mas só por tempo suficiente para vestir algumas roupas. Não conseguiu ficar dentro da maloca, não com a cama vazia e cheirando a sangue no lugar em que ela estivera. Havia sangue em sua pele, também, mas ele não parou para se limpar.

Lá fora, o brilho das estrelas tinha diminuído, mas o céu continuava negro. Fazia um frio penetrante e o ar estava muito parado.

A pele pendurada em frente à porta de sua maloca se moveu e Rollo entrou, cinza como um fantasma. O grande cachorro esticou as patas e se espreguiçou, grunhindo por causa da rigidez da hora e do frio. Então sacudiu a pesada pelagem do pescoço, exalou pelo nariz uma lufada de hálito branco e andou devagar até junto de seu dono. Sentou-se pesadamente, com um suspiro resignado, e se recostou na perna de Ian.

O rapaz ainda ficou parado por mais alguns instantes, olhando na direção da habitação em que sua Emily estava. Tinha o rosto quente, febril de urgência. Seu corpo ardia forte e brilhante, feito carvão, mas ele podia sentir o calor se esvair de si para dentro do céu frio e o coração enegrecer aos poucos. Por fim, bateu com a palma da mão na coxa, virou-se para a floresta e começou a andar depressa, com o cão a caminhar ao seu lado, grande e silencioso.

– Ave Maria, cheia de graça...

Não prestou atenção em para onde estava indo, e foi rezando entre os dentes, mas em voz alta, de modo a ter o reconforto da própria voz na escuridão silenciosa.

Será que deveria estar rezando para os espíritos mohawk, pensou? Será que eles ficariam bravos por ele estar falando com seu antigo Deus, com a mãe de Deus? Será que se vingariam de tal deslize em sua mulher e sua filha?

A criança já morreu. Ele não teve a menor noção de onde viera esse conhecimento, mas sabia que era assim com tanta certeza quanto se alguém houvesse lhe dito as palavras em voz alta. Era um conhecimento sem paixão, ainda não motivo de tristeza; somente um fato que ele sabia ser verdade... e que ficava consternado por saber.

Foi seguindo em direção à mata, caminhando, depois correndo, diminuindo o passo apenas quando necessário, para respirar. O ar parado e cortante feito faca recendia a podridão e terebintina, mas as árvores murmuraram de leve quando ele passou. Emily podia ouvi-las falar, conhecia suas vozes secretas.

– Sim, e de que adianta isso? – murmurou ele, com o rosto virado para o vazio sem estrelas acima dos galhos. – Vocês não disseram nada que valesse a pena saber. Não sabem o que está acontecendo com ela agora, sabem?

Podia ouvir os passos do cão de vez em quando, farfalhando entre as folhas mortas logo atrás de si, pisando macio em trechos de terra nua. Tropeçava ocasionalmente, sentia-se perdido na escuridão, caiu uma vez e se machucou, cambaleou e seguiu correndo desajeitado. Havia parado de rezar. Sua mente não era mais capaz de formar palavras, de optar entre as sílabas fraturadas de seus diferentes idiomas, e a respiração grossa queimava sua garganta quando ele corria.

Ele sentiu o corpo dela junto ao seu no frio, os seios grandes em suas mãos, as nádegas pequenas e redondas arremetendo para trás, pesadas e ávidas enquanto ele a penetrava, ah, Deus, ele sabia que não deveria, ele sabia! Mesmo assim o havia feito, noite após noite, enlouquecido pelo aperto escorregadio e rijo do corpo dela, muito depois do dia em que sabia que deveria parar, egoísta, irracional, louco e mau de tanto desejo...

Correu, e as árvores dela murmuravam condenação lá em cima conforme ele prosseguia.

Teve de parar, para recobrar o fôlego. O céu havia trocado o preto pela cor que surge antes da luz. O cão o cutucou com o focinho, ganindo baixinho na garganta, os olhos cor de âmbar vazios e escuros na penumbra daquela hora.

O suor escorria por seu corpo sob a camisa de couro, encharcava o pedaço de pano encardido que tinha entre as pernas. Suas partes íntimas estavam geladas, encolhidas junto ao corpo, e ele podia sentir o próprio cheiro, um odor rançoso e amargo de medo e de perda.

As orelhas de Rollo se empertigaram, e o cão tornou a ganir, deu um passo para longe, voltou, afastou-se outra vez enquanto agitava nervosamente o rabo. *Venha*, dizia ele, tão claro quanto se fosse em palavras. *Vamos agora!*

Ian, por sua vez, poderia ter se deitado sobre as folhas congeladas, enterrado o rosto na terra e ficado ali. Mas o hábito o impeliu. Ele estava acostumado a obedecer ao cachorro.

– O que foi? – murmurou, passando a manga pelo rosto molhado. – O que foi, afinal?

Rollo rosnou bem no fundo da garganta. Estava parado, rígido, e os pelos se eriçaram lentamente em seu pescoço. Ian viu isso, e algum distante tremor de alarme se fez sentir através da névoa de exaustão e desespero. Sua mão se moveu para o cinto, deparou com o vazio e deu um tapa ali, sem acreditar. Meu Deus, ele não tinha nem uma faca de esfolar.

Rollo tornou a rosnar, mais alto. Um alerta, feito para ser ouvido. Ian se virou para olhar, mas tudo o que viu foram os troncos escuros dos cedros e pinheiros, o chão abaixo deles um emaranhado de sombras, o ar entre eles preenchido por bruma.

Um negociante francês que tinha visitado a sua fogueira havia chamado aquela hora e aquela luz de *l'heure du loup*, a hora do lobo. E por um bom motivo: era a hora da caça, quando a noite enfraquece e a leve brisa que vem antes da luz começa a se erguer trazendo o cheiro da presa.

Sua mão foi até o outro lado do cinto, onde deveria estar pendurada uma bolsinha de *taseng*: banha de urso misturada com folhas de hortelã, usada para disfarçar o cheiro de um homem quando ele estava caçando... ou sendo caçado. Mas esse lado estava igualmente vazio, e ele sentiu o coração bater depressa e forte, à medida que o vento frio secava o suor de seu corpo.

Os dentes de Rollo estavam arreganhados, e seu rosnado era uma trovoada contínua. Ian parou e catou do chão um galho de pinheiro caído. O galho tinha um comprimento bom, embora fosse mais frágil do que ele gostaria e pouco flexível, eriçado com longos gravetos.

– Casa – sussurrou ele para o cachorro.

Não tinha noção de onde estava nem de para que lado ficava a aldeia, mas Rollo sim. O cão recuou devagar, olhos ainda cravados nas sombras cinzentas... será que elas se moveram, as sombras?

Ian agora andava mais depressa, ainda de costas, e podia sentir a inclinação do solo através das solas dos mocassins e sentir a presença de Rollo pelo farfalhar das patas do cachorro e pelo leve ganido que ouvia de vez em quando atrás de si. Ali. Sim, uma sombra tinha *mesmo* se mexido! Uma forma cinza, distante e vista de modo demasiado breve para ser reconhecida, mas que mesmo assim estava ali... e era reconhecível por sua simples presença.

Se havia um, havia outros. Eles não caçavam sozinhos. Ainda não estavam perto, porém. Ele se virou e começou quase a correr. Não estava em pânico agora, apesar do medo no fundo do estômago. Um passo célere, regular, o passo do andarilho das montanhas que seu tio havia lhe mostrado, capaz de devorar os íngremes e intermináveis quilômetros das montanhas escocesas, um esforço contínuo sem exaustão. Ele precisava poupar forças para lutar.

Observou esse pensamento com um esgar irônico da boca, e foi arrancando os gravetos secos de pinheiro do porrete conforme avançava. Um segundo antes quisera morrer, e talvez voltasse a querer, caso Emily... Mas agora, não. Caso Emily... e além disso havia o cachorro. Rollo não iria abandoná-lo, eles precisavam defender um ao outro.

Havia água ali perto. Ele a ouviu gorgolejar abaixo do vento. Mas trazido pelo vento veio também outro som, um uivo prolongado e sobrenatural que fez o suor frio brotar novamente em seu rosto. Um segundo uivo respondeu ao primeiro, a oeste. Eles ainda estavam distantes, mas agora estavam caçando, chamando uns aos outros. E Ian estava sujo com o sangue dela.

Virou-se, à procura da água. Era um pequeno córrego, com não mais do que uns poucos metros de largura. Entrou sem hesitar, rompendo a crosta de gelo que aderia às margens, sentindo o frio morder suas pernas e pés ao encharcar as perneiras e encher os mocassins. Parou por uma fração de segundo e tirou os mocassins para evitar que fossem levados pela correnteza. Emily os havia fabricado para ele com pele de alce.

Rollo tinha atravessado o córrego com dois saltos gigantescos e parado na margem oposta para sacudir a água gelada do pelo antes de continuar, mas ficou parado na margem. Ian continuava dentro d'água, agora chapinhando até as canelas, permanecendo pelo maior tempo que conseguia. Lobos caçavam tanto pelo vento quanto pelos cheiros do chão, mas nem por isso era preciso facilitar as coisas para eles.

Ele havia enfiado os mocassins molhados na gola da camisa, e filetes gelados escorriam por seu peito e barriga, encharcando o pano que lhe protegia o entrepernas. Seus pés estavam anestesiados; ele não conseguia sentir as pedras redondas do leito do regato, mas de vez em quando seu pé resvalava numa delas, escorregadia por causa das algas, e ele se desequilibrava e cambaleava para se manter de pé.

Podia ouvir os lobos com mais clareza. Isso era bom, porém o vento havia mudado e agora soprava na sua direção, trazendo-lhe as vozes dos animais. Ou será que eles agora estavam apenas mais perto?

Mais perto. Rollo, descontrolado, corria de um lado para outro na margem oposta, ganindo e rosnando, instigando-o com latidos curtos. Uma trilha de cervos descia até o córrego naquela margem. Ele saiu cambaleando da água e partiu por ela, ofegante e trêmulo. Foi preciso fazer várias tentativas para tornar a calçar os mocassins. O couro encharcado estava duro, e suas mãos e pés se recusavam a funcionar. Ele teve de largar o porrete e usar as duas mãos.

Havia acabado de conseguir calçar o segundo pé quando Rollo de repente desceu correndo a encosta do córrego, rosnando um desafio. Ian girou na lama congelada e pegou o porrete a tempo de ver uma forma cinza quase do tamanho de Rollo do outro lado da água, com os olhos pálidos surpreendentemente próximos.

Soltou um grito agudo e lançou o porrete por reflexo. Este voou por cima do córrego e foi bater no chão junto aos pés do lobo, e o animal desapareceu como por magia. Ian ficou totalmente imóvel por alguns instantes, encarando o mesmo ponto. Com certeza não havia imaginado aquilo?

Não: Rollo latia enlouquecido, com os dentes à mostra e o focinho a soltar filetes de espuma. Havia pedras na beira do regato. Ian catou uma, depois outra, recolheu um punhado, depois outro, batendo com os dedos nas pedras e no chão congelado de tanta pressa, segurando a frente da camisa para formar uma bolsa.

O lobo mais distante tornou a uivar, o mais próximo respondeu, tão perto que os pelos da sua nunca se eriçaram. Ele lançou uma pedra na direção do chamado, virou-se e começou a correr, segurando com força a trouxa de pedras junto à barriga.

A aurora havia clareado o céu. Seu coração e seus pulmões se esforçavam para bombear sangue e sorver ar, mas apesar disso ele parecia correr tão devagar que chegava a flutuar acima do chão da floresta, passando como uma nuvem à deriva, incapaz de ir mais depressa. Podia ver cada árvore, cada agulha de um espruce pelo qual passava, curta e grossa, de um verde-prateado suave naquela luz.

Sua respiração vinha forte, a visão se borrava e tornava a clarear quando lágrimas de esforço lhe ofuscavam os olhos, eram afastadas com algumas piscadas, depois tornavam a se acumular. Um galho de árvore acertou seu rosto e o cegou, e ele sentiu no nariz seu cheiro pronunciado.

– Cedro-vermelho, me ajude! – arquejou; o Kahnyen'kehaka lhe veio aos lábios como se ele nunca houvesse falado inglês nem invocado Cristo ou Sua mãe.

Atrás de você. Foi uma voz miúda, baixa, talvez não mais do que a voz de seu próprio instinto, mas ele girou nos calcanhares na hora, com uma pedra na mão, e lançou-a com toda a força. E outra, e outra, e mais outra, o mais depressa que conseguia lançar. Ouviu-se um estalo, uma pancada e um ganido, e Rollo derrapou e escorregou, ansioso para se virar e atacar.

– Venha-venha-venha!

Ele agarrou os pelos do pescoço do grande cachorro enquanto recomeçava a correr, obrigando-o a virar, forçando-o a seguir em frente.

Podia ouvi-los agora, ou pensou que pudesse. O vento que chegava com a aurora farfalhou nas árvores e elas sussurraram lá em cima, chamando-o numa direção, depois na outra, guiando-o enquanto ele corria. Meio cego por causa do esforço, ele não via nada, apenas cor, mas podia sentir seu abraço, fresco em sua mente: o toque espinhoso de espruces e abetos, a casca dos choupos brancos, lisa feito pele de mulher, pegajosa de sangue.

Vá ali, venha por aqui, pensou ter ouvido, e seguiu o som do vento.

Um uivo soou atrás dele, seguido por curtos ganidos e outro uivo de reconhecimento. Perto, perto demais! Ele lançava pedras atrás de si conforme corria, sem olhar, sem tempo para se virar e mirar.

Então as pedras acabaram e ele largou a aba vazia da camisa e bombeou os braços enquanto corria, com os ouvidos tomados por um forte ofegar que poderia ter sido a sua própria respiração ou a do cachorro... ou então o barulho dos animais que o perseguiam.

Quantos seriam? Que distância ainda faltava percorrer? Ele estava começando a cambalear, e listras pretas e vermelhas lhe riscavam a visão. Se a aldeia não estivesse próxima, não tinha chance alguma.

Deu uma guinada de lado e se chocou contra o galho móvel de uma árvore, que se curvou com seu peso e em seguida o empurrou na vertical, deixando-o mais ou menos de pé outra vez. Mas ele agora havia perdido o ímpeto e o senso de direção.

– Onde? – arquejou para as árvores. – Em que direção?

Se houve resposta, ele não escutou. Um rugido e um baque soaram atrás dele, uma briga louca pontuada pelos rosnados e ganidos de cães lutando.

– Rollo!

Ele se virou, precipitou-se sobre um emaranhado de trepadeiras mortas, e deu com o cão e o lobo se contorcendo e se mordendo numa bola movente de pelos e dentes reluzentes.

Jogou-se para a frente, chutando e gritando, desferindo socos a esmo, contente por ter enfim algo para acertar, por estar revidando, mesmo que aquela fosse a última luta. Algo lhe rasgou a perna, mas ele só sentiu o tranco do impacto quando cravou o joelho com força no flanco do lobo. O animal ganiu, rolou para longe e na mesma hora tornou a partir para cima dele.

O lobo deu um salto e suas patas o atingiram no peito. Ele caiu para trás, bateu a cabeça de raspão em alguma coisa, perdeu o ar por um instante e, ao se recuperar, constatou que estava com a mão travada entre as mandíbulas que salivavam, tentando mantê-las longe da própria garganta.

Rollo pulou nas costas do lobo e Ian foi obrigado a soltar, e desabou sob o peso de pelos fétidos e carne trêmula. Estendeu a mão à procura de qualquer coisa, uma arma, uma ferramenta, um apoio para se levantar, e agarrou algo duro.

Arrancou-o da cama de musgo na qual ele estava alojado e o desferiu contra a cabeça do lobo. Fragmentos de dentes ensanguentados voaram pelos ares e atingiram seu rosto. Ele tornou a bater, aos soluços, depois bateu outra vez.

Rollo gania, um lamento agudo... não, era ele próprio. Desferiu a pedra uma vez mais contra o crânio esfacelado, mas o lobo já tinha parado de lutar: estava deitado sobre suas coxas, com as pernas a se agitar e os olhos ficando embaçados conforme morria. Ele o empurrou para longe num acesso de repulsa. Rollo cravou os dentes no pescoço exposto do lobo e o dilacerou, provocando um último esguicho de sangue e carne morna.

Ian fechou os olhos e ficou sentado sem se mexer. Não parecia possível se mexer nem pensar.

Depois de algum tempo, pareceu possível pelo menos abrir os olhos e respirar. Tinha as costas apoiadas numa árvore grande. Havia caído em cima do tronco quando o lobo o atacara, e este agora o sustentava. Entre as raízes retorcidas havia um buraco lamacento do qual ele tinha arrancado a pedra.

Continuava segurando-a. Ela parecia ter se fundido à sua pele, e ele não conseguia abrir a mão. Ao olhar, viu que era porque a pedra tinha se estilhaçado; fragmentos afiados haviam cortado sua mão e o sangue já seco havia feito os pedaços colarem na palma. Usando os dedos da outra mão, ele abriu os dedos fechados e removeu da palma as lascas de pedra. Raspou um pouco de musgo das raízes das árvores, formou uma bola dentro da mão e deixou os dedos se fecharem outra vez em torno dela.

Um lobo uivou a meia distância. Rollo, que tinha se deitado junto a Ian, levantou a cabeça com um leve *uf!* O uivo se repetiu e pareceu trazer consigo uma pergunta num tom preocupado.

Pela primeira vez, Ian olhou para o corpo do lobo. Por um instante, pensou tê-lo visto se mover, e balançou a cabeça para clarear a vista. Então tornou a olhar.

O lobo estava se mexendo. O ventre inchado subiu de leve, desceu. O dia agora havia raiado por completo e ele pôde ver as pequeninas protuberâncias de mamilos rosados entre os pelos da barriga. Não era uma matilha. Era um casal. Mas agora não mais. O lobo tornou a uivar ao longe, e Ian se inclinou para o lado e vomitou.

Come Tartarugas o encontrou um pouco mais tarde, sentado com as costas apoiadas no cedro-vermelho ao lado da loba morta, com o corpo de Rollo encostado bem junto ao seu. Tartaruga se agachou a uma curta distância, equilibrou-se nos calcanhares e ficou observando.

– Boa caçada, Irmão do Lobo – falou por fim, num cumprimento.

Ian sentiu o nó entre os ombros relaxar, só um pouco. A voz de Tartaruga tinha um tom tranquilo, mas não de tristeza. Ela estava viva, então.

– Aquela cuja fogueira eu compartilho – disse ele, tomando cuidado para não pronunciar o nome dela. Dizê-lo em voz alta poderia deixá-la exposta aos espíritos malignos ali por perto. – Ela está bem?

Tartaruga fechou os olhos e ergueu as sobrancelhas e os ombros. Ela estava viva e não corria perigo. Entretanto, não cabia a um homem dizer o que poderia acontecer. Ian não mencionou o bebê. Tartaruga tampouco.

O índio trouxera consigo uma arma de fogo, um arco e sua faca, claro. Tirou a faca do cinto e a estendeu para Ian com um ar de naturalidade.

– Você vai querer as peles – falou. – Para embrulhar seu filho, quando ele nascer.

Um choque percorreu Ian, como o de uma chuva repentina sobre a pele nua. Come Tartarugas viu sua expressão e virou a cabeça de lado, evitando seu olhar.

– O bebê era uma filha – disse Tartaruga com naturalidade. – Tewaktenyonh contou para minha esposa quando veio buscar uma pele de coelho para embrulhar o corpo.

Os músculos da barriga de Ian se contraíram e estremeceram. Ele pensou que talvez sua própria pele fosse rebentar, mas não. Sua garganta estava seca, e ele engoliu em seco uma vez, dolorosamente, então se livrou do musgo e estendeu a mão ferida para pegar a faca. Abaixou-se devagar para esfolar a loba.

Come Tartarugas cutucava com interesse os restos ensanguentados da pedra estilhaçada quando o uivo de um lobo o fez se empertigar e encarar a mata.

O eco daquele uivo percorreu a floresta e as árvores se moveram acima deles, murmurando incomodadas ao ouvirem aquele som de perda e desolação. A faca desceu depressa pela pelagem clara do ventre, dividindo as duas fileiras de mamilos rosados.

– O par dela deve estar por perto – disse Irmão do Lobo, sem erguer os olhos. – Vá matá-lo.

Marsali o encarava quase sem respirar. A tristeza nos olhos dela continuava presente, mas havia de certa forma diminuído, sobrepujada pela compaixão. A raiva a tinha abandonado. Ela tornara a pegar Henri-Christian no colo e segurava contra o seio com os dois braços a trouxa gorda do bebê, bochecha pousada na grande curva arredondada de sua cabeça.

– Ah, Ian – falou, baixinho. – *Mo charaid, mo chridhe.*

Ele permaneceu sentado olhando para as mãos muito apertadas no colo e não pareceu ter escutado. Por fim, contudo, mexeu-se, como uma estátua que começa a andar. Sem erguer os olhos, levou a mão até dentro da camisa e pegou uma pequena trouxa arredondada envolta em barbante de crina e decorada com uma concha.

Abriu a trouxa, inclinou-se para a frente e estendeu a pele curada de um lobo ainda não nascido sobre os ombros do bebê. Sua mão grande e ossuda alisou a pelagem clara, e demorou-se por um instante sobre a mão de Marsali que segurava o filho.

– Acredite em mim, prima – falou, bem baixinho. – Seu marido está de luto. Mas ele vai voltar.

Então se levantou e saiu, silencioso como um índio.

37

LE MAÎTRE DES CHAMPIGNONS

A pequena caverna de calcário que usávamos como estábulo abrigava no momento apenas uma cabra com dois filhotes recém-nascidos. Todos os animais nascidos na primavera já estavam grandes o suficiente para serem soltos na mata para pastar com a mãe. A cabra, porém, continuava tendo direito a serviço de quarto na forma de restos da cozinha e um pouco de milho partido.

Chovia havia muitos dias, e a manhã rompeu nublada e úmida, com todas as folhas pingando e o ar espesso com os cheiros de resina e substrato de folhas encharcadas. Por sorte, o tempo nublado diminuía a atividade das aves. Os gaios e cotovias aprendiam depressa, e ficavam de olho vivo nas idas e vindas de quem trazia comida: bombardeavam-me regularmente quando eu estava subindo a encosta com minha bacia.

Eu estava atenta, mas mesmo assim um gaio atrevido desceu de um galho num lampejo azul e aterrissou *dentro* da bacia, dando-me um susto. Antes que eu pudesse reagir, bicou um pedacinho de muffin de milho e saiu voando tão depressa que mal pude acreditar que o tinha visto, não fosse o coração acelerado. Por sorte não tinha deixado cair a bacia. Ouvi um guinchar triunfante vindo das árvores e apressei-me para entrar no estábulo antes que os amigos do gaio tentassem a mesma tática.

Fiquei surpresa ao constatar que o trinco de cima da porta holandesa estava aberto, e a parte superior uns 5 centímetros entreaberta. Não havia perigo de as cabras fugirem, claro, mas raposas e guaxinins eram mais do que capazes de escalar a parte de baixo, por isso os trincos das duas folhas ficavam fechados à noite. Talvez o sr. Wemyss houvesse esquecido; era ele o responsável por retirar a palha usada e acomodar os animais para a noite.

Assim que empurrei a porta para abri-la, porém, vi que a culpa não era do sr. Wemyss. Um farfalhar tremendo de palha soou a meus pés e algo grande se moveu no escuro.

Soltei um ganido agudo de alarme, e dessa vez *deixei* cair a bacia, que acertou o chão com um clangor, espalhando a comida e despertando a cabra, que começou a balir a ponto de se esgoelar.

– *Pardon, milady!*

Com a mão no coração aos pulos, saí do vão da porta e deixei a luz cair sobre Fergus, agachado no chão e com pedaços de palha a despontar dos cabelos feito a Louca de Chaillot.

– Ah, então é aqui que você está – falei, um tanto fria.

Ele piscou e engoliu em seco, esfregando a mão por um rosto que as suíças por fazer escureciam.

– Eu... é – falou.

Não pareceu ter mais nada a acrescentar. Fiquei parada por alguns instantes a encará-lo, então balancei a cabeça e me abaixei para recolher as cascas de batata e outros restos que tinham caído da bacia. Ele se moveu como se fosse me ajudar, mas eu o impedi com um gesto de quem enxota.

Ele ficou sentado sem se mover, observando-me, com as mãos ao redor dos joelhos. Estava escuro dentro do estábulo e a água pingava ritmadamente das plantas que cresciam na encosta mais acima, formando uma cortina de gotas diante da porta aberta.

A cabra havia me reconhecido e parado de fazer barulho, mas agora espichava o pescoço pelas ripas do curral com a língua cor de mirtilo esticada feito a de um tamanduá no esforço de alcançar um miolo de maçã que tinha rolado para perto. Peguei a fruta e a estendi para ela tentando pensar em por onde começar, e o que dizer quando falasse.

– Henri-Christian está passando bem – falei, na falta de outra coisa. – Está ganhando peso.

Silêncio mortal. Aguardei alguns instantes, então me virei, com uma das mãos no quadril.

– Ele é um menininho encantador – falei.

Podia ouvir sua respiração, mas ele nada disse. Com um muxoxo audível, fui até a porta e empurrei a metade inferior até abri-la por completo, fazendo a luz nublada de fora se derramar para dentro e expor Fergus. Ele continuou sentado, com o rosto teimosamente virado para o outro lado. Dava para sentir seu cheiro a uma boa distância. Ele fedia a suor azedo e fome.

Suspirei.

– Anões desse tipo têm uma inteligência bastante normal. Eu o examinei de cima a baixo, e ele tem todos os reflexos e reações habituais que deveria ter. Não há motivo algum para não poder receber uma educação e se tornar capaz de trabalhar... em alguma coisa.

– Alguma coisa – repetiu Fergus, e a palavra continha tanto desespero quanto derrisão. – Alguma coisa. – Por fim, ele virou o rosto na minha direção, e pude ver

403

o vazio em seus olhos. – Com todo o respeito, milady... a senhora nunca viu a vida de um anão.

– E você já? – indaguei, nem tanto para desafiá-lo quanto por estar curiosa.

Ele fechou os olhos por causa da claridade matinal e aquiesceu.

– Já – sussurrou ele, e engoliu em seco. – Em Paris.

O bordel de Paris no qual Fergus fora criado era um estabelecimento grande, com uma clientela variada, famoso por ser capaz de oferecer algo para quase qualquer tipo de gosto.

– A casa em si tinha *les filles, naturellement,* e *les enfants.* É claro que esses são o ganha-pão do lugar. Mas sempre existem aqueles que desejam... o exótico, e estão dispostos a pagar. Assim, de vez em quando, a cafetina mandava chamar pessoas que negociavam coisas desse tipo. *La Maîtresse des Scorpions... avec les flagellantes, tu comprends? Ou le Maître des Champignons.*

– O Mestre dos Cogumelos? – falei.

– *Oui.* O Mestre dos Anões.

Seus olhos haviam afundado nas órbitas e o olhar se voltara para dentro. Ele exibia uma expressão abatida. Estava vendo na lembrança imagens e pessoas que haviam passado muitos anos ausentes de seus pensamentos... e não estava gostando da recordação.

– *Les chanterelles,* era como nós as chamávamos – falou, baixinho. – As mulheres. Os homens eram *les morels.*

Cogumelos exóticos, valorizados pela raridade de seus formatos retorcidos, pelo estranho sabor de sua carne.

– Eles não eram maltratados, os *champignons* – disse ele, distante. – Eram valiosos, entende? Le Maître comprava essas crianças dos pais... um dia nasceu uma no bordel e a cafetina ficou radiante com tanta sorte... ou então as recolhia da rua.

Ele baixou os olhos para as mãos. Os dedos compridos e delicados se moviam inquietos, plissando o tecido da calça.

– Da rua – repetiu ele. – Os que conseguiam fugir dos bordéis viravam mendigos. Conheci um deles bastante bem... seu nome era Luc. Nós às vezes ajudávamos um ao outro... – A sombra de um sorriso surgiu em sua boca e ele fez com a mão intacta o gesto habilidoso de quem bate uma carteira. – Mas Luc era sozinho – prosseguiu, num tom casual. – Não tinha protetor nenhum. Um dia o encontrei no beco, com a garganta cortada. Contei para a cafetina, e ela mandou o porteiro até lá na mesma hora para pegar o corpo e vendê-lo a um médico no *arrondissement* ao lado.

Não perguntei o que o médico queria com o cadáver de Luc. Já tinha visto as mãos largas e secas de anões vendidas para fins divinatórios e de proteção. E outras partes, também.

– Estou começando a entender por que um bordel pode parecer seguro – falei, engolindo com força. – Mas, mesmo assim...

Fergus estava sentado com a cabeça apoiada na mão, encarando a palha. Ao ouvir isso, ergueu os olhos para mim.

– Milady, eu já abri as nádegas por dinheiro – falou, com simplicidade. – E não achei nada de mais, exceto quando doeu. Mas então conheci milorde e descobri um mundo além do bordel e das ruas. Que o meu filho possa voltar a esses lugares...

Ele parou abruptamente, incapaz de prosseguir. Tornou a fechar os olhos e balançou a cabeça devagar.

– Fergus. Fergus, meu caro. Você não pode pensar que Jamie... que nós... algum dia iríamos deixar uma coisa dessas acontecer – falei, extremamente perturbada.

Ele sorveu uma inspiração profunda e trêmula, e afastou com o polegar as lágrimas que pendiam dos cílios. Abriu os olhos e me exibiu um sorriso de infinita tristeza.

– Não, milady, não iriam. Mas a senhora não vai viver para sempre, nem milorde. Nem eu. Mas o menino vai ser anão para sempre. E *les petits* não conseguem se defender bem. Eles serão colhidos por quem os estiver buscando, levados e consumidos. – Ele enxugou o nariz com a manga e sentou-se um pouco. – Isso se tiverem essa sorte – acrescentou, com a voz mais dura. – Fora das cidades eles não são valorizados. Os camponeses acham que o nascimento de uma criança assim, no melhor dos casos, é uma punição pelos pecados dos pais.

Uma sombra mais profunda atravessou seu semblante, e seus lábios se contraíram.

– Pode ser que seja. Os meus pecados... – Mas ele se interrompeu de forma abrupta e se voltou para o outro lado. – No pior dos casos... – Sua voz era suave e a cabeça estava virada, como se ele estivesse sussurrando segredos para as sombras da caverna. – No pior dos casos eles são considerados monstruosos, crianças nascidas de algum demônio que se deitou com a mulher. Nos vilarejos das montanhas da França, uma criança anã é abandonada para os lobos. Mas a senhora não sabe essas coisas, milady? – indagou ele, virando-se repentinamente para mim.

– Eu... acho que sei, sim – falei, e estendi a mão para a parede, sentindo uma súbita necessidade de um pouco de apoio.

Eu *sabia* aquelas coisas da mesma forma abstrata que se pensa nos costumes dos aborígines e dos selvagens... uma gente que nunca se vai encontrar, afastada na segurança das páginas dos livros de geografia, das histórias antigas.

Ele estava certo, eu sabia que estava. A sra. Bug tinha se benzido ao ver o menino, depois feito o sinal dos chifres para se proteger do mal, com o horror estampado no rosto.

De tão chocados que tínhamos todos ficado, e depois preocupados com Marsali e com a ausência de Fergus também, fazia uma semana ou mais que eu não saía de casa. Não tinha ideia do que as pessoas poderiam estar dizendo na Cordilheira. Fergus obviamente tinha.

– Elas vão... se acostumar com ele – falei, com o tom mais valente de que fui capaz. – As pessoas vão ver que ele não é um monstro. Pode ser que leve algum tempo, mas prometo a você que elas vão ver.

– Será? E, se elas o deixarem viver, o que ele vai fazer?

Fergus se levantou de modo um tanto brusco. Esticou o braço esquerdo e, com um tranco, soltou a tira de couro que prendia seu gancho. Este caiu sobre a palha com um baque suave e deixou exposto o coto estreito do pulso, cuja pele pálida estava avermelhada e marcada pela pressão das correias.

– Eu não posso caçar, não posso fazer o trabalho de um homem de verdade. Não presto para nada a não ser para puxar o arado, feito uma mula! – Sua voz tremia de raiva e ódio por si mesmo. – Se eu não posso trabalhar como um homem, como é que um anão vai poder?

– Fergus, não é...

– Eu não consigo sustentar minha família! Minha mulher é obrigada a se esfalfar dia e noite para dar de comer às crianças, é obrigada a se expor a lixos imundos que a agridem, que a... Mesmo se eu estivesse em Paris, estou velho e aleijado demais para me prostituir!

Ele sacudiu o coto para mim, com o rosto convulsionado, então girou nos calcanhares e projetou o braço aleijado até fazê-lo bater na parede várias vezes.

– Fergus!

Segurei-o pelo outro braço, mas ele se desvencilhou com um tranco.

– Que trabalho ele vai fazer? – gritou ele, com lágrimas a escorrer pelo rosto. – Como ele vai viver? *Mon Dieu! Il est aussi inutile que moi!*

Ele se abaixou, catou o gancho do chão e o arremessou na parede de calcário com a maior força de que foi capaz. O gancho produziu um leve tilintar e caiu na palha, assustando a cabra e seus filhotes.

Fergus tinha ido embora, a porta do estábulo oscilava. A cabra baliu para ele, um *méééé!* comprido de reprovação.

Segurei-me nas ripas do curral com a sensação de que eram a única coisa sólida num mundo que se inclinava. Quando consegui, abaixei-me e tateei a palha com cuidado até tocar o metal do gancho, que ainda conservava a quentura do corpo de Fergus. Peguei-o e usei o avental para limpar com cuidado os pedaços de palha e estrume, ainda escutando as últimas palavras ditas por ele.

– *Meu Deus! Ele é tão inútil quanto eu!*

38

UM DEMO NO LEITE

Os olhos de Henri-Christian ficaram quase vesgos, tamanho seu esforço para se concentrar no pompom de lã que Brianna balançava em frente ao seu rosto.

– Acho que os olhos dele talvez fiquem azuis – disse ela, observando o bebê com atenção. – Para o que você acha que ele está olhando?

Henri-Christian estava deitado no seu colo, com os joelhos erguidos quase até o queixo e os olhos azul-claros aos quais ela se referia fixos em algum lugar muito atrás dela.

– Ah, os pequeninos ainda veem o paraíso, dizia minha mãe. – Marsali fiava, experimentando a nova roca de pedal de Brianna, mas lançou uma olhada rápida em direção ao caçula e sorriu de leve. – Pode ser que tenha um anjo sentado no seu ombro, não é? Ou um santo em pé atrás de você.

Isso lhe causou um sentimento estranho, como se alguém estivesse *mesmo* em pé atrás dela. Não foi algo sinistro... mais uma sensação cálida de reconforto. Ela abriu a boca para dizer "Talvez seja o meu pai", mas se controlou a tempo.

– Quem é o santo padroeiro da roupa limpa? – indagou, em vez disso. – É dele que precisamos.

Chovia; a chuva já durava muitos dias, e montinhos de roupa jaziam espalhados pelo recinto ou pendurados nos móveis: peças úmidas em diversos estágios de secagem, peças imundas destinadas ao caldeirão de lavagem assim que o tempo abrisse, peças menos imundas que podiam ser escovadas, sacudidas ou batidas de modo a serem usadas por mais alguns dias, e uma pilha de peças necessitadas de reparos que nunca parava de crescer.

Marsali riu enquanto enfiava a linha no fuso com um gesto habilidoso.

– Isso você teria que perguntar ao pai. Ele sabe mais do que ninguém sobre santos. Que maravilha esta roca nova! Nunca tinha visto uma deste tipo. Como você teve essa ideia?

– Ah... vi uma parecida em algum lugar. – Bree descartou a questão com um gesto. Tinha visto mesmo: num museu de arte folclórica. Construí-la havia demandado tempo: ela primeiro tivera de fabricar um torno grosseiro, além de pôr a madeira de molho e curvá-la para fazer a roda em si; mas não fora muito difícil. – Ronnie Sinclair ajudou muito. Ele sabe o que a madeira é capaz de fazer e o que não é. Não consigo acreditar no quanto você é boa nisso, e é a primeira vez que usa uma dessas.

Marsali deu um muxoxo, descartando o elogio.

– Eu fio desde que tinha 5 anos, *a piuthar*. A única diferença é que assim posso fiar sentada, em vez de ficar andando para lá e para cá até desabar de cansaço.

Seus pés calçados com meias se moviam para a frente e para trás sob a bainha do vestido, acionando o pedal. O movimento produzia um *shh-vrrr* agradável, mas que mal podia ser ouvido tamanha a falação na outra ponta do recinto, onde Roger estava esculpindo mais um carro para as crianças.

Os vrums eram um grande sucesso entre os pequenos, e a demanda por mais exemplares não parava. Brianna observou, achando graça, Roger repelir a curiosidade de Jem com um cotovelo ágil enquanto franzia o cenho de concentração. A ponta de sua língua aparecia entre os dentes, e aparas de madeira coalhavam a pedra da lareira, suas roupas e, claro, havia uma delas grudada em seus cabelos, um cacho claro em meio aos fios escuros.

– Qual é esse daí? – perguntou ela, erguendo a voz para ele poder escutar.

Roger ergueu os olhos, verde-musgo à luz difusa do dia chuvoso que entrava pela janela atrás de si.

– Acho que uma picape 57 da Chevrolet – respondeu, sorrindo. – Tome, *a nighean*. Este aqui é para você.

Ele limpou uma última apara de sua criação e entregou o objeto quadrado para Félicité, cuja boca e olhos estavam arredondados de assombro.

– É um vrum? – perguntou a menina, apertando-o contra o peito. – O *meu* vrum?

– É um gaminhão – informou-lhe Jemmy com uma condescendência gentil. – Papai falou.

– Um gaminhão é um vrum – garantiu Roger a Félicité ao ver a dúvida começar a enrugar sua testa. – Só que de um tipo maior.

– É um vrum *grande*, viu?

Félicité chutou a canela de Jem. Ele ganiu e tentou puxar os cabelos dela, mas levou uma cabeçada na barriga de Joan, sempre por perto para defender a irmã.

Brianna se tensionou, pronta para intervir, mas Roger apartou a briga nascente segurando Jem e Félicité na ponta de cada braço esticado, e obrigando Joan a recuar com um olhar zangado.

– Certo, turma. Sem brigas, senão vamos guardar os vrums até amanhã.

Isso as domou na hora, e Brianna sentiu Marsali relaxar e retomar o ritmo da fiação. A chuva tamborilava no telhado, sólida e regular; apesar da dificuldade para entreter crianças entediadas, era um bom dia para ficar dentro de casa.

– Por que vocês não brincam de alguma coisa bem silenciosa? – indagou ela, sorrindo para Roger. – Como por exemplo... ahn... 500 milhas de Indianápolis?

– Ah, que grande ajuda – retrucou ele, casual. – Onde é que ele foi nessa chuva, Marsali?

O vrum de Germain aguardava a volta de seu dono sobre o parapeito da lareira; segundo Roger, era um Jaguar X-KE, embora até onde Brianna pudesse ver fosse exatamente igual aos outros: um bloco de madeira com uma cabine rudimentar e rodas.

– Ele está com Fergus – respondeu Marsali, calma, sem interromper o ritmo da roca.

Seus lábios se contraíram, porém, e foi fácil distinguir o tom de tensão em sua voz.

– E como vai Fergus?

Roger ergueu os olhos para ela, gentil, mas atento.

O fio escapuliu, pulou na mão de Marsali e se enrolou até formar uma bolinha visível. Ela fez uma careta e só respondeu quando o fio tornou a correr liso por entre seus dedos outra vez.

– Bem, uma coisa eu digo: para um homem maneta, ele é um lutadorzinho bem valente – falou, por fim, com os olhos pregados no fio e um viés de ironia na voz.

Brianna olhou para Roger, que ergueu a sobrancelha de volta para ela.

– Com quem ele andou brigando? – indagou ela, tentando soar casual.

– Ele não me conta muito – disse Marsali num tom chapado. – Mas ontem foi com o marido de uma mulher que lhe perguntou por que ele não tinha simplesmente esganado Henri-Christian quando o menino nasceu. Ele ficou ofendido – acrescentou ela, casual, sem deixar claro se quem tinha se ofendido era Fergus, o marido ou ambos.

Levantou o fio e o partiu com uma mordida certeira.

– Imagino que sim – murmurou Roger. Ele estava com a cabeça abaixada para marcar a linha de largada, e os cabelos caíam por cima da testa, escondendo seu rosto. – Mas suponho que esse não tenha sido o único.

– Não. – Marsali começou a enrolar o fio no sarilho, com um vinco pequeno e pelo visto permanente entre as sobrancelhas louras. – Acho que é melhor do que os que apontam e cochicham. São esses que acham que Henri-Christian é o... que ele é a semente do diabo – concluiu ela, corajosa, embora sua voz tivesse tremido um pouco. – Acho que eles seriam capazes de queimar o pequeno... junto comigo e com as outras crianças, se achassem que poderiam.

Brianna sentiu um peso no fundo do estômago e aninhou no colo o tema da conversa.

– Que tipo de idiota seria *capaz* de pensar uma coisa dessas? – indagou. – Quanto mais dizer isso em voz alta!

– Quanto mais fazer, você quer dizer.

Marsali pousou o fio de lado, levantou-se e se inclinou para pegar Henri-Christian e levá-lo ao seio. Com os joelhos ainda dobrados, seu corpinho mal chegava ao tamanho do de um bebê normal – e com aquela cabeça grande e redonda, com seu tufo de cabelos escuros, Brianna teve de reconhecer que ele tinha mesmo um aspecto... esquisito.

– O pai disse uma palavra aqui e ali – falou Marsali. Com os olhos fechados, ela se balançava devagarinho para a frente e para trás, aconchegando o filho bem junto a si. – Se não fosse isso...

Sua garganta esguia se moveu quando ela engoliu em seco.

– Papai, papai, *vamos!*

Jem, impaciente com aquela conversa incompreensível de adultos, puxou a manga de Roger. Este vinha encarando Marsali com o rosto magro preocupado. Diante daquele lembrete, piscou, baixou os olhos na direção do filho inteiramente normal e limpou a garganta com um pigarro.

– Sim – falou, e pegou no parapeito o carro de Germain. – Bem, então, olhe. Aqui é a linha de largada...

Brianna pousou a mão no braço de Marsali. Apesar de fino, era um braço forte e musculoso, e a pele clara dourada pelo sol estava salpicada de pequeninas sardas. A visão daquele braço, tão pequeno e de aspecto tão valente, apertou-lhe a garganta.

– Eles vão parar – sussurrou. – Eles vão ver que...

– É, pode ser que sim. – Marsali segurou o pequeno traseiro redondo de Henri-Christian e o puxou mais para perto. Seus olhos continuavam fechados. – Pode ser que não. Mas se Germain estiver com Fergus talvez ele tome mais cuidado com quem briga. Preferiria que ninguém o matasse, não é?

Ela curvou a cabeça acima do bebê, acomodando-se na amamentação e obviamente sem vontade de dizer mais nada. Brianna lhe deu uns tapinhas no braço de modo um tanto canhestro, então foi se sentar junto à roca.

Já tinha ouvido as conversas, claro. Ou parte delas. Principalmente logo após o nascimento de Henri-Christian, que espalhara ondas de choque pela Cordilheira. Além das primeiras manifestações abertas de empatia, houvera muitos murmúrios sobre os acontecimentos recentes e que influência maligna os poderia ter causado, da agressão a Marsali e do incêndio no barracão de maltagem ao rapto de sua mãe, ao massacre na mata e ao nascimento de um anão. Ela ouvira uma moça desmiolada murmurar algo sobre "... bruxaria, o que mais você esperava?", mas virara-se para lhe lançar um olhar de fúria que a fizera empalidecer e ir embora de cabeça baixa junto com as duas amigas. A moça tinha olhado para trás uma vez, porém, em seguida virado as costas, e as três tinham dado risadinhas de desdém.

Mas ninguém jamais havia tratado sua mãe com falta de respeito. Era óbvio que parte dos arrendatários tinha certo medo de Claire... mas eles tinham muito mais medo de seu pai. O tempo e o hábito, porém, pareciam vir surtindo efeito... até o nascimento de Henri-Christian.

Fiar na roca era tranquilizador: o ronco da roda se fundia ao barulho da chuva e às provocações das crianças.

Fergus tinha finalmente voltado. Após o nascimento de Henri-Christian, ele saíra de casa e passara vários dias sem aparecer. *Pobre Marsali*, pensou Brianna, endereçando a Fergus uma reprimenda mental. Abandonada para lidar sozinha com o choque. E todos tinham ficado *mesmo* chocados, inclusive ela própria. Talvez na verdade não pudesse culpar Fergus.

Engoliu em seco e imaginou, como sempre acontecia quando via Henri-Christian, como seria ter um filho nascido com algum defeito terrível. Ela os via de vez em quando: crianças com lábio leporino, com os traços deformados do que sua mãe dizia ser sífilis congênita, crianças retardadas, e a cada vez se benzia e agradecia a Deus por Jemmy ser normal.

Mas Germain e as irmãs também eram normais. Uma coisa daquelas podia vir do nada, a qualquer momento. Contra a própria vontade, ela relanceou os olhos para a pequena prateleira onde guardava seus objetos pessoais e para o vidro marrom-escuro de sementes de cenoura-brava. Começara a tomá-las de novo desde o nascimento de Henri-Christian, embora não houvesse dito nada a Roger. Imaginou se o marido saberia; ele não tinha comentado nada.

Marsali cantava baixinho entre os dentes. Será que ela *realmente* culpava Fergus, pensou Brianna? Ou será que ele a culpava? Fazia algum tempo que não via Fergus para conversar com ele. Marsali não o parecia estar criticando – e tinha dito não querer que ele morresse. Brianna sorriu involuntariamente ao se lembrar disso. No entanto, havia uma sensação inevitável de distanciamento sempre que Marsali mencionava o marido.

O fio engrossou de repente e ela pisou mais depressa para tentar compensar, mas ele acabou prendendo e se partindo. Resmungando consigo mesma, parou de pisar e deixou a roca perder velocidade... e só então percebeu que alguém vinha batendo na porta do chalé havia algum tempo, e que o barulho tinha se perdido na balbúrdia lá dentro.

Abriu a porta e deparou com um dos filhos dos pescadores pingando chuva no alpendre, pequeno, ossudo e selvagem como um gato-do-mato. Havia muitos assim nas famílias de arrendatários, tão parecidos que ela achava difícil distingui-los uns dos outros.

– Aidan? – chutou. – Aidan McCallum?

– Bom dia, dona – disse o menino, abaixando a cabeça num gesto nervoso para confirmar sua identidade. – O pastor está?

– O pas... ah. Sim, acho que sim. Não quer entrar?

Reprimindo um sorriso, ela escancarou a porta e acenou para ele entrar. O menino pareceu bastante chocado ao ver Roger agachado no chão brincando de vrum com Jemmy, Joan e Félicité, todos guinchando e rugindo energicamente com tamanha eficácia que não haviam notado o recém-chegado.

– Visita para você – falou Brianna, erguendo a voz para interromper a confusão. – Ele quer falar com o pastor.

Roger se interrompeu no meio de um vrum e ergueu os olhos, intrigado.

– Com quem? – indagou, sentando-se de pernas cruzadas com seu próprio carrinho na mão. Então viu o menino e sorriu. – Ah. Aidan, *a charaid!* Mas o que aconteceu?

Aidan franziu o rosto de concentração. Ficou evidente que tinham lhe confiado um recado específico para ele decorar.

– A mãe pediu para o senhor vir, por favor – recitou ele. – Tirar um demo que entrou no leite.

A chuva agora caía mais fraca, mas mesmo assim eles ficaram encharcados quase até os ossos no caminho até a residência dos McCallum. Se é que a moradia era digna desse nome, pensou Roger, tirando a chuva do chapéu com um tapa enquanto subia atrás de Aidan a trilha estreita e escorregadia que conduzia até o chalé, encarapitado num nicho alto e de difícil acesso no flanco da montanha.

Orem McCallum conseguira erguer as paredes daquele chalé de construção mambembe, então pisara em falso, mergulhara num barranco pedregoso e quebrara o pescoço um mês depois de chegar à Cordilheira, deixando a esposa grávida e o filho pequeno com aquele abrigo duvidoso.

Os outros homens tinham vindo e posto um telhado às pressas, mas o chalé como um todo não fazia Roger pensar em outra coisa que não uma pilha de palitos de pega-varetas gigantes equilibrados de maneira precária no flanco da montanha, e obviamente só esperando a enchente de primavera seguinte para deslizar montanha abaixo no encalço de seu construtor.

A sra. McCallum era jovem, pálida e tão magra que o vestido esvoaçava à sua volta qual um saco vazio de farinha. *Meu Deus*, pensou Roger, *o que eles têm para comer?*

– Ah, senhor, eu lhe agradeço por ter vindo. – A mulher fez uma mesura aflita. – Sinto muito ter feito o senhor sair na chuva... mas eu simplesmente não sabia mais o que fazer!

– Não tem problema – garantiu-lhe ele. – Ahn... mas Aidan falou que a senhora queria um pastor. Eu não sou pastor, a senhora sabe.

Aquilo pareceu desconcertá-la.

– Ah. Bem, talvez não exatamente, senhor. Mas dizem que o seu pai era pastor, e que o senhor sabe muito sobre a Bíblia e tudo isso.

– Um pouco, sim – respondeu Roger com cautela, perguntando-se que tipo de emergência poderia exigir um conhecimento bíblico. – Um... ahn... um demônio no seu leite, era isso?

Ele olhou discretamente do bebê no berço para a parte da frente do vestido dela, no início sem saber ao certo se ela poderia estar se referindo ao próprio leite materno, o que seria um problema com o qual não estava de modo algum equipado para lidar. Felizmente, a dificuldade parecia ser com um grande balde de madeira pousado sobre a mesa desengonçada, com um pedaço de musselina estendido por cima de modo a afastar as moscas e pedrinhas presas nos cantos com nós para servir de lastro.

– Sim, senhor. – A sra. McCallum meneou a cabeça para o balde, evidentemente com medo de chegar mais perto. – Lizzie Wemyss, da Casa Grande, me trouxe esse leite ontem à noite. Ela mesma falou que eu devia dar para Aidan e beber eu também.

Ela olhou para Roger com uma expressão impotente. Ele entendia suas reservas: mesmo na sua época, o leite era considerado uma bebida destinada apenas às crianças e aos inválidos. Originária de uma aldeia de pescadores no litoral escocês, aquela mulher muito possivelmente nunca tinha visto uma vaca antes de ir para a América. Tinha certeza de que ela sabia o que era leite, e que tecnicamente era um alimento, mas era provável que nunca houvesse provado.

– Sim, isso mesmo – garantiu-lhe ele. – A minha família inteira bebe leite, ele faz os pequenos crescerem altos e fortes.

E não cairia nada mal em uma lactante subnutrida, o que sem dúvida devia ter sido o raciocínio de Claire.

A mulher aquiesceu, sem ter certeza.

– Bem... sim, senhor. Eu não tinha certeza... mas o menino estava com fome e disse que ia beber. Então fui lhe servir um pouco, mas o leite... – Ela olhou para o balde com uma expressão desconfiada e temerosa. – Bem, se não foi um demo que entrou lá, foi alguma outra coisa. O leite está assombrado, senhor, tenho certeza!

Roger não soube o que o fez olhar para Aidan nessa hora, mas surpreendeu um olhar passageiro de profundo interesse que desapareceu na mesma hora e deixou o menino com uma expressão solene de um modo sobrenatural.

Portanto, foi com certa sensação de apreensão que ele se inclinou para a frente e, com todo o cuidado, levantou a musselina. Mesmo assim, deu um ganido e um pulo para trás, fazendo o tecido lastreado voar de lado e ir bater na parede.

Os olhos verdes malévolos que o encararam do meio do balde sumiram, o leite fez *glup!*, e um chafariz de gotas cremosas irrompeu do líquido feito um vulcão em miniatura.

– Merda! – exclamou ele.

A sra. McCallum tinha recuado o máximo possível e encarava o balde aterrorizada, com as mãos em frente à boca. Aidan tinha uma das mãos em frente à boca e os olhos igualmente arregalados... mas era possível escutar um leve ruído gasoso vindo da sua direção.

O coração de Roger batia forte por causa da adrenalina... e do forte desejo de torcer o pescoço magrelo de Aidan McCallum. Com gestos lentos, ele enxugou do rosto o leite espirrado e então, cerrando os dentes, estendeu a mão com cuidado para dentro do balde.

Foram necessárias várias tentativas para agarrar a coisa, que não parecia nada além de uma bola de muco muito musculosa e cheia de energia, mas a quarta tentativa foi bem-sucedida, e com um gesto de triunfo ele puxou de dentro do balde um sapo bem grande e indignado, fazendo o leite espirrar em todas as direções.

O sapo enterrou as patas traseiras com ferocidade na sua palma escorregadia e se soltou, dando um salto altíssimo que percorreu metade da distância até a porta e arrancou da sra. McCallum um grito alto. O bebê, assustado, acordou e contribuiu para o tumulto, enquanto o sapo coberto de leite saltava rapidamente porta afora para debaixo da chuva, deixando poças amarelas em seu rastro.

Aidan o seguiu, prudente, e saiu de casa igualmente em velocidade alta.

A sra. McCallum havia se sentado no chão, erguido o avental por cima da cabeça, e estava tendo um ataque histérico lá embaixo. O bebê berrava e o leite pingava lentamente da borda da mesa, pontuando o tamborilar da chuva lá fora. Roger viu que o telhado tinha goteiras: longas riscas molhadas escureciam as toras ainda com casca atrás da sra. McCallum, e ela estava sentada em cima de uma poça.

Com um profundo suspiro, ele pegou o bebê no berço, dando-lhe um susto suficiente para ele engolir em seco e parar de gritar. A criança piscou para ele e enfiou o punho na boca. Ele não fazia ideia do sexo. O bebê era uma trouxa de trapos anônima, com um rostinho franzido e um olhar desconfiado.

Segurando-o com um dos braços, ele se agachou e passou o outro em volta dos ombros da sra. McCallum, dando-lhe alguns tapinhas na esperança de fazê-la se acalmar.

– Está tudo bem – falou. – Era só um sapo, sabe.

Ela gemia feito uma condenada e dava gritinhos intermitentes; e continuou fazendo isso, embora os gritos tenham se tornado menos frequentes e os gemidos, se desintegrado por fim num choro mais ou menos normal, embora ela tenha se recusado a sair de baixo do avental.

Os músculos das coxas de Roger doíam de tanto ficar de cócoras, e ele já estava molhado mesmo. Com um suspiro, abaixou-se para a poça ao lado dela e se sentou, dando um tapinha em seu ombro de vez em quando para ela saber que ele continuava ali.

O bebê, pelo menos, parecia razoavelmente satisfeito: chupava o próprio punho sem se deixar abalar pelo chilique da mãe.

– Quanto tempo tem o pequeno? – perguntou ele, em tom de conversa, durante uma breve pausa que ela fez para respirar.

Sabia aproximadamente qual era a idade do bebê, pois ele havia nascido uma semana depois da morte de Orem McCallum, mas era alguma coisa para dizer. Tivesse a idade que fosse, porém, a criança lhe parecia terrivelmente pequena e leve, pelo menos em comparação com suas lembranças de Jemmy na mesma fase.

Ela resmungou algo inaudível, mas o choro arrefeceu até virar soluços e suspiros. Então disse alguma outra coisa.

– O que disse, sra. McCallum?

– Por quê? – sussurrou ela de baixo da chita desbotada. – Por que Deus me trouxe para cá?

Bem, era uma pergunta danada de boa. Ele próprio já a tinha feito com bastante frequência, mas ainda não recebera nenhuma resposta convincente.

– Bem... nós confiamos que Ele tenha um plano de algum tipo – falou, algo constrangido. – Só não sabemos que plano é esse.

– Belo plano – disse ela, e soluçou. – Trazer-nos para tão longe, para este lugar terrível, depois me tirar meu homem e me deixar aqui para definhar!

– Ah... não é um lugar tão terrível assim – disse ele, incapaz de refutar qualquer outra coisa na sua afirmação. – Com as matas, e tudo... os riachos, as montanhas... é um lugar... ahn... muito bonito. Quando não chove.

A bobagem da frase acabou por fazê-la rir, embora o riso tenha se transformado depressa em mais choro.

– O que foi?

Ele passou um braço à sua volta e a puxou mais para perto, tanto para proporcionar reconforto quanto para entender o que ela estava dizendo debaixo de seu refúgio improvisado.

– Eu sinto falta do mar – disse ela bem baixinho, e recostou a cabeça coberta de chita no ombro dele como se estivesse muito cansada. – Nunca mais vou ver o mar.

Era bem provável que tivesse razão, e ele não conseguiu encontrar nada para dizer em resposta. Os dois passaram algum tempo sentados num silêncio quebrado apenas pelo bebê babando no próprio punho.

– Eu não vou deixar a senhora morrer de fome – disse ele por fim, baixinho. – É tudo que posso prometer, mas eu prometo. A senhora não vai morrer de fome. – Com cãibras nos músculos, ele se levantou rigidamente e estendeu a mão para uma das pequenas mãos calejadas que repousavam inertes no colo dela. – Vamos, ande. Levante-se. A senhora pode dar de comer para o pequeno enquanto eu arrumo um pouco isto aqui.

A chuva tinha parado quando ele saiu, e as nuvens haviam começado a se espaçar, revelando pedaços de um céu azul-claro. Ele parou numa curva da trilha íngreme e lamacenta para admirar um arco-íris – um arco-íris completo, que ia de uma ponta à outra do céu, e cujas cores enevoadas afundavam no verde-escuro molhado da encosta de montanha gotejante à sua frente.

Tudo era silêncio, a não ser pela água que respingava e gotejava das folhas, e que gorgolejava ao descer um canal pedregoso perto da trilha.

– Uma aliança – disse ele baixinho. – Qual é a promessa, então? Não um pote de ouro no final.

Ele balançou a cabeça e seguiu em frente, segurando-se nos galhos e arbustos para não escorregar pela encosta. Não queria terminar como Orem McCallum, num emaranhado de ossos lá embaixo.

Iria conversar com Jamie, e também com Tom Christie e Hiram Crombie. Juntos, eles poderiam espalhar a notícia e garantir que a viúva McCallum e seus filhos tivessem o suficiente para comer. As pessoas eram generosas para compartilhar... mas alguém precisava pedir.

Ele olhou para trás por cima do ombro. Dava para distinguir a chaminé torta acima das árvores, mas nenhuma fumaça saía dela. Eles conseguiam catar lenha suficiente, dissera ela – no entanto, molhada como a madeira estava, levaria dias até terem qualquer coisa capaz de queimar. Eles precisavam de um barracão para a lenha e de toras cortadas grandes o suficiente para arder por um dia, não dos gravetos e galhos caídos que Aidan conseguia carregar.

Como se Roger o tivesse chamado, o menino surgiu bem nessa hora. Estava pescando, agachado numa pedra na borda de uma piscina uns 10 metros mais abaixo, de costas para a trilha. Suas escápulas saltavam por baixo do tecido gasto da camisa, tão marcadas quanto pequenas asas de anjo.

O barulho da água abafou os passos de Roger quando ele desceu pelas pedras.

Muito delicadamente, ele encaixou a mão em volta do pescoço magro e pálido, e os ombros ossudos se encolheram de susto.

– Aidan – disse ele. – Uma palavrinha, *se* você me permitir.

A escuridão baixou na véspera do dia de Todos os Santos. Fomos dormir com o barulho do vento uivando e da chuva forte, e ao acordar no dia da festa vimos grandes e macios flocos caindo, caindo em absoluto silêncio. Não há imobilidade mais perfeita do que a solidão no centro de uma nevasca.

Aquela era a hora tênue, quando os mortos queridos se aproximam. O mundo se volta para dentro, e o ar gelado se adensa com sonhos e mistérios. O céu passa de um frio penetrante e límpido, onde um milhão de estrelas ardem intensas e próximas, à nuvem cinza-rosada que envolve a terra com a promessa de neve.

Peguei um dos fósforos da caixa de Bree e o acendi, animando-me com o pulinho instantâneo da chama, e curvei-me para encostá-la na lenha. A neve caía e o inverno tinha chegado, a temporada do fogo. Velas e lareiras, aquele lindo e saltitante paradoxo, aquela destruição contida, porém jamais domesticada, mantida a uma distância segura para aquecer e encantar, mas sempre, ainda, com aquela leve sensação de perigo.

O cheiro de abóboras assando pairava espesso e doce no ar. Após ter dominado a noite com fogo, as cabaças que tinham servido de lanternas rumavam agora para um destino mais pacífico na forma de tortas e compostagem, para se juntar ao doce descanso da terra antes da renovação. Eu tinha revirado a terra do meu jardim na véspera e plantado as sementes invernais para que dormissem e inchassem, para que sonhassem seu nascimento enterrado.

Esse é o momento em que tornamos a adentrar o útero do mundo, sonhando sonhos de neve e silêncio. Para acordar com o choque dos lagos congelados sob o luar mortiço, e com o sol frio a arder baixo e azul nos galhos das árvores envoltas em gelo, para voltar de nossas breves e necessárias labutas ao alimento e às conversas, ao calor de uma lareira no escuro.

Em volta do fogo, no escuro, todas as verdades podem ser ditas e ouvidas em segurança.

Calcei minhas meias compridas de lã, pus umas anáguas grossas e meu xale mais quente, e desci para atiçar a lareira da cozinha. Fiquei parada vendo os filetes de vapor subirem do caldeirão perfumado e senti que me voltava para dentro. O mundo poderia ir embora, e nós iríamos nos curar.

39

EU SOU A RESSURREIÇÃO

Novembro de 1773

Marteladas na porta despertaram Roger pouco antes de o dia raiar. Ao seu lado, Brianna produziu um som desarticulado que a experiência permitia interpretar como uma afirmação de que, se ele não se levantasse para atender à porta, ela o faria... mas ele iria se arrepender, bem como o infeliz do outro lado.

Resignado, ele afastou a colcha e passou a mão nos cabelos embaraçados. O ar frio tocou suas pernas nuas, trazendo um hálito gelado de neve.

– Da próxima vez que eu me casar com alguém, vou escolher uma moça que acorde de bom humor de manhã – disse ele à forma encolhida sob as cobertas.

– Faça isso – disse uma voz abafada de baixo do travesseiro, cujo caráter indistinto nada fez para disfarçar o tom hostil.

As marteladas se repetiram e Jemmy, que, *ele sim,* acordava de bom humor, sentou-se em sua cama baixa, parecendo um dente-de-leão ruivo desabrochado.

– Alguém está batendo – informou ele a Roger.

– Ah, é? Humm.

Reprimindo um impulso de grunhir, ele se levantou e foi destrancar a porta.

Hiram Crombie estava em pé do outro lado, com um semblante mais severo do que de costume à meia-luz leitosa. Pelo visto ele tampouco acordava de bom humor, refletiu Roger.

– A velha mãe da minha esposa faleceu ontem à noite – informou ele a Roger, sem preâmbulo.

– Fale o quê? – perguntou Jemmy interessado, espichando a cabeça descabelada por trás da perna do pai.

Esfregou o olho com a mão fechada e deu um largo bocejo.

– A sogra do sr. Crombie morreu – explicou Roger, pousando a mão na cabeça do filho para fazê-lo calar e com um tossido de desculpas para Crombie. – Sinto muito por essa notícia, sr. Crombie.

– É. – O sr. Crombie pareceu indiferente às condolências. – Murdo Lindsay disse que o senhor conhece um pouco das Escrituras para o enterro. Minha mulher estava pensando se quem sabe poderia ir dizer algumas palavras diante do túmulo?

– Murdo disse... ah! – A família holandesa, era isso. Jamie o forçara a falar junto às covas. – Sim, claro.

Ele limpou a garganta com um pigarro por reflexo. Sua voz estava desesperadamente rouca – como sempre acontecia de manhã antes de ele ter bebido uma xícara de algo quente. Não era de espantar que Crombie exibisse um ar de dúvida.

– Claro – repetiu ele, mais forte. – Tem... ahn... algo que possamos fazer para ajudar?

Crombie fez um pequeno gesto negativo.

– As mulheres a esta altura já a devem ter preparado, imagino – disse ele, com um olhar muito breve para o montinho formado por Brianna em cima da cama. – Vamos começar a cavar depois do café. Com sorte, conseguimos enterrá-la antes de a neve cair.

Ele ergueu o queixo pontudo na direção de um céu opaco do mesmo cinza suave da pelagem no ventre de Adso, então assentiu, girou nos calcanhares e saiu sem mais nenhuma expressão de amabilidade.

– Papai... olhe!

Roger baixou os olhos e viu Jem, com os dedos enganchados nos cantos da boca, puxando-a para baixo de modo a simular o U invertido da expressão habitual de Hiram Crombie. Pequenas sobrancelhas ruivas se franziram numa expressão severa e feroz que tornou a semelhança espantosa. Surpreso, Roger riu, deu um arquejo e engasgou, então tossiu até dobrar o corpo, chiando.

– Você está bem?

Brianna havia se desenterrado e estava sentada na cama, com os olhos semicerrados de sono, mas um ar preocupado.

– Sim, tudo bem.

As palavras saíram num chiado fino, quase inaudível. Roger inspirou, escarrou com força e, na falta de lenço, expeliu na mão um naco repulsivo de catarro.

– Eca! – fez a esposa querida do seu coração, encolhendo-se.

– Deixe eu ver, papai! – falou seu filho e herdeiro, abrindo caminho para poder espiar. – Eeecaa!

Roger foi até lá fora e limpou a mão na grama molhada junto à porta. Fazia frio do lado de fora cedo assim, mas Crombie decerto tinha razão: havia neve a caminho outra vez. O ar tinha aquela textura suave e abafada.

– Quer dizer que a velha sra. Wilson morreu? – Brianna tinha saído atrás dele, com um xale ao redor dos ombros. – Uma pena. Imagine vir até tão longe e depois morrer num lugar estranho antes mesmo de ter tido tempo para se acomodar.

– Bom, pelo menos ela estava junto da família. Imagino que não fosse querer ter sido deixada para morrer sozinha na Escócia.

– Humm. – Bree afastou fios de cabelo das faces; fizera uma trança grossa para dormir, mas boa parte havia escapado ao cativeiro e se encaracolava ao redor de seu rosto no ar frio e úmido. – Acha que devo subir até lá?

– Para prestar nossa homenagem? Segundo ele, a velha já foi preparada para o enterro.

Ela deu um muxoxo, e os filetes de respiração que saíram de suas narinas o fizeram pensar momentaneamente em dragões.

418

– Não podem ser mais de sete da manhã. Ainda está escuro lá fora, caramba! E não acredito nem por um minuto que a mulher e a irmã dele tenham preparado o corpo para o enterro à luz de velas. Para começar, Hiram não as deixaria gastar uma vela extra. Não... ele estava incomodado por pedir um favor, então tentou constranger você pelo fato de a sua mulher ser uma preguiçosa desmazelada.

Muito observador, pensou Roger, achando graça... sobretudo levando em conta que Brianna não vira o olhar eloquente lançado por Hiram para sua forma deitada.

– O que é desmazelada? – quis saber Jemmy, prestando plena atenção em qualquer coisa que soasse vagamente imprópria.

– É uma dama que não é dama – informou-lhe o pai. – E má dona de casa, ainda por cima.

– Essa é uma das palavras que vão fazer a sra. Bug lavar a sua boca com sabão se ela ouvir você dizendo – completou Brianna, com uma precisão pouco gramatical.

Roger ainda estava só de camisolão, e suas pernas e pés congelavam. Jem saltitava descalço, também, mas sem o menor indício de estar com frio.

– Mamãe não é isso – falou Roger com firmeza, segurando a mão do filho. – Venha, amiguinho, vamos à casinha enquanto mamãe prepara o café.

– Obrigada pelo voto de confiança – falou Brianna com um suspiro. – Mais tarde eu levo um vidro de mel para os Crombies ou algo assim.

– Eu também vou – anunciou Jemmy prontamente.

Brianna hesitou por um instante, então olhou para o marido e arqueou as sobrancelhas. Jem nunca tinha visto uma pessoa morta.

Roger ergueu um dos ombros. Devia ter sido uma morte tranquila, e aquilo, Deus bem sabia, era um fato da vida nas montanhas. Não imaginava que a visão do corpo da sra. Wilson fosse causar pesadelos no menino... embora, conhecendo Jem, fosse provável que conduzisse a diversas perguntas altas e embaraçosas feitas em público. Alguma explicação preparatória talvez viesse a calhar, refletiu.

– Claro – falou para Jem. – Mas primeiro temos de ir à Casa Grande depois do café pegar uma Bíblia emprestada com o vovô.

Ele encontrou Jamie tomando café da manhã, e o aroma morno de aveia de mingau recém-preparado o envolveu feito um cobertor quando ele entrou na cozinha. Antes de conseguir explicar o que o havia levado até lá, a sra. Bug já o tinha feito se sentar com sua própria tigela, um jarro de mel, um prato de toucinho frito, torradas quentes pingando manteiga e uma xícara recém-feita de algo escuro e perfumado que parecia café. Ao seu lado, Jem já estava sujo de mel e manteiga até as orelhas. Por um traiçoeiro instante, Roger se perguntou se Brianna talvez não fosse um pouco preguiçosa, embora certamente jamais desmazelada.

Então olhou para o outro lado da mesa, onde Claire, com o cabelo ainda não penteado todo arrepiado, piscava sonolenta para ele por cima de torradas, e concluiu, generoso, que aquilo decerto não era uma escolha da parte de Bree, mas sim a influência da genética.

Quando explicou o que tinha ido fazer, porém, Claire se levantou na hora, entre uma e outra mordida na torrada com toucinho.

– A velha sra. Wilson? – indagou, interessada. – Do que ela morreu, o sr. Crombie disse?

Roger fez que não com a cabeça e engoliu um pouco de aveia.

– Só disse que ela faleceu durante a noite. Imagino que a tenham encontrado morta. Talvez tenha sido o coração... ela devia ter 80 anos, no mínimo.

– Ela era uns cinco anos mais velha do que eu – falou Claire, seca. – Ela me disse.

– Ah. Humm.

Limpar a garganta doía, e ele tomou um gole da bebida quente e escura em sua xícara. Era uma infusão de chicória e bolotas assadas, mas não chegava a ser tão ruim assim.

– Espero que você não tenha dito a *sua* idade a ela, Sassenach.

Jamie estendeu a mão e roubou o último pedaço de torrada. A sra. Bug, sempre vigilante, levou o prato embora para enchê-lo outra vez.

– Não sou descuidada a esse ponto – disse Claire, passando um indicador delicadamente num pingo de mel e lambendo. – Eles já acham que eu fiz alguma espécie de pacto com o diabo; se eu lhes dissesse a minha idade, teriam certeza.

Roger deu uma risadinha, mas em seu íntimo pensou que ela estava certa. As marcas de sua provação haviam quase sumido, os hematomas clareado e o osso do nariz ficado bom, reto e sem marcas. Mesmo desarrumada e com os olhos inchados de sono, Claire era mais do que atraente: pele bonita, uma luxuriante cabeleira farta e encaracolada e traços elegantes que os pescadores das Terras Altas sequer sonhavam em ter. Isso sem falar nos olhos dourados, claros e brilhantes.

Somando-se a esses dons naturais as práticas de nutrição e higiene do século XX que a faziam ter todos os dentes, brancos e certinhos, Claire parecia ter uns bons vinte anos a menos do que as outras mulheres da sua idade. Roger achou esse pensamento reconfortante: talvez Bree também houvesse herdado da mãe a arte de envelhecer com beleza. Afinal de contas, ele sempre poderia preparar o próprio café da manhã.

Jamie tinha acabado de comer e ido buscar a Bíblia. Voltou e pousou-a ao lado do prato de Roger.

– Vamos subir com você para o enterro – falou, meneando a cabeça para o livro. – Sra. Bug... quem sabe a senhora pode preparar uma cestinha para os Crombies?

– Já preparei – informou-lhe ela, e largou na frente dele sobre a mesa uma cesta grande coberta por um guardanapo e recheada de alimentos. – O senhor leva, então? Preciso ir avisar Arch e pegar meu xale bom, e nos vemos na beira do túmulo, sim?

Brianna entrou nessa hora, bocejando, mas arrumada, e começou a tornar o filho apresentável enquanto Claire desaparecia para buscar touca e xale. Roger pegou a Bíblia com a intenção de folhear os Salmos em busca de algo adequadamente sóbrio, porém animador.

– Quem sabe o 23? – falou, meio para si mesmo. – É curto. Sempre um clássico. E pelo menos menciona a morte.

– Você vai fazer uma elegia? – indagou Brianna, interessada. – Ou um sermão?

– Ah, meu Deus, não tinha pensado nisso – respondeu ele, consternado. Experimentou dar uma pigarreada. – Tem mais café?

Roger já tinha assistido a muitos enterros presididos pelo reverendo em Inverness, e sabia muito bem que os clientes pagantes consideravam o evento um enorme fracasso a não ser que a pregação durasse pelo menos meia hora. Era bem verdade que favores não permitiam exigências, e os Crombies não podiam esperar que...

– Pai, por que você tem uma Bíblia protestante?

Espiando por cima do ombro de Roger, Bree interrompeu o ato de remover um pedaço de torrada dos cabelos de Jemmy.

Surpreso, seu marido fechou a capa, mas ela estava certa: *Versão do rei Jaime*, diziam as letras quase apagadas do título.

– Ganhei de presente – disse Jamie.

A resposta foi casual, mas Roger ergueu os olhos; havia algo estranho na voz de seu sogro. Brianna também ouviu: lançou um olhar breve e incisivo na direção do pai, mas o rosto de Jamie estava tranquilo quando ele pôs na boca um último pedaço de toucinho e limpou os lábios.

– Uma dose no café, Roger Mac? – perguntou ele, meneando a cabeça para a xícara do genro como se oferecer uísque no café da manhã fosse a coisa mais natural do mundo.

Na realidade, considerando a perspectiva imediata, a ideia soou muito atraente, mas Roger fez que não com a cabeça.

– Não, obrigado. Eu vou ficar bem.

– Tem certeza? – Brianna voltou para o marido seu olhar incisivo. – Talvez você devesse. Para a sua garganta.

– Ela vai ficar bem – disse Roger, sucinto.

Ele também estava preocupado com a própria voz. Não precisava da solicitude do clã ruivo, todos os três ocupados em lhe lançar olhares observadores que ele interpretou como um indício de extrema dúvida em relação a suas capacidades discursivas. O uísque poderia até ajudar sua garganta, mas ele duvidava que fosse de grande ajuda para o sermão – e a última coisa que ele queria era aparecer num enterro fedendo a bebida forte na frente de um bando de puritanos fofoqueiros.

– Vinagre – recomendou a sra. Bug, curvando-se para levar embora o seu prato. – Vinagre quente é tiro e queda. Acaba com o muco, não é?

– Aposto que acaba mesmo – disse Roger, sorrindo apesar da apreensão. – Mas acho que não, sra. Bug, obrigado.

Ele tinha acordado com a garganta irritada e torcera para que o café da manhã a curasse. Isso não tinha acontecido, e a ideia de tomar vinagre quente fez suas amígdalas se contraírem.

Em vez disso, ele estendeu a xícara para mais uma rodada de café de chicória e se concentrou na tarefa que tinha pela frente.

– Então... alguém sabe alguma coisa sobre a velha sra. Wilson?

– Ela morreu – entoou Jemmy, seguro de si.

Todos riram, e Jem fez uma cara confusa, mas então riu também, obviamente sem ter a menor ideia de qual era a graça.

– Bom começo, campeão. – Roger estendeu a mão e limpou as migalhas da frente da camisa de Jemmy. – Talvez seja até uma possibilidade. O reverendo tinha um sermão decente sobre algo nas Epístolas... o preço do pecado é a morte, mas a dádiva de Deus é a vida eterna. Ouvi-o fazer esse sermão mais de uma vez. O que acham?

Ele ergueu uma das sobrancelhas para Brianna, que franziu o cenho numa expressão pensativa e pegou a Bíblia.

– Provavelmente vai funcionar. Esta coisa tem índice?

– Não. – Jamie pousou a xícara de café. – Mas essa passagem está em Romanos, capítulo 6.

Ao ver os olhares de surpresa que se viraram na sua direção, ele enrubesceu de leve e meneou a cabeça em direção ao volume.

– Eu tinha esse livro na prisão – falou. – Eu o li. Venha, *a bhailach*, já está pronto?

O tempo estava fechando, as nuvens ameaçavam qualquer coisa desde uma chuva gelada até a primeira neve da temporada, e rajadas de vento frio ocasionais agitavam capas e saias, fazendo-as inflar feito velas. Os homens seguravam firme os chapéus, e as mulheres se encolhiam no fundo de seus capuzes; todos caminhavam de cabeça baixa, qual ovelhas teimosas avançando contra o vento.

– Ótimo tempo para um enterro – murmurou Brianna, fechando mais a capa em volta de si após uma dessas rajadas.

– Humm.

Roger respondeu de maneira automática, obviamente sem ter prestado atenção nas palavras da mulher, mas registrando que ela havia falado. Tinha o cenho franzido, e seus lábios estavam contraídos e descorados. Ela pôs a mão no seu braço e deu um apertão para tranquilizá-lo, e ele a encarou com um sorriso débil e relaxou um pouco o rosto.

Um lamento de outro mundo rasgou o ar, e Brianna gelou e apertou o braço de Roger. O lamento foi ficando mais alto até se transformar num grito agudo, então se partiu numa série de arquejos curtos, sincopados, tornando-se por fim uma escala de soluços semelhante a um corpo morto rolando por uma escada.

Brianna sentiu um arrepio nas costas e seu ventre se contraiu. Olhou para Roger: ele estava quase tão pálido quanto ela se sentia, embora apertasse a sua mão de modo tranquilizador.

– Deve ser a *ban-treim* – comentou Jamie, calmo. – Não sabia que havia uma.

– Nem eu – emendou Claire. – Quem você acha que é?

Ela também tinha ficado espantada ao ouvir o som, mas agora parecia apenas interessada.

Roger também vinha prendendo a respiração. Soltou-a então com um leve chacoalhar e limpou a garganta com um pigarro.

– Uma carpideira – explicou ele. As palavras saíram pastosas, e ele tornou a limpar a garganta com muito mais força. – Elas, ahn... entoam lamentos. Atrás do caixão.

A voz tornou a se erguer na mata, dessa vez num som mais distinto. Brianna pensou que havia palavras no lamento, mas não conseguiu distingui-las. *Wendigo*. A palavra surgiu em sua mente sem ser chamada, e ela estremeceu de modo convulso. Jemmy choramingou e tentou se enterrar debaixo do casaco do avô.

– Não precisa ter medo, *a bhailach*.

Ele deu uns tapinhas nas costas do menino. Sem parecer convencido, Jem enfiou o polegar na boca e se aninhou com os olhos arregalados junto ao peito de Jamie conforme o lamento se transformava em gemidos.

– Bem, venham então, vamos conhecê-la, que tal?

Jamie se virou para o lado e começou a entrar na floresta, em direção à voz.

Não houve mais nada a fazer senão segui-lo. Brianna apertou o braço de Roger, mas saiu de junto dele e foi andar ao lado do pai para Jemmy poder vê-la e ficar mais tranquilo.

– Está tudo bem, amigo – disse ela baixinho.

O tempo estava esfriando; seu hálito saiu em lufadas de volutas brancas. A ponta do nariz de Jemmy estava vermelha e o contorno de seus olhos parecia meio rosado... será que ele também estava pegando um resfriado?

Ela estendeu a mão para tocar sua testa, mas bem nessa hora a voz recomeçou. Dessa vez, porém, algo parecia ter lhe acontecido. O que saiu foi um som agudo, esganiçado, não o lamento robusto que eles tinham escutado antes. E hesitante.... como um fantasma aprendiz, pensou ela, numa brincadeira aflita.

No fim das contas era de fato um aprendiz, mas não um fantasma. Seu pai se abaixou para passar sob um pinheiro baixo e ela foi atrás, emergindo numa clareira de frente para duas mulheres espantadas. Ou melhor, uma mulher e uma adolescente, ambas com xales enrolados na cabeça. Ela as conhecia, mas quais eram seus nomes?

– *Maduinn mhath, maighistear* – disse a mulher mais velha, recobrando-se da surpresa e se abaixando numa profunda mesura para Jamie.

Bom dia para o senhor.

– E para as senhoras – respondeu ele, também em gaélico.

– Bom dia, sra. Gwilty – disse Roger com sua voz suave e rouca. – E para você, *a nighean* – acrescentou, curvando-se de modo cortês para a menina.

Olanna, era isso. Brianna recordava o rosto redondo igualzinho ao O que dava início ao seu nome. Ela era... filha da sra. Gwilty? Ou seria sobrinha?

– Ah, que menino lindo – entoou a adolescente, estendendo um dedo para tocar a bochecha redonda de Jem.

Ele se retraiu um pouco e chupou o polegar com mais força enquanto a espiava desconfiado por baixo da borda do gorro de lã azul.

As mulheres não falavam inglês, mas o gaélico de Brianna agora bastava para lhe permitir acompanhar a conversa, ainda que não participar de modo fluente. A sra. Gwilty explicou que estava mostrando à sobrinha como uma *coronach* de verdade fazia.

– E vocês duas vão dar conta do recado muito bem, estou certo – disse Jamie, cortês.

A sra. Gwilty fungou e olhou para a sobrinha com um ar desanimado.

– Humm – fez ela. – A voz dela parece a de um morcego soltando pum, mas ela é a única mulher que sobrou na minha família, e eu não vou viver para sempre.

Roger produziu um pequeno ruído sufocado que rapidamente se transformou num tossido convincente. O agradável rosto redondo de Olanna, já corado por causa do frio, ficou muito vermelho, mas ela nada disse, apenas baixou os olhos e se enrolou mais no xale. Era uma peça caseira marrom-escura, constatou Brianna; o da sra. Gwilty era de lã delicada tingida de preto... e, mesmo que estivesse um pouquinho esgarçado nas bordas, ela ainda o usava com a dignidade da sua profissão.

– Estamos tristes por vocês – disse Jamie, numa condolência formal. – Aquela que se foi...?

Ele interrompeu a frase num tom de interrogação delicado.

– Irmã do meu pai – respondeu a sra. Gwilty na hora. – Que desgraça, que desgraça ela ser enterrada entre desconhecidos.

A mulher tinha um rosto magro e subnutrido, a carne escassa profundamente encovada e olheiras ao redor de olhos escuros. Virou esses olhos encovados para Jemmy, que na mesma hora segurou a borda do gorro e o puxou para baixo por cima do rosto. Ao ver os olhos escuros e sem fundo se moverem na sua direção, Brianna teve de se esforçar para não fazer o mesmo.

– Espero... que a sombra dela seja reconfortada. Pelo... pelo fato de a sua família estar aqui – disse Claire no seu gaélico claudicante.

A língua soava muito estranha com o sotaque inglês de sua mãe, e Brianna viu o pai morder o lábio inferior para não rir.

– Ela não vai passar muito tempo sem companhia.

Olanna deixou escapar o comentário, e então, ao cruzar olhares com Jamie, ficou vermelha feito uma beterraba e enterrou o nariz no xale.

A estranha afirmação pareceu fazer sentido para seu pai, que aquiesceu.

– É mesmo? Quem está padecendo?

Ele olhou para Claire com um ar de interrogação, mas ela balançou a cabeça de leve. Se alguém estava doente, não tinha procurado a sua ajuda.

O comprido e enrugado lábio superior da sra. Gwilty se contraiu sobre dentes horríveis.

– Seaumais Buchan – observou ela com sombria satisfação. – Ele está com febre, e vai morrer do peito antes do fim da semana, mas nós chegamos na frente. Uma sorte.

– O quê? – indagou Claire sem entender, franzindo o cenho.

A sra. Gwilty estreitou os olhos para ela.

– A última pessoa enterrada num cemitério precisa cuidar dele, Sassenach – explicou Jamie em inglês. – Até outra ir tomar o seu lugar.

Trocando de volta para o gaélico sem dificuldade, ele disse:

– Sorte a dela, e mais sorte ainda por ter *bean-treim* como vocês para acompanhá-la.

Ele pôs a mão no bolso e estendeu uma moeda, para a qual a sra. Gwilty olhou, piscou os olhos, em seguida tornou a olhar.

– Ah – falou, satisfeita. – Bem, faremos o nosso melhor, a menina e eu. Vamos, *a nighean*, deixe-me escutá-la.

Pressionada para se exibir diante de uma plateia, Olanna pareceu aterrorizada. Sob o olhar admoestatório da tia, porém, não houve como escapar. Ela fechou os olhos, inflou o peito, jogou os ombros para trás e emitiu um agudo "EEEEEEEEEEee eeeeeeeeeEEEEEEeeeEEE... oh... Ee... oh... Ee... oh..." antes de se interromper e arfar para recuperar o fôlego.

Roger se retraiu como se o som fossem farpas de bambu sendo enfiadas debaixo de suas unhas, e a boca de Claire se escancarou. Os ombros de Jemmy estavam erguidos junto às orelhas, e ele se agarrava ao casaco do avô feito um pequeno carrapicho azul. Até Jamie pareceu um pouco espantado.

– Nada mau – foi o juízo da sra. Gwilty. – Talvez não seja uma desgraça completa. Ouvi dizer que Hiram lhe pediu para dizer algumas palavras? – acrescentou ela, olhando para Roger com um ar depreciativo.

– Pediu – respondeu Roger, ainda rouco, mas com o tom mais firme de que foi capaz. – Estou honrado.

A sra. Gwilty não deu resposta para isso, apenas o olhou de cima a baixo, e então, balançando a cabeça, virou as costas e ergueu os braços.

– AaaaaaaaaAAAAAAAAaaaaAAAAAAAAaaaIIIeeeeeeee – gritou ela, com uma voz que fez Brianna sentir cristais de gelo no sangue. – Desgraça, desgraça, desgraaaça! AaaayaaaAAaayaaaAAhaaaaahaaa! A desgraça se abateu sobre a casa dos Crombies... desgraça!

Virando-lhes igualmente as costas, obediente, Olanna se uniu à tia com um lamento próprio em contraponto. De modo bastante sem tato, mas prático, Claire enfiou os dedos nos ouvidos.

– *Quanto dinheiro* você deu a elas? – perguntou a Jamie em inglês.

Os ombros de Jamie se sacudiram por um curto instante, e ele a conduziu para longe apressado, segurando-a firme pelo cotovelo.

Ao lado de Brianna, Roger engoliu em seco, um som que mal se pôde ouvir por causa do barulho.

– Você deveria ter tomado aquele uísque – disse-lhe ela.

– Eu sei – respondeu ele, rouco, e espirrou.

– Você pelo menos já ouviu falar em Seaumais Buchan? – perguntei a Jamie enquanto avançávamos pela terra encharcada do quintal dos Crombies. – Quem é ele?

– Ah, sim, já ouvi falar nele – respondeu Jamie, passando um braço à minha volta para me ajudar a atravessar uma poça fétida do que parecia ser urina de cabra. – Uff. Meu Deus, Sassenach, você é bem pesadinha.

– É o cesto – respondi, distraída. – Acho que a sra. Bug pôs chumbinho aqui dentro. Ou quem sabe só bolo de frutas. Mas quem é ele? Um dos pescadores?

– Sim. É tio-avô de Maisie MacArdle, que é casada com aquele sujeito que construía barcos. Lembra-se dela? Ruiva, nariz comprido, seis filhos.

– Vagamente. Como é que você se lembra dessas coisas? – perguntei, mas ele só fez sorrir e me oferecer o braço.

Segurei-o, e avançamos com gravidade pela lama e pela palha espalhada por cima, o senhor das terras e sua dama vindos para assistir ao funeral.

Apesar do frio, a porta do chalé estava aberta de modo a deixar sair o espírito da morta. Felizmente, isso também permitia que entrasse alguma luz, já que o chalé era de construção grosseira e não tinha janelas. Estava também abarrotado de pessoas, a maior parte das quais não havia tomado banho em momento algum dos quatro meses anteriores.

Chalés claustrofóbicos ou corpos sujos não eram nada estranho para mim, porém, e como eu sabia que um dos corpos presentes estava decerto limpo, mas com certeza morto, já tinha começado a respirar pela boca quando uma das filhas dos Crombies, de xale e com os olhos vermelhos, nos convidou a entrar.

Vovó Wilson jazia sobre a mesa com uma vela junto à cabeça, envolta na mortalha que, sem dúvida, ela mesma havia tecido quando era uma jovem noiva. O linho estava amarelado e vincado de tão velho, mas parecia limpo e macio à luz da vela, bordado nos cantos com um padrão simples de folhas de parreira. Fora cuidadosamente guardado e trazido da Escócia à custa de só Deus sabia quanto esforço.

Jamie parou na porta, tirou o chapéu e murmurou condolências formais que os Crombies, homens e mulheres, aceitaram respectivamente com meneios de cabeça e grunhidos. Entreguei a cesta de comida e meneei a cabeça de volta no que torci para ser uma expressão adequada de digna empatia, sem tirar os olhos de Jemmy.

Brianna tinha feito o possível para lhe explicar, mas eu não fazia ideia de como o menino poderia reagir à situação... ou ao cadáver. Com alguma dificuldade, fora convencido a sair de baixo do gorro, e agora olhava em volta com interesse, o redemoinho dos cabelos arrepiado.

– Aquela é a senhora morta, vovó? – sussurrou ele bem alto para mim, apontando para o corpo.

– Sim, querido – falei, olhando aflita para a sra. Wilson.

Ela, porém, exibia um aspecto de todo normal, adequadamente arrumada com sua melhor touca e uma atadura sob o maxilar para manter a boca fechada, as pálpebras secas abaixadas à luz bruxuleante da vela. Eu não pensava que Jemmy algum dia a houvesse encontrado quando viva. Não havia nenhum motivo real para ficar abalado ao vê-la morta... e ele fora levado regularmente para caçadas desde que aprendera a andar; com certeza entendia o conceito de morte. Além do mais, um cadáver era sem dúvida um anticlímax depois de nosso encontro com as *bean-treim*. Ainda assim...

– Vamos prestar nossas homenagens agora, garoto – disse-lhe Jamie baixinho, e o pôs no chão.

Captei o olhar de Jamie na direção da porta, onde Roger e Bree murmuravam condolências por sua vez, e entendi que ele havia esperado os dois chegarem para que pudessem vê-lo e saber o que fazer em seguida.

Foi guiando o neto por entre as pessoas aglomeradas, que abriram caminho respeitosamente, e até a mesa, onde pousou a mão no peito do cadáver. Ah, então era esse tipo de funeral.

Em algumas cerimônias fúnebres das Terras Altas, era costume todos tocarem o corpo para que o morto não os assombrasse. Eu duvidava que vovó Wilson tivesse qualquer interesse em me assombrar, mas não custava nada garantir... e eu tinha uma desagradável lembrança de um crânio com obturações de prata nos dentes e de meu encontro com quem poderia ter sido o seu dono, visto à luz de um fogo-fátuo numa noite negra na montanha. Sem querer, olhei para a vela, mas esta me pareceu um objeto inteiramente normal, feito de cera marrom de abelha, com um perfume agradável e um pouco torto dentro de seu castiçal de barro.

Juntando forças, inclinei-me e pousei a mão com delicadeza sobre a mortalha. Um pires de cerâmica contendo um pedaço de pão e um montinho de sal repousava sobre o peito da morta, e ao seu lado na mesa havia uma tigelinha de madeira com um líquido escuro... seria vinho? Com a vela de cera de abelha de boa qualidade, o sal e as *bean-treim*, pelo visto Hiram Crombie estava tentando homenagear adequadamente a sogra... embora eu o achasse bem capaz de reutilizar o sal após o enterro.

No entanto, algo parecia errado. Um ar de nervosismo se enroscava entre as botas rachadas e os pés envoltos em trapos dos presentes como a corrente de ar frio que entrava pela porta. No início pensei que isso poderia se dever à nossa presença, mas não. Uma breve exalação aprovadora se fizera ouvir quando Jamie havia se aproximado do corpo.

Jamie sussurrou algo para Jemmy, então o levantou para que ele tocasse o corpo, deixando suas pernas dependuradas. O menino não demonstrou relutância alguma, e observou com interesse o rosto ceroso da morta.

– Para que é isso? – perguntou ele em voz alta, estendendo a mão para o pão. – Ela vai comer?

Jamie segurou seu pulso e pousou a mão dele com firmeza na mortalha.

– Isso é para o devorador de pecados, *a bhailach*. Deixe aí, sim?

– O que é um...

– Depois.

Ninguém discutia com Jamie quando ele usava aquele tom de voz, e Jemmy desistiu e tornou a enfiar o polegar na boca enquanto o avô o recolocava no chão. Bree se aproximou e o pegou no colo, lembrando-se tardiamente de tocar ela também o corpo e murmurar:

– Que Deus lhe dê descanso.

Roger então deu um passo à frente e a multidão se agitou, interessada.

Apesar de pálido, ele parecia calmo. Seu rosto era magro e um tanto ascético, salvo em geral da sisudez pelos olhos bondosos e a boca expressiva, de riso fácil. Mas aquele não era um momento para rir, e seus olhos estavam sombrios sob a luz fraca.

Ele pôs a mão no peito da morta e abaixou a cabeça. Não tive certeza se estava rezando pelo repouso de sua alma ou por inspiração, mas ele passou mais de um minuto assim. Os presentes ficaram observando com respeito, sem produzir qualquer ruído a não ser tossidos e pigarros. Roger não era o único a estar se resfriando, pensei... e de repente tornei a pensar outra vez em Seaumais Buchan.

Ele está com febre e vai morrer do peito antes de a semana acabar. Assim dissera a sra. Gwilty. Pneumonia, talvez... ou bronquite, ou mesmo tuberculose. E ninguém tinha me avisado.

Isso me causou um leve incômodo, composto em partes iguais por irritação, culpa e nervosismo. Eu sabia que os arrendatários ainda não confiavam em mim; pensara que devia deixá-los se acostumar comigo antes de começar a lhes fazer visitas aleatórias. Muitos nunca deviam ter visto uma pessoa inglesa antes de ir para as colônias... e eu conhecia muito bem sua atitude em relação tanto aos *sassenachs* quanto aos católicos.

Agora, porém, havia um homem morrendo praticamente na soleira da minha porta... e eu nem sequer tivera conhecimento da sua existência, quanto mais da sua doença.

Será que deveria ir vê-lo assim que o funeral terminasse? Mas onde diabos o tal homem residia? Não podia ser muito perto; afinal, eu *conhecia* todos os pescadores que tinham ido morar na montanha. Os MacArdles deviam morar do outro lado da Cordilheira. Olhei de relance para a porta, tentando avaliar em quanto tempo as nuvens ameaçadoras soltariam sua carga de neve.

Um barulho de pés se arrastando e murmúrios em voz baixa se fizeram ouvir lá fora. Mais pessoas haviam chegado, vindas dos vales próximos, e se aglomeravam ao redor da porta. Captei as palavras *dèan caithris* num tom de interrogação e de repente me dei conta do que havia de estranho naquela ocasião.

Não haveria velório. Pelo costume, o corpo teria sido lavado e preparado, mas depois disso mantido exposto por um ou dois dias, para que todos na região tivessem tempo de ir prestar suas homenagens. Apurei os ouvidos e percebi um tom distinto de insatisfação e surpresa – os vizinhos consideravam aquela pressa inapropriada.

– Por que não vai ter velório? – sussurrei para Jamie.

Ele ergueu um dos ombros meio centímetro, mas meneou a cabeça em direção à porta e ao céu carregado lá fora.

– Vai nevar bastante antes de a noite cair, *a Sorcha* – disse ele. – E pelo visto é provável que a nevasca dure dias. Eu mesmo não iria querer ter de cavar um túmulo e enterrar um caixão no meio de uma coisa dessas. E, se a neve durar dias, onde eles vão pôr o corpo enquanto isso?

– É verdade, *Mac Dubh* – disse Kenny Lindsay, que entreouvira a conversa. Ele correu os olhos pelas pessoas perto de nós, chegou mais perto e baixou a voz. – Mas é verdade também que Hiram Crombie não gostava muito da velha me... ahn, da sogra. – Ele empinou o queixo de leve para indicar o cadáver. – Há quem diga que quanto mais cedo ele puser a velha debaixo da terra, melhor... antes que ela mude de ideia, não é?

Ele abriu um breve sorriso e Jamie disfarçou o seu olhando para baixo.

– Imagino que assim ele também vá economizar um pouco da comida.

A reputação de sovina de Hiram era notória... o que significava bastante entre os frugais, porém hospitaleiros habitantes das Terras Altas.

Uma nova comoção estava ocorrendo lá fora com a chegada de mais gente. Houve uma espécie de congestionamento na porta quando alguém tentou forçar a entrada, embora a casa estivesse abarrotada e o único pedaço de chão ainda livre fosse debaixo da mesa sobre a qual repousava a sra. Wilson.

As pessoas perto da porta abriram caminho com relutância, e a sra. Bug irrompeu chalé adentro trajando sua melhor touca e seu melhor xale, ladeada por Arch.

– O senhor esqueceu o uísque – informou ela a Jamie, entregando-lhe uma garrafa arrolhada.

Então olhou em volta, viu os Crombies na mesma hora e se curvou para eles com cerimônia e murmúrios de pêsames. Endireitando-se, ajeitou a touca e correu os olhos pelo recinto com um ar de expectativa. As festividades claramente podiam agora começar.

Hiram Crombie olhou em volta, então aquiesceu para Roger.

Roger se empertigou de leve, aquiesceu de volta e começou. Falou de modo sim-

429

ples durante alguns minutos, generalidades sobre o caráter precioso da vida, a enormidade da morte e a importância de parentes e vizinhos para enfrentar essas coisas. Tudo isso pareceu agradar aos presentes, que assentiam de leve sua aprovação e pareciam se acomodar à espera de um entretenimento decente.

Roger fez uma pausa para tossir e assoar o nariz, então emendou no que parecia ser alguma versão do culto fúnebre presbiteriano... ou da parte que ele conseguia recordar, de quando vivia com o reverendo Wakefield.

Aquilo também foi bem aceito, pelo visto. Bree pareceu relaxar um pouco e pôs Jemmy no chão.

Estava tudo correndo bem... mas mesmo assim eu continuava consciente de uma leve sensação de nervosismo. Parte disso, é claro, devia-se ao fato de eu conseguir ver Roger. O calor cada vez maior dentro do chalé estava fazendo seu nariz escorrer. Com o lenço na mão, ele se enxugava de modo furtivo e, de vez em quando, se abaixava para assoar o nariz com a maior discrição possível.

Só que o muco escorre para baixo. E, conforme foi piorando, a congestão começou a afetar sua garganta vulnerável. O engasgo na voz, sempre presente, estava ficando mais forte a olhos vistos. Ele tinha que pigarrear várias vezes para conseguir falar.

Ao meu lado, Jemmy se remexeu, inquieto, e com o canto do olho vi Bree pousar a mão na sua cabeça para acalmá-lo. Ele ergueu os olhos para a mãe, mas a atenção dela estava ansiosamente concentrada em Roger.

– Agradecemos a Deus pela vida desta mulher – disse ele, e parou para pigarrear outra vez.

Por simples empatia nervosa, peguei-me fazendo o mesmo junto com ele.

– Ela é uma serva de Deus, fiel e autêntica, e agora O está louvando diante do Seu trono, junto com os sa... – Vi uma dúvida repentina atravessar seu semblante quanto a se aquela congregação admitia o conceito de santos, ou consideraria a menção destes uma heresia de Roma. Ele tossiu e retomou. – Junto com os anjos.

Pelo visto, anjos eram inofensivos. Apesar de soturnos, os semblantes à minha volta não pareciam ofendidos. Expirando de forma audível, Roger pegou a pequena Bíblia verde e a abriu numa página marcada.

– Vamos recitar juntos um salmo em homenagem Àquele que...

Ele olhou para a página e, tarde demais, deu-se conta da dificuldade de traduzir um salmo em inglês para o gaélico assim, na hora.

Pigarreou bem alto e meia dúzia de gargantas entre os presentes o imitaram por reflexo. Do meu outro lado, Jamie murmurou "Ai, meu Deus", numa prece sincera.

Jemmy puxou a saia da mãe e sussurrou alguma coisa, mas foi silenciado peremptoriamente. Pude ver que Bree estava inclinada na direção do marido, o corpo tensionado pelo desejo urgente de ajudá-lo de alguma forma, nem que fosse por telepatia.

Sem alternativa à vista, Roger começou a ler o salmo com a voz entrecortada. Metade dos presentes o havia interpretado ao pé da letra quando ele os convidara a "recitar juntos", e ia entoando o salmo de cor... muitas vezes mais depressa do que ele era capaz de ler.

Fechei os olhos, sem conseguir assistir, mas não havia como não ouvir a congregação recitar o salmo de um fôlego só, então se calar e aguardar, paciente e contrariada, até Roger chegar ao fim aos tropeços. Coisa que ele fez, com tenacidade.

– Amém – disse Jamie em voz alta.

E sozinho. Abri os olhos e dei com todos a nos encarar com expressões que iam de uma leve surpresa a uma hostilidade iracunda. Jamie inspirou fundo e expirou muito devagar.

– Ai. Meu. Deus – falou, bem baixinho.

Um filete de suor escorria pelo rosto de Roger e ele o enxugou com a manga do casaco.

– Alguém deseja dizer alguma coisa com relação à falecida? – indagou, correndo os olhos de rosto em rosto.

O silêncio e os gemidos do vento foram a sua resposta. Ele pigarreou, e alguém deu uma risadinha zombeteira.

– Vovó... – sussurrou Jemmy, puxando a minha saia.

– Shh.

– Mas *vovó*...

A urgência na voz do menino fez com que eu me virasse e baixasse os olhos para ele.

– Você precisa ir ao banheiro? – sussurrei, curvando-me na sua direção.

Ele fez que não com a cabeça de modo violento o bastante para que o pesado tufo de cabelos ruivo-dourados se sacudisse de um lado para o outro da testa.

– Ó, Deus, nosso Pai Celeste, que nos guia pelas transformações do tempo até o descanso e a bênção da eternidade, esteja conosco agora, para nos reconfortar e amparar.

Ergui os olhos e vi que Roger havia tornado a pousar a mão sobre o cadáver, obviamente após decidir que estava na hora de encerrar o evento. Pelo alívio evidente em seu rosto e sua voz, pensei que ele devia estar recorrendo a alguma oração conhecida do Livro de Adoração, familiar o bastante para ele conseguir recitá-la com razoável fluência em gaélico.

– Faça-nos saber que os Seus filhos são preciosos aos Seus olhos...

Ele se deteve, e o esforço que teve de fazer foi visível: os músculos da garganta se moviam, tentando em vão remover a obstrução em silêncio, mas de nada adiantava.

– Ahn... HUMM!

Um barulho que não chegou a ser uma risada percorreu o recinto e Bree produziu na própria garganta um pequeno ronco, como um vulcão que se prepara para cuspir lava.

– Vovó!

– Shh!

– ... Sua visão. Que eles... vivam na eternidade Consigo e que a Sua misericórdia...

– Vovó!

Jemmy se contorcia como se um formigueiro houvesse fixado residência dentro da sua calça, e seu rosto exibia uma expressão de urgência agoniada.

– Eu sou a Ressurreição e a Vida, disse o Senhor; aquele que crê em Mim, mesmo que estiver morto... rrm... ainda assim viverá...

Com o fim à vista, Roger estava executando um arremate heroico, forçando a voz além de seus limites, mais rouca do que nunca e falhando a cada duas palavras, mas firme e potente.

– Só um *minuto* – sibilei. – Levo você lá fora daqui a...

– Não, vovó! *Olhe!*

Segui a direção de seu dedo esticado e, por um instante, pensei que ele estivesse apontando para o pai. Mas não.

A velha sra. Wilson tinha aberto os olhos.

Fez-se um instante de silêncio quando os olhos de todos os presentes se cravaram na sra. Wilson ao mesmo tempo. Ouviu-se então um arquejo coletivo, e todos deram um passo instintivo para trás ao som de gritos agudos de consternação e berros de dor quando dedos foram pisados e pessoas imprensadas contra as toras ásperas e sólidas das paredes.

Jamie pegou Jemmy do chão a tempo de evitar que o neto fosse pisoteado, encheu os pulmões e bradou o mais alto que pôde:

– *Sheas!*

O volume foi tal que a multidão de fato congelou por um instante... tempo suficiente para ele passar Jemmy para Brianna e abrir caminho até a mesa usando os cotovelos.

Roger já havia segurado o ex-cadáver e estava erguendo a velha até uma posição sentada enquanto ela agitava a mão debilmente junto à atadura que lhe prendia o queixo. Abri caminho atrás de Jamie, empurrando as pessoas da minha frente sem dó.

– Vamos lhe dar um pouco de ar, por favor – falei, levantando a voz.

O silêncio estarrecido ia dando lugar a um murmúrio de animação, mas este se calou quando tateei para desamarrar a atadura. O recinto aguardou numa expectativa trêmula enquanto o cadáver movia o maxilar enrijecido.

– Onde estou? – indagou a sra. Wilson, com uma voz trêmula. Seu olhar percorreu o recinto, sem acreditar, e por fim se deteve no rosto da filha. – Mairi? – indagou ela, sem certeza, e a sra. Crombie correu para a frente, caiu de joelhos e começou a chorar enquanto segurava as mãos da mãe.

– *A Màthair! A Màthair!* – gritava ela.

A velha levou a mão trêmula aos cabelos da filha com um ar de quem não tinha certeza se ela era de verdade. Eu, enquanto isso, fazia o melhor possível para verificar os sinais vitais da velha senhora, que não estavam de modo algum tão vitais assim, mas apesar disso se mostravam razoavelmente bons para uma mulher que segundos antes estava morta. Respiração muito curta, difícil, uma cor que lembrava mingau de aveia da semana anterior, pele fria e úmida apesar do calor no recinto, e não consegui encontrar nenhuma pulsação.... embora ela obviamente devesse ter uma. Ou não?

– Como está se sentindo? – perguntei.

Ela levou a mão trêmula à barriga.

– Na verdade estou me sentindo um pouco mal – sussurrou.

Levei minha mão à sua barriga e na mesma hora senti. Uma pulsação onde não deveria haver pulsação alguma. Estava irregular, titubeante e saltada... mas presente, com certeza absoluta.

– Ah, Jesus H. Roosevelt Cristo! – exclamei.

Não falei alto, mas a sra. Crombie arquejou e vi seu avental se mover quando ela sem dúvida fez o sinal dos chifres debaixo dele.

Não tive tempo para me importar com desculpas, mas me levantei, segurei Roger pela manga e o puxei de lado.

– Ela está com um aneurisma da aorta – falei para ele bem baixinho. – Deve estar com hemorragia interna há algum tempo, o bastante para fazê-la perder os sentidos e parecer fria. O aneurisma vai romper daqui a *muito* pouco, e aí ela vai morrer de verdade.

Ele engoliu em seco de forma audível, com o rosto muito pálido, mas disse apenas:

– A senhora sabe em quanto tempo?

Relanceei os olhos para a sra. Wilson. Seu rosto exibia o mesmo cinza do céu carregado de neve e seus olhos entravam e saíam de foco como o tremeluzir de uma vela ao vento.

– Entendi – disse Roger, embora eu não tivesse dito nada.

Ele inspirou fundo e limpou a garganta com um pigarro.

Os presentes, que vinham sibilando entre si como um bando de gansos agitados, pararam de falar na mesma hora. Todos os olhos do recinto estavam grudados na cena à sua frente.

– Esta nossa irmã foi devolvida à vida, como todos o seremos um dia pela graça de Deus – disse Roger em voz baixa. – Isso é um sinal de esperança e fé para nós. Ela logo vai voltar para os braços dos anjos, mas retornou para junto de nós por um instante para nos trazer a garantia do amor de Deus.

Ele fez uma pausa de um instante, obviamente tentando pensar no que mais dizer. Limpou a garganta com um pigarro e inclinou a cabeça em direção à da sra. Wilson.

– A senhora... deseja dizer alguma coisa, ó mãe? – sussurrou, em gaélico.

– Sim, desejo.

A sra. Wilson pareceu ganhar força – e, junto com ela, indignação. Um leve rubor surgiu nas bochechas descoradas quando ela percorreu a multidão com um olhar raivoso.

– Que *espécie* de velório é este, Hiram Crombie? – indagou, encarando o genro com um olhar perfurante. – Não estou vendo nenhuma comida servida, nem bebida... e o que é isto aqui?

Sua voz se ergueu num grasnado furioso quando seu olhar recaiu no prato de pão e sal que Roger tinha afastado às pressas ao sentá-la.

– Ora... – A velha olhou descontrolada para a multidão reunida, e a verdade então ficou clara para ela. Seus olhos encovados saltaram. – Ora... seu miserável sem-vergonha! Isto aqui não é velório coisa nenhuma! Você queria me enterrar só com uma migalha de pão e uma gota de vinho para o devorador de pecados, e é um espanto ter colocado até *isso!* Com certeza vai roubar a mortalha do meu cadáver para fabricar roupas para os seus filhos melequentos, e onde está o meu broche bonito com o qual eu falei que queria ser enterrada?

Uma das mãos descarnadas se fechou sobre o peito encovado e agarrou um punhado de linho gasto.

– Mairi! Meu broche!

– Está aqui, mãe, está aqui! – A pobre sra. Crombie, inteiramente atarantada, remexeu dentro do bolso em meio a soluços e arquejos. – Eu guardei por segurança... pretendia colocar na senhora antes... antes de...

Ela sacou do bolso um feio amontoado de granadas que a mãe lhe arrancou da mão e aninhou junto ao peito enquanto percorria o recinto com um olhar irado de inveja e desconfiança. Obviamente suspeitava que os vizinhos estivessem esperando uma oportunidade para roubar o broche do seu cadáver. Ouvi uma inspiração ofendida da mulher em pé ao meu lado, mas não tive tempo de me virar para ver quem era.

– Vamos, vamos – falei, no meu melhor tom de cabeceira de doente. – Tenho certeza de que vai ficar tudo bem.

Quero dizer, tirando o fato de que a senhora vai morrer nos próximos minutos, pensei, reprimindo um impulso histérico de dar uma inadequada gargalhada. Na verdade talvez fossem nos próximos segundos, caso a pressão arterial dela aumentasse mais.

Meus dedos tocavam a forte pulsação em seu abdômen que traía o enfraquecimento fatal da aorta abdominal. Para fazê-la perder a consciência a ponto de parecer morta, esta já devia ter começado a vazar. Em algum momento ela simplesmente iria ter um treco e pronto.

Tanto Roger quanto Jamie faziam o possível para tranquilizá-la, e murmuravam palavras em inglês e gaélico enquanto lhe davam tapinhas reconfortantes. Ela parecia estar reagindo ao tratamento, embora continuasse a respirar feito um motor a vapor.

O fato de Jamie sacar do bolso a garrafa de uísque ajudou mais ainda.

– Ah, agora sim! – disse a sra. Wilson num tom um pouco mais ameno enquanto ele puxava depressa a rolha e agitava a garrafa debaixo do seu nariz para ela poder apreciar a qualidade da bebida. – E a senhora trouxe comida, também? – A sra. Bug havia aberto caminho até a frente aos empurrões, segurando a cesta diante do corpo qual um aríete. – Humm! Nunca pensei que fosse viver para ver papistas mais gentis do que meus próprios parentes!

Esse último comentário foi dirigido a Hiram Crombie, que até então abria e fechava a boca sem encontrar nada para dizer em resposta às críticas da sogra.

– Ora... ora... – gaguejou ele, ultrajado, dividido entre o choque, a fúria evidente e uma necessidade de se justificar perante os vizinhos. – Mais gentis do que os próprios parentes! Ora, eu por acaso não lhe dei um lar nestes últimos vinte anos? Por acaso não lhe dei comida e roupas como se a senhora fosse minha própria mãe? Por acaso não suportei durante *anos* sua língua maldosa e seu temperamento irascível, sem nunca...

Tanto Jamie quanto Roger se meteram para tentar fazê-lo calar, mas em vez disso interromperam um ao outro e, na confusão, Hiram pôde seguir dizendo o que pensava, e o fez. Assim o fez também a sra. Wilson, que tampouco era preguiçosa nos insultos.

A pulsação em sua barriga latejava debaixo da minha mão, e foi difícil contê-la para que ela não pulasse da mesa e desse um sopapo em Hiram com a garrafa de uísque. Os vizinhos não conseguiam desgrudar os olhos.

Usando as próprias mãos, Roger assumiu com firmeza o controle da situação e da sra. Wilson segurando-a pelos ombros magros.

– Sra. Wilson – falou, rouco, mas alto o suficiente para abafar a resposta indignada de Hiram à última descrição de seu caráter feita pela sogra. – Sra. Wilson!

– Ahn? – Ela parou para tomar fôlego e piscou os olhos para ele, momentaneamente confusa. – Pare com isso. E o senhor também! – Ele olhou furioso para Hiram, que abria a boca outra vez. Hiram se deteve. – Eu não vou tolerar isso – disse Roger, e bateu com a Bíblia na mesa. – Não é apropriado e não vou tolerar, estão me ouvindo?

Ele olhou alternadamente para cada combatente com uma expressão zangada, as sobrancelhas negras abaixadas e ferozes.

O recinto silenciou, exceto pela respiração pesada de Hiram, os débeis soluços da sra. Crombie e o fraco e asmático chiado da sra. Wilson.

– Então – disse Roger, ainda olhando em volta com severidade para impedir qualquer outra nova interrupção. Pousou a mão sobre a da sra. Wilson, fina e manchada pela idade. – Sra. Wilson... a senhora não sabe que está diante de Deus neste exato momento?

Ele lançou um olhar para mim, e aquiesci: sim, ela com certeza iria morrer. Sua cabeça bambeava no pescoço e o brilho da raiva se esvanecia de seus olhos no exato momento em que ele falava.

– Deus está perto de nós – disse ele, erguendo a cabeça para se dirigir à congregação de modo geral. Repetiu a frase em gaélico, e uma espécie de suspiro coletivo se fez ouvir. Ele estreitou os olhos para os presentes. – Não vamos profanar esta ocasião sagrada nem com raiva, nem com amargura. Agora... irmã. – Ele apertou delicadamente a sua mão. – Prepare sua alma. Deus vai...

Mas a sra. Wilson não estava mais escutando. Sua boca encarquilhada se escancarou de horror.

– O devorador de pecados! – exclamou, olhando em volta desatinada. Agarrou o prato ao seu lado na mesa, fazendo cair sal na frente de sua mortalha. – Onde está o devorador de pecados?

Hiram se retesou como se alguém o tivesse cutucado com um atiçador de lareira em brasa, então girou nos calcanhares e abriu caminho até a porta. As pessoas se afastaram para ele passar. Murmúrios especulativos se fizeram ouvir no seu encalço e cessaram abruptamente quando um lamento estridente soou lá fora, e um segundo se ergueu logo depois de o primeiro começar a diminuir de altura.

Um "Oooh!" de assombro emanou dos presentes, e a sra. Wilson pareceu satisfeita quando as *bean-treim* começaram a fazer jus com animação ao dinheiro que tinham ganhado.

Houve então uma agitação perto da porta e a multidão se abriu feito o mar Vermelho de modo a criar uma passagem estreita até a mesa. A sra. Wilson sentou-se muito ereta, branca feito um cadáver e quase sem respirar. A pulsação em sua barriga rateou e pulou sob meus dedos. Roger e Jamie seguraram seus braços para ampará-la.

Um silêncio completo havia tomado conta do recinto. Os únicos sons eram os lamentos das *bean-treim*... e passos lentos e arrastados, macios na terra lá fora, depois subitamente mais altos nas tábuas do piso. O devorador de pecados tinha chegado.

Era um homem alto, ou já fora um dia. Era impossível dizer quantos anos tinha; a idade ou a doença haviam lhe devorado a carne, deixando seus ombros largos curvados e a espinha corcunda, com uma cabeça emaciada espichada para a frente e coroada por um emaranhado calvo de fios grisalhos.

Ergui os olhos para Jamie, com as sobrancelhas arqueadas. Nunca tinha visto aquele homem antes. Jamie deu de ombros de leve; tampouco sabia quem era. Quando o devorador de pecados chegou mais perto, vi que tinha o corpo torto: parecia afundado em um dos lados, as costelas talvez esmagadas por algum acidente.

Embora todos os olhos estivessem fixos no homem, ele não encarou ninguém e manteve o olhar cravado no chão. O caminho até a mesa era estreito, mas as pessoas recuavam conforme ele passava, tomando cuidado para que não as tocasse. Foi apenas quando ele chegou à mesa que levantou a cabeça, e vi que lhe faltava um olho, obviamente arrancado por um urso, a julgar pela massa vermelha e inchada da cicatriz.

O outro olho funcionava: ele estacou de surpresa ao ver a sra. Wilson e olhou em volta, evidentemente sem saber o que fazer em seguida.

Ela soltou um dos braços das mãos de Roger e empurrou na direção do homem o prato que continha o pão e o sal.

– Ande logo – disse ela, com uma voz aguda e um pouco assustada.

– Mas a senhora não morreu.

A voz suave e educada traía apenas incompreensão, mas a multidão reagiu como se tivesse ouvido o silvo de uma cobra e recuou mais ainda, se é que isso era possível.

– Bem, e daí? – A agitação fazia a sra. Wilson tremer mais ainda. Eu podia sentir uma vibração constante percorrer a mesa. – O senhor foi pago para comer meus pecados... faça isso, então! – Um pensamento lhe ocorreu, e ela se empertigou e olhou para o genro com os olhos semicerrados. – Você o pagou, Hiram, *não pagou*?

Apesar de ainda corado por causa do seu diálogo anterior, Hiram ficou meio roxo ao escutar isso e apertou o próprio flanco... a bolsa, pensei, não o coração.

– Bem, não vou pagar *antes* de ele ter feito o serviço – disparou ele. – Que espécie de conversa é essa?

Ao ver que a briga estava prestes a recomeçar, Jamie soltou a sra. Wilson e tateou às cegas dentro do *sporran*, sacando por fim um xelim de prata que empurrou por cima da mesa em direção ao devorador de pecados – tomando cuidado para não tocá-lo.

– Agora está pago – disse ele, abrupto, meneando a cabeça. – É melhor fazer seu trabalho, meu senhor.

O homem correu os olhos pelo recinto devagar e o arquejo dos presentes foi audível, mesmo com os lamentos de "DESGRAAAAAÇA para a casa dos CROOOOOOMBIES" que continuavam lá fora.

Ele estava a menos de 30 centímetros de mim, perto o suficiente para eu poder sentir seu cheiro agridoce: suor velho e sujeira nos trapos que vestia, e alguma outra coisa, algum leve odor que remetia a chagas pustulentas e feridas não curadas. Ele virou a cabeça e olhou em cheio para mim. Era um olho castanho suave, cor de âmbar, surpreendentemente parecido com o meu. Encará-lo me deixou com uma sensação estranha no fundo do estômago, como se eu houvesse espiado por um instante dentro de um espelho distorcido e visto aquele rosto cruelmente deformado substituir o meu.

Ele não modificou a expressão, mas mesmo assim senti algo indizível ser transmitido entre nós. Então desviou o rosto e estendeu uma das mãos compridas, marcadas pelo tempo e muito sujas, para pegar o pedaço de pão.

Uma espécie de suspiro percorreu o recinto enquanto ele comia, mastigando o pão bem devagar, pois tinha poucos dentes. Eu sentia a pulsação da sra. Wilson, bem mais fraca agora, e acelerada como a de um beija-flor. Quase inerte entre os dois homens que a amparavam, ela observava com as pálpebras murchas meio caídas.

Ele segurou a tigelinha de vinho com as duas mãos, como se fosse um cálice, e bebeu com os olhos fechados. Pousou o recipiente vazio e olhou para a sra. Wilson com um ar curioso. Imaginei que nunca houvesse encontrado um de seus clientes vivos antes, e me perguntei há quanto tempo fazia aquele estranho trabalho.

A sra. Wilson encarou seu rosto com o semblante neutro como o de uma criança. Sua pulsação abdominal saltitava feito uma pedra, algumas batidas leves, uma pausa, em seguida um pulo que atingia minha palma feito um soco, depois saltos erráticos outra vez.

O devorador de pecados se curvou diante dela, muito devagar. Então virou-se e partiu depressa na direção da porta, com uma velocidade espantosa para alguém tão enfermo.

Vários dos meninos e homens mais jovens junto à porta saíram correndo atrás dele, aos gritos; um ou dois pegaram gravetos no cesto junto à lareira. Outros ficaram divididos: olharam para a porta aberta, onde gritos e pancadas de pedras lançadas se misturavam aos lamentos das *bean-treim*... mas seus olhos foram atraídos outra vez de modo inelutável para a sra. Wilson.

Ela parecia... em paz, era a única expressão possível. Não foi surpresa alguma sentir a pulsação debaixo da minha mão simplesmente parar. Em algum lugar mais fundo, nas minhas próprias profundezas, senti a correnteza estonteante da hemorragia começar, uma enxurrada quente que me puxou para si, fez pontinhos pretos rodopiarem diante dos meus olhos e meus ouvidos apitarem. Eu soube, para todos os efeitos, que ela agora tinha morrido de vez. Senti quando partiu. Mas mesmo assim escutei sua voz se erguer acima da balbúrdia, muito débil, mas tranquila e distinta.

– Eu o perdoo, Hiram – disse ela. – Você foi um bom garoto.

Minha vista havia escurecido, mas eu ainda conseguia ouvir e sentir as coisas de modo difuso. Algo me segurou, me puxou para longe, e um segundo depois dei por mim encostada em Jamie num canto, com os braços dele a me amparar.

– Você está bem, Sassenach? – indagou ele com urgência, sacudindo-me um pouco e dando tapinhas no meu rosto.

As *bean-treim* vestidas de preto tinham chegado perto da porta. Pude vê-las do lado de fora, postadas feito dois pilares de escuridão, com a neve que caía começando a rodopiar à sua volta enquanto o vento frio entrava e pequenos flocos duros quicavam e saltitavam pelo chão puxados por ele. As vozes das mulheres se erguiam e tornavam a enfraquecer, misturando-se ao vento. Junto à mesa, Hiram Crombie tentava prender na mortalha da sogra seu broche de granada, embora suas mãos tremessem e seu rosto estreito estivesse molhado de lágrimas.

– Sim – respondi, com uma voz fraca, então repeti um pouco mais alto. – Está tudo bem agora.

PARTE VI

Na montanha

40

PRIMAVERA DE PÁSSAROS

Março de 1774

Era primavera, e os longos meses de desolação derreteram e se transformaram em água corrente, pequenos regatos a escorrer de cada morro e cachoeiras em miniatura a pular de pedra em pedra.

O ar estava tomado pela algazarra dos pássaros, uma cacofonia melódica que substituía o chamado solitário dos gansos que passavam bem alto no céu.

No inverno, os pássaros ficam sozinhos – um só corvo encurvado e infeliz numa árvore sem folhas, uma coruja com as penas estufadas para se proteger do frio nas sombras altas e escuras de um celeiro – ou então em bandos – uma trovoada coletiva de asas que os carrega para cima e para longe, singrando o céu feito um punhado de grãos de pimenta lançados para cima, emitindo seus chamados em Vs de pesarosa coragem rumo à promessa de uma distante e problemática sobrevivência.

No inverno, as aves de rapina se isolam entre si; os pássaros canoros voam para longe, e toda a cor do mundo plumado é reduzida à brutal simplificação entre predador e presa, sombras cinzentas a passar no céu, sem nada além de uma gotinha de sangue vivo caída de volta na terra ali mesmo para assinalar a passagem da vida, deixando um rastro de penas espalhadas que o vento carrega.

Mas quando floresce a primavera os pássaros se embriagam de amor e os arbustos se animam com seus cantos. Longe, bem longe dentro da noite, a escuridão se transforma mas não os silencia, e pequenas conversas melódicas irrompem em qualquer horário, invisíveis e estranhamente íntimas no breu da noite, como que desconhecidos fazendo amor entreouvidos no quarto ao lado.

Cheguei mais perto de Jamie e escutei o canto límpido e melodioso de um tordo no grande espruce-vermelho que ficava atrás da casa. Ainda fazia frio à noite, embora não o frio gelado cortante do inverno; era mais o frio agradável e fresco da terra molhada pela neve derretida e das folhas de primavera, um frio que fazia o sangue formigar e levava corpos cálidos a buscarem uns aos outros para se aninhar.

Um ronco alto ecoou pelo patamar da escada, outro anúncio da primavera. Era o major MacDonald, que chegara na noite anterior coberto de lama seca e ressecado pelo vento, trazendo notícias indesejáveis do mundo lá fora.

O barulho fez Jamie se mexer rapidamente, grunhir, soltar um pequeno pum e se imobilizar. Ele ficara acordado até tarde entretendo o major – se é que entretenimento era o termo certo para isso.

Eu podia ouvir Lizzie e a sra. Bug na cozinha lá embaixo, conversando enquanto batiam panelas e portas na esperança de nos acordar. Os aromas do café da manhã começaram a subir a escada, sedutores, o cheiro amargo de chicória tostada realçando o calor espesso do mingau amanteigado.

O som da respiração de Jamie havia mudado, e eu soube que, embora continuasse deitado e com os olhos fechados, ele havia acordado. Não sabia se isso indicava a vontade de dar continuidade ao prazer físico do sono... ou uma relutância marcada em se levantar e lidar com o major MacDonald.

Ele dissipou essa dúvida na mesma hora rolando de lado, me abraçando e encostando a parte inferior do corpo na minha de um jeito que deixava óbvio que, embora estivesse pensando em prazer físico, já não pretendia mais dormir.

Mas ele não havia chegado ao ponto de ter um discurso coerente, e afundou o nariz na minha orelha enquanto produzia na garganta pequenos ruídos de interrogação. Bem, o major ainda estava dormindo, e o café, se é que aquilo podia ser chamado de café, ainda iria demorar um pouco para ficar pronto. Respondi com meus próprios ruídos, estendi a mão até o criado-mudo para pegar um pouco de creme de amêndoas, e iniciei uma lenta e prazerosa expedição por entre as camadas de roupa de cama para aplicá-lo.

Pouco depois, roncos e pancadas do outro lado do corredor indicaram a ressurreição do major MacDonald, e o cheiro delicioso de presunto e batatas refogados com cebola se uniu à profusão de estímulos olfativos. O aroma doce do creme de amêndoas era mais forte, porém.

– Um raio besuntado – disse Jamie com um ar satisfeito e sonolento.

Ainda na cama, deitado de lado, ele observava enquanto eu me vestia.

– O quê? – Virei-me do espelho para espiá-lo. – Quem?

– Eu, suponho. Ou por acaso você não foi fulminada por um raio mais para o final?

Ele riu quase sem fazer barulho, fazendo as cobertas farfalharem.

– Ah, você andou conversando de novo com Bree – falei, tolerante. Virei-me de volta para o espelho. – Essa figura de linguagem específica é uma metáfora para a velocidade extrema, não para o talento lubrificado.

Sorri para ele no espelho enquanto escovava os cabelos para desfazer os nós. Ele havia desfeito minha trança enquanto eu o besuntava, e os esforços subsequentes tinham feito meus cabelos explodirem. Pensando bem, eles lembravam mesmo os efeitos de uma eletrocução.

– Bem, eu também posso ser rápido – disse ele, espirituoso. – Só não tão cedo de manhã. Há jeitos piores de se acordar, não?

– Sim, bem piores. – Ruídos de alguém escarrando e cuspindo vindos do outro lado do patamar da escada foram seguidos pelo barulho distinto de alguém com uma micção muito vigorosa usando um penico. – Ele disse se vai ficar muito tempo?

Jamie fez que não com a cabeça. Levantando-se devagar, espreguiçou-se feito um gato, em seguida se aproximou de camisolão para me dar um abraço. Eu ainda não havia atiçado a lareira, e o quarto estava frio; seu corpo estava agradavelmente quentinho.

Ele pousou o queixo no alto da minha cabeça e encarou nossos reflexos empilhados no espelho.

– Eu vou ter que ir – falou, baixinho. – Amanhã, talvez.

Retesei-me um pouco, com a escova na mão.

– Para onde? Tratar com os índios?

Ele aquiesceu, com os olhos pregados nos meus.

– MacDonald comprou jornais com o texto de cartas do governador Martin para diversas pessoas pedindo ajuda... Tryon em Nova York, o general Gage. Ele está perdendo o controle da colônia, se é que esse controle algum dia existiu, e está pensando seriamente em armar os índios. Embora *essa* informação não tenha chegado aos jornais, e ainda bem.

Ele me soltou e estendeu a mão para a gaveta em que ficavam suas camisas e meias limpas.

– Ainda bem *mesmo* – falei, fazendo um coque nos cabelos e caçando uma fita para prendê-lo.

Tínhamos visto poucos jornais durante o inverno, mas mesmo assim o nível de desacordo entre o governador e a Assembleia era patente: ele havia recorrido a uma prática de dissolver continuamente suas sessões para impedi-la de aprovar leis em conflito com seus desejos.

Eu podia imaginar muito bem qual seria a reação do público à revelação de que ele estava pensando em armar os cherokees, os catawbas e os creeks e incitá-los contra sua própria gente.

– Imagino que ele na verdade não vá fazer isso – falei, encontrando a fita azul que estava procurando. – Porque, se tivesse feito... se fizer, quero dizer, a Revolução já teria começado na Carolina do Norte agora mesmo, em vez de em Massachusetts ou na Filadélfia daqui a dois anos. Mas por que cargas-d'água ele está publicando essas cartas no jornal?

Jamie riu. Balançou a cabeça e afastou do rosto os cabelos desalinhados.

– Não é ele. Obviamente a correspondência do governador tem sido interceptada. Segundo MacDonald, ele não está muito contente.

– Eu diria que não. – O correio era famoso por ser inseguro, e sempre fora assim. Na verdade, nosso primeiro contato com Fergus fora quando Jamie o havia contratado como batedor de carteiras em Paris. – Como vai Fergus? – perguntei.

Jamie fez uma leve careta enquanto calçava as meias.

– Melhor, acho eu. Marsali disse que ele tem ficado mais em casa, o que é bom. E está ganhando um dinheirinho ensinando francês para Hiram Crombie. Mas...

– Hiram? *Francês?*

– Ah, sim. – Ele sorriu para mim. – Hiram encasquetou com a ideia de que precisa pregar para os índios, e acha que vai estar mais bem equipado para fazer isso se falar um pouco de francês além do inglês. Ian está lhe ensinando um pouco de tsalagi, também, mas as línguas indígenas são tantas que ele nunca vai aprender todas.

– Será que os assombros nunca cessam? – murmurei. – Você acha que...

Fui interrompida nesse ponto pela sra. Bug gritando escada acima.

– Se Determinadas Pessoas estiverem querendo estragar um bom café da manhã, fiquem à vontade!

Como um relógio, a porta do major MacDonald se abriu e seus pés estalaram ansiosos escada abaixo.

– Está pronto? – perguntei para Jamie.

Ele pegou minha escova, ajeitou-se com algumas lambidas, então foi abrir a porta e se curvou, fazendo um gesto cerimonioso para eu sair.

– Aquilo que você disse, Sassenach – lembrou ele, seguindo-me escada abaixo. – Sobre tudo começar daqui a dois anos. Já começou. Você sabe, não é?

– Ah, sim – falei, um tanto sombria. – Mas não quero pensar nesse assunto de barriga vazia.

Roger ficou em pé bem ereto para tirar a medida. A borda do forno de chão dentro da qual ele estava batia logo abaixo de seu queixo; 1,80 metro ficaria mais ou menos na linha dos olhos; faltavam só mais alguns centímetros, então. Isso era animador. Ele apoiou a pá na parede de terra, abaixou-se, pegou um balde de madeira cheio de terra e o suspendeu por cima da borda.

– Terra! – berrou. Seu grito não obteve resposta. Ele ficou na ponta dos pés e espiou em volta com um ar ameaçador à procura de seus supostos assistentes. Jemmy e Germain deveriam estar se revezando para esvaziar os baldes e passá-los de volta para ele lá embaixo, mas sumiam de uma hora para a outra. – Terra! – ele tornou a gritar o mais alto que foi capaz.

Os pilantrinhas não poderiam ter ido longe. Ele levava menos de dois minutos para encher um balde.

Esse segundo chamado foi atendido, mas não pelos meninos. Uma sombra fria o cobriu. Ele olhou para cima com os olhos semicerrados e viu o sogro se abaixando para pegar a alça do balde. Jamie deu dois passos e jogou a terra na pilha que ia crescendo devagar, então voltou e pulou para dentro do buraco para devolver o balde.

– Buraco bem decente esse seu – falou, virando-se para avaliar o trabalho. – Daria para assar um boi aí dentro.

– Vou precisar de um. Estou faminto.

Roger passou uma das mangas pela testa. O dia de primavera estava fresco e revigorante, mas ele estava encharcado de suor.

Jamie havia pegado a pá e examinava o fio com interesse.

– Nunca vi uma igual. É obra da menina?

– Sim, com uma ajudinha de Dai Jones.

Foram necessários mais ou menos trinta segundos de trabalho com uma pá do século XVIII para convencer Brianna de que melhorias eram possíveis. Foram necessários outros três meses para comprar um pedaço de ferro que pudesse ser forjado pelo ferreiro segundo as instruções dela e para convencer Dai Jones, que era galês, portanto teimoso por definição, a fazer aquilo. A pá normal era feita de madeira, e mais parecia uma telha presa a um cabo.

– Posso experimentar?

Encantado, Jamie cravou a extremidade pontuda do novo implemento na terra a seus pés.

– Fique à vontade.

Roger subiu da parte mais funda do buraco até o canto mais raso do forno. Jamie foi ficar na parte em que o fogo seria aceso, segundo Brianna, com uma chaminé que seria construída acima dele. As peças a serem assadas ficariam na parte mais comprida e relativamente rasa do buraco, e seriam cobertas. Depois de uma semana cavando, Roger sentia-se menos inclinado a pensar que a possibilidade distante de um encanamento compensasse todo o trabalho envolvido, mas Bree queria aquilo – e, assim como o pai, Bree era uma pessoa a quem era difícil resistir, embora seus métodos fossem distintos.

Jamie pôs-se a cavar depressa, e foi jogando pazadas de terra dentro do balde com pequenas exclamações de deleite e admiração diante da facilidade e da velocidade com que era possível cavar. Apesar da opinião desfavorável em relação ao trabalho, Roger experimentou uma sensação de orgulho com o implemento da esposa.

– Primeiro os fosforozinhos – disse Jamie, brincando. – Agora pás. Qual será a próxima ideia dela?

– Tenho medo de perguntar – disse Roger, com um viés de pesar que fez Jamie rir.

O balde encheu, e Roger o pegou e levou para esvaziar enquanto Jamie enchia o segundo. E, sem qualquer acordo verbalizado, os dois continuaram a trabalhar, Jamie cavando, Roger carregando, até acabarem no que pareceu um tempo muito curto.

Jamie saiu do buraco, juntou-se a Roger na borda e baixou os olhos satisfeito na direção de seu trabalho.

– E se não funcionar bem como forno ela pode usar para guardar raízes – observou Jamie.

– Saber poupar para não faltar – concordou Roger.

Ficaram os dois olhando para dentro do buraco, sentindo a brisa esfriar suas camisas úmidas agora que tinham parado de se mexer.

– Você acha que vocês dois podem voltar, você e a menina? – indagou Jamie.

A pergunta foi tão casual que Roger no início não entendeu seu significado, e só o fez ao ver a expressão do sogro, uma calma imperturbável que, como ele havia aprendido a grande custo, em geral camuflava alguma emoção forte.

– Voltar – repetiu, hesitante. Com certeza ele não queria dizer... mas é claro que sim. – Pelas pedras, o senhor quer dizer?

Jamie aquiesceu, aparentemente fascinado pelas paredes da vala, onde raízes ressecadas de grama pendiam emaranhadas e as bordas afiadas de pedras despontavam da terra manchada de umidade.

– Já pensei nisso – disse Roger depois de uma pausa. – *Nós* já pensamos nisso. Mas... Ele deixou a voz se perder, sem encontrar nenhum jeito bom de explicar.

Jamie, porém, tornou a assentir como se isso houvesse acontecido. Roger imaginou que Jamie e Claire devessem ter conversado sobre o assunto, assim como ele e Bree tinham feito, pesando os prós e os contras. Os perigos da travessia, perigos que ele não subestimava, mais ainda à luz do que Claire tinha lhe dito sobre Donner e seus companheiros... e se ele conseguisse passar, e Bree e Jem não? Era algo insuportável de pensar.

Além do mais, caso eles todos sobrevivessem à passagem, havia ainda a dor da separação... e Roger reconhecia que isso seria doloroso para ele também. Fossem quais fossem as suas limitações ou inconveniências, a Cordilheira era o seu lar.

Contra essas considerações, porém, havia os perigos da época em que eles estavam, pois ali os quatro cavaleiros do apocalipse viviam à espreita. Captar um vislumbre de pestilência ou fome com o rabo do olho não era nenhum truque. E o cavalo amarelo e seu cavaleiro tendiam a aparecer quando menos se esperava... e com frequência.

Mas era isso que Jamie queria dizer, claro, entendeu Roger por fim.

– Os O'Brians – disse Jamie baixinho. – Aquilo vai acontecer de novo, você sabe. Muitas vezes.

Agora era primavera, não outono, mas o vento frio que tocava seus ossos era o mesmo que tinha soprado folhas marrons e douradas no rosto da menininha. Roger teve uma súbita visão dos dois, Jamie e ele, agora em pé na borda de um buraco cavernoso, como enlutados sujos à beira de uma cova. Virou as costas para o buraco, e em vez disso olhou para o verde que brotava dos castanheiros.

– Sabe de uma coisa? – falou, após alguns instantes de silêncio. – Quando eu soube pela primeira vez o que... o que Claire é, o que todos nós somos, quando soube de tudo... eu pensei: "Que fascinante!" Quero dizer, ver a história acontecendo de fato. Para ser bem sincero, eu vim tanto por causa disso quanto por causa de Bree. Na ocasião, digo.

Jamie deu uma risada curta e também se virou.

– Ah, sim? E é? Fascinante?

– Mais do que eu jamais pensei que seria – garantiu-lhe Roger num tom extremamente seco. – Mas por que o senhor está perguntando isso agora? Eu lhe disse um ano atrás que íamos ficar.

Jamie aquiesceu e franziu os lábios.

– Disse. Mas é que... andei pensando que preciso vender uma ou mais das pedras preciosas.

Isso fez Roger ficar um pouco mais atento. Não havia pensado naquilo conscientemente, claro... mas saber que as pedras estavam ali em caso de necessidade... Até o presente momento não se dera conta da sensação de segurança que essa certeza proporcionava.

– Elas são suas para vender – respondeu, com cautela. – Mas por que agora? As coisas estão difíceis?

Jamie o encarou com um olhar repleto de ironia.

– Difíceis – repetiu. – Sim, acho que podemos dizer isso.

E começou a descrever sucintamente a situação.

Os saqueadores tinham destruído não apenas o uísque de toda uma temporada, mas também o barracão de maltagem, que só agora estava sendo reconstruído. Isso significava que naquele ano não haveria nenhum excedente da excelente bebida para vender ou trocar por artigos necessários. Havia mais 22 famílias de arrendatários na Cordilheira para cuidar, a maioria às voltas com um ambiente e uma profissão que jamais poderia ter imaginado, tentando simplesmente se manter viva por tempo suficiente para aprender como permanecer assim.

– E além disso há MacDonald – acrescentou Jamie, sombrio. – Falando no diabo...

O major em pessoa havia saído para o alpendre, com o casaco vermelho a luzir sob o sol da manhã. Estava vestido para viajar, constatou Roger, calçado com botas e esporas, de peruca, e segurando o chapéu agaloado.

– Uma visita-relâmpago, pelo visto.

Jamie produziu um pequeno ruído grosseiro.

– Tempo suficiente para me dizer que preciso tentar providenciar a compra de trinta mosquetões, além de balas e pólvora, tudo às minhas próprias custas, veja bem, a serem reembolsados pela Coroa – acrescentou, num tom de cinismo que deixou evidente quão remota considerava essa possibilidade.

– Trinta mosquetões.

Roger refletiu a respeito e franziu os lábios para um assobio mudo. Jamie nem sequer tivera dinheiro para substituir o fuzil que tinha dado a Pássaro em troca de sua ajuda na questão de Brownsville.

Jamie deu de ombros.

– E há também pequenas questões como o dote que prometi a Lizzie Wemyss... ela vai se casar agora no verão. E a mãe de Marsali, Laoghaire...

Ele encarou Roger com cautela, sem saber ao certo o quanto o genro poderia saber sobre Laoghaire. Mais do que Jamie teria se sentido à vontade em saber, pensou Roger, e manteve o semblante inexpressivo.

– Eu lhe devo um pouco, para que ela possa se manter. Podemos viver com o que temos, sim, mas quanto ao resto... Preciso vender terras, ou então as pedras. E não vou abrir mão das terras.

Seus dedos tamborilaram nervosamente a própria coxa, então se imobilizaram quando ele ergueu a mão e acenou para o major, que acabara de vê-los do outro lado da clareira.

– Entendo. Bem, nesse caso...

Aquilo evidentemente precisava ser feito. Era uma tolice ficar sentado em cima de uma fortuna em pedras preciosas apenas porque elas um dia poderiam ser necessárias para um objetivo improvável e arriscado. Mesmo assim, a ideia deixou Roger se sentindo meio sem chão, como se estivesse fazendo rapel num paredão e alguém houvesse cortado sua corda de segurança.

Jamie soltou o ar.

– Bem, sendo assim... Vou mandar uma por Bobby Higgins para lorde John na Virgínia. Ele pelo menos vai me conseguir um bom preço.

– Sim, isso é um...

Roger se interrompeu quando sua atenção foi desviada pela cena que se desenrolava à sua frente.

O major, evidentemente após um lauto desjejum e bem-disposto, havia descido os degraus e caminhava na sua direção – alheio à porca branca, que tinha emergido de sua toca sob os alicerces e margeava a lateral da casa decidida a ir fazer seu próprio desjejum. Seria uma questão de segundos até ela ver o major.

– Ei! – bradou Roger, e sentiu algo se rasgar na garganta.

A dor foi tão forte que o deteve na hora, e ele levou a mão ao pescoço, subitamente emudecido.

– Cuidado com a porca! – gritou Jamie, acenando e apontando.

O major espichou a cabeça para a frente, com a mão atrás do ouvido – então escutou os gritos repetidos de "porca!" e olhou em volta atarantado, bem a tempo de ver a porca branca iniciar um trote pesado, balançando as presas de um lado para o outro.

O melhor teria sido o major girar nos calcanhares e correr de volta até a segurança do alpendre, mas, em vez disso, tomado pelo pânico, ele correu – para longe da porca e direto para cima de Jamie e Roger, que na mesma hora saíram correndo em direções diferentes.

Roger olhou para trás e viu o major abrindo distância da porca com saltos das pernas compridas, tendo como objetivo evidente o chalé. Entre o major e o chalé, contudo, havia o buraco aberto do forno de chão, escondido pela massa comprida de grama de primavera em meio à qual o major agora corria.

– Buraco! – gritou Roger, mas a palavra saiu como um grasnado engasgado.

Mesmo assim MacDonald pareceu ouvi-lo, pois um rosto muito vermelho se virou na sua direção, com os olhos esbugalhados. A palavra deve ter soado como "porca!", pois o major nessa hora olhou para trás por cima do ombro e viu o bicho trotando mais depressa, olhos miúdos e rosados cravados nele com uma intenção assassina.

A distração se mostrou quase fatal, pois as esporas do major se prenderam e se enroscaram e ele caiu de cara na grama, soltando o chapéu agaloado que vinha segurando ao longo de toda a perseguição e fazendo-o sair rodopiando pelos ares.

Roger hesitou por alguns segundos, mas então correu de volta para ajudar enquanto dizia um palavrão sufocado. Viu Jamie correndo de volta, também, com a pá em riste.... embora até mesmo uma pá de metal parecesse lamentavelmente inadequada para lidar com uma porca de 230 quilos.

MacDonald, porém, já estava se levantando, de maneira atabalhoada. Antes de qualquer um dos dois conseguir alcançá-lo, começou a correr como se o diabo em pessoa estivesse bufando no seu encalço. Bombeando os braços e com o rosto imobilizado numa concentração roxa, correu o mais depressa que conseguiu, pulando pela grama feito um coelho... e desapareceu. Num segundo estava lá, no outro havia sumido como por magia.

Jamie olhou para Roger com os olhos arregalados, em seguida para a porca, que havia estacado abruptamente do outro lado do buraco do forno. Então, movendo-se com cuidado e sempre de olho na porca, aproximou-se do buraco olhando de lado, como se estivesse com medo de ver o que havia lá embaixo.

Roger foi se postar ao lado de Jamie e olhou para baixo. O major MacDonald tinha caído na parte mais funda do buraco, a de trás, onde jazia encolhido feito um ouriço, com os braços a segurar protetoramente a peruca... que havia permanecido no lugar como por milagre, embora agora estivesse toda suja de terra e pedaços de grama.

– MacDonald? – gritou Jamie lá para baixo. – Está ferido, homem?

– Ela está aí? – indagou o major com uma voz trêmula, sem sair da posição fetal.

Roger olhou para o outro lado do buraco em direção à porca, que, agora a alguma distância, refocilava na grama alta.

– Ahn... está, sim. – Para sua surpresa, sua voz saiu fácil, ainda que um pouco rouca. Ele pigarreou e falou um pouco mais alto. – Mas o senhor não precisa se preocupar. Está ocupada comendo o seu chapéu.

41

O ARMEIRO

Jamie acompanhou MacDonald até Coopersville, onde despachou o major na estrada que conduzia de volta a Salisbury equipado com alimentos, um chapéu indignamente amassado para se proteger das intempéries e uma pequena garrafa de uísque para fortificar seu espírito avariado. Então, com um suspiro interno, tomou a direção da casa dos McGillivrays.

Robin estava trabalhando na forja, cercado pelos cheiros de metal quente, aparas de madeira e óleo de armamento. Um rapaz magro e alto de rosto anguloso operava os foles de couro, embora sua expressão sonhadora denotasse certa falta de atenção com o trabalho.

Robin viu a sombra que Jamie lançou ao entrar, ergueu os olhos, deu um rápido meneio de cabeça e voltou ao que estava fazendo.

Estava ocupado martelando uma barra de ferro até transformá-la em tiras finas. O cilindro de ferro em volta do qual pretendia enrolá-las para fabricar um cano de arma aguardava apoiado entre dois blocos. Jamie teve o cuidado de sair da rota das centelhas que voavam e sentou-se num balde para esperar.

O rapaz que operava os foles era o prometido de Senga... Heinrich. Heinrich Strasse. Ele escolheu o nome de forma precisa entre as centenas que carregava na cabeça, e junto com ele veio automaticamente tudo o que sabia sobre a história, a família e as relações do jovem Heinrich, que surgiram na sua imaginação em volta do rosto comprido e sonhador do rapaz, uma constelação de afinidades sociais tão ordenadas e complexas quanto o desenho de um floco de neve.

Ele sempre via as pessoas assim, mas era raro pensar nesse fato de modo consciente. Algo no formato do rosto de Strasse, porém, reforçava essas imagens mentais... o longo eixo formado por testa, nariz e queixo, realçado por um lábio superior que parecia o beiço de um cavalo, com vincos profundos, e o eixo horizontal mais curto, mas definido de modo não menos preciso por olhos compridos e estreitos encimados por sobrancelhas planas e escuras.

Pôde ver as origens do rapaz, nascido no meio de nove irmãos e irmãs, mas o mais velho dos meninos, filho de um pai autoritário e de uma mãe que lidava com isso por meio do subterfúgio e da astúcia dissimulada, brotarem num delicado arranjo de seu cocuruto um tanto pontudo; pôde ver sua religião, luterana, mas de prática frouxa, como um borrifo rendado sob um queixo igualmente pontudo; sua relação com Robin, cordial, porém resguardada, como convinha a um genro recente que era também um aprendiz, a despontar feito uma lança em forma de leque do ouvido direito; e sua relação com Ute, um misto de terror e humilhação impotente, a despontar do ouvido esquerdo.

Esse conceito o divertiu bastante, e ele foi obrigado a desviar os olhos, fingindo interesse pela bancada de trabalho de Robin, para evitar encarar o rapaz e deixá-lo constrangido.

A armaria não estava arrumada: restos de madeira e metal jaziam em meio a uma miscelânea de estacas, riscadores, martelos, blocos de madeira, trapos de tecido vermelho imundo e pedaços de carvão sobre a bancada. Alguns papéis estavam presos por uma coronha de arma estragada que havia se partido na hora da fabricação, e seus cantos sujos esvoaçavam soprados pelo hálito quente da forja. Ele não teria prestado atenção, mas reconheceu o estilo do desenho; teria identificado aquele traço forte e delicado em qualquer lugar.

449

Com o cenho franzido, levantou-se e tirou os papéis de baixo da coronha. Eram desenhos de uma arma executados em vários ângulos, mas muito peculiares, típicos de um fuzil: havia um corte do interior do cano, com os sulcos e superfícies bem definidos. Um dos desenhos retratava a arma inteira, razoavelmente familiar exceto pelas estranhas excrescências no cano semelhantes a chifres. Mas em outro... a arma parecia ter sido quebrada sobre o joelho de alguém: estava partida ao meio, com o cano e a coronha apontando para baixo em direções opostas, unidos apenas por... que tipo de dobradiça era aquele? Jamie fechou um dos olhos, tentando chegar a uma conclusão.

O fim do barulho da forja e do sibilo alto de metal quente no molde interromperam seu fascínio com os desenhos e o fizeram olhar para cima.

– Sua filha lhe mostrou esses desenhos? – perguntou Robin, meneando a cabeça para os papéis.

Retirou o pano da camisa de trás do avental de couro e enxugou o vapor do rosto suado com uma expressão de quem acha graça.

– Não. O que ela pretende? Quer que você fabrique uma arma para ela?

Jamie entregou os papéis para o ferreiro, que os folheou enquanto fungava, interessado.

– Ah, ela não tem como pagar por isso, *Mac Dubh*, a não ser que Roger Mac tenha descoberto um pote de ouro encantado de uma semana para cá. Não, ela tem só me falado sobre suas ideias para melhorar a fabricação de fuzis, e me perguntou quanto custaria para fazer um desses. – O sorriso cínico que vinha espreitando no canto de sua boca se alargou e ele empurrou os papéis de volta para Jamie. – Dá para ver que ela é sua, *Mac Dubh*. Que outra moça iria gastar seu tempo pensando em armas em vez de vestidos e crianças?

O comentário trazia mais do que um pouco de crítica implícita. Brianna decerto havia tido um comportamento muito mais direto do que convinha. Mas Jamie por ora deixou passar. Precisava da boa vontade de Robin.

– Bem, toda mulher tem seus caprichos – observou, suave. – Até mesmo a pequena Lizzie, suponho... mas tenho certeza de que Manfred vai cuidar disso. Ele está em Salisbury agora? Ou em Hillsboro?

Robin McGillivray não era nem de longe um homem estúpido. A súbita mudança de assunto o fez arquear a sobrancelha, mas ele não comentou nada. Em vez disso, mandou Heinrich até a casa buscar um pouco de cerveja, e esperou o rapaz desaparecer antes de se virar para Jamie outra vez com um ar de expectativa.

– Robin, eu preciso de trinta mosquetões – falou Jamie, sem preâmbulo. – E depressa... em três meses no máximo.

A expressão do armeiro foi tomada por uma palidez de espanto que chegou a ser cômica, mas só por alguns instantes. Ele então piscou e fechou a boca com um estalo, retomando a costumeira expressão de humor sardônico.

– Vai formar seu próprio exército, *Mac Dubh*?

Jamie apenas sorriu, sem responder. Caso se espalhasse a notícia de que ele pretendia armar seus arrendatários e formar seu próprio Comitê de Segurança em resposta aos bandidos de Richard Brown, isso não faria mal algum, e poderia até ser bom. Deixar se espalhar a notícia de que o governador estava maquinando em segredo para armar os selvagens caso precisasse reprimir um levante armado nas montanhas, e de que ele, James Fraser, era o agente dessa ação... isso era um jeito excelente de fazê-lo ser morto e ter sua casa incendiada, sem falar nos outros problemas que poderiam surgir.

– Quantos você consegue encontrar para mim, Robin? E com que rapidez?

O armeiro estreitou os olhos, pensativo, então lançou-lhe um olhar de esguelha.

– Dinheiro vivo?

Jamie aquiesceu, e viu os lábios de Robin se franzirem num assobio mudo de espanto. O armeiro sabia tão bem quanto qualquer um que Jamie não tinha nenhuma quantia significativa de dinheiro... quanto mais a pequena fortuna necessária para reunir tantas armas.

Pôde ver os olhos do ferreiro especularem sobre onde ele poderia estar planejando arrumar todo aquele dinheiro... mas Robin nada disse em voz alta. A concentração fez os dentes superiores de McGillivray afundarem em seu lábio inferior, em seguida relaxarem.

– Posso encontrar seis, quem sabe sete, entre Salisbury e Salem. Brugge fabricaria um ou dois, se soubesse que são para você... – disse ele, referindo-se ao armeiro morávio. Ao ver o movimento infinitesimal da cabeça de Jamie, aquiesceu, resignado.

– Sim, bem, quem sabe sete, então. E Manfred e eu podemos fabricar talvez mais uns três... são só mosquetões que você quer, nada diferente?

Ele inclinou a cabeça na direção do desenho de Brianna com um pequeno lampejo do bom humor de antes.

– Nada de diferente – respondeu Jamie, sorrindo. – Então são dez no total.

Ele aguardou. Robin deu um suspiro, tranquilizado.

– Vou perguntar por aí – disse ele. – Mas não vai ser fácil. Principalmente se você não quiser que o seu nome seja ouvido em relação a essa questão... e imagino que não queira.

– Você é um homem de inteligência e discrição raras, Robin – garantiu-lhe Jamie com gravidade, fazendo-o rir.

Mas era verdade: Robin McGillivray tinha lutado ao seu lado em Culloden e vivido três anos com ele em Ardsmuir. Jamie podia lhe confiar a própria vida... e era o que estava fazendo. Começou a desejar que a porca no fim das contas houvesse devorado MacDonald, mas afastou esse pensamento indigno da mente, bebeu a cerveja trazida por Heinrich e ficou conversando sobre amenidades até poder pedir licença e se retirar com educação.

Tinha ido até lá montado em Gideon para fazer companhia a MacDonald, que viajara montado no próprio cavalo, mas pretendia deixar o animal no estábulo de Dai Jones. Por meio de uma complexa negociação, Gideon iria cobrir a égua malhada de John Woolam, a ser trazida quando Woolam retornasse de Bear Creek, e quando viesse a colheita no outono seguinte Jamie iria pegar 50 quilos de cevada e dar uma garrafa de uísque a Dai Jones pela sua ajuda.

Enquanto conversava um pouco com Dai, que jamais conseguia decidir se era mesmo um homem de poucas palavras ou se apenas desistira de tentar fazer os escoceses entenderem seu sotaque galês cadenciado, Jamie deu alguns tapas de incentivo no pescoço de Gideon e o deixou comendo grãos e se preparando para a chegada da égua malhada.

Dai Jones tinha lhe oferecido comida, mas ele recusara. Apesar de estar com fome, ansiava pela paz da caminhada de 8 quilômetros até em casa. O dia estava bonito e azul-claro, as folhas de primavera murmuravam consigo mesmas lá em cima, e um pouco de solidão seria bem-vinda.

A decisão já estava tomada quando ele pedira a Robin que encontrasse as armas. Mas a situação exigia alguma reflexão.

Havia 64 aldeias cherokees, cada qual com seu próprio líder, seu próprio chefe da paz e seu próprio chefe da guerra. Ele só tinha condições de influenciar cinco delas: as três do povo junco e duas que pertenciam aos cherokees Além Morro. Estas, pensava ele, seguiriam as decisões dos líderes dos Além Morro, independentemente do que ele dissesse.

Roger Mac sabia bem pouco sobre os cherokees ou qual poderia ser seu papel no combate que estava por vir. Só conseguira dizer que os cherokees não tinham agido *en masse*. Algumas aldeias tinham decidido lutar, outras não... algumas tinham lutado em um dos lados, outras no outro.

Sendo assim, não era provável que nada do que Jamie dissesse ou fizesse fosse virar a maré da guerra, o que era um reconforto. Mas ele não podia fugir da consciência de que a sua própria hora de mudar de lado estava chegando. Até onde qualquer um sabia, ele era um súdito leal de Sua Majestade, um legalista que agia para defender os interesses de Geordie, subornando selvagens e distribuindo armas com vistas a reprimir as paixões rebeldes de reguladores, patriotas e candidatos a republicanos.

Em determinado momento, essa fachada teria obrigatoriamente de ruir para revelar que ele era um rebelde e traidor inveterado. Mas quando? Perguntou-se distraído se dessa vez poderiam colocar sua cabeça a prêmio, e quanto ela valeria.

Talvez não fosse tão difícil com os escoceses. Por mais rancorosos e cabeça-dura que eles fossem, Jamie era um deles, e as simpatias pessoais talvez moderassem a indignação com o fato de ele virar rebelde quando chegasse a hora.

Não, era com os índios que ele se preocupava... pois ele os abordava como um agente do rei. Como explicar de repente sua mudança de opinião? E além disso fazê-lo de tal forma que eles pudessem segui-lo? Eles decerto considerariam sua atitude no pior dos casos uma traição, no melhor um comportamento altamente suspeito. Não pensava que fossem matá-lo, mas como, em nome de Deus, seria possível convencê-los a se unir à causa da rebelião quando eles gozavam de um relacionamento estável e próspero com Sua Majestade?

Ah, Deus, e ainda por cima havia John. O que iria dizer ao amigo quando chegasse o momento? Será que conseguiria convencê-lo, pela lógica e pela retórica, a virar a casaca também? Jamie silvou entre os dentes e balançou a cabeça, consternado, tentando, e fracassando miseravelmente, visualizar John Grey, soldado da vida inteira, ex-governador real, a alma da lealdade e da honra, de repente se declarando a favor da rebelião e da república.

Seguiu em frente assim angustiado por algum tempo, mas aos poucos constatou que caminhar lhe acalmava a mente e que a paz do dia deixava seu coração mais leve. Antes do jantar, daria tempo de levar Jem para pescar um pouco, pensou. O sol estava forte, mas o ar sob as árvores tinha certa umidade promissora para a primeira eclosão de insetos na superfície da água. Ele experimentou nos ossos uma sensação de que as trutas iriam acordar perto da hora do pôr do sol.

Nesse estado de espírito mais agradável, ficou feliz ao encontrar a filha um pouco abaixo da Cordilheira. Seu coração se encheu de alegria ao ver os cabelos dela cascateando luxuriantes pelas costas em sua glória rubra.

– *Ciamar a tha thu, a nighean?* – falou, cumprimentando-a com um beijo na bochecha.

– *Tha mi gu math, mo athair* – respondeu ela, e sorriu, mas ele reparou no leve vinco que marcava a pele lisa de sua testa como os ovos das efeméridas a eclodir num laguinho de trutas.

– Estava à sua espera – disse ela, segurando-o pelo braço. – Queria conversar um pouco antes de você ir para as aldeias amanhã.

E algo em seu tom de voz expulsou qualquer pensamento sobre trutas da mente de Jamie na mesma hora.

– Ah, é?

Ela aquiesceu, mas pareceu ter alguma dificuldade para encontrar as palavras... fato que o deixou ainda mais alarmado. Mas ele não podia ajudá-la sem ter alguma noção do que se tratava, então seguiu andando no mesmo ritmo que ela, calado, mas encorajador. Uma cotovia estava ocupada ali perto treinando seu repertório de pios. Era o pássaro que morava no espruce-vermelho atrás da casa; soube disso porque o ouviu parar de vez em quando no meio dos pios e trinados para fazer uma boa imitação do lamento noturno do gato Adso.

– Quando você conversou com Roger sobre os índios... – começou Brianna por fim, e virou a cabeça para encará-lo. – Ele mencionou algo chamado Trilha das Lágrimas?

– Não – respondeu Jamie, curioso. – O que é isso?

Ela fez uma careta e curvou os ombros de um jeito que lhe pareceu desconcertante de tão familiar.

– Pensei que talvez não tivesse. Ele disse que tinha lhe contado tudo que sabe sobre os índios e a Revolução... não que ele saiba grande coisa, essa não era a sua especialidade. Mas isso aconteceu... vai acontecer... mais tarde, depois da Revolução. Então ele talvez não tenha pensado que fosse importante. Talvez não seja.

Ela hesitou, como se quisesse ouvi-lo dizer que não era. Mas Jamie só fez aguardar, e ela suspirou e baixou os olhos para os próprios pés conforme seguia andando. De sandálias e sem meias, tinha os dedos compridos e nus dos pés sujos com a poeira fina da estrada. A visão dos pés da filha sempre o enchia com uma estranha mistura de orgulho por seu formato elegante e uma leve sensação de vergonha por seu tamanho... mas, como ele era responsável por ambos, calculava que não tivesse base para reclamar.

– Daqui a uns sessenta anos... – disse ela por fim, com os olhos pregados no chão. – O governo americano vai tirar os cherokees de suas terras e mudá-los de lugar. Mudá-los para bem longe... para um lugar chamado Oklahoma. Fica a 1.600 quilômetros daqui, pelo menos, e centenas e centenas deles vão passar fome no caminho e morrer. Por isso a chamavam... por isso vão chamá-la de Trilha de Lágrimas.

Jamie ficou impressionado ao ouvir que haveria um governo capaz de fazer uma coisa dessas, e externou o pensamento. Brianna lançou a ele um olhar zangado.

– Eles vão fazer isso por meio da trapaça. Vão convencer alguns dos líderes cherokees a concordar lhes prometendo coisas, e não cumprindo a promessa.

Ele deu de ombros.

– É assim que a maioria dos governos se comporta – observou, num tom brando. – Por que está me contando isso, menina? Eu vou estar mortinho da silva antes de qualquer dessas coisas acontecer, graças a Deus.

Ele viu um lampejo atravessar o rosto da filha ao ouvir falar na sua morte e lamentou ter lhe causado tristeza com aquele comentário leviano. Antes que pudesse se desculpar, contudo, ela endireitou os ombros e recomeçou a falar.

– Estou contando porque achei que você devesse saber – disse ela. – Nem todos os cherokees foram... alguns subiram mais para o alto das montanhas e se esconderam. O exército não os encontrou.

– Ah, é?

Ela virou a cabeça e o encarou com aqueles olhos que eram seus próprios olhos, tocantes em sua sinceridade.

– Você não entende? Mamãe lhe contou o que iria acontecer... em Culloden. Você não conseguiu impedir, mas salvou Lallybroch. E os seus homens, seus arrendatários. Porque você sabia.

– Ah, meu Deus – disse ele, entendendo com um choque o que ela queria dizer. A lembrança o percorreu como uma enchente, o terror, o desespero e a incerteza daquele período... o desespero anestesiado que lhe permitira atravessar aquele último dia fatal. – Você quer que eu conte a Pássaro.

Ela esfregou a mão no rosto e balançou a cabeça.

– Não sei. Não sei se você *deveria* contar para ele... ou, caso conte, se ele vai escutar. Mas Roger e eu conversamos sobre isso depois que você lhe perguntou sobre os índios. E eu fiquei pensando... e, bom, simplesmente não pareceu *certo* saber e não fazer nada. Então achei melhor lhe contar.

– Sim, entendi – disse ele, um pouco desanimado.

Já tinha reparado antes que as pessoas de consciência sensível tendiam a aliviar o próprio desconforto repassando a alguma outra a necessidade de agir, mas evitou comentar. Afinal, Brianna não tinha como falar com Pássaro diretamente.

Como se a situação que enfrentava com os cherokees já não fosse difícil o bastante, pensou ele, contrariado... agora ele precisava cuidar de salvar futuras gerações desconhecidas de selvagens? A cotovia passou zunindo perto de seu ouvido, perturbadoramente perto, produzindo um som muito estranho: um estalo do bico semelhante ao de uma galinha.

Aquilo foi tão incongruente que ele riu. Então percebeu que não havia mais nada a fazer. Não agora.

Brianna o fitava com curiosidade.

– O que você vai fazer?

Ele se espreguiçou, devagar, com deleite, e sentiu os músculos das costas se repuxarem sobre os ossos – sentiu cada um deles, vivo e sólido. O sol descia no céu, o jantar estava começando a ser preparado e por enquanto, por aquela última noite, ele não precisava fazer nada. Ainda não.

– Eu vou pescar – respondeu, sorrindo para sua bela, improvável e problemática filha. – Pode ir chamar o rapazinho? Vou pegar as varas.

. . .

Distinto cavalheiro James Fraser, da Cordilheira dos Frasers
A lorde John Grey, Fazenda Mount Josiah, neste
2º dia de abril, Anno Domini 1774

Milorde,

Parto pela manhã em visita aos cherokees e deixo esta, portanto, com minha mulher, a ser confiada ao sr. Higgins na próxima vez que ele vier, e a lhe ser entregue em mãos junto com o embrulho que a acompanha.

Ouso confiar na certeza de sua gentileza e solicitude para com minha família ao solicitar seu favor para ajudar a vender o objeto que lhe confio. Imagino que suas conexões possam lhe permitir obter um preço melhor do que eu próprio conseguiria... e fazê-lo com discrição.

Espero, ao retornar, confidenciar-lhe as razões desse meu comportamento, bem como determinadas reflexões filosóficas que poderão interessá-lo. Enquanto isso, creia que permaneço sempre

Seu mais afetuoso amigo e humilde criado,

J. Fraser

42

ENSAIO GERAL

Bobby Higgins me encarou pouco à vontade por cima de sua caneca de cerveja.

– Com licença, senhora, mas não estaria pensando em me administrar nenhum tipo de remédio, estaria? – perguntou ele. – Os vermes sumiram, tenho certeza. E aquela... aquela outra... – Ele corou de leve e se remexeu no banco. – Isso também está ótimo. Tenho comido muito feijão, solto puns com bastante regularidade e não houve nenhum sinal das facas de fogo!

Jamie muitas vezes havia comentado sobre a transparência de meus traços, mas aquilo demonstrava uma perspicácia surpreendente da parte de Bobby.

– Fico encantada em saber – falei, esquivando-me momentaneamente da pergunta. – Você está com um aspecto bem corado e saudável, Bobby.

Era verdade: a aparência encovada e descarnada o havia abandonado, e sua carne estava firme e sólida, os olhos brilhantes. O olho cego não tinha ficado leitoso nem se desviava de modo perceptível. Ainda devia ter alguma capacidade residual de detectar luz e formas, o que reforçava meu diagnóstico original de uma retina parcialmente descolada.

Ele meneou a cabeça com cautela e bebeu um gole de cerveja, sem tirar os olhos de mim.

– Estou de fato muito bem, senhora – falou.

– Esplêndido. Por acaso você não sabe quanto pesa, sabe, Bobby?

A expressão de cautela desapareceu e foi substituída por um orgulho modesto.

– Por acaso sei, sim, senhora. Levei umas peles até o porto do rio para lorde John no mês passado e lá havia um merceeiro que tinha uma balança para pesar... tabaco ou arroz, ou blocos de índigo, talvez. Alguns de nós começamos a apostar de brincadeira quanto isto ou aquilo poderia pesar, e... bem, eu peso 65 quilos e 300 gramas, senhora.

– Muito bom – falei, com aprovação. – O cozinheiro de lorde John deve estar alimentando você bem.

Pensei que ele não poderia estar pesando mais do que 50 quilos na primeira vez que o vira; 65 ainda era um pouco leve para um homem de 1,80 metro, mas era uma melhora significativa. E o fato de ele saber seu peso exato era um verdadeiro golpe de sorte.

É claro que, se eu não agisse depressa, ele poderia engordar com facilidade de 5 a 10 quilos. A sra. Bug estava decidida a superar o cozinheiro índio de lorde John (sobre quem tanto ouvíramos falar), e com esse objetivo em mente estava ocupada despejando no prato de Bobby cebolas, carne de cervo e uma fatia de empadão de porco que havia sobrado, isso sem falar no cesto de muffins cheirosos que já estava na frente dele.

Lizzie, sentada ao meu lado, pegou um muffin e passou manteiga. Observei, com aprovação, que ela também tinha um aspecto mais saudável, e exibia um delicado rubor... embora eu devesse me lembrar de colher uma amostra para verificar a presença dos parasitas da malária no seu sangue. Seria algo excelente a fazer enquanto ela estivesse apagada. Infelizmente, não havia como saber seu peso exato... mas ela não poderia pesar mais de 45 quilos, do jeito que era pequena e com a ossatura leve.

E, do outro lado da balança, Bree e Roger... Roger devia pesar no mínimo 84 quilos; Bree, uns 68. Peguei um muffin também, pensando no melhor jeito de executar meu plano. Roger aceitaria caso eu pedisse, claro, mas Bree... com ela eu teria que tomar cuidado. Ela tivera as amígdalas extraídas aos 10 anos de idade, e não havia gostado da experiência. Se descobrisse o que eu estava pretendendo e começasse a expressar suas opiniões livremente, talvez despertasse o alarme do restante de minhas cobaias.

Entusiasmada com o sucesso na fabricação do éter, eu havia subestimado seriamente a dificuldade de induzir qualquer pessoa a me deixar usar a substância nela. O sr. Christie podia até ser um safado esquisito, como Jamie às vezes o chamava... mas não era o único a resistir ao conceito de ser deixado subitamente inconsciente.

Eu teria pensado que o atrativo da ausência de dor fosse universal... mas não para quem nunca tinha experimentado isso. Aquelas pessoas não tinham contexto algum no qual encaixar esse conceito, e embora fosse de presumir que nem todas julgassem aquilo um complô papista, todas consideravam uma oferta de eliminar sua dor de certo modo contrária à visão divina do Universo.

Bobby e Lizzie, porém, estavam suficientemente sob a minha influência para eu ter bastante certeza de conseguir convencê-los, ou intimidá-los, a fazer uma experiência breve. Se eles então relatassem a experiência de um ponto de vista positivo... mas a melhora das relações públicas era apenas parte do problema.

A verdadeira necessidade era testar meu éter em vários indivíduos e fazer anotações cuidadosas sobre os resultados. O susto no parto de Henri-Christian havia me mostrado quão terrivelmente despreparada eu me encontrava. Eu precisava ter alguma ideia de quanto administrar por unidade de peso corporal, de quanto tempo uma dose assim poderia durar, e de quão profunda a anestesia resultante poderia ser. A última coisa que eu queria era estar com os braços enterrados até os cotovelos dentro do abdômen de alguém e a pessoa de repente acordar com um grito agudo.

– A senhora está fazendo de novo.

Bobby franziu o cenho enquanto mastigava devagar, com os olhos semicerrados para mim.

– O quê? Fazendo o quê?

Fingi-me de inocente e me servi um pouco do empadão de porco.

– A senhora está me observando. Do mesmo jeito que um gavião observa um camundongo pouco antes de atacar. Não está? – perguntou ele, recorrendo a Lizzie.

– É, está sim – concordou Lizzie, abrindo-me o seu sorriso de covinhas. – Mas é só o jeito dela, sabe? Você daria um baita de um camundongo, Bobby.

Por ser escocesa, ela pronunciava a palavra "camundongo" de um jeito estranho, o que fez Bobby rir e engasgar com o muffin. A sra. Bug parou para ajudá-lo com alguns tapinhas nas costas, deixando-o roxo e aos arquejos.

– Bem, o que está havendo com ele, afinal? – perguntou ela, dando a volta e examinando o rosto de Bobby com um olhar crítico. – Não está desarranjado de novo, está, rapaz?

– De novo? – falei.

– Ah, não, senhora – grasnou ele. – Nem pensar! Foi só porque comi maçãs verdes daquela vez.

Ele engasgou, tossiu, sentou-se ereto e limpou a garganta com um pigarro.

– Será que podemos por favor não falar sobre os meus intestinos, senhora? – pediu ele num tom queixoso. – Pelo menos não na hora do café?

Pude sentir Lizzie vibrar de hilaridade ao meu lado, mas ela manteve os olhos recatadamente fixos no prato de modo a não constrangê-lo ainda mais.

– Com certeza – falei, sorrindo. – Vai ficar alguns dias, Bobby, espero?

Ele chegara na véspera, trazendo a coleção habitual de cartas e jornais de lorde John... junto com um pacote contendo um presente maravilhoso para Jemmy: um joão-bobo musical mandado especialmente de Londres graças aos préstimos de Willie, filho de lorde John.

– Ah, vou ficar sim, senhora – garantiu-me ele, com a boca cheia de muffin. – Lorde John falou que eu deveria ver se o sr. Fraser tinha uma carta para eu levar de volta, então preciso esperar por ele, não é?

– Claro.

Jamie e Ian tinham partido para as aldeias cherokees uma semana antes. Provavelmente ainda levariam mais uma semana para voltar. Tempo de sobra para fazer minhas experiências.

– Há algo que eu possa fazer pela senhora? – indagou Bobby. – Já que estou aqui, quero dizer, e nem o sr. Fraser nem o sr. Ian estão.

Isso foi dito com um leve tom satisfeito. Ele se dava razoavelmente bem com Ian, mas não restava dúvida de que preferia ter as atenções de Lizzie só para si.

– Ora, há sim – falei, servindo-me de uma colherada de mingau. – Agora que você falou nisso, Bobby...

Quando terminei de explicar, Bobby ainda exibia um aspecto saudável, mas bem menos rosado.

– A senhora quer me pôr para dormir? – disse ele, hesitante.

Olhou para Lizzie, que também parecia um pouco em dúvida, mas estava bem mais acostumada com o fato de a mandarem fazer coisas insensatas para protestar.

– Você só vai dormir por alguns instantes – tranquilizei-o. – É provável que nem note.

Seu rosto exibia um ceticismo considerável, e pude vê-lo se remexer à procura de alguma desculpa. Mas eu já havia previsto essa tática, e então joguei meu coringa.

– Não sou só eu quem preciso avaliar a dose – falei. – Não posso operar uma pessoa e administrar o éter ao mesmo tempo... pelo menos não seria fácil. Malva Christie será minha assistente; ela vai precisar do treino.

– Ah – fez Bobby, pensativo. – A srta. Christie. – Uma espécie de expressão suave e sonhadora se espalhou por seu rosto. – Bem. Eu não iria querer decepcionar a srta. Christie, claro.

Lizzie produziu no fundo da garganta um daqueles ruídos escoceses sucintos que conseguiam transmitir desdém, derrisão e reprovação duradoura com apenas duas sílabas produzidas na glote.

Bobby ergueu os olhos sem entender, com um pedaço de empadão equilibrado no garfo.

– Você disse alguma coisa?

– Quem, eu? – fez Lizzie. – É claro que não. – Levantou-se abruptamente, chacoalhou as migalhas dentro da lareira com precisão segurando o avental diante de si e virou-se para mim. – Quando pretende fazer isso? – indagou, acrescentando um "senhora" com certo atraso.

– Amanhã de manhã – respondi. – É preciso estar de estômago vazio, então faremos bem cedo, antes do café da manhã.

– Ótimo! – disse ela, e saiu pisando firme.

Bobby piscou na direção em que ela saíra, então virou-se para mim, aturdido.

– Eu disse alguma coisa?

Os olhos da sra. Bug encararam os meus em perfeita compreensão.

– Nada, rapaz – disse ela, depositando mais ovos mexidos no seu prato com uma espátula. – Coma, você vai precisar de forças.

Brianna, habilidosa com as mãos, havia fabricado a máscara de acordo com minhas especificações, tecida com palha de carvalho. Era bem simples, uma espécie de gaiola dupla articulada cujas duas metades se separavam para que se pudesse inserir entre elas uma grossa camada de algodão, depois tornavam a se unir, e a coisa toda tinha o formato para poder se encaixar feito a máscara de um apanhador de beisebol sobre o nariz e a boca do paciente.

– Ponha éter suficiente para embeber todo o algodão – instruí Malva. – Vamos querer que faça efeito rápido.

– Sim, senhora. Ah, que cheiro esquisito, não?

Ela farejou com cautela e virou o rosto meio de lado enquanto pingava éter na máscara.

– Sim. Cuidado para não respirar demais – alertei. – Não queremos você desabando no meio de uma operação.

Ela riu, mas segurou a máscara mais longe, obediente.

Lizzie tinha se oferecido de maneira corajosa para ser a primeira... com a clara intenção de desviar a atenção de Bobby de Malva para si. Estava dando certo: deitada na mesa numa pose lânguida, ela estava sem touca, com os cabelos macios e claros espalhados no travesseiro de modo a valorizá-los ao máximo. Sentado ao seu lado, Bobby segurava sua mão, aflito.

– Está bem, então. – Eu tinha na mão uma diminuta ampulheta, o melhor que podia fazer para medir o tempo com precisão. – Ponha a máscara com delicadeza sobre o rosto dela. E você, Lizzie, apenas respire fundo e conte junto comigo: um... dois... nossa, não levou muito tempo, não foi?

Ela havia sorvido uma longa inspiração, fazendo a caixa torácica se erguer bem alto – e então ficar inerte como um peixe morto ao expirar. Virei na mesma hora a ampulheta e fui medir sua pulsação. Tudo bem por ali.

– Espere um pouco; quando eles começam a acordar, você pode sentir uma espécie de vibração na carne – expliquei a Malva, mantendo um olho pregado em Lizzie e o outro na ampulheta. – Ponha a mão no ombro dela... Aqui, está sentindo?

Malva aquiesceu, quase trêmula de empolgação.

– Duas ou três gotas, então.

Ela as pingou, com a própria respiração retida, e Lizzie tornou a relaxar, com um suspiro semelhante ao ar que escapa de um pneu furado.

Os olhos azuis de Bobby estavam arregalados, mas ele segurava firme a outra mão de Lizzie.

Medi o tempo até o despertar mais uma ou duas vezes, então deixei Malva anestesiá-la um pouco mais. Peguei o bisturi que havia preparado e espetei o dedo de Lizzie. Bobby arquejou ao ver o sangue brotar, e olhou alternadamente para a gotinha vermelha e para o semblante tranquilo e angelical de Lizzie.

– Ora, ela não está sentindo nada! – exclamou. – Veja, não moveu um músculo sequer!

– Exato – falei, com um sentimento de profunda satisfação. – Ela não vai sentir nada até acordar.

– A sra. Fraser falou que é possível abrir a pessoa – informou Malva a Bobby com um ar importante. – Cortar até dentro dela e chegar no que a está afligindo... sem ela nunca sentir nada!

– Bem, não até acordar – falei, achando graça. – Nessa hora ela vai sentir, infelizmente. Mas de fato é uma coisa bem maravilhosa – acrescentei, mais baixo, voltando os olhos para o rosto inconsciente de Lizzie.

Deixei-a permanecer anestesiada enquanto examinava a amostra de sangue recém-colhida, então disse a Malva para tirar a máscara. Um minuto depois, as pálpebras de Lizzie começaram a tremer. Ela olhou em volta com curiosidade, então virou-se para mim.

– Quando vai começar, senhora?

Apesar das garantias tanto de Bobby quanto de Malva de que nos últimos quinze minutos ela parecera para todos os efeitos mortinha, Lizzie se recusou a acreditar, afirmando indignada que era impossível... embora não fosse capaz de explicar o furo no dedo nem a lâmina de sangue recém-colhido.

– Você se lembra da máscara no seu rosto? – perguntei. – E de quando eu lhe disse para respirar fundo?

Ela aquiesceu, sem ter certeza.

– Lembro, sim, e então houve um instante em que foi como se eu estivesse engasgando... mas depois disso vocês estavam só todos olhando para mim!

– Bom, acho que o único jeito de convencê-la é mostrar a ela – falei, e sorri para os três rostos afogueados. – Bobby?

Ansioso para demonstrar a verdade a Lizzie, ele subiu na mesa e se deitou, decidido, embora a pulsação em sua garganta esguia estivesse acelerada quando Malva pingou éter na máscara. Na hora em que ela a pôs sobre o seu rosto, ele deu um arquejo profundo e convulso, com o cenho um pouco franzido, arquejou uma segunda vez... uma terceira... e ficou inerte.

Lizzie levou as duas mãos à boca, encarando-o.

– Jesus, Maria e José! – exclamou.

Malva deu uma risadinha, encantada com o efeito.

Lizzie olhou para mim com os olhos arregalados, depois novamente para Bobby. Abaixou-se até seu ouvido e o chamou pelo nome, sem qualquer resultado, então pegou a mão dele e a agitou com cuidado. O braço se moveu, flácido, e ela soltou uma exclamação em voz baixa e tornou a pousar a mão. Parecia muito aflita.

– Ele não consegue mais acordar?

– Só quando tirarmos a máscara – disse-lhe Malva, com certa superioridade.

– Sim, mas não é bom manter ninguém dormindo por mais tempo do que o necessário – acrescentei. – Não faz bem para a pessoa passar tempo demais anestesiada.

Obediente, Malva trouxe Bobby de novo até o limiar da consciência e voltou a anestesiá-lo várias vezes enquanto eu anotava tempos e dosagens. Durante a última dessas anotações, ergui os olhos e a vi observando o rapaz com uma espécie de expressão absorta, parecendo concentrada em alguma coisa. Lizzie tinha se afastado até um canto do consultório, evidentemente aflita com a visão de Bobby inconsciente, e estava sentada num banquinho trançando os cabelos e torcendo-os debaixo da touca.

Levantei-me, peguei a máscara da mão de Malva e a pus de lado.

– Você fez um trabalho maravilhoso – falei, em voz baixa. – Obrigada.

Ela balançou a cabeça, radiante.

– Ah, senhora! Foi... eu nunca vi nada igual. Que sensação, não? Como se o tivéssemos matado e depois o trazido de volta à vida outra vez.

Ela estendeu as mãos e as observou de modo meio inconsciente, como quem se pergunta como havia conseguido operar tamanha maravilha, depois as cerrou em pequenos punhos e me sorriu com um ar de quem conspira.

– Acho que entendo por que meu pai diz que isso é coisa do diabo. Se ele estivesse aqui para ver como é... – Olhou de relance para Bobby, que começava a se agitar. – Iria dizer que ninguém a não ser Deus tem o direito de fazer essas coisas.

– É mesmo? – falei, um tanto seca.

Pelo brilho nos seus olhos, a provável reação do pai ao que estávamos fazendo era um dos principais atrativos do experimento. Por um segundo, senti certa pena de Tom Christie.

– Ahn... nesse caso, então, talvez seja melhor você não comentar com ele – sugeri.

Ela sorriu, exibindo uns dentinhos brancos afiados, e revirou os olhos.

– Nem pensar, senhora – garantiu-me ela. – Ele me impediria de vir tão depressa quanto...

Bobby abriu os olhos, virou a cabeça para o lado e vomitou, pondo fim ao debate. Lizzie deu um grito e correu até junto dele, toda agitada, para limpar seu rosto e depois pegar um conhaque para ele beber. Malva, com um ar levemente superior, manteve-se afastada e a deixou agir.

– Ah, que esquisito – repetiu Bobby, talvez pela décima vez, esfregando a mão na boca. – Eu vi uma coisa terrível... só por um instante, agora... e depois me senti mal e pronto, estava tudo acabado.

– Que tipo de coisa terrível? – quis saber Malva, interessada.

Ele a olhou com um ar desconfiado e hesitante.

– Nem sei direito, senhorita, para lhe dizer a verdade. Só sei que era... escuro. Uma forma, seria possível dizer; pensei que fosse de mulher. Só que... terrível – concluiu ele, impotente.

Bem, era uma pena. Alucinações não eram um efeito colateral incomum, mas eu não esperava que fossem ocorrer com uma dose tão pequena.

– Bom, imagino que tenha sido só um pequeno pesadelo – falei, num tom de quem tranquiliza. – É uma forma de sono, sabe, então não é de espantar que a pessoa às vezes tenha um ou outro sonho de vez em quando.

Para minha surpresa, isso fez Lizzie balançar a cabeça.

– Ah, não, senhora – disse ela. – Não tem nada a ver com sono. Quando nós dormimos, confiamos nossa alma para os anjos cuidarem, sabe, de modo que nenhum espírito mau se aproxime. Mas isso... – Com o cenho franzido, ela espiou o frasco de éter, agora firmemente arrolhado outra vez, em seguida olhou para mim. – Eu fiquei pensando: para onde vai nossa alma? – perguntou.

– Ahn... – falei. – Bem, eu acho que a alma simplesmente fica junto com o corpo. Tem de ficar. Quero dizer... a pessoa não morre.

Tanto Lizzie quanto Bobby balançaram a cabeça com um ar decidido.

– Não fica, não – disse Lizzie. – Quando a pessoa dorme, ela continua *aqui*. Quando a senhora faz *isso*... – ela gesticulou na direção da máscara, com os pequenos traços tomados por uma leve inquietude – ... a pessoa não está mais presente.

– É verdade, senhora – garantiu-me Bobby. – A pessoa não está presente.

– Vocês acham que talvez a pessoa vá para o limbo, junto com os bebês não batizados e tudo o mais? – indagou Lizzie, ansiosa.

Malva deu um muxoxo pouco feminino.

– O limbo não é um lugar de verdade – disse ela. – É só um conceito inventado pelo papa.

A boca de Lizzie se escancarou de choque ao ouvir tal blasfêmia, mas Bobby felizmente a distraiu ao se sentir tonto e pedir para se deitar.

Malva parecia inclinada a continuar a discussão, mas, tirando o fato de repetir "o papa" uma ou duas vezes, ficou apenas parada em pé, balançando-se para a frente e para trás com a boca aberta, piscando um pouco os olhos. Olhei para Lizzie e constatei que ela também tinha os olhos vidrados. Vi-a dar um enorme bocejo e piscar para mim os olhos lacrimejantes.

Ocorreu-me que eu própria estava começando a me sentir meio tonta.

– Minha nossa senhora! – Arranquei a máscara de éter da mão de Malva e a conduzi depressa até um banquinho. – Deixe eu me livrar disso, ou vamos todos ficar atordoados.

Abri a máscara, tirei lá de dentro o pedaço de algodão umedecido e o levei até o lado de fora segurando-o com o braço esticado. Tinha aberto ambas as janelas do consultório para garantir a ventilação e evitar que fôssemos todos intoxicados, mas o éter era uma substância insidiosa. Mais pesado do que o ar, tendia a afundar para perto do chão e se acumular ali, a menos que houvesse um ventilador ou algum outro mecanismo para removê-lo. Eu talvez tivesse de operar ao ar livre, pensei, caso fosse usá-lo por um tempo mais prolongado.

Pus o chumaço de algodão sobre uma pedra para que secasse e voltei, torcendo para eles agora estarem todos grogues demais para prosseguir com suas especulações filosóficas. Não queria que seguissem *aquela* linha de pensamento. Se a notícia de que o éter separava as pessoas de suas almas se espalhasse pela Cordilheira, eu jamais conseguiria persuadir ninguém a se deixar anestesiar, por mais complicado que fosse o caso.

– Bem, obrigada a todos pela ajuda – falei, sorrindo ao entrar no recinto e aliviada por encontrá-los todos com um ar razoavelmente alerta. – Vocês fizeram uma coisa

463

muito útil e muito valiosa. Mas agora podem ir cuidar dos seus afazeres... eu mesma arrumo tudo.

Malva e Lizzie hesitaram por um instante, pois nenhuma das duas queria deixar Bobby com a outra, mas o ímpeto com o qual as enxotei as fez tomarem o rumo da porta.

– Quando vai se casar, srta. Wemyss? – perguntou Malva num tom casual e alto o suficiente para Bobby escutar, embora com certeza já soubesse; todos na Cordilheira sabiam.

– Em agosto – respondeu Lizzie, fria, erguendo 1 centímetro o pequeno nariz. – Logo depois do feno... *srta.* Christie.

E depois disso serei a sra. McGillivray, dizia sua expressão satisfeita. *Enquanto a senhorita Christie não terá nenhum admirador.* Não que Malva não atraísse a atenção dos rapazes, mas seu pai e seu irmão sempre os afastavam dela.

– Desejo-lhe grande alegria – disse Malva.

Ela olhou para Bobby Higgins, em seguida de volta para Lizzie, então sorriu, recatada sob a touca branca engomada. Bobby ainda continuou sentado à mesa por algum tempo, olhando para a porta por onde as moças tinham saído.

– Bobby – falei, impressionada com a expressão profundamente pensativa de seu rosto. – A figura que você viu sob o efeito do anestésico... você a reconheceu?

Ele me encarou, e seus olhos então se viraram de volta para o vão vazio da porta, como se não conseguissem se manter afastados.

– Ah, não, senhora – disse ele, num tom de tamanha convicção sincera que eu soube que estava mentindo. – De jeito nenhum!

43

REFUGIADOS

Eles haviam parado para dar de beber aos cavalos à beira de um laguinho que os índios chamavam de Juncos Grossos. O dia estava quente, e eles amarraram os animais, tiraram a roupa e entraram na água, abastecida pela primavera e deliciosamente fresca. Fresca o suficiente para causar um choque térmico e, ao menos por um instante, distrair Jamie de pensar no bilhete entregue por MacDonald e enviado por John Stuart, superintendente indígena do Departamento do Sul.

O texto era bastante elogioso, louvando sua rapidez e dedicação ao trazer os cherokees da tribo junco para a esfera de influência britânica – mas instando um envolvimento mais vigoroso e destacando o feito do próprio Stuart no direcionamento da escolha de líderes entre os choctaws e os chickasaws em um congresso convocado por ele próprio dois anos antes.

> *... A competição e ansiedade dos candidatos a medalhas e cargos era tão grande quanto se pode imaginar, comparável aos esforços daqueles que mais aspiram e*

que mais ambição têm para obter honrarias e favorecimento nos grandes estados. Tomei todas as providências para ser informado sobre o caráter de cada um, e preenchi as vagas com os mais dignos e os que maior probabilidade tinham de cumprir os objetivos de manter a ordem e o vínculo dessa nação com os interesses britânicos. Insto o senhor a tentar obter resultados semelhantes entre os cherokees.

– Ah, sim – disse ele em voz alta, emergindo entre os juncos e sacudindo a água dos cabelos. – Devo depor Tsisqua, sem dúvida por meio de assassinato, e subornar todos eles para que elejam Escultor de Barro como chefe da paz. Argh!

Tratava-se do menor e mais subserviente índio que Jamie já vira. Ele tornou a afundar em meio a bolhas ruidosas e se entreteve maldizendo a suposição de Stuart, vendo suas palavras subirem feito trêmulas bolas de mercúrio e desaparecerem como por magia na luz forte da superfície.

Tornou a emergir, com um arquejo, então sorveu o ar e prendeu a respiração.

– O que foi isso? – indagou uma voz surpresa ali perto. – São eles?

– Não, não – disse outra, baixa e urgente. – São só dois; estou vendo ambos ali, está vendo?

Ele abriu a boca e respirou como uma brisa suave, esforçando-se para escutar apesar das batidas fortes do coração.

Havia compreendido o que eles diziam, mas por alguns instantes não conseguira identificar o idioma. Eram índios, sim, mas não cherokees... tuscaroras, era isso.

Fazia anos que não falava com nenhum tuscarora. A maioria fora para o norte após a epidemia de sarampo que havia dizimado tantos, e se unira a seus "pais" mohawks nas terras governadas pela liga iroquesa.

Aqueles dois conversavam em sussurros, mas perto o bastante para que ele pudesse distinguir a maior parte do que diziam. Estavam a poucos metros dele, ocultados por uma densa formação de juncos e tabuas quase tão alta quanto a cabeça de um homem.

Onde estava Ian? Ele podia ouvir um chapinhar distante do outro lado do lago e, ao virar a cabeça com delicadeza, viu com o rabo do olho que Ian e Rollo brincavam dentro d'água, e o cão mergulhado até o pescoço nadava de um lado para o outro. Para quem não soubesse, pareciam-se muito com dois homens nadando, e o animal não percebeu os intrusos, portanto não latiu.

Os índios tinham concluído que devia ser isso: dois cavalos, portanto dois homens, ambos a uma distância segura. Ao som de abundantes rangidos e farfalhares, começaram a avançar sorrateiramente na direção dos cavalos.

Jamie sentiu-se quase inclinado a deixá-los tentar levar Gideon e ver até onde conseguiam chegar. Mas eles poderiam levar apenas o cavalo de Ian e o burro de carga... e Claire ficaria aborrecida se ele os deixasse levar Clarence. Sentindo-se bastante em desvantagem, deslizou nu entre os juncos, fazendo careta quando estes lhe arranharam a pele, e subiu rastejando por entre as tabuas até a lama da margem.

Se eles tivessem tido o tino de olhar para trás, teriam visto as tabuas se balançando, e ele torceu para *Ian* ver, mas os dois índios estavam concentrados em seu objetivo. Agora conseguia vê-los, avançando furtivos pelo mato alto da orla da floresta, olhando para um lado e para o outro... mas nunca na direção certa.

Eram apenas dois, agora tinha certeza. Pelo modo como se moviam, eram jovens e inseguros. Ele não conseguiu ver se estavam armados.

Todo sujo de lama, rastejou mais um pouco, caindo de bruços sobre a vegetação áspera perto do lago e contorcendo-se depressa rumo ao abrigo de um arbusto de sumagre. O que ele queria era um porrete, e rápido.

Em circunstâncias assim, é claro, nada apareceu a não ser gravetos e galhos há muito apodrecidos. Na falta de algo melhor, ele empunhou uma pedra de tamanho razoável, mas então encontrou o que queria: um galho de corniso rachado pelo vento que pendia ao seu alcance, ainda preso à árvore. Os índios agora estavam chegando perto dos cavalos que pastavam; Gideon os viu e levantou a cabeça com um movimento abrupto. Não parou de mastigar, mas suas orelhas se deitaram para trás, numa óbvia atitude de desconfiança. Clarence, sempre sociável, percebeu e também levantou a cabeça, remexendo as orelhas em sinal de alerta.

Jamie aproveitou a chance e, ao mesmo tempo que Clarence soltava um relincho de boas-vindas, arrancou o galho da árvore e atacou os intrusos aos urros de "*Tulach Ard!*" a plenos pulmões.

Olhos arregalados cruzaram os seus e um dos homens saiu correndo, fazendo os cabelos compridos esvoaçarem. O outro foi atrás, mas mancando muito, e caiu sobre um dos joelhos quando algo cedeu. Tornou a se levantar na mesma hora, mas foi lento demais; Jamie bateu o galho em suas pernas com uma fúria que exigiu o uso das duas mãos e o derrubou no chão, então pulou nas costas dele e cravou com violência um dos joelhos no seu rim.

O homem emitiu um barulho engasgado e congelou, paralisado de dor. Jamie tinha deixado cair a pedra... não, ali estava ela. Pegou-a e acertou o homem com força atrás da orelha, para arrematar. Então se levantou e saiu correndo atrás do outro, que tinha fugido na direção da mata mas depois se desviado, impedido de passar por um regato margeado de pedras no caminho. Agora corria por entre as junças. Jamie o viu lançar um olhar de terror na direção da água, onde Ian e Rollo avançavam na sua direção nadando feito dois castores.

O índio poderia ter conseguido chegar ao santuário da floresta caso um de seus pés não houvesse atolado de repente na lama mole. Ele cambaleou de lado e Jamie o alcançou ao mesmo tempo que escorregava na lama, esforçando-se para agarrá-lo.

O homem era jovem, magro e rijo, e lutou feito uma enguia. Jamie, que tinha a vantagem do tamanho e do peso, conseguiu derrubá-lo, e os dois caíram e rolaram juntos em meio às junças e à lama, arranhando-se e desferindo golpes. O índio agarrou os cabelos compridos de Jamie e puxou, fazendo seus olhos lacrimejarem; Jamie

466

lhe deu um soco forte nas costelas para obrigá-lo a soltar, e quando ele o fez lhe deu uma cabeçada na cara.

As testas se chocaram com um impacto surdo, e uma dor varou o crânio de Jamie e o deixou cego. Eles se separaram, aos arquejos, e Jamie rolou até ficar de joelhos, com a cabeça girando e os olhos vertendo lágrimas, tentando enxergar.

Um borrão cinza surgiu e ouviu-se um grito agudo de terror. Rollo deu um latido grave acompanhado por um rosnado, mas então passou a produzir um ronco contínuo. Jamie fechou um olho, levou a mão à testa que latejava e distinguiu seu oponente deitado de costas na lama com Rollo parado acima dele, os beiços pretos arreganhados deixando todos os dentes à mostra.

Ouviu-se um chapinhar de pés correndo pela água rasa, e Ian apareceu, arfando para recuperar o fôlego.

– Tudo bem com o senhor, tio Jamie?

Jamie afastou a mão e olhou para os próprios dedos. Não havia sangue, embora ele pudesse ter jurado que tinha aberto a cabeça.

– Não – respondeu. – Mas estou melhor do que ele. Ai, meu Deus.

– O senhor matou o outro?

– Provavelmente não. Ai, meu Deus.

Ele caiu de quatro no chão, engatinhou por uma curta distância e vomitou. Atrás dele, pôde ouvir Ian exigindo saber num tom incisivo, em cherokee, quem eram aqueles homens e se havia outros com eles.

– Eles são tuscaroras – disse Jamie.

Sua cabeça ainda latejava, mas ele estava se sentindo um pouco melhor.

– Ah, sim?

Ian se espantou, mas começou na mesma hora a falar o idioma dos kahnyen'kehakas. O jovem prisioneiro, já aterrorizado por Rollo, pareceu a ponto de morrer de susto ao ver as tatuagens de Ian e ouvi-lo falar mohawk. Os kahnyen'kehakas pertenciam à mesma família dos tuscaroras, e o rapaz obviamente entendeu o que Ian disse, pois respondeu gaguejando de medo. Eles estavam sozinhos. Seu irmão tinha morrido?

Jamie bochechou com água e molhou o rosto. Sentia-se melhor, embora um galo do tamanho de um ovo de pato estivesse inchando acima de seu olho esquerdo.

– Irmão?

Sim, disse o rapaz, seu irmão. Se eles não tivessem a intenção de matá-lo agora, será que ele poderia ir até lá ver? Seu irmão estava ferido.

Ian relanceou os olhos para Jamie, pedindo autorização, então deu uma ordem que fez Rollo recuar. O prisioneiro todo enlameado se levantou com dificuldade, cambaleando, e começou a refazer seu caminho pela margem seguido pelo cão e pelos dois escoceses nus.

O outro homem estava de fato ferido: o sangue encharcava uma atadura grosseira em volta de sua perna. Ele tinha feito a atadura com a própria camisa e estava nu da cintura para cima; tinha um aspecto magro, esfomeado. Jamie olhou sucessivamente para um e para o outro: nenhum dos dois poderia ter mais de 20 anos, pensou, e decerto eram mais jovens ainda; tinham o rosto contraído pela fome e pelos maus--tratos, e suas roupas mal passavam de trapos.

Os cavalos tinham se afastado um pouco, nervosos com a briga, mas as roupas que os escoceses haviam deixado penduradas nos arbustos continuavam ali. Ian vestiu a calça e foi buscar comida e bebida nos alforjes enquanto Jamie se vestia mais devagar e questionava o rapaz enquanto este último examinava com ansiedade o irmão.

Eles eram tuscaroras, confirmou o índio. Seu nome era comprido e significava, a grosso modo, "o brilho da luz sobre a água na primavera"; aquele era seu irmão, "o ganso que incentiva o líder durante o voo", conhecido mais simplesmente como Ganso.

– O que houve com ele?

Jamie vestiu a camisa pela cabeça e a moveu, o que lhe provocou uma careta, na direção do talho na perna de Ganso, muito claramente aberto por algo parecido com um machado.

Luz na Água inspirou fundo e fechou os olhos por alguns instantes. Ele também exibia um senhor galo na testa.

– Os tsalagis – respondeu. – Éramos em quarenta. O resto morreu ou foi aprisionado. O senhor não vai nos entregar a eles, vai? Por favor.

– Tsalagis? Quais?

Luz balançou a cabeça; não sabia dizer. Seu bando decidira ficar quando sua aldeia se transferira para o norte, mas não tinha prosperado; não havia homens suficientes para defender uma aldeia e caçar, e sem defensores os outros roubavam suas colheitas e raptavam suas mulheres.

Cada vez mais pobres, eles também tinham começado a roubar e mendigar para sobreviver durante o inverno. Outros tinham sucumbido ao frio e à doença, e os restantes viviam se mudando de um lugar para outro, às vezes encontrando um lugar para ficar por algumas semanas, mas então sendo expulsos pelos cherokees, muito mais fortes.

Alguns dias antes, tinham sido atacados por um grupo de guerreiros cherokees que os haviam emboscado, matado a maioria e levado algumas mulheres.

– Eles levaram minha esposa – disse Luz, com a voz hesitante. – Nós viemos pe... pegá-la de volta.

– Eles vão nos matar, claro – disse Ganso, fraco, mas com uma disposição considerável. – Mas isso não quer dizer nada.

– É claro que não – disse Jamie, sorrindo sem querer. – Sabe para onde a levaram?

Os irmãos sabiam que direção os saqueadores tinham tomado, e a vinham seguindo para rastreá-los até sua aldeia. Por ali, disseram, apontando na direção de um desfiladeiro estreito. Ian olhou para Jamie e assentiu.

– Pássaro – falou. – Ou Raposa, eu deveria dizer. – Pois Raposa que Corre era o

468

chefe de guerra da aldeia: um bom guerreiro, embora lhe faltasse um pouco de imaginação... característica que Pássaro tinha de sobra.

– Vamos ajudá-los, então? – perguntou Ian em inglês.

Suas sobrancelhas ralas se arquearam para expressar interrogação, mas Jamie pôde ver que aquilo era uma pergunta apenas formal.

– Ah, sim, imagino que sim. – Tocou a testa com cuidado; a pele do galo já estava esticada e sensível. – Mas primeiro vamos comer.

Não se tratava de saber se a coisa podia ser feita, apenas como. Jamie e Ian tinham descartado na hora qualquer sugestão de que os irmãos pudessem roubar de volta a esposa de Luz.

– Eles *vão* matá-los – garantiu-lhes Ian.

– Não nos importamos com isso – retrucou Luz, valente.

– É claro que não – disse Jamie. – Mas e a sua esposa? Ela ficaria sozinha e numa situação tão ruim quanto a de agora.

Ganso aquiesceu, concordando.

– Ele tem razão, você sabe – falou para o irmão de olhar raivoso.

– Poderíamos pedi-la – sugeriu Jamie. – Uma esposa para você, Ian. Pássaro tem consideração por você; ele lhe daria a moça.

Ele só estava brincando, até certo ponto. Se ninguém ainda houvesse tomado a jovem como esposa, a pessoa de quem ela era escrava poderia ser convencida a entregá-la a Ian, que era muito respeitado.

Ian deu um sorriso breve, mas fez que não com a cabeça.

– Não, o melhor é pagarmos um resgate por ela. Ou então... – Ele encarou pensativo os dois índios, ocupados em consumir o que restava de comida nos alforjes. – Poderíamos pedir a Pássaro para adotar esses dois?

Era uma ideia, com certeza. Pois uma vez que eles conseguissem a jovem de volta, fosse como fosse, ela e os dois irmãos estariam na mesma situação difícil... sem lugar para morar e famintos.

Os irmãos, porém, franziram o cenho e fizeram que não.

– Comida é uma coisa boa – disse Ganso, lambendo os dedos. – Mas nós os vimos matar nossa família, nossos amigos. Se não tivéssemos visto isso, seria possível. Mas...

– Sim, entendo – disse Jamie, e por um instante um leve espanto o acometeu pelo fato de entender *mesmo*. Obviamente havia passado mais tempo entre os índios do que imaginava.

Os irmãos se entreolharam; ficou óbvio que estavam comunicando alguma coisa entre si. Tomada a decisão, Luz fez um gesto de respeito para Jamie.

– Nós somos os *seus* escravos – assinalou ele, com algum acanhamento. – Cabe ao senhor decidir o que fazer conosco.

Fez uma pausa delicada e aguardou.

Jamie passou a mão pelo rosto e pensou que, no fim das contas, talvez não houvesse passado tempo suficiente com os índios. Ian não sorriu, mas pareceu emitir uma leve vibração bem-humorada.

MacDonald tinha lhe contado histórias sobre campanhas durante as guerras contra os franceses e contra os índios. Soldados que faziam prisioneiros indígenas com frequência os vendiam como escravos ou os matavam para vender os escalpos. Essas campanhas tinham acontecido havia apenas dez anos; a paz desde então muitas vezes fora tênue, e Deus bem sabia que os diferentes índios escravizavam seus prisioneiros a menos que, por quaisquer motivos indígenas inescrutáveis, decidissem em vez disso adotá-los ou matá-los.

Jamie havia capturado os dois tuscaroras. Assim, segundo o costume, eles agora eram seus escravos.

Ele entendia bastante bem o que Luz estava sugerindo: que *ele* adotasse os irmãos e, sem dúvida, também a moça após resgatá-la – e como, em nome de Deus, ele de repente havia se tornado responsável por isso?

– Bem, no momento não há mercado para os escalpos deles – assinalou Ian. – Embora eu imagine que o senhor pudesse *vender* os dois para Pássaro. Apesar de não valerem grande coisa, magros e depauperados como estão.

Os irmãos o encaravam, impassíveis, aguardando sua decisão. De repente, Luz soltou um arroto, e o ruído pareceu espantá-lo. *Isso* fez Ian rir, um rangido baixo.

– Ah, eu não poderia fazer nada disso, e vocês três sabem muito bem – disse Jamie, irritado. – Deveria ter batido em você com mais força e me poupado trabalho – falou para Ganso, que lhe sorriu com boa índole e os dentes da frente separados.

– Sim, tio – disse ele, curvando-se baixo em sinal de profundo respeito.

Em resposta, Jamie produziu um som de desagrado, mas os dois índios não perceberam.

Teriam de ser as medalhas, então. MacDonald tinha lhe trazido um baú abarrotado de medalhas, botões dourados, bússolas de latão baratas, lâminas de facas em aço e outras porcarias atraentes. Como os chefes indígenas derivavam seu poder da sua popularidade, e como a sua popularidade aumentava na proporção direta da sua capacidade de dar presentes, os agentes indígenas britânicos exerciam influência se mostrando generosos para com aqueles chefes que indicassem uma disposição de se aliar à Coroa.

Tinha trazido apenas duas sacolas pequenas desse tipo de suborno; o restante fora deixado em casa para uso futuro. Estava certo de que aquilo de que dispunha bastaria para pagar o resgate da sra. Luz, mas gastar tudo desse modo o deixaria de mãos vazias com relação aos chefes das outras aldeias... o que não era possível.

Bem, imaginou que teria de mandar Ian voltar para buscar mais. Mas só após ter combinado o resgate; queria a ajuda do sobrinho nessa questão.

– Está bem, então – falou, levantando-se. Lutou contra uma onda de tontura. – Mas eu *não vou* adotá-los.

A última coisa de que precisava agora era de mais três bocas para alimentar.

44

SCOTCHEE

Combinar o resgate, conforme ele imaginava, foi uma simples questão de negociação. E no final a sra. Luz saiu bem barata: seis medalhas, quatro facas e uma bússola. Era bem verdade que ele só a tinha visto após a conclusão do acordo – se a tivesse visto antes, talvez houvesse oferecido menos ainda: ela era uma garota baixinha, de rosto marcado e talvez 14 anos, levemente estrábica.

Mesmo assim, refletiu ele, gosto não se discutia, e tanto Luz quanto Ganso tinham se mostrado dispostos a morrer por ela. Sem dúvida a menina devia ter bom coração, ou então alguma outra excelente qualidade, como por exemplo talento e inclinação para o sexo.

Pegou-se um tanto chocado por pensar uma coisa dessas, e examinou-a com mais atenção. Não era evidente, de modo algum, mas mesmo assim, agora que ele *estava* prestando atenção... a menina de fato irradiava aquele estranho poder de atração, aquele dom notável que algumas mulheres possuíam e que superava avaliações superficiais como aparência física, idade ou inteligência, e fazia um homem querer simplesmente agarrá-la e...

Ele cortou na raiz a imagem nascente. Havia conhecido algumas mulheres assim, a maioria francesa. E havia pensado, mais de uma vez, que talvez a herança francesa da sua própria esposa fosse a responsável por ela ter esse dom muito desejável, porém muito perigoso.

Pôde ver Pássaro espiando a menina com um ar pensativo, muito obviamente arrependido de a ter cedido por tão pouco. Por sorte, uma distração veio desviar sua atenção da questão: a volta de um grupo de caçadores trazendo consigo convidados.

Os convidados eram cherokees do grupo Além Morro, que estavam bem longe de seu lar nas montanhas do Tennessee. E junto com eles vinha um homem de quem Jamie ouvira falar muitas vezes, mas que nunca havia encontrado antes desse dia: um certo Alexander Cameron, que os índios chamavam de "Scotchee".

Na meia-idade, com os cabelos escuros e a pele castigada, Cameron só se diferenciava dos índios pela barba cerrada e pelo formato comprido e inquisitivo do nariz. Vivia com os cherokees desde os 15 anos, tinha uma esposa cherokee e era muito estimado por eles. Era também um agente indígena com uma estreita relação com John Stuart. E sua presença ali, a mais de 300 quilômetros de casa, fez o nariz comprido e inquisitivo do próprio Jamie se remexer de interesse.

Ficou claro que o interesse era mútuo: Cameron o examinou com uns olhos fundos nos quais inteligência e teimosia transpareciam em igual medida.

– O ruivo Matador de Ursos, ora, ora! – exclamou ele, apertando calorosamente a mão de Jamie e em seguida o abraçando à moda dos índios. – Ouvi muitas histórias a seu respeito, sabe, e estava louco para conhecê-lo e ver se o que dizem é verdade.

– Duvido – retrucou Jamie. – Na última que eu próprio ouvi, eu tinha matado três ursos de uma vez só, o último no alto de uma árvore, para onde ele tinha me perseguido após devorar meu pé.

Sem conseguir se conter, Cameron baixou os olhos para os pés de Jamie, então ergueu o rosto e deu uma sonora gargalhada, e todas as rugas de seu rosto se curvaram numa expressão de hilaridade tão irresistível que Jamie sentiu o riso lhe subir pela garganta também.

Naturalmente, só era apropriado falar de negócios dali a algum tempo. O grupo de caçadores tinha abatido um dos búfalos da floresta e um grande banquete estava sendo preparado: o fígado fora levado embora para ser selado no fogo e consumido sem demora, a tira de carne macia das costas seria grelhada com cebolas inteiras, e o coração, segundo lhe disse Ian, seria dividido entre os quatro numa demonstração de honra: Jamie, Cameron, Pássaro e Raposa que Corre.

Uma vez consumido o fígado, eles se recolheram à moradia de Pássaro por uma ou duas horas, onde ficaram bebendo cerveja enquanto as mulheres preparavam o resto da comida. E, respondendo ao chamado da natureza, Jamie se pegou do lado de fora, urinando confortavelmente junto a uma árvore, quando ouviu atrás de si pegadas macias e Alexander Cameron surgiu ao seu lado abrindo a calça.

Pareceu-lhe natural, embora obviamente tenha sido essa a intenção de Cameron, os dois caminharem um pouco juntos depois disso, sentindo o ar fresco do início da noite aliviar a fumaça do interior, e conversarem sobre assuntos de interesse comum: John Stuart, por exemplo, e os costumes e práticas do Departamento do Sul. Sobre índios também: comparar personalidades e modos de lidar com os diferentes chefes de aldeia, especular sobre quem tinha estofo para ser líder, e se um grande congresso poderia ser convocado antes do fim do ano.

– Imagino que o senhor deva estar curioso em relação à minha presença aqui? – indagou Cameron num tom bastante casual.

Jamie fez um leve movimento com os ombros, admitindo interesse, mas indicando que a educação o impedia de fazer perguntas sobre os assuntos de Cameron.

O outro homem deu uma risadinha.

– Sim, bem. Com certeza não é nenhum segredo. É por causa de James Henderson... o senhor conhece esse nome?

Jamie conhecia. Henderson era o principal juiz da Corte Superior da Carolina do Norte, até a Regulação o obrigar a sair, escalar a janela de seu tribunal e fugir para se salvar de uma turba com intenções violentas.

Homem rico que dava o devido valor à própria pele, Henderson havia se aposentado da vida pública e se dedicado a aumentar sua fortuna. Com esse intuito em mente, agora estava propondo comprar dos cherokees uma imensa área de terras no Tennessee e lá fundar cidades.

Jamie olhou para Cameron e entendeu na mesma hora a complexidade da situação. Para começar, essas terras ficavam muito, muito para dentro da Linha do Tratado. O fato de Henderson instigar tais negociações era uma indicação, se é que alguma indicação era necessária, de quão tênue havia se tornado o domínio da Coroa nos últimos tempos. Pelo visto, Henderson não estava se importando nem um pouco em contrariar o tratado de Sua Majestade, e imaginava que isso não fosse acarretar qualquer interferência nos seus negócios.

Esse era o primeiro problema. O segundo, porém, era que os cherokees possuíam terras que eram coletivas, assim como todos os índios. Os líderes podiam vender terras para os brancos, e o faziam sem qualquer formalidade legal tal como a transferência de propriedade, mas mesmo assim estavam sujeitos à aprovação ou reprovação *ex post facto* de seu povo. Tal aprovação não afetava a venda, que já estaria consumada, mas poderia resultar na queda de um líder e em muitos problemas para quem tentasse tomar posse de terras que haviam sido pagas com boa-fé... ou com o que passava por boa-fé naquele tipo de negociação.

– John Stuart sabe disso, claro – ponderou Jamie, e Cameron aquiesceu com certo ar de complacência.

– Não oficialmente, veja bem – falou.

É claro que não. O superintendente de questões indígenas não podia autorizar oficialmente um arranjo desses. Ao mesmo tempo, extraoficialmente, o acordo seria aprovado, pois tal compra só podia ajudar a promover o objetivo do departamento de trazer os índios mais para dentro da esfera de influência dos britânicos.

Jamie se perguntou, distraído, se Stuart iria obter algum lucro pessoal com a venda. Sua reputação era boa, e ele não tinha fama de corrupto... mas poderia ter um interesse velado na questão. Também podia ser que não tivesse qualquer interesse financeiro pessoal, e estivesse apenas fingindo não ver o arranjo para promover os objetivos do departamento.

Mas Cameron... É claro que Jamie não podia dizer isso, mas ficaria muito surpreso se Cameron não estivesse levando nada naquela história.

Não sabia de que lado estavam os interesses naturais de Cameron, se com os índios entre os quais vivia ou com os britânicos entre os quais tinha nascido. Duvidava que alguém soubesse, talvez nem mesmo o próprio Cameron. Independentemente dos interesses a longo prazo, porém, seus objetivos imediatos eram claros. Cameron desejava que a compra fosse aprovada, ou pelo menos vista com indiferença pelos cherokees circundantes, preservando assim as boas relações de seus chefes de estimação com seus respectivos seguidores, e permitindo a Henderson seguir com seus planos sem ser indevidamente importunado pelos índios da região.

– É claro que não vou falar nada por um ou dois dias – disse-lhe Cameron, e Jamie assentiu.

Negócios desse tipo tinham um ritmo natural. Mas é claro que Cameron estava lhe avisando agora para que ele pudesse ajudar quando o assunto viesse à baila no devido tempo.

Cameron estava partindo do princípio de que ele *iria* ajudar. Não havia nenhuma promessa explícita de um pedaço do bolo de Henderson para ele, mas nem era preciso. Aquele era o tipo de oportunidade que era um pré-requisito para ser agente indígena – o motivo pelo qual tais cargos eram considerados tão desejáveis.

Considerando o que Jamie sabia sobre o futuro próximo, ele não tinha nem expectativa nem interesse pela compra de Henderson – mas o assunto lhe proporcionava uma bem-vinda oportunidade para um útil *quid pro quo*.

Ele tossiu baixinho.

– O senhor conhece a pequena tuscarora que eu comprei de Pássaro?

Cameron riu.

– Sim. E ele está muito intrigado com o que o senhor pretende fazer com ela; diz que o senhor não aceita nenhuma das moças que ele manda esquentar sua cama. A menina não é grande coisa de se ver... mas mesmo assim...

– Não é isso – assegurou-lhe Jamie. – Para começar, ela é casada. Eu trouxe comigo dois rapazes tuscaroras. Ela é esposa de um deles.

– Ah, é?

O nariz de Cameron se remexeu de interesse, farejando uma história. Jamie vinha esperando essa oportunidade desde que tivera a ideia, ao ver Cameron pela primeira vez, e contou-a bem, com o desfecho satisfatório de que Cameron concordou em levar consigo os três jovens tuscaroras sem lar e promover sua adoção pelo grupo dos cherokees Além Morro.

– Não vai ser a primeira vez – disse ele a Jamie. – Eles são cada vez mais numerosos... pequenos restos do que um dia foram aldeias, ou mesmo povos inteiros... vagando pelo país, famintos e desesperados. Já ouviu falar nos dogash?

– Não.

– Nem é provável que ouça – disse Cameron, balançando a cabeça. – Só sobraram uns dez ou algo assim. Eles nos procuraram no inverno passado, oferecendo-se como escravos só para poderem escapar do frio. Não... não se preocupe, homem – garantiu ele a Jamie ao ver sua expressão. – Seus rapazes e sua moça não vão ser meus escravos; eu lhe dou minha palavra.

Satisfeito com o acordo, Jamie meneou a cabeça em agradecimento. Eles haviam se afastado um pouco da aldeia e conversavam junto à borda de uma ravina onde a mata de repente se abria para uma paisagem de cordilheiras que se estendiam até bem longe, como sulcos escavados em algum campo divino invisível, com suas corcovas escuras e ameaçadoras sob um céu estrelado.

– Como é possível um dia haver povos suficientes para povoar essa imensidão? – indagou ele, subitamente emocionado com aquela paisagem.

Mas o ar estava pesado com os cheiros de fumaça de fogueira e carne sendo preparada. Ainda que pouco numerosos e espalhados, povos habitavam aquela imensidão.

Cameron balançou a cabeça, contemplativo.

– Eles surgem e não param de surgir – falou. – O meu povo veio da Escócia. O senhor também – acrescentou ele, e seus dentes brilharam por um instante no meio da barba. – E aposto que não tem a intenção de voltar.

Aquilo fez Jamie sorrir, mas ele não respondeu, embora o pensamento tenha feito uma estranha sensação lhe subir pela barriga. Não pretendia voltar. Tinha se despedido da Escócia na amurada do *Artemis* sabendo muito bem que era provável que fosse a última vez que a via. No entanto, a ideia de que nunca mais poria os pés lá ainda não se assentara de fato em sua mente até aquele instante.

Gritos de "Scotchee, Scotchee" os chamaram, e ele se virou para seguir Cameron de volta até a aldeia, o tempo todo consciente do glorioso e aterrorizante vazio atrás de si... e do vazio mais aterrorizante ainda dentro de si.

Nessa noite, depois do banquete, eles fumaram, num rito cerimonial para celebrar o acordo de Jamie com Pássaro e dar as boas-vindas a Cameron. Quando o cachimbo já tinha dado duas voltas na fogueira, começaram a contar histórias.

Histórias de ataques e de batalhas. Exausto do dia inteiro, com a cabeça ainda latejando, amolecido pela comida e pela cerveja de espruce, e levemente intoxicado pela fumaça, Jamie pretendia apenas escutar. Talvez tivesse sido a lembrança da Escócia, evocada de modo tão casual pelo comentário de Cameron. Em determinado momento, porém, sua memória fora ativada, e quando o silêncio seguinte se fez, prenhe de expectativa, ele se espantou ao ouvir a própria voz lhes contar sobre Culloden.

– E ali, perto de um muro, eu vi um homem que conhecia, chamado MacAllister, cercado por uma horda de inimigos. Ele lutava com uma arma de fogo e uma espada, mas ambas o deixaram na mão... a espada se quebrou, seu escudo se estilhaçou em frente ao peito.

A fumaça do cachimbo o alcançou, e ele o levantou e tragou fundo, como se estivesse bebendo o ar da charneca, enevoado com a chuva e a fumaça do dia.

– Mesmo assim eles continuavam vindo para matá-lo, os seus inimigos, e ele empunhou um pedaço de metal, uma lingueta de carroça, e com ela matou seis... – Ele ergueu as duas mãos, esticando os dedos para ilustrar. – Matou seis antes de ser finalmente abatido.

Ruídos de assombro e estalos de aprovação com a língua acolheram seu relato.

– E você, Matador de Ursos, quantos homens matou nessa batalha?

A fumaça o queimou no peito e atrás dos olhos, e por um instante ele sentiu o cheiro amargo da fumaça de tiros de canhão, não do tabaco doce. E viu... de fato *viu*... Alistair MacAllister morto a seus pés em meio aos corpos vestidos de vermelho, com a lateral da cabeça esmagada e a curva arredondada do ombro a brilhar através do pano da camisa, sólida, de tão molhado e colado na pele que estava o tecido.

Ele estava lá, na charneca, a umidade e o frio um mero tremeluzir na pele, a chuva a escorrer pelo rosto, a própria camisa ensopada a fumegar sobre o corpo devido ao calor da sua raiva.

E então não estava mais em Drumossie, e um segundo tarde demais tomou consciência dos arquejos de surpresa à sua volta. Viu o rosto de Robert Talltree com as rugas todas curvadas para cima de espanto, e só então baixou os olhos e viu todos os próprios dez dedos se flexionarem e se fecharem, e os quatro da mão direita se esticarem outra vez, praticamente sem que ele tivesse a intenção de fazer isso. O polegar hesitou, indeciso. Observou isso com fascínio, e então, voltando finalmente a si, fechou a mão direita da melhor maneira que conseguiu e a envolveu com a esquerda, como para sufocar a lembrança que fora lançada de forma tão repentina e perturbadora na palma de sua mão.

Olhou para cima e deu com Talltree a encará-lo de modo incisivo, e viu os velhos olhos escuros se endurecerem e logo se estreitarem sob um cenho franzido. O velho então pegou o cachimbo, tragou fundo e soprou a fumaça para cima dele enquanto se curvava para a frente. Talltree ainda fez isso mais duas vezes, e um murmúrio de aprovação discreta dessa honra emanou dos homens reunidos.

Ele pegou o cachimbo, retribuiu a honra do gesto, em seguida o passou para o homem ao seu lado, recusando-se a dizer qualquer outra coisa.

Ninguém o forçou. Todos pareciam reconhecer e respeitar o choque que ele sentia.

Choque. Nem era isso. O que ele sentia era o mais puro espanto. Com cautela, involuntariamente, deu uma espiada naquela imagem de Alistair. Meu Deus, ela estava ali.

Percebeu que estava prendendo a respiração, pois não queria sentir o cheiro fétido de sangue e intestinos derramados. Inalou a fumaça suave e o travo de cobre de corpos mal lavados, e poderia ter chorado com a súbita saudade que sentiu do ar frio e cortante das Terras Altas, carregado com os cheiros de turfa e tojo.

Alexander Cameron lhe disse alguma coisa, mas ele não conseguiu responder. Ao ver a dificuldade, Ian se inclinou para a frente para responder pelo tio, e todos riram. Ian lhe lançou um olhar curioso, mas então se virou de volta para a conversa e começou a contar a história de uma célebre partida de lacrosse que havia jogado com os mohawks. Deixou Jamie sentado sem se mexer, rodeado pela fumaça.

Catorze homens. E ele não se lembrava de um rosto sequer. E aquele polegar aleatório, pairando incerto? O que ele quisera dizer com aquilo? Que havia lutado com mais um, mas não chegara a matar o sujeito?

Teve medo até de pensar na lembrança. Não sabia ao certo o que fazer com ela. Ao mesmo tempo, entretanto, tinha consciência de uma sensação de assombro. E, apesar de tudo, sentia-se grato por ter de volta essa pequena coisa.

Já era bem tarde e a maioria dos homens tinha se recolhido à própria casa, ou então dormia confortavelmente ao redor da fogueira. Ian havia deixado a fogueira, mas não tinha voltado. Ainda ali, Cameron agora fumava o próprio cachimbo, embora o estivesse dividindo com Pássaro e os dois se revezassem.

– Tem uma coisa que eu deveria lhes contar – falou Jamie, abrupto, no meio de um silêncio letárgico. – A vocês dois.

Entorpecido pelo tabaco, Pássaro arqueou as sobrancelhas numa vagarosa pergunta.

Jamie não havia programado dizer aquilo. Tinha pensado em esperar, avaliar o melhor momento – isso caso chegasse a falar alguma coisa. Talvez tenha sido a proximidade da casa, a escura intimidade da fogueira, ou então a intoxicação do tabaco. Talvez apenas a afinidade de um exílio com aqueles que seriam obrigados a enfrentar o mesmo destino. Mas tinha falado; não tivera outra escolha senão lhes contar o que sabia.

– As mulheres da minha família são... – Ele hesitou, não conhecia a palavra em cherokee. – Do tipo que vê em sonhos o que vai acontecer.

Lançou um olhar para Cameron, que pareceu absorver a informação com naturalidade, pois assentiu e fechou os olhos para tragar a fumaça.

– Quer dizer que elas têm a Visão? – perguntou ele, levemente interessado.

Jamie assentiu. Era uma explicação tão boa quanto outra qualquer.

– Elas viram uma coisa relacionada aos tsalagi. Tanto minha esposa quanto minha filha viram essa coisa.

A atenção de Pássaro se aguçou quando ele ouviu isso. Sonhos eram importantes. O fato de mais de uma pessoa compartilhar o mesmo sonho era extraordinário, portanto muito importante.

– Lamento lhe dizer isso – falou Jamie, com sinceridade. – Daqui a sessenta anos, os tsalagi serão tirados de suas terras e deslocados para um novo lugar. Muitos irão morrer nessa viagem e, portanto, o caminho que irão percorrer vai se chamar... – Ele buscou a palavra que significava "lágrimas", não encontrou, e encerrou a frase de outra forma. – A trilha em que eles choraram.

Pássaro franziu os lábios como se fosse tragar, mas o cachimbo continuou soltando fumaça em suas mãos sem que ele lhe desse atenção.

– Quem vai fazer isso? – perguntou ele. – Quem *pode* fazer isso?

Jamie inspirou fundo; era essa a dificuldade. Mas era uma dificuldade bem menor do que ele havia pensado, agora que tinha chegado a hora.

– Os brancos – disse ele. – Mas não os homens do rei Jorge.

– Os franceses? – Cameron fez a pergunta com um viés de incredulidade, mas mesmo assim franziu o cenho, tentando entender como aquilo iria acontecer. – Ou será que elas estão se referindo aos espanhóis? Os espanhóis estão bem mais próximos... mas não são tão numerosos.

A Espanha ainda controlava os territórios ao sul da Geórgia e parte das Índias, mas os ingleses tinham um domínio firme na Geórgia. Ao que parecia, as chances de qualquer movimentação dos espanhóis em direção ao norte eram pequenas.

– Não. Nem espanhóis, nem franceses.

Jamie poderia ter desejado que Ian tivesse ficado, e por mais de um motivo. Mas o rapaz não ficara, de modo que ele teria que se esforçar com o tsalagi, idioma interessante, mas no qual só conseguia falar com fluência sobre coisas sólidas... e um futuro muito limitado.

– O que elas me contaram... o que as minhas mulheres disseram... – Ele se esforçou para encontrar palavras que fizessem sentido. – Uma coisa que elas veem nos seus sonhos, essa coisa vai acontecer caso diga respeito a muitas pessoas. Mas elas acham que talvez *não* aconteça se disser respeito a poucas, ou a uma só.

Pássaro piscou, sem entender... o que não era de espantar. Com um ar desanimado, Jamie tentou explicar outra vez.

– Existem coisas grandes, e existem coisas pequenas. Uma coisa grande é como uma grande batalha, ou a ascensão de um chefe notável... embora ele seja um homem só, sua ascensão acontece graças às vozes de muitos. Se as minhas mulheres sonham com essas coisas grandes, elas vão acontecer. Mas em qualquer coisa grande há muitas pessoas. Algumas dizem: faça isso. Outras dizem: faça aquilo. – Ele moveu a mão para a frente e para trás, e Pássaro assentiu. – Então. Se muitas pessoas disserem: "Faça *isso*"... – Ele apontou com ênfase para a esquerda. – ... então isso acontece. Mas e as pessoas que disseram: "Faça aquilo"? – Ele moveu um polegar na outra direção. – Essas pessoas podem escolher outro caminho.

Pássaro emitiu o ruído de hm-hm-*hm!* que usava quando estava espantado.

– Então pode ser que alguns não vão? – perguntou Cameron, incisivo. – Pode ser que eles fujam?

– Tomara que sim – foi tudo que Jamie respondeu.

Os três passaram algum tempo sentados em silêncio, todos encarando o fogo, cada um vendo as próprias visões... fossem elas do futuro ou do passado.

– Essa mulher que você tem – disse Pássaro por fim, num tom de profunda contemplação. – Você pagou muito por ela?

– Ela me custou quase tudo que eu tinha – respondeu Jamie num tom de ironia que fez os outros rirem. – Mas valeu a pena.

Já era muito tarde quando ele tomou o rumo da casa de hóspedes. A lua havia se posto, e o céu tinha aquele aspecto de profunda serenidade no qual as estrelas pareciam cantar umas para as outras na noite sem fim. Todos os músculos de seu corpo doíam e ele estava tão cansado que tropeçou no limiar. Seus instintos, porém, continuavam funcionando, e ele sentiu, mais do que viu, alguém se mover nas sombras da plataforma de dormir.

Meu Deus, Pássaro continuava insistindo. Bem, nessa noite pouco importava; ele poderia se deitar nu junto com uma horda de jovens mulheres e dormir profundamente. Demasiado exausto para ser incomodado por aquela presença, ele se esforçou para encontrar alguma forma educada de cumprimentar a mulher. Esta então se levantou.

A luz do fogo lhe mostrou uma mulher idosa, com os cabelos grisalhos presos em tranças, trajando peles de cervo brancas decoradas com tintas e cerdas de porco-espinho. Ele reconheceu Chama na Floresta vestida com suas melhores roupas. O senso de humor de Pássaro fugira por fim completamente ao controle: ele havia lhe mandado a própria mãe.

Jamie perdeu qualquer domínio do tsalagi. Abriu a boca, mas só fez encará-la. A mulher sorriu, um sorriso muito leve, e estendeu a mão.

– Venha se deitar, Matador de Urso – falou. Tinha uma voz bondosa e grave. – Eu vim pentear as cobras dos seus cabelos.

Ela o conduziu até a plataforma sem que ele resistisse e o fez se deitar com a cabeça no seu colo. E de fato: desfez as tranças dos seus cabelos e os estendeu sobre as próprias pernas; aquele toque acalmou a cabeça latejante de Jamie e o doloroso nó em sua testa.

Ele não fazia ideia de quantos anos a mulher poderia ter, mas seus dedos musculosos e incansáveis puseram-se a traçar círculos pequenos e ritmados no seu couro cabeludo, nas têmporas, atrás das orelhas, junto ao osso na base do crânio. Ela havia jogado capim-doce e alguma outra erva na fogueira; o buraco da chaminé funcionava bem, e Jamie podia ver a fumaça branca subir numa coluna tremeluzente, bem tranquila, mas irradiando uma sensação de movimento constante.

Ela cantarolava consigo mesma, ou melhor, sussurrava alguma canção cujas palavras eram demasiado indistintas para serem compreendidas. Jamie ficou observando as formas silenciosas flutuarem para cima dentro da fumaça e sentiu o corpo ficar pesado, os membros se encherem de areia molhada; seu corpo era como um saco de areia posicionado para conter uma enchente.

– Fale, Matador de Urso – disse a mulher bem baixinho, interrompendo o canto.

Ela segurava na mão um pente de madeira. Ele sentiu os dentes arredondados pelo uso acariciarem seu couro cabeludo.

– Não consigo recordar bem as suas palavras – disse ele, buscando cada palavra em tsalagi, e portanto falando muito devagar.

A mulher respondeu com um pequeno muxoxo.

– As palavras não importam, nem a língua que você falar – disse ela. – Apenas fale. Eu vou entender.

E ele então começou a falar, hesitante... em gaélico, já que era o único idioma que não parecia exigir qualquer esforço. Entendeu que deveria falar sobre o que lhe pesava no coração, de modo que começou pela Escócia... e por Culloden. Pela tristeza. Pela perda. Pelo medo.

E conforme falava passou do passado ao futuro, onde outra vez viu pairarem aqueles três espectros, criaturas frias saídas do nevoeiro que vinham na sua direção olhando pelos olhos vazios.

Havia mais um entre eles: Jack Randall; confusamente, estava de ambos os seus lados. Os olhos dele não estavam vazios, mas vivos e alertas num rosto enevoado. Será que Jamie o havia matado ou não? Caso houvesse, será que o fantasma estava no seu encalço? Ou, caso contrário, seria a ideia de vingança insatisfeita que o assombrava, que o atormentava com sua lembrança indistinta?

Conforme ele falava, porém, pareceu de alguma forma se erguer um pouco acima do próprio corpo e ver a si mesmo em repouso, com os olhos abertos e voltados para cima, os cabelos a formar um halo em volta da cabeça feito escuras labaredas, riscados pelos fios grisalhos da idade. E ali viu que apenas *estava*, num lugar intermediário, separado. E que estava sozinho. Em paz.

– Não carrego mal no meu coração – falou, e ouviu a própria voz sair vagarosa, vinda de muito longe. – Esse mal não me toca. Pode ser que outros venham, mas não esse. Não aqui. Não agora.

– Eu entendo – sussurrou a velha, e seguiu penteando seus cabelos enquanto a fumaça branca subia em silêncio rumo ao buraco que se abria para o céu.

45

UMA MÁCULA NO SANGUE

Junho de 1774

Sentei-me nos calcanhares e me espreguicei, cansada mas satisfeita. Minhas costas doíam, meus joelhos rangiam como dobradiças, minhas unhas estavam entranhadas de sujeira e eu tinha fios de cabelo grudados no pescoço e nas bochechas, mas as novas safras de feijões-de-vagem, cebolas, nabos e rabanetes estavam plantadas, os repolhos limpos e podados, e uma dúzia de grandes arbustos de amendoim tinham sido arrancados e pendurados para secar nas paliçadas da horta, ao abrigo de esquilos saqueadores.

Ergui os olhos para o sol, que ainda pairava acima dos castanheiros. Tempo suficiente para uma ou duas tarefas antes do jantar, portanto. Levantei-me e corri os olhos por meu pequeno reino, pensando onde seria melhor alocar o tempo que me restava. Desenterrar a erva-dos-gatos e a melissa que ameaçavam subjugar o canto mais afastado da horta? Trazer cestos de esterco bem curtido da pilha atrás do celeiro usando um carrinho? Não, isso era serviço para um homem.

Ervas? Meus três arbustos de lavanda francesa já batiam na altura do joelho e estavam carregados de ponteiras azul-escuras nos caules finos, e a floração do milefólio já se encontrava bem avançada, com umbelas rendadas brancas, cor-de-rosa e amarelas. Esfreguei um dedo abaixo do nariz que coçava e tentei recordar a fase da lua apropriada para colher milefólio. Lavanda e alecrim precisavam ser cortados pela manhã, porém, quando o teor dos óleos voláteis estivesse no máximo ao nascer do sol; se colhidos mais tarde durante o dia, não eram tão potentes.

Iria colher a hortelã, então. Estendi a mão para a enxada que deixava apoiada na cerca, vi um rosto à espreita do outro lado da paliçada e dei um pulo para trás, com o coração na boca.

– Ah! – Meu visitante, igualmente assustado, também tinha dado um pulo para trás. – *Bitte*, senhora! Não tive a intenção de assustá-la.

Era Manfred McGillivray, que espiava tímido por entre os caules pendentes de ipomeia e inhame-selvagem. Ele havia chegado mais cedo naquele dia trazendo um embrulho envolto em lona com vários mosquetões para Jamie.

– Não faz mal. – Abaixei-me para pegar a enxada que deixara cair. – Está procurando por Lizzie? Ela está na...

– *Ach*, não, senhora. Quero dizer... a senhora acha que eu poderia lhe dar uma palavrinha? – perguntou ele abruptamente. – A sós?

– Claro. Entre. Podemos conversar enquanto eu uso a enxada.

O rapaz aquiesceu e deu a volta na horta para entrar pelo portão. O que ele poderia estar querendo comigo, pensei? Estava de casaco e botas, ambos empoeirados, e com a calça muito amarrotada. Havia cavalgado alguma distância, portanto, não apenas desde o chalé de sua família... e não havia passado pela casa; a sra. Bug teria obrigatoriamente limpado aquela poeira.

– De onde está vindo? – perguntei, oferecendo-lhe a concha de cabaça do meu balde d'água.

Ele aceitou, bebeu com vontade, em seguida enxugou a boca na manga com educação.

– Obrigado, senhora. Fui a Hillsboro buscar as... ahn... as coisas do sr. Fraser.

– É mesmo? Parece-me bem distante – falei, num tom brando.

Uma expressão de profundo constrangimento atravessou seu semblante. Ele era um rapaz bem-apessoado, bronzeado e belo como um jovem fauno abaixo do tufo de cabelos escuros e encaracolados, mas nesse momento pareceu quase furtivo, e olhou por cima do ombro na direção da casa como se temesse uma interrupção.

– Eu.. ahn... bem, senhora, isso tem um pouco a ver com o assunto sobre o qual eu gostaria de lhe falar.

– Ah, é? Bom...

Fiz um gesto cordial indicando que ele ficasse à vontade para falar e virei-me para começar o trabalho com a enxada de modo a deixá-lo mais à vontade. Estava come-

481

çando a desconfiar o que ele queria me perguntar, embora não soubesse ao certo o que Hillsboro tinha a ver com o assunto.

– É... ahn... bem, tem a ver com a srta. Lizzie – começou ele, unindo as mãos atrás de si.

– Pois não? – falei, para incentivá-lo, quase segura de que minhas suposições estavam certas.

Relanceei os olhos para o lado ocidental da horta, onde as abelhas zumbiam felizes entre as umbelas amarelas altas das cenouras-bravas. Bem, pelo menos era melhor do que a versão setecentista de preservativos.

– Eu não posso me casar com ela – disse ele de repente.

– O quê? – parei de manejar a enxada, endireitei-me e o encarei.

Seus lábios estavam bem apertados um contra o outro, e vi então que o que eu havia tomado por timidez fora sua tentativa de disfarçar uma profunda infelicidade que agora transparecia claramente nos seus traços.

– É melhor vir se sentar.

Conduzi-o até o pequeno banco que Jamie tinha fabricado para mim, posicionado à sombra de um eucalipto que cobria a parte norte da horta.

Ele se sentou com a cabeça baixa e as mãos imprensadas entre os joelhos. Tirei meu chapéu de sol de aba larga, enxuguei o rosto no avental, prendi melhor os cabelos e inspirei o frescor gelado dos espruces e abetos-balsâmicos que cresciam na encosta mais acima.

– O que houve? – perguntei, delicada, ao ver que ele não sabia por onde começar. – Está com medo de talvez não amá-la?

Ele me encarou com um ar espantado, em seguida tornou a virar a cabeça para uma contemplação atenta dos próprios joelhos.

– Ah. Não, senhora. Quero dizer... eu não a amo, mas isso não é um problema.

– Não?

– Não. Quero dizer... tenho certeza de que com o tempo nos afeiçoaríamos um ao outro, assim diz *meine Mutter*. E eu com certeza já gosto razoavelmente dela agora – acrescentou ele depressa, como se temesse que aquilo pudesse soar insultuoso. – Segundo meu pai, Lizzie é uma boa pequena alma, e minhas irmãs gostam muito mesmo dela.

Produzi um ruído neutro. Desde o início tivera minhas dúvidas quanto àquela união, e estava começando a parecer que elas se justificavam.

– Talvez... talvez haja alguma outra pessoa? – perguntei, com delicadeza.

Manfred fez que não com a cabeça devagar, e ouvi-o deglutir com força.

– Não, senhora – respondeu ele em voz baixa.

– Tem certeza?

– Sim, senhora. – Ele inspirou fundo. – Quero dizer... já houve. Mas isso agora acabou.

Fiquei intrigada. Se ele havia decidido renunciar àquela misteriosa outra moça, quer por medo da mãe, quer por algum outro motivo, o que o impedia então de se casar com Lizzie?

– Essa outra moça... ela por acaso é de Hillsboro?

As coisas estavam ficando um pouco mais claras. A primeira vez que eu encontrara Manfred e sua família, na Reunião, suas irmãs tinham se entreolhado com um ar cúmplice ao ouvir falar nas visitas do rapaz a Hillsboro. Elas sabiam, na época, ao contrário de Ute.

– Sim. Foi por isso que eu fui a Hillsboro... quero dizer, eu precisei ir para o... ahn... Mas pretendia visitar... Myra... e dizer a ela que iria me casar com a srta. Wemyss e não poderia mais ir visitá-la.

– Myra. – Então a moça pelo menos tinha nome. Recostei-me no banco e bati com o pé no chão de modo meditativo. – Você pretendia... quer dizer que no final das contas não a viu?

Ele tornou a fazer que não com a cabeça, e vi uma lágrima cair e manchar de repente o tecido de fabricação caseira da sua calça.

– Não, senhora – disse ele com a voz meio engasgada. – Eu não pude vê-la. Ela tinha morrido.

– Ai, não – falei, baixinho. – Ah, sinto muito.

As lágrimas pingavam nos seus joelhos formando rodelas no tecido e seus ombros tremiam, mas ele não produziu som algum.

Estendi os braços, dei-lhe um abraço e o apertei com força contra o ombro. Seus cabelos eram macios, flexíveis, e sua pele no meu pescoço estava impregnada de calor. Senti-me impotente para lidar com a dor que ele sentia. Manfred era velho demais para ser reconfortado apenas com o toque, e jovem demais, talvez, para encontrar qualquer consolo em palavras. Por enquanto não havia nada que eu pudesse fazer a não ser abraçá-lo.

Mas ele me enlaçou pela cintura e passou vários minutos agarrado a mim após parar de chorar. Fiquei abraçada com ele sem dizer nada, dando tapinhas em suas costas e vigiando as sombras verdes tremeluzentes das paliçadas entremeadas de trepadeiras para caso mais alguém fosse me procurar na horta.

Por fim, ele deu um suspiro, me soltou e sentou-se. Tateei em busca de um lenço e, ao não encontrar, tirei o avental e lhe passei para ele enxugar o rosto.

– Você não precisa se casar imediatamente – falei, quando ele pareceu ter recuperado o controle de si mesmo. – É natural que demore um pouco para... para se curar. Mas podemos arrumar alguma desculpa para adiar o casamento. Vou falar com Jamie...

Mas ele estava sacudindo a cabeça, e uma expressão de triste determinação ocupou o lugar das lágrimas.

– Não, senhora – falou numa voz baixa, porém decidida. – Eu não posso.

– Por que não?

– Myra era puta, senhora. Ela morreu do mal francês.

Ele então ergueu os olhos para mim e, por trás da tristeza o que vi foi terror.

– E eu acho que peguei.

– Tem certeza?

Jamie pousou o casco que estava aparando e olhou para Manfred com uma expressão vazia.

– *Eu* tenho certeza – falei, cortante.

Havia obrigado Manfred a me mostrar a prova. Na verdade, chegara a coletar raspas da lesão para examinar ao microscópio, em seguida o levara direto para falar com Jamie, quase sem esperar o menino subir a calça.

Jamie o encarou com um olhar fixo, evidentemente tentando decidir o que dizer. Manfred, com a cara roxa devido ao duplo estresse da confissão e do exame, baixou os olhos ante aquele olhar fulminante e pôs-se a encarar a meia-lua de uma apara de casco preto caída no chão.

– Eu sinto muito, senhor – murmurou ele. – Não era minha intenção...

– Não imagino que seja a intenção de ninguém – retrucou Jamie.

Então inspirou fundo e produziu uma espécie de rosnado subterrâneo que fez Manfred encolher os ombros e tentar recolher a cabeça feito uma tartaruga para dentro dos confins seguros da roupa.

– Ele fez a coisa certa – assinalei, tentando olhar a situação pelo melhor viés possível. – Agora, quero dizer... quando disse a verdade.

Jamie deu um muxoxo.

– Bem, ele não poderia estar infectando a pequena Lizzie, não é? Seria pior do que se deitar com uma puta.

– Imagino que alguns homens simplesmente fossem ficar de boca fechada em relação ao assunto e torcer pelo melhor.

– É, alguns fariam isso.

Ele estreitou os olhos para Manfred, obviamente em busca de indicações explícitas de que o rapaz pudesse ser um vilão desse quilate.

Gideon, que não gostava que lhe mexessem nas patas e consequentemente estava de mau humor, bateu os cascos no chão com força e por pouco não pisou no pé de Jamie. Então deu um tranco com a cabeça e emitiu um ruído de ronco que pensei ser mais ou menos equivalente ao rosnado de Jamie.

– É, bem. – Jamie tirou os olhos raivosos de Manfred e segurou a guia de Gideon. – Vá indo para a casa com ele, Sassenach. Vou terminar aqui, depois nós chamamos Joseph e decidimos o que fazer.

– Está bem.

Hesitei, sem saber se deveria falar na frente de Manfred. Não queria deixá-lo demasiado esperançoso até ter tido oportunidade para examinar as amostras ao microscópio.

As espiroquetas da sífilis eram bem nítidas, mas eu não pensava ter um corante que me permitisse vê-las com um simples microscópio leve como o meu. E embora achasse que a minha penicilina caseira fosse capaz de sanar a infecção, não teria como saber com certeza a menos que pudesse *vê-las*, e depois ver que haviam desaparecido do seu sangue.

Contentei-me em dizer:

– Bem, eu tenho penicilina.

– Eu sei muito bem disso, Sassenach.

Jamie moveu o olhar ameaçador de Manfred para mim. Eu havia salvado a vida dele com a penicilina, duas vezes, mas ele não gostara nadinha do procedimento. Com um muxoxo escocês que descarta a questão, curvou-se e tornou a segurar o imenso casco de Gideon.

Manfred parecia um pouco em choque, e nada disse durante o caminho até a casa. Na porta do consultório, hesitou, olhou alternadamente e pouco à vontade do microscópio reluzente para a caixa aberta de instrumentos cirúrgicos, em seguida na direção das tigelas cobertas alinhadas na bancada onde eu cultivava minhas colônias de penicilina.

– Entre – falei, mas fui obrigada a estender a mão e segurá-lo pela manga para podermos cruzar a soleira.

Ocorreu-me que ele nunca havia entrado no consultório; a casa ficava a uns bons 8 quilômetros da dos McGillivrays, e Frau McGillivray era inteiramente capaz de lidar com as pequenas mazelas de sua família.

Eu não estava com uma disposição das mais caridosas em relação a Manfred no momento, mas dei-lhe um banquinho e perguntei se ele gostaria de uma caneca de café. Pensei que, se ele estava prestes a ter uma conversa com Jamie e Joseph Wemyss, decerto uma bebida forte lhe cairia bem, mas imaginei que fosse melhor mantê-lo sóbrio.

– Não, senhora – disse ele, e engoliu em seco, pálido. – Quero dizer, não, obrigado.

Ele me pareceu extremamente jovem e muito assustado.

– Então arregace a manga, por favor. Vou colher um pouco de sangue, mas não vai doer muito. Como foi que você conheceu a... ahn... a moça? Myra, era esse o nome dela?

– Sim, senhora.

Lágrimas lhe encheram os olhos ao escutar o nome dela. Imaginei que a tivesse amado de verdade, pobre menino... ou pelo menos achado que sim.

Havia conhecido Myra numa taberna em Hillsboro. Ela lhe parecera bondosa, contou, e era muito bonita, e quando pediu ao jovem ferreiro para lhe pagar um copo de genebra ele aceitou, sentindo-se audaz.

– Então nós bebemos um pouco juntos, e ela riu para mim, e...

Ele não pareceu saber explicar muito bem de que modo as coisas tinham avançado a partir dali, mas havia acordado na cama da moça. No que lhe dizia respeito, isso fora decisivo, e a partir de então ele havia aproveitado todas as desculpas para ir a Hillsboro.

– Quanto tempo durou esse caso? – indaguei, interessada.

Sem ter uma seringa decente para colher sangue, eu simplesmente havia perfurado a veia da parte interna de seu cotovelo com uma lanceta e recolhido o sangue que brotara dentro de um pequeno frasco.

O caso aparentemente havia durado quase dois anos.

– Eu sabia que não poderia me casar com ela – explicou Manfred, aflito. – *Meine Mutter* jamais teria... – Ele não concluiu a frase, e adotou a expressão de um coelho assustado que houvesse escutado cães nas proximidades. – *Gruss Gott!* – exclamou. – Minha mãe!

Eu própria vinha me perguntando sobre esse aspecto específico do caso. Ute McGillivray não ficaria nada contente em saber que seu orgulho e alegria, seu único filho homem, havia contraído uma doença mal-afamada, além do mais, estava prestes a conduzir ao rompimento de seu noivado cuidadosamente arquitetado e com grande probabilidade a um escândalo sobre o qual toda a região ouviria falar. O fato de que aquela em geral era uma doença fatal decerto teria importância secundária.

– Ela vai me matar! – disse Manfred, escorregando de seu banquinho e abaixando a manga depressa.

– Provavelmente não – falei, com brandura. – Embora eu imagine que...

Nesse momento de tensão, ouvimos o barulho da porta dos fundos se abrindo e de vozes na cozinha. Manfred se retesou e seus cachos escuros estremeceram de alarme. Passos pesados começaram então a subir o corredor em direção ao consultório, e ele mergulhou até o outro lado do recinto, passou uma das pernas por cima do peitoril da janela, pulou, e saiu correndo em direção às árvores como um cervo.

– Volte aqui, seu idiota! – berrei pela janela aberta.

– Quem é o idiota, tia? – Virei-me e vi que os passos pesados pertenciam ao Jovem Ian... e que ele estava pesado por estar carregando Lizzie Wemyss no colo.

– Lizzie! O que houve? Venha, coloque-a sobre a mesa.

Vi na mesma hora qual era o problema: a febre da malária tinha voltado. Apesar de inerte, Lizzie mesmo assim tremia, e os músculos ao se contraírem sacudiam-na feito geleia.

– Encontrei-a no barracão dos laticínios – disse Ian, deitando-a na mesa delicadamente. – O Beardsley surdo saiu pela porta como se o diabo o estivesse perseguindo, me viu e me arrastou lá para dentro. Ela estava caída no chão, com a manteiga batida derramada ao seu lado.

Aquilo era muito preocupante. Lizzie havia passado algum tempo sem ter crises, mas pela segunda vez o ataque a acometera de modo demasiado súbito para ela chamar ajuda, e causara um colapso quase instantâneo.

– Na prateleira mais alta do armário – falei para Ian, virando Lizzie de lado depressa e desatando seus cordões. – Aquele vidro azulado... não, o grande.

486

Ele pegou o vidro sem hesitar e tirou a tampa enquanto o trazia para mim.

– Meu Deus do céu, tia! O que é isso? – O cheiro do unguento o fez torcer o nariz.

– Fruta-bile e casca de quina-amarela com gordura de ganso, entre outras coisas. Pegue um pouco e comece a passar nos pés dela.

Com um ar de incompreensão, ele pegou um punhado do creme cinza-arroxeado e fez o que eu tinha mandado. O pequenino pé descalço de Lizzie quase desapareceu entre as palmas de suas grandes mãos.

– A senhora acha que ela vai ficar bem, tia?

Ele olhou para o rosto de Lizzie com um ar preocupado. O aspecto da moça bastaria para deixar qualquer um alarmado: ela exibia o mesmo tom descorado de soro de leite e sua pele flácida fazia com que as delicadas bochechas estremecessem com os calafrios.

– Provavelmente. Feche os olhos, Ian.

Eu havia afrouxado as roupas dela, e então tirei seu vestido, anáguas, bolso avulso e espartilho. Joguei por cima dela um cobertor esfarrapado antes de lhe despir a combinação por cima da cabeça... ela só tinha duas, e não iria querer que uma se estragasse com o cheiro do unguento.

Ian havia fechado os olhos, obediente, mas continuava a esfregar o unguento de maneira metódica nos seus pés. Um pequeno vinco unia suas sobrancelhas, e a expressão preocupada o deixou por um instante com uma breve porém notável semelhança com Jamie.

Puxei o vidro na minha direção, peguei um pouco do unguento, levei a mão até debaixo do cobertor e comecei a esfregá-lo na pele mais fina das axilas de Lizzie, em seguida nas costas e na barriga. Pude sentir nitidamente os contornos do fígado, uma massa volumosa e firme por baixo das costelas. O órgão estava inchado e, pela careta que ela fez quando o toquei, sensível; com certeza devia estar havendo algum dano ali.

– Já posso abrir os olhos?

– Ah... pode, claro. Esfregue mais para cima das pernas dela, Ian, por favor.

Empurrei o vidro na sua direção e captei um movimento na porta. Um dos Beardsleys estava ali parado, segurando o batente, com os olhos escuros pregados em Lizzie. Devia ser Kezzie; Ian tinha dito que "o Beardsley surdo" fora chamar ajuda.

– Ela vai ficar bem – falei para ele, levantando a voz, e ele aquiesceu uma vez e então desapareceu após ter lançado um único olhar ardente na direção de Ian.

– Com quem a senhora estava gritando, tia Claire?

Ian ergueu o rosto para mim, obviamente tanto para preservar o recato de Lizzie quanto como uma cortesia para com a minha pessoa. O cobertor estava afastado e suas grandes mãos faziam o unguento penetrar a pele acima do joelho da moça, os polegares rodeando delicadamente as pequenas curvas arredondadas da patela cuja pele, de tão fina, quase permitia ver o osso perolado por baixo.

– Quem... ah. Com Manfred McGillivray – falei, lembrando-me de repente. – Droga!

O sangue! – Dei um pulo e limpei as mãos às pressas no avental. Graças a Deus, tinha posto a rolha no frasco; o sangue lá dentro continuava líquido. Mas não iria durar muito.

– Passe nas mãos e nos braços dela, sim, Ian? Preciso cuidar disto aqui depressa.

Obediente, ele começou a fazer o que eu tinha dito enquanto eu derramava sem demora uma gota de sangue em cada uma de várias lâminas e arrastava outra limpa por cima para criar uma mancha. Que tipo de corante poderia funcionar para espiroquetas? Não havia como saber; eu iria tentar todos.

Expliquei a questão a Ian de modo desconexo enquanto tirava do armário os vidros de corante, preparava as soluções e punha as lâminas de molho.

– Sífilis? Coitado, deve estar quase louco de tanto medo.

Ele soltou o braço de Lizzie debaixo do cobertor, lustroso de unguento, e o ajeitou delicadamente em volta do corpo dela.

Por um momento, fiquei surpresa com aquela demonstração de empatia, mas então me lembrei. Ian fora exposto à sífilis alguns anos antes, após ser raptado por Geillis Duncan; eu não tivera certeza se ele estava com a doença, mas mesmo assim, por garantia, injetara-lhe minha última dose de penicilina do século XX.

– Mas a senhora não disse a ele que podia curá-lo, tia?

– Não tive oportunidade. Embora, para ser sincera, não tenha certeza absoluta de que consigo.

Sentei-me num banquinho e segurei a outra mão de Lizzie para sentir sua pulsação.

– Não? – Isso o fez arquear as sobrancelhas ralas. – A senhora me disse que eu estava curado.

– E está – garanti-lhe. – Isso se tiver tido a doença, para começo de conversa. Você nunca teve uma ferida no pênis, teve? Ou em qualquer outro lugar?

Ele fez que não com a cabeça e uma onda escura de sangue coloriu suas faces magras.

– Ótimo. Mas a penicilina que eu lhe dei... era um pouco da que eu tinha trazido de... bem, de antes. Era purificada... muito forte, e com certeza potente. Mas quando eu uso esta daqui... – Fiz um gesto em direção às tigelas de cultura sobre a bancada. – ... nunca tenho certeza se é forte o bastante para funcionar, ou sequer se é da cepa correta... – Esfreguei as costas da mão debaixo do nariz; o unguento de fruta-bile tinha *mesmo* um cheiro penetrante. – Nem sempre dá certo.

Eu já tivera mais de um paciente infectado que não respondera a um dos meus preparados de penicilina – embora nesses casos com frequência houvesse tido sucesso com outra tentativa. Em poucos casos, a pessoa havia se recuperado sozinha antes de a segunda cultura ficar pronta. Em um dos casos o paciente morrera, apesar da aplicação de duas misturas diferentes de penicilina.

Ian aquiesceu devagar, olhos pregados no rosto de Lizzie. O primeiro acesso de calafrios tinha passado e ela estava tranquila. O cobertor mal se movia sobre a protuberância levemente arredondada de seu peito.

– Se a senhora não tem certeza... por certo não o deixaria se casar com ela?

– Eu não sei. Jamie disse que ia falar com o sr. Wemyss para ver o que ele pensa a respeito.

Levantei-me e tirei a primeira das lâminas de seu banho cor-de-rosa, sacudi-a para me livrar das gotas presas no vidro e, após limpar a superfície inferior, posicionei-a com cuidado sobre a plataforma do microscópio.

– O que está procurando, tia?

– Umas coisas chamadas espiroquetas. São o tipo específico de germe que causa a sífilis.

– Ah, sim.

Apesar da seriedade da situação, sorri ao escutar o viés de ceticismo em sua voz. Eu já tinha lhe mostrado micro-organismos, mas, assim como Jamie, e assim como quase todo mundo, Ian simplesmente não conseguia acreditar que algo tão próximo do invisível fosse capaz de causar dano. A única que parecera aceitar completamente esse conceito fora Malva Christie, e no caso dela eu achava que essa aceitação se devesse apenas à fé que ela depositava em mim. Se eu lhe dissesse *qualquer coisa*, ela acreditava em mim. Isso era muito reconfortante após anos sendo encarada por diversos escoceses com graus variados de olhos revirados e desconfiança.

– A senhora acha que ele foi para casa? Manfred?

– Não sei.

Falei distraída, enquanto movia a lâmina de um lado para o outro devagar, à procura. Consegui discernir as células vermelhas do sangue, discos rosa-claros que flutuavam por meu campo de visão, boiando preguiçosamente na mancha aquosa. Não consegui ver nenhuma espiral mortífera... o que não significava que não estivessem ali, apenas que o corante que eu usara talvez não as houvesse revelado.

Lizzie se mexeu e gemeu, e ao olhar para trás vi seus olhos se abrirem com um estremecimento.

– Pronto, menina – disse Ian suavemente, e sorriu. – Melhorou, não?

– Melhorou? – repetiu ela, débil.

Apesar disso, os cantos de sua boca se ergueram de leve e ela esticou uma das mãos de baixo do cobertor, tateando. Ian segurou sua mão e lhe deu alguns tapinhas.

– Manfred – disse ela, virando a cabeça de um lado para outro com os olhos semicerrados. – Manfred está aqui?

– Ahn... não – falei, trocando um rápido e consternado olhar com Ian. Quanto ela teria escutado? – Não, ele esteve aqui, mas já... já foi embora.

– Ah.

Parecendo perder o interesse, ela tornou a fechar os olhos. Ainda acariciando sua mão, Ian baixou os olhos para ela. Seu semblante demonstrava uma empatia profunda... e talvez um tiquinho de cálculo.

– Quer que eu leve a menina para a cama, talvez? – perguntou ele baixinho, como se ela pudesse estar dormindo. – E depois quem sabe vá procurar...?

Ele meneou a cabeça em direção à janela aberta e arqueou a sobrancelha.

– Por favor, Ian, se puder fazer essa gentileza. – Hesitei, e ele cruzou olhares comigo, os olhos de um tom de avelã profundo suavizados pela preocupação e pela sombra da dor recordada. – Ela vai ficar bem – falei, tentando imprimir nas palavras um tom de certeza.

– Vai, sim – disse ele, firme, e se abaixou para pegá-la no colo, ajeitando o cobertor sob seu corpo. – No que depender de mim.

46

ONDE AS COISAS SAEM DO PRUMO

Manfred McGillivray não voltou. Ian sim, com um olho roxo, os nós dos dedos esfolados e o tenso relato de que Manfred havia declarado a triste intenção de se enforcar, e já ia tarde, filho da puta fornicador, e que as suas entranhas podres jorrassem feito as do traidor Judas Iscariotes, aquele cagalhão fedido. Ian então subiu ao andar de cima e passou algum tempo parado em silêncio junto à cama de Lizzie.

Ao ouvir isso, torci para a afirmação de Manfred ser apenas resultado de um desespero temporário... e maldisse a mim mesma por não lhe ter dito logo, e com a maior ênfase possível, que ele podia se curar, fosse isso uma verdade absoluta ou não. Ele com certeza não iria...

Semiconsciente e prostrada pelas febres altas e os acessos de calafrio da malária, Lizzie não estava em condições de ser informada sobre a deserção de seu prometido, tampouco sobre o que a tinha ocasionado. Assim que ela melhorasse, porém, eu seria obrigada a lhe fazer algumas perguntas delicadas, pois havia a possibilidade de ela e Manfred terem antecipado seus votos matrimoniais, e nesse caso...

– Bem, a situação tem uma vantagem – observou Jamie, sombrio. – Os Beardsleys estavam se preparando para ir atrás do nosso sifilítico e castrá-lo, mas agora que ouviram dizer que ele pretende se enforcar decidiram magnanimamente que isso vai servir.

– Graças a Deus pelas pequenas bênçãos – falei, afundando diante da mesa. – Eles são mesmo capazes de fazer isso.

Os Beardsleys, em especial Josiah, eram excelentes rastreadores... e não tinham inclinação para ameaças vãs.

– Ah, e fariam mesmo – garantiu-me Jamie. – Os dois estavam muito seriamente afiando suas facas quando os surpreendi e lhes disse que não precisavam se dar o trabalho.

Reprimi um sorriso involuntário diante daquela imagem dos Beardsleys curvados lado a lado acima de uma pedra de amolar, os rostos magros e escuros imobilizados numa mesma careta de vingança, mas esse lampejo momentâneo de humor se dissipou.

– Ai, meu Deus. Vamos ter de avisar aos McGillivrays.

Jamie aquiesceu, pálido ao pensar nisso, mas empurrou o banco para trás.

– É melhor eu ir logo.

– Não antes de comer alguma coisa. – A sra. Bug pousou com firmeza um prato de comida na sua frente. – O senhor não vai querer tratar com Ute McGillivray de barriga vazia.

Jamie hesitou, mas obviamente considerou que o argumento dela tinha algum fundamento, pois empunhou o garfo e atacou com determinação o ensopado de porco.

– Jamie...

– Sim?

– Talvez você *devesse* deixar os Beardsleys rastrearem Manfred. Não para machucá-lo, não é isso que eu quero dizer... mas nós precisamos encontrá-lo. Ele *vai* morrer da doença se não for tratado.

Ele se imobilizou com uma garfada de ensopado a meio caminho da boca e me espiou por sob as sobrancelhas abaixadas.

– Sim, Sassenach, e se eles o encontrarem ele vai morrer *disso*. – Ele sacudiu a cabeça e o garfo concluiu sua viagem. Mastigou, engoliu, e ficou claro que completava seu plano enquanto o fazia. – Joseph está em Bethabara cortejando a namorada. Vai ter que ser informado, e o certo seria ir buscá-lo para ir comigo à casa dos McGillivray. Mas... – Ele hesitou, obviamente visualizando o sr. Wemyss, o homem mais dócil e mais tímido deste mundo, e nem de longe um aliado útil. – Não. Eu vou contar a Robin. Talvez ele mesmo comece a procurar por suas terras... ou então pode ser que Manfred tenha pensado melhor e já corrido de volta para casa.

Era um pensamento reconfortante, e me despedi de Jamie com a mente repleta de esperança. Mas ele reapareceu já perto da meia-noite, acabrunhado e calado, e eu soube que Manfred não tinha voltado para casa.

– Você contou aos dois? – perguntei, afastando a colcha para deixá-lo entrar na cama ao meu lado.

Ele exalava um cheiro de cavalo e de noite, frio e pungente.

– Pedi a Robin para ir até lá fora comigo e lhe contei. Não tive coragem de contar para Ute pessoalmente – admitiu ele. Então sorriu para mim e se aconchegou debaixo da colcha. – Tomara que você não me ache demasiado covarde, Sassenach.

– Não acho, não – assegurei-lhe, e me inclinei para soprar a vela. – É bom ter coragem, mas ser discreto também tem o seu valor.

Fomos acordados antes do raiar do dia por batidas estrondosas na porta. Rollo, que dormia no patamar da escada, desceu correndo rosnando ameaças. Foi seguido de perto por Ian, que estava sentado junto à cama de Lizzie para vigiá-la enquanto eu dormia. Jamie pulou da cama e, após pegar uma pistola carregada no alto do armário, correu para se juntar à atividade.

Chocada e atordoada, pois fazia menos de uma hora que estava dormindo, sentei-me na cama com o coração aos pulos. Rollo parou de latir por alguns instantes, e ouvi Jamie gritar através da porta:

– Quem é?

A pergunta foi respondida por novas batidas que ecoaram pelo vão da escada e pareceram sacudir a casa, acompanhadas por uma voz feminina alterada que teria feito jus a Wagner em um de seus estados de ânimo mais robustos. Ute McGillivray.

Comecei a me desvencilhar das cobertas. Enquanto isso, uma confusão de vozes, mais latidos, o arranhar do trinco sendo levantado... e então outras vozes confusas, todas bem mais altas. Corri até a janela e olhei para fora: Robin McGillivray estava em pé no quintal, obviamente logo após ter apeado de uma das duas mulas que havia lá embaixo.

Aparentava estar bem mais velho e de alguma forma murcho, como se o seu espírito tivesse se esvaído, levando toda a sua força e o deixando frouxo. Virou a cabeça para longe de fosse qual fosse a confusão em curso no alpendre e fechou os olhos. O sol agora acabara de nascer, e a luz pura e límpida realçou todas as rugas e concavidades da exaustão e uma infelicidade atroz.

Como se houvesse sentido meus olhos pousados nele, Robin abriu os seus e ergueu o rosto em direção à janela. Tinha os olhos vermelhos e as roupas em desalinho. Ele me viu, mas não reagiu ao meu aceno hesitante para cumprimentá-lo. Em vez disso, virou-se para o outro lado, tornou a fechar os olhos e ficou parado, à espera.

A confusão lá embaixo havia se transferido para dentro da casa, e parecia estar subindo a escada carregada por uma onda de expletivos escoceses e guinchos alemães, tudo pontuado por latidos entusiasmados de Rollo, sempre disposto a unir esforços para contribuir com as festividades.

Peguei meu roupão no gancho, mas mal tinha conseguido vestir um dos braços quando a porta do quarto de dormir foi aberta de supetão e bateu na parede com tanta força que ricocheteou e a acertou no meio do peito. Sem se deixar deter de forma alguma, ela tornou a escancará-la e avançou para cima de mim qual uma força da natureza, com a touca torta e os olhos a chispar.

– Você! *Weibchen!* Como se atreve a tanto ofender, tantas mentiras dizer sobrre o meu filho! Eu vou matar você, arrancar seu cabelo, *nighean na galladh!* Sua...

Ela partiu para cima de mim e me joguei para o lado, evitando por pouco que ela segurasse meu braço.

– Ute! Frau McGillivray! Escute a...

A segunda tentativa teve mais sucesso: ela conseguiu segurar a manga da minha camisola e puxou, arrancando a roupa do meu ombro com um ruído de tecido se rasgando ao mesmo tempo que me unhava o rosto com a mão livre.

Recuei com um tranco e gritei com todas as forças, e meus nervos recordaram por um terrível instante a mão de alguém batendo no meu rosto, mãos me puxando...

Revidei, sentindo a força do terror me inundar os membros, e gritei sem parar, enquanto algum ínfimo resquício de racionalidade dentro do meu cérebro assistia àquilo pasmo e consternado – mas totalmente incapaz de conter o pânico animal, a fúria irracional que brotou de algum poço fundo e insuspeitado.

Continuei a bater, golpeando às cegas, aos gritos... e me perguntando, ao mesmo tempo que o fazia: por que estava fazendo aquilo?

Um braço me segurou pela cintura e fui levantada do chão. Uma nova onda de pânico me varou e então me vi subitamente sozinha, sem ninguém a me tocar. Estava em pé no canto junto ao armário, cambaleando como se estivesse embriagada, aos arquejos. Em pé na minha frente, com os ombros contraídos e os cotovelos erguidos, Jamie me protegia.

Ele estava falando, com toda a calma, mas eu havia perdido a capacidade de dar sentido às palavras. Pressionei as mãos contra a parede atrás de mim e senti algum reconforto naquele volume sólido.

Meu coração continuava a martelar em meus ouvidos, e o barulho da minha própria respiração me assustou, de tão parecido que era com o ruído arquejante de quando Harley Boble havia quebrado o meu nariz. Fechei a boca com força para tentar impedir aquilo. Prender a respiração pareceu dar certo, deixando apenas pequenas inspirações passarem pelo meu nariz, que agora funcionava.

O movimento da boca de Ute atraiu meu olhar e encarei-a ali, tentando me concentrar outra vez no tempo e no espaço. Ouvia palavras, mas não chegava a conseguir dar o salto da compreensão. Respirei e deixei as palavras fluírem sobre mim feito água, depreendendo delas emoções... raiva, racionalidade, protesto, aplacação, gritos agudos, rosnados... mas nenhum significado explícito.

Então inspirei fundo, enxuguei o rosto, surpresa ao constatar que estava molhado, e de repente tudo voltou ao normal. Voltei a conseguir ouvir e compreender.

Ute me encarava com a raiva e a antipatia patentes no rosto, mas atenuadas por um horror latente.

– Você é louca – disse ela, e meneou a cabeça. – Entendi. – Ela agora soava quase calma. – Bem, que seja.

Virou-se para Jamie, torcendo punhados de cabelos louros grisalhos e enfiando-os debaixo da enorme touca. A fita havia se rasgado; uma das pontas pendia absurdamente acima de um dos olhos.

– Então ela é louca. Eu vou dizer isso, mas mesmo assim meu filho... o meu filho! Ele foi emborra. Então... – Ela ficou parada arfando, olhando para mim. Balançou a cabeça e tornou a se virar para Jamie. – Salem está fechada parra vocês – falou, seca. – Minha família, todos os que nos conhecem... ninguém farrá comércio com vocês. Nem qualquer outrra pessoa com quem eu falar e a quem contar a maldade que ela fez.

Seus olhos tornaram a se desviar para mim, com um azul frio, gélido, e seu lábio se retorceu num ríctus marcado sob o pedaço de fita rasgada.

– Você está banida – falou. – Você não existe.

Então girou nos calcanhares e saiu, forçando Ian e Rollo a se afastarem depressa do caminho. Seus passos ecoaram pesados na escada, batidas laboriosas, lentas, como as de um sino que passa.

Vi a tensão nos ombros de Jamie relaxar aos poucos. Ele ainda vestia sua camisa de dormir, que tinha uma mancha de umidade entre as escápulas, e continuava segurando a pistola.

A porta da frente bateu lá embaixo com um estrondo. Ficamos todos paralisados sem dizer nada.

– Você não teria atirado mesmo nela, teria? – perguntei, após limpar a garganta com um pigarro.

– O quê? – Ele se virou e me encarou. Então percebeu a direção do meu olhar e olhou para a pistola na própria mão como quem se pergunta *como* aquilo fora parar ali. – Ah – fez então. – Não. – Balançando a cabeça, estendeu a mão e tornou a colocá-la no alto do armário. – Esqueci que estava com ela. Embora Deus bem saiba que eu *teria* gostado de atirar naquela velha louca desgrenhada – acrescentou. – Você está bem, Sassenach?

Ele parou para me olhar, com os olhos embaçados de preocupação.

– Estou. Não sei o que... mas está tudo bem. Agora já passou.

– Ah – fez ele baixinho, e olhou para o outro lado enquanto suas pálpebras se abaixavam para lhe esconder os olhos.

Teria ele também já sentido aquilo, então? Teria de repente se visto... no passado? Eu sabia que às vezes sim. Lembrava-me de acordar em Paris e vê-lo agarrado a uma janela aberta, apertando a moldura com tanta força que os músculos dos braços saltavam, visíveis à luz do luar.

– Está tudo bem – repeti, tocando-o, e ele me abriu um breve e tímido sorriso.

– Você deveria tê-la mordido – dizia Ian para Rollo, enfático. – Ela tem uma bunda do tamanho de um barril de tabaco... como poderia errar?

– Ele deve ter ficado com medo de se envenenar – falei, saindo do meu canto. – Acham que ela estava falando sério... ou melhor, sim, ela com certeza estava falando sério. Mas acham que ela consegue? Impedir todo mundo de fazer comércio conosco, quero dizer?

– Ela pode impedir Robin – disse Jamie, e seu semblante tornou a ficar um pouco soturno. – Quanto ao resto... veremos.

Ian balançou a cabeça, com o cenho franzido, e esfregou o punho fechado na coxa com cuidado.

– Eu sabia que deveria ter partido o pescoço de Manfred – disse ele, com um arrependimento genuíno. – Nós poderíamos ter dito a Frau Ute que ele caiu de uma pedra e poupado bastante confusão.

– Manfred?

A vozinha fez todos nos virarmos ao mesmo tempo para ver quem tinha falado.

Lizzie estava em pé no vão da porta, magra e pálida feito um fantasma emaciado, os olhos imensos e vítreos devido à febre recente.

– O que tem Manfred? – perguntou ela. Balançou-se perigosamente, e levou uma das mãos ao batente para evitar cair. – O que houve com ele?

– Pegou sífilis e sumiu – respondeu Ian, sucinto, levantando-se. – Espero que você não tenha entregado a ele a sua virgindade.

No fim das contas, Ute McGillivray não conseguiu cumprir de todo a sua promessa... mas causou danos suficientes. O sumiço dramático de Manfred, o rompimento do noivado com Lizzie e o motivo que levara a tal rompimento foram um escândalo medonho, e as notícias se espalharam de Hillsboro e Salisbury, onde ele havia trabalhado algumas vezes como itinerante, até Salem e High Point.

Graças aos esforços de Ute, porém, a história se tornou mais confusa ainda do que teria sido normal para uma fofoca do tipo: alguns diziam que ele estava com sífilis, outros que eu o tinha maldosa e falsamente acusado de estar com sífilis por causa de algum desacordo imaginário com seus pais. Outros ainda, mais bondosos, não acreditavam que Manfred estivesse com sífilis, mas diziam que sem dúvida eu havia me enganado.

Os que acreditavam que ele estava com sífilis se dividiam quanto ao modo como ele havia contraído a doença, metade convencida de que ele a pegara de alguma puta, e boa parte do restante especulando que ele fora contaminado pela pobre Lizzie, cuja reputação sofreu muitíssimo – até que Ian, Jamie, os Beardsleys e mesmo Roger começaram a defender sua honra com as próprias mãos, e depois disso, é claro, ninguém parou de falar... mas paravam sempre que um de seus defensores pudesse estar escutando.

Todos os numerosos parentes de Ute em Wachovia, Salem, Bethabara, Bethania e arredores acreditaram naturalmente na sua versão da história, e as línguas se agitaram de maneira frenética. Nem toda Salem parou de fazer comércio conosco... mas muitas pessoas, sim. E em mais de uma ocasião tive a perturbadora experiência de cumprimentar morávios que conhecia bem apenas para vê-los me encararem num silêncio pétreo ou me virarem as costas. Ocasiões suficientes para deixar de ir a Salem.

Tirando certa mortificação inicial, Lizzie não pareceu muito chateada com a ruptura do noivado. Estava surpresa, confusa e, segundo ela, lamentava por Manfred, mas a perda do rapaz não a deixava desolada. E, como ela agora raramente saía da Cordilheira, não ouvia o que as pessoas diziam a seu respeito. O que a perturbava, *isso sim*, era a perda dos McGillivrays... em especial, de Ute.

– A senhora entende – comentou ela comigo num tom de melancolia. – Eu nunca tive mãe, pois a minha morreu quando eu nasci. Então *Mutti*, foi assim que ela me pediu para chamá-la quando eu disse que iria me casar com Manfred, disse que eu era sua filha, igualzinha a Hilda, Inga e Senga. Ela se preocupava comigo, me provocava e ria de mim como fazia com elas. E era... era simplesmente *bom* ter aquela grande família. E agora eu os perdi.

Robin, que tinha por ela um apreço sincero, mandara-lhe um bilhete curto e pesaroso, contrabandeado graças aos cuidados de Ronnie Sinclair. Mas, desde o desaparecimento de Manfred, nem Ute nem as meninas tinham ido vê-la ou mandado um só recado.

O mais visivelmente afetado pelo caso todo, porém, foi Joseph Wemyss. Ele não disse nada, pois sem dúvida não queria piorar as coisas para Lizzie... mas murchou, como uma flor privada de chuva. Além da dor que sentia pela filha e da preocupação com a ruína da sua reputação, ele também sentia falta dos McGillivrays, da alegria e do conforto de pertencer de repente a uma grande e exuberante família após tantos anos de solidão.

O pior de tudo, porém, era que, embora Ute não tivesse conseguido cumprir de todo sua promessa, *havia* conseguido influenciar os parentes próximos... entre eles o pastor Berrisch e sua irmã Monika, que, segundo Jamie me contou reservadamente, fora proibida de voltar a se encontrar ou conversar com Joseph.

– O pastor a despachou para ficar com os parentes de sua esposa em Halifax – disse ele, balançando a cabeça com tristeza. – Para esquecer.

– Ah, que pena.

E de Manfred não houve nem sinal. Jamie mandara recados por todos os seus meios de sempre, mas ninguém tinha visto o rapaz sequer uma vez desde que ele fugira da Cordilheira. Eu pensava nele e rezava por ele todos os dias, assombrada por imagens de Manfred sozinho escondido na mata, com as espiroquetas mortais a se multiplicarem no seu sangue a cada dia. Ou, pior ainda, conseguindo chegar às Índias em algum navio, parando em cada porto para afogar as mágoas nos braços de putas incautas para quem transmitiria a infecção fatal e silenciosa... e elas, por sua vez...

Ou às vezes, num pesadelo, eu via a imagem de uma trouxa de roupas apodrecidas pendurada num galho de árvore bem no fundo da floresta, sem ninguém para pranteá-lo a não ser os corvos vindos para bicar a carne de seus ossos. E, apesar de tudo, não conseguia encontrar forças para odiar Ute McGillivray, que deveria estar pensando as mesmas coisas.

O único ponto positivo desse tremendo atoleiro foi que Thomas Christie, contrariando bastante as minhas expectativas, havia autorizado Malva a continuar frequentando o consultório, com a única estipulação de que, se eu sugerisse envolver sua filha em qualquer novo uso do éter, ele precisaria ser avisado com antecedência.

– Pronto. – Cheguei para trás e fiz um gesto indicando a Malva que olhasse pelo visor do microscópio. – Está vendo?

Os lábios dela se franziram num fascínio silencioso. Fora preciso um grande esforço para encontrar uma combinação de corantes e luz do sol refletida capaz de revelar as espiroquetas, mas eu finalmente conseguira. Elas não apareciam com grande nitidez, mas quem soubesse o que estava procurando conseguia vê-las... e, apesar da minha completa convicção em relação ao meu primeiro diagnóstico, fiquei aliviada ao vê-las.

– Ah, sim! Umas espirais pequeninas. Estou vendo muito bem! – Ela ergueu os olhos para mim e piscou. – Está me dizendo seriamente que essas coisinhas de nada são o que deixaram Manfred com sífilis?

Ela era educada demais para expressar um ceticismo explícito, mas pude vê-lo nos seus olhos.

– Sim, estou.

Eu já havia explicado a teoria dos germes das doenças várias vezes a diversos ouvintes incrédulos do século XVIII, e à luz dessa experiência minhas expectativas de ter uma recepção favorável eram poucas. A reação normal era um olhar vazio, uma risada indulgente ou um muxoxo de desdém, e eu mais ou menos esperava de Malva uma versão educada de uma dessas coisas.

Para minha surpresa, contudo, ela pareceu entender o conceito na mesma hora... ou pelo menos fingiu entender.

– Bem, então. – Ela pousou as duas mãos na bancada e tornou a observar as espiroquetas. – Quer dizer que esses animaizinhos causam a sífilis. Como eles fazem isso? E por que as coisinhas dos meus dentes que a senhora me mostrou não me deixam doente?

Expliquei, da melhor maneira que fui capaz, o conceito de "micro-organismos bons" ou "micro-organismos indiferentes" *versus* "micro-organismos ruins", que ela pareceu entender com facilidade... mas a minha explicação das células e o conceito de que o corpo era composto por elas a deixou com o cenho franzido para a palma da própria mão, confusa, tentando discernir as células individuais. No entanto, ela afastou a dúvida, encolheu a mão dentro do avental e voltou às perguntas.

Todos os micro-organismos causavam doenças? A penicilina... por que funcionava em alguns germes, mas não em todos? E como os micro-organismos passavam de uma pessoa para outra?

– Alguns viajam pelo ar... por isso você deve tentar evitar que as pessoas tussam ou espirrem em cima de você... outros viajam pela água... por isso não se deve beber de um regato que alguém tenha usado como sanitário... e outros viajam... bem, por outros meios.

Eu não sabia quão informada Malva poderia estar sobre o sexo entre humanos... embora, como ela vivia numa fazenda, obviamente devesse saber como porcos, galinhas e cavalos se comportavam; estava também receosa de lhe explicar caso seu pai viesse a ficar sabendo. Tinha a impressão de que Christie preferiria ver a filha lidando com éter.

Naturalmente, Malva não deixou passar minha evasiva.

– Outros meios? Que outros meios existem?

Com um suspiro interno, eu lhe disse.

– Eles fazem *o quê?* – indagou ela, incrédula. – Quero dizer, os humanos. Como animais! Por que uma mulher iria deixar um homem fazer isso com ela?

– Bem, homens *são* animais, sabe? – falei, reprimindo um impulso de rir. – Mulheres também. Quanto a por que uma delas deixaria...

Esfreguei o nariz enquanto buscava uma formulação de bom gosto. Mas ela já estava se distanciando de mim rapidamente, juntando dois e dois.

– Por dinheiro – falou, com um ar assombrado. – É *isso* que uma puta faz! Ela deixa os homens fazerem isso com ela por dinheiro.

– Bem, sim... mas mulheres que não são putas...

– Os bebês, sim, a senhora falou.

Ela assentiu, mas estava obviamente pensando em outras coisas. Sua testa pequena e lisa estava enrugada de concentração.

– Quanto dinheiro elas ganham? – perguntou. – Eu acho que pediria muito para deixar um homem...

– Não sei – falei, um pouco espantada. – Quantias diferentes, imagino eu. Tudo depende.

– Tudo depende... ah, se ele talvez fosse feio, a senhora quer dizer, seria possível fazer com que pagasse mais? Ou se *a mulher* fosse feia... – Ela me lançou um olhar rápido e interessado. – Bobby Higgins me contou sobre uma puta que ele conheceu em Londres, uma que teve o rosto desfigurado por vitríolo.

Ela ergueu os olhos para o armário no qual eu guardava o ácido sulfúrico trancado a sete chaves, e teve um calafrio que fez seus ombros delicados tremerem de repulsa ao pensar naquilo.

– Sim, ele me contou sobre ela também. Vitríolo é como nós chamamos um cáustico... um líquido que queima. É por isso que...

Mas a mente dela já havia retornado ao tema de seu fascínio.

– Quando penso em Manfred McGillivray fazendo uma coisa dessas! – Ela virou para mim os olhos cinzentos. – Bem, e em Bobby. Ele deve ter feito, não?

– É, eu acho que soldados tendem a...

– Mas a Bíblia – disse ela, estreitando os olhos numa expressão reflexiva. – Lá diz que não se deve adorar ídolos prostitutos. Será que isso quer dizer que os homens andavam por aí enfiando o pau em... os ídolos eram como mulheres, a senhora acha?

– Não, tenho certeza de que não é isso que o texto quer dizer – falei depressa. – É mais uma metáfora, sabe? Ahn... eu acho que é sentir luxúria por alguma coisa, e não, ahn...

– Luxúria – repetiu ela, pensativa. – Isso significa desejar algo pecaminoso e mau, não é?

– Sim, mais ou menos isso.

O calor tremeluzia na superfície da minha pele, dançando em minúsculos véus. Eu precisava de ar fresco rápido, senão iria ficar vermelha feito um tomate e encharcada de suor. Levantei-me para sair, mas senti que na verdade não devia deixá-la com a impressão de que o sexo só tinha a ver com dinheiro ou com bebês... muito embora pudesse ser esse o caso para muitas mulheres.

– Existe um *outro* motivo para as relações, você sabe – falei por cima do ombro enquanto andava em direção à porta. – Quando você ama uma pessoa, deseja lhe dar prazer. E ela deseja fazer o mesmo por você.

– Prazer? – A voz dela se ergueu incrédula atrás de mim. – Quer dizer que algumas mulheres *gostam*?

47

ABELHAS E VARAS

Eu não estava espionando, de jeito nenhum. Uma das minhas colmeias tinha enxameado, e eu estava atrás das abelhas fujonas.

Novos enxames em geral não iam muito longe e faziam paradas frequentes, muitas vezes descansando durante horas num entroncamento de árvore ou num tronco rachado, onde formavam uma bola de atividade e zumbido. Se fosse possível localizar as abelhas antes de elas tomarem uma decisão coletiva quanto a onde fixar residência, os insetos muitas vezes podiam ser convencidos a entrar num cesto tentadoramente vazio, e assim levados de volta ao cativeiro.

O problema com as abelhas é que elas não deixam pegadas. Eu agora estava andando para lá e para cá pela encosta da montanha, a cerca de 1,5 quilômetro de casa, com um cesto pendurado numa corda em um dos ombros, tentando seguir as instruções de Jamie em relação à caça e pensar como uma abelha.

Na encosta, bem acima de onde eu estava, havia imensos trechos floridos de unha-de-cavalo, epilóbio e outras flores silvestres, mas uma árvore morta muito atraente para uma abelha despontava da vegetação densa um pouco mais abaixo.

O cesto estava pesado e o aclive era acentuado. Era mais fácil descer do que subir. Suspendi mais a corda, que começava a irritar a pele do meu ombro, e comecei a deslizar para baixo pelo meio do sumagre e dos viburnos, apoiando os pés em pedras e segurando-me em galhos para não escorregar.

Concentrada nos meus pés, não reparei especificamente onde estava. Fui parar numa clareira entre os arbustos na qual dava para ver o telhado de um chalé, a alguma distância abaixo de onde eu estava. De quem seria? Dos Christie, pensei. Enxuguei com uma das mangas o suor que pingava da ponta do meu queixo; o dia estava quente e eu não tinha levado cantil. Talvez parasse lá para pedir um pouco d'água no caminho de volta.

Quando cheguei enfim ao tronco, decepcionei-me ao não ver nem sinal do enxame. Fiquei parada, secando o suor do rosto e apurando os ouvidos na esperança de captar o zumbido característico das abelhas. Ouvi o zum-zum e o chiado de vários insetos voadores, e o estardalhaço alegre de um bando de trepadeiras-anãs que catavam comida na encosta mais acima... mas nada de abelhas.

Dei um suspiro e me virei para dar a volta no tronco, mas nessa hora parei, pois meu olhar foi atraído por um vislumbre de branco mais abaixo.

Thomas Christie e Malva estavam na pequena clareira atrás de seu chalé. Eu tinha visto a camisa dele de relance quando ele se mexera, mas agora ele estava parado, de braços cruzados.

Sua atenção parecia fixa na filha, que cortava galhos de um dos freixos na lateral da clareira. Para quê, perguntei-me?

Parecia haver naquela cena algo de muito singular, embora eu não conseguisse entender exatamente o quê. Alguma postura do corpo? Um ar de tensão entre os dois?

Malva se virou e caminhou na direção do pai com vários galhos compridos e finos na mão. Tinha a cabeça baixa e andava arrastando os pés, e quando lhe entregou os galhos entendi abruptamente o que estava acontecendo.

Eles estavam longe demais para eu poder escutá-los, mas ele pelo visto lhe disse alguma coisa e fez um gesto brusco na direção do toco que eles usavam para cortar lenha. Malva se ajoelhou junto ao toco, curvou-se para a frente e ergueu as saias até deixar expostas as nádegas nuas.

Sem hesitar, Christie ergueu as varas e as desferiu com força sobre o traseiro da filha, em seguida as moveu de volta na outra direção, deixando a pele riscada com linhas nítidas que eu podia ver mesmo de tão longe. Ele repetiu o gesto várias vezes, movendo os galhos flexíveis para um lado e outro com uma deliberação tranquila cuja violência era ainda mais chocante devido à sua falta de emoção aparente.

Sequer me ocorrera desviar os olhos. Fiquei petrificada no meio dos arbustos, atônita demais até mesmo para afastar os insetos que rodeavam meu rosto.

Antes que eu conseguisse fazer mais do que piscar os olhos, Christie havia largado as varas, girado nos calcanhares e entrado na casa. Malva tornou a se sentar sobre os calcanhares, sacudiu as saias para abaixá-las e alisou a fazenda com cuidado sobre as nádegas enquanto ficava em pé. Tinha o rosto vermelho, mas não estava chorando nem parecia perturbada.

Ela está acostumada. O pensamento me ocorreu sem que eu o invocasse. Hesitei, sem saber o que fazer. Antes que conseguisse decidir, Malva já tinha ajeitado a touca, se virado, entrado na mata com um ar determinado... e vinha bem na minha direção.

Escondi-me atrás de um tulipeiro antes mesmo de ter consciência de haver tomado uma decisão. Ela não estava ferida, e eu tinha certeza de que não gostaria de saber que alguém havia testemunhado o incidente.

Passou a poucos metros de mim, bufando um pouco por causa da subida, soltando o ar pelo nariz e resmungando de um jeito que me fez pensar que estava muito brava, mais do que abalada.

Espiei cautelosamente de trás do tulipeiro, mas tudo que consegui foi ver de relance sua touca se movendo entre as árvores. Não havia chalés lá em cima, e ela não estava levando cesto nem quaisquer ferramentas para colher plantas. Talvez quisesse apenas ficar sozinha, para se recuperar. Se fosse isso, não era de espantar.

Aguardei até estar segura de que ela havia sumido de vista, então comecei a descer a encosta devagar. Por maior que fosse a minha sede, não parei no chalé dos Christie, e havia perdido por completo o interesse em abelhas fujonas.

Encontrei Jamie numa passagem de cerca perto de casa, conversando com Hiram Crombie. Cumprimentei-os com um meneio de cabeça e aguardei com certa impaciência Crombie encerrar seu assunto para poder contar a Jamie o que acabara de presenciar.

Felizmente, Hiram não deu mostras de querer ficar; eu o deixava nervoso.

Contei a Jamie o que tinha visto e irritei-me ao constatar que ele não compartilhava minha preocupação. Se Tom Christie achava necessário bater de vara na filha, era problema dele.

– Mas pode ser que ele esteja... talvez seja... talvez a coisa não pare numa surra de vara. Talvez ele faça... outras coisas com ela.

Ele me lançou um olhar de surpresa.

– Tom? Você tem algum motivo para pensar isso?

– Não – admiti, relutante.

A família Christie me causava uma sensação de desconforto, mas provavelmente apenas pelo fato de eu não me dar bem com Tom. Eu não era tão tola a ponto de pensar que uma tendência a recorrer à Bíblia significava que alguém não pudesse cometer maldades – mas, para ser justa, isso tampouco significava que ele as *cometesse*.

– Mas com certeza ele não deveria estar batendo assim na menina... na idade dela?

Jamie me encarou com uma leve irritação.

– Você não entende nada, não é? – falou, num eco perfeito do que eu estava pensando.

– Eu estava a ponto de dizer isso a *você* – falei, revidando com um olhar igual ao dele.

Jamie não desviou os olhos, mas sustentou meu olhar, e o seu foi aos poucos adquirindo uma expressão de ironia bem-humorada.

– Quer dizer que vai ser diferente? – indagou ele. – No seu mundo? – Sua voz soou incisiva o bastante para me obrigar a lembrar que não estávamos no meu mundo, nem jamais estaríamos. Arrepios repentinos subiram pelo meu braço e eriçaram os finos pelos louros. – Quer dizer que um homem jamais bateria numa mulher na sua época? Nem por um bom motivo?

E o que eu poderia responder a isso? Mesmo que quisesse, não podia mentir; ele conhecia bem demais o meu rosto.

– Alguns batem – admiti. – Mas não é a mesma coisa. Lá... quero dizer, na minha época... um homem que batesse na mulher seria um criminoso. E na maioria das vezes usaria os punhos – acrescentei.

Uma expressão de repulsa atônita atravessou o semblante de Jamie.

– Que tipo de homem faria isso? – indagou ele, incrédulo.

– Um homem mau.

– Imagino que sim, Sassenach. E você não acha que tem uma diferença? – perguntou ele. – Acharia a mesma coisa se eu arrebentasse a sua cara em vez de só dar umas cintadas no seu bumbum?

O sangue me subiu às faces de repente. Ele uma vez tinha *mesmo* me batido com uma correia, e eu não havia me esquecido. Quisera matá-lo na época... e a lembrança não me inspirava nenhuma generosidade em relação a ele. Ao mesmo tempo, eu não era burra o suficiente para comparar seus atos aos de um espancador de mulheres moderno.

Ele olhou para mim, arqueou a sobrancelha, então entendeu o que eu estava recordando. Sorriu.

– Ah – fez ele.

– É, ah – falei, muito zangada.

Conseguira tirar da cabeça aquele episódio extremamente humilhante, e não tinha gostado nem um pouco de ser lembrada dele.

Jamie, por sua vez, estava sem dúvida gostando da recordação. Ainda sorrindo, ficou me olhando de um jeito que achei totalmente insuportável.

– Meu Deus, você gritou feito uma *ban-sidhe*.

Comecei a sentir um nítido latejar de sangue nas têmporas.

– Eu tive motivo, droga!

– Ah, sim – disse ele, e o sorriso se alargou. – Teve mesmo. Mas a culpa foi sua, afinal – acrescentou ele.

– A culpa foi *mi*...

– Foi – disse ele, firme.

– Você pediu desculpas! – falei, totalmente indignada. – Sabe que pediu!

– Não pedi, não. E mesmo assim a culpa foi sua, para começar – disse ele com uma total falta de lógica. – Não teria apanhado de um jeito assim tão cruel se tivesse me escutado para começo de conversa quando eu mandei você se ajoelhar e...

– Escutado! E você acha que eu teria simplesmente cedido feito um cordeirinho e deixado você...

– Eu nunca *vi* você se comportar feito um cordeirinho, Sassenach.

Ele segurou meu braço para me ajudar a atravessar a cerca, mas desvencilhei-me com um tranco, arfando de indignação.

– Seu *animal* escocês!

Larguei o cesto no chão aos seus pés, recolhi as saias e atravessei a cerca pela passagem.

– Bem, eu nunca mais fiz isso – protestou ele atrás de mim. – Eu prometi, não foi?

Do outro lado, virei-me e o encarei com fúria.

– Só porque eu ameacei cortar sua cabeça se você algum dia tentasse!

– Bom, mesmo assim. Eu *poderia* ter tentado... e você sabe muito bem disso, Sassenach. Não sabe?

Ele havia parado de sorrir, mas seu olhar exibia um brilho perceptível.

Inspirei fundo várias vezes, tentando ao mesmo tempo controlar a irritação e pensar em alguma resposta esmagadora. Fracassei nos dois, e com um breve e digno "humpf!" girei nos calcanhares.

Ouvi o farfalhar de seu kilt quando ele recolheu o cesto de abelhas, pulou por cima da passagem na cerca e veio atrás de mim, alcançando-me com um ou dois passos. Não olhei para ele; ainda estava com as faces em chamas.

A verdade enfurecedora era que eu *sabia*, sim. Lembrava-me muito bem. Ele havia usado o cinto da espada com tamanha eficácia que eu passara dias sem conseguir me sentar de modo confortável... e se algum dia decidisse fazer aquilo de novo não havia absolutamente nada que o pudesse deter.

Em grande parte, eu conseguia ignorar o fato de que, legalmente, era uma propriedade sua. Isso não alterava o fato de que era essa a verdade... e ele sabia.

– E Brianna? – perguntei. – Você sentiria a mesma coisa se o jovem Roger de repente resolvesse dar uma surra na sua filha com o cinto ou com uma vara?

Ele pareceu achar certa graça nessa ideia.

– Eu acho que ele teria uma dificuldade tremenda se tentasse – falou. – Ela é uma menina valente, não é? E infelizmente acho que pensa como você sobre o que constitui a obediência de uma esposa. Mas, enfim, nunca se pode saber o que acontece num casamento, não é? – acrescentou ele, passando a corda da colmeia por cima do ombro. – Talvez ela gostasse se ele viesse a tentar.

– Gostasse?! – Encarei-o boquiaberta e perplexa. – Como você pode pensar que uma mulher *algum dia*...

– Ah, é? E a minha irmã?

Estaquei no meio da trilha e o encarei.

– O que *tem* a sua irmã? Com certeza não está me dizendo que...

– Estou, sim.

O brilho tinha retornado aos seus olhos, mas não achei que ele estivesse brincando.

– Ian *batia* nela?

– Eu gostaria mesmo que você parasse de falar assim – disse ele, suave. – Parece até que Ian a espancava com socos ou a deixava com os olhos roxos. Eu dei uma boa sova em você, mas, pelo amor de Deus, não tirei sangue. – Seus olhos relancearam por um breve instante na direção do meu rosto: tudo havia sarado, pelo menos por fora; o único vestígio que restava era uma diminuta cicatriz que atravessava uma das sobrancelhas... invisível, a menos que alguém abrisse os pelos ali e examinasse de perto. – Ian tampouco o faria.

Fiquei totalmente embasbacada ao ouvir aquilo. Tinha passado meses a fio morando bem perto de Ian e Jenny Murray, e nunca vira a menor indicação de que ele tivesse um temperamento violento. Aliás, era impossível imaginar alguém tentando uma coisa daquelas com Jenny Murray, que tinha uma personalidade ainda mais forte que a do irmão, se é que isso era possível.

– Bem, *o que* ele fazia? E por quê?

– Bem, apenas batia nela com o cinto de vez em quando – respondeu Jamie. – E só quando ela pedia.

Inspirei fundo.

– Quando ela *pedia*? – repeti com calma, considerando as circunstâncias.

– Bom, você conhece Ian – disse ele, e deu de ombros. – Não seria do feitio dele fazer esse tipo de coisa a menos que Jenny o tivesse provocado.

– Nunca vi nada desse tipo acontecendo – falei, e o encarei com um olhar duro.

– Bem, ela não faria na sua frente, não é?

– E faria na *sua*?

– Bom, não, não exatamente – admitiu ele. – Mas depois de Culloden eu não passava mais muito tempo em casa. Só que de vez em quando ia lá visitar e via que ela estava... tramando alguma coisa. – Ele esfregou o nariz e estreitou os olhos por causa do sol, procurando as palavras certas. – Ela o atentava – falou por fim, e deu de ombros. – Provocava-o sem motivo, fazia pequenos comentários cheios de sarcasmo. Ela... – Sua expressão se desanuviou um pouco quando ele encontrou uma descrição adequada. – Ela se comportava como uma menininha mimada precisando de uma boa cintada.

Ele fez uma pausa e prosseguiu.

– Bom, então. Como estou dizendo, eu já tinha visto isso uma ou duas vezes. E Ian olhava para ela com um ar severo, mas não fazia nada. Mas então, uma vez, eu tinha saído para caçar já perto da hora de o sol se pôr e peguei um pequeno cervo logo atrás da torre de pedra... sabe de que lugar estou falando?

Aquiesci, ainda atônita.

– Como a distância era pequena o suficiente para eu carregar a carcaça até em casa sem ajuda, levei-a até o barracão de defumar e a pendurei. Não havia ninguém por perto... descobri mais tarde que as crianças tinham ido todas para o mercado em Broch Mhorda, e os criados também. Então pensei que a casa estivesse vazia, e fui até a cozinha procurar algo para comer e tomar uma caneca de leitelho antes de ir embora.

Pensando que não houvesse ninguém em casa, ele se assustara com barulhos no quarto de dormir do andar de cima.

– Que tipo de barulhos? – indaguei, fascinada.

– Bem... gritos agudos – respondeu ele, e deu de ombros. – E risadinhas. Alguns empurrões e batidas, e um banquinho ou algo assim caindo no chão. Se não fosse a falação, eu teria pensado que havia ladrões dentro da casa. Mas sabia que aquelas eram as vozes de Jenny e Ian, e... – Ele não completou a frase, e a lembrança deixou suas orelhas rosadas. – Então depois... houve mais um pouco disso, como vozes alteradas, e em seguida o estalo de um cinto numa bunda, e o tipo de grito que se poderia escutar seis campos mais além.

Ele inspirou fundo e deu de ombros.

– Bom, fiquei um pouco espantado e na hora não consegui pensar no que fazer.

Aquiesci; pelo menos isso eu entendia.

– Imagino que deva ter sido uma situação meio constrangedora, sim. Mas a coisa... ahn... a coisa continuou?

Jamie fez que sim. Suas orelhas agora estavam muito vermelhas e o rosto corado, embora talvez apenas por causa do calor.

– Sim, continuou. – Ele olhou para mim. – Veja bem, Sassenach, se eu tivesse pensado que a intenção dele fosse machucá-la, teria subido a escada num segundo. Só que... – Ele balançou a cabeça para espantar uma abelha curiosa. – Tinha uma... parecia que... não consigo nem pensar em como dizer isso. Na verdade nem foi o fato de Jenny não parar de rir, porque ela não parava... mas sim eu ter pensado que ela queria aquilo. E Ian... bom, Ian estava *gargalhando*. Não alto, não foi o que eu quis dizer, mas dava para ouvir... na sua voz.

Ele expirou e esfregou os nós dos dedos no maxilar para remover o suor.

– Fiquei meio que congelado ali, com um pedaço de torta na mão, escutando. Só dei por mim quando as moscas começaram a pousar na minha boca aberta, e a essa altura eles já tinham... ahn... eles estavam... ahn...

Jamie encolheu os ombros como se a sua camisa estivesse apertada demais.

– Estavam fazendo as pazes, é isso? – perguntei, muito seca.

– Imagino que sim – respondeu ele, um tanto rígido. – Eu fui embora. Fui a pé até Foyne e passei a noite com vovó MacNab.

Foyne era um pequeno povoado a uns 25 quilômetros de Lallybroch.

– Por quê? – perguntei.

– Bem, eu tive que ir – respondeu ele, lógico. – Afinal, não podia ignorar aquilo. Das duas, uma: ou eu saía andando e pensava nas coisas, ou então cedia e abusava de mim mesmo, e *isso* eu não podia fazer... afinal de contas, era minha própria irmã.

– Está querendo dizer que não consegue pensar e se dedicar a uma atividade sexual ao mesmo tempo? – perguntei, rindo.

– É claro que não – respondeu ele, confirmando com isso uma opinião pessoal que eu tinha havia tempos, e me olhou como se eu fosse maluca. – Você consegue?

– *Consigo*, sim.

Ele ergueu a sobrancelha; ficou claro que não estava convencido.

– Bem, não estou dizendo que *sempre* faça isso – admiti. – Mas é possível. As mulheres são acostumadas a fazer mais de uma coisa ao mesmo tempo... elas precisam, por causa das crianças. Enfim, continue a história de Jenny e Ian. Por que cargas-d'água...

– Bom, fui caminhar e pensei no assunto – admitiu Jamie. – Para ser sincero, não

505

conseguia parar de pensar naquilo. Vovó MacNab viu que eu estava encasquetado com alguma coisa e ficou me atormentando durante o jantar até eu... ahn... até eu lhe contar.

– É mesmo? E o que ela falou? – perguntei, fascinada.

Eu conhecera vovó MacNab, uma idosa cheia de energia, dona de um comportamento muito direto... e de vasta experiência com a fraqueza humana.

– Ela riu como se fossem espinhos estalando debaixo de uma panela – respondeu ele, e um dos cantos de sua boca se ergueu. – Achei que fosse cair dentro do fogo de tanto rir.

Após se recuperar um pouco, no entanto, a velha senhora havia secado os olhos e lhe explicado a questão com toda a delicadeza, como quem fala com um retardado.

– Ela disse que era por causa da perna de Ian – falou Jamie, relanceando os olhos na minha direção para ver se aquilo fazia sentido para mim. – Disse que uma coisa daquelas não fazia diferença para Jenny, mas que para *ele* fazia. Disse que... – prosseguiu ele, e seu rosto ficou mais corado – ... que os homens não fazem ideia do que as mulheres pensam sobre a cama, mas sempre acham que sim, então isso causa problemas.

– Eu sabia que gostava de vovó MacNab – murmurei. – E o que mais?

– Bom, então. Ela disse que provavelmente Jenny estava apenas deixando claro para Ian, e talvez para si mesma também... que ainda o considerava um homem, com ou sem perna.

– Como assim? Por quê?

– Porque quando se é homem, Sassenach, boa parte do que você tem que fazer é estabelecer limites e lutar com outros homens que os ultrapassam – disse ele, muito seco. – Seus inimigos, seus arrendatários, seus filhos... sua mulher. Nem sempre você pode simplesmente bater neles ou lhes dar uma cintada, mas, quando pode, pelo menos fica claro para todo mundo quem está no comando.

– Mas isso é totalmente... – comecei, então me interrompi, franzi o cenho e refleti sobre a questão.

– E, se você é homem, está no comando. É você quem mantém a ordem, quer queira, quer não. É verdade – disse ele, então me tocou no ombro enquanto meneava a cabeça em direção a uma abertura na mata. – Estou com sede. Vamos parar um pouco?

Subi atrás dele uma trilha estreita pela mata até o que chamávamos de Nascente Verde, uma fonte de água borbulhante sobre um leito de serpentina clara situada no meio de um nicho fresco e sombreado de musgo. Ajoelhamo-nos, jogamos água no rosto e bebemos, suspirando com um alívio agradecido. Jamie jogou um pouco d'água dentro da camisa e fechou os olhos de êxtase. Eu ri dele, mas abri o alfinete do meu lenço encharcado de suor, molhei-o na nascente e usei-o para limpar o pescoço e os braços.

A caminhada até a nascente havia causado uma interrupção na conversa, e eu não sabia muito bem como ou se devia retomá-la. Em vez disso, fiquei apenas sentada na sombra sem dizer nada, com os braços em volta dos joelhos, remexendo os dedos dos pés no musgo de modo distraído.

Jamie tampouco parecia ter qualquer necessidade de falar por enquanto. Recostou-se confortavelmente numa pedra, com o tecido molhado da camisa colado no peito, e ficamos ali sentados, parados, escutando a mata.

Eu não sabia muito bem o que dizer, mas nem por isso havia parado de pensar na conversa. De um jeito estranho, pensava entender o que vovó MacNab quisera dizer... embora não tivesse total certeza de concordar.

Mas estava pensando mais no que Jamie tinha dito sobre a responsabilidade de um homem. Seria verdade? Talvez fosse, embora eu nunca antes houvesse pensado no assunto sob aquele viés. Ele era *de fato* um baluarte... não só para mim e para a família, mas também para os arrendatários. Mas seria mesmo daquele jeito que conseguia isso? *"Estabelecer limites, e lutar com outros homens que os ultrapassam"*? Eu achava que sim.

Com certeza havia limites entre mim e ele. Eu poderia tê-los traçado no musgo. Nem por isso nós não "ultrapassávamos" os limites um do outro... ultrapassávamos, sim, frequentemente, e com resultados variados. Eu tinha minhas próprias defesas e meus próprios meios para implementá-las. Mas ele só tinha me batido uma vez por ultrapassar seus limites, e fora bem no começo. Será que tinha considerado isso uma luta necessária, então? Eu imaginava que sim; era o que ele estava me dizendo.

Mas Jamie vinha seguindo sua própria linha de raciocínio, que percorria um caminho diferente.

– É muito estranho – falou, pensativo. – Laoghaire me deixava louco com grande regularidade, mas jamais me ocorreu sequer uma vez bater nela.

– Ora, que descuido da sua parte – falei, empertigando-me. Não gostava de ouvi-lo falar em Laoghaire, fosse qual fosse o contexto.

– Ah, foi mesmo – respondeu ele, sério, sem notar meu sarcasmo. – Acho que é porque eu não gostava o bastante dela para pensar nisso, que dirá para fazer.

– Não gostava o suficiente para bater nela? Que sorte a dela, então, não?

Ele captou o tom irritado da minha voz. Seu olhar se aguçou e se fixou no meu rosto.

– Não para machucá-la – disse ele. Algum pensamento lhe ocorreu, vi quando cruzou seu semblante.

Ele deu um pequeno sorriso, levantou-se e veio na minha direção. Estendeu a mão para baixo e me ajudou a ficar em pé, então segurou meu pulso, que ergueu com delicadeza acima da minha cabeça e colou no tronco do pinheiro no qual eu estava encostada, obrigando-me a recostar o corpo inteiro ali.

– Não para machucá-la – repetiu ele, baixinho. – Para possuí-la. Eu não queria possuí-la. Já você, *mo nighean donn*... você eu possuiria.

– *Possuiria*? – falei. – E o que exatamente você quer dizer com isso?

– O que estou dizendo. – Seus olhos ainda tinham um brilho bem-humorado, mas a voz estava séria. – Você é minha, Sassenach. E eu faria qualquer coisa que considerasse necessária para deixar isso claro.

– Ah, de fato. Inclusive me espancar regularmente?

– Não, isso eu não faria. – O canto de sua boca se ergueu de leve e a pressão de sua mão que segurava meu pulso aumentou. Seus olhos de um azul profundo estavam a menos de 3 centímetros dos meus. – Eu não preciso... porque *poder* eu poderia, Sassenach... e você sabe muito bem disso.

Por simples reflexo, tentei me desvencilhar dele. Recordei com nitidez aquela noite em Doonesbury: a sensação de lutar com ele usando toda a minha força... sem qualquer resultado. A sensação aterrorizante de estar imobilizada em cima da cama, indefesa e exposta, de entender que ele poderia fazer comigo o que quisesse... e faria.

Contorci-me com violência, tentando escapar tanto das garras da lembrança quanto das que me prendiam a carne. Não consegui, mas virei o pulso de tal maneira que pude cravar as unhas na mão dele.

Jamie não se retraiu nem desviou os olhos. Sua outra mão me tocou de leve – não mais do que um roçar no lóbulo da orelha, mas isso já bastou. Ele *podia* me tocar em qualquer lugar... de qualquer maneira.

As mulheres decerto *são* capazes de vivenciar ao mesmo tempo o pensamento racional e a excitação sexual, pois eu parecia estar fazendo exatamente isso.

Meu cérebro estava entretido numa recusa indignada de todo tipo de coisa, inclusive pelo menos metade de tudo que Jamie tinha dito nos últimos minutos.

Ao mesmo tempo, o outro extremo da minha medula não estava apenas vergonhosamente excitado ao pensar em posse física: estava inteira e absolutamente de quatro de tanto desejo, e fazendo meu quadril se projetar para a frente de encontro ao seu.

Ele continuava ignorando a pressão das minhas unhas. Sua outra mão se levantou e segurou a minha que estava livre antes que eu pudesse praticar com ela qualquer ato violento. Ele fechou os dedos ao redor dos meus e os prendeu junto ao meu flanco.

– Se você me pedisse para libertá-la, Sassenach – sussurrou ele. – Acha que eu o faria?

Inspirei fundo; fundo o suficiente para meus seios roçarem seu peito, de tão perto que ele estava, e uma consciência brotou em mim. Fiquei parada respirando, a encarar os olhos dele, e senti minha agitação se dissipar aos poucos, transmutando-se numa sensação de convicção pesada e quente no fundo de meu ventre.

Pensara que o meu corpo estivesse ondulando em reação ao dele... e de fato estava. Mas o dele se movia inconscientemente junto com o meu. O ritmo da pulsação que eu via em sua garganta era o mesmo das batidas do coração que ecoavam no meu pulso, e a ondulação do seu corpo acompanhava o meu, quase sem me tocar, movendo-se pouco mais do que as folhas lá em cima a suspirar na brisa.

– Eu não pediria – sussurrei. – Eu falaria. E você faria. Faria o que eu pedisse.

– Será?

Ele ainda segurava meu pulso com firmeza, e seu rosto estava tão perto do meu que, mais do que ver, pude sentir seu sorriso.

– Sim – falei. Havia parado de puxar meu pulso preso. Em vez disso, tirei a outra mão de dentro da sua, e ele não fez qualquer movimento para me impedir. Então deslizei o polegar do lóbulo de sua orelha até a lateral do seu pescoço. Ele engoliu uma inspiração curta, abrupta, e um pequeno arrepio o percorreu, deixando a pele empolada nos pontos em que eu o havia tocado. – Sim, você faria – tornei a falar, bem baixinho. – Porque eu também possuo você... homem. Não é?

A mão dele me soltou de modo abrupto e deslizou para cima, e os dedos longos se entrelaçaram nos meus, a palma grande, quente e dura contra a minha.

– Ah, sim – disse ele, igualmente baixinho. – Possui, sim. – Abaixando a cabeça o último centímetro que faltava, ele roçou os lábios nos meus e sussurrou, de modo que senti as palavras tanto quanto as escutei. – E eu sei muito bem disso, *mo nighean donn*.

48

ORELHA-DE-JUDAS

Apesar de ter descartado suas preocupações, Jamie prometera à mulher averiguar o assunto, e alguns dias depois encontrou uma oportunidade para falar com Malva Christie.

Quando estava voltando da casa de Kenny Lindsay, encontrou uma cobra enrolada à sua frente na poeira da trilha. Um bicho mais para grande, mas com riscas alegres... não era uma víbora venenosa. Mesmo assim, foi mais forte do que ele: cobras lhe davam arrepios, e ele não quis pegá-la com as mãos nem passar por cima dela. Talvez a cobra não estivesse disposta a pular debaixo do seu kilt... mas talvez estivesse. O réptil, por sua vez, permaneceu teimosamente enrolado entre as folhas, sem se mover apesar do seu "xô!" e das batidas dos seus pés.

Ele deu um passo de lado, encontrou um amieiro e cortou um galho de bom tamanho que usou para direcionar o pequeno animal para fora da trilha e para dentro da mata. Afrontada, a cobra saiu se contorcendo a uma velocidade razoável para o meio dos viburnos e, ato contínuo, um grito agudo e alto ecoou do outro lado.

Ele deu a volta no arbusto e deparou com Malva Christie fazendo uma tentativa urgente, porém malsucedida, de esmagar a cobra agitada com um cesto grande.

– Está tudo bem, menina, deixe ela ir.

Jamie a segurou pelo braço, fazendo vários cogumelos se derramarem do cesto numa cascata, e a cobra partiu indignada em busca de um lugar mais tranquilo.

Ele se abaixou e catou os cogumelos enquanto ela arquejava e se abanava com a barra do avental.

– Ah, obrigada, senhor – disse ela, com o peito arfando. – Tenho tanto medo de cobra.

– É, bem, essa era só uma pequena cobra-real – retrucou ele, fingindo descontração. – São boas para pegar ratos... ou assim me disseram.

– Pode ser, mas a picada delas dói.

Malva estremeceu por um breve instante.

– Você não foi picada, foi?

Ele se levantou, despejou um último punhado de cogumelos dentro do cesto, e ela agradeceu com uma mesura.

– Não, senhor. – Ela endireitou a touca. – Mas o sr. Crombie foi. Gully Dornan trouxe uma dessas coisas dentro de uma caixa para a última reunião de domingo, só por maldade, pois sabia que o texto seria *Pois eles pegarão cobras venenosas sem sofrer dano algum*. Acho que pretendia soltá-la no meio da oração. – O relato a fez sorrir; pelo visto, ela estava revivendo o momento. – Mas o sr. Crombie o viu com a caixa e a pegou dele sem saber o que tinha dentro. Bem, então... Gully estava sacudindo a caixa para manter a cobra acordada, e quando o sr. Crombie a abriu ela saiu lá de dentro feito um joão-bobo e o picou no lábio.

Jamie não pôde evitar sorrir também.

– Foi mesmo? Não me lembro de ter ouvido falar nisso.

– Bem, o sr. Crombie ficou uma fera – disse Malva, tentando ter tato. – Imagino que ninguém tenha desejado espalhar a história, senhor, por medo de ele ter um acesso de raiva.

– É, entendo – disse Jamie, seco. – E foi por isso que ele não procurou minha mulher para ela olhar a picada, imagino.

– Ah, ele não faria isso, senhor – garantiu-lhe Malva, balançando a cabeça. – Nem que tivesse cortado fora por engano o próprio nariz.

– Não?

Ela pegou o cesto e ergueu os olhos para ele, tímida.

– Bem... não. Tem quem diga que a sua esposa talvez seja uma bruxa, o senhor sabia?

Jamie sentiu um retesamento desagradável na barriga, embora ouvir aquilo não o espantasse.

– Ela é uma *sassenach* – respondeu, calmo. – As pessoas sempre vão dizer essas coisas de uma forasteira, sobretudo se for mulher. – Ele a olhou de viés, mas os olhos dela estavam modestamente baixados para o conteúdo da cesta. – Você mesma pensa assim?

Malva ergueu os olhos cinza arregalados.

– Ah, não, senhor! Jamais!

Ela falou com tanta ênfase que, apesar da seriedade da sua missão, Jamie sorriu.

– Bem, acho que já percebi, pelo tempo que você passa no consultório dela.

– Ah, o que eu mais queria era ser como ela, senhor! – garantiu-lhe a moça, apertando a alça do cesto de tanto entusiasmo e adoração. – Ela é tão bondosa e bonita, e sabe tanta coisa! Quero aprender tudo que ela puder me ensinar, senhor.

– Sim, bem. Ela comentou muitas vezes como é bom ter uma aluna como você, menina. Você é de grande ajuda para ela. – Ele pigarreou, pensando no melhor jeito de passar dessas cordialidades para um rude interrogatório sobre se o pai da moça a estava molestando. – Ahn... seu pai não se incomoda que você passe tanto tempo com a minha mulher?

A pergunta fez uma nuvem se abater sobre a atitude de Malva, e seus longos cílios negros se abaixaram até esconder os olhos cinza-claros.

– Ah. Bem. Ele... ele não me diz para não ir.

Jamie produziu um som neutro na garganta e fez um gesto para que ela seguisse pela trilha a sua frente. Caminharam juntos por alguns instantes sem que ele perguntasse mais nada, dando-lhe tempo para se recuperar.

– O que acha que o seu pai vai fazer quando você se casar e sair de casa? – indagou ele, arrastando o graveto de modo casual num trecho de linária. – Tem alguma mulher que ele possa considerar? Imagino que vá precisar de alguém para cuidar dele.

Os lábios de Malva se contraíram quando ela escutou isso, e um leve rubor lhe coloriu as faces.

– Eu não pretendo me casar num futuro próximo, senhor. Nós vamos nos virar bastante bem.

A resposta foi curta o suficiente para fazê-lo insistir um pouco.

– Não? Você com certeza deve ter admiradores, menina... os rapazes desmaiam aos montes quando você passa. Eu já vi.

O rubor na pele dela ficou mais acentuado.

– Por favor, senhor, não diga uma coisa dessas para o meu pai!

Isso fez soar dentro de Jamie uma pequena sineta de alarme... mas, afinal, ela poderia estar apenas querendo dizer que Tom Christie era um pai rígido, cioso da honra da filha. E ele teria ficado surpreso até a medula caso houvesse escutado que Christie era mole, indulgente, ou de alguma forma descuidado em relação a essas responsabilidades.

– Não vou dizer – respondeu ele num tom brando. – Estava só provocando, menina. Quer dizer que seu pai é tão bravo assim?

Ela então o encarou, muito direta.

– Pensei que o senhor o conhecesse.

Isso o fez soltar uma gargalhada, e após alguns segundos de hesitação ela se juntou a ele com uma pequena risada igual à dos passarinhos nas árvores lá em cima.

– Conheço – disse Jamie, recuperando-se. – Tom é um homem bom... ainda que um pouco severo.

Espiou-a para ver o efeito dessa frase. O rosto de Malva continuava corado, mas seus lábios exibiam um diminuto sorriso residual. Ótimo.

– Bem, então, catou bastante orelhas-de-judas? – retomou ele, casual. Meneou a cabeça em direção ao cesto que ela carregava. – Vi muitas ontem lá perto da Nascente Verde.

– Ah, é? – Ela ergueu os olhos, interessada. – Onde?

– Estou indo para lá – disse ele. – Venha se quiser, eu lhe mostro.

Os dois seguiram margeando a Cordilheira, conversando sobre assuntos sem importância. Jamie de vez em quando a conduzia de volta ao tema do pai, e reparou que ela não parecia ter qualquer reserva em relação a Tom... apenas uma consideração prudente por suas excentricidades e seu temperamento.

– E o seu irmão? – indagou ele em determinado momento, num tom pensativo. – Você acha que ele está contente? Ou vai querer ir embora daqui, talvez para o litoral? Sei que no fundo ele não é nenhum fazendeiro...

Ela deu um leve muxoxo, mas balançou a cabeça.

– Não, senhor. Isso ele não é.

– O que ele fazia, então? Quero dizer, ele foi criado numa grande fazenda, não?

– Ah, não, senhor. – Malva ergueu os olhos para ele, surpresa. – Ele foi criado em Edimburgo. Nós dois fomos.

Isso deixou Jamie um pouco espantado. Era verdade: tanto ela quanto Allan tinham um sotaque educado, mas ele pensara que fosse apenas por Christie ser professor e rígido em relação a essas coisas.

– Como é isso, menina? Tom falou que tinha se casado aqui, nas colônias.

– Ah, e casou-se mesmo – garantiu-lhe ela depressa. – Mas a esposa dele não era uma escrava por dívida; ela voltou para a Escócia.

– Entendi – disse Jamie, suave, ao ver o rosto de Malva ficar bem mais rosado e seus lábios se contraírem. Tom tinha dito que a esposa morrera... bem, e ele imaginava que houvesse morrido, mesmo, só que na Escócia, depois de o ter deixado. Orgulhoso como Christie era, Jamie não chegava a estranhar que não houvesse confessado a deserção da mulher. Mas...

– É verdade que o seu avô era lorde Lovat, senhor? O mesmo que as pessoas chamam de Velha Raposa?

– Ah, sim – respondeu ele com um sorriso. – Eu venho de uma longa linhagem de traidores, ladrões e patifes, sabia?

Isso a fez rir, e com toda graça lhe pedir para lhe contar mais sobre sua sórdida história de família... muito evidentemente como uma forma de impedir que ele fizesse mais perguntas em relação à sua.

O "mas", porém, não saiu da cabeça de Jamie mesmo durante a conversa, e ele foi ficando cada vez mais desanimado à medida que os dois subiam pela floresta escura e perfumada.

Mas. Tom Christie tinha sido preso dois ou três dias depois da Batalha de Culloden, e passara os dez anos seguintes encarcerado antes de ser levado para a América. Jamie desconhecia a idade exata de Malva, mas pensava que ela devesse ter uns 18 anos ou algo assim... embora sua atitude contida muitas vezes a fizesse parecer mais velha.

Portanto, ela devia ter sido concebida pouco tempo após a chegada de Christie às colônias. Não seria de espantar que o homem houvesse aproveitado a primeira oportunidade para se casar após passar tanto tempo vivendo sem uma mulher. Então a esposa havia reconsiderado o arranjo e ido embora. Christie tinha dito a Roger Mac que a esposa morrera de gripe... bem, todo homem tinha o seu orgulho, e Deus bem sabia que Tom Christie tinha mais do que a maioria.

Mas e Allan Christie... de onde *ele* tinha vindo? O rapaz tinha vinte e poucos anos; era possível ter sido gerado antes de Culloden. Mas, nesse caso... quem era a sua mãe?

– Você e seu irmão – disse ele, abrupto, na pausa seguinte da conversa. – Vocês são da mesma mãe?

– Somos, senhor – respondeu ela, com um ar de espanto.

– Ah – fez Jamie, e deixou o assunto de lado.

Bem, então. Aquilo significava que Christie já era casado antes de Culloden. E que a mulher, fosse quem fosse, tinha ido encontrá-lo nas colônias. Isso supunha um alto grau de determinação e devoção, e fez Jamie considerar Christie com um interesse bem maior. No entanto, essa devoção não conseguira resistir às dificuldades das colônias... ou então a mulher constatara que Tom havia sido tão transformado pelo tempo e pelas circunstâncias que sua devoção se afogara em decepção e tornara a partir.

Isso ele conseguia ver acontecendo com facilidade... e sentiu um vínculo de empatia inesperado com Tom Christie. Lembrava-se muito bem dos próprios sentimentos quando Claire voltara para procurá-lo. A alegria incrédula com a sua presença... e o medo vindo lá dos ossos de que ela não fosse reconhecer o homem que conhecera naquele em pé a sua frente.

Pior, de que ela descobrisse alguma coisa que a fizesse fugir... e, conhecendo Claire como ele conhecia, ainda não tinha certeza de que ela teria ficado caso ele houvesse lhe contado desde o início sobre seu casamento com Laoghaire. Pensando bem, se Laoghaire não tivesse lhe dado um tiro e quase o matado, Claire poderia muito bem ter fugido e se perdido para sempre. Esse pensamento era um abismo negro escancarado a seus pés.

Se ela tivesse ido embora, é claro, ele *teria* morrido, refletiu. E jamais teria ido parar naquele lugar e conseguido aquelas terras, nem visto a própria filha, e tampouco segurado o neto no colo. Pensando bem, talvez quase ser morto nem sempre fosse um infortúnio... contanto que a pessoa não chegasse a morrer.

– Seu braço o está incomodando, senhor?

Ele foi despertado de seus pensamentos e deu-se conta de que estava parado feito um bobo, segurando com uma das mãos o ponto no braço que a bala da pistola de Laoghaire havia atravessado, e de que Malva o encarava com os olhos semicerrados de preocupação.

513

– Ah, não – respondeu depressa, deixando a mão cair. – Uma picada de inseto. Os danadinhos saíram cedo. – Ele buscou um tópico de conversa neutro. – Diga-me uma coisa, você gosta aqui das montanhas?

Apesar da pergunta banal, Malva pareceu pensar seriamente antes de responder.

– Às vezes é solitário – falou, e olhou para a floresta, onde fachos de luz caíam e se partiam nas folhas e agulhas, nos arbustos e pedras, preenchendo o ar com uma luz verde estilhaçada. – Mas é... – Ela procurou a palavra certa. – É bonito – falou, abrindo-lhe um pequeno sorriso que admitia a inadequação do adjetivo.

Eles haviam chegado à pequena clareira onde a água despencava borbulhando de uma plataforma que, segundo a filha de Jamie, era de serpentina, a rocha cujo tom verde-claro dava nome à nascente. Ela e a grossa camada de musgo vivo que crescia em volta.

Com um gesto, ele indicou a Malva que se ajoelhasse e bebesse primeiro. Ela assim o fez, levando as mãos em concha ao rosto e fechando os olhos de contentamento com o sabor da água fria e deliciosa. Bebeu, uniu as mãos e tornou a beber, quase com avidez. Ela própria era muito bonita, pensou ele, achando graça, e o adjetivo era bem mais apropriado à menina, com seu queixo delicado e os lóbulos das orelhas macias e rosadas a espiar por baixo da touca, do que ao espírito das montanhas. Sua mãe devia ter sido bela, pensou... e era uma sorte a filha não ter herdado grande coisa dos traços sisudos do pai além dos olhos cinzentos.

Ela se sentou nos calcanhares, com a respiração funda, e se afastou de lado, meneando a cabeça para ele se ajoelhar e beber. Apesar de não fazer calor, a subida até a nascente era íngreme, e a água fria desceu bem.

– Eu nunca vi as Terras Altas – disse Malva, tocando o rosto molhado com a ponta do lenço. – Mas há quem diga que este lugar aqui é como lá. O senhor também acha?

Jamie sacudiu os dedos para retirar a água e limpou a boca com as costas da mão.

– Um pouco. Algumas partes. O Grande Vale, a floresta... sim, são bem parecidos com isto aqui. – Ele ergueu o queixo para cima em direção às árvores que os rodeavam, murmurantes e perfumadas de resina. – Só que aqui não tem feteiras. Nem turfa, claro. Nem urzes. Essa é a grande diferença.

– Ouvem-se histórias... de homens se escondendo nas urzes. O senhor já fez isso?

Leves covinhas surgiram no rosto da moça, e Jamie não soube se ela estava querendo provocá-lo ou se estava só puxando conversa.

– De vez em quando – respondeu, e levantou-se sorrindo para ela e limpando do kilt as agulhas de pinheiro. – Caçando cervos, sim? Venha, vou lhe mostrar as orelhas-de-judas.

Os fungos brotavam em camadas espessas aos pés de um carvalho, a não mais de 3 metros da nascente. Alguns já tinham aberto as guelras e começado a escurecer e se enrolar. O chão em volta estava coalhado de esporos, um pó marrom-escuro depositado por cima da superfície lustrosa e friável das folhas secas do ano anterior.

Mas os cogumelos mais frescos ainda estavam brilhantes, carnudos e com um tom laranja-escuro.

Jamie a deixou ali com uma saudação cordial e tornou a descer a trilha estreita, perguntando-se sobre a mulher que havia amado e abandonado Tom Christie.

49

O VENENO DO VENTO NORTE
Julho de 1774

Brianna cravou a extremidade afiada da pá no barranco de lama e retirou um torrão de argila cor de calda de chocolate. Poderia ter dispensado a referência a comida, pensou, jogando o torrão de lado na correnteza com um grunhido. Arregaçou a combinação ensopada e passou um antebraço pela testa. Não comia nada desde o meio da manhã, e já estava quase na hora do chá. Não que pretendesse parar antes do jantar. Roger estava mais em cima na montanha ajudando Amy McCallum a reconstruir o duto da sua chaminé, e os meninos tinham ido à Casa Grande comer pão, manteiga e mel e ser de modo geral mimados pela sra. Bug. Ela iria esperar para comer; havia coisa demais para fazer ali.

– Precisa de ajuda?

Bree semicerrou os olhos e os protegeu do sol. Seu pai estava em pé no alto do barranco, observando seus esforços com uma expressão de quem parecia estar achando graça.

– Eu *pareço* estar precisando de ajuda? – indagou ela, irritada, passando a mão suja de lama pelo maxilar.

– Sim, parece.

Jamie vinha da pescaria: estava descalço e molhado até o meio da coxa. Apoiou a vara numa árvore e baixou o cesto do ombro. Os juncos trançados rangeram com o peso dos peixes. Ele então segurou uma árvore jovem para se equilibrar e começou a descer o barranco escorregadio, fazendo ruído na lama com os dedos descalços.

– Espere... tire a camisa! – Brianna só percebeu o próprio erro um segundo tarde demais. Uma expressão de espanto atravessou o semblante de seu pai, só por um segundo, e então sumiu. – Quero dizer... a lama – disse ela, sabendo que era tarde demais. – Para não sujar.

– Ah, sim, claro.

Sem hesitar, ele tirou a camisa por cima da cabeça e virou-lhe às costas em busca de um galho jeitoso para pendurá-la.

As cicatrizes não chegavam a chocá-la. Ela já as vira antes, imaginara-as muitas vezes, e a realidade era bem menos vívida. Eram cicatrizes antigas, uma teia tênue e prateada, e se moveram com facilidade por sobre as sombras das costelas quando ele estendeu as mãos para cima. Jamie se movia com naturalidade. Apenas a tensão nos ombros sugeria outra coisa.

A mão dela se fechou involuntariamente em volta de um lápis ausente, sentindo o risco da linha que iria capturar aquela diminuta sensação de incômodo, o detalhe surpreendente que atrairia o observador mais para perto e mais para perto ainda, enquanto ele se perguntava o que havia de especial naquela cena de graça pastoral...

Não revelarás a nudez de teu pai, pensou ela, espalmando a mão e pressionando-a com força na coxa. Mas Jamie já tinha se virado de frente e vinha descendo o barranco, com os olhos pregados nos juncos emaranhados e nas pedras que despontavam da lama.

Ele escorregou o último meio metro e chegou ao seu lado produzindo um ruído de água, agitando os braços para manter o equilíbrio. Brianna riu, como era a intenção de seu pai, e ele sorriu. Ela cogitou por um segundo mencionar o assunto, se desculpar de alguma forma... mas ele não a encarou nos olhos.

– Então, tirar ou dar a volta?

A atenção dele se concentrou na pedra encravada no barranco, na qual apoiou seu peso e que empurrou para testá-la.

– Você acha que *dá* para tirar? – Ela chapinhou até chegar ao seu lado, ajeitando outra vez a bainha da combinação que havia enfiado entre as pernas e prendido com um cinto. – Dar a volta significaria cavar mais três metros de vala.

– Tanto assim?

Ele a olhou com surpresa.

– É. Eu quero abrir um corte aqui, cortar até aquela curva... assim posso pôr um pequeno moinho d'água aqui e ter uma boa queda. – Ela se inclinou pela frente dele e apontou correnteza abaixo. – O segundo melhor lugar seria ali embaixo... está vendo onde os barrancos sobem? Mas aqui é melhor.

– Sim, certo. Então espere um pouco.

Ele tornou a ir até o barranco, escalou-o e desapareceu na mata, de onde retornou com vários pedaços grossos de carvalho novo nos quais ainda se podia ver os resquícios das folhas lustrosas.

– Não precisamos tirar a pedra do leito do córrego, não é? – indagou. – Basta movê-la uns poucos metros para podermos cortar o barranco do outro lado?

– Isso.

Filetes de suor presos nas sobrancelhas grossas escorriam pelas laterais do rosto de Brianna, fazendo cócegas. Ela havia passado quase uma hora cavando; seus braços doíam de tanto escavar pazadas de lama pesada, e suas mãos estavam cheias de bolhas. Com uma sensação de profunda gratidão, ela entregou a pá a Jamie e deu um passo para trás no córrego, parando para jogar água fria nos braços arranhados e no rosto afogueado.

– Trabalho pesado – comentou seu pai, grunhindo um pouco enquanto terminava rapidamente de minar as estruturas da pedra. – Não poderia ter pedido a Roger Mac para fazer isso?

– Ele está ocupado – disse ela, e apesar de ter reparado no tom abrupto da própria voz não se sentiu inclinada a disfarçá-la.

Seu pai lançou-lhe um olhar incisivo, mas não falou mais nada, apenas continuou cuidando de posicionar adequadamente os pedaços de carvalho. Atraídos como aparas de ferro pelo magnetismo da presença do avô, Jemmy e Germain surgiram como num passe de mágica e proclamaram bem alto querer ajudar.

Brianna tinha lhes pedido para ajudar, e eles tinham ajudado... por alguns minutos, antes de serem atraídos pela breve visão de um porco-espinho lá em cima nas árvores. Com Jamie no comando, é claro, puseram mãos à obra na mesma hora, escavando terra do barranco feito uns loucos com pedaços planos de madeira, dando risadinhas, empurrando-se, atrapalhando os outros e jogando punhados de lama dentro das calças um do outro.

Jamie, sendo Jamie, ignorou a perturbação, limitando-se a direcionar seus esforços e por fim a mandar que eles saíssem do córrego para não serem esmagados.

– Certo – falou, virando-se para a filha. – Segure aqui.

A pedra já solta da lama que a rodeava despontava do barranco, com pedaços de carvalho cravados na lama abaixo dela, de ambos os lados, e também atrás.

Ela segurou o pedaço que o pai indicou enquanto ele empunhava os outros dois.

– Quando eu contar até três... um... dois... força!

Jem e Germain, encarapitados lá em cima, também emprestaram a voz e entoaram "Um... dois... *força!*" como um pequeno coro grego. Brianna estava com uma farpa no polegar e a madeira arranhava as dobras encharcadas de água da sua pele, mas ela de repente sentiu vontade de rir.

– Um... dois... *for...*

Num movimento repentino, em meio a um redemoinho de lama e a uma cascata de terra solta do barranco mais acima, a pedra se soltou e caiu no leito do regato, fazendo a água subir e encharcá-los até o peito enquanto os dois meninos guinchavam de alegria.

Jamie sorriu de orelha a orelha e Brianna também, apesar da combinação molhada e das crianças enlameadas. A pedra fora parar perto da outra margem do regato e, exatamente como ela havia calculado, a correnteza desviada já começava a desgastar a depressão recém-criada na margem mais próxima, e um forte redemoinho ia comendo a argila fina e a dissipando em filetes e espirais.

– Está vendo? – Ela meneou a cabeça para lá enquanto enxugava o rosto todo salpicado de lama no ombro da combinação. – Não sei até onde vai erodir, mas se eu deixar passar um dia ou dois não vai sobrar mais muita coisa para cavar.

– Você sabia que isso ia acontecer? – Seu pai a olhou com o rosto iluminado e riu. – Sua coisinha linda e esperta!

O brilho da conquista reconhecida contribuiu bastante para atenuar o ressentimento de Brianna com a ausência de Roger. A presença de uma garrafa de sidra no cesto de Jamie, resfriada entre as trutas mortas, contribuiu bem mais. Os dois ficaram sentados tranquilamente na margem do regato, passando a garrafa de mão em mão e admirando a atividade do novo redemoinho.

– Esta argila parece boa – observou ela, inclinando-se para a frente e recolhendo um pouco do material molhado da margem esfarelada. Apertou a argila na mão, deixando a água acinzentada lhe escorrer pelo braço, e abriu-a para lhe mostrar como a substância mantinha a forma, reproduzindo com clareza suas impressões digitais.

– Boa para o seu forno? – perguntou ele, espiando obediente.

– Vale a pena tentar.

Ela até então havia feito vários experimentos não de todo bem-sucedidos com o forno, e produzira uma sucessão de pratos e tigelas disformes, a maioria dos quais explodira na hora de cozinhar ou se estilhaçara imediatamente ao ser retirada do forno. Um ou dois sobreviventes, deformados e queimados nas bordas, tinham começado a ser usados após alguma pressão, mas aquela era uma recompensa bem pequena para o esforço de manter o forno aceso e cuidar dele durante dias.

O que Brianna precisava era dos conselhos de alguém que entendesse de fornos e da fabricação de cerâmica. No entanto, com as relações agora tensas entre a Cordilheira e Salem, não tinha como buscar isso. Já fora um constrangimento suficiente que ela conversasse direto com irmão Mordecai sobre seus processos de cerâmica... uma papista falando com um homem com quem não era casada, que escândalo!

– Maldito daquele Manfred – concordou Jamie ao ouvir sua reclamação. Já a tinha escutado antes, mas não comentou nada. Hesitou. – Será que ajudaria se eu fosse perguntar? Alguns dos cristãos ainda falam comigo, e pode ser que eles me deixem falar com Mordecai. Se você me dissesse o que precisa saber...? Quem sabe pode escrever.

– Ah, pai, eu amo você!

Agradecida, ela se inclinou para beijá-lo e ele riu, obviamente encantado por poder lhe fazer um favor.

Animada, ela tomou mais um gole de sidra, e visões cor-de-rosa de canos de argila endurecida começaram a dançar em sua mente. Ela já havia construído uma cisterna de madeira, com muitas reclamações e obstruções de Ronnie Sinclair. Precisava de ajuda para pô-la no lugar. Depois, se conseguisse apenas 7 metros de canos confiáveis...

– Mamãe, venha *ver*!

A voz impaciente de Jem rompeu a névoa de seus cálculos. Com um suspiro mental, ela fez uma anotação apressada de onde estava e empurrou o processo com cuidado para um canto da mente, onde ele talvez sofresse uma útil fermentação.

Após devolver a garrafa ao pai, desceu a margem até onde os meninos estavam agachados imaginando que eles fossem lhe mostrar um girino, um gambá afogado ou algum outro assombro da natureza atraente para meninos pequenos.

– O que foi? – perguntou em voz alta.

– Olhe, olhe!

Jemmy a viu, ficou em pé e apontou para a pedra a seus pés.

Eles estavam em pé na Pedra Chata, um dos locais marcantes do córrego. Como o nome sugeria, tratava-se de uma plataforma de granito plana capaz de comportar até três homens, e erodida pela água de modo que se estendia acima do regato borbulhante. Era um ótimo lugar para pescar.

Alguém tinha feito uma pequena fogueira: a pedra exibia uma mancha escura e, no centro, o que pareciam ser restos de gravetos carbonizados. Era pequena demais para uma fogueira usada no preparo de comida, mas mesmo assim Bree não teria achado nada de mais. Seu pai, porém, franziu o cenho para o local da fogueira de um jeito que a fez ir até a pedra, postar-se ao seu lado e olhar.

Os objetos nas cinzas não eram gravetos.

– Ossos – disse ela na hora, e se agachou para olhar mais de perto. – São de que tipo de animal?

Ao mesmo tempo que fazia a pergunta, sua mente já estava analisando e rejeitando: esquilo, gambá, coelho, cervo, porco... mas sem conseguir dar sentido àquelas formas.

– São ossos de dedos – disse Jamie, baixando a voz e olhando de relance para o neto, que havia perdido o interesse na fogueira e agora escorregava pela margem enlameada, estragando ainda mais a calça. – Não toque neles – acrescentou, sem necessidade, pois Brianna havia recolhido a mão num gesto de repulsa instantâneo.

– De um ser humano, você quer dizer?

Por instinto, embora não houvesse tocado em nada, ela limpou a mão na lateral da coxa.

Jamie aquiesceu e se agachou ao seu lado para estudar os restos carbonizados. Havia também uns torrões enegrecidos, embora ela pensasse que fossem os restos de alguma planta. Um deles era esverdeado, talvez um caule de alguma coisa que não havia queimado até o fim.

Jamie se abaixou ainda mais e cheirou os restos da fogueira. Instintivamente, Brianna inspirou fundo pelo nariz para imitá-lo – e logo expeliu o ar com força para tentar se livrar do cheiro. Era desconcertante: um forte odor de material carbonizado, tendo por cima algo amargo e farelento... e por cima disso uma espécie de aroma pungente que a fez pensar em remédios.

– De onde eles podem ter vindo? – indagou ela, também em voz baixa, embora Jemmy e Germain tivessem começado uma guerra de bolas de lama e estivessem entretidos demais para escutá-la.

– Não reparei em ninguém com uma das mãos faltando, e você?

Jamie ergueu os olhos e lhe abriu um meio sorriso. Ela não retribuiu.

– Não por aí, não. Mas se a pessoa não está por aí... – Ela engoliu em seco, e tentou

519

ignorar o gosto meio imaginado de ervas amargas e queimado. – Onde está o resto? Do corpo, quero dizer?

Essa palavra, "corpo", pareceu dar à coisa toda um foco novo e desagradável.

– Onde será que está o resto desse dedo?

Jamie encarava a mancha enegrecida com o cenho franzido. Moveu o nó de um dos dedos nessa direção, e ela viu o que ele tinha visto: uma mancha mais clara dentro do círculo da fogueira, onde parte das cinzas fora soprada para longe. Ainda engolindo em seco repetidas vezes, ela viu que havia três dedos. Dois estavam intactos, os ossos brancos acinzentados e espectrais em meio às cinzas. Mas duas das falanges do terceiro estavam faltando; restava apenas a última e mais fina delas.

– Um animal?

Ela olhou em volta em busca de indícios, mas não havia nenhuma pegada na superfície da pedra – apenas as manchas enlameadas deixadas pelos pés descalços das crianças.

Vagas visões de canibalismo começaram a se agitar de modo nauseante no fundo de seu estômago, embora ela tenha rejeitado essa ideia na hora.

– Você não acha que Ian...

Ela se interrompeu de modo abrupto.

– Ian? – Seu pai ergueu os olhos, atônito. – Por que Ian iria fazer uma coisa dessas?

– Não acho que ele faria – disse ela, agarrando-se ao bom senso. – De jeito nenhum. Foi só uma ideia... ouvi dizer que os iroqueses às vezes... às vezes... – Ela meneou a cabeça para os ossos carbonizados, sem querer articular aquele pensamento.

– Ahn... talvez um amigo de Ian? Um... ahn... visitante?

O semblante de Jamie escureceu um pouco, mas ele fez que não com a cabeça.

– Não, isto aqui tem o cheiro das Terras Altas. Os iroqueses queimam seus inimigos. Ou então cortam pedaços deles, com certeza. Mas não assim. – Ele apontou para os ossos com o queixo, à maneira das Terras Altas. – Isto aqui é um assunto particular, entende? Uma bruxa... ou então quem sabe um dos xamãs deles pudesse fazer uma coisa assim... mas não um guerreiro.

– Não vi nenhum índio ultimamente. Não na Cordilheira. E você?

Jamie passou mais alguns instantes olhando para a mancha de queimado, com a testa franzida, então fez que não com a cabeça.

– Não, e também não vi ninguém com dedos faltando.

– Tem *certeza* de que são humanos? – Ela estudou os ossos, tentando encontrar outras possibilidades. – Não poderiam ser de um urso pequeno, talvez? Ou de um guaxinim grande?

– Pode ser – disse Jamie num tom chapado, mas ela pôde ver que só tinha dito isso por sua causa: ele tinha certeza.

– Mamãe! – O barulho de pés descalços na pedra atrás dela foi seguido por um puxão em sua manga. – Mamãe, estamos com fome!

– É claro que estão – disse ela, levantando-se para ir atender ao pedido, mas ainda olhando distraída para os restos carbonizados. – Faz quase uma hora que vocês não comem. O que foi que...

Seu olhar se moveu lentamente da fogueira para seu filho, então mudou de direção de maneira abrupta, focando nos dois meninos ali em pé a lhe sorrir, cobertos de lama da cabeça aos pés.

– *Olhem só* para vocês! – exclamou ela com uma consternação matizada de resignação. – Como conseguiram ficar tão imundos?

– Ah, isso é fácil – garantiu-lhe seu pai, levantando-se com um sorriso. – E também é fácil de remediar.

Ele se abaixou, segurou Germain pelo colarinho da camisa e pelos fundilhos da calça, suspendeu-o com facilidade da pedra e o atirou na piscina lá embaixo.

– Eu também, eu também! Eu também, vovô!

Jemmy dava pulinhos de animação, espalhando pedaços de lama em todas as direções.

– Ah, sim, você também.

Jamie se abaixou e segurou Jem pela cintura, arremessando-o bem alto no ar em meio a um esvoaçar de camisa antes de Brianna poder gritar:

– Ele não sabe nadar!

Esse protesto coincidiu com um barulho bem alto de algo caindo na água quando Jem atingiu a superfície e afundou feito uma pedra. Brianna já estava dando passos largos em direção à borda, preparada para pular atrás dele, quando seu pai pôs a mão no seu braço para impedi-la.

– Espere um pouco – disse ele. – Como vai saber se ele nada ou não se não o deixar tentar?

Germain já estava traçando uma reta em direção à margem, a cabeça loura lustrosa escurecida pela água. Jemmy, porém, veio à tona atrás dele, chapinhando e engasgando, e Germain mergulhou, virou feito uma lontra e chegou ao seu lado.

– Chute com as pernas! – gritou ele para o primo, levantando muita água para ilustrar. – Fique de costas!

Jemmy parou de agitar os braços, ficou de costas e começou a chutar feito um louco. Tinha os cabelos colados no rosto, e a água erguida por seus esforços devia estar obscurecendo qualquer resquício de visão... mas ele continuou a chutar, valente, guiado pelos vivas de incentivo de Jamie e Germain.

A largura da piscina não passava de 3 metros, e em segundos ele chegou à parte rasa da margem oposta e encalhou em meio às pedras depois de bater de cabeça numa delas. Parou, agitou-se debilmente na água rasa, então se levantou com um pulo, espirrando água, e afastou os cabelos molhados do rosto. Parecia assombrado.

– Eu sei nadar! – gritou. – Mamãe, eu sei *nadar*!

– Que maravilha! – respondeu Brianna.

Ela estava dilacerada entre a vontade de compartilhar o orgulho extático do filho, o impulso de correr para casa e contar a Roger e visões desastrosas de Jemmy agora pulando sem medo algum em lagos fundos e corredeiras cheias de pedras, tomado pela temerária ilusão de que sabia de fato nadar. Mas ele tinha posto os pés na água, sem qualquer dúvida, Não havia como voltar atrás.

– Venha cá! – Ela se curvou em direção a ele e bateu palmas. – Consegue nadar de volta para mim? Vamos, venha até aqui!

Ele a encarou por alguns instantes com uma expressão vazia, em seguida olhou para trás na direção da água agitada da piscina. O fulgor da animação em seu rosto esmaeceu.

– Eu esqueci – falou, e sua boca se curvou para baixo, o lábio inflado com uma súbita tristeza. – Esqueci como se faz!

– É só deitar e chutar! – bradou Germain da pedra em que estava empoleirado. – Você consegue, *cousin*!

Jemmy deu um ou dois passos desajeitados na direção da água mas parou, com os lábios trêmulos, e o terror e a confusão começaram a dominá-lo.

– Fique aí, *a chuisle*! Já estou indo! – gritou Jamie, e deu um mergulho perfeito na piscina, uma risca clara e comprida debaixo d'água, os cabelos e a calça soltando bolhas.

Emergiu diante de Jemmy numa explosão de ar expirado e balançou a cabeça de modo a lançar para longe do rosto as mechas de cabelos ruivos molhados.

– Vamos então, rapaz – falou, virando-se de joelhos na água rasa, de costas para Jemmy. Olhou para trás e deu um tapinha no próprio ombro. – Então, me segure aqui, sim? Vamos nadar de volta juntos.

E assim fizeram, chutando e esguichando água num desgracioso nado cachorrinho, e aos gritinhos de empolgação de Jemmy vieram se juntar os de Germain, que havia pulado na água para nadar ao seu lado.

Após subir na pedra, ficaram os três molhados, arquejando e rindo aos pés de Brianna enquanto a água se espalhava em poças à sua volta.

– Bem, vocês estão mais limpos – disse ela, prática, afastando o pé de um riacho que se espalhava. – Isso eu admito.

– É claro que estamos. – Jamie se sentou e torceu o longo rabo de cavalo. – Pensei que talvez possa haver um jeito melhor de fazer o que você quer.

– O que eu... Ah! A água, você quer dizer?

– Isso, a água. – Ele fungou e esfregou as costas da mão sob o nariz. – Eu lhe mostro se você for até em casa depois do jantar.

– O que é isso, vovô?

Jemmy tinha se levantado, com os cabelos molhados espetados feito estacas vermelhas, e observava curioso as costas de Jamie. Estendeu um dedo hesitante e acompanhou uma das longas e curvas cicatrizes.

– Isso o quê? Ah... isso. – A expressão de Jamie se esvaziou por um instante. – É... ahn...

– Umas pessoas malvadas machucaram o vovô uma vez – interrompeu Brianna com firmeza, abaixando-se para pegar o filho no colo. – Mas isso já faz muito tempo. Ele agora está bem. Você está pesando 1 tonelada!

– Papai falou que *grand-père* talvez seja um *silkie* – comentou Germain, observando com interesse as costas de Jamie. – Igual ao pai dele. As pessoas malvadas encontraram você na sua pele de *silkie, grand-père*, e tentaram cortar ela fora? Nesse caso ele poderia virar homem outra vez, claro – explicou Germain com naturalidade, erguendo os olhos para Jemmy. – E poderia matá-los com a sua espada.

Jamie encarava Germain. Piscou os olhos e tornou a limpar o nariz.

– Ah – fez ele. – É. Humm. É, acho que foi assim. Se o seu pai falou.

– O que é um *silkie*? – indagou Jemmy, confuso mas interessado.

Contorceu-se no colo de Brianna, querendo ser posto no chão, e ela tornou a pousá-lo na pedra.

– Não sei – admitiu Germain. – Mas eles têm pelo. *Grand-père*, o que é um *silkie*?

Jamie fechou os olhos por causa do sol poente, esfregou a mão no rosto e balançou um pouco a cabeça. Brianna achou que estivesse sorrindo, mas não teve certeza.

– Ah, bem – disse ele, endireitando o corpo, abrindo os olhos e jogando os cabelos molhados para trás. – Um *silkie* é uma criatura que na terra é humana, mas que no mar se transforma em foca. E uma foca... – acrescentou ele, interrompendo Jemmy, que já tinha aberto a boca para perguntar. – Uma foca é um animal grande e lustroso que late feito um cachorro, é grande feito um boi e lindo feito a noite mais negra. As focas vivem no mar, mas às vezes saem para as pedras perto da margem.

– Você já viu uma, *grand-père*? – quis saber Germain, ansioso.

– Ah, muitas vezes – garantiu-lhe Jamie. – Muitas focas vivem no litoral da Escócia.

– Escócia – repetiu Jemmy.

Seus olhos estavam arregalados.

– Minha *mère* falou que a Escócia é um lugar bom – comentou Germain. – Ela às vezes chora quando fala nisso. Mas eu não tenho tanta certeza de que iria gostar.

– Por que não? – perguntou Brianna.

– Lá tem uma porção de gigantes, cavalos d'água e... coisas – respondeu Germain, com a testa enrugada. – Eu não quero encontrar nada disso. E *maman* falou que lá tem mingau, mas aqui também tem.

– Tem, sim. E acho que está na hora de irmos para casa comer um pouco de mingau.

Jamie se levantou e esticou o corpo, grunhindo com o prazer que isso lhe causou. O sol de fim de tarde banhava as pedras e a água com uma luz dourada, reluzindo nas bochechas dos meninos e nos pelos brilhantes dos braços de Jamie.

Jemmy também se esticou e grunhiu, numa imitação plena de adoração, e Jamie riu.

– Vamos lá, peixinho. Quer uma carona até em casa?

Abaixou-se para Jemmy poder subir em suas costas, então se endireitou para acomodar o peso do menino e estendeu a mão para segurar a de Germain.

Viu a atenção da filha se voltar outra vez por um instante para a mancha enegrecida na borda da pedra.

– Deixe isso – falou, baixinho. – É algum tipo de feitiço. Não se deve tocar.

Então desceu da pedra e tomou o rumo da trilha, levando Jemmy nas costas e segurando Germain com firmeza pelo cangote, e ambos os meninos riam conforme avançavam pela lama escorregadia do caminho.

Brianna recolheu sua pá e a camisa de Jamie da margem do córrego e alcançou os meninos na trilha que conduzia à Casa Grande. Uma brisa havia começado a soprar entre as árvores e esfriava o tecido úmido da sua combinação, mas o calor gerado pela caminhada bastou para poupá-la do frio.

Ainda de mãos dadas com o avô, Germain cantava baixinho para si mesmo, com a pequena cabeça loura a se balançar para a frente e para trás qual um metrônomo.

Com as pernas em volta do tronco de Jamie e os braços ao redor de seu pescoço, Jemmy suspirou de exaustão e deleite e encostou a bochecha vermelha por causa do sol nas costas cheias de cicatrizes. Então pensou em alguma coisa, pois levantou a cabeça e beijou o avô com um barulho alto e estalado entre as escápulas.

Jamie levou um susto, quase deixando Jem cair, e produziu um ruído agudo que fez Brianna dar risada.

– Melhorou? – perguntou Jem, muito sério, endireitando-se e tentando espiar o rosto do avô por cima de seu ombro.

– Ah. Melhorou sim, rapaz – garantiu-lhe o avô, cujos traços do rosto estremeceram um pouco. – Melhorou muito.

Os mosquitos e as moscas agora tinham aparecido com força total. Brianna espantou uma nuvem deles do pescoço e matou com um tapa um mosquito que pousou no pescoço de Germain.

– Ai! – fez ele, encolhendo os ombros, mas em seguida recomeçou a cantar "Alouette", sem se deixar abalar.

A camisa de Jemmy era fina, de linho gasto, feita a partir de uma das camisas velhas de Roger. O tecido havia secado no formato de seu corpo, um corpo sólido, de tronco quadrado, cuja envergadura dos ombros pequenos e tenros lembrava a largura dos ombros mais velhos e mais firmes aos quais ele se agarrava. Brianna olhou das cabeças ruivas para Germain, que caminhava gracioso e alongado feito um junco por entre as sombras e a luz, ainda cantando, e pensou como os homens eram desesperadamente belos.

– Quem eram as pessoas malvadas, vovô? – perguntou Jemmy, sonolento, enquanto sua cabeça se balançava ao ritmo dos passos do avô.

– *Sassunaich* – respondeu Jamie, sucinto. – Soldados ingleses.

– *Canaille* inglesa – reiterou Germain, interrompendo a canção. – Também foram eles que cortaram a mão do meu pai.

– Sério? – Jemmy levantou a cabeça, momentaneamente atento, em seguida tornou a abaixá-la entre as escápulas de Jamie com uma pancada que fez seu avô grunhir. – Você os matou com sua espada, vovô?

– Matei alguns.

– Eu vou matar o resto quando for grande – declarou Germain. – Se tiver sobrado algum.

– Eu acho que talvez sobre.

Jamie suspendeu um pouco mais o peso de Jem e soltou a mão de Germain para segurar junto ao corpo as pernas de Jemmy, que estavam ficando flácidas.

– Eu também – murmurou Jemmy, cujas pálpebras começavam a baixar. – Eu também vou matá-los.

Na bifurcação da trilha, Jamie entregou a Brianna o neto profundamente adormecido e pegou de volta a camisa. Vestiu-a, e afastou do rosto os cabelos desgrenhados quando a cabeça passou pela gola. Sorriu para a filha, então se inclinou para a frente e deu-lhe um beijo na testa, um beijo delicado, ao mesmo tempo que pousava a mão na cabeça redonda e ruiva de Jemmy recostada em seu ombro.

– Não se preocupe – falou baixinho. – Eu falo com Mordecai. E com o seu homem. Cuide deste aqui.

"Isto aqui é um assunto particular", tinha dito seu pai. A implicação geral era que Brianna deveria deixar a questão de lado. E ela poderia ter deixado, não fossem uma ou duas coisinhas. A primeira era que Roger havia chegado em casa bem depois de escurecer assobiando uma música que Amy McCallum tinha lhe ensinado. E a segunda era o comentário casual que seu pai tinha feito sobre a fogueira na Pedra Chata... de que aquilo tinha cheiro das Terras Altas.

Brianna possuía um faro muito apurado, e estava sentindo cheiro de rato morto. Também havia identificado, ainda que tarde, o que fizera Jamie dizer o que tinha dito. O cheiro esquisito da fogueira, aquele travo de remédio... aquilo era iodo: cheiro de algas queimadas. Muito tempo antes, quando Roger a levara para fazer um piquenique, ela havia sentido o cheiro de uma fogueira feita com detritos marinhos no litoral perto de Ullapool.

Com certeza havia algas no litoral, e não era impossível que alguém, em algum momento, tivesse levado um pouco para o interior. Mas também não era impossível algum dos pescadores ter trazido pedaços de alga da Escócia, do mesmo jeito que alguns exilados podem carregar terra dentro de um vidro ou um punhado de seixos como recordação do lugar que deixaram para trás.

Um feitiço, tinha dito seu pai. E a canção que Roger aprendera com Amy McCallum se chamava, segundo ele, "O feitiço direito".

Tudo isso não provava nada em especial. Mesmo assim, só por curiosidade, ela comentou com a sra. Bug sobre a pequena fogueira e seu conteúdo. A sra. Bug sabia muito sobre feitiços de todos os tipos das Terras Altas.

Ela enrugou a testa pensativa ao ouvir a descrição de Brianna, com os lábios franzidos.

– Ossos, você diz? Que tipo de... eram ossos de animal ou de homem?

Brianna sentiu como se alguém tivesse deixado cair uma lesma nas suas costas.

– De homem.

– Ah, sim. Alguns feitiços requerem terra de túmulo, sabe, e outros pó de osso, ou as cinzas de um cadáver.

Obviamente recordando alguma coisa ao pronunciar a palavra cinzas, a sra. Bug puxou das cinzas mornas da lareira uma grande tigela de cerâmica e espiou lá dentro. O fermento de pão tinha morrido alguns dias antes, e a tigela com farinha, água e mel fora posta ali na esperança de que pudesse capturar alguma levedura selvagem no ar.

A escocesa rotunda e baixinha examinou a tigela com o cenho franzido, balançou a cabeça e tornou a empurrá-la para dentro da lareira enquanto murmurava um verso em gaélico. É claro que *havia* uma reza para fazer o fermento pegar, pensou Brianna. Que santo padroeiro poderia cuidar disso?

– Mas isso que você falou – disse a sra. Bug, voltando tanto ao corte de seus nabos quanto ao assunto original da conversa. – Sobre a fogueira estar na Pedra Chata. Algas, ossos e uma pedra chata. Isso é um feitiço de amor, menina. Aquele que chamam de Veneno do Vento Norte.

– Que nome mais estranho para um feitiço de amor – comentou Brianna encarando a sra. Bug, que riu.

– Ah, será que eu me lembro dele inteiro? – indagou ela, de modo retórico.

Enxugou as mãos no avental e, unindo-as na cintura com um ar vagamente teatral, recitou:

Um feitiço de amor para ti,
Água sorvida por um canudo,
O calor daquele que amares,
com amor para atrair a ti.

Acorda cedo no dia do Senhor,
E vai à pedra chata da costa
Leva contigo o chapéu-de-aba-larga
E a dedaleira.

Uma pequena quantidade de brasas
Na saia do teu vestido,
Um punhado especial de algas
Numa pá de madeira.

Três ossos de homem velho
Recém-tirados do túmulo,
Nove caules de samambaia-real
Recém-cortados com um machado.
Queima tudo numa fogueira de gravetos
E transforma tudo em cinzas;
Salpica no peito de carne do teu amante
Contra o veneno do vento norte.

Dá a volta no rath *da procriação,*
O circuito das cinco voltas,
E eu juro e garanto a ti
Que esse homem jamais te deixará.

A sra. Bug separou as mãos e pegou outro nabo, que cortou em quatro com gestos precisos e rápidos e cujos pedaços jogou na panela.

– Não está querendo isso para você, espero?

– Não – murmurou Brianna, enquanto aquela leve sensação de frio continuava a descer por suas costas. – A senhora acha... os pescadores usariam um feitiço assim?

– Bem, quanto a isso, não sei dizer *o que* eles usariam... mas certamente alguns devem saber sobre esse feitiço. Ele é bem conhecido, embora eu mesma não conheça ninguém que o tenha usado. Há jeitos mais fáceis de fazer um rapaz se apaixonar por você, menina – acrescentou ela, apontando um dedo rechonchudo para Brianna num gesto de admoestação. – Preparando para ele um belo prato de nabos fervidos em leite e servidos com manteiga, para começar.

– Vou me lembrar disso – prometeu Brianna, sorrindo, e pediu licença.

Sua intenção era ir para casa. Dezenas de coisas precisavam ser feitas, de fiar e tecer até depenar e esquartejar a meia dúzia de gansos mortos que ela havia caçado e pendurado no anexo. Em vez disso, porém, constatou que seus passos tomavam o rumo do alto do morro e da trilha coberta de mato que conduzia ao cemitério.

Com certeza não fora Amy McCallum quem fizera aquele feitiço, pensou. Ela teria levado horas para descer a montanha de seu chalé, ainda por cima com um bebê pequeno para cuidar. Mas bebês podiam ser carregados. E ninguém sabia se ela havia deixado o chalé, exceto talvez Aidan... e Aidan não falava com ninguém a não ser com Roger, por quem tinha veneração.

O sol já tinha quase se posto e o minúsculo cemitério era algo melancólico de se ver: as sombras compridas lançadas pelas árvores que o protegiam a se projetar enviesadas, frias e escuras no chão coalhado de agulhas, e a pequena coleção de toscas lápides, monumentos de pedra e cruzes de madeira. Os pinheiros e cicutas murmuravam suavemente lá em cima à brisa cada vez mais forte do fim do dia.

A sensação de frio havia se irradiado de sua coluna vertebral e formava uma grande mancha entre as escápulas. Ver a terra revirada abaixo da lápide de madeira na qual estava escrito *Ephraim* não ajudou.

50

ARESTAS AFIADAS

Ele deveria ter sabido. Ele *sabia*. Mas o que poderia ter feito? Muito mais importante, o que poderia fazer agora?

Roger foi descendo devagar a encosta da montanha, quase alheio à sua beleza. Quase, mas não completamente. Ermo na desolação do inverno, o passo isolado no qual o precário chalé de Amy McCallum se encarapitava entre os loureiros era uma explosão de cores e vida na primavera e no verão – tão vívida que nem sua preocupação pôde impedi-lo de reparar na profusão de rosas e vermelhos, interrompida por trechos macios de corniso cor de creme e por tapetes de centáureas, cujas minúsculas flores azuis se balançavam em caules esguios acima da torrente do riacho que descia veloz junto à trilha pedregosa.

Eles deviam ter escolhido aquele lugar no verão, refletiu com cinismo. Devia ter parecido charmoso. Roger não conhecera Orem McCallum, mas era óbvio que o homem tinha a mesma falta de praticidade da esposa, caso contrário ambos teriam percebido os perigos daquela localização remota.

Mas a atual situação não era culpa de Amy; ele não deveria culpá-la pela própria falta de discernimento.

Tampouco chegava a culpar a si mesmo, mas deveria ter percebido antes o que estava acontecendo; o que andavam dizendo.

"Todo mundo sabe que você passa mais tempo no passo com a viúva McCallum do que com a própria esposa."

Era isso que Malva Christie tinha dito, com seu queixinho pontudo erguido numa atitude desafiadora. *"Se você contar para o meu pai, eu conto para todo mundo que vi você beijando Amy McCallum. Todo mundo vai acreditar em mim."*

Ele sentiu um eco do espanto que as palavras dela haviam lhe provocado – um espanto sucedido por raiva. Raiva da menina e de sua ameaça boba, mas muito mais raiva de si mesmo.

Ele estivera trabalhando na clareira do uísque, e estava voltando para jantar no chalé quando, após uma curva na trilha, surpreendera os dois, Malva e Bobby Higgins, agarrados num abraço. Eles haviam se afastado qual dois cervos assustados, com os olhos esbugalhados, tão alarmados que chegara a ser engraçado.

Roger tinha sorrido, mas, antes de poder se desculpar ou desaparecer com tato dentro da vegetação rasteira, Malva tinha vindo até ele, com os olhos ainda arregalados, mas ardendo de determinação.

"*Se você contar para o meu pai*", dissera ela, "*eu conto para todo mundo que vi você beijando Amy McCallum.*"

Ele havia levado um susto tão grande com as palavras dela que mal reparou em Bobby até o jovem soldado pousar a mão no braço da moça, murmurar-lhe alguma coisa e puxá-la para longe dali. Ela havia se virado com relutância, lançando para Roger um último olhar desconfiado e eloquente, e ainda lhe dissera uma última frase que o havia deixado chocado.

"*Todo mundo sabe que você passa mais tempo no passo com a viúva McCallum do que com a própria esposa. Todo mundo vai acreditar em mim.*"

Maldição, pensou ele, iriam mesmo acreditar, e era tudo culpa dele próprio. Tirando um ou dois comentários sarcásticos, Bree não havia reclamado das suas visitas; havia aceitado, ou parecido aceitar, que *alguém* precisava ir à casa dos McCallums de vez em quando para se certificar de que eles tivessem comida e fogo, proporcionar alguns instantes de companhia e romper um pouco a monotonia da solidão e da lida.

Ele tinha feito isso com frequência, indo visitar com o reverendo homens e mulheres idosos, viúvos e doentes da congregação; levar-lhes comida, parar um pouco para conversar, para escutar. Era simplesmente isso que se *fazia* por um vizinho, disse a si mesmo; uma gentileza normal.

Mas deveria ter prestado mais atenção. Lembrou-se então do olhar intrigado de Jamie por sobre a mesa do jantar, do ar inspirado como para dizer alguma coisa quando Roger pedira a Claire um bálsamo para uma irritação do pequeno Orrie McCallum... e em seguida o olhar de Claire para Brianna, e Jamie fechando a boca e calando o que quer que houvesse pensado em dizer.

"*Todo mundo vai acreditar em mim.*" Para a menina ter dito aquilo, já deviam estar falando. Jamie decerto havia escutado alguma coisa. Roger só podia torcer para que Bree ainda não.

A chaminé torta surgiu entre os loureiros; sua fumaça era um filete quase transparente que fazia o ar limpo acima da cumeeira parecer tremeluzir, como se o chalé estivesse encantado e pudesse desaparecer num piscar de olhos.

O pior era que ele sabia exatamente como aquilo acontecera. Ele tinha um fraco por jovens mães, sentia uma terrível ternura por elas, um desejo de cuidar. O fato de saber exatamente o *porquê* desse impulso – a lembrança de sua própria jovem mãe, que perdera a vida ao salvar a dele durante a Blitz – não ajudava em nada.

Era uma ternura que quase tinha lhe custado a vida em Alamance, quando o esquentado William Buccleigh MacKenzie confundira a preocupação de Roger com Morag MacKenzie com... bem, ele a havia beijado, sim, mas só na testa, e, pelo amor de Deus, ela era sua própria antepassada... e a estupidez boçal de quase ser morto pelo próprio antepassado remoto por ter lhe molestado a esposa... isso havia lhe custado a voz, e ele deveria ter aprendido a lição, só que não aprendera, não bem o bastante.

Subitamente furioso consigo mesmo e com Malva Christie, aquela pirralha maliciosa, catou uma pedra na trilha e a lançou montanha abaixo, para dentro do regato. A pedra bateu em outra dentro d'água, quicou duas vezes e desapareceu na espuma veloz.

Suas visitas à casa dos McCallums precisavam acabar, sem demora. Isso ele via com clareza. Seria preciso encontrar outro jeito para eles... mas ele tinha de ir lá mais uma vez, para explicar. Amy iria entender, pensou... mas como explicar para Aidan o que era reputação, e por que a fofoca era um pecado mortal, e por que Roger não podia mais ir lá pescar ou lhe mostrar como fabricar coisas...

Sem parar de praguejar entre os dentes, ele efetuou a última subida curta e íngreme e chegou ao pequeno quintal da frente, malcuidado e cheio de mato. Antes que pudesse chamar para anunciar sua chegada, porém, a porta se abriu de supetão.

– Roger Mac! – Amy McCallum desceu o degrau da frente quase caindo e se jogou nos braços dele, aos arquejos, em prantos. – Ah, você veio, você veio! Rezei para alguém vir, mas não pensei que ninguém fosse aparecer a tempo e achei que ele fosse morrer, mas você veio, graças a Deus!

– O que foi? Qual é o problema? O pequeno Orrie adoeceu?

Ele a segurou pelos braços para firmá-la, e ela fez que não com a cabeça com tamanha violência que a touca escorregou até a metade.

– Aidan – arquejou. – É Aidan.

Encolhido sobre minha mesa de cirurgia, branco feito um lençol, Aidan McCallum dava pequenos grunhidos arquejantes. Minha primeira esperança, maçãs verdes ou groselhas-espinhosas, desapareceu com a primeira olhada que dei nele. Tive quase certeza de qual era a questão ali, mas a apendicite tem sintomas em comum com várias outras doenças. Um caso clássico, porém, tem um aspecto característico.

– Pode desdobrá-lo, só por um instante?

Olhei para a mãe do menino, parada acima dele à beira das lágrimas, mas quem meneou a cabeça foi Roger, antes de se adiantar, pôr as mãos nos joelhos e ombros de Aidan e convencê-lo com delicadeza a se deitar esticado.

Encostei o polegar no seu umbigo, com o mindinho no osso do quadril direito, e pressionei o abdômen com um gesto incisivo do dedo médio, perguntando-me por um instante, ao fazê-lo, se McBurney já teria descoberto e dado nome a esse ponto de diagnóstico. Dor no Ponto de McBurney era um sintoma específico para o diagnóstico da apendicite aguda. Pressionei a barriga de Aidan nesse ponto, em seguida aliviei a pressão, e ele gritou, arqueou o corpo para longe da mesa e se dobrou feito um canivete.

Um apêndice inflamado, com certeza. Eu sabia que iria deparar com isso em algum momento. Com um misto de consternação e empolgação, dei-me conta de que era chegada a hora de usar enfim o éter. Não havia qualquer dúvida em relação a isso, tampouco alternativas: se o apêndice não fosse removido, iria se romper.

Olhei para cima. Roger amparava a pequena sra. McCallum com uma das mãos sob o seu cotovelo; ela segurava bem junto ao peito o bebê enrolado numa trouxa. Ela precisava ficar, Aidan precisaria da mãe.

– Roger... peça a Lizzie para vir ficar com o neném, sim? Depois vá correndo até a casa dos Christies o mais depressa que puder; preciso que Malva venha ajudar.

Uma expressão das mais extraordinárias atravessou seu semblante. Não fui capaz de interpretá-la, mas ela desapareceu num instante, e não tive tempo para me preocupar com isso. Ele meneou a cabeça e saiu sem dizer nada, e voltei minha atenção para a sra. McCallum, a quem comecei a fazer as perguntas de praxe antes de abrir a pequena barriga do seu filho.

Foi Allan Christie quem veio abrir a porta para as batidas bruscas de Roger. Versão mais morena e mais magra do pai com cara de coruja, ele respondeu com um piscar lento dos olhos à pergunta sobre o paradeiro de Malva.

– Ora... ela foi ao regato – falou. – Colher juncos, segundo ela. – Então franziu o cenho. – O que o senhor quer com ela?

– A sra. Fraser precisa que ela vá ajudar com... com um assunto.

Algo se moveu dentro da casa: a porta dos fundos se abrindo. Tom Christie entrou com um livro na mão e a página que estivera lendo presa entre dois dedos.

– MacKenzie – falou, com um brusco movimento de reconhecimento da cabeça. – O senhor disse que a sra. Fraser quer falar com Malva? Por quê?

Ele também franziu o cenho, e os dois Christies ficaram iguaizinhos a um par de corujas de celeiro espiando um camundongo suspeito.

– É só que o pequeno Aidan McCallum está muito doente, e ela gostaria da ajuda de Malva. Vou encontrá-la.

O cenho de Christie se franziu mais ainda e ele abriu a boca para falar, mas Roger já tinha girado nos calcanhares e seguido apressado em direção às árvores antes que qualquer um dos dois pudesse detê-lo.

Encontrou-a bem depressa, embora cada instante passado à sua procura tivesse parecido uma eternidade. Quanto tempo um apêndice levava para supurar? Ela estava dentro do regato, com água até os joelhos, as saias arregaçadas até bem alto e o cesto de juncos boiando ao seu lado preso por um cordão do avental. No início não o escutou, ensurdecida pelo barulho da água corrente. Quando ele chamou seu nome mais alto, levantou a cabeça alarmada e ergueu a faca dos juncos que segurava com força na mão.

A expressão de alarme se desfez quando Malva viu quem era, embora ela tivesse continuado a encará-lo com desconfiança... e segurando a faca bem firme, constatou ele. Seu chamado foi recebido com uma súbita expressão de interesse.

– O éter? Ela vai mesmo cortá-lo? – indagou ela, animada, chapinhando na sua direção.

– Sim. Vamos logo. Eu já disse ao seu pai que a sra. Fraser está precisando da sua ajuda. Não precisamos parar lá.

O semblante da moça se modificou ao ouvir isso.

– Você contou a ele? – Sua testa se enrugou por um instante. Ela então mordeu o lábio e balançou a cabeça. – Eu não posso – falou, levantando a voz para encobrir o barulho do regato.

– Pode, sim – disse Roger no tom mais encorajador possível, e estendeu a mão para ajudá-la. – Vamos. Eu a ajudo com suas coisas.

Malva balançou a cabeça com mais decisão e seu lábio inferior rosado se espichou um pouco.

– Não. Meu pai... ele não vai aceitar.

Ela relanceou os olhos na direção do chalé e Roger se virou para olhar, mas estava tudo bem: nem Allan nem Tom tinham ido atrás dele. Ainda.

Ele tirou os sapatos e entrou no regato gelado, sentindo as pedras rolarem duras e escorregadias sob os pés. Malva arregalou os olhos e escancarou a boca quando ele se abaixou, pegou seu cesto, arrancou-o do cordão do avental e o jogou na margem. Ele então tirou a faca da sua mão, enfiou-a no cinto, segurou-a pela cintura e, levantando-a do chão, foi chapinhando com ela até a margem sem dar atenção a seus chutes e guinchos.

– Você vem comigo – falou, colocando-a no chão com um grunhido. – Quer ir andando, ou vou ter de carregá-la?

Achou que essa proposta a deixou mais intrigada do que horrorizada, mas ela tornou a balançar a cabeça enquanto recuava para longe dele.

– Eu não posso... de verdade! Ele... ele vai me bater se descobrir que eu andei mexendo com o éter.

Isso aplacou Roger por um instante. Será que Christie faria mesmo isso? Podia ser. Mas a vida de Aidan estava em jogo.

– Ele não vai descobrir – disse. – Mas, se descobrir, garanto que não vai machucá-la. Venha, pelo amor de Deus... não há tempo a perder!

A boquinha rosada de Malva se contraiu de teimosia. Não era hora de ter escrúpulos, então. Ele se inclinou até seu rosto ficar perto do dela e a encarou nos olhos.

– Ou você vem... – falou, cerrando os punhos – ... ou eu conto para o seu pai e o seu irmão sobre Bobby Higgins. Pode dizer o que quiser sobre mim... não ligo. Mas, se acha que o seu pai iria lhe bater por ajudar a sra. Fraser, imagine o que ele não seria capaz de fazer se descobrisse que você anda de saliência com Bobby!

Ele não sabia qual era o equivalente de "saliência" no século XVIII, mas Malva sem dúvida entendeu. E, se ele estivesse interpretando corretamente o brilho perigoso naqueles grandes olhos cinzentos, ela o teria derrubado no chão se tivesse um tamanho mais próximo do seu.

Só que não tinha, e, após refletir por alguns instantes, se curvou, secou as pernas nas saias e calçou depressa as sandálias.

– Deixe – falou, sucinta, ao vê-lo se abaixar para pegar o cesto. – E devolva a minha faca.

Talvez tenha sido apenas o impulso de conservar alguma influência sobre Malva até que ela chegasse em segurança ao consultório – com certeza não a temia. No entanto, ele levou a mão à faca no cinto e falou:

– Depois. Quando tiver acabado.

Ela não se deu o trabalho de discutir, mas subiu depressa a margem do rio e seguiu rumo à Casa Grande, fazendo as solas das sandálias estalarem nos calcanhares nus.

Com os dedos encostados na pulsação braquial da axila de Aidan, eu contava. Sua pele estava muito quente, talvez 38,5 ou 39 graus. Apesar de acelerado, o pulso estava forte – e foi diminuindo conforme aumentamos a dose. Eu podia sentir Malva contando entre os dentes: tantas gotas de éter, tal pausa antes da gota seguinte... Perdi minha própria conta da pulsação, mas não importava; eu a estava absorvendo para dentro de mim mesma, sentindo meu próprio pulso começar a bater no mesmo ritmo, e era um pulso normal, constante.

Ele estava respirando bem. O pequeno abdômen subia e descia de leve sob a minha mão, e eu podia sentir os músculos relaxarem mais um pouco a cada instante, todos menos o ventre tenso e inchado, acima do qual as costelas visíveis se arqueavam bem alto quando ele respirava. Tive a ilusão repentina de que poderia enfiar a mão diretamente pela parede abdominal do menino e tocar o apêndice inchado, pude vê-lo na minha mente, a latejar de modo maligno na segurança escura de seu mundo lacrado. Estava na hora, então.

A sra. McCallum emitiu um pequeno som quando empunhei o bisturi, e outro mais alto quando o pressionei sobre a pele pálida ainda reluzente com a umidade do álcool que eu havia passado nela, como a barriga de um peixe que cede à faca do peixeiro.

A pele se abriu com facilidade, e o sangue empoçou daquele jeito estranho e mágico, como se houvesse surgido do nada. O menino quase não tinha gordura por baixo; os músculos estavam logo ali, vermelho-escuros, com uma textura resiliente. Havia outras pessoas no recinto, eu as sentia de modo vago. Mas não tinha atenção alguma sobrando. Todos os meus sentidos estavam concentrados no corpinho sob minhas mãos. Mas havia alguém em pé junto ao meu ombro... Bree?

– Passe-me um retrator... isso, essa coisa aí.

Sim, era Bree: a mão de dedos compridos úmida com desinfetante pegou o implemento em forma de garra e o depositou na minha mão, que aguardava. Eu sentia falta dos préstimos de uma boa enfermeira cirúrgica, mas iríamos dar um jeito.

– Segure bem aí.

Inseri a lâmina entre as fibras musculares e as dividi com facilidade, em seguida belisquei o tecido macio, grosso e lustroso do peritônio, levantei-o e cortei.

As entranhas do menino estavam muito quentes, e quando as explorei com dois dedos senti uma sucção úmida. O leve ruído molhado do intestino, pequenas massas semissólidas de material sentidas através das paredes, o roçar de um osso na minha articulação... ele era tão pequeno que não havia muito espaço para tatear. Com os olhos fechados, concentrei-me apenas no tato. O ceco *tinha* de estar logo abaixo dos meus dedos, aquilo que eu podia sentir era a curva do intestino grosso, inerte mas viva, feito uma cobra adormecida. Mais atrás? Mais embaixo? Tateei com cuidado, abri os olhos e mirei atentamente a incisão. Ele não estava sangrando muito, mas a ferida continuava úmida. Será que eu deveria cauterizar os pequenos vasos? Olhei para Malva: com o cenho franzido de concentração, ela movia silenciosamente os lábios, contando... e acompanhava a pulsação do pescoço dele com uma das mãos.

– Ferro de cauterização... um dos pequenos.

Houve um instante de pausa. Pensando na inflamabilidade do éter, eu havia apagado o fogo da lareira e posto o braseiro no escritório de Jamie, do outro lado do corredor. Bree foi rápida, porém; em segundos eu estava com o instrumento na mão. Um filete de fumaça se ergueu da barriga de Aidan, e o silvo de carne queimada invadiu o cheiro grosso e espesso de sangue. Ergui os olhos, devolvi o cauterizador para Bree e vi a expressão da sra. McCallum, que encarava aquilo com os olhos esbugalhados.

Enxuguei o sangue com um punhado de fiapos, tornei a olhar... meus dedos continuavam segurando o que eu pensava ser... certo.

– Está bem – falei em voz alta num tom de triunfo. – Peguei você! – Com muito cuidado, passei um dedo por baixo da curva do ceco e puxei um pedaço dele para fora pela incisão. O apêndice inflamado despontava lá de dentro feito um verme gordo e irado, roxo por causa da inflamação.

– Ligadura.

Eu agora o estava segurando. Podia ver a membrana que descia pela lateral do apêndice, e os vasos sanguíneos que o irrigavam. Era preciso primeiro amarrá-los; depois eu poderia isolar o apêndice em si e cortá-lo fora. A única dificuldade era o tamanho exíguo, mas isso não chegava a ser um problema de fato...

O consultório estava tão silencioso que eu podia escutar os silvos e estalos diminutos do carvão no braseiro do outro lado do corredor. O suor escorria por trás das minhas orelhas, entre os seios, e tornei-me vagamente consciente de que estava com os dentes enterrados no lábio inferior.

– Fórceps.

Apertei com força o nó do barbante, peguei o fórceps e empurrei o coto amarrado do apêndice novamente para dentro do ceco. Apertei o ceco bem firme dentro do abdômen e sorvi uma funda inspiração.

– Malva, quanto tempo?

– Pouco mais de dez minutos, senhora. Ele está bem.

Ela tirou os olhos da máscara de éter por tempo suficiente para me lançar um pequeno sorriso, em seguida pegou o conta-gotas, e seus lábios retomaram a contagem silenciosa.

O fechamento foi rápido. Lambuzei a incisão costurada com uma grossa camada de mel, enrolei uma atadura bem apertada em volta do corpo do menino, cobri-o com mantas quentes e respirei.

– Tire a máscara – falei para Malva, endireitando o corpo.

Ela não respondeu nada, e eu a encarei. Ela havia suspendido a máscara e a segurava diante de si com as duas mãos, feito um escudo. Só que não estava mais olhando para Aidan: tinha os olhos fixos no pai, que estava parado no vão da porta, rígido.

Tom Christie olhou alternadamente para o pequeno corpo nu em cima da mesa e para a própria filha. Ainda segurando a máscara de éter, Malva deu um passo hesitante para trás. Christie virou a cabeça e me fuzilou com um olhar cinza feroz.

– O que está acontecendo aqui? – ele exigiu saber. – O que a senhora está fazendo com essa criança?

– Salvando a vida dela – respondi, cortante. Ainda estava vibrando com a intensidade da cirurgia, e não tinha a menor disposição para bobagens. – O senhor deseja alguma coisa?

Os lábios finos de Christie se apertaram com força, mas, antes que ele conseguisse responder, seu filho Allan o empurrou para entrar no consultório, chegou até a irmã com dois passos largos e a agarrou pelo pulso.

– Vamos embora, sua boba – disse ele, ríspido, dando-lhe um puxão. – Você não tem nada que fazer aqui.

– Solte-a.

Roger falou num tom incisivo e segurou Allan pelo ombro para afastá-lo. O rapaz girou nos calcanhares e deu um soco curto e forte na barriga de Roger, que produziu um grasnado oco, mas não desabou. Em vez disso, desferiu um soco no maxilar de Allan Christie. O rapaz se desequilibrou para trás e derrubou a mesinha de instrumentos: bisturis e retratores se espalharam com alarde pelo chão numa chuva de metal cadente, e o vidro de ligaduras de categute embebidas em álcool se espatifou nas tábuas do piso, espalhando vidro e líquido para todo lado.

Um baque suave no chão me fez olhar para baixo. Amy McCallum, subjugada pelos vapores do éter e pela emoção, tinha desmaiado.

Não tive tempo de fazer nada em relação a isso: Allan revidou com um soco a esmo, Roger se esquivou, foi atingido pelo impulso do corpo do jovem Christie, e os dois cambalearam para trás, bateram no peitoril e caíram pela janela aberta, embolados.

Tom Christie emitiu um rosnado grave e foi apressado até a janela. Malva aproveitou a oportunidade e saiu correndo pela porta. Ouvi seus passos estalarem depressa pelo corredor em direção à cozinha, e provavelmente à porta dos fundos.

– Mas que *diabos*...? – começou Bree, e me olhou.

– Não olhe para mim – falei, e balancei a cabeça. – Não faço a *menor* ideia.

Era verdade, mas mesmo assim tive a desanimadora sensação de que o fato de ter envolvido Malva na operação tinha muito a ver com o assunto. Tom Christie e eu havíamos chegado a uma espécie de reconciliação depois que operei sua mão... o que não significava que tivesse mudado de opinião em relação ao caráter ímpio do éter.

Bree se empertigou de repente e retesou o corpo. Uma determinada quantidade de grunhidos, arquejos e semi-insultos incoerentes lá fora indicava que a briga prosseguia... mas a voz alterada de Allan Christie acabara de chamar Roger de adúltero.

Brianna lançou um olhar incisivo para a forma encolhida de Amy McCallum, e eu falei para mim mesma um palavrão bem feio. Tinha ouvido alguns comentários indiretos sobre as visitas de Roger aos McCallums... e Jamie quase havia comentado com o genro, mas eu o dissuadira de intervir dizendo que abordaria o assunto com tato com Bree. Só que não havia tido oportunidade, e agora...

Com um último olhar de poucos amigos para Amy McCallum, Bree saiu porta afora com a óbvia intenção de entrar na briga. Levei a mão à testa e devo ter dado um gemido, pois Tom Christie virou-se abruptamente da janela.

– Está passando mal, dona?

– Não – respondi, um pouco pálida. – É que... olhe, Tom. Desculpe se causei problemas ao pedir para Malva vir me ajudar. Ela tem um dom de verdade para a cura, acho eu... mas não foi minha intenção convencê-la a fazer algo que você não aprova.

Ele me encarou com uma expressão desolada, que então transferiu para o corpo inerte de Aidan. Sua expressão se aguçou de repente.

– Essa criança está morta? – indagou ele.

– Não, não – falei. – Eu dei éter ao menino; ele está só dorm...

Minha voz secou na garganta, pois percebi que Aidan tinha escolhido esse momento muito inconveniente para parar de respirar.

Com um grito incoerente, tirei Tom Christie da frente com um empurrão, joguei-me em cima de Aidan, colei minha boca na sua e pressionei a base da mão com força no centro de seu peito.

O éter em seus pulmões atingiu meu rosto quando afastei a boca, fazendo minha cabeça girar. Segurei com força a borda da mesa com a mão livre e tornei a colar a boca na dele. Eu *não podia* perder os sentidos, não podia.

Minha visão se borrou, e o consultório pareceu girar lentamente ao meu redor. Agarrei-me com força à consciência, porém, e soprei com urgência para dentro dos pulmões de Aidan, sentindo o pequeno peito sob minha mão se erguer delicadamente, depois afundar.

Não pode ter durado mais de um minuto, mas foi um minuto de puro pesadelo em que tudo rodopiava à minha volta e a sensação da carne de Aidan era a única âncora sólida em meio a um vórtice de caos. Amy McCallum se agitou no chão ao meu lado, ajoelhou-se ainda bamba... então se jogou em cima de mim com um grito agudo para tentar me puxar para longe do filho. Ouvi a voz de Tom Christie se erguer num comando para tentar acalmá-la. Ele deve tê-la puxado para longe, pois de repente ninguém mais estava segurando a minha perna.

Soprei para dentro de Aidan de novo... e dessa vez o peito sob minha mão estremeceu. Ele tossiu, engasgou, tornou a tossir e começou simultaneamente a respirar e a chorar. Levantei-me, com a cabeça rodando, e tive que me segurar na mesa para não cair.

Vi um par de silhuetas na minha frente, negras e distorcidas, com a boca escancarada na minha direção cheia de presas afiadas. Pisquei os olhos, cambaleei e engoli fundas golfadas de ar. Tornei a piscar e as silhuetas se definiram como Tom Christie e Amy McCallum. Ele a segurava pela cintura para mantê-la afastada.

– Está tudo bem – falei, e minha própria voz soou estranha e distante. – Ele está bem. Pode deixá-la se aproximar.

Amy se jogou sobre o filho com um soluço e o tomou nos braços. Tom Christie e eu ficamos nos entreolhando por cima dos destroços. Lá fora, tudo havia silenciado.

– A senhora acabou de trazer esse menino de volta do mundo dos mortos? – perguntou ele.

Seu tom foi quase casual, embora suas sobrancelhas ralas tivessem se erguido bem alto. Passei a mão pela boca, onde ainda podia sentir o gosto doce e enjoativo do éter.

– Acho que sim – respondi.

– Ah.

Ele me encarou com uma expressão vazia. O cômodo recendia a álcool, e a substância parecia queimar a mucosa do meu nariz. Meus olhos lacrimejavam um pouco; enxuguei-os com o avental. Por fim, ele aquiesceu como para si mesmo e virou-se para ir embora.

Eu tinha que ir ver Aidan e a mãe. No entanto, não podia deixá-lo partir sem tentar consertar as coisas para Malva até onde fosse possível.

– Tom... sr. Christie. – Fui apressada atrás dele e o segurei pela manga. Ele se virou, surpreso e com o cenho franzido. – Malva. A culpa é minha. Fui eu quem mandei Roger chamá-la. O senhor não vai... – Hesitei, mas não consegui pensar em nenhuma forma delicada de formular aquilo. – Não vai puni-la, vai?

O cenho se franziu mais ainda por alguns instantes, então clareou. Ele fez que não com a cabeça, muito de leve, e inclinando-a um pouquinho soltou a manga da minha mão.

– Seu criado, sra. Fraser – falou, baixinho, e com um último olhar para Aidan, que agora pedia comida, retirou-se.

Brianna encostou o canto molhado de um lenço no lábio inferior de Roger, partido em um dos lados, inchado e sangrando após o impacto com alguma parte de Allan Christie.

– A culpa é minha – disse ele pela terceira vez. – Eu deveria ter pensado em algo sensato para dizer a eles.

– Cale a boca – disse ela, começando a perder o controle precário da própria paciência. – Se continuar falando, não vai parar de sangrar.

Era a primeira coisa que lhe dizia desde a briga.

Resmungando desculpas, ele pegou o lenço da mão dela e o pressionou na própria boca. Sem conseguir ficar parado, porém, levantou-se, foi até a porta aberta do chalé e olhou para fora.

– Ele não está por aqui ainda, está? Allan? – Brianna veio espiar por cima do seu ombro. – Se estiver, deixe-o em paz. Eu vou...

– Não, não está – interrompeu Roger. Com a mão ainda pressionada na boca, meneou a cabeça em direção à Casa Grande, no outro extremo da clareira inclinada. – Aquele é Tom.

De fato: Tom Christie estava em pé no alpendre da casa. Estava apenas parado, pelo visto profundamente imerso em pensamentos. Enquanto os dois observavam, balançou a cabeça como um cão que se livra da água e partiu decidido em direção à própria casa.

– Vou lá falar com ele.

Roger jogou o lenço em cima da mesa.

– Ah, não vai, não. – Bree o segurou pelo braço quando ele estava se virando em direção à porta. – Fique fora disso!

– Não vou brigar com ele – retrucou Roger, dando alguns tapinhas em sua mão de um jeito que obviamente julgava reconfortante. – Mas preciso falar com ele.

– Não precisa, não. – Ela apertou seu braço com mais força e puxou, tentando trazê-lo de volta à lareira. – Você só vai piorar as coisas. Deixe-os em paz.

– Não vou deixar, não – retrucou ele, e a irritação começou a transparecer no seu rosto. – Como assim, piorar as coisas? O que você acha que eu sou?

Não era uma pergunta que ela quisesse responder naquele exato instante. Vibrando de emoção devido à tensão da cirurgia de Aidan, à explosão da briga e ao espinho incômodo da ofensa gritada por Allan, ela mal acreditava que conseguiria falar, quanto mais ter tato.

– Não vá – repetiu, forçando-se a baixar a voz e falar num tom calmo. – Está todo mundo nervoso. Espere pelo menos até que eles tenham se acalmado. Melhor ainda, espere meu pai voltar. Ele pode...

– É, ele pode fazer tudo melhor do que eu, sei bem disso – retrucou Roger, ácido. – Mas fui eu quem prometi a Malva que ela não iria se machucar. Eu vou.

Ele puxou a manga com força, força suficiente para Brianna sentir a costura da axila ceder.

– Ótimo! – Ela soltou e lhe deu um tapa forte no braço. – Vá lá! Cuide de todos no mundo menos da sua própria família. Vá! *Vá*, droga!

– O quê?

Ele se deteve, com o cenho franzido, dividido entre a raiva e a incompreensão.

– Você me ouviu! Vá! – Ela bateu com o pé no chão, e o vidro de sementes de cenoura-brava, próximo demais da borda da prateleira, caiu e se espatifou, espalhando sementes pretas pequeninas como grãos de pimenta-do-reino. – Olhe só o que você fez!

– O que *eu*...

– Deixe para lá! Não se importe. Saia daqui.

No esforço de não chorar, Brianna arfava feito uma baleia. O sangue deixava suas bochechas quentes, e ela sentia os globos oculares vermelhos e irritados, tão quentes que tinha a impressão de que poderia queimá-lo com o olhar... e com certeza desejava poder fazer isso.

Roger permaneceu parado, obviamente tentando decidir se ficava para aplacar a mulher zangada ou se corria feito um cavalheiro para proteger Malva Christie. Deu um passo hesitante em direção à porta, e Brianna mergulhou para pegar a vassoura e começou a soltar guinchos agudos e idiotas de raiva incoerente enquanto tentava bater com ela na cabeça do marido.

Ele se encolheu, mas ela o acertou na segunda tentativa e o atingiu nas costelas com um *tchac*. O impacto o assustou e ele deu um pulo, mas se recuperou depressa o suficiente para segurar a vassoura no golpe seguinte. Arrancou-a da mão de Brianna e, com um grunhido de esforço, partiu-a sobre o joelho, emitindo um estalo de madeira rachada.

Com alarde, atirou aos pés dela os pedaços e a encarou, irado, controlado apesar da raiva.

– Qual é o problema com você, pelo amor de Deus?

Ela se empertigou e lhe devolveu o olhar de ira.

– O que eu falei. Se você anda passando tanto tempo com Amy McCallum que todo mundo diz que está tendo um caso com ela...

– Que estou *o quê*?

A voz dele irrompeu furiosa, mas uma expressão dissimulada em seus olhos o entregou.

– Quer dizer que você também ouviu?

Brianna não sentiu triunfo por tê-lo desmascarado, na verdade experimentou uma nauseante sensação de fúria.

– Bree, não é possível que você acredite nisso – disse ele, e sua voz hesitou sem certeza entre o repúdio irado e a súplica.

– Eu sei que não é verdade – disse ela, e ficou uma fera ao escutar a própria voz tão trêmula e falhada quanto a dele. – A questão não é *essa*, Roger!

– A questão – repetiu ele.

Suas sobrancelhas negras abaixadas encimavam olhos argutos e escuros.

– A questão... – começou ela, engolindo ar. – ... é que você *vive* fora de casa. Malva

Christie, Amy McCallum, Marsali, Lizzie... até Ute McGillivray você vai ajudar, pelo amor de Deus!

– E quem mais poderia fazer isso? – indagou ele, incisivo. – Seu pai ou seu primo, sim... mas eles precisam ir visitar os índios. Eu estou aqui. E não vivo fora de casa – acrescentou, num adendo. – Eu durmo todas as noites em casa, não?

Ela fechou os olhos e cerrou os punhos, sentindo as unhas se cravarem nas palmas.

– Você ajuda qualquer mulher, menos eu – falou, abrindo os olhos. – Por quê?

Ele a encarou com um olhar demorado e duro, e Brianna se perguntou por um instante se poderia haver uma esmeralda negra.

– Talvez eu não ache que você precise – disse ele.

Então girou nos calcanhares e saiu.

51

A VOCAÇÃO

A água estava calma feito prata derretida, e o único movimento na superfície eram as sombras das nuvens vespertinas. Mas os insetos estavam prestes a levantar voo; dava para sentir. Ou talvez, pensou Roger, o que ele estivesse sentindo fosse a expectativa do sogro, acocorado feito um leopardo na margem do laguinho de trutas, vara e mosca prontas para o primeiro sinal de ondulação.

– Parece o tanque de Betesda – comentou ele, achando graça.

– Ah, é? – respondeu Jamie, mas não olhou para o genro. Toda a sua atenção estava concentrada na água.

– Aquele em que um anjo entrava e perturbava a água de vez em quando. De modo que ficava todo mundo sentado esperando, para mergulhar bem na hora em que a água começasse a se mexer.

Jamie sorriu, mas continuou sem se virar. Pescaria era coisa séria.

Melhor assim. Roger preferia que o sogro não olhasse para ele. Mas precisaria se apressar caso quisesse dizer alguma coisa. Fraser já estava dando folga na linha para fazer um ou dois lançamentos de teste.

– Eu acho... – Ele se deteve e se corrigiu. – Não, acho não. Eu sei. Eu quero... – Seu fôlego acabou num chiado, o que o deixou irritado; a última coisa que ele queria era soar em dúvida quanto ao que iria dizer. Inspirou bem fundo, e as palavras seguintes foram expelidas como que disparadas por uma pistola. – Eu quero ser pastor.

Pronto. Estava dito em voz alta. Ele ergueu os olhos para cima de modo involuntário, mas de fato o céu não tinha despencado. Estava enevoado e riscado por nuvens esgarçadas, mas sua calma azul transparecia através delas, e o espectro de uma lua nascente boiava logo acima do cume da montanha.

Jamie o encarou com um olhar pensativo, mas não pareceu chocado nem surpreso. Aquilo era um pequeno conforto, pensou Roger.

– Pastor. Um pregador, você quer dizer?

– Bem... sim. Isso também.

Essa afirmação o deixou desconcertado. *Teria* de pregar, supunha, embora o simples fato de pensar nisso fosse aterrorizante.

– Isso *também?* – repetiu Fraser, olhando para ele de esguelha.

– É. Quero dizer... um pastor prega, claro. – É claro. Sobre o quê? Como? – Mas não é... quero dizer, isso não é o mais importante. Não é o motivo pelo qual... eu preciso fazer isso.

Ele estava começando a se confundir na tentativa de explicar com clareza algo que não conseguia sequer explicar direito para si mesmo.

Deu um suspiro e passou a mão pelo rosto.

– É, olhe aqui. O senhor se lembra, é claro, do funeral de vovó Wilson. E dos McCallums?

Jamie só fez aquiescer, mas Roger pensou ter visto quem sabe uma centelha de compreensão surgir nos seus olhos.

– Eu fiz... algumas coisas. Um pouco desse tipo, quando foi preciso. E...

Ele agitou uma das mãos, sem saber sequer como começar a descrever coisas como seu encontro com Hermon Husband às margens do Alamance, ou as conversas tidas tarde da noite com seu falecido pai.

Deu outro suspiro, fez que ia lançar um seixo na água e se deteve bem a tempo ao ver a mão de Jamie se tensionar em volta da vara de pesca. Tossiu, sentindo na garganta os conhecidos engasgo e arranhão, e fechou a mão em volta do seixo.

– Pregar, sim, acho que eu consigo dar conta. Mas são as outras coisas... ah, Deus, estou parecendo um louco, e acho que talvez esteja mesmo. Mas são os enterros e os batizados e os... os... talvez o simples fato de poder *ajudar*, nem que seja só escutando e rezando.

– Você quer cuidar das pessoas – disse Jamie baixinho, e não foi uma pergunta, mas sim uma aceitação.

Roger deu uma risada curta e infeliz, e fechou os olhos diante do reflexo do sol na água.

– Querer eu não quero – falou. – É a última coisa em que eu teria pensado, ainda mais tendo sido criado na casa de um pastor. Quero dizer, eu sei como é. Mas alguém *precisa* fazer isso, e estou achando que sou eu.

Nenhum dos dois disse nada por algum tempo. Roger abriu os olhos e observou a água. Algas revestiam as pedras e ondulavam na correnteza feito mechas de cabelos de sereia. Fraser se moveu de leve e puxou a vara para trás.

– Você diria que presbiterianos acreditam nos sacramentos?

– Sim – respondeu Roger, espantado. – É claro que nós acreditamos. O senhor nunca... – Bem, não. Imaginava que na verdade Fraser *nunca* houvesse conversado com ninguém que não fosse católico sobre tais assuntos. – Nós acreditamos – repetiu.

Mergulhou a mão na água com delicadeza e a passou pela testa, fazendo o frescor escorrer por seu rosto e pescoço até dentro da camisa.

– O sacramento da ordem, entende? – A mosca afogada nadou pela água, um pontinho vermelho. – Você não vai ter que ser ordenado?

– Ah, entendi. Vou, sim. Tem um seminário presbiteriano no condado de Mecklenburg. Vou lá conversar sobre isso. Mas estou achando que não vai levar tanto tempo: eu já sei grego e latim, e até onde isso vale alguma coisa... – Sem de fato querer, ele sorriu. – Tenho um diploma da Universidade de Oxford. Acredite ou não, eu já fui um homem culto.

A boca de Jamie estremeceu no canto ao mesmo tempo que ele recuava o braço e dobrava o pulso. A linha saiu voando, uma curva preguiçosa, e a mosca pousou na superfície. Roger piscou; de fato a superfície do laguinho estava começando a se franzir e a estremecer, e pequenas ondulações se irradiavam a partir dos ovos das efeméridas e libélulas que iam eclodindo.

– Já falou a respeito com a sua mulher?

– Não – respondeu ele, olhando fixamente para o lago.

– Por que não?

A pergunta foi feita sem qualquer tom acusatório, mais com curiosidade. Por que, afinal de contas, ele havia decidido conversar primeiro com o sogro, e não com a esposa?

Porque o senhor sabe o que é ser homem, pensou, *e ela não*. Mas o que disse foi outra versão da verdade.

– Não quero que ela me ache um covarde.

Jamie deixou escapar um leve "humpf", quase de surpresa, mas não respondeu na hora, e concentrou-se em vez disso em puxar a linha. Tirou do anzol a mosca encharcada, então observou hesitante a coleção dentro do chapéu e acabou escolhendo uma delicada coisinha verde com uma pena preta que formava uma curva fina.

– Acha que ela deveria?

Sem esperar resposta, Fraser se levantou e projetou a linha para cima e para trás, lançando a mosca até ela pousar na água feito uma folha e ficar flutuando bem no centro do laguinho.

Roger o observou puxar a linha de volta e fazer a isca se mover na superfície numa dança sincopada. O reverendo tinha sido pescador. De repente, ele viu o lago Ness e suas ondas cintilantes, a água a correr marrom e transparente por sobre as pedras, seu pai de pé com as galochas surradas até as coxas puxando sua linha. Engasgou de tanta saudade. Da Escócia. Do pai. De mais um dia, apenas mais um dia de paz.

As montanhas e a mata verde se erguiam misteriosas e selvagens em volta deles, e o céu enevoado se desfraldava sobre o vale como as asas de um anjo, silencioso e iluminado pelo sol. Mas não pacífico. Nunca havia paz, não ali.

– O senhor acredita em nós com relação à guerra que está por vir... em Claire, em Brianna, em mim?

Jamie deu uma risada curta, com os olhos pregados na água.

– Eu tenho olhos, homem. Não é preciso ser profeta nem bruxa para ver a guerra no meio do caminho.

– Que jeito mais estranho de formular a questão – disse Roger, lançando-lhe um olhar curioso.

– É mesmo? Não é assim que está na Bíblia? *Assim, quando virdes o sacrilégio terrível no lugar santo, deixai que os que estiverem na Judeia fujam para os montes.*

Deixe que aquele que lê entenda. A memória forneceu a parte faltante do versículo, e com uma leve sensação de frio nos ossos Roger tomou consciência de que Jamie de fato podia ver a guerra no meio do caminho, e reconhecê-la. E tampouco estava usando figuras de linguagem: estava descrevendo exatamente o que via... pois já tinha visto antes.

O som de meninos pequenos gritando de alegria surgiu flutuando por cima da água e Fraser virou um pouco a cabeça para escutar. Um tênue sorriso surgiu em sua boca, e ele então baixou os olhos para a água que se movia e pareceu se imobilizar. As tranças de seus cabelos se agitaram sobre a pele do pescoço queimada de sol, do mesmo jeito que as folhas dos freixos se moviam mais acima.

Roger de repente quis perguntar a Jamie se ele estava com medo, mas não disse nada. De toda forma, já sabia a resposta.

Pouco importa. Ele inspirou fundo e sentiu a mesma resposta à mesma pergunta feita a si mesmo. Aquilo não pareceu vir de lugar nenhum, mas simplesmente estava ali dentro de si, como se ele houvesse nascido com aquilo, como se sempre houvesse sabido.

Pouco importa. Você fará mesmo assim.

Eles passaram algum tempo em silêncio. Jamie ainda lançou mais duas vezes a mosca verde, então balançou a cabeça, murmurou alguma coisa, puxou a linha, trocou a mosca por outra cinza e tornou a lançar a linha. Os meninos passaram correndo na margem oposta, nus como duas enguias, aos risos, e desapareceram no meio dos arbustos.

Muito estranho, pensou Roger. Ele estava se sentindo bem. Ainda sem ter a menor ideia do que pretendia fazer exatamente, ainda vendo a nuvem a se mover na sua direção, e agora sabendo muito mais sobre o que havia dentro dela. Mesmo assim, estava se sentindo bem.

Jamie fisgou um peixe. Puxou-o depressa e o lançou na margem, reluzente e saltitante, onde o matou com o golpe certeiro de uma pedra antes de colocá-lo no cesto.

– Você pretende virar quacre? – perguntou ele, sério.

– Não. – A pergunta deixou Roger espantado. – Por que está perguntando isso?

Jamie fez o estranho gesto de dar de ombros pela metade, que usava por vezes quando estava pouco à vontade em relação a alguma coisa, e só tornou a falar depois de ter lançado a linha outra vez.

– Você disse que não queria que Brianna o achasse um covarde. Eu já combati ao lado de um padre. – Um dos cantos de sua boca se ergueu numa expressão de ironia. – É bem verdade que o Monsenhor não era lá nenhum grande espadachim, nem era capaz de acertar a parede mais larga de um celeiro com uma pistola... mas tinha bastante energia.

– Ah. – Roger coçou a lateral do maxilar. – Sim, entendo o que o senhor quer dizer. Não, eu não acho que possa combater junto com um exército. – Ao dizer isso, ele sentiu uma pontada aguda de pesar. – Mas pegar em armas em defesa de quem... de quem precisar... isso eu posso conciliar com a minha consciência.

– Nesse caso, tudo bem.

Jamie puxou o restante da linha, sacudiu a água da mosca e tornou a espetar o anzol no chapéu. Pousou a linha de lado, vasculhou dentro do cesto de peixes e pegou uma garrafa de pedra. Sentou-se com um suspiro, sacou a rolha com os dentes, cuspiu-a na mão e ofereceu a garrafa a Roger.

– É uma coisa que Claire me diz de vez em quando – explicou ele, e em seguida citou. – *O malte funciona melhor do que Milton para explicar a um homem os desígnios de Deus.*

Roger arqueou a sobrancelha.

– O senhor já leu Milton?

– Um pouco. Ela tem razão.

– Conhece os versos seguintes? – Roger levou a garrafa à boca. – *Cerveja, homem, é essa a bebida a tomar, para aqueles em quem dói pensar.*

Uma risada subterrânea atravessou o olhar de Fraser.

– Isto aqui deve ser uísque, então – disse ele. – Só tem cheiro de cerveja.

A bebida estava fria, escura e agradavelmente amarga, e eles ficaram passando a garrafa de mão em mão sem dizer grande coisa até a cerveja acabar. Jamie tornou a pôr a rolha para não desperdiçar uma gota sequer e guardou a garrafa vazia no cesto.

– A sua mulher – falou, num tom pensativo, ao mesmo tempo que se levantava e erguia até o ombro a alça do cesto.

– Sim? – Roger pegou o chapéu surrado todo cheio de moscas e lhe entregou. Jamie agradeceu com um meneio de cabeça e o pôs na cabeça.

– Ela também tem olhos.

52

M-I-C...

Vaga-lumes acendiam a grama, as árvores e flutuavam no ar espesso numa profusão de frias centelhas verdes. Um deles pousou no joelho de Brianna; ela o observou pulsar, liga-desliga, e ouviu o marido lhe dizer que pretendia virar pastor.

Estavam os dois sentados no alpendre do chalé na hora em que o crepúsculo se adensava rumo à noite. Do outro lado da grande clareira, os gritinhos de crianças pequenas ecoavam entre os arbustos, agudos e alegres feito morcegos durante a caça.

– Você... ahn... você poderia dizer alguma coisa – sugeriu Roger.

Sua cabeça estava virada e ele a encarava. Ainda havia luz suficiente para ver seu rosto, cheio de expectativa e levemente nervoso.

– Bem... me dê um minuto. Eu meio que não esperava por isso, sabe?

Era verdade e não era. Com certeza Bree não tinha pensado de modo consciente numa coisa daquelas, mas, agora que ele havia afirmado suas intenções – afirmado mesmo, pensou, não estava lhe pedindo permissão –, não estava nem um pouco surpresa. Aquilo era menos uma mudança do que um reconhecimento de algo que já estava ali fazia um tempo... e, de certa forma, foi um alívio vê-lo e reconhecê-lo.

– Bem – disse ela após pensar por vários instantes. – Eu acho isso bom.

– Acha?

O alívio na voz dele foi palpável.

– Sim. Se você está ajudando essas mulheres todas porque Deus mandou, é melhor do que se o estivesse fazendo porque prefere a companhia delas à minha.

– Bree! Você não pode pensar que eu, que eu... – Ele chegou mais perto e a encarou com uma expressão ansiosa. – Você não pensa isso, pensa?

– Bom, só às vezes – admitiu ela. – Nos meus piores momentos. Na maior parte do tempo, não.

Ele parecia tão ansioso que ela ergueu a mão e a encostou na longa curva de sua bochecha. Naquela luz não dava para ver os pelos da barba, mas ela pôde senti-los, macios, fazendo cócegas em sua palma.

– Tem certeza? – indagou baixinho.

Ele assentiu, e ela viu sua garganta se mover quando ele engoliu.

– Tenho.

– Está com medo?

A pergunta o fez sorrir de leve.

– Sim.

– Eu ajudo – disse ela com firmeza. – Basta você me dizer como, e eu ajudo.

Ele inspirou fundo e seu semblante se acendeu, embora o sorriso tenha permanecido tristonho.

– Eu não sei como – falou. – Como fazer isso, quero dizer. Quanto mais o que *você* poderia fazer. É isso que me dá medo.

– Pode ser – disse ela. – Mas você *tem feito* mesmo assim, não é? E precisa fazer alguma coisa formal em relação a isso? Ou talvez você possa simplesmente anunciar que é pastor, como um daqueles pregadores da TV, e começar a recolher o dízimo?

A piada o fez sorrir, mas ele respondeu a sério.

– Sua pilantrinha católica. Vocês sempre acham que ninguém mais tem qualquer direito em relação aos sacramentos. Mas nós temos. Estou pensando em ir ao Seminário Presbiteriano ver o que preciso fazer em relação à ordenação. Quanto a recolher o dízimo... imagino que isso signifique que jamais serei rico.

– Eu meio que não estava esperando por isso, mesmo – garantiu-lhe ela, num tom grave. – Não se preocupe, não me casei com você por dinheiro. Se precisarmos de mais, posso ganhá-lo.

– Como?

– Não sei. Não vendendo meu corpo, provavelmente. Não depois do que aconteceu com Manfred.

– Nem brinque com isso – disse ele.

Sua mão se abateu sobre a dela, grande e morna. A voz aguda e estridente de Aidan McCallum flutuou pelo ar, e um pensamento súbito ocorreu a Brianna.

– O seu... ahn, rebanho... – Ela achou graça na palavra e riu, apesar da seriedade da pergunta. – Eles vão se importar que eu seja católica? – Virou-se para ele de repente, e outro pensamento veio rapidamente no encalço do primeiro. – Você... você não está pedindo para eu me converter?

– Não, não estou – respondeu ele depressa, firme. – De jeito nenhum. Quanto ao que as pessoas podem pensar... ou dizer... – Seu rosto estremeceu, dividido entre o desalento e a determinação. – Se elas não estiverem dispostas a aceitar, bem... podem ir para o inferno e pronto.

Ela deu uma gargalhada e ele a imitou com uma risada falha, mas incontida.

– O gato do Ministro está irreverente – brincou ela. – E como se diz isso em gaélico?

– Não faço ideia. Mas o gato do Ministro está aliviado – acrescentou ele, ainda sorrindo. – Não sei o que você pode estar pensando em relação a isso.

– Eu não tenho muita certeza do que estou pensando em relação a isso – admitiu ela. – Apertou sua mão de leve. – Mas vejo que você está feliz.

– Dá para ver?

Ele sorriu, e o último resquício de luz do fim de tarde iluminou seus olhos por um instante, um verde profundo e tremeluzente.

– Dá. Você está meio... aceso por dentro. – Ela sentiu a garganta se contrair. – Roger... não vai se esquecer de mim e de Jem, vai? Não sei se eu posso competir com Deus.

Ele pareceu fulminado ao ouvir isso.

– Não – falou, apertando mais a mão dela, com força suficiente para fazer a aliança afundar na carne. – Nunca.

Eles passaram algum tempo sentados em silêncio enquanto os vaga-lumes flutuavam como uma neve verde e vagarosa, e seu canto silencioso de acasalamento acendia a grama e as árvores cada vez mais escuras. O rosto de Roger foi sumindo conforme a luz caía, embora ela ainda conseguisse distinguir o contorno de seu maxilar, contraído de determinação.

– Eu juro a você, Bree – falou. – O que quer que eu esteja sendo chamado para fazer agora, e só Deus sabe o que é, fui chamado primeiro para ser seu marido. Seu marido e pai dos seus filhos antes de todas as coisas... e isso eu sempre vou ser. Faça eu o que fizer, nunca vai ser à custa da família, prometo.

– Tudo que eu quero é que você me ame – disse ela baixinho para a escuridão. – Não por causa do que eu sei fazer ou da minha aparência, nem porque eu amo você... pelo simples fato de eu ser.

– Um amor perfeito, incondicional? – indagou ele, igualmente baixinho. – Alguns diriam que só Deus ama assim... mas eu posso tentar.

– Ah, eu tenho fé em você – disse ela, e sentiu o calor que emanava dele alcançar seu próprio coração.

– Espero que sempre tenha – disse ele.

Levou a mão dela aos lábios e beijou-lhe o nó dos dedos numa saudação formal, o hálito morno sobre sua pele.

Como para testar a resolução da declaração que ele acabara de fazer, a voz de Jem pôs-se a subir e descer na brisa do início da noite, uma pequena sirene urgente.

– PapaaaaiiiiiPapaaaaiiiiiPAPAAAAAIIII...

Roger deu um suspiro profundo, inclinou-se para a frente e a beijou num instante de suave e profunda conexão, em seguida se levantou para lidar com a emergência do momento.

Brianna ainda ficou sentada um tempo, escutando. O ruído de vozes masculinas vinha do outro lado da clareira, agudo e grave, pergunta e resposta, reconforto e animação. Não era uma emergência; Jem queria ser levantado até em cima de uma árvore alta demais para ele subir sozinho. Então vieram risos, um farfalhar louco de folhas... ah, caramba, Roger tinha subido na árvore também. Estavam todos os três lá em cima, piando feito corujas.

– Está rindo de quê, *a nighean*?

Seu pai surgiu do meio da noite recendendo a cavalo.

– De tudo – respondeu ela, afastando-se de lado de modo a abrir espaço para ele se sentar.

Era verdade. Tudo parecia subitamente brilhante: a luz das velas nas janelas da Casa Grande, os vaga-lumes na grama, o fulgor no rosto de Roger ao lhe revelar seu desejo. Ela ainda podia sentir o contato da boca dele na sua, fazendo seu sangue borbulhar.

Jamie levantou a mão, capturou um vaga-lume que passava e o segurou por um instante dentro do vão escuro da mão fechada, onde o inseto ficou acendendo e apagando, fazendo a luz fria vazar por entre os dedos. Ao longe, Brianna ouviu um breve trecho da voz da mãe passar por uma janela aberta; Claire estava cantando "Clementine".

Agora os meninos e Roger uivavam para a lua, embora esta não passasse de uma foice pálida no horizonte. Ela sentiu o corpo do pai estremecer também com uma risada silenciosa.

– Isso me lembra a Disneylândia – falou, por impulso.

– Ah, é? Onde fica isso?

– É um parque de diversões... para crianças – explicou ela, pois sabia que, embora houvesse parques de diversões em lugares como Londres e Paris, eram estabelecimentos apenas para adultos.

Naquela época ninguém pensava em entreter crianças com algo além das suas próprias brincadeiras e um ou outro brinquedo.

– Papai e mamãe me levavam lá todo verão – disse ela, escorregando de volta sem dificuldade para os dias quentes e ensolarados e para as noites cálidas da Califórnia. – As árvores todas tinham luzinhas piscantes... os vaga-lumes me lembram essas luzes.

Jamie abriu a palma da mão; o vaga-lume, subitamente livre, pulsou uma ou duas vezes, então abriu as asas com um leve zumbido e subiu pelo ar, flutuando para cima e para longe.

– *Dwelt a miner, forty-niner, and his daughter Clementine...* – cantava Claire.

– Como era nessa época? – perguntou ele, curioso.

– Ah... era maravilhoso. – Bree sorriu consigo mesma ao rever as luzes brilhantes da Main Street, a música, os espelhos e os lindos cavalos cheios de fitas do Carrossel do Rei Arthur. – Havia... brinquedos, era assim que chamávamos. Um barco onde você podia flutuar através da floresta num rio e ver crocodilos, hipopótamos e caçadores de cabeças...

– Caçadores de cabeças? – indagou ele, intrigado.

– Não de verdade – garantiu-lhe ela. – Tudo faz de conta, mas é como... bom, é um mundo em si. Quando você está lá, o mundo real meio que desaparece; nada de mau pode acontecer. As pessoas chamam aquilo de "O lugar mais feliz da Terra"... e durante um tempinho parece mesmo ser assim.

– *Light she was, and like a fairy, and her shoes were number nine. Herring boxes without topses, sandals were for Clementine.* – "Ela era leve, parecia uma fada, e calçava 39. Caixas de arenque sem tampa eram as sandálias de Clementine."

– E ouvia-se música por toda parte, o tempo todo – continuou Bree, sorrindo. – Bandas... grupos de músicos tocando instrumentos, sopros, percussões e outros... ficavam subindo e descendo as ruas e tocavam em coretos...

– Sim, isso acontece em parques de diversão. Ou acontecia na única vez em que estive em um.

Ela também pôde ouvir um sorriso na voz do pai.

– Aham. E havia personagens de desenho animado andando de um lado para outro... eu já lhe contei sobre os personagens de desenho animado. Você podia ir apertar a mão do Mickey ou...

– De quem?

– Do Mickey. – Ela riu. – Um camundongo bem grande, de tamanho real... tamanho humano, quero dizer. Ele usa luvas.

– Um rato gigante? – perguntou ele, soando levemente espantado. – E as pessoas levam crianças para brincar com ele?

– Rato não, camundongo – corrigiu ela. – E na verdade é uma pessoa fantasiada de camundongo.

– Ah, é? – fez ele, sem soar muito reconfortado.

– É. E um enorme carrossel com cavalos pintados, e um trem que passa pelas Cavernas do Arco-Íris onde existem grandes joias incrustadas nas paredes, e riachos coloridos com água vermelha ou azul... e bares de suco de laranja. Ah, os bares de suco de laranja!

Ela gemeu baixinho ao recordar a doçura gelada, ácida e forte.

– Então era bom? – perguntou ele baixinho.

– *Thou are lost and gone forever, Dreadful sorry... Clementine.*

– Era – respondeu ela.

Deu um suspiro e passou alguns instantes calada. Então encostou a cabeça no ombro dele e envolveu com a mão seu braço grande e sólido.

– Sabe de uma coisa? – disse, e ele respondeu com um pequeno ruído de interrogação. – Era bom, *sim*... era ótimo... mas o que eu gostava mesmo naquilo era que, quando estávamos lá, éramos só nós três, e tudo era perfeito. Mamãe não se preocupava com os pacientes, papai não estava escrevendo nenhum artigo... eles nunca ficavam calados ou bravos um com o outro. Os dois riam... todos nós ríamos, o tempo todo... enquanto estávamos lá.

Jamie não respondeu, mas inclinou a cabeça até fazê-la encostar na de Brianna. Ela tornou a suspirar profundamente.

– Jemmy nunca irá à Disneylândia... mas vai ter isso. Uma família que ri... e milhões de luzinhas nas árvores.

PARTE VII

Morro abaixo

53

PRINCÍPIOS

Da Cordilheira dos Frasers, Carolina do Norte,
no terceiro dia de julho, Anno Domini 1774,
Do distinto cavalheiro James Fraser
A lorde John Grey, da Fazenda Mount Josiah, na colônia da Virgínia

Meu caro amigo,

Não sei por onde começar a expressar nossa gratidão por seu gentil ato de mandar uma ordem de pagamento emitida pelo seu banco como adiantamento pela eventual venda dos objetos que lhe confiei. O sr. Higgins, ao me entregar esse documento, demonstrou muito tato, é claro... Mas ainda assim percebi, pelo seu comportamento ansioso e por seus esforços para ser discreto, que o senhor talvez acredite que nós estejamos em situação crítica. Apresso-me em lhe garantir que não é o caso; ainda nos viramos bastante bem no que tange às questões de vitualhas, roupas, e as necessidades da vida.

Eu disse que lhe contaria os detalhes do caso, e vejo que devo fazê-lo, nem que seja para dissuadi-lo da visão de minha família e meus arrendatários assolados pela fome.

Além de uma pequena obrigação jurídica que exige numerário, estou atualmente imerso numa questão de negócios que envolve a compra de certo número de armas de fogo. Tinha esperança de adquiri-las graças aos préstimos de um amigo, mas constato que esse arranjo não será mais possível; preciso arrumar outro jeito.

Eu e minha família fomos convidados a um churrasco em homenagem à srta. Flora MacDonald, heroína do levante... Acredito que o senhor saiba de quem se trata. Lembro-me de ter me contado que certa vez a encontrou em Londres quando ela estava presa lá. O evento será no mês que vem na fazenda de minha tia, River Run. Como haverá muitos escoceses presentes, alguns vindos de distâncias consideráveis, tenho esperanças de, com numerário em mãos, poder conseguir tomar providências para obter as armas necessárias por outros meios. Com relação a isso, caso as suas conexões possam sugerir qualquer meio útil desse tipo, eu lhe ficaria grato se pudesse me avisar.

Escrevo depressa, pois o sr. Higgins tem outras obrigações, mas minha filha me pede para mandar junto com esta uma caixa de fósforos, invenção de sua própria lavra. Ela deu instruções cuidadosas ao sr. Higgins quanto ao seu uso, de modo que, se ele não pegar fogo inadvertidamente durante o trajeto da volta, poderá lhe demonstrar como usá-los.

Seu humilde e obediente criado,

James Fraser

Postscriptum: Preciso de trinta mosquetões, com o máximo possível de pólvora e munição. As armas não precisam ser de fabricação recente, mas têm de estar bem conservadas e funcionando.

– "Outros meios"? – questionei, observando-o despejar areia sobre a carta antes de dobrá-la. – Contrabandistas, você quer dizer? Nesse caso, tem certeza de que lorde John vai entender o que está querendo dizer?

– Isso, e ele vai entender, sim – garantiu-me Jamie. – Eu mesmo conheço alguns contrabandistas que trazem coisas pelas barreiras de fora. Mas ele deve conhecer os que passam por Roanoke... e lá existe mais contrabando ainda por causa do bloqueio em Massachusetts. As mercadorias passam pela Virgínia e seguem para o norte por terra.

Ele pegou uma fina vela de cera de abelha na prateleira, segurou-a junto às brasas da lareira, em seguida deixou a cera mole e marrom pingar até formar uma pocinha na dobra da carta. Inclinei-me para a frente e pressionei as costas da mão esquerda na cera mole, imprimindo ali a marca da minha aliança de casamento.

– Maldito Manfred McGillivray – disse ele, sem qualquer ênfase especial. – As armas vão custar três vezes mais, e terei de comprá-las de um contrabandista.

– Mas você vai perguntar sobre ele? No churrasco, quero dizer?

Flora MacDonald, a mulher que havia salvado Charles Stuart dos ingleses depois de Culloden vestindo-o com as roupas de sua criada e levando-o clandestinamente até os franceses na ilha de Skye, era uma lenda viva para os habitantes das Terras Altas escocesas, e sua recente chegada à colônia era um assunto que provocava grande animação, e cujas notícias chegavam até lugares tão remotos quanto a Cordilheira. Todo escocês conhecido no vale do Cabo do Medo, e muitos de mais longe ainda, iriam comparecer ao churrasco em sua homenagem. Não havia lugar melhor para noticiar o sumiço de um rapaz.

Ele ergueu os olhos para mim, surpreso.

– É claro que vou, Sassenach. O que você acha que eu sou?

– Eu acho que você é muito bom – falei, dando-lhe um beijo na testa. – Ainda que um pouquinho temerário. E reparei que tomou o cuidado de não dizer a lorde John por que precisa de trinta mosquetões.

Ele deu um leve muxoxo e recolheu os grãos de areia da mesa com cuidado dentro da palma da mão.

– Eu mesmo não tenho certeza, Sassenach.

– Como assim? – indaguei, surpresa. – Não pretende entregar as armas a Pássaro, no fim das contas?

Ele não respondeu na hora, mas os dois dedos rígidos de sua mão direita tamborilaram de leve o tampo da mesa. Então deu de ombros, estendeu a mão para a pilha de jornais e livros-caixa e pegou um papel que entregou a mim. Era uma carta de John Ashe, um comandante da milícia que fora seu colega durante a Guerra da Regulação.

– No quarto parágrafo – falou, ao me ver franzir o cenho diante de um relato dos últimos contratempos entre o governador e a Assembleia.

Obedeci, desci ao final da página até o ponto indicado e senti um pequeno calafrio premonitório.

– "Propõe-se um Congresso Continental..." – comecei a ler. – "... com representantes de cada colônia. A câmara baixa da Assembleia de Connecticut já começou a deliberar a escolha desses homens, agindo por meio de Comitês de Correspondência. Alguns cavalheiros que você conhece bem propõem que a Carolina do Norte faça o mesmo, e irão se reunir para resolver a questão em meados de agosto. Gostaria que você viesse se juntar a nós, amigo, pois estou convencido de que seu coração e sua mente devem estar do nosso lado na questão da liberdade. Com certeza, um homem como você não é amigo da tirania."

"Alguns cavalheiros que você conhece bem", repeti, e pousei a carta. "Sabe a quem ele está se referindo?"

– Posso adivinhar.

– Meados de agosto, ele diz. Antes do churrasco, você acha, ou depois?

– Depois. Um dos outros me mandou a data da reunião. Vai ser em Halifax.

Larguei a carta. A tarde estava parada e quente, e o fino tecido de minha combinação estava úmido, bem como as palmas das minhas mãos.

– Um dos outros – repeti.

Ele me lançou um olhar rápido e um meio sorriso e pegou a carta.

– Do Comitê de Correspondência.

– Ah, claro – falei. – Você poderia ter me contado.

Naturalmente, ele havia arrumado um jeito de conquistar as graças do Comitê de Correspondência da Carolina do Norte, o centro das intrigas políticas, onde estavam sendo plantadas as sementes da rebelião, ao mesmo tempo que ocupava um cargo de confiança como agente indígena da Coroa britânica e trabalhava supostamente para armar os índios de modo a suprimir essas mesmas sementes de rebelião.

– Estou dizendo, Sassenach – afirmou ele. – Essa é a primeira vez que eles me pedem para encontrá-los, mesmo em particular.

– Entendo – falei, baixinho. – E você vai? Chegou... chegou a hora?

Hora de dar o salto, de se declarar abertamente um nacionalista, mesmo que não ainda um rebelde. Hora de mudar sua fidelidade pública e correr o risco de ser tachado de traidor. Outra vez.

Ele deu um suspiro fundo e esfregou a mão nos cabelos. Tinha passado algum tempo pensando: os fios curtos de vários pequenos redemoinhos estavam arrepiados.

– Não sei – respondeu, por fim. – Ainda faltam dois anos, não? Dia 4 de julho de 1776... foi o que Brianna disse.

– Não – falei. – Faltam dois anos para a declaração de independência... mas Jamie, a luta já vai ter começado. Essa data já vai ser tarde demais.

Ele encarou as cartas sobre a mesa e meneou a cabeça com pesar.

– É, então vai ter que ser logo.

– E é provável que seja razoavelmente seguro – falei, hesitante. – Aquilo que você me contou sobre Henderson ter comprado terras no Tennessee: se ninguém o está detendo, não consigo imaginar ninguém no governo se agitando a ponto de vir até aqui tentar nos expulsar. E com certeza não se ficassem sabendo que você apenas *se encontrou* com os nacionalistas locais, não é?

Ele me abriu um leve sorriso de ironia.

– Não é com o governo que estou preocupado, Sassenach. É com o pessoal aqui perto. Não foi o governo que enforcou os O'Brians e incendiou a casa deles, foi? Nem Richard Brown, nem os índios. Aquilo não foi feito por causa de lei ou de lucro; aquilo foi feito por ódio, e muito provavelmente por alguém que os conhecia.

Isso fez um calafrio mais pronunciado descer por minhas costas. Havia bastante desacordo e debate político na Cordilheira, sim, mas as coisas ainda não tinham alcançado o estágio de brigas físicas, quanto mais de incêndios e assassinatos.

Mas alcançariam.

Eu me lembrava, lembrava-me bem demais. Abrigos antibomba e cupons de racionamento, guardas do toque de recolher e o espírito de cooperação contra um terrível inimigo. E as histórias da Alemanha, da França. Pessoas delatadas, denunciadas à SS, arrancadas de casa... outras escondidas em sótãos e celeiros e contrabandeadas pela fronteira.

Numa guerra, governos e seus exércitos eram uma ameaça, mas muitas vezes quem condenava ou salvava você eram os vizinhos.

– Quem? – perguntei, seca.

– Eu poderia dar um palpite – disse ele, dando de ombros. – Os McGillivrays? Richard Brown? Os amigos de Hodgepile... se é que ele tinha algum. Amigos de qualquer um dos outros homens que matamos? O índio que você conheceu... Donner? Isso se ele ainda estiver vivo. Neil Forbes? Ele tem uma rixa com Brianna, e ela e Roger Mac fariam bem em se lembrar disso. Hiram Crombie e seu pessoal?

– Hiram? – falei, em tom de dúvida. – É bem verdade que ele não gosta muito de você, e quanto a mim... mas...

– Bom, eu duvido – admitiu ele. – Mas é possível, não? O pessoal dele não apoiou nem um pouco os jacobitas; tampouco vão ficar contentes com um movimento para derrubar o rei deste lado da poça.

Aquiesci. Crombie e os outros deviam necessariamente ter prestado um juramento de fidelidade ao rei Jorge antes de receberem permissão para viajar até a América. Jamie, necessariamente, havia prestado o mesmo juramento como parte de seu perdão. E precisava, mais necessariamente ainda, quebrá-lo. Mas quando?

Ele havia parado de tamborilar e os dedos agora repousavam na carta à sua frente.

– Acho que você tem razão, Sassenach – disse ele.

– Em relação a quê? Ao que vai acontecer? Você sabe que eu tenho – falei, um pouco surpresa. – Bree e Roger também lhe disseram. Por quê?

Ele esfregou a mão nos cabelos devagar.

– Eu nunca lutei por uma questão de princípio – disse ele, refletindo, e balançou a cabeça. – Só por necessidade. Fico pensando, será que seria melhor?

Sua voz não soava abalada, apenas curiosa de um jeito meio distanciado. Mesmo assim, achei aquilo um pouco perturbador.

– Só que desta vez há princípios – protestei. – Na verdade, talvez esta seja a primeira guerra jamais travada por causa de princípios.

– Em vez de algo sórdido como comércio ou terras? – sugeriu Jamie, arqueando a sobrancelha.

– Não estou dizendo que o comércio e as terras não têm nada a ver com a questão – respondi, perguntando-me como exatamente havia conseguido me tornar uma defensora da Revolução Americana, período histórico que só conhecia dos livros escolares de Brianna. – Mas a questão vai muito além disso, você não acha? *Nós consideramos essas verdades evidentes, de que todos os homens são criados iguais, de que são dotados pelo Criador de determinados direitos inalienáveis, de que entre eles estão a vida, a liberdade e a busca da felicidade.*

– Quem disse isso? – perguntou Jamie, interessado.

– Thomas Jefferson vai dizer... em nome da nova república. Chama-se Declaração da Independência. Vai se chamar.

– Todos os homens – repetiu ele. – Acha que está se referindo aos índios também?

– Não sei dizer – falei, um tanto irritada por ser forçada a assumir essa posição. – Eu não o conheci. Se conhecer, pergunto, que tal?

– Deixe estar. – Ele ergueu os dedos num gesto curto de quem encerra a questão. – Eu mesmo vou perguntar, e vou ter a oportunidade. Enquanto isso, vou perguntar a Brianna. – Ele olhou para mim. – Embora, Sassenach, com relação a princípios...

Recostando-se na cadeira, ele cruzou os braços em frente ao peito e fechou os olhos.

– *Contanto que apenas cem de nós permaneçam vivos* – falou, com precisão –, *nunca, sob quaisquer condições, seremos submetidos ao domínio dos ingleses. Na verdade não é pela glória que lutamos, nem pelas riquezas, nem pela honra, mas sim pela liberdade... por ela apenas, da qual homem nenhum abre mão senão à custa da própria vida.*

Então abriu os olhos e lançou-me um sorriso torto.

– A Declaração de Arbroath – prosseguiu. – Escrita uns quatrocentos anos atrás. Por falar em princípios, não é mesmo?

Em seguida se levantou, mas permaneceu de pé junto à mesa surrada que usava como escrivaninha, com os olhos baixados para a carta de Ashe.

– Quanto aos meus próprios princípios – falou, como para si mesmo, mas então olhou para mim como se de repente tivesse percebido que eu ainda estava ali. – Sim, acho que pretendo entregar os mosquetões a Pássaro. Embora talvez venha a ter motivos para me arrepender disso, e daqui a dois ou três anos talvez os encontre apontados para mim. Mas ele os terá, e fará com eles o que lhe parecer mais adequado, para defender a si e o seu povo.

– O preço da honra, é?

Ele baixou os olhos para mim com uma sombra de sorriso.

– Pode chamar de indenização por morte.

54

O CHURRASCO DE FLORA MACDONALD

Fazenda River Run
6 de agosto de 1774

O que se diz a um ícone? Ou ao marido de um ícone, aliás?

– Ah, eu vou desmaiar, sei que vou. – Rachel Campbell agitava o leque com força suficiente para produzir uma brisa perceptível. – O que direi a ela?

– "Bom dia, sra. MacDonald"? – sugeriu seu marido, com um débil sorriso a espreitar no canto da boca murcha.

Rachel o acertou com um golpe certeiro do leque e o fez se encolher com uma risadinha. Apesar de ter 35 anos a mais do que ela, Farquard Campbell se comportava com a esposa de um modo descontraído e provocador que contrastava bastante com sua atitude em geral distinta.

– Eu vou desmaiar – tornou a declarar Rachel, que obviamente havia escolhido aquilo como uma estratégia social clara.

– Bem, você deve fazer como quiser, *a nighean*, é claro, mas se desmaiar quem vai ter de catá-la do chão será o sr. Fraser. Meus velhos membros não dão conta do recado.

– Ah! – Rachel lançou um rápido olhar para Jamie, que lhe sorriu, então escondeu o rubor atrás do leque.

Embora evidentemente gostasse do marido, não fazia segredo quanto à admiração que tinha pelo meu.

– Seu humilde criado, senhora – assegurou-lhe Jamie com gravidade, curvando-se.

Ela deu uma risadinha. Longe de mim querer difamar a mulher, mas ela definitivamente deu uma risadinha. Cruzei olhares com Jamie e escondi um sorriso atrás do leque.

– E *o senhor*, sr. Fraser, o que vai dizer a ela?

Jamie franziu os lábios e, com uma expressão pensativa, semicerrou os olhos para o sol forte que entrava pelo meio dos olmos a margear o gramado de River Run.

– Ah, acho que talvez diga que o tempo se manteve firme para ela. A última vez que nos encontramos estava chovendo.

A boca de Rachel se escancarou e seu leque caiu. O marido se abaixou para pegá-lo com um grunhido audível, mas ela não lhe dedicou atenção alguma.

– O senhor a *encontrou*? – exclamou ela, com os olhos arregalados de animação. – Quando? Onde? Com o prín... com *ele*?

– Ah, não – respondeu Jamie, sorrindo. – Foi em Skye. Eu tinha ido lá com meu pai, tratar de uma questão relacionada a ovelhas. Em Portree, cruzamos por acaso com Hugh MacDonald, de Armadale... padrasto da srta. Flora, sim? E ele tinha levado a menina à cidade para lhe fazer um agrado.

– Ah! – Rachel estava encantada. – E ela era tão linda e graciosa quanto dizem?

Jamie franziu o cenho enquanto pensava no que responder.

– Bem, não – falou. – Estava muito gripada na ocasião, e sem dúvida teria ficado bem mais bonita sem o nariz vermelho. Graciosa? Bem, eu na verdade não diria isso. Ela arrancou um pastel da minha mão e comeu.

– E quantos anos vocês tinham na época? – perguntei, ao ver a boca de Rachel se escancarar de horror.

– Ah, uns 6 – respondeu Jamie, alegre. – Ou 7. Não me lembro bem, só sei que lhe dei um chute na canela quando ela roubou meu pastel, e ela puxou meu cabelo.

Um pouco refeita do choque, Rachel pôs-se a pressionar Jamie por mais recordações, pressão que ele repeliu rindo e fazendo piadas.

Tinha ido lá preparado para a ocasião, claro. Por toda a fazenda trocavam-se histórias, bem-humoradas, admirativas e nostálgicas, sobre os dias anteriores a Culloden. Era estranho que a derrota de Charles Stuart e sua fuga ignominiosa tivessem transformado Flora MacDonald em heroína e unido aqueles exilados das Terras Altas de uma forma que eles jamais poderiam ter conseguido, quanto mais mantido, se Stuart de fato houvesse vencido.

Ocorreu-me de repente que era provável Charlie ainda estar vivo, morrendo discretamente de tanto beber em Roma. Para fins práticos, porém, ele já estava morto havia muito tempo para aquelas pessoas que o tinham amado ou odiado. O âmbar do tempo o havia lacrado para sempre naquele único instante definidor de sua vida – *Bliadha Tearlach*; queria dizer o "Ano de Charlie", e as pessoas ainda o chamavam assim.

O que estava causando essa onda de sentimento era a vinda de Flora, claro. Que estranho para ela, pensei, com uma pontada de empatia, e pela primeira vez me perguntei o que eu própria poderia lhe dizer.

Eu já tinha encontrado pessoas famosas, a começar pelo formoso príncipe. Mas sempre as havia encontrado quando elas, assim como eu, estavam no meio de suas vidas normais, antes de terem passado pelos acontecimentos fundamentais que as tornariam famosas, sendo portanto apenas pessoas comuns. Com exceção de Luís... mas, enfim, ele era rei. Existem regras de etiqueta para se lidar com reis, já que afinal de contas ninguém jamais os aborda como pessoas normais. Nem mesmo quando...

Abri meu leque com um estalo e senti o sangue acorrer às faces e ao corpo todo. Inspirei profundamente, tentando não abanar o leque do mesmo jeito frenético de Rachel, embora quisesse fazê-lo.

Em todos os anos desde que aquilo acontecera, eu não havia recordado sequer uma vez de modo específico aqueles dois ou três minutos de intimidade física com Luís da França. Não de forma deliberada, Deus bem sabia, e tampouco por acidente.

De repente, porém, a lembrança havia me tocado da mesma forma repentina que a mão de alguém saído de uma multidão para agarrar meu braço. Agarrar meu braço, levantar minha saia e me penetrar de um modo bem mais chocante e intrusivo do que havia sido a experiência em si.

O ar à minha volta estava tomado pelo aroma de rosas, e escutei o rangido da armação do vestido quando o peso de Luís se apoiou nela e ouvi seu suspiro de prazer. O cômodo estava escuro, iluminado por uma única vela. Esta tremeluziu na periferia do meu campo de visão, então foi obscurecida pelo homem entre as minhas...

– Meu Deus, Claire! Você está bem?

Eu não chegara a cair, graças a Deus. Havia me desequilibrado para trás até encostar na parede do mausoléu de Hector Cameron, e Jamie, ao me ver despencar, tinha dado um salto para me segurar.

– Solte – falei, ofegante, mas num tom imperativo. – Me solte!

Ele ouviu o viés de terror na minha voz e soltou um pouco, mas não conseguiu se obrigar a soltar por completo, temendo que eu caísse. Com a energia do puro pânico, endireitei as costas e me desvencilhei dele.

Continuava sentindo cheiro de rosas. Não o cheiro forte de óleo de rosas: cheiro de rosas frescas. Então voltei a mim e me dei conta de que estava em pé junto a um imenso arbusto de rosas-silvestres amarelas, treinado para subir pelo mármore branco do mausoléu.

Saber que as rosas eram reais me reconfortou, mas continuei com a sensação de estar na beira de um imenso abismo, sozinha, separada de qualquer outra alma no Universo. Jamie estava perto o suficiente para eu poder tocá-lo, mas era como se estivesse a uma distância imensurável.

Ele então me tocou e disse meu nome, de modo insistente, e do mesmo modo repentino que havia se aberto a distância entre nós se fechou. Quase caí nos seus braços.

– O que foi, *a nighean*? – sussurrou ele, segurando-me junto ao peito. – O que assustou você?

O coração dele também batia forte sob meu ouvido. Eu o deixara com medo também.

– Nada – falei, e uma onda avassaladora de alívio me submergiu quando percebi estar segura no presente. Luís tinha retornado às sombras, outra vez uma lembrança desagradável, mas inofensiva.

A sensação estonteante de violação, perda, tristeza e isolamento havia recuado, e já não passava de uma sombra em meus pensamentos. Melhor de tudo, Jamie estava presente: sólido, físico, recendendo a suor, uísque e cavalos... e *presente*. Eu não o perdera.

Outras pessoas se aglomeravam em volta, curiosas e solícitas. Rachel me abanava com energia, e a brisa de seu leque me acalmou. Eu estava ensopada de suor, com finas mechas de cabelo grudadas no pescoço molhado.

– Eu estou bem – murmurei, repentinamente encabulada. – Só fiquei um pouco tonta... que calor...

Um coro de ofertas para buscar vinho, um copo de creme batido com vinho, limonada com conhaque ou uma pena queimada foi superado quando Jamie tirou do *sporran* uma garrafinha de uísque. Era o uísque de três anos, dos tonéis de cerejeira, e tive um temor ao sentir seu cheiro e me lembrar da noite em que ficáramos bêbados juntos depois de ele me resgatar de Hodgepile e seus homens. Meu Deus, será que eu estava prestes a ser atirada de novo *naquele* buraco?

Mas não. O uísque foi apenas quente e consolador, e logo no primeiro gole eu me senti mais disposta.

Um flashback. Já tinha ouvido colegas falarem a respeito e discutirem se era o mesmo fenômeno que o trauma de guerra e, caso fosse, se existia mesmo ou se deveria ser descartado como simples "nervosismo".

Estremeci por um instante e tomei outro gole. Aquilo com certeza existia. Eu estava me sentindo bem melhor, mas fora abalada até o âmago, e meus ossos ainda pareciam liquefeitos. Além dos débeis ecos da experiência em si, havia outro pensamento bem mais perturbador. Aquilo já tinha acontecido antes uma vez, quando Ute McGillivray me atacara. Haveria a probabilidade de acontecer de novo?

– Quer que eu a carregue até lá dentro, Sassenach? Talvez você devesse deitar um pouco.

Jamie havia enxotado as pessoas preocupadas, mandado um escravo buscar um banquinho para mim, e agora estava em pé ao meu lado feito uma abelha aflita.

– Não, eu agora estou bem – garanti a ele. – Jamie...

– Sim, menina?

– Você... Quando você... Por acaso você...

Inspirei fundo, tomei outro gole de uísque e tornei a tentar.

– Às vezes eu acordo no meio da noite e vejo você... se debatendo... e fico pensando que é por causa de Jack Randall. É um sonho que você tem?

Ele passou alguns instantes a me encarar com o rosto desprovido de expressão, mas seus olhos se moviam, perturbados. Olhou para um lado e para o outro, mas estávamos sozinhos agora.

– Por quê? – indagou em voz baixa.

– Eu preciso saber.

Ele inspirou, engoliu saliva e aquiesceu.

– É. Às vezes são sonhos. E... tudo bem. Eu acordo e sei onde estou, faço uma prece e... fica tudo bem. Mas de vez em quando... – Ele fechou os olhos por alguns instantes, então tornou a abri-los. – Eu *estou* acordado. Mas apesar disso estou lá, com Jack Randall.

– Ah. – Dei um suspiro, sentindo ao mesmo tempo uma terrível tristeza por ele e uma espécie de reconforto. – Então eu não estou ficando louca.

– Você acha? – retrucou ele, seco. – Bem, fico feliz em ouvir isso, Sassenach.

Ele estava bem perto, com o pano do kilt roçando meu braço, para que eu pudesse me apoiar nele caso de repente ficasse tonta outra vez. Olhou para mim com atenção, para se certificar de que eu não iria cair, então tocou meu ombro, disse um curto "fique sentada" e saiu.

Não foi muito longe, só até as mesas arrumadas sob as árvores na borda do gramado. Ignorando os escravos que arrumavam a comida para o churrasco, inclinou-se por cima de uma travessa de lagostins aferventados e pegou algo dentro de uma tigelinha minúscula. Então voltou e se abaixou para segurar minha mão. Esfregou os dedos um no outro, e uma pitada de sal salpicou minha palma aberta.

– Tome – sussurrou. – Fique com isso, Sassenach. Quem quer que seja, ele não vai tornar a perturbá-la.

Fechei a mão sobre os grãos úmidos, sentindo-me absurdamente reconfortada. Só alguém das Terras Altas para saber exatamente o que fazer num caso de assombração diurna! Diziam que o sal mantinha o fantasma no túmulo. E se Luís ainda estava vivo, o outro homem, fosse quem fosse, aquele peso sobre mim no escuro, com certeza estava morto.

Houve um súbito burburinho de animação quando um chamado se fez ouvir do rio: o barco tinha sido avistado. Num só movimento, a multidão ficou na ponta dos pés, sem ar de tanta expectativa.

Sorri, mas mesmo assim senti o contágio estonteante daquilo me tocar. As gaitas então iniciaram seu lamento, e na mesma hora as lágrimas contidas fizeram minha garganta se contrair.

Num gesto inconsciente, Jamie apertou meu ombro com mais força, e ao erguer os olhos eu o vi esfregar os nós dos dedos com força no lábio superior ao mesmo tempo que se virava na direção do rio.

Olhei para baixo, piscando para me conter, e quando minha visão se desanuviou vi os grãos de sal no chão, cuidadosamente espalhados diante dos portões do mausoléu.

Ela era bem menor do que eu imaginava. É sempre assim com pessoas famosas. Os espectadores se aglomeraram, assombrados a ponto de esquecer os bons modos, todos vestidos com suas melhores roupas num absoluto mar de xadrez. Vi de relance o alto de sua cabeça, cabelos escuros presos num penteado alto enfeitado com rosas brancas, que em seguida sumiu por trás das costas aglomeradas da multidão reunida para recebê-la.

Dava para ver seu marido Allan. Um homem corpulento e belo, com os cabelos riscados de grisalho presos cuidadosamente para trás, ele estava em pé atrás da esposa – pelo menos foi o que imaginei –, curvando-se e sorrindo ao receber a enxurrada de elogios e boas-vindas em gaélico.

Contra minha própria vontade, tive um impulso de correr até lá na frente e encará-la da mesma forma que todo mundo. Mantive-me firme, porém. Eu estava com Jocasta na varanda; a sra. MacDonald viria até nós.

Dito e feito: Jamie e Duncan abriam caminho com firmeza entre a multidão, numa formação em cunha que contava também com Ulysses, o mordomo negro de Jocasta.

– É ela mesmo? – murmurou Brianna junto ao meu ombro, com os olhos cheios de interesse pregados na multidão movente da qual os homens agora haviam extraído a convidada de honra, que escoltavam gramado acima desde o cais em direção à varanda. – Ela é menor do que eu pensava. Ah, que pena Roger não estar aqui... ele daria tudo para vê-la!

Roger estava passando um mês no Seminário Presbiteriano de Charlotte, para que suas qualificações em vistas da ordenação fossem examinadas.

– Ele talvez consiga vê-la em outra ocasião – murmurei de volta. – Ouvi dizer que eles compraram uma fazenda perto do Córrego do Churrasco, para os lados de Mount Pleasant.

E iriam passar no mínimo mais um ou dois anos na colônia, mas eu não disse isso em voz alta. Até onde as pessoas ali sabiam, os MacDonalds haviam emigrado de forma definitiva.

Mas eu tinha visto a alta pedra comemorativa em Skye, cidade onde Flora MacDonald nascera e onde um dia iria morrer, desiludida com a América.

Não era a primeira vez que eu encontrava alguém já conhecendo seu destino, claro... mas isso era sempre perturbador. A multidão se abriu e ela surgiu, miúda e bela, rindo para Jamie com o rosto erguido. Ele a segurava por baixo do cotovelo para guiá-la até a varanda, e fez um gesto de apresentação na minha direção.

Ela ergueu os olhos, em expectativa, cruzou olhares comigo, piscou, e seu sorriso se esvaneceu por um instante. Retornou em um segundo, e ela se curvou para mim e eu para ela, mas fiquei me perguntando o que ela vira no meu rosto.

Mas ela se virou na mesma hora para cumprimentar Jocasta e apresentar as filhas crescidas, Anne e Fanny, um filho, um genro, o marido... e ao encerrar essa profusão de apresentações já estava inteiramente controlada, e me cumprimentou com um sorriso encantador e gentil.

– Sra. Fraser! Que prazer conhecê-la enfim. Ouvi tantas histórias sobre a sua bondade e perícia, confesso que estou intimidada por estar na sua presença.

Isso foi dito com tamanho calor humano e tamanha sinceridade enquanto ela me segurava pelas duas mãos que me surpreendi respondendo, apesar de cinicamente me perguntar com quem ela havia conversado a meu respeito. Minha reputação em Cross Creek e Campbelton era notória, mas de modo algum motivo de elogios generalizados.

– Tive a honra de conhecer o dr. Fentiman no baile de inscrição organizado para nós em Wilmington... quanta gentileza, quanta incrível gentileza de todos! Fomos tão bem tratados desde a chegada... e ele teceu muitas loas com relação ao seu...

Eu teria gostado de ouvir o que levara Fentiman a tecer loas a mim – nossa relação ainda era marcada por certa desconfiança, embora tivéssemos chegado a uma conciliação –, mas bem nessa hora o marido dela falou em seu ouvido: desejava que ela fosse conhecer Farquard Campbell e alguns outros cavalheiros importantes, e com uma careta de pesar ela apertou minhas mãos e se foi, outra vez com o radiante sorriso público estampado no rosto.

– Humm – comentou Bree, baixinho. – Que sorte a dela ainda ter todos os dentes.

Era exatamente o que eu havia pensado, e ri, um riso que se transformou num acesso de tosse apressado quando vi a cabeça de Jocasta se virar de maneira brusca na nossa direção.

– Então essa é ela.

O Jovem Ian tinha se aproximado pelo meu outro lado, e observava a convidada de honra com uma expressão de profundo interesse. Estava vestido para a ocasião, kilt, colete e casaco, tinha os cabelos castanhos penteados num rabo de verdade e aparentava ser alguém bastante civilizado, a não ser pelas tatuagens que formavam curvas sobre os malares e o osso do nariz.

– Essa é ela – concordou Jamie. – *Fionnaghal*... a Bela. – Sua voz traiu um surpreendente tom de nostalgia, e encarei-o surpresa. – Bem, é esse o seu verdadeiro nome – disse ele, brando. – *Fionnaghal*. Só os ingleses a chamam de Flora.

– Você era a fim dela quando era pequeno, pai? – perguntou Brianna, rindo.

– Se eu era o quê?

– Se tinha um fraco por ela – falei, piscando para ele delicadamente por cima do leque.

– Ah, deixe de ser boba! – exclamou ele. – Eu tinha 7 anos de idade, pelo amor de Deus!

Mesmo assim, as pontas de suas orelhas tinham ficado rosadas.

– Eu me apaixonei aos 7 anos – observou Ian num tom um tanto sonhador. – Pela cozinheira. O senhor ouviu Ulysses dizer que ela trouxe um espelho, tio? Presente do príncipe *Tearlach*, com as armas dele atrás. Ulysses o colocou na saleta com dois guardas para vigiá-lo.

De fato, as pessoas que não faziam parte da multidão revolta ao redor do casal MacDonald se acotovelavam todas tentando passar pela porta dupla da casa, e formavam uma fila de conversas animadas por todo o corredor até a saleta.

– *Seaumais!*

A voz imperiosa de Jocasta pôs fim à brincadeira. Jamie encarou Brianna com um olhar austero e foi se juntar a ela. Duncan estava preso numa conversa com um pequeno grupo de figurões entre os quais reconheci o advogado Neil Forbes, Cornelius Harnett e o coronel Moore, e Ulysses não estava em lugar nenhum por perto; muito provavelmente estava administrando a logística dos bastidores de um churrasco para duzentas pessoas, deixando Jocasta temporariamente ilhada, portanto. Com a mão no braço de Jamie, ela desceu da varanda na direção de Allan MacDonald, que fora separado da mulher pela pressão das pessoas à sua volta e estava em pé debaixo de uma árvore com um ar de leve afronta.

Observei-os atravessar o gramado, achando graça na teatralidade do comportamento de Jocasta. Sua criada pessoal Phaedre os seguia, obediente, e poderia muito bem ter conduzido a patroa. Mas isso não teria tido nem de longe o mesmo efeito. Os dois juntos faziam cabeças se virarem: Jocasta alta e esguia, graciosa apesar da idade e atraente com seus cabelos brancos arrumados num penteado bem alto e seu vestido de seda azul, e Jamie com sua estatura de viking e seu *tartan* vermelho dos Frasers, ambos com a mesma ossatura forte e a mesma graça felina dos MacKenzies.

– Colum e Dougal teriam orgulho da irmã caçula – comentei, balançando a cabeça.

– Ah, é? – fez Ian, distraído, sem prestar atenção.

Ele ainda estava observando Flora MacDonald, que agora aceitava um buquê de flores de um dos netos de Farquard Campbell sob aplausos generalizados.

– Não está com ciúmes, está, mãe? – provocou Brianna ao me ver olhar na mesma direção.

– De jeito nenhum – falei, com certa dose de complacência. – Afinal de contas, eu *também* tenho todos os dentes.

Eu não o tinha visto no tumulto inicial, mas o major MacDonald estava entre os convivas, muito vistoso com um casaco vermelho de uniforme e um luxuoso chapéu novo enfeitado com renda dourada, acessório que retirou ao se curvar para mim, ostentando um ar alegre – sem dúvida pelo fato de eu não estar acompanhada por nenhum animal, já que Adso e a porca branca estavam ambos a uma distância segura, na Cordilheira dos Frasers.

– Seu criado, senhora – disse ele. – Vi que trocou algumas palavras com a srta. Flora... um encanto, não é? E, além do mais, que mulher bem-disposta e bonita.

– É mesmo – concordei. – Quer dizer que o senhor a conhece?

– Ah, sim – respondeu ele, e uma expressão de satisfação profunda se espalhou por seu rosto castigado pelo tempo. – Não me atreveria a afirmar que somos amigos, mas acredito que posso pleitear ser um modesto conhecido. Acompanhei a sra. MacDonald e sua família desde Wilmington, e tive a grande honra de ajudá-los a se adaptar à sua atual situação.

– Foi mesmo?

Encarei-o com interesse. O major não era do tipo que se deixava maravilhar pela celebridade. Mas *era* do tipo que apreciava seus usos. O governador Martin também, ao que tudo indicava.

O major agora observava Flora MacDonald com um olhar de proprietário, notando com aprovação o modo como as pessoas se reuniam em volta dela.

– Ela concordou muito graciosamente em discursar hoje – contou-me, balançando-se um pouco nos saltos das botas. – Onde a senhora acha que seria o melhor lugar? Na varanda, que é o ponto mais elevado? Ou quem sabe na estátua no gramado, que é mais central e permitiria que a multidão a rodeasse, aumentando assim a chance de todos ouvirem seus comentários?

– Eu acho que ela vai ter uma insolação se o senhor a puser no gramado sob este sol – falei, inclinando meu chapéu de aba larga para proteger o nariz. Fazia no mínimo 32 graus, com pelo menos noventa por cento de umidade, e minhas anáguas finas aderiam ensopadas aos meus membros inferiores. – Que tipo de comentários ela vai fazer?

– Só um breve discurso sobre o tema da lealdade, senhora – respondeu ele, sem ênfase. – Ah, ali está seu marido conversando com Kingsburgh; pode me dar licença?

Ele se curvou, endireitou-se, tornou a pôr o chapéu e atravessou o gramado a passos largos para ir se juntar a Jamie e Jocasta, que ainda estavam com Allan MacDonald – chamado de "Kingsburgh", à moda escocesa, por causa do nome de sua propriedade em Skye.

A comida começava a ser servida: terrinas de caldo de cordeiro e carneiro ensopado, além de uma imensa banheira de sopa à la Reine, numa óbvia homenagem à convidada de honra, travessas de peixe, frango e coelho fritos; carne de cervo fatiada ao vinho tinto, linguiças defumadas, pastéis de carne à moda de Forfar, carne ensopada com cenoura, perus assados, empadão de pombo; pratos de purê de batatas com repolho, ensopado de carne com batatas, purê de nabo, maçãs assadas recheadas com abóbora seca, purê de abóbora, milho, pastéis de cogumelo; gigantescos cestos transbordando com pães redondos, cilíndricos e outros pães frescos – tudo isso, eu bem sabia, um simples prelúdio ao churrasco cujo aroma suculento flutuava no ar: vários porcos, três ou quatro bois, dois cervos, e a *pièce de résistance*, um bisão selvagem, obtido Deus sabia como ou onde.

Um murmúrio de agradável expectativa foi se erguendo à minha volta à medida que as pessoas começavam metaforicamente a afrouxar os cintos e a se aproximar das mesas com a firme determinação de cumprir seu dever e fazer jus à ocasião.

Vi que Jamie continuava colado à sra. MacDonald: ele a estava ajudando a se servir do que de longe parecia ser uma salada de brócolis. Ergueu os olhos, me viu e acenou, me chamando para ir me juntar a eles, mas fiz que não com a cabeça e gesticulei com o leque em direção às mesas do bufê, onde os convidados se acomodavam da mesma maneira compenetrada de gafanhotos num campo de cevada. Eu não queria perder a oportunidade de perguntar sobre Manfred McGillivray antes que o estupor da saciedade tomasse conta da multidão.

Encaminhei-me decidida para dentro da massa de pessoas, aceitei pequenos bocados oferecidos por criados e escravos variados e parei para conversar com todos os conhecidos que vi, em especial os de Hillsboro. Sabia que Manfred tinha passado bastante tempo lá, pegando encomendas de armas, entregando os produtos acabados e fazendo pequenos serviços de reparos. Na minha opinião, era o lugar mais provável para ele ir. Mas ninguém com quem conversei o tinha visto, embora a maioria o conhecesse.

– Um bom rapaz – disse-me um cavalheiro, interrompendo por um instante o ato de beber. – E faz muita falta, também. Tirando Robin, os armeiros mais próximos estão todos na Virgínia.

Eu sabia disso, e me perguntei se Jamie estaria tendo sorte em localizar os mosquetões de que precisava. Talvez as conexões de contrabando de lorde John fossem ser necessárias.

Aceitei um pastel pequeno da bandeja de um escravo que passou e segui em frente, mastigando e conversando. Falou-se muito numa série de artigos inflamados publicada recentemente no jornal local, o *Chronicle*, cujo dono, um certo Fogarty Simms, foi mencionado com simpatia considerável.

– Simms tem uma coragem rara – comentou o sr. Goodwin, balançando a cabeça. – Mas duvido que vá conseguir se manter. Falei com ele na semana passada, e ele me disse que está temendo um pouco pela própria pele. Houve ameaças, sabe?

Pelo tom do evento, supus que o sr. Simms fosse legalista, e pelos diversos relatos que me foram feitos isso pareceu se confirmar. Ao que parecia, falava-se num jornal concorrente que seria criado para apoiar a causa nacionalista, com suas conversas incautas sobre tirania e a derrubada do rei. Ninguém sabia muito bem quem estava por trás dessa nova empreitada, mas falava-se, e com grande indignação ante essa possibilidade, num impressor que seria trazido do norte, onde as pessoas tinham notória inclinação por esses sentimentos perversos.

O consenso geral era que tais pessoas deveriam levar um chute no traseiro para fazê-las ver a razão.

Eu não havia me sentado para comer formalmente, mas depois de uma hora percorrendo sem pressa campos de maxilares em movimento e rebanhos errantes de bandejas de aperitivos, tive a sensação de ter participado de um banquete real francês – eventos que duravam tanto a ponto de penicos serem postos discretamente debaixo das cadeiras dos convivas, e nos quais o convidado que porventura escorregasse e fosse parar debaixo da mesa era discretamente ignorado.

Aquele evento era menos formal, mas não muito menos prolongado. Após uma hora de pratos preliminares, o churrasco foi retirado fumegando dos fornos de chão próximos ao estábulo e trazido até o gramado sobre cavaletes de madeira montados nos ombros de escravos. A visão de imensas peças de boi, porco, cervo e búfalo, reluzentes de óleo e vinagre e rodeadas pelas carcaças menores e tostadas de centenas de pombos e codornas, foi recebida com aplauso pelos convivas, todos a essa altura já encharcados com o suor de seus esforços, mas nem por isso derrotados.

Jocasta, sentada junto à sua convidada, parecia profundamente satisfeita com o barulho de sua hospitalidade sendo aceita de modo tão caloroso, e inclinou-se na direção de Duncan com um sorriso e pôs a mão no seu braço enquanto lhe dizia alguma coisa. Graças ao efeito de 1 litro ou 2 de cerveja seguidos pela maior parte de uma garrafa de uísque, Duncan não parecia mais nervoso, e pelo visto estava também se divertindo. Abriu um largo sorriso para Jocasta, em seguida tentou comentar alguma coisa com a sra. MacDonald, que ria de tudo que ele dizia.

Tive que admirá-la; apesar de assolada por todos os lados por pessoas querendo lhe falar, ela mantinha a compostura de modo admirável, mostrando-se gentil e graciosa com todos – embora isso às vezes significasse ficar sentada por dez minutos com uma garfada de comida suspensa no ar enquanto escutava alguma história interminável. Pelo menos ela estava na sombra... e Phaedre, vestida de musselina branca e postada obedientemente atrás dela com um imenso leque feito de folhas de palmeira, criava uma brisa e afastava as moscas.

– Limonada com conhaque, senhora?

Um escravo desmilinguido e reluzente de suor me estendeu mais uma bandeja, e peguei um copo. Estava pingando de suor, com as pernas doendo e a garganta seca de tanto falar. Àquela altura, pouco me importava o que houvesse dentro do copo, contanto que fosse líquido.

Mudei de opinião na mesma hora ao provar a bebida: era suco de limão com água de cevada, e embora *fosse* líquido minha inclinação foi muito mais derramá-lo pela gola do vestido do que beber. Aproximei-me dissimuladamente de um arbusto de chuva-dourada com a intenção de derramar a bebida ali, mas fui impedida pela aparição de Neil Forbes, que saiu de trás do arbusto.

Ele ficou tão espantado ao me ver quanto eu ao vê-lo; deu um tranco para trás, e olhou apressadamente por cima do próprio ombro. Olhei na mesma direção e vi Robert Howe e Cornelius Harnett se afastando na direção oposta. Era óbvio que os três haviam tido uma conferência secreta atrás do arbusto.

– Sra. Fraser – disse ele, curvando-se de leve. – Seu criado.

Respondi com uma mesura e um vago murmúrio de boa educação. Teria passado direto, mas ele se inclinou na minha direção, impedindo que eu passasse.

– Ouvi dizer que o seu marido está juntando armas, sra. Fraser – disse ele em voz baixa e num tom um tanto inamistoso.

– Ah, é mesmo? – Assim como todas as outras mulheres ali presentes, eu segurava um leque aberto. Acenei com ele languidamente diante do nariz, escondendo a maior parte da expressão do meu rosto. – Quem foi que lhe disse uma coisa dessas?

– Um dos cavalheiros que ele abordou com essa finalidade – respondeu Forbes.

O advogado era um homem grande e um tanto acima do peso. O tom vermelho pouco saudável de suas faces talvez se devesse a isso, e não ao desprazer. Mas, pensando bem...

– Se eu puder abusar tanto assim da sua boa índole, senhora, sugeriria que exercesse a influência que tem sobre ele para lhe aconselhar que tal caminho talvez não seja o mais sensato.

– Para começo de conversa – falei, inalando uma funda lufada de ar quente e úmido –, em que caminho exatamente o senhor acha que ele embarcou?

– Um caminho infeliz, senhora – respondeu Forbes. – Interpretando a questão da melhor forma possível, imagino que as armas que ele está buscando vão servir para armar sua própria milícia, o que é legítimo, ainda que perturbador. A palpabilidade desse caminho vai depender das ações posteriores do sr. Fraser. Mas as relações dele com os cherokees são conhecidas, e circulam boatos de que as armas estão destinadas a ir parar nas mãos dos selvagens, de modo que estes possam se voltar contra os súditos de Sua Majestade que porventura venham a se opor à tirania, ao abuso e à corrupção que tanto grassam entre os oficiais que governam esta colônia... se é que um verbo tão vago pode ser usado para descrever seus atos.

Lancei-lhe um olhar demorado por sobre a borda do leque.

– Se eu já não soubesse que o senhor é advogado, esse discurso teria esclarecido as coisas – observei. – Eu *acho* que o senhor acaba de afirmar que desconfia que o meu marido queira dar armas aos índios, e que essa ideia não lhe agrada. Por outro lado, se ele estiver querendo armar a própria milícia, isso talvez não apresente problemas... contanto que a milícia em questão aja segundo os *seus* desejos. Estou certa?

Uma centelha de bom humor transpareceu em seus olhos fundos, e ele inclinou a cabeça na minha direção num gesto apreciativo.

– Sua percepção me assombra, senhora – falou.

Assenti e fechei o leque.

– Certo. E *quais* são os seus desejos, se me permite a pergunta? Não vou perguntar por que o senhor acha que Jamie deveria escutá-los.

Ele riu, e seu rosto pesado, já ruborizado por causa do calor, adquiriu um tom vermelho mais escuro abaixo da perfeita peruca de amarrar.

– Eu desejo justiça, senhora; a queda dos tiranos e a defesa da liberdade – disse ele. – Tanto quanto qualquer homem honesto.

... pela liberdade... por ela apenas, da qual homem nenhum abre mão senão à custa da própria vida. A frase reverberou na minha mente e deve ter transparecido no meu rosto, pois ele me encarou com atenção.

– Estimo profundamente o seu marido, senhora – disse ele em voz baixa. – Vai transmitir a ele o que eu lhe disse?

Ele se curvou e virou as costas sem esperar que eu aquiescesse.

Forbes não havia moderado a voz ao falar em tiranos e liberdade. Vi cabeças por perto se virarem, e aqui e ali homens formaram grupos e puseram-se a murmurar enquanto o observavam se afastar.

Abalada, sorvi um gole de limonada, e fui então obrigada a engolir a bebida intragável. Virei-me para localizar Jamie: ele continuava perto de Allan MacDonald, mas havia chegado um pouco para o lado, e estava agora entretido numa conversa particular com o major MacDonald.

As coisas estavam indo mais depressa do que eu imaginava. Eu achava que o sentimento republicano ainda fosse minoria naquela parte da colônia, mas o fato de Forbes falar tão abertamente num encontro público mostrava que ele estava ganhando terreno.

Tornei a me virar para procurar o advogado e vi dois homens que o confrontavam com o semblante contraído de raiva e desconfiança. Estava longe demais para ouvir o que diziam, mas a postura e a expressão deles eram eloquentes. Palavras foram trocadas, cada vez mais acaloradas, e olhei na direção de Jamie. A última vez que eu estivera num churrasco daqueles em River Run, às vésperas da Guerra da Regulação, houvera uma troca de socos no gramado, e eu meio que pensava que isso talvez estivesse prestes a acontecer outra vez. O álcool, o calor e a política provocavam explosões de temperamento em qualquer reunião, quanto mais numa composta majoritariamente por homens das Terras Altas.

Uma explosão dessas poderia ter acontecido, pois mais homens se reuniam em volta de Forbes e seus dois oponentes e fechavam os punhos em preparação para a briga, caso o estrondo do grande gongo de Jocasta não houvesse soado na varanda, fazendo todos erguerem os olhos, espantados.

Em pé sobre um barril de tabaco virado de ponta-cabeça, o major tinha as mãos erguidas no ar e fitava a multidão com um ar radiante, o rosto vermelho a brilhar por causa do calor, da cerveja e do entusiasmo.

– *Ceud mile fàilte!* – bradou ele, e foi acolhido por aplausos entusiasmados. – E desejamos cem mil boas-vindas a nossos convidados de honra! – continuou em gaélico com um gesto na direção dos MacDonalds, que agora a seu lado aquiesciam e sorriam diante das palmas.

Pela sua atitude, pensei que deviam estar bastante acostumados com aquele tipo de recepção.

Após mais alguns comentários introdutórios, quase abafados pelos vivas entusiasmados, Jamie e Kingsburgh ergueram a sra. MacDonald com cuidado até em cima do barril, onde ela oscilou de leve mas recuperou o equilíbrio, segurando-se na cabeça dos dois homens para ficar mais estável e sorrindo com as risadas da plateia.

Ela encarou a multidão com uma expressão radiante, e esta retribuiu *en masse*, igualmente radiante, e na mesma hora se calou para escutá-la.

Sua voz era límpida, aguda, e ela sem dúvida estava acostumada a falar em público – característica muito incomum numa mulher da época. Eu estava distante demais para ouvir todas as palavras, mas não tive dificuldade alguma para captar a essência do discurso.

Após agradecer com muita afabilidade aos anfitriões, à comunidade escocesa que tão calorosa e generosamente acolhera sua família e aos convidados, ela deu início a uma exortação empolgada contra o que qualificou de "faccionalismo", e instou os ouvintes a se unirem para suprimir esse perigoso movimento que só podia causar grandes distúrbios, ameaçando a paz e a prosperidade que tantos deles haviam conquistado naquela bela terra, tendo arriscado tudo para obtê-la.

E ela estava absolutamente certa, pensei, com um pequeno choque. Já tinha ouvido Bree e Roger discutirem sobre que motivo haveria para qualquer pessoa originária das Terras Altas, que tanto havia sofrido sob o domínio inglês, combater ao lado dos ingleses, como tantas delas acabariam fazendo.

– Porque elas tinham algo a perder e muito pouco a ganhar – dissera Roger com paciência. – E, dentre todas as outras, essas pessoas sabiam exatamente o que era lutar *contra* os ingleses. Ou acha que alguém que passou pela limpeza de Cumberland nas Terras Altas, conseguiu chegar à América e reconstruir a vida do nada estaria ansioso para passar por tudo isso *outra vez*?

– Mas elas com certeza vão querer lutar pela liberdade – protestara Bree.

Ele a havia encarado com um ar cínico.

– Elas *têm* liberdade, muito mais do que jamais viram na Escócia. Correm o risco de perdê-la se houver uma guerra... e sabem disso muito bem. Além do mais, é claro, quase todas prestaram um juramento de lealdade à Coroa – acrescentara ele. – Não iriam quebrá-lo sem um bom motivo, e certamente não por algo que mais parece um distúrbio político desesperado e decerto de vida curta. É como... – O cenho dele tinha se franzido enquanto ele procurava uma analogia adequada. – É como os Panteras Negras, ou o movimento pelos direitos civis. Qualquer um podia entender o viés idealista... mas muita gente da classe média achava a coisa toda ameaçadora ou assustadora, e só queria que tudo acabasse para a vida poder voltar à paz.

O problema, claro, era que a vida *nunca* era paz, e aquele movimento desesperado específico *não iria* acabar. Pude ver Brianna do outro lado da multidão, com os olhos semicerrados numa reflexão enquanto escutava a voz aguda e límpida de Flora MacDonald discorrer sobre as virtudes da lealdade.

Ouvi um "humpf!" baixinho um pouco para o lado e atrás de mim, e ao me virar vi Neil Forbes, com os traços pesados dispostos numa expressão reprovadora. Vi que ele agora tinha reforços: três ou quatro outros cavalheiros mantinham-se por perto e olhavam para um lado e para outro, embora tentassem fingir não fazê-lo. Avaliei a disposição da plateia e pensei que eles estavam em desvantagem numérica de mais ou menos duzentos contra um, e os duzentos estavam se entrincheirando cada vez mais em suas opiniões à medida que a bebida exercia seu efeito e o discurso prosseguia.

Olhei para o outro lado, vi Brianna e dei-me conta de que ela agora também estava olhando para Neil Forbes... e que ele a olhava de volta. Ambos mais altos do que as pessoas ao redor, eles se entreolhavam por sobre as cabeças alheias, ele com animosidade, ela com um ar alheado. Havia rejeitado sua corte alguns anos antes, e o fizera sem qualquer tato. Forbes certamente não era apaixonado por ela, mas tinha uma dose razoável de autoestima, e não era do tipo que suportava uma ofensa pública dessas com resignação filosófica.

Brianna virou as costas com tranquilidade, como se não houvesse reparado nele, e dirigiu-se à mulher ao seu lado. Ouvi-o grunhir outra vez, dizer algo baixinho para os compatriotas, e então o grupo inteiro começou a se retirar, virando as costas grosseiramente para a sra. MacDonald, que seguia discursando.

Arquejos e murmúrios de indignação os acompanharam conforme eles foram abrindo caminho aos empurrões pela multidão compacta, mas ninguém se ofereceu para detê-los, e a ofensa da sua partida foi submergida pela irrupção dos aplausos prolongados que acolheram a conclusão do discurso – acompanhados pelo som das gaitas de fole, pelos disparos aleatórios de pistolas para cima e por gritos organizados de "hip, hip, hurra!" liderados pelo major MacDonald, numa algazarra tão generalizada que ninguém teria reparado na chegada de um exército, quanto mais na partida de uns poucos nacionalistas contrariados.

Encontrei Jamie na sombra do mausoléu de Hector, penteando os cabelos com os dedos numa preparação para tornar a prendê-los.

– Que sucesso retumbante, não? – comentei.

– Retumbante e explosivo – disse ele, olhando para um cavalheiro embriagado que tentava recarregar seu mosquetão. – Fique de olho naquele homem, Sassenach.

– Ele está atrasado para atirar em Neil Forbes. Você o viu indo embora?

Ele assentiu ao mesmo tempo que amarrava com destreza a tira de couro na nuca.

– Ele não poderia ter chegado muito mais perto de uma declaração aberta, a menos que houvesse subido no barril junto com Fionnaghal.

– E isso teria feito dele um alvo *excelente*. – Semicerrei os olhos para o cavalheiro de rosto vermelho, que agora derrubava pólvora nos próprios sapatos. – Não acho que ele tenha nenhuma bala.

– Ah, bem, sendo assim. – Jamie descartou o sujeito com um gesto da mão. – O major MacDonald está em rara boa forma, não é? Disse-me que organizou para a sra. MacDonald fazer discursos como esse em diferentes lugares da colônia.

– Tendo ele como empresário, suponho.

Eu conseguia distinguir com dificuldade o brilho do casaco vermelho de MacDonald entre a turba de pessoas reunidas na varanda para dar os parabéns à sra. MacDonald.

– Provavelmente.

Jamie não pareceu feliz com essa perspectiva. Na realidade, tinha um aspecto bem sério, e o rosto obscurecido por pensamentos sombrios. Seu humor não iria melhorar ao saber da minha conversa com Neil Forbes, mas mesmo assim lhe contei.

– Bem, não havia como evitar – comentou ele, com um leve dar de ombros. – Eu tinha esperança de manter discrição quanto ao assunto, mas, com as coisas no pé em que estão com Robin McGillivray, não tenho alternativa senão perguntar onde puder, apesar de isso espalhar a notícia. E causar falação. – Ele tornou a se remexer, inquieto. – Você está bem, Sassenach? – perguntou de repente, olhando para mim.

– Estou. Mas *você*, não. O que foi?

Ele deu um sorriso fraco.

– Ah, não é nada. Nada que eu já não soubesse. Mas é diferente, não? Você acha que está pronto, então chega o momento de encarar as coisas e você daria tudo para que fosse diferente.

Ele olhou para o gramado e ergueu o queixo para indicar a multidão. Um mar de xadrez se estendia pela grama, e os guarda-sóis das senhoras formavam uma campina de flores coloridas. Na sombra da varanda, um músico seguia tocando a gaita de foles, e seu *piobreachd* soava agudo e estridente acima do zum-zum das conversas.

– Eu sabia que um dia teria que enfrentar muitos deles, sabe? Lutar contra amigos e parentes. Mas então me vi ali em pé, com a mão de Fionnaghal na minha cabeça feito uma bênção, cara a cara com todos e vendo as palavras dela se derramarem sobre eles, vendo a determinação crescer dentro deles... e de repente foi como se uma grande espada houvesse descido do céu entre mim e eles e nos separado para sempre. O dia está chegando... e eu não posso detê-lo.

Ele engoliu em seco e olhou para baixo, para longe de mim. Estendi-lhe a mão, querendo ajudar, querendo tranquilizá-lo... e sabendo que não podia. Afinal de contas, era por minha causa que ele estava ali, naquele pequeno Getsêmani.

Mesmo assim, ele segurou minha mão sem olhar para mim e apertou com força, imprensando os ossos uns contra os outros.

– *Meu Pai, se for possível, afasta de mim este cálice* – sussurrei.

Ele aquiesceu, ainda com os olhos pregados no chão e nas pétalas caídas das rosas amarelas. Então olhou para mim com um pequeno sorriso, mas com tamanha dor no olhar que fiquei com a respiração presa na garganta, atingida no coração.

Mesmo assim, ele sorriu, passou a mão pela testa e examinou os dedos molhados por um tempo.

– É, bem – falou. – É só água, não sangue. Eu vou viver.

Talvez não, pensei de repente, consternada.

Lutar do lado vencedor era uma coisa; sobreviver era outra bem diferente.

Jamie viu a expressão do meu rosto e aliviou o aperto na minha mão, pensando que estivesse me machucando. Estava, mas não fisicamente.

– *Contudo, não seja feita a minha vontade, mas a tua* – falou bem baixinho. – Eu escolhi meu caminho quando me casei com você, embora na época não soubesse. Mas escolhi, e agora não posso voltar atrás, mesmo se quisesse.

– E você iria querer?

Olhei nos olhos dele ao fazer essa pergunta e li a resposta ali. Ele fez que não com a cabeça.

– E você? Pois fez uma escolha tanto quanto eu.

Fiz que não com a cabeça e senti o leve relaxamento no corpo dele quando seu olhar cruzou com o meu, agora tão límpido quanto o céu brilhante. Pelo tempo que durou a batida de um coração, ficamos os dois juntos e sozinhos no Universo. Então um grupo de meninas falastronas passou ao alcance de nossos ouvidos e mudei o assunto para algo mais seguro.

– Descobriu alguma coisa sobre o pobre Manfred?

– Pobre Manfred, é?

Ele me lançou um olhar cínico.

– Bem, ele pode ser um rapaz lascivo e imoral e ter causado todo tipo de problema... mas não significa que deva morrer por causa disso.

Ele fez uma cara de quem talvez não concordasse de todo com esse sentimento, mas deixou o assunto como estava e disse apenas que havia perguntado, mas até ali sem resultado.

– Mas ele vai aparecer – garantiu-me. – Decerto no lugar mais inconveniente possível.

– Ah! Ah! Ah! Que eu viva para ver esse dia! Obrigada, senhor, obrigada mesmo!

Era a sra. Bug, corada devido ao calor, à cerveja e à felicidade, abanando-se com um frenesi à beira da explosão. Jamie lhe sorriu.

– Então, conseguiu escutar tudo, *mo chridhe*?

– Ah, consegui, sim, senhor! – garantiu-lhe ela com fervor. – Cada palavra! Arch encontrou um lugar ótimo para mim, logo ao lado de uma das tinas de flores, de onde pude escutar sem ser pisoteada.

Ela quase morrera de tanta empolgação quando Jamie propôs levá-la ao churrasco. Arch já estava indo, é claro, e seguiria para cumprir alguns afazeres em Cross Creek, mas a sra. Bug não saía da Cordilheira desde a chegada do casal, sete anos antes.

Apesar da minha inquietação com a atmosfera profundamente legalista que nos cercava, seu deleite borbulhante foi contagioso, e peguei-me sorrindo e me revezando com Jamie para responder às suas perguntas: ela nunca tinha visto escravos negros de perto e os havia achado lindos e exóticos... eles custavam muito caro? E era preciso lhes ensinar a usar roupas e falar direito? Pois ela ouvira dizer que a África era um lugar ímpio, onde as pessoas andavam inteiramente nuas e se matavam com lanças, como se faria com um javali, e, por falar em nudez, aquela estátua do jovem soldado no gramado era chocante, nós não achávamos? Ele não estava usando nada por trás do escudo! E por que havia aquela cabeça de mulher aos seus pés? E eu tinha visto... os cabelos dela eram feitos de modo a parecerem cobras, dentre todas as coisas horríveis que poderia haver! E quem era Hector Cameron, que estava sepultado naquele túmulo... e todo feito de mármore branco, igual aos túmulos de Holyrood, imagine só! Ah, o finado marido da sra. Innes? E quando ela se casara com o sr. Duncan, que ela havia conhecido, e que homem mais encantador, que olhos mais bondosos, uma pena ele ter perdido o braço, e fora numa batalha de algum tipo? E... ah, vejam! O marido da sra. MacDonald iria fazer seu próprio discurso... e ele também, que homem elegante!

Jamie olhou para a varanda com uma expressão desanimada. De fato, Allan Mac-Donald estava subindo apenas num banquinho, pois sem dúvida o barril lhe pareceu extremo, e algumas pessoas, em quantidade muito menor do que as que haviam prestigiado sua esposa, mas um número respeitável, se aglomeravam à sua volta, atentas.

– O senhor não vai até lá ouvi-lo?

Já em movimento, a sra. Bug se agitava acima do chão feito um beija-flor.

– Vou escutá-lo bastante bem daqui – garantiu-lhe Jamie. – Vá lá, *a nighean*.

Ela se afastou zumbindo de animação. Jamie levou as mãos delicadamente às orelhas e testou para ver se continuavam bem presas.

– Foi muita bondade sua trazê-la – falei, rindo. – A pobrezinha provavelmente não se divertia tanto há meio século.

– Não – disse ele, sorrindo. – Ela provavelmente...

Ele se interrompeu de modo abrupto e enrugou a testa ao ver algo por cima do meu ombro. Virei-me para olhar, mas ele já estava passando por mim, e apressei-me para alcançá-lo.

Era Jocasta, branca feito leite e desalinhada de um jeito como eu jamais a tinha visto. Ela oscilou no vão da porta lateral, instável, e poderia ter caído caso Jamie não houvesse chegado e a segurado depressa, passando um braço em volta de sua cintura para amparâ-la.

– Meu Deus, tia. O que aconteceu?

Ele falou baixo para não chamar atenção, e antes mesmo de acabar de falar já a estava guiando de volta para dentro de casa.

– Ai, meu Deus, ai, Deus misericordioso, minha cabeça – sussurrou ela com a mão aberta diante do rosto feito uma aranha, de modo que os dedos mal tocavam a pele e protegiam o olho esquerdo. – Meu olho.

A venda de tecido que ela usava em público estava amarrotada e manchada de umidade. Lágrimas vazavam por baixo, mas ela não estava chorando. Lacrimejamento: um dos olhos vertia muita água. Ambos lacrimejavam, mas o esquerdo estava bem pior: a borda do pano estava ensopada e a umidade reluzia na bochecha desse lado.

– Preciso examinar o olho dela – falei para Jamie, tocando seu cotovelo e olhando em volta à procura de um dos criados, em vão. – Leve-a até a sala de estar.

Esse era o cômodo mais próximo, e os convidados estavam todos lá fora, ou então visitando a saleta para ver o espelho do príncipe.

– Não! – Foi quase um grito. – Não, lá não!

Jamie olhou para mim com a sobrancelha arqueada de incompreensão, mas se dirigiu à tia num tom tranquilizador.

– Não, tia, tudo bem. Vou levá-la para o seu próprio quarto. Venha, vamos.

Ele se abaixou e a pegou no colo como se ela fosse uma criança, e as saias de seda caíram por cima do braço dele com o mesmo barulho de água correndo.

– Leve-a; eu fico aqui.

Tinha localizado a escrava chamada Angelina passando no outro extremo do corredor e apressei-me para alcançá-la. Dei minhas ordens, então corri de volta até a escada... e no caminho parei por um instante a fim de espiar o interior da pequena sala de estar.

Não havia ninguém lá dentro, embora a presença de copos de ponche espalhados e um forte cheiro de fumo de cachimbo indicassem que Jocasta decerto havia reunido sua corte ali mais cedo. Seu cesto de trabalhos manuais jazia aberto e uma peça de tricô inacabada fora arrastada para fora e deixada dependurada de modo descuidado na borda feito um coelho morto.

Crianças talvez, pensei; vários novelos de fio haviam sido tirados também e estavam espalhados pelo piso de tábuas corridas com seus rastros de cores. Hesitei, mas o instinto levou a melhor e recolhi depressa os novelos de fio, que joguei de volta dentro do cesto. Pus o tricô por cima, mas retirei a mão de volta com um gesto brusco e uma exclamação.

Um pequeno corte na lateral do meu polegar já vertia sangue. Levei o dedo à boca e chupei com força para pressionar o ferimento; enquanto isso, tateei com mais cuidado com a outra mão nas profundezas do cesto para ver o que havia me cortado.

Uma faca, pequena, mas eficaz. Provavelmente usada para cortar fios de bordado; uma bainha de couro do seu tamanho estava largada no fundo do cesto. Tornei a guardar a faca na bainha, peguei a caixinha de agulhas que fora buscar e fechei a tampa dobrável do cesto antes de subir depressa a escada.

Allan MacDonald havia terminado seu breve discurso. Uma ruidosa salva de palmas se fez ouvir do lado de fora, acompanhada por gritos e vivas de aprovação em gaélico.

– Porcaria de escoceses – resmunguei entre os dentes. – Será que eles *nunca* aprendem?

Mas não tive tempo de refletir sobre as implicações da instigação dos MacDonalds. Quando cheguei ao alto da escada, uma escrava vinha logo atrás de mim, arfando sob o peso da minha caixa de remédios, e outro, no pé da escada, começava a subir com mais cautela carregando uma panela de água quente da cozinha.

Jocasta estava sentada com o corpo curvado em sua grande cadeira, gemendo, com os lábios tão contraídos a ponto de estarem quase invisíveis. Sua touca havia saído e as duas mãos se moviam incansáveis pelos cabelos em desalinho, de um lado para o outro, como numa busca impotente por algo para segurar. Jamie alisava suas costas enquanto lhe murmurava em gaélico. Quando entrei, ele ergueu os olhos com um alívio evidente.

Eu já desconfiava havia tempos que a causa da cegueira de Jocasta fosse glaucoma... o aumento da pressão dentro do globo ocular que, caso não fosse tratado, acabava danificando o nervo óptico. Agora tinha certeza. Mais do que isso, sabia que tipo da doença a acometia: ela obviamente estava tendo uma crise aguda de glaucoma de ângulo fechado, o tipo mais perigoso.

Não existia tratamento para o glaucoma naquela época. A doença em si ainda demoraria algum tempo para ser reconhecida. Mesmo que um tratamento existisse, já era tarde demais: a cegueira dela era permanente. No entanto, havia algo que eu podia fazer quanto à situação imediata... e temi que fosse ter de fazê-lo.

– Ponha um pouco disto aqui de molho – falei para Angelina, pegando o vidro de raiz-amarela dentro da minha caixa e o empurrando para as mãos dela. – E você... – Virei-me para o outro escravo, um homem cujo nome eu não sabia. – Ponha a água para ferver de novo, vá buscar uns trapos limpos e ponha dentro d'água.

Ao mesmo tempo que falava, peguei o pequeno lampião a álcool que levava em minha mala. Tinham deixado o fogo da lareira baixar, mas ainda havia brasas acesas. Abaixei-me, acendi a mecha, então abri o estojo de agulhas que trouxera da sala de estar e peguei a maior delas, um bastão de aço com 7,5 centímetros usado para consertar tapetes.

– Você não vai... – começou Jamie, então se calou e engoliu em seco.

– É preciso – falei, sucinta. – Não há mais nada a fazer. Segure as mãos dela.

Apesar de quase tão pálido quanto Jocasta, Jamie aquiesceu, segurou os dedos crispados da tia e, com toda a delicadeza, afastou-lhe as mãos da própria cabeça.

Ergui a venda de tecido. O olho esquerdo estava perceptivelmente saltado sob a pálpebra, muito vermelho. Lágrimas empoçavam em volta e escorriam num filete constante. Mesmo sem tocar o globo ocular, pude *sentir* a pressão lá dentro, e a repulsa me fez cerrar os dentes.

Não havia outro jeito. Com uma prece rápida para Santa Clara, que além de minha santa padroeira também era, afinal de contas, protetora dos males oculares, passei a agulha pela chama do lampião, despejei álcool puro num trapo e limpei a fuligem da agulha.

Engolindo um excesso súbito de saliva, abri as pálpebras do olho afetado com uma das mãos, entreguei minha alma a Deus e cravei a agulha com força na esclera do olho, perto da borda da íris.

Houve um tossido seguido pelo barulho de algo se derramando no chão ali perto, e senti cheiro de vômito, mas não pude dedicar atenção alguma a esse fato. Retirei a agulha com cuidado, mas o mais depressa que pude. Jocasta havia se retesado abruptamente e estava imobilizada, com as mãos crispadas sobre as de Jamie. Não fez qualquer movimento, mas produziu pequenos ruídos arfantes de choque, como se temesse até mesmo se mover o suficiente para respirar.

O olho começou a verter um filete de fluido, um humor vítreo e levemente opaco, espesso o bastante para se poder notá-lo escorrer morosamente sobre a superfície úmida da esclera. Eu continuava a segurar as pálpebras abertas; com a mão livre, peguei um dos trapos mergulhados no chá de raiz-amarela, espremi o excesso de líquido sem ligar para onde fosse parar e encostei o pano com delicadeza no rosto dela. Jocasta arquejou ao sentir o calor na pele, soltou as mãos e segurou o trapo.

Então soltei e deixei que ela segurasse o trapo morno e o pressionasse no olho esquerdo fechado, obtendo algum alívio de seu calor.

Pisadas leves tornaram a subir a escada e o corredor: Angelina surgiu, arfante, com um punhado de sal apertado junto ao peito e uma colher na outra mão. Transferi o sal de sua palma úmida para dentro da panela de água morna e a deixei mexendo enquanto o pó se dissolvia.

– Trouxe o láudano? – perguntei a ela baixinho.

Jocasta estava recostada na cadeira, de olhos fechados... mas rígida como uma estátua, com as pálpebras fechadas com força e os punhos bem cerrados sobre os joelhos.

– Não consegui encontrar o láudano, senhora – murmurou Angelina para mim enquanto lançava um olhar assustado para Jocasta. – Não sei quem pode ter pegado... ninguém tem a chave a não ser o sr. Ulysses e a própria sra. Cameron.

– Quer dizer que Ulysses deixou você abrir o armário de remédios... então ele sabe que a sra. Cameron está doente?

A escrava aquiesceu vigorosamente, fazendo esvoaçar a fita da touca.

– Ah, sim, senhora! Ele ficaria fulo se descobrisse que eu não tinha contado. Falou para ir chamá-lo depressa, se ela quiser... e caso contrário que eu dissesse à sra. Cameron que ela não precisa se preocupar com nada, que ele vai cuidar de tudo.

Ao ouvir isso, Jocasta deixou escapar um longo suspiro, e seus punhos cerrados relaxaram um pouco.

– Que Deus o abençoe – murmurou ela, com os olhos fechados. – Ele *vai* cuidar de tudo. Eu estaria perdida sem ele. Perdida.

Seus cabelos brancos estavam encharcados nas têmporas e o suor pingava das extremidades dos fios acima dos ombros, deixando marcas na seda azul-escura do vestido.

Angelina desfez os cordões do vestido e do espartilho de Jocasta e os tirou. Pedi então para Jamie deitá-la na cama só de combinação, com uma grossa camada de toalhas arrumada ao redor da cabeça. Enchi uma das minhas seringas de presa de cobra com a água morna com sal e, enquanto Jamie mantinha as pálpebras do olho abertas com todo o cuidado, consegui irrigá-lo delicadamente na esperança de talvez impedir uma infecção no furo. O ferimento em si podia ser visto como um diminuto pontinho vermelho na esclera, com uma pequena bolha na conjuntiva logo acima. Vi que Jamie não conseguia olhar para aquilo sem piscar, e dei-lhe um sorriso.

– Ela vai ficar bem – falei. – Pode ir, se quiser.

Ele aquiesceu e se virou para sair, mas a mão de Jocasta se esticou para impedi-lo.

– Não, *a chuisle*, fique... se quiser.

Esta última parte foi uma simples formalidade: ela o havia agarrado pela manga com força suficiente para os dedos ficarem brancos.

– Sim, tia, claro – disse ele, dócil; pousou a mão por cima da sua e deu um aperto para tranquilizá-la.

Mesmo assim, ela só a largou depois de ele se sentar ao seu lado.

– Quem mais está aqui? – indagou, virando a cabeça aflita para um lado e outro na tentativa de escutar os barulhos reveladores de respiração e movimento que pudessem lhe informar. – Os escravos já saíram?

– Sim, eles voltaram para ajudar a servir – falei. – Estamos só eu e Jamie.

Ela fechou os olhos, sorveu uma inspiração profunda e estremecida, e só então começou a relaxar um pouco.

– Ótimo. Preciso lhe dizer uma coisa, sobrinho, e ninguém mais pode escutar. Sobrinha... – Ela ergueu na minha direção uma comprida mão branca. – Vá verificar se estamos mesmo sozinhos.

Obedeci e fui espiar o corredor. Não havia ninguém à vista, embora vozes chegassem de outro cômodo mais adiante... risos, farfalhares e pancadas bem altas: moças conversando e rearrumando os cabelos e as roupas. Tornei a encolher a cabeça e fechei a porta, e os sons do resto da casa se afastaram na hora, abafados num ronco distante.

– O que foi, tia?

Jamie continuava segurando a mão dela, e um de seus grandes polegares alisava delicadamente e sem parar as costas dessa mão, no mesmo ritmo tranquilizador que eu já o vira usar com animais ariscos. No entanto, aquilo não funcionava tão bem com sua tia quanto com o cavalo ou cachorro comuns.

– Foi ele. Ele está aqui!

– Ele quem, tia?

– Eu não sei!

Os olhos dela se reviraram desesperados de um lado para outro, como na vã tentativa de ver não apenas através da escuridão, mas também através das paredes.

Jamie arqueou as sobrancelhas para mim, mas podia ver tão bem quanto eu que Jocasta não estava delirando, por mais incoerente que soasse. Ela própria percebeu como estava soando, pude ver o esforço em seu semblante quando se controlou.

– Ele veio pegar o ouro – disse ela, baixando a voz. – O ouro do francês.

– Ah, é? – fez Jamie com cautela.

Ele relanceou os olhos para mim com uma das sobrancelhas erguida, mas fiz que não com a cabeça. Ela não estava tendo alucinações.

Jocasta deu um suspiro de impaciência e balançou a cabeça, então parou abruptamente com um "ai!" abafado de dor e levou as duas mãos à cabeça como para mantê-la sobre os ombros.

Passou alguns instantes respirando fundo, com os lábios muito contraídos. Então baixou as mãos devagar.

– Começou ontem à noite – falou. – A dor no meu olho.

Ela havia acordado durante a noite com o olho latejando e uma dor difusa que tinha se espalhado lentamente em direção à lateral da cabeça.

– Já aconteceu antes, sabe? – explicou. Ela agora havia se levantado até ficar numa posição sentada, e estava começando a apresentar um aspecto um pouco melhor, embora continuasse segurando o pano morno sobre o olho. – Desde quando eu comecei a perder a visão. Às vezes era um olho, às vezes os dois. Mas eu sabia o que iria acontecer.

Mas Jocasta MacKenzie Cameron Innes não era mulher de permitir que uma simples indisposição física interferisse com seus planos, quanto mais interrompesse o que prometia ser o evento social mais fulgurante da história de Cross Creek.

– Fiquei muito desgostosa – continuou ela. – E com a sra. Flora MacDonald prestes a chegar!

Mas todos os preparativos tinham sido feitos: as carcaças do churrasco já assavam dentro de suas valas, barris de cerveja clara e escura aguardavam prontos junto aos estábulos, e o ar estava tomado pelo aroma de pão quente e feijões vindo da cozinha. Os escravos eram bem-treinados, e Jocasta tinha plena fé de que Ulysses daria conta de tudo. Tudo que precisava fazer, pensara, era manter-se de pé.

– Não quis tomar ópio nem láudano – explicou. – Caso contrário, com certeza pegaria no sono. De modo que me contentei com o uísque.

Jocasta era uma mulher alta e inteiramente acostumada a uma ingestão de álcool forte que teria derrubado um homem moderno. Quando os MacDonalds chegaram, já tinha bebido uma garrafa quase inteira... mas a dor só fazia piorar.

– Então meu olho começou a lacrimejar tanto que todo mundo teria visto que havia alguma coisa errada, e *isso* eu não queria. Então vim para minha sala de estar; tinha tomado o cuidado de pôr um frasco de láudano na minha cesta de trabalhos manuais para o caso de o uísque não bastar. O lado de fora estava apinhado de gente tentando ver ou falar com a srta. MacDonald, mas a sala de estar estava deserta, até onde pude constatar com a cabeça latejando e o olho quase explodindo.

Ela disse essa última parte de modo um tanto casual, mas vi Jamie se retrair; evidentemente a lembrança do que eu tinha feito com a agulha continuava fresca. Ele engoliu em seco e passou a mão com força pela boca.

Jocasta havia pegado rapidamente o frasco de láudano, tomado alguns goles, depois passado alguns instantes sentada esperando a substância fazer efeito.

– Não sei se já tomou láudano, sobrinho, mas ele causa uma sensação esquisita, como se você estivesse começando a se dissolver nas bordas. Basta uma gota em excesso para começar a ver coisas que não estão ali, com cegueira ou sem cegueira, e a ouvi-las também.

Sob o efeito do láudano, do uísque, e com o barulho da multidão lá fora, ela não havia percebido os passos. Assim, quando uma voz falou ao seu lado, pensara por um instante que estivesse tendo uma alucinação.

– "'Então é aqui que você está, menina', disse ele" – citou ela, e seu rosto já pálido ficou ainda mais branco ao se lembrar. – "*Lembra-se de mim?*"

– Imagino que a senhora se lembrasse, não, tia? – perguntou Jamie, seco.

– Sim – respondeu ela, igualmente seca. – Já tinha escutado aquela voz duas vezes. A primeira na Reunião em que a sua filha se casou... e a segunda mais de vinte anos atrás, numa hospedaria perto de Coigach, na Escócia.

Ela afastou o pano molhado do rosto e tornou a colocá-lo com precisão dentro da tigela de água morna. Seus olhos vermelhos, inchados e irritados contrastavam com a pele pálida e pareciam terrivelmente vulneráveis em sua cegueira... mas ela havia recuperado o controle de si.

– Sim, eu o reconheci – repetiu ela.

Ela havia reconhecido a voz na hora como sendo familiar... mas por alguns instantes não conseguiu identificá-la. Então se dera conta, e agarrara o braço da cadeira para se apoiar.

– Quem é o senhor? – tinha exigido saber, com o máximo de força que conseguira reunir.

Seu coração batia com força ao mesmo ritmo do latejar em sua cabeça e no olho, e seus sentidos estavam embotados pelo uísque e o láudano. Talvez o láudano tivesse transformado o ruído da multidão lá fora no barulho de um mar próximo, e o ruído dos passos de um escravo no corredor nas batidas dos sapatos do senhorio na escada da hospedaria.

– Eu estava lá. De verdade. – Apesar do suor que ainda escorria pelo seu rosto, vi um arrepio eriçar a pele pálida de seus ombros. – Na hospedaria de Coigach. Senti o cheiro do mar e ouvi os homens... Hector e Dougal... pude ouvi-los *de verdade*! Discutindo alguma coisa em algum lugar atrás de mim. E o homem da máscara... eu pude *vê-lo* – disse ela, e um arrepio percorreu minha nuca quando ela virou para mim seus olhos cegos.

Jocasta falava com tanta convicção que, por um instante, parecia *mesmo* estar vendo.

Em pé no começo da escada, igualzinho a 25 anos antes, com uma faca na mão e os olhos a me encarar pelos buracos da máscara.

– "Você sabe muito bem quem eu sou, menina" – dissera ele, e ela parecera ver seu sorriso, embora de um modo difuso soubesse que só o havia escutado em sua voz; nunca chegara a ver seu rosto, nem mesmo quando ainda podia ver.

Ela estava sentada, com o corpo meio dobrado e os braços cruzados em frente aos seios como num gesto de autodefesa, os cabelos brancos despenteados e embaraçados nas costas.

– Ele está de volta – falou, e se sacudiu com um súbito estremecimento convulso. – Veio pegar o ouro... e quando encontrar vai me matar.

Jamie pôs a mão no braço dela na tentativa de acalmá-la.

– Ninguém vai matar a senhora enquanto eu estiver aqui, tia – disse ele. – Então esse homem veio falar com a senhora na sua sala de estar, e a senhora o reconheceu pela voz. O que mais ele lhe disse?

Ela ainda tremia, mas já não tanto. Pensei que aquilo provavelmente se devia não só a uma reação às copiosas doses de láudano e uísque como ao medo.

Ela balançou a cabeça no esforço de se lembrar.

– Ele disse... que tinha vindo levar o ouro para seu dono legítimo. Que nós o havíamos guardado, e embora ele não ligasse para o quanto tínhamos gastado, Hector e eu, o ouro não era meu, nunca fora. Eu precisava lhe dizer onde estava e ele cuidaria do resto. Então pôs as mãos em mim. – Ela parou de se tocar e estendeu um braço para Jamie. – No pulso. Está vendo as marcas? Está vendo, sobrinho?

Sua voz soou aflita, e ocorreu-me de repente que ela própria talvez duvidasse da existência do visitante.

– Estou, tia – disse Jamie suavemente, tocando-lhe o pulso. – Há marcas aqui.

E havia mesmo: três manchas arroxeadas, pequenos ovais nos pontos em que dedos haviam pressionado.

– Ele apertou, depois torceu meu pulso com tanta força que pensei que tivesse quebrado. Então soltou, mas não se afastou. Continuou em pé ao meu lado, e pude sentir o calor de seu hálito e o fedor de tabaco no rosto.

Eu havia segurado seu outro pulso para sentir a pulsação ali. Estava forte e rápida, mas de vez em quando pulava uma batida. Não era de espantar. Perguntei-me com que frequência ela tomava láudano... e quanto.

– Então pus a mão na minha cesta de trabalhos manuais, desembainhei a faquinha e tentei acertar o saco dele – concluiu ela.

Pego de surpresa, Jamie riu.

– E conseguiu?

– Sim, ela conseguiu – falei antes de Jocasta poder responder. – Vi sangue seco na faca.

– Bem, isso vai ensinar o sujeito a não aterrorizar uma cega indefesa, não é? – Jamie lhe deu alguns tapinhas na mão. – A senhora se saiu bem, tia. Depois disso ele foi embora?

– Foi.

O relato de seu sucesso a havia firmado bastante. Ela puxou a mão de dentro da minha para se endireitar melhor nos travesseiros. Afastou a toalha ainda enrolada no pescoço e a largou no chão com uma breve careta de desagrado.

Ao ver que a tia estava evidentemente se sentindo melhor, Jamie olhou para mim, em seguida se levantou.

– Então vou ver se alguém está mancando por aí. – Na porta, porém, ele parou e tornou a se virar para Jocasta.

– Tia. A senhora disse que já tinha encontrado esse sujeito *duas vezes*? Na hospedaria de Coigach, onde os homens trouxeram o ouro do mar, e na Reunião de quatro anos atrás?

Ela aquiesceu e afastou do rosto os cabelos úmidos.

– Sim. Foi no último dia. Ele foi à minha barraca quando eu estava sozinha. Embora não tenha dito nada no começo, eu sabia que tinha alguém ali e perguntei quem era. Ele então deu uma espécie de risadinha e falou: "Então é verdade o que dizem... a senhora é totalmente cega?"

Ela havia se levantado e ficado de frente para o visitante invisível ao reconhecer a voz, mas ainda sem saber direito por quê.

– "Não está me conhecendo, sra. Cameron? Eu era amigo do seu marido, embora faça muitos anos desde que nos vimos pela última vez. No litoral da Escócia... numa noite de lua."

A lembrança a fez passar a língua pelos lábios secos.

– Então de repente eu me lembrei. E falei: "Posso ser cega, mas conheço bem o senhor. O que deseja?" Mas ele já tinha ido embora. E um segundo depois ouvi Phaedre e Ulysses conversando e vindo em direção à barraca. Ele os tinha visto e fugido. Perguntei a eles, mas os dois estavam entretidos na conversa e não o viram sair. Depois disso mantive sempre alguém comigo até irmos embora... e ele não tornou a chegar perto de mim. Até hoje.

Jamie franziu o cenho e esfregou os nós dos dedos devagar pelo osso comprido e reto do nariz.

– Por que não comentou nada comigo na ocasião?

Um quê de bom humor surgiu em seu rosto desfigurado, e ela envolveu com os dedos o pulso ferido.

– Pensei que estivesse imaginando coisas.

Phaedre havia encontrado o frasco de láudano no lugar em que Jocasta o deixara cair, debaixo da cadeira da sala de estar. Encontrara também um rastro de pequeninas gotas de sangue que eu, na pressa, não havia notado. Estas desapareciam antes de chegar à porta, porém; fosse qual fosse o ferimento que Jocasta havia infligindo ao intruso, fora sem gravidade.

Chamado discretamente, Duncan acorrera para reconfortar Jocasta, mas fora mandado de volta na mesma hora com instruções para cuidar dos convidados; nem ferimento nem doença iriam macular um evento como aquele!

Ulysses teve uma recepção ligeiramente mais cordial. Na verdade, Jocasta mandou chamá-lo. Ao espiar dentro do quarto para ver como ela estava, encontrei-o sentado junto à cama segurando a mão da patroa com tamanha expressão de bondade no rosto habitualmente impassível que fiquei bastante comovida e recuei sem fazer barulho de volta para o corredor, sem querer incomodá-los. Ele, porém, me viu e aquiesceu.

Os dois conversavam em voz baixa, e a cabeça dele, com sua peruca branca empoada, estava curvada em direção à dela. Ele parecia estar argumentando com a patroa do modo mais respeitoso possível. Ela balançou a cabeça e deu um gritinho de dor. A mão dele se contraiu sob a dela, e vi que ele havia tirado as luvas brancas. A mão de Jocasta, comprida e frágil, estava pousada muito pálida dentro da outra, poderosa e escura.

Ela respirou fundo para se recompor. Então disse algo num tom definitivo, apertou a mão dele e se recostou. Ulysses se levantou e passou alguns instantes parado junto à cama, olhando para ela. Então se empertigou e saiu para o corredor enquanto tirava as luvas do bolso.

– Poderia chamar seu marido, sra. Fraser? – pediu ele em voz baixa. – Minha patroa deseja que eu diga uma coisa a ele.

A festa ainda estava a todo o vapor, mas agora havia passado a um ritmo mais brando, como digestivo. Pessoas cumprimentaram Jamie ou a mim quando seguimos Ulysses até dentro da casa, mas ninguém nos deteve.

Ele nos conduziu até sua despensa de mordomo no subsolo, um cômodo minúsculo contíguo à cozinha de inverno, com as prateleiras abarrotadas de ornamentos de prata, vidros de verniz, vinagre, cera de sapatos, anil, um estojo de costura com agulhas, alfinetes e linha, pequenas ferramentas para consertos e o que parecia ser um considerável estoque particular de conhaque, uísque e licores variados.

Ele removeu esses frascos da prateleira, estendeu a mão até o espaço vazio que eles antes ocupavam e pressionou a madeira da parede com ambas as mãos enluvadas de branco. Algo emitiu um clique e um pequeno painel deslizou para o lado com um ruído rascante suave.

Ulysses então se afastou de lado, num convite mudo para Jamie olhar. Jamie ergueu uma das sobrancelhas e se inclinou para a frente de modo a examinar o nicho. A despensa do mordomo era escura e mal-iluminada, e apenas uma luz tênue entrava pelas altas janelas do subsolo que margeavam a parte superior das paredes da cozinha.

– Está vazio – disse ele.

– Sim, senhor. Não deveria estar.

Apesar de baixa e respeitosa, a voz de Ulysses foi firme.

– *O que* havia aqui dentro? – perguntei, olhando para fora da despensa a fim de me certificar de que ninguém nos escutava.

Uma bomba parecia ter explodido na cozinha, mas apenas um ajudante estava lá, um menino meio bobo que cantarolava baixinho consigo mesmo enquanto lavava panelas.

– Parte de um lingote de ouro – respondeu Ulysses baixinho.

O ouro francês que Hector Cameron trouxera da Escócia, no valor de 10 mil libras, fundidas em lingotes e impressas com a flor-de-lis real, era a base da riqueza de River Run. Mas é claro que esse fato não podia ser conhecido. Primeiro Hector, e depois, após sua morte, Ulysses, tinham pegado uma das barras de ouro e raspado pedacinhos do metal amarelo macio até formar uma pequena e anônima pilha. Esta podia então ser levada aos armazéns do rio ou, para uma segurança ainda maior, às vezes até as cidades costeiras de Edenton, Wilmington ou New Bern, e onde era cuidadosamente trocada, em pequenas quantidades que não provocariam comentários, por dinheiro vivo ou vales dos armazéns, que por sua vez podiam ser usados com segurança em qualquer lugar.

– Restava mais ou menos metade do lingote – disse Ulysses, meneando a cabeça em direção à cavidade na parede. – Vi que tinha sumido uns poucos meses atrás. Desde então, claro, bolei um novo esconderijo.

Jamie olhou para dentro da cavidade vazia, depois para Ulysses.

– E o resto?

– Estava em segurança na última vez que verifiquei, senhor.

A maior parte do ouro estava escondida dentro do mausoléu de Hector Cameron, guardada dentro de um caixão e, presumia-se, protegida por seu espírito. Um ou dois dos escravos além de Ulysses talvez soubessem, mas o medo muito presente de fantasmas bastava para manter todo mundo afastado. Lembrei-me da linha de sal espalhada no chão em frente ao mausoléu e, apesar do calor abafado ali no subsolo, estremeci de leve.

– É claro que eu não teria como olhar hoje – acrescentou o mordomo.

– Não, é claro que não. Duncan sabe?

Jamie meneou a cabeça em direção ao nicho, e Ulysses assentiu.

– O ladrão pode ter sido qualquer um. Tantas pessoas vêm a esta casa... – Os imensos ombros do mordomo se moveram num pequeno movimento ascendente. – Mas agora que esse homem do mar voltou a aparecer... a questão muda de figura, não é, senhor?

– É, de fato.

Jamie refletiu sobre o assunto por alguns instantes enquanto batia com dois dedos na perna suavemente.

– Bem, então. Você vai ter que ficar aqui um pouco, não vai, Sassenach? Para cuidar do olho da minha tia?

Aquiesci. Contanto que minha intervenção grosseira não provocasse nenhuma infecção, havia pouco ou nada que eu pudesse fazer pelo olho em si. Mas era preciso ficar atenta, e mantê-lo limpo e irrigado até eu ter certeza de que estivesse curado.

– Então nós vamos ficar um pouco – disse ele, virando-se para Ulysses. – Vou mandar os Bugs de volta à Cordilheira para cuidarem das coisas e providenciarem a feitura de feno. Nós vamos ficar e observar.

A casa estava cheia de convidados, mas dormi no quarto de vestir de Jocasta para poder ficar de olho nela. O alívio da pressão intraocular tinha aliviado a dor cruciante, e ela havia pegado num sono profundo; seus sinais vitais estavam tranquilizadores o bastante para eu sentir que também podia dormir.

Por saber que tinha uma paciente, porém, dormi um sono leve, e acordava de tanto em tanto tempo para entrar no quarto dela pé ante pé. Duncan dormia num estrado ao pé da cama de Jocasta, alheio ao mundo devido à exaustão do dia. Pude ouvir sua respiração pesada quando acendi uma vela na lareira e fui me postar junto à cama.

Jocasta ainda dormia pesado, deitada de costas, com os braços cruzados graciosamente por cima da colcha e a cabeça jogada para trás, séria com seu nariz comprido e tão aristocrática quanto as esculturas das tumbas na capela de Saint-Denis. Faltava apenas uma coroa e um cachorrinho de algum tipo agachado a seus pés.

Sorri ao pensar nisso, refletindo como era esquisito: Jamie dormia exatamente assim, de costas, com as mãos cruzadas, esticado feito uma flecha. Brianna, não: ela dormia toda bagunçada, e isso desde criança. Como eu.

O pensamento me provocou uma pequena e inesperada sensação de prazer. Eu sabia que havia lhe transmitido algumas partes de mim, claro, mas ela se parecia tanto com Jamie que era sempre meio surpreendente notar uma delas.

Apaguei a vela com um sopro, mas não voltei para a cama na mesma hora. Tinha ocupado a cama de Phaedre no quarto de vestir, mas o espaço era quente e abafado. O calor do dia e o consumo de álcool tinham me deixado com a boca pastosa e uma leve dor de cabeça. Peguei a moringa na cabeceira de Jocasta, mas estava vazia.

Não foi preciso reacender a vela: um dos nichos do corredor ainda estava aceso e uma débil claridade destacava a porta. Empurrei-a sem fazer barulho e olhei para fora. O corredor estava coalhado de corpos, criados dormindo em frente às portas dos quartos, e o ar latejava delicadamente com os roncos e a respiração pesada de muitas pessoas mergulhadas num sono de graus variados.

No fim do corredor, porém, uma silhueta clara de pé olhava na direção do rio pela janela alta de dobradiça.

Embora devesse ter me escutado, ela não se virou. Fui me postar ao seu lado e olhei para fora. Phaedre estava só de combinação, e os cabelos libertos da touca formavam uma massa macia e volumosa em volta de seus ombros. Era raro uma escrava ter cabelos assim, pensei; a maioria das mulheres mantinha os cabelos cortados bem curtos por baixo de um turbante ou touca, já que não tinha tempo nem os implementos para penteá-los. Mas Phaedre era uma criada de casa; devia ter algumas vantagens... e no mínimo um pente.

– Quer sua cama de volta? – perguntei, em voz baixa. – Vou passar um tempo acordada... e posso dormir no divã.

Ela me olhou e fez que não com a cabeça.

– Ah, não, senhora – respondeu baixinho. – Muito obrigada. Não estou com sono. – Ela viu a moringa que eu carregava e estendeu a mão para pegá-la. – Quer que eu vá lhe buscar um pouco de água, senhora?

– Não, não, eu mesma vou. Vai ser bom tomar um pouco de ar.

No entanto, continuei ao seu lado olhando para fora.

A noite estava linda, coalhada de estrelas que pendiam baixas e brilhantes acima do rio, um débil fio de prata a serpentear pela escuridão. Havia lua, uma fina foice já bem baixa em sua trajetória para detrás da curva da terra, e uma ou duas fogueiras ainda ardiam entre as árvores junto ao rio.

A janela estava aberta e os insetos entravam em bandos: uma pequena nuvem deles dançava ao redor da vela no nicho atrás de nós, e seres alados pequeninos roçavam meu rosto e meus braços. Grilos cantavam, tantos que seu canto era um som agudo e constante, feito um arco a deslizar sobre as cordas de um violino.

Phaedre fez menção de fechá-la. Dormir de janela aberta era considerado muito pouco saudável, e decerto era *mesmo*, levando em conta todas as doenças transmitidas por mosquitos naquela atmosfera pantanosa.

– Achei que tivesse escutado alguma coisa. Lá fora – disse ela, meneando a cabeça na direção do breu mais abaixo.

– Ah? Deve ter sido o meu marido – falei. – Ou então Ulysses.

– Ulysses? – repetiu ela com um ar de espanto.

Jamie, Ian e Ulysses tinham organizado um sistema de patrulhamento, e sem dúvida deviam estar em algum lugar da noite lá fora, deslizando ao redor da casa e vigiando o mausoléu de Hector, só por garantia. Como não sabia nada sobre o sumiço do ouro nem sobre o misterioso visitante de Jocasta, Phaedre não devia estar ciente daquele aumento na vigilância, a não ser do modo indireto como os escravos sempre sabiam as coisas – o instinto que sem dúvida a despertara para ir olhar pela janela.

– Eles estão só de olho – falei, no tom mais tranquilizador de que fui capaz. – Com tanta gente por aqui, sabe? – Os MacDonalds tinham ido passar a noite na fazenda de Farquard Campbell, e uma boa quantidade de convidados fora com eles, mas ainda havia muita gente em River Run.

A moça aquiesceu, mas parecia preocupada.

– É que alguma coisa parece não estar certa – disse ela. – Não sei o que é.

– O olho da sua patroa... – comecei, mas ela balançou a cabeça.

– Não, não. Eu não sei, tem alguma coisa no ar; estou sentindo. Não só hoje, não é isso... tem alguma coisa acontecendo. Alguma coisa vindo.

Ela olhou para mim, incapaz de expressar o que estava querendo dizer, mas mesmo assim conseguiu me comunicar sua disposição.

Talvez fosse em parte apenas as emoções exacerbadas do conflito iminente. De fato, dava para senti-las no ar. Mas talvez houvesse também alguma outra coisa... algo subterrâneo, que mal se podia sentir, mas que estava presente como a forma vaga de uma serpente marinha, vislumbrada apenas por um segundo para logo depois sumir, e portanto se transformar em lenda.

– Minha avó foi tirada da África – disse Phaedre baixinho, encarando a noite lá fora. – Ela fala com os ossos. Diz que eles avisam quando coisas ruins estão por vir.

– É mesmo? – Numa atmosfera como aquela, silenciosa a não ser pelos barulhos da noite, com tantas almas soltas à nossa volta, não parecia haver nada de irreal nessa afirmação. – Ela ensinou você a... falar com os ossos?

Phaedre fez que não com a cabeça, mas o canto de sua boca se abaixou numa pequena expressão secreta, e pensei que ela talvez soubesse mais sobre aquilo do que estava disposta a dizer.

Um pensamento indesejado havia me ocorrido. Eu não entendia como Stephen Bonnet poderia estar ligado aos acontecimentos atuais – com certeza não era ele o homem do passado que fora falar com Jocasta, e com certeza também o roubo dissimulado não era do seu feitio. Mas ele tinha motivos para acreditar que pudesse haver ouro em algum lugar de River Run... e pelo que Roger nos havia contado sobre o encontro de Phaedre com o irlandês alto em Cross Creek...

– O irlandês que você encontrou quando estava na cidade com Jemmy – falei, mudando a posição da mão na superfície escorregadia da moringa. – Você chegou a revê-lo?

Ela pareceu se espantar com a pergunta. Ficou claro que Bonnet estava bem longe da sua mente.

– Não, senhora – respondeu. – Nunca mais o vi. – Ela pensou por alguns instantes, os grandes olhos escondidos pelas sobrancelhas. Sua pele tinha a cor de um café forte com um pingo de creme, e os cabelos... houvera um homem branco na sua árvore genealógica em algum momento, pensei. – Não, senhora – repetiu ela baixinho, e tornou a voltar seu olhar perturbado para a noite silenciosa e a lua baixa. – Tudo o que sei... é que alguma coisa não está certa.

Perto dos estábulos, um galo começou a cantar, e o som na escuridão pareceu sinistro e deslocado.

55

WENDIGO

20 de agosto de 1774

A luz na sala íntima era perfeita.

– Nós começamos por este cômodo – dissera Jocasta à sobrinha-neta, erguendo o rosto para o sol que entrava pela porta dupla aberta para a varanda, com as pálpebras fechadas diante dos olhos cegos. – Eu queria um lugar para pintar e escolhi este, onde a luz entraria brilhante feito um cristal pela manhã, e feito água parada à tarde. Depois construímos a casa em volta.

As mãos com dedos ainda longos e fortes da velha mulher tocaram o cavalete, os vidros de pigmentos e pincéis com uma nostalgia afetuosa, do jeito como ela poderia acariciar a estátua de um amante morto tempos antes... uma paixão relembrada, mas aceita como desaparecida para sempre.

E Brianna, com o bloco de rascunhos e o lápis na mão, havia desenhado o mais depressa e o mais discretamente possível, para captar aquela expressão passageira de pesar superado.

O esboço estava junto com os outros no fundo de sua caixa, para o dia em que ela pudesse tentar lhe dar um formato mais acabado, tentar captar aquela luz inclemente e as linhas fundas do rosto da tia, a ossatura forte bem-marcada sob o sol que ela não podia ver.

Por enquanto, porém, o desenho em curso era uma questão profissional, mais do que de amor ou de arte. Nada suspeito havia acontecido desde o churrasco de Flora MacDonald, mas seus pais tinham a intenção de ficar mais um pouco, só por garantia. Como Roger ainda estava em Charlotte, não havia motivo para Bree não ficar também. Ele havia escrito a ela: a carta estava escondida no fundo de sua caixa, junto com os esboços particulares. Ao saber que ela iria ficar, dois ou três conhecidos de Jocasta, ricos fazendeiros, haviam encomendado retratos de si próprios ou da família; era uma fonte de renda bem-vinda.

– Nunca vou entender como você faz isso – disse Ian, balançando a cabeça para a tela no cavalete de Brianna. – É maravilhoso.

Para ser bem sincera, ela tampouco entendia como fazia aquilo. Não lhe parecia necessário. Fora isso que respondera a elogios semelhantes que já lhe tinham feito, porém, e percebera que essa resposta em geral soava para seu interlocutor falsamente modesta ou condescendente.

Em vez disso, ela sorriu para Ian e deixou o brilho de prazer que sentia transparecer no rosto.

– Quando eu era pequena, meu pai me levava para passear no parque público, e muitas vezes víamos um senhor de idade pintando com um cavalete. Eu costumava fazer papai parar para poder olhar, mas uma vez tomei coragem para lhe perguntar como ela fazia aquilo, e o senhor me olhou, sorriu e disse: "O único segredo, linda, é ver aquilo para o que você está olhando."

Ian olhou para ela, depois para o desenho, depois outra vez para ela, como se estivesse comparando o retrato com a mão que o havia criado.

– O seu pai – disse ele, interessado. Baixou a voz e olhou na direção da porta que dava para o corredor. Vozes vinham de lá, mas não próximas. – Não está se referindo a tio Jamie?

– Não.

Ela sentiu a dorzinha conhecida ao pensar no primeiro pai, mas deixou-a de lado. Não se importava em falar sobre aquilo com Ian – mas não ali, com a casa cheia de escravos e um fluxo constante de visitantes que poderiam aparecer a qualquer momento.

– Olhe.

Ela olhou por cima do ombro para ter certeza de que não havia ninguém por perto, mas os escravos conversavam em voz alta no saguão de entrada, debatendo o sumiço de um raspador de botas. Ergueu a tampa do pequeno compartimento onde ficavam os pincéis sobressalentes e levou a mão até debaixo do pedaço de feltro que o forrava.

– O que acha?

Estendeu o par de miniaturas, uma em cada palma, para ele poder inspecionar.

A expressão de expectativa no rosto de Ian se transformou em puro fascínio, e ele estendeu a mão devagar para uma das pequenas pinturas.

– Minha nossa! – exclamou.

Era um retrato da mãe dela, com os cabelos compridos e encaracolados soltos sobre os ombros nus, o queixo pequeno e firme erguido com uma autoridade que contrastava com a curva generosa da boca logo acima.

– Os olhos... não acho que estejam exatamente certos – disse Brianna, espiando a mão dele. – Um trabalho tão pequeno... não consegui reproduzir a cor exata. O de papai foi bem mais fácil.

Azuis simplesmente *eram* mais fáceis. Um pequeno toque de cobalto acentuado de branco, e aquela tênue sombra verde que intensificava o azul ao mesmo tempo que ela própria desaparecia... bem, e aquele também era seu pai. Forte, vívido, direto.

Mas conseguir um castanho que tivesse verdadeira profundidade e sutileza – quanto mais algo que sequer se aproximasse do topázio esfumado dos olhos de sua mãe, sempre límpidos, mas cambiantes como a luz num riacho de trutas marrom-escuro – necessitava mais camadas subjacentes do que era possível no espaço diminuto de uma miniatura. Ela precisaria tentar de novo algum dia, com um retrato maior.

– Estão parecidos, você acha?

– Estão maravilhosos. – Ian olhou de um para o outro, então guardou delicadamente o retrato de Claire de volta no lugar. – Seus pais já viram?

– Não. Queria ter certeza de que estavam certos antes de mostrá-los a alguém. Mas se estão... pensei que poderia mostrá-los às pessoas que vierem posar, e talvez conseguir encomendas para outras miniaturas. Poderia trabalhar nelas em casa, na Cordilheira. Tudo de que preciso é minha caixa de tintas e os pequenos discos de marfim. Poderia fazer a pintura a partir dos esboços; não precisaria que o modelo continuasse posando.

Ela fez um breve gesto de explicação em direção à grande tela na qual estava trabalhando: um retrato de Farquard Campbell, que mais parecia um furão empalhado trajando seu melhor terno, cercado por numerosas crianças e netos, a maioria por enquanto meras manchas esbranquiçadas. Sua estratégia era fazer as mães arrastarem os pequenos um de cada vez, e fazer um esboço rápido de seus membros e traços dentro da mancha certa antes da intromissão da agitação ou das manhas naturais.

Ian olhou para a tela, mas sua atenção retornou às miniaturas dos pais de Brianna. Ele ficou olhando para os dois retratos com um leve sorriso no rosto comprido e meio feioso. Então, ao sentir o olhar da prima, ergueu o rosto, alarmado.

– Ah, não faça isso!

– Ah, vamos, Ian, deixe-me desenhá-lo – pediu ela. – Não dói, você vai ver.

– Ah, isso é o que você pensa – retrucou ele, recuando como se o lápis que ela havia empunhado fosse uma arma. – Os kahnyen'kehaka acham que ter um retrato de alguém dá poder sobre essa pessoa. É por isso que a sociedade de curandeiros usa rostos falsos... para que os demônios que causam as doenças não conheçam seus rostos de verdade e não possam lhes fazer mal, entende?

Isso foi dito num tom tão sério que Brianna estreitou os olhos para o primo a fim de ver se ele estava brincando. Não parecia ser o caso.

– Humm. Ian... mamãe já explicou a você sobre os germes, não?

– Explicou, sim, claro – disse ele, num tom que não transmitia convicção alguma. – Ela me mostrou coisas nadando e disse que elas moravam nos meus dentes!

Sua expressão exibiu uma repugnância momentânea diante dessa ideia, mas ele deixou o assunto de lado e voltou ao tema em pauta.

– Um viajante francês apareceu na aldeia uma vez, um filósofo da natureza... Levou desenhos que tinha feito de pássaros e animais, e isso deixou os índios assombrados. Mas ele então cometeu o erro de propor um retrato da esposa do chefe de guerra. Mal consegui tirá-lo de lá inteiro.

– Mas você não é mohawk – disse ela, paciente. – E, mesmo se fosse... não teme que eu tenha poder sobre você, teme?

Ian virou a cabeça e a encarou com um olhar subitamente esquisito que a traspassou como uma faca cortando manteiga.

– Não – respondeu ele. – Não, claro que não.

Mas sua voz soou tão pouco convicta quanto ao falar sobre germes.

Ainda assim, ele foi até o banquinho que Brianna havia providenciado para os modelos, posicionado numa luz boa vinda das portas que davam para a varanda, e sentou-se com o queixo erguido e o maxilar contraído como alguém prestes a ser heroicamente executado.

Reprimindo um sorriso, ela pegou o bloco de rascunhos e desenhou o mais depressa que conseguiu, para caso ele mudasse de ideia. Ian era um modelo difícil: seus traços careciam da estrutura óssea sólida e bem-marcada que tanto seus pais quanto Roger possuíam. No entanto, não era nem de longe um rosto suave, mesmo sem contar as tatuagens pontilhadas que se curvavam por sobre o osso do nariz e pelas bochechas.

Ele era jovem e viçoso, mas a firmeza da boca... uma boca levemente torta, constatou ela com interesse. Como é que nunca havia reparado nisso antes? A boca pertencia a alguém bem mais velho, e era emoldurada por rugas que a idade tornaria bem mais fundas, mas que já estavam firmemente instaladas.

Os olhos... esses ela achou que nunca fosse acertar. Grandes, cor de avelã, eram seu único traço que podia reivindicar alguma beleza, mas belos eram a última coisa de que se poderia chamá-los. Como a maioria dos olhos, não tinham uma cor só, mas muitas: as cores do outono, da terra escura e molhada e das folhas secas dos carvalhos, e o reflexo do sol poente no mato seco.

A cor era um desafio, mas um desafio que Brianna era capaz de encarar. A expressão, entretanto... a expressão mudava num segundo de algo tão afável e inocente a ponto de parecer quase estúpido para algo com que ninguém iria querer se deparar num beco escuro.

A expressão de Ian agora estava em algum lugar entre esses dois extremos, mas mudou de repente em direção ao segundo quando sua atenção se concentrou nas portas abertas atrás dela e na varanda mais além.

Espantada, Brianna olhou por cima do ombro. Havia alguém ali; pôde ver o contorno da sombra do homem ou da mulher, mas a pessoa que lançava a sombra estava se mantendo fora do seu campo de visão. Quem quer que fosse, estava começando a assobiar, um som hesitante e rouco.

Por um instante, tudo estava normal. Então o mundo saiu do eixo. O intruso estava assobiando "Yellow Submarine".

Todo o sangue se esvaiu da cabeça de Brianna, e ela cambaleou e segurou a borda de uma mesinha de apoio para não cair. Teve uma vaga consciência de Ian se levantar do banquinho feito um gato, empunhar uma das faquinhas de sua paleta e deslizar sem fazer ruído para fora da sala até o corredor.

As mãos de Brianna haviam ficado frias e dormentes; seus lábios também. Ela tentou assobiar outra estrofe em resposta, mas tudo que conseguiu foi expelir um pouco de ar. Endireitou-se, reassumiu o controle de si mesma e cantarolou em vez disso as últimas palavras da canção. Mal conseguiu dar conta da melodia, mas quanto às palavras não houve dúvida.

Silêncio de morte na varanda; os assobios haviam cessado.

– Quem é o senhor? – indagou ela com clareza. – Entre.

A sombra se encompridou devagar, apresentando uma cabeça parecida com a de um leão reluzindo sobre as lajotas da varanda, com a luz a brilhar por entre os cachos. A cabeça em si apareceu cautelosamente pela quina da porta. Era um índio, constatou ela com espanto, embora os trajes que usava fossem em sua maioria europeus e esfarrapados, com exceção de uma gargantilha de contas. O homem era magro e sujo, com olhos muito próximos um do outro, e fixos nela com ansiedade e algo semelhante à avidez.

– Cara, você está sozinha? – perguntou ele num sussurro rouco. – Pensei ter ouvido vozes.

– Dá para ver que estou. Quem diabos é você?

– Ahn... Wendigo. Wendigo Donner. Seu sobrenome é Fraser, não é?

Ele agora havia entrado por inteiro na sala, embora ainda olhasse desconfiado para um lado e outro.

– Meu sobrenome de solteira, sim. Você é...

Ela se interrompeu, sem saber como perguntar.

– Sou – respondeu ele baixinho, olhando-a de cima a baixo de um jeito casual que nenhum homem do século XVIII teria usado com uma dama. – Você também, né? Você é filha dela, tem de ser.

Ele falava com certa intensidade enquanto ia chegando mais perto.

Bree não achou que ele quisesse lhe fazer mal; estava só muito interessado. Ian, porém, não esperou para ver: a luz que entrava pela porta se escureceu por um breve instante, e ele então agarrou Donner por trás, e o guincho de alarme do índio foi interrompido pelo braço em seu pescoço e pela ponta da faquinha da paleta espetando-o debaixo da orelha.

– Quem é você, seu safado, e o que você quer? – exigiu saber Ian, retesando o braço na garganta de Donner.

Os olhos do índio saltaram das órbitas e ele emitiu pequenos chiados.

– Como espera que ele responda se o está sufocando?

Esse apelo à razão fez Ian relaxar o braço, ainda que com relutância. Donner tossiu, esfregou a garganta de um jeito exagerado e lançou um olhar ressentido para Ian.

– Não precisava ter feito isso, cara, eu não ia fazer nada com ela. – Seus olhos encararam Ian e depois Brianna. Ele indicou o rapaz com um tranco da cabeça. – Ele é...

– Não, mas ele sabe. Sente-se. Você conheceu minha mãe quando ela... quando ela foi raptada, não é?

As sobrancelhas ralas de Ian se ergueram quando ele ouviu isso, e ele segurou com mais força a faquinha da paleta, que, apesar de flexível, tinha uma ponta bem definida.

– É. – Donner se abaixou com cuidado até se sentar no banquinho, sempre com um olho atento em Ian. – Cara, eles quase me pegaram. Sua mãe me disse que o marido dela era perigoso e que eu não iria querer estar lá quando ele aparecesse, mas eu não acreditei. Quase não acreditei. Mas quando ouvi aqueles tambores, cara, eu dei o fora de lá, e foi bom ter feito isso. – Ele engoliu em seco, pálido. – Voltei de manhã. Cara, meu Deus.

Ian disse alguma coisa entre os dentes numa língua que Brianna pensou ser mohawk. As palavras soaram inamistosas ao extremo, e Donner sem dúvida compreendeu suficientemente o seu significado para afastar o banquinho um pouco para o lado e encolher os ombros.

– Ei, cara. Eu não fiz nada com ela, tá bom? – Ele encarou Brianna com um ar de súplica. – Não fiz! Eu ia ajudá-la a fugir... pergunte a ela, ela vai confirmar! Só que o Fraser e o pessoal dele apareceram antes que eu conseguisse. Meu Deus, por que eu iria machucá-la? Ela foi a primeira que encontrei por aqui... eu precisava dela!

– A primeira? – repetiu Ian, com o cenho franzido. – A primeira...

– A primeira... viajante, ele quer dizer – falou Brianna. Seu coração batia acelerado. – Para que precisava dela?

– Para me dizer como... como voltar. – Ele tornou a engolir, e sua mão segurou o ornamento de contas em volta do pescoço. – Você... você fez a travessia ou nasceu aqui? Imagino que tenha feito a travessia – acrescentou, sem esperar resposta. – Eles agora não fazem mulheres tão grandes assim. As garotas são todas miúdas. Já eu gosto de uma mulher grande.

Ele sorriu, de um jeito que obviamente pretendia ser lisonjeador.

– Eu vim – falou Brianna, sucinta. – Que diabo você está fazendo aqui?

– Tentando chegar perto o suficiente para falar com a sua mãe. – Ele olhou por cima do ombro, ressabiado; havia escravos na horta e suas vozes eram audíveis. – Passei um tempo escondido com os cherokees, depois resolvi descer e conversar com ela na Cordilheira dos Frasers quando foi seguro, mas a velha senhora de lá me disse que vocês estavam todos aqui. Uma distância e tanto para percorrer a pé – arrematou ele, com um ar levemente ressentido. – Mas aí aquele negro grande me enxotou em duas ocasiões quando tentei entrar. Acho que eu não estava vestido de maneira adequada.

Seu rosto estremeceu, mas sem conseguir chegar a dar um sorriso.

– Passei os últimos três dias espreitando aqui por perto, tentando ver sua mãe ou encontrá-la sozinha do lado de fora. Mas eu a vi conversando com você na varanda, e ouvi você chamá-la de mãe. A julgar pela sua altura, concluí que era... bom, concluí que, se você não entendesse a música, ninguém sairia prejudicado, né?

– Então você quer voltar para o lugar de onde veio, é isso? – indagou Ian.

Ele obviamente achava aquilo uma excelente ideia.

– Ah, sim – respondeu Donner com fervor. – *Ah*, sim!

– Onde você atravessou? – quis saber Brianna. O choque da aparição dele estava diminuindo, devorado pela curiosidade. – Na Escócia?

– Não, foi lá que você atravessou? – rebateu ele, ansioso. Quase sem esperar que ela assentisse, prosseguiu. – Sua mãe disse que veio, depois voltou e veio outra vez. Vocês todos conseguem ir e vir, tipo, você sabe, tipo igual a uma porta giratória?

Brianna fez que não violentamente, e a lembrança a fez estremecer.

– Meu Deus, não. É horrível, e muito perigoso, até mesmo com uma pedra preciosa.

– Pedra preciosa? – Ele se agarrou a isso. – É preciso ter uma pedra preciosa para atravessar?

– Não é obrigatório, mas parece proporcionar alguma proteção. E talvez haja algum jeito de usar as pedras preciosas para... para servir de guia, por assim dizer, mas nós na verdade não sabemos muito sobre isso. – Ela hesitou, querendo fazer mais perguntas, mas querendo mais ainda ir chamar Claire. – Ian... será que você poderia ir chamar minha mãe? Acho que ela está na horta com Phaedre.

Seu primo encarou o visitante com um olhar chapado e atento, e fez que não com a cabeça.

– Não vou deixar você sozinha com este sujeito. Vá você; eu fico de olho nele.

Brianna teria resistido, mas uma longa experiência com machos escoceses havia lhe ensinado a reconhecer uma teimosia intratável quando a via. Além do mais, os olhos de Donner estavam fixos nela de um jeito que a deixava ligeiramente sem graça. Ele estava olhando para sua mão, percebeu ela, para o anel de rubi no seu dedo. Tinha quase certeza de que conseguiria enfrentá-lo se fosse preciso, mas ainda assim...

– Eu já volto – falou, espetando às pressas um pincel abandonado dentro do pote de solvente. – Não saia daqui!

Fiquei chocada, mas menos do que poderia ter ficado. Já sentia que Donner estava vivo. Apesar de tudo, torcera por isso. No entanto, vê-lo frente a frente sentado na sala íntima de Jocasta me deixou pasma. Ele estava falando quando entrei, mas calou-se ao me ver. Não se levantou, é claro, nem fez qualquer observação quanto à minha sobre-vivência; simplesmente meneou a cabeça para mim e retomou o que estava dizendo.

– Para deter os brancos. Salvar nossas terras, salvar nosso povo.

– Mas você veio para a época errada – assinalou Brianna. – Chegou tarde demais.

Donner a encarou com um olhar vazio.

– Não cheguei, não... 1766 era o ano em que eu tinha de chegar, e foi quando che-guei. – Ele bateu violentamente com a base da mão na lateral da cabeça. – Merda! Qual era o *problema* comigo?

– Estupidez congênita? – sugeri, com educação, tendo recuperado a voz. – Ou então drogas alucinógenas.

O olhar vazio tremeluziu um pouco, e a boca de Donner estremeceu.

– Ah. É, cara. Teve um pouco disso.

– Mas se você veio para 1766, e se era essa a sua intenção... – objetou Bree. – E Robert Springer... Dente de Lontra? Segundo a história que mamãe ouviu a seu res-peito, ele queria alertar as tribos indígenas contra os brancos e evitar que estes colo-nizassem o país. Só que chegou *tarde demais* para fazer isso... e mesmo assim deve ter chegado uns quarenta ou cinquenta anos antes de você!

– Não era esse o plano, cara! – exclamou Donner. Levantando-se do banquinho, ele esfregou as mãos com violência nos cabelos, agitado, e fez os fios se eriçarem feito um arbusto de espinhos. – Meu Deus, não!

– Ah, não? Então qual *era* a droga do plano? – perguntei. – Você tinha um plano.

– Sim. Sim, a gente tinha um plano.

Ele baixou as mãos e olhou em volta como se temesse que alguém o escutasse. Passou a língua pelos lábios.

– Bob queria mesmo fazer o que você disse... só que os outros disseram não, não vai dar certo. São muitos grupos diferentes, muita pressão para comerciar com os brancos... não tinha como dar certo, entendem? A gente não podia impedir tudo, só melhorar as coisas.

O plano oficial do grupo tinha um escopo um pouco menos ambicioso. Os viajantes chegariam na década de 1760 e, ao longo dos dez anos seguintes, em meio à confusão e às reorganizações, ao movimento das tribos e aldeias como consequência do fim da guerra contra os franceses e contra os índios, iriam se infiltrar em vários grupos indígenas ao longo da Linha do Tratado nas colônias e nos territórios canadenses mais ao norte.

Então usariam os poderes de persuasão que houvessem conseguido para convencer as nações indígenas a lutarem do lado britânico na futura Revolução, com a intenção de garantir uma vitória dos britânicos.

– Os ingleses agem como se os índios fossem nações soberanas, entendem? – explicou ele, com uma fluência que sugeria que aquela era uma teoria aprendida de cor. – Se eles vencessem, continuariam fazendo comércio e coisas assim, o que não tem problema, mas não iriam tentar empurrar os índios para longe nem eliminá-los. Já os colonos... – Ele gesticulou com desdém na direção da porta aberta. – Esses filhos da puta gananciosos têm se metido nas terras indígenas nos últimos trezentos anos; *eles* não vão parar.

Bree arqueou as sobrancelhas, mas pude ver que ela achava aquela ideia intrigante. Obviamente a coisa não era tão louca quanto soava.

– Como pôde pensar que fosse conseguir? – indaguei. – Somente uns poucos homens para... ah, meu Deus – falei, ao ver o semblante dele mudar. – Jesus H. Roosevelt Cristo... vocês não foram os únicos, foram?

Donner fez que não com a cabeça sem dizer nada.

– Quantos? – quis saber Ian.

Sua voz soou calma, mas pude ver que ele estava com as mãos cerradas sobre os joelhos.

– Não sei. – Donner sentou-se abruptamente e afundou sobre si mesmo feito um saco de cereais. – Tinha tipo umas duzentas ou trezentas pessoas no grupo. Mas a maioria não conseguia escutar as pedras. – Sua cabeça se levantou um pouco e ele olhou para Brianna. – Você consegue?

Ela aquiesceu, com as sobrancelhas ruivas bem unidas.

– Mas acha que houve outros... viajantes... além de você e seus amigos?

Donner deu de ombros, impotente.

– Tive a impressão de que houve, sim. Mas Raymond falou que só cinco podiam passar por vez. Então fomos chegando tipo em grupos de cinco. Guardamos segredo; ninguém no grupo maior sabia quem podia viajar e quem não, e Raymond era o único a conhecer todo mundo.

Tive de perguntar.

– Como era Raymond, fisicamente?

Uma possibilidade vinha se agitando no fundo da minha mente desde que eu escutara aquele nome.

Donner não esperava essa pergunta, e piscou os olhos.

– Caramba, não sei – falou, num tom de impotência. – Um cara baixinho, acho eu. Cabelos brancos. Que usava compridos, como todos nós.

Ele correu a mão pelos cachos embaraçados para ilustrar, com a testa enrugada devido ao esforço de recordar.

– Uma testa um tanto... larga?

Eu sabia que não deveria influenciá-lo, mas não consegui me conter, e passei os dois indicadores pela testa numa ilustração.

Ele se demorou alguns instantes me encarando sem entender.

– Não lembro, cara – falou, e balançou a cabeça de modo impotente. – Faz muito tempo. Como iria me lembrar de uma coisa dessas?

Suspirei.

– Bem, conte-me o que aconteceu quando você passou pelas pedras.

Donner correu a língua pelos lábios e o esforço de lembrar o fez piscar. Vi que aquilo não era mera estupidez estrutural; ele não gostava de pensar no assunto.

– É. Bom, éramos cinco, como eu falei. Eu, Rob, Jeremy e Atta. Ah, e Jojo. A gente chegou na ilha e...

– Que ilha? – entoamos Brianna, Ian e eu em coro.

– Ocracoke – respondeu ele, com ar de surpresa. – É o portal mais ao norte do grupo do Triângulo das Bermudas. A gente queria estar o mais perto possível da...

– O Triân... – começamos Brianna e eu, mas nos entreolhamos e não concluímos a pergunta.

– Você sabe onde ficam alguns desses portais? – perguntei, esforçando-me para manter a calma.

– Quantos existem? – completou Brianna, sem esperar a resposta dele.

A resposta, em todo caso, foi confusa – sem surpresas quanto a isso. Raymond tinha lhes dito que havia muitos lugares assim no mundo, mas que eles tendiam a ocorrer em grupos. Existia um grupo desses no Caribe e outro na região nordeste, perto da fronteira com o Canadá. Havia um terceiro no deserto do sudoeste... no Arizona, achava ele, e descendo pelo México. E norte da Grã-Bretanha e litoral da França, até a ponta da Península Ibérica. Provavelmente havia outros, mas ele só mencionara esses.

Nem todos os portais eram marcados por círculos de pedra, embora aqueles situados em locais nos quais as pessoas viviam havia muito tempo tendessem a sê-lo.

– Raymond falou que esses são os mais seguros – disse ele, e deu de ombros. – Não sei por quê.

O ponto em Ocracoke não era rodeado por um círculo completo de pedras, embora *fosse* marcado. Quatro pedras, disse ele. Uma tinha marcas que segundo Raymond eram africanas... talvez feitas por escravos.

– Fica meio dentro d'água – disse ele, e deu de ombros. – Quero dizer, é atravessado por um pequeno riacho. Ray falou que não sabia sobre a água, se ela fazia alguma diferença, mas achava que talvez fizesse. Só que a gente não sabia que *tipo* de diferença. Vocês sabem?

Brianna e eu fizemos que não com a cabeça, olhos arregalados como duas corujas. A testa de Ian, porém, que já estava franzida, abaixou-se ainda mais quando ele ouviu isso. Teria ele escutado alguma coisa durante o tempo passado com Geillis Duncan?

Eles cinco, junto com Raymond, tinham ido o mais longe que conseguiram. A estrada que descia das barreiras de fora era ruim, com tendência a sumir depois dos temporais, e eles foram obrigados a deixar o carro a vários quilômetros do local, depois abrir caminho entre os pinheiros da floresta costeira e trechos de areia movediça inesperados. Era final de outono...

– Samhain – disse Brianna baixinho, mas baixinho o suficiente para não distrair Donner do fluxo de sua história.

Final do outono, disse ele, e o tempo estava ruim. Havia chovido por dias, e o terreno estava difícil, alternadamente escorregadio e alagado. Ventava muito, e a ressaca provocada pelas chuvas castigava as praias. Mesmo no ponto protegido em que ficava o portal, eles podiam ouvi-la.

– Estávamos todos com medo, menos Rob, talvez... mas, cara, foi muito emocionante – disse ele, começando a exibir uma centelha de entusiasmo. – As árvores estavam praticamente deitadas por causa do vento e o céu estava verde. Era tanto vento que dava para sentir gosto de sal, porque pedacinhos de mar voavam pelos ares misturados com a chuva. A gente estava tipo encharcado até a cueca.

– Até o quê? – estranhou Ian, com o cenho franzido.

– Até a roupa de baixo... você sabe, as calças. A roupa íntima – explicou Brianna, gesticulando impaciente com a mão. – Continue.

Uma vez no local, Raymond tinha verificado todos eles para garantir que estivessem levando os poucos itens de que iriam precisar: caixas de material inflamável, tabaco, um pouco de dinheiro da época. Em seguida, entregara a cada um deles uma gargantilha de contas feitas de conchas e uma bolsinha de couro que, segundo ele, era um amuleto feito de ervas cerimoniais.

– Ah, você sabe sobre isso? – disse ele ao ver a expressão no meu rosto. – Que tipo usou?

– Eu não usei – falei, sem querer desviá-lo de sua história. – Continue. Como vocês planejaram chegar na data certa?

– Ah. Bem. – Ele suspirou e encolheu os ombros sobre o banquinho. – A gente não planejou. O Ray disse que seria mais ou menos uns duzentos anos, aproximadamente.

A gente não sabia guiar... era isso que eu estava esperando que vocês soubessem. Como chegar numa época específica. Porque, cara, eu com certeza gostaria de voltar e chegar lá *antes* de me meter com o Ray e os outros.

Seguindo as instruções de Raymond, eles haviam feito um caminho entre as pedras, entoando palavras. Donner não fazia ideia do que estas significavam, nem de que língua era aquela. Ao terminar o caminho, porém, eles haviam andado em fila indiana em direção à pedra com as inscrições africanas, passando cuidadosamente pelo seu lado esquerdo.

– E tipo... pá! – Ele bateu com o punho fechado na palma da outra mão. – O primeiro da fila... ele *sumiu*, cara! A gente surtou. Quero dizer, era o que deveria ter acontecido, mas... ele sumiu – repetiu Donner, e balançou a cabeça. – Simplesmente... *desapareceu*.

Animados com aquela prova de eficácia, eles haviam repetido o caminho e o cântico, e a cada repetição o primeiro homem a passar pela pedra tinha desaparecido. Donner fora o quarto a passar.

– Ah, meu Deus – disse ele, e a lembrança o fez empalidecer. – Ah, meu Deus, eu nunca tinha sentido nada como aquilo antes, e espero nunca mais voltar a sentir.

– O amuleto... a tal bolsinha que você estava carregando – disse Brianna, ignorando sua palidez. Ela própria tinha um semblante ávido, aceso de interesse. – O que houve com ela?

– Não sei. Talvez eu tenha deixado cair, ou talvez ela tenha ido parar em algum outro lugar. Eu desmaiei, e quando voltei a mim a bolsinha não estava mais comigo. – Apesar do dia quente e opressivo, ele começou a tremer. – O Jojo. Ele estava comigo. Mas estava morto.

Essa afirmação me atingiu feito uma facada logo abaixo das costelas. Os cadernos de anotações de Geillis Duncan continham listas de pessoas encontradas perto de círculos de pedras – algumas vivas, outras mortas. Eu não precisava de nada para me dizer que a viagem através das pedras era uma passagem perigosa, mas aquele lembrete me provocou uma fraqueza nos joelhos, e sentei-me no pufe capitonê de Jocasta.

– Os outros – falei, tentando manter a voz firme. – Eles conseguiram...

Ele fez que não com a cabeça. Continuava suando frio e tremendo, mas o suor recobria seu rosto; ele parecia não estar passando nada bem.

– Nunca tornei a vê-los – falou.

Ele não sabia o que havia matado Jojo; não tinha parado para olhar, embora tivesse uma vaga noção de que talvez houvesse marcas de queimado em sua camisa. Ao encontrar o amigo morto e nenhum dos outros por perto, ele saíra cambaleando em pânico pela floresta de arbustos e pelo pântano salgado, desabara após várias horas andando a esmo e passara a noite inteira deitado nas dunas salgadas em meio a um mato duro. Tinha passado fome durante três dias, encontrado e comido um ninho de ovos de tartaruga, acabara conseguindo chegar ao continente numa canoa roubada e depois disso ficara vagando lamentavelmente, trabalhando aqui e ali em pequenos serviços, refugiando-se na bebida quando tinha dinheiro, até por fim encontrar Hodgepile e sua gangue mais ou menos um ano antes.

As gargantilhas de contas, segundo ele, eram para permitir que os conspiradores se identificassem entre si caso em algum momento se encontrassem... só que ele nunca tinha visto ninguém mais usando uma igual.

Mas Brianna não estava prestando atenção nessa parte digressiva da história; havia pulado para a frente.

– Você acha que Dente de Lontra... que Springer ferrou com o seu grupo ao tentar de propósito ir para outra época?

Ele a encarou com a boca um pouco escancarada.

– Nunca pensei nisso. Ele passou primeiro. Ele passou primeiro – repetiu ele de um jeito sonhador.

Brianna começou a fazer outra pergunta, mas foi interrompida pelo barulho no corredor vindo em direção à sala íntima. Em um segundo, Donner já estava em pé, com os olhos arregalados de alarme.

– Merda – falou. – É ele. Vocês têm que me ajudar!

Antes que eu conseguisse perguntar exatamente por que ele achava aquilo ou quem era "ele", a forma austera de Ulysses surgiu no vão da porta.

– O senhor – disse ele num tom ameaçador para Donner, que estava todo encolhido. – Eu já não lhe disse para ir embora? Como se atreve a entrar na casa da sra. Innes e importunar seus parentes?

Ele então deu um passo de lado, meneou a cabeça para quem quer que o estivesse acompanhando, e um cavalheiro baixinho, rotundo e de ar zangado vestido com um terno amarfanhado espiou para dentro da sala.

– Foi ele – falou, e apontou um dedo acusador. – Foi ele o safado que roubou minha bolsa hoje de manhã na hospedaria de Jacob! Tirou do meu bolso enquanto eu estava comendo presunto no café da manhã!

– Não fui eu!

Donner fez uma tentativa sofrível de parecer ultrajado, mas a culpa estava estampada em seu rosto, e quando Ulysses o segurou pelo cangote e revistou suas roupas sem a menor cerimônia a bolsa foi encontrada, para gratificação manifesta de seu dono.

– Ladrão! – exclamou o homem, brandindo o punho. – Passei a manhã inteira atrás do senhor. Seu selvagem cheio de carrapatos, seu piolhento comedor de cachorro... ah, peço-lhes perdão, senhoras – acrescentou ele, curvando-se para mim e para Brianna sem nos dar muita atenção antes de retomar a denúncia de Donner.

Brianna me olhou com as sobrancelhas erguidas, mas dei de ombros. Mesmo que eu quisesse, não havia como proteger Donner da ira justificada de sua vítima. A pedido do cavalheiro, Ulysses mandou buscar dois lacaios e um par de algemas, cuja visão fez Brianna ficar um tanto pálida, e Donner foi escoltado para fora da sala – sob protestos de que não tinha feito nada, de que fora falsamente incriminado, de que não era ele, ele era amigo das senhoras, sério, cara, pode perguntar a elas – para ser transportado até a cadeia de Cross Creek.

Um profundo silêncio se fez no rastro da sua remoção. Por fim, Ian balançou a cabeça como se estivesse tentando se livrar de moscas e, pousando enfim a faquinha da paleta, pegou o bloco de rascunhos onde Brianna tentara fazer Donner desenhar o caminho que, segundo ele, os homens haviam percorrido. Os garranchos incompreensíveis de círculos e arabescos pareciam um dos desenhos de Jemmy.

– Que espécie de nome é Weddigo? – perguntou Ian, pousando o bloco.

Brianna segurava o lápis com tanta força que os nós de seus dedos estavam brancos. Abriu a mão e pousou o lápis, e vi que suas mãos tremiam de leve.

– Wendigo – corrigiu ela. – É um espírito canibal ojibwa que vive na mata. Ele uiva durante as tempestades e come gente.

Ian a encarou com um olhar demorado.

– Um bom sujeito – falou.

– Não é?

Eu mesma estava mais do que apenas um pouco abalada. Tirando o choque da aparição e das revelações de Donner, seguidas pela sua prisão, pequenas lembranças, imagens vívidas de meu primeiro encontro com ele, não paravam de surgir dentro da minha cabeça de modo incontrolável, apesar de meus esforços para reprimi-las. Eu sentia um gosto de sangue na boca, e o fedor de homens mal lavados sufocava o aroma das flores da varanda.

– Acho que é o que se poderia chamar de *nom de guerre* – falei, tentando soar descontraída. – Ele com certeza não pode ter sido batizado assim.

– Você está bem, mãe? – Bree me encarava com o cenho franzido. – Quer que eu vá buscar alguma coisa? Um copo d'água?

– Uísque – dissemos Ian e eu em uníssono, e apesar de abalada eu ri.

Quando a bebida chegou, já tinha me controlado outra vez.

– O que você acha que vai acontecer com ele, Ulysses? – perguntei quando o mordomo estendeu a bandeja para mim. Seu rosto belo e impassível não exibia nada a não ser um leve desagrado com o visitante recente. Vi-o enrugar a testa para os pedaços de terra espalhados pelos sapatos de Donner no piso de tábuas corridas.

– Imagino que ele vá ser enforcado – respondeu o mordomo. – O sr. Townsend... era esse o nome do cavalheiro... tinha 10 libras na bolsa que ele roubou.

Mais do que o suficiente para merecer um enforcamento. O século XVIII tinha uma tolerância muito baixa para roubos; uma quantia tão reles quanto uma libra podia valer a pena capital.

– Ótimo – disse Ian, num tom de óbvia aprovação.

Senti o estômago se revirar de leve. Eu não gostava de Donner, não confiava nele e, para ser sincera, não achava que sua morte fosse ser uma grande perda para a humanidade de modo geral. Mas ele também era um viajante. Será que isso nos impunha alguma obrigação de ajudá-lo? Mais importante ainda, talvez... será que ele tinha alguma outra informação que ainda não havia nos revelado?

– O sr. Townsend partiu rumo a Campbelton – acrescentou o mordomo, oferecendo a bandeja a Ian. – Pedi ao sr. Farquard para cuidar logo do caso, já que ele está a caminho de Halifax e quer prestar seu depoimento imediatamente.

Farquard Campbell era um juiz de paz – e decerto a única coisa próxima de um juiz no condado, já que a Corte Intermediária havia deixado de funcionar.

– Mas eles não vão enforcá-lo antes de amanhã, acho que não – falou Brianna.

Ela em geral não bebia uísque, mas agora tinha tomado um copo. O encontro também a deixara abalada. Vi que havia girado o anel no dedo e esfregava o grande rubi distraidamente com o polegar.

– Não – disse Ian, olhando para ela desconfiado. – A senhora não pretende... – Ele olhou para mim. – Não! – exclamou, horrorizado diante da indecisão que viu no meu semblante. – O sujeito é um ladrão, um safado, e mesmo que a senhora não o tenha visto incendiar e matar com seus próprios olhos sabe muito bem que ele fez isso, tia. Pelo amor de Deus, deixe que ele seja enforcado e acabe com isso!

– Bem – falei, hesitante.

O ruído de passos e vozes no corredor me poupou de responder. Jamie e Duncan tinham ido a Cross Creek; agora estavam de volta. Senti uma onda avassaladora de alívio ao ver Jamie, que se destacou no vão da porta queimado de sol e vermelho, empoeirado após uma cavalgada.

– Enforcar quem? – indagou ele, alegre.

A opinião de Jamie era a mesma de Ian: Donner que fosse enforcado, e já ia tarde. Após muito relutar, ele foi convencido de que ou Brianna ou eu precisávamos falar com o homem pelo menos mais uma vez, contudo, para termos certeza de que ele não tinha mais nada que pudesse nos contar.

– Vou falar com o carcereiro – disse ele sem entusiasmo. – Mas prestem bem atenção... – Ele apontou para mim um dedo de alerta. – Nenhuma de vocês duas deve chegar nem perto do sujeito a não ser que Ian ou eu estejamos junto.

– O que você acha que ele faria? – Brianna estava melindrada, irritada com o tom de voz do pai. – Pelo amor de Deus, ele tem metade do meu tamanho!

– E uma cascavel é menor ainda – retrucou Jamie. – Você não iria querer entrar num quarto com uma delas só porque é maior, espero?

A pergunta fez Ian dar uma risadinha de sarcasmo, e Brianna lhe desferiu uma cotovelada com força nas costelas.

– Enfim – disse Jamie, ignorando os dois. – Eu trouxe notícias. E uma carta de Roger Mac – falou. Tirou-a de dentro da camisa e sorriu para Bree. – Se você não estiver abalada demais para ler.

Ela se acendeu feito uma vela e agarrou o papel. Ian tentou pegá-lo, só de provocação, e ela afastou sua mão com um tapa, aos risos, e saiu correndo da sala para ir ler com privacidade.

– Que tipo de notícias? – indaguei.

Ulysses havia deixado a bandeja e o decânter. Servi um pouquinho no meu copo vazio e passei para Jamie.

– Manfred McGillivray foi avistado – respondeu ele. – *Slàinte.*

E secou o copo com um ar satisfeito.

– Ah, é? Onde?

A notícia não pareceu agradar muito a Ian. Quanto a mim, fiquei empolgada.

– Num bordel, onde mais?

Infelizmente, o informante não fora capaz de fornecer a localização exata do tal bordel, decerto bêbado demais na ocasião para saber precisamente onde ficava o estabelecimento, como observou Jamie com cinismo... mas tinha quase certeza de que ficava em Cross Creek ou em Campbelton. Infelizmente também, fazia várias semanas que tinha visto o rapaz. Manfred poderia muito bem já ter ido embora.

– Mas é um começo – falei, esperançosa. A penicilina era eficaz até mesmo nos casos mais avançados de sífilis, e eu estava preparando uma leva na cozinha externa naquele exato momento. – Eu vou junto quando vocês forem à prisão. Então, depois de falarmos com Donner, podemos ir procurar o bordel.

O ar de contentamento de Jamie diminuiu consideravelmente.

– Como assim? Por quê?

– Não acho que Manfred ainda esteja lá, tia – disse Ian, claramente achando graça. – Para começo de conversa, duvido que tivesse dinheiro para tanto.

– Ah, que engraçado – falei. – Ele pode ter dito onde foi se hospedar, não é? Além do mais, quero saber se estava manifestando algum sintoma. – Na minha época, dez, vinte, ou até trinta anos podiam transcorrer após o aparecimento da primeira ferida antes que novos sintomas da doença se desenvolvessem. Naquela época, porém, tratava-se de uma doença bem mais fulminante: a vítima podia morrer após um ano de infecção. E Manfred estava sumido havia mais de três meses; só Deus sabia quanto tempo antes havia contraído a bactéria pela primeira vez.

Jamie parecia distintamente desanimado com a ideia de sair em busca de bordéis; já Ian aparentava um interesse bem maior.

– Eu ajudo a procurar – ofereceu-se ele. – Fergus também pode ir; ele sabe muito sobre putas... é provável que elas conversem com ele.

– Fergus? Fergus está aqui?

– Está, sim – respondeu Jamie. – Essa era a outra notícia. Ele agora está prestando sua homenagem à minha tia.

– Mas o que ele veio fazer?

– Bem, você ouviu a conversa durante o churrasco, não? Sobre o impressor sr.

Simms e seus problemas? Parece que as coisas pioraram, e que ele está pensando em vender a oficina antes que alguém toque fogo nela com ele lá dentro. Ocorreu-me que talvez essa possa ser uma ocupação mais adequada para Fergus e Marsali do que a lida na fazenda. Então mandei um recado pedindo a ele que viesse até aqui para quem sabe dar uma palavrinha com Simms.

– Que ideia genial! – falei. – Mas com que dinheiro Fergus iria comprar a oficina de impressão?

Jamie tossiu e adotou um ar evasivo.

– É, bem. Imagino que seja possível fazer algum tipo de acordo. Sobretudo se Simms estiver ansioso para vender.

– Está bem – falei, resignada. – Acho que não quero saber os detalhes escabrosos. Mas, Ian... – Virei-me para ele e o encarei com olhos semicerrados. – Longe de mim querer lhe dar qualquer conselho moral. Mas você *não deve*... repito, não deve... começar a interrogar putas de qualquer maneira mais profundamente pessoal. Fui clara?

– Tia! – exclamou ele, fazendo-se de chocado. – Que ideia!

Mas um largo sorriso se espalhou por seu rosto tatuado.

56

PICHE E PENAS

No fim das contas, deixei Jamie ir sozinho à prisão combinar o encontro com Donner. Ele me garantira que a coisa seria mais simples sem a minha presença, e eu tinha vários assuntos para resolver em Cross Creek. Além dos habituais sal, açúcar, alfinetes e outros artigos domésticos que precisavam ser reabastecidos, necessitava com urgência de mais raiz de quina-amarela para Lizzie. O unguento de fruta-bile funcionava para tratar as crises de malária, mas não era tão eficaz para preveni-las quanto a quina-amarela.

Mas as restrições de comércio dos britânicos estavam surtindo efeito. É claro que não se podia encontrar nenhum chá, como eu já esperava: fazia quase um ano que não havia chá. Só que dessa vez tampouco havia açúcar, a não ser por um preço exorbitante, e os alfinetes de aço estavam totalmente em falta.

Consegui comprar sal. Com meio quilo dentro do cesto, fui subindo a partir do cais. O dia estava quente e úmido. Longe da leve brisa do rio, o ar parado era grosso feito melado. O sal havia se solidificado dentro de seus sacos de aniagem, e o comerciante tivera de cortar pedaços com um cinzel.

Perguntei-me como Ian e Fergus estariam se saindo em suas buscas; tinha um plano em mente com relação ao bordel e seus ocupantes, mas primeiro precisávamos encontrá-lo.

Não havia comentado sobre minha ideia com Jamie. Se desse algum resultado, seria a conta do tempo. Uma rua lateral ofereceu sombra na forma de vários olmos grandes plantados de modo a protegê-la. Adentrei a penumbra bem-vinda debaixo de um deles e constatei que estava no começo do bairro rico de Cross Creek... umas dez casas, no máximo. De onde me encontrava, podia ver a morada relativamente modesta do dr. Fentiman, caracterizada por uma pequena placa suspensa decorada com um caduceu. O médico não estava quando cheguei, mas sua criada, uma moça bem-arrumada, feiosa e muito vesga, me recebeu e levou-me até o consultório.

O doutor atendia num cômodo surpreendentemente fresco e agradável, com janelas amplas e o piso coberto por uma lona usada pintada de xadrez azul e amarelo e mobiliado com uma escrivaninha, duas cadeiras confortáveis e uma espreguiçadeira na qual os pacientes podiam se reclinar para serem examinados. Sobre a escrivaninha havia um microscópio dentro do qual espiei com interesse. Era um bom instrumento, embora não tão bom quanto o meu, pensei, com certa complacência.

Fui tomada por uma forte curiosidade em relação ao restante do equipamento do doutor, e estava debatendo comigo mesma se bisbilhotar seus armários seria abusar da sua hospitalidade quando o próprio chegou, transportado por uma brisa de conhaque.

Cantarolava uma melodia consigo mesmo e trazia o chapéu debaixo de um braço e a surrada maleta de médico encaixada no outro. Ao me ver, deixou ambos caírem no chão e se apressou para me pegar pela mão com um ar radiante. Curvou-se acima da minha mão e pressionou lábios úmidos e fervorosos sobre os nós dos meus dedos.

– Sra. Fraser! Minha cara senhora, que prazer em vê-la! Não está com nenhum problema físico, espero?

Embora corresse algum risco de ser sobrepujada pelos eflúvios de álcool do seu hálito, mantive a atitude mais cordial possível e enxuguei a mão discretamente no vestido enquanto lhe garantia que estava em plena forma, assim como os membros da minha família próxima.

– Ah, esplêndido, esplêndido – comentou ele, deixando-se cair um tanto repentinamente num banquinho e me abrindo um largo sorriso que revelou molares manchados de tabaco. Sua peruca extragrande havia escorregado de lado, fazendo-o espiar por baixo dela feito um camundongo debaixo de um abafador de bule, mas ele não parecia ter notado. – Esplêndido, esplêndido, esplêndido.

Interpretei essa onda um tanto vaga como um convite e sentei-me também. Havia levado um pequeno presente para ajudar a convencer o bom doutor, e nessa hora o retirei do cesto – embora, para dizer a verdade, pensasse que ele estava tão encharcado de bebida que fosse exigir um pouco mais de atenção antes de eu mencionar o motivo da minha visita.

Mas ele ficou encantado com meu presente: um globo ocular que o Jovem Ian havia tido o bom senso de recolher para mim após uma briga em Yanceyville, preservado às pressas em aguardente de vinho. Já tendo ouvido falar um pouco nas preferências do dr. Fentiman, pensei que ele talvez fosse gostar. De fato gostou, e continuou a dizer "esplêndido!" por algum tempo.

Dali a pouco, calou-se, piscou os olhos, segurou o vidro em frente à luz e o virou, observando-o com grande admiração.

– Esplêndido – repetiu mais uma vez. – Isto aqui vai ter um lugar de honra todo especial na minha coleção, sra. Fraser, isso eu lhe garanto!

– O senhor tem uma coleção? – indaguei, fingindo grande interesse.

Já tinha ouvido falar nela.

– Ah, sim, tenho, sim! Gostaria de vê-la?

Não houve como recusar: ele já tinha se levantado e cambaleava na direção de uma porta nos fundos do consultório. Descobri que esta se abria para dentro de um armário grande cujas prateleiras exibiam trinta ou quarenta recipientes de vidro contendo álcool e um bom número de objetos que, de fato, podiam ser descritos como "interessantes".

Estes iam dos meramente grotescos aos verdadeiramente espantosos. Um de cada vez, ele me trouxe um dedão do pé com uma verruga do mesmo tamanho e cor de um cogumelo comestível; uma língua preservada após ser cortada ao meio aparentemente durante a vida do dono, já que as duas metades estavam bastante cicatrizadas; um gato de seis pernas; um cérebro com uma grave malformação ("retirado de um assassino enforcado", assim me informou ele com orgulho. "Eu não deveria me espantar", murmurei em resposta, pensando em Donner e me perguntando como poderia ser o *seu* cérebro); e diversos bebês, presumivelmente natimortos, apresentando um rol variado de deformidades atrozes.

– Agora *isto aqui* – disse ele, baixando um grande cilindro de vidro com as mãos trêmulas. – Isto aqui é a joia da coroa da minha coleção. Existe na Alemanha um médico muito famoso, um certo Herr Doktor Blumenbach, que possui uma coleção de crânios de renome mundial e anda me perseguindo no esforço de me convencer a me separar dela... digo, que anda absolutamente me *importunando*, eu lhe garanto!

"Isto aqui" eram os crânios e a coluna vertebral de uma criança de duas cabeças. Era de fato uma peça fascinante. Além de algo que faria qualquer mulher em idade fértil jurar nunca mais praticar sexo na vida.

Por mais sinistra que fosse a coleção do doutor, contudo, ela me proporcionou uma excelente oportunidade para abordar o verdadeiro motivo da minha visita.

– É realmente espantoso – falei, inclinando-me para a frente como se fosse examinar as órbitas vazias dos crânios suspensos em álcool. Vi que eram separados e completos; era a medula espinhal que estava dividida e fazia os crânios boiarem lado a lado dentro do líquido, de um branco fantasmagórico, inclinados na direção um do outro de modo que as duas cabeças arredondadas se tocavam de leve, como se compartilhassem alguma espécie de segredo, e só se separavam quando um movimento do vidro as fazia flutuar momentaneamente uma para longe da outra. – O que será que causa esse fenômeno?

– Ah, com certeza algum choque terrível na mãe – garantiu-me o dr. Fentiman. – Mulheres gestantes são tremendamente vulneráveis a qualquer tipo de emoção ou abalo, a senhora sabe. Elas precisam ser mantidas bastante isoladas e confinadas, bem longe de qualquer influência nefasta.

– Provavelmente – murmurei. – Mas algumas malformações, o senhor sabe... aquela dali, por exemplo? Creio que algumas delas sejam o resultado de sífilis na mãe.

E era mesmo: reconheci a típica malformação da mandíbula, o crânio estreito, o aspecto afundado do nariz. Aquela criança fora preservada com a carne intacta, e boiava placidamente encolhida dentro de seu vidro. Pelo tamanho e pela falta de cabelos, era provável que houvesse sido prematura. Torci, para o seu próprio bem, que não tivesse nascido com vida.

– Sífi... sífilis – repetiu o médico, cambaleando um pouco. – Ah, sim. Sim, sim. Consegui essa criaturinha específica de uma, ahn...

Ocorreu-lhe com algum atraso que a sífilis talvez não fosse um assunto adequado sobre o qual se conversar com uma dama. Cérebros de criminosos e crianças de duas cabeças, sim, mas doenças venéreas, não. Havia um vidro dentro do armário que eu estava razoavelmente certa de conter o saco escrotal de um homem negro que sofrera de elefantíase; reparei que *esse* ele não tinha me mostrado.

– De uma prostituta? – indaguei, compreensiva. – Sim, imagino que tais infortúnios sejam frequentes em mulheres assim.

Para minha irritação, ele se esquivou do assunto desejado.

– Não, não. Na verdade... – Ele lançou um olhar por cima do ombro, como se temesse que alguém o entreouvisse, então se inclinou até junto de mim e sussurrou com a voz rouca. – Eu recebi esse espécime de um colega em Londres alguns anos atrás. Dizem que é o filho de um nobre estrangeiro!

– Ai, ai – falei, espantada. – Que... que interessante.

Nesse momento um tanto inconveniente, a criada apareceu com o chá, ou melhor, com uma beberagem intragável feita de bolotas de carvalho assadas e camomila infundidas em água, e a conversa passou inevitavelmente para trivialidades sociais. Temi que o chá fosse curá-lo da bebedeira antes de eu conseguir forçá-lo mais uma vez na direção certa, mas por sorte a bandeja continha também um decânter de vinho tinto de qualidade que servi generosamente.

Tentei mais uma vez atraí-lo para temas médicos, inclinando-me para admirar os vidros dispostos sobre a escrivaninha. O mais próximo de mim continha a mão de uma pessoa com um caso tão avançado de contratura de Dupuytren que o membro mal passava de um nó de dedos retesados. Desejei que Tom Christie pudesse ver aquilo. Ele vinha me evitando desde a operação, mas até onde eu sabia sua mão ainda funcionava.

– Não é notável a variedade dos sintomas apresentados pelo corpo humano? – comentei.

O doutor balançou a cabeça. Tinha percebido o estado da própria peruca e a virado; seu aspecto envelhecido abaixo dela lembrava o de um solene chimpanzé, a não ser pela teia de capilares rompidos que deixava o nariz aceso feito um farol.

– Notável – repetiu ele. – Mas igualmente notável é a resiliência que um corpo é capaz de demonstrar diante de um terrível ferimento.

Era verdade, mas aquela não era nem um pouco a linha de conversação que eu desejava desenvolver.

– Sim, de fato. Mas...

– Eu sinto muito não poder lhe mostrar um espécime... que teria sido uma adição notável à minha coleção, eu lhe asseguro! Mas infelizmente o cavalheiro insistiu para levá-lo consigo.

– Ele... o quê?

Afinal de contas, pensando bem, na minha época eu também havia entregue a diversas crianças seus apêndices ou amígdalas dentro de um vidro após uma operação. Imaginei que não fosse inteiramente fora de propósito alguém desejar conservar um membro amputado.

– Sim, foi deveras espantoso. – Com um ar meditativo, o doutor tomou um gole de vinho. – Era um testículo... imagino que a senhora vá me perdoar por dizê-lo – acrescentou com algum atraso. Hesitou por um instante, mas no fim simplesmente não conseguiu resistir a descrever a ocorrência. – O cavalheiro havia sofrido um ferimento no saco escrotal, um acidente dos mais desafortunados.

– É mesmo? – falei, sentindo um súbito formigamento na base da coluna. Seria aquele o visitante misterioso de Jocasta? Eu vinha evitando beber do vinho para manter a mente alerta, mas nessa hora me servi uma pequena dose, pois senti que estava precisando. – Ele disse como esse desafortunado acidente aconteceu?

– Ah, sim. Um acidente de caça, segundo ele. Mas é o que todos dizem, não? – Ele piscou para mim; a ponta de seu nariz estava muito vermelha. – Imagino que tenha sido um duelo. Talvez obra de um rival invejoso?

– Pode ser. – Um duelo, pensei? Mas a maioria dos duelos daquela época eram travados com pistolas, não com espadas. O vinho estava muito bom, e me senti um pouco mais firme. – O senhor, ahn... removeu o testículo?

Devia ser o caso, se ele havia pensado em acrescentá-lo à sua pavorosa coleção.

– Removi – respondeu ele, e não estava embriagado demais para ser percorrido por um arrepio de empatia ao recordá-lo. – O tiro tinha feito um grande estrago; ele disse que ocorrera alguns dias antes. Fui obrigado a remover o testículo machucado, mas felizmente preservei o outro.

– Tenho certeza de que ele ficou satisfeito com isso. – *Tiro? Certamente* não, era o que eu estava pensando. *Não pode ser...* mas ainda assim... – Isso foi recente?

– Humm, não. – Ele se recostou para trás na cadeira e seus olhos se envesgaram de leve com o esforço de recordar. – Foi na primavera, uns dois anos atrás... em maio? Talvez em maio.

– O cavaleiro por acaso se chamava Bonnet? – Fiquei espantada por minha voz soar tão casual. – Acho que ouvi dizer que um certo Stephen Bonnet se envolveu em algum... acidente desse tipo.

– Bem, ele não quis dar seu nome, a senhora sabe. Muitas vezes os pacientes não querem, se o ferimento for do tipo suscetível a causar constrangimento público. Nesses casos eu não insisto.

– Mas o senhor se lembra dele.

Constatei que estava sentada na borda da cadeira, segurando o copo de vinho com força. Com um pequeno esforço, pousei-o.

– Aham. – Que droga, ele estava ficando com sono. Pude ver suas pálpebras começarem a se fechar. – Um cavalheiro alto, bem-vestido. Ele tinha um... um lindo *cavalo*...

– Um pouco mais de chá, dr. Fentiman? – Empurrei outra xícara na sua direção, querendo mantê-lo acordado. – Fale-me mais a respeito. A cirurgia deve ter sido um tanto delicada?

Na verdade, os homens nunca gostam de ouvir que a remoção dos testículos é uma coisa simples, mas é. Embora eu reconhecesse que o fato de o paciente ter estado consciente durante todo o procedimento decerto havia aumentado a dificuldade.

Fentiman recuperou um pouco da animação ao me fazer o relato.

– ... e a bala tinha passado bem *através* do testículo; tinha deixado um buraco perfeitinho... Dava para olhar por dentro dele, eu lhe garanto.

Ele obviamente lamentava a perda desse espécime tão interessante, e tive alguma dificuldade para conseguir fazer com que me contasse que fim tinha levado o cavalheiro a quem pertencia o órgão.

– Bem, isso foi estranho. Era o cavalo, entende... – respondeu ele, vago. – Belo animal... crina comprida feito uma cabeleira de mulher, tão incomum...

Um cavalo frísio. O médico havia lembrado que o fazendeiro Phillip Wylie gostava desses cavalos e dito isso ao paciente, sugerindo que, como o homem não tinha dinheiro, e de todo modo não teria condições de cavalgar confortavelmente por algum tempo, poderia considerar vender seu animal para Wylie. O homem tinha concordado e pedido ao doutor para abordar o assunto com Wylie, que estava na cidade para as audiências do tribunal.

O dr. Fentiman saíra obedientemente para fazer isso, deixando o paciente aconchegado no conforto da espreguiçadeira com uma preparação de tintura de láudano.

Phillip Wylie havia se mostrado muito interessado no cavalo ("Sim, aposto que se mostrou mesmo", falei, mas o doutor não percebeu) e acorrera apressado para vê-lo. O cavalo estava lá, mas o paciente não, pois tinha fugido a pé durante a ausência do médico – levando consigo meia dúzia de colheres de prata, uma caixa de rapé esmaltada, o frasco de láudano e 6 xelins, que por acaso eram todo o dinheiro que o doutor tinha em casa.

– Não posso imaginar como ele conseguiu – disse Fentiman, com os olhos um tanto arregalados ao pensar no assunto. – Nas condições em que estava!

Parecia mais abalado ao pensar na situação do paciente do que na própria perda, o que depunha a seu favor. Fentiman era um bêbado horroroso, pensei; nunca o tinha visto completamente sóbrio... mas não era um mau médico.

– Apesar disso, tudo está bem quando acaba bem, não é mesmo, minha cara dama? – acrescentou ele, filosófico.

Com isso quis dizer que Phillip Wylie havia lhe comprado o cavalo por um preço mais do que suficiente para compensar suas perdas, deixando-o com um belo lucro.

– É verdade – falei, perguntando-me exatamente como Jamie iria receber aquela notícia.

Ele havia ganhado o garanhão de Phillip Wylie após uma rancorosa partida de cartas em River Run – pois é claro que o animal devia ser Lucas – apenas para que Stephen Bonnet lhe roubasse o cavalo poucas horas depois.

De modo geral, imaginei que Jamie fosse ficar satisfeito com o fato de o garanhão estar de novo em boas mãos, ainda que não fossem as suas. Quanto às notícias sobre Bonnet... "*Uma moeda falsa sempre aparece*", fora a cínica opinião que expressara quando o corpo do irlandês não pôde ser encontrado após Brianna lhe dar um tiro.

Fentiman a essa altura estava bocejando abertamente. Piscou os olhos lacrimejantes, tateou a si mesmo em busca de um lenço, em seguida se curvou para vasculhar a maleta que deixara cair no chão junto à cadeira.

Eu havia sacado meu próprio lenço e me inclinado para lhe entregar quando as vi dentro da maleta aberta.

– O que são? – perguntei, apontando.

Podia ver o que eram, claro; o que eu queria saber era onde ele as havia arrumado. Eram seringas, duas delas, lindas seringas feitas de latão. Cada uma consistia em duas partes: um êmbolo com alças curvas e um cano cilíndrico que se estreitava na ponta até formar uma agulha muito comprida e rombuda.

– Eu... ora... são... ahn... – Ele havia levado um susto terrível e gaguejava feito um menino em idade escolar flagrado contrabandeando cigarros no banheiro. Então algo lhe ocorreu e ele relaxou. – Ouvidos – declarou, num tom portentoso. – Para limpar ouvidos. Sim, é isso que são, sem dúvida alguma. Clísteres para ouvido!

– Ah, é mesmo?

Peguei uma das seringas. Fentiman tentou me deter, mas seus reflexos estavam prejudicados e ele só conseguiu segurar o babado da minha manga.

– Que engenhoso – comentei, acionando o êmbolo. A seringa estava um pouco dura, mas não era nada má... sobretudo quando a alternativa era uma seringa improvisada feita com um tubo de couro e uma presa de cascavel na ponta. É claro que uma ponta rombuda não adiantava nada, mas seria simples cortá-la num ângulo que a deixasse afiada. – Onde conseguiu isso? Eu gostaria muito de encomendar uma.

Ele me encarou com um terror abjeto e a boca escancarada.

– Eu... ahn... eu realmente não acho que... – protestou debilmente.

Bem nessa hora, num milagre perfeito de timing ruim, sua criada apareceu na porta.

– O sr. Brennan está aqui; é o horário da esposa dele – disse ela, sucinta.

– Ah!

O dr. Fentiman se levantou num pulo, fechou a maleta com força e a pegou do chão.

– Queira me desculpar, cara sra. Fraser... tenho que ir... um assunto de grande urgência... foi um prazer rever a senhora!

Ele saiu apressado com a maleta agarrada junto ao peito e, na pressa, acabou pisando no próprio chapéu. A criada pegou o chapéu amassado com um ar de resignação e, indiferente, restaurou sua forma original à base de socos.

– A senhora vai querer sair agora? – indagou ela, com uma entonação que deixava bem claro que eu deveria ir embora, quer quisesse, quer não.

– Vou – respondi, e me levantei. – Mas me diga uma coisa... – Estendi a seringa de latão que segurava na palma da mão. – Você sabe o que é isto, e onde o dr. Fentiman arrumou?

Era difícil saber em que direção a moça estava olhando, mas ela curvou a cabeça como para examinar o objeto sem mais interesse do que se este fosse um peixe com dois dias de pescado que tivessem oferecido a ela no mercado.

– Ah, isso. Sim, senhora, é uma seringa de pênis. Acho que ele mandou vir da Filadélfia.

– Uma, ahn... seringa de pênis. Entendo – falei, piscando um pouco.

– Sim, senhora. Para tratar pingadeira, ou gonorreia. O doutor costuma atender os homens que frequentam a casa da sra. Sylvie.

Inspirei fundo.

– Da sra. Sylvie. Ah. E você saberia onde fica o... estabelecimento da sra. Sylvie?

– Atrás da hospedaria de Silas Jameson – respondeu ela, lançando-me pela primeira vez um olhar curioso, como quem se pergunta que tipo de desmiolado não sabia *aquilo*. – Vai precisar de mais alguma coisa, senhora?

– Ah, não – falei. – Está ótimo assim, obrigada!

Fiz menção de lhe devolver a seringa de pênis, mas então fui tomada por um impulso. Afinal de contas, o doutor tinha duas.

– Dou-lhe um xelim por ela – falei, encarando o olho que me pareceu mais provavelmente virado na minha direção.

– Feito – respondeu ela na hora. Fez uma curta pausa, então arrematou. – Se for usá-la no seu homem, primeiro tenha certeza de que ele está caindo de bêbado.

Minha principal missão estava portanto cumprida, mas eu agora tinha uma nova possibilidade para explorar antes de organizar uma incursão à casa de má reputação da sra. Sylvie.

Havia planejado visitar um fabricante de vidro e tentar lhe explicar, por meio de desenhos, como fabricar o cilindro e o êmbolo de uma seringa hipodérmica, deixando ao encargo de Bree o problema de fabricar uma agulha oca e prendê-la. Infelizmente, embora o único fabricante de vidro de Cross Creek fosse capaz de produzir todo tipo de garrafa, jarra e xícara de uso diário, uma simples olhada nas suas mercadorias bastou para deixar óbvio que minhas demandas estavam muito além das suas capacidades.

Mas eu agora não precisava me preocupar com isso! Embora as seringas de metal não tivessem algumas das qualidades desejáveis das de vidro, tinham também uma vantagem inegável: não quebravam... e embora fosse bom ter uma agulha descartável, eu poderia simplesmente esterilizar o implemento inteiro após cada uso.

As seringas do dr. Fentiman tinham a extremidade da agulha muito grossa e com a ponta rombuda. Seria preciso esquentá-las e puxar as pontas bem mais para fora de modo a estreitá-las. Mas qualquer idiota com uma forja conseguiria fazer isso, pensei. Depois, bastaria cortar a ponta de latão num ângulo oblíquo e lixar a extremidade até deixá-la lisa o suficiente para perfurar a pele com facilidade... brincadeira de criança, pensei, alegre, e por pouco não desci saltitando o caminho de areia. Agora, tudo de que precisava era de um bom estoque de casca de quina-amarela.

Mas as minhas esperanças de conseguir a casca foram frustradas assim que entrei na rua principal e vi a botica do sr. Bogues. A porta estava aberta, deixando entrar moscas, e o alpendre em geral impecável achava-se maculado por tamanha profusão de pegadas enlameadas que era como se um exército hostil houvesse atacado a loja.

A impressão de saque e vandalismo foi aumentada pela cena no interior: a maioria das prateleiras se encontrava vazia, coalhada com os resquícios de folhas secas e cacos de cerâmica. Miranda, a filha de 10 anos do casal Bogues, estava postada com um ar choroso, vigiando uma pequena coleção de vidros, garrafas e um casco oco de tartaruga.

– Miranda! – exclamei. – Mas o que foi que aconteceu?

Ela se animou ao me ver, e a pequena boca rosada inverteu momentaneamente a posição descendente.

– Sra. Fraser! Quer um pouco de marroio? Ainda nos resta quase meio quilo... e é barato, apenas três *farthings* cada 30 gramas.

– Vou levar 30 gramas – falei, embora na verdade tivesse bastante no meu próprio jardim. – Onde estão seus pais?

A boca tornou a descer, e o lábio inferior estremeceu.

– Mamãe está lá atrás fazendo as malas. E papai foi vender Jack para o sr. Raintree.

Jack era o cavalo de carroça do boticário e bicho de estimação pessoal de Miranda. Mordi a parte interna do lábio.

– O sr. Raintree é um homem muito gentil – falei, esforçando-me para reconfortá-la como podia. – E tem um pasto agradável para seus cavalos, além de um estábulo quentinho. Acho que Jack vai ser feliz lá. Ele vai ter amigos.

Ela aquiesceu, com a boca muito contraída, mas duas grandes lágrimas escapuliram e rolaram por suas faces.

Com uma olhada rápida atrás de mim para garantir que ninguém estivesse entrando, dei a volta no balcão, sentei-me num barril virado e a puxei para o meu colo, onde ela derreteu na mesma hora, agarrando-se a mim aos prantos, embora tenha feito um esforço evidente para não ser ouvida na parte residencial atrás da loja.

Afaguei-a e emiti pequenos ruídos tranquilizadores, sentindo uma inquietação que ia além da simples empatia pela menina. Era óbvio que os Bogues estavam vendendo a botica. Por quê?

Por mais infrequente que fosse eu descer a montanha, não fazia ideia de qual poderia ser a posição política de Ralston Bogues ultimamente. Como ele não era escocês, não tinha comparecido ao churrasco em homenagem a Flora MacDonald. A loja, contudo, sempre fora próspera, e a família levava uma vida decente, a julgar pelas roupas das crianças – Miranda e os dois irmãos menores sempre tinham sapatos. Os Bogues moravam ali pelo menos desde que Miranda nascera, e decerto havia mais tempo ainda. O fato de estarem indo embora daquele jeito significava que algo sério tinha acontecido... ou estava prestes a acontecer.

– Sabe para onde vão? – perguntei a Miranda, agora sentada sobre os meus joelhos fungando e enxugando o rosto no meu avental. – Talvez o sr. Raintree possa escrever para você e dar notícias de Jack.

Isso pareceu deixá-la um pouco mais esperançosa.

– A senhora acha que ele pode mandar uma carta para a Inglaterra? Fica muito longe.

Inglaterra? A coisa era *mesmo* séria.

– Ah, eu acho que sim – falei, ajeitando mechas de cabelos de volta sob a touca da menina. – O sr. Fraser todas as noites escreve uma carta para a irmã na Escócia... que fica ainda mais longe do que a Inglaterra!

– Ah. Bom. – Com um ar mais feliz, ela desceu do meu colo e alisou o vestido. – A senhora acha que eu posso escrever para Jack?

– Tenho certeza de que o sr. Raintree vai ler a carta para ele se você escrever – assegurei-lhe. – Quer dizer que você escreve bem?

– Ah, escrevo, sim, senhora – respondeu ela, animada. – Papai diz que eu leio e escrevo melhor do que ele jamais soube fazer quando tinha a minha idade. *E* em latim. Ele me ensinou a ler todos os nomes dos remédios, para eu poder buscar o que ele queria... está vendo aquele ali? – Ela apontou com algum orgulho para um grande vidro de boticário feito de porcelana, elegantemente decorado com arabescos azuis e dourados. – *Electuary limonensis*. E aquele ali é *Ipecacuanha*!

Admirei sua proeza e pensei que pelo menos agora sabia qual era a posição política do seu pai. Se estavam voltando para a Inglaterra, os Bogues deviam ser legalistas. Eu ficaria triste em vê-los partir, mas, sabendo o que sabia sobre o futuro imediato, alegrava-me o fato de que eles fossem estar seguros. Pelo menos era provável que Ralston tivesse conseguido um preço decente por sua loja; dali a pouco tempo, os legalistas teriam seus bens confiscados e seria uma sorte se escapassem da prisão... ou coisa pior.

– Randy? Você viu o sapato de Georgie? Encontrei um debaixo da cômoda, mas... Ah, sra. Fraser! Peço desculpas, não sabia que tinha mais alguém aqui.

O olhar arguto de Melanie Bogues abarcou minha posição atrás do balcão, os olhos rodeados de vermelho da filha e as manchas úmidas no meu avental, mas ela nada disse, apenas afagou o ombro de Miranda quando a menina passou.

– Miranda me disse que vocês estão indo embora para a Inglaterra – falei, levantando-me e saindo de trás da bancada sem chamar atenção. – Vamos sentir sua falta.

– Que bondade a sua dizer isso, sra. Fraser. – Ela deu um sorriso infeliz. – Também estamos tristes por ir embora. E uma coisa eu posso lhe dizer: não estou nem um pouco animada com a viagem!

Ela falava com a emoção sincera de alguém que já fizera a travessia antes, e preferiria de longe ser fervida viva a fazê-la outra vez.

Tendo feito a mesma viagem, eu entendia. Fazê-la com três crianças, duas delas meninos abaixo dos 5 anos de idade... eu não podia sequer imaginar.

Quis perguntar a ela o que os levara a tomar uma decisão tão drástica, mas não consegui pensar num jeito de abordar o assunto na presença de Miranda. Alguma coisa havia acontecido; isso estava claro. Melanie estava nervosa feito um coelho, e um pouco mais agitada do que o fato de estar fazendo as malas de uma família com três crianças poderia justificar. Não parava de olhar por cima do ombro, como se temesse que algo fosse surpreendê-la.

– O sr. Bogues... – comecei, mas fui interrompida por uma sombra que recaiu no chão do alpendre.

Melanie se sobressaltou e levou a mão ao peito, e girei nos calcanhares para ver quem tinha chegado.

O vão da porta foi preenchido por uma mulher baixa e atarracada, usando uma combinação de roupas muito esquisita. Por alguns instantes pensei que fosse uma índia, pois ela estava sem touca e tinha os cabelos trançados, mas ela então entrou na loja e vi que era branca. Ou melhor, cor-de-rosa: seu rosto pesado estava queimado de sol e a ponta do nariz achatado, muito vermelha.

– Qual das duas senhoras é Claire Fraser? – indagou ela, olhando para mim e em seguida para Melanie Bogues.

– Sou eu – respondi, reprimindo um impulso instintivo de dar um passo para trás. A mulher não tinha um comportamento ameaçador, mas irradiava tamanha impressão de força física que achei-a um tanto intimidadora. – E a senhora, quem é?

Meu tom foi de espanto mais do que de grosseria, e ela não pareceu ofendida.

– Jezebel Hatfield Morton – respondeu, semicerrando os olhos para me olhar com atenção. – Um velho lá no cais me disse que a senhora estava vindo para cá.

Em forte contraste com o sotaque inglês suave de Melanie Bogues, ela falava do jeito brusco que eu associava às pessoas que moravam no interior das colônias havia três ou quatro gerações, e que no meio-tempo não tinham falado com ninguém a não ser guaxinins, gambás, e umas com as outras.

– Ahn... sim – falei, sem ver motivo para negar. – Está precisando de algum tipo de ajuda?

Não parecia: se ela estivesse mais saudável, teria arrebentado as costuras da camisa masculina que usava. Tanto Melanie quanto Miranda a encaravam com os olhos arregalados. Fosse qual fosse o perigo que Melanie temia, não era a srta. Morton.

– Não propriamente ajuda – disse ela, adentrando a loja um pouco mais. Inclinou a cabeça para o lado e me examinou com algo semelhante ao fascínio. – Mas estava pensando que a senhora talvez pudesse saber o paradeiro daquele gambá Isaiah Morton.

Minha boca se escancarou e fechei-a depressa. Aquela não era portanto a srta. Morton... mas sim a *sra.* Morton. A *primeira* sra. Isaiah Morton, melhor dizendo. Isaiah Morton havia lutado com a milícia de Jamie na Guerra da Regulação, e mencionara a primeira mulher... menção essa que o fizera suar frio.

– Eu... ahn... eu acho que ele está trabalhando em algum lugar mais ao norte – falei. – Guilford? Ou seria Paleyville?

Na verdade era Hillsboro, mas isso pouco importava, já que no momento ele *não* estava lá. Na verdade, estava em Cross Creek, onde fora receber um carregamento de barris em nome do patrão, um cervejeiro. Eu o tinha visto na oficina do tanoeiro menos de uma hora antes, acompanhado pela *segunda* sra. Morton e sua filha pequena. Jezebel Hatfield Morton não parecia o tipo de pessoa que se comportasse de maneira civilizada em relação a essas coisas.

Ela produziu na garganta um som grave que denotava nojo.

– Esse homem é uma fuinha maldita e escorregadia. Mas eu ainda vou pegá-lo, não duvide disso.

Seu tom tinha uma segurança casual que não prometia nada de bom para Isaiah. Pensei que o mais sensato seria ficar em silêncio, mas não consegui me conter e perguntei:

– O que a senhora quer com ele?

Isaiah até tinha certa afabilidade tosca, mas, considerando objetivamente, não parecia nem um pouco o tipo de homem capaz de inflamar uma mulher, que dirá duas.

– O que eu quero com ele? – Ela pareceu achar graça na pergunta, e esfregou um punho sólido abaixo do nariz vermelho. – Eu não quero nada com ele. Mas nenhum homem pode *me* largar em troca de uma vadia com cara de mingau. Quando eu o pegar, pretendo afundar a cabeça dele e pregar seu couro picado por moscas na minha porta.

Dita por outra pessoa, essa afirmação poderia ter sido considerada retórica. Dita pela dama em questão, era uma declaração inequívoca de intenção. Os olhos de Miranda estavam redondos feito os de um sapo, e os de sua mãe quase isso.

Jezebel H. Morton semicerrou os olhos para mim e deu uma coçada pensativa sob um seio imenso, deixando a fazenda da camisa colada na pele por causa do suor.

– Ouvi dizer que a senhora salvou a vida do patife em Alamance. É verdade?

– Ahn... sim.

Encarei-a com cautela, atenta a qualquer movimento ofensivo. Ela estava bloqueando a porta; se partisse para cima de mim, eu me jogaria sobre o balcão e sairia correndo pela porta que dava para a ala residencial dos Bogues.

Ela carregava uma faca grande de matar porcos, sem bainha. A arma estava enfiada num cinto de contas trançado que cumpria um duplo propósito, e segurava também uma massa embolada do que pensei pudessem ter sido originalmente anáguas de flanela vermelha, cortadas na altura dos joelhos. Suas pernas muito sólidas estavam nuas, assim como os pés. Ela trazia ainda uma pistola e um chifre de pólvora pendurados no cinto, mas graças a Deus não esboçou qualquer movimento para pegar nenhuma das armas.

– Que pena – comentou, sem emoção. – Mas, se ele tivesse morrido, eu não teria a diversão de matá-lo, então imagino que seja melhor assim. Não se preocupe comigo; se eu não o encontrar, um dos meus irmãos encontrará.

Com o assunto aparentemente encerrado por ora, ela relaxou um pouco, olhou em volta e pela primeira vez reparou nas prateleiras vazias.

– O que está acontecendo aqui? – quis saber, com um ar interessado.

– Estamos vendendo a loja – murmurou Melanie, tentando empurrar Miranda para um lugar seguro atrás de si. – Vamos para a Inglaterra.

– Ah, é? – Jezebel pareceu levemente interessada. – O que houve? Mataram seu homem? Ou passaram piche e penas nele?

Melanie ficou branca.

– Não – sussurrou ela.

Sua garganta se moveu quando ela engoliu em seco, e seu olhar assustado se moveu na direção da porta. Então era essa a ameaça. Apesar do calor escaldante, senti um frio repentino.

– Ah? Bem, se estiver com medo de que façam isso, talvez seja melhor ir até a Main Street – sugeriu ela, prestativa. – Eles estão se preparando para assar *alguém*, disso não resta dúvida. Dá para sentir o cheiro de piche quente pela cidade inteira, e tem um monte de gente saindo das tabernas.

Melanie e Miranda soltaram gritinhos agudos idênticos e correram até a porta, empurrando para o lado a inabalável Jezebel. Eu, que me movia rapidamente na mesma direção, por pouco evitei uma colisão, e nessa hora Ralston Bogues entrou pela porta bem a tempo de segurar a esposa histérica.

– Randy, vá cuidar dos seus irmãos – disse ele com tranquilidade. – Calma, Mellie, está tudo bem.

– Piche – arfou ela, segurando-o com força. – Ela falou... ela falou...

– Não é comigo – disse ele, e vi que seus cabelos estavam pingando de suor e seu rosto parecia pálido. – Não é atrás de mim que eles estão. É do impressor.

Com delicadeza, ele soltou as mãos da mulher do próprio braço, deu a volta no balcão e lançou um breve olhar de curiosidade na direção de Jezebel.

– Pegue as crianças e vá para a casa de Ferguson – disse ele, e puxou uma caçadeira de seu esconderijo sob o balcão. – Irei assim que puder. – Então levou a mão até dentro de uma gaveta para pegar o chifre de pólvora e a caixa de munição.

– Ralston! – Melanie falou num sussurro, olhando na direção das costas da filha que se afastava, mas nem a falta de volume tornou o chamado menos urgente. – Aonde você vai?

– Vá para a casa de Ferguson – repetiu ele, com os olhos pregados na munição que segurava.

– Não! Não, não vá lá! Venha conosco, comigo!

Histérica, ela agarrou seu braço. Ele se desvencilhou e retomou com obstinação a tarefa de carregar a arma.

– Vá, Mellie.

– Eu não vou! – Com urgência, ela se virou para mim. – Sra. Fraser, diga a ele! Por favor, diga a ele que é um desperdício... um terrível desperdício! Ele não deve ir.

Abri a boca, sem saber ao certo o que dizer a nenhum dos dois, mas não tive oportunidade de decidir.

– Não acho que a sra. Fraser vá considerar um desperdício, Mellie – disse Ralston Bogues, com os olhos ainda pregados nas próprias mãos. Passou a correia da caixa de munição por cima do ombro e soltou a trava da caçadeira. – Quem os está contendo neste exato momento é o marido dela... sozinho.

Ele então ergueu os olhos para mim, meneou a cabeça uma única vez e se foi.

Jezebel tinha razão: dava *mesmo* para sentir cheiro de piche pela cidade inteira. Isso não era nem de longe algo fora do normal para aquela época do verão, sobretudo perto do cais dos armazéns, mas o cheiro quente e grosso agora trazia uma atmosfera de ameaça e queimava minhas narinas. Tirando o piche e o medo, eu arquejava também devido ao esforço de acompanhar Ralston Bogues, que não estava exatamente correndo, mas movia-se tão depressa quanto possível sem chegar a trotar.

Jezebel tinha razão também quanto às pessoas que se derramavam das tabernas: a esquina da Main Street estava tomada por uma multidão animada. Eram quase só homens, observei, embora houvesse entre eles algumas mulheres do tipo mais grosseiro, vendedoras de peixe e escravas por dívida.

O boticário hesitou ao vê-los. Alguns rostos se viraram na sua direção; uma ou duas pessoas puxaram as mangas dos vizinhos e apontaram, com uma expressão não muito amistosa no rosto.

– Saia daqui, Bogues! – gritou um dos homens. – Isto aqui não é assunto seu... ainda não!

Outro se abaixou, catou uma pedra e a lançou. A pedra bateu na passarela de madeira sem causar dano algum, 1 ou 2 metros antes de Bogues, mas chamou mais atenção ainda. Algumas pessoas na multidão estavam começando a se virar e a vir lentamente na nossa direção.

– Papai! – chamou uma vozinha ofegante atrás de mim.

Virei-me e vi Miranda, sem touca e com as marias-chiquinhas penduradas nas costas, o rosto cor de beterraba de tanto ter corrido.

Não houve tempo para pensar. Peguei-a do chão e a ergui na direção do pai. Pego de surpresa, ele largou a arma e a segurou pelas axilas.

Um homem se esticou para a frente para tentar pegar a caçadeira, mas eu me abaixei e a peguei primeiro. Recuei para longe dele segurando a arma junto ao peito e desafiando-o com os olhos a tentar pegá-la.

Eu não o conhecia, mas ele conhecia a mim: seus olhos me percorreram, hesitaram, e ele então olhou para trás por cima do ombro. Pude ouvir a voz de Jamie e várias outras, todas tentando gritar mais alto. A respiração ainda chiava no meu peito. Não consegui distinguir palavra alguma. O tom, contudo, era de discussão; de confronto, não de massacre. O homem hesitou, olhou para mim, olhou para longe... então se virou e tornou a entrar no meio da multidão que só fazia aumentar.

Bogues tivera a sensatez de continuar segurando a filha, que o enlaçava com força pelo pescoço com os dois braços e tinha o rosto enterrado na sua camisa. Ele me lançou um olhar rápido e fez um pequeno gesto, como se quisesse pegar a arma outra vez. Fiz que não com a cabeça e segurei a caçadeira com mais força. Senti a coronha morna e escorregadia nas mãos.

– Leve Miranda para casa – falei. – Eu... eu vou fazer uma coisa.

A caçadeira estava carregada e pronta para atirar. Um tiro. O melhor que eu podia fazer com isso era criar uma distração momentânea, mas *talvez* ajudasse.

Abri caminho pela multidão com a arma apontada cuidadosamente para baixo de modo a não derramar a pólvora e meio escondida entre as saias. O cheiro de piche de repente ficou bem mais forte. Um caldeirão cheio da substância estava derramado em frente à oficina do impressor, e a poça negra pegajosa fumegava e exalava um cheiro forte sob o sol.

Espalhados pela rua, sob os pés de todos, havia brasas acesas e pedaços enegrecidos de carvão; um cidadão sólido em quem reconheci o sr. Townsend chutava com energia uma fogueira montada às pressas, frustrando as tentativas de dois rapazes para arrumá-la outra vez.

Procurei Jamie e o encontrei exatamente onde Ralston Bogues tinha dito que ele estava... em frente à porta da oficina de impressão, segurando uma vassoura suja de piche, com a luz da batalha acesa nos olhos.

– Aquele dali é o seu homem? – Jezebel Morton havia nos alcançado, e espiava interessada por cima do meu ombro. – Grandão, hein?

Havia piche espalhado por toda a frente da oficina, e por todo o corpo de Jamie. Um pedaço grande estava preso em seus cabelos, e pude ver que a pele de seu braço estava vermelha no ponto em que um filete comprido de piche quente o havia atingido. Apesar disso, ele sorria. Duas outras vassouras empapadas de piche estavam jogadas no chão ali perto, uma delas quebrada – quase com certeza na cabeça de alguém. Pelo menos por enquanto, ele estava se divertindo.

Demorei um pouco para ver o impressor, Fogarty Simms. Então um rosto assustado apareceu na janela por um instante, mas sumiu de vista assim que uma pedra atirada pela multidão acertou a janela e partiu a vidraça.

– Saia, Simms, seu covarde dissimulado! – bradou um homem ali perto. – Ou prefere ser tirado daí com fumaça?

– Fumaça! Fumaça!

Gritos entusiasmados emanaram da multidão, e um jovem ao meu lado se abaixou e tentou pegar um pedaço de madeira aceso que fora espalhado da fogueira. Dei um pisão cruel na sua mão quando ele o segurou.

– Meu Deus do *céu!* – Ele soltou e caiu de joelhos segurando a mão entre as coxas, com a boca aberta e arquejando de dor. – Ai, ai, meu Deus!

Afastei-me, abrindo caminho com os ombros até a oficina. Será que conseguiria chegar perto o suficiente para entregar aquela arma a Jamie? Ou será que isso iria piorar a situação?

– Saia de perto da porta, Fraser! Não temos nada contra você!

Reconheci a voz culta: era o advogado Neil Forbes. Só que ele não estava usando as roupas elegantes habituais: trajava peças rudimentares de fabricação caseira. Então aquilo não era um ataque improvisado... ele fora até ali preparado para o trabalho sujo.

– Ei! Fale por você, Forbes! *Eu* tenho algo contra ele! – Quem falou foi um grandalhão de avental de açougueiro, com o rosto vermelho e a expressão indignada, que exibia um olho inchado e roxo. – Vejam o que ele fez comigo! – Com uma das mãos carnudas, ele acenou em direção ao olho, em seguida à frente da roupa, onde uma vassoura empapada de piche obviamente o atingira em cheio no meio do peito. Então sacudiu para Jamie um imenso punho fechado. – Você vai pagar por isso, Fraser!

– Sim, mas vou lhe pagar na mesma moeda, Buchan! – respondeu Jamie, fingindo que ia atacá-lo com a vassoura empunhada feito uma lança.

Buchan ganiu e recuou com uma expressão de alarme cômico no rosto, e a multidão irrompeu em risos.

– Volte aqui, homem! Se quiser bancar o selvagem, vai precisar de um pouco mais de pintura!

Buchan virou as costas para fugir, mas foi impedido pela multidão. Jamie se esticou com a vassoura e o sujou bem nos fundilhos da calça. O contato fez Buchan dar um pulo de pânico, provocando mais risos e vaias zombeteiras enquanto ele se afastava aos empurrões e tropeços.

– Vocês também querem brincar de selvagem, é? – gritou Jamie.

Passou a vassoura na poça fumegante e a moveu com energia, formando um grande arco diante de si. Pinguinhos de piche quente voaram pelos ares, e homens gritaram e se empurraram para sair do caminho, pisando e derrubando uns aos outros no chão.

Fui empurrada para o lado e atingi com força um barril que estava no meio da rua. Teria caído não fosse Jezebel, que me segurou pelo braço e me puxou para cima sem qualquer esforço aparente.

– Seu homem é muito rebelde – disse ela com aprovação, olhos cravados em Jamie. – Eu poderia admirar um homem assim!

– Sim – falei, segurando um cotovelo machucado. – Eu também admiro. Às vezes.

Tais sentimentos não pareciam ser universais.

– Desista dele, Fraser, ou então vista penas com ele! Malditos legalistas!

O grito veio de trás de mim e, ao me virar, vi que o homem que tinha gritado viera preparado: estava segurando um travesseiro de penas em uma das mãos com uma das extremidades já rasgada, fazendo penas e plumas voarem em rajadas com cada gesto.

– Piche e penas para todos eles!

Tornei a me virar ao ouvir o grito vindo de cima, e ergui o rosto a tempo de ver um rapaz escancarar as persianas no andar de cima da casa do outro lado da rua. Ele estava tentando passar uma cama de penas pela janela, mas sendo substancialmente prejudicado em seu intuito pela dona de casa a quem a cama pertencia. A dama havia trepado em suas costas e dava na sua cabeça com um utensílio de cozinha de madeira usado para mexer mingau enquanto emitia guinchos condenatórios.

Um jovem perto de mim começou a cacarejar feito uma galinha e a agitar os cotovelos, para imensa diversão de seus amigos, que começaram todos a imitá-lo e afogaram assim quaisquer tentativas de aplacar a turba – não que fossem muitas.

Um cântico começou do outro lado da rua.

– Legalista, legalista, legalista!

O teor da situação estava mudando, e não para melhor. Ergui levemente a caçadeira, sem saber ao certo o que fazer, mas sabendo que precisava fazer *alguma* coisa. Dali a mais um segundo eles iriam atacá-lo.

– Por favor, me dê a arma aqui, tia – disse uma voz suave junto ao meu ombro, e quando me virei dei com o Jovem Ian, aos arquejos.

Entreguei-lhe a arma sem a menor hesitação.

– *Reste d'retour!* – gritou Jamie em francês. – *Oui, le tout!* Para trás, todos vocês!

Ele podia estar gritando com a multidão, mas estava olhando para Ian.

Que diabos ele estava... foi então que vi Fergus, mantendo seu lugar junto à frente da multidão graças a violentas cotoveladas. O Jovem Ian, que estava prestes a erguer a arma, hesitou e segurou-a junto a si.

– Ele tem razão, fique para trás! – falei, com urgência. – Não atire, ainda não.

Pensei que um tiro apressado poderia causar mais mal do que bem. Bastava lembrar Bobby Higgins e o Massacre de Boston. Eu não queria nenhum massacre em Cross Creek – menos ainda com Jamie no meio daqueles homens.

– Eu não vou atirar, mas também não vou deixar que eles o peguem – resmungou Ian. – Se eles tentarem...

Não terminou a frase, mas seu maxilar estava contraído, e mesmo com o fedor do piche eu podia sentir o cheiro forte de seu suor.

Graças a Deus, uma distração momentânea havia surgido. Gritos vindos de cima fizeram metade da multidão se virar para ver o que estava acontecendo.

Outro homem, obviamente o dono da casa, havia aparecido na janela do andar de cima, puxado o primeiro homem para trás e começado a socá-lo. Então a dupla engalfinhada sumiu de vista, e em poucos segundos os barulhos de altercação cessaram e os gritos agudos da mulher se calaram enquanto a cama de penas permanecia pendurada, num flácido anticlímax, metade para dentro e metade para fora da janela.

Os brados de "legalista! legalista! legalista!" haviam cessado enquanto durou o fascínio com o conflito lá em cima, mas então recomeçaram, pontuados por urros para que o impressor saísse e se rendesse.

– Saia, Simms! – bradou Forbes.

Vi que ele havia se equipado com outra vassoura e estava chegando mais perto da porta da oficina de impressão. Jamie também viu, e observei que sua boca se retorceu numa expressão zombeteira.

Silas Jameson, dono da hospedaria local, estava atrás de Forbes, agachado feito um lutador, com o rosto largo tomado por um sorriso cruel.

– Venha cá, Simms! – insistiu ele. – Que tipo de homem se esconde atrás da saia de um escocês, hein?

A voz de Jameson falou alto o suficiente para todos escutarem, e a maioria riu – inclusive Jamie.

– Um homem sensato! – gritou Jamie de volta, e sacudiu para Jameson a barra de seu kilt. – Este *tartan* já abrigou muitos pobres rapazes nesta vida!

– E muitas moças também, aposto! – gritou alguma alma irreverente na multidão.

– Como assim, você acha que estou com a sua mulher aqui debaixo do meu kilt? – Jamie ofegava, com a camisa e os cabelos grudados de suor, mas mesmo assim sorriu ao segurar a barra do kilt. – Quer vir dar uma procurada?

– Tem espaço para mim também aí embaixo? – perguntou na mesma hora uma das vendedoras de peixe.

Risadas percorreram a multidão. Volúveis como qualquer turba, as pessoas estavam passando da ameaça à diversão. Engoli uma inspiração profunda e trêmula, sentindo o suor escorrer por entre os seios. Jamie estava conseguindo lidar com a multidão, mas estava andando no fio da navalha.

Se ele houvesse decidido proteger Simms, e de fato havia, então nada sobre a terra o faria entregar o impressor. Se a turba quisesse Simms, e de fato queria, precisaria passar por Jamie. E *iria* passar, pensei, a qualquer momento.

– Saia, Simms! – berrou uma voz das Terras Baixas escocesas. – Não pode passar o dia inteiro escondido no traseiro de Fraser!

– Melhor um impressor na minha bunda do que um advogado! – gritou Jamie, acenando com a vassoura para Forbes à guisa de ilustração. – Eles são menores, não é?

Isso fez a multidão rugir. Forbes era um sujeito substancial, carnudo, enquanto Fogarty Simms era um homem franzino e magrelo. Forbes ficou com o rosto muito vermelho, e vi olhares de ironia serem lançados na sua direção. Aos quarenta e poucos anos, ele nunca tinha se casado, e corriam boatos...

– Eu não iria querer mesmo um advogado no meu traseiro – gritava Jamie alegremente enquanto cutucava Forbes com a vassoura. – Ele roubaria nossa merda e depois cobraria por uma lavagem!

A boca de Forbes se abriu e seu rosto ficou roxo. Ele recuou um passo e pareceu estar gritando de volta, mas ninguém conseguiu ouvir sua resposta, afogada pelo rugido das risadas da multidão.

– E depois tornaria a lhe vender sua merda como adubo! – berrou Jamie assim que pôde se fazer ouvir.

Invertendo habilmente a vassoura, espetou Forbes na barriga com o cabo.

A multidão pulou de alegria, e Forbes, que não era nenhum lutador, perdeu a cabeça e atacou Jamie, segurando a própria vassoura como se fosse uma pá. Jamie, que muito evidentemente estava esperando um gesto insensato desse tipo, deu um passo de lado feito um dançarino, fez Forbes tropeçar, e golpeou-o no meio dos ombros com a vassoura suja de piche, fazendo-o ir se esparramar dentro da poça de piche já fria, para ruidoso deleite da rua inteira.

– Tome, tia, segure isto!

A caçadeira de repente foi empurrada de novo para minhas mãos.

– O quê?

Pega de surpresa, girei o corpo e vi Ian andar rapidamente por trás da multidão enquanto acenava para Fergus. Em segundos, sem que ninguém percebesse, pois a atenção de todos estava concentrada em Forbes caído no chão, eles haviam chegado à casa em que a cama de penas pendia da janela.

Ian se abaixou e uniu as mãos; como se os dois houvessem treinado aquilo durante anos, Fergus pisou nesse estribo improvisado e se impeliu para cima, tentando alcançar a cama de penas com o gancho. O gancho prendeu; ele ficou pendurado um instante enquanto tentava freneticamente segurar o gancho com a mão saudável, para impedir que se soltasse.

Ian deu um pulo, agarrou Fergus pela cintura e o puxou para baixo. O tecido da cama então cedeu com seu peso somado, Fergus e Ian desabaram no chão, e uma perfeita cachoeira de penas de ganso se derramou por cima deles, apenas para ser capturada na mesma hora pelo ar espesso e úmido e pôr-se a rodopiar numa nevasca delirante que tomou conta da rua e fez chumaços de plumas grudentas se colarem na multidão espantada.

O ar parecia repleto de penas. Havia penas por toda parte, fazendo cócegas em olhos, narizes e gargantas, pregadas em cabelos, roupas e cílios. Limpei algumas plumas de um dos olhos que lacrimejava e recuei apressada para longe das pessoas meio cegas que cambaleavam perto de mim, gritando e trombando umas nas outras.

Eu antes estava observando Fergus e Ian, mas, quando a chuva de penas começou, ao contrário de todas as outras pessoas na rua, olhei de volta na direção da oficina de impressão a tempo de ver Jamie esticar a mão para dentro da porta, agarrar Fogarty Simms pelo braço e tirá-lo da oficina como se fosse um marisco num espeto.

Após lhe dar um empurrão que fez Simms cambalear, Jamie girou nos calcanhares e pegou a vassoura para dar cobertura à fuga do impressor. Ralston Bogues, à espreita na sombra de uma árvore, saiu de lá com um porrete na mão e correu atrás de Simms para protegê-lo enquanto olhava para trás e brandia o porrete para desencorajar qualquer perseguidor.

Essa ação havia passado inteiramente despercebida. Embora a maioria dos homens estivesse distraída, espantando e desviando a estonteante nuvem de penas que os cercava, uns poucos tinham visto o que estava acontecendo e deram o alarme, ganindo feito cães de caça enquanto tentavam abrir caminho em meio à turba para ir atrás do impressor fujão.

Era um momento propício... eu poderia atirar acima de suas cabeças, o que os faria se abaixar e dar tempo para Simms fugir. Ergui a arma decidida, e tateei em busca do gatilho.

A caçadeira foi arrancada de minhas mãos com tanta destreza que por um instante não reparei que alguém a tinha pego, mas fiquei encarando minhas próprias mãos vazias sem acreditar. Então um berro soou atrás de mim, alto o suficiente para fazer todos em volta se calarem atordoados.

– Isaiah Morton! Você vai *morrer*, rapaz!

A caçadeira disparou junto ao meu ouvido com um *bum!* ensurdecedor, e uma nuvem de fuligem que me deixou cega. Engasgada e tossindo, esfreguei o rosto com o avental e recuperei a visão a tempo de ver a silhueta baixinha e gorducha de Isaiah Morton a um quarteirão dali, correndo o mais depressa que suas pernas conseguiam carregá-lo. Jezebel Hatfield Morton partiu em seu encalço num segundo, esmagando sem dó qualquer um pelo caminho. Pulou agilmente por cima de um Forbes sujo de piche e coberto de penas, que exibia um ar atordoado ainda de quatro no chão, em seguida abriu caminho por entre o que restava da turba e disparou rua abaixo com as anáguas curtas de flanela a esvoaçar, correndo a uma velocidade espantosa para alguém da sua corpulência. Morton fez uma curva derrapando e desapareceu, com a Fúria implacável bem no seu encalço.

Eu própria estava me sentindo um pouco atordoada. Meus ouvidos ainda apitavam, mas alguém tocou meu braço e olhei para cima.

Jamie me encarava com um olho semicerrado e o outro fechado, como se não tivesse certeza de estar vendo o que via. Ele dizia alguma coisa que não consegui entender, mas os gestos que fez em direção ao meu rosto, combinados com um estremecimento revelador do canto da boca, tornaram seu provável significado *bem* claro.

– Ah – falei, fria, e minha voz soou metálica e distante. Tornei a limpar o rosto com o avental. – Olha quem fala!

Ele parecia um boneco de neve malhado, com manchas pretas de piche na camisa e punhados de penas de ganso presas nas sobrancelhas, nos cabelos e na barba por fazer. Disse alguma outra coisa, mas não pude ouvi-lo com clareza. Balancei a cabeça e girei um dedo dentro do ouvido para indicar uma surdez temporária.

Ele sorriu, me segurou pelos ombros e inclinou a cabeça para a frente até a testa encostar na minha com um leve *tum!* Senti que ele tremia um pouco, mas não tive certeza se era por causa do riso ou da exaustão. Ele então se endireitou, beijou minha testa e me segurou pelo braço.

Neil Forbes estava sentado no meio da rua, com as pernas abertas e os impecáveis cabelos todos despenteados. Estava negro de piche em um dos lados do corpo, do ombro até o joelho. Havia perdido um sapato, e pessoas prestativas tentavam remover as penas de cima dele. Jamie me guiou num círculo largo à sua volta e meneou a cabeça quando passamos, cortês.

Forbes ergueu os olhos com uma expressão irada, disse algo abafado, e seu rosto pesado se retorceu de desagrado. No fim das contas, pensei que era até melhor eu não conseguir escutá-lo.

Ian e Fergus tinham ido embora junto com a maior parte da turba, sem dúvida para causar o caos em algum outro lugar. Jamie e eu nos refugiamos na Sycamore, uma hospedaria de River Street, para comer e beber alguma coisa, além de reparar os danos. O bom-humor de Jamie foi diminuindo gradualmente à medida que comecei a tirar o piche e as penas que o cobriam, mas foi sufocado de modo significativo quando ele ouviu o relato da minha visita ao dr. Fentiman.

– Elas servem para fazer *o quê?*

Ele havia se retraído de leve ao me ouvir contar a história sobre o testículo de Stephen Bonnet. Quando cheguei à descrição das seringas de pênis, cruzou as pernas involuntariamente.

– Bom, você insere um pouco a agulha, é claro, depois injeta na uretra uma solução de algo como cloreto de mercúrio, suponho.

– Na ur...

– Quer que eu lhe mostre? – indaguei. – Deixei meu cesto na casa dos Bogues, mas posso ir buscá-lo e...

– Não. – Ele se inclinou para a frente e plantou os cotovelos com firmeza sobre os joelhos. – Você acha que arde muito?

– Não acho que deva ser nada agradável.

Ele estremeceu por um instante.

– Não, não deve.

– Tampouco acho que seja muito eficaz – acrescentei após pensar um pouco. – Uma pena passar por algo assim e não ficar curado. Você não acha?

Ele me observava com o ar apreensivo de um homem que acaba de notar que um embrulho de ar suspeito ao seu lado está fazendo tique-taque.

– O que... – começou ele, e eu me apressei para terminar.

– Quer dizer que você não se importa em ir ao estabelecimento da sra. Sylvie e organizar tudo para que eu possa tratar as moças?

– Quem é a sra. Sylvie? – perguntou ele, desconfiado.

– A dona do bordel da cidade – respondi, inspirando fundo. – Quem me falou sobre ela foi a criada do dr. Fentiman. Depois me dei conta de que é possível haver mais de um bordel por aqui, mas acho que a sra. Sylvie com certeza deve conhecer a concorrência, caso exista, de modo que vai poder lhe dizer...

Jamie passou a mão pelo rosto e puxou as pálpebras inferiores para baixo, realçando particularmente o aspecto avermelhado dos olhos.

– Um bordel – repetiu ele. – Você quer que eu vá a um bordel.

– Bem, eu vou junto se você quiser, claro – falei. – Embora ache que talvez se saia melhor sozinho. Eu mesma iria, mas acho que talvez elas não prestem atenção em mim – acrescentei, com alguma aspereza.

Ele fechou um olho e me espiou com o outro, que parecia ter sido lixado.

– Ah, acho que prestariam, sim – falou. – Então era essa a sua intenção quando insistiu para vir à cidade comigo?

Sua voz soou um tantinho amarga.

– Bem... era – admiti. – Embora eu precisasse mesmo de casca de quina-amarela. Além do mais, se eu não tivesse vindo, você não teria ficado sabendo sobre Bonnet – acrescentei, lógica. – Nem sobre Lucas, aliás.

Ele disse alguma coisa em gaélico que interpretei, a grosso modo, como uma indicação de que teria vivido bastante feliz ignorando ambas as coisas.

– Além do mais, você está bastante acostumado com bordéis – assinalei. – Tinha um quarto num deles lá em Edimburgo.

– É, tinha – concordou ele. – Mas na época eu não era casado... ou melhor, era, mas... é, bom, quero dizer, na época me convinha as pessoas pensarem que eu... – Ele interrompeu a frase e me encarou com um ar de súplica. – Sassenach, você honestamente quer que todo mundo em Cross Creek ache que eu...

– Bom, eles não vão achar isso se eu for junto, não é?

– Ah, Deus.

Nesse ponto, ele segurou a cabeça com as mãos e massageou vigorosamente o couro cabeludo, decerto com a impressão de que isso iria ajudá-lo a pensar em algum jeito de me dissuadir.

– Onde está sua compaixão pelo seu semelhante? – perguntei. – Não iria querer que algum infeliz tivesse de enfrentar uma sessão com a seringa do dr. Fentiman só porque você...

– Contanto que eu próprio não precise enfrentar, meu semelhante pode muito bem pagar o preço do pecado, e bem feito para ele – garantiu-me Jamie, levantando a cabeça.

– Bem, fico inclinada a concordar – reconheci. – Mas não são só eles. São as mulheres. Não apenas as putas: e as esposas, e *os filhos* dos homens que se infectarem? Você não pode deixar que todos morram sifilíticos se puderem ser salvos, não é?

Jamie a essa altura havia adquirido o aspecto de um animal caçado, e essa linha de raciocínio não contribuiu.

– Mas... a penicilina nem sempre funciona – observou. – E se não funcionar nas putas?

– É uma possibilidade – reconheci. – Mas entre tentar algo que pode não funcionar e não tentar nada...

Ao ver que ele ainda me olhava desconfiado, deixei de lado a racionalidade e recorri à minha melhor arma.

– E o Jovem Ian?

– O que tem ele? – respondeu Jamie com cautela, mas pude ver que minhas palavras haviam feito uma visão instantânea surgir em sua mente. Bordéis não eram desconhecidos para Ian, e graças a Jamie, por mais inadvertida e involuntária que houvesse sido a apresentação. – Ian é um bom rapaz – disse ele, resoluto. – Ele não iria...

– Ele poderia – falei. – E você sabe que sim.

Eu não tinha a menor ideia de qual era o formato da vida pessoal do Jovem Ian, se é que ele tinha alguma. Mas ele era um rapaz de 21 anos, não comprometido, e até onde eu podia ver era um jovem macho da espécie totalmente saudável. Assim sendo...

Pude ver Jamie chegar com relutância às mesmas conclusões. Ele era virgem aos 23 anos, quando eu o havia desposado. O Jovem Ian, por fatores que estavam fora do controle de qualquer um, fora apresentado às questões da carne em uma idade substancialmente mais tenra. E essa inocência específica não podia ser recuperada.

– Humpf – fez Jamie.

Ele pegou a toalha, esfregou os cabelos violentamente com ela, em seguida a jogou para o lado e juntou o rabo de cavalo grosso e úmido antes de estender a mão para uma tira de couro com a intenção de amarrá-lo.

– Se é preciso fazer isso, melhor fazer depressa – falei, observando-o com um ar de aprovação. – Mas acho melhor eu ir também. Deixe-me ir pegar minha caixa.

Ele não reagiu, apenas se dedicou, com o semblante fechado, à tarefa de se tornar apresentável. Por sorte, não estava usando o casaco nem o colete durante o contratempo na rua, de modo que pôde cobrir a pior parte dos estragos à camisa.

– Sassenach – disse ele, e quando me virei vi que me encarava com um olhar vermelho.

– Sim?

– Você vai pagar por isso.

O estabelecimento da sra. Sylvie era uma casa de dois andares de aspecto inteiramente normal, pequena e um tanto malconservada. As telhas encurvadas nas bordas lhe conferiam um leve ar de surpresa e desalinho, como uma mulher surpreendida logo após tirar os rolinhos dos cabelos.

Jamie produziu ruídos escoceses de reprovação na garganta ao ver o alpendre afundado e o quintal tomado pelo mato, mas supus que fosse apenas o seu modo de disfarçar o embaraço.

Como a única cafetina que, até então, eu havia conhecido fora uma emigrante francesa bastante elegante em Edimburgo, eu não sabia muito bem o que esperava que a sra. Sylvie fosse, mas a dona da casa de tolerância mais popular de Cross Creek era uma mulher de seus 25 anos, com o rosto tão sem graça quanto a massa de uma torta e orelhas muito proeminentes.

Na verdade, por um instante pensei que ela fosse a criada, e somente o fato de Jamie a ter cumprimentado educadamente como "sra. Sylvie" me informou que a cafetina em pessoa fora atender à porta. Lancei um olhar de esguelha para meu marido, perguntando-me como exatamente ele a conhecia, mas em seguida tornei a olhar e percebi que ele havia reparado na boa qualidade do vestido e no grande broche em seu peito.

Ela olhou para ele, em seguida para mim, e franziu o cenho.

– Podemos entrar? – perguntei, e entrei, sem esperar resposta. – Sou a sra. Fraser, e este é meu marido – falei, com um gesto na direção de Jamie, cujas orelhas já começavam a ficar rosadas nas bordas.

– Ah? – fez a sra. Sylvie, desconfiada. – Bem, se forem vocês dois vai custar uma libra a mais.

– Não estou... ah!

Um sangue quente inundou meu rosto quando compreendi com algum atraso o que ela queria dizer. Jamie, que havia entendido na hora, estava da cor de uma beterraba.

– Não tem problema – garantiu-me ela. – Não é o mais usual, com certeza, mas Dottie não se importaria nem um pouco, ela meio que prefere mulheres, entende?

Jamie emitiu um grunhido baixo para indicar que aquilo era ideia minha, e que cabia a mim executá-la.

– Acho que não nos fizemos entender direito – falei, do modo mais encantador possível. – Nós... ahn... nós desejamos apenas interrogar suas...

Calei-me, em busca da palavra adequada. Certamente não devia ser "funcionárias".

– Meninas – contribuiu Jamie, tenso.

– Ahn, isso. Suas meninas.

– Ah, é mesmo? – Seus olhinhos negros chisparam dele para mim. – Vocês são metodistas? Ou da igreja batista Luz Brilhante? Bom, nesse caso vão ser *duas* libras. Pelo incômodo.

Jamie riu.

– Baratinho – observou. – Ou será esse preço por menina?

– Ah, por menina, certamente.

– Duas libras cada? É, bem, quem poderia atribuir um preço à salvação?

Ele agora a estava provocando abertamente, e ela, já tendo entendido muito bem que nós não éramos nem potenciais clientes nem missionários itinerantes, achou graça, mas tomou cuidado para não deixar transparecer.

– Eu atribuiria – respondeu, seca. – Uma puta sabe o preço de tudo a não ser o valor de nada... ou assim me disseram.

Jamie aquiesceu ao ouvir isso.

– Sim. Então, sra. Sylvie, qual é o preço da vida de uma das suas meninas?

A expressão bem-humorada desapareceu dos olhos dela, que continuaram igualmente brilhantes, mas extremamente desconfiados.

– O senhor está me ameaçando? – Ela se empertigou e levou a mão até uma sineta pousada sobre a mesa junto à porta. – Eu tenho proteção, lhe asseguro. Seria melhor vocês irem embora agora mesmo.

– Mulher, se eu quisesse lhe fazer algum mal não teria trazido minha esposa junto para assistir – disse Jamie num tom brando. – Não sou tão pervertido assim.

A mão dela relaxou um pouco a pressão no cabo da sineta.

– O senhor ficaria espantado – comentou ela. – Veja bem, eu não lido com esse tipo de coisa, de jeito nenhum, mas já vi acontecer – completou, apontando um dedo para ele.

– Eu também – retrucou Jamie, já sem qualquer vestígio de provocação na voz. – Diga-me uma coisa, a senhora por acaso já ouviu falar num escocês chamado *Mac Dubh*?

A expressão dela mudou ao escutar isso; era óbvio que sim. Fiquei atônita, mas tive o bom senso de permanecer calada.

– Já – respondeu ela. Seu olhar havia se aguçado. – Era o senhor?

Ele assentiu com um ar grave.

A boca da sra. Sylvie se franziu por um instante, e ela então pareceu reparar outra vez em mim.

– Ele contou a você? – quis saber ela.

– Duvido muito – respondi, olhando para Jamie.

Ele evitou cuidadosamente o meu olhar. A sra. Sylvie deu uma risada curta.

– Uma das minhas meninas acompanhou um homem ao Toad e ele a tratou mal – disse ela, referindo-se a um estabelecimento de má fama perto do rio chamado Toad and Spoon. – Então a arrastou até o bar e a ofereceu aos homens que estavam lá. Ela disse que sabia que iria morrer... a senhora sabe que é possível morrer de tanto ser estuprada?

A pergunta foi feita a mim num tom que mesclava distanciamento e desafio.

– Sei – respondi, muito sucinta.

Uma breve dúvida me percorreu, e minhas palmas começaram a suar.

– Só que um escocês alto estava lá, e ao que parece não gostou da sugestão. Mas era ele sozinho contra uma turba...

– Sua especialidade – falei para Jamie entre os dentes, e ele tossiu.

– ... mas ele sugeriu que a moça fosse disputada nas cartas. Jogou uma partida de pôquer de três cartas e ganhou.

– É mesmo? – indaguei.

Trapacear no carteado era outra das especialidades de Jamie, embora eu tentasse dissuadi-lo de usá-la, convencida de que ela um dia o levaria a ser morto. Não era de espantar que ele não tivesse me contado sobre aquela aventura específica.

– Então ele pegou Alice, enrolou-a em seu pano xadrez e a trouxe para casa... deixou-a na porta.

Ela olhou para Jamie com uma admiração relutante.

– Então. Quer dizer que o senhor veio cobrar uma dívida? Tem o meu agradecimento, se é que isso vale alguma coisa.

– Vale muito, senhora – disse ele baixinho. – Mas não. Nós viemos tentar salvar suas meninas de coisa pior do que bêbados violentos.

As finas sobrancelhas dela se arquearam bem alto numa expressão de interrogação.

– Da sífilis – falei, direta.

A boca da sra. Sylvie se escancarou.

Apesar da relativa juventude, a sra. Sylvie era uma mulher durona e difícil de convencer. Ainda que o medo da sífilis fosse um elemento constante na vida de uma puta, o tema espiroquetas não a mobilizou, e minha proposta de inocular toda a sua equipe – aparentemente composta de apenas três moças – com penicilina foi recebida com uma firme recusa.

Jamie deixou a arenga prosseguir até ficar claro que tínhamos chegado diante de um muro de pedra. Então adotou outra abordagem.

– Minha esposa não está propondo esse tratamento só porque tem bom coração, sabe? – disse ele.

A essa altura, tínhamos sido convidados a nos sentar numa agradável saleta enfeitada com cortinas xadrez, e ele se inclinou para a frente com cuidado de modo a não forçar as juntas da delicada cadeira em que estava sentado.

– O filho de um amigo procurou minha esposa dizendo que tinha pegado sífilis de uma puta em Hillsboro. Ela viu a ferida; não há dúvida de que o rapaz está infectado. Só que ele entrou em pânico antes de ela conseguir tratá-lo e fugiu. Desde então estamos à sua procura... e ontem mesmo ouvimos dizer que ele foi visto aqui, no seu estabelecimento.

A sra. Sylvie perdeu por um instante o controle do próprio rosto. Este retornou num instante, mas a expressão de horror foi inconfundível.

– Quem? – indagou ela, rouca. – Um rapaz escocês? Como ele era?

Jamie trocou comigo um olhar breve e intrigado, então descreveu Manfred McGillivray. Quando terminou, o rosto da jovem cafetina estava branco feito um lençol.

– Ele esteve aqui – disse ela. – Duas vezes. Ai, meu Deus. – Ela inspirou fundo um par de vezes, porém, e se controlou. – Mas ele estava limpo! Fiz ele me mostrar... sempre faço isso.

Expliquei que, embora a ferida sarasse, a doença permanecia no sangue para só mais tarde voltar a se manifestar. Afinal, ela não ouvira falar em putas que tinham contraído sífilis sem terem apresentado qualquer ferida antes?

– Sim, claro... mas não é possível que elas tenham tomado o devido cuidado – disse ela, com o maxilar contraído de teimosia. – Eu sempre tomo, e minhas garotas também. Insisto nisso.

Pude ver que a negação estava se instalando. Em vez de reconhecer que talvez houvesse contraído uma doença mortal, ela insistia que aquilo não era possível, e dali a instantes teria convencido a si mesma a acreditar naquilo e nos expulsado dali.

Jamie também percebeu.

– Sra. Sylvie – disse ele, interrompendo o fluxo de justificativas da mulher.

Ela o encarou e piscou os olhos.

– A senhora tem um baralho em casa?

– O quê? Sim... é claro que tenho.

– Então traga-o – disse ele com um sorriso. – Piquete, trunfo ou pôquer de três, a senhora escolhe.

Ela o encarou com um olhar demorado e duro, e a boca muito contraída. Então relaxou um pouco a boca.

– Uma partida honesta? – perguntou, e um leve brilho surgiu no seu olho. – Vamos apostar o quê?

– Uma partida honesta – garantiu-lhe ele. – Se eu ganhar, minha mulher inocula vocês todas.

– E se o senhor perder?

– Um tonel do meu melhor uísque.

Ela ainda hesitou por mais alguns instantes, encarando-o com atenção, medindo suas chances. Jamie ainda exibia um pedaço de piche nos cabelos e penas no casaco, mas seus olhos de um azul profundo denotavam total inocência. Ela suspirou e estendeu a mão.

– Feito – falou.

– Você trapaceou? – eu quis saber, agarrando o braço dele para não tropeçar.

A noite já ia avançada, e não havia iluminação nas ruas de Cross Creek exceto pelo brilho das estrelas.

– Não precisei – respondeu ele, e deu um grande bocejo. – Ela pode até ser uma boa puta, mas não é nenhum ás do carteado. Deveria ter escolhido o trunfo. Esse jogo depende mais da sorte, ao passo que o pôquer de três requer habilidade. Mas é mais fácil trapacear no trunfo – acrescentou ele, piscando os olhos.

– Em que consiste exatamente uma boa puta? – perguntei, curiosa.

Eu nunca tinha considerado a questão da qualificação no que dizia respeito àquele ofício, mas supunha que devesse existir alguma, além de possuir a anatomia exigida e estar disposta a disponibilizá-la.

Minha pergunta o fez rir, mas ele coçou a cabeça, pensativo.

– Bom, se ela gostar genuinamente dos homens mas não os levar muito a sério, isso ajuda. E se gostar de ir para a cama, isso ajuda também. Ai.

Eu havia pisado numa pedra e, ao apertar seu braço com mais força, pegara justamente no ponto da pele queimado pelo piche mais cedo.

– Ah, desculpe. Está doendo muito? Tenho um pouco de bálsamo que posso passar quando chegarmos à hospedaria.

– Ah, não. São só bolhas; a pele vai aguentar.

Ele esfregou o braço com cuidado, mas descartou o desconforto com um gesto e, segurando-me pelo cotovelo, me fez dobrar a esquina em direção à rua principal. Tínhamos decidido mais cedo que, como talvez chegássemos tarde, pernoitaríamos na hospedaria King de McLanahan em vez de fazer o longo trajeto de volta até River Run.

O cheiro de piche quente ainda pairava daquele lado da cidade, e a brisa noturna fazia as penas rodopiarem formando pequenos redemoinhos na lateral da rua. De vez em quando, uma pluma passava flutuando junto à minha orelha qual uma lenta mariposa.

– Será que eles ainda estão tirando penas de Neil Forbes? – perguntou Jamie com um sorriso na voz.

– Quem sabe a mulher dele simplesmente põe uma fronha e o usa como travesseiro? – sugeri. – Não, espere, ele não tem mulher. Eles vão ter de...

– Chamá-lo de galo e colocá-lo no quintal para cobrir as galinhas – sugeriu Jamie com uma risadinha. – Ele não sabe mandar no galinheiro, mas até que canta direitinho.

Ele não estava bêbado. Tínhamos tomado café fraco com a sra. Sylvie depois das injeções. Mas estava extremamente cansado; ambos estávamos, e de repente nos vimos no estado de exaustão em que a mais sem graça das piadas parece extremamente engraçada, e cambaleamos, trombando um no outro e rindo de piadas cada vez piores até lágrimas nos virem aos olhos.

– Que cheiro é esse? – indagou Jamie de repente, ao mesmo tempo que sorvia uma inspiração profunda e espantada pelo nariz. – O que está pegando fogo?

Era algo grande. O brilho no céu estava visível acima dos telhados das casas próximas, e o forte cheiro de madeira queimada de repente encobriu o odor mais espesso de piche quente. Jamie correu em direção à esquina da rua, e eu corri logo atrás dele.

Era a oficina de impressão do sr. Simms; estava tomada pelo fogo. Obviamente seus inimigos políticos, privados de sua presa, tinham decidido extravasar a animosidade no local de trabalho dele.

Um grupo de homens estava reunido na rua de modo bem parecido com o que acontecera mais cedo. Novamente havia gritos de "legalista!", e alguns brandiam tochas. Outros ainda corriam pela rua aos gritos em direção ao local do incêndio. Ouvi um grito de "malditos nacionalistas!", e os dois grupos então colidiram numa confusão de empurrões e socos.

Jamie segurou meu braço e me empurrou de volta para o lugar de onde tínhamos vindo, abrigando-nos antes da esquina. Meu coração estava disparado e eu ofegava. Encolhemo-nos debaixo de uma árvore e ficamos ali, arfantes.

– Bem – falei, após um curto silêncio preenchido pelos sons da revolta. – Acho que Fergus vai ter que arrumar outra profissão. Sei que tem uma botica sendo vendida baratinho.

Jamie produziu um pequeno ruído que não chegou a ser uma risada.

– Seria melhor se ele fizesse uma sociedade com a sra. Sylvie – disse ele. – Eis aí um ofício que a política não influencia. Vamos, Sassenach... vamos dar a volta.

Quando finalmente chegamos à hospedaria, encontramos o Jovem Ian na varanda agitado, à nossa espera.

– Onde vocês *estavam*, pelo amor de Santa Brígida? – indagou ele, severo, de um jeito que me fez pensar subitamente na sua mãe. – Nós passamos o pente-fino na cidade à sua procura, tio Jamie, e Fergus teve certeza de que o senhor tinha se envolvido naquela confusão e sido aleijado ou morto.

Ele meneou a cabeça em direção à oficina de impressão: o incêndio começava a perder força, embora ainda emitisse luz suficiente para podermos ver seu rosto e seu cenho franzido de reprovação.

– Estávamos praticando boas ações – garantiu-lhe Jamie, contrito. – Visitando os enfermos, como nos ordena Cristo.

– Ah, é? – rebateu Ian, com um cinismo considerável. – Ele também disse para visitar os presos. É uma pena o senhor não ter começado por lá.

– Como assim? Por quê?

– Porque aquele Donner safado fugiu – informou-lhe Ian, parecendo extrair um prazer sombrio da comunicação de más notícias. – Durante a briga de hoje à tarde. O carcereiro foi participar da diversão e deixou a porta no trinco; o safado simplesmente saiu e foi embora.

Jamie inspirou fundo, em seguida soltou o ar devagar, tossindo de leve por causa da fumaça.

– É, bem – disse ele. – Quer dizer que temos uma oficina de impressão e um ladrão a menos... mas quatro putas a mais. Acha que é uma troca justa, Sassenach?

– Putas? – exclamou Ian, espantado. – Que putas?

– As da sra. Sylvie – falei, encarando-o. Sua expressão me pareceu suspeita, mas talvez fosse apenas a luz. – Ian! Você não fez isso!

– Ora, Sassenach, é claro que ele fez – disse Jamie resignado. – Olhe para ele.

Uma expressão culpada se espalhava pelos traços de Ian feito óleo reluzente sobre a água, fácil de distinguir mesmo à luz tremeluzente e avermelhada do incêndio que esmorecia.

– Eu descobri sobre Manfred – disse Ian depressa. – Ele desceu o rio com a intenção de encontrar uma embarcação em Wilmington.

– Sim, foi o que descobrimos também – falei, um pouco irritada. – Quem foi? A sra. Sylvie ou uma das meninas?

O nervosismo fez seu grande pomo de adão se mover.

– A sra. Sylvie – disse ele baixinho.

– Certo – falei. – Felizmente ainda me resta um pouco de penicilina... e uma bela seringa rombuda. Vá entrando, Ian, seu patife libidinoso, e pode ir baixando a calça.

A sra. McLanahan, que bem nessa hora saiu para a varanda com a intenção de perguntar se queríamos algo para um jantar tardio, entreouviu a última frase e me lançou um olhar espantado, mas eu já não estava ligando nem um pouco.

Algum tempo depois, estávamos finalmente deitados no porto seguro de uma cama limpa, a salvo da agitação e do tumulto do dia. Eu havia entreaberto a janela, e uma brisa muito leve perturbava o peso do ar espesso e quente. Vários fragmentos cinzentos e macios foram soprados para dentro, penas ou pedaços de cinzas, e rodopiaram feito flocos de neve em direção ao chão.

Jamie tinha posto o braço em cima de mim, e eu podia distinguir as formas macias e esbranquiçadas das bolhas que lhe cobriam a maior parte do antebraço. O ar estava carregado com o cheiro de queimado, mas o odor do piche perdurava por baixo deste feito uma ameaça duradoura. Os homens que haviam incendiado a oficina e chegado muito perto de queimar o próprio Simms, e decerto Jamie também, eram futuros rebeldes, homens que viriam a ser chamados de patriotas.

– Dá para ouvir você pensando, Sassenach – disse Jamie. Sua voz soou tranquila, no limiar do sono. – O que foi?

– Estava pensando em piche e penas – falei baixinho, e com toda a delicadeza toquei seu braço. – Jamie... chegou a hora.

– Eu sei – respondeu ele, igualmente baixinho.

Alguns homens passaram pela rua lá fora, bêbados, cantando e carregando tochas. A luz tremeluzente deslizou pelo teto e sumiu. Pude sentir Jamie observá-la enquanto escutava as vozes altas que foram se afastando pela rua, mas ele nada disse, e após algum tempo o grande corpo aninhado junto ao meu começou a relaxar e afundou no sono mais uma vez.

– Em que você está pensando? – sussurrei, sem saber se ele ainda podia me ouvir. Podia.

– Estava pensando que se você fosse promíscua daria uma ótima puta, Sassenach – respondeu ele, grogue de sono.

– O quê? – falei, um tanto espantada.

– Mas fico feliz que não seja – arrematou ele, e começou a roncar.

57

A VOLTA DO PASTOR

4 de setembro de 1774

Roger manteve distância de Coopersville no trajeto de volta para casa. Não que temesse a ira de Ute McGillivray, mas não queria macular a felicidade da chegada com frieza ou confronto. Em vez de passar por lá, deu a volta pelo caminho mais longo e foi serpenteando gradualmente pela encosta íngreme que subia em direção à Cordilheira, atravessando partes tomadas pela vegetação nas quais a floresta havia recoberto a trilha e vadeando pequenos regatos.

Seu burro saiu chapinhando de um último desses regatos na base da trilha, sacudindo-se e espalhando gotas com a barriga. Ele parou para enxugar o suor do rosto e detectou movimento numa pedra grande junto à margem. Era Aidan, que estava pescando e fingiu não vê-lo.

Roger freou Clarence ao seu lado e passou alguns instantes observando sem dizer nada. Então perguntou:

– Estão mordendo bem?

– Razoável – respondeu Aidan, estreitando os olhos para a linha.

Então, quando ele olhou para cima, um enorme sorriso fendeu seu rosto de orelha a orelha, e ele largou a vara, levantou-se com um pulo e estendeu as duas mãos para Roger poder segurá-lo pelos pulsos magros e puxá-lo para cima da sela na sua frente.

– Você voltou! – exclamou o menino, enlaçando-o com os dois braços e enterrando o rosto com alegria no seu peito. – Fiquei esperando. Agora é um pastor de verdade?

– Quase. Como soube que eu chegaria hoje?

Aidan deu de ombros.

– Passei quase uma semana inteira esperando. – Ele ergueu os olhos arregalados e inquisitivos para o rosto de Roger. – Você não parece nada diferente.

– Não estou mesmo – garantiu-lhe Roger, sorrindo. – Como vai a barriga?

– Ótima. Quer ver minha cicatriz?

Ele se inclinou para trás e levantou o pano surrado da camisa para exibir uma saliência vermelha bem reta sobre a pele pálida, com 10 centímetros de comprimento.

– Muito bem – aprovou Roger. – Imagino que esteja cuidando da sua mãe e do pequeno Orrie agora que ficou bom.

– Ah, sim. – Aidan estufou o peito estreito. – Ontem à noite levei para casa *seis* trutas para o jantar, a maior delas do tamanho do meu braço!

Ele espichou um dos antebraços para ilustrar o que dizia.

– Ah, deixe disso.

– Foi *sim*! – disse Aidan, indignado, então compreendeu que estava sendo provocado e sorriu.

Clarence estava ficando inquieto, querendo chegar em casa, e rodava em pequenos círculos enquanto batia com os cascos no chão e puxava as rédeas.

– É melhor irmos andando. Quer vir comigo?

Aidan pareceu tentado, mas fez que não com a cabeça.

– Não. Prometi à sra. Ogilvie que iria avisá-la assim que o senhor chegasse.

Isso deixou Roger espantado.

– Ah, é? Por quê?

– Ela teve filho semana passada e quer que o senhor batize o bebê.

– Ah, é?

Roger sentiu o coração se encher um pouco ao ouvir isso, e a bolha de felicidade que trazia dentro de si pareceu se expandir ligeiramente. Seu primeiro batismo! Ou melhor, seu primeiro batismo oficial, pensou, e sentiu uma leve pontada ao recordar a menininha dos O'Brians que havia enterrado sem nome. Só poderia fazer aquilo após ser ordenado, mas era algo que o deixava animado.

– Diga a ela que ficarei feliz em batizar o pequeno – falou, baixando Aidan até o chão. – Diga para ela mandar me avisar quando. E não esqueça os seus peixinhos! – arrematou.

Aidan pegou a vara de pescar e a fieira de peixes prateados, nenhum dos quais era mais comprido do que a mão de alguém, e mergulhou na floresta. Roger então virou Clarence e tomou o rumo de casa.

Sentiu cheiro de fumaça a uma boa distância na trilha. Mais forte do que fumaça de chaminé. Com tudo que havia escutado pelo caminho em relação aos recentes acontecimentos em Cross Creek, não conseguiu evitar uma leve sensação de inquietude, e apressou o passo de Clarence com um cutucão dos calcanhares. O burro, sentindo o cheiro de casa mesmo com a fumaça, entendeu a sugestão na mesma hora e pôs-se a subir o aclive acentuado num trote rápido.

O cheiro ficou mais forte, misturado com uma espécie de odor bolorento que lhe pareceu vagamente conhecido. Uma névoa visível subia por entre as árvores, e quando eles saíram do meio da vegetação rasteira para a clareira ele já estava quase em pé nos estribos de tão nervoso.

O chalé estava em pé, sólido e castigado pelo clima, e o alívio o fez afundar de novo na sela com uma força que provocou em Clarence um grunhido de protesto. A fumaça, porém, subia em grossas volutas ao redor da casa, e no meio dela se podia distinguir debilmente a silhueta de Brianna, envolta qual uma muçulmana num lenço que lhe cobria a cabeça e o rosto. Roger apeou, tomou ar para chamá-la e na mesma hora teve um acesso de tosse. O maldito forno subterrâneo estava aberto, arrotando fumaça feito a chaminé do inferno, e ele então reconheceu o cheiro bolorento: era terra chamuscada.

– Roger! Roger!

Ela já o tinha visto e vinha correndo, com as pontas das saias e do lenço esvoaçando, e pulou feito um cabrito montês por cima de uma pilha de torrões de terra para se atirar nos seus braços.

Ele a pegou e segurou firme, pensando que nada na vida jamais tinha sido tão bom quanto aquele peso sólido contra o seu corpo e o gosto da sua boca, apesar do fato de ela obviamente ter comido cebola no almoço.

Brianna emergiu do abraço radiante e com os olhos úmidos, por tempo suficiente para dizer:

– Eu amo você! – Então agarrou seu rosto outra vez e tornou a beijá-lo. – Estava com saudades. Quando foi a última vez que você se barbeou? Eu amo você.

– Quatro dias atrás, quando saí de Charlotte. Eu também amo você. Está tudo bem?

– Tudo. Quero dizer, na verdade não. Jemmy caiu de uma árvore e quebrou um dente, mas era um dente de leite e mamãe disse que acha que não vai prejudicar o permanente ainda por nascer. E Ian talvez tenha sido exposto à sífilis, e estamos todos muito zangados com ele, e papai quase foi coberto de piche e penas em Cross Creek, e nós conhecemos Flora MacDonald, e mamãe enfiou uma agulha no olho de tia Jocasta, e...

– Eca! – fez Roger, com uma repulsa instintiva. – Por quê?

– Para o olho não estourar. E eu recebi 6 libras de encomendas de quadros! – concluiu ela, triunfante. – Comprei arame e seda de boa qualidade para fazer biombos, e lã suficiente para um casaco de inverno para você. A cor é verde. Mas o mais importante é que nós conhecemos outro... bom, depois lhe conto sobre isso; é complicado. Como foi com os presbiterianos? Está tudo bem? Você já é pastor?

Ele fez que não com a cabeça, tentando decidir a que parte daquela enxurrada reagir, e acabou escolhendo a última pelo simples fato de conseguir se lembrar.

– Mais ou menos. Você andou fazendo aulas de incoerência com a sra. Bug?

– Como é possível ser mais ou menos pastor? Espere... conte-me daqui a um minuto, preciso abrir mais um pouco.

E com isso ela tornou a percorrer depressa o chão escavado em direção ao grande buraco do forno subterrâneo. A chaminé alta feita com tijolos de argila se erguia em uma das pontas, parecendo uma lápide. Os torrões de terra chamuscada que a haviam coberto enquanto ela funcionava estavam espalhados em volta, e a impressão geral era a de um enorme túmulo fumegante do qual algo grande, quente e sem dúvida demoníaco acabara de emergir. Se Roger fosse católico, teria se benzido.

No caso, ele avançou com cuidado até a borda, onde Brianna, ajoelhada, estendia a pá para remover outra camada de torrões de terra de cima da grade de salgueiro que cobria o buraco.

Roger espiou através de uma névoa revolta de fumaça e viu objetos de formato irregular pousados nas prateleiras de terra que margeavam o buraco. Conseguiu identificar alguns como cumbucas ou travessas. A maior parte, porém, eram objetos de formato vagamente tubular com 60 a 90 centímetros de comprimento, afunilados e arredondados em uma das extremidades e com a outra levemente mais aberta. Tinham uma cor rosa-escura, riscada e escurecida pela fumaça, e mais pareciam uma coleção de gigantescos falos assados, ideia que ele achou tão perturbadora quanto a história sobre o globo ocular de Jocasta.

– Canos – falou Brianna, orgulhosa, apontando para um daqueles objetos com a pá. – Para a água. Olhe só... estão perfeitos! Ou vão ficar, se não racharem na hora de esfriar.

– Espetacular – disse Roger, numa demonstração decente de entusiasmo. – Ei... eu trouxe um presente para você.

Levando a mão ao bolso lateral do casaco, ele pegou uma laranja, da qual Brianna se apoderou com um grito de alegria, embora tenha se detido um segundo antes de enterrar o polegar na casca.

– Não, pode comer; eu trouxe outra para Jem – garantiu-lhe ele.

– Eu amo você – disse ela outra vez, com fervor, enquanto o sumo lhe escorria pelo queixo. – E os presbiterianos? O que eles disseram?

– Ah. Bom, basicamente está tudo bem. Eu tenho a formação universitária necessária, e sei grego e latim suficiente para impressioná-los. O hebraico deixou um pouco a desejar, mas se eu melhorar no meio-tempo... o reverendo Caldwell me passou um livro.

Ele deu um tapinha na lateral do casaco.

– Sim, já posso ver você pregando em hebraico para os Crombies e os Buchanans – comentou ela com um sorriso. – O que mais?

Havia um pedacinho de polpa de laranja preso no lábio dela, e Roger se abaixou por impulso e o retirou com uma lambida, sentindo na língua a pequena explosão intensa e azeda de doçura.

– Bem, eles me arguiram sobre doutrina e compreensão, e conversamos muito; oramos juntos para pedir discernimento.

Sentiu certa timidez ao lhe contar isso. Fora uma experiência notável, como retornar a um lar do qual sequer sabia estar sentindo falta. Confessar sua vocação também tinha sido uma alegria; fazê-lo junto a pessoas que entendiam e compartilhavam...

– Então eu sou um pastor provisório da Palavra – disse ele, olhando para a ponta das botas. – Terei de ser ordenado para poder administrar sacramentos como o casamento e o batismo, mas isso vai ter de esperar até que haja uma Sessão Presbiteriana em algum lugar. Por enquanto, posso pregar, lecionar e sepultar.

Ela o encarava sorrindo, mas com uma espécie de melancolia.

– Você está feliz? – indagou, e Roger assentiu, sem conseguir falar por alguns instantes.

– Muito feliz – respondeu ele por fim, com uma voz quase inaudível.

– Ótimo – disse ela baixinho, e deu um sorriso um pouco mais genuíno. – Eu entendo. Quer dizer que você agora tem um compromisso com Deus, é isso?

Ele riu, e sentiu a garganta relaxar. Por Deus, teria que fazer alguma coisa em relação a isso; não poderia pregar bêbado todos os domingos. Em matéria de proporcionar escândalo aos fiéis...

– Sim, é isso. Mas eu sou devidamente casado com *você*... não vou me esquecer desse fato.

– Cuide para não esquecer. – O sorriso dela agora era totalmente sincero. – E já que nós *somos* casados... – Ela o encarou com um olhar muito direto, que o traspassou como um choque elétrico brando. – Jem está na casa de Marsali brincando com Germain. E eu nunca transei com um pastor. Parece meio perverso e depravado, você não acha?

Roger inspirou fundo, mas não adiantou. Ainda estava se sentindo tonto e fraco, sem dúvida por causa da fumaça.

– *Como são lindos os seus pés calçados com sandálias, ó filha do príncipe! As curvas das suas coxas são como joias, obra das mãos de um artífice. Seu umbigo é uma taça redonda onde nunca falta o vinho de boa mistura. Sua cintura é um monte de trigo cercado de lírios.* – Ele estendeu a mão e a tocou, delicado. – *Seus seios são como dois filhotes de corça, gêmeos de uma gazela.*

– São mesmo?

– Está na Bíblia – garantiu-lhe ele com gravidade. – Então devem ser, não?

– Por favor, me fale mais sobre o meu umbigo – pediu ela, mas, antes que conseguisse responder, Roger viu uma pequena forma irromper da mata e correr na sua direção. Era Aidan, agora sem peixes e aos arquejos.

– A sra. Ogil...vie falou... para o senhor ir *agora*! – foi dizendo o menino. Ele engasgou um pouco e conseguiu recuperar fôlego suficiente para o resto do recado. – A neném... não está bem, e ela quer que seja batizada para caso venha a morrer.

637

Roger bateu com a mão em seu outro flanco. *O Livro de Adoração Comum* que tinham lhe dado em Charlotte era um peso pequeno e reconfortante em seu bolso.

– Você pode? – Brianna o encarava com preocupação. – Católicos sim... quero dizer, um laico pode batizar uma pessoa em caso de emergência.

– Sim, nesse caso... sim – respondeu ele, mais ofegante do que no segundo anterior.

Olhou para Brianna, toda suja de fuligem e terra, com as roupas fedendo a fumaça e argila cozida, não a mirra e aloés.

– Quer vir comigo?

Desejou com urgência que ela dissesse sim.

– Eu não perderia isso por nada neste mundo – assegurou-lhe ela, e tirando o lenço imundo sacudiu os cabelos, brilhantes feito estandartes ao vento.

Era a primeira filha dos Ogilvies, uma menina minúscula que Brianna, com a experiência da longa maternidade, diagnosticou com uma cólica severa, mas que tirando isso estava em boa saúde. Os pais assustadoramente jovens, ambos aparentando uns 15 anos, ficaram tão gratos por tudo que chegou a ser patético: pelo reconforto e pelos conselhos de Brianna, por sua proposta de mandar Claire visitá-los com remédios e comida (pois eles tinham medo demais para sequer cogitarem abordar eles próprios a esposa do dono das terras, sem falar nas histórias que haviam escutado a seu respeito), e acima de tudo pelo fato de Roger ter ido batizar a neném.

Que um pastor de verdade – pois eles não se deixaram convencer de que ele fosse outra coisa – aparecesse naquele lugar selvagem e aceitasse ir conferir a bênção de Deus à sua filha... eles mal conseguiam acreditar na própria sorte.

Roger e Brianna ficaram lá algum tempo e foram embora quando o sol estava baixando, radiantes com o prazer levemente tímido de ter praticado uma boa ação.

– Coitados – comentou Brianna, com uma voz que hesitava entre a empatia e o bom humor.

– Coitadinhos – concordou Roger, compartilhando os sentimentos dela.

O batizado havia corrido lindamente; até mesmo a neném, roxa de tanto gritar, tinha suspendido as operações por tempo suficiente para ele despejar água em sua cabeça calva e pedir a proteção dos céus para sua alma. Isso lhe causou grande alegria, e uma imensa humildade por ter sido autorizado a realizar a cerimônia. Só havia um problema... e seus sentimentos ainda hesitavam entre um orgulho constrangido e uma profunda consternação.

– O nome dela... – começou Brianna, e se calou, sacudindo a cabeça.

– Eu tentei impedir – disse Roger, tentando controlar a voz. – Eu *tentei*... você é minha testemunha. Elizabeth, falei. Mairi. Elspeth, quem sabe. Você me ouviu!

– Ah, vamos – disse Brianna, e sua voz tremeu. – Eu acho Rogerina um nome perfeitamente *lindo*.

Então perdeu o controle, sentou-se na grama e gargalhou feito uma hiena.

– Ah, meu Deus, pobrezinha da menina – disse ele, tentando não rir também, mas não conseguindo. – Já ouvi falar em Thomasina e até em Jamesina, mas... ai, Deus.

– Talvez eles a chamem pelo apelido de Ina – sugeriu Brianna, fungando e enxugando o rosto no avental. – Ou então podem soletrar ao contrário... Aníregor... e chamá-la de Annie.

– Ah, você está ajudando *muito* – disse Roger, seco, e estendeu a mão para que ela se levantasse.

Ela se apoiou nele e o envolveu com os braços, ainda se sacudindo de tanto rir. Tinha cheiro de laranja e de queimado, e a luz do sol poente ondulava em seus cabelos.

Por fim, ela parou de rir e ergueu a cabeça do seu ombro.

– *O meu amado é meu, e eu sou dele* – falou, e deu-lhe um beijo. – Você se saiu bem, reverendo. Vamos para casa.

PARTE VIII

O chamado

58

AMAR UNS AOS OUTROS

Roger respirou o mais fundo que pôde, gritou o mais alto que pôde. Droga, não era muito alto. Uma vez mais. E outra.

Doía. E estava piorando; o som fraco e abafado o fazia querer se calar e jamais tornar a abrir a boca. Ele respirou, fechou os olhos e berrou com toda a sua força; pelo menos, tentou.

Uma onda abrasadora de dor lhe invadiu o lado direito da garganta, e ele parou, arquejante. Tudo bem. Respirou com cautela por um instante, engoliu em seco e repetiu.

Deus, como doía.

Ele esfregou a manga da camisa nos olhos úmidos e preparou-se para mais uma tentativa. Inflou o peito, retorcendo os punhos, ouviu vozes e soltou o ar.

As vozes, bem perto dele, chamavam umas às outras, mas o vento não permitia que distinguisse as palavras. Era provável, porém, que fossem caçadores. Era um belo dia de outono, com o céu feito vinho azul e a floresta inquieta salpicada de luzes de todos os matizes.

As folhas começavam a arquear, mas algumas já caíam, em movimentos ligeiros e silenciosos que ele conseguia captar com o canto dos olhos. Naquele lugar, qualquer movimento poderia parecer o de uma presa, ele sabia muito bem. Prendeu a respiração para gritar, mas hesitou.

– Droga! – exclamou entre os dentes.

Que ótimo. Preferia ser confundido com um cervo e levar um tiro por engano a passar vergonha gritando por socorro.

– Droga! – repetiu para si mesmo. Prendeu o ar e gritou o mais alto que pôde, mesmo com a voz aguda e baixa: – Olááá!

De novo. E de novo. E mais uma vez. Lá pela quinta, já começava a achar que seria melhor levar um tiro do que seguir tentando ser ouvido. Por fim, um som fraco cruzou o ar leve e encrespado.

– Olááá!

Ele parou, aliviado, e tossiu, surpreso por não estar tossindo sangue; sentia a garganta em carne viva. Então ensaiou um murmúrio ligeiro e cauteloso, um *arpeggio* crescente. Uma oitava. Foi muito difícil, um esforço que lhe enviou uma onda de dor à laringe – mas uma oitava inteira. Era a primeira vez que ele conseguia alcançar todas aquelas notas desde o ferimento.

Encorajado pela breve evidência de progresso, saudou os caçadores com alegria ao vê-los: Allan Christie e Ian Murray, ambos com rifles compridos nas mãos.

– Pastor MacKenzie! – exclamou Allan, escancarando um sorriso, feito uma incoerente e amistosa coruja. – O que o senhor está fazendo aqui sozinho? Ensaiando seu primeiro sermão?

– Para falar a verdade, sim – respondeu Roger, com satisfação.

Era verdade, de certa forma – e não havia outra boa explicação para o que ele fazia no meio da mata sozinho, desarmado, sem isca nem vara de pescar.

– Ora, é melhor que seja dos bons – disse Allan, balançando a cabeça. – Todo mundo vai vir. Meu pai pôs Malva para trabalhar pesado o dia inteiro, varrendo e limpando.

– Ah, é? Pois diga a ela que eu agradeço muito, sim?

Depois de muito refletir, ele perguntara a Thomas Christie se os sermões dominicais poderiam ser conduzidos na casa do professor primário. Não era nada além de uma choupana tosca, como a maioria das casas da Cordilheira, mas, já que as aulas eram ministradas lá, a sala principal era de certa forma mais confortável que a média. Jamie Fraser sem dúvida teria permitido o uso da Casa Grande, mas Roger sentia que sua congregação – que palavra intimidadora – talvez ficasse constrangida em frequentar os sermões na casa de um papista, por mais aconchegante que ela fosse.

– Você vai, não é? – perguntou Allan a Ian.

Ian pareceu surpreso com o convite e esfregou as juntas dos dedos no nariz, indeciso.

– Ora, bem, mas eu fui batizado na tradição romana...

– Você é cristão, pelo menos? – indagou Allan, com certa impaciência. – Ou não? Algumas pessoas dizem que você virou pagão, lá com os índios, e não voltou mais.

– Ah, é? – retrucou Ian, num tom suave. Roger, no entanto, viu a leve tensão em seu rosto. E notou, com interesse, que Ian não respondeu à pergunta, mas apenas indagou:
– Sua esposa virá, primo?

– Sim – respondeu Roger, cruzando os dedos mentalmente –, e o pequeno Jem também.

"O que você acha?", Bree lhe perguntara, encarando-o com um olhar intenso e enlevado, o queixo levemente erguido, os lábios um milímetro separados. "Jackie Kennedy. Acha que está bom assim, ou melhor fazer a rainha Elizabeth inspecionando as tropas?" Ela comprimiu os lábios, baixou um pouco o queixo, e o enlevo em sua expressão transformou-se em respeitável aprovação.

"Ah, a sra. Kennedy, com toda a certeza", garantira Roger. Ele já ficaria satisfeito se ela conseguisse manter a seriedade no próprio rosto, que dirá no dos outros.

– Ah, bom, então eu vou... se você não acha que alguém vai se ofender – concluiu Ian, num tom formal.

Allan descartou a ideia com um gesto hospitaleiro.

– Ah, todo mundo vai vir – repetiu ele.

A ideia causou um leve embrulho no estômago de Roger.

– Vocês estão caçando cervos? – perguntou, inclinando a cabeça para os rifles, na esperança de desviar o rumo da conversa de sua iminente estreia como pastor.

– É, mas ouvimos um grito de onça-parda vindo deste lado – respondeu Allan, indicando com a cabeça a mata que os rodeava. – Ian disse que, se houver uma onça-parda por aí, o cervo já vai estar bem longe.

Roger lançou um rápido olhar para Ian, cuja expressão de impassibilidade afetada informava mais do que ele desejava saber. Allan Christie, nascido e criado em Edimburgo, *podia* não saber diferenciar um grito de pantera de um grito de homem, mas Ian sem dúvida sabia.

– Que pena se tiver assustado a caça – disse ele, erguendo uma sobrancelha para Ian. – Vamos lá, então; eu caminho de volta com vocês.

Para o texto de seu primeiro sermão, ele havia escolhido "Ame o seu próximo como a si mesmo". "É antigo, mas bom", dissera a Brianna, fazendo-a soltar um leve resmungo. Além disso, depois de ter ouvido pelo menos uma centena de variações sobre o tema, ele estava razoavelmente certo de possuir material suficiente para os trinta ou quarenta minutos necessários.

Normalmente, as cerimônias religiosas eram muito mais longas – com várias leituras de salmos, debates sobre trechos da Bíblia, intercessões em favor de integrantes da congregação –, mas sua voz ainda não aguentava. Ele teria de trabalhar para sustentar um sermão completo, que podia facilmente chegar a três horas. Havia combinado com Tom Christie, que era presbítero, que este faria as leituras e as preces iniciais, para começar. Então veriam como ficavam as coisas.

Brianna estava sentada recatadamente a um canto, a observá-lo – não como Jackie Kennedy, graças a Deus, mas disfarçando um afetuoso sorriso no olhar toda vez que ele a encarava.

Ele havia levado anotações, para o caso de a fonte secar ou lhe faltar inspiração, mas descobriu que elas não eram necessárias. Perdera o ar por um instante, quando Tom Christie, após a leitura de um trecho da Bíblia, fechou o livro sagrado e lançou a ele um olhar significativo; depois de deslanchar, no entanto, ficou bem à vontade. Aquilo era muito semelhante a lecionar na universidade, embora Deus soubesse que a congregação era muito mais atenta que os universitários. Além do mais, eles não interrompiam com perguntas nem arrumavam discussões – pelo menos não enquanto ele falava.

Roger passou os primeiros instantes plenamente atento ao ambiente à sua volta: o ar meio abafado pelos corpos, o cheiro das cebolas fritas na véspera, as tábuas arranhadas no chão, limpas e cheirando a desinfetante, a multidão aglomerada, enfileirada nos bancos, mas também de pé, espremida em todos os espaços possíveis. No entanto, passados poucos minutos, perdeu a noção de qualquer coisa para além dos rostos diante de si.

Allan Christie não havia exagerado: todo mundo tinha ido. O local estava quase tão cheio quanto em sua última aparição pública, quando presidira a prematura ressurreição da velha sra. Wilson.

Ele se perguntou se aquele evento teria alguma coisa a ver com a sua atual popularidade. Uns poucos o observavam de maneira velada, com um leve ar de expectativa, como se ele fosse finalizar transformando água em vinho, mas a maioria parecia satisfeita com a pregação. Roger tinha a voz rouca, mas graças a Deus o volume estava bom.

Ele acreditava nas próprias palavras; depois de começar, percebeu que falava mais facilmente, e, sem a necessidade de se concentrar no discurso, conseguia olhar todos nos olhos, dando a impressão de falar pessoalmente a cada um – enquanto reflexões lhe perpassavam a mente.

Marsali e Fergus não tinham ido – o que não chegava a surpreender –, mas Germain estava lá, sentado com Jem e Aidan McCallum, perto de Brianna. Os meninos se cutucaram e apontaram, empolgados, quando ele começou a falar, mas Brianna reprimira esse comportamento murmurando alguma ameaça enérgica o bastante para fazer os três estremecerem. A mãe de Aidan estava sentada do outro lado, olhando Roger com evidente e constrangedora adoração.

Os Christies ocupavam lugar de honra no centro do primeiro banco: Malva Christie, discreta, de chapéu rendado, o irmão protetor sentado a seu lado, e o pai, do outro, aparentemente alheio aos ocasionais olhares que alguns rapazes lançavam.

Para surpresa de Roger, Jamie e Claire também haviam comparecido, embora estivessem bem nos fundos. Seu sogro exibia uma calma impassível, mas o rosto de Claire era um livro aberto; sem dúvida, ela achava o protocolo divertido.

– ... e se verdadeiramente consideramos o amor de Cristo tal como é...

Foi o seu instinto, apurado por inúmeras aulas, que o fez perceber que havia algo fora de ordem. Ele notou uma leve confusão no canto oposto, onde se reuniam alguns rapazes já bem crescidos. Dois dos meninos da numerosa prole dos McAfees, além de Jacky Lachlan, amplamente conhecido como braço de Satã.

Não foi nada mais que um cutucão, um brilho no olhar, um ar de empolgação secreta. Ele o percebeu, no entanto, e vez por outra voltava sua atenção para aquele canto, de olhar cerrado, na esperança de reprimi-los. E foi então que viu a serpente, rastejando por entre os sapatos da sra. Crombie. Era uma cobra-real, com listras vermelhas, amarelas e pretas, e parecia bastante calma, apesar das circunstâncias.

– Ora, vocês podem perguntar: "quem é o meu próximo, então?" E é uma boa pergunta, já que vieram morar num lugar onde metade das pessoas são estrangeiras... e muita gente é um pouquinho estranha também.

Um riso contido e apreciativo percorreu a congregação. A serpente rastejava de forma vagarosa, cabeça erguida e língua trêmula, testando o ar com interesse. Devia ser uma cobra domesticada; não se incomodava com o burburinho ao redor.

O oposto não era verdadeiro: serpentes eram raras na Escócia, e a maior parte dos imigrantes ficavam nervosos ao vê-las. Além da natural associação com o diabo, a maioria não sabia distinguir as cobras venenosas dos outros tipos, visto que a única cobra escocesa, a víbora europeia comum, *era* venenosa. *Eles teriam um ataque*, pensou Roger, taciturno, *se olhassem para baixo e vissem a criatura silenciosa rastejar pelas tábuas do chão por entre seus pés.*

Uma risadinha abafada e entrecortada se ergueu no cantinho dos culpados; várias cabeças se viraram, e vários "psius" de censura se ergueram em uníssono.

– "...eu tive fome, e vocês me deram de comer; tive sede, e vocês me deram de beber." E quem aqui vocês conhecem que viraria as costas... digamos, a um *sassenach* que batesse faminto à sua porta?

Houve então um murmúrio de divertimento, e olhares levemente escandalizados na direção de Claire, que estava vermelha – não por se sentir ofendida, ele pensou, mas por causa do riso contido.

Um rápido olhar para baixo; a cobra, depois de uma pausa para descansar, movimentava-se mais uma vez, e num avanço lento e vagaroso seguiu contornando a ponta de um dos bancos. Um súbito movimento atraiu a atenção de Roger: Jamie vira o animal e dera um pinote. Agora estava paralisado, de pé, encarando o bicho como se fosse uma bomba.

Nos intervalos do sermão, Roger fizera algumas breves preces, pedindo que a benevolência celestial considerasse enxotar a cobra, sem alarde, pela porta aberta nos fundos. Ele intensificou as orações e ao mesmo tempo desabotoou discretamente o casaco, para caso fosse preciso agir.

Se a desgraçada viesse para a frente da sala em vez de rumar para os fundos, ele teria que dar um mergulho e tentar agarrá-la antes que surgisse à vista de todos. Isso ocasionaria um burburinho, mas nada comparado ao que poderia acontecer se...

– ... agora que já entendemos o que Jesus disse ao falar com a samaritana no poço...

A cobra ainda estava enroscada à perna do banco, indecisa. Encontrava-se a menos de 100 metros de seu sogro. Jamie a observava feito um gavião, e um brilho visível de suor havia surgido em sua fronte. Roger estava ciente de que o sogro tinha um forte desapreço por cobras – o que não chegava a ser surpresa, visto que uma imensa cascavel quase lhe tirara a vida três anos antes.

Agora era tarde demais para que Roger alcançasse a criatura; ele e a serpente estavam separados por três bancos lotados. Bree, que poderia ter contornado a situação, estava muito longe, do outro lado do cômodo. Não havia jeito, concluiu ele, com um suspiro interno de resignação. Teria que interromper o processo e, num tom de voz muito calmo, chamar alguém de confiança... mas quem? Correu depressa o olhar à volta e avistou Ian Murray, que graças a Deus estava perto o bastante para agarrar e expulsar a criatura.

A bem da verdade, ele já ia abrindo a boca para chamar Ian quando a cobra, entediada com o cenário à sua frente, contornou o banco e rastejou direto para a fileira dos fundos.

Roger tinha os olhos fixos no réptil, então ficou tão surpreso quanto todos – inclusive a cobra, sem dúvida – quando Jamie inclinou o corpo e a arrancou do chão, prendendo o bicho assustado sob a camisa xadrez.

Jamie era um sujeito corpulento, e seu movimento atraiu a atenção de várias pessoas, que olharam por sobre os ombros para ver o que havia acontecido. Ele se remexeu, limpou a garganta e se esforçou para parecer entusiasmado com o sermão de Roger. Percebendo que nada havia a ser visto, todos se viraram de volta e tornaram a se acomodar.

– ... agora, tornamos a cruzar com os samaritanos, com a história do Bom Samaritano, não é mesmo? A maioria de vocês a conhece, mas, para os mais novos, que nunca ouviram falar...

Roger sorriu para Jem, Germain e Aidan, que se contorceram feito vermes e soltaram gritinhos frente à empolgação de receber atenção especial.

Com o canto dos olhos ele podia ver Jamie, congelado, pálido como sua melhor camisa de linho. Algo se movia por sob a camisa, e sob seu punho cerrado dava para captar um vislumbre das escamas coloridas – era evidente que a cobra estava tentando escapar, sendo impedida de pular na gola da camisa apenas pela contenção desesperada do punho de Jamie em sua cauda.

Jamie suava em bicas; Roger também. Ele viu Brianna franzir o cenho de leve.

– ... então o samaritano disse ao estalajadeiro que cuidasse do pobre homem, cuidasse de suas feridas e o alimentasse, e ele faria uma parada para acertar as contas no caminho de volta do trabalho. Então...

Roger viu Claire se inclinar para perto de Jamie e sussurrar alguma coisa. Seu sogro balançou a cabeça. Claire havia percebido a cobra – dificilmente não a veria – e insistia para que Jamie saísse com ela, mas Jamie se recusava, cheio de brios, sem querer atrapalhar ainda mais o sermão, visto que seria impossível sair sem importunar alguns espectadores.

Roger parou para enxugar o rosto com o grande lenço que Brianna lhe havia dado para esse fim e, com o rosto encoberto, viu Claire alcançar a fenda da saia e apanhar uma grande bolsa de algodão.

Ela discutia com Jamie aos sussurros; ele balançava a cabeça, parecendo esconder alguma coisa.

Então a cabeça da cobra surgiu de súbito sob o queixo de Jamie, remexendo a língua, e Jamie arregalou os olhos. Claire no mesmo instante se pôs nas pontas dos pés, agarrou o bicho pelo pescoço e, sacudindo o estupefato réptil feito um chicote para tirá-lo da camisa do marido, enfiou a agitada criatura de cabeça na bolsa e puxou a cordinha para fechá-la.

– Glória ao Senhor! – soltou Roger.

– Amém! – entoou a congregação com diligência, embora um pouco intrigada com a interrupção.

O homem ao lado de Claire, que testemunhara a rápida sequência de eventos, encarou-a com os olhos esbugalhados. Ela enfiou a bolsa – que agora evidentemente se remexia – sob a saia, deitou o xale por cima e, lançando ao sujeito um olhar de "o que o *senhor* está olhando, camarada?", virou-se para a frente e adotou um semblante de devota concentração.

Roger, de alguma forma, conseguiu chegar ao fim, muito aliviado por ter a cobra sob custódia, de modo que nem mesmo o hino final – uma interminável melodia da qual ele era obrigado a entoar cada linha, seguido pela congregação – o desconcertou tanto, embora ele já estivesse quase sem voz e lhe restasse apenas uma rouquidão, tal e qual uma dobradiça sem óleo.

Sua camisa colara-se ao corpo, e o ar frio do lado de fora era um bálsamo enquanto ele permanecia parado cumprimentando as pessoas, curvando-se em mesuras, aceitando as gentis palavras de seu rebanho.

– Grande sermão, sr. MacKenzie, grande! – exclamou a sra. Gwilty. Ela cutucou o cavalheiro encarquilhado que a acompanhava, que tanto poderia ser seu marido quanto seu sogro. – Foi ou não foi um grande sermão, hein, sr. Gwilty?

– Humm – retrucou o velho, com bom senso. – Nada mal, nada mal. Um pouco curto, e o senhor deixou de fora a ótima história sobre a meretriz, mas sem dúvida vai pegar o jeito com o tempo.

– Sem dúvida – respondeu Roger, assentindo, sorrindo e pensando: "que meretriz?" – Obrigado por virem.

– Ah, eu não teria perdido por nada neste mundo – informou a senhora ao lado. – Embora os cânticos não tenham sido exatamente o que esperávamos, não é?

– Não, receio que não. Talvez na próxima oportunidade...

– Eu nunca tive apreço pelo Salmo 109. É tão triste... Da próxima vez o senhor pode nos dar um dos mais alegrinhos, sim?

– Sim, eu espero...

– Papaipapaipapai! – gritou Jem, disparando por entre as pernas dele, agarrando-o com carinho pelas coxas e quase o derrubando.

– Bom trabalho – disse Brianna, aparentemente satisfeita. – O que estava acontecendo nos fundos da sala? Você não parava de olhar para lá, mas eu não consegui ver nada, e...

– Belo sermão, senhor, belo sermão! – berrou o sr. Ogilvie, com uma reverência, então se afastou, de braço dado com a esposa, dizendo a ela: – O rapaz não consegue entoar uma nota, coitado, mas a pregação não foi tão ruim, pensando bem.

Germain e Aidan se juntaram a Jemmy, todos tentando abraçá-lo ao mesmo tempo, e ele fez o possível para envolver a todos, sorrir para todos e concordar com as sugestões para que falasse mais alto, pregasse em gaélico, evitasse as referências em latim (que latim?) e as católicas, tentasse parecer mais sóbrio, tentasse parecer mais feliz, tentasse não se remexer tanto e contasse mais histórias.

Jamie então apareceu e o cumprimentou de maneira solene.

– Muito bom.

– Obrigado – respondeu Roger, lutando para encontrar palavras. – O senhor... Obrigado – repetiu.

– Ninguém tem maior amor do que este – observou Claire, sorrindo para ele.

O vento então ergueu seu xale, e ele pôde ver a lateral de sua saia se mover de um jeito estranho.

Jamie produziu um barulhinho bem-humorado.

– Humm. Talvez o senhor possa fazer uma visita e dar uma palavrinha a Rab McAfee e Isaiah Lachlan... talvez um breve sermão sobre "O que ama seu filho, desde cedo o castiga"?

– McAfee e Lachlan... Sim, vou fazer isso.

Ou talvez ele apenas pegasse os McAfees e Jacky Lachlan e aplicasse o castigo sozinho.

Roger se despediu do último membro da congregação, agradeceu a Tom Christie e família e partiu para casa, para almoçar com sua própria família. Em circunstâncias normais haveria outro sermão à tarde, mas ele ainda não estava pronto para isso.

A velha sra. Abernathy caminhava logo à frente deles, amparada pela amiga, a um pouco menos velha sra. Coinneach.

– Um rapaz muito bonito – observava a sra. Abernathy, cuja voz trêmula de velha era levada pelo vento fresco de outono. – Mas nossa, muito nervoso! Suava em bicas, você viu?

– Ah, pois é. Tímido, eu suponho – respondeu a sra. Coinneach, descontraidamente. – Com o tempo, porém, espero que ele se corrija.

Roger estava deitado na cama, saboreando a sensação prolongada dos feitos do dia, o alívio dos desastres evitados e a visão de sua esposa ajoelhada em frente à lareira. O brilho das brasas transpassava o algodão fino de sua camisola, tocando-lhe a pele e as pontas dos cabelos, fazendo parecer que ela própria emanava luz.

Com o fogo apagado para a noite, ela se levantou e espiou Jemmy, encolhido sob os lençóis e com um ar enganosamente angelical, antes de ir para a cama.

– Parece pensativo – disse ela, sorrindo, enquanto subia no colchão. – O que tem em mente?

– Estou tentando descobrir qual das minhas falas o sr. MacNeill achou que fosse latim, ainda mais uma referência católica – respondeu ele, abrindo espaço para ela.

– Você não começou a cantar "Ave Maria" nem nada. Eu teria percebido.

– Hum – disse Roger, e tossiu. – Não mencione a cantoria, sim?

– Vai melhorar – disse Brianna, com firmeza, então se virou e contorceu o corpo, ajeitando um ninho onde se deitar.

O colchão tinha enchimento de lã, muito mais confortável – e muitíssimo mais silencioso – que o de cascas de milho, porém muito propenso a formar caroços e buracos estranhos.

– É, talvez – respondeu ele.

Talvez. Mas nunca vai ser o que era. Não fazia sentido pensar isso, contudo; ele já havia sofrido tudo o que podia. Era hora de fazer o melhor possível e seguir em frente.

Enfim confortável, ela se virou para ele, soltando um suspiro de satisfação enquanto seu corpo parecia se derreter e tornar a se moldar em torno dele – um de seus pequenos e milagrosos talentos. Ela fizera uma grossa trança nos cabelos para dormir; ele correu a mão pela extensão da trança e, com um breve arrepio, pensou na cobra. Perguntou-se o que Claire havia feito com a criatura. Pragmática como era, provavelmente a soltara no quintal para caçar ratos.

– Descobriu qual foi a história da meretriz que você deixou de fora? – murmurou Brianna, aproximando os quadris dele de um jeito displicente, mas sem dúvida proposital.

– Não. Tem um bando imenso de meretrizes na Bíblia.

Ele a mordeu bem de leve na orelha, e ela inspirou súbita e profundamente.

– O que é uma meretriz? – indagou uma vozinha sonolenta, vinda da cama de baixo.

– Vá dormir, amigo... eu explico de manhã – respondeu Roger, e deslizou a mão pelo quadril de Brianna, muito redondo, muito firme, muito quente.

Jemmy sem dúvida estaria dormindo dali a segundos, mas os dois se contentaram com pequenas carícias por debaixo dos lençóis, esperando que ele entrasse num sono *profundo*. Depois de chegar à terra dos sonhos, o pequeno dormia feito os mortos, porém mais de uma vez acordara em momentos muito constrangedores, aborrecido com os barulhos inadequados dos pais.

– Foi como você achava que seria? – perguntou Bree, pressionando de leve o polegar em seu mamilo e girando.

– Foi o que... ah, a pregação. Bom, fora a cobra...

– Não só isso... a coisa toda. Você acha...

Ela tinha os olhos cravados nele, que tentava manter a atenção no que ela dizia, não no que fazia.

– Ah... – respondeu ele, entrelaçando os dedos nos dela e respirando fundo. – Pois é. Está perguntando se eu ainda tenho certeza? Eu tenho; não teria feito uma coisa dessas se não tivesse.

– Meu pai... papai... sempre disse que era uma grande bênção ouvir um chamado, *saber* que temos uma função específica a desempenhar. Você acha que sempre teve um... chamado?

– Bom, durante um tempo eu tinha certeza de que havia nascido para ser mergulhador – respondeu ele. – Não ria, estou falando sério. E você?

– Eu? – indagou ela, com ar surpreso, e fez um beicinho, pensativa. – Bom, eu frequentei uma escola católica, e lá todos éramos motivados a pensar em virar padres ou freiras... mas eu tinha plena certeza de que não tinha vocação religiosa.

– Graças a Deus – disse ele, com um fervor que a fez gargalhar.

– Então, durante um tempo, achei que seria historiadora... que quisesse ser. E *era* interessante – explicou ela, devagar. – E seria possível. Mas... o que eu queria mesmo era construir coisas. Fazer coisas.

Ela puxou a mão por sob a dele e remexeu os dedos longos e graciosos.

– Mas, na verdade, não sei se isso é um chamado.

– Você não acha que a maternidade é uma espécie de chamado?

Ele estava adentrando um terreno delicado. Ela estava muitos dias atrasada, mas nenhum dos dois havia mencionado a questão – nem iria, não ainda.

Ela deu uma olhada por sobre o ombro para a caminha de rodas e fez uma breve careta, cujo significado ele não conseguiu decifrar.

– Dá para considerar um chamado algo acidental para a maioria das pessoas? – indagou ela. – Não estou dizendo que não seja importante... mas não deveria haver uma escolha envolvida?

Escolha. Bom, Jem fora mesmo um acidente, mas este, se houvesse, eles haviam de fato escolhido.

– Não sei – disse ele.

Roger alisou a comprida trança pela extensão da espinha de Brianna, e ela, por reflexo, se aproximou mais. Ele a sentia, de alguma forma, mais suculenta do que de costume; algo no toque de seus seios. Mais macios. Maiores.

– Jem dormiu – disse ela, baixinho.

Então, ele ouviu a respiração profunda e lenta vinda da caminha de baixo. Ela tornou a pousar uma das mãos no peito dele, e a outra um pouco mais abaixo.

Algum tempo depois, rumando ele próprio em direção à terra dos sonhos, ouviu Brianna dizer algo; tentou despertar para perguntar o que era, mas só conseguiu murmurar:

– Mm?

– Eu sempre acreditei que tenho *de fato* um chamado – repetiu ela, encarando as sombras no teto de vigas. – Algo que fosse meu propósito fazer. Mas ainda não sei o que é.

– Bom, seu propósito certamente não é ser freira – respondeu ele, sonolento. – Mais do que isso... eu não sei dizer.

O rosto do homem estava encoberto pela escuridão. Ele viu um olho, um brilho úmido, e seu coração disparou, atemorizado. Os bodhrana falavam.

Havia madeira em sua mão, um galho, um porrete – pareceu mudar de tamanho, imenso, embora ele o carregasse com leveza, como parte da mão, e batia o tam-

bor, batia na cabeça do homem cujos olhos se viravam em sua direção, reluzentes de pavor.

Havia algum animal com ele, grande e meio encoberto, disparando na escuridão, sedento por sangue, e ele atrás, à caça.

O porrete descia e subia, descia e subia, descia e subia com o movimento de seu punho, o tambor vivo e falante em seus ossos, o baque que fazia o braço estremecer, um crânio se partindo por dentro com um som úmido e macio.

Unidos por aquele instante, unidos mais do que marido e mulher, um só coração, terror e desejo de carnificina cedendo juntos àquele baque suave, úmido, à noite vazia. O corpo caiu, e ele o sentiu se afastar, arrancado dele, sentiu terra e agulhas de pinheiro lhe arranharem o rosto enquanto caía.

Os olhos brilhavam, molhados e vazios, e o rosto boquiaberto à luz do fogo, um morto que ele conhecia, mas cujo nome não sabia, e o animal respirava sob a noite atrás dele, soltava ar quente em sua nuca. Tudo ardia: a grama, as árvores, o céu.

Os bodhrana ressoavam em seus ossos, mas ele não podia distinguir o que entoavam, então golpeou o chão, o corpo macio e flácido, a árvore em chamas furiosas, dispersando centelhas para o alto, para fazer os tambores saírem de seu sangue, falarem com clareza. Então a ponta se desgarrou e voou, sua mão agarrou a árvore e irrompeu em chamas.

Ele acordou com a mão em chamas, arquejante. Levou instintivamente as juntas à boca e sentiu um gosto metálico de sangue. Seu coração batia tão depressa que ele mal podia respirar, e ele lutava contra aquele pensamento, tentando acalmar os batimentos, continuar respirando e afastar o pânico, tentando impedir a garganta de se fechar e estrangulá-lo.

A dor na mão ajudou, distraindo-o da ideia de sufocamento. Durante o sono, ele havia desferido um soco que acertara a parede de troncos da cabine. Deus, parecia que as juntas das mãos haviam explodido. Ele pressionou a base da outra mão por cima, com força, rangendo os dentes.

Girou o corpo de lado e viu o brilho úmido e fantasmagórico de olhos sob a luz da lareira; teria gritado, se tivesse ar nos pulmões.

– Tudo bem, Roger? – sussurrou Brianna, num tom premente.

Ela tocou-lhe os ombros, as costas, a curva de sua testa, procurando algum ferimento.

– Tudo – respondeu ele, sem fôlego. – Um... pesadelo.

Ele não estava sonhando com sufocamento; seu peito estava apertado, cada respiração era um esforço consciente.

Ela afastou as cobertas e se ergueu para puxá-lo, fazendo farfalharem os lençóis.

– Sente-se – disse ela, em voz baixa. – Desperte por completo. Respire devagar; vou fazer um chá... bom, alguma coisa quente, pelo menos.

Ele não tinha fôlego para protestar. A cicatriz em sua garganta era um tornilho. A agonia inicial na mão havia diminuído; agora começava a palpitar no ritmo de seu coração – ótimo, era disso que ele precisava. Lutou contra o sonho, a sensação dos tambores ressoando em seus ossos, e percebeu que sua respiração começava a se acalmar. Quando Brianna chegou com uma caneca de água quente passada em qualquer coisa fedida, já respirava quase normalmente.

Ele recusou a bebida, fosse lá o que fosse, e ela então começou a usar o líquido com parcimônia para banhar suas juntas arranhadas.

– Quer me contar sobre o sonho?

Ela tinha os olhos pesados, ainda carentes de sono, mas estava disposta a ouvir.

Ele hesitou, mas sentia o sonho pairando no ar imóvel da noite, bem atrás de si; ficar em silêncio e se deitar na escuridão seria convidá-lo a retornar. E talvez ela devesse saber o que o sonho havia dito a ele.

– Foi um pouco confuso, mas tinha a ver com a luta... quando fomos trazer a Claire de volta. O homem... o que eu matei... – murmurou ele, a palavra presa na garganta feito um zumbido, mas conseguiu falar: – Eu estava esmagando a cabeça dele, daí ele caiu, e eu vi o rosto dele outra vez. E de repente percebi que o havia visto antes; eu... eu sabia quem ele era.

O leve horror de reconhecer o homem ficou evidente em sua voz, e ela ergueu os frondosos cílios, o olhar subitamente alerta. Cobriu-lhe as juntas feridas bem de leve com a mão, indagativa.

– Você se lembra – prosseguiu ele – de um caçador de ladrões desprezível chamado Harley Boble? A gente o encontrou, uma vez só, na Reunião no monte Hélicon.

– Eu lembro. Ele? Tem certeza? Você disse que estava escuro, que foi um pouco confuso...

– Tenho certeza. Eu não sabia quando o acertei, mas vi seu rosto quando ele desabou... a grama estava pegando fogo, eu vi claramente... e depois vi outra vez, agora mesmo, no sonho, e o nome estava na minha cabeça quando acordei – concluiu Roger, flexionando as mãos devagar, com uma careta. – Parece muito pior, de alguma forma, matar alguém que conhecemos.

A ideia de matar um estranho já era bastante ruim. Obrigava-o a pensar em si mesmo como alguém capaz de matar.

– Bom, na época você *não* o conhecia – observou Brianna. – Não o reconheceu, quer dizer.

– Não mesmo, é verdade.

Era verdade, mas não ajudava. O fogo havia sido abafado para a noite e fazia frio no quarto; ele notou o arrepio nos braços nus dela, os pelos loiros eriçados.

– Você está com frio; vamos voltar para a cama.

A cama ainda guardava um fraco calor, e era um conforto inexprimível tê-la aninhada perto de suas costas, o corpo quente a penetrar seus ossos gélidos. Sua mão ainda palpitava, mas a dor agora era um mero e insignificante incômodo. Ela acomodou o braço com firmeza em torno dele, enroscando o pulso frouxamente sob seu queixo. Ele inclinou a cabeça e beijou-lhe as juntas das mãos, suaves, firmes e redondas; sentiu seu hálito quente no pescoço e lembrou-se por um instante do estranho animal no sonho.

– Bree... eu *pretendia* matá-lo.

– Eu sei – respondeu ela, baixinho, e apertou o braço em volta dele, como se para impedi-lo de cair.

59

O SAPO VAI À CORTE

De lorde John Grey
Fazenda Mount Josiah

Meu caro amigo,

Escrevo com certa perturbação de espírito.

O senhor se lembra do sr. Josiah Quincy, tenho certeza. Eu não teria entregado a ele uma carta de apresentação ao senhor caso tivesse qualquer ideia do fortuito desenrolar de seus esforços. Pois estou certo de que é por ação dele que seu nome está associado ao chamado Comitê de Correspondência da Carolina do Norte. Um amigo, sabendo de minha relação com o senhor, mostrou-me ontem uma missiva, dizendo-se ter originado desta corporação e contendo uma lista de seus supostos destinatários. Seu nome estava entre eles, e vê-lo em tal companhia me causou preocupação a ponto de me impelir a escrever de imediato para informá-lo da questão.

Eu teria queimado a missiva de uma vez caso não aparentasse ser apenas uma de inúmeras cópias. As outras devem estar em trânsito por diversas colônias. O senhor deve se movimentar imediatamente para desassociar seu nome de tal corpo, bem como empenhar-se para que seu nome não surja no futuro em tais contextos.

Esteja avisado, portanto: o correio não é seguro. Eu já recebi mais de um documento oficial – alguns até portando selos reais! –, que não apenas exibiam sinais de violação, mas em alguns casos estavam grosseiramente marcados com as iniciais ou assinaturas dos homens que os interceptaram e inspecionaram. Tal inspeção pode ser imposta tanto por liberais quanto conservadores, não há como ter certeza, e ouvi dizer que o próprio governador Martin está direcionando suas correspondências para o irmão em Nova York, a fim de que sejam encaminhadas a ele por mensageiro particular – um dos quais foi recentemente convidado à minha mesa –, visto que não pode confiar numa entrega segura dentro da Carolina do Norte.

Só posso esperar que nenhum documento incriminador contendo seu nome caia nas mãos de pessoas com o poder de prender ou instigar outros procedimentos contra os oradores de tal sedição ali descrita. Peço as mais sinceras desculpas caso minha inadvertência em lhe apresentar o sr. Quincy tenha de alguma forma causado qualquer inconveniência ou posto o senhor em perigo, e, posso lhe garantir, envidarei todos os esforços para corrigir a situação dentro do que estiver em meu poder.

Enquanto isso, ofereço-lhe os serviços do sr. Higgins, caso o senhor requeira a entrega segura de qualquer documento, não apenas cartas endereçadas a mim. Ele é de plena confiança, e eu o enviarei regularmente ao senhor, caso o requeira.

Ainda assim, tenho esperança de que a situação no geral seja resolvida o quanto antes. Creio que esses cabeças-quentes que incitam a rebelião devam, em sua maioria, ignorar a natureza da guerra, do contrário não se arriscariam a passar por tais terrores e dificuldades, nem pensariam em derramar sangue ou em sacrificar suas próprias vidas sem razão em prol de uma discordância tão pequena com seu pai.

A sensação em Londres no presente momento é de que a questão se resumirá a não mais que "uns poucos narizes sangrando", como diz lorde North, e espero que assim seja.

Esta notícia também guarda um aspecto pessoal; meu filho William adquiriu uma comissão de tenente e vai se juntar ao regimento quase que de imediato. Eu sem dúvida estou orgulhoso dele – ainda assim, sabendo dos perigos e das provações da vida de um soldado, confesso que teria preferido vê-lo adotar outra direção, fosse atuando na administração de suas consideráveis propriedades ou, caso julgasse essa vida muito enfadonha, talvez adentrando o reino da política ou do comércio – visto que possui grande habilidade natural para agregar recursos, e poderia muito bem alcançar alguma influência em tais esferas.

Esses recursos naturalmente ainda estão sob meu controle, até que William alcance a maioridade. Eu, contudo, não poderia contradizê-lo, de tão firme que foi seu desejo – e de tão vívidas minhas lembranças de mim mesmo nessa idade, e de minha determinação em servir. Pode ser que ele preencha rapidamente sua cota de serviço ao exército, então adote outro rumo. E eu admito que a vida militar tenha muitas virtudes que a recomendam, por mais rígida que por vezes possa ser.

Uma observação menos alarmante...

Eu me encontro de volta, inesperadamente, ao papel de diplomata. Não em nome de Sua Majestade, apresso-me em acrescentar, mas em nome de Robert Higgins, que implora para que eu faça uso de qualquer pequena influência que possua em favor do avanço de suas perspectivas casamenteiras.

Considerei o sr. Higgins um criado bom e fiel, e estou satisfeito em oferecer a assistência que puder; espero que o senhor se encontre igualmente disposto, pois, como verá, seus conselhos e opiniões são desejados com premência e, de fato, são bastante indispensáveis.

Há também uma questão delicada, e quanto a isso eu gostaria de implorar por sua consideração; em sua discrição, naturalmente, guardo irrestrita confiança. Ao que parece, o sr. Higgins formou certa ligação com duas jovens, ambas residentes na Cordilheira dos Frasers. Eu apontei a ele a dificuldade de se lutar em duas frentes, como era o caso, e o aconselhei a concentrar os esforços no ataque a um único objeto, de modo a garantir maior chance de sucesso – talvez com possibilidade de tornar à repescagem, em caso de fracasso da tentativa inicial.

As duas jovens em questão são a srta. Wemyss e a srta. Christie, ambas detentoras de beleza e charme em abundância, segundo o sr. Higgins, que é por demais eloquente em seus elogios. Quando pressionado a escolher uma das duas, o sr. Higgins argumentou que não seria possível – no entanto, após breve discussão a respeito, enfim declarou ser a srta. Wemyss sua primeira escolha.

Esta é uma decisão prática, e as razões de sua escolha dizem respeito não apenas aos indubitáveis atributos da jovem, mas a uma consideração mais mundana, a saber, que a lady e seu pai são ambos escravos por dívida, ligados por escritura ao senhor. Portanto, por razão do devotado serviço do sr. Higgins, ofereço-me como comprador de ambos os contratos, caso o senhor esteja de acordo, quando da concordância da srta. Wemyss em desposar o sr. Higgins.

Não desejo privá-lo de dois valiosos criados, mas o sr. Higgins sente que a sra. Wemyss não desejará deixar o pai. Justamente por isso, espera que a minha oferta de libertação de pai e filha da servidão (pois concordei em fazê-lo, contanto que o sr. Higgins continue a meu serviço) seja incentivo suficiente para superar quaisquer objeções que o sr. Wemyss possa apresentar por conta da falta de conexões e propriedades pessoais do sr. Higgins, ou quaisquer pequenos impedimentos ao casamento que se possam apresentar.

Deduzo que a srta. Christie, ainda que igualmente atraente, tenha um pai que possa ser de ainda mais difícil convencimento, e que sua situação social seja um tanto mais elevada que a da srta. Wemyss. Ainda assim, caso a srta. Wemyss ou seu pai declinem da oferta do sr. Higgins, eu farei o possível, com a sua assistência, para planejar algum incentivo que possa atrair o sr. Christie.

O que o senhor pensa deste plano de ataque? Imploro que considere com cautela as possibilidades e, caso sinta que a proposta possa ser recebida *favoravelmente, aborde o assunto com o sr. Wemyss e a filha – se possível, com a devida discrição, para que não prejudique uma segunda expedição, caso se prove necessária.*

O sr. Higgins tem plena percepção de sua posição inferior, visto como noivo em potencial, e está portanto muito consciente do favor que demanda, tal e qual

Seu mais humilde e obediente criado,
John Grey

– ... *quaisquer pequenos impedimentos ao casamento que se possam apresentar* – li, por sobre o ombro de Jamie. – Como ser um assassino condenado, com marca de ferro quente no rosto, sem família e sem dinheiro, é isso o que ele quer dizer?

– É, acho que é isso – concordou Jamie, ajeitando as folhas de papel e juntando as beiradas com pancadinhas.

Ele havia claramente se divertido com a carta de lorde John, mas unira as sobrancelhas, embora eu não soubesse se aquilo era um sinal de preocupação com a notícia de lorde John a respeito de Willie, ou se ele estava apenas pensativo em relação à delicada questão do pedido de casamento de Bobby Higgins.

Evidentemente, era o último tópico, pois ele olhou para cima, em direção ao quarto que Lizzie compartilhava com o pai. Nenhum som de movimento vinha do teto, embora eu tivesse visto Joseph subir um pouco antes.

– Dormindo? – indagou Jamie, de sobrancelhas erguidas.

Ele olhou involuntariamente para a janela. Era o meio da tarde, e o quintal estava inundado por uma luz suave e agradável.

– Sintoma comum de depressão – respondi, dando de ombros.

O sr. Wemyss ficara muito abalado com a dissolução do noivado de Lizzie – muito mais do que a própria filha. Ele, que sempre tivera um aspecto frágil, havia perdido bastante peso e tornara-se recluso, falando apenas quando se dirigiam a ele, cada vez mais difícil de ser acordado de manhã.

Jamie lutou momentaneamente com a ideia de depressão, então dispensou-a com um breve aceno de cabeça. Tamborilou com os dedos rígidos da mão direita na mesa, pensativo.

– O que acha, Sassenach?

– Bobby é um rapaz adorável – respondi, de maneira dúbia. – E Lizzie obviamente gosta dele.

– Se os Wemyss ainda estivessem presos à escritura, a proposta de Bobby seria bastante atraente – concordou Jamie. – Mas não estão.

Ele havia entregado a escritura de Joseph Wemyss alguns anos antes, e Brianna se apressara em libertar Lizzie de sua própria dívida quase no mesmo momento em que ela fora feita. Esse não era um assunto de conhecimento público e notório, no entanto, visto que o fato de pensarem que Joseph ainda era escravo o protegia do serviço nas milícias. Da mesma forma, como escrava, Lizzie se beneficiava da proteção pública de Jamie, pois era considerada sua propriedade; ninguém ousaria incomodá-la ou desrespeitá-la abertamente.

– Talvez ele esteja disposto a contratá-los como serviçais remunerados – sugeri. – O salário combinado dos dois provavelmente seria bem menor que o valor de duas escrituras.

Nós pagávamos Joseph, mas seu salário era de apenas 3 libras por ano, embora com direito a quarto, refeição e vestimentas.

– Vou sugerir isso – disse Jamie, com um ar de incerteza. – Mas vou ter que falar com Joseph.

Ele tornou a olhar para cima, e balançou a cabeça.

– E por falar em Malva... – comentei, espiando o corredor e baixando o tom de voz.

Ela estava no consultório, extraindo líquido das vasilhas de mofo que forneciam nosso estoque de penicilina. Eu havia prometido mandar mais para a sra. Sylvie, com uma seringa; esperava que ela usasse.

– Acha que Tom Christie seria receptivo, se Joseph não for? Acho que as duas moças apreciam bastante Bobby.

Ao pensar no assunto, Jamie deixou escapar um risinho zombeteiro.

– Tom Christie, casar a filha com um assassino, e ainda por cima um assassino pobretão? John Grey não conhece o sujeito nem um pouco, ou não estaria sugerindo uma coisa dessas. Christie é tão orgulhoso quanto Nabucodonosor, se não mais.

– Ah, é orgulhoso assim, é? – indaguei, achando graça, mesmo sem querer. – Quem você acha que ele *consideraria* adequado, aqui nesta terra de ninguém?

Jamie deu de ombros.

– Ele não me honrou com nenhuma confidência a respeito – respondeu, secamente. – Embora não deixe a filha sair com nenhum dos jovens das redondezas; imagino que nenhum seja digno dela. Eu não me surpreenderia nem um pouco se ele resolvesse mandá-la a Edenton ou New Bern para uma união, é bem capaz de dar um jeito de fazer isso. Roger Mac diz que ele já mencionou o assunto.

– Sério? Ele tem estado bem próximo de Roger esses dias, não é?

Ao ouvir isso, um sorriso relutante cruzou sua face.

– Ah, pois é. Roger Mac leva muito a sério o bem-estar do rebanho... sem nunca deixar de pensar no seu próprio, é claro.

– O que quer dizer com isso?

Ele me encarou por um instante, evidentemente julgando minha capacidade de guardar segredos.

– Humm. Bom, não comente sobre isso com Brianna, mas Roger Mac anda com a ideia de arranjar um casamento entre Tom Christie e Amy McCallum.

Eu pestanejei, então refleti. De fato não era má ideia, embora não tivesse me ocorrido. Tom devia ter uns 25 anos a mais que Amy McCallum, mas ainda era saudável e forte o bastante para sustentá-la, a ela e aos filhos. E ela claramente necessitava de alguém que a sustentasse. Se Amy e Malva seriam capazes de compartilhar uma casa era outra questão; Malva administrava a casa do pai desde que se entendia por gente. Era amável, sem dúvida, mas eu imaginava que fosse tão orgulhosa quanto o pai, e não aceitaria de bom grado ser substituída.

– Humm – murmurei, em tom de dúvida. – Talvez. Mas o que você quis dizer ao mencionar o bem-estar do próprio Roger?

Jamie ergueu uma sobrancelha frondosa.

– Você não viu o jeito como a viúva McCallum olha para ele?

– Não – respondi, surpresa. – Você reparou em alguma coisa?

Ele assentiu.

– Eu vi, e Brianna também. Ela está aguardando, por enquanto... mas escreva o que estou lhe dizendo, Sassenach: se o pequeno Roger não der um jeito de casar essa viúva em breve, vai descobrir que o inferno não é mais quente que sua própria lareira.

– Ah, bem. Mas Roger não está *retribuindo* os olhares da sra. McCallum, está? – indaguei.

– Não, não está – respondeu Jamie, de maneira sensata –, e é por isso que ainda está no controle das próprias bolas. Mas, se você acha que a minha filha vai aturar...

Nós falávamos em voz baixa e, ao ouvirmos a porta do consultório se abrir, paramos abruptamente. Malva enfiou a cabeça no escritório, as bochechas coradas e cachinhos escuros a lhe contornar a face. Parecia uma estatueta de porcelana de Dresden, apesar das manchas no avental, e eu vi Jamie abrir um sorriso diante de seu olhar de frescor e ansiedade.

– Desculpe interromper, sra. Fraser, mas já extraí todo o líquido e engarrafei... a senhora disse que precisamos dar as sobras ao porco imediatamente... está se referindo à grande porca branca que mora debaixo da casa?

Ela parecia bastante em dúvida quanto a isso, e não era de espantar.

– Eu mesma faço isso – respondi, levantando-me. – Obrigada, querida. Por favor, vá até a cozinha e peça à sra. Bug um pouco de pão e mel antes de ir para casa, sim?

Ela fez uma mesura e saiu em direção à cozinha; pude ouvir a voz do Jovem Ian, implicando com a sra. Bug, e vi Malva parar por um instante para ajeitar o chapéu, enroscar uma mecha de cabelo no dedo, formando um cacho sobre a bochecha, e empertigar a postura antes de entrar no recinto.

– Bom, Tom Christie pode fazer quantos pedidos de casamento quiser – murmurei a Jamie, que havia saído comigo ao corredor –, mas você não é o único que tem uma filha de personalidade e opiniões fortes.

Ele soltou um grunhido breve e desdenhoso e retornou ao escritório, enquanto eu segui pelo corredor e encontrei um imenso balde de dejetos empapados, remanescente do mais recente lote de penicilina, reunido com aprumo e apoiado no balcão.

Abri uma janela lateral e olhei para o chão. Pouco mais de um metro abaixo estava o montinho de terra que marcava a toca da porca branca, no subsolo da casa.

– Porca? – chamei, inclinando o corpo. – Está em casa?

As castanhas estavam maduras e caíam das árvores; ela poderia muito bem estar pelo bosque, empanturrando-se. Mas não; havia marcas de patas no solo macio, e o som de uma respiração ruidosa era audível do subsolo.

– Porca! – exclamei, num tom mais alto e peremptório.

Ouvindo o movimento e o arrastar de um corpanzil por sob as tábuas do chão, inclinei o corpo para fora e baixei o balde de madeira com cuidado na terra macia, derramando apenas um pouco do conteúdo.

O baque surdo da aterrissagem do balde foi seguido de imediato pelo surgimento de uma imensa cabeça de pelagem branca, equipada com um largo e fungante focinho rosado, seguida por ombros da largura de um barril de tabaco. Com grunhidos ávidos, o restante do corpanzil da porca veio à tona, e ela abocanhou na mesma hora a oferenda, o rabo enroscado de deleite.

– Sim, pois sim, nunca se esqueça de quem é a fonte de todas essas bênçãos – resmunguei.

Então me retirei, esforçando-me para fechar a janela. O peitoril exibia consideravelmente mais lascas e goivaduras – resultado de se deixar o balde de gororoba tempo demais sobre o balcão; a porca era do tipo impaciente, muito disposta a tentar invadir a casa para apanhar seu quinhão, ainda que não fosse direta e rápida o bastante.

Embora em parte ocupada com a porca, minha mente ainda não havia abandonado a questão do pedido de casamento de Bobby Higgins e todas as potenciais complicações. Sem falar em Malva. Sem dúvida ela reparava bastante nos olhos azuis de Bobby; ele era um jovem muito bonito. Mas a moça também não era insensível ao charme de Ian, por menos fascinante que fosse.

Eu me perguntava qual seria a opinião de Tom Christie a respeito de Ian como genro. Ele não era *tão* pobretão; possuía dez acres de um terreno quase todo desocupado, embora nenhuma renda. Tatuagens tribais eram mais aceitáveis que uma marca de assassino? Era provável que sim... por outro lado, Bobby era protestante, enquanto Ian era católico, pelo menos oficialmente.

Ainda assim, ele era sobrinho de Jamie – fato que poderia ser uma faca de dois gumes. Christie sentia intenso ciúme de Jamie; eu sabia disso. Ele veria uma aliança entre nossas famílias como algo benéfico ou a ser evitado a qualquer custo?

Claro, se Roger conseguisse fazê-lo se casar com Amy McCallum, isso o distrairia um pouco. Brianna não havia me contado nada sobre a viúva – agora, porém, olhando em retrospecto, eu percebia que esse *silêncio* podia indicar algum sentimento reprimido.

Ouvi vozes e gargalhadas vindo da cozinha; obviamente estavam todos se divertindo. Pensei em ir até lá e me juntar a eles, mas, ao espiar o escritório de Jamie, vi que ele estava parado diante da mesa, as mãos entrelaçadas nas costas, olhando para baixo, encarando a carta de lorde John com uma leve expressão de alheamento.

Seus pensamentos não estavam na filha, pensei, com certo pesar, mas no filho.

Entrei no escritório e o abracei pelas costas, recostando a cabeça em seu ombro.

– Já pensou, de repente, em tentar convencer lorde John? – indaguei, um pouco hesitante. – De que os americanos talvez tenham razão, quer dizer... convertê-lo ao seu modo de pensar?

Lorde John não lutaria pessoalmente no conflito vindouro; Willie, talvez, e do lado errado. Sem dúvida, seria igualmente perigoso lutar de qualquer um dos lados – mas persistia o fato de que os americanos venceriam, e que a única forma concebível de influenciar Willie era por meio de seu pai de consideração, cujas opiniões ele respeitava.

Jamie bufou, mas me envolveu com um braço.

– Claire, você se lembra do que eu lhe disse sobre os habitantes das Terras Altas, quando Arch Bug veio para cima de mim com sua machadinha? "Eles vivem por seu juramento; também morrerão por ele."

Estremeci de leve e o apertei com mais força, encontrando conforto em sua solidez. Ele tinha razão; eu mesma havia visto aquela cruel fidelidade tribal – e ainda assim era tão difícil compreender, mesmo ao vê-la debaixo do meu nariz.

– Lembro – respondi.

Ele fez um movimento em direção à carta, os olhos ainda fixos nela.

– Ele é igual. Nem todos os ingleses são... mas ele é.

Jamie baixou o olhar e me encarou, com um misto de pesar, respeito e mágoa.

– Ele é o homem do rei. O anjo Gabriel poderia surgir diante dele e lhe contar o que vai acontecer; ele não quebraria seu juramento.

– Você acha? – perguntei, com vivacidade. – Não tenho tanta certeza.

Ele ergueu as sobrancelhas, surpreso, e eu prossegui, hesitante ao buscar as palavras.

– É... eu entendo o que você quer dizer; ele é um homem honrado. Mas é só isso. Eu não acho que *seja* devoto do rei... não da mesma forma que os homens de Colum são devotos a ele, nem como os seus homens de Lallybroch são devotos a você. O que interessa para ele... o que o faria negociar a própria vida... é a honra.

– Bom, é... é isso – disse ele devagar, as sobrancelhas unidas, concentrado. – Mas para um soldado, tal como ele, a honra é um dos deveres, não? E isso vem de sua fidelidade ao rei, certo?

Eu me endireitei e esfreguei um dedo sob o nariz, tentando pôr em palavras meus pensamentos.

– Sim, mas não é bem disso que estou falando. É a *ideia* que interessa a ele. Ele persegue um ideal, não um homem. De todas as pessoas que você conhece, pode ser que ele seja o único que *de fato* compreenderia... essa vai ser uma guerra disputada por ideais; talvez a primeira.

Ele fechou um dos olhos, encarando-me de forma indagativa com o outro.

– Você andou falando com Roger Mac. Jamais teria pensado nisso sozinha, Sassenach.

– Presumo que você também – respondi, sem me dar o trabalho de refutar o insulto implícito; além do mais, ele estava certo. – Então você compreende?

Ele soltou um murmúrio escocês, indicando concordância e dúvida.

– É verdade que perguntei a ele sobre as Cruzadas, se ele não achava que isso era uma luta por um ideal. E ele foi forçado a admitir que havia ideais envolvidos, pelo menos... embora mesmo nessa ocasião tenha se tratado de dinheiro e política, e eu disse que era sempre desse jeito, e sem dúvida agora também seria. Mas sim, eu compreendo – acrescentou ele, mais que depressa, ao ver minhas narinas tremerem. – Em relação a John Grey, no entanto...

– Em relação a John Grey – retruquei –, você tem, sim, uma chance de convencê-lo, pois ele é ao mesmo tempo racional e idealista. Você teria de convencê-lo de que a honra não reside em seguir o rei... e sim no ideal de liberdade. Mas é possível.

Ele soltou outro murmúrio escocês, desta vez profundo e tomado de incômoda dúvida. E, por fim, eu percebi.

– Você não está fazendo nada disso pelos ideais, não é? Pela liberdade, independência, essas coisas.

Ele balançou a cabeça.

– Não – respondeu, baixinho. – Nem para estar do lado vencedor... pelo menos uma vez na vida. Embora eu espere que essa seja uma experiência nova.

Ele abriu um sorriso súbito e pesaroso, e eu ri, tomada pela surpresa.

– Então por quê? – perguntei, mais suave.

– Por você – disse ele, sem hesitar. – Por Brianna e pelo rapazinho. Pela minha família. Pelo futuro. E, se isso não for um ideal, eu não sei mais o que é.

Jamie fez o possível no papel de embaixador, mas o efeito da marca de Bobby se provou insuperável. Embora admitisse que Bobby era um belo rapaz, o sr. Wemyss era incapaz de conceber a ideia de casar a filha com um assassino, a despeito das circunstâncias que haviam levado à sua condenação.

– O povo ficaria contra ele, o senhor sabe disso muito bem – disse ele, balançando a cabeça em resposta aos argumentos de Jamie. – Ninguém para e pergunta sobre os motivos e as razões quando um homem é condenado. O olho dele... Tenho certeza de que ele não fez nada para provocar tal ataque selvagem. Mas como eu poderia expor minha amada Elizabeth à possibilidade de tais represálias? Ainda que ela própria fique imune, o que será de seu futuro, e o de seus filhos, se o sujeito um dia for abatido no meio da rua?

Ao pensar nisso, ele contorceu as mãos.

– E se ele um dia perder o apoio de lorde John, não conseguiria encontrar um emprego decente em lugar nenhum, não com aquela marca da vergonha no rosto. Eles empobreceriam. Eu mesmo já passei por esses apuros, senhor... e por nada no mundo arriscaria que minha filha partilhasse de tal destino.

Jamie esfregou a mão no rosto.

– Compreendo, Joseph. É uma pena, mas não posso dizer que esteja errado. Se serve de consolo, no entanto, não acredito que lorde John o abandonaria.

O sr. Wemyss limitou-se a balançar a cabeça, pálido e infeliz.

– Pois muito bem – disse Jamie, afastando-se da mesa. – Vou mandá-lo entrar, e o senhor pode informá-lo da sua decisão.

Eu também me levantei, e o sr. Wemyss deu um pinote, em pânico.

– Ah, senhor! Não pode me deixar sozinho com ele!

– Ora, Joseph, não acredito que ele vá tentar derrubá-lo ou arrancar o seu nariz – disse Jamie, em tom suave.

– Não – disse o sr. Wemyss, desconfiado. – Não... imagino que não. Ainda assim, apreciaria *muito* que o senhor... que o senhor estivesse presente enquanto eu falo com ele? E a senhora, sra. Fraser?

Ele me lançou um olhar de súplica. Então olhei Jamie, que assentiu, resignado.

– Muito bem – disse Jamie. – Vou buscá-lo.

– Eu sinto muito, senhor.

Joseph Wemyss estava quase tão infeliz quanto Bobby Higgins. De estatura baixa e trejeitos tímidos, não estava habituado a conduzir entrevistas, e encarou Jamie em busca de apoio moral antes de voltar a atenção ao inoportuno pretendente da filha.

– Eu sinto *muito* – repetiu ele, encarando Bobby nos olhos com uma espécie de impotente sinceridade. – Gosto do senhor, meu jovem, e tenho certeza de que Elizabeth também. Mas o bem-estar dela, a felicidade dela, é minha responsabilidade. E eu não posso pensar... eu realmente não consigo imaginar...

– Eu seria bom para ela – disse Bobby, ansioso. – O senhor sabe que é verdade. Ela ganharia um vestido novo por ano, e eu venderia tudo o que pudesse para pôr sapatos em seus pés!

Ele também olhou para Jamie, talvez na esperança de angariar algum apoio.

– Tenho certeza de que o sr. Wemyss tem o maior apreço pelas suas intenções, Bobby – disse Jamie, da forma mais delicada possível. – Mas ele está decidido, sim? É dever dele casar a pequena Lizzie da melhor maneira. E talvez...

Bobby engoliu em seco. Havia se arrumado com afinco para aquela entrevista. Usava uma gravata engomada que quase o sufocava, com o casaco do uniforme, calças de lã limpas e um par de meias de seda muito bem-conservadas, com remendos bem-feitos em pouquíssimos pontos.

– Eu sei que não tenho muito dinheiro – disse ele. – Nem propriedades. Mas eu tenho uma boa situação, senhor! Lorde John me paga 10 libras por ano, e fez a gentileza de permitir que eu construa um chalezinho em seu terreno, e até que esteja pronto podemos ocupar um quarto na casa dele.

– Sim, você me contou.

O sr. Wemyss parecia cada vez mais desgostoso. Ficava desviando o olhar de Bobby, talvez como parte de sua timidez natural e por se recusar a dispensá-lo encarando-o nos olhos – mas também, eu tinha certeza, para não parecer que estava de olho na marca em seu rosto.

O debate se seguiu por algum tempo, mas sem resultado, visto que o sr. Wemyss não foi capaz de revelar a Bobby o real motivo da recusa.

– Eu... eu... bom, eu vou pensar melhor.

O sr. Wemyss, já incapaz de suportar a tensão, levantou-se abruptamente e quase saiu correndo do recinto – forçando-se, no entanto, a parar diante da porta, onde se virou e disse, antes de desaparecer:

– Veja bem, eu não creio que vá mudar de ideia!

Bobby olhou para ele, atônito, então virou-se para Jamie.

– Posso ter esperança, senhor? Sei que o senhor vai ser honesto.

Era uma súplica patética, e o próprio Jamie desviou o olhar daqueles grandes olhos azuis.

– Creio que não – respondeu ele.

A frase foi dita com delicadeza, mas de maneira enfática, e Bobby perdeu um pouco do ímpeto. Havia alisado o cabelo ondulado com água; agora seco, pequeninos cachos se destacavam da massa abundante, e ele parecia um cabrito recém-nascido que acabara de ter o rabo cortado, em choque e horrorizado.

– Ela... o senhor sabe, ou a senhora, madame – disse ele, virando-se para mim –, se o afeto da srta. Elizabeth pertence a outro? Porque, se for esse o caso, eu sem dúvida vou aguardar. Mas, se não for...

Ele hesitou, olhando em direção à porta por onde Joseph havia tão abruptamente desaparecido.

– Os senhores acham que eu poderia ter alguma chance de vencer as objeções do pai dela? Talvez... talvez se encontrasse alguma forma de ganhar dinheiro... ou se for uma questão religiosa...

Ao dizer isso, ele pareceu meio pálido, mas endireitou os ombros de maneira resoluta.

– Eu... acho que estaria disposto a ser batizado como católico, se ele quiser. Pretendia dizer isso, mas esqueci. Será que o senhor poderia dizer isso a ele?

– É... sim, é claro – respondeu Jamie, relutante. – Você pelo visto enfiou mesmo na cabeça que é a Lizzie, certo? Não a Malva?

Bobby demonstrou surpresa ao ouvir isso.

– Bom, para ser honesto, senhor... eu gosto demais das duas, e tenho certeza de que seria feliz com qualquer uma. Mas... bom, verdade seja dita, eu morro de medo do sr. Christie – confessou ele, enrubescendo. – E acho que ele não gosta do senhor, enquanto o sr. Wemyss gosta. Se o senhor pudesse... interceder por mim, senhor? Por favor?

Ao final, nem Jamie resistira àquela sincera súplica.

– Vou tentar – concordou ele. – Mas não prometo nada, Bobby. Por quanto tempo você vai ficar, antes de retornar a lorde John?

– Ele me concedeu uma semana para fazer a corte, senhor – respondeu Bobby, parecendo bem mais feliz. – Mas suponho que o senhor mesmo esteja indo amanhã ou depois?

– Indo aonde? – indagou Jamie, surpreso.

Bobby, por sua vez, também se surpreendeu.

– Ora... não sei direito, senhor. Mas achei que *o senhor* saberia.

Depois de mais um pouco de conversa, conseguimos desembolar o nó da questão. Aparentemente, Bobby havia conhecido um pequeno grupo de viajantes pela estrada, fazendeiros conduzindo um rebanho de porcos até a feira. Dada a natureza dos porcos como companheiros de viagem, não havia passado mais do que uma noite com o grupo, mas, durante uma conversa despretensiosa à ceia, ouvira sobre uma espécie de reunião e especulações sobre quem poderia comparecer.

– O seu nome foi mencionado, senhor... "James Fraser", eles disseram, e mencionaram a Cordilheira também, então eu tive certeza de que estavam falando do senhor.

– Que tipo de reunião era essa? – perguntei, curiosa. – E onde?

Ele deu de ombros, impotente.

– Eu não ouvi, madame. Só disseram que era na próxima segunda.

Ele tampouco se lembrava dos nomes dos anfitriões, pois na ocasião só pensava em tentar comer sem a opressão da presença dos porcos. Estava claramente muito transtornado no momento com os resultados de sua malsucedida tentativa de corte para dar importância aos detalhes, e, depois de algumas perguntas e respostas confusas, Jamie o dispensou.

– Você tem alguma ideia... – comecei a perguntar, então vi que ele tinha o cenho franzido; com certeza imaginava alguma coisa.

– A reunião para escolher os delegados para um Congresso Continental – disse ele. – Deve ser isso.

Ele soubera depois do churrasco de Flora MacDonald que o local e a hora iniciais da reunião seriam alterados, pois os organizadores temiam interferência. John Ashe lhe dissera que um novo local e horário seriam estabelecidos, e todos seriam avisados.

Isso, no entanto, foi antes dos contratempos no centro de Cross Creek.

– Suponho que algum bilhete possa ter se extraviado – sugeri, mas era uma ideia fraca.

– Um, pode ser – concordou ele. – Seis, não.

– Seis?

– Diante da ausência de notícias, eu mesmo escrevi para os seis homens que conheço no Comitê de Correspondência. Não tive resposta de nenhum deles.

Ele bateu uma vez o dedo rígido na perna, mas percebeu e se refreou.

– Eles não confiam em você – comentei, depois de um instante de silêncio, ao que ele balançou a cabeça.

– Isso não me surpreende, sobretudo depois que resgatei Simms e Neil Forbes coberto de piche do meio da rua. – Um sorrisinho involuntário surgiu em seu rosto com aquela lembrança. – E o pobre Bobby não ajudou, imagino; deve ter lhe dito que levava cartas trocadas entre mim e lorde John.

Aquilo provavelmente era verdade. Amistoso e tagarela, Bobby *era* capaz de guardar uma confidência – mas apenas se lhe fosse dito explicitamente qual. Do contrário, qualquer um com quem ele dividisse uma refeição saberia tudo sobre seus negócios antes mesmo de o pudim chegar.

– Existe alguma coisa que você possa fazer para descobrir? Onde é a reunião, quero dizer.

Ele expirou, levemente frustrado.

– Ah, talvez. Mas, se eu fizesse isso, se fosse até lá... haveria uma grande chance de me expulsarem. Ou coisa pior. Acho que o risco de uma violação tão grande não vale a pena.

Ele me encarou, a expressão amarga.

– Acho que eu devia ter deixado que assassem o impressor na fogueira.

Desconsiderei a declaração e me aproximei dele.

– Você vai acabar pensando em outra coisa – disse, tentando encorajá-lo.

A grande vela de uma hora jazia sobre a mesa de Jamie, queimada pela metade, e ele a tocou. Ninguém parecia perceber que a vela nunca se extinguia.

– Talvez... – respondeu ele, num tom meditativo. – Talvez eu encontre um jeito. Mas detesto a ideia de me desfazer de outra para isso.

Outra pedra preciosa, ele queria dizer.

Ao pensar naquilo, engoli um bolo que se formou em minha garganta. Havia duas sobrando. Uma para cada, caso Roger, Bree ou Jemmy... mas sufoquei com força o pensamento.

– *Pois que aproveita ao homem ganhar o mundo inteiro* – citei –, *se perder sua alma?* Não adianta de nada ganharmos uma fortuna secreta, se *você* for coberto de piche e penas.

Eu também não gostava nada da ideia, mas não podia evitar.

Ele encarou o antebraço; havia subido as mangas para escrever, e ainda se via a queimadura quase esvanecida, uma linha cor-de-rosa por entre os pelos aloirados. Ele suspirou, contornou a mesa e pegou uma pena do pote.

– É. Talvez seja melhor eu escrever mais umas cartas.

60

O CAVALEIRO BRANCO AVANÇA

No dia 20 de setembro, Roger fez uma pregação sobre o texto *Deus escolheu as coisas fracas deste mundo para confundir as fortes*. No dia 21 de setembro, uma dessas coisas fracas começou a provar a teoria.

Padraic e Hortense MacNeill e as crianças não haviam ido à igreja. Eles sempre iam, e sua ausência suscitou comentários – a ponto de Roger perguntar a Brianna na manhã seguinte se ela poderia dar uma voltinha e lhes fazer uma visita, para ver se estava tudo bem.

– Eu mesmo iria – disse ele, raspando o fundo da tigela de mingau –, mas prometi cavalgar com John MacAfee e seu pai até Brownsville; ele pretende pedir a mão de uma garota de lá.

– Ele pretende que você celebre a cerimônia ali mesmo, na hora, se ela aceitar? – perguntei. – Ou você vai só para impedir que vários Browns o assassinem?

Não tinha havido violência aberta desde que trouxéramos o corpo de Lionel Brown, mas havia desavenças ocasionais quando algum grupo de Brownsville encontrava homens da Cordilheira em público.

– A última alternativa – respondeu Roger, com uma leve careta. – Embora eu tenha esperança de que um ou dois casamentos entre a Cordilheira e Brownsville possam ajudar a melhorar as coisas, com o tempo.

Jamie, que lia um jornal do lote mais recente, ergueu o olhar.

– Ah, é? Ora, é uma ideia. Só que nem sempre funciona dessa forma – disse ele, com um sorriso. – Meu tio Colum achou que resolveria uma questão similar com os Grants casando minha mãe com um Grant. Infelizmente – acrescentou ele, virando uma página –, minha mãe não estava inclinada a cooperar. Em vez disso, esnobou Malcolm Grant, esfaqueou meu tio Dougal e fugiu com o meu pai.

– Sério?

Brianna não havia ouvido aquela história em particular; parecia encantada. Roger a olhou de esguelha e tossiu, pegando de maneira ostensiva a faca afiada com a qual ela estivera picando salsichas.

– Ora, seja como for – disse ele, afastando-se da mesa, de faca na mão. – Você se incomoda de ir dar uma olhada na família de Padraic, só para ver se está tudo bem?

Saímos eu, Lizzie e Brianna, pretendendo chamar Marsali e Fergus, cujo chalé ficava um pouco adiante em relação ao dos MacNeills. Mas encontramos Marsali no caminho, voltando do alambique, de modo que havia quatro de nós quando chegamos ao chalé dos MacNeills.

– Por que há tantas moscas de repente? – indagou Lizzie, estapeando uma grande varejeira que havia pousado em seu braço, e agitando a mão para mais duas que rodeavam seu rosto.

– Tem algo morto por aqui – disse Marsali, erguendo o nariz para cheirar o ar. – Na mata, talvez. Estão ouvindo os corvos?

Havia corvos grasnando nos topos das árvores ali perto; ao olhar para cima, identifiquei outros voejando, pontos negros sobre o céu brilhante.

– Não é na mata – disse Bree, a voz subitamente tensa. Ela olhava em direção ao chalé. A porta estava bem fechada, e uma massa de moscas rodeava a janela com cortinas de couro. – Corram.

O cheiro na cabine era inexprimível. Vi as garotas arquejarem e fecharem a boca com força, enquanto a porta se abria. Infelizmente, era preciso respirar. Inspirei de forma bem superficial, avançando pelo recinto escuro e removendo o couro que havia sido pregado firme na janela.

– Deixem a porta aberta – pedi, ignorando um fraco gemido de reclamação vindo da cama por causa do influxo de luz. – Lizzie... vá acender um fogo bem fumacento perto da porta e outro do lado de fora da janela. Comece com grama e gravetos, então acrescente mais coisa... madeira úmida, musgo, folhas molhadas... para fazer subir a fumaça.

As moscas começaram a entrar depois de segundos de janela aberta, e voejavam na minha cara – mutucas, varejeiras-azuis, mosquinhas de fungos. Atraídas pelo cheiro, haviam se aglomerado nos troncos aquecidos pelo sol, do lado de fora, procurando uma entrada, ávidas por comida, desesperadas para deixar seus ovos.

Em poucos minutos o ambiente viraria um inferno por causa do zumbido – mas precisávamos de luz e ar, e simplesmente teríamos que lidar com as moscas da melhor maneira possível. Removi o lenço da cabeça e o dobrei, formando um mata-moscas improvisado, balançando-o no ar enquanto me voltava na direção da cama.

Hortense e as duas crianças estavam lá. Os três estavam nus, braços e pernas pálidos cintilando de suor, por conta do chalé fechado. Estavam brancos e viscosos onde a luz do sol batia, pernas e corpos rajados de um marrom-avermelhado. Esperei que fosse apenas diarreia, e não sangue.

Alguém havia gemido; alguém se moveu. Não estavam mortos, graças a Deus. As cobertas da cama estavam amontoadas no chão – pura sorte, pois ainda estavam, em sua maioria, limpas. Achei que seria melhor queimarmos o colchão de palha assim que os tirássemos de cima dele.

– *Não* ponha a mão na boca – murmurei para Bree quando começamos a trabalhar, organizando o débil agrupado de humanidade em seus componentes.

– Você *só pode* estar brincando – respondeu ela, entre os dentes, enquanto sorria para uma criança de rosto pálido, de 5 ou 6 anos, que jazia meio enroscada após um exaustivo ataque de diarreia. Ela meteu as mãos com esforço sob as axilas da garota. – Venha, querida, deixe que eu a levanto.

A criança estava fraca demais para emitir qualquer protesto ao ser deslocada; seus braços e pernas pendiam moles feito barbante. O estado da irmã era ainda mais alarmante; o bebê, de menos de um ano de idade, não fazia qualquer movimento e tinha os olhos muitíssimo fundos, sinal de desidratação severa. Tomei sua mãozinha e delicadamente puxei a pele entre o polegar e o indicador. Fez-se uma diminuta elevação de pele acinzentada, que lentamente, muito lentamente, começou a desaparecer.

– Maldição do inferno – disse baixinho para mim mesma, então inclinei o corpo depressa, a mão no peito da criança.

Ela não estava morta – eu mal podia sentir seus batimentos –, mas não estava longe disso. Se não estivesse em condições de sugar ou beber, não haveria nada que pudesse salvá-la.

Ao mesmo tempo que o pensamento me passou pela cabeça, eu já estava me levantando, olhando ao redor do chalé. Não havia água; uma abóbora oca jazia caída ao lado da cama, vazia. Quanto tempo eles haviam passado daquele jeito, sem nada para beber?

– Bree – chamei, com a voz firme, porém premente. – Vá pegar um pouco d'água... depressa.

Ela havia deitado a criança mais velha no chão e estava limpando a sujeira de seu corpo; olhou para cima, no entanto, e ao ver meu rosto largou o trapo que usava e se levantou imediatamente. Agarrou a chaleira que empurrei em sua mão e desapareceu; ouvi seus passos correndo pelo vestíbulo.

As moscas se assentavam no rosto de Hortense; agitei o lenço bem perto para espantá-las. O tecido deslizou em seu rosto, que mal se alterou. Ela respirava; eu podia ver sua barriga, distendida de gás, se movendo de leve.

Onde estava Padraic? Caçando, talvez.

Captei um aroma por sob o fedor assoberbante de entranhas vazias e inclinei o corpo para a frente, fungando. Um perfume doce, pungente e fermentado, feito maçãs podres. Pus a mão sob o ombro de Hortense e puxei, rolando-a na minha direção. Havia uma garrafa – vazia – sob seu corpo. Uma leve inspiração bastou para informar o que ela continha.

– Maldição, maldição do inferno – murmurei, entre os dentes.

Doente, desesperada e sem água à mão, ela havia bebido sidra, fosse para saciar a sede ou aliviar a dor das câimbras. Uma atitude lógica – exceto pelo fato de que o álcool é diurético. Extrairia ainda mais água de um corpo que já sofria de desidratação severa, sem falar na irritação ainda maior que causaria ao trato gastrointestinal.

Deus do céu, ela tinha dado às crianças também?

Inclinei o corpo em direção à criança mais velha. Estava mole feito uma boneca, a cabeça caída por sobre o ombro, mas ainda havia certa resiliência em seu corpo. Um beliscão na mão; a pele ficou macilenta, mas retornou ao normal mais depressa que a do bebê.

Seus olhos haviam se aberto quando belisquei sua mão. Isso era bom. Eu sorri para ela e espantei as moscas reunidas em sua boca semiaberta. As mucosas macias e rosadas estavam secas e com aspecto pegajoso.

– Olá, querida – disse, baixinho. – Não se preocupe. Estou aqui.

Isso ajudaria? Eu não sabia. Mas que droga; se pelo menos eu tivesse ido lá um dia antes!

Ouvi os passos apressados de Bree e a encontrei na porta.

– Eu preciso... – comecei, mas ela me interrompeu.

– O sr. MacNeill está na mata! – disse ela. – Eu o encontrei a caminho da nascente. Ele...

A chaleira em suas mãos ainda estava vazia. Com um grito exasperado, eu a agarrei.

– Água! Eu preciso de água!

– Mas eu... o sr. MacNeill, ele...

Eu empurrei a chaleira de volta nas mãos dela e a ultrapassei, com um tranco.

– Eu vou até ele. Vá pegar água! – ordenei. – Dê a eles... ao bebê primeiro! Peça ajuda da Lizzie... o fogo pode esperar! Corra!

Ouvi as moscas primeiro, um zumbido que fez minha pele se encrespar de tanta náusea.

Ele não estava morto. Percebi de imediato; as moscas eram uma nuvem, não um cobertor – flutuando, pousando e se afastando quando ele se remexia.

Ele jazia encolhido no chão, usando apenas uma camisa, um jarro d'água ao lado da cabeça. Eu me ajoelhei ao lado dele e o toquei, à espreita. Sua camisa e calça estavam manchadas, bem como a grama onde ele jazia. Seu excremento estava muito aquoso – naquele momento, a maior parte já havia sido absorvida pelo solo –, mas havia matéria sólida. Ele havia sido contaminado depois de Hortense e as crianças, então; não fazia muito tempo que suas entranhas se revolviam, ou praticamente só se veria água suja de sangue.

– Padraic?

– Graças a Deus a senhora veio. – Ele tinha a voz tão rouca que eu mal pude distinguir as palavras. – Minhas crianças. A senhora salvou as minhas crianças?

Ele se apoiou num dos cotovelos e ergueu o corpo, trêmulo, o suor fazendo colarem mechas de cabelo em seu rosto. Ele entreabriu os olhos, tentando me enxergar, mas estavam tão inchados pelas picadas das mutucas que só se via uma fenda.

– Estou com elas. – Eu o toquei com a mão, apertando-o com força para passar segurança. – Deite-se, Padraic. Espere um instante para que eu cuide delas, então vejo você.

Ele estava muito doente, porém não em perigo imediato; as crianças estavam.

– Não se preocupe comigo – murmurou Padraic. – Não... se preocupe...

Ele cambaleou, roçou de leve as moscas no rosto e peito, então ganiu sob o ataque de uma nova câimbra na barriga, dobrando o corpo como se esmagado por uma gigantesca mão.

670

Eu já corria de volta à casa. Havia respingos de água na terra pelo caminho – que bom, Brianna seguira correndo por ali.

Amebíase? Intoxicação alimentar? Febre tifoide? Tifo? Cólera? Por favor, Deus, isso não. Todas essas doenças, além de muitas outras, eram chamadas de "disenteria" naquela época, e por motivos óbvios. Não que fizesse diferença a curto prazo.

O perigo imediato de todas as doenças diarreicas era a simples desidratação. No esforço de expulsar qualquer invasor microbial que estivesse irritando as tripas, o trato gastrointestinal simplesmente se esvaziava o tempo inteiro, privando o corpo da água necessária para a circulação sanguínea, a eliminação de dejetos, a preservação do cérebro e das membranas – a água necessária para manter a *vida*.

Se fosse possível fornecer hidratação suficiente ao paciente com o auxílio de uma solução salina intravenosa e infusões de glicose, então os intestinos acabariam por se curar, e o paciente se recuperaria. Sem intervenção intravenosa, a única possibilidade era administrar fluidos pela boca, ou pelo reto, com a maior rapidez e constância possíveis, pelo tempo necessário. Se fosse possível.

Caso o paciente não fosse capaz de reter nem mesmo a água... eu não achava que os MacNeills estivessem vomitando; não me recordava *desse* odor em meio aos outros no chalé. Então provavelmente não era cólera; já era alguma coisa.

Brianna estava sentada no chão com a criança mais velha, a cabeça da garotinha em seu colo, empurrando um copo em sua boca. Lizzie estava ajoelhada perto da lareira, o rosto vermelho de tanto esforço para acender o fogo. As moscas pousavam no corpo inerte da mulher sobre a cama, e Marsali se inclinava por sobre o corpinho flácido do bebê em seu colo, tentando elevá-lo freneticamente para que ele bebesse água.

Água derramada manchava sua saia. Eu podia ver a pequena cabecinha estendida em seu colo, a água gotejando pela bochecha frouxa e plana.

– Ela não consegue – dizia Marsali, e repetia: – Ela não consegue, ela não consegue!

Desconsiderando meu próprio conselho sobre os dedos, enfiei o indicador com força na boca do bebê, empurrando o palato para induzir uma ânsia de vômito. E aconteceu; o bebê engasgou com a água em sua boca e arquejou, e eu senti por um instante sua língua forçando meu dedo.

Sugando. Ela era um bebê, ainda mamava no peito – e sugar é o primeiro instinto de sobrevivência. Dei um giro na direção da mulher, mas uma olhada em seus seios planos e mamilos fundos foi o bastante; mesmo assim, agarrei um dos seios e apertei o mamilo. De novo, e de novo – nada, nenhuma gota de leite surgiu nos mamilos amarronzados, e o tecido do seio estava flácido em minha mão. Sem água, sem leite.

Marsali, percebendo o que eu queria, agarrou a gola da blusa e rasgou, pressionando a criança contra seu próprio seio desnudo. As perninhas molengas por sobre seu vestido, os dedinhos machucados e enroscados feito pétalas murchas.

Eu me virei de volta para o rosto de Hortense, vertendo água em sua boca aberta. Pelo canto do olho, vi Marsali dando apertos ritmados no próprio seio, numa breve massagem para estimular o leite; repeti eu mesma o movimento, massageando a garganta da mulher inconsciente, encorajando-a a engolir.

Sua pele estava pegajosa de suor, mas a maior parte era minha. Gotas de transpiração desciam por minhas costas, fazendo cócegas entre as nádegas. Eu podia sentir meu próprio cheiro, um estranho odor metálico, feito cobre quente.

A garganta de Hortense se moveu num súbito movimento peristáltico, e eu recolhi a mão. Ela engasgou e tossiu, então girou a cabeça para o lado e elevou o estômago, projetando o parco conteúdo para fora. Limpei o resto de vômito de seus lábios e tornei a pressionar o copo em sua boca. Seus lábios não se moveram; a água lhe encheu a boca e desceu por seu rosto e pescoço.

Entre o zumbido das moscas, ouvi a voz de Lizzie atrás de mim, calma, porém absorta, como se ela falasse de um lugar muito distante.

– Será que a senhora pode parar de gritar? É que os pequenos conseguem ouvi-la.

Eu me virei para ela com um tranco, só então percebendo que estivera repetindo "Maldição do inferno!" bem alto enquanto trabalhava.

– Claro. Desculpe – respondi, e virei-me de volta para Hortense.

Conseguia fazê-la beber um pouco de água de vez em quando, mas não era o bastante. Nem de longe o bastante, uma vez que seus intestinos ainda estavam tentando se livrar do que os irritava. Disenteria.

Lizzie rezava.

– Ave Maria, cheia de graça, o Senhor é convosco...

Brianna murmurava qualquer coisa entre os dentes, palavras de encorajamento maternal.

– Bendito é o fruto do vosso ventre, Jesus...

Meu polegar tomava o pulso da artéria carótida. Senti um solavanco, um salto; as batidas prosseguiram, feito uma carroça sem uma das rodas. Seu coração começava a falhar, arrítmico.

– Santa Maria, Mãe de Deus...

Bati com força no centro do peito dela, então de novo, e de novo, com força suficiente para que a cama e o pálido corpo estendido estremecessem com os golpes. Moscas se elevaram da palha encharcada, zumbindo alarmadas.

– Ah, não – disse Marsali, baixinho, atrás de mim. – Ah, não, não, por favor.

Eu já tinha ouvido aquele tom de incredulidade antes, de protesto e apelo negado... e soube o que havia acontecido.

– Rogai por nós, pecadores...

Como se também tivesse ouvido, Hortense rolou subitamente a cabeça para o lado e arregalou os olhos, encarando o local onde Marsali estava sentada, embora eu não achasse que ela enxergasse. Então fechou os olhos e se encolheu, as pernas junto ao queixo. Atirou a cabeça para trás, o corpo contraído num espasmo, e de repente relaxou. Não deixaria a criança ir sozinha. Disenteria.

– Agora e na hora da nossa morte, amém. Ave Maria, cheia de graça...

A voz de Lizzie prosseguia mecanicamente, repetindo as palavras da oração com a mesma desatenção com que eu dissera a minha mais cedo. Segurei o pulso de Hortense, conferindo os batimentos, mas era simples formalidade. Marsali se curvou por sobre o diminuto corpinho, cheia de pesar, embalando-o contra o seio. Leite pingava do mamilo intumescido, saindo devagar, então rápido, caindo feito chuva branca no rostinho inerte, futilmente ávido por nutrir e sustentar.

O ar ainda estava abafado, ainda cheio de odores, moscas e o som da oração de Lizzie – mas o chalé parecia vazio e curiosamente quieto.

Ouviu-se um barulho do lado de fora; o som de algo se arrastando, um grunhido de dor e terrível esforço. Então o som fraco de uma queda, um arquejo por ar. Padraic havia conseguido chegar à entrada de casa. Brianna encarou a porta, mas ainda segurava a garotinha mais velha nos braços, ainda viva.

Com cuidado, soltei a mão inerte que segurava e fui ajudar.

61

UMA EPIDEMIA NAUSEANTE

Os dias estavam ficando mais curtos, mas a luz ainda surgia cedo. As janelas da frente da casa davam para o leste, e o sol nascente reluzia no chão de carvalho branco lavado de meu consultório. Eu podia ver a barra de luz brilhante avançando pelas tábuas talhadas à mão; se tivesse um relógio de verdade, poderia ter calibrado o piso feito um relógio de sol, marcando os minutos nas frestas entre as tábuas.

Da forma como era, eu marcava em batimentos cardíacos, aguardando os momentos até que o sol alcançasse o balcão onde meu microscópio jazia a postos, lâminas e béqueres ao lado.

Ouvi passos suaves no corredor, e Jamie abriu a porta com o ombro, uma caneca de peltre em cada mão contendo algo quente, enroladas em pedaços de pano como proteção contra o calor.

– *Ciamar a tha thu, mo chridhe* – disse ele, baixinho, e entregou-me uma, com um beijo na testa. – E então, como está?

– Podia estar pior.

Abri um sorriso de gratidão, que foi interrompido por um bocejo. Não precisei dizer que Padraic e sua filha mais velha ainda estavam vivos; ele teria notado em minha expressão se algo terrível tivesse acontecido. A bem da verdade, fora quaisquer complicações, eu achava que ambos sobreviveriam; passara a noite inteira com eles, acordando-os de hora em hora para lhes dar uma mistura de água com mel e um pouco de sal, alternada com uma infusão forte de folha de pimenteira e casca de corniso para acalmar os intestinos.

Ergui a caneca – chá de ambrósia –, fechando os olhos enquanto inalava o aroma fraco e amargo, e sentindo os músculos contraídos do pescoço e dos ombros relaxarem em antecipação.

Jamie tinha me visto virar a cabeça para aliviar o pescoço; então ele acariciou minha nuca com sua mão grande e deliciosamente quente com o calor do chá. Soltei um leve gemido de êxtase ao seu toque, e ele riu baixinho, massageando meus músculos doloridos.

– Você não devia estar na cama, Sassenach? Passou a noite acordada.

– Ah, eu dormi... um pouco.

Eu havia tirado cochilos irregulares, sentada defronte à janela aberta, acordada de vez em quando com a surpresa do rosto tocado pelas mariposas que voejavam, atraídas pela luz da minha vela. A sra. Bug tinha vindo de madrugada, no entanto, saudável e engomada, pronta para assumir a assistência pesada.

– Vou me deitar daqui a pouco – prometi. – Mas primeiro quero dar uma olhadinha rápida.

Acenei vagamente em direção ao microscópio, que jazia montado e pronto sobre a mesa. Perto dele havia vários pequenos recipientes de vidro, tapados com pedaços de pano retorcido, cada um contendo um líquido amarronzado. Jamie franziu o cenho.

– Dar uma olhadinha? Em quê? – indagou ele. Ergueu o nariz reto e alongado, fungando com desconfiança. – Isso é bosta?

– Isso mesmo – respondi, sem me preocupar em disfarçar um intenso bocejo.

Eu havia – com a maior discrição possível – coletado amostras de Hortense e do bebê, e, mais tarde, dos pacientes vivos também. Jamie as encarou.

– *O que*, exatamente – perguntou ele, com cautela –, você está procurando?

– Bom, não sei – admiti. – Na verdade, pode ser que não encontre nada... ou nada que consiga reconhecer. Mas pode ter sido uma ameba ou um bacilo o responsável pela enfermidade dos MacNeills... e eu acho que *conseguiria* reconhecer uma ameba; são bastante grandes. Em termos relativos – acrescentei, mais que depressa.

– Ah, é? – Ele aproximou as sobrancelhas arruivadas, então as ergueu. – Por quê?

Era uma pergunta melhor do que ele imaginava.

– Bom, em parte por curiosidade – admiti. – Mas também porque, se eu conseguir identificar o organismo causativo, vou saber um pouco mais sobre a doença... quanto tempo dura, por exemplo, e se há alguma complicação específica a esperar. E o quanto é contagiosa.

Ele me encarou, a caneca meio erguida em direção à boca.

– *Você* pode ficar doente?

– Eu não sei – admiti. – Embora tenha quase certeza de que sim. Já fui vacinada contra tifo e febre tifoide, mas isso não parece nenhuma das duas coisas. E não há vacina para disenteria nem giardíase.

As sobrancelhas dele se uniram e assim permaneceram enquanto ele bebericava o chá. Ele me deu um último apertão no pescoço e baixou as mãos.

Eu bebi meu próprio chá com bastante cuidado, com um suspiro de prazer ao senti-lo esquentar de leve minha garganta e descer, quente e reconfortante, até o estômago. Jamie descansava no banquinho, as longas pernas estiradas. Encarou a caneca fumegante que tinha nas mãos.

– Acha que este chá está quente, Sassenach? – perguntou ele.

Ao ouvir isso, ergui as sobrancelhas. Ambas as canecas estavam envoltas em pedaços de pano, e eu podia sentir o calor nas palmas das mãos.

– Acho – respondi. – Por quê?

Ele ergueu a caneca e bebericou o chá, deixando-o na boca por um instante antes de engolir. Pude ver o movimento dos longos músculos de sua garganta.

– Brianna foi até a cozinha enquanto eu preparava o bule – disse ele. – Ela apanhou a bacia e a canequinha de sabão... e então pegou uma concha de água fumegante do bule e despejou numa mão, depois na outra. – Ele fez uma pausa. – A água estava fervendo quando a removi do fogo, um instante antes.

A golada de chá que eu havia sorvido desceu quadrada, e eu tossi.

– Ela se queimou? – indaguei, depois de recuperar o fôlego.

– Queimou – respondeu ele, bastante taciturno. – Esfregou o antebraço dos dedos aos cotovelos, e eu vi a bolha na lateral da mão, onde a água caiu.

Ele fez uma pausa, e por sobre a caneca vi a preocupação em seus olhos azul-escuros.

Tomei mais um gole do chá não adoçado. A sala estava fria o bastante, logo após o amanhecer, de modo que meu hálito quente formou uma fumacinha de vapor quando expirei.

– O bebê de Padraic morreu nos braços de Marsali – comentei, baixinho. – Ela segurou a outra criança. Ela sabe que é contagioso.

E, sabendo disso, não poderia tocar ou erguer a própria filha no colo sem fazer o possível para afastar o medo.

Jamie se remexeu, incomodado.

– É – começou ele. – Mas, mesmo assim...

– É diferente – retruquei, e pus uma das mãos em seu pulso, tanto para confortá-lo quanto a mim mesma.

A frieza transitória do ar matinal tocava tanto a face quanto a mente, dissipando o cálido emaranhado de sonhos. A grama e as árvores ainda estavam iluminadas com o brilho tênue e frio da aurora, misterioso e azulado, e Jamie parecia um sólido ponto de referência, fixo frente à luz em movimento.

– Diferente – repeti. – Para ela, quero dizer.

Inspirei o ar doce da manhã, que cheirava a grama molhada e ipomeias.

– Eu nasci no fim de uma guerra... a Grande Guerra, como dizíamos, pois o mundo jamais tinha visto nada parecido. Já contei a você.

Minha voz continha uma leve sugestão de pergunta, e ele assentiu, os olhos fixos nos meus, escutando.

– No ano seguinte ao meu nascimento – prossegui –, houve uma enorme epidemia de gripe. No mundo todo. As pessoas morriam às centenas e aos milhares; cidades inteiras desapareceram no período de uma semana. Então veio a outra guerra, a minha.

As palavras eram bastante inconscientes, mas ao ouvi-las senti o canto da boca se contorcer de ironia. Jamie reparou, e seus próprios lábios se contorceram num sorriso fraco. Ele sabia o que eu queria dizer – aquele estranho senso de orgulho que surge por se sobreviver a um terrível conflito, deixando o sobrevivente com uma peculiar sensação de posse. Ele girou o punho, envolvendo os dedos com força nos meus.

– E ela nunca viu nenhuma praga ou guerra – disse ele, começando a entender. – Nunca?

Sua voz guardava certa estranheza. Era quase incompreensível, para um homem nascido guerreiro, criado para lutar tão logo fosse capaz de empunhar uma espada; nascido com a ideia de que deveria... iria... defender a si mesmo e sua família por meio da violência. Uma ideia incompreensível, porém admirável.

– Só em imagens. Filmes, quero dizer. Televisão.

Isso ele jamais compreenderia, e eu não era capaz de explicar. A forma como esses filmes tinham como foco a guerra em si; bombas, aviões e submarinos, e a empolgante urgência do sangue derramado com um propósito; um senso de nobreza na morte deliberada.

Ele conhecia os verdadeiros campos de batalha – e o que vinha em seguida.

– Os homens que lutaram nessas guerras... e as mulheres... não morreram pela matança, a maioria deles. Morreram assim... – Ergui a caneca em direção à janela, em direção às montanhas pacíficas, ao distante vazio onde a cabana de Padraic MacNeill se escondia. – Morreram de doenças e abandono, porque não havia forma de impedir.

– Eu vi isso – respondeu ele, baixinho, olhando as garrafas tapadas. – As pragas e febres correndo desenfreadas numa cidade, metade de um regimento morto por disenteria.

– Claro que viu.

Borboletas voejavam por entre as flores do pátio de entrada, brancas e amarelas, aqui e ali o balanço preguiçoso de asas coloridas saindo atrasados da sombra da mata. Meu polegar ainda pairava sobre o pulso dele, sentindo seus batimentos, lentos e poderosos.

– Brianna nasceu sete anos depois da popularização do uso da penicilina. Nasceu na América... não esta... – Tornei a menear a cabeça para a janela. – Mas *no outro país*, o que virá. Lá, não é comum ver mortes por doenças contagiosas.

Eu o encarei. A luz havia chegado à sua cintura, e cintilava na caneca de metal que tinha nas mãos.

– Você se lembra da primeira morte de alguém conhecido com que teve contato?

Seu rosto ficou pálido de surpresa, então ele aguçou o olhar, pensativo. Depois de um instante, balançou a cabeça.

– O meu irmão foi o primeiro importante, mas houve outros antes dele, sem dúvida.

– Eu também não consigo me lembrar.

Meus pais, claro; a morte de ambos fora pessoal – tendo nascido na Inglaterra, porém, vivi à sombra de cenotáfios e memoriais, e gente muito próxima de minha família morria com regularidade; tive uma lembrança súbita e vívida, de meu pai vestindo casaco escuro e chapéu para ir ao funeral da mulher do padeiro, a sra. Briggs – era esse o nome dela. Mas ela não havia sido a primeira; eu já conhecia a morte e os funerais. Quantos anos eu tinha à época? Quatro, talvez?

Eu estava muito cansada. Tinha os olhos ásperos pela falta de sono, e a luz delicada da manhã já estava mais clara, com o sol forte.

– Acho que a primeira morte que Brianna vivenciou pessoalmente foi a de Frank. Talvez tenha havido outras; não lembro bem. Mas a questão é...

– Eu entendi a questão.

Ele estendeu o braço, pegou minha caneca vazia e pousou-a no balcão, então esvaziou a sua e pousou-a também.

– Mas não é por si própria que ela teme, certo? – perguntou ele, com olhar penetrante. – É pelo pequeno.

Eu assenti. Ela devia saber, claro, de forma meio acadêmica, que tais coisas eram possíveis. No entanto, ver uma criança morrer de repente diante de si, vítima de um simples caso de diarreia...

– Ela é uma boa mãe – respondi, e abri um súbito bocejo.

Ela era. Mas jamais cogitara de maneira tão visceral que algo tão desprezível como um germe pudesse levar seu filho embora de uma hora para outra. Não até a noite anterior.

Jamie se levantou de repente, e me levantou também.

– Vá para a cama, Sassenach – disse ele. – Isso pode esperar. – Ele assentiu para o microscópio. – Nunca vi bosta estragar.

Eu ri e deixei o corpo cair devagar contra o dele, a bochecha pressionada em seu peito.

– Talvez você tenha razão.

Mesmo assim, não me afastei. Ele me conteve, e observamos a luz do sol se avivar, subindo lentamente a parede.

62

AMEBA

Virei o espelho do microscópio uma fração de centímetro mais adiante, para captar o máximo de luz possível.

– Ali – disse, fazendo um gesto para que Malva se aproximasse e olhasse. – Está vendo? A coisa grande e nítida no meio, lobulada, com grãozinhos?

Ela franziu o cenho, apertando um olho na lente, então sorveu o ar num arquejo de triunfo.

– Estou vendo claramente! Feito um pudim de groselha que alguém deixou cair no chão, não é?

– Isso mesmo – respondi, sorrindo para a descrição dela, apesar da seriedade geral de nossa investigação. – É uma ameba... um dos maiores micro-organismos que existem. E estou com a forte impressão de que este seja o nosso vilão.

Nós analisamos lâminas feitas com as amostras de fezes que eu havia recolhido de todos os doentes – pois os familiares de Padraic não haviam sido os únicos infectados. Havia três famílias com pelo menos uma pessoa com grave disenteria – e em todas as amostras que eu observara até então havia a presença dessa ameba invasora.

– É mesmo? – indagou Malva, que havia erguido o olhar enquanto eu falava, mas agora retornava ao microscópio, absorta. – Como é que uma coisa tão pequena pode causar tamanha *destruição* em algo tão grande feito uma pessoa?

– Bom, *existe* uma explicação – respondi, deslizando outra lâmina delicadamente pela solução de descoloração e pondo para secar. – Mas eu levaria um tempinho para lhe explicar tudo sobre células... você se lembra de que eu lhe mostrei as células da sua mucosa oral?

Ela assentiu, franzindo o cenho de leve, e correu a língua por dentro da bochecha.

– Bom, o corpo fabrica vários tipos diferentes de células, e existem células especiais com a função de combater as bactérias... aquelas pequeninas e redondinhas, você lembra? – indaguei, apontando para a lâmina, que, contendo matéria fecal, abrigava vastas quantidades de *Escherichia coli* e similares. – Mas existem milhões de tipos diferentes de micro-organismos, e às vezes surge algum com o qual as células especiais não conseguem lidar. Lembra que eu mostrei o *Plasmodium* no sangue de Lizzie? – Indiquei com a cabeça o frasco tapado no balcão; havia recolhido sangue de Lizzie apenas um ou dois dias antes e mostrado a Malva os parasitas da malária. – E acho que essa nossa ameba pode muito bem ser um desses.

– Ah, bom. Então a gente vai dar a penicilina para os doentes? – indagou ela, e eu abri um sorrisinho ao ouvir seu ávido "a gente", embora pouco houvesse na situação que suscitasse um sorriso.

– Não, receio que a penicilina não seja eficaz contra disenteria amebiana... é como se chama um desarranjo muito grave, disenteria. Não, receio que não tenhamos muita alternativa além das ervas. – Abri o armário e corri os olhos pelas fileiras de frascos e trouxas envoltas em gaze, pensativa. – Artemísia, para começar. – Desci o frasco e entreguei-o a Malva, que havia se aproximado de mim, espiando com interesse os mistérios do armário. – Alho costuma ser útil para infecções do trato digestivo... mas também dá um bom cataplasma para problemas de pele.

– E cebolas? A minha avó fervia uma cebola no vapor e botava na minha orelha quando eu era garotinha e tinha dor de ouvido. O cheiro era tenebroso, mas funcionava!

– Mal não faz. Então corra até a despensa e pegue... ah, umas três cebolas grandes e várias cabeças de alho.

– Sim, senhora, agora mesmo!

Ela pousou o frasco de artemísia e saiu em disparada, arrastando as sandálias. Eu me virei de volta para as prateleiras, tentando acalmar meu próprio senso de urgência.

Eu estava dividida entre a avidez de estar com os doentes, cuidando deles, e a necessidade de preparar remédios *capazes* de ajudar. Mas havia outras pessoas que podiam cuidar dos doentes, ao passo que ninguém além de mim conhecia o suficiente para tentar preparar um medicamento antiparasítico.

Artemísia, alho... agrimônia. E genciana. Qualquer coisa que fosse muito rica em cobre ou enxofre – ah, ruibarbo. Já havia passado a estação de crescimento, mas eu tivera uma boa colheita e guardara dúzias de garrafas de polpa fervida e xarope, que a sra. Bug gostava de usar nas tortas, o que fornecia alguma vitamina C para os meses do inverno. Isso daria uma base esplêndida para o remédio. Acrescentando talvez olmo, pelos efeitos suavizantes no trato intestinal – embora fosse provável que tais efeitos, de tão leves, fossem quase imperceptíveis frente à virulência do ataque.

Comecei a triturar artemísia e agrimônia no pilão, enquanto me perguntava de onde diabos tinha vindo aquela criatura. Disenteria amebiana costumava ser uma doença tropical, embora Deus fosse testemunha de que eu havia visto um bom número de raras doenças tropicais na costa, trazidas pelos escravos e pelo comércio de açúcar das ilhas da Índia – e não poucas mais para o interior, também, já que as moléstias que não matavam instantaneamente tendiam a se tornar crônicas e se deslocar com a vítima.

Não era impossível que algum pescador a tivesse contraído durante a viagem desde a costa, e, tendo o afortunado cidadão apenas sofrido uma infecção leve, ele estava agora carregando a forma enquistada da ameba em seu trato digestivo, prontinha para espalhar cistos infecciosos a torto e a direito.

Por que esse surto repentino? Disenteria era quase sempre propagada por meio de comida ou água contaminada. O que...

– Aqui, madame.

Malva estava de volta, resfolegante por conta da pressa, várias cebolas grandes e marrons na mão, frescas e brilhantes, e uma dúzia de cabeças de alho enroladas no avental. Mandei-a fatiar tudo e tive a feliz inspiração de pedir que cozinhasse no mel. Não sabia se o efeito antibacteriano do mel teria eficácia contra uma ameba, mas mal não podia fazer – e transformaria a mistura em algo um pouco mais palatável; já começava a se transformar em algo mais do que uma gororoba que fazia lacrimejar, entre as cebolas, o alho e o ruibarbo.

– Eca! O que vocês estão *fazendo* aqui?

Eu parei a maceração, ergui o olhar e vi Brianna parada à porta, profundamente desconfiada, o nariz torcido por conta do cheiro.

– Ah. Bom...

Eu havia me habituado com o odor, mas de fato o ar do consultório estava denso com o cheiro das amostras fecais, agora intensificado pelas ondas do vapor de cebola. Malva ergueu os olhos lacrimejantes e deu uma fungada, limpando o nariz no avental.

– Estamos fazendo remédio – informou a Bree, cheia de dignidade.

– Alguém mais caiu doente? – perguntei, ansiosa.

Ela, porém, balançou a cabeça e se esgueirou sala adentro, cuidando para evitar o balcão onde eu estivera preparando as lâminas de material fecal.

– Não, não que eu tenha ouvido. Levei um pouco de comida para os McLachlans hoje de manhã, e eles disseram que só as duas pequenas estavam mal. A sra. Coinneach disse que teve uma diarreia uns dois dias atrás, mas nada mais, e agora está melhor.

– Estão dando água com mel às pequenas?

Ela assentiu, com uma leve ruga entre as sobrancelhas.

– Eu vi as duas. Parecem bem doentes, mas nada como os MacNeills.

Ela própria pareceu bem mal ao se lembrar da cena, mas afastou o pensamento, virando-se para o armário comprido.

– Posso pegar um pouco de ácido sulfúrico, mãe?

Ela havia trazido consigo uma vasilha de cerâmica e, ao ver aquilo, eu ri.

– Gente comum pede uma xícara de açúcar – respondi, indicando a vasilha. – Claro. Mas tome cuidado... é melhor botar num desses frascos com rolha encerada. Você *não* quer arriscar tropeçar e derrubar tudo.

– Definitivamente não – garantiu ela. – Mas só preciso de umas gotinhas; vou diluir bastante. Estou fazendo papel.

– Papel? – Malva pestanejou, de olhos vermelhos, e deu uma fungada. – Como?

– Bom, você espreme qualquer coisa fibrosa que conseguir encontrar – explicou Bree, fazendo movimentos ilustrativos com as mãos. – Pedaços de papel usado, trapos de pano velho, pedaços de fios ou cordas, alguns tipos molengos de folhas ou flores. Então deixa a mistura por vários dias embebida em água com ácido sulfúrico diluído, se houver. – Ela deu uma batidinha carinhosa no frasco quadrado. – Então, quando a mistura estiver toda digerida, formando uma espécie de polpa, você espalha uma camada fina numa tela de tecido, escorre a água, deixa secar, e eis o papel!

Pude ver Malva movendo os lábios em silêncio para dizer "eis o papel", e me virei um pouquinho, de modo que ela não pudesse me ver sorrir. Brianna desarrolhou o grande frasco quadrado de ácido e, com muito cuidado, virou umas gotinhas em sua vasilha. Imediatamente, o cheiro quente de enxofre subiu feito um demônio entre o miasma de fezes e cebolas.

Malva enrijeceu o corpo, os olhos ainda lacrimejando, porém arregalados.

– O que é isso? – perguntou ela.

– Ácido sulfúrico – disse Bree, olhando-a com curiosidade.

– Vitríolo – emendei. – Você já viu... quer dizer, já cheirou?

Ela assentiu, pôs as cebolas fatiadas numa panela e tapou com cuidado.

– É, já cheirei. – Ela veio espiar a garrafa de vidro verde, dando tapinhas nos olhos. – A minha mãe... ela morreu quando eu era pequena... ela tinha um pouco disso. Eu me lembro do cheiro, e de como ela dizia que eu nunca, jamais poderia tocar. Enxofre, o pessoal chamava o cheiro... um sopro de enxofre.

– É mesmo? E para que será que ela usava?

Eu *de fato* me fiz essa pergunta, e com certa sensação de desconforto. Um alquimista ou farmacêutico talvez tivesse esse tipo de coisa; o único motivo que eu conhecia para um cidadão ter algo assim em casa era como forma de agressão – para arremessar em alguém.

Malva, no entanto, apenas balançou a cabeça e retornou às cebolas e ao alho. Eu, porém, havia captado o olhar em seu rosto; uma expressão estranha de hostilidade e saudade, que me trouxe um pequeno e inesperado clique.

Saudade de uma mãe morta havia muito tempo – e a fúria de uma garotinha abandonada. Desnorteada e sozinha.

– O quê? – Brianna observava o *meu* rosto com uma leve carreta. – Qual é o problema?

– Nada – respondi, e pus uma mão em seu braço, só para sentir a força e alegria de sua presença, seus anos de crescimento. Meus olhos lacrimejaram, mas isso podia ser atribuído às cebolas. – Nada mesmo.

Eu estava ficando muito cansada de funerais. Era o terceiro em três dias. Havíamos enterrado Hortense com a bebê, depois a velha sra. Ogilvie. Agora era outra criança, um dos gêmeos dos MacAfees. O outro gêmeo, um garoto, estava parado defronte à sepultura da irmã, num estado de choque tão profundo que ele próprio parecia um fantasma ambulante, embora não tivesse sido afetado pela doença.

Estávamos mais atrasados que o pretendido – o caixão demorara a ficar pronto –, e a noite já se erguia à nossa volta. Todo o dourado das folhas de outono havia se acinzentado, e uma névoa branca se enroscava nos troncos escuros e úmidos dos pinheiros. Era difícil imaginar cena mais desoladora – e, ainda assim, era de certa forma um clima mais apropriado que o sol forte e a brisa fresca que soprava quando enterráramos Hortense e a pequena Angélica.

– *O Senhor é meu pastor. Guia-me pelas veredas...*

A voz de Roger estalava, cheia de dor, mas ninguém parecia notar. Ele lutou por um instante, engolindo em seco, e prosseguiu, com teimosia. Tinha nas mãos a pequena Bíblia verde, mas não olhava para ela; falava de cor, e seus olhos iam do sr.

MacDuff, sozinho devido à doença da mulher e da irmã, ao garotinho parado ao lado dele – um menininho mais ou menos da idade de Jemmy.

– *Ainda que eu andasse... ainda que eu andasse pelo vale da sombra da morte, não... não temeria mal algum...*

O tremor era audível em sua voz, e notei que lágrimas corriam por seu rosto. Procurei Bree; estava parada um pouco atrás dos enlutados, com Jem meio enroscado nas pregas de seu casaco escuro. Tinha o capuz erguido, mas era possível ver seu rosto, pálido sob o crepúsculo, como Nossa Senhora das Dores.

Até o casaco vermelho do major MacDonald estava mudo, cinza-carvão sob os últimos vestígios de luz. Ele havia chegado durante a tarde e ajudara a carregar o pequeno caixão; agora se encontrava parado de pé, melancólico, o chapéu enfiado debaixo do braço, a cabeça baixa, o rosto invisível. Ele também tinha uma filha – uma menina, que morava com a mãe em algum lugar da Escócia.

Eu cambaleei um pouco e senti a mão de Jamie sob meu cotovelo. Dormira muito pouco nos três dias anteriores e me alimentara muito mal. No entanto, não sentia fome nem sono; sentia-me distante e irreal, como se o vento soprasse através de mim.

O pai soltou um grito de lamento inconsolável, e de repente afundou o corpo na pilha de terra amontoada ao lado da sepultura. Senti os músculos de Jamie se contraírem em um gesto instintivo de compaixão, me afastei um pouco e murmurei:

– Vá.

Eu o vi avançar depressa até o sr. MacAfee, inclinar o corpo, falar com ele e abraçá-lo. Roger havia parado de falar.

Meus pensamentos não me obedeciam. Por mais que eu tentasse prestar atenção aos procedimentos, minha mente vagava. Meus braços doíam; eu estivera triturando ervas, erguendo pacientes, carregando água... era como se fizesse tudo aquilo sem cessar. Podia sentir as pancadas fortes e repetitivas do pilão no almofariz, o peso arrastado dos corpos desfalecidos. Via em lembranças vívidas as lâminas de *Entameba*, ávidos pseudópodes deslizando em câmera lenta, cheios de apetite. Água, eu ouvia água fluindo; elas viviam na água, embora somente a forma cística fosse infecciosa. Propagava-se através da água. Eu pensava isso muito claramente.

Então me vi deitada no chão, sem lembrança de ter caído, sem lembrança de sequer ter estado de pé, o cheiro de terra fresca e madeira úmida fortes em meu nariz, e um vago pensamento sobre vermes. Houve um tremor diante de meus olhos; a pequena Bíblia verde havia caído e jazia sobre a terra bem à minha frente, o vento virando as páginas, uma a uma, em um jogo fantasmagórico de bibliomancia... Aonde aquilo iria parar?, eu me perguntei, de maneira pouco clara.

Havia mãos e vozes, mas eu não conseguia prestar atenção. Uma grande ameba flutuava de forma majestosa na escuridão à minha frente, os pseudópodes flutuando lentos, bem lentos, num abraço acolhedor.

63

MOMENTO DE DECISÃO

A febre percorria minha cabeça feito um temporal, e a dor pungente perfurava meu corpo em explosões fulgurantes, cada pontada um relâmpago a brilhar por um vívido instante ao longo de um nervo ou plexo, acendendo as cavidades ocultas de minhas juntas, calcinando a extensão das fibras musculares. Um clarão cruel, que atingia e voltava a atingir, espada feroz de um anjo destrutivo e impiedoso.

Eu raramente sabia quando meus olhos estavam abertos ou fechados, nem se estava dormindo ou acordada. Não via nada além de um cinza turvo, turbulento e rajado de vermelho. O vermelho pulsava em veias e ataduras, envolto pela nuvem. Estendi a mão até uma veia carmesim e acompanhei seu caminho, atenta ao trajeto de seu brilho sombrio em meio à ondulação do trovão. Os sons do trovão aumentavam à medida que eu penetrava cada vez mais nas trevas que ebuliam ao meu redor, tornando-se regulares e terríveis como as batidas de um tambor, de modo que meus ouvidos ecoavam com eles e eu me sentia oca por dentro, distendida, vibrando com cada estrondo sonoro.

A fonte agora estava diante de mim, pulsando com tanta força que eu sentia que devia gritar, apenas para ouvir outro som – porém, embora sentisse os lábios afastados e a garganta inchada de esforço, não ouvia nada além das pancadas. Desesperada, projetei as mãos – se eram as minhas – através do cinza enevoado e agarrei algum objeto quente, úmido e muito escorregadio, que palpitava, convulsionava em minhas mãos.

Olhei para baixo e reconheci imediatamente meu próprio coração.

Horrorizada, deixei-o cair, e ele rastejou por uma trilha de lodo avermelhado, trêmulo com o esforço, as válvulas todas se abrindo e fechando feito bocas de peixes sufocados, abrindo com um clique oco e tornando a fechar com um baque leve e substancial.

Às vezes surgiam rostos nas nuvens. Alguns pareciam familiares, embora eu não soubesse nomeá-los. Outros eram rostos de estranhos, os rostos entrevistos e desconhecidos que às vezes perpassam a mente na fronteira do sono. Esses me encaravam com curiosidade ou indiferença... então se viravam.

Os outros, os que eu conhecia, guardavam semblantes de compaixão ou preocupação; buscavam fixar o olhar no meu, mas eu desviava, cheia de culpa, desorientada, incapaz de seguir adiante. Seus lábios se moviam, e eu sabia que eles falavam comigo, mas não ouvia nada, suas palavras afundavam no estrondo silencioso de minha tempestade.

Eu me sentia bastante estranha – mas, pela primeira vez em incontáveis dias, não me sentia doente. As nuvens de febre haviam se afastado; ainda murmuravam baixinho em algum lugar próximo, mas no momento haviam desaparecido de vista. Minha visão estava clara; eu enxergava a madeira crua das vigas no teto.

A bem da verdade, eu via a madeira com tanta clareza que me impressionei com a sua beleza. As volutas e espirais dos grânulos polidos pareciam ao mesmo tempo estáticas e vivas, graciosas, as cores cintilando com a fumaça e a essência da terra, de modo que eu podia ver como a viga fora transformada, mas ainda preservava o espírito da árvore.

Aquilo me hipnotizara de tal forma que estendi a mão para tocar a madeira – e toquei. Meus dedos a roçaram com deleite ao sentirem a superfície fria e as ranhuras das marcas do machado, em formato de asas, harmoniosas feito um voo de gansos ao longo da viga. Eu podia ouvir as batidas de asas poderosas, e ao mesmo tempo sentia a flexão e o movimento dos meus ombros, a vibração de alegria pelos meus antebraços quando o machado tocava a madeira. Enquanto explorava essa sensação fascinante, ocorreu-me, de leve, que a viga estava quase 2,5 metros acima da cama.

Eu me virei – sem qualquer esforço – e vi que estava deitada na cama abaixo.

Estava de costas, as cobertas amarrotadas e espalhadas, como se em algum momento eu tivesse tentado jogá-las longe, mas tivesse me faltado força. O ar no quarto estava estranhamente parado, e os blocos de cor do tecido cintilavam através dele, feito joias no fundo do mar, valiosas porém em silêncio.

Minha pele, ao contrário, era da cor das pérolas, pálida e brilhosa. Então vi que era porque eu estava tão magra que a pele do meu rosto e dos meus membros estava colada aos ossos, e era o fulgor de osso e cartilagem abaixo que dava aquele verniz ao meu rosto, uma dureza suave reluzindo através da pele diáfana.

E que ossos! Eu me enchi de admiração e me maravilhei com a sua forma. Meus olhos acompanharam, com uma sensação de espanto e respeito, a delicadeza das costelas arqueadas, a beleza estonteante do crânio esculpido.

Meu cabelo estava bagunçado, emaranhado e sem brilho... e mesmo assim eu me sentia atraída por ele, traçando as ondas com o olho e o... dedo? Eu não tinha consciência de me mover, mas sentia a maciez das mechas, a seda fria e castanha e a energia viva do tom prateado, ouvia os fios aderirem suavemente passando uns pelos outros, um farfalhar de notas ondulantes feito uma harpa.

Meu Deus, eu disse, e ouvi as palavras, embora nenhum som tivesse irrompido no ar, *você é tão linda!*

Eu tinha os olhos abertos. Encarei com afinco e encontrei um olhar âmbar e dourado-claro. Os olhos encararam através de mim, para algo bem além – no entanto, também me enxergavam. Vi a leve dilatação das pupilas e senti o calor de sua escuridão me abraçar, com sabedoria e aceitação. *Sim*, disseram aqueles olhos sábios. *Eu conheço você. Vamos embora.* Senti uma imensa paz, e o ar à minha volta se agitou, como o vento a soprar por entre as folhas.

Então um som me fez virar em direção à janela, e vi o homem que estava parado ali. Eu não sabia como chamá-lo, mas mesmo assim o amava. Ele estava parado de pé, de costas para a cama, agarrado à grade, a cabeça afundada no peito, de modo que a luz da aurora lhe conferia um brilho avermelhado aos cabelos e um tom dourado aos braços. O homem balançou o corpo com um espasmo; pude sentir, como os tremores de um abalo distante.

Alguém se moveu perto dele. Uma mulher de cabelo escuro, uma garota. Ela se aproximou, pôs as mãos em suas costas e murmurou qualquer coisa a ele. Reparei na forma como ela o olhava, a suave inclinação da cabeça, a íntima proximidade do corpo em relação a ele.

Não, pensei, com muita calma. *Assim não dá.*

Dei outra olhada para mim mesma, deitada sobre a cama, e, com uma sensação de firme determinação e incalculável arrependimento, respirei mais uma vez.

64

EU SOU A RESSURREIÇÃO, PARTE 2

Eu ainda dormia por longos períodos, despertando apenas para me alimentar. Já não tinha sonhos delirantes, no entanto, e meu sono era um lago de águas negras e profundas, onde eu respirava esquecimento e pairava em meio a plantas aquáticas ondulantes, absorta como um peixe.

Eu às vezes flutuava logo abaixo da superfície, ciente das pessoas e coisas no mundo onde se respirava ar, porém incapaz de juntar-me a elas. Ouvia vozes próximas, abafadas e ininteligíveis. De vez em quando uma frase penetrava o líquido transparente à minha volta e flutuava até minha mente, onde pairava feito uma diminuta água-viva, redonda e translúcida, porém pulsando com algum propósito secreto e misterioso, em uma rede ondulante de palavras.

Cada frase pairava por um tempo ao meu alcance, enroscando-se e desenroscando--se em ritmos peculiares, e então ia embora, flutuando para cima, deixando o silêncio.

Nesses entremeios a pequena água-viva invadia espaços abertos de água transparente, umas repletas de luz radiante, outras numa escuridão de plena paz. Eu subia e descia, suspensa entre a superfície e as profundezas, à mercê de correntes desconhecidas.

– Doutora, olhe.

Murmúrio. Um movimento ali, uma semente de consciência adormecida, perturbada por carbonatação, cisões e vicejos. Então um golpe, forte como metal. *Quem me chama?*

– Doutora, olhe.

Eu abri os olhos.

Não foi nenhum grande choque, pois o quarto estava tomado pelo crepúsculo, luz parada, feito debaixo d'água, e eu não tinha sensação de ruptura.

– Ó, Senhor Jesus Cristo, Grande Doutor: Olhe com Teu gracioso favor por este Teu criado; dê sabedoria e discernimento aos que cuidam dela em sua enfermidade; abençoa todos os meios utilizados em sua recuperação...

As palavras flutuavam por mim numa corrente sussurrante, frias em minha pele. Havia um homem à minha frente, a cabeça escura enfiada num livro. A luz do quarto o abraçava, e ele parecia parte dela.

– Estende a Tua mão – sussurrou ele diante das páginas, com a voz rascante – e, segundo a Tua vontade, faça com que recupere a força e a saúde, e que viva para louvar a Ti por Tua bondade e Tua graça; pela glória de Teu santo nome. Amém.

– Roger? – indaguei, buscando o nome dele.

Minha própria voz estava rouca, pelo desuso; falar era um esforço insuportável.

Ele rezava, de olhos fechados; então abriu-os, incrédulo, e eu pensei em como eram vívidos, de um verde cor de serpentina e folhas de verão.

– Claire? – perguntou ele, com a voz aguda de um adolescente, e largou o livro no chão.

– Não sei – respondi, sentindo que aquele estado onírico de submersão ameaçava me afundar para longe. – Sou eu?

Eu podia erguer a mão por alguns instantes, mas estava fraca demais até para erguer a cabeça, que dirá me sentar. Roger me arrastou gentilmente, semierguida, até uma pilha de travesseiros, pôs a mão na minha nuca para que ela não balançasse, e levou um copo d'água a meus lábios secos. Foi a estranha sensação de sua mão na pele nua de meu pescoço que deu início a um enevoado processo de concretização. Então senti o calor de sua mão, vívido e imediato, em minha nuca; dei um solavanco, feito um peixe golpeado por um arpão, e o copo voou longe.

– O quê? O quê? – balbuciei, agarrando a cabeça, chocada demais para formular uma frase completa, e alheia à água gelada que empapuçava os lençóis. – O QUÊ?!

Roger parecia quase tão chocado quanto eu me sentia. Ele engoliu em seco, procurando as palavras.

– Eu... eu... achei que você soubesse – gaguejou ele, a voz trêmula. – Você...? Quero dizer... eu achei... olhe, vai crescer!

Eu sentia a boca remexendo, tentando em vão emitir sons que pudessem se assemelhar a palavras, mas não havia conexão entre língua e cérebro – não havia espaço para nada além da concretização de que o peso forte e macio de meus cabelos havia desaparecido, substituído por um punhado de pelos eriçados.

– Malva e a sra. Bug cortaram, anteontem – respondeu Roger, apressado. – Elas... nós não estávamos aqui, nem Bree nem eu, a gente não teria deixado, claro que não, mas elas acharam que era isso que se fazia com alguém que está com uma febre terrível, é *isso* o que as pessoas fazem hoje em dia. Bree ficou furiosa com elas, mas elas acharam... elas realmente acharam que estavam salvando a sua vida... meu Deus, Claire, não faça essa cara, por favor!

O rosto de Roger havia desaparecido em uma explosão de luz, uma cortina d'água cintilante descendo de súbito para me proteger do olhar do mundo.

Não tive consciência alguma de estar chorando. A dor simplesmente irrompeu de dentro de mim, como vinho a jorrar de um odre perfurado por uma faca. Vermelho-tinto feito tutano de osso, jorrando e pingando por todo canto.

– Eu vou buscar Jamie! – disse ele, baixinho.

– NÃO! – Eu o agarrei pela manga, com mais força do que imaginei que possuísse. – Deus, não! Não quero que ele me veja assim!

Seu silêncio momentâneo me disse tudo, mas eu continuei agarrada à manga dele, teimosa, incapaz de pensar em outra forma de prevenir o impensável. Pisquei os olhos, a água escorrendo por meu rosto feito uma nascente, e Roger mais uma vez surgiu à minha vista, meio embaçado nos cantos.

– Ele... ahn... ele já viu você – disse por fim, com a voz rouca, e baixou a vista, sem querer me encarar. – Já viu isso... Quero dizer... – Ele passou a mão distraidamente em torno dos próprios cachos negros. – Ele já viu.

– Viu mesmo? – O choque era quase tão grande quanto a descoberta inicial. – O que... o que foi que ele disse?

Roger respirou fundo e tornou a erguer os olhos, como se temesse ver uma górgona. Ou uma antigórgona, pensei, ressentida.

– Não disse nada – respondeu, com muita delicadeza, pousando a mão no meu braço. – Ele... ele só chorou.

Eu também ainda chorava, mas agora de maneira mais ortodoxa. Menos arquejante. A sensação de frio nos ossos havia passado, e meus braços e pernas já estavam mais quentes, embora eu ainda sentisse uma desconcertante brisa gelada no couro cabeludo. Meu coração já se acalmava, e tive a sensação de estar parada do lado de fora do corpo.

Choque?, pensei, com uma surpresa ao ver a palavra se formar em minha mente, vacilante e liquefeita. Eu imaginava que uma pessoa *pudesse* sofrer um verdadeiro choque físico como resultado de feridas emocionais – claro que podia, eu sabia disso...

– Claire!

De repente me dei conta de que Roger chamava meu nome com urgência cada vez maior, sacudindo meu braço. Com imenso esforço, forcei-me a encará-lo. Ele parecia bastante alarmado, e eu me perguntei, vagamente, se recomeçara a morrer. Mas não... era tarde demais para isso.

– O quê?

Ele deu um suspiro – aliviado, pensei.

– Você fez uma cara engraçada por um instante. – Ele tinha a voz áspera; parecia sentir dor ao falar. – Achei... quer mais um gole d'água?

A oferta parecia tão incongruente que quase soltei uma gargalhada. Mas eu *estava* com muita sede – e de repente um copo de água gelada pareceu a coisa mais desejável do mundo.

– Quero.

As lágrimas continuaram correndo por meu rosto, mas agora pareciam quase tranquilizantes. Não fiz menção de tentar impedi-las – era difícil demais –, mas sequei o rosto com a borda do lençol molhado.

Eu começava a me dar conta de que talvez não tivesse feito a escolha mais sábia – ou pelo menos não a mais fácil – ao decidir não morrer. As coisas além dos limites e fronteiras de meu próprio corpo já começavam a voltar. Problemas, dificuldades, perigos... pesar. Coisas sombrias, assustadoras, como uma multidão de morcegos. Eu não queria olhar muito de perto as imagens que jaziam numa pilha desordenada no fundo da minha mente – coisas que eu havia atirado longe na luta para conseguir flutuar.

No entanto, se eu tinha voltado, voltara a ser o que era – e eu era uma médica.

– A... doença. – Sequei a última lágrima e deixei Roger pôr as mãos sobre as minhas, me ajudando a segurar o copo. – Ainda está...?

– Não.

Ele falava num tom manso, e conduziu a borda do copo aos meus lábios. O que era?, perguntei-me vagamente. Água, mas com alguma coisa – menta e algo mais forte, mais amargo... angélica?

– Já parou. – Roger segurava o copo, deixando que eu bebesse devagar. – Ninguém caiu doente na última semana.

– Uma semana? – Eu balancei o copo, derramando um pouco de água no queixo. – Quanto tempo eu passei...

– Mais ou menos isso.

Roger pigarreou. Tinha os olhos cravados no copo; deslizou o polegar com suavidade pelo meu queixo, removendo as gotas que eu havia derramado.

– Você esteve entre os últimos a ficar doente.

Respirei fundo, então bebi um pouco mais. O líquido tinha um gosto doce e suave por sobre o amargo e pungente... mel. Minha mente localizou a palavra, e senti uma pontada de alívio ao encontrar essa pequena parte de realidade perdida.

Pude perceber, pelo jeito dele, que alguns doentes haviam morrido, mas não fiz mais perguntas no momento. Uma coisa era decidir viver. Tornar a fazer parte do mundo dos vivos demandaria uma força que eu não possuía no momento. Eu havia puxado minhas raízes e jazia feito uma planta esmorecida; afundar as raízes na terra estava por ora além de minhas forças.

A ideia de que gente que eu conhecia – e talvez tivesse amado – estava morta parecia um sofrimento igual a perder os cabelos – e eu não podia aguentar essas duas coisas de uma vez.

Bebi outros dois copos de água adoçada com mel, apesar do amargor no fundo, então me deitei de costas com um suspiro, sentindo o estômago feito um balãozinho gelado.

– Melhor você descansar um pouco – aconselhou Roger, pousando o copo na mesa. – Vou buscar Brianna, sim? Mas durma, se quiser.

Eu não tinha forças para assentir, mas consegui ensaiar um esgar de lábios que fez as vezes de sorriso. Ergui uma mão trêmula e esfreguei com cautela meu cocuruto tosado. Roger se encolheu, bem de leve.

Quando se levantou, vi o quanto estava magro e tenso – passara a semana inteira ajudando a cuidar de todos os doentes, imaginei, não apenas de mim. E a enterrar os mortos. Ele tinha autorização para ministrar funerais.

– Roger? – Era imenso o esforço de falar; uma terrível dificuldade encontrar as palavras, separá-las do emaranhado em minha cabeça. – Você tem se alimentado direito?

Sua expressão então se alterou, e um olhar de alívio suavizou as linhas de tensão e preocupação.

– Não – respondeu ele, então pigarreou outra vez e sorriu. – Não como desde ontem à noite.

– Ah. Bem – respondi, e ergui uma mão, pesada feito chumbo. – Então faça isso. Vá comer. Tudo bem?

– Sim – respondeu ele. – Vou comer.

Em vez de sair, porém, ele hesitou, deu vários passos para trás, debruçou-se na cama, agarrou meu rosto entre as mãos e me deu um beijo na testa.

– Você está bonita – disse ele, impetuoso, com um último aperto em meu rosto, e saiu.

– O quê? – indaguei, numa voz fraca, mas a única resposta que tive foi o voejar da cortina com a brisa que adentrou, trazendo o aroma de maçãs.

A bem da verdade, eu parecia um esqueleto de cabelo raspado, um corte particularmente desfavorável, como descobri quando enfim ganhei força suficiente para obrigar Jamie a me trazer um espelho.

– Não suponho que esteja pensando em usar um chapéu? – sugeriu ele, correndo o dedo timidamente numa amostra de musselina que Marsali havia trazido. – Só até crescer um pouco?

– Não suponho que eu possa, maldição.

Tive certa dificuldade em dizer aquilo, chocada como estava pelo reflexo no espelho. A bem da verdade, tive um forte ímpeto de agarrar o chapéu das mãos dele, botá-lo na cabeça e puxar até os ombros.

Eu havia rejeitado ofertas anteriores de chapéus feitas pela sra. Bug – que parabenizava a si mesma sem cessar pela minha sobrevivência como resultado óbvio de seu tratamento para a febre –, e também por Marsali, Malva e todas as outras mulheres que tinham ido me visitar.

Eu estava simplesmente sendo do contra; a visão de meus cabelos indomados escandalizava a ideia escocesa do que era apropriado para uma mulher, e elas haviam passado anos tentando – com variados graus de sutileza – me forçar a usar chapéus. Que eu me danasse se deixasse a circunstância tornar a imposição bem-sucedida.

Ao me ver no espelho, eu me sentia de certa forma menos inflexível. E de fato sentia um friozinho na cabeça raspada. Por outro lado, percebi que, se cedesse, Jamie ficaria bastante consternado – e pensei que já o havia assustado demais, a julgar por seu semblante encovado e pelos círculos escuros sob os olhos.

Sendo assim, seu rosto se aliviou de maneira considerável quando rejeitei o chapéu que ele segurava e o joguei de lado.

Com cuidado, virei o espelho para baixo e deitei-o sobre a colcha, reprimindo um suspiro.

– É sempre bom para dar umas risadas, suponho, ver a expressão das pessoas quando se deparam comigo.

Jamie me olhou, remexendo o canto da boca.

– Você está muito bonita, Sassenach – disse, com delicadeza.

Então irrompeu numa gargalhada, roncando pelo nariz e assobiando. Ergui uma sobrancelha para ele, peguei o espelho e tornei a olhar – o que o fez gargalhar ainda mais alto.

Eu me recostei nos travesseiros, sentindo-me um pouco melhor. A febre já havia passado, mas eu ainda me sentia fraca e fantasmagórica, mal capaz de me sentar sem auxílio, e o sono me chegava quase sem aviso, depois do mais ínfimo esforço.

Jamie, ainda roncando, pegou minha mão, levou-a à boca e a beijou. O súbito calor e urgência do toque fizeram eriçar os pelos em meu antebraço, e meus dedos se fecharam involuntariamente ao redor dos dele.

– Eu te amo – disse ele, bem baixinho, os ombros ainda tremendo pelas gargalhadas.

– Ah – respondi, sentindo-me muito melhor. – Bom, então. Eu também te amo. E *vai* crescer, no fim das contas.

– Vai, sim. – Ele tornou a beijar minha mão e deitou-a com delicadeza sobre a colcha. – Você comeu?

– Um pouco – respondi, com todo o autocontrole que pude reunir. – Vou comer mais um pouco depois.

Eu havia percebido muitos anos antes por que os "pacientes" eram chamados assim; é porque uma pessoa doente em geral está incapacitada, e portanto obrigada a aguentar todo tipo de aporrinhação e aborrecimento dos que *não* estão doentes.

A febre havia cedido de vez, e eu recobrara a consciência dois dias antes; desde então, a reação invariável de todos que me encontravam era prender o ar ao ver a minha aparência, encorajar-me a usar um chapéu, então tentar forçar comida por minha goela abaixo. Jamie, mais sensível aos meus tons de voz que a sra. Bug, Malva, Brianna ou Marsali, foi sábio em desistir depois de uma breve olhada na bandeja ao lado da cama para ver que eu de fato *havia* comido um pouco.

– Diga o que aconteceu – pedi, me ajeitando e preparando o espírito. – Quem ficou doente? Como estão? E quem... – Eu pigarreei. – Quem morreu?

Ele estreitou os olhos para mim, obviamente tentando adivinhar se eu iria desmaiar, morrer ou dar um salto da cama com as notícias.

– Tem certeza de que está bem, Sassenach? – perguntou ele, hesitante. – As notícias não vão estragar se ficarem guardadas.

– Não, mas cedo ou tarde eu vou ter que saber, não é? E é melhor saber do que ficar me preocupando com o que eu *não* sei.

Ele assentiu, concordando com meu argumento, e respirou fundo.

– Muito bem, então. Padraic e a filha estão se recuperando bem. Evan... ele perdeu o mais novo, o pequeno Bobby, e Grace ainda está mal, mas Hugh e Caitlin nem sequer caíram doentes. – Ele engoliu em seco e prosseguiu. – Três dos pescadores morreram; talvez haja ainda uma dúzia doentes, mas a maioria já está se recuperando. – Ele alisou as sobrancelhas, pensativo. – E Tom Christie. Ouvi dizer que ainda está mal.

– Está? Malva não falou nada.

Na verdade, Malva havia se recusado a me contar qualquer coisa mais cedo, quando eu perguntara, insistindo que eu devia apenas descansar, sem me preocupar com nada.

– E Allan?

– Não, ele está bem – assegurou Jamie.

– Há quanto tempo Tom está doente?

– Não sei. A moça pode dizer.

Eu assenti – um erro, pois a tontura ainda não me abandonara, e fui obrigada a fechar os olhos e deixar a cabeça pender para trás, vendo um pisca-pisca de imagens por detrás das pálpebras.

– É muito estranho – respondi, meio sem ar, ouvindo Jamie começar a se levantar em resposta a meu breve colapso. – Quando fecho os olhos, costumo ver estrelas... mas não como as do céu. Parecem as estrelas do forro da mala de uma boneca... uma valise, na verdade... que eu tinha quando criança. Por que você acha que isso acontece?

– Não faço a menor ideia. – Ele sentou-se de volta no banquinho, e eu ouvi um farfalhar. – Você não está delirando ainda, está? – perguntou, num tom seco.

– Acho que não. Eu *estava* delirando?

Respirando fundo e com cuidado, abri os olhos e tentei dar a ele o melhor sorriso que pude.

– Estava.

– Eu vou querer saber o que falei?

Ele fez uma careta.

– Provavelmente não, mas qualquer hora dessas eu conto mesmo assim.

Considerei fechar os olhos e flutuar sono adentro em vez de contemplar constrangimentos futuros, mas me reavivei. Se eu pretendia viver – e eu pretendia –, precisava reunir os fios de vida que me prendiam à terra e reamarrá-los.

– A família de Bree e de Marsali... estão todos bem? – perguntei.

Era mais uma questão de costume; tanto Bree quanto Marsali tinham vindo ambas, ansiosas, vigiar meu corpo prostrado, e embora nenhuma delas me contasse qualquer coisa que pudesse me aborrecer em minha condição frágil, eu tinha razoável certeza de que nenhuma das duas teria guardado segredo se as crianças estivessem seriamente doentes.

– Sim – respondeu ele, devagar –, sim, estão bem.

– O que foi? – indaguei, captando a hesitação em sua voz.

– Estão bem – repetiu ele, depressa. – Ninguém caiu doente.

Lancei a ele um olhar frio, embora com cuidado para não me mexer demais.

– Pode me falar – insisti. – Se não falar, eu arranco da sra. Bug.

Como se invocada pela menção do próprio nome, fez-se na escada o baque característico dos tamancos da sra. Bug, que se aproximava. Ela se movia mais devagar que de costume, e com um cuidado sugestivo de quem carregava algo.

Minha suspeita se provou verdadeira; ela abriu a porta com a lateral do corpo, uma bandeja cheia numa das mãos e a outra abraçada a Henri-Christian, dependurado nela feito um macaco.

– Trouxe uma comidinha, *a leannan* – disse ela bruscamente, cutucando a quase intocada tigela de mingau e um prato de torrada fria ao lado a fim de abrir espaço para as provisões frescas. – Não está transmitindo, está?

Sem sequer esperar que eu balançasse a cabeça, ela se inclinou por sobre a cama e gentilmente acomodou Henri-Christian em meus braços. Amigável como sempre, ele bateu a cabeça sob meu queixo, cafungou o meu tórax e começou a abocanhar minhas juntas, os dentinhos afiados de bebê afundando de leve a minha pele.

– Olá, o que foi que houve aqui?

Franzi o cenho, alisando as mechinhas suaves de cabelo de bebê e afastando-as de sua fronte redonda, onde a mancha amarela de um feio hematoma aparecia na linha do cabelo.

– A cria do demônio tentou matar o pequenino – informou a sra. Bug, com a boca repuxada. – E teria matado mesmo, se não fosse Roger Mac, que Deus o abençoe.

– Ah? Que cria foi essa? – indaguei, já conhecendo os métodos descritivos da sra. Bug.

– Uns dos pequenos dos pescadores – respondeu Jamie.

Ele espichou um dedo e tocou o nariz de Henri-Christian, puxou a mão quando o bebê tentou agarrá-la e repetiu o movimento. Henri-Christian soltou uma risadinha e agarrou o próprio nariz, extasiado com a brincadeira.

– Os malvadinhos tentaram afogá-lo – explicou a sra. Bug. – Roubaram o pobrezinho na cestinha e o jogaram boiando no riacho!

– Acho que não estavam tentando afogá-lo – disse Jamie, num tom doce, ainda absorto pela brincadeira. – Se fosse assim, não teriam se preocupado com a cestinha, sem dúvida.

– Humpf! – respondeu a sra. Bug àquele fragmento de lógica. – Não pretendiam fazer nada de bom a ele – acrescentou, soturna.

Eu fizera uma breve consulta ao corpinho de Henri-Christian, encontrando muito mais hematomas em processo de cura, um pequeno corte com casca em um tornozelo e um joelho ralado.

– Ora, você andou sacolejando bastante, não foi? – perguntei a ele.

– Ump. Heeheehee! – disse Henri-Christian, bastante entretido com a minha exploração.

– Roger o salvou? – perguntei, erguendo o olhar para Jamie.

Ele assentiu, erguendo um pouco o canto da boca.

– É. Eu não sabia o que estava acontecendo, até que a pequena Joanie veio correndo até mim, gritando que haviam apanhado o irmão dela... mas cheguei a tempo de ver o fim da história.

Os meninos haviam depositado a cestinha do bebê flutuando no laguinho de trutas, um ponto largo e profundo no riacho onde a água era bastante quieta. Feita de tramas reforçadas de junco, a cestinha flutuara – por tempo suficiente para que a corrente a empurrasse adiante, até a desembocadura do lago, onde a água corria ligeira por um trecho de pedras, antes de ser arrastada por sobre uma queda de quase um metro até um redemoinho de água e rochedos.

Roger estava construindo uma cerca gradeada perto do riacho. Ao ouvir os gritos dos garotos e os berros agudíssimos de Félicité, largara a grade e disparara colina abaixo, pensando que ela estivesse sendo atormentada pelos meninos.

Em vez disso, irrompera das árvores bem a tempo de ver a cestinha de Henri-Christian tombar de leve pela beirada da queda-d'água e começar a desabar de rocha em rocha, rodopiando com a corrente e se enchendo de água.

Roger correu pela margem, lançou-se na água com uma barrigada e já tinha o corpo inteiro mergulhado no riacho, logo abaixo da queda, bem na hora em que Henri-Christian, berrando de terror, caiu da cesta encharcada, desabou pela queda e pousou nos braços de Roger, que o amparou.

– Eu cheguei bem a tempo de ver – disse Jamie, abrindo um sorriso ao se lembrar da cena. – Então vi Roger Mac emergir de dentro d'água feito um tritão, com musgo nos cabelos, sangue escorrendo pelo nariz e o pequenino agarrado firme no braço. Foi uma visão terrível, sem dúvida.

Os pequenos canalhas haviam acompanhado a cesta, gritando pela margem, mas então ficaram paralisados feito bobos. Um deles fez menção de fugir, e os outros começaram a correr, feito um grupo de pombos, mas Roger apontara um dedo terrível para eles e gritara, num tom que superava a barulheira do riacho:

– *Sheas!*

Tamanha era a força de sua presença que *de fato* os meninos pararam, paralisados de terror.

Encarando-os nos olhos, Roger cruzara o riacho com dificuldade, quase até a costa. Lá, acocorou-se, apanhou um punhado de água na mão e derramou sobre a cabecinha do bebê, que berrava – e prontamente se calou.

– Eu o batizo, Henri-Christian – gritara Roger, em sua voz rouca e rascante. – Em nome do Pai, do Filho e do Espírito Santo! Estão me ouvindo, seus bastardinhos? O nome dele é *Christian*! Ele pertence ao Senhor! Se tornarem a apoquentá-lo, seus sarnentos, Satã vai aparecer e arrastar todos vocês aos berros direto... PARA O INFERNO!

Ele tornou a apontar o dedo acusativo para os garotos, que desta vez de fato dispararam a fugir, avançando loucamente pela mata, empurrando e tropeçando, no afã da fuga.

– Ah, querido – comentei, dividida entre o riso e o horror. Baixei a cabeça e olhei para Henri-Christian, que havia ultimamente descoberto as alegrias de chupar o polegar e se distraía em maiores estudos acerca da arte. – Deve ter sido impressionante.

– *Eu* fiquei impressionado, para falar a verdade – respondeu Jamie, ainda sorrindo. – Não fazia ideia de que Roger Mac tinha o dom de pregar sobre fogo do inferno e danação desse jeito. O homem é um estrondo, voz rascante e tudo. Teria uma boa audiência se fizesse isso numa Assembleia, não é?

– Bom, isso explica o que aconteceu com a voz dele – respondi. – Imagino. Você acha que *foi* só uma travessura, no entanto? Os garotos botarem o bebê na água?

– Ah, foi só travessura, sem dúvida – respondeu ele, e envolveu delicadamente a cabeça de Henri-Christian com a mão grande em concha. – Contudo, uma travessura não só de garotos.

Jamie agarrara um dos meninos que havia esbarrado nele durante a fuga, puxando-o pela nuca e quase fazendo o garoto literalmente se mijar de medo. Levara o jovem com firmeza até a mata, imprensara-o contra uma árvore e exigira saber a motivação daquela tentativa de assassinato.

Tremendo e chorando, o garoto tentara se justificar, dizendo que eles não tinham qualquer intenção de fazer mal ao bebê, de verdade! Só queriam vê-lo flutuar, pois seus pais haviam dito que ele era um bebê-demônio, e todo mundo sabe que os nascidos de Satã flutuam, porque a água rejeita sua perversidade. Eles haviam apanhado o bebê na cesta e enfiado na água porque temiam tocá-lo, temiam que sua carne os queimasse.

– Eu disse que o queimaria eu mesmo – respondeu Jamie, com amargor –, e foi o que fiz.

Ele então dispensara o garoto, sofrendo de dor, com instruções para que fosse para casa, trocasse as calças e informasse aos aliados que eles eram aguardados no escritório de Jamie antes do jantar para receber sua própria parcela de castigo – do contrário, ele próprio iria visitá-los em suas casas após o jantar, e dar uma sova neles diante dos próprios pais.

– Eles foram? – perguntei, fascinada.

Ele me lançou um olhar surpreso.

– Claro. Provaram do remédio, então foram até a cozinha e comeram pão e mel. Eu dissera a Marsali que trouxesse o pequenino, e depois de comermos eu o pus sobre o joelho e fiz todos eles se aproximarem e tocarem o pequeno, só para verem.

Ele abriu um sorriso torto.

– Um dos garotos me perguntou se era verdade o que o sr. Roger havia dito, sobre o garotinho pertencer ao Senhor. Eu respondi que sem dúvida não discutiria com o sr. Roger em relação a isso... mas, fosse lá a quem mais ele pertencesse, Henri-Christian também pertencia a mim, e era bom que se lembrassem disso.

Ele correu o dedo devagar pela bochechinha redonda de Henri-Christian. O bebê já quase dormia, as pálpebras pesadas semicerradas, o dedo brilhoso meio dentro, meio fora da boca.

– Me desculpe por perder isso – falei baixinho, para não o acordar.

Seu corpinho já estava mais quente, como ocorre com os bebês adormecidos, e pesado na curva do meu braço. Jamie viu que eu tinha dificuldade em segurá-lo e o tomou de mim, entregando-o de volta à sra. Bug, que se movimentava em silêncio pelo quarto, arrumando as coisas, enquanto escutava com aprovação a narrativa de Jamie.

– Ah, foi uma bela cena – garantiu ela, com um sussurro, dando uma batidinha nas costas de Henri-Christian ao pegá-lo. – E os garotos todos estendendo os dedos para tocar a barriguinha do pequeno, agitados, como se estivessem espetando uma batata quente, e ele gargalhando e se contorcendo feito uma lombriguinha. Os bobos tinham os olhos arregalados feito moedas de cinco centavos!

– Imagino que sim – respondi, bem-humorada. – Por outro lado – falei baixinho para Jamie enquanto ela saía com o bebê –, se os pais dos garotos acham que ele nasceu do demônio, e você é o avô dele...

– Bom, você é a avó, Sassenach – respondeu Jamie, num tom seco. – Pode muito bem ser você. Mas oras, eu preferia que não insistissem nesse aspecto da questão.

– Não – concordei. – Embora... você acha que algum deles sabe que Marsali não é sua filha de sangue? Eles devem saber sobre Fergus.

– Não faria tanta diferença – respondeu ele. – Eles acham que o pequeno Henri foi trocado, de todo modo.

– Como é que você sabe disso?

– As pessoas falam – disse ele, sucinto. – Está se sentindo bem, Sassenach?

Aliviada pelo peso do bebê, eu havia afastado um pouco as cobertas para deixar entrar um pouco de ar. Jamie me lançou um olhar de desaprovação.

– Meu Deus, dá para contar todas as suas costelas! Por debaixo do seu vestido!

– Aproveite a experiência enquanto pode – aconselhei, cheia de sarcasmo, embora sentisse uma forte pontada de mágoa.

Ele pareceu perceber, pois tomou a minha mão, traçando as linhas das veias azul-escuras que corriam pelo dorso.

– Não se aborreça, Sassenach – disse ele, com mais delicadeza. – Não foi isso que eu quis dizer. Aqui, acho que a sra. Bug trouxe uma coisa gostosa.

Ele ergueu a tampa de um pratinho coberto, franziu o rosto para o que havia dentro, então enfiou o dedo com cautela e lambeu.

– Pudim de bordo – anunciou Jamie, com uma cara feliz.

– Ah?

Eu ainda não tinha apetite, mas pudim de bordo parecia pelo menos inócuo, e não me opus quando ele pegou uma colherada e conduziu em direção à minha boca, com a concentração de um homem pilotando um avião.

– Eu *consigo* comer sozi...

Ele deslizou a colher por entre os meus lábios, e eu me resignei a sugar o pudim. Incríveis revelações de doçura e cremosidade imediatamente explodiram em minha boca, e fechei os olhos num leve êxtase, recordando-me.

– Ah, meu Deus – murmurei. – Eu tinha me esquecido do gosto de comida boa.

– Eu *sabia* que você não andava comendo – respondeu ele, com satisfação. – Aqui, coma mais.

Insisti em pegar a colher sozinha e dei conta de metade do prato; Jamie, encorajado por mim, comeu a outra metade.

– Você pode não estar magro como eu – falei, virando a mão e franzindo o rosto ao ver meus ossos do pulso –, mas também não anda comendo muito.

– Suponho que não. – Ele raspou com cuidado a tigela, acabando com os últimos pedaços de pudim, e lambeu a colher. – Ando... ocupado.

Eu apertei os olhos. Ele estava sendo paciente e divertido, mas minhas sensibilidades enferrujadas começavam a voltar. Por um intervalo de tempo incognoscível eu não tivera nem energia nem atenção para qualquer coisa fora da casca de meu corpo tomado pela febre; agora, via as pequenas familiaridades do corpo de Jamie, sua voz e modos, e tornava a me conectar com ele, como um violino frouxo sendo afinado com um diapasão.

Pude sentir certa tensão vibrando nele, e comecei a pensar que talvez parte dela não se devesse à minha recente quase-morte.

– O que foi? – perguntei.

– Ahn?

Ele ergueu as sobrancelhas indagativas, mas eu o conhecia bem demais. A mera indagação me deu a confiança de estar certa.

– O que você não está me contando? – perguntei, com toda a paciência que pude reunir. – É Brown outra vez? Você teve notícias de Stephen Bonnet? Ou de Donner? Ou a porca branca comeu uma das crianças e morreu engasgada?

Aquilo o fez sorrir, pelo menos, ainda que por um instante.

– Não foi isso – disse ele. – Ela foi atrás de MacDonald, quando ele chamou uns dias atrás, mas ele conseguiu chegar à varanda a tempo. Muito ágil, o major, para um homem daquela idade.

– Ele é mais jovem que você – retruquei.

– Bom, eu sou ágil também – respondeu ele, cheio de bom senso. – A porca ainda não me pegou, não é?

Senti um desconforto momentâneo à menção do major, mas não eram a perturbação política ou o fragor militar que incomodavam Jamie; se fosse isso, ele já teria me contado. Tornei a apertar os olhos, mas ele não disse nada. Então, respirou fundo.

– Estou pensando que devo mandá-los embora – disse ele, baixinho, e tornou a pegar minha mão.

– Mandar quem embora?

– Fergus, Marsali e os pequenos.

Senti uma pontada forte e súbita, como se tivesse sido golpeada logo abaixo do esterno, e uma repentina dificuldade de puxar o ar.

– O quê? Por quê? E... para *onde*? – consegui perguntar.

Ele esfregou o polegar de leve sobre as minhas juntas, indo e vindo, os olhos atentos ao pequeno movimento.

– Fergus tentou se matar três dias atrás – disse ele, bem baixinho.

Num gesto convulsivo, agarrei a mão dele.

– Santo Deus – sussurrei.

Ele assentiu, e vi que estava sem condições de falar no momento; tinha os dentes cravados no lábio inferior. Então fui eu quem tomou a mão dele, sentindo o frio penetrar minha carne. Eu queria negar aquilo, rejeitar por completo aquela ideia – mas não podia. Ela estava ali, entre nós, muito feia, como um sapo venenoso que nenhum de nós dois queria tocar.

– Como? – indaguei, por fim.

Minha voz pareceu ecoar no quarto. Eu queria perguntar "você tem *certeza*?", mas sabia que ele tinha.

– Com uma faca – respondeu ele. Contorceu outra vez o canto da boca, mas não com bom humor. – Disse que teria se enforcado, mas não conseguia amarrar a corda com uma mão só. Que sorte.

O pudim se transformara numa bolinha dura e borrachuda, que se depositou bem no fundo do meu estômago.

– Você... o encontrou? Ou foi Marsali?

Ele balançou a cabeça.

– Ela não sabe. Ou melhor, imagino que saiba, mas não queira admitir... para nenhum dos dois.

– Então ele não pode ter se ferido tanto assim, ou ela certamente estaria sabendo.

Meu peito ainda doía, mas as palavras já saíam com mais facilidade.

– Não. Eu o vi passar enquanto raspava o couro de um cervo no alto da colina. Ele não me viu, e eu também não chamei... não sei o que me causou estranheza... mas senti alguma coisa. Segui trabalhando um pouquinho; não queria ir muito longe de casa. Mas fiquei com aquela pulga atrás da orelha. – Ele soltou minha mão e esfregou as juntas sob o nariz. – Eu não conseguia esquecer a ideia de que havia algo estranho, e por fim larguei o trabalho e fui atrás dele, me achando o maior idiota do mundo.

Fergus havia rumado até a ponta da Cordilheira e descera a encosta arborizada que levava até a Nascente Branca. Era a mais remota e isolada das três nascentes da Cordilheira, chamada de "branca" por conta do imenso rochedo claro que ladeava a cabeceira do lago.

Jamie descera pelas árvores a tempo de ver Fergus se deitar ao lado da nascente, a manga da camisa puxada para cima e o casaco dobrado sobre a cabeça, e afundar o braço esquerdo, maneta, dentro d'água.

– Eu talvez devesse ter gritado naquela hora – disse ele, esfregando a mão pelo cabelo, absorto. – Mas na verdade eu não acreditei, sabe?

Então Fergus apanhara uma faquinha de carne com a mão direita, metera a mão na água e rasgara com cuidado as veias do cotovelo esquerdo. O sangue brotou em uma nuvem escura e suave contra a alvura de seu braço.

– Só *então* eu gritei – disse Jamie.

Ele fechou os olhos e esfregou as mãos com força sobre o rosto, como se tentasse apagar a lembrança.

Ele descera pela colina e agarrara Fergus, levantando-o do chão com um tranco e esmurrando-o.

– Você *bateu* nele?

– Bati – respondeu ele, curto e grosso. – Ele tem sorte por eu não ter quebrado o pescoço dele, aquele desgraçado.

Seu rosto começou a ficar vermelho enquanto ele falava, e ele apertou os lábios.

– Isso foi depois que os garotos pegaram Henri-Christian? – perguntei, a lembrança da conversa no estábulo com Fergus vívida na mente. – Quero dizer...

– É, eu sei o que você quer dizer – interrompeu ele. – Foi um dia depois de os meninos jogarem Henri-Christian no rio, sim. Mas não foi só isso... não só toda a questão sobre o garotinho ser anão, quero dizer. – Ele me encarou com a expressão aflita. – Nós conversamos. Depois que eu amarrei seus braços e o chamei à razão. Ele disse que vinha cogitando a ideia havia algum tempo; o episódio com o pequeno apenas serviu de impulso.

– Mas... como ele *pôde*? – indaguei, angustiada. – Deixar Marsali e as crianças... como?

Jamie olhou para baixo, as mãos entrelaçadas sobre os joelhos, e suspirou. A janela estava aberta, e uma leve brisa entrou, erguendo os cabelos no topo de sua cabeça feito pequeninas chamas.

– Ele achou que estariam melhor sem ele – disse, sem rodeios. – Se ele morresse, Marsali poderia se casar outra vez... encontrar um homem que cuidasse dela e dos pequenos. Que os sustentasse. Protegesse o pequeno Henri.

– Ele acha... achou... que não conseguiria?

Jamie me lançou um olhar penetrante.

– Sassenach, ele sabe muito bem que não consegue.

Tomei fôlego para protestar, mas em vez disso mordi o lábio, sem encontrar um argumento imediato.

Jamie se levantou e pôs-se a andar pelo quarto, inquieto, apanhando coisas e guardando-as de volta.

– Você faria uma coisa dessas? – perguntei, depois de um instante. – Nas mesmas circunstâncias, quero dizer.

Ele parou por um momento, de costas para mim, com minha escova de cabelos na mão.

– Não – respondeu, baixinho. – Mas é algo difícil para um homem suportar.

– Bom, eu compreendo... – comecei, devagar, mas ele girou e me encarou com seu rosto redondo.

Sua própria expressão estava rígida, tomada de uma fadiga que pouco tinha a ver com a privação de sono.

– Não, Sassenach – retrucou ele. – Você não compreende.

Ele tinha a fala mansa, mas sua voz guardava um tom de desespero que fez meus olhos lacrimejarem.

Era tanto a pura fraqueza física quanto a agonia emocional, mas eu sabia que, se abrisse precedente, terminaria completamente desintegrada e empapada, e ninguém precisava disso naquele momento. Mordi o lábio com força e enxuguei os olhos com a ponta do lençol.

Ouvi o baque quando ele se ajoelhou ao meu lado e estendi a mão às cegas na direção dele, puxando sua cabeça contra meus seios. Ele me abraçou e soltou um suspiro profundo, a respiração quente transpassando o tecido fino de minha camisola e tocando-me a pele. Afaguei seus cabelos com a mão trêmula e o senti ceder subitamente, expulsando toda a tensão do corpo feito água de um caneco.

Então tive uma sensação muito estranha... como se a força à qual ele havia se agarrado agora tivesse ido embora e fluísse para dentro de mim. Minha frágil sustentação ao próprio corpo se fortaleceu enquanto eu o abraçava, e meu coração parou de hesitar, tornando a assumir os batimentos normais, firmes e incansáveis.

Minhas lágrimas haviam recuado, embora ainda estivessem muito próximas da superfície. Corri os dedos por seu rosto bronzeado, pelas linhas formadas pelo sol e a preocupação; a testa comprida, as espessas sobrancelhas castanhas, as bochechas largas e planas, o nariz afilado e reto feito uma lâmina. Os olhos fechados, oblíquos e misteriosos com aqueles cílios estranhos, loiros na raiz e tão castanhos nas pontas que mais pareciam pretos.

– Você não sabe? – perguntei, bem baixinho, percorrendo os pequenos contornos de sua orelha. Num leve redemoinho, pelinhos loiros e duros brotavam ali, fazendo cócegas em meus dedos. – *Nenhum* de vocês sabe? Que é *você*. Não o que você pode dar, ou fazer, ou fornecer. Só você.

Ele respirou fundo, trêmulo, e assentiu, mas não abriu os olhos.

– Eu sei. Eu disse isso a Fergus – respondeu, baixinho. – Ou pelo menos acho que disse. Acho que falei um monte de coisas terríveis.

Os dois haviam se ajoelhado juntos à beira da nascente, abraçados, molhados de sangue e água, enganchados, como se ele pudesse segurar Fergus à terra, à sua família, por pura força de vontade, e ele não tinha nenhuma ideia do que dissera, perdido na emoção do momento – até o final.

– Você precisa seguir em frente, pelo bem deles... mesmo que não seja por si mesmo – sussurrara ele, o rosto de Fergus amassado em seu ombro, o cabelo preto empapado de suor e água, frio ao toque em seu rosto. – *Tu comprends, mon enfant, mon fils? Comprends-tu?*

Senti a garganta dele se mover quando ele engoliu.

– Escute – prosseguiu ele, bem baixinho –, eu sabia que você estava morrendo. Tinha certeza de que já teria partido quando eu voltasse para casa, e eu ficaria sozinho. Então, acho que não estava falando só com Fergus, mas também comigo mesmo.

Ele então ergueu a cabeça e me encarou, em meio a um borrão de lágrimas e riso.

– Ah, meu Deus, Claire – disse por fim –, eu teria ficado com tanta raiva se você tivesse morrido e me deixado!

Eu mesma quis rir, ou chorar, ou ambos – e se ainda guardava no coração algum arrependimento quanto à perda da paz eterna, teria me rendido a ele agora sem hesitação.

– Não morri – respondi, e toquei seu lábio. – Não vou morrer. Pelo menos vou tentar não fazer isso.

Deslizei a mão por trás de sua cabeça e puxei-o para perto. Ele era bem mais largo e pesado que Henri-Christian, mas eu sentia que poderia carregá-lo para sempre, se necessário.

Era início de tarde, e a luz já começava a mudar, inclinando-se por sobre a parte de cima das janelas que davam para o oeste e enchendo o quarto de um brilho claro e límpido, que reluzia sobre os cabelos e a velha camisa de linho creme de Jamie. Eu podia sentir os nós no alto de sua coluna, e a carne suave no estreito canal entre as escápulas e a espinha.

– Para onde vai mandá-los? – indaguei, tentando alisar o tufo de cabelos no redemoinho em seu cocuruto.

– Cross Creek, talvez... ou Wilmington – disse ele. Tinha os olhos semicerrados, observando as sombras das folhas tremulantes na lateral do armário que construíra para mim. – Onde for melhor para o negócio de impressão.

Ele se remexeu um pouco, agarrando minhas nádegas, então franziu o cenho.

– Meu Deus, Sassenach, não lhe sobrou bunda nenhuma!

– Ah, não tem problema – respondi, resignada. – Tenho certeza de que *isso* vai crescer rapidinho.

65

A DECLARAÇÃO

Jamie os encontrou perto do Moinho de Woolam, cinco homens a cavalo. Dois eram desconhecidos; dois eram homens de Salisbury que ele conhecia – ex-Reguladores chamados Green e Wherry; ávidos patriotas. O último era Richard Brown, de rosto frio, exceto pelos olhos.

Ele amaldiçoou em silêncio seu gosto por conversar. Não fosse por isso, teria deixado MacDonald, como de costume, em Coopersville. Mas eles seguiram falando de poesia – poesia, pelo amor de Deus! – e entretendo um ao outro com declamações. Agora ali estava ele na estrada vazia, segurando dois cavalos, enquanto MacDonald, que não andava se entendendo com as próprias tripas, se aliviava, bem no meio da mata.

Amos Green dispensou-lhe um aceno de cabeça e teria passado, mas Kitman Wherry puxou as rédeas; os estranhos fizeram o mesmo, encarando-o, curiosos.

– Aonde vais, amigo James? – indagou Wherry, um quacre, num tom amigável. – Rumas para a reunião em Halifax? Pois sê bem-vindo a cavalgar conosco, e que assim seja.

Halifax. Ele sentiu um filete de suor correr pela dobra das costas. A reunião do Comitê de Correspondência para eleger delegados ao Congresso Continental.

– Estou acompanhando um amigo pela estrada – respondeu ele de maneira cortês, com um aceno de cabeça para o cavalo de MacDonald. – Vou seguir, no entanto; talvez os alcance ao longo do caminho.

Sem chance, pensou Jamie, com o cuidado de não encarar Brown.

– Não estou certo de que encontraria boa acolhida, sr. Fraser. – Green falava com bastante civilidade, mas com certa frieza nos modos, o que fez Wherry olhá-lo com surpresa. – Não depois do que ocorreu em Cross Creek.

– Ah? E o senhor preferiria ver um homem inocente sendo queimado vivo, coberto de piche e penas?

A última coisa que ele desejava era uma discussão, mas não havia como ficar calado. Um dos estranhos cuspiu no chão.

– Não tão inocente, se o senhor estiver falando de Fogarty Simms. Legalistazinho medíocre – disse ele.

– É esse o sujeito – disse Green, e cuspiu em concordância. – O comitê em Cross Creek foi dar uma lição nele; parece que o sr. Fraser aqui discordou. Pelo que ouvi, foi uma cena e tanto – prosseguiu ele, com a fala arrastada. – Como eu disse, sr. Fraser... o senhor não desfruta de muita popularidade neste momento.

Wherry tinha o cenho franzido, alternando o olhar entre Jamie e Green.

– Salvar um homem do piche e das penas, a despeito de qual seja sua posição política, me parece apenas um ato de humanidade – respondeu Jamie, com rispidez.

Brown soltou uma risada desagradável.

– Pode ser assim para o senhor, imagino. Não para os outros. É possível conhecer um homem pelas companhias com quem anda. E, além do mais, há a sua tia, não é? – prosseguiu ele, voltando a dirigir-se a Jamie. – E a famosa sra. MacDonald. Eu li o discurso que ela fez... na última edição do jornal de Simms – acrescentou, repetindo a desagradável risada.

– Os convidados da minha tia não têm nada a ver comigo – respondeu Jamie, esforçando-se para soar frio.

– Não? E o marido da sua tia... seu tio, seria?

– Duncan? – A incredulidade era clara em sua voz, pois os estranhos trocaram olhares e relaxaram um pouco os modos. – Não, ele é o quarto marido da minha tia... e meu amigo. Por que está falando dele?

– Ora, Duncan Innes é unha e carne com Farquard Campbell e muitos outros legalistas. Os dois andaram botando dinheiro suficiente para encher um navio em panfletos que pregam a reconciliação com a Mãe Inglaterra. Fico surpreso que o senhor não saiba disso, sr. Fraser.

Jamie estava não apenas surpreso, mas estupefato com a revelação; contudo, disfarçou.

– As opiniões de um homem pertencem somente a ele – respondeu, dando de ombros. – Duncan que faça o que achar melhor, e eu farei o mesmo.

Wherry assentiu em concordância, mas os outros o encaravam com expressões que iam do ceticismo à hostilidade.

Wherry não estava alheio às reações de seus companheiros.

– Qual é a sua opinião, então, amigo? – indagou ele, com educação.

Ora, ele sabia o que estava por vir. Tentara por vezes imaginar as circunstâncias de sua declaração, em situações que iam do heroísmo vanglorioso ao perigo escancarado; porém, como de costume em tais assuntos, o senso de humor de Deus vencia qualquer imaginação. E assim ele se viu dando o passo final em direção ao compromisso público e irrevogável à causa rebelde – apenas por acaso sendo solicitado a se aliar a um inimigo mortífero no processo –, sozinho numa estrada de terra, com um oficial da Coroa uniformizado agachado na mata logo atrás dele, com as calças baixas.

– Sou a favor da liberdade – afirmou, num tom que indicava leve espanto ao ver sua posição minimamente questionada.

– Ah, é? – Green o encarou com firmeza, então ergueu o queixo na direção do cavalo de MacDonald, de cuja sela pendia a espada regimental, dourada e reluzente à luz do sol. – Como é que o senhor está na companhia de um casaca-vermelha, então?

– Ele é um amigo – respondeu Jamie, num tom impassível.

– Um casaca-vermelha? – Um dos estranhos recuou sobre a sela, como se tivesse sido picado por uma abelha. – Como é que há casacas-vermelhas *aqui*?

O homem soava espantado, e olhou de um lado para outro com afobação, como se esperasse que um grupo irrompesse do meio da mata, disparando os mosquetes.

– Só esse, até onde eu sei – garantiu Brown. – De nome MacDonald. Não é soldado de verdade; foi aposentado com metade do soldo, trabalha para o governador.

Seu companheiro não parecia muito seguro.

– O que está fazendo com este MacDonald? – indagou a Jamie.

– Já disse... ele é um amigo.

No mesmo instante, a postura dos homens passou de ceticismo e leve hostilidade ao ataque direto.

– Ele é espião do governador, é isso que ele é – declarou Green, impassível.

Aquilo era a mais pura verdade, e Jamie tinha certeza de que metade do pessoal da região das montanhas sabia; MacDonald não se esforçava para esconder nem a própria aparência, nem suas tarefas. Negar o fato seria pedir que tomassem Jamie por idiota, duas caras, ou ambos.

Fez-se um rebuliço entre os homens, que trocaram olhares e o menor dos movimentos, tocando cabos de facas e punhos de pistola.

Muito bem, pensou Jamie. Não satisfeito com a ironia da situação, Deus havia decidido que ele deveria lutar até a morte contra os aliados a quem havia se declarado instantes antes, em defesa de um oficial da Coroa contra quem ele próprio havia se declarado.

Como seu genro gostava de observar... que ótimo.

– Tragam-no aqui – ordenou Brown, impelindo os cavalos à frente. – Vamos ver o que ele tem a dizer em defesa própria, esse seu amigo.

– Então ensinamos a ele uma lição para que ele comunique ao governador, sim?

Um dos estranhos retirou o chapéu e o enfiou com cuidado sob a beirada da sela, preparando-se.

– Esperem! – Wherry se aprumou, tentando reprimi-los com um aceno, embora Jamie pudesse tê-lo informado de que estava muitos minutos atrasado, caso quisesse ver sua tentativa surtir efeito. – Vocês não podem cometer violência contra...

– Não podemos, é? – Brown escancarou um sorriso mortífero, os olhos fixos em

Jamie, e começou a desamarrar o chicote de couro enrolado e preso à sua sela. – Não temos piche agora, que pena. Mas uma boa surra, digamos, e mandar os dois ganindo de volta para o governador totalmente nus... isso bastaria.

O segundo estranho riu e tornou a cuspir; o catarro aterrissou bem aos pés de Jamie.

– Ah, isso está de bom tamanho. Ouvi dizer que o senhor conteve sozinho uma turba em Cross Creek, Fraser... só tem cinco para dois agora, que tal essa vantagem?

Para Jamie, estava ótimo. Largando as rédeas que segurava, ele se virou e se atirou entre os dois cavalos, guinchando e batendo com força em seus flancos, então mergulhou de cabeça no arbusto ao lado da estrada, arranhando-se em raízes e pedras com as mãos e os joelhos, e disparou o mais depressa possível.

Atrás dele, os cavalos davam pinotes e rodopiavam, relinchando alto e espalhando confusão e temor nas montarias dos outros homens; ele podia ouvir gritos de raiva e medo enquanto tentavam recuperar o controle dos cavalos agitados.

Ele deslizou por uma encosta curta, rebocando terra e plantas desarraigadas com os pés; perdeu o equilíbrio e caiu de bunda, rolou e chocou-se contra um bosque de carvalhos, onde aterrissou atrás de uma parede de mudas, respirando com força.

Alguém tivera o tino – ou a fúria – de saltar do cavalo e segui-lo a pé; ele podia ouvir estrondos e xingamentos bem perto, por sobre os gritos mais fracos de comoção na estrada. Espreitando com cautela por entre as folhas, viu Richard Brown, desgrenhado e sem chapéu, olhando loucamente à volta, de pistola na mão.

Qualquer ideia de confronto que ele pudesse ter tido esvaneceu; estava desarmado, exceto por uma faquinha na meia, e era muito claro que Brown atiraria no mesmo instante, alegando legítima defesa quando os outros por fim os alcançassem.

Encosta acima, em direção à estrada, ele viu um vislumbre de vermelho. Brown, virando-se para o mesmo lado, também viu e disparou. Como consequência, MacDonald, que tivera a sapiência de pendurar o casaco numa árvore, esgueirou-se por detrás de Richard Brown, apenas de camisa, e acertou o homem na cabeça com um sólido pedaço de pau.

Brown caiu de joelhos, momentaneamente atônito, e Jamie rastejou para fora do arbusto, acenando para MacDonald, que correu a passos pesados para encontrá-lo. Juntos eles avançaram ainda mais para dentro da mata, aguardando junto a um riacho até que o silêncio prolongado na estrada indicasse que talvez fosse seguro voltar para dar uma olhada.

Os homens haviam ido embora. E também o cavalo de MacDonald. Gideon, com seus olhos brancos salientes e orelhas baixas, arreganhou o lábio superior e soltou um relincho agudo, os grandes dentes amarelos arreganhados, baba voando. Brown e companhia haviam sabiamente pensado duas vezes em relação a roubar um cavalo raivoso, mas haviam-no atado a uma árvore e conseguido estragar seu arreio, que pendia dos freios em torno do pescoço. A espada de MacDonald jazia sobre o chão de terra, arrancada da bainha, a lâmina partida em duas.

MacDonald apanhou os pedaços, olhou-os por um instante, e então, balançando a cabeça, enfiou-os no cinto.

– Acha que Jones consegue remendar? – perguntou ele. – Ou talvez seja melhor levar até Salisbury?

– Wilmington ou New Bern – respondeu Jamie, esfregando a mão na boca. – Dai Jones não tem habilidade suficiente para consertar uma espada, mas pelo que ouvi dá para encontrar uns amigos em Salisbury.

Salisbury fora ponto central da Regulação, e o sentimento antigoverno ainda corria firme por lá. O coração de Jamie havia retomado o ritmo costumeiro, mas ele ainda sentia os joelhos fracos como consequência da fuga e da raiva.

MacDonald assentiu, desolado, então encarou Gideon.

– É seguro cavalgarmos naquele?

– Não.

No presente estado de agitação de Gideon, Jamie não arriscaria cavalgar sozinho, muito menos em dupla e sem freio. Pelo menos os sujeitos haviam deixado a corda na sela. Ele conseguiu passá-la uma vez pela cabeça do garanhão sem levar uma mordida, e os três partiram em silêncio, retornando à Cordilheira a pé.

– Muito azar – observou MacDonald, pensativo, em dado momento. – Que eles tenham nos encontrado juntos. Você acha que isso arruinou suas chances de penetrar nos conselhos deles? Eu daria minha bola esquerda para ter um informante naquela reunião da qual eles falaram, não tenha dúvida!

Com leve espanto, Jamie percebeu que fizera uma declaração importantíssima, fora entreouvido pelo homem cuja causa buscava trair e acabara quase morto pelos novos aliados cujo lado buscava patrocinar – e ninguém havia acreditado nele.

– Você já se perguntou qual é o som da risada de Deus, Donald? – indagou ele, pensativo.

MacDonald franziu os lábios e perscrutou o horizonte, onde nuvens negras cresciam para além da beira da montanha.

– Feito um trovão, imagino – respondeu. – Você não acha?

Jamie balançou a cabeça.

– Não. Acho que é um sonzinho bem fraco, bem pequeno.

66

A ESCURIDÃO SE AVULTA

Ouvi todos os sons dos arranjos domésticos lá embaixo e o estrondo da voz de Jamie do lado de fora, e senti-me em completa paz. Eu observava o passeio do sol, cintilando sobre as castanheiras amareladas do lado de fora, quando o som de passos firmes e determinados surgiu escadaria acima.

A porta se escancarou e Brianna entrou, de cabelos desgrenhados e rosto vívido, com uma expressão severa. Parou defronte ao pé da minha cama, apontou o dedo comprido para mim e disse:

– Você está proibida de morrer.

– Ah? – respondi, pestanejando. – Não achei que fosse morrer.

– Você tentou! – respondeu ela, num tom acusativo. – Você sabe que tentou.

– Bom, eu não diria que "tentei", exatamente... – retruquei, com fraqueza.

Ainda que eu não tivesse exatamente tentado morrer, era bem verdade que não havia tentado não morrer; talvez tivesse exibido uma expressão de culpa, pois ela estreitou os olhos feito pequenas fendas azuis.

– Não ouse fazer isso de novo! – disse e, rodopiando o manto azul, saiu pisando firme, então parou diante da porta e completou, num tom abafado, antes de disparar escadaria abaixo: – Porqueeuteamoenãoseiviversemvocê.

– Eu também te amo, meu amor! – gritei, as lágrimas sempre prontas me invadindo os olhos, mas não houve resposta, exceto pelo som da porta da frente se fechando.

Adso, que cochilava numa poça de sol sobre a colcha aos meus pés, abriu os olhos uma fração de milímetro, então tornou a enfiar a cabeça nos ombros, ronronando mais alto.

Recostei a cabeça de volta no travesseiro, sentindo-me um tanto menos em paz, porém mais viva, de certa forma. Um instante depois me sentei, afastei as cobertas e balancei as pernas para fora da cama. Adso parou abruptamente o ronronado.

– Não se preocupe – disse a ele. – Não vou bater as botas; seu estoque de leite e petiscos está totalmente a salvo. Mantenha a cama quente para mim.

Eu já vinha me levantando, claro, e até tivera permissão de partir em breves e exaustivamente supervisionados passeios pelos arredores. Ninguém, no entanto, me deixara sair sozinha desde que caí doente, e eu tinha plena certeza de que não me deixariam agora.

Sendo assim, esgueirei-me escadaria abaixo com os pés calçados em meias, sapatos na mão, e em vez de rumar para a porta da frente, cujas dobradiças rangiam, ou para a cozinha, onde a sra. Bug trabalhava, deslizei até meu consultório, abri a janela e – conferindo para garantir que a porca branca não estava circulando ali por baixo – pulei, com cuidado, para fora.

Senti-me bastante inconsequente com a fuga, e uma onda de disposição me sustentou por um pequeno trecho do caminho. A partir dali, fui obrigada a parar a cada 20 ou 30 metros, sentar-me e tomar um pouco de ar, enquanto minhas pernas recuperavam a força. Eu, no entanto, perseverei, e por fim cheguei ao chalé dos Christies.

Não havia ninguém à vista, nem houve qualquer resposta ao meu hesitante "alô"; quando bati à porta, porém, a voz de Tom Christie, rouca e desalentada, mandou-me entrar.

Ele estava sentado à mesa, escrevendo, mas por seu semblante ainda deveria estar na cama. Ao me ver, arregalou os olhos, surpreso, e endireitou com afobação o xale sujo sobre os ombros.

– Sra. Fraser! A senhora... quer dizer.... o que, em nome de Deus...

Sem palavras, ele apontou para mim, os olhos redondos feito pratos. Eu havia tirado meu chapéu de aba larga ao entrar, por um instante esquecida de que estava parecendo nada além de uma escova-de-garrafa ambulante.

– Ah – respondi, correndo a mão pela cabeça, constrangida. – Isso. Você devia estar satisfeito; não vou sair por aí escandalizando o povo com a exibição libertina dos meus cachos esvoaçantes.

– Está parecendo uma condenada – disse ele, sem rodeios. – Sente-se.

Eu me sentei, deveras necessitada do banquinho que ele me ofereceu, devido ao esforço da caminhada.

– Como está? Tudo bem? – indaguei, perscrutando-o.

A iluminação no chalé estava péssima; ele escrevia à luz de vela, que apagara quando cheguei.

– Como estou? – Ele parecia ao mesmo tempo surpreso e irritado com a indagação. – A senhora veio andando até aqui, em condição perigosa e debilitada, para perguntar sobre a minha saúde?

– Se preferir colocar dessa forma – respondi, bastante irritada com aquela "condição perigosa e debilitada". – Não suponho que vá se dar o trabalho de ficar sob a luz para que eu possa examiná-lo direito, não é?

Ele ajeitou as pontas do xale sobre o peito, num gesto de proteção.

– Por quê? – indagou, franzindo o cenho para mim e unindo as sobrancelhas pontudas feito uma coruja nervosa.

– Porque eu quero saber umas coisas sobre o seu estado de saúde – respondi, com paciência –, e examiná-lo é provavelmente a melhor forma de descobrir, já que o senhor não é capaz de me contar nada.

– A senhora é uma irresponsável, dona!

– Não, eu sou médica – retruquei. – E quero saber...

Fui acometida por uma onda de vertigem e inclinei o corpo na direção da mesa, apoiando-me nela até a tontura passar.

– A senhora é louca – disse ele, depois de me observar por um instante. – E ainda está doente, imagino. Fique aí; vou pedir ao meu filho para buscar seu marido.

Fiz um gesto para ele e respirei fundo. Meu coração estava disparado, e eu estava um tantinho pálida e suada, mas basicamente bem.

– A questão, sr. Christie, é que eu sem dúvida *estive* doente, mas não fui acometida pela doença que anda afligindo o povo da Cordilheira... e, pelo que Malva me informou, creio que o senhor também não.

Ele havia se levantado para sair e chamar Allan; ao ouvir aquilo, congelou e me encarou, boquiaberto. Então, devagar, tornou a sentar-se em sua cadeira.

– Como assim?

Tendo enfim chamado a atenção do homem, eu de bom grado expus os fatos; tinha todos bem à mão, tendo dado atenção considerável a eles durante os dias anteriores.

Enquanto várias famílias da Cordilheira haviam sofrido as depredações da disenteria amebiana, comigo fora diferente. Eu havia tido uma febre altíssima e perigosa, acompanhada de uma terrível dor de cabeça e – segundo o exaltado relato de Malva – convulsões. Porém, certamente não fora disenteria.

– Tem certeza disso?

Ele, de cenho franzido, brincava com a pena descartada.

– É bem difícil confundir diarreia sangrenta com dor de cabeça e febre – respondi, num tom sarcástico. – Pois então... o senhor teve diarreia?

Ele hesitou por um instante, mas a curiosidade o dominou.

– Não – respondeu. – Foi como a senhora disse... uma dor de cabeça de rachar o crânio, e febre. Uma fraqueza terrível, e... sonhos muitíssimo desagradáveis. Eu não fazia ideia de que não era a mesma doença que afligia os outros.

– E nem tinha por que saber, suponho. O senhor não viu nenhum deles. A não ser que... Malva lhe descreveu a doença? – indaguei, apenas por curiosidade, mas ele balançou a cabeça.

– Não desejo saber esse tipo de coisa; ela não me conta. Ainda assim, por que foi que a senhora veio? – Ele inclinou a cabeça para o lado e apertou os olhos. – Que diferença faz se eu e a senhora tivemos uma febre em vez de diarreia? Ou qualquer outra pessoa, a bem da verdade?

Ele parecia bastante agitado; levantou-se e começou a circular pelo chalé de uma forma desconcentrada e espalhafatosa que pouco se assemelhava a seus movimentos firmes.

Eu suspirei e corri a mão pela testa. Havia conseguido a informação básica que fora procurar; explicar por que a queria seria um trabalho penoso. Eu já havia me aborrecido o bastante tentando fazer Jamie, o Jovem Ian e Malva aceitarem a teoria de doença de germes, e isso com as evidências bem visíveis em um microscópio.

– A doença é contagiosa – respondi, meio cansada. – Passa de uma pessoa a outra... às vezes diretamente, às vezes por meio da comida ou água compartilhada entre uma pessoa doente e uma saudável. Todos que tiveram diarreia moravam perto de uma pequena nascente; tenho motivos para pensar que foi a água dessa nascente que transportou a ameba... que os adoeceu. Eu e o senhor, por outro lado... faz semanas que não nos vemos. E eu não estive perto de mais ninguém com febre. Como é que nós dois caímos doentes da mesma coisa?

Ele me encarou, desnorteado, ainda de cara fechada.

– Não vejo por que duas pessoas não podem cair doentes sem se ver. Certamente eu já conheci essas doenças que a senhora descreve: febre tifoide, por exemplo, se dissemina em espaços muito confinados... mas, claro, nem todas as doenças se comportam do mesmo modo.

– Não, é verdade – admiti. Também não estava com disposição para lhe explicar noções básicas de epidemiologia ou saúde pública. – É possível, por exemplo, que algumas doenças sejam transmitidas por mosquitos. Malária, por exemplo.

Algumas formas de meningite viral, também – minha principal suspeita em relação à doença da qual acabara de me recuperar.

– O senhor se lembra de ter sido picado por um mosquito em algum momento recente?

Ele me encarou, então soltou um grunhido, que interpretei como risada.

– Minha cara dona, todo mundo neste clima supurante é picado sem cessar quando o tempo esquenta.

Ele coçou a barba, como se por reflexo.

Era verdade. Todo mundo, menos eu e Roger. De vez em quando algum inseto desesperado fazia uma tentativa, mas na maior parte das vezes escapávamos sem picadas, mesmo quando as criaturas atormentavam e todos à nossa volta não paravam de se coçar. Eu suspeitava, em teoria, que os mosquitos houvessem acompanhado a evolução humana ao longo dos anos, e que Roger e eu, tendo vindo de uma época tão distante, simplesmente não cheirássemos bem a eles. Brianna e Jemmy, que compartilhavam o meu material genético e o de Jamie, eram picados, mas com menos frequência que o resto das pessoas.

Eu não me recordava de ter sido picada recentemente, mas era possível que tivesse sido e estivesse muito ocupada para perceber.

– Qual a importância disso? – perguntou Christie, agora apenas com o semblante confuso.

– Não sei. Eu só... preciso desvendar as coisas.

Eu também precisava sair daquela casa e fazer alguma coisa para recuperar minha vida da maneira mais direta que conhecia... a prática da medicina. Mas não pretendia compartilhar nada daquilo com Tom Christie.

– Humm – disse ele.

E permaneceu olhando para mim, de cara fechada e indeciso, então subitamente estendeu a mão... a mão que eu havia operado, percebi; o "Z" da incisão havia esvanecido a um saudável rosa-claro, e os dedos estavam retos.

– Venha cá para fora, então – disse ele, resignado. – Vou acompanhar a senhora até a sua casa, e, se a senhora insistir em fazer perguntas invasivas e desagradáveis a respeito da minha saúde durante o caminho, suponho que não serei capaz de impedi-la.

Espantada, tomei a mão dele e percebi que seu aperto era sólido e firme, apesar do aspecto emaciado de seu rosto e dos ombros caídos.

– Não precisa me levar em casa – protestei. – Pelo seu aspecto, o senhor precisa ficar na cama!

– A senhora também – retrucou ele, conduzindo-me até a porta com a mão sob meu cotovelo. – Mas, se escolhe arriscar a própria saúde e a vida assumindo um esforço tão inapropriado... ora, então eu também posso. Mas é melhor – acrescentou ele, de maneira severa – botar o chapéu antes de irmos.

Retornamos à casa fazendo várias paradas para descansar, e chegamos resfolegantes, pingando de suor e basicamente contentíssimos com a aventura. Ninguém dera por minha falta, mas o sr. Christie insistiu em me entregar dentro de casa, o que fez com que todos notassem a minha ausência *ex post facto* e no mesmo instante, ao estilo irracional das pessoas, ficassem muito aborrecidos.

Fui repreendida por todos à vista, inclusive pelo Jovem Ian; fui arrastada para cima literalmente pelos cabelos e empurrada com força de volta no quarto, onde, pelo que compreendi, devia me considerar com sorte de receber pão e leite para o jantar. O aspecto mais irritante da situação era Thomas Christie, parado no pé da escadaria com uma caneca de cerveja na mão, observando enquanto eu era levada embora e exibindo o único sorriso que eu já vira naquela cara peluda.

– O que em nome de Deus a possuiu, Sassenach? – indagou Jamie, puxando de volta a colcha e fazendo um gesto categórico para os lençóis.

– Bom, eu estava me sentindo muito bem, e...

– Ora! Você está com cor de soro de leite estragado, e tremendo tanto que mal consegue... aqui, deixe que eu faço isso.

Sem parar de resmungar, ele afastou minhas mãos das rendas em minhas roupas de baixo e removeu-as num segundo.

– Você perdeu o juízo? – inquiriu ele. – Sair se esgueirando desse jeito sem contar a ninguém, ainda por cima! E se você caísse? E se adoecesse de novo?

– Se eu tivesse contado a alguém, não teriam me deixado sair – respondi, com doçura. – E eu *sou* médica, sabia? Eu tenho condições de avaliar meu próprio estado de saúde.

Ele me deu uma olhada, sugerindo que não confiaria em mim nem para avaliar uma exposição de flores, mas limitou-se a bufar um pouco mais alto que de costume em resposta.

Então ergueu meu corpo, carregou-me até a cama e me acomodou com delicadeza sobre ela – mas demonstrando suficiente força contida para deixar claro que preferia ter me largado no chão. Em seguida, endireitou o corpo e me lançou um olhar ameaçador.

– Se você não estivesse com essa cara de quem está a ponto de desmaiar, Sassenach, juro que dava umas palmadas nessa bunda.

– Não haveria como – respondi, num tom muito fraco. – Não tenho mais bunda.

Eu de fato estava um pouco cansada... bom, para ser honesta, meu coração batia feito um tambor, meus ouvidos zumbiam, e, se não me deitasse naquele momento, decerto *iria* desmaiar. Eu me deitei e ali fiquei, de olhos fechados, sentindo o quarto girar de leve, feito um carrossel, com luzes piscantes e música de realejo.

Em meio a essa confusão de sensações, tive a vaga impressão de mãos tocando minhas pernas, e um agradável frescor em meu corpo quente. Então algo morno e indistinto me envolveu a cabeça. Agitei as mãos loucamente, tentando removê-lo antes que me sufocasse.

Emergi, piscando os olhos e arfando, e descobri que estava nua. Olhei meu corpo pálido, flácido e esquelético, e puxei o lençol para cima. Jamie estava curvado, pegando do chão minha roupa de baixo, anáguas e jaqueta, juntando-os à camisola que havia dobrado sobre o braço. Apanhou meus sapatos e meias e os acrescentou à sacola.

– Você – disse ele, apontando um dedo comprido e acusatório para mim – não vai a lugar algum. Não vou permitir que se mate, está me entendendo?

– Ah, então foi daí que Bree tirou essa história – murmurei, tentando impedir que minha cabeça flutuasse. Tornei a fechar os olhos. – Estou me lembrando – prossegui – de certa abadia na França. E de um jovem doente e muito teimoso. E de seu amigo Murtagh, que tirou as roupas dele para prevenir que se levantasse e saísse vagando antes de estar em condições.

Silêncio. Abri um olho. Ele estava parado e rígido, a luz fraca vinda da janela lançando fagulhas em seus cabelos.

– Mesmo depois disso – continuei, de maneira informal –, se a minha memória não falha, ele prontamente escalou uma janela e escapou. Nu. Em pleno inverno.

Os dedos rígidos de sua mão direita deram dois tapinhas na própria perna.

– Eu tinha 24 anos – disse ele, por fim, irritado. – Nessa idade não se tem bom senso.

– Eu não discordaria *disso* nem por um instante – garanti. Abri o outro olho e o encarei. – Mas você sabe por que eu fiz isso. Eu tive que fazer.

Ele respirou fundo, soltou um suspiro e largou minhas roupas. Aproximou-se e deitou-se na cama ao meu lado, fazendo ranger o estrado de madeira com seu peso.

Tomou minha mão e segurou-a como se fosse algo frágil e precioso. Era mesmo – ou pelo menos *parecia* frágil, uma estrutura delicada de pele translúcida e sombreada de ossos internos. Ele correu o dedo com delicadeza pelo dorso da minha mão, traçando os ossos da falange à ulna, e senti a estranha e breve dormência de uma lembrança distante; a visão de meus próprios ossos, com um brilho azul por sob a pele, e as mãos de mestre Raymond, em concha sobre meu ventre inflamado e vazio, dizendo para mim, em meio à névoa da febre: "Chame-o. Chame o homem vermelho."

– Jamie – falei, bem baixinho.

A luz do sol refletiu no metal de minha aliança prateada de casamento. Ele a segurou entre o polegar e o indicador e deslizou o pequeno aro de metal delicadamente pelo meu dedo; estava tão frouxa que nem agarrava na junta ossuda.

– Cuidado – eu disse. – Não quero perder.

– Não vai.

Ele dobrou meus dedos, envolvendo-os com a própria mão, grande e quente. Sentou-se em silêncio por um tempo e observou a barra de luz do sol escalar lentamente a colcha. Adso a acompanhava, para aproveitar o calor, e a luz formava um suave brilho prateado nos pelos finos que rodeavam suas pequeninas orelhas.

– É um grande consolo – disse ele, por fim – ver o sol nascer e se pôr. Quando eu morava na caverna, quando estava na prisão, isso me dava esperança, ver a luz ir e vir, e saber que o mundo continuava seguindo adiante.

Ele olhava pela janela, para o distante céu azul, que escurecia em direção ao infinito. Engoliu em seco.

– Tenho a mesma sensação, Sassenach – disse ele –, ao ouvir você murmurando em seu consultório, chacoalhando as coisas e praguejando sozinha.

Ele virou a cabeça para me encarar. Seus olhos guardavam as profundezas da noite que chegava.

– Se você não estivesse mais aqui... ou em algum lugar – disse ele, bem baixinho –, então o sol não iria nascer nem se pôr.

Ele ergueu a minha mão e beijou-a, com muita delicadeza. Pousou-a de volta, fechou-a em torno do meu anel, por sobre meu peito, levantou-se e saiu.

Eu agora tinha um sono leve, já não invadida pelo agitado mundo dos sonhos febris nem sugada para o poço profundo do esquecimento enquanto meu corpo buscava a cura pelo sono. Não sabia o que havia me acordado, mas eu *estava* acordada, de súbito alerta e de olhar vivo, sem intervalo de entorpecimento.

As persianas estavam fechadas, mas dava para ver a lua cheia; uma luz suave rajava a cama. Corri a mão pelo lençol e ergui-a bem ao alto da cabeça. Meu braço era um graveto fino e pálido, frágil como o talo de um cogumelo. Flexionei os dedos delicadamente e os abri; uma teia, uma rede para apanhar a escuridão.

Pude ouvir a respiração de Jamie em seu local costumeiro no chão, ao lado da cama.

Baixei o braço e afaguei meu próprio corpo de leve com as duas mãos, avaliando. Um diminuto volume nos seios, costelas que eu podia contar, uma, duas, três, quatro, cinco, e a suave concavidade de meu estômago, pendurado feito uma rede entre as pilastras de meus ilíacos. Pele e ossos. Pouca coisa mais.

– Claire?

Senti um movimento no escuro ao lado da cama, e Jamie ergueu a cabeça, uma presença mais sentida do que vista, de tão escuras que eram as sombras em contraste com o luar.

Uma grande mão escura tateou a colcha e tocou meu quadril.

– Está bem, *a nighean*? – sussurrou ele. – Precisa de algo?

Ele estava cansado; sua cabeça jazia na cama ao meu lado, a respiração quente perpassava minha camisola. Se não estivesse quentinho, seu toque, sua respiração, talvez eu não tivesse tido coragem, mas eu me sentia gelada e impalpável, tal e qual o luar, então fechei minha mão espectral por sobre a dele e sussurrei:

– Preciso de você.

Ele ficou quieto por um instante, processando o que eu havia dito.

– Não vou atrapalhar o seu sono? – indagou, hesitante.

Em resposta, puxei seu punho, e ele se elevou da poça de escuridão no chão, as nesgas de luar ondeando por seu corpo feito água.

– *Kelpie* – sussurrei.

Ele soltou um breve gemido em resposta e, meio desajeitado e cauteloso, acomodou-se sob a colcha, fazendo o colchão ceder sob seu peso.

Ficamos deitados juntos, muito tímidos, mal nos tocando. Sua respiração era superficial; ele tentava claramente ser o menos invasivo possível. Além de um leve farfalhar de lençóis, a casa estava em silêncio.

Por fim, senti um dedo grande se acomodar suavemente em minha coxa.

– Estava com saudade, Sassenach – sussurrou ele.

Rolei o corpo de lado, pus-me de frente para ele e beijei seu braço. Queria me aproximar, deitar a cabeça na curva de seu ombro e me acomodar em seus braços – mas a ideia de meus cabelos curtos e arrepiados em sua pele me refreou.

– Eu também estava – respondi, na escura solidez de seu braço.

– Posso possuí-la, então? – perguntou ele, baixinho. – Você quer, de verdade?

Senti uma das mãos de Jamie acariciar-me o braço; a outra desceu, começando o lento e compassado ritmo da preparação.

– Deixe que eu faço – sussurrei, segurando a mão dele com a minha. – Fique parado.

Fiz amor com ele a princípio feito um gatuno sorrateiro, com afagos ligeiros e beijinhos breves, roubando perfume, toque, calor e um gosto salgado. Então ele engatou a mão em minha nuca, apertou e me puxou para perto.

– Não se apresse, menina – disse, num sussurro rouco. – Não vou a lugar nenhum.

Senti um tremor quieto e delicioso, e ele respirou fundo enquanto eu o mordia com delicadeza e deslizava as mãos por sob o cálido e almiscarado peso de suas bolas.

Então me ergui por cima dele, tonta com o movimento súbito e urgente. Ambos suspiramos fundo quando aconteceu, e eu senti o ar de sua risada em meus seios ao inclinar o corpo para a frente.

– Estava com saudade, Sassenach – sussurrou ele outra vez.

Senti vergonha do toque dele, diferente como eu estava, e apoiei as mãos em seus ombros, impedindo que ele me puxasse para baixo. Ele não tentou, mas deslizou a mão por entre nós.

Senti uma pontada de angústia ao pensar que os pelos de minhas partes íntimas estavam maiores que os da cabeça – mas a ideia foi abafada pela lenta pressão dos enormes dedos que me apertavam com força o meio das pernas, indo e vindo devagar.

Agarrei a outra mão de Jamie, levei à boca, suguei seus dedos um a um, com vigor, e estremeci, apertando sua mão com toda a força.

Algum tempo depois, deitada ao lado dele, ainda apertava. Ou melhor, segurava, admirando suas formas invisíveis, complexas e graciosas na escuridão, e a camada de calosidades nas palmas e juntas.

– Tenho mãos de pedreiro – disse ele, rindo um pouco enquanto eu passava os lábios delicadamente pelas juntas brutas e pontas ainda sensíveis de seus longos dedos.

– Mãos masculinas calejadas são de um erotismo enorme – garanti a ele.

– Ah, é?

Ele correu a mão livre de leve em minha cabeça tosada e desceu por minhas costas. Estremeci e pressionei o corpo nele, começando a perder a consciência. Minha própria mão livre percorreu o seu corpo, brincando com seus pelos macios e finos, e o pau meio duro, úmido e tenro.

Ele arqueou as costas um pouco, então relaxou.

– Bom, vou lhe dizer uma coisa, Sassenach – disse ele. – Se eu não tenho calos *aí*, não é por culpa sua, pode acreditar.

67

A ÚLTIMA RISADA

Era um velho mosquete, feito talvez vinte anos antes, mas bem conservado. A coronha estava lustrada pelo desgaste, a madeira era bela ao toque, e o metal do cano, suave e limpo.

Urso de Pé o agarrou, extasiado, percorrendo o cano reluzente com os dedos, trazendo-o até o nariz para inalar o intoxicante aroma de óleo e pólvora, e então chamou os amigos para se aproximarem e cheirarem também.

Cinco cavalheiros haviam recebido mosquetes da mão benevolente de Pássaro que Canta de Manhã, e uma sensação de deleite invadiu a casa, espalhando-se em ondas pela aldeia. O próprio Pássaro, com 25 mosquetes ainda a distribuir, estava inebriado pela sensação de inestimável riqueza e poder, e portanto com disposição de acolher tudo e todos.

– Este é Hiram Crombie – disse Jamie em tsalagi para Pássaro, apontando para o sr. Crombie, que havia se plantado a seu lado, o rosto pálido de nervoso, durante a conversa preliminar, a apresentação dos mosquetes, a convocação dos guerreiros e o regozijo geral pelas armas. – Ele veio oferecer sua amizade e contar a vocês histórias de Cristo.

– Ah, o seu Cristo? O que desceu ao mundo inferior e retornou? Eu sempre me perguntei, será que ele conheceu a Mulher-do-céu, ou a toupeira? Eu gosto da toupeira; gostaria de saber o que ela disse.

Pássaro tocou o pequenino pingente de pedra vermelha no pescoço, entalhado na forma de uma toupeira, o guia do submundo.

O sr. Crombie tinha o cenho franzido, mas por sorte ainda não estava confortável com a língua tsalagi; ainda se encontrava no estágio de traduzir mentalmente cada palavra para o inglês, e Pássaro falava bem depressa. E Ian não havia encontrado ocasião para ensinar a Hiram a palavra para toupeira.

Jamie tossiu.

– Tenho certeza de que ele vai gostar de contar a vocês todas as histórias que sabe – disse. – Sr. Crombie – chamou ele, agora falando inglês –, Tsisqua lhe oferece as boas-vindas.

Penstemon, esposa de Pássaro, fungou de leve; Crombie suava de nervoso e cheirava a bode. Ele fez uma mesura solene e presenteou Pássaro com a boa faca que havia trazido, recitando devagar o discurso cortês que havia decorado. Fora razoavelmente bem, pensou Jamie; havia errado a pronúncia de apenas algumas palavras.

– Venho lhes t-trazer grande alegria – concluiu ele, gaguejando e suando.

Pássaro encarou Crombie – pequenino, musculoso e pingando de suor – por um longo e imperscrutável momento, então voltou-se outra vez para Jamie.

– Você é um homem engraçado, Matador de Urso – disse ele, resignado. – Vamos comer!

Era outono; a colheita estava pronta, e a caça era boa. Portanto a Festa das Armas foi uma ocasião notável, com veado, cervo e javali assados em chamas fumegantes, travessas abarrotadas de milho e abóbora assada e pratos de feijão temperados com cebola e coentro, tigelas de sopa e montes e montes de peixinhos crocantes e macios, passados em farinha de milho e fritos em banha de urso.

O sr. Crombie, muito rígido no início, começou a relaxar sob influência da comida, da cerveja de abeto e da atenção lisonjeira dispensada a ele. Boa parte da atenção, pensou Jamie, era devida ao fato de que Ian, com um largo sorriso no rosto, permaneceu junto ao pupilo por um tempo, estimulando-o e corrigindo-o, até que Hiram se sentisse mais à vontade com a língua e capaz de prosseguir sozinho. Ian era extremamente popular, em especial entre as jovens da aldeia.

Quanto a si próprio, Jamie aproveitou bastante a festa; aliviado da responsabilidade, nada havia a fazer além de falar, escutar e comer – então, pela manhã, ele partiria.

Era uma sensação estranha, que ele não sabia ao certo se já havia experimentado antes. Vivera muitas partidas, a maioria pesarosa; algumas lhe suscitaram certa sensação de alívio, outras lhe arrancaram o coração do peito e o deixaram entregue à dor. Não aquela noite. Tudo parecia estranho e cerimonioso, como algo conscientemente executado pela última vez, mas ainda assim não havia tristeza.

Era uma sensação de conclusão, ele supôs. Fizera o possível, e agora precisava deixar que Pássaro e os outros seguissem seu próprio caminho. Podia ser que retornasse, porém jamais por obrigação, no papel de agente do rei.

Aquele pensamento, por si só, era estranho. Ele jamais vivera sem a consciência de lealdade – querendo ou não, premeditando ou não – a um rei, fosse a casa alemã de Geordie ou os Stuarts. Agora vivia.

Pela primeira vez tinha um vislumbre do que sua filha e mulher haviam tentado lhe dizer.

Hiram tentava recitar um dos salmos, ele percebeu. Estava indo bem, pois pedira a Ian que traduzisse, então decorara com afinco. Entretanto...

– É como o óleo precioso sobre a cabeça, que desce sobre a barba...

Penstemon lançou um olhar cauteloso para o potinho de gordura de banha que estava sendo usado como condimento e estreitou os olhos para Hiram, na clara intenção de agarrar o prato de suas mãos se ele tentasse virá-lo por sobre a cabeça.

– É a história de seus ancestrais – explicou Jamie, dando de ombros. – Não é costume dele.

– Ah. Hum.

Ela relaxou um pouco, embora ainda mantivesse o olhar cravado em Hiram. Era um convidado, mas não se podia esperar que todos os convidados se comportassem bem.

Hiram, no entanto, nada fez de desagradável, e em meio a protestos de satisfação e lisonjas constrangidas aos anfitriões, foi persuadido a comer até esbugalhar os olhos, o que os satisfez.

Ian ficaria por alguns dias, para ter certeza de que os povos de Hiram e de Pássaro tinham entrado em acordo. Mas Jamie não sabia ao certo se o senso de responsabilidade de Ian prevaleceria sobre seu senso de humor – que, em alguns aspectos, pendia mais para o dos índios. Assim, uma palavra vinda de Jamie poderia vir a calhar, apenas por precaução.

– Ele tem esposa – disse Jamie a Pássaro, com um aceno de cabeça na direção de Hiram, agora engajado num discurso junto a dois dos homens mais velhos. – Acho que não receberia uma jovem em sua cama. Poderia não entender o gracejo e acabar sendo rude com ela.

– Não se preocupe – disse Penstemon, entreouvindo. Deu uma olhadela para Hiram e torceu a cara. – Ninguém ia querer um filho *dele*. Agora, um filho *seu*, Matador de Urso...

Ela lançou um olhar prolongado para ele por sob os cílios, e ele riu, saudando-a com um gesto respeitoso.

Era uma noite perfeita, fria e vívida, e a porta fora deixada aberta para que o ar entrasse. A fumaça da fogueira subia reta e branca, pairando em direção ao buraco acima, subindo feito um espectro de espíritos animados.

Todos haviam comido e bebido ao ponto do prazeroso estupor, e fez-se um silêncio momentâneo, com uma sensação difusa de paz e alegria.

– É bom para os homens que comam como irmãos – observou Hiram a Urso de Pé, em seu hesitante tsalagi.

Ou, pelo menos, tentou. Afinal de contas, Jamie refletiu, sentindo as costelas rangerem de tão distendidas, havia de fato uma diferença muito pequena entre "comer como irmãos" e "comer os irmãos".

Urso de Pé lançou a Hiram um olhar pensativo e se distanciou um pouco dele.

Pássaro observou aquilo, e depois de um instante de silêncio virou-se para Jamie.

– Você é um homem muito engraçado, Matador de Urso – declarou ele, balançando a cabeça. – E venceu.

Ao sr. John Stuart,
Superintendente de questões indígenas do Departamento do Sul

Da Cordilheira dos Frasers
1º dia de novembro, Anno Domini 1774,
Do distinto cavalheiro James Fraser

Meu estimado senhor,
Venho por meio desta informar-lhe minha renúncia como agente indígena da Coroa, por considerar que minhas convicções pessoais não mais me permitem executar meu ofício em nome da Coroa em plena consciência.

Agradeço a honrosa atenção e imensa generosidade, desejo ao senhor o melhor no futuro, e permaneço

Seu mais humilde criado,
J. Fraser

PARTE IX

Os ossos do tempo

68

SELVAGENS

Sobravam apenas duas. A poça de cera líquida reluzia com o brilho do pavio aceso, e as joias lentamente surgiram à vista, uma verde, uma preta, cintilando com sua própria chama interna. Jamie imergiu a ponta plumosa de uma pena com delicadeza na cera derretida e pescou a esmeralda, erguendo-a sob a luz.

Baixou a pedra quente sobre o lenço que eu segurava, e a esfreguei rapidamente, para remover a cera antes que endurecesse.

– Nossas reservas estão ficando muito baixas – comentei, numa constrangedora piada. – Esperemos que não haja outra emergência dispendiosa.

– Independentemente disso, não vou tocar no diamante negro – retrucou ele, resoluto, e soprou a vela. – Esse é para você.

Eu o encarei.

– Como assim?

Ele deu de ombros e estendeu a mão para pegar a esmeralda sobre meu lenço.

– Caso eu venha a ser morto – disse ele, sem rodeios. – Você pega e vai embora. Retorna pelas pedras.

– Ah... não sei se faria isso – respondi.

Eu não gostava de falar sobre nada que envolvesse a morte de Jamie, mas não havia motivo para ignorar essa possibilidade. Batalhas, doenças, prisão, acidente, assassinato...

– Você e Bree estavam aí *me* proibindo de morrer – comentei. – Eu faria o mesmo, se tivesse a mais leve esperança de que você prestasse alguma atenção.

Ele abriu um sorriso.

– Eu sempre dou atenção às suas palavras, Sassenach – garantiu Jamie, num tom solene. – Mas é você que me diz que o homem faz e Deus desfaz, e se Ele achar por bem se desfazer de *mim*... você retorna.

– Por que eu retornaria? – perguntei, irritada e hesitante.

As lembranças dele me mandando de volta pelas pedras na véspera de Culloden eram recordações que eu jamais gostaria de ter, e ali estava ele, abrindo a porta para aquele espaço muito bem fechado em minha mente.

– Eu ficaria com Bree e Roger, não? Jem, Marsali e Fergus, Germain, Henri-Christian e as meninas... está todo mundo aqui. Afinal de contas, o que tem lá que me faria querer voltar?

Ele tirou a pedra do tecido, movimentou-a entre os dedos e me olhou, pensativo, como se tentasse decidir se me revelava algo. Alguns pelos se eriçaram em minha nuca.

– Não sei – disse ele por fim, balançando a cabeça. – Mas eu vi você lá.

O arrepio desceu pela minha espinha e meus braços.

– Lá *onde*?

– Lá. – Ele fez um gesto vago com a mão. – Eu sonhei com você lá. Não sei onde era; só sei que era *lá*... na sua época verdadeira.

– Como é que você sabe disso? – indaguei, toda arrepiada. – O que eu estava fazendo?

Ele franziu o cenho, esforçando-se para lembrar.

– Não lembro bem – respondeu, devagar. – Mas, pela luz, sei que era *lá*. – Ele subitamente desfez a carranca. – É isso. Você estava sentada a uma mesa, segurando algo, talvez escrevendo. Estava rodeada por uma luz que brilhava no seu rosto, no seu cabelo. Mas não era luz de velas, nem de fogueira, nem do sol. E lembro que pensei comigo mesmo, ao ver você, *ah, então é esse o aspecto da luz elétrica*.

Eu o encarei, boquiaberta.

– Como pode reconhecer em sonho algo que nunca viu na vida real?

Ele pareceu achar graça naquilo.

– Eu sonho o tempo todo com coisas que nunca vi, Sassenach... você não?

– Bom – respondi, indecisa. – Sim. Às vezes. Monstros, plantas estranhas, suponho. Cenários esquisitos. E sem dúvida *gente* desconhecida. Mas isso é diferente, claro... ver uma coisa de que você já ouviu falar, mas nunca viu?

– Bom, o que eu vi pode não ter sido o aspecto *real* da luz elétrica – admitiu ele –, mas foi o que eu disse a mim mesmo quando vi. E tive certeza de que você estava na sua própria época. E, afinal de contas – acrescentou ele, com sensatez –, eu sonho com o passado; por que não sonharia com o futuro?

Não havia resposta boa a uma observação tão celta quanto aquela.

– Bom, *você* sonharia, suponho – respondi, esfregando o lábio inferior num gesto de dúvida. – Quantos anos eu tinha nesse seu sonho?

Ele pareceu surpreso, depois indeciso; então me encarou com firmeza, como se tentasse comparar meu rosto com alguma visão mental.

– Bom... eu não sei – respondeu Jamie, soando inseguro pela primeira vez. – Não pensei a esse respeito... mas não notei cabelos brancos nem nada do tipo... era só... você. – Ele deu de ombros, aturdido, então baixou os olhos para a pedra em minha mão. – É quente ao seu toque, Sassenach? – indagou, curioso.

– Claro que é – respondi, de forma meio atravessada. – Acabou de sair da cera quente, pelo amor de Deus.

Ainda assim, a esmeralda *de fato* parecia latejar delicadamente em minha mão, quente como meu próprio sangue e pulsando feito um coração em miniatura. Quando a entreguei a ele, senti uma breve relutância – como se ela não quisesse me soltar.

– Dê ao MacDonald – pedi, esfregando a palma da mão na lateral da saia. – Eu o ouvi lá fora, falando com Arch; ele vai querer ir.

...

MacDonald havia aparecido na Cordilheira um dia antes, no meio de uma tempestade, o rosto envelhecido quase roxo de tanto frio, exaustão e empolgação, para nos informar que havia encontrado um estabelecimento de impressão à venda em New Bern.

– O proprietário já foi embora... à revelia, de certa forma – informou, encharcado e bufando defronte ao fogo. – Os amigos querem vender as dependências e os equipamentos o quanto antes, para que não sejam saqueados ou destruídos, e assim angariar fundos para que o sujeito se restabeleça na Inglaterra.

Em relação ao "à revelia, de certa forma", descobrimos que o proprietário da oficina de impressão era legalista e havia sido sequestrado no meio da rua pelo Comitê de Segurança local e enfiado num navio rumo à Inglaterra. Essa forma de deportação improvisada estava cada vez mais popular, e, ainda que fosse mais humana que o piche e as penas, significava que o dono da tipografia chegaria à Inglaterra com uma mão na frente e outra atrás, e ainda por cima devendo dinheiro pela passagem.

– Ocorre que eu conheci uns amigos dele numa taberna, arrancando os cabelos por conta de seu destino e bebendo à sua prosperidade... foi quando lhes disse que talvez conseguisse para eles uma situação vantajosa – explicou o major, inflado de satisfação. – Eles me escutaram com atenção quando eu disse que o senhor talvez... veja bem, apenas talvez... pudesse ter dinheiro vivo em mãos.

– O que o faz pensar que eu tenho, Donald? – indagou Jamie, de sobrancelha erguida.

MacDonald pareceu surpreso, então astucioso. Deu uma piscadela e levou um dedo à lateral do nariz.

– Eu ouço umas coisinhas aqui e ali. Corre à boca miúda que o senhor esconde um pequenino estoque de pedras preciosas... foi o que ouvi de um mercador de Edenton cujo banco lidava com pedras.

Jamie e eu trocamos olhares.

– Bobby! – exclamei, e ele assentiu, resignado.

– Bom, quanto a mim, minha boca é um túmulo – disse MacDonald, sério. – Podem contar com a minha discrição, claro. E eu duvido que o assunto seja de amplo conhecimento. Por outro lado... um homem pobre não sai por aí comprando mosquetes às dúzias, não é verdade?

– Ah, pode ser – respondeu Jamie, resignado. – Você ficaria surpreso, Donald. Mas, sendo assim... imagino que podemos forçar uma barganha. Onde é que está a solicitação dos amigos... eles vão oferecer seguro, em caso de incêndio?

MacDonald havia sido autorizado a negociar em nome dos amigos do impressor, que estavam ansiosos para vender a problemática propriedade antes que alguma alma patriótica viesse incendiá-la, de modo que a negociação foi concluída ali mesmo. MacDonald foi mandado correndo de volta montanha abaixo para trocar a esmeralda por dinheiro, finalizar o pagamento pela oficina de impressão e deixar o resto do montante com Fergus para as demais despesas – e para que divulgasse o quanto antes em New Bern que as instalações dentro em breve estariam sob nova direção.

– Se alguém perguntar sobre a posição política do novo proprietário... – começou Jamie.

MacDonald limitou-se a assentir, sabiamente, tornando a deitar os dedos no nariz de veias vermelhas.

Eu tinha razoável certeza de que Fergus não possuía opinião política pessoal digna de menção; além de sua família, sua única lealdade era para com Jamie. Tão logo a negociação foi concluída, no entanto, e a agitação da mudança começou – Marsali e Fergus teriam de partir de imediato, para tentar chegar a New Bern antes do inverno se agravar –, Jamie foi ter uma conversa séria com ele.

– Pois bem, não vai ser como foi em Edimburgo. Só existe mais uma oficina de impressão na cidade, e, pelo que MacDonald me disse, o dono já é um senhor e morre de medo tanto do comitê quanto do governador, e não vai imprimir nada além de livros de preces e folhetos e propagandas de corridas de cavalos.

– *Três bon* – respondeu Fergus, ainda mais contente, se tal coisa era possível. Desde que ouvira a notícia, andava mais aceso do que uma lanterna chinesa. – Vamos dar conta de todos os jornais e revistas, para não falar da impressão de peças escandalosas e panfletos... não há nada como subversão e agitação no ramo da tipografia, milorde, o senhor sabe disso muito bem.

– Eu sei – respondeu Jamie, em tom seco. – É por isso que pretendo enfiar nessa sua cabeça dura a necessidade de ter cuidado. Não quero ouvir dizer que foi enforcado por traição, nem que foi coberto de piche e penas por não ter sido traiçoeiro o suficiente.

– Ah, não. – Fergus agitou o gancho. – Eu sei muito bem como se joga este jogo, milorde.

Jamie assentiu, ainda desconfiado.

– É, você sabe. Mas já faz alguns anos; pode ser que tenha perdido a prática. Além do mais, sabe-se lá quem está em New Bern; você não vai querer comprar carne do homem a quem barbarizou na edição matinal, não é?

– Vou me lembrar disso, pai – disse Marsali, sentada diante da lareira, amamentando Henri-Christian e prestando muita atenção. Na verdade, parecia mais feliz do que Fergus, a quem olhava com adoração. Transferiu o olhar a Jamie e sorriu. – Vamos tomar cuidado, prometo.

Ao olhar para ela, Jamie suavizou a carranca.

– Vou sentir saudade, menina – disse ele, baixinho.

O olhar de alegria dela se embaciou, mas não desapareceu por completo.

– Eu também, pai. Todos nós. E Germain não quer deixar Jem, claro. Mas...

Ela tornou a olhar Fergus, que preparava uma lista de suprimentos, assobiando "Alouette" entre os dentes, e abraçou Henri-Christian com mais força, fazendo-o debater as perninhas em protesto.

– É, eu sei. – Jamie tossiu, para disfarçar a emoção, e esfregou o nariz. – Agora, muito bem, pequeno Fergus. Vocês vão levar uma quantia em dinheiro; em primeiro lugar, dê um suborno ao policial e aos vigias. MacDonald me deu os nomes dos integrantes do Conselho Real e do chefe dos membros da Assembleia... ele vai ajudar com o conselho, por ser homem do governador. Tenha bons modos, sim? Mas garanta que ele esteja sob controle; ele tem sido de grande ajuda nesta questão.

Fergus assentiu, a cabeça enfiada no papel.

– Papel, tinta, chumbo, suborno, camurça, pincéis – disse ele, ocupado em escrever, e retomou a cantoria, absorto: – *Alouette, gentille alouette...*

Era impossível conseguir uma carroça para subir a Cordilheira; o único acesso era por meio da estreita e sinuosa trilha que subia desde Coopersville – um dos fatores que havia levado ao desenvolvimento de um vilarejo ao redor daquelas transversais menores, visto que mascates itinerantes e viajantes tendiam a parar por ali e fazer breves investidas a pé montanha acima.

– É ótimo para desencorajar invasões hostis na Cordilheira – comentei com Bree, arfando enquanto apoiava na margem da trilha uma grande trouxa envolta em lona com candelabros, penicos e outros pequenos pertences caseiros. – Porém, infelizmente, também torna bastante difícil *sair* da maldita Cordilheira.

– Acho que o pai nunca imaginou que alguém fosse querer ir embora – respondeu Bree, grunhindo ao baixar seu próprio fardo, o caldeirão de Marsali abarrotado de queijos, sacos de farinha, feijão e arroz, além de uma caixa de madeira cheia de peixe seco e uma sacola com maçãs. – Esse treco pesa uma *tonelada*. – Ela se virou e gritou para a trilha atrás de nós: – GERMAIN!

Silêncio mortal. Germain e Jemmy deveriam estar conduzindo a cabra Mirabel até a carroça. Haviam deixado o chalé conosco, mas estavam ficando cada vez mais para trás.

Nem um grito nem um *mehhhh* vieram da trilha, mas a sra. Bug surgiu ao longe, arrastando-se sob o peso da roca de Marsali, que carregava nas costas, e trazendo o cabresto de Mirabel numa das mãos. Mirabel, uma bela cabritinha branca rajada de cinza, baliu alegremente ao nos ver.

– Encontrei a pobrezinha acorrentada a um arbusto – disse a sra. Bug, apoiando a roca com um arquejo e enxugando o rosto com o avental. – Nenhum sinal dos meninos, aqueles malvadinhos.

Brianna soltou um resmungo baixo que prenunciava apuros para Jemmy e Germain, se os pegasse. Antes que ela marchasse de volta trilha acima, porém, Roger e

Jovem Ian desceram, cada um trazendo uma das pontas da roca de Marsali, desmembrada para a ocasião em um amontoado de vigas pesadas. Ao ver o movimento na estrada, no entanto, eles pararam, deitando a carga com suspiros de alívio.

– O que foi que houve, hein? – indagou Roger, olhando para todos e observando a cabra, de cenho franzido. – Onde estão Jem e Germain?

– Aposto duas roscas que os diabinhos estão escondidos em algum canto – soltou Bree, afastando do rosto os desgrenhados cabelos ruivos.

Sua trança havia se desfeito, e mechas rebeldes de cabelo úmido se colavam ao rosto. Senti momentânea gratidão por meus cachos curtos; a despeito da aparência, eram sem dúvida convenientes.

– Será que devo ir olhar? – perguntou Ian, emergindo da bacia de madeira para pudim que vinha carregando na cabeça, virada para baixo. – Eles não devem ter ido muito longe.

Ao som de passadas apressadas abaixo, todos se viraram subitamente – mas não eram os garotos, e sim Marsali, resfolegante, de olhos arregalados.

– Henri-Christian – disse ela, num arquejo, os olhos ligeiros percorrendo o grupo. – A senhora está com ele, mãe Claire? Bree?

– Achei que *você* estava com ele – respondeu Bree, percebendo o senso de urgência de Marsali.

– Eu estava. O pequeno Aidan McCallum estava cuidando dele para mim, enquanto eu botava umas coisas na carroça. Mas então parei para ir amamentá-lo... – explicou ela, levando a mão ao seio. – E os dois tinham desaparecido! Pensei que de repente...

Suas palavras foram morrendo enquanto ela começava a perscrutar os arbustos ao longo da trilha, as bochechas vermelhas de esforço e aborrecimento.

– Vou estrangulá-lo – disse ela, entre os dentes. – E onde está Germain, então? – gritou, deitando os olhos em Mirabel, que havia tirado vantagem da parada para mordiscar umas plantinhas saborosas pelo caminho.

– Isso está começando a parecer uma tramoia – observou Roger, claramente achando a situação divertida.

Ian também parecia ver graça naquilo, mas o olhar sério das mulheres exauridas removeu o sorrisinho de seu rosto.

– Sim, por favor, vá encontrá-los – pedi, vendo que Marsali estava prestes a irromper em lágrimas ou ter um ataque de fúria e começar a atirar coisas.

– É, vá – disse ela, num tom breve. – E dê uma sova neles, inclusive.

– Sabe onde eles estão? – indagou Ian, protegendo os olhos e erguendo a cabeça para cima, na direção de uma abertura de rochas desabadas.

– Sim, acho que sim. Por aqui.

Roger abriu caminho por um emaranhado de arbustos de azevinho e olaias, com Ian logo atrás, e emergiu na margem do pequeno riacho que corria paralelo à trilha. Abaixo, avistou o local preferido de pesca de Aidan, perto do vau, mas não havia sinal de vida lá embaixo.

Em vez disso, virou-se para cima, abrindo caminho pela mata seca e grossa e pedras soltas ao longo do leito do riacho. A maioria das folhas havia caído das castanheiras e dos álamos, e jazia em escorregadios tapetes marrons e dourados.

Aidan lhe revelara o local secreto algum tempo antes; uma caverna rasa, de menos de 100 metros de altura, no topo de uma encosta íngreme coberta por uma mata de mudas de carvalho. Os carvalhos agora estavam desfolhados, e a entrada da caverna era fácil de ver para quem soubesse procurar. Naquele momento era particularmente detectável, pois de dentro dela emanava fumaça, que subia pela lateral da rocha feito um véu, deixando um aroma pungente no ar frio e seco.

Ian ergueu a sobrancelha. Roger assentiu e subiu a encosta, sem se esforçar em fazer silêncio. Ouviu-se um alarido dentro da caverna, baques e gritinhos; então o véu de fumaça tremulou e parou, substituído por um chiado baixo e uma baforada cinza-escura vinda da entrada da caverna, indicando que alguém jogava água no fogo.

Ian, enquanto isso, avançara silenciosamente pela lateral do rochedo acima da caverna, vendo uma pequena fresta pela qual subia uma diminuta coluna de fumaça. Agarrando-se a um corniso que crescia para fora da rocha, ele inclinou o corpo perigosamente e, levando a mão à boca em concha, entoou um assustador grito mohawk para o interior da fresta.

Gritos de terror muito mais agudos irromperam da caverna, seguidos rapidamente por uma confusão de garotinhos empurrando-se e tropeçando uns por sobre os outros em afobação.

– Ei, você aí! – gritou Roger, esbarrando na própria cria, que passava correndo, e agarrando-o com força pela gola da camisa. – Acabou a farra, meu amigo.

Germain, com o corpinho robusto de Henri-Christian agarrado ao tronco, tentou fugir descendo pela encosta, mas Ian saltou para ultrapassá-lo, dando um bote pelas pedras feito uma pantera, e agarrou o bebê de suas mãos, fazendo com que o garoto parasse, relutante.

Somente Aidan permaneceu à solta. Ao ver os amigos capturados, ele hesitou, na beirada da encosta, querendo fugir, porém entregou-se com nobreza, retornando a passos arrastados para compartilhar de seu destino.

– Muito bem, rapazes; vocês me desculpem, mas isso é inaceitável – disse Roger, com certa compaixão; Jemmy havia passado dias aborrecido frente à perspectiva da partida de Germain.

– Mas a gente não quer ir, tio Roger – retrucou Germain, lançando mão de seu mais eficaz olhar de súplica. – A gente fica aqui; podemos morar na caverna e caçar nossa própria comida.

– É, senhor, e eu e o Jem, a gente divide a nossa janta com eles – completou Aidan, num rompante, como apoio.

– Eu trouxe alguns fósforos da mamãe, para que eles consigam se aquecer – contribuiu Jem, avidamente –, e um pedaço de pão também!

– Veja, tio – disse Germain, espalmando as mãos com graça, em demonstração –, a gente não vai dar trabalho a ninguém!

– Ah, nenhum trabalho, é? – indagou Ian, não com menos compaixão. – Diga isso à sua mãe, sim?

Germain pôs as mãos atrás do corpo e agarrou as nádegas, num reflexo de proteção.

– E onde você estava com a cabeça para arrastar seu irmão menor até aqui? – perguntou Roger, num tom mais severo. – Ele nem sabe andar ainda! Dois passinhos para lá – prosseguiu ele, meneando a cabeça para a caverna –, e ele sai rolando riacho abaixo e quebra o pescoço.

– Ah, não, senhor! – exclamou Germain, em choque. Em seguida, tateou o bolso e apanhou um pedaço de corda. – Eu ia amarrá-lo quando não estivesse aqui, para que ele não saísse andando por aí e caísse. Mas não ia deixá-lo sozinho; prometi a *maman*, quando ele nasceu, que nunca sairia do lado dele.

Lágrimas começaram a correr pelas bochechas magras de Aidan. Henri-Christian, confuso, começou a uivar em solidariedade, o que fez o lábio inferior de Jem tremer também. Ele se desvencilhou da mão de Roger, correu até Germain e o abraçou com fervor.

– Germain não pode ir, papai, por favor não o faça ir!

Roger esfregou o nariz, trocou um breve olhar com Ian e suspirou. Então, sentou-se em uma pedra e fez um gesto para Ian, que demonstrava certa dificuldade em decidir que lado de Henri-Christian ficava para cima. Ian entregou-lhe o bebê com perceptível alívio, e Henri-Christian, necessitando de segurança, agarrou o nariz de Roger com uma das mãos e os cabelos com a outra.

– Olhe, *a bhailach* – disse ele, desgarrando a mãozinha de Henri-Christian com dificuldade. – O pequeno Henri-Christian precisa ser alimentado pela mãe. Ele ainda não tem dentes, pelo amor de Deus... não pode morar aqui, no meio da mata, comendo carne crua com vocês, selvagens.

– Ele tem dente, sim! – retrucou Aidan, com vigor, estendendo um indicador mordido como prova. – Olha!

– Ele come mingau – disse Germain, porém num tom hesitante. – A gente pode fazer uma papa de biscoitos com leite.

– Henri-Christian precisa da mãe – repetiu Roger, com firmeza –, e a sua mãe precisa de vocês. Vocês não esperam que ela dê conta sozinha de uma carroça, duas mulas e mais as suas irmãs durante todo o trajeto até New Bern, esperam?

– Mas papai pode ajudar – protestou Germain. – As garotas obedecem a ele, sendo que não obedecem a mais ninguém!

– Seu papai já foi – informou Ian. – Ele foi cavalgando na frente, para encontrar um lugar para todos vocês morarem quando chegarem lá. Sua mãe vai seguir com as coisas de vocês. Roger Mac tem razão, *a bhailach*... sua mãe precisa de vocês.

O rostinho de Germain empalideceu um pouco. Ele deu uma olhadela desamparada para Jemmy, ainda agarrado a ele, então encarou Aidan colina acima e engoliu em seco. O vento havia subido e soprava sua franja loira para trás do rosto, fazendo-o parecer pequenino e frágil.

– Bom, então – disse ele, e parou, engolindo. Com muita delicadeza, abraçou os ombros de Jemmy e beijou-lhe o cocuruto redondo e vermelho. – Eu vou voltar, primo – disse. – E você vai me visitar no mar. Você também vem – assegurou a Aidan, olhando para cima.

Aidan fungou e foi descendo a encosta, devagar. Roger estendeu a mão livre e delicadamente soltou Jemmy.

– Suba nas minhas costas, *mo chuisle* – disse ele. – A descida é íngreme; levo você na garupa.

Sem esperar que lhe pedissem, Ian se agachou e apanhou Aidan, que enroscou as pernas em seu tronco, escondendo o rosto manchado de lágrimas na camisa de camurça.

– Quer cavalgar também? – perguntou Roger a Germain, levantando-se com cautela sob o peso da carga dupla. – Ian pode carregá-lo, se você quiser.

Ian assentiu e estendeu a mão, mas Germain balançou a cabeça, os cabelos louros voejando.

– *Non,* tio Roger – respondeu, quase baixinho demais para ser ouvido. – Eu vou andando.

Deu meia-volta e começou a descer cuidadosamente a encosta íngreme.

69

UM ESTOURO DE CASTORES

25 de outubro de 1774

Eles haviam caminhado por uma hora antes que Brianna começasse a se dar conta de que não estavam atrás de caça. Tinham cruzado os rastros de um pequeno rebanho de cervos, com fezes ainda úmidas de tão frescas, mas Ian ignorara o sinal, subindo pela encosta com firmeza e concentração.

Rollo fora com eles, mas, após inúmeras tentativas infrutíferas de atrair a atenção do mestre para aromas promissores, abandonou-os, irritado, e saiu saltitando pela confusão de folhas para empreender sua própria caçada.

A subida era íngreme demais para permitir bate-papos, por mais que Ian parecesse inclinado a isso. Dando mentalmente de ombros, ela foi atrás, mas por garantia manteve a arma na mão e um olho na mata.

Eles haviam deixado a Cordilheira ao amanhecer; já passava bastante do meio-dia quando enfim fizeram uma pausa, à margem de um pequenino córrego sem nome. Uma videira selvagem se enrolava no tronco de um caquizeiro que pendia do alto da margem; os animais já haviam apanhado a maior parte das uvas, mas alguns cachos ainda pendiam sobre a água, fora do alcance de todos além do mais ousado dos esquilos – ou de uma mulher alta.

Brianna tirou os mocassins e avançou pelo córrego, prendendo o ar com o choque gélido da água em suas panturrilhas. As uvas estavam quase estourando de tão maduras, quase pretas de tão roxas, e grudentas de tanto suco. Os esquilos não as haviam alcançado, mas as vespas sim, e ela ficou de olho vivo nas voadoras que vagavam com seus ferrões enquanto retorcia o caule duro de um cacho especialmente suculento.

– Então, você vai me dizer aonde estamos indo? – indagou ela, de costas para o primo.

– Não – respondeu ele, com um sorriso na voz.

– Ah, é surpresa, é?

Ela partiu a haste do cacho e virou-se para atirá-lo a ele.

Ele apanhou o cacho com uma só mão e pousou-o na margem ao lado da mochila surrada, repleta de provisões.

– Algo do tipo.

– Contanto que não estejamos só saindo para um passeio...

Ela arrancou outro cacho e o arremessou em direção à margem, para sentar-se junto ao primo.

– Não, isso não.

Ele jogou duas uvas na boca, esmagou-as e cuspiu casca e cabos com destreza, como um hábito antigo. Ela mordiscou a sua com mais delicadeza, mordendo a uva pela metade e removendo as sementes com a unha.

– Você tem que comer a casca, Ian; tem vitaminas.

Ele ergueu um ombro, cético, mas ficou calado. Tanto ela quanto a mãe haviam explicado a ele o conceito das vitaminas – inúmeras vezes –, sem grandes resultados. Jamie e Ian haviam sido, com relutância, obrigados a admitir a existência dos germes, porque Claire era capaz de lhes mostrar abundantes mares de micro-organismos no microscópio. As vitaminas, porém, infelizmente eram invisíveis, e portanto podiam ser ignoradas.

– Está muito longe essa surpresa?

As cascas das uvas eram, a bem da verdade, muito amargas. Ela torceu a boca ao morder uma. Ian, comendo e cuspindo em ritmo industrial, percebeu e abriu um sorriso.

– É um pouquinho longe.

Ela lançou um olhar para o horizonte; o sol vinha descendo pelo céu. Se eles retornassem agora, já teria escurecido antes que chegassem em casa.

– Longe *quanto*?

Ela cuspiu a casca de uva destroçada na palma da mão e deu um peteleco para atirá-la na grama.

Ian também olhou para o sol e franziu os lábios.

– Bom... acho que a gente deve chegar amanhã em torno do meio-dia.

– A gente *o quê*? Ian!

Com um ar envergonhado, ele baixou a cabeça.

– Desculpe, prima. Sei que devia ter dito antes... mas achei que talvez você não viesse, se eu revelasse a distância.

Uma vespa pousou no montinho de uvas na mão de Brianna, e ela lhe deu um tapa irritado.

– Você *sabe* que eu não viria. Ian, o que estava pensando? Roger vai ter um ataque!

Seu primo pareceu achar a ideia engraçada; retorceu a boca para cima.

– Um ataque? Roger Mac? Não creio.

– Bom, muito bem, ele não vai ter um ataque... mas vai ficar preocupado. E Jemmy vai sentir a minha falta!

– Não, eles vão ficar bem – garantiu Ian. – Eu avisei ao tio Jamie que iríamos ficar fora por três dias, e ele disse que levaria o pequeno até a Casa Grande. Com sua mãe, Lizzie e a sra. Bug para perturbá-lo, o pequeno Jem não vai nem notar a sua ausência.

Aquilo decerto era verdade, mas de nada servia para aliviar sua irritação.

– Você contou ao *pai*? E ele simplesmente aceitou, e vocês dois acharam que não haveria qualquer problema em... em... em me arrastar para o meio da mata por três dias, sem me dizer o que estava acontecendo? Seus... seus...

– Autoritários, insuportáveis, bestiais *escoceses* – completou Ian, imitando com tanta perfeição o sotaque britânico de Claire que Brianna irrompeu em gargalhadas, apesar da raiva.

– Isso – respondeu ela, limpando suco de uva do queixo. – Exatamente!

Ele ainda sorria, mas sua expressão havia mudado; já não era de provocação.

– Brianna – disse, baixinho, com aquela cadência das Terras Altas que conferia ao nome um tom diferente e gracioso. – É importante, sim?

Ele agora não sorria. Tinha os olhos fixos nela, cálidos, porém sérios. Os olhos castanhos eram o único traço de beleza no rosto de Ian Murray, mas guardavam uma expressão de tamanha franqueza, tão doce, que por um instante pareceram ser a entrada de sua alma. Ela já tivera oportunidade de se perguntar se ele tinha consciência desse efeito – contudo, mesmo que tivesse, era difícil resistir a ele.

– Muito bem – disse ela, e abanou uma mosca, ainda irritada, porém resignada. – Muito *bem*. Mas mesmo assim você devia ter me contado. E não vai me contar, nem agora?

Ele balançou a cabeça, olhando para baixo, encarando a uva que desgarrava do cabo com o polegar.

– Não posso – respondeu ele. Remexeu a uva na boca e deu um giro para abrir a bolsa... que, agora que ela reparava, estava estranhamente cheia. – Quer um pouco de pão, prima, ou um pedaço de queijo?

– Não. Vamos embora. – Ela se levantou e espanou umas folhas mortas das calças. – Quanto mais cedo chegarmos, mais cedo voltamos.

Eles pararam uma hora antes do pôr do sol, enquanto ainda restava luz suficiente para juntar lenha. No fim das contas, a bolsa abarrotada continha dois cobertores, bem como comida e um jarro de cerveja – bem-vindo depois do dia inteiro de caminhada, quase toda de subida.

– Ah, que lote bom – disse ela, com aprovação, cheirando a boca do jarro depois de um gole longo, intenso e aromático. – Quem fez?

– Lizzie. Ela pegou o jeito com Frau Ute. Antes do... é... humm.

Um delicado ruído escocês serviu de menção às dolorosas circunstâncias que envolviam a dissolução do noivado com Lizzie.

– Hum. Foi péssimo, não foi?

Brianna baixou os cílios, observando-o às escondidas para ver se ele diria algo mais sobre Lizzie. Os dois pareciam se gostar – mas primeiro ele partira até os iroqueses, e ao retornar a encontrara noiva de Manfred McGillivray. Agora que os dois estavam novamente livres...

No entanto, Ian dispensou o comentário da prima com um mero dar de ombros, concentrado no tedioso processo de acender a fogueira. O dia havia sido quente e ainda restava uma hora de luz, mas as sombras sob as árvores já estavam azuis; a noite seria fria.

– Vou dar uma olhada no córrego – anunciou ela, apanhando uma linha enrolada e um anzol da pequena pilha de pertences que Ian havia tirado da mochila. – Parece que tem um laguinho de trutas logo abaixo da curva, e as moscas vão subir.

– Ah, sim.

Ele assentiu, mas deu pouca atenção a ela, aumentando pacientemente a pilha de gravetos antes de produzir mais uma leva de fagulhas com a pederneira.

Ao contornar a curva do pequeno córrego, Brianna viu que não era simplesmente um lago de trutas – era um lago de castores. A saliência da entrada da toca refletia-se na água parada, e na margem mais distante ela pôde ver um par de mudas de salgueiro se remexendo, no evidente processo de serem consumidas.

Brianna avançou lentamente, espiando com cautela. Os castores não a incomodariam, mas *se jogariam* no lago se a vissem, fazendo uma lambança e açoitando a água com o rabo, como forma de alarme. Ela já tinha ouvido antes; era um som absurdamente alto, parecido com uma salva de tiros, e sem dúvida espantaria todos os peixes num raio de quilômetros.

Havia gravetos roídos espalhados pela margem próxima, a madeira branca de dentro esculpida de maneira ordenada como qualquer carpinteiro faria, mas nenhum estava fresco, e ela não ouviu nada por perto além do som do vento nas árvores. Castores não eram furtivos; não havia nenhum à vista.

Com um olhar cauteloso na margem oposta, ela preparou uma isca no anzol com um pedacinho de queijo, rodopiou-o no alto da cabeça, ganhando velocidade, então soltou a linha, que saiu voando. O anzol imergiu na água com um pequeno *plop!*, som insuficiente para assustar os castores; as mudas de salgueiro na margem oposta continuavam a se remexer sob o ataque dos habilidosos dentes.

A noite começava a subir, tal e qual ela dissera a Ian. O ar estava suave, fresco em seu rosto, e a superfície da água ondulada reluzia feito seda cinza, remexendo-se sob a luz. O ar parado sob as árvores exibia pequenas nuvens de mosquitinhos, presas para as moscas-d'água carnívoras, perlários e libélulas que irrompiam da superfície, recém-nascidas e esfaimadas.

Era uma pena que ela não tivesse uma vara de carretilha ou plumas de pesca – mas ainda assim valia a pena tentar. Moscas-d'água não eram as únicas coisas que se erguiam famintas ao crepúsculo; as vorazes trutas eram conhecidas por atacar quase qualquer coisa que flutuasse à sua frente – seu pai um dia apanhara uma delas enroscando no anzol nada além de uma mecha dos próprios cabelos claros.

Era uma ideia. Ela sorriu para si mesma, afastando uma mecha de cabelo que havia escapado da trança, e começou a puxar a linha de volta devagar. Provavelmente havia mais que trutas ali, e o queijo estava...

Fez-se um forte puxão na linha, e ela deu um pinote, surpresa. Alguma obstrução? A linha foi puxada outra vez, e um tremor ligeiro subiu das profundezas por seu braço, feito eletricidade.

A meia hora seguinte transcorreu sem que se desse conta, estando Bree concentrada na busca por peixes. Ela estava molhada até o meio das coxas, cheia de picadas de mosquito, e seu pulso e ombro doíam, mas três peixes gordos cintilavam na grama a seus pés, dando-lhe a sensação de profunda satisfação de um caçador – e ainda havia uns nacos de queijo no bolso.

Brianna espichava o braço para trás, para tornar a lançar o anzol, quando um súbito coro de guinchos e assobios irrompeu na calma da noite, e uma manada de castores saiu do esconderijo, rolando pela margem oposta do laguinho feito um pelotão de tanques pequeninos e peludos. Ela os encarou, boquiaberta, e deu um passo atrás, por instinto.

Então algo grande e escuro surgiu entre as árvores atrás dos castores, e um reflexo posterior enviou-lhe adrenalina aos braços e pernas enquanto ela dava meia-volta para fugir. Estaria bem longe, no meio da mata, no instante seguinte, se não tivesse pisado num dos peixes, que deslizou por sob seu pé feito manteiga mole e a jogou sem a menor cerimônia de costas no chão. Daquela posição, ela viu Rollo irromper das árvores em disparada e se jogar da margem, descrevendo um arco até a água. Gracioso feito um cometa, ele pairou pelo ar e aterrissou no laguinho em meio aos castores, espalhando água ruidosamente, feito um meteoro.

Ian a encarou, boquiaberto. Sem pressa, seus olhos vagaram dos cabelos enchar cados às roupas empapuçadas e enlameadas, então aos peixes – um deles levemente esma gado – que pendiam de uma corda de couro na mão de Brianna.

– Os peixes não deram trégua, não foi? – indagou ele, inclinando a cabeça para a corda e ensaiando um sorriso com o canto da boca.

– Não mesmo – respondeu ela, e desabou no chão diante do primo. – Mas não chegaram nem perto do ataque dos castores.

– Castores – repetiu Ian, esfregando a ponta do nariz comprido e ossudo, contem plativo. – É, eu ouvi. Você andou lutando contra castores?

– Andei salvando o seu maldito *cachorro* dos castores – respondeu ela, então espirrou.

Brianna desabou de joelhos diante do fogo recém-aceso e fechou os olhos, sentin do uma felicidade momentânea ao toque do calor em seu corpo trêmulo.

– Ah, então Rollo está de volta? Rollo! Onde você está, garoto?

O cachorrão irrompeu da mata com relutância, o rabo mal se mexendo em res posta ao chamado do dono.

– Que história é essa de castores, *a madadh*? – indagou Ian, em tom severo.

Em resposta, Rollo se sacudiu, expulsando no ar uma fina bruma de gotículas d'água. Suspirou, deitou a barriga no chão e apoiou o nariz nas patas, carrancudo.

– Talvez só estivesse querendo uns peixes, mas os castores não interpretaram as sim. Fugiram dele na margem, mas assim que ele entrou na água... – Brianna balan çou a cabeça e torceu a ponta encharcada da camisa de caça. – Vou lhe dizer uma coisa, Ian... limpe *você* esses malditos peixes.

Ele já estava limpando; abriu um deles com um único e preciso corte na barriga e meteu o polegar dentro. Jogou as tripas para Rollo, que se limitou a soltar outro suspiro e achatou o corpo contra as folhas mortas, ignorando o petisco.

– Ele não está ferido, está? – perguntou Ian, franzindo o cenho para o cachorro.

Ela fixou os olhos nele.

– Não, acho que não. Suponho que esteja envergonhado. Você poderia perguntar se *eu* estou ferida. Tem alguma ideia de como são os *dentes* dos castores?

A luz já havia desaparecido quase completamente, mas ela viu o primo balançar os ombros magros.

– É – respondeu ele, com a voz meio abafada. – Tenho, sim. Eles... morderam você? Quero dizer... imagino que daria para notar se você tivesse sido abocanhada.

Ele deixou escapar um chiadinho bem-humorado, que tentou disfarçar com uma tossidela.

– Não – respondeu ela, com frieza.

O fogo estava bom, mas nem de longe bom o suficiente. A brisa da noite havia chegado e transpassava o tecido encharcado de sua camisa e calça, afagando suas costas feito dedos gélidos.

– Não foram tanto os dentes, foram mais os rabos – prosseguiu ela, virando-se de joelhos e dando as costas para o fogo. Correu a mão com cuidado pelo antebraço direito, onde fora acertada em cheio, exibindo um hematoma avermelhado que se estendia do punho ao cotovelo. Por uns instantes achara que o osso estivesse quebrado. – Foi como levar uma surra com um taco de beisebol... de porrete, quero dizer.

Os castores não a haviam atacado diretamente, claro, mas estar na água com um cão-lobo em pânico e meia dúzia de roedores de quase 30 quilos em estado de extrema agitação fora mais ou menos como entrar num lava-jato – um redemoinho de jatos d'água cegantes e objetos voadores. Um arrepio a percorreu, e ela abraçou o próprio corpo, trêmula.

– Aqui, prima. – Ian se levantou e tirou a camisa de camurça pela cabeça. – Vista isso.

Ela estava com muito frio e muito acabada para recusar a oferta. Retirando-se modestamente para os fundos de um arbusto, despiu-se das roupas molhadas e emergiu, um instante depois, vestida com a camurça de Ian, um dos cobertores lhe envolvendo a cintura, feito um sarongue.

– Você não está comendo o bastante, Ian – disse ela, tornando a se sentar diante do fogo e encarando-o com um olhar de crítica. – Suas costelas o denunciam.

Denunciavam mesmo. Ele sempre fora esguio no limite, mas nos anos de juventude a magreza juvenil parecera bastante normal, simplesmente o resultado dos ossos crescendo mais que o resto do corpo.

Agora ele não tinha mais o que crescer, e tivera um ano ou dois para deixar os músculos correrem atrás. E eles tinham corrido – dava para ver cada tendão de seus braços e ombros –, mas as juntas da coluna se destacavam sob a pele bronzeada das costas, e ela podia ver as sombras de suas costelas feito areia ondulante sob a água.

Ian deu de ombros, mas não respondeu, concentrado em espetar o peixe limpo em gravetos de salgueiro descascado para assar.

– E também não tem dormido muito bem.

Ela estreitou os olhos para o primo. Mesmo à luz do fogo, as olheiras e concavidades em seu rosto eram óbvias, apesar da distração das tatuagens mohawks que lhe cruzavam as bochechas. Essas olheiras alarmaram a todos durante meses; sua mãe desejara dizer algo a Ian, mas Jamie a mandara deixar o garoto em paz; ele falaria quando estivesse pronto.

– Ah, muito bem – murmurou ele, sem erguer o olhar.

Quer estivesse pronto ou não, ela não sabia dizer. Mas ele a levara até ali. Se não estava pronto, era melhor que se aprontasse depressa, droga.

Naturalmente, Brianna tinha passado o dia inteiro especulando sobre o misterioso objetivo daquela viagem, e por que era *ela* a companhia necessária. Se quisesse caçar, Ian teria chamado um dos homens; por melhor que ela fosse com uma arma, muitos dos homens da Cordilheira eram melhores, inclusive seu pai. E qualquer um seria mais apropriado do que ela para tarefas como invadir a toca de um urso ou levar carne ou couro para casa.

Eles estavam nas terras dos cherokees; ela sabia que Ian visitava os índios com frequência e tinha muito boa relação com várias aldeias. Porém, se fosse questão de algum arranjo formal a ser feito, ele sem dúvida teria pedido a Jamie que o acompanhasse, ou a Peter Bewlie, com sua esposa cherokee como intérprete.

– Ian – disse ela, com um tom de voz capaz de paralisar quase qualquer homem. – Olhe para mim.

Ele deu um tranco com a cabeça e piscou os olhos para ela.

– Ian – disse ela, um pouco mais mansa –, isso tem a ver com a sua mulher?

Ele ficou paralisado por um momento, os olhos escuros e impenetráveis. Rollo, nas sombras atrás dele, ergueu a cabeça e soltou um gemido inquisitivo. Isso pareceu incitar Ian; ele pestanejou e baixou os olhos.

– É – respondeu ele, bem direto. – Tem.

Ele ajustou o ângulo do graveto que havia enfiado na terra junto ao fogo; a carne pálida do peixe se ondulou e chiou, tostando na madeira verde.

Ela esperou que o primo falasse mais, mas ele não abriu a boca – apenas puxou a ponta de um pedaço de peixe meio cru e entregou ao cachorro, estalando a língua como convite. Rollo se levantou e cheirou a orelha de Ian com preocupação, mas dignou-se a apanhar o peixe e tornou a se deitar, lambendo delicadamente o petisco quente antes de recolhê-lo com a língua, reunindo então vigor suficiente para arrematar as cabeças descartadas e as tripas de peixe também.

Ian franziu um pouco os lábios, e ela pôde ver as ideias se formando em seu rosto, até que ele decidiu falar.

– Houve um tempo em que pensei em me casar com você, sabe?

Ele lançou-lhe um olhar rápido e direto, e ela sentiu um estranho choque de realização. Ele pensara naquilo, era verdade. Por mais que ela não tivesse dúvida de que a oferta havia sido feita pelo mais puro dos motivos... ele era jovem. Até aquele momento, ela não havia percebido que ele naturalmente vislumbrara cada detalhe do que aquele pedido significara.

O olhar dele sustentou o dela em um reconhecimento amargo que de fato imaginara os detalhes físicos de compartilhar sua cama – não encontrando qualquer objeção à possibilidade. Ela resistiu ao impulso de corar e desviar o olhar; isso desonraria os dois.

De súbito – e pela primeira vez –, ela percebeu Ian *como* homem, em vez de um afetuoso primo. E atentou ao calor de seu corpo, ainda presente na suave camurça quando ela a vestira.

– Não teria sido a pior escolha do mundo – disse ela, esforçando-se para fazer jus ao tom impassível.

Ele riu, e as linhas pontilhadas de suas tatuagens perderam o tom assustador.

– Não – respondeu. – Talvez não a melhor... a melhor é Roger Mac, não? Mas fico feliz em ouvir que não teria sido a pior, também. Melhor que Ronnie Sinclair, você acha? Ou pior que Forbes, o advogado?

– Rá, rá! Que maldição. – Ela se recusou a perder a compostura com a provocação. – Você teria sido pelo menos o terceiro da lista.

– Terceiro? – Isso lhe chamou a atenção. – O quê? Quem era o segundo?

Ele de fato pareceu invocado com a ideia de que alguém entrasse na sua frente, e ela riu.

– Lorde John Grey.

– Sério? Ah, bom. É, acho que sim – admitiu Ian, de má vontade. – Embora, claro, ele...

Ian parou abruptamente e lançou um olhar cauteloso para Brianna. Ela sentiu uma pontada de cautela. Seu primo conhecia os gostos pessoais de John Grey? Parecia que sim, a julgar pela estranha expressão em seu rosto – no entanto, se não conhecia, não era papel dela revelar os segredos de lorde John.

– Você o conheceu? – indagou ela, curiosa.

Ian fora com os pais dela resgatar Roger dos iroqueses, antes que lorde John aparecesse na plantação de sua tia, onde ela própria conhecera o nobre.

– Ah, sim. – Ele ainda tinha o olhar desconfiado, embora estivesse um pouco mais relaxado. – Uns anos atrás. Ele e o... filho. Enteado, quero dizer. Eles passaram pela Cordilheira, numa viagem à Virgínia, e fizeram uma parada. Eu passei sarampo para ele. – Ele de súbito abriu um sorriso. – Ou pelo menos ele *teve* sarampo. Tia Claire cuidou dele até melhorar. Você também o conheceu pessoalmente?

– Sim, em River Run. Ian, o peixe está queimando.

Estava mesmo, e ele agarrou o graveto das chamas com uma pequena exclamação em gaélico, agitando os dedos chamuscados no ar para esfriá-los. Queimado, na grama, o peixe se provou bastante comestível, ainda que um pouco duro nas pontas, e um jantar bem tolerável, acompanhado de pão e cerveja.

– Então você conheceu o filho de lorde John, em River Run? – perguntou ele, retomando a conversa. – Willie, é esse o nome. Um rapazinho bom. Caiu na latrina – acrescentou, pensativo.

– Caiu na latrina? – indagou ela, rindo. – Parece mais um idiota. Ou era só pequenino demais?

– Não, de tamanho razoável para a idade. E bastante sensível, para um inglês. Veja, não foi exatamente culpa dele, sabe? Estávamos olhando uma cobra, daí ela subiu a árvore na nossa direção, e... bom, foi um acidente – concluiu ele, entregando a Rollo mais um pedaço de peixe. – Você não viu o rapaz em pessoal, então?

– Não, e acho que você está mudando de assunto de propósito.

– É, estou. Quer mais um pouco de cerveja?

Ela ergueu a sobrancelha – ele que não achasse que escaparia tão fácil –, mas assentiu, aceitando o jarro.

Eles ficaram em silêncio por um tempo, bebendo e observando a última luz esvanecer na escuridão enquanto as estrelas surgiam. O perfume dos pinheiros se adensou, com a seiva aquecida ao longo do dia, e a distância ela ouviu a ocasional advertência do rabo de um castor no laguinho – era evidente que os bichos tinham vigias a postos, para o caso de ela ou Rollo se esgueirarem depois de escurecer, pensou com ironia.

Ian enrolara o próprio cobertor nos ombros para se proteger do frio crescente, e estava estirado na grama, encarando o céu abobadado acima.

Ela não disfarçava seu olhar para ele, e sabia muito bem que ele estava ciente disso. Tinha a expressão calma, sem a animação costumeira – porém não comedida. Estava refletindo, e ela estava satisfeita em deixá-lo à vontade, sem pressa; agora era outono, e a noite seria longa o bastante para muitas coisas.

Ela desejou ter pensado em perguntar mais à mãe sobre a garota que Ian chamava de Emily – o nome mohawk era impronunciável, cheio de sílabas. Pequena, dissera sua mãe. Bonita, delicada, de ossos pequenos e muito inteligente.

Estaria morta a pequena e inteligente Emily? Ela achava que não. Vivera naquela época por tempo suficiente para ver muitos homens enfrentarem a morte de suas esposas. Eles exibiam tristeza e luto – mas não faziam o que Ian estava fazendo.

Será que ele a estava levando para *conhecer* Emily? Era uma ideia surpreendente, mas ela a rejeitou quase de imediato. Seria uma viagem de um mês, pelo menos, para chegar ao território dos mohawks – provavelmente mais. Por outro lado...

– Fico pensando, sabe? – disse ele de repente, ainda olhando o céu. – Você às vezes se sente... errada?

Ele a encarou, desamparado, sem saber ao certo se dissera o que pretendia; ela, no entanto, compreendia perfeitamente.

– Sinto, o tempo todo. – A confissão lhe trouxe um alívio instantâneo e inesperado. Ela deu de ombros e abriu um sorriso torto. – Bom... talvez não o tempo *todo* – emendou. – Quando estou na mata, sozinha, tudo bem. Ou com Roger, quando estamos só nós dois. Embora, mesmo assim... – Ela viu Ian erguer a sobrancelha e apressou-se em explicar. – Não é isso. Não por estar com ele. É só que a gente... a gente fala sobre como era.

Ele a olhou com um misto de compaixão e interesse. Sem dúvida gostaria de saber sobre "como era", mas por ora deixou a questão de lado.

– A mata, não é? – disse ele. – Entendo. Quando estou acordado, pelo menos. Já dormindo...

Ele virou o rosto de volta ao céu vazio e às estrelas brilhantes.

– Você sente medo... quando vem a escuridão?

Ela sentia, de vez em quando; um instante de medo profundo sob o crepúsculo... uma sensação de abandono e solidão quando a noite se erguia da terra. Uma sensação que por vezes permanecia, mesmo depois que ela entrava no chalé e trancava a porta.

– Não – respondeu ele, franzindo um pouco o cenho. – Você sente?

– Só um pouquinho – disse ela, gesticulando com a mão. – Não o tempo todo. Não agora. Mas qual é a questão de dormirmos na mata?

Ele se sentou e inclinou um pouco o corpo para trás, as mãos grandes entrelaçadas num dos joelhos, pensativo.

– É, bem... – disse ele, devagar. – Às vezes eu penso nas velhas histórias... da Escócia, quero dizer. E umas que ouvia de vez em quando, quando morava com os kahnyen'kehaka. Sobre... coisas que podem dominar um homem enquanto ele dorme. Sequestrar sua alma.

– Coisas? – Apesar da beleza das estrelas e da paz da noite, ela sentiu um arrepio frio nas costas. – *Que* coisas?

Ele respirou fundo e soltou o ar, a testa franzida.

– Em gaélico, se chamam *sidhe*. Os cherokees chamam de Nunnahee. E os mohawks também têm nomes... mais de um. Mas, quando ouvi Come Tartarugas falar deles, soube na mesma hora o que eram. É a mesma coisa... o Povo Antigo.

– Fadas? – indagou ela, e a incredulidade devia estar clara em sua voz, pois ele ergueu o olhar penetrante para ela, com um brilho de irritação.

– Não, eu sei o que *você* quer dizer com isso... Roger Mac me mostrou o desenho que você fez para Jem, todas aquelas coisas pequeninas feito libélulas, enfeitando as flores... – Ele produziu um barulho rude com a garganta. – Não. Essas coisas são... – Ele fez um gesto de impotência com uma das mãos grandes, franzindo o cenho para a grama. – Vitaminas – soltou, de repente, olhando para cima.

– Vitaminas – repetiu ela, e esfregou uma das mãos entre as sobrancelhas.

Havia sido um longo dia; eles tinham caminhado uns 20 ou 30 quilômetros, e o cansaço se infiltrara como água em suas pernas e costas. Os hematomas da batalha com os castores começavam a latejar.

– Sei. Ian... tem certeza de que sua cabeça não está ainda meio confusa?

Ela fez a pergunta num tom leve, mas sua angústia de que isso pudesse ser verdade devia ter transparecido, pois ele soltou uma risadinha baixa e sentida.

– Tenho. Ou, pelo menos... acho que tenho. Eu só estava... bom, veja bem, é assim. Não dá para ver as vitaminas, mas você e tia Claire sabem bem que elas estão lá, e tio Jamie e eu devemos ter fé de que estão certas em relação a isso. Eu sei o mesmo sobre os... os Antigos. Você não acredita em mim em relação a *isso*?

– Bom, eu...

Ela já começava a concordar, em nome da paz entre os dois, mas foi varrida por uma sensação, súbita e fria como sombras de nuvem, e desejou não dizer nada para legitimar a ideia. Não em voz alta. E não ali.

– Ah – disse ele, perscrutando o rosto da prima. – Então você sabe, *sim*.

– Não *sei*, não – respondeu ela. – Mas também não posso dizer que não existem. E não acho que seja boa ideia falar dessas coisas à noite, no meio da mata, a um milhão de quilômetros de distância da civilização. Está bem?

Ele abriu um sorriso e assentiu.

– É. E não era mesmo isso que eu queria dizer. É mais... – Ele uniu as sobrancelhas, concentrado. – Quando eu era menino, acordava na cama e sabia na mesma hora onde estava, sabe? Havia a janela – explicou ele, estendendo a mão. – E o lavatório e a jarra sobre a mesa, com uma faixa azul enrolada por cima, e *ali* – prosseguiu, apontando para um arbusto de loureiro – ficava a grande cama onde Janet e Michael dormiam, o cachorro Jocky num cantinho da cama, soltando um pum atrás do outro, e o cheiro de fumaça de turfa do fogo, e... bom, mesmo que eu acordasse à meia-noite e visse a casa toda quieta ao meu redor, saberia no mesmo instante onde estava.

Ela assentiu, pensando em seu antigo quarto na casa da Furey Street, uma lembrança vívida feito uma visão em meio à fumaça. O cobertor de lã listrada pinicando a pele, o colchão já moldado com a forma de seu corpo, envolvendo-a como uma grande e afetuosa mão. Angus, o terrier escocês rechonchudo de boina esfarrapada que dividia a cama com ela, e o murmúrio reconfortante da conversa de seus pais na sala de estar no andar de baixo, pontuado pelo saxofone barítono da música-tema de *Perry Mason*.

Mais do que tudo, a sensação de absoluta segurança.

Ela teve que fechar os olhos e engolir duas vezes antes de responder.

– Sim. Eu sei o que você quer dizer.

– É. Bom. Durante um tempo depois que saí de casa, às vezes me via dormindo na rua, com tio Jamie nas urzes, ou aqui e ali nas estalagens e tabernas. Eu acordava sem a menor ideia de onde estava... e mesmo assim sabia que estava na Escócia. Estava tudo bem.

Ele fez uma pausa, o lábio inferior preso entre os dentes, lutando para encontrar as palavras certas.

– Então... coisas aconteceram. Eu já não estava na Escócia, e a minha casa tinha... sumido. – Sua voz era suave, mas ela podia ouvir o eco da perda. – Eu acordava sem ideia de onde estava... ou com quem.

Ele agora estava arqueado, as grandes mãos entre as coxas, encarando o fogo.

– Mas, quando me deitei com Emily... desde a primeira vez, eu soube. Soube outra vez quem era. – Ele ergueu os olhos, escuros e sombreados pela perda. – A minha alma não vagava quando eu dormia... quando eu dormia com ela.

– E agora, vaga? – indagou ela baixinho, depois de um instante.

Ele assentiu, em silêncio. O vento sussurrava nas árvores acima. Ela tentou ignorá-lo, secretamente temendo ouvir palavras, caso apurasse os ouvidos.

– Ian – disse ela, tocando seu braço muito de leve. – Emily está morta?

Ele se aprumou por um minuto, imóvel, então respirou fundo, estremeceu e balançou a cabeça.

– Acho que não.

Ele parecia bastante em dúvida, porém, e ela viu a inquietação em seu semblante.

– Ian – disse Bree, bem baixinho. – Venha cá.

Ele não se mexeu, mas, quando ela se aproximou e o abraçou, não resistiu. Ela o puxou para baixo, insistindo que deitasse a seu lado, a cabeça apoiada na curva entre ombro e seio, o braço a envolvê-lo.

Instinto materno, pensou, com irônica amargura. O que quer que haja de errado, a primeira coisa a fazer é pegá-los no colo e abraçá-los. E, se forem muito grandes para serem erguidos... e se seu peso cálido e o som de sua respiração mantiverem as vozes do vento afastadas, tanto melhor.

Ela possuía uma memória fragmentária, uma imagem vívida e breve de sua mãe parada atrás do pai na cozinha da casa em Boston. Ele jazia recostado numa cadeira reta, a cabeça no estômago da mãe, os olhos fechados de dor ou exaustão, enquanto ela lhe esfregava as têmporas. O que tinha sido? Dor de cabeça? Mas a expressão de sua mãe era delicada, as linhas de preocupação do próprio dia estressante suavizadas pelos movimentos das mãos.

– Eu me sinto um idiota – disse Ian, com timidez, mas não se afastou.

– Não, não é.

Ele respirou fundo, se contorceu um pouco e se acomodou com cuidado na grama, seu corpo mal tocando o dela.

– É, bem. Imagino que não, então – murmurou.

Com toda a cautela, ele foi relaxando, a cabeça pesando mais no ombro dela, os músculos das costas cedendo lentamente, a tensão reduzindo sob sua mão. Com muita hesitação, como se esperasse levar um tapa, ergueu um dos braços e apoiou-o por cima dela.

Parecia que o vento havia morrido. A luz do fogo cintilava em seu rosto, as linhas escuras e pontilhadas de suas tatuagens se projetavam na pele jovem. Seu cabelo macio, que tocava o rosto dela, cheirava a fumaça de fogueira e terra.

– Conte para mim – disse ela.

Ele soltou um suspiro profundo.

– Ainda não – respondeu. – Quando chegarmos lá, sim?

Ele não disse mais nada, e os dois ficaram ali, juntos, quietos sobre a grama, em segurança.

Brianna sentiu o sono chegando em ondas gentis, erguendo-a em direção à paz, e não resistiu. A última coisa da qual se lembrava era do rosto de Ian, as bochechas pesadas em seu ombro, os olhos ainda abertos, observando o fogo.

...

Alce Andante contava uma história. Era uma de suas melhores histórias, mas Ian não prestava a devida atenção. Estava sentado diante de Alce Andante, do outro lado da fogueira, mas eram as chamas que observava, não o rosto do amigo.

Muito estranho, pensou ele. Passara a vida inteira olhando fogueiras e jamais vira a mulher nelas, até aqueles meses de inverno. Naturalmente, fogueiras de turfa não formavam chamas muito boas para contar histórias, embora fornecessem um bom calor e um aroma agradável... ah. Sim, então ela estava lá, afinal de contas, a mulher. Ele assentiu de leve, com um sorriso. Alce Andante tomou aquilo como expressão de aprovação ao seu relato e começou a fazer gestos ainda mais dramáticos, produzindo caretas horrendas e inclinando-se para a frente e para trás com os dentes arreganhados, rosnando para ilustrar o carcaju que ele cautelosamente havia seguido até a toca.

O barulho distraiu Ian do fogo, levando sua atenção de volta à história. Bem a tempo, pois Alce Andante havia chegado ao clímax, e os rapazes já se cutucavam, em antecipação. Alce Andante era baixinho e bastante corpulento – não tão diferente, ele próprio, de um carcaju, o que tornava a imitação ainda mais divertida.

Ele virou a cabeça, enrugando o nariz e rosnando, como o carcaju que farejava o caçador. No instante seguinte fez as vezes de caçador, espreitando a mata; parou, acocorou-se... e deu um pinote com um grito agudo ao enfiar a bunda numa planta espinhosa.

Os homens em torno do fogo desataram a berrar quando Alce Andante voltou a interpretar o carcaju, a princípio assustado com a barulheira, mas então animado ao ver sua presa. Ele saltou da toca, rosnando e grunhindo, cheio de fúria. O caçador caiu para trás, horrorizado, e deu meia-volta para correr. Alce Andante revirou as pernas curtas e grossas na terra batida da maloca, correndo no lugar. Então abriu os braços e disparou à frente com um "Aiiiiiiii" desesperado, enquanto o carcaju o acertava nas costas.

Os homens gritaram palavras de encorajamento, batendo as palmas das mãos nas coxas, enquanto o caçador encurralado conseguia rolar sobre as próprias costas, se debatendo e praguejando, numa luta corporal contra o carcaju que lhe queria abrir a garganta.

A luz da fogueira cintilava sobre as cicatrizes que adornavam o peitoral e os ombros de Alce Andante – grossas goivaduras brancas que despontavam da gola aberta de sua camisa enquanto ele se contorcia em gestos pitorescos, os braços erguidos num ataque ao inimigo invisível. Ian se viu inclinando o corpo para a frente, a respiração curta e os próprios ombros contraídos pelo esforço, embora soubesse o que estava por vir.

Alce Andante fizera aquilo muitas vezes, sem jamais falhar. O próprio Ian já havia tentado, mas sem sucesso. O caçador cravou os calcanhares e os ombros na terra, elevando o corpo feito um arco estirado. Suas pernas tremiam, os braços balançavam – sem dúvida cederiam a qualquer momento. Os homens diante do fogo prenderam a respiração.

Então, houve um clique súbito e suave. Bem sonoro, mas de certa forma abafado: era exatamente o som de um pescoço se quebrando. O estalo do osso e do ligamento, abafado por carne e pelos. O caçador permaneceu arqueado por um instante, incrédulo, e então, muito lentamente, baixou o corpo ao chão e se sentou, encarando o corpo do inimigo e suas garras flácidas.

Ele ergueu os olhos numa prece de agradecimento, então parou e franziu o nariz. Olhou para baixo, o rosto contorcido em uma careta, e esfregou com cautela as pernas, tomadas pelos odoríferos excrementos do carcaju. A fogueira se agitou com as gargalhadas.

Uma pequena vasilha de cerveja de espruce estava sendo passada; Alce Andante se iluminou, o rosto brilhante de suor, e aceitou a oferta. Sua garganta curta e grossa trabalhou habilmente, tragando a bebida amarga como se fosse água. Ele por fim baixou a vasilha e olhou em volta, em absorta satisfação.

– Você, Irmão do Lobo. Conte uma história!

Alce Andante atirou a vasilha meio vazia em direção ao fogo; Ian apanhou-a, derramando apenas um tantinho no pulso. Sugou o líquido da manga, riu e balançou a cabeça. Deu um gole rápido na cerveja e passou a vasilha a Dorme com Cobras, a seu lado.

Come Tartarugas, do outro lado, cutucou Ian nas costelas, instigando-o a falar, mas ele tornou a balançar a cabeça e deu de ombros, inclinando o queixo na direção de Dorme com Cobras.

Este, de bom grado, pousou a vasilha com cuidado diante de si e inclinou o corpo para a frente, a luz do fogo dançando em seu rosto enquanto ele começava a falar. Não era um intérprete como Alce Andante, mas era um homem mais velho – talvez de seus 30 anos –, e viajara muito durante a juventude. Vivera com os assiniboines e os cayugas e tinha muitas histórias deles, as quais contava com talento – ainda que menos suor.

– Você fala depois, então? – indagou Come Tartarugas, no ouvido de Ian. – Quero ouvir mais histórias do grande mar e da mulher de olhos verdes.

Ian assentiu, meio relutante. Ficara bastante bêbado da primeira vez, ou jamais teria falado de Geillis Abernathy. Fora só por conta do rum dos mercadores, e a sensação de tontura que a bebida lhe causava na cabeça era muito parecida com o troço que ela lhe dera para beber, embora o gosto fosse diferente. Ele ficou tão tonto que seus olhos embotaram, as chamas das velas correram feito água e o fogo deslizou por sobre as pedras da lareira, cintilando por todo o suntuoso quarto da mulher, dividindo-se em pequenas chamas que subiam por todas as superfícies redondas de prata e vidro, pelas pedras preciosas e a madeira polida – cintilando com mais brilho por detrás dos olhos verdes.

Ele olhou em volta. Não havia superfícies lustrosas ali. Potes de barro, lenha bruta, os pilares lisos da estrutura da cama, pedras de moagem e cestas de palha trançada; até o tecido e as peles de suas roupas eram de cores fracas e sem vida, que sufocavam a luz. Decerto fora apenas a lembrança daquelas ocasiões de tontura que a haviam trazido à mente.

Ele raras vezes pensava na Senhora – era como os escravos e os outros garotos falavam dela; não era necessário outro nome, pois ninguém poderia imaginar outra como ela. Ele não valorizava as lembranças da mulher, mas tio Jamie havia dito que não tentasse se esconder delas, e ele obedeceu, considerando-o um bom conselho.

Ian encarou o fogo com atenção, ouvindo apenas pela metade enquanto Dorme com Cobras recontava a história sobre a passada de perna que Ganso dera no Malvado, para trazer tabaco para o Povo e salvar a vida do Velho. Seria ela, então, a bruxa Geillis, quem ele vira no fogo?

Achava que não. Ao ver a mulher no fogo, ele sentiu um calor no rosto, que desceu pelo peito e se enroscou no fundo da barriga. A mulher não tinha rosto; ele viu seus braços e pernas, as costas curvas, um suave movimento do cabelo comprido, que desapareceu num instante; ele a ouviu rir, bem baixinho, bem ao longe – e não era a risada de Geillis Abernathy.

Mesmo assim, as palavras de Come Tartarugas lhe haviam trazido a mulher à mente, e ele pôde vê-la ali. Suspirou para si mesmo e pensou em que história poderia contar, quando chegasse a sua vez. Talvez falasse sobre os irmãos escravos da sra. Abernathy, os gigantescos negros que cumpriam todas as suas ordens; ele certa vez os vira matar um crocodilo e levá-lo desde o rio até os pés dela.

Ele não dava tanta importância. Havia descoberto – depois do primeiro e ébrio relato – que falar dela assim fazia com que pensasse nela da mesma forma – como se fosse uma história; interessante, porém irreal. Talvez tivesse acontecido, como talvez Ganso tivesse levado tabaco ao Velho... mas não parecia tanto que havia acontecido com ele.

Afinal de contas, ele não tinha cicatrizes como as de Alce Andante, que atestassem tanto aos ouvintes quanto a ele próprio a veracidade de suas palavras.

Para ser franco, estava ficando entediado com a bebedeira e as histórias. A verdade era que ansiava por escapar para as peles e a escuridão fria da plataforma da cama, tirar as roupas e enroscar o corpo nu e quente no da mulher. Seu nome significava "A Que Trabalha com as Mãos", mas, na privacidade de sua cama, chamava-a de Emily.

O tempo deles estava acabando; dali a mais duas luas ela partiria, rumo à casa das mulheres, e ele não a veria. Mais uma lua e viria a criança, mais uma depois disso para a limpeza... a ideia de passar dois meses sozinho, no frio, sem ela por perto à noite, foi o bastante para fazê-lo pegar a cerveja que passava e virar a vasilha para dar um gole profundo.

A vasilha, no entanto, estava vazia. Seus amigos soltaram risadinhas quando ele a virou de cabeça para baixo por sobre a boca aberta, uma única gota cor de âmbar respingando em seu nariz atônito.

Uma pequena mão tocou seu ombro e tirou a vasilha de sua mão, enquanto outra mão irrompia por seu outro ombro, segurando uma vasilha cheia.

Ele pegou-a, virou-se e abriu um sorriso. A Que Trabalha com as Mãos sorriu de volta, convencida; sentia grande prazer em antecipar suas necessidades. Ajoelhou-se atrás de Ian, a curva da barriga pressionando as costas dele, e deu um tapa para espantar a mão de Come Tartarugas, que tentava alcançar a cerveja.

– Não, deixe o meu marido beber! Ele conta histórias muito melhores quando está bêbado.

Come Tartarugas fechou um olho, encarando-a com o outro. Balançava o corpo de leve.

– Ele conta histórias melhores quando está bêbado? – perguntou ele. – Ou só achamos que as histórias são melhores porque também estamos bêbados?

A Que Trabalha com as Mãos ignorou a indagação filosófica e abriu espaço para si em frente ao fogo, balançando com destreza os sólidos quadris de um lado para outro, feito um aríete. Acomodou-se ao lado de Ian, cruzando os braços por sobre o ventre.

Outras mulheres tinham vindo com ela, trazendo mais cerveja. Abriam caminho por entre os rapazes, murmurando, cutucando umas às outras e rindo. Ele estivera errado, pensou Ian, enquanto as observava. A luz da fogueira brilhava em seus rostos, reluzia em seus dentes, captava o brilho úmido de seus olhos e a carne macia e escura de suas bocas enquanto riam. O fogo ardia em seus rostos mais do que jamais ardera nos cristais e pratas do Salão Rosa.

– Então, marido – disse Emily, baixando as pálpebras discretamente. – Conte sobre a mulher de olhos verdes.

Ele deu um gole na cerveja, pensativo, então mais um.

– Ah – respondeu. – Era uma bruxa, e uma mulher muito má... mas fazia boa cerveja. – Emily arregalou os olhos, e todos riram. Ele a encarou e viu claramente; a imagem no fogo por detrás, perfeita e diminuta... a acolhê-lo. – Mas não tão boa quanto a sua – concluiu.

Ergueu a vasilha, com uma expressão de respeito, e deu uma bela golada.

70

EMILY

Brianna acordou com os músculos tensos e dolorida, mas com uma ideia clara na cabeça. *Ok. Sei quem eu sou.* Ela não sabia ao certo *onde* estava, mas isso não importava. Permaneceu deitada por um instante, sentindo uma estranha paz, apesar da urgência de se levantar para urinar.

Quanto tempo havia se passado, ela se perguntou, desde que *havia* acordado sozinha e em paz, sem companhia além dos próprios pensamentos? Na verdade, não desde que atravessara as pedras, pensou, atrás da família. E a encontrara.

– Muito tempo – murmurou ela, espreguiçando-se com cautela.

Soltou um grunhido, levantou-se, cambaleante, e arrastou os pés até o arbusto para fazer xixi e vestir as próprias roupas antes de retornar ao círculo de fogo escurecido.

Desfez a trança do cabelo emaranhado e começou, meio desajeitada, a penteá-los com os dedos. Não havia sinal de Ian nem do cachorro, mas ela não estava preocupada. A floresta à sua volta estava tomada pelo alarido dos pássaros, porém não eram sons de alarme, apenas o trabalho diário de voejar e se alimentar, um chilreio alegre que não se alterou em nada quando ela se levantou. Os pássaros a vinham observando por horas; também não estavam preocupados.

Ela nunca acordava com facilidade, mas o simples prazer de não ser arrancada do sono pelas necessidades insistentes dos outros trazia uma especial doçura ao ar matinal, apesar do odor pungente das cinzas do fogo extinto.

Já mais desperta, ela passou no rosto um punhado de folhas de choupo molhadas de orvalho, como forma de higiene matinal, então agachou-se diante do círculo de fogo e começou a tarefa de acendê-lo. Eles não tinham café para ferver, mas Ian devia estar caçando. Com sorte, haveria algo para assar; os dois tinham comido tudo o que havia na bolsa, exceto por um pedaço de pão.

– Mas que droga – resmungou ela, esfregando pederneira e aço pela vigésima vez e vendo as faíscas se extinguirem sem produzir fogo algum.

Se Ian pelo menos tivesse avisado que acampariam, ela teria levado o acendedor ou alguns fósforos – embora, pensando bem, talvez não fosse seguro. As coisas poderiam facilmente irromper em chamas dentro do bolso.

– Como é que os gregos faziam? – indagou ela em voz alta, fechando a cara para a pequenina esteira de tecido chamuscado que tentava fazer arder. – Eles tinham que dar um jeito.

– Os gregos o quê?

Ian e Rollo estavam de volta, tendo capturado, respectivamente, meia dúzia de inhames e um passarinho azul-acinzentado – uma pequena garça, talvez? Rollo recusou-se a deixá-la olhar, e levou a presa para longe, para devorá-la sob um arbusto, arrastando as pernas compridas, amarelas e molengas da avezinha pelo chão.

– Os gregos o quê? – repetiu Ian, tirando do bolso um monte de castanhas, as cascas marrom-avermelhadas reluzindo com resquícios de suas cápsulas espinhosas.

– Tinham uma coisa chamada fósforo. Já ouviu falar?

Ian, inexpressivo, balançou a cabeça.

– Não. O que é isso?

– Um treco – respondeu ela, sem encontrar palavra melhor. – Lorde John me mandou alguns, para eu poder fazer uns palitos.

– Palitos de quê? – inquiriu Ian, encarando-a com desconfiança.

Ela o olhou por um momento, a mente matinal ainda ébria, sem conseguir extrair sentido da conversa.

– Ah! – exclamou, tendo enfim descoberto a dificuldade. – É outro tipo de palito. Aqueles disparadores de fogo que eu fiz. O fósforo queima sozinho. Eu vou lhe mostrar quando a gente voltar para casa.

Ela bocejou e apontou vagamente para a pequena pilha de gravetos apagados no círculo de fogo.

Ian emitiu um indulgente ruído escocês e pegou pederneira e aço.

– Deixa que eu faço. Quebre as castanhas, está bem?

– Sim. Aqui, você devia vestir de volta a sua camisa.

Suas próprias roupas haviam secado, e, ainda que ela sentisse falta do conforto da camurça de Ian, a lã grossa e usada de sua camisa de caça franjada era quente e macia. Era um dia claro, porém frio, logo cedo de manhã. Ian deixara de lado o cobertor para aprontar o fogo, e a pele de seus ombros desnudos estava toda arrepiada.

Ele balançou a cabeça de leve, no entanto, indicando que poria a camisa dali a pouco. Por ora... estava concentrado no trabalho de esfregar pederneira e aço, a língua para fora da boca, que desapareceu quando murmurou algo entre os dentes.

– O que foi que você disse? – perguntou ela, com uma castanha semidescascada nas mãos.

– Ah, é só um...

Ele havia esfregado mais uma vez e conseguido uma faísca, que brilhou feito uma diminuta estrela no quadrado da superfície chamuscada. Mais que depressa, encostou nela um punhado de grama seca, então outro, e, enquanto um filete de fumaça se erguia, acrescentou uma lasca de casca de árvore, mais grama, um punhado de cascas, e por fim dois galhos de pinheiro cuidadosamente entrecruzados.

– Só um encanto para fazer fogo – concluiu ele, escancarando um sorriso para Brianna por sobre a labareda recém-acesa que se elevava.

Ela aplaudiu brevemente, então voltou a abrir a castanha que tinha na mão, na transversal, para que não estourasse no fogo.

– Esse eu não conheço – disse ela. – Entoe para mim.

– Ah. – Ele não enrubescia facilmente, mas a pele de sua garganta ficou um pouco vermelha. – É... não é em gaélico, essa. É dos kahnyen'kehaka.

Ela ergueu as sobrancelhas, surpresa com a facilidade com que ele produzira o som e com o que havia dito.

– Você pensa em mohawk, Ian? – indagou, curiosa.

Ele lançou à prima um olhar surpreso, quase assustado, ou assim lhe pareceu.

– Não – respondeu, e se levantou. – Vou buscar um pouco de lenha.

– Eu tenho um pouco – disse ela, cravando o olhar nele. Estendeu o braço para trás do corpo e empurrou um ramo de pinheiro caído para dentro do fogo. As folhas secas suscitaram um sopro de fagulhas e desapareceram, mas a casca de árvore áspera começou a arder nas pontas.

– O que foi? – perguntou ela. – Foi o que eu disse sobre pensar em mohawk?

Ele apertou os lábios com força, sem querer responder.

– Você me pediu para vir – disse ela, sem grosseria, porém firme.

– Pedi.

Ele respirou fundo e baixou os olhos para os inhames que enterrara nas cinzas quentes.

Ela seguiu descascando as castanhas devagar, observando enquanto ele se decidia. Um ruído alto de mastigação e sopros intermitentes de penas cinza-azuladas pairavam sob o arbusto onde estava Rollo.

– Você sonhou ontem à noite, Brianna? – perguntou ele de repente, os olhos fixos no que estava fazendo.

Ela desejou que ele tivesse trazido café ou algo assim, mas estava suficientemente desperta no momento para pensar e responder com coerência.

– Sonhei – respondeu. – Eu sonho bastante.

– É, eu sei. Roger Mac me contou que às vezes você escreve os seus sonhos.

– É mesmo?

Aquilo fora um tranco ainda maior que uma caneca de café. Ela jamais *escondera* o livro de sonhos de Roger, mas eles nunca tinham conversado sobre o assunto. Teria ele lido muita coisa?

– Ele não me contou nada a respeito – assegurou Ian, captando o tom da voz dela. – Só disse que você às vezes anota as coisas. Então eu pensei, talvez, que fossem coisas importantes.

– Só para mim – respondeu ela, porém com cautela. – Por quê...?

– Bom, veja bem... os kahnyen'kehaka contam ótimas histórias a partir dos sonhos. Mais até do que o povo das Terras Altas. – Ele ergueu o olhar com um breve sorriso, então retornou às cinzas onde havia enterrado os inhames. – Com o que você sonhou ontem à noite?

– Pássaros – respondeu ela, tentando se lembrar. – Muitos pássaros.

Bastante cabível, pensou Bree. A floresta à sua volta estivera viva com o canto dos passarinhos desde muito antes do amanhecer; sem dúvida aquilo penetrara seus sonhos.

– É mesmo? – Ian parecia interessado. – Os pássaros estavam vivos, então?

– Estavam – respondeu ela, intrigada. – Por quê?

Ele assentiu e pegou uma castanha para ajudá-la.

– Isso é bom, sonhar com pássaros vivos, ainda mais se cantarem. Pássaros mortos são coisa ruim em sonhos.

– Eles definitivamente estavam vivos, e cantando – garantiu ela, olhando para o galho acima, onde um pássaro de peito amarelo-vivo e asas negras havia pousado, observando com interesse o preparo do café da manhã.

– Algum deles falou com você?

Ela o encarou, mas não havia dúvidas de que ele falava sério. E, afinal de contas, pensou, por que um passarinho *não* falaria num sonho? De todo modo, balançou a cabeça.

– Não. Eles estavam... ah. – Ela então riu, de súbito se recordando. – Estavam construindo um ninho de papel higiênico. Eu sonho com papel higiênico o tempo todo. É um tipo de papel fino e macio, que a gente usa para limpar... ahn... o traseiro – explicou ela, vendo a perplexidade de Ian.

– Você limpa a bunda com *papel*? – Ele a encarou, boquiaberto de horror. – Meu Deus, Brianna!

– Bom...

Ela esfregou a mão no nariz, tentando não rir da expressão do primo. Ele tinha razão para tamanho horror; não havia fábricas de papel nas Colônias, e, exceto pelas ínfimas quantidades de papel caseiro que ela mesma produzia, todas as folhas eram importadas da Inglaterra. Papel era um tesouro valioso; seu pai, que com frequência escrevia para a irmã na Escócia, redigia a carta normalmente, então virava o papel de lado e escrevia algumas linhas a mais na perpendicular, para economizar espaço. Não era de espantar o choque de Ian!

– É muito barato – garantiu ela. – Sério.

– Não tão barato quanto uma espiga de milho, garanto – respondeu ele, os olhos apertados de desconfiança.

– Acredite se quiser, a maioria das pessoas lá não tem milharais à disposição – retrucou ela, ainda achando graça. – E olha, Ian, vou lhe contar uma coisa... papel higiênico é *muito* melhor que espiga de milho seca.

– "Melhor" – resmungou ele, obviamente ainda muito abalado. – Melhor. Jesus, Maria e Santa Brígida!

– Você estava me perguntando sobre sonhos – lembrou ela. – Você sonhou esta noite?

– Ah. É... não. – Com dificuldade, ele desviou a atenção da escandalosa ideia do papel higiênico. – Não que eu me lembre, pelo menos.

De súbito, ao olhar o rosto encovado do primo, ela se deu conta de que talvez um dos motivos de sua insônia fosse o medo dos sonhos que poderia ter.

A bem da verdade, ele agora parecia temer que ela o pressionasse a falar a respeito. Sem encará-la, ele apanhou o jarro vazio de cerveja e estalou a língua para Rollo, que o acompanhou, com penas cinza-azuladas presas na mandíbula.

Ela já descascara as últimas castanhas e enterrara as reluzentes polpas mediterrâneas nas cinzas para assar com o inhame no momento em que ele retornou.

– Bem a tempo – disse ela, ao vê-lo. – O inhame está pronto.

– Bem a tempo, mesmo – respondeu ele, com um sorriso. – Está vendo o que eu peguei?

Ele segurava um naco de favo de mel, roubado de uma colmeia aninhada numa árvore e ainda frio o suficiente para que o mel corresse lento e grosso, pingando por sobre o inhame quente uma gloriosa doçura dourada. Enfeitado com castanhas doces descascadas e assadas e acompanhado de água fresca do córrego, ela considerou aquele o melhor café da manhã que comera desde que saíra de sua própria época.

Ao ouvi-la exprimir o pensamento, Ian ergueu uma sobrancelha peluda em zombaria.

– Ah, é? E o que você comia por lá que era melhor?

– Ah... rosquinhas de chocolate, talvez. Ou chocolate quente com marshmallows. Eu sinto muita saudade de chocolate – disse, embora fosse difícil sentir muita saudade naquele momento, lambendo mel dos dedos.

– Ah, pare com isso! Eu já comi chocolate. – Ele fechou os olhos e mordeu os lábios, numa exagerada demonstração de desgosto. – Coisa horrível, amarga. Por mais que tenham cobrado uma fortuna só por uma xicarazinha, em Edimburgo – acrescentou, num tom prático, mas sem desfazer a careta.

Ela riu.

– De onde eu venho, acrescenta-se açúcar – garantiu ela. – É doce.

– Açúcar no chocolate? É a coisa mais decadente que eu já ouvi – retrucou ele, num tom severo. – Até pior que o papel de limpar bunda!

Ela, no entanto, viu o brilho de provocação em seus olhos, e limitou-se a bufar para ele, mordiscando os últimos pedaços da polpa alaranjada do inhame com casca escurecida.

– Um dia vou arrumar um pouco de chocolate, Ian – disse ela, descartando a casca mole e lambendo os dedos feito um gato. – Vou botar açúcar e dar para você provar, e quero ver o que vai achar!

Então foi a vez dele de bufar, bem-humorado, porém sem mais observações, concentrado em lamber as próprias mãos.

Rollo havia se apropriado dos resquícios do favo de mel, roendo e mastigando ruidosamente a cera em completo regozijo.

– Esse cachorro tem estômago de avestruz – disse Brianna, balançando a cabeça. – Tem alguma coisa que ele não come?

– Bom, ainda não tentei dar pregos.

Ian abriu um leve sorriso, mas não retomou a conversa. O desconforto que havia se abatido sobre ele ao falar de sonhos desaparecera durante o café da manhã, mas parecia ter retornado. O sol já estava bem alto, mas ele não fez menção de se levantar. Apenas permaneceu sentado, os braços em torno dos joelhos, olhando pensativo para o fogo enquanto o sol roubava a luz das chamas.

Também sem muita pressa de começar a se movimentar, Brianna aguardou com paciência, os olhos fixos nele.

– E você, Ian, o que comia de café da manhã quando vivia com os mohawks?

Ele a encarou e franziu o canto da boca. Não era um sorriso, mas uma amarga confissão. Ele suspirou e apoiou a cabeça nos joelhos, escondendo o rosto. Permaneceu encolhido por um instante, então endireitou o corpo.

– Bom – disse ele, num tom de voz impassível. – Tinha a ver com o meu cunhado. Pelo menos no início.

Ian Murray achava que dali a pouco tempo seria obrigado a tomar uma atitude em relação ao cunhado. Não que "cunhado" fosse a palavra exata. Ainda assim, Alce do Sol era marido de Olhando para o Céu, que por sua vez era irmã de A Que Trabalha com as Mãos. Pelos costumes dos kahnyen'kehaka, isso não implicava qualquer relação entre os homens além de pertencerem ao mesmo clã, mas Ian ainda pensava em Alce do Sol com a parte branca da mente.

Esse era o segredo. Sua mulher sabia inglês, mas eles não falavam, nem quando estavam a sós. Ele não emitia qualquer palavra em escocês ou inglês em voz alta, e durante o ano em que decidira ficar e tornar-se um kahnyen'kehaka não ouvira sequer uma sílaba de nenhuma das duas línguas. Supostamente, havia deixado o passado para trás. Todos os dias, porém, encontrava um momento para si e, para que não esquecesse as palavras, nomeava em silêncio os objetos à sua volta, ouvindo as palavras em inglês ecoarem nos recônditos de sua mente.

Panela, pensou ele, sozinho, olhando para a cerâmica escurecida que se aquecia nas cinzas. A bem da verdade, não estava sozinho no momento. Sentia-se, no entanto, claramente afastado.

Milho, pensou, inclinado no tronco de árvore polido que formava um dos pilares da maloca. Vários aglomerados de milho seco pendiam sobre sua cabeça, de colorido alegre em comparação aos sacos de grão vendidos em Edimburgo – ainda assim, milho. Cebolas, pensou, os olhos correndo a cadeia trançada de bolas amarelas. *Cama. Peles. Fogo.*

Sua esposa se aproximou dele, sorrindo, e as palavras de súbito correram por sua mente. *CabelospretosretintosbotõesdeseiocoxastãoredondasahissoahissoahEmily...*

Ela pousou uma tigela quente em sua mão, e o aroma envolvente de coelho, milho e cebola lhe chegou ao nariz. *Cozido*, pensou ele, interrompendo de súbito o fluxo instável de palavras enquanto fixava a atenção na comida. Sorriu para Emily e baixou a mão sobre a dela, segurando-a por um instante, pequena e vigorosa, curvada ao redor da tigela de madeira. Ela alargou o sorriso; então se afastou, levantando-se para pegar mais comida.

Ele a observou, apreciando o balanço de seu caminhar. Então bateu o olho em Alce do Sol – que observava, também, da porta do próprio alojamento.

Desgraçado, pensou Ian, com muita clareza.

– Veja, a gente se entendeu bastante bem, no início – explicou Ian. – Ele é um homem em parte agradável, Alce do Sol.

– Em parte – repetiu Brianna. Estava sentada, imóvel, a observá-lo. – E que parte era essa?

Ian esfregou uma das mãos no cabelo, deixando-o de pé feito a pelagem espessa de um porco-espinho.

– Bom... a parte amigável. Nós éramos amigos, no começo. Irmãos, a bem da verdade; éramos do mesmo clã.

– E deixaram de ser amigos por causa... da sua mulher?

Ian soltou um suspiro profundo.

– Bom, veja bem... os kahnyen'kehaka, eles têm um conceito de casamento que... é feito o que a gente vê, com muita frequência, nas Terras Altas. Quero dizer, existe uma boa mão dos pais nos arranjos. Em geral todos veem os pequenos crescerem, então ficam de olho avaliando se um rapaz e uma mocinha combinam. Se combinarem... e se ambos pertencerem aos clãs apropriados... pois bem, essa é a parte diferente, entende? – acrescentou ele, baixando a voz.

– Os clãs?

– É. Nas Terras Altas, as pessoas basicamente se casam com gente do mesmo clã, a não ser para fazer uma aliança com outro. Entre as nações iroquesas, é proibido se casar com alguém do mesmo clã, e uma pessoa de um dado clã só pode se casar com outra de clãs específicos.

– Mamãe disse que os iroqueses a fazem lembrar muito o povo das Terras Altas – disse Brianna, com certo bom humor. – Brutais, porém divertidos, foi o que ela disse, eu acho. Exceto por algumas torturas, talvez, e por queimarem os inimigos vivos.

– Então a sua mãe não ouviu algumas das histórias do tio Jamie sobre o avô dele – respondeu Ian, com um sorriso amargo.

– Quem, lorde Lovat?

– Não, o outro... *Seaumais Ruaidh... Red Jacob,* como tio Jamie chamava. Um velho vagabundo doido, como minha mãe sempre dizia; desgraçava qualquer iroquês por pura crueldade, pelo que ouvi.

Ian deixou de lado a digressão e voltou à explicação principal.

– Pois bem, quando os kahnyen'kehaka me pegaram, e me nomearam, fui adotado pelo clã dos Lobos – disse ele, com um aceno de cabeça explicativo para Rollo, que havia devorado o favo de mel, com abelhas mortas e tudo, e agora lambia meditativamente as patas.

– Muito apropriado – murmurou ela. – De que clã era Alce do Sol?

– Lobos, claro. E a mãe, a avó e as irmãs de Emily eram das Tartarugas. Mas então, o que eu estava dizendo... se um rapaz e uma moça de clãs diferentes parecessem apropriados um para o outro, as mães conversavam... eles chamam todas as tias de "mãe" também – acrescentou. – Então pode haver um bom número de mães envolvidas na história. Daí, se todas as mães, avós e tias concordam com a união... – Ele deu de ombros. – Eles se casam.

Brianna balançou o corpo um pouco para trás, abraçada aos joelhos.

– Mas você não tinha uma mãe para falar por você.

– Bom, eu de fato me perguntava o que minha mãe diria, se estivesse lá – respondeu ele, e sorriu, apesar da seriedade.

Brianna, tendo conhecido a mãe de Ian, riu ao pensar na cena.

– Tia Jenny seria uma ótima companheira para qualquer mohawk, homem *ou* mulher – garantiu ela. – Mas então, o que aconteceu?

– Eu amava Emily – disse ele, apenas. – E ela me amava.

A situação, que rapidamente escancarou-se a todos da aldeia, suscitou variados comentários públicos. Era muito esperado que Wakyo'teyehsnonhsa, A Que Trabalha com as Mãos, a moça que Ian chamava de Emily, viesse a se casar com Alce do Sol, que desde a infância visitava o braseiro de sua família.

– Mas não teve jeito. – Ian espalmou as mãos e deu de ombros. – Ela me amava, e deixou isso claro.

Ao ser levado ao clã dos Lobos, Ian fora entregue a pais adotivos – os pais do homem morto a quem ele substituíra. Sua mãe adotiva fora, de certa forma, surpreendida pela situação, mas, depois de debater o assunto com outras mulheres do clã dos Lobos, tivera uma conversa formal com Tewaktenyonh, avó de Emily – e a mulher mais influente da aldeia.

– Então nos casamos.

Vestidos em suas melhores roupas e acompanhados dos pais, os dois jovens haviam se sentado juntos num banco, frente ao povo da aldeia, e trocado cestas – a dele contendo peles de sabre e castor, além de uma boa faca, simbolizando sua vontade de caçar por ela e protegê-la; a dela, cheia de grãos, frutas e vegetais, simbolizando sua vontade de plantar, colher e alimentá-lo.

– Então, quatro luas depois – acrescentou Ian –, Alce do Sol se casou com Olhando para o Céu, irmã de Emily.

Brianna ergueu uma sobrancelha.

– Mas...?

– É, mas...

Ian tinha a arma que Jamie havia deixado com ele, um item raro e valioso entre os índios, e sabia usar. Também sabia seguir pegadas, postar-se à espreita, pensar feito animal – e outras coisas valiosas que tio Jamie lhe havia ensinado.

Como consequência, era um bom caçador, e rapidamente conquistara respeito por sua habilidade em trazer carne. Alce do Sol era um caçador decente – não o melhor, porém capaz. Muitos dos jovens se envolviam em brincadeiras e sarros, fazendo troça das habilidades dos outros; ele próprio fazia isso. Ainda assim, havia um tom nas zombarias de Alce do Sol a Ian que de vez em quando ocasionava um olhar mais severo por parte dos outros rapazes, que então apenas davam de ombros e lhe viravam as costas.

Ele tinha o costume de ignorar o homem. Então vira Alce do Sol olhar para Wakyo'teyehsnonhsa, e no mesmo instante tudo ficou muito claro.

Certo dia, no fim do verão, ela rumara para a floresta com algumas garotas. Levavam cestas para colher; Wakyo'teyehsnonhsa tinha um machado no cinto. Uma das garotas lhe perguntara se ela pretendia encontrar madeira para fabricar outra vasilha como a que fizera para a mãe; A Que Trabalha com as Mãos havia dito – com um olhar ligeiro e afetuoso a Ian, que descansava ali por perto com outros rapazes – que não, que queria encontrar um bom cedro vermelho para fazer um berço de madeira.

As mocinhas deram risinhos e abraçaram Wakyo'teyehsnonhsa; os homens escancararam sorrisos e cutucaram Ian nas costelas. Ian viu de soslaio a expressão de Alce do Sol, seus olhos inflamados cravados nas costas retas de Emily enquanto ela se afastava.

Dali a uma lua, Alce do Sol havia se mudado para a maloca, casado com a irmã de sua esposa, Olhando para o Céu. Os alojamentos das irmãs ficavam um defronte ao outro; elas compartilhavam um fogo. Ian raramente via Alce do Sol olhar para Emily – porém o vira muitas vezes desviar o olhar com cautela.

– Há uma pessoa que a deseja – disse ele a Emily, certa noite.

Já passava bastante da hora do lobo; era madrugada, e a maloca estava adormecida. A criança que ela gestava a obrigava a se levantar para urinar; ela retornara às peles com o corpo frio e o aroma fresco de pinho nos cabelos.

– Ah? Ora, por que não? Está todo mundo dormindo.

Ela espichara o corpo com luxúria e lhe dera um beijo, a pequena saliência de sua barriga suave e dura contra a dele.

– Não estou falando de mim. Quero dizer... claro que também a desejo! – acrescentou ele, mais que depressa, ao vê-la se afastar, meio ofendida. Como demonstração, deu-lhe um ligeiro abraço. – Quero dizer... tem mais alguém.

– Hum. – Ela tinha a voz abafada, a respiração quente no peito dele. – Tem muita gente que me deseja. Tenho muito, muito talento com as mãos.

Ela lhe deu uma breve demonstração, e ele perdeu o ar, fazendo-a soltar um risinho de satisfação.

Rollo, que a acompanhara ao lado de fora, rastejou até a plataforma da cama e se enroscou no seu lugar costumeiro, mordendo ruidosamente um local de comichão perto do rabo.

Um pouco mais tarde os dois se deitaram, com as peles jogadas para trás. O couro que pendia sobre a entrada estava puxado, de modo que o calor do fogo adentrava, e Ian podia ver o brilho da luz na pele úmida e dourada do ombro da mulher, deitada de costas para ele. Ela estendeu o braço e pôs uma das mãos engenhosas por sobre a dele, pegou sua palma e pressionou-a contra a barriga. A criança lá dentro havia começado a se mexer; ele sentiu uma pressão súbita e suave, e sua respiração ficou presa na garganta.

– Não se preocupe – disse Emily, bem baixinho. – Esta pessoa só deseja você.

Ele havia dormido bem.

De manhã, porém, estava sentado diante do fogo, comendo mingau de aveia, e Alce do Sol, que já havia comido, entrou. Ele parou e encarou Ian.

– Esta pessoa sonhou com você, Irmão do Lobo.

– Ah, foi? – indagou Ian, num tom agradável.

Ele sentiu um calor subir-lhe à garganta, mas manteve o rosto relaxado. Os kahyen'kehaka contavam boas histórias sobre os sonhos. Um bom sonho originava dias de debates entre todos na maloca. O olhar no rosto de Alce do Sol não indicava que o sonho com Ian havia sido bom.

– Aquele cachorro... – disse ele, assentindo para Rollo, que jazia esparramado de maneira inconveniente na entrada do alojamento de Ian, roncando. – Sonhei que ele subia no seu sofá e o agarrava pela garganta.

Era um sonho de ameaça. Um kahyen'kehaka que acreditasse em tal sonho poderia decidir matar o cão, para que não fosse prenúncio de desgraça. Mas Ian não era... muito... kahyen'kehaka.

Ele ergueu as duas sobrancelhas e continuou comendo. Alce do Sol aguardou um instante, mas, como Ian não se pronunciou, acabou por assentir e dar meia-volta.

– Ahkote'ohskennonton – disse Ian, chamando seu nome.

O homem se virou, ansioso.

– Esta pessoa também sonhou com você.

Alce do Sol encarou Ian com um olhar penetrante. Ian não disse mais nada, mas deixou brotar no rosto um sorriso lento e maligno. Alce do Sol o encarou. Ele continuou sorrindo. O homem deu as costas com um bufo de repulsa, mas não antes que Ian visse a leve expressão de desconforto em seus olhos.

– Pois bem. – Ian respirou fundo. Fechou brevemente os olhos, então voltou a abri-los. – Você sabe que a criança morreu, não sabe?

Ele não exibia qualquer emoção na voz. Era aquele tom seco e controlado, que lhe empedernia o coração e a sufocava, de modo que ela só conseguiu menear a cabeça em resposta.

Ele, no entanto, não conseguiu prosseguir. Abriu a boca como se fosse falar, mas agarrou subitamente os joelhos com as mãos imensas e ossudas e levantou-se de maneira abrupta.

– É – disse ele. – Vamos indo. Eu... conto o resto durante a caminhada.

E assim ele fez, virado de costas, resoluto, enquanto a conduzia montanha acima, depois por uma saliência estreita e cruzando um córrego que desaguava numa série de pequeninas e encantadoras cachoeiras, cada uma circundada por uma névoa de arco-íris em miniatura.

A Que Trabalha com as Mãos havia concebido outra vez. A criança fora perdida logo após a barriga começar a crescer.

– Eles dizem, os kahnyen'kehaka – explicou Ian, a voz abafada enquanto ele se enfiava por entre uma tela de reluzentes trepadeiras vermelhas –, que, para uma mulher engravidar, o espírito de seu marido guerreia com o dela e precisa dominá-lo. Se o espírito do marido não for forte o bastante... – A voz ficou mais clara quando ele arrebentou um punhado de trepadeiras, quebrando o galho de onde pendiam, e o atirou longe, com força. – Então a criança não consegue criar raízes no ventre.

Depois da segunda perda, a sociedade de curandeiros conduzira os dois a uma cabana particular, para cantar, bater tambores e dançar com imensas máscaras pintadas, com o objetivo de assustar e espantar quaisquer entidades malignas que pudessem estar encostadas no espírito de Ian – ou fortalecendo desnecessariamente o de Emily.

– Quando vi as máscaras, tive vontade de rir – disse Ian. Ele não se virava; folhas amarelas ornamentavam os ombros de sua camurça e prendiam-se a seus cabelos. – Eles também a chamam de Sociedade da Cara Engraçada... e há uma razão para isso. No entanto, eu não ri.

– Eu não... não suponho que Em-Emily tenha rido.

Ele avançava tão depressa que ela se esforçava para manter o ritmo, embora suas pernas fossem quase tão compridas quanto as dele.

– Não – disse Ian, e soltou ele próprio uma risada curta e amarga. – Ela não riu.

Emily havia entrado na cabana dos curandeiros junto com ele, quieta e soturna, mas saíra com uma expressão de paz, e aquela noite o procurara na cama com amor. Por três meses eles se amaram com carinho e ardor. Por mais três, se amaram com uma sensação de crescente desespero.

– Então as regras dela tornaram a atrasar.

Ele imediatamente deixara de procurá-la, aterrorizado com a ideia de ela perder o bebê outra vez. Emily se movimentava com calma e cuidado, já não indo trabalhar nos campos, mas permanecendo na maloca, trabalhando, sempre trabalhando com as mãos. Tecendo, moendo, entalhando, fazendo adornos de contas, as mãos se movendo sem cessar para compensar a quietude de seu corpo que aguardava.

– A irmã dela ia aos campos. É o que as mulheres fazem, sabe? – Ele parou para cortar um espinho próximo com a faca, jogando o galho cortado para longe, para que não ricocheteasse e acertasse Brianna no rosto. – Olhando para o Céu nos trazia comida. Todas as mulheres traziam, porém ela mais do que todas. Era uma jovem doce, Karònya.

Ao dizer isso sua voz ficou embargada, pela primeira vez em sua dura exposição de fatos.

– O que aconteceu com ela?

Brianna apressou um pouco o passo ao emergir no alto de uma margem coberta de grama, de modo que quase o alcançou. Ele reduziu um pouco o ritmo, mas não se virou para olhá-la – manteve o rosto fixo à frente, o queixo erguido como se confrontasse inimigos.

– Foi levada.

Olhando para o Céu tinha o hábito de permanecer no campo após a saída das outras mulheres, juntando milho extra ou abóboras para a irmã e Ian, embora ela própria àquela época já tivesse um filho. Certa noite, não retornou à maloca, e, quando os aldeões saíram para procurá-la, nem ela nem a criança se encontravam à vista. Tinham desaparecido, deixando apenas um mocassim claro para trás, emaranhado na plantação de abóboras na beirada de um campo.

– Os abenakis – disse Ian, de maneira abrupta. – Nós encontramos o sinal no dia seguinte; quando começamos as buscas para valer, já estava escuro.

Fora uma longa noite de buscas, seguida por uma semana igual – uma semana de medo e vazio crescentes. Ian retornou à lareira da mulher ao amanhecer do sétimo dia e soube que ela, mais uma vez, havia perdido o bebê.

Ele fez uma pausa. Pingava de suor por caminhar tão depressa, e limpou o queixo com a manga da camisa. Brianna sentia o suor escorrendo pelas costas, empapando a camisa de caça, mas não deu atenção. Tocou as costas dele, com muita delicadeza, mas não disse uma palavra.

Ele soltou um suspiro profundo, quase de alívio, pensou ela, talvez por estar chegando ao final da tenebrosa história.

– Tentamos mais algumas vezes – disse ele, de volta ao tom impassível. – Emily e eu. Mas ela já não tinha coração. Não confiava mais em mim. E... Ahkote'ohskennonton estava lá. Comia na nossa lareira. E a olhava. Ela começou a retribuir.

Certo dia, Ian estava entalhando madeira para um arco, concentrado no fluxo dos grânulos sob a faca, tentando ver nos redemoinhos as coisas que Emily via, ouvir a voz da árvore, como ela dissera. No entanto, não foi a árvore que falou atrás dele.

– Neto – disse uma voz velha e seca, levemente irônica.

Ele deixou cair a faca, quase acertando o próprio pé, e girou, de arco na mão. Tewaktenyonh permanecia a menos de 2 metros de distância, uma sobrancelha erguida, divertindo-se por ter chegado até ele sem ser ouvida.

– Avó – disse ele, e assentiu, reconhecendo com ironia seu talento.

Ela podia ser velha, mas ninguém se movia com mais suavidade. Daí vinha sua reputação; as crianças da aldeia guardavam por ela um temor respeitoso, ouvindo que era capaz de desaparecer no ar e tornar a se materializar em outro lugar, bem diante do olhar culpado dos malfeitores.

– Venha comigo, Irmão do Lobo – disse ela, e deu meia-volta, sem esperar resposta. Não era preciso responder.

Ela já estava fora de vista quando ele deitou o arco semipronto debaixo de um arbusto, pegou a faca caída no chão e chamou Rollo; mas ele a alcançou sem dificuldade.

Ela o conduziu para longe da aldeia, pela floresta, até o topo de uma trilha de cervos. Ali, lhe entregou uma saca de sal, um bracelete de contas e ordenou que ele fosse embora.

– E você foi? – perguntou Brianna, depois de um longo instante de silêncio. – Simplesmente... foi?

– Simplesmente fui – respondeu, encarando-a pela primeira vez desde que haviam deixado o acampamento naquela manhã.

Ele tinha o rosto encovado, fundo de lembranças. O suor brilhava em suas bochechas, mas seu rosto estava tão pálido que se evidenciavam as linhas pontilhadas das tatuagens – perfurações, traços ao longo dos quais sua face poderia desmoronar.

Ela engoliu em seco algumas vezes antes de conseguir falar, mas pronunciou-se num tom muito próximo ao dele.

– Ainda está muito longe? – perguntou. – Aonde estamos indo?

– Não – respondeu ele, baixinho. – Estamos quase lá. – Então se virou outra vez, para caminhar na frente dela.

Meia hora depois, chegaram a um local onde o riacho corria fundo por entre as margens, alargando-se num pequeno barranco. Vidoeiros-brancos e viburnos cresciam frondosos, brotando dos paredões de rocha com raízes suaves que se enroscavam pelas pedras feito dedos agarrados à terra.

A ideia fez Brianna sentir uma leve pontada no pescoço. As cachoeiras agora estavam bem acima deles, e o barulho da água havia diminuído; o córrego falava sozinho, deslizando por sobre pedras e sussurrando por tapetes de agrião e musgo.

Ela achava que o caminho seria mais fácil acima, na boca do barranco, mas Ian a conduziu para baixo sem hesitar, e ela foi atrás, embrenhando-se pela confusão de seixos e raízes de árvores, estorvada pela comprida arma. Rollo, ignorando a própria deselegância, arrastou-se para dentro do córrego, que tinha alguns metros de profundidade, e nadou, as orelhas para trás, grudadas na cabeça, mais parecendo uma lontra gigante.

Ian havia recuperado o autocontrole e estava concentrado na tarefa de abrir caminho pelo solo bruto. Fazia uma pausa vez ou outra, retornando para ajudá-la a transpor uma pedra ou queda particularmente traiçoeira ou cruzar uma árvore desarraigada por alguma inundação recente – mas não a olhava nos olhos, e a expressão fechada de seu rosto nada revelava.

A curiosidade de Bree havia chegado ao extremo, mas ele claramente cessara o falatório por ora. Acabava de passar do meio-dia, mas a luz sob os vidoeiros formava sombras douradas que conferiam a tudo em volta um ar de quietude, quase encantado.

Ela não tinha palpite concreto em relação ao propósito da expedição, à luz do que Ian lhe havia contado – porém, naquele lugar, qualquer coisa parecia possível.

Ela pensou de súbito em seu primeiro pai – Frank Randall –, e a lembrança lhe trouxe um calor leve e familiar. Gostaria tanto de mostrar aquele lugar a ele.

Eles com frequência passavam feriados nas montanhas Adirondack; eram montanhas diferentes, árvores diferentes, mas encerravam o mesmo silêncio e mistério nas clareiras da mata e na água corrente. Sua mãe às vezes ia, mas com maior frequência eram apenas eles dois, escalando as árvores altas, sem muito falar, mas compartilhando um profundo contentamento na companhia do céu.

De repente, o som da água tornou a se elevar; havia outra queda por perto.

– Bem aqui, prima – disse Ian, baixinho, e acenou com a cabeça para que ela o seguisse.

Eles saíram de baixo das árvores, e ela viu o barranco desabar subitamente; a água caía 6 metros ou mais numa piscina abaixo. Ian a conduziu pela crista da queda; ela ouvia a água passando com força abaixo, mas o alto da margem estava apinhado de juncas, e eles tiveram de abrir caminho, pisoteando os caules amarelos das varas-de--ouro e desviando dos gritos assustados dos gafanhotos sob seus pés.

– Veja – disse Ian, olhando para trás, e estendeu a mão para dividir a tela de loureiros diante dela.

– Uau!

Ela reconheceu no mesmo instante. Era inconfundível, apesar de a maior parte estar encoberta, ainda enterrada na margem esfacelada do outro lado do barranco. Alguma enchente havia feito subir o nível do córrego nos últimos dias, reduzindo a margem e fazendo desabar um imenso bloco de pedra e terra que revelou um mistério enterrado.

As costelas arqueadas se erguiam da terra, e ela teve a impressão de ver um punhado de coisas semienterradas no entulho ao pé da margem: coisas enormes, salientes e retorcidas. Podiam ser ossos ou só pedregulhos – mas foi a presa de marfim que chamou sua atenção, projetando-se da margem numa gigantesca curva, muitíssimo familiar, o que a tornava ainda mais impressionante.

– Você sabe o que é isso? – perguntou Ian, ansioso, encarando-a. – Já viu algo parecido?

– Ah, sim – respondeu ela, e, embora o sol estivesse quente em suas costas, sentiu um arrepio que lhe desceu até os braços. Não por medo, mas por puro respeito e uma espécie de incrédula alegria. – Ah, sim. Já vi.

– O que é? – Ian ainda falava baixo, como se a criatura pudesse ouvi-los. – O que é isso?

– Um mamute – disse ela, e percebeu que também sussurrava.

O sol havia passado do zênite; o leito do córrego já estava envolto em sombras. A luz banhava o contorno do marfim antigo, iluminando com clareza a abóbada do crânio de coroa alta. O crânio estava fincado ao solo em um ângulo suave, a única presa visível se elevava, a órbita do olho era preta e misteriosa.

Outro arrepio atravessou seu corpo, e ela encolheu os ombros. Era fácil sentir que a criatura podia a qualquer momento se libertar da terra, girar a cabeçorra na direção deles, os olhos vazios, grumos de terra caindo das presas e dos ombros ossudos, e começar a se sacudir e caminhar, o chão vibrando enquanto as garras compridas afundavam o solo lamacento.

– Como é mesmo que se chama? Mamute? É, bom... é *mesmo* muito grande.

A voz de Ian dissipou a ilusão de movimento incipiente, e ela por fim conseguiu desviar os olhos – embora sentisse que deveria tornar a olhar, mais ou menos a cada segundo, para garantir que ainda estava lá.

– O nome em latim é *Mammuthus* – respondeu ela, com um pigarro. – Tem um esqueleto inteiro num museu em Nova York. Eu já vi várias vezes. E já vi imagens nos livros.

Ela olhou para trás, para a criatura no leito.

– Num museu? Então não é uma coisa que existe onde... quando... – ele gaguejou um pouco. – Do tempo que você vem? Não é mais viva, quer dizer?

Ele parecia bastante decepcionado.

Ela quis rir da imagem de mamutes vagando pelo parque central de Boston ou chafurdando às margens do rio Cambridge. A bem da verdade, sentiu uma pontada momentânea de decepção por *não* existirem; teria sido maravilhoso vê-los.

– Não – respondeu ela, pesarosa. – Todos morreram milhares e milhares de anos atrás. Quando veio o gelo.

– Gelo?

Ian alternava o olhar entre ela e o mamute, como se temesse que um dos dois fizesse algo desagradável.

– A era glacial. O mundo ficou mais frio, e placas de gelo se deslocaram, vindas do norte. Vários animais foram extintos... quero dizer, não conseguiam mais achar comida, daí morreram.

Ian estava pálido de empolgação.

– Sei. Já ouvi essas histórias.

– Ouviu? – indagou ela, espantada.

– É. Mas você está dizendo que é de verdade. – Ele balançou a cabeça e tornou a encarar os ossos do mamute. – É um animal, feito um urso ou gambá?

– Isso – respondeu ela, perplexa com as reações dele, que pareciam se alternar entre o entusiasmo e a consternação. – Maior, mas isso mesmo. O que mais seria?

– Ah – disse ele, e respirou fundo. – Bom, veja bem, é o que eu precisava que você me dissesse, prima. Veja, os kahnyen'kehaka... eles contam histórias sobre... coisas. Animais que na verdade são espíritos. E se eu visse qualquer coisa que *pudesse* ser um espírito...

Ele ainda encarava o esqueleto como se pudesse sair andando pela terra, e ela viu um leve arrepio percorrer o corpo do primo.

Brianna não pôde evitar um arrepio similar ao encarar a gigantesca criatura que se avultava por sobre os dois, sombria e terrível, e apenas seu conhecimento acerca do que era aquilo a impedia de se acovardar e sair correndo.

– É de verdade – disse ela, tanto para acalmá-lo quanto para acalmar a si mesma. – E está morto. Morto *mesmo*.

– Como você sabe essas coisas? – indagou ele, curioso e atento. – É coisa velha, você disse. Você deve estar muito mais tempo adiante... disso... na sua própria época... do que estamos agora – concluiu, apontando o queixo para o esqueleto gigante. – Como pode saber mais a respeito do que o povo sabe hoje em dia?

Ela balançou a cabeça e abriu um sorrisinho, incapaz de explicar.

– Quando foi que você encontrou isso, Ian?

– Mês passado. Eu vim até o barranco – respondeu ele, inclinando a cabeça –, e lá estava. Quase borrei as calças.

– Posso imaginar – disse ela, refreando um ímpeto de rir.

– É – confirmou ele, sem perceber que ela achava graça em sua vontade de explicar. – Eu teria certeza de que era Rawenniyo... um espírito, um deus... se não fosse o cachorro.

Rollo havia saído do córrego e sacudido a água do pelo; agora, esfregava as costas num tufo de trepadeira caída, balançando o rabo de prazer, claramente alheio ao gigante silencioso no barranco acima.

– Como assim? Está dizendo que Rollo não sente medo?

Ian assentiu.

– É. Age como se não houvesse absolutamente nada. Só que... – Ele hesitou, disparando um olhar para ela. – Às vezes, na mata. Ele... ele *vê* coisas. Coisas que eu não consigo ver. Sabe?

– Sei – disse ela, sentindo uma nova onda de desconforto. – Os cachorros de fato veem... coisas.

Ela se lembrou dos próprios cães; em particular Smoky, o terra-nova grandalhão que às vezes erguia a cabeça durante a noite, de ouvidos atentos, os pelos do pescoço eriçados, os olhos atrás de... algo... que passava pelo quarto e desaparecia.

Ele assentiu, aliviado que ela compreendesse.

– Eles veem. Eu corri ao ver aquilo – prosseguiu Ian, apontando para o barranco –, e me meti debaixo de uma árvore. Mas Rollo simplesmente seguiu adiante, sem dar atenção. Então achei que de repente não era o que eu pensava, afinal de contas.

– E o que você pensava? – perguntou ela. – Um Rawenniyo, você disse? – À medida que a empolgação de ter visto o mamute começou a diminuir, ela se lembrou do que eles, em teoria, estavam fazendo ali. – Ian... você disse que o que queria me mostrar tinha a ver com a sua mulher. É...

760

Ela apontou para o barranco, de sobrancelhas erguidas.

Ele não deu uma resposta direta, mas inclinou a cabeça para trás, analisando a saliência das presas gigantes.

– Eu ouvia histórias, de vez em quando. Entre os mohawks, quero dizer. Eles falavam de coisas estranhas que alguém havia encontrado durante a caça. Espíritos presos na pedra, como chegaram até lá. Coisas malignas, na maioria. E eu pensei comigo mesmo, se fosse esse tipo de coisa... – Ele se calou e virou-se para ela, sério e atento. – Eu precisava que você me dissesse, está bem? Se era isso ou não. Porque, se fosse, então talvez o que eu andei pensando esteja errado.

– Não é – garantiu ela. – Mas que diabos você andou pensando?

– Sobre Deus – respondeu Ian, tornando a surpreendê-la. Ele lambeu os lábios, sem saber bem como prosseguir. – Yeksa'a... a criança. Eu não a fiz cristã. Não pude. Talvez tivesse podido... a gente pode fazer sozinho, sabe, se não houver padre. Mas eu não tive coragem de tentar. Eu... eu nunca a vi. Eles já a haviam enrolado... não teriam gostado se eu tentasse...

A voz dele morreu.

– Yeksa'a – repetiu ela, baixinho. – Era esse o nome da sua... filha?

Ele balançou a cabeça, contorcendo a boca com amargura.

– Significa apenas "menina pequena". Os kahnyen'kehaka não nomeiam as crianças quando nascem. Só mais tarde. Se... – A voz dele foi morrendo, e ele pigarreou. – Se sobreviverem. Eles não pensam em nomear uma criança ainda não nascida.

– Mas você nomeou? – perguntou ela, com delicadeza.

Ele ergueu a cabeça e respirou com um som meio úmido, como o de ataduras molhadas puxadas de uma ferida fresca.

– Iseabaìl – respondeu Ian, e ela soube que era a primeira vez, talvez a única, que ele falava em voz alta. – Se fosse menino, eu o teria chamado de Jamie. – Ele olhou para ela, com a sombra de um sorriso. – Só na minha cabeça, sabe?

Ele soltou todo o ar do peito com um suspiro e desceu a cabeça até os joelhos, as costas curvadas.

– O que estou pensando... – disse, depois de um instante, com a voz controlada demais – é se fui eu.

– Ian! Está achando que foi sua culpa o bebê ter morrido? Como poderia ter sido?

– Eu parti – disse ele apenas, endireitando as costas. – Fui embora. Deixei de ser cristão, de ser escocês. Eles me levaram para o riacho, me esfregaram com areia para levar embora o sangue branco, me deram um nome... Okwaho'kenha... e disseram que eu era mohawk. Mas eu não era, não de verdade.

Ele soltou outro suspiro profundo, e ela desceu a mão em suas costas, sentindo as saliências da espinha pressionando o couro da camisa. Ele não andava nem de longe comendo o suficiente, pensou ela.

– Mas também não era o mesmo de antes – prosseguiu ele, quase inexpressivo. –

Tentei ser o que eles queriam, sabe? Parei de rezar para Deus, Virgem Maria, Santa Brígida. Ouvia Emily me contar sobre os deuses *dela*, os espíritos que moravam nas árvores e tudo mais. Quando ia à tenda de suor com os homens ou me sentava defronte ao fogo e ouvia as histórias... elas me pareciam tão reais quanto as de Cristo e Seus santos. – Ele virou a cabeça e a encarou de súbito, meio perplexo, meio desafiador. – *Eu sou o Senhor teu Deus* – disse ele. – *Não terás outros deuses diante de mim.* Mas eu tive, não foi? Isso é um pecado mortal, não é?

Ela queria dizer que não, claro que não. Ou protestar debilmente e afirmar que não era pastora, então como podia saber? Mas nenhuma dessas respostas serviria; ele não buscava uma simples confirmação, e não adiantaria ignorar de forma simplória sua responsabilidade.

Ela respirou fundo e soprou o ar. Uns bons anos haviam se passado desde que aprendera o Catecismo de Baltimore, mas não era o tipo de coisa que se esquecia.

– As condições para um pecado mortal são as seguintes – disse ela, recitando as exatas palavras decoradas. – Primeiro, que o ato seja gravemente errado. Segundo, que você saiba que o ato é errado. E terceiro... que você consinta por completo.

Ele a observava com atenção.

– Bom, foi errado, e eu acho que sabia disso... é, eu sabia, *sim*. Ainda mais... – Seu rosto ficou ainda mais sombrio, e ela se perguntou o que ele estaria pensando. – Mas... como eu poderia servir um Deus que leva embora uma criança pelos pecados do pai? – Sem esperar resposta, ele deu uma olhada em direção à face do barranco, onde jaziam os restos mortais do mamute, congelados no tempo. – Ou foram eles? Será que não foi o meu Deus, e sim os espíritos iroqueses? Eles sabiam que eu não era mohawk de verdade... que eu escondia deles uma parte de mim mesmo? – Ele a encarou de volta, o olhar muito sério. – Os deuses são ciumentos, não são?

– Ian... – Ela engoliu em seco, impotente. Mas precisava dizer algo. – O que você fez... ou deixou de fazer... não foi errado, Ian – disse ela, com firmeza. – A sua filha... ela era metade mohawk. Não foi errado deixá-la ser enterrada segundo os costumes da mãe. A sua esposa... Emily... ela teria ficado muito aborrecida, não teria? Se você tivesse insistido em batizar a bebê?

– É, talvez. Mas... – Ele fechou os olhos, os punhos cerrados com força nas coxas. – Onde ela está, então? – sussurrou ele, e Brianna pôde ver as lágrimas tremulando em seus cílios. – Os outros... eles não chegaram a nascer; Deus os terá em suas mãos. Mas a pequena Iseabaìl... ela não foi para o céu, foi? Não consigo suportar a ideia de que ela... de que ela possa estar... perdida em algum lugar. Vagando.

– Ian...

– Eu a ouço, me cumprimentando. À noite. – Ele respirava em arquejos profundos e soluçantes. – Eu não posso ajudar, não posso encontrá-la!

– Ian! – As lágrimas corriam por seu próprio rosto. Ela o tomou pelos punhos e apertou o mais forte que pôde. – Ian, me escute!

762

Ele soltou uma respiração trêmula e profunda, cabisbaixo. Então assentiu, muito de leve.

Brianna se pôs de joelhos e o puxou com força para si, aninhando a cabeça dele em seu colo. Pressionou o rosto no cocuruto de Ian, sentindo na boca seus cabelos quentes e lisos.

– Escute aqui – disse ela, baixinho. – Eu tive outro pai. O homem que me criou. Ele agora está morto. – Por um longo tempo, a sensação de desolação por sua perda permanecera em silêncio, suavizada por um novo amor, distraída por novas obrigações. Agora voltava a solapá-la, renovada em toda a sua agonia, penetrante como uma punhalada. – Eu sei... eu sei que ele está no céu.

Estava? Poderia ele estar morto e no céu, se ainda não havia nascido? Ainda assim ele estava morto para ela, e no céu certamente não existia noção de tempo.

Ela ergueu o rosto em direção ao barranco, mas não falou nem com os ossos nem com Deus.

– Papai – disse. Sua voz falhou ao proferir a palavra, mas ela abraçou o primo com mais força. – Papai, eu preciso de você. – Ela soava pequena, patética e insegura. Mas não havia outra ajuda a solicitar. – Preciso que encontre a filhinha de Ian – disse, o mais firme que pôde, tentando invocar o rosto do pai, vê-lo ali, entre as folhas dançantes no topo do penhasco. – Por favor, encontre-a. Segure-a nos braços, dê a ela segurança. Cuide... por favor, cuide dela.

Ela parou, com a obscura sensação de que devia dizer mais alguma coisa, algo mais cerimonioso. Fazer o sinal da cruz? Dizer "amém"?

– Obrigada, papai – disse ela, baixinho, e chorou, como se o pai tivesse acabado de morrer e ela estivesse ali, órfã, perdida, aos prantos no meio da noite.

Ian tinha os braços enroscados nos dela; os dois se abraçavam com força, banhados pelo calor do fim da tarde.

Ela parou de chorar, mas permaneceu nos braços dele, a cabeça apoiada em seus ombros. Ele deu uma batidinha em suas costas, com muita delicadeza, mas não a afastou.

– Obrigado – sussurrou ele. – Você está bem, Brianna?

– Aham.

Ela endireitou o corpo e se afastou, balançando um pouco, como se estivesse bêbada. Sentia-se bêbada, de fato, os ossos molengos e maleáveis, tudo à sua volta levemente fora de foco, exceto por algumas coisas que lhe chamavam a atenção: um pedaço brilhante de sandália feminina cor-de-rosa, uma pedra caída na lateral do penhasco, a superfície ferrosa rajada de vermelho. Rollo, quase sentado no colo de Ian, ansioso, o cabeção espremendo a coxa do dono.

– *Você* está bem, Ian? – indagou ela.

– Vou ficar. – Ele estendeu a mão e afagou as orelhas pontudas de Rollo, para tranquilizá-lo. – Talvez. Só...

– O quê?

– Você... você tem certeza, Brianna?

Ela sabia o que ele perguntava; era uma questão de fé. Ela se levantou, limpando o nariz na manga da camisa.

– Sou católica romana e acredito em vitaminas – declarou, com vigor. – E conheci meu pai. Claro que tenho certeza.

Ele respirou fundo e soltou o ar num suspiro, deixando cair os ombros. Então assentiu, e as linhas de seu rosto se suavizaram um pouco.

Ela o deixou sentado numa pedra e desceu até o córrego para jogar água fria no rosto. A sombra do barranco descia pelo riacho, e o ar estava fresco, cheirando a terra e pinheiros. Apesar do frio, ela resolveu permanecer ali durante um tempo, ajoelhada.

Ainda ouvia o murmúrio das vozes nas árvores e na água, mas não deu atenção. Fossem lá quem fossem, não eram ameaça a ela ou aos seus – nem se incomodavam com a forte presença que ela sentia por perto.

– Eu te amo, papai – sussurrou ela, fechando os olhos, e sentiu-se em paz.

Ian também devia estar melhor, pensou, quando depois de um longo tempo retornou pelas pedras até onde ele estava sentado. Rollo o deixara para investigar um promissor buraco ao pé de uma árvore, e ela sabia que não teria se afastado do dono se o visse em agonia.

Brianna estava prestes a perguntar se o assunto estava terminado quando ele se levantou, e ela viu que não estava.

– Por que eu a trouxe aqui – disse ele, abruptamente. – Eu queria saber sobre aquilo... – Ele meneou a cabeça para o mamute. – Mas quero fazer uma pergunta. Ou melhor, pedir um conselho.

– Conselho? Ian, eu não posso lhe dar nenhum conselho! Como poderia lhe dizer o que fazer?

– Acho que talvez você seja a única pessoa capaz – replicou ele, com um sorriso torto. – Você é minha família, você é mulher... e se importa comigo. E talvez saiba até mais coisas que tio Jamie, por conta de quem... ou do que... – disse ele, retorcendo um pouco a boca – você é.

– Eu não sei mais coisas – retrucou ela, encarando os ossos na pedra. – Só sei... coisas diferentes.

– É – respondeu ele, e respirou fundo. – Brianna – disse, bem baixinho. – A gente não é casado... e nunca vai ser. – Ele desviou o olhar por um instante, então voltou a encará-la. – Mas, se a gente *tivesse* se casado, eu a teria amado e cuidado de você o melhor possível. E confio que teria feito o mesmo por mim. Estou certo?

– Ah, Ian. – Ela ainda tinha a garganta pesada, áspera de tristeza; as palavras saíram num sussurro. Ela tocou o rosto ossudo do primo, de pele fria, e traçou a linha pontilhada da tatuagem com o polegar. – Eu amo você.

– É, bem... – disse ele, ainda baixinho. – Eu sei disso.

Ele ergueu uma das mãos e pôs sobre a dela, grande e dura. Pressionou a palma contra a própria bochecha por um instante, então fechou os dedos por sobre os dela e baixou as duas mãos, os dedos entrelaçados, sem soltar.

– Então me diga – disse ele, sem desviar os olhos. – Se você me ama, me diga o que eu devo fazer. Devo voltar?

– Voltar – repetiu ela, examinando o rosto do primo. – Voltar para os mohawks, você quer dizer?

Ele assentiu.

– Voltar para Emily. Ela me amava – disse ele, baixinho. – Eu sei disso. Fiz mal em deixar a velha me mandar embora? Será que preciso voltar, talvez lutar por ela, se for necessário? Talvez ela pudesse voltar comigo para a Cordilheira.

– Ah, Ian.

Brianna teve a mesma sensação de impotência de antes, embora agora sem o fardo do próprio luto. No entanto, quem era ela para dizer qualquer coisa a ele? Como poderia ser responsável por tomar essa decisão – por dizer a ele que fosse ou ficasse?

Os olhos fixos de Ian, no entanto, a fizeram perceber... ela era a sua família. E a responsabilidade recaía sobre ela, quer se sentisse capaz ou não.

Ela sentia o peito apertado, como se fosse explodir com uma respiração profunda. Mesmo assim, respirou.

– Fique – disse Bree.

Ele a encarou por um longo tempo, com seus profundos olhos castanho-dourados, muito sério.

– Você poderia enfrentá-lo... Ahk... – disse ela, se embolando com as sílabas do nome mohawk. – Alce do Sol. Mas não pode lutar contra ela. Se ela estiver convencida de que não quer mais estar com você... Ian, você não pode mudar isso.

Ele pestanejou, os cílios escuros entrecortando seu olhar, e manteve os olhos fechados; se era em reconhecimento ou em recusa às palavras de Brianna, ela não sabia.

– Mas é mais do que isso – continuou ela, a voz já mais firme. – Não é só ela, *ou* ele. É?

– Não – respondeu Ian.

A voz dele soava distante, quase desinteressada, mas ela sabia que não era o caso.

– São elas – disse Bree, mais baixinho. – Todas as mães. As avós. As mulheres. As... as crianças.

Clã, família, tribo, nação; costumes, espírito, tradição – toda a trama que envolvia A Que Trabalha com as Mãos e a mantinha presa à terra, segura. Acima de tudo, as crianças. As vozinhas agudas que sufocavam as vozes da floresta e evitavam que as almas vagassem pela noite.

Ninguém conhecia a força de tais laços melhor do que quem havia percorrido a terra sem eles, sozinho e excluído. Ela havia feito isso, ele também, e ambos conheciam a verdade.

– São elas – repetiu ele baixinho, e abriu os olhos. Estavam sombrios com a perda, escuros feito a floresta mais profunda. – E elas.

Ele virou a cabeça e olhou para cima, para as árvores além do riacho, acima dos ossos do mamute que jaziam presos à terra, desnudos ao céu e mudos a todas as rezas. Ele se virou de volta, ergueu uma das mãos e tocou o rosto da prima.

– Então eu fico.

Eles passaram a noite acampados no lado oposto ao laguinho dos castores. As sobras de lascas de madeira e mudas aterradas deram um bom combustível para o fogo.

Havia pouco para comer; somente um chapéu cheio de uvas e o pedaço de pão, àquela altura tão duro que foi preciso enfiá-lo na água para amolecê-lo. Não importava; nenhum dos dois sentia fome, e Rollo havia desaparecido para caçar.

Eles se sentaram em silêncio, observando o fogo morrer. Não havia necessidade de mantê-lo vivo; a noite não estava fria, e eles não se demorariam pela manhã – estavam bem perto de casa.

Por fim, Ian se remexeu um pouco, e Brianna o encarou.

– Qual era o nome do seu pai? – perguntou ele, num tom muito formal.

– Frank... ahn... Franklin. Franklin Wolverton Randall.

– Inglês, então?

– Bastante – respondeu ela, abrindo um sorriso instintivo.

Ele assentiu, murmurando "Franklin Wolverton Randall" para si mesmo, como se para guardar na memória, então a encarou com seriedade.

– Se eu algum dia tornar a entrar numa igreja, vou acender uma vela em memória dele.

– Imagino... que ele vá gostar.

Ian assentiu e inclinou o corpo para trás, as costas agarradas a um pinheiro. O solo ao redor estava repleto de pinhas; ele apanhou um punhado e jogou no fogo, uma a uma.

– E Lizzie? – perguntou ela, depois de um tempo. – Ela sempre gostou de você. – Para dizer o mínimo: Lizzie passara semanas definhando e se consumindo depois de perder Ian para os iroqueses. – Agora que ela não vai se casar com Manfred...

Ele inclinou a cabeça para trás, de olhos fechados, e apoiou-a no tronco do pinheiro.

– Eu pensei nisso – admitiu.

– Mas...?

– É, mas... – Ele abriu os olhos e a encarou, com amargura. – Se acordasse ao lado dela, eu saberia onde estou. Mas estaria na cama com minha irmãzinha. Acho que não estou tão desesperado assim. Ainda – acrescentou, numa óbvia reflexão posterior.

71

MORCELA

Eu estava preparando uma morcela quando Ronnie Sinclair surgiu no quintal, trazendo dois pequenos barris de uísque. Havia vários outros presos ao primeiro, formando uma perfeita cascata que descia por suas costas e lhe dava o aspecto de uma exótica e bamboleante lagarta, bem no meio do estágio de pupa. Era um dia frio, mas ele suava em bicas por conta da longa subida pela colina – e praguejava, como de costume.

– Por que, em nome de Santa Brígida, o homem foi construir a porcaria da casa bem aqui em cima, no meio das nuvens? – indagou, sem cerimônia. – Por que não num lugar acessível a uma maldita carroça?

Ele apoiou os barris com cuidado e enfiou a cabeça pelas tiras dos arreios para remover a carapaça de madeira. Soltou um suspiro de alívio, esfregando os ombros marcados pelas tiras.

Ignorei as perguntas retóricas e segui com a minha preparação, convidando-o a entrar com um meneio de cabeça.

– Tem café fresco – avisei. – E pãezinhos com mel também.

Meu estômago se encolheu de leve frente à ideia de comer. Depois de temperada, recheada, cozida e frita, a morcela ficava uma delícia. As etapas iniciais, que envolviam mexer em sangue de porco semicoagulado com mãos e braços enfiados num barril, eram muito menos apetitosas.

Sinclair, no entanto, pareceu mais feliz ao ouvir a menção de comida. Enxugou o suor da testa com a manga da camisa e assentiu para mim, virando-se em direção à casa. Então parou e deu meia-volta.

– Ah. Já ia me esquecendo, dona. Tenho um bilhetinho para a senhora também.

Ele tateou com cautela o peito, então desceu pelas costelas, até que por fim encontrou o que procurava e extraiu das camadas de roupa empapadas de suor. Era um pedaço úmido de papel, que ele estendeu para mim, ansioso, ignorando o fato de que meu braço direito estava coberto de sangue quase até o ombro, e o esquerdo não exibia condição muito melhor.

– Deixe na cozinha, sim? – sugeri. – Ele está lá dentro. Irei assim que terminar essa parte. Quem... – Eu já ia perguntando quem havia escrito a carta, mas tive o tato de reformular a pergunta. – Quem entregou isso a você?

Ronnie não sabia ler – embora eu não visse, de todo modo, qualquer sinal do lado de fora do bilhete.

– Um latoeiro a caminho de Belem's Creek – respondeu ele. – Não contou de quem tinha vindo... só disse que era para a curandeira.

Ele franziu o cenho para o papel empapado, mas eu o vi deslizar os olhos de esguelha até minhas pernas. Apesar do frio, eu estava descalça e vestia apenas camisola, espartilho e um avental manchado em torno da cintura. Já fazia um tempo que Ronnie estava atrás de uma esposa, e assim adquirira o hábito inconsciente de avaliar os atributos físicos de todas as mulheres que encontrava, a despeito de idade ou disponibilidade. Ele percebeu que eu havia notado e mais que depressa desviou o olhar.

– Foi só isso? – perguntei. – A curandeira? Não disse o meu nome?

Sinclair correu a mão pelos cabelos finos e arruivados, de modo a exibir as pontas pronunciadas de suas orelhas vermelhas, aumentando ainda mais seu aspecto naturalmente sagaz e dissimulado.

– Nem precisava, não é?

Sem maiores tentativas de engatar uma conversa, ele desapareceu para dentro da casa, atrás de comida e de Jamie, e deixou-me com minha sanguinária tarefa.

A pior parte era limpar o sangue; meter o braço nas profundezas fétidas do barril e tirar os pedaços de fibrina que se formavam quando o sangue começava a coagular. Eles se agarravam aos meus braços, e eu removia e enxaguava – repetidas vezes. A bem da verdade, isso era um pouco menos asqueroso que lavar os intestinos usados como invólucro das salsichas; Brianna e Lizzie estavam fazendo isso à beira do riacho.

Dei uma olhada no barril; nenhuma fibra visível no líquido vermelho e límpido que escorria de meus dedos. Tornei a enfiar o braço no barril de água, junto ao de sangue, equilibrado em tábuas apoiadas num par de suportes sob a enorme castanheira. Jamie, Roger e Arch Bug haviam arrastado o porco – não a porca branca, mas um de seus muitos filhotes de algum ano anterior – até o quintal, golpearam-no entre os olhos com um martelo, penduraram-no aos galhos, abriram sua garganta e deixaram o sangue escorrer para o barril.

Em seguida, Roger e Arch levaram a carcaça estripada para ser escaldada e escalpelada; Jamie fora chamado para receber o major MacDonald, que aparecera sem aviso, baforando e arquejando por conta da subida até a Cordilheira. Entre as duas tarefas, achei que Jamie teria sem dúvida preferido lidar com o porco.

Terminei de lavar as mãos e os braços – um trabalho inútil, porém necessário para minha paz de espírito – e sequei com uma toalha de linho. Com as duas mãos, acrescentei ao barril punhados de cevada, de aveia e de arroz cozido das tigelas que aguardavam a postos, sorrindo de leve ao recordar o rosto vermelho do major e os resmungos de Ronnie Sinclair. Jamie decidira erguer a casa na Cordilheira justamente *por causa* das dificuldades de se chegar até ali.

Corri os dedos pelos cabelos, então respirei fundo e mergulhei o braço de volta no barril. O sangue esfriava rapidamente.

Ronnie tinha razão; não era necessário mais do que "curandeira" para me identificar. Não havia outra antes de Cross Creek, exceto pelas xamãs indígenas, que a maioria dos europeus desconsiderava.

Perguntei-me quem teria mandado o bilhete e se o assunto era urgente. Decerto que não – pelo menos era improvável que fosse um parto iminente ou algum acidente sério. Notícias desse tipo chegavam pessoalmente, trazidas com urgência por um amigo ou parente. Quem confiava um bilhete a um latoeiro não podia esperar que fosse entregue com prontidão; dependendo do trabalho que encontrassem, os latoeiros podiam sair vagando ou se fixar em algum local.

Latoeiros e vagabundos, a bem da verdade, raramente subiam à Cordilheira, embora tivéssemos visto três durante o último mês. Eu não sabia se isso era resultado do crescimento da nossa população – a Cordilheira dos Frasers já abrigava quase sessenta famílias, com chalés espalhados por mais de 15 quilômetros de encostas cobertas de mata – ou algo mais sinistro.

– É um dos sinais, Sassenach – dissera Jamie, franzindo o cenho após a partida do último de tais hóspedes temporários. – Quando há guerra no ar, os homens partem para a estrada.

Eu achava que ele tinha razão; recordava-me dos peregrinos das estradas das Terras Altas, transportando rumores sobre a Revolta dos Stuarts. Era como se os tremores da intranquilidade soltassem os que não estavam enraizados a um lugar por amor à terra ou à família, e as correntes vertiginosas das divergências os levassem adiante, os primeiros fragmentos premonitórios de uma explosão em câmera lenta que tudo estilhaçaria. Senti um estremecimento, a brisa leve e fria me tocando a camisola.

A mistura havia adquirido a consistência necessária, no ponto de um creme bem espesso, vermelho-escuro. Sacudi os grumos de grãos dos dedos e apanhei com a mão esquerda, limpa, a tigela de madeira com cebola picada e refogada, que estava a postos. O forte aroma das cebolas, agradável e doméstico, se sobrepôs ao cheiro do abate.

O sal estava moído, bem como a pimenta. Eu só precisava agora... como se fosse uma deixa, Roger surgiu bem na curva da casa com uma grande bacia nas mãos, cheia de banha de porco picadinha.

– Bem a tempo! – exclamei, apontando com a cabeça para o barril. – Não, não jogue direto, precisa ser medida... no olho.

Eu havia usado dez punhados duplos de aveia, dez de arroz, dez de cevada. Metade desse total, então... quinze. Tornei a afastar os cabelos do rosto e tirei com cuidado duas mancheias do conteúdo da bacia, jogando no barril estrepitosamente.

– Está tudo bem? – perguntei.

Apontei com o queixo em direção a um banquinho, começando a misturar a gordura com as mãos. Roger ainda estava um pouco pálido e tinha a boca contraída, mas abriu um sorriso amargo ao se sentar.

– Tudo.

– Você não precisava ter feito isso, sabe.

– Precisava, sim. – O tom de amargura se intensificou. – Só queria ter feito melhor.

Dei de ombros e meti a mão na bacia que ele segurava para mim.

– Precisa de prática.

Roger havia se oferecido para matar o porco. Jamie apenas lhe entregara o martelo e se afastara. Eu já tinha visto Jamie abater porcos; ele entoava uma breve oração, abençoava o porco, então esmagava seu crânio com um único e preciso golpe. Roger precisara de cinco tentativas, e a lembrança dos guinchos ainda me dava arrepios. Depois de tudo, pousara o martelo, fora se esconder atrás de uma árvore e vomitara violentamente.

Peguei mais um punhado de banha. A mistura já engrossava, exibindo um aspecto gorduroso.

– Ele devia ter lhe mostrado como fazer.

– Não acho que exista dificuldade técnica – respondeu Roger, num tom seco. – Afinal de contas, não tem nada mais direto que golpear um animal na cabeça.

– Fisicamente, talvez – concordei. Apanhei mais gordura, agora trabalhando com as duas mãos. – Existe uma oração para isso, sabia? Para abater um animal, quero dizer. Jamie devia ter ensinado a você.

Ele pareceu um pouco surpreso.

– Eu não sabia disso. – Ele sorriu, agora um tantinho melhor. – Extrema-unção para o porco, certo?

– Não creio que seja em benefício do porco – respondi, com sarcasmo.

Ficamos em silêncio por alguns instantes, enquanto eu preparava o creme com o resto da gordura e a mistura de grãos, parando para remover eventuais pedaços de cartilagem. Sentia os olhos de Roger no barril, observando a curiosa alquimia da arte culinária, o processo de tornar palatável a transferência de vida entre um ser e outro.

– Os vaqueiros das Terras Altas às vezes drenam uma ou duas xícaras de sangue de um de seus animais e misturam com farinha de aveia para comer na estrada – comentei. – Imagino que seja nutritivo, porém menos saboroso.

Roger anuiu, absorto. Havia pousado a bacia, quase vazia, e limpava sangue seco das unhas com a ponta do punhal.

– É a mesma oração que se faz para os cervos? – perguntou ele. – Eu já vi Jamie entoá-la, só que não entendi todas as palavras.

– A oração da víscera? Não sei. Por que não pergunta a ele?

Roger trabalhava com afinco na unha do polegar, o olhar fixo na própria mão.

– Não sei se ele acharia apropriado que eu aprendesse. Por eu não ser católico, quero dizer.

Encarei a mistura, disfarçando um sorriso.

– Não acho que faria diferença. Essa oração em particular é muito mais antiga que a Igreja de Roma, se não me engano.

Uma centelha de interesse iluminou o rosto de Roger, trazendo à tona o acadêmico adormecido.

– Eu de fato achava que o gaélico fosse uma forma bem antiga... mais até do que se ouve falar hoje em dia... quero dizer... nestes tempos.

Ele enrubesceu um pouco, percebendo o que havia dito. Eu assenti, mas não retruquei.

Lembrei-me de como era a sensação de estar vivendo um elaborado faz de conta. A sensação de que a realidade existia em outro tempo, outro lugar. Senti um leve choque ao me dar conta de que isso agora *era* apenas lembrança; para mim, o tempo havia mudado, como se a doença me tivesse feito ultrapassar alguma barreira final.

Aquela era a minha época e realidade, o arranhão da madeira e a mancha de gordura sob os dedos, o arco de sol que marcava o ritmo dos meus dias, a proximidade de Jamie. Era o outro mundo, o dos carros e toques de telefone, dos alarmes e hipotecas, que parecia coisa de sonho, distante e irreal.

No entanto, nem Roger nem Bree haviam feito a transição. Eu via isso na forma como se comportavam, nos ecos de suas conversas particulares. Isso sem dúvida acontecia porque tinham um ao outro; eles conseguiam manter viva a outra época, compartilhavam o próprio mundinho. Para mim, a mudança era mais fácil. Eu tinha vivido aqui antes, viera para essa época deliberadamente, afinal de contas – e tinha Jamie. Por mais revelações que eu fizesse sobre o futuro, ele jamais enxergaria tudo aquilo como algo além de um conto de fadas. Nosso mundinho compartilhado era construído de coisas diferentes.

De vez em quando, porém, eu me preocupava com Bree e Roger. Era perigoso tratar o passado como eles às vezes faziam – como pitoresco ou curioso, como uma condição temporária da qual pudessem escapar. Não havia fuga para eles – fosse por amor ou dever, Jemmy prendia os dois ali, uma pequenina âncora ruiva que os atrelava ao presente. Era melhor – ou pelo menos mais seguro – que aceitassem por completo que aquela era a época deles.

– Os índios também têm – expliquei a Roger. – A oração das vísceras, ou algo do gênero. Por isso que eu disse que acho que ela é mais antiga do que a Igreja.

Ele assentiu, interessado.

– Acho que esse tipo de coisa é comum a todas as culturas primitivas... qualquer lugar onde os homens matam para comer.

Culturas primitivas. Eu mordi o lábio inferior, abstendo-me de comentar que, primitivo ou não, se ele desejasse a sobrevivência da própria família, era muito provável que tivesse que matar por eles. Então olhei sua mão, esfregando distraidamente o sangue seco entre os dedos. Ele já sabia disso. *"Preciso, sim"*, respondera, quando eu disse que não era necessário.

Ele ergueu a cabeça, olhou-me nos olhos e abriu um sorriso leve e cansado. Ele compreendia.

– Acho que talvez... é que matar sem cerimônia fica parecendo um crime – comentou, devagar. – Quando se conduz a cerimônia... algum tipo de ritual que reconheça a necessidade...

– A necessidade... e também o sacrifício.

A voz de Jamie surgiu baixinha por trás de mim, assustando-me. Virei a cabeça com um tranco. Ele estava parado sob a sombra do imenso abeto vermelho; eu me perguntei há quanto tempo estaria ali.

– Não ouvi você chegar – comentei, virando o rosto para ganhar um beijo quando ele se aproximou. – O major já foi?

– Não – respondeu ele, beijando-me a sobrancelha, um dos poucos pontos limpos do meu rosto. – Eu o deixei um pouquinho com Sinclair. Ele andou se preparando para o Comitê de Segurança, sim? – Jamie fez uma careta, então virou-se para Roger. – É, você tem direito a isso – disse. – Matar nunca é prazeroso, mas é necessário. Se é preciso derramar sangue, no entanto, é justo que seja com gratidão.

Roger assentiu, olhando a mistura na qual eu trabalhava, com sangue até os cotovelos.

– O senhor me ensina as palavras da próxima vez, então?

– Não é tarde demais para fazer isso agora, é? – indaguei. Os dois pareceram um pouco surpresos. Ergui uma sobrancelha para Jamie, então para Roger. – Eu disse que não era pelo porco.

Jamie me encarou com uma faísca de humor, mas assentiu com seriedade.

– Muito bem.

Seguindo minhas instruções, ele pegou o pesado jarro de especiarias: a mistura macerada de noz-moscada e manjerona, sálvia e pimenta, salsa e tomilho. Roger estendeu as mãos em concha, e Jamie despejou tudo. Então Roger esfregou as ervas lentamente entre as mãos, espanando as migalhas poeirentas e esverdeadas no barril, o aroma forte misturando-se ao cheiro de sangue, enquanto Jamie entoava as palavras devagar, em uma língua antiga que remontava aos dias dos escandinavos.

– Diga em inglês – pedi, vendo no rosto de Roger que ele, por mais que repetisse as palavras, não reconhecia nenhuma.

– *Ó, Senhor, abençoe o sangue e a carne desta criatura que me deste* – entoou Jamie, baixinho.

Apanhou um punhado de ervas e esfregou entre o polegar e o indicador, formando uma chuva de pó aromático.

– *Criada por Tua mão como Tu criaste o homem, vida dada pela vida. Que eu e os meus comeremos, gratos pela dádiva. Que eu e os meus agradecemos por Teu próprio sacrifício de sangue e carne. Vida dada pela vida.*

As últimas migalhas verde-acinzentadas desapareceram em meio à mistura sob minhas mãos, dando fim ao ritual da salsicha.

– Foi bom você ter feito aquilo, Sassenach – disse Jamie, secando minhas mãos e braços limpos com a toalha, ao final do processo. Em seguida, apontou com a cabeça para a lateral da casa, por onde Roger, já mais tranquilo, desaparecera para ajudar com o restante do abate. – Pensei em dizer a ele antes, mas não sabia muito bem como.

Eu sorri e me aproximei. Era um dia frio e ventoso, e, agora que eu havia parado de trabalhar, a friagem me levou a buscar seu calor. Ele me abraçou, e senti tanto o conforto de seu abraço como o ruído suave do papel dentro de sua camisa.

– O que é isso?

– Ah, uma cartinha que Sinclair trouxe – respondeu ele, afastando-se um pouco para meter a mão sob a camisa. – Eu não quis abrir enquanto Donald estava lá, nem confiei que ele não fosse ler quando eu me ausentasse.

– Seja como for, a carta não é sua – retruquei, tomando dele o papelzinho sujo. – É minha.

– Ah, é? Sinclair não disse, só me entregou.

– Até parece que ele diria!

Não raro, Ronnie Sinclair me via – e a todas as mulheres, aliás – apenas como um mero apêndice de um marido. Eu sentia muita pena da mulher que eventualmente fosse induzida a se casar com ele.

Desdobrei o bilhete com certa dificuldade; o papel passara tanto tempo em contato com pele suada que os cantos haviam se desgastado e grudado uns aos outros.

A mensagem era breve e enigmática, porém perturbadora. Havia sido rascunhada no papel com algum tipo de vareta afiada, usando uma tinta assustadoramente semelhante a sangue seco, embora provavelmente fosse suco de uva.

– O que é que diz, Sassenach?

Ao me ver franzir o cenho, Jamie se plantou ao meu lado para olhar. Estendi o papel a ele.

Bem abaixo, num canto, rabiscado em letras fracas e diminutas, como se o remetente esperasse assim passar despercebido, estava a palavra "Faydree". Acima, em garranchos mais fortes, lia-se:

VOCÊ
VEM

– Deve ser ela – comentei, com um arrepio enquanto apertava o xale contra o corpo.

Estava frio no consultório, apesar do pequeno braseiro aceso no canto, mas Ronnie Sinclair e MacDonald estavam na cozinha, bebendo sidra e esperando o cozimento das salsichas. Abri o bilhete sobre a mesa, a convocação ameaçadora, sombria e peremptória acima da tímida assinatura.

– Vejam. Quem mais poderia ser?

– Tem certeza de que ela não sabe escrever? – retrucou Jamie. – Embora eu suponha que alguém possa ter escrito para ela – emendou, de cenho franzido.

– Não, acho que pode ter sido ela mesma – disse Brianna, que também estava no consultório, junto com Roger; Bree estendeu a mão e tocou o papel gasto, traçando com o dedo longo a caligrafia trêmula. – Eu ensinei a ela.

– Ah, foi? – Jamie parecia surpreso. – Quando?

– Quando estava em River Run. Quando você e mamãe foram atrás de Roger. – Ela apertou os lábios grossos por um instante; não era uma ocasião que tinha muito apreço em recordar. – Mostrei a ela o alfabeto; pretendia ensiná-la a ler e escrever. Completamos todas as letras... ela aprendeu os sons e os desenhos. Mas então, um dia, veio me dizer que não podia mais, que não se sentaria mais comigo. – Ela ergueu o olhar, com a testa franzida entre as grossas sobrancelhas ruivas. – Achei que talvez tia Jocasta tivesse descoberto e proibido.

– O mais provável é que tenha sido Ulysses. Jocasta teria proibido *você*, moça. – Jamie olhou para mim com a mesma expressão da filha. – Será que foi Phaedre, então? A escrava pessoal de minha tia?

Eu balancei a cabeça e mordi o canto do lábio, desconfiada.

– Os escravos de River Run de fato pronunciam o nome dela assim... Faydree. E eu sem dúvida não conheço mais ninguém com esse nome.

Jamie havia interrogado Ronnie Sinclair – de maneira displicente, para não dar margem a preocupações ou boatarias –, mas o tanoeiro não sabia mais do que revelara a mim: o bilhete lhe fora entregue por um latoeiro, com a única instrução de que fosse encaminhado "à curandeira".

Eu me curvei sobre a mesa, erguendo uma vela para analisar o bilhete mais uma vez. O "F" da assinatura havia sido feito com uma pincelada hesitante, e reforçado mais de uma vez antes que o autor se comprometesse a assinar. Evidência mais forte, pensei eu, de sua origem. Eu não sabia se era contra a lei da Carolina do Norte ensinar um escravo a ler e escrever, mas isso sem dúvida não era encorajado. Por mais que houvesse exceções – escravos letrados por desejo dos donos, como o próprio Ulysses –, era, no geral, uma atitude perigosa, que um escravo faria de tudo para acobertar.

– Ela não teria arriscado mandar notícias dessa forma se não fosse um assunto sério – disse Roger. Estava parado atrás de Bree, uma das mãos no ombro dela, os olhos baixos a encarar o bilhete estendido sobre a mesa. – Mas o quê?

– Tem recebido notícias de sua tia? – perguntei a Jamie, mas já sabia a resposta antes que ele balançasse a cabeça. Qualquer notícia de River Run que chegasse à Cordilheira se tornava assunto de conhecimento público em questão de horas.

Não tínhamos ido à Reunião no monte Hélicon aquele ano; havia muito a fazer na Cordilheira, e Jamie queria evitar as acaloradas discussões políticas. Ainda assim, Jocasta e Duncan disseram que compareceriam. Qualquer coisa errada sem dúvida teria sido assunto de fofoca geral e já teria chegado a nós muito tempo antes.

– Então não apenas é sério, como também um assunto particular da escrava – concluiu Jamie. – Do contrário, minha tia teria escrito, ou Duncan teria mandado um recado.

Ele deu uma pancada na coxa com dois dedos rígidos.

Estávamos em torno da mesa, encarando o bilhete como se fosse uma pequena placa de dinamite. O cheiro das salsichas cozidas, cálido e reconfortante, preenchia o ar frio.

– Por que você? – perguntou Roger, olhando para mim. – Acha que pode ser alguma questão médica? Se ela estivesse doente, digamos... ou grávida?

– Não é doença – respondi. – Urgente demais.

A viagem até River Run levava pelo menos uma semana, contando com tempo bom e evitando acidentes. E não dava para saber quanto tempo aquele bilhete havia levado para chegar à Cordilheira dos Frasers.

– Mas... e se ela estiver grávida? Talvez. – Brianna apertou os lábios, ainda franzindo o cenho para o papel. – Acho que ela considera mamãe uma amiga. Contaria a você antes de contar a tia Jocasta.

Eu assenti, porém com relutância. Amizade era uma palavra muito forte; pessoas em posições como a minha e a de Phaedre não podiam ser amigas. Diversas questões restringiam o apreço – suspeita, desconfiança, o vasto abismo de diferenças imposto pela escravidão.

Ainda assim, nutríamos certo sentimento de empatia uma pela outra, isso era verdade. Eu havia trabalhado com ela, lado a lado, plantando e colhendo ervas, produzindo remédios para a despensa, explicando seus usos. Havíamos enterrado uma menina assassinada e tramado a proteção de uma escrava em fuga, acusada do crime. Phaedre tinha talento com os doentes, sem dúvida, e algum conhecimento sobre ervas. Sabia lidar sozinha com qualquer questão de menor importância. Porém, algo como uma gravidez inesperada...

– Mas eu me pergunto... o que ela imagina que eu possa fazer?

Eu estava pensando alto, e em meio à contemplação senti os dedos gelados. A gravidez inesperada de uma escrava não era assunto que preocupasse seu dono – ao contrário, seria bem-vinda como propriedade adicional –, mas eu tinha ouvido histórias de escravas que matavam os filhos logo após o parto, para que não crescessem na escravidão. Phaedre, no entanto, era uma escrava doméstica, bem tratada, e eu sabia que Jocasta não separava famílias de escravos. Se fosse isso, a situação de Phaedre sem dúvida não era tão terrível. Ainda assim, quem era eu para julgar?

Expirei uma nuvem fumacenta, hesitante.

– Só não consigo entender por quê... quero dizer, ela não deve imaginar que eu possa ajudá-la a se livrar de uma criança. E, além do mais... por que eu? Há parteiras e curandeiras muito mais próximas dela. Não faz sentido.

– E se... – começou Brianna, então fez uma pausa. Franziu os lábios, pensativa, alternando o olhar entre mim e Jamie. – E se – voltou a falar, com cuidado – ela estiver grávida, mas o pai for... alguém que não devia?

Os olhos de Jamie se acenderam em uma especulação cautelosa, porém bem-humorada, aumentando a semelhança entre ele e Brianna.

– Quem, moça? – indagou ele. – Farquard Campbell?

Soltei uma gargalhada ao pensar naquilo, e Brianna riu alto, soltando filetes brancos de ar. A ideia do corretíssimo – e muito idoso – Farquard Campbell seduzindo uma escrava doméstica era...

– Bom, não – respondeu Brianna. – Embora ele *tenha* muitos filhos. Mas eu só pensei, de repente... e se fosse Duncan?

Jamie pigarreou, evitando me encarar. Eu mordi o lábio, sentindo o rosto começar a enrubescer. Duncan confessara sua impotência crônica a Jamie, antes do casamento com Jocasta – mas Brianna não sabia disso.

– Ah, não acho muito provável – respondeu Jamie, soando meio sufocado. Tossiu e afastou do rosto a fumaça do braseiro. – De onde veio essa ideia, mocinha?

– Nada em relação a Duncan – garantiu ela. – Mas tia Jocasta é... bom, é velha. E o senhor sabe como os homens podem ser.

– Não, como? – retrucou Roger com delicadeza, fazendo-me tossir com o esforço de abafar uma risada.

Jamie a encarou com certo sarcasmo.

– Muito melhores que você, *a nighean*. E, por mais que eu não aposte muito em alguns homens, acho que posso me arriscar a dizer que Duncan Innes não é o tipo de homem que macula os votos de casamento com a escrava preta da esposa.

Soltei um leve ruído, e Roger ergueu uma sobrancelha para mim.

– Tudo bem?

– Tudo – respondi, sufocada. – Só... tudo bem. – Cobri o rosto, sem dúvida já roxo, com a ponta do xale, e tossi ostentosamente. – Está... com muita fumaça aqui, não é?

– Talvez – concordou Brianna, dirigindo-se a Jamie. – Pode ser que não seja nada disso. É só que Phaedre mandou o bilhete para "a curandeira", provavelmente por não querer usar o nome da mamãe, caso alguém visse o papel antes que chegasse aqui. Só pensei que talvez não seja exatamente mamãe que ela queira... talvez seja o senhor.

Aquilo trouxe seriedade tanto a mim quanto a Jamie, então nos entreolhamos. Sem dúvida era uma possibilidade que não havia ocorrido a nenhum de nós dois.

– Ela não teria como enviar um bilhete diretamente ao senhor sem despertar a maior curiosidade – prosseguiu Bree, franzindo o cenho para o papel. – Mas podia escrever para "a curandeira" sem explicitar o nome. E ela sabe que, se mamãe for, é provável que o senhor vá com ela, nesta época do ano. Ou, se não for, mamãe pode mandar o senhor diretamente.

– É uma ideia – disse Jamie, devagar. – Mas por que, em nome de Deus, ela iria querer a *mim*?

– Só há um jeito de saber – disse Roger, num tom prático, olhando para Jamie. – A maior parte do trabalho externo está feito; já recolhemos a safra e o feno, o abate terminou. A gente pode dar conta das coisas aqui, se quiserem ir.

Jamie ficou parado por um instante, pensativo, de cenho franzido, então cruzou o recinto até a janela e ergueu a vidraça. Um vento frio irrompeu pela sala, e Bree prendeu o bilhete à mesa para evitar que saísse voando. O carvão no pequeno braseiro soltou fumaça e fez subir mais labaredas, e os feixes de ervas secas farfalharam mais ao alto.

Jamie pôs a cabeça para fora da janela e respirou fundo, de olhos fechados, como se saboreasse o buquê de um bom vinho.

– Frio e limpo – anunciou ele, recolhendo a cabeça e fechando a janela. – Tempo claro por três dias, pelo menos. Daria para descer a montanha nesse tempo, e cavalgamos depressa. – Ele abriu um sorriso para mim; tinha a ponta do nariz vermelha, por conta do frio. – Enquanto isso, será que as salsichas já estão prontas?

72

TRAIÇÕES

Uma escrava que eu não conhecia abriu a porta para nós, uma mulher corpulenta de turbante amarelo. Encarou-nos com severidade, mas Jamie não lhe deu chance de falar, empurrando-a com rudeza e abrindo caminho até a sala.

– Ele é sobrinho da sra. Cameron – senti-me obrigada a explicar, enquanto ia atrás dele.

– *Isso* eu estou vendo – resmungou ela, num sotaque cadenciado de Barbados.

Cravou os olhos nele, deixando evidente que detectava a semelhança tanto em termos físicos quanto na arrogância.

– Eu sou a esposa dele – acrescentei, dominando o ímpeto de cumprimentá-la com um aperto de mão, e em vez disso inclinando de leve a cabeça. – Claire Fraser. Muito prazer.

Ela piscou os olhos, desconcertada, mas antes que pudesse responder eu já havia disparado atrás de Jamie até a salinha de estar onde Jocasta costumava se sentar durante a tarde.

A porta estava fechada; assim que Jamie tocou a maçaneta, um ganido alto surgiu de dentro – prelúdio da sucessão de latidos frenéticos que se fez quando a porta se abriu.

Jamie parou, com a mão na porta, franzindo o cenho para a pequenina bolota de pelos castanhos que saltitava a seus pés e latia sem cessar, de olhinhos esbugalhados e histéricos.

– O que é *isso*? – perguntou ele, adentrando a sala pelos cantos enquanto a criatura arriscava botes infrutíferos em suas botas, ainda latindo.

– É um cachorrinho, o que é que você acha? – retrucou Jocasta, num tom insolente. Levantou-se da cadeira e fechou a cara para a barulheira. – *Sheas,* Sansão.

– Sansão? Ah, claro. O cabelo.

Com um sorriso involuntário, Jamie se agachou e estendeu o punho fechado para o cachorro. Abafando os latidos a um rosnado baixo, o cão espichou o nariz desconfiado em direção à mão de Jamie.

– Onde está Dalila? – perguntei, esgueirando-me para a saleta atrás dele.

– Ah, você também veio, Claire? – indagou Jocasta, virando o rosto sorridente para mim. – Que presente raro receber os dois juntos. Não suponho que Brianna e o rapazinho tenham vindo... não, eu os teria ouvido. – Dispensando a ideia, ela tornou a se sentar e acenou para a lareira. – Quanto a Dalila, a preguiçosa está dormindo perto do fogo; posso ouvir os roncos.

Dalila era uma cadela branca de raça indeterminada mas cheia de pele, que caía em dobras por seu corpo espichado, as patas cruzadas sobre a barriga sarapintada. Ao ouvir seu nome ela emitiu um breve rosnado, abriu uma fresta de olho, então tornou a fechar.

– Vejo que fez algumas mudanças desde a última vez que estive aqui – observou Jamie, levantando-se. – Onde está Duncan? E Ulysses?

– Saíram. Atrás de Phaedre.

Jocasta havia emagrecido; as pronunciadas maçãs do rosto dos MacKenzies saltavam, e sua pele tinha um aspecto fino e enrugado.

– É mesmo? – Jamie cravou os olhos nela. – O que houve com a moça?

– Fugiu.

Jocasta falava com o autocontrole habitual, mas tinha a voz desanimada.

– Fugiu? Mas... tem certeza?

A caixa de costura estava caída, e o conteúdo, todo espalhado no chão. Pus-me de joelhos e comecei a organizar a confusão, apanhando os carretéis espalhados.

– Bom, ela sumiu – respondeu Jocasta, meio azeda. – Ou fugiu, ou foi raptada. E eu não imagino quem possa ter tido a audácia ou habilidade de afaná-la da minha casa, sem ninguém ver.

Troquei um breve olhar com Jamie, que balançou a cabeça, de cara fechada. Jocasta esfregava uma dobra da saia entre o polegar e o indicador; eu podia ver pequenos pontos de tecido gasto perto de sua mão, onde ela tinha o hábito de repetir aquele gesto. Jamie também viu.

– Quando ela se foi, tia? – perguntou ele, baixinho.

– Tem quatro semanas. Duncan e Ulysses saíram faz duas.

As datas casavam com a chegada do bilhete. Dada a instabilidade da entrega, não havia como saber quanto tempo antes do desaparecimento o bilhete havia sido escrito.

– Vejo que Duncan se esforçou para não deixar a senhora sozinha – observou Jamie.

Sansão havia abandonado o papel de cão de guarda e farejava com insistência as botas de Jamie. Dalila rolou de lado, com um grunhido luxurioso, e abriu os reluzentes olhos castanhos, através dos quais me observava com a maior placidez.

– Ah, é verdade. – Meio rabugenta, Jocasta inclinou o corpo, localizou a cabeça da cachorra e coçou-lhe as longas orelhas caídas. – Duncan disse que eram para a minha proteção.

– Uma precaução inteligente – disse Jamie, num tom suave.

E era; não havíamos tido notícia de Stephen Bonnet, nem Jocasta tornara a ouvir a voz do homem mascarado. Contudo, na falta da garantia concreta de um cadáver, qualquer um dos dois poderia, presumivelmente, surgir a qualquer momento.

– Por que a mocinha fugiria, tia? – indagou Jamie.

Seu tom ainda era suave, porém persistente. Jocasta balançou a cabeça, os lábios contraídos.

– Não faço ideia, sobrinho.

– Não aconteceu nada nos últimos tempos? Nada fora do comum? – pressionou ele.

– Você acha que eu não teria dito de uma vez? – retrucou ela, com rispidez. – Não. Acordei tarde certa manhã e não a ouvi em meu quarto. Também não havia chá à minha cama, e o fogo havia se apagado; eu sentia o cheiro das cinzas. Então a chamei, sem resposta. Ela tinha sumido... desaparecido, sem deixar rastros.

Jocasta inclinou a cabeça para ele com uma expressão de "ponto final". Ergui uma sobrancelha para Jamie e toquei a bolsa que usava na cintura, com o bilhete dentro. Deveríamos contar a ela?

Ele assentiu. Eu removi o bilhete do bolso e o desdobrei sobre o braço da poltrona, enquanto ele explicava.

O olhar de desgosto de Jocasta transformou-se em surpresa e intriga.

– Por que será que ela mandaria buscá-la, *a nighean*? – indagou ela, virando-se para mim.

– Não sei... talvez estivesse grávida? – sugeri. – Ou tenha contraído... algum tipo de doença?

Eu não queria sugerir sífilis abertamente, mas era uma possibilidade. Se Manfred tivesse infectado a sra. Sylvie e ela tivesse transmitido a infecção a um ou mais de seus clientes em Cross Creek, que então haviam visitado River Run... mas isso significaria, talvez, que Phaedre havia tido algum tipo de relação com um homem branco. *Isso* era algo que uma escrava faria o possível e o impossível para manter em segredo.

Jocasta, que não era boba, mais que depressa tirou as mesmas conclusões, embora seus pensamentos corressem em paralelo aos meus.

– Uma criança não seria um grande problema – disse ela, gesticulando com a mão. – Mas, se ela tiver um amante... – completou, pensativa. – Pode ter fugido com ele. Mas, nesse caso, por que chamar vocês?

Jamie estava ficando irrequieto, impaciente com tantas especulações improváveis.

– Talvez ela achasse que a senhora poderia vendê-la, tia, se descobrisse uma coisa dessas?

– *Vendê-la?*

Jocasta irrompeu em gargalhadas. Não a costumeira risada social, nem um som de genuíno bom humor; era chocante – alto e bruto, de uma hilaridade quase cruel. Era a risada de seu irmão Dougal, e o sangue momentaneamente gelou em minhas veias.

Olhei para Jamie e vi que ele a encarava, com o rosto inexpressivo. Não perplexo; era a máscara que ele usava para encobrir fortes sentimentos. Portanto, também tinha ouvido aquele eco apavorante.

Ela parecia incapaz de parar. Agarrou os braços entalhados da poltrona e inclinou-se para a frente, o rosto vermelho, tragando o ar por entre gargalhadas profundas e estridentes.

Dalila rolou de barriga e soltou um grunhido baixo de desconforto, olhando ansiosamente à volta, incerta de qual era a questão, porém convencida de que havia algo errado. Sansão se enfiara debaixo do sofá, rosnando.

Jamie estendeu a mão e tocou Jocasta no ombro... de maneira nada delicada.

– Aquiete-se, tia – disse ele. – Está assustando os cachorrinhos.

De súbito, ela parou. O único som que se ouvia era o chiado baixo de sua respiração, quase tão enervante quanto as risadas. Ela ajeitou o corpo, totalmente ereta, as mãos nos braços da poltrona, o sangue baixando da cabeça, os olhos escuros e vívidos paralisados, como se fixos em algo que somente ela podia ver.

– Vendê-la – repetiu ela, e enrugou a boca como se fosse outra vez irromper em gargalhadas. No entanto, ela não riu, mas parou subitamente. Sansão soltou um latido, estupefato. – Venham comigo.

Antes que pudéssemos dizer qualquer coisa, ela saiu pela porta. Jamie ergueu uma sobrancelha para mim, mas fez um gesto para que eu seguisse à sua frente.

Jocasta conhecia intimamente a casa; abriu caminho pelo corredor em direção à porta dos estábulos com um mero toque na parede para manter o equilíbrio, caminhando depressa, como se pudesse enxergar. Do lado de fora, no entanto, fez uma pausa, estendendo um dos pés para encontrar a beirada do caminho pavimentado de tijolos.

Jamie a alcançou e segurou-a com firmeza pelo cotovelo.

– Aonde a senhora quer ir? – perguntou, num tom de resignação.

– Ao celeiro de carruagens.

A risada peculiar já não estava presente, mas ela ainda tinha o rosto vermelho, o queixo pronunciado erguido com ar desafiador. Perguntei-me quem ela queria desafiar.

O celeiro de carruagens estava escuro e quieto, com partículas de poeira dourada reluzindo no ar que se remexia pela abertura das portas. Uma carroça, uma carruagem, um trenó e o elegante cabriolé de duas rodas jaziam no chão coberto de feno, feito imensas e plácidas bestas. Olhei para Jamie, que me encarava com os lábios meio contorcidos; havíamos buscado abrigo temporário naquela carruagem durante o caos do casamento de Jocasta e Duncan, quase quatro anos antes.

Jocasta parou na entrada, uma das mãos agarrada ao umbral, respirando fundo, como se para se orientar. Ela própria não fez menção de adentrar o recinto, mas apontou com a cabeça para os fundos da construção.

– Junto à parede do fundo, *an mhic mo peather*. Há umas caixas lá; quero o baú grande de vime trançado, o que chega nos joelhos, com uma corda amarrada em volta.

Eu de fato não havia notado durante nossa incursão anterior ao celeiro, mas a parede dos fundos estava apinhada de caixas, baús e pacotes, empilhados em dois e três andares. Com instruções tão explícitas, no entanto, Jamie logo encontrou o baú em questão, coberto de poeira e fiapos de palha, e arrastou-o em direção à luz.

– Quer que eu leve para dentro de casa, tia? – perguntou, esfregando e torcendo o nariz.

Ela balançou a cabeça, inclinando-se e tateando os nós da corda que amarrava o baú.

– Não. Não posso botar isso dentro de casa. Jurei que não botaria.

– Deixe que eu cuido disso.

Toquei a mão de Jocasta para que ela não tateasse, então tratei eu mesma de desfazer o nó. A pessoa que o fizera se esforçara, mas era pouco habilidosa; o nó se desfez em menos de um minuto, destrancando o baú.

O baú de palha estava repleto de imagens. Pilhas de desenhos soltos, feitos a lápis, tinta e carvão, presos com cuidado por fitas de seda de cores já desbotadas. Vários cadernos de anotações amarrados. E um sem-número de pinturas; algumas maiores, sem moldura, e duas caixinhas de miniaturas, todas emolduradas, empilhadas feito um baralho.

Ouvi Jocasta suspirar acima de mim e ergui o olhar. Ela estava parada, de olhos fechados, e percebi que inspirava profundamente, sorvendo o aroma dos desenhos – o cheiro de óleo e carvão, gesso, papel, tela, semente de linho e terebintina, um fantasma concreto que saía flutuante do baú de palha, vívido e transparente junto aos aromas de palha e pó, madeira e vime.

Ela enroscou a mão e esfregou o polegar nas pontas dos outros dedos, inconscientemente rolando um pincel entre eles. Eu vira Bree fazer o mesmo gesto, vez ou outra, ao encarar algo que desejava pintar. Jocasta tornou a suspirar, então abriu os olhos e ajoelhou-se ao meu lado, estendendo os dedos e tocando de leve toda aquela arte oculta, à procura.

– Os óleos – disse ela. – Tire-os daí.

Eu já havia retirado as caixas de miniaturas. Jamie acocorou-se do outro lado do baú e ergueu as pilhas de desenhos e anotações soltas, de modo que pude retirar as pinturas a óleo maiores, apoiadas na lateral do baú.

– Um retrato – disse ela, a cabeça inclinada para ouvir o som plano e oco enquanto eu apoiava cada tela na lateral do baú de vime. – Um velho.

Estava muito claro a qual ela se referia. Duas das telas maiores eram paisagens, e três, retratos. Reconheci Farquard Campbell, muito mais jovem que a idade atual, e o que devia ser um retrato da própria Jocasta, feito talvez vinte anos antes. Por mais interessantes que fossem, no entanto, não tive tempo de olhar para eles.

O terceiro retrato parecia feito muito mais recentemente, e já exibia os efeitos da visão falha de Jocasta.

As bordas estavam manchadas, e as formas, levemente distorcidas, de modo que o cavalheiro mais idoso que nos encarava pela tela a óleo parecia meio desconcertante, como se pertencesse a uma raça não exatamente humana, apesar da ortodoxia da peruca e da alta linhagem branca.

Ele usava casaco e colete pretos, de estilo antiquado, com as dobras do manto xadrez presas sobre o ombro com um broche, cujo brilho dourado era refletido pela saliência ornamental no topo da adaga que o velho segurava, os dedos artríticos curvados feito garras. Eu reconheci aquela adaga.

– Então este é Hector Cameron.

Jamie também reconheceu. Encarou a pintura, fascinado. Jocasta estendeu a mão e tocou a superfície do quadro, como se o identificasse pelo tato.

– É, ele mesmo – respondeu, secamente. – Você não chegou a conhecê-lo em vida, não é, sobrinho?

Jamie balançou a cabeça.

– Talvez o tenha visto uma vez... mas na época eu era só um bebê.

Ele perscrutou as feições do velho com profundo interesse, como se procurasse indícios da personalidade de Hector Cameron. Tais indícios eram evidentes; a força do temperamento do homem vibrava claramente pela tela.

Ele possuía ossatura forte, porém a carne era flácida, devido à idade avançada. Os olhos ainda eram vivazes, mas um deles estava semicerrado – talvez fosse só uma pálpebra caída em consequência de um pequeno derrame, mas a impressão era de uma forma habitual de encarar o mundo; um olho sempre apertado, numa apreciação cética.

Jocasta revirou o conteúdo do baú, os dedos leves disparando aqui e ali, feito mariposas caçadoras. Tocou uma das caixas de miniaturas e a ergueu com um grunhido de satisfação.

Então, correu o dedo pelas bordas das miniaturas, e vi que cada moldura tinha um desenho diferente; quadrados e ovais, madeira com ornatos suaves em ouro, prata opaca por sobre uma borda de corda, outra decorada com diminutas rosetas. Ela encontrou uma que reconheceu, removeu-a do baú, entregou-me com displicência e retomou a busca.

A miniatura também era de Hector Cameron – mas aquele retrato havia sido feito muito antes do outro. Os cabelos escuros e ondulados pendiam soltos sobre os ombros, com uma pequena trança ornamental descendo por um dos lados e ostentando duas penas de tetraz, bem ao estilo antigo das Terras Altas. A mesma ossatura marcada estava presente, mas a carne era firme; ele fora um belo homem, Hector Cameron.

A expressão em seu rosto *era* habitual; fosse por inclinação ou acidente de nascença, o olho direito estava espremido ali também, embora não tanto quanto no retrato mais recente.

Meu escrutínio foi interrompido por Jocasta, que pousou a mão em meu braço.

– Essa é a moça? – indagou, empurrando outra miniatura em minha mão.

Eu a apanhei, perplexa, e prendi o ar ao virar o quadro. Era um retrato de Phaedre, feito ainda na pré-adolescência. A touquinha costumeira não estava lá; ela usava um simples lenço amarrado nos cabelos, que lhe acentuava os ossos do rosto. Os ossos de Hector Cameron.

Jocasta cutucou a caixa de pinturas com o pé.

– Dê essas à sua filha, sobrinho. Diga a ela para pintar por cima... seria uma pena desperdiçar as telas.

Sem esperar resposta, ela rumou sozinha de volta para a casa, hesitando brevemente na bifurcação do caminho, guiada pelos aromas e a memória.

Após a partida de Jocasta fez-se um profundo silêncio, interrompido apenas pela cantoria de uma cotovia num pinheiro próximo.

– Maldição – disse Jamie por fim, desviando os olhos da tia, que desaparecia para dentro da casa, sozinha. Não parecia chocado, apenas profundamente confuso. – Será que a garota sabia?

– É bem provável – respondi. – Os escravos com certeza sabiam; alguém devia estar aqui quando ela nasceu. E certamente contariam, se ela não fosse esperta o bastante para descobrir sozinha... e tenho certeza de que ela foi.

Ele assentiu e recostou o corpo na parede do celeiro de carruagens, meditativo, contemplando o baú de vime tomado de pinturas. Eu mesma sentia forte relutância em retornar à casa. As construções eram bonitas, o sol de fim de outono trazia um suave brilho dourado, e os arredores estavam tranquilos e serenos. O som de vozes alegres vinha do pátio da cozinha, cavalos pastavam contentes no gramado cercado ali perto, e mais ao longe, seguindo o distante rio prateado, um barquinho descia, um bote de quatro remos que roçava a superfície, veloz e gracioso como um andarilho das águas.

– Onde todos os prospectos aprazem, e apenas o homem é vil – observei.

Jamie olhou para mim com um ar de incompreensão e retornou a seus pensamentos.

Então Jocasta de forma alguma venderia Phaedre, e achava que Phaedre sabia disso. Eu me perguntei exatamente por quê. Porque sentia uma espécie de dívida em relação à garota, na condição de filha de seu marido? Ou como uma forma sutil de vingança contra o homem havia muito tempo morto, mantendo sua filha ilegítima como escrava, como criada pessoal? A bem da verdade, imaginei que essas opções não eram de todo excludentes – eu conhecia Jocasta havia tempo suficiente para saber que suas motivações quase nunca eram simplórias.

Havia um vento frio no ar, com o sol baixo no céu. Recostei-me no celeiro junto a Jamie, sentindo o calor do sol armazenado nos tijolos da construção inundar meu corpo, e desejei que pudéssemos entrar na antiga carroça da fazenda e dirigir depressa de volta à Cordilheira, deixando que River Run enfrentasse sozinha seus amargos legados.

O bilhete, no entanto, estava em meu bolso, e fez um ruído quando me mexi. VC VEM. Não era um chamado que eu pudesse ignorar. Mas eu *tinha* ido... e então?

Jamie subitamente se endireitou, olhando para o rio. Eu também olhei, e vi que o barco havia se aproximado do cais. Uma figura alta saltou para a plataforma, então virou-se para ajudar outra a sair do bote. O segundo homem era mais baixo e se movia de maneira estranha, desequilibrado e sem ritmo.

– Duncan – disse eu, na mesma hora. – E Ulysses. Eles voltaram!

– É – respondeu Jamie, segurando meu braço e começando a rumar em direção à casa. – Mas não a encontraram.

> *FUGIDA ou RAPTADA no dia 31 de outubro, moça negra, 22 anos de idade, altura acima da média, de boa aparência, com uma cicatriz no antebraço esquerdo em formato oval, causada por uma queimadura. Portando vestido azul-anil, avental de listras verdes, touca branca, meias marrons e sapatos de couro. Todos os dentes na boca. Conhecida pelo nome "FAYDREE". Favor comunicar-se com D. Innes, fazenda River Run, arredores de Cross Creek. Recompensa substancial a ser paga por boas informações.*

Alisei a folha de papel amassada, que também continha um desenho tosco de Phaedre, parecendo meio vesga. Duncan havia esvaziado os bolsos e largado um punhado dessas folhas sobre a mesa do salão ao chegar, exausto e desalentado, na tarde anterior. Segundo ele, afixara os anúncios com Ulysses em todas as tabernas e estalagens entre Campbelton e Wilmington, fazendo perguntas no caminho – mas sem sucesso. Phaedre desaparecera feito orvalho.

– Pode me passar a geleia, por favor?

Jamie e eu tomávamos o café da manhã sozinhos, pois nem Jocasta nem Duncan haviam aparecido aquela manhã. Eu estava gostando, apesar da atmosfera sombria. O café da manhã em River Run costumava ser refinadíssimo, ostentando até um bule de chá de verdade – Jocasta devia ter pagado uma fortuna a seu contrabandista de estimação por aquilo; até onde eu sabia, não havia nenhum à venda entre a Virgínia e a Geórgia.

Jamie encarava uma das folhas com a cara fechada, absorto em pensamentos. Não tirava os olhos do papel, mas sua mão vagou por sobre a mesa e alcançou o jarro de creme, que ele então passou para mim.

Ulysses, demonstrando poucos sinais da longa viagem além de um certo peso nos olhos, entrou em silêncio, apanhou o jarro de creme, recolocou-o com delicadeza no lugar e pousou o pote de geleia ao lado do meu prato.

– Obrigada – agradeci, e ele graciosamente inclinou a cabeça.

– A senhora deseja mais arenque, madame? – indagou. – Ou mais presunto?

Eu balancei a cabeça, com a boca cheia de torrada, e ele se retirou, deslizante, pegando uma bandeja cheia perto da porta, provavelmente separada para Jocasta, Duncan ou ambos.

Jamie observou enquanto ele saía, com uma expressão meio distraída.

– Andei pensando, Sassenach – disse ele.

– Nunca poderia ter imaginado – retruquei. – Sobre o quê?

Ele pareceu surpreso por um instante, mas então sorriu, compreendendo.

– Sabe o que lhe contei, Sassenach, sobre Brianna e a viúva McCallum? Que ela não hesitaria em agir se Roger Mac estivesse fazendo o que não devia?

– Sei.

Ele assentiu, como se numa confirmação interna.

– Bom, a mulher está lidando com a questão de maneira bastante honesta. Os MacKenzies de Leoch são orgulhosos feito Lúcifer, todos eles, e ciumentos até dizer chega. É melhor não cruzar com um deles... muito menos trair um.

Eu o olhei com cautela por sobre a xícara de chá, perguntando-me para onde aquela conversa estava rumando.

– Achei que a característica que os definia era o charme, aliado à sagacidade. E, quanto a traição, seus dois tios já passaram por isso.

– As duas coisas andam juntas, não é? – indagou ele, estendendo o braço e metendo uma colher na geleia. – É preciso seduzir uma pessoa antes de traí-la, não? E estou inclinado a pensar que um homem que trai é mais ligeiro em se ressentir ao sofrer ele próprio uma traição. Ou uma mulher – acrescentou, com delicadeza.

– Ah, claro – respondi, bebericando com prazer. – Está falando de Jocasta.

Posto naqueles termos, eu conseguia entender. Os MacKenzies de Leoch possuíam personalidade forte – eu gostaria muito de saber como fora o avô materno de Jamie, o notório Red Jacob –, e eu já tinha percebido leves semelhanças de comportamento entre Jocasta e os irmãos mais velhos.

Colum e Dougal eram de uma lealdade inabalável entre eles próprios – mas não em relação aos outros. E Jocasta vivia basicamente sozinha desde os 15 anos, apartada da família por conta do primeiro casamento. Por ser mulher, era natural que o charme fosse mais evidente nela – o que não excluía sua sagacidade. Nem o ciúme, eu supunha.

– Bom, era óbvio que ela sabia da traição de Hector... e eu me pergunto se ela pintou aquele retrato de Phaedre como forma de indicar isso ao mundo abertamente ou só como uma mensagem particular a Hector... mas o que isso tem a ver com a presente situação?

Ele balançou a cabeça.

– Hector, não – disse. – Duncan.

Eu o encarei, absolutamente boquiaberta. À parte todas as outras reflexões, Duncan era impotente; dissera isso a Jamie na noite do casamento com Jocasta. Jamie abriu um sorriso torto e, estendendo o braço por sobre a mesa, pôs um polegar sobre o meu queixo e fechou com delicadeza a minha boca.

– É uma suposição, Sassenach, é só isso que estou dizendo. Mas acho que é melhor eu ir dar uma palavrinha com o homem. Você vem?

Duncan estava no quartinho que usava como escritório particular, espremido sobre os estábulos, junto aos diminutos alojamentos dos criados e cavalariços. Encontrava-se jogado em uma cadeira, encarando com ar desesperançoso as pilhas bagunçadas de papéis e os livros de contabilidade empoeirados que se acumulavam na horizontal.

Parecia cansado, desesperado e muitíssimo mais velho do que em nosso último encontro, no churrasco de Flora MacDonald. O cabelo grisalho estava cada vez mais fino. Quando se virou para nos cumprimentar, a luz do sol cintilou em seu rosto, e vi a fina cicatriz do lábio leporino que Roger mencionara, encoberta pelo frondoso bigode.

Algo vital parecia ter se esvaído do homem. Jamie abordou com delicadeza o assunto que o trouxera até ali, e ele não fez qualquer tentativa de negar. A bem da verdade, pareceu satisfeito em falar sobre aquilo.

– Então você se deitou com a moça, Duncan? – indagou Jamie de maneira direta, querendo deixar o fato estabelecido.

– Bom, não – respondeu ele, vagamente. – Teria gostado, é claro... mas como ela dormia no quarto de vestir de Jo...

Ao se referir à esposa, ele corou de um jeito profundo, nada sadio.

– Mas você a conheceu carnalmente, não foi? – indagou Jamie, esforçando-se para manter a paciência.

– Ah, sim. – Ele engoliu em seco. – É. Foi sim.

– Como? – perguntei, sem rodeios.

O rubor se acentuou de tal forma que temi que o homem fosse sofrer um ataque apoplético ali mesmo. Ele, porém, passou um tempo acalmando a respiração, e por fim sua pele começou a readquirir um tom mais próximo do normal.

– Ela vinha me alimentar – disse ele, enfim, esfregando a mão nos olhos, com cansaço. – Todo dia.

Jocasta acordava tarde e tomava café da manhã na sala de estar, acompanhada de Ulysses, fazendo os planejamentos do dia. Duncan, que todos os dias de sua vida despertara antes do amanhecer, em geral esperando um pão seco ou, no máximo, um pouco de *drammach* – aveia misturada com água –, agora acordava e encontrava um bule de chá fumegante ao lado da cama, acompanhado de uma tigela de mingau cremoso, generosamente acrescido de mel e creme, torradas empapadas de manteiga, ovos fritos com presunto.

– Às vezes um peixinho enrolado em farinha de milho, crocante e adocicado – acrescentou ele, numa desoladora lembrança.

– Ora, Duncan, isso é sem dúvida muito sedutor – disse Jamie, não sem compaixão. – Um homem faminto é um homem vulnerável. – Ele me lançou um olhar torto. – No entanto, mesmo assim...

Duncan fora grato a Phaedre por sua bondade e, sendo homem, admirara sua beleza, embora de uma forma totalmente desinteressada, como fez questão de nos garantir.

– Sem dúvida – disse Jamie, com marcado ceticismo. – E o que houve?

Duncan deixara cair a manteiga, foi essa a resposta, enquanto tentava passá-la na torrada com uma só mão. Phaedre se apressara em recolher os pedaços de louça caída, então correra para apanhar um pedaço de pano para limpar as manchas de manteiga do chão... e do peito de Duncan.

– Bom, eu estava de camisolão – murmurou ele, tornando a enrubescer. – E ela estava... ela tinha...

Ele ergueu a mão e fez vagos movimentos ao redor do peito, talvez para indicar que o corpete de Phaedre, tão próximo dele, exibia seus seios particularmente avantajados.

– E então? – estimulou Jamie, sem dó.

Ao que parecia, a anatomia de Duncan percebera o fato – circunstância admitida com tão estrangulada modéstia que mal pudemos ouvir.

– Mas eu achei que você não conseguia... – comecei a dizer.

– Ah, eu não conseguia – garantiu ele, mais que depressa. – Só à noite, durante os sonhos. Mas não acordado, desde o acidente. Talvez por ser tão cedo de manhã, meu pau tenha achado que eu ainda estava dormindo.

Jamie soltou um barulho escocês baixinho, expressando considerável dúvida em relação àquela hipótese, mas encorajou Duncan a prosseguir, com certa dose de impaciência.

Phaedre, por sua vez, havia percebido a situação.

– Ela só sentiu pena de mim – disse Duncan, com franqueza. – Dava para perceber. Mas pôs a mão em mim, macia. Tão macia – repetiu, num tom quase inaudível.

Ele havia se sentado na cama – e ali ficara, abobado e estupefato, enquanto ela retirava a bandeja do café da manhã, erguia-lhe o camisolão, subia na cama com as saias levantadas nas coxas escuras e, com muito cuidado e delicadeza, acolhia de volta sua masculinidade.

– Foi só uma vez? – inquiriu Jamie. – Ou vocês continuaram?

Duncan levou a cabeça à mão, uma confissão deveras eloquente, frente às circunstâncias.

– Quanto tempo durou essa... ahn... ligação? – indaguei, mais gentilmente.

Dois meses, talvez três. Não todos os dias, ele se apressou em acrescentar – só de vez em quando. E os dois haviam tomado muito cuidado.

– Eu jamais teria a intenção de desonrar Jo – explicou Duncan, muito sincero. – E sabia que não devia estar fazendo aquilo, que era um grande pecado, mas não conseguia evitar... – Ele interrompeu a fala e engoliu em seco. – A culpa é toda minha, o que aconteceu... que o pecado recaia sobre mim! Ah, minha pobre e querida mocinha...

Ele caiu em silêncio, balançando a cabeça feito um cachorro velho, triste e pulguento. Senti uma pena terrível dele, a despeito da moralidade da situação. A gola de sua camisa estava virada para dentro de um jeito estranho, e mechas dos cabelos grisalhos estavam presas sob o casaco; delicadamente, puxei o cabelo e ajeitei a gola, mas ele não deu atenção.

– Acha que ela está morta, Duncan? – perguntou Jamie, baixinho, e Duncan empalideceu; sua pele assumiu o mesmo tom cinzento dos cabelos.

– Não posso me permitir pensar isso, *Mac Dubh* – respondeu ele, e seus olhos se encheram de lágrimas. – E... mesmo assim...

Jamie e eu trocamos olhares desconfortáveis. Mesmo assim. Phaedre não havia levado dinheiro. Como poderia uma escrava negra viajar para longe sem ser notada, advertida e caçada, sem cavalo, sem dinheiro, sem nada além de um par de sapatos de couro? Um homem talvez pudesse chegar até as montanhas e dar conta de sobreviver na mata, se fosse forte e dispusesse de recursos... mas uma garota? Uma escrava doméstica?

Alguém a havia levado – ou ela estava morta.

Nenhum de nós, contudo, desejava expressar a ideia em voz alta. Jamie soltou um forte suspiro, tirou um lenço limpo da manga e pôs sobre a mão de Duncan.

– Vou rezar por ela, Duncan... seja lá onde estiver. E por você, *a charaid*... e por você.

Duncan assentiu, sem olhar para cima, agarrado com firmeza ao lenço. Estava claro que qualquer tentativa de conforto seria inútil, então por fim o deixamos ali sentado, em seu diminuto quartinho isolado, tão distante do mar.

Retornamos lentamente, em silêncio, porém de mãos dadas, sentindo a forte necessidade de toque. O dia estava claro, mas havia uma tempestade a caminho; nuvens irregulares se aproximavam pelo leste, e a brisa vinha em rajadas que me levantavam as saias, feito um guarda-sol rodopiante.

O vento estava mais fraco no terraço dos fundos, dada a proteção da parede, que ia até a cintura. Dali, ao erguer os olhos, vi a janela de onde Phaedre observava quando a encontrara ali, na noite do churrasco.

– Ela me disse que havia algo errado – comentei. – Na noite do churrasco da sra. MacDonald. Algo a estava preocupando.

Jamie lançou-lhe um olhar interessado.

– Ah, é? Mas ela não estava falando de Duncan, sem dúvida – retrucou ele.

– Eu sei. – Dei de ombros, impotente. – Ela própria parecia não saber o que havia de errado... só ficava dizendo "algo não tá certo".

Jamie respirou fundo e soprou o ar, balançando a cabeça.

– De certa forma, seja lá o que for, acho que deve ter tido alguma coisa a ver com a partida dela. Pois, se não tiver nada a ver com ela e Duncan...

A voz dele foi morrendo, mas não tive dificuldade em concluir o pensamento.

– Então também não tem a ver com a sua tia – completei. – Jamie... você acha mesmo que Jocasta pode ter mandado matá-la?

A frase, dita em voz alta, deveria ter soado ridícula. Mas, infelizmente, não soou.

Jamie fez o breve gesto com os ombros que costumava fazer quando se sentia muito incomodado com alguma coisa, como se o casaco estivesse apertado demais.

– Se ela enxergasse, eu pensaria que sim... que era possível, pelo menos. – Ser traída por Hector... a quem já culpava pela morte das meninas. As filhas estão mortas, mas existe Phaedre, viva, uma lembrança diária da traição. Daí ela é traída outra vez, por Duncan, *com* a filha de Hector? – Ele esfregou os nós dos dedos no nariz. – Acho que qualquer pessoa com sangue nas veias ficaria... mexida.

– Sim – respondi, imaginando o que poderia pensar ou sentir nas mesmas circunstâncias. – Sem dúvida. Mas matar... é *disso* que estamos falando, não é? Ela não poderia simplesmente ter vendido a garota?

– Não – disse ele, pensativo. – Não poderia. Fizemos provisões para salvaguardar seu dinheiro quando ela casasse... mas não a propriedade. Duncan é o dono de River Run... e de tudo o que vem com ela.

– Incluindo Phaedre.

Eu me senti oca e um pouco enjoada.

– Como eu disse, se ela enxergasse, eu não ficaria nem um pouco surpreso em pensar isso. Do jeito que é...

– Ulysses – afirmei, com segurança, e ele assentiu, relutante.

Ulysses era não somente os olhos de Jocasta, mas também suas mãos. Eu não achava que ele tivesse matado Phaedre por ordem de sua senhora... mas, se Jocasta envenenasse a garota, por exemplo, Ulysses sem dúvida a ajudaria a dar cabo do corpo.

Senti um estranho ar de irrealidade – mesmo com o que sabia da família MacKenzie, debater calmamente a possibilidade de a tia idosa de Jamie ter matado alguém... e ainda assim... eu *conhecia* os MacKenzies.

– Se é que houve alguma participação da minha tia nessa história – disse Jamie. – Afinal de contas, Duncan falou que os dois eram discretos. E pode ser que a moça tenha sido raptada... talvez pelo homem de Coigach, de quem minha tia se lembra. Ele pode ter achado que Phaedre o ajudaria com o ouro, não?

Aquela, de certa forma, era uma ideia mais feliz. E *de fato* correspondia à premonição de Phaedre – se tivesse sido isso mesmo –, que ocorrera no mesmo dia da chegada do homem de Coigach.

– Suponho que *só* podemos rezar por ela, a pobrezinha – concluí. – Não acho que exista um santo padroeiro dos raptados, ou será que existe?

– São Dagoberto – respondeu ele prontamente, fazendo-me arregalar os olhos.

– Você está inventando isso.

– Na verdade, não estou – retrucou Jamie, com dignidade. – Santa Adeliza também... talvez até melhor, pensando agora. Ela foi uma jovem romana, raptada pelo imperador Justiniano, que desejava possuí-la, mas ela tinha um voto de castidade. Daí ela fugiu e foi morar com o tio em Benevento.

– Bom para ela. E São Dagoberto?

– Era um rei não sei de onde... dos francos? De todo modo, seu guardião começou a desgostar dele sem motivo, ainda na infância, e mandou que o sequestrassem e levassem para a Inglaterra, para que seu próprio filho pudesse reinar em seu lugar.

– Onde é que você aprendeu essas coisas?

– Com o Irmão Policarpo, no Mosteiro de St. Anne – respondeu ele, contorcendo o canto da boca num sorrisinho. – Quando a insônia me atacava, ele passava horas a fio me contando histórias sobre os santos. Nem sempre ajudava a dormir, mas depois de uma hora ou mais ouvindo relatos de mártires com os seios amputados ou açoitados com ganchos de ferro, eu fechava os olhos e fingia direitinho que estava adormecido.

Jamie tirou meu chapéu e apoiou-o no peitoril. O ar bagunçou meus cabelos curtinhos, que farfalharam feito grama de prado, e ele sorriu ao olhar para mim.

– Você parece um garoto, Sassenach – disse. – Mas que uma maldição caia sobre mim se um dia vir um garoto com uma bunda feito a sua.

– Muito obrigada – respondi, bastante contente.

Eu havia comido feito um cavalo nos dois meses anteriores, dormira bem e profundamente à noite, e sabia que minha aparência havia melhorado bastante, a despeito do cabelo. Mas ouvir um elogio nunca era demais.

– Eu a desejo tanto, *mo nighean donn* – disse ele, baixinho, e enroscou os dedos em minha mão, apoiando as almofadas dos dedos delicadamente em meu punho.

– Então os MacKenzies de Leoch são todos dados ao ciúme nefasto – comentei. Sentia meus batimentos firmes sob seus dedos. – Sedutores, sagazes e dados a traições. – Toquei os lábios dele; corri o dedo de leve, sentindo o prazer do toque dos fios de barba espetada. – Todos eles?

Jamie baixou o olhar, encarando-me de súbito com os olhos azul-escuros, cheios de humor e pesar e muitas outras coisas que eu era incapaz de decifrar.

– Acha que eu não sou? – indagou ele, com um sorriso meio triste. – Deus e Maria a abençoem, Sassenach. – Então inclinou-se para me beijar.

Não pudemos nos demorar em River Run. Os campos no sopé do monte já haviam passado pela colheita e sido revolvidos, e resquícios de talos secos pontilhavam a terra escura e fresca; dentro em breve a neve tomaria as montanhas.

Nós havíamos debatido o assunto repetidas vezes – mas não chegamos a uma conclusão útil. Nada mais havia a ser feito para ajudar Phaedre, exceto rezar. Além disso, porém... tínhamos que refletir sobre Duncan.

Pois ocorrera a nós dois que, se Jocasta *havia* descoberto a ligação do marido com Phaedre, sua ira provavelmente não se limitaria à escrava. Ela poderia levar algum tempo, mas não esqueceria a traição. Eu nunca havia conhecido um escocês *capaz* disso.

Despedimo-nos de Jocasta no dia seguinte, após o café da manhã, encontrando-a em sua sala particular bordando um caminho de mesa. A cesta de fios de seda estava pousada em seu colo, com as cores dispostas em espiral, de modo que ela pudesse escolher e pegar qualquer uma que desejasse; o linho já finalizado caía de um dos lados, um metro e meio de tecido com beiradas apresentando um intrincado desenho de maçãs, folhas e vinhas – ou não, percebi ao apanhar a extremidade do tecido para admirá-lo. Não eram vinhas, mas serpentes de olhos negros, enroscadas e malignas, rastejantes, verdes e escamosas. Aqui e ali havia uma de boca escancarada, exibindo as presas, olhando as frutas vermelhas espalhadas.

– O Jardim do Éden – explicou ela, esfregando o desenho de leve por entre os dedos.

– Que lindo – respondi.

Perguntei-me por quanto tempo estaria trabalhando naquilo. Teria começado antes do sumiço de Phaedre?

Um pouco de conversa fiada, e então Josh, o cavalariço, apareceu para dizer que nossos cavalos estavam prontos. Jamie anuiu, dispensou o rapaz e se levantou.

– Tia – disse a Jocasta, sem rodeios. – Vou considerar muito inadequado se qualquer coisa ruim acontecer a Duncan.

Ela se enrijeceu, os dedos parando o trabalho.

– Por que é que algo ruim aconteceria a ele? – indagou ela, erguendo o queixo.

Jamie não respondeu logo. Continuou a encará-la, não sem compaixão. Então inclinou-se, para que ela pudesse sentir sua boca perto do ouvido.

– Eu sei, tia – disse ele, baixinho. – E, se a senhora não quiser que ninguém mais compartilhe desse conhecimento... então acho melhor eu encontrar Duncan gozando de boa saúde quando voltar aqui.

Ela ficou imóvel, como se tivesse virado uma estátua de sal. Jamie se levantou, meneando a cabeça em direção à porta, e nos retiramos. Do corredor, olhei para trás e a vi sentada feito uma estátua, o rosto branco como o linho nas mãos e as bolinhas de tecido colorido caídas de seu colo, desenrolando-se pelo chão polido.

73

JOGO DUPLO

Com a partida de Marsali, o preparo do uísque tornou-se mais difícil. Bree, a sra. Bug e eu havíamos conseguido fazer mais uma maltagem antes que o tempo ficasse frio e chuvoso demais; esse momento, porém, estava chegando, e foi com grande alívio que vi o último grão maltado ser decantado em segurança no alambique. Depois da fermentação, o processo se tornava responsabilidade de Jamie, que não confiava a mais ninguém a delicada tarefa de avaliar o gosto e as provas.

O fogo sob o alambique tinha de ser mantido exatamente no nível certo, para que a fermentação não matasse a mistura; ao fim da fermentação, a mistura subia para o refino. Isso significava que Jamie vivia – e dormia – junto à destilaria pelos poucos dias necessários para a saída de cada lote. Em geral eu lhe levava o jantar e ficava com ele até escurecer, mas a cama sem ele era solitária, e fiquei mais que satisfeita quando viramos a última das novas produções para o barril.

– Ah, que cheiro bom.

Inalei com alegria o interior de um barril vazio; era um dos especiais que Jamie obtivera por intermédio de um amigo viajante de lorde John – queimado por dentro, feito um barril de uísque normal, porém previamente utilizado para armazenar xerez. O toque doce e suave do xerez mesclado ao leve aroma de carvão e ao vapor quente e bruto do uísque novo eram suficientes para que minha cabeça rodopiasse de prazer.

– É, é um lote pequeno, mas nada mau – concordou Jamie, inalando o aroma feito um especialista em perfumes. – Ergueu a cabeça e olhou o céu acima; o vento se aproximava com força, com nuvens espessas correndo ligeiras, escuras e ameaçadoras. – Só tem três barris. Se você achar que dá conta de um, Sassenach, eu levo os outros. Gostaria de guardá-los em segurança, para não ter que escavá-los da neve na semana que vem.

Uma caminhada de cerca de 8 quilômetros sob o vento vigoroso, carregando ou rolando um barril de mais de 20 litros, não era mesmo brincadeira, mas ele tinha razão em relação à neve. Ainda não estava frio a ponto de nevar, mas em breve estaria. Deixei escapar um suspiro, mas assenti, e então arrastamos os barris lentamente até o esconderijo do uísque, entre rochas e videiras destruídas.

Eu havia recuperado muito da força, mas, mesmo assim, ao fim do processo, todos os músculos do meu corpo tremiam em protesto, e não fiz objeção quando Jamie me obrigou a me sentar para descansar antes de retornarmos à casa.

– O que planeja fazer com esses? – perguntei, inclinando a cabeça para o esconderijo. – Guardar ou vender?

Ele afastou uma mecha de cabelo da face, apertando os olhos contra uma rajada de vento com terra e folhas mortas.

– Vou ter que vender um, para o plantio da primavera. Vamos guardar um para envelhecer... e acho que talvez possa dar um bom destino ao último. Se Bobby Higgins vier outra vez antes de nevar, pretendo mandar uma meia dúzia de garrafas a Ashe, Harnett, Howe e alguns outros... uma lembrancinha de meu constante apreço, sim?

Ele me abriu um sorriso irônico.

– Bom, já ouvi falar de benfeitores piores – retruquei, com bom humor.

Ele se esforçara muito para tornar a cair nas boas graças do Comitê de Correspondência da Carolina do Norte, e vários de seus integrantes já haviam recomeçado a responder suas cartas – com cautela, porém respeitosos.

– Não creio que nada de importante vá acontecer durante o inverno – disse ele, pensativo, esfregando o nariz avermelhado de frio.

– É provável que não.

Massachusetts, onde a maior parte da baderna havia ocorrido, estava agora ocupada por um tal general Gage, e a última notícia que recebêramos era que ele havia fortificado o Boston Neck, a estreita faixa de terra que unia a cidade ao continente – o que significava que Boston estava agora apartada do restante da colônia, além de sitiada.

Senti uma leve pontada ao pensar naquilo; eu passara quase vinte anos morando em Boston, e tinha muito carinho pela cidade – embora soubesse que não era possível reconhecê-la.

– John Hancock... ele é comerciante lá... está no comando do Comitê de Segurança, segundo Ashe. Eles votaram para recrutar 12 mil milicianos e estão querendo comprar 5 *mil* mosquetões... pelo trabalho que tive para arrumar 30, só posso lhes desejar boa sorte.

Dei uma risada, mas, antes que pudesse responder, Jamie se empertigou.

– O que é isso?

Ele virou a cabeça de maneira brusca e pôs a mão no meu braço. Silenciada abruptamente, prendi a respiração e escutei. O vento remexia feito papel as folhas secas das videiras atrás de mim, e a distância um bando de corvos passou, brigando e crocitando alto.

Então, também ouvi: um som baixo, desolado e muito humano. Jamie já havia se levantado e avançava com cautela por entre as pedras caídas. Agachou-se por sob a verga formada por uma laje de granito inclinada, e segui atrás dele. Então ele parou de repente, o que quase me fez tropeçar.

– Joseph? – indagou, incrédulo.

Espiei o melhor que pude. Para minha igual surpresa, *era* o sr. Wemyss, sentado num pedregulho, as costas curvadas, um caneco de pedra entre os joelhos ossudos. Estivera chorando; tinha olhos e nariz vermelhos, o que reforçava sua habitual semelhança com um rato branco. Além disso, estava extremamente bêbado.

– Ah – disse ele, consternado, pestanejando para nós. – Ah.

– Está... tudo bem, Joseph?

Jamie se aproximou, estendendo a mão com cautela, como se temesse que o sr. Wemyss fosse se despedaçar ao primeiro toque.

O instinto era legítimo; ao ser tocado, o sr. Wemyss enrugou o rosto feito papel e começou a tremer incontrolavelmente os ombros magros.

– Eu sinto muito, senhor – começou a dizer, aos prantos. – Sinto *muito*!

Jamie me lançou um olhar de apelo do tipo "faça alguma coisa, Sassenach", e eu prontamente me ajoelhei, abracei os ombros do sr. Wemyss e dei alguns leves tapinhas em suas costas magras.

– Pronto, pronto – disse, encarando Jamie por sobre o frágil sr. Wemyss, com um olhar de "e *agora*?". – Tenho certeza de que tudo vai se ajeitar.

– Ah, não – retrucou ele, soluçando. – Ah, não, não tem como. – Virou para Jamie o rosto tomado de angústia. – Eu não posso suportar, senhor, não posso, não mesmo.

O sr. Wemyss tremia, com seus ossos finos e delicados. Usava apenas uma camisa fina e calças, e o vento já começava a uivar em meio às pedras. As nuvens acima se adensavam, e a luz subitamente se esvaiu da pequena cavidade, como se uma cortina negra tivesse sido baixada.

Jamie soltou o próprio manto, cobriu desajeitadamente o sr. Wemyss e abaixou-se com cuidado por sob outro rochedo.

– Qual é o problema? – perguntou ele, com delicadeza. – Alguém morreu?

O sr. Wemyss afundou o rosto nas mãos, balançando a cabeça de um lado a outro, feito um metrônomo. Então murmurou qualquer coisa, que entendi como "era melhor que ela tivesse".

– Lizzie? – perguntei, trocando um olhar perplexo com Jamie. – É de Lizzie que está falando?

Ela estava perfeitamente bem durante o café da manhã; que diabos...

– Primeiro, Manfred McGillivray – respondeu o sr. Wemyss, erguendo o rosto –, depois Higgins. Como se um degenerado e um assassino não bastassem... agora isso!

Jamie ergueu as sobrancelhas e me encarou. Eu dei de ombros, de leve. O cascalho espetava com força meus joelhos; me levantei e o espanei.

– Você está dizendo que Lizzie está... ahn... apaixonada por alguém... inadequado? – perguntei, com cautela.

O sr. Wemyss estremeceu.

– Inadequado – disse ele, num tom oco. – Jesus Cristo. Inadequado!

Eu nunca ouvira o sr. Wemyss blasfemar; era perturbador.

Ele virou os olhos transtornados para mim, feito um pardal enlouquecido, aninhado nas profundezas do manto de Jamie.

– Eu abri mão de tudo por ela! – prosseguiu. – Eu me vendi... e de bom grado! Para salvá-la da desonra. Deixei minha casa, deixei a Escócia, sabendo que jamais voltaria, que deixaria meus ossos em solo estrangeiro. E não disse nenhuma palavra de reprovação a ela, minha querida menina, pois como poderia ter sido culpa dela? E agora... – Ele virou o olhar vazio e assombrado para Jamie. – Meu Deus, meu Deus. O que eu vou fazer?

Uma rajada de vento estrondeou pelas pedras e açoitou o manto que o envolvia, encobrindo-o por um momento numa mortalha cinza, como se engolfado pela agonia.

Segurei com força meu próprio manto, para evitar que saísse voando; o vento estava tão forte que quase perdi o equilíbrio. Jamie apertou os olhos contra a rajada de vento com terra e pedrinhas que nos atingiu, rangendo os dentes, incomodado. Abraçou o próprio corpo trêmulo.

– A moça está grávida, então, Joseph? – indagou ele, obviamente querendo ir direto ao assunto e voltar para casa.

O sr. Wemyss saíra de baixo das dobras do manto, o cabelo loiro desgrenhado feito sorgo. Ele assentiu, piscando os olhos vermelhos, então pegou o caneco, ergueu-o com as mãos trêmulas e deu vários goles. Vi o "X" solitário marcado no caneco; com sua modéstia característica, ele havia apanhado um caneco do uísque novo, cru, não do envelhecido no barril, de melhor qualidade.

Jamie soltou um suspiro, estendeu a mão, pegou o caneco e deu também uma boa golada.

– De quem? – indagou, entregando o caneco de volta. – Foi o meu sobrinho?

O sr. Wemyss o encarou, de olhos arregalados.

– Seu sobrinho?

– Ian Murray – acrescentei, para ajudar. – O rapaz alto, de cabelo castanho? Tatuado?

Jamie me lançou um olhar, sugerindo que talvez aquilo não fosse de tanta ajuda quanto eu imaginava, mas o sr. Wemyss prosseguiu, com o olhar vago:

– Ian Murray? – O nome pareceu penetrar a névoa alcoólica. – Ah. Não. Antes fosse! Eu abençoaria o rapaz – concluiu ele, com fervor.

Troquei outro olhar com Jamie. A coisa parecia séria.

– Joseph – disse Jamie, com um toque de ameaça. – Está frio. – Ele limpou o nariz com o dorso da mão. – Quem foi que corrompeu a sua filha? Diga-me o nome, e eu faço o sujeito se casar com ela amanhã de manhã, ou o ponho morto aos pés dela, o que você preferir. Mas vamos fazer isso lá dentro, perto do fogo, sim?

– Beardsley – respondeu o sr. Wemyss, num tom de completa desesperança.

– Beardsley? – repetiu Jamie, erguendo uma sobrancelha para mim. Não era o que eu esperava... mas ouvir o nome não foi um grande choque. – Qual dos dois? – indagou, com relativa paciência. – Jo? Ou Kezzie?

O sr. Wemyss soltou um suspiro que veio do fundo da alma.

– Ela não sabe – respondeu, inexpressivo.

– Meu Deus – retrucou Jamie, num impulso.

Pegou o uísque outra vez e deu uma boa golada.

– Minha nossa – comentei, lançando um olhar expressivo quando ele baixou o caneco e o entregou a mim, em silêncio.

Em seguida, endireitou o corpo no rochedo, a camisa colada ao peito por conta do vento, os cabelos voando para trás.

– Pois bem – disse ele, com firmeza. – Vamos chamar os dois e descobrir a verdade.

– Não – respondeu o sr. Wemyss. – Eles também não sabem.

Eu estava no meio de uma golada. Ao ouvir aquilo, engasguei, derramando uísque pelo queixo.

– Eles *o quê?* – grunhi, limpando o rosto com a borda do manto. – Está dizendo que... *os dois?*

O sr. Wemyss me encarou. Em vez de responder, porém, pestanejou. Então revirou os olhos para cima e caiu com a cabeça no rochedo, em choque.

Consegui devolver o sr. Wemyss à semiconsciência, mas não ao ponto de falar. Jamie, portanto, foi obrigado a carregar o homenzinho nos ombros feito uma carcaça de cervo; uma façanha, considerando o chão irregular que se estendia entre o esconderijo do uísque e a nova área de maltagem, além do vento que nos arremessava pedrinhas, folhas e pinhões voadores. As nuvens haviam se acumulado no topo da montanha, escuras e manchadas feito espuma de sabão, e se espalhavam ligeiras pelo céu. Se não nos apressássemos, ficaríamos encharcados.

O trajeto ficou mais fácil ao chegarmos à trilha que levava à casa, mas o humor de Jamie não melhorou com o súbito retorno à consciência de Wemyss, que vomitou na camisa dele. Depois de uma apressada tentativa de limpar a sujeira, reorganizamos a estratégia e seguimos adiante, com o sr. Wemyss precariamente equilibrado entre nós dois, que o agarrávamos com firmeza pelos cotovelos. Ele deslizava e tropeçava, os joelhos finos e estreitos cedendo em momentos inesperados, feito um Pinóquio desencordoado.

Jamie foi falando sozinho em gaélico, entre os dentes, durante aquela fase da jornada, mas parou subitamente quando chegamos à porta do pátio. Um dos gêmeos Beardsley estava por lá, apanhando galinhas para a sra. Bug antes da tempestade. Trazia duas, erguidas pelas pernas feito um desajeitado buquê marrom e amarelo. Ao nos ver, parou e encarou o sr. Wemyss com curiosidade.

– O que... – começou o garoto.

Mas não conseguiu terminar. Jamie baixou o braço do sr. Wemyss, deu dois passos e socou Beardsley no estômago com tanta força que o rapaz se curvou; largou as galinhas, cambaleou para trás e caiu. As aves dispararam, batendo as asas e cacarejando, em meio a uma nuvem de penas espalhadas.

O rapaz se contorcia no chão, abrindo e fechando a boca, buscando ar inutilmente, mas Jamie não deu atenção. Inclinou-se, agarrou-o pelo cabelo e falou em seu ouvido, em alto e bom som – no caso, supus que fosse Kezzie.

– Vá buscar o seu irmão. No meu escritório. Agora.

O sr. Wemyss estivera observando o interessante cenário, boquiaberto, com um braço apoiado em torno do meu ombro. Continuou boquiaberto ao virar a cabeça, acompanhando Jamie, que retornava em direção a nós. No entanto, pestanejou e fechou a boca tão logo Jamie o agarrou pelo outro braço, removeu-o com cuidado de mim e o empurrou em direção à casa, sem olhar para trás.

Encarei com ar reprovador o Beardsley caído no chão.

– *Como* você pôde? – indaguei.

Ele tentou dizer alguma coisa, mas não pôde, os olhos completamente arregalados, então por fim conseguiu respirar, emitindo um longo chiado, o rosto roxo-escuro.

– Jo? O que foi que houve? Está ferido?

Lizzie irrompeu das árvores, segurando um par de galinhas pelas pernas em cada mão. Franziu o cenho com preocupação para... bom, supus que *fosse* Jo; se alguém era capaz de enxergar a diferença, sem dúvida era Lizzie.

– Não, ele não está ferido – garanti. – Ainda. – Apontei um dedo para ela em advertência. – Você, mocinha, vá botar essas galinhas na gaiola, depois...

Hesitei por um momento, encarando o rapaz caído no chão. Ele havia recuperado o fôlego a ponto de conseguir arquejar, e agora estava se sentando, cauteloso. Eu não queria levá-la ao meu consultório, não se Jamie e o sr. Wemyss fossem estripar os Beardsleys do outro lado do corredor.

– Eu vou com você – decidi, subitamente, afastando-a de Jo. – Vamos logo.

– Mas...

Ela lançou um olhar aturdido a Jo – sim, era Jo; quando ele ergueu a mão para afastar o cabelo do rosto, vi a cicatriz no polegar.

– Ele está bem – garanti, virando-a em direção às gaiolas da cozinha com a mão firme em seu ombro. – Ande.

Olhei para trás, para ver se Jo Beardsley havia conseguido se levantar; com uma das mãos pressionada no tronco delicado, ele rumava para o estábulo, decerto para buscar o irmão, conforme ordenado.

Olhei de volta para Lizzie, com os olhos semicerrados. Se o sr. Wemyss tivesse razão e a moça *estivesse* grávida, era sem dúvida uma das afortunadas mulheres que não sofrem de enjoos matinais ou dos habituais sintomas digestivos do início da gravidez; a bem da verdade, ela tinha um aspecto bastante saudável.

O fato por si só deveria ter me servido de alerta, pálida e magrela como ela costumava ser. Agora, olhando com atenção, reparei que ela parecia emanar um leve brilho rosado, e que os cabelos loiros que escapavam por sob a touca estavam bem brilhosos.

– Com quantos meses você está? – indaguei, segurando um galho para ela. Lizzie me lançou um olhar ligeiro, engoliu visivelmente em seco e passou por debaixo do galho.

– Acho que uns quatro meses – respondeu, mansa, sem me encarar. – É... meu pai contou, não foi?

– Foi. Seu pobre pai – confirmei, num tom severo. – Ele está certo? Os *dois* Beardsleys?

Ela encolheu os ombros de leve, com a cabeça baixa, mas assentiu de modo quase imperceptível.

– O que... o que o seu marido vai fazer, então? – perguntou ela, a voz baixa e trêmula.

– Eu realmente não sei.

Eu tinha dúvidas de que o próprio Jamie tivesse qualquer ideia mais clara – embora ele *tivesse* mencionado que poria o cafajeste responsável pela gravidez de Lizzie morto aos pés dela, se o pai assim desejasse.

Agora, pensando melhor, a alternativa – casar a moça na manhã seguinte – provavelmente seria ainda mais problemática do que apenas matar os gêmeos.

– Eu não sei – repeti.

Chegamos ao galinheiro, uma estrutura sólida abrigada sob um imenso bordo. Várias galinhas, um pouco menos idiotas que as irmãs, se empoleiravam feito gigantescos frutos maduros nos galhos mais baixos, a cabeça enfiada nas penas.

Abri a porta, liberando uma rajada forte de amônia do interior escuro, prendi a respiração para não sentir o fedor, puxei as galinhas da árvore e as joguei bruscamente para dentro. Lizzie disparou pela mata próxima, apanhando aves de baixo dos arbustos e correndo para guardá-las. Gotas grandes já começavam a cair das nuvens, pesadas como seixos, produzindo ruídos leves, porém audíveis, ao atingir as folhas acima.

– Corra! – gritei.

Bati a porta atrás da última galinha cacarejante, fechei o ferrolho e agarrei Lizzie pelo braço. Levadas por uma rajada de vento, corremos até a casa, com as saias voejando feito asas de pombo.

A cozinha de fora ficava mais perto; irrompemos pela porta assim que a chuva desabou com força, uma sólida placa d'água que açoitava o teto de estanho, tal e qual bigornas desabando.

Permanecemos do lado de dentro, arquejantes. A touca de Lizzie havia caído durante a corrida e sua trança se soltara, de modo que seus cabelos se estendiam por sobre os ombros em brilhosas e sedosas mechas loiras; uma mudança perceptível em relação ao aspecto fino e frágil que costumava compartilhar com o pai. Se eu a tivesse visto sem a touca, teria notado de imediato. Levei um tempo para recuperar o fôlego, tentando decidir que diabos dizer a ela.

Ela se recompunha com o maior alvoroço, arfando, puxando o corpete, alisando as saias – enquanto tentava não me encarar.

Bom, havia uma questão em minha cabeça desde a chocante revelação do sr. Wemyss; era melhor tirá-la do caminho de uma vez. O estrondo inicial da chuva havia se enfraquecido a um ribombar constante; estava alto, mas pelo menos era possível conversar.

– Lizzie. – Ela ergueu os olhos, que encaravam as saias, levemente surpresa. – Diga a verdade. – Segurei seu rosto com as mãos, encarando com seriedade seus olhos azul-claros. – Foi estupro?

Ela pestanejou; seu olhar de absoluto assombro mais expressivo que qualquer negativa verbal.

– Ah, não, senhora! – exclamou ela, com a mesma seriedade. – A senhora não achou de verdade que Jo ou Kezzie seriam capazes de fazer uma coisa dessas, não é? – Ela contorceu de leve os pequeninos lábios rosados. – A senhora achou mesmo que os dois tivessem feito revezamento para me possuir?

– Não – respondi, com sarcasmo, soltando-a. – Mas achei melhor perguntar, por via das dúvidas.

Eu de fato não havia pensado nisso. No entanto, os Beardsleys formavam um misto tão peculiar de civilidade e selvageria que era impossível afirmar de maneira categórica *o que* seriam ou não capazes de fazer.

– Mas *foram*... ahn... os dois? Foi o que o seu pai disse. Pobre homem – acrescentei, em tom de reprovação.

– Ah. – Ela baixou os cílios claros, fingindo encontrar um fio solto na saia. – É... bom, é, foram. Eu me sinto péssima por desonrar meu pai desse jeito. Mas não fizemos nada de propósito...

– Elizabeth Wemyss – interrompi, num tom muito áspero. – Afora estupro... e já descartamos essa possibilidade... não é possível se engajar em relações sexuais com dois homens sem que se tenha a intenção. Um, talvez, mas não dois. Aliás... – hesitei, mas a curiosidade mundana era simplesmente demais. – Foram os dois *ao mesmo tempo*?

Ela de fato pareceu chocada ao ouvir isso, o que de certa forma me trouxe alívio.

– Ah, não, senhora! Foi... quero dizer, eu não sabia que isso... – A voz dela foi morrendo, e seu rosto enrubesceu.

Puxei dois banquinhos de sob a mesa e empurrei um para ela.

– Sente-se, e me conte essa história. Vamos passar um tempinho aqui – concluí, olhando pela porta entreaberta o pé-d'água que caía lá fora.

Um nevoeiro cinza se erguia no quintal até a altura dos joelhos; as gotas açoitavam a grama em pequenas explosões de névoa, e o cheiro forte da chuva invadia o ambiente.

Lizzie hesitou, mas pegou o banquinho; pude vê-la concluir que de fato nada havia a ser feito além de explicar – presumindo-se que *houvesse* explicação para aquilo.

– Você... ahn... você disse que não sabia – falei, tentando ajudá-la a começar seu relato. – Quero dizer... você achou que fosse só um dos gêmeos, mas eles... a enganaram?

– Bom, é – respondeu ela, sorvendo profundamente o ar gelado. – Mais ou menos isso. Sabe, foi quando a senhora e o senhor foram a Bethabara comprar a nova cabra. A sra. Bug estava com lumbago, e só estávamos eu e o meu pai em casa... mas então ele foi até o foro de Woolam buscar farinha, e eu fiquei sozinha.

– A Bethabara? Isso foi seis meses atrás! E você está de quatro meses... quer dizer que durante todo esse tempo... bom, não importa. O que aconteceu?

– A febre – disse ela, simplesmente. – Ela voltou.

Ela estivera recolhendo lenha para fogueira quando a primeira febre da malária a atingiu. Reconhecendo o sintoma, baixara a lenha e tentara chegar até a casa, mas caiu na metade do caminho, os músculos frouxos feito uma corda.

– Eu me deitei no chão – explicou ela – e pude sentir a febre me dominando. Feito uma grande besta, sabe? Eu conseguia senti-la me atacar, me morder com sua mandíbula... era como se o meu sangue ficasse frio, depois quente, depois frio, e os dentes do monstro afundassem em meus ossos. Eu conseguia senti-los cravados, tentando quebrar os ossos e sugar o tutano.

Ao se lembrar, ela estremeceu.

Um dos Beardsleys – ela achava que era Kezzie, mas não estava em condições de perguntar – a descobrira caída defronte ao portão, toda desgrenhada. Correra para buscar o irmão, e os dois a ergueram, carregaram-na até a casa e a levaram para a cama, no andar de cima.

– Eu batia os dentes com tanta força que tinha certeza de que iriam se quebrar, aí mandei os meninos buscarem o unguento com as frutas-bile, o unguento que havíamos preparado.

Eles reviraram o armário do consultório até encontrar, então – frenéticos, pois ela ardia cada vez mais em febre – removeram seus sapatos e meias e começaram a esfregar o unguento em seus pés e mãos.

– Eu disse a eles... disse que era preciso esfregar no corpo todo – explicou ela, as bochechas enrubescendo feito peônias. Ela baixou os olhos, remexendo uma mecha de cabelo. – Eu estava... bom, eu estava bastante fora de mim por conta da febre, dona, de verdade. Mas sabia que precisava muito do remédio.

Eu assenti, começando a compreender. Não a culpava; já a havia visto dominada pela malária. E, naquela situação, ela havia feito a coisa certa – de fato precisava do remédio, e não teria tido condições de aplicá-lo sozinha.

Frenéticos, os dois rapazes haviam feito o que ela ordenara: tiraram suas roupas, constrangidos, e esfregaram o unguento por cada centímetro de seu corpo nu.

– A minha consciência estava oscilando – disse ela –, com os sonhos febris saindo da minha cabeça e se juntando ao que acontecia no quarto, então ficou tudo meio embolado, as coisas de que eu me recordo. Mas acho que um dos rapazes disse ao outro que estava com unguento pelo corpo inteiro, e que ia estragar a camisa, e era melhor tirar.

– Entendo – respondi, visualizando perfeitamente a cena. – E então...

Então ela havia perdido por completo a noção do que estava acontecendo, exceto pelo fato de que, toda vez que pairava à superfície da febre, os rapazes ainda estavam ali, falando com ela e entre si, o murmúrio de suas vozes uma pequena âncora para a realidade, com mãos que não paravam de tocá-la, afagando e alisando, e o cheiro forte das frutas-bile em meio à fumaça da lareira e o aroma de cera de abelha da vela.

– Eu me senti... segura – disse ela, lutando para se expressar. – Não me lembro de muita coisa, só que abri os olhos uma vez e vi o peitoral dele bem diante do meu rosto, os pelos escuros ao redor dos mamilos pequeninos, marrons e enrugados feito passas. – Ela virou o rosto para mim, os olhos ainda arregalados com a lembrança. – Ainda consigo ver, como se estivesse diante de mim neste exato momento. Esquisito, não?

– É – concordei, embora na verdade não fosse; havia algo em relação à febre altíssima que embotava a realidade, mas ao mesmo tempo selava certas imagens de maneira tão profunda à mente que elas jamais se esvaíam. – E então...?

Então ela começara a sentir violentos calafrios, e nem mais colchas e uma pedra quente nos pés ajudaram. Aí um dos rapazes, desesperado, se enfiara debaixo das cobertas e a abraçara com força, tentando aplacar o frio de seus ossos com o próprio calor – o qual, pensei com certo cinismo, já devia ser considerável naquele ponto da história.

– Não sei qual deles foi, se foi o mesmo a noite inteira ou se eles se revezaram, mas toda vez que eu acordava lá estava ele, me abraçando. Às vezes afastava o cobertor e esfregava mais unguento nas minhas costas, e esfregava, e esfregava... – Ela titubeou, corando. – Mas quando acordei de manhã a febre havia cedido, como sempre acontece no segundo dia. – Ela me encarou, suplicando por compreensão. – A senhora sabe como é, dona, quando uma febrona cede? É a mesma coisa toda vez, então eu penso que deve ser igual para todo mundo. Mas é... uma paz. Os braços e pernas ficam tão pesados que não dá para pensar em se mexer, mas a gente não dá muita bola. E tudo o que se vê... todas as coisas às quais não damos atenção no dia a dia... a gente repara, e elas ficam lindas – concluiu, simplesmente. – Às vezes eu acho que é assim que vai ser quando eu morrer. Eu vou só acordar, e tudo vai estar desse jeito, pacífico e belo... só que eu vou ser capaz de me mexer.

– Mas dessa vez você acordou e não foi capaz – comentei. – E o moço... seja lá qual deles for... ainda estava lá com você?

– Era Jo – disse ela, assentindo. – Ele falou comigo, mas não prestei muita atenção ao que ele disse, e também não acho que ele estivesse prestando. – Ela mordeu o lábio de baixo por um instante, os dentinhos brancos e pontudos. – Eu... eu nunca tinha feito isso antes, dona. Mas cheguei perto com Manfred, uma ou duas vezes. E ainda mais com Bobby Higgins. Mas Jo nunca tinha beijado uma moça, e nem o irmão. Então, veja bem, na verdade a culpa foi minha, pois eu sabia muito bem o que estava acontecendo, mas... ainda estávamos os dois lambuzados de unguento, e nus debaixo das cobertas, e... aconteceu.

Balancei a cabeça, compreendendo precisamente e em detalhes.

– Sim, posso entender como aconteceu, muito bem. Mas então a coisa... ahn... continuou acontecendo?

Ela franziu os lábios e corou outra vez, muito rosada.

– Bom... foi. Continuou. É... é tão *bom*, dona – sussurrou Lizzie, inclinando um pouco o corpo em direção a mim, como se compartilhasse um importante segredo.

Esfreguei os nós dos dedos com força sobre os lábios.

– É, sim. Muito bom. Mas...

Os Beardsleys lavaram os lençóis por ordem dela, e dois dias depois, quando o pai retornou, não havia traços que denunciassem coisa alguma. As frutas-bile haviam feito seu trabalho, e, embora ela ainda estivesse fraca e cansada, disse ao sr. Wemyss que fora um ataque leve.

Enquanto isso, ela e Jo se encontravam a cada oportunidade, sobre a frondosa grama estival atrás do galpão da leiteria, sobre o feno fresco do estábulo – e, quando chovia, de vez em quando na varanda do chalé dos Beardsleys.

– Eu não fazia lá dentro, por conta do fedor de couro – explicou ela. – Mas a gente pôs uma colcha velha na varanda, de modo que não entrassem farpas nas minhas costas, e com a chuva caindo bem ao lado...

Ela lançou um olhar saudoso pela porta aberta, onde a chuva havia estiado a um sussurro constante, os galhos finos tremulando nos pinheiros tocados pelas gotas.

– Mas e Kezzie? Onde ele estava enquanto tudo isso acontecia? – indaguei.

– Ah. Bom, Kezzie... – disse ela, respirando fundo.

Eles haviam feito amor no estábulo, e Jo a deixara deitada sobre a capa na palha, observando-o se levantar e se vestir. Então a beijara e seguira até a porta. Vendo que ele havia esquecido o cantil, ela o chamara de volta, baixinho.

– Ele não respondeu nem deu meia-volta – disse ela. – Então eu percebi, de repente, quando ele não ouviu.

– Ah, entendo – respondi, baixinho. – Você... ahn... não conseguiu distinguir entre os dois?

Ela cravou em mim os olhos azuis.

– *Agora* eu consigo – respondeu.

No início, porém, o sexo era tamanha novidade – e os irmãos, tão inexperientes – que ela não havia notado a diferença.

– Por quanto tempo... – perguntei. – Quero dizer, você tem alguma ideia de quando eles, é...?

– Não exatamente. Mas, se eu tivesse que arriscar um palpite, acho que da primeira vez foi Jo... não, tenho certeza de que foi Jo, pois vi o polegar... mas da segunda vez, acho que foi Kezzie. Eles compartilham, sabe?

Eles *de fato* compartilhavam... tudo. Portanto, era a coisa mais natural do mundo – para os três, evidentemente – que Jo desejasse dividir aquela nova maravilha com o irmão.

– Sei que parece... estranho – prosseguiu ela, fazendo um leve gesto de desdém. – E suponho que eu devesse ter dito algo, ou feito algo... mas não consegui pensar em nada. E, a bem da verdade... – Ela ergueu os olhos para mim, indefesa. – Não me pareceu *nem um pouco* errado. Eles são diferentes, sim, mas ao mesmo tempo tão próximos um do outro... bom, era como se eu estivesse tocando e conversando com o mesmo rapaz... só que com dois corpos.

– Dois corpos – repeti, um tanto fria. – Pois então, aí está a dificuldade, veja bem, a parte dos dois corpos.

Eu a encarei com firmeza. A despeito do histórico de malária e de sua frágil compleição física, ela sem dúvida havia ganhado corpo; um busto ligeiramente inchado se projetava pela beirada do corpete, e, embora ela estivesse sentada, de modo que eu não podia ver muito bem, era bastante provável que a bunda também houvesse crescido. O mais espantoso nisso tudo era que ela tivesse levado três meses para engravidar.

Como se lesse meus pensamentos, ela disse:

– Eu comi as sementes, sim? As que a senhora e a senhorita Bree tomam. Armazenei um pouco, de quando estava noiva de Manfred; a senhorita Bree me deu. Eu pretendia guardar mais, mas nem sempre me lembro, e...

Ela tornou a dar de ombros, e levou as mãos à barriga.

– Enquanto isso você seguiu sem dizer nada – observei. – Seu pai descobriu por acaso?

– Não, eu contei a ele. Achei melhor, antes que começasse a aparecer. Jo e Kezzie foram comigo.

Pois bem, isso explicava o refúgio do sr. Wemyss na bebida pesada. Talvez devêssemos ter trazido o caneco.

– Seu pobre pai... – repeti, porém distraída. – Vocês três pensaram em algum tipo de plano?

– Bom, na verdade não – admitiu ela. – Também só contei aos rapazes que estava embarrigada hoje de manhã. Eles ficaram meio surpresos – acrescentou, tornando a morder o lábio.

– Imagino.

Olhei para fora; ainda chovia, mas o aguaceiro havia estiado momentaneamente, formando pequenas poças no chão. Esfreguei a mão no rosto, sentindo um súbito e forte cansaço.

– E qual deles você vai escolher? – perguntei.

Ela me lançou um olhar súbito e surpreso, e o sangue se esvaiu de seu rosto.

– Você não pode ficar com os dois, você sabe – concluí, gentilmente. – Não é assim que funciona.

– Por quê? – indagou ela, tentando ser audaciosa, mas sua voz tremeu. – Não estamos fazendo mal a ninguém. E não é da conta de ninguém, só da nossa.

Eu mesma comecei a sentir a necessidade de uma bebida forte.

– Rá, rá! Experimente dizer isso ao seu pai. Ou ao sr. Fraser. Numa cidade grande, talvez você se safasse. Mas aqui? Tudo que acontece aqui é da conta de todo mundo, e você sabe disso muito bem. Hiram Crombie a apedrejaria por fornicação assim que pusesse os olhos em você, se descobrisse. – Sem esperar resposta, eu me levantei. – Pois muito bem, vamos retornar e ver se os dois ainda estão vivos. O sr. Fraser pode ter cuidado da questão com as próprias mãos e resolvido o seu problema.

Os gêmeos ainda estavam vivos, mas não pareciam particularmente felizes. Estavam sentados, ombro com ombro, no centro do escritório de Jamie, coladinhos um ao outro como se tentassem voltar a ser um só.

Os dois viraram a cabeça para a porta no mesmo instante, os olhares de alarme e preocupação mesclados à alegria em ver Lizzie. Eu a segurava pelo braço, mas ela, ao ver os gêmeos, soltou um gritinho, desvencilhou-se e saiu correndo, passando um braço no pescoço de cada um dos rapazes e trazendo-os para perto do peito.

Vi que um deles ostentava um recente olho roxo, que começava a intumescer; supus que fosse Kezzie, embora não soubesse se aquela era a ideia de justiça de Jamie, ou apenas uma forma conveniente de distinguir os gêmeos durante a conversa.

O sr. Wemyss também estava vivo, embora não parecesse mais satisfeito com tudo aquilo do que os Beardsleys. Tinha os olhos vermelhos, a pele pálida e ainda meio esverdeada entre o queixo e o pescoço, mas pelo menos mantinha as costas eretas e razoável sobriedade, sentado junto à mesa de Jamie. Havia uma caneca de café de chicória diante dele – eu sentia o cheiro –, mas ela até então parecia intocada.

Lizzie ajoelhou-se no chão, ainda agarrada aos garotos, os três murmurando com as cabeças coladas feito as pontas de uma folha de trevo.

"Estão machucados?", dizia ela, e "está tudo bem?", indagavam eles, um total e completo emaranhado de mãos e braços que buscavam, tocavam, afagavam e abraçavam. Veio-me à cabeça a imagem de um polvo carinhoso e solícito.

Olhei para Jamie, que encarava aquele comportamento com olhar de suspeita. O sr. Wemyss emitiu um gemido baixo e enterrou a cabeça nas mãos.

Jamie pigarreou com um barulhinho escocês de infinita ameaça, e a movimentação no centro da sala parou, como se atingida por um raio de morte paralisante. Muito devagar, Lizzie virou a cabeça e olhou para ele, o queixo muito erguido, os braços ainda agarrados de maneira protetora aos pescoços dos Beardsleys.

– Sente-se, moça – disse Jamie, com relativa doçura, apontando com a cabeça para um banquinho vazio.

Lizzie se levantou e deu meia-volta, os olhos ainda fixos nele. No entanto, não fez menção de ocupar o banquinho oferecido. Em vez disso, contornou os gêmeos e plantou-se deliberadamente entre os dois, com as mãos em seus ombros.

– Vou ficar de pé, senhor – respondeu, a voz aguda e fina de medo, mas plena de determinação.

Feito um relógio, cada gêmeo ergueu um braço e agarrou a mão em seu ombro, assumindo expressões similares, uma mescla de apreensão e firmeza.

Jamie sabiamente decidiu não fazer daquilo uma questão, então meneou a cabeça para mim, de maneira inesperada. Ocupei o banquinho, com surpreendente satisfação em me sentar.

– Os rapazes e eu andamos conversando com seu pai – disse ele, dirigindo-se a Lizzie. – Imagino que seja verdade o que contou a ele? Que está grávida e não sabe qual dos dois é o pai?

Lizzie abriu a boca, mas nenhuma palavra saiu. Em vez disso, fez que sim com a cabeça, de um jeito estranho.

– Pois é – prosseguiu Jamie. – Muito bem, então você vai ter que se casar, e quanto antes melhor – concluiu, num tom inexpressivo. – Os rapazes não conseguiram chegar a uma conclusão sobre quem deve ser o marido, então a escolha é sua, mocinha. Qual deles?

As seis mãos se apertaram, embranquecendo os nós dos dedos. Era de fato fascinante... e não pude evitar sentir pena daqueles três.

– Eu não posso – sussurrou Lizzie. Então pigarreou e tentou outra vez. – Eu não posso – repetiu, com mais força. – Eu não... não quero escolher. Eu amo os dois.

Jamie encarou as mãos entrelaçadas por um instante, franzindo os lábios enquanto pensava. Ergueu a cabeça e a encarou, com muita calma. Eu a vi se empertigar ainda mais, pressionando os lábios, trêmula, porém resoluta, determinada a desafiá-lo.

Então, com um senso de oportunidade verdadeiramente diabólico, Jamie se virou para o sr. Wemyss.

– Joseph? – disse ele, com doçura.

O sr. Wemyss estivera sentado, hipnotizado, os olhos fixos na filha, as mãos pálidas agarradas à caneca de café. No entanto, não hesitou nem pestanejou.

– Elizabeth – entoou, com a voz muito tranquila. – Você *me* ama?

Lizzie deixou cair a fachada desafiadora feito um ovo quebrado, irrompendo em lágrimas.

– Ah, pai!

Ela largou os gêmeos e correu até ele, que se levantou bem a tempo de acolhê-la com firmeza, o rosto colado em seu cabelo. Lizzie se agarrou ao pai, soluçando, e ouvi um breve suspiro de um dos gêmeos, embora não pudesse dizer qual.

O sr. Wemyss a embalou delicadamente, com afagos e tapinhas, murmurando palavras indistinguíveis em meio aos soluços e sons vindos da filha.

Jamie observava os gêmeos... com compaixão. Os dois tinham as mãos entrelaçadas, e Kezzie exibia os dentes cravados no lábio de baixo.

Lizzie se separou do pai, fungando e tateando vagamente à procura de um lenço de mão. Puxei um de minha bolsa, levantei-me e entreguei a ela. Ela assoou o nariz com força e enxugou os olhos, tentando não olhar para Jamie; sabia muito bem de onde vinha o perigo.

Aquele, porém, era um recinto bem pequeno, e Jamie não podia ser facilmente ignorado, mesmo num ambiente grande. Ao contrário do meu consultório, as janelas do escritório eram pequenas e posicionadas bem no alto da parede, o que em circunstâncias normais conferia ao local uma iluminação fraca, agradável e aconchegante. No momento, com a chuva ainda caindo do lado de fora, uma luz cinzenta se abatia sobre a sala, e o ar estava frio.

– Não se trata de quem você ama, moça – disse Jamie, delicado. – Nem mesmo o seu pai. – Ele inclinou a cabeça para o ventre dela. – Você tem uma criança na barriga. Nada mais importa além de fazer a coisa certa em relação a isso. O que significa não pintar a mãe da criança como prostituta, não é?

Suas bochechas enrubesceram, uma placa carmesim.

– Eu não sou prostituta!

– Eu não disse isso – retrucou Jamie, calmamente. – Mas os outros vão dizer, e o que você andou aprontando vai se espalhar, moça. Abrir as pernas para dois homens e não se casar com nenhum? E ainda mais com um pequeno, e você não sabe nem dizer o nome do pai?

Ela desviou os olhos, irritada – e viu o próprio pai, de cabeça baixa, vermelho de vergonha. Soltou um muxoxo, desconsolada, e enterrou a cabeça nas mãos.

Os gêmeos se remexiam, incomodados, se entreolhando, e Jo passou o pé por sob o corpo para se levantar... então captou um olhar de mágoa e reprovação do sr. Wemyss e mudou de ideia.

Jamie suspirou com força e esfregou o nariz. Permaneceu ali parado, inclinado em frente à lareira, e puxou dois talos da cesta de gravetos. Segurando os dois com o punho fechado, estendeu a mão para os gêmeos.

– Quem tirar o menor graveto, se casa – explicou, resignado.

Os gêmeos o encararam, boquiabertos. Então Kezzie engoliu visivelmente em seco, fechou os olhos e puxou um pauzinho, cauteloso, como se estivesse conectado a um explosivo. Jo manteve os olhos abertos, mas não olhou o pauzinho que havia tirado; tinha os olhos fixos em Lizzie.

Ao olhar os pauzinhos, todos suspiraram ao mesmo tempo.

– Muito bem, então. Levante-se – Jamie disse a Kezzie, que segurava o palito mais curto. Atordoado, o rapaz obedeceu.

– Pegue a mão dela – disse Jamie, com paciência. – Agora, você jura diante dessas testemunhas – ele meneou a cabeça para mim e o sr. Wemyss – que aceita Elizabeth Wemyss como sua esposa?

Kezzie assentiu, então pigarreou e se aprumou.

– Aceito, sim – respondeu, com firmeza.

– E você, garotinha, aceita Keziah... seu nome é Keziah? – indagou Jamie, estreitando os olhos com desconfiança para o rapaz. – Muito bem, Keziah... Você o aceita como marido, Lizzie?

– Aceito – respondeu ela, desesperançosa e confusa.

– Bom – concluiu Jamie, bruscamente. – Vocês agora estão atados. Assim que encontrarmos um padre vamos organizar a bênção apropriada, mas o casamento está feito. – Então ele encarou Jo, que havia se levantado, e disse, com firmeza: – E você, vá embora. Hoje à noite. Não volte aqui até a criança nascer.

Jo estava branco até os lábios, mas assentiu. Tinha as mãos pressionadas no corpo – não onde Jamie o havia acertado, mas mais acima, perto do coração. Ao ver seu rosto, senti uma dor aguda no mesmo lugar.

– Pois bem. – Jamie respirou fundo e curvou um pouco os ombros. – Joseph... você ainda tem o contrato de casamento que redigiu para a sua filha e o jovem McGillivray? Vá buscar, sim, e alteramos o nome.

Como uma lesma enfiando a cabeça para fora após uma tempestade, o sr. Wemyss assentiu com cautela. Olhou para Lizzie, ainda de mãos dadas com o novo marido, tal e qual Ló e a esposa. O sr. Wemyss deu um tapinha de leve no ombro da filha e saiu correndo, os pés fazendo barulho na escada.

– Você vai precisar de uma vela nova, não vai? – perguntei a Jamie, apontando expressivamente com a cabeça em direção a Lizzie e aos gêmeos.

O toco de sua vela ainda tinha pouco mais de 1 centímetro, mas achei decente conceder aos três alguns momentos de privacidade.

– Ah? Ah, sim – respondeu ele, ao perceber minha intenção. Deu uma tossidela. – Eu... ahn... vou buscar.

No instante em que adentramos meu consultório, ele fechou a porta, recostou-se nela e deixou a cabeça cair, balançando-a.

– Ah, meu Deus.

– Pobrezinhos – respondi, com certa compaixão. – Quero dizer... não tem como não sentir pena.

– Não tem? – Ele deu uma fungada na camisa, que havia secado mas ainda exibia uma clara mancha de vômito na frente, então se endireitou e espichou o corpo até as costas estalarem. – É, imagino que não – admitiu. – Mas... ah, Deus! Ela contou como foi que aconteceu?

– Contou. Mais tarde eu revelo os detalhes sórdidos. – Ouvi os passos do sr. Wemyss descendo as escadas. Tirei um par de velas novas do conjunto que pendia próximo ao teto e as estendi, esticando o longo pavio que as unia. – Tem uma faca à mão?

Ele desceu a mão automaticamente até o quadril, mas não estava com o punhal.

– Não. Mas tem um canivete na minha mesa.

Ele abriu a porta no mesmo instante em que o sr. Wemyss adentrava o escritório. A exclamação de choque do sr. Wemyss me atingiu ao mesmo tempo que o cheiro de sangue.

Jamie empurrou o sr. Wemyss e eu disparei atrás dele, o coração na boca.

Os três estavam parados diante da mesa, bem juntinhos. Uma mancha de sangue fresco sujava a mesa, e meu lencinho, ensanguentado, estava enrolado na mão de Kezzie. Ele encarou Jamie, o rosto fantasmagórico sob a luz da vela. Tinha os dentes cerrados num esgar, mas tentava sorrir.

Captei com o canto do olho um pequeno movimento, então vi Jo segurando cuidadosamente a lâmina do canivete de Jamie por sobre a chama da vela. Como se não houvesse ninguém ali, ele tomou a mão do irmão, puxou o lenço e pressionou o metal quente contra a ferida oval no polegar de Kezzie.

O sr. Wemyss fez um ruído ao engasgar, e o odor de carne queimada misturou-se ao cheiro da chuva. Kezzie inspirou profundamente, então soltou o ar e abriu um sorriso torto para Jo.

– A bênção, irmão – disse ele, a voz meio alta e impassível.

– Muita felicidade a você, irmão – disse Jo, com a mesma voz.

Lizzie permanecia parada entre os dois, pequenina e desgrenhada, os olhos vermelhos fixos em Jamie. E sorria.

74

TÃO ROMÂNTICO

Brianna conduziu o carrinho lentamente pela saliência da colcha onde estava a perna de Roger, cruzou o estômago e seguiu até o centro do peito, quando ele segurou tanto o carro quanto sua mão, abrindo um sorriso irônico.

– É um carro muito bom – disse ela, soltando a mão e rolando o corpo para se acomodar junto a Roger. – Todas as quatro rodinhas giram. De que marca é? Um Morris Minor, feito aquele laranjinha que você tinha na Escócia? Aquilo era a coisa mais linda que eu já vi, mas nunca entendi como você conseguia se enfiar nele.

– Eu passava talco. – Ele ergueu o brinquedo e girou uma roda dianteira com o polegar. – É, esse aqui é mesmo bom, não é? Na verdade, não é para ser nenhum modelo específico, mas eu suponho que tivesse em mente aquele seu Ford Mustang. Lembra quando a gente desceu as montanhas dirigindo?

Ele suavizou o olhar com a lembrança, o tom verde era quase negro à luz fraca do fogo abafado.

– Lembro. Quase saí da estrada quando você me beijou a 130 quilômetros por hora.

Por instinto, ela se aproximou dele, cutucando-o com o joelho. Ele rolou gentilmente o corpo para beijá-la, correndo o carro com agilidade pela extensão de sua coluna e a curva de suas nádegas. Ela soltou um gemido e contorceu o corpo, tentando escapar das cócegas causadas pelas rodinhas, então socou-o nas costelas.

– Pare com isso!

– Pensei que achasse a velocidade sensual. Vrum – murmurou Roger, deslizando o brinquedo por sobre seu braço... e subindo depressa pelo colo da camisola.

Ela tentou agarrar o carro, mas ele desceu, correndo as rodas pela sua coxa – então tornou a subir rapidamente.

Seguiu-se uma furiosa luta pela posse do carro, que terminou com os dois no chão, num emaranhado de roupas de cama e camisolas, resfolegantes e loucos de gargalhar.

– Psiu! Vai acordar Jemmy!

Ela se ergueu e deu um giro, tentando sair de baixo de Roger. Na segurança de mais de 20 quilos de vantagem, ele simplesmente relaxava em cima dela, prendendo-a ao assoalho.

– Ele não acorda nem com tiros de canhão – disse Roger, com a certeza oriunda da experiência.

Era verdade; depois de passada a fase de acordar para mamar a cada poucas horas, Jem sempre tivera um sono especialmente comatoso.

Ela se abaixou, soprando cabelo dos olhos e aguardando.

– Você acha que algum dia vai voltar a disparar a mais de cento e trinta por hora?

– Só se eu cair de um penhasco muito alto. Você está nua, sabia disso?

– Ora, você também!

– É, mas eu já comecei assim. Cadê o carro?

– Não faço ideia – mentiu ela. Estava, na verdade, escondido atrás de sua lombar, bastante desconfortável, mas ela não pretendia conceder-lhe mais nenhuma vantagem. – Para que você quer?

– Ah, eu ia explorar um pouco o terreno – respondeu ele, erguendo-se num dos cotovelos e caminhando com os dedos lentamente pela subida de um dos seios. – Mas acho que dá para fazer a pé. Demora mais, mas é melhor para apreciar a paisagem. É o que dizem.

– Hum. – Ele podia imobilizá-la com o próprio peso, mas não conseguia segurar seus braços. Ela estendeu o indicador e cravou a unha precisamente em seu mamilo, arrancando dele um suspiro profundo. – Você planejou uma viagem longa?

Ela olhou a pequena prateleira perto da cama, onde guardava os contraceptivos.

– Bastante longa.

Roger acompanhou o olhar de Brianna, então voltou a encará-la, com olhos indagativos.

Ela contorceu o corpo para se ajeitar, sem perceber que desalojava o carro em miniatura.

– Dizem que uma jornada de mil quilômetros começa com um único passo – disse ela, então ergueu a cabeça, pôs a boca no mamilo dele e cerrou gentilmente os dentes.

Um instante depois, soltou-os.

– Sem barulho – pediu, num tom de reprovação. – Vai acordar Jemmy.

– Cadê sua tesoura? Vou cortar.

– Não vou falar. Eu gosto comprido.

Ela empurrou os sedosos cabelos escuros do rosto dele e beijou-lhe a ponta do nariz, o que pareceu desconcertá-lo um pouco. Ele, porém, sorriu e beijou-a brevemente antes de se sentar, afastando o cabelo do rosto.

– Isso não pode ser confortável – disse ele, encarando o berço. – Será que devo colocá-lo na cama?

Brianna, de onde estava, no chão, ergueu o olhar e encarou o berço. Jemmy, com seus 4 anos, muito tempo antes passara a dormir em uma caminha rente ao chão, mas de vez em quando insistia em ir para o berço, pelos velhos tempos, enfiando-se nele com teimosia, embora já não conseguisse colocar pernas, braços e cabeça do lado de dentro ao mesmo tempo. Ele no momento estava invisível, exceto pelas pernocas gorduchas que despontavam de uma das extremidades.

Estava crescendo tanto, pensou ela. Ainda não lia muito bem, mas já conhecia todas as letras e sabia contar até cem e escrever o próprio nome. E carregar uma arma; o avô havia lhe ensinado.

– Devemos contar a ele? – indagou ela, de repente. – E, se contarmos, quando?

Roger devia estar pensando a mesma coisa, pois pareceu entender exatamente o que ela dizia.

– Meu Deus, como contar uma coisa dessas a uma criança?

Ele se levantou, pegou a roupa de cama e começou a sacudir, aparentemente na esperança de encontrar a fita de couro que usava para amarrar o cabelo.

– Quando uma criança é adotada, os pais não contam? – retrucou ela, sentando-se e correndo as mãos pelo próprio cabelo frondoso. – Ou quando há algum escândalo familiar, como o pai não estar morto, e sim preso? Se a criança fica sabendo cedo, não dá muita bola; ela cresce acostumada com a ideia. Quando descobre mais tarde, é um choque.

Ele lançou à mulher um olhar torto, de esguelha.

– Você sabe bem.

– Você também.

Ela retrucou num tom seco, mas ainda sentia o eco das palavras. Incredulidade, raiva, negação... e o súbito colapso de seu mundo quando ela começou, contra a própria vontade, a acreditar. A sensação de vazio e abandono – e a sensação de ira e traição ao descobrir tantas mentiras na vida em que sempre acreditara.

– Para você, pelo menos, não houve escolha – disse ela, ajeitando-se numa posição mais confortável próxima à beirada da cama. – Ninguém sabia sobre você; ninguém *poderia* ter revelado o que você era.

– Ah, e você acha que deveriam ter lhe contado mais cedo sobre as viagens no tempo? Os seus pais? – Ele ergueu uma sobrancelha escura com um humor meio sarcástico. – Até imagino os bilhetes chegando da escola... *Brianna tem uma imaginação muito fértil, mas deve ser encorajada a reconhecer as situações onde o mais apropriado é não empregá-la.*

– Rá. – Ela chutou para longe o restante do amontoado de roupas e lençóis. – Eu frequentei uma escola católica. As freiras teriam dito que era mentira e acabado com a história, fim de papo. Cadê minha camisola?

Durante a luta ela havia se despido por completo, e, embora ainda estivesse com o corpo quente pela atividade, sentia-se desconfortavelmente exposta, mesmo à luz fraca do quarto.

– Aqui. – Ele puxou um pano de linho do meio da bagunça e sacudiu. – Você acha? – tornou a perguntar, encarando-a com uma sobrancelha erguida.

– Se eu acho que eles deveriam ter me contado? Sim. E não – admitiu ela, com relutância. Apanhou a camisola e passou-a por sobre a cabeça. – Quero dizer... eu entendo por que não contaram. Para começo de conversa, papai não acreditava. E *as coisas* nas quais ele acreditava... bom, fosse lá o que fosse, ele pediu que mamãe me fizesse acreditar que era o meu verdadeiro pai. Ela deu a palavra a ele; não acho que devesse ter quebrado a própria palavra, não.

Até onde Brianna sabia, a mãe havia quebrado a própria palavra apenas uma vez – com relutância, mas com desdobramentos surpreendentes.

Ela alisou o linho amarfanhado por sobre o corpo e pegou nas pontas da cordinha que se amarrava ao pescoço. Agora estava coberta, mas sentia o corpo exposto, como se ainda estivesse nua. Roger estava sentado no colchão, sacudindo os cobertores, ainda com os olhos verdes e indagativos fixos nela.

– Mesmo assim era mentira – vociferou ela. – Eu tinha o direito de saber!

Ele assentiu lentamente.

– Hum. – Pegou um lençol enroscado e começou a desembolar. – É, bom. Posso imaginar essas cenas, revelar a uma criança que ela é adotada, ou que o pai está preso. Mas isso está mais para contar que o pai matou a mãe ao encontrá-la transando com o carteiro e mais seis bons amigos na cozinha. Talvez não seja um choque tão grande se você contar logo... mas sem dúvida vai atrair a atenção dos amiguinhos quando *ele* começar a espalhar a história por aí.

Brianna mordeu o lábio, inesperadamente zangada e irritadiça. Não imaginara que os próprios sentimentos estivessem tão à flor da pele, e não gostava disso, nem de saber que Roger podia perceber.

– Bom... é. – Ela olhou o berço. Jem havia se mexido; estava agora enroscado feito um ouriço, o rosto colado aos joelhos e nada visível além da curva do bumbum por sob o camisolão, despontando pela beirada do berço feito a lua erguida no horizonte. – Você tem razão. A gente tem que esperar até ele crescer a ponto de saber que não pode falar isso para os outros; que é um segredo.

O fio de couro caiu de uma colcha sacudida. Ele se agachou para apanhá-lo, os cabelos escuros caindo por sobre o rosto.

– Você algum dia vai querer contar a Jem que eu não sou o pai verdadeiro dele? – perguntou, sem olhar para ela.

– Roger! – Toda a irritação de Bree desapareceu em uma onda de pânico. – Não faria isso nem em cem milhões de anos! Mesmo que eu achasse que é verdade – acrescentou, mais que depressa. – E não acredito, Roger, não acredito! Sei que você é o pai dele.

Ela se sentou ao lado dele e agarrou seu braço. Ele abriu um sorriso meio torto e deu uma batidinha na mão dela... mas não a encarou nos olhos. Aguardou um instante, então se remexeu, delicadamente se soltando para ajeitar o cabelo.

– Mas e aquilo que você disse? Ele não tem o direito de saber quem ele é?

– Isso não... É diferente.

Era; e ao mesmo tempo não era. O ato que resultara na concepção não havia sido estupro... mas, mesmo assim, não houvera intenção. Por outro lado, não restava dúvida: seus dois – bom, seus três – progenitores sabiam, com toda a certeza, que ela era filha de Jamie Fraser.

Com Jem... ela tornou a olhar o berço, instintivamente à procura de algum sinal, alguma pista inegável da paternidade. O menino, no entanto, se parecia com ela e com o pai dela, tanto no tom de pele quanto nas feições. Era grande para a idade, de membros compridos e costas largas – como ambos os homens que poderiam ser seu pai. E ambos, que desgraça, tinham olhos verdes.

– Eu não vou contar isso a ele – disse, decidida. – Nunca, e nem você. *Você* é o pai dele, sob todos os aspectos importantes. E não há nenhum bom motivo para que ele sequer saiba da existência de Stephen Bonnet.

– Exceto pelo fato de que Bonnet *existe* – observou Roger. – E acha que o pequeno é *dele*. E se os dois se encontrarem um dia? Quando Jem for mais velho, quero dizer.

Ela não havia crescido com o hábito de fazer o sinal da cruz em momentos de nervosismo, feito o pai e o primo; mas agora fez, arrancando uma risada de Roger.

– Não tem graça – disse ela, endireitando-se na cama. – Isso não vai acontecer. E, se acontecesse... se eu visse Stephen Bonnet em algum lugar perto do meu filho... bom, da próxima vez eu vou mirar mais alto, só isso.

– Está determinada a dar ao garoto uma boa história para contar aos coleguinhas, não é? – indagou ele, num tom baixo e provocativo, e ela relaxou um pouco, esperando ter tranquilizado qualquer dúvida do marido a respeito do que deveria ser dito a Jemmy quanto a sua paternidade.

– Tudo bem, mas ele vai ter que saber o resto, mais cedo ou mais tarde. Não quero que descubra por acidente.

– Você não descobriu por acidente. A sua mãe na verdade lhe contou.

E olhe só onde estamos agora. A frase não foi verbalizada, mas ecoava bem alto em seus pensamentos, enquanto ele a encarava.

Se ela não tivesse se sentido impelida a retornar, a cruzar as pedras para encontrar seu verdadeiro pai... nenhum deles estaria ali agora. Estariam seguros no século XX, talvez na Escócia, talvez na América... em um lugar onde as crianças não morriam de diarreia e febres súbitas.

Em um lugar onde o perigo não espreitava atrás das árvores, onde a guerra não se escondia sob os arbustos. Um lugar onde Roger ainda cantava, com a voz pura e forte.

Talvez, porém – apenas talvez –, ela não tivesse Jem.

– Eu sinto muito – disse ela, sufocada. – Sei que a culpa é minha... de tudo isso. Se eu não tivesse voltado...

Ela estendeu a mão, hesitante, e tocou a cicatriz áspera que dava a volta na garganta dele. Roger tomou a mão dela e puxou-a para baixo.

– Meu Deus – disse ele, baixinho –, se eu pudesse ir a qualquer lugar para encontrar um dos meus pais, Brianna, inclusive ao inferno... eu iria. – Ele olhou para cima, os olhos verdes e vívidos, e apertou a mão dela com força. – Se tem alguém neste mundo que compreende isso, querida, sou eu.

Ela retribuiu o aperto dele, com força. O alívio em saber que não a culpava a relaxava um pouco, mas o lamento pelas perdas dele – e dela – ainda lhe tomava o peito e a garganta, pesado feito penas molhadas. Respirar era doloroso.

Jemmy se remexeu, levantou-se de súbito, então caiu deitado de volta, ainda adormecido, projetando um braço para fora do berço, mole feito um macarrão. Ela havia congelado com seu movimento súbito, mas então relaxou e se levantou para tentar enfiar o braço de volta. Antes que pudesse chegar ao berço, porém, ouviu uma batida à porta.

Roger mais que depressa agarrou a camisa com uma das mãos e a faca com a outra.

– Quem é? – indagou ela, o coração disparado.

Ninguém fazia visitas depois de escurecer, exceto em caso de emergência.

– Sou eu, srta. Bree – disse a voz de Lizzie, pela mata. – Nós podemos entrar, por favor?

Soava animada, porém não alarmada. Brianna aguardou que Roger se vestisse e ergueu o pesado ferrolho.

Seu primeiro pensamento foi confirmar a animação de Lizzie; as bochechas da escrava estavam vermelhas feito maçãs, visíveis mesmo na escuridão da varanda.

"Nós" eram ela e os dois Beardsleys, que curvaram-se em mesuras e acenos de cabeça, murmurando pedidos de desculpa pela visita tão tardia.

– De forma alguma – disse Brianna, automaticamente, olhando em volta à procura de um xale. Não apenas sua camisola era fina e velha, como ostentava uma incriminadora mancha na frente. – Ahn... podem entrar!

Roger avançou para cumprimentar as visitas inesperadas, alheio ao fato de estar usando apenas uma camisa, e ela correu apressada até o canto escuro atrás do tear e tateou pelo antigo xale que mantinha ali para confortar as pernas durante o trabalho.

Enrolada na segurança do xale, chutou um tronco para abrandar o fogo e inclinou-se para acender uma vela no carvão em brasa. Sob o brilho trêmulo da vela, viu que os Beardsleys estavam vestidos com uma elegância nada rotineira, de cabelos penteados e trançados, camisas limpas e coletes de couro; não usavam casacos. Lizzie também usava seu melhor vestido – a bem da verdade, era o vestido de lã cor de pêssego claro que elas haviam feito para seu casamento.

Havia algo no ar, e ficou óbvio o que era enquanto Lizzie cochichava algo muito sério no ouvido de Roger.

– Quer que eu *case* você? – indagou Roger, num tom de espanto. Olhou de um gêmeo a outro. – Ahn... com quem?

– Isso mesmo, senhor – respondeu Lizzie, meneando a cabeça em uma respeitosa mesura. – Eu e Jo, senhor, se puder fazer essa gentileza. Kezzie veio servir de testemunha.

Roger esfregou uma das mãos no rosto, meio desnorteado.

– Bem... mas...

Ele encarou Brianna com um olhar de súplica.

– Você está com algum problema, Lizzie? – indagou Brianna, sem rodeios, acendendo outra vela e apoiando-a no candeeiro junto à porta.

Com mais luz, ela pôde ver que Lizzie tinha as pálpebras vermelhas e inchadas, como se tivesse chorado – embora agisse com empolgada determinação, não medo.

– Não um problema, exatamente. Mas eu... estou grávida, sim. – Lizzie cruzou os braços sobre a barriga, num gesto protetor. – A gente... a gente quer se casar, antes de contarmos aos outros.

– Ah. Bom... – Roger lançou a Jo um olhar reprovador, porém pouco convincente. – Mas o seu pai... ele não vai...

– Meu pai ia querer nos ver casados por um padre – explicou ela, muito séria. – E assim vai ser. Mas o senhor sabe, vai levar meses... ou talvez anos... até encontrarmos um. – Ela baixou os olhos, enrubescida. – Eu... queria estar casada, pelas palavras certas, sabe, antes da chegada do bebê.

– Sim – respondeu ele, os olhos atraídos para a barriga de Lizzie. – Estou compreendendo. Mas não vejo motivo para tanta pressa, se é que você me entende. Quero dizer, você não vai parecer mais grávida amanhã do que hoje. Ou semana que vem.

Jo e Kezzie trocaram olhares por sobre a cabeça de Lizzie. Então Jo deitou a mão na cintura de Lizzie e a trouxe delicadamente para perto de si.

– Senhor. É só que... queremos fazer o que é certo um com o outro. Mas queremos que fique entre nós, entende? Só eu, Lizzie e o meu irmão.

– Só nós – repetiu Kezzie, se aproximando. Encarou Roger com seriedade. – Por favor, senhor?

O rapaz parecia machucado; trazia um lenço enrolado na mão.

Brianna quase não aguentou de tanta comoção ao ver os três; tão inocentes, tão jovens, aqueles três rostinhos mirrados encarando Roger com olhar sério, de súplica. Ela se aproximou e tocou o braço de Roger, quente por sob a manga da camisa.

– Faça isso por eles – disse ela, baixinho. – Por favor? Não é exatamente um casamento... mas você pode firmar a união.

– Ah, muito bem, mas eles precisam ser aconselhados... o pai dela...

Ele foi parando de protestar ao desviar os olhos para o trio, e Bree percebeu que estava tão comovido quanto ela própria com toda aquela inocência. Além do mais, pensou ela, bem-humorada, Roger também estava bastante atraído pela ideia de celebrar seu primeiro casamento, ainda que nada ortodoxo. As circunstâncias seriam românticas e memoráveis, ali, na calada da noite, votos trocados à luz do fogo e das velas, com a lembrança de seu próprio amor cálido feito em meio às sombras e a criança adormecida como testemunha, bênção e promessa para o novo casamento a ser celebrado.

Roger respirou fundo, sorriu para ela, resignado, e deu meia-volta.

– Muito bem, então. Mas deixem-me vestir a calça; não vou celebrar meu primeiro casamento de bunda de fora.

· · ·

Roger segurava uma colher de geleia por sobre a fatia de torrada, me encarando.

– Eles *o quê?* – indagou, num tom sufocado.

– Ah, ela *não fez isso!* – Bree levou a mão à boca, os olhos arregalados, e removeu-a para perguntar: – *Os dois?*

– É claro – respondi, abafando o desgraçado ímpeto de gargalhar. – Você realmente casou a moça e Jo ontem à noite?

– Que Deus me ajude, casei – murmurou Roger. Com uma expressão de profundo desconcerto, mergulhou a colher no café e mexeu, com gestos mecânicos. – Mas ela também trocou votos com Kezzie?

– Diante de testemunhas – garanti, com um olhar cauteloso ao sr. Wemyss, sentado à outra ponta da mesa do café da manhã, boquiaberto e aparentemente petrificado.

– Você acha... – começou Bree. – Quero dizer, os dois *ao mesmo tempo?*

– É, ela disse que não – respondi, olhando de esguelha para o sr. Wemyss para indicar que talvez aquela não fosse uma pergunta adequada a se fazer na presença dele, por mais fascínio que o tema trouxesse.

– Ai, meu Deus – disse o sr. Wemyss, numa voz sepulcral. – Ela está condenada.

– Santa Maria, mãe de Deus – disse a sra. Bug, de olhos arregalados, e fez o sinal da cruz. – Que Cristo tenha misericórdia!

Roger deu um gole no café, engasgou-se e apoiou a xícara de volta à mesa, cuspindo. Brianna o ajudou com uns tapinhas nas costas, mas ele, de olhos lacrimejantes, indicou que ela se afastasse e se recompôs.

– Bom, talvez não seja tão ruim quanto parece – disse ao sr. Wemyss, tentando encontrar o lado positivo da situação. – Quero dizer, é possível dizer que os gêmeos são uma só alma que Deus dividiu em dois corpos por Seus propósitos particulares.

– Pois é, mas... dois corpos! – retrucou a sra. Bug. – Vocês acham... os dois *ao mesmo tempo?*

– Eu não sei – respondi, desistindo. – Mas imagino...

Encarei a janela, onde a neve sussurrava sobre a persiana fechada. Havia começado a nevar forte na noite anterior, uma neve grossa e úmida; naquele momento havia quase 30 centímetros de neve no chão, e eu tinha plena certeza de que todos à mesa imaginavam exatamente o mesmo que eu: Lizzie e os gêmeos Beardsley aconchegados numa cama quentinha, debaixo de peles, diante de uma fogueira, desfrutando da lua de mel.

– Bom, suponho que não haja muita coisa que *alguém* possa fazer – disse Bree, num tom prático. – Se dissermos qualquer coisa em público, os presbiterianos provavelmente vão apedrejar Lizzie como prostituta papista e...

O sr. Wemyss emitiu um barulho, feito uma bexiga de porco estourada.

– Certamente ninguém vai dizer nada. – Roger encarou a sra. Bug com um olhar firme. – Não é mesmo?

– Bom, eu vou ter que dizer ao Arch, veja bem, senão vou explodir – respondeu ela, com franqueza. – Mas a mais ninguém. Minha boca será um túmulo, juro, que o Diabo me carregue se eu estiver mentindo.

Ela levou as duas mãos à boca como ilustração, e Roger assentiu.

– Suponho – disse ele, desconfiado – que a união que celebrei não seja exatamente válida. Por outro lado...

– Sem dúvida é tão válida quanto a conduzida por Jamie – retruquei. – Além do mais, acho que é muito tarde para forçá-la a escolher. Quando o polegar de Kezzie cicatrizar, ninguém vai conseguir distinguir...

– Só a própria Lizzie, provavelmente – disse Bree. Lambeu um respingo de mel do canto da boca e encarou Roger, pensativa. – Fico imaginando como seria se houvesse dois de você.

– Seria uma confusão para nós dois – garantiu ele. – Sra. Bug... tem mais café?

– Quem está arrumando confusão?

A porta da cozinha se abriu, trazendo uma rajada de neve e ar gélido, e Jamie entrou com Jem, ambos recém-chegados de uma visita à latrina, de rostos vermelhos, cabelos e cílios cheios de flocos de neve já derretendo.

– Você, para começar. Você foi enganado por uma bígama de 19 anos – informei a ele.

– O que é uma *bígrama*? – inquiriu Jem.

– Uma grama bem grandona – respondeu Roger, pegando uma fatia de torrada com manteiga e enfiando na boca de Jem. – Aqui. Por que não come isso e...

A voz dele foi morrendo ao perceber que não podia mandar Jem lá para fora.

– Lizzie e os gêmeos foram procurar Roger ontem à noite, e ele a casou com Jo – expliquei a Jamie.

Ele pestanejou, a neve derretida em seus cílios escorrendo pela face.

– Maldição – disse ele.

Jamie respirou fundo, então percebeu que ainda estava coberto de neve e foi se sacudir perto da lareira, os floquinhos caindo por sobre o fogo com faíscas e chiados.

– Bom – disse, retornando à mesa e sentando-se a meu lado –, pelo menos seu neto vai ter um sobrenome, Joseph. Seja como for, é Beardsley.

A ridícula observação pareceu de fato confortar um pouco o sr. Wemyss; um pouco de cor lhe retornou à face, e ele permitiu que a sra. Bug pusesse um pãozinho fresco em seu prato.

– É, imagino que já seja alguma coisa – disse ele. – E realmente não consigo enxergar...

– Venha *ver* – dizia Jemmy, puxando com impaciência o braço de Bree. – Venha ver, mamãe!

– Ver o quê?

– Eu escrevi o meu nome! O vovô me ensinou!

– Ah, foi? Ora, que coisa boa! – Brianna abriu um sorriso para o filho, então franziu a testa. – O quê... agora mesmo?

– Sim! Venha ver antes que desapareça!

Ela encarou Jamie por sob as sobrancelhas baixas.

– Pai, você *não fez isso*.

Ele pegou uma fatia de torrada fresca do prato e espalhou manteiga por cima, com cuidado.

– Ah, sim – disse ele –, tem que haver *alguma* vantagem ainda em ser homem, mesmo que ninguém dê a menor atenção ao que a gente diga. Pode me passar a geleia, Roger Mac?

75

PIOLHOS

Jem apoiou os cotovelos sobre a mesa, o queixo nos punhos, seguindo o caminho da colher pela massa crua com a expressão atenta de um leão observando um apetitoso antílope a caminho do charco.

– Nem pensar – adverti, com uma olhada para seus dedos sujos. – Vai ficar pronto daqui a pouquinho; aí você vai poder pegar.

– Mas eu gosto de cru, vovó – protestou ele, arregalando os olhos azul-escuros numa súplica silenciosa.

– Você não pode ficar comendo coisa crua – respondi, num tom severo. – Vai ficar doente.

– Você come, vovó.

Ele apontou para a minha boca, que exibia uma mancha amarronzada de massa crua. Pigarreei e limpei com uma toalha a prova do crime.

– Vai estragar o jantar – retruquei.

Ele, com a perspicácia de uma besta selvagem, sentiu o fraquejar de sua presa.

– Prometo que não vou. Vou comer tudinho! – disse, já estendendo a mão para a colher.

– É disso que eu tenho medo – respondi, cedendo com certa relutância. – Só uma provinha, então... deixe um pouco para seu pai e seu avô.

Ele assentiu, em silêncio, e lambeu a colher com uma comprida passada de língua, fechando os olhos em êxtase.

Apanhei outra colher e comecei a pingar os biscoitos nas folhas finas que eu usava para assar. Terminamos morrendo de calor, as folhas cheias e a tigela quase vazia, no exato instante em que ouvimos passos no corredor em direção à porta. Ao reconhecer o caminhar de Brianna, agarrei a colher lambida da mão de Jemmy e esfreguei mais que depressa uma toalha em sua boca suja.

Bree parou diante da porta, o sorriso transformado num olhar de desconfiança.

– O que é que vocês dois estão fazendo?

– Biscoito de melaço – respondi, erguendo as folhas como prova antes de deslizá-las para dentro do forno embutido na parede da lareira. – Jemmy está me ajudando.

Uma sobrancelha ruiva se ergueu. Ela correu o olhar entre mim e Jemmy, que exibia uma expressão de inocência pouquíssimo natural. Concluí que minha própria expressão não devia estar muito mais convincente.

– Estou vendo – disse Bree, num tom seco. – Quanta massa crua você comeu, Jem?

– Quem, eu? – indagou Jemmy, arregalando os olhos.

– Hum. – Ela se inclinou para a frente e removeu uma bolota de seus cachos ruivos. – O que é isso, então?

Ele franziu o cenho, envesgando os olhos de leve na tentativa de ajustar o foco.

– Um piolhão bem grande? – sugeriu, vivamente. – Devo ter pegado de Rabbie McLeod.

– Rabbie McLeod? – indaguei, com a incômoda consciência de que Rabbie estivera enroscado no banco da cozinha fazia poucos dias, os indomados cachos escuros enroscados nos de Jemmy enquanto os dois dormiam, esperando pelos pais.

Recordei-me de pensar, à época, como os menininhos eram encantadores, dormindo com as cabecinhas unidas, os rostinhos plácidos e sonhadores.

– Rabbie está com piolho? – perguntou Bree, dando um peteleco na massa como se de fato fosse um inseto abominável.

– Ah, sim, um monte – assegurou Jemmy, em tom alegre. – A mãe dele disse que vai pegar a navalha do pai e raspar todo o cabelo dele, dos irmãos, do pai e do tio Rufe também. Ela disse que tem piolho pulando pela cama toda. Está cansada de ser devorada viva.

Com a maior displicência, ele levou a mão à cabeça e coçou, as unhas raspando os cabelos num gesto característico que eu já tinha visto com bastante frequência.

Troquei um breve olhar de pavor com Bree, que agarrou Jemmy pelos ombros e o arrastou até a janela.

– Venha cá!

Como era de se esperar, exposta ao brilho da luz refletida pela neve, a pele tenra atrás de suas orelhas e nuca exibia a vermelhidão característica causada por coçaduras, e uma breve inspeção em sua cabeça revelou o pior; pequeninas lêndeas agarradas à base dos fios de cabelo e alguns piolhos adultos, marrom-avermelhados, da metade do tamanho de grãos de arroz, rastejando feito loucos pela cabeleira. Bree pegou um, estalou-o entre as unhas dos polegares e jogou o cadáver no fogo.

– Eca! – Ela esfregou as mãos na saia e puxou a faixa que lhe prendia os cabelos, coçando com vigor. – Estou também? – indagou, ansiosa, empurrando o cocuruto para mim.

Agitei rapidamente a frondosa massa acastanhada, procurando as reveladoras lêndeas brancas, então me afastei, inclinando a própria cabeça.

– Não, e eu?

A porta dos fundos se abriu e Jamie entrou, meio surpreso em ver Brianna fuçando meu cabelo feito um babuíno ensandecido. Então ergueu a cabeça, farejando o ar.

– Tem alguma coisa queimando?

– Já peguei, vô!

A exclamação me atingiu ao mesmo tempo que o aroma de melaço queimado. Ergui a cabeça com um solavanco e dei um tranco na beirada da prateleira de louças, com força suficiente para me fazer ver estrelas.

As estrelas desapareceram bem a tempo de eu ver Jemmy, nas pontas dos pés, alcançando o forno enfumaçado na parede da lareira, bem no alto da cabeça. Tinha os olhos espremidos de concentração, o rosto virado contra a onda de ar quente e uma toalha enrolada desajeitadamente na mão tateante.

Jamie deu duas passadas, alcançou o garoto e agarrou-o pela gola da camisa. Estendeu a mão nua para dentro do fogão e puxou uma folha fina de biscoitos fumegantes, jogando-a para longe com força, a ponto de acertar a parede. Pequenos discos marrons saíram voando e se espalharam pelo chão.

Adso, que estivera empoleirado na janela ajudando na caça aos piolhos, viu o que parecia uma presa e deu um bote feroz num dos biscoitos voadores, acabando por queimar as patas. Com um gemido surpreso, largou o biscoito e correu para debaixo do banco.

Jamie, sacudindo os dedos queimados e proferindo xingamentos extremamente vulgares em gaélico, pegara um graveto de madeira com a outra mão e cutucava o forno, tentando extrair a folha remanescente de biscoitos em meio a nuvens de fumaça.

– O que está acontec... Ei! – gritou Roger.

– Jemmy! – exclamou Bree, exatamente ao mesmo tempo.

Disparando atrás de Jemmy, Roger passara de confuso a alarmado ao ver a cria agachada no chão, habilidosamente recolhendo os biscoitos, alheio ao fato de que a toalha atrás de si ardia em chamas pelas cinzas do fogão.

Roger partiu para cima de Jemmy, colidindo com Bree, que fazia o mesmo. Os dois se chocaram feito um canhão com Jamie, que acabava de manobrar a segunda folha de biscoitos até a ponta do forno. Ele cambaleou, perdendo o equilíbrio, e a folha desabou para dentro da lareira, espalhando blocos de carvão fumegante e cheirando a melaço. O caldeirão, meio inclinado, bamboleou e se deslocou perigosamente no gancho, derramando sopa no carvão e expelindo nuvens de vapor sibilantes e apetitosas.

Eu não sabia se ria ou disparava pela porta, mas decidi agarrar a toalha, que havia irrompido em chamas, e batê-la no fogão adornado de pedras.

Levantei-me, arquejante, e descobri que minha família havia conseguido se desgarrar do fogão. Roger segurava Jemmy com força contra o peito, enquanto Bree revistava o filho atrás de queimaduras, chamas e ossos quebrados. Jamie, bastante aborrecido, chupava um dedo empolado, abanando a fumaça para longe do rosto com a mão livre.

– Água fria – falei, num tom premente. Agarrei Jamie pelo braço, puxei o dedo de sua boca e o enfiei na pia. – Jemmy está bem? – indaguei, virando-me para a pintura das Famílias Felizes perto da janela. – Sim, estou vendo que sim. Largue o menino, Roger, ele está com piolho.

Roger soltou Jemmy feito uma batata quente, e – da maneira usual dos adultos ao ouvir a palavra "piolho" – coçou a cabeça. Jemmy, alheio à recente comoção, sentou-se no chão e começou a comer um dos biscoitos que havia recolhido no processo.

– Desse jeito você não vai conseguir jant... – começou Brianna, sem pensar, então viu o caldeirão virado e a lareira ensopada, olhou para mim e deu de ombros. – Tem mais biscoito? – perguntou a Jemmy.

De boca cheia, ele assentiu, meteu a mão na camisa e entregou um a ela. Ela o encarou criticamente, mas deu uma mordida mesmo assim.

– Nada mau – disse, em meio às migalhas. – Hum?

Entregou o restante a Roger, que o devorou com uma só mão, cutucando o cabelo de Jemmy com a outra.

– Está se espalhando – disse ele. – Vimos pelo menos meia dúzia de garotos perto de Sinclair, todos de cabeça raspada feito presidiários. Vamos ter que raspar a sua, então? – indagou, sorrindo para Jemmy e afagando a cabeleira do garoto.

Ao ouvir a sugestão, Jemmy escancarou um sorriso.

– Vou ficar careca que nem a vovó?

– Vai, até mais – garanti, num tom sarcástico.

Eu tinha, a bem da verdade, uma cabeleira de 5 centímetros no momento, embora os cachos a encurtassem, pequeninas ondas e rosquinhas a abraçar as curvas do meu crânio.

– Raspar a cabeça *dele*? – indagou Brianna, horrorizada. Virou-se para mim. – Não tem outra boa forma de se livrar dos piolhos?

Encarei a cabeça de Jemmy com ar de avaliação. Ele tinha o mesmo cabelo grosso, levemente ondulado, da mãe e do avô. Olhei para Jamie, que escancarou um sorriso, uma das mãos dentro da pia. Ele sabia, por experiência própria, quanto tempo levava para exterminar as lêndeas naquele tipo de cabelo; já passáramos por aquilo muitas vezes. Ele balançou a cabeça.

– Raspe – disse Jamie. – A gente não vai conseguir manter um garoto dessa idade sentado por tempo suficiente para passar o pente em tudo.

– A gente *podia* usar banha de porco – sugeri, meio duvidosa. – Fazer um emplastro na cabeça dele com banha de porco ou de urso e deixar por uns dias. Sufoca os piolhos. Ou pelo menos esperamos que sufoque.

– Eca.

Brianna olhou a cabeça do filho com desgosto, obviamente visualizando a confusão que ele faria nas roupas e lençóis se tivesse permissão de sair por aí com a cabeça empapada de banha de porco.

– Dá para tirar os grandes com vinagre e um pente fino – prossegui, indo espiar a fina linha branca que dividia os fios ruivos de Jemmy. – Mas não pega as lêndeas; essas a gente precisa raspar com as unhas... ou esperar que nasçam e remover com o pente.

– Raspe – disse Roger, balançando a cabeça. – Nunca dá para remover todas as lêndeas; é necessário repetir todo o processo a cada poucos dias, e se a gente perde algumas e deixa que elas cresçam a ponto de pular...

Ele abriu um sorriso torto e removeu uma migalha de biscoito de baixo da unha; ela quicou na saia de Bree, que deu um tapa na própria coxa e cravou os olhos em Roger.

– Que grande ajuda! – Ela mordeu o lábio, com uma carranca, mas assentiu, relutante. – Muito bem, então... suponho que não tenha mesmo jeito.

– Vai crescer de volta – garanti a ela.

Jamie subiu para pegar a navalha; eu fui ao consultório apanhar minha tesoura cirúrgica e um frasco de óleo de lavanda para a queimadura de Jamie. Quando retornei, Bree e Roger tinham as cabeças unidas sobre o que parecia um jornal.

– O que é isso? – perguntei, indo espiar por sobre o ombro de Brianna.

– O esforço inaugural de Fergus. – Roger abriu um sorriso e moveu o papel para que eu pudesse ver. – Ele mandou por um mercador, que deixou em Sinclair para Jamie.

– É mesmo? Que maravilha!

Espichei o pescoço para ler, e uma breve empolgação me dominou quando vi a manchete em letras grossas escrita no topo da página:

THE ONION, NEW BERN

Estreitei um pouco os olhos.

– The Onion? A cebola? – disse, pestanejando. – *The Onion?*

– Bom, ele explica isso – respondeu Roger, apontando para o trecho todo enfeitado, bem ao centro da página, onde se lia o título *Observações do proprietário*, sustentado por um par de querubins flutuantes. – Tem a ver com as camadas da cebola... complexidade, entende? E também o... ahn... – Ele correu o dedo pelo texto. – *A pungência e o sabor do discurso equilibrado sempre a ser exercitado aqui para a completa informação e o entretenimento de nossos compradores e leitores.*

– Percebo que faz distinção entre compradores e leitores – observei. – Muito francês da parte dele!

– Bom, sim – concordou Roger. – Há um distinto tom gaulês em algumas peças, mas dá para ver que deve ter havido a mão de Marsali nisso... e, claro, a maioria dos anúncios foi escrita pelos próprios anunciantes.

Ele apontou para um pequenino, intitulado *Perdido, um chapéu. Se encontrado em boa condição, favor retornar ao assinante, S. Gowdy, New Bern. Caso esteja em más condições, pode usar.*

Jamie chegou com a navalha bem a tempo de ouvir o anúncio e uniu-se às gargalhadas. Apontou o dedo mais abaixo na página, para outro item.

– Ah, esse é bom, mas acho que o "Cantinho do Poeta" talvez seja o meu preferido. Não deve ter sido escrito por Fergus, acho que não; ele não tem o menor ouvido para rimas... será que foi Marsali, ou outra pessoa?

– Leia em voz alta – disse Brianna, entregando com relutância o papel a Roger. – É melhor eu segurar Jemmy antes que ele fuja e passe piolho para a Cordilheira inteira.

Resignada ao seu destino, Brianna não hesitou, mas amarrou um pano de prato no pescoço de Jemmy e começou a operar a tesoura com determinação, espalhando pelo chão mechas de cabelo loiro-avermelhado e castanho feito uma chuva brilhosa. Enquanto isso, Roger lia em voz alta, com floreios dramáticos:

> *No último ato contra a venda*
> *De licores, bebidas e tais,*
> *Digam cá – é de se entender,*
> *Ao bem público pretende tal ato ser?*
> *Não, decerto; eu o nego:*
> *Pois se, como dizem, é melhor,*
> *Dentre dois males, escolher o menor,*
> *Então o que presumo é certo.*
> *Supondo que surjam, no processo*
> *Dez marafas mortas ao ano –*
> *– por bebedeira em excesso*
> *Deverão inocentes, aos milhares,*
> *Perder o pão e desesperar*
> *Para tal asneira reparar?*
> *Não pretendo encorajar o pecado,*
> *Nem advogar em prol do gim;*
> *Contudo, humildemente, concebo,*
> *Este plano, embora zeloso, sim,*
> *Com a justiça de Deus não condiz*
> *Pois, nas confiadas Escrituras*
> *O pecado de Sodoma por vingança ao clamar*
> *Dez justos puderam a danação evitar*

Acendendo até a piedade Divina.
Agora, dez libertinas impudentes
Alguns epicúrios ofendem,
E meia cidade se arruína.

– *Não pretendo encorajar o pecado, nem advogar em prol do gim* – repetiu Bree, com risadinhas. – Percebe-se que ele... ou ela... não menciona o uísque. Mas... o que é uma marafa? Opa, fique quieto, bebê!

– Uma biscate – respondeu Jamie, absorto, amolando a navalha enquanto ainda lia por sobre o ombro de Roger.

– O que é uma biscate? – indagou Jemmy, o radar naturalmente pescando a única palavra indelicada de toda a conversa. – É a irmã do Richie?

A irmã de Richard Woolam, Charlotte, era uma jovem bastante atraente, além de devotíssima quacre. Jamie trocou olhares com Roger e tossiu.

– Não, rapaz, creio que não. E, pelo amor de Deus, não repita isso! Pois bem, já está pronto para a tosa?

Sem esperar resposta, ele segurou o pincel de barbear e lambuzou de espuma a cabeça podada de Jemmy, no que foi acompanhado por gritinhos de deleite.

– Barbeiro, barbeiro, raspe esse porquinho – disse Bree, observando. – Quantas perucas faz esse cabelinho?

– Muitas – respondi, varrendo as mechas de cabelo caído e jogando-as no fogo, na esperança de destruir todos os piolhos residentes.

Era *de fato* uma pena; Jemmy tinha lindos cabelos. Ainda assim, tornariam a crescer – e a tosa revelou o belo formato de sua cabeça, redondinha feito um melão.

Jamie cantarolava entre os dentes, correndo a navalha por sobre a cabeça do neto com extrema delicadeza, como se raspasse uma abelhinha.

Jemmy virou de leve a cabeça, e eu prendi o ar, açoitada por uma lembrança fugidia – Jamie, de cabelos raspados, em Paris, arrumando-se para encontrar Jack Randall; preparando-se para matar... ou morrer. Então Jemmy se virou de volta, contorcendo-se no banquinho, e a visão desapareceu – substituída por outra.

– Que diabo é isso?

Eu me inclinei para a frente para olhar, enquanto Jamie baixava a navalha com um floreio e dava um peteleco, lançando o último punhado de espuma no fogo.

– O quê?

Bree se inclinou a meu lado e arregalou os olhos ao ver a manchinha marrom. Tinha mais ou menos o tamanho de uma moeda de um centavo, bem redonda, logo acima da linha do cabelo, próxima à nuca, atrás da orelha.

– O que é isso? – indagou ela, de cenho franzido.

Tocou com delicadeza, mas Jemmy mal notou; contorcia-se ainda mais, querendo descer.

– Tenho certeza de que está tudo bem – garanti a ela, depois de uma breve inspeção. – Parece o que se chama de nevo... é feito uma pinta mole, geralmente inofensiva.

– Mas de onde veio isso? Ele não nasceu assim, disso eu sei! – protestou ela.

– Os bebês raramente nascem com qualquer tipo de pinta – expliquei, desatando o pano de pratos do pescoço de Jemmy. – Muito bem, terminou! Agora vá e se comporte bem... vamos servir o jantar assim que eu der um jeito nessa bagunça. Não – acrescentei, virando-me para Bree –, as pintas em geral começam a se desenvolver a partir dos 3 anos de idade... embora, claro, se multipliquem à medida que envelhecemos.

Liberto das amarras, Jemmy seguiu esfregando as mãos na cabeça careca, satisfeito, cantarolando baixinho, entre os dentes:

– Char-lo-tte, bis-ca-te, Char-lo-tte, bis-ca-te.

– Tem certeza de que está tudo bem? – Brianna ainda franzia o cenho, preocupada. – Não é perigoso?

– Ah, sim, não é nada – garantiu Roger, erguendo o olhar do jornal. – Eu mesmo tenho uma dessas, desde pequeno. Bem... aqui.

Sua expressão se alterou abruptamente. Ele ergueu a mão, muito lentamente, e pousou-a na parte de trás da cabeça... bem acima da linha do cabelo, atrás da orelha esquerda.

Ele me encarou e engoliu em seco; eu vi a cicatriz escura e irregular contra a súbita palidez de seu rosto. Os pelos de meu braço se eriçaram, em um arrepio silencioso.

– É – comentei, respondendo ao seu olhar e esperando não soar trêmula demais. – Esse tipo de marca... costuma ser hereditária.

Jamie não disse nada, mas aproximou a mão da minha e apertou com força.

Jemmy estava apoiado de gatinhas, tentando atrair Adso de baixo do banco. Seu pescocinho era pequeno e frágil, e era um choque ver sua cabeça raspada, num tom de pele anormalmente branco, feito um cogumelo saindo da terra. Roger pousou os olhos nela por um instante; então virou-se para Bree.

– Talvez eu mesmo tenha pegado uns piolhos – disse, num tom alto demais. Estendeu a mão, puxou a tira de couro que lhe prendia os grossos cabelos escuros e coçou vigorosamente a cabeça com as duas mãos. Então apanhou a tesoura e estendeu a ela, com um sorriso. – Tal pai, tal filho, imagino. Dê uma mãozinha aqui, sim?

PARTE X

Onde está Perry Mason quando precisamos dele?

76

CORRESPONDÊNCIA PERIGOSA

*Da Fazenda Mount Josiah, na Colônia da Virgínia,
De lorde John Grey ao distinto cavalheiro James Fraser,
Cordilheira dos Frasers, Carolina do Norte,
dia 6 de março, Anno Domini 1775*

Estimado sr. Fraser,

O que, em nome de Deus, o senhor está aprontando? Ao longo de nossa longa relação, tomei o senhor por muitas coisas – descomedido e teimoso são duas delas –, mas sempre o considerei um homem de inteligência e honra.

Ainda assim, a despeito de explícitos avisos, encontro seu nome em mais de uma lista de supostos traidores e sediciosos, associado a assembleias ilegais e, portanto, sujeito a prisão. O fato de ainda se encontrar em liberdade, meu amigo, reflete tão somente a falta de tropas disponíveis na Carolina do Norte – e isso pode mudar muito depressa. Josiah Martin implorou pela ajuda de Londres, que está por chegar, eu lhe asseguro.

Se Gage não estivesse suficientemente ocupado em Boston, e as tropas da Virgínia de lorde Dunsmore não estivessem ainda em processo de reunião, o exército o alcançaria nos próximos dias. Não se iluda; o rei pode estar se desviando em suas ações, mas o governo percebe – ainda que tardiamente – o nível de confusão nas colônias, e se movimenta o mais depressa possível para suprimir tais confusões, antes que prejuízos maiores sobrevenham.

Seja lá o que mais seja, o senhor não é nenhum tolo, e portanto devo presumir que reconheça as consequências de seus atos. Contudo, eu não agiria como um amigo se não lhe apontasse o caso com franqueza: suas ações expõem sua família ao mais grave perigo e põem uma corda em seu próprio pescoço.

Pelo bem de qualquer afeição que possa ainda nutrir por mim, e pelo bem das estimadas conexões entre mim e sua família, imploro que renuncie a essas perigosíssimas associações enquanto ainda há tempo.

John

Li a carta inteira, então encarei Jamie. Ele estava sentado à mesa do escritório, com papéis espalhados por todo canto, salpicados de pequenos fragmentos marrons de cera de selagem. Bobby Higgins havia trazido um bom número de cartas, jornais e pacotes – Jamie deixara por último a leitura da missiva de lorde John.

– Ele teme muito por você – comentei, deitando a folha avulsa de papel por cima das outras.

Jamie assentiu.

– Para um homem do partido dele, dizer que o rei "pode estar se desviando em suas ações" é algo muito próximo à traição, Sassenach – observou ele, embora eu *achasse* que estivesse de brincadeira.

– Essas listas que ele menciona... você sabe alguma coisa a respeito?

Ele deu de ombros e cutucou com o indicador uma das pilhas bagunçadas, puxando uma folha manchada que obviamente, em algum momento, caíra numa poça.

– Acho que deve ser uma dessas – disse ele, entregando a mim.

Não estava assinada e era quase ilegível, uma denúncia mal escrita e maliciosa de vários *Ultrajes e Pessoas Pervertidas* – ali listadas – cujo discurso, atitudes e aparência representavam ameaça a todos os que valorizavam a paz e a prosperidade. Esses, o autor sentia, deviam *aprender uma lição*, decerto apanhando, sendo esfolados vivos, *enrolados em piche fervente e pendurados numa grade*, ou, em casos particularmente perniciosos, *enforcados em seus próprios telhados*.

– Onde você arrumou *isso*? – indaguei, largando o papel na mesa.

– Em Campbelton. Alguém mandou para Farquard, como juiz de paz. E ele me entregou, pois meu nome consta aí.

– Ah, é? – Apertei o olho para as letras retorcidas. – Ah, consta mesmo. *J. Frayzer*. Tem certeza de que é você? Afinal de contas, existem vários Frasers, e não poucos de nome John, James, Jacob ou Joseph.

– Relativamente poucos que possam ser descritos como *ruivo degenerado sifilítico usurante filho da puta que se esconde em bordéis quando não está bêbado e conduzindo motins na rua*, imagino.

– Ah, não vi essa parte.

– Está na explicação, na parte de baixo. – Ele lançou uma olhadela indiferente para o papel. – Eu, pessoalmente, acho que foi Buchan, o açougueiro, quem escreveu.

– Presumindo que "usurante" seja uma palavra, não sei de onde ele tirou isso; você não tem nem dinheiro para emprestar.

– Dadas as circunstâncias, Sassenach, não imagino que seja necessário embasamento real – retrucou ele, num tom seco. – E, graças a MacDonald e ao pequeno Bobby, um bom número de pessoas pensa que eu *tenho* dinheiro... e, se não estou inclinado a emprestar a elas, ora, então é claramente o caso de estar entregando toda a minha fortuna nas mãos dos judeus e especuladores patriotas, visto que tenho a intenção de arruinar o comércio em prol de meu próprio lucro.

– O quê?

– Esse foi um esforço literário um pouco maior – respondeu ele, remexendo a pilha e puxando uma elegante folha de pergaminho, redigida em caligrafia. Fora enviada a um jornal de Hillsboro e assinada por *Um Amigo da Justiça*; ainda que não ostentasse o nome de Jamie, deixava claro quem era o objeto da denúncia.

– É o cabelo – comentei, encarando-o com crítica. – Se você usasse peruca, eles teriam muito mais dificuldade.

Ele deu de ombros, num gesto sardônico. O senso comum do cabelo ruivo como indicativo de baixo caráter e rudeza moral, se não de clara possessão demoníaca, não era, de modo algum, limitado a raivosos anônimos. A base científica dessa visão – bem como a relutância pessoal – tinha muito a ver com o fato de que Jamie *nunca* usava peruca, nem talco, mesmo em situações nas quais um cavalheiro de bons modos usaria.

Sem perguntar, peguei uma pilha de papéis e comecei a folheá-los. Ele não fez menção de me impedir, mas observou, em silêncio, escutando o estrondo da chuva.

Uma pesada tempestade de primavera açoitava o jardim, e o ar estava frio e úmido, tomado pelo aroma verde da mata que se insinuava pelas frestas das portas e janelas. Às vezes, ouvindo o vento chegar por entre árvores, eu tinha a súbita sensação de que a vida selvagem do lado de fora pretendia irromper, marchar para dentro da casa e obliterá-la, apagando qualquer traço de nós.

As cartas eram uma miscelânea. Umas vinham dos integrantes do Comitê de Correspondência da Carolina do Norte e traziam notícias, a maioria vinda do norte. Comitês de Associações Continentais estavam se espalhando por New Hampshire e Nova Jersey, corpos que começavam a assumir na prática as funções governamentais, uma vez que os governantes reais haviam perdido o pulso nas assembleias, cortes e alfândegas, resquícios de organizações que se desorganizavam cada vez mais.

Boston ainda estava ocupada pelas tropas de Gage, e algumas cartas seguiam com apelos por comida e suprimentos em auxílio de seus cidadãos – havíamos mandado 45 quilos de cevada durante o inverno, que um dos Woolams apanhara para levar à cidade, com mais três carroças de suprimentos alimentícios doados pelos habitantes da Cordilheira.

Jamie pegara a pena e escrevia algo; devagar, para se ajustar à rigidez da mão.

Em seguida veio um bilhete de Daniel Putnam, circulado por Massachusetts, apontando a ascensão de companhias milicianas no interior e solicitando armamentos e pólvora. Estava assinado por mais uma dúzia de homens, cada um servindo de testemunha à veracidade da situação em seu próprio distrito.

Um Segundo Congresso Continental era proposto, a ser reunido na Filadélfia, com data a ser definida.

A Geórgia havia formado um Congresso Provincial, mas, como o legalista autor da carta – claramente presumindo que Jamie pensasse da mesma forma – observara, triunfante: *Não há descontentamento em relação à Grã-Bretanha aqui, como em outros locais; o sentimento legalista é tão forte que apenas cinco de doze paróquias enviaram representantes a este congresso grandioso e ilegal.*

Uma cópia bastante amarfanhada da *Gazeta de Massachusetts,* datada de 6 de fevereiro, continha uma carta, circundada com tinta e intitulada *A regra da lei e a regra dos homens.* Era assinada por *Novanglus* – que presumi ser uma espécie de latim porco para "novo inglês" – e pretendia-se uma resposta a missivas anteriores de um legalista que assinava como *Morador de Massachusetts,* dentre todas as coisas.

Eu não fazia ideia de quem o tal *Morador de Massachusetts* poderia ser, mas reconheci uma poucas frases na carta de *Novanglus* que remetiam às antigas lições de casa de Bree – John Adams, em boa forma.

– *Um governo de leis, não de homens* – murmurei. – Que tipo de nome falso você usaria, se fosse escrever esse tipo de coisa? – Ao encará-lo, notei certo constrangimento. – Você *já* está fazendo isso?

– Bom, só uma cartinha ou outra, aqui e ali – respondeu ele, na defensiva. – Não panfletos.

– E assina como?

Ele deu de ombros, menosprezando.

– *Scotus Americanus,* mas só até pensar em algo melhor. Há outros usando esse nome, que eu saiba.

– Bom, já ajuda. O rei vai ter mais dificuldade em localizar você no meio da multidão.

Murmurando *"Morador de Massachusetts"* para mim mesma, peguei o documento seguinte. Era um bilhete de John Stuart bastante ultrajado pela abrupta renúncia de Jamie, apontando que o *mais ilegal e pródigo congresso, como chamam,* de Massachusetts havia formalmente convidado ao alistamento, a serviço da colônia, os indígenas de Stockbridge, e informando a Jamie que, caso qualquer cherokee desejasse aderir, ele, John Stuart, teria o maior prazer em assegurar pessoalmente que ele, Jamie Fraser, fosse enforcado por traição.

– E acho que John Stuart nem sabe que você é ruivo – observei, deixando a carta de lado.

Estava meio trêmula, apesar das tentativas de fazer piada. Ver tudo disposto em preto e branco solidificava as nuvens que haviam se reunido à nossa volta, e senti a primeira gota gélida de chuva na pele, apesar do xale de lã que cobria meus ombros.

Não havia lareira no escritório; somente um pequeno braseiro que usávamos para nos aquecer. Ele agora ardia no canto; Jamie se levantou, apanhou uma pilha de cartas e começou a jogá-las no fogo, uma a uma.

Numa súbita onda de *déjà-vu,* eu o vi parado ao lado da lareira na sala de estar de seu primo Jared, em Paris, alimentando o fogo com cartas. As cartas roubadas dos conspiradores jacobitas, que faziam subir nuvens de fumaça branca, as nuvens espessas de uma tempestade havia muito tempo findada.

Recordei o que Fergus dissera, em resposta às instruções de Jamie: *"Eu sei muito bem como se joga este jogo."* Eu também sabia, e espículas de gelo começaram a se formar em meu sangue.

Jamie jogou o último fragmento no braseiro, então cobriu de areia a folha de papel onde estivera escrevendo, sacudiu-a e me entregou. Havia usado uma das folhas do papel especial de Bree, feita com uma polpa de farrapos e matéria orgânica desintegrada e passada por uma tela de seda. Era mais grossa que o habitual, com uma textura macia e brilhosa, e ela havia misturado frutinhas vermelhas e pequenas folhas à polpa, de modo que aqui e ali se via uma manchinha avermelhada, feito sangue salpicado por sob o contorno de uma folha.

Da Cordilheira dos Frasers, na Colônia da Carolina do Norte,
neste 16 de março, Anno Domini 1775,
De James Fraser a lorde John Grey, da Fazenda Mount Josiah,
na Colônia da Virgínia

Meu caro John,
É tarde demais.
Nossa continuada correspondência nada pode além de lhe representar
perigo, mas é com grande pesar que corto este laço entre nós.
Creia-me sempre
seu mais humilde e afetuoso amigo,
Jamie

Li em silêncio e devolvi a ele. Enquanto Jamie tateava em busca da cera de selagem, notei um pequeno embrulho no canto da mesa que estivera escondido pelo papel espalhado.

– O que é isso?

Segurei o embrulho; era surpreendentemente pesado para o tamanho.

– Um presente de lorde John, para o pequeno Jemmy. – Ele aqueceu a vela fina do braseiro e pressionou por sobre a dobra da carta. – Um conjunto de soldadinhos de chumbo, segundo Bobby.

77

DEZOITO DE ABRIL

Roger acordou de repente, sem ideia do que o despertara. Estava escuro, mas o ar guardava a sensação tranquila e íntima das primeiras horas do dia; o mundo ainda prendia o fôlego, antes que a alvorada chegasse com uma rajada de vento.

Ele virou a cabeça no travesseiro e viu que Brianna também tinha acordado; estava deitada olhando para cima, e ele captou o breve tremular de suas pálpebras.

Estendeu a mão para tocá-la, e a dela se fechou sobre a sua. Um pedido por silêncio?

Ele estava deitado imóvel, escutando, mas nada ouvia. Uma brasa estalou na lareira com um estrépito abafado, e ela apertou sua mão. Jemmy deu um pinote na cama, remexendo as colchas, soltou um gemidinho e retornou à quietude. A noite estava imperturbada.

– O que foi? – indagou Roger, com a voz baixa.

Ela não se virou para olhar para ele; tinha os olhos fixos na janela, um retângulo cinza-escuro, quase invisível.

– Ontem foi dia 18 de abril – respondeu ela. – Começou a guerra.

Sua voz era tranquila, mas guardava algo que o fez se aproximar, e os dois permaneceram deitados lado a lado, tocando-se dos ombros aos pés.

Em algum ponto ao norte, homens se reuniam na fria noite de primavera. Oitocentos homens da tropa britânica, grunhindo e praguejando, preparando-se à luz de velas. Os que tinham ido dormir eram despertados pela batida dos tambores que passavam pelas casas, armazéns e igrejas onde estavam aquartelados. Os que haviam permanecido acordados tropeçavam entre dados e bebidas, as lareiras quentes das tabernas, os braços cálidos das mulheres, catando botas perdidas e agarrando armas, saindo em duplas, trios e quartetos, fazendo barulho e resmungando pelas ruas de lama congelada até o ponto de encontro.

– Eu cresci em Boston – disse ela, a voz suave, em tom de conversa. – Tem um poema que todas as crianças de Boston aprendiam em algum momento da vida. Eu aprendi na quinta série.

– *Escutem, meus filhos, e ouvirão contar/ Sobre a cavalgada à meia-noite de Paul Revere* – começou ele.

Roger sorriu, visualizando-a no uniforme da escola paroquial Saint Finbar, de jardineira azul, blusa branca e meias até os joelhos. Vira certa vez uma fotografia dela na quinta série; parecia um tigre pequenino, feroz e descabelado, que algum maníaco resolvera vestir com roupas de boneca.

– Esse mesmo. *Em 18 de abril de 1775/ Quase não há homem vivo/ Que se recorde desse célebre dia e ano.*

– Quase não há homem vivo – repetiu Roger, baixinho.

Alguém... mas quem? Um chefe de família, bisbilhotando os comandantes britânicos aquartelados em sua casa? Uma garçonete, levando canecas de rum quente a uma dupla de sargentos? Não havia como guardar segredos, não com oitocentos homens avançando. Era uma questão de tempo. Alguém mandara notícias da cidade ocupada, avisara que os britânicos pretendiam buscar armamentos e pólvora guardados em Concord e, ao mesmo tempo, prender Hancock e Samuel Adams – o fundador do Comitê de Segurança, o orador inflamado, os líderes *desta rebelião traiçoeira* –, que, segundo relatos, encontravam-se em Lexington.

Oitocentos homens para capturar dois? Eles tinham boas chances. E um prateiro e seus amigos, alarmados com a notícia, haviam partido naquela noite fria. Bree prosseguiu:

– Ele disse ao amigo: *"Se os britânicos marcharem/ Por terra ou mar da cidade esta noite,/ Pendure uma lanterna sobre o arco do campanário/ Da torre da Igreja do Norte como sinal de luz.../ Uma se por terra, e duas se por mar;/ E eu na margem oposta estarei,/ Pronto a cavalgar e espalhar o alarme/ Por todas as aldeias e fazendas de Middlesex,/ Para que o povo do campo acorde e se arme."*

– Não se fazem mais poemas *assim* – disse Roger.

No entanto, apesar do sarcasmo, era impossível não visualizar a maldita cena: o vapor da respiração de um cavalo, branco na escuridão, e, cruzando as águas negras, a diminuta estrela de uma lanterna, bem acima da cidade adormecida. Então, outra.

– O que aconteceu depois? – indagou ele.

– *Então ele deu "boa noite!", e com um remo abafado/ Rumou em silêncio à costa de Charlestown,/ Enquanto a lua se erguia sobre a baía,/ E o Somerset, o navio de guerra britânico;/ Jazia nas amarras a balançar/ Um navio fantasma, com cada mastro e ver-gão/ Cruzando a lua feito barra de prisão,/ E um imenso casco negro, engrandecido/ Por seu próprio reflexo na maré.*

– Bom, não é tão ruim assim – disse Roger, num tom sensato. – Gostei da parte sobre o *Somerset*. Uma descrição bem artística.

– Cala a boca. – Ela deu um chute nele, embora sem violência real. – A coisa segue com o amigo, que vagueia e vigia, com ávidos ouvidos...

Roger soltou uma bufada, e ela tornou a chutá-lo.

– *Até que no silêncio à volta ele ouve/ O bando de homens à porta do quartel/ O som de armas, o pisar de pés/ E os passos ritmados dos granadeiros/ Em marcha, rumo aos botes na margem.*

Ele a havia visitado em Boston na primavera. No meio de abril, as árvores não exibiam nada além de uma neblina esverdeada, os galhos quase todos nus contra o céu claro. As noites ainda eram frias, mas o frio, de certa forma, era tocado pela vida, um frescor que pairava por sobre o ar gélido.

– Daí tem uma parte chata sobre o amigo subindo as escadas da torre da igreja, mas eu gosto da estrofe seguinte.

Ela baixou a voz, já suave, a um sussurro:

– *Abaixo, no cemitério, jaziam os mortos,/ Acampando na colina noturna,/ Envol-tos em tão profundo e quieto silêncio,/ Que ele ouvia, feito os passos de uma sentinela,/ O vento atento da noite,/ À espreita, de tenda em tenda,/ Parecendo sussurrar "Tudo bem!"/ Num instante apenas, sente o feitiço/ Do lugar e da hora, do temido segredo/ Do deserto campanário e seus mortos;/ Pois de súbito seus pensamentos se curvam/ A uma sombra ao longe,/ Onde o rio se abre ao encontro da baía.../ Uma linha negra que verga e flutua/ Sobre a maré crescente, feito uma ponte de barcos.*

– Daí tem um monte de coisas com o velho Paul matando tempo à espera do si-nal – disse ela, abandonando o sussurro dramático e adotando um tom de voz mais normal. – Até que ele enfim aparece, e então... *Um escarcéu de cascos numa rua da* aldeia,/ *Uma silhueta ao luar, um vulto em meio à noite,/ Debaixo, sob os seixos, passa uma centelha/ O voo de um corcel, destemido e ligeiro;/ Isso foi tudo! Ainda assim, entre sombra e luz,/ O destino de uma nação cavalgava aquela noite;/ E a centelha solta pelo corcel em pleno voo,/ Avivou em chamas a terra com seu calor.*

– Isso é mesmo muito bom. – Ele curvou a mão sobre a coxa dela, logo acima do joelho, para o caso de levar outro chute, o que não aconteceu. – Você se lembra do resto?

– Daí ele segue pelo rio Místico – prosseguiu Brianna, ignorando-o –, e então seguem-se mais três estrofes, enquanto percorre as cidades: *O relógio da aldeia batia meia-noite/ Quando ele cruzou a ponte da cidade de Medford./ Ouviu o canto do galo,/ O latido do cão do fazendeiro,/ Sentiu a umidade da névoa do rio,/ Que se ergue ao cair do sol./ O relógio da aldeia batia uma hora/ Quando ele adentrou Lexington a galope./ Viu o Galo dos Ventos dourado/ Nadando ao luar, ao passar,/ E as janelas da igreja, vazias e nuas,/ Encarando com brilho espectral,/ Como se de antemão espantadas/ Com o sangue que estava por vir. O relógio da aldeia batia duas horas...* e sim, eu ouvi o badalo do relógio nos primeiros versos, fique quieto!

Roger de fato havia tomado fôlego, porém não para interromper, mas por ter notado subitamente que estivera prendendo a respiração.

Brianna prosseguiu:

– *O relógio da aldeia batia duas horas/ Quando ele chegou à ponte da cidade de Concord./ Ouviu o balido da manada,/ E o canto dos pássaros nas árvores,/ Sentiu o frescor da brisa da manhã/ Soprando por sobre o prado marrom./ Um homem a salvo, dormindo na cama/ Na ponte seria o primeiro a tombar,/ Naquele dia cairia morto,/ Perfurado pela bala de um mosquetão britânico./ O resto você já sabe.*

Ela parou abruptamente, a mão segurando a dele com firmeza.

De um instante a outro, a natureza da noite havia se alterado. A quietude da madrugada se esvaíra, e um sopro de vento remexia as árvores do lado de fora. De súbito a noite tornara a ganhar vida, mas agora morria, avançando em direção à aurora.

Por mais que não cantassem ativamente, os pássaros estavam despertos; algo chamava, sem cessar, na mata próxima, alto e doce. Por sobre o aroma forte e pungente do fogo, ele inalou o ar selvagem e límpido da manhã, sentindo o coração bater com súbita urgência.

– Conte o resto – sussurrou.

Ele viu as sombras dos homens nas árvores, as batidas furtivas às portas, os debates acalorados em voz baixa – e, enquanto isso, a luz crescendo no leste. O agito da água e o rangido dos remos, o som das vacas irrequietas aguardando a ordenha, o odor masculino que se erguia com a brisa, homens fedidos de sono e de barriga vazia, ásperos de pólvora preta e cheiro de aço.

Então, sem pensar, tomou a mão da esposa, rolou por sobre ela e, puxando a camisola de sua coxa, possuiu-a com força e vigor, compartilhando indiretamente daquela urgência descuidada para procriar que sobrevinha à presença iminente da morte.

Deitado sobre ela, trêmulo, o suor secando nas costas com a brisa da janela, o coração palpitando nos ouvidos. Por ele, pensou. Aquele que seria o primeiro a sucumbir. O pobre sujeito que talvez não tivesse transado com a esposa no escuro e aproveitado a chance de engravidá-la por não fazer ideia do que viria com a aurora. Esta aurora.

Debaixo dele, Brianna jazia imóvel; ele sentia o subir e descer de sua respiração, poderosas costelas que se erguiam por sob seu peso.

– O resto você já sabe – sussurrou ela.

– Bree – disse ele, bem baixinho. – Eu venderia a alma para estar lá agora.

– Psiu – disse ela, mas ergueu a mão e pousou-a nas costas do marido, no que poderia ser uma oração.

Os dois permaneceram deitados, quietos, observando a luz surgir lentamente.

O silêncio foi interrompido cerca de quinze minutos depois pelo som de passos apressados e uma batida à porta. Jemmy despontou das cobertas feito o cuco de um relógio, os olhos arregalados, e Roger se levantou e correu para ajeitar o camisolão.

Era um dos Beardsleys, o rosto tenso e branco à luz cinzenta. Não deu atenção a Roger, mas gritou para Brianna:

– Lizzie está tendo o bebê, venha, depressa!

Então disparou na direção da Casa Grande, onde se via a silhueta do irmão gesticulando feito louco na varanda.

Brianna jogou uma roupa no corpo e irrompeu chalé afora, deixando Jemmy sob os cuidados de Roger. Encontrou a mãe, igualmente desgrenhada, porém com um estojo médico muito organizado e pendurado no ombro, correndo em direção ao estreito caminho que levava, para além da estufa e do estábulo, à distante mata onde ficava o chalé dos Beardsleys.

– Ela devia ter descido semana passada – suspirou Claire. – Eu avisei...

– Eu também. Ela disse...

Brianna desistiu de tentar falar. Os gêmeos Beardsley já estavam bem longe, disparando pela mata feito cervos, urrando e gritando – se por pura empolgação com a iminente paternidade ou para avisar Lizzie que estavam a caminho, ela não soube dizer.

Claire se preocupara com a malária de Lizzie, disso ela sabia. Contudo, a sombra amarelada que com tanta frequência pairava sobre a moça, enquanto escrava, havia desaparecido por completo durante a gravidez; Lizzie estava radiante.

Ainda assim, Brianna sentia o estômago revirado de medo ao se aproximar do chalé dos Beardsleys. Os couros haviam sido deslocados para o lado de fora, empilhados feito uma barricada em torno da pequenina casa, e aquele odor lhe trouxe a terrível e momentânea visão do chalé dos MacNeills, tomado pela morte.

A porta estava aberta, no entanto, e não havia moscas. Ela se forçou a esperar um pouco, deixando Claire entrar primeiro, mas disparou atrás... e descobriu que era tarde demais.

Lizzie jazia sentada sobre um amontoado de peles, surpresa e estupefata, piscando os olhos para um bebê pequenino, redondo e sujo de sangue, que a encarava com a mesma expressão de assombro boquiaberto.

Jo e Kezzie estavam agarrados um ao outro, empolgados e ansiosos demais para falar. Pelo canto do olho Brianna viu que os dois abriam e fechavam a boca juntos, querendo rir, mas em vez disso seguiram a mãe dela até a lateral da cama.

– Ele simplesmente saiu! – disse Lizzie, olhando depressa para Claire, mas virando a cabeça com um tranco em direção ao bebê, como se esperasse que ele, que como Brianna viu era um menino, desaparecesse da mesma forma súbita com que havia chegado. – Minhas costas começaram a doer absurdamente ontem à noite, sem me deixar dormir, e os rapazes se revezaram para me massagear, mas não ajudou muito, daí hoje de manhã, quando acordei para ir ao banheiro, a bolsa estourou bem no meio das minhas pernas... tal e qual a senhora disse que aconteceria, dona! – exclamou ela. – Mandei Jo e Kezzie correrem para chamar a senhora, mas não sabia direito o que fazer. Então resolvi bater um bolo de milho para o café da manhã... – Ela apontou para a mesa, onde uma tigela de farinha jazia junto a um jarro de leite e dois ovos. – E o que senti em seguida foi uma vontade louca de... de... – Ela corou, num rosa profundo feito o de uma peônia. – Bom, não consegui nem chegar ao penico. Simplesmente me agachei ali, ao lado da mesa, e... e... pop! Lá estava ele, bem no chão, ao meu lado!

Claire havia pegado o recém-nascido no colo e arrulhava palavrinhas reconfortantes, enquanto conferia com destreza fosse lá o que se costumava conferir nos bebês. Lizzie havia preparado com afinco um cobertorzinho, tricotado com lã de carneiro e tingido de azul-anil. Ao olhar o cobertor limpinho, Claire puxou um retalho de flanela macia e manchada da bolsa médica. Enrolou nele o bebê e o entregou a Brianna.

– Segure um instante enquanto eu ajeito o cordão, sim, querida? – pediu ela, puxando a tesoura e a linha do estojo. – Depois pode dar uma limpezinha nele... tem uma garrafinha de óleo aqui... enquanto eu cuido de Lizzie. E vocês dois – acrescentou, com um olhar austero para os Beardsleys –, vão lá para fora.

O bebê se remexeu, enroladinho no cobertor, assustando Brianna com a súbita lembrança dos pequeninos membros durinhos a empurrá-la pelo lado de dentro; um chute no fígado, o líquido intumescido e revirado, a cabeça ou o bumbum pressionando, uma curva firme e suave entre suas costelas.

– Olá, pequenino – disse ela, baixinho, aninhando-o no ombro.

O bebê tinha um forte e estranho cheiro de mar, ela pensou, um frescor que contrastava com o odor acre e pungente dos couros do lado de fora.

– Aah! – gritou Lizzie, assustada, enquanto Claire lhe massageava a barriga, e ouviu-se um som meio deslizante, meio úmido.

Brianna também se lembrava daquilo com clareza; a placenta, aquele adendo escorregadio e escuro do parto, passando, quase apaziguante, pelos tecidos massacrados e trazendo uma sensação de pacífica completude. Depois de tudo, a mente atordoada começava a compreender a sobrevivência.

Ouviu-se um arquejo perto da porta; ela ergueu o olhar e viu os Beardsleys, lado a lado e de olhos arregalados.

– Xô! – disse, com firmeza, e agitou a mão para eles.

Os dois prontamente desapareceram, deixando-a com a divertida tarefa de limpar e passar óleo nas perninhas e braços agitados e no corpinho cheio de dobras. Era um bebê pequeno, porém redondo; rosto redondo, olhos muito redondos para um recém-nascido – não havia sequer chorado, mas estava bastante desperto e alerta –, e uma barriguinha branca e redonda, da qual se projetava o toco do cordão umbilical, fresco e roxo-escuro.

Seu olhar de perplexidade persistia; ele arregalava os olhos para ela, sério feito um peixe, embora ela pudesse sentir o sorriso escancarado no próprio rosto.

– Você é tão bonitinho! – exclamou. O bebê estalou os lábios de maneira pensativa e franziu a testa. – Ele está com fome! – gritou, por sobre o ombro. – Tudo pronto aí?

– Pronto? – grasnou Lizzie. – Mãe do Céu, como uma pessoa pode estar pronta para uma coisa *dessas*?

A observação fez tanto Claire quanto Brianna caírem na gargalhada.

Apesar de tudo, Lizzie apanhou a trouxinha azul e a acomodou, hesitante, diante do peito. Houve remexidas e grunhidos bastante ansiosos da parte do bebê, mas por fim estabeleceu-se a conexão apropriada, o que fez Lizzie soltar um breve ganido de surpresa, e todas suspiraram aliviadas.

Naquele momento, Brianna se deu conta de uma conversa entabulada do lado de fora, já havia algum tempo – um murmúrio de vozes masculinas, deliberadamente em tom bem baixo, numa confusão de especulações e perplexidade.

– Acho que já dá para deixá-los entrar. Ponha a grade no fogo, por gentileza.

Claire, exibindo um largo e afetuoso sorriso para mãe e filho, remexia a massa de bolo esquecida.

Brianna enfiou a cabeça para fora do chalé e encontrou Jo, Kezzie, seu próprio pai, Roger e Jemmy agrupados em círculo, um pouco mais ao longe. Ao vê-la, todos a encararam, com expressões que iam do vago e acanhado orgulho à pura empolgação.

– Mamãe! O bebê está aqui? – indagou Jem, correndo e empurrando para adentrar o chalé, mas ela o agarrou pela gola da camisa.

– Sim, está. Você pode ver, mas tem que ficar quietinho. Ele é muito pequeno, e você não quer assustá-lo, sim?

– Ele? – perguntou um dos Beardsleys, animado. – É menino?

– Eu falei para você! – exclamou o irmão, cutucando-o na costela. – Falei que tinha visto um pauzinho!

836

– Não se diz "pau" na frente das mulheres – informou Jem num tom severo, virando-se para ele. – E mamãe mandou fazer silêncio!

– Ah – disse o gêmeo Beardsley, encabulado. – Sim, sim, sem dúvida.

Movendo-se com exagerado e risível cuidado, os gêmeos entraram no chalé nas pontas dos pés, seguidos por Jem, com a mão de Jamie firme em seu ombro, e Roger.

– Está tudo bem com Lizzie? – perguntou Roger, baixinho, parando para dar um beijinho nela ao passar.

– Um pouco desnorteada, eu acho, mas bem.

Lizzie na verdade estava sentada, os sedosos e brilhantes cabelos loiros agora penteados por sobre os ombros, cintilando de alegria para Jo e Kezzie, que se ajoelhavam à beira da cama, sorrindo feito bobos.

– Que as bênçãos de Santa Brígida e São Columba recaiam sobre você, minha jovem – disse Jamie formalmente, com uma mesura –, e que o amor de Cristo a sustente por toda a maternidade. Que o leite jorre de seus seios feito água das pedras, e que você seja protegida pelos braços do seu... – Ele soltou uma breve tossidela, olhando para os Beardsleys. – Marido.

– Se não pode dizer "pau", por que pode dizer "seios"? – indagou Jemmy, interessado.

– Só pode se for em reza – informou-lhe o pai. – O vovô estava abençoando Lizzie.

– Ah. Tem alguma reza com pau?

– Tenho certeza de que sim – respondeu Roger, com o cuidado de evitar cruzar olhares com Brianna –, mas a gente não diz em voz alta. Por que você não vai ajudar a vovó com o café da manhã?

A chapa de ferro chiava com a gordura, e o aroma fragrante da massa fresca preencheu o ambiente quando Claire começou a derramar as colheradas no metal quente.

Jamie e Roger, depois de darem os parabéns a Lizzie, haviam se afastado um pouco, para propiciar à pequena família uns instantes de privacidade – embora o chalé fosse tão pequeno que mal havia espaço para todos do lado de dentro.

– Você é tão linda – sussurrou Jo, ou talvez Kezzie, tocando-lhe os cabelos com um dedo respeitoso. – Você parece a lua nova, Lizzie.

– Doeu muito, querida? – murmurou Kezzie, ou talvez Jo, afagando o dorso de sua mão.

– Nem tanto assim – disse ela, acarinhando a mão de Kezzie, então erguendo a palma para tocar o rosto de Jo. – Olhem. Não é a criaturinha mais linda que vocês já viram?

O bebê havia mamado e agora dormia; soltou o mamilo com um estalido e se ajeitou nos braços da mãe feito um ratinho, a boquinha entreaberta.

Os gêmeos entoaram sons idênticos de espanto, de olhos arregalados para seu... filho – pensou Brianna; *afinal, o que mais se pode dizer?*

– Ah, que dedinhos mais lindos! – disse Kezzie, ou Jo, suspirando e tocando o pulsinho rosado com o dedo sujo.

– Está tudo aí? – indagou Jo, ou Kezzie. – Você olhou?

– Olhei – assegurou Lizzie. – Tome... quer segurar?

Sem esperar resposta, ela pôs a trouxinha em seus braços. Fosse o gêmeo que fosse, parecia ao mesmo tempo empolgado e apavorado, e esbugalhou os olhos, pedindo ajuda ao irmão.

Brianna, entretida com a cena, sentiu Roger se aproximar por trás.

– Eles não são uma doçura? – sussurrou ela, estendendo o braço para trás e pegando a mão do marido.

– São, sim – respondeu ele, com um sorriso na voz. – A ponto de você querer ter outro, não é?

Foi um comentário inocente; ela pôde perceber que Roger não tivera segundas intenções – mas ele mesmo escutou o que dissera, então tossiu e soltou a mão de Bree.

– Este aqui é para Lizzie. – Claire entregou a Jem um prato de bolo fresco, coberto de manteiga e mel. – Tem mais alguém com fome?

O alarido geral em resposta permitiu que Brianna disfarçasse os sentimentos, mas eles permaneciam – transparentes e dolorosos, por mais que ainda emaranhados.

Sim, ela *queria* outro bebê, obrigada, pensou ferozmente, olhando para as costas de Roger. No instante em que segurara o recém-nascido, ela o desejou com um anseio carnal que ultrapassava a fome ou a sede. E teria adorado culpar o marido por ainda não ter acontecido.

Fora um verdadeiro salto de fé, pelo vertiginoso abismo do saber, decidir abandonar as sementes de cenoura-brava, as frágeis bolinhas contraceptivas. Mas ela o fizera. E nada. Ultimamente andava pensando, com preocupação, no que Ian dissera sobre a esposa e a luta para engravidar. Era bem verdade que Bree não havia sofrido nenhum aborto, e era profundamente grata por isso. No entanto, o que Ian lhe revelara sobre o sexo cada vez mais mecânico e desesperado... *isso* começava a assomar como um espectro distante. Ainda não chegara a esse ponto; com frequência cada vez maior, porém, ela se virava nos braços de Roger e se perguntava: *Agora? Vai ser desta vez?* Mas nunca era.

Os gêmeos estavam mais confortáveis com a cria, as cabeças escuras bem unidas, traçando a silhueta gorducha do bebezinho adormecido e perguntando, dentre todas as idiotices, com quem ele mais se parecia.

Lizzie concentrava-se em devorar o segundo prato de bolo de milho, acompanhado de salsichas grelhadas. O cheiro estava uma delícia, mas Brianna não sentia fome.

Era ótimo que eles soubessem com certeza, disse a si mesma, observando Roger se revezar para segurar o bebê, suavizando a expressão sombria e curva. Se ainda houvesse qualquer dúvida de que Jemmy era filho de Roger, ele teria se culpado, tal e qual Ian, achando que havia algo errado consigo. Da forma como era...

Teria acontecido algo com *ela*?, cogitou Bree, incomodada. Teria o nascimento de Jemmy estragado alguma coisa?

Jamie agora segurava o bebê, a mão grande em torno da cabecinha redonda, sorrindo com aquele olhar de afeição tão peculiar – e terno – aos homens. Ela levou muito tempo para ver aquele olhar no rosto de Roger ao segurar o próprio filho recém-nascido.

– Sr. Fraser. – Lizzie, enfim satisfeita pelas salsichas, afastou o prato vazio e inclinou o corpo para a frente, lançando um olhar sério a Jamie. – Meu pai. Ele... está sabendo?

Ela não pôde deixar de encarar a porta vazia atrás dele.

Jamie se desconcertou por um momento.

– Ah – disse, e entregou o bebê com cuidado a Roger, claramente tirando vantagem da pausa para pensar numa forma menos dolorosa de frasear a verdade.

– É, ele soube da chegada do bebê – respondeu, com cautela. – Eu avisei a ele.

E ele não tinha vindo. Lizzie apertou os lábios, e uma sombra de tristeza cruzou o brilho de lua nova em seu rosto.

– Será que... eu... ou um de nós... devia avisar a ele, senhor? – indagou um dos gêmeos, vacilante. – Que o bebê nasceu, quero dizer, e... que Lizzie está bem?

Jamie hesitou, claramente sem saber se aquela era ou não uma boa ideia. O sr. Wemyss, pálido e com cara de doente, não havia mencionado nem a filha nem os supostos genros nem o suposto neto desde o imbróglio que cercara o duplo casamento de Lizzie. Agora que o bebê era um fato concreto, porém...

– O que quer que ele ache que *deve* fazer – disse Claire, meio desconfortável –, ele vai *querer* saber que todos estão bem, sem dúvida.

– Ah, sim – concordou Jamie. Em seguida, encarou os gêmeos, indeciso. – Só não sei bem se Jo ou Kezzie é que devem contar.

Os gêmeos trocaram um longo olhar, durante o qual pareceram chegar a uma conclusão.

– Tem que ser um de nós, senhor – disse um deles, com firmeza, virando-se para Jamie. – O bebê é nosso, mas também tem o sangue dele. Esse é um elo entre nós; ele vai saber.

– Não queremos que ele fique brigado com Lizzie, senhor – disse o irmão, num tom mais suave. – Ela se magoa. Talvez o bebê possa... suavizar as coisas, o senhor não acha?

A expressão de Jamie não entregava nada além de atenção à situação em questão, mas Brianna o viu lançar uma olhadela para Roger antes de voltar a olhar a trouxinha nos braços do genro, e disfarçou um sorriso. Ele certamente não havia esquecido sua áspera reação inicial a Roger, mas fora a atitude de Roger em reclamar Jem para si que estabelecera o primeiro – e fragilíssimo – elo na corrente de aceitação que ela agora acreditava aproximar o marido do coração de Jamie, onde ela própria se encontrava.

– Pois bem, então – disse Jamie, relutante. Não gostava nada de se ver envolvido naquela situação, ela sabia, mas não conseguira descobrir uma forma de lidar com isso. – Vá contar a ele. Mas só um dos dois! E, se ele vier, o outro fique bem longe da vista, estão me ouvindo?

– Ah, sim, senhor – garantiram os dois em uníssono. Jo, ou Kezzie, franziu um pouco o cenho para a trouxinha, e estendeu os braços, hesitante. – Eu posso...

– Não, não. – Lizzie estava sentada bem ereta, os braços cruzados para manter o peso longe das sensíveis partes baixas. Seu rostinho bonito estava fechado numa carranca de determinação. – Diga a ele que estamos bem, sim. Se ele quiser ver a criança... que venha, e será bem-vindo. Mas, se não quiser pisar na minha porta... ora, então não vai ver o neto. Diga a ele – repetiu, recostando o corpo nos travesseiros. – Agora me dê o meu filho.

Ela estendeu os braços e agarrou a criança adormecida, fechando os olhos para se proteger de qualquer possibilidade de argumentação ou censura.

78

A FRATERNIDADE UNIVERSAL DOS HOMENS

Brianna ergueu o tecido encerado que cobria uma das grandes bacias de cerâmica e inalou, satisfeita com o aroma de bolor, de terra revirada. Remexeu a maçaroca clara com um graveto, erguendo-a de tempos em tempos para avaliar a textura da polpa que pingava.

Nada mal. Mais um dia e estaria dissolvido o suficiente para a prensa. Ela considerou acrescentar mais um pouco da solução de ácido sulfúrico, mas desistiu, e em vez disso meteu a mão no vasilhame ao lado, repleto de pétalas de flores de corniso e olaia colhidas por Jemmy e Aidan. Espalhou delicadamente um punhado por sobre a polpa acinzentada, remexeu e tornou a cobrir o vasilhame. No dia seguinte não haveria mais que um fraco contorno, porém visível feito uma sombra, nas folhas de papel prontas.

– Sempre ouvi dizer que os moinhos de papel são fedidos – disse Roger, avançando pelos arbustos em direção a ela. – Será que usam alguma coisa a mais no processo?

– Agradeça por eu não estar queimando couro – retrucou Brianna. – Ian disse que as indígenas usam bosta de cachorro.

– Os curtidores europeus também; dizem que a coisa é "pura".

– Pura o quê?

– Pura bosta de cachorro, imagino – respondeu, dando de ombros. – Como está indo?

Roger se aproximou e observou com interesse a pequena fábrica de papel: uma dúzia de bacias grandes, feitas de argila fervida, cada uma tomada de restos de papel usado, trapos velhos de seda e algodão, fibras de linho, seiva macia de juncos de bunho e qualquer coisa que Bree pudesse desfragmentar ou passar num moedor. Ela havia escavado um pequeno vazadouro e posicionara um cano d'água aberto como receptor, para obter um fornecimento conveniente de água; ao lado, construíra uma plataforma de pedra e madeira sobre a qual jaziam as telas de seda emolduradas onde ela pressionava a polpa.

Havia uma mariposa morta flutuando na vasilha seguinte; ele estendeu o braço para apanhá-la, mas ela gesticulou com a mão para impedi-lo.

– Insetos se afogam aí toda hora, mas se tiverem o corpo molinho tudo bem. Com bastante ácido sulfúrico – explicou ela, inclinando a cabeça para o frasco, tapado com um pedaço de pano –, todos se transformam em partes da polpa: mariposas, borboletas, formigas, mosquitos, libélulas... as asas são a única parte que não se dissolve imediatamente. As libélulas ficam bem bonitas aderidas ao papel, mas as baratas, não. – Ela pescou uma barata da vasilha e jogou nos arbustos, então acrescentou um pouco d'água com a cuia de cabaça e mexeu.

– Não me surpreende. Pisei numa hoje de manhã; depois de esmagada, ela recuperou a forma e saiu andando, toda feliz. – Ele fez uma pausa; queria fazer uma pergunta, dava para perceber, e ela emitiu um murmúrio indagativo para encorajá-lo. – Eu estava pensando... você se importaria em levar Jem para a Casa Grande depois do jantar? Talvez dormir lá com ele?

Ela o encarou, espantada.

– O que está planejando? Uma despedida de solteiro para Gordon Lindsay?

Gordon, um rapaz tímido de seus 17 anos, estava noivo de uma moça quacre de Moinho de Woolam; estivera por lá na véspera, "passando a sacolinha" – solicitando a doação de pequenos itens de casa como preparação para o casamento.

– Não vai ter nenhuma moça saindo do bolo – garantiu ele –, mas sem dúvida é só para homens. É o primeiro encontro da Loja da Cordilheira dos Frasers.

– Loja... o quê, maçons?

Ela apertou os olhos, desconfiada, mas ele assentiu. A brisa havia subido e lhe açoitava os cabelos negros; ele os ajeitou de volta com uma das mãos.

– Campo neutro – explicou. – Eu não quis sugerir reuniões na Casa Grande, nem na casa de Tom Christie... para não favorecer nenhum dos lados, por assim dizer.

Ela assentiu, percebendo.

– Tudo bem. Mas por que maçons?

Ela não sabia absolutamente nada sobre os maçons, exceto que eram um tipo de sociedade secreta da qual os católicos não podiam participar. Mencionou esse ponto em especial a Roger, que riu.

– Verdade – confirmou ele –, o papa proibiu faz uns quarenta anos.

– Por quê? O que o papa tem contra os maçons? – indagou Bree, interessada.

– É um corpo bastante poderoso. É formado por um bom número de homens poderosos e influentes... e cruza fronteiras internacionais. Imagino que a real preocupação do papa seja a competição por poder e influência... embora, se não me falha

841

a memória, a razão declarada foi a de que a maçonaria por si só é muito parecida com uma religião. Ah, e também porque eles cultuam o Diabo. – Ele riu. – Sabia que o seu pai fundou uma Loja Maçônica em Ardsmuir, na prisão de lá?

– Talvez ele tenha mencionado; não lembro.

– Eu puxei o assunto do catolicismo. Ele me deu um daqueles olhares e disse: "É, bom, o papa não estava na Prisão de Ardsmuir, e eu estava."

– Isso me parece sensato – respondeu Bree, achando graça. – Por outro lado, eu não sou o papa. Ele contou por quê? Meu pai, digo, não o papa.

– Claro... como forma de unir católicos e protestantes na mesma prisão. Sendo que um dos princípios da maçonaria é a fraternidade universal dos homens, sim? E outro é que não se fala em religião nem em política na Loja.

– Ah, não? O que se faz lá, então?

– Não posso contar. Mas não adoramos o Diabo.

Ela ergueu as sobrancelhas para ele, que deu de ombros.

– Não posso – repetiu Roger. – Quando a gente se associa, faz um juramento de não falar fora da Loja sobre o que acontece lá dentro.

Ela ficou meio aborrecida com aquilo, mas deixou de lado, voltando a acrescentar água a uma das tigelas. Parecia que alguém havia vomitado ali, pensou, de modo crítico, e foi apanhar o frasco de ácido.

– Isso me parece muito suspeito – observou. – E meio idiota. Não tem uma coisa de aperto de mão secreto, algo assim?

Ele se limitou a sorrir, sem se incomodar com o tom.

– Não digo que não haja certa encenação envolvida. A maçonaria tem origem mais ou menos na Idade Média e preservou muita coisa dos floreios originais... bastante como a Igreja Católica.

– Argumento aceito – respondeu ela, secamente, pegando uma tigela de polpa pronta. – Tudo bem. Pois então, foi ideia do meu pai começar uma Loja aqui?

– Não, foi minha. – Sua voz perdeu o tom bem-humorado, e ela o encarou com um olhar penetrante. – Preciso dar um espaço de diálogo a eles, Bree. As mulheres têm... as esposas dos pescadores costuram, passeiam, tricotam e fazem colchas juntas, e se acham que você, a sua mãe ou a sra. Bug são hereges destinadas a arder no fogo do inferno, ou patriotas malditas, ou seja lá o que for, isso não parece fazer muita diferença. Mas os homens, não.

Ela pensou em argumentar sobre a relativa inteligência e o bom senso entre os dois sexos, mas, sentindo que poderia ser contraproducente no momento, assentiu, compreensiva. Além do mais, ele obviamente não fazia ideia do tipo de fofoca que corria entre os círculos de costura.

– Segure essa tela bem firme, sim?

Ele agarrou a moldura de madeira, puxando bem os cantos da rede finamente trançada no meio dela, conforme instruído.

– Então – prosseguiu ela, passando com a colher o fino mingau para a seda –, quer que eu prepare leite com biscoitos para essa reunião de hoje à noite?

Seu tom era de considerável ironia, e ele abriu um sorriso, do outro lado da tela.

– Seria ótimo, sim.

– Eu estava brincando!

– Eu não estava.

Ele ainda sorria, mas com total seriedade nos olhos, e ela de súbito percebeu que não era um capricho. Com uma estranha pontada no coração, viu seu pai ali parado.

Um aprendera a cuidar de outros homens desde os primeiros anos, como parte de seus deveres como primogênito; o outro percebera depois, mas ambos sentiam aquele fardo como um desígnio de Deus, ela não tinha a menor dúvida – ambos aceitavam tal dever sem questionamentos e o honrariam, ou morreriam tentando. Ela só esperava que não chegasse a esse ponto... para nenhum dos dois.

– Me dê um cabelo seu – disse Brianna, baixando o olhar para esconder os sentimentos.

– Por quê? – indagou Roger, já arrancando uma mecha da cabeça.

– O papel. A polpa espalhada não deve ficar mais grossa que um fio de cabelo.

Ela deitou o fio preto na beirada da tela de seda, então espalhou o líquido cremoso numa camada ainda mais fina, de modo que flutuasse pelo cabelo, mas não o cobrisse. O fio fluiu com o líquido, uma linha escura e sinuosa no fundo branco, como a pequenina fresta na superfície de seu coração.

79

ALERTAS

L'OIGNON-INTELLIGENCER

ANUNCIA-SE UM CASAMENTO. O *New Bern Intelligencer*, fundado por John Robinson, teve a publicação cessada em vista da remoção de seu fundador para a Grã-Bretanha; no entanto, asseguramos aos clientes que tal publicação não desaparecerá por completo, pois suas instalações, ações e listas de assinaturas foram adquiridas pelos proprietários do estimado, popular e ilustre periódico *The Onion*. O novo periódico, muito melhorado e ampliado, aparecerá daqui em diante como *L'Oignon-Intelligencer*, a ser distribuído semanalmente, com edições extraordinárias conforme demanda dos eventos, e comercializado ao modesto custo de um centavo...

Ao sr. e à sra. James Fraser, da Cordilheira,
Carolina do Norte, do sr. e da sra. Fergus Fraser,
Thorpe Street, New Bern

Caros pai e mãe Claire:
Escrevo para lhes informar a última virada em nossa sorte. O sr. Robin-
son, que era dono do outro jornal da cidade, foi removido para a Grã-Bre-
tanha. Literalmente removido, visto que alguns desconhecidos, disfarçados
de selvagens, invadiram sua loja na calada da noite e o arrancaram da
cama, correram com ele até o porto e lá o embarcaram num navio, vestido
apenas de touca e camisolão.

O capitão prontamente desatou as amarras e zarpou, deixando a cidade
em alarido, como o senhor pode imaginar.

Um dia após a abrupta partida do sr. Robinson, no entanto, recebemos
dois visitantes distintos (não posso escrever seus nomes, mantendo a discri-
ção que o senhor tanto aprecia). Um deles era membro do Comitê de Segu-
rança local – que todos sabem estar por trás da remoção do sr. Robinson,
mas ninguém comenta. Seu discurso foi civil, mas os modos, nem tanto.
Ele desejava, explicou, certificar-se de que Fergus não compartilhava dos
sentimentos intencionalmente desviados, expressos com frequência pelo sr.
Robinson, em relação aos recentes e particulares eventos.

Fergus respondeu, com a cara mais séria, que não compartilharia nem
uma taça de vinho com o sr. Robinson (o que não poderia mesmo, sendo o
sr. Robinson metodista e avesso a bebidas), e o cavalheiro escolheu inter-
pretar aquilo a seu modo, foi-se embora satisfeito e deu a Fergus uma bolsa
de dinheiro.

Em seguida surgiu outro cavalheiro, gordo e de mais relevância nos as-
suntos da cidade, membro do Conselho Real, embora eu não soubesse desde
o início. Sua tarefa era a mesma – ou melhor, a oposta: ele desejava saber
se Fergus estaria inclinado a adquirir os bens do sr. Robinson, de modo a
dar seguimento a seu trabalho em nome do rei – qual seja, a impressão de
algumas cartas e a supressão de outras.

A esse cavalheiro Fergus disse, no tom mais sério, que sempre teve mui-
to a admirar no sr. Robinson (sobretudo seu cavalo, de cor cinza e muito
afável, e as curiosas fivelas de seus sapatos), porém acrescentou que mal
tínhamos verba para comprar papel e tinta, e portanto temia que devêsse-
mos nos resignar à aquisição da loja do sr. Robinson por alguém de menor
sensibilidade aos assuntos políticos.

Eu fiquei aterrorizada, estado que não esvaneceu quando o cavalheiro
soltou uma risada e tirou uma bolsa gorda do bolso, observando que não se

deve "fazer economia porca". Ele pareceu achar aquilo bastante engraçado, pois entoou uma excessiva gargalhada, deu um tapinha na cabeça de Henri--Christian e se foi.

Sendo assim, nossas chances, ao mesmo tempo que aumentaram, estão mais alarmantes. Estou bastante insone, pensando no futuro, mas o humor de Fergus está tão melhor que não me arrependo.

Rezem por nós, como sempre rezamos por vocês, meus caros pais.

Sua obediente e amorosa filha, Marsali

– Você ensinou a ele direitinho – observei, tentando manter o tom displicente.

– Evidente que sim. – Jamie parecia um pouco preocupado, porém muito mais satisfeito. – Não se amole com isso, Sassenach. Fergus tem experiência nesse jogo.

– Não é um jogo – respondi, com tamanha veemência que ele me encarou com surpresa. – Não é – repeti, um pouco mais calma.

Ele ergueu as sobrancelhas e, puxando um pequeno maço de papéis da bagunça em sua mesa, entregou-os para mim.

QUARTA-FEIRA, EM TORNO DAS DEZ DA MANHÃ – WATERTOWN
A todos os amigos da liberdade americana, seja sabido que no dia de hoje, antes do amanhecer, uma brigada consistindo em cerca de mil a 1.200 homens atracou na fazenda Phip em Cambridge e marchou para Lexington, onde encontrou uma companhia da milícia de nossa colônia armada, contra a qual atirou sem qualquer provocação, matando seis homens e ferindo outros quatro. Por um mensageiro de Boston soubemos que outra brigada está agora saindo de lá em marcha, supostamente composta de mil homens. O mensageiro, Israel Bissell, está encarregado de alertar todo o interior até Connecticut, e é desejável que todos lhe forneçam cavalos novos na medida das necessidades. Conversei com vários que viram os mortos e feridos. Oremos para que as delegações desta colônia até Connecticut vejam isto.

J. Palmer, do Comitê de Segurança.

Sabe-se que o coronel Foster de Brookfield é um dos delegados.

Abaixo da mensagem havia uma lista de assinaturas, embora a maioria estivesse redigida na mesma caligrafia. Na primeira lia-se *Cópia fiel extraída da original por ordem do Comitê de Correspondência de Worcester – 19 de abril, 1775. Autenticada por Nathan Baldwin, escrevente municipal.* Todas as outras eram precedidas por declarações similares.

– Maldito seja – comentei. – É o Alerta de Lexington. – Encarei Jamie com os olhos arregalados. – Onde você arrumou isso?

– Um dos homens do coronel Ashe trouxe. – Ele remexeu as folhas até o final da última, apontando o endosso de John Ashe. – O que é o Alerta de Lexington?

– Isto aqui. – Olhei o texto, fascinada. – Depois da batalha em Lexington, o general Palmer... um general da milícia... escreveu isso e espalhou pelo interior por um mensageiro expresso, para servir de testemunho do ocorrido e notificar as milícias próximas que a guerra havia começado. Os homens pelo caminho fizeram cópias, autenticaram-nas para garantir que eram verdadeiras e encaminharam a mensagem a outras cidades e vilarejos; provavelmente centenas de cópias foram feitas ao mesmo tempo, e muito poucas restaram. Frank tinha uma, que ganhara de presente. Guardava numa moldura, na sala de estar da nossa casa em Boston.

Fui invadida por um calafrio ao perceber que a familiar carta que encarava, na verdade, fora escrita apenas uma ou duas semanas antes – e não duzentos anos atrás.

Jamie também estava um pouco pálido.

– Isso... foi o que Brianna disse que aconteceria... – comentou ele, num tom de assombro. – No dia 19 de abril, um conflito em Lexington... o início da guerra. – Ele me encarou com firmeza, e vi que tinha os olhos sombrios, com um misto de empolgação e temor. – Eu acreditei em você, Sassenach. Mas...

Ele não concluiu a frase, mas se sentou e estendeu a mão para apanhar a pena. Com lenta deliberação, assinou o próprio nome ao pé da página.

– Pode me fazer uma cópia legível, Sassenach? – indagou ele. – Vou passar adiante.

80

O MUNDO DE CABEÇA PARA BAIXO

O homem do coronel Ashe também havia trazido notícias de um congresso a ser conduzido no condado de Mecklenburg, previsto para a metade de maio, com o propósito de declarar oficialmente a independência do condado em relação ao rei da Inglaterra.

Ciente de ainda ser visto com ceticismo por muitos dos líderes do que agora de súbito se tornara "a rebelião", apesar do forte apoio pessoal de John Ashe e uns poucos amigos, Jamie decidiu comparecer ao congresso e apoiar abertamente a medida.

Roger, inflamado de empolgação contida diante da primeira chance de testemunhar um registro histórico ao vivo, quis ir junto.

Poucos dias antes da partida, porém, a atenção de todos foi desviada pelo presente mais imediato: a família Christie apareceu em peso sem avisar diante da porta, logo após o café da manhã.

Algo havia acontecido; Allan Christie estava vermelho de agitação, e Tom, carrancudo e grisalho feito um lobo velho. Malva sem dúvida andara chorando; seu rosto se alternava entre vermelho e branco. Eu a cumprimentei, mas ela desviou o olhar, os lábios trêmulos, enquanto Jamie os convidava a ir até seu escritório, indicando que se sentassem.

– O que foi, Tom?

Ele deu uma olhada para Malva, que claramente era o foco da emergência familiar, mas voltou a atenção a Tom, como patriarca.

Tom Christie tinha os lábios tão apertados que mal era possível vê-los por sob as profundezas da barba bem aparada.

– A minha filha está grávida – respondeu, abruptamente.

– Hein? – Jamie deu outra olhada para Malva, que tinha a cabeça baixa, de touca, fixando as mãos entrecruzadas, então me encarou com a sobrancelha erguida. – Ah. Sim... tem bastante coisa do tipo acontecendo, a bem da verdade – disse ele, com um sorriso gentil, num esforço para tranquilizar os Christies, que tremiam todos feito vara verde.

Eu mesma fiquei pouco espantada ao ouvir a notícia, embora naturalmente preocupada. Malva sempre atraíra uma boa dose de atenção dos jovens rapazes, e embora tanto seu pai quanto o irmão fossem vigilantes na prevenção de qualquer galanteio mais direto, o único meio de afastar de verdade todos os homens seria trancar a moça num calabouço.

Perguntei-me quem teria sido o pretendente bem-sucedido. Obadiah Henderson? Bobby, talvez? Um dos irmãos McMurchie? Não ambos, pelo amor de Deus, pensei. Todos esses – e tantos outros – haviam demonstrado clara admiração por ela.

Tom Christie recebeu a tentativa de gracejo de Jamie com um silêncio pétreo, embora Allan tenha tentado abrir um sorriso débil. Estava quase tão pálido quanto a irmã.

Jamie tossiu.

– Bom, muito bem. Tem alguma coisa que eu possa fazer para ajudar, Tom?

– Ela disse – começou Christie, num tom rude, cravando os olhos na filha – que só vai revelar o nome do homem na sua presença.

Ele voltou a encarar Jamie, tomado de desgosto.

– Na minha presença?

Jamie tornou a tossir, claramente constrangido com a conclusão lógica – de que Malva achava que o pai e o irmão bateriam nela, ou partiriam para a violência contra o amante, se não fossem restringidos pela presença do senhorio. Tal temor não me parecia desprovido de fundamento, de modo que encarei Tom com os olhos semicerrados. Por acaso já teria tentado, sem sucesso, arrancar à força a verdade da filha?

Malva não fez qualquer menção de divulgar o nome do pai da criança, apesar da presença de Jamie. Limitou-se a dobrar o avental entre os dedos, sem cessar, os olhos fixos nas mãos.

Eu pigarreei, com delicadeza.

– De quanto... ahn... de quanto tempo você está, meu bem?

Ela não respondeu diretamente, mas apertou a parte da frente do avental com as duas mãos, trêmula, alisando o tecido de modo que a saliência da gravidez ficasse visível, suave e redonda feito um melão, surpreendentemente grande. Seis meses, talvez; fiquei atônita. Estava claro que ela havia adiado ao máximo a revelação da notícia ao pai – e escondera muito bem.

O silêncio foi muito além de constrangedor. Allan se remexeu com desconforto no banquinho, inclinou o corpo para a frente e murmurou, para tranquilizar a irmã:

– Vai ficar tudo bem, Mallie. Mas você tem que falar.

Ao ouvir isso, ela deu um suspiro profundo e ergueu a cabeça. Tinha os olhos vermelhos e arregalados de apreensão, porém ainda muito bonitos.

– Ah, senhor – disse ela, mas então parou.

Jamie, naquela altura, parecia quase tão incomodado quanto os Christies, mas fez o melhor que pôde para manter o tom gentil.

– A senhorita não vai me dizer, então, moça? – indagou, com a maior doçura possível. – Prometo que não vamos sofrer por isso.

Tom Christie produziu um ruído irritado, como um predador perturbado em sua refeição. Malva empalideceu, mas manteve os olhos fixos em Jamie.

– Ah, senhor – repetiu, com a voz baixa, porém clara feito um sino e plena de acusação. – Ah, senhor, como pode me dizer isso, sabendo a verdade tão bem quanto eu? – Antes que alguém pudesse reagir, ela se virou para o pai, ergueu a mão e apontou para Jamie. – Foi ele.

Eu nunca me senti tão grata por nada em minha vida quanto pelo fato de estar olhando para Jamie quando ela disse aquilo. Ele não teve qualquer aviso, nenhuma chance de controlar a expressão – e não controlou. Seu rosto não exibia raiva, medo, negação ou surpresa; nada além do vazio boquiaberto da absoluta incompreensão.

– O quê? – disse ele, e pestanejou. Então pareceu se dar conta do que tinha acabado de ouvir. – O QUÊ? – bradou, num tom que deveria ter feito a putinha mentirosa cair de bunda no chão.

Então ela piscou e baixou os olhos, o retrato da virtude humilhada. Virou-se, como se incapaz de encará-lo, e estendeu a mão trêmula em direção a mim.

– Eu sinto *tanto*, sra. Fraser – sussurrou, com convenientes lágrimas trêmulas sobre os cílios. – Ele... nós... nós não pretendíamos machucar a senhora.

Eu observava a cena com interesse de algum ponto externo ao meu corpo, então ergui o braço e tomei impulso, experimentando uma vaga sensação de aprovação enquanto minha mão acertava a bochecha de Malva, com tanta força que a garota cambaleou para trás, tropeçou por sobre um banquinho e caiu, as anáguas subindo até a cintura em uma espuma de linho, as pernas vestidas em meias de lã estiradas de maneira absurda no ar.

– Receio não poder dizer o mesmo.

Eu nem sequer havia pensado em dizer alguma coisa, e surpreendi-me ao sentir as palavras em minha boca, redondas e frias como seixos de rio.

De súbito, retornei ao corpo. Senti como se meu espartilho tivesse se apertado durante minha ausência temporária; minhas costelas doíam pelo esforço de respirar. Líquidos explodiam em todas as direções; sangue e linfa, suor e lágrimas... se eu puxasse o ar, minha pele cederia e faria tudo sair jorrando, como o conteúdo de um tomate maduro jogado numa parede.

Eu não tinha ossos. Mas tinha vontade. Foi apenas isso que me manteve de pé e me fez sair pela porta. Não enxerguei o corredor nem percebi que havia empurrado a porta da frente; tudo o que vi foi uma súbita centelha de luz e um borrão verde na porta do quintal, então saí correndo, como se todos os demônios do inferno impulsionassem meus pés.

De fato, ninguém me seguiu. Mesmo assim eu corri, saindo da trilha e adentrando a mata, os pés deslizando nas camadas de agulhas das árvores e pelos afluentes entre as pedras, quase desabando pela encosta da colina, tropeçando dolorosamente pelos troncos caídos, desvencilhando-me de arbustos e espinhos.

Cheguei ofegante ao sopé de uma colina e vi-me num vale escuro e pequeno, rodeado por uma parede de imensos rododendros verde-escuros. Parei, arquejante, e sentei-me depressa. Senti o corpo coxear e me deixei desabar, terminando de costas entre as camadas empoeiradas de folhas de loureiro curtidas da montanha.

Um frágil pensamento ecoou em minha mente, sob o som de minha respiração ofegante. *Os ímpios fogem sem que haja ninguém a persegui-los.* Mas *eu* sem dúvida não era ímpia. Nem Jamie; eu sabia. Eu sabia.

Malva, porém, estava grávida. Alguém era o culpado.

Meus olhos estavam embaçados da corrida, e a luz do sol brilhava em lajes de pedra rachadas e rajadas de cor – azul-escuro, azul-claro, branco e cinza, cata-ventos verdes e dourados, enquanto o céu nebuloso e a parede da montanha rodopiavam cada vez mais acima de mim.

Pisquei os olhos com força, e lágrimas não vertidas desceram por minhas têmporas.

– Maldição, maldição, maldição do inferno – falei, bem baixinho. – E agora?

Jamie se inclinou, num impulso, agarrou a garota pelos cotovelos e a ergueu, sem cerimônia. Uma de suas bochechas exibia uma mancha carmesim onde Claire a estapeara, e por um instante ele sentiu o ímpeto de igualar o outro lado.

Não teve a chance de reprimir aquele desejo, nem de executá-lo; uma mão o agarrou pelo ombro para virar seu corpo, e foi por puro reflexo que ele desviou quando o punho de Allan Christie cruzou de raspão a lateral de sua cabeça, acertando-o dolorosamente na ponta da orelha. Ele empurrou o peito do jovem com força, com as duas mãos, e enganchou um calcanhar atrás de sua panturrilha enquanto ele cambaleava. Allan caiu de costas no chão com um baque surdo que sacudiu a sala.

Jamie deu um passo atrás, uma das mãos na orelha latejante, e cravou os olhos em Tom Christie, que estava parado a encará-lo, feito a esposa de Ló.

Jamie cerrou e ergueu ligeiramente o punho livre, à guisa de um convite. Christie semicerrou os olhos, mas não fez menção de avançar.

– Levante-se – disse Christie ao filho. – E segure esse ímpeto. Não há necessidade disso agora.

– Não há? – gritou o rapaz, cambaleando para se levantar. – Ele transformou a sua filha numa puta, e você vai deixá-lo de pé? Ora, velho, se você vai fazer papel de covarde, saiba que eu não!

Ele deu um bote para cima de Jamie, os olhos injetados, estendendo as mãos para agarrar sua garganta. Jamie deu um passo para o lado, trocou o peso de perna e acertou um gancho de esquerda no fígado do rapaz, que o fez se vergar com um ganido. Allan o encarou, boquiaberto, os olhos totalmente arregalados, e desabou de joelhos com um baque, abrindo e fechando a boca feito um peixe.

Em outras circunstâncias aquilo teria sido cômico, mas Jamie não sentia a menor disposição para rir. Não perdeu mais tempo com nenhum dos homens, mas virou-se para Malva.

– Pois bem, que travessura é essa que você está aprontando, *nighean na galladh*? – indagou.

Era um insulto sério; gaélico ou não, Tom Christie sabia o que significava. Com o canto do olho, Jamie viu Christie se empertigar.

A própria garota, já aos prantos, irrompeu em soluços ao ouvir aquilo.

– Como pode falar assim comigo? – choramingou ela, agarrando o avental perto do rosto. – Como pode ser tão cruel?

– Ah, pelo amor de Deus – retrucou ele, com rispidez. Empurrou um banquinho na direção dela. – Sente-se, sua louca, e vamos ouvir a verdade de seja lá o que esteja aprontando. Sr. Christie?

Ele encarou Tom, meneou a cabeça para outro banquinho e foi pegar a própria cadeira, ignorando Allan, que desabara no chão e estava enroscado de lado, feito um gatinho, apertando a barriga.

– Senhor?

A sra. Bug, ouvindo a algazarra, viera da cozinha e estava parada diante da porta, os olhos arregalados por sob a touca.

– O senhor... precisa de alguma coisa? – indagou ela, sem qualquer pretensão de disfarçar que encarava Malva, de olhos vermelhos e soluçando, sentada no banquinho, e Allan, pálido e aos arquejos no chão.

Jamie achava que precisava de um trago bem forte – ou talvez dois –, mas isso teria de esperar.

– Obrigado, sra. Bug – respondeu, muito educado –, mas não. Vamos aguardar.

Ergueu os dedos para dispensá-la, e ela, relutante, sumiu de vista. Ele sabia, no entanto, que não havia se afastado; estava do outro lado da porta.

Jamie esfregou a mão no rosto, perguntando-se o que estaria ocorrendo com as jovens. Era lua cheia aquela noite; talvez elas de fato ficassem lunáticas.

Por outro lado, aquela cadela havia sem dúvida dado uma de louca com *alguém*; com o avental daquele jeito o bebê aparecia claramente, uma intumescência dura e redonda, feito um cabaço, sob a anágua fina.

– De quanto tempo? – perguntou ele a Christie, meneando a cabeça na direção dela.

– Completou seis meses – respondeu Christie, afundando com relutância no banquinho que lhe fora oferecido.

Estava circunspecto como Jamie jamais o vira, mas mantinha o controle, o que já era alguma coisa.

– Foi quando a doença veio, no fim do verão passado; quando estive aqui, ajudando a cuidar da esposa dele! – disparou Malva, baixando o avental e encarando o pai com olhar reprovador, os lábios trêmulos. – E também não foi uma vez só! – Ela voltou a olhar Jamie, os olhos cheios de lágrimas e súplica. – Conte a eles, senhor, por favor... conte a eles a verdade!

– Ah, eu pretendo – retrucou Jamie, encarando-a com desprezo. – E você vai fazer o mesmo, mocinha, eu lhe asseguro.

O choque começava a se esvair, e, ainda que a irritação persistisse – a bem da verdade, crescia a cada instante –, ele já começava a pensar, e com muita fúria.

A moça engravidara de alguém totalmente inadequado; isso já estava claro. Quem? Deus, ele queria que Claire tivesse ficado; ela escutava as fofocas da Cordilheira e se interessava pela moça; saberia quais rapazes eram mais prováveis. Ele próprio raramente reparava na jovem Malva, exceto pelo fato de que estava sempre por perto, ajudando Claire.

– A primeira vez foi quando a senhora estava tão doente que nos desesperamos por sua vida – disse Malva, voltando a atrair a atenção dele. – Eu disse ao senhor, pai. Não foi estupro... só que ele perdeu a cabeça por conta da tristeza da situação, e eu também. – Ela pestanejou, uma lágrima solitária descendo pela bochecha seca. – Eu desci do quarto dela uma noite e o encontrei aqui, sentado no escuro, sofrendo. Senti tanta pena dele... – Ela embargou a voz, então parou e engoliu em seco. – Perguntei se podia trazer alguma coisa para comer, talvez algo para beber... mas ele já estava bebendo, havia um copo de uísque à sua frente...

– E eu disse que não, agradeci gentilmente e disse que queria ficar sozinho – interrompeu Jamie, sentindo o sangue começar a subir às têmporas com a narrativa. – Você foi embora.

– Não fui, não. – Ela balançou a cabeça; a touca havia quase caído com sua queda no chão, e ela não tornara a ajeitá-la; cachos escuros de cabelo pendiam, emoldurando-lhe o rosto. – Pelo menos o senhor não me disse isso, que queria ficar sozinho. Mas eu não aguentei ver o senhor naquele apuro, e... sei que foi ousado e inadequado, mas senti tanta pena do senhor! – bradou ela, olhando para cima e imediatamente tornando a baixar o olhar. – Eu... me aproximei e o toquei – sussurrou, tão baixo que ele teve dificuldade de ouvir. – Pus a mão no ombro dele, só para confortá-lo. Daí ele se virou de repente e me abraçou, e me puxou para si. E... e então... – Ela engoliu em seco, de forma audível. – Ele... me possuiu. Bem... ali.

Ela espichou o dedão dentro de um dos coturnos, apontando delicadamente para o tapete surrado bem diante da mesa. Onde havia, de fato, uma antiga manchinha marrom, que poderia ser sangue. E *era* sangue... de Jemmy, deixado quando o pequenino tropeçara no tapete e batera o nariz.

Ele abriu a boca para falar, mas estava tão sufocado de horror e assombro que nada emergiu além de uma espécie de arquejo.

– Então o senhor não tem colhões de negar? – O jovem Allan havia recobrado o fôlego; balançava-se sobre os joelhos, o cabelo caído diante do rosto, encarando. – Mas teve colhões de fazer!

Jamie disparou a Allan um olhar opressor, mas não se deu o trabalho de retrucar. Em vez disso, voltou a atenção a Tom Christie.

– Ela está louca? – inquiriu ele. – Ou é só esperta?

O rosto de Christie poderia ter sido entalhado em pedra, exceto pela bolsa que tremulava sob os olhos, e pelos olhos em si, estreitos e injetados.

– Ela não está louca – disse Christie.

– Então é uma mentirosa muito esperta – disse Jamie, semicerrando os olhos. – Esperta a ponto de saber que ninguém acreditaria numa história de estupro.

Ela abriu a boca, horrorizada.

– Ah, não, senhor – retrucou ela, balançando a cabeça com tanta força que os cachos escuros dançaram em torno de suas orelhas. – Eu *nunca* diria tal coisa sobre o senhor, nunca! – Ela engoliu em seco e ergueu timidamente os olhos para encará-lo. Estavam inchados pelas lágrimas, mas eram de um suave cinza-claro, sinceros e inocentes. – O senhor precisava de conforto – concluiu, baixinho, porém com clareza. – E eu dei.

Ele beliscou a ponte do nariz com força, entre o polegar e o indicador, esperando que a sensação o fizesse acordar do que era claramente um pesadelo. Ao ver que a tentativa falhara, suspirou e encarou Tom Christie.

– Ela está grávida de alguém, e não é de mim – disse, sem rodeios. – De quem pode ser?

– *Foi* o senhor! – protestou a garota, deixando o avental cair enquanto se empertigava, sentada no banquinho. – Não tem mais ninguém!

Christie deslizou os olhos relutantes em direção à filha, então voltou a encarar

Jamie. Tinha os mesmos olhos cinza-claros, porém jamais com qualquer traço de sinceridade ou inocência.

– Eu não sei de ninguém – disse ele. Respirou fundo, endireitando os ombros robustos. – Ela disse que não foi uma vez só. Que o senhor a possuiu uma dezena de vezes ou mais.

Ele tinha a voz quase impassível, não por falta de sentimentos, mas pelo controle que possuía sobre eles.

– Então ela mentiu uma dezena de vezes ou mais – retrucou Jamie, num tom de voz tão controlado quanto o de Christie.

– O senhor sabe que não estou mentindo! A sua mulher acredita em mim – disse Malva, com rigidez.

Então, levou uma das mãos à bochecha, onde a cor havia desaparecido, mas ainda era visível uma marca clara dos dedos de Claire, lívidos em seu contorno.

– A minha esposa tem bom senso – retrucou ele com frieza, porém consciente do desconsolo frente à menção de Claire.

Qualquer mulher consideraria uma acusação daquelas chocante o suficiente para sair correndo, mas ele desejava que ela tivesse permanecido. Sua presença, negando com veemência qualquer comportamento inadequado dele e refutando pessoalmente as mentiras de Malva, teria ajudado.

– Ah, é? – A cor desaparecera por completo do rosto da garota, mas ela tinha parado de soluçar. Tinha o rosto pálido, os olhos enormes e brilhantes. – Ora, senhor, eu também tenho bom senso. O bastante para provar o que digo.

– Ah, é? – disse ele, com ceticismo. – Como?

– Eu vi as cicatrizes em seu corpo nu; posso descrevê-las.

A declaração pegou todos de surpresa. Fez-se um silêncio momentâneo, interrompido por um grunhido de satisfação de Allan Christie. Ele se levantou, uma das mãos ainda agarrada à barriga, mas um sorriso desagradável no rosto.

– Então? Também não tem resposta para isso, tem?

A irritação havia desde muito cedido lugar a uma ira monstruosa. Por baixo dessa ira, contudo, havia um fio finíssimo de algo que ele não chamaria – ainda não – de medo.

– Não fico expondo minhas cicatrizes por aí – retrucou ele, em tom pacífico –, mas há um bom número de pessoas que já teve oportunidade de vê-las, apesar de tudo. E não me deitei com nenhuma *dessas* pessoas.

– É, o povo de vez em quando fala das cicatrizes nas suas costas – disparou Malva em resposta. – E todo mundo conhece a grandona e feiosa que o senhor tem na perna, que arrumou em Culloden. Mas e a da costela, em formato de lua crescente? Ou a pequenina na bunda esquerda? – Ela estendeu a mão para trás, tocando a própria nádega esquerda para ilustrar. – Não no centro, não muito... um pouco mais para baixo, do lado de fora. Mais ou menos do tamanho de uma moeda de um centavo.

Ela não sorria, mas seus olhos guardavam uma expressão de triunfo.

– Eu não tenho – começou ele, mas então parou, horrorizado.

Deus, ele tinha. Uma mordida de aranha, arrumada nas Índias, que havia supurado por uma semana, formado um abscesso, então estourado, para seu imenso alívio. Depois de curada, ele não tornara a pensar nela... mas existia.

Tarde demais. Eles tinham visto a comprovação em seu rosto.

Tom Christie fechou os olhos, remexendo a mandíbula por sob a barba. Allan tornou a grunhir de satisfação, então cruzou os braços.

– Quer nos provar que ela está errada? – perguntou o homem, num tom sarcástico. – Então baixe as calças e nos deixe ver a sua bunda!

Com uma boa dose de esforço, ele freou o ímpeto de dizer a Allan Christie o que fazer com a própria bunda. Respirou profunda e lentamente, esperando que ao fim da expiração algo útil lhe tivesse vindo à mente.

Não veio. Com um suspiro, Tom Christie abriu os olhos.

– Então? – indagou, num tom impassível. – Imagino que não pretenda largar a sua mulher para se casar com ela?

– Eu jamais faria uma coisa dessas!

A sugestão o fez se encher de fúria... e um certo pânico frente à simples menção a não estar com Claire.

– Então vamos redigir um contrato. – Christie esfregou a mão no rosto, os ombros caídos de exaustão e desgosto. – Sustento para ela e o pequeno. Reconhecimento formal dos direitos da criança como um de seus herdeiros. O senhor pode talvez preferir pegá-la para a sua esposa criar, mas isso...

– Saia. – Ele se levantou, muito devagar, e inclinou o corpo para a frente, as mãos sobre a mesa, os olhos fixos em Christie. – Pegue a sua filha e saia da minha casa.

Christie parou de falar e o encarou, com a fronte sombria. A garota havia recomeçado a choramingar, com a cara enfiada no avental. Ele teve a estranha sensação de que o tempo havia parado; todos ficariam presos ali para sempre, ele e Christie se encarando feito cachorros, incapazes de olhar para baixo, mas sabendo que o chão da sala havia desaparecido sob seus pés e eles jaziam suspensos sobre algum abismo terrível, no infinito instante que antecedia a queda.

Foi Allan Christie, claro, quem quebrou o silêncio. O movimento da mão do jovem indo até a faca libertou o olhar de Jamie do de Christie. Jamie apertou a mesa, cravando as unhas na madeira. Um instante antes se sentira desprovido de corpo; agora o sangue martelava em suas têmporas e pulsava por seus braços e pernas, e seus músculos tremiam com a urgente necessidade de agredir Allan Christie. E de apertar sua irmã para que ela calasse a boca.

O rosto de Allan Christie ficou sombrio de raiva, mas ele teve suficiente bom senso – por muito pouco, pensou Jamie – para não puxar a faca.

– Não tem coisa que eu deseje mais, rapazinho, que arrancar o seu couro e entregá-lo nas suas mãos – disse, baixinho. – Agora saia daqui, antes que eu faça isso.

O jovem Christie passou a língua pelos lábios e enrijeceu o corpo, os nós dos dedos embranquecendo no cabo da faca... mas seus olhos tremeram. Então encarou o pai, que jazia sentado feito uma pedra, de cara fechada e sombria. A luz havia mudado; reluzia pelo lado e por sobre os tufos grisalhos da barba de Christie, exibindo sua própria cicatriz, uma linha fina e rosada que se enroscava feito uma cobra por sobre seu maxilar.

Christie se endireitou devagar, empurrando o corpo com as mãos nas coxas, balançou a cabeça de repente, feito um cachorro sacudindo a água do corpo, e se levantou. Agarrou Malva pelo braço, ergueu-a do banquinho e a empurrou diante de si, chorando e cambaleando rumo à porta.

Allan foi atrás, aproveitando a chance para passar tão perto de Jamie no caminho da saída que Jamie sentiu o odor do rapaz, tomado de fúria. O jovem Christie deu uma única olhada para trás, por sobre o ombro, a mão ainda sobre a faca... mas saiu. Seus passos no corredor fizeram as tábuas do assoalho tremerem sob os pés de Jamie, e então deu-se o estrondo da porta se fechando.

Ele olhou para baixo, vagamente surpreso ao ver a superfície da mesa esmurrada e as próprias mãos ainda estendidas ali, como se tivessem criado raízes. Endireitou o corpo e cerrou os punhos, sentindo as juntas duras e doloridas. Estava empapado de suor.

Passos mais suaves cruzaram o corredor, e a sra. Bug adentrou com uma bandeja. Pousou-a diante dele, curvou-se em uma mesura e se retirou. A bandeja continha o único cálice de cristal que ele possuía e o decânter que guardava o uísque bom.

Ele sentiu uma vontade indistinta de rir, mas não lembrava ao certo como fazer. A luz tocou o decânter, e a bebida que havia dentro dele cintilou como crisoberilo. Ele tocou delicadamente a taça, grato pela lealdade da sra. Bug, mas aquilo teria de esperar. O Diabo estava à solta no mundo e haveria contas a pagar, sem dúvida. Antes de qualquer coisa, precisava encontrar Claire.

Depois de um tempo, as nuvens no céu começaram a ficar carregadas, e uma brisa fria se avultou por sobre o topo do vale, sacudindo os loureiros acima, que farfalhavam feito ossos secos. Muito devagar, eu me levantei e comecei a subir.

Não tinha destino certo em mente; a bem da verdade, pouco importava se me molharia ou não. Eu só sabia que não podia voltar para casa. Sendo assim, tão logo a chuva começou a cair, retornei à trilha que levava à Nascente Branca. Imensas gotas pingavam nas folhas de erva-tintureira e bardana, e os abetos e pinheiros soltaram a respiração, havia muito tempo presa, num suspiro fragrante.

O ruído da água nas folhas e galhos era pontuado pelo baque abafado das gotas mais pesadas que caíam na terra macia – a chuva trouxe granizo, e de súbito diminutas partículas brancas de gelo quicavam loucamente nas agulhas apinhadas, salpicando meu rosto e pescoço com um frio lancinante.

Então eu corri, me abrigando sob os galhos inclinados de um abeto-balsâmico que envolvia a nascente. O granizo cutucava a água e a fazia dançar, mas se derretia com o impacto e desaparecia no mesmo instante por sob a água escura. Eu me sentei, imóvel, abraçando o corpo para me proteger do frio, trêmula.

Quase dá para entender, disse a parte da minha mente que começara a falar em certo momento da jornada colina acima. *Todo mundo achou que você estava morrendo... inclusive você mesma. Você sabe o que acontece... você viu.* As pessoas que sofrem a terrível pressão do pesar, que lidam com a aterradora presença da morte... eu tinha visto. Era natural a busca por consolo; uma tentativa de se esconder por um mero instante, de negar a frieza da morte buscando conforto no simples calor do contato corporal.

– Mas ele não fez isso – retruquei em voz alta, com teimosia. – Se *tivesse* feito, pronto, eu poderia perdoá-lo. Mas ele *não fez*, droga!

Meu subconsciente cedeu frente àquela certeza, mas eu podia sentir uma agitação subjacente – não uma suspeita, nem forte o bastante para ser chamada de dúvida. Apenas pequeninas e frias reflexões que emergiam da superfície de meu próprio poço escuro feito sapinhos de silvos agudos e finos, pouco audíveis individualmente, mas que juntos formavam uma confusão de sons para agitar a noite.

Você é uma mulher velha.

Veja as veias saltando em suas mãos.

A carne já despencou dos seus ossos; seus seios estão caídos.

Se ele estivesse desesperado, precisando de consolo...

Ele poderia rejeitá-la, mas jamais daria as costas para uma criança de seu próprio sangue.

Fechei os olhos e combati uma crescente sensação de náusea. O granizo havia passado, seguido por uma chuva forte, e um vapor frio começava a se erguer do chão, uma névoa que subia e desaparecia em meio ao aguaceiro feito um fantasma.

– Não – exclamei, em voz alta. – Não!

Eu me sentia como se tivesse engolido vários pedregulhos, pontudos e cobertos de terra. Não era só a ideia de que Jamie pudesse... mas de que Malva *tinha*, muito provavelmente, me traído. Havia me traído se fosse verdade... e mais ainda se não fosse.

Minha aprendiz. Minha filha do coração.

Eu havia me protegido da chuva, mas o ar estava úmido e pesado; minhas roupas, cada vez mais molhadas, pesavam no corpo e grudavam-se à pele. Através da chuva vi a grande pedra branca que repousava no alto da nascente, a pedra que dava à nascente seu nome. Fora sobre aquela pedra que Jamie vertera e jorrara o próprio sangue em sacrifício, pedindo a ajuda do parente de sangue que assassinara. E fora ali que Fergus se deitara e abrira as veias em desespero pelo filho, o sangue formando uma flor escura na água silenciosa.

856

Comecei a perceber por que tinha ido até ali, por que aquele lugar me havia convocado. Era um lugar onde se encontrar, onde encontrar a verdade.

A chuva passou, e as nuvens se dissiparam. Lentamente, a luz começou a se esvair.

Já era quase noite quando ele chegou. As árvores se mexiam, inquietas com o lusco-fusco e sussurrando entre si. Não ouvi seus passos na trilha encharcada; ele simplesmente apareceu, de repente, na beirada da clareira.

Estava à minha procura; ergueu a cabeça ao me ver, então contornou o laguinho e se enfiou sob os galhos que me abrigavam. Já estava fora havia algum tempo, percebi; tinha o casaco molhado, e o tecido da camisa colado ao peito por conta da chuva e do suor. Trazia um manto debaixo do braço, que desdobrou e passou em torno dos meus ombros. Eu permiti.

Ele então se sentou bem perto de mim, os braços envolvendo o joelho, e encarou a pocinha escura da nascente. A luz havia atingido aquela linda nuance imediatamente antes de a cor se esvair por completo, e suas sobrancelhas se arquearam, num perfeito ruivo-acastanhado, por sobre as sólidas saliências de sua fronte, os pelos muito distintos, como os fios mais curtos e escuros da barba por fazer.

Ele deu um suspiro longo e profundo, como se estivesse caminhando por algum tempo, e esfregou uma gota-d'água na ponta do nariz. Uma ou duas vezes, soltou uma respiração mais curta, como se estivesse prestes a dizer algo, mas não disse.

Os pássaros haviam saído brevemente após a chuva. Agora retornavam para descansar, pipilando baixinho nas árvores.

– Eu espero *muito* que você pretenda se pronunciar – declarei, por fim, com educação. – Porque, do contrário, eu provavelmente vou começar a gritar, e talvez não consiga parar.

Ele produziu um ruído, ao mesmo tempo divertido e consternado, e afundou o rosto nas mãos. Ficou assim por um instante, então esfregou a face com força, endireitou-se e ergueu a cabeça, com um suspiro.

– Durante todo o tempo que passei à sua procura, Sassenach, fiquei pensando no que, em nome de Deus, deveria dizer quando a encontrasse. Pensei numa coisa, em outra, e... não parecia haver nada que eu *pudesse* dizer. – Ele soava impotente.

– Como assim? – indaguei, num tom afiado. – Posso me atrever a dar umas sugestões.

Ele suspirou e fez um breve gesto de frustração.

– O quê? Dizer que eu sinto muito... isso não é certo. Eu *sinto* muito, mas dizer isso... parece que eu fiz alguma coisa da qual me arrependo, e esse não é o caso. Mas pensei que começar assim talvez fizesse você pensar...

Ele me olhou. Eu controlava com muita firmeza minha expressão e emoções, mas ele me conhecia muito bem. No instante em que havia dito "sinto muito", meu estômago fora parar nos pés.

Ele desviou o olhar.

– Não há nada que eu possa dizer – prosseguiu, baixinho – que não faça parecer que estou tentando me defender ou me desculpar. E isso eu não vou fazer.

Produzi um leve ruído, como se tivesse levado um soco no estômago, e ele lançou um olhar penetrante.

– Não vou! – repetiu Jamie, num tom feroz. – Não há meio de negar uma acusação como essa que não carregue consigo o cheiro da dúvida. E nada do que eu diga vai deixar de parecer um pedido humilhante de desculpas por... por... bom, eu não vou pedir desculpas por algo que não fiz, e se eu fizesse isso você só desconfiaria ainda mais de mim.

Eu começava a ter um pouco mais de facilidade para respirar.

– Você não parece levar muita fé na minha fé em *você*.

Ele me olhou, cauteloso.

– Se eu não levasse muita fé nisso, Sassenach, não estaria aqui.

Ele me encarou por um instante, estendeu a mão e tocou a minha. Eu girei a mão para encontrar a dele, e entrelaçamos os dedos com força. Os dele eram grandes e frios, e agarravam com tanta firmeza os meus que achei que meus ossos se quebrariam.

Ele respirou fundo, quase um soluço, e seus ombros, contraídos no casaco encharcado, relaxaram por completo no mesmo instante.

– Você achou que fosse verdade? – indagou ele. – Você saiu correndo.

– *Foi* um choque – respondi.

E eu pensei, de maneira sombria, que, se ficasse, poderia simplesmente tê-la matado.

– É, foi – concordou ele, num tom seco. – Acho que eu mesmo teria saído correndo... se pudesse.

Uma pontada de dor somou-se à sobrecarga de emoções; supus que minha saída apressada pudesse não ter ajudado a situação. Ele, no entanto, não me censurou, mas limitou-se a repetir:

– Mas você não achou que fosse verdade, achou?

– Não acho que seja.

– Não acha. – Ele buscou meu olhar. – Mas achou?

– Não. – Puxei o manto mais para perto do corpo, ajeitando-o sobre os ombros. – Não achei. Mas não sei por quê.

– Agora sabe.

Eu respirei bem fundo, soltei o ar e me virei para encará-lo.

– Jamie Fraser – disse, muito ponderada. – Se você fosse capaz de fazer uma coisa dessas... e não estou falando de se deitar com uma mulher, estou falando de fazer isso e mentir para *mim* a respeito... então tudo o que fiz, tudo o que fui... a minha vida inteira... foi uma mentira. E eu não estou preparada para admitir uma coisa dessas.

Isso o surpreendeu um pouco; já estava quase escuro, mas eu o vi erguer as sobrancelhas.

– Como assim, Sassenach?

Apontei para a trilha, onde a casa jazia, invisível, acima de nós, então para a nascente com a pedra branca, um borrão na escuridão.

– Eu não pertenço a este lugar – respondi, baixinho. – Brianna, Roger... eles não pertencem a este lugar. Jemmy não devia estar aqui; devia estar vendo desenhos na televisão, desenhando carros e aviões com giz de cera... não aprendendo a atirar com uma arma do tamanho dele, nem a estripar um cervo. – Ergui o rosto e fechei os olhos, sentindo a umidade assentar em minha pele, pesando em meus cílios. – Mas *estamos* aqui, todos nós. E estamos aqui porque eu amei você, mais do que a vida que era minha. Porque acreditei que você me amasse da mesma forma. – Respirei fundo, para que minha voz não tremesse, abri os olhos e me virei para ele. – Você vai me dizer que isso não é verdade?

– Não – respondeu ele, depois de um instante, tão baixo que mal pude ouvi-lo. Ele apertou ainda mais as minhas mãos. – Não, não vou lhe dizer isso. Nunca, Claire.

– Muito bem, então – respondi, e senti a ansiedade, a fúria e o medo da tarde se esvaírem de mim feito água.

Apoiei a cabeça em seu ombro e respirei a chuva e o suor em sua pele. Ele tinha um cheiro acre, pungente, o odor almiscarado de medo e raiva talhada.

Agora estava totalmente escuro. Ouvi sons a distância: a sra. Bug chamando Arch do estábulo, onde estivera ordenhando as cabras, e a voz rascante do velho Arch dando um alô de volta. Um morcego passou batendo as asas, silencioso, à caça.

– Claire? – disse Jamie, baixinho.

– Hum?

– Tem uma coisa que preciso contar.

Eu congelei. Depois de um instante, me desgrudei dele com cuidado e ajeitei o corpo.

– Não faça isso – retruquei. – Parece que eu levei um soco no estômago.

– Desculpe.

Abracei meu próprio corpo, tentando engolir a súbita sensação de náusea.

– Você disse que não ia começar pedindo desculpas porque pareceria que havia algo pelo qual se desculpar.

– Eu disse – concordou ele, e suspirou.

Senti o movimento entre nós enquanto ele coçava a perna com dois dedos rijos da mão direita.

– Não existe nenhum jeito bom – prosseguiu ele, por fim – de contar à sua mulher que você se deitou com outra pessoa. Não importam as circunstâncias. Simplesmente não existe.

Senti uma súbita tontura e falta de ar. Fechei os olhos por um instante. Ele não falava de Malva; havia deixado isso bem claro.

– Quem? – perguntei, no tom mais tranquilo possível. – E quando?

Ele se remexeu, incomodado.

– Ah. Bom... quando você... quando você tinha... ido embora, claro.

Consegui sorver um pouco de ar.

– Quem? – perguntei.

– Só uma vez – disse ele. – Quero dizer... eu não tinha a menor intenção de...

– Quem?

Ele suspirou e esfregou a nuca com força.

– Meu Deus. A última coisa que eu quero é aborrecê-la, Sassenach, dando a entender que... mas não quero maldizer a pobre mulher fazendo parecer que ela era...

– QUEM? – urrei, agarrando-o pelo braço.

– Meu Deus! – exclamou ele, totalmente atônito. – Mary MacNab.

– Quem? – repeti, desta vez em tom de dúvida.

– Mary MacNab – repetiu ele, e suspirou. – Pode me soltar, Sassenach? Você está me fazendo sangrar.

Eu havia cravado as unhas no pulso dele com tanta força que perfurara a pele. Larguei sua mão e cerrei os punhos, abraçando o corpo como forma de me impedir de estrangulá-lo.

– Quem diabo é Mary MacNab? – indaguei, entre os dentes.

Eu tinha o rosto quente, mas um suor frio brotava em minha mandíbula e escorria pelas costelas.

– Você sabe quem é, Sassenach. Ela foi esposa de Rab... aquele que morreu quando a casa pegou fogo. Eles tiveram um filho, Rabbie; ele era cavalariço em Lallybroch quando...

– Mary MacNab. *Ela?*

Pude ouvir a surpresa em minha própria voz. Eu de fato me lembrava de Mary MacNab – muito mal. Ela chegara a ser criada em Lallybroch após a morte do marido asqueroso; uma mulher pequena e magra, desgastada pelo trabalho e as dificuldades, que raramente abria a boca, mas desempenhava suas tarefas feito uma sombra, praticamente despercebida em meio ao caos e à desordem da vida em Lallybroch.

– Eu mal a notava – respondi, tentando, sem sucesso, lembrar se ela estava por lá em minha última visita. – Mas *você* notou, eu presumo?

– Não – disse ele, e suspirou. – Não desse jeito, Sassenach.

– Não me chame assim – retruquei, com uma voz baixa e cruel a meus próprios ouvidos.

Ele produziu um ruído escocês gutural, de resignação frustrada, esfregando o punho.

– É. Bom, veja, foi uma noite antes de eu me entregar aos ingleses...

– Você nunca me contou isso!

– Nunca?

Ele soava confuso.

– Que você se entregou aos ingleses. Achávamos que você tinha sido capturado.

– Eu fui. Mas por acordo, pelo preço pela minha cabeça. – Ele fez um gesto com a mão, dispensando o assunto. – Não foi importante.

– Você podia ter sido enforcado!

Teria sido perfeito, disse a vozinha furiosa e magoada dentro de mim.

– Não podia, não. – Um leve traço de bom humor surgiu em sua voz. – Você tinha me dito, Sass... hummm. Mas eu não teria me importado, se tivesse sido.

Eu não fazia ideia do que ele queria dizer ao afirmar que eu havia dito a ele, mas certamente não estava dando a mínima.

– Esqueça isso – retruquei, num tom brusco. – Eu quero saber...

– Sobre Mary. Sim, eu sei. – Ele esfregou a mão devagar pelo cabelo. – Pois bem. Ela veio me procurar, na noite em que eu... fui. Eu estava na caverna, sabe, perto de Lallybroch, e ela me trouxe o jantar. Então ela... ficou.

Mordi a língua, para não interromper. Podia senti-lo organizando os pensamentos, em busca de palavras.

– Tentei mandá-la embora – disse ele, por fim. – Ela... bom, o que ela me falou... – Ele me encarou; eu vi o movimento de sua cabeça. – Ela disse que tinha me visto com você, Claire... e que sabia reconhecer o verdadeiro amor, embora ela própria não tivesse tido um. E que não desejava que eu traísse esse amor. Mas que ela me daria... uma lembrancinha. Foi isso que ela disse – revelou ele, com a voz rouca –, "*uma lembrancinha, que você talvez possa usar*". Foi... quero dizer, não foi... – Ele parou e deu de ombros daquele jeito estranho, como se a camisa estivesse apertada nos ombros. Então, inclinou a cabeça por sobre os joelhos, as mãos entrelaçadas em volta deles. – Ela me deu ternura – disse ele, por fim, tão baixinho que mal pude ouvir. – Eu... espero ter retribuído.

Minha garganta e meu peito estavam apertados demais para que eu conseguisse falar, e as lágrimas me espetavam os olhos. Eu me lembrei, de súbito, do que ele me dissera na noite em que suturei a mão de Tom Christie, em relação ao Sagrado Coração – "*tão necessitado e sem ninguém para tocá-Lo*". E ele passara sete anos sozinho numa caverna.

Havia poucos centímetros de espaço entre nós, mas parecia um abismo intransponível.

Estendi o braço por sobre o abismo e pousei a mão na dele, as pontas dos dedos em suas juntas grandes e desgastadas. Respirei uma vez, depois de novo, tentando estabilizar a voz, que mesmo assim saiu falha e embargada.

– Você deu a ela... ternura. Eu sei que deu.

Ele se virou para mim de repente, e senti o rosto pressionado em seu casaco, o tecido úmido e áspero em minha pele, minhas lágrimas formando manchinhas quentes que desapareciam no mesmo instante frente ao tecido gelado.

– Ah, Claire – sussurrou ele, em meu cabelo. Ergui os braços e senti a umidade em suas bochechas. – Ela disse... que queria manter você viva para mim. E era genuíno... ela não quis levar nada para si.

Então eu chorei, sem segurar nada. Pelos anos vazios, ansiando pelo toque de uma mão. Anos ocos, deitando-me ao lado de um homem que eu havia traído, por quem não tinha afeição. Pelos terrores, dúvidas e sofrimentos do dia. Chorei por ele, por mim e por Mary MacNab, que conhecia a solidão – mas também o amor.

– Eu teria lhe contado antes – sussurrou Jamie, com um tapinha em minhas costas, como se eu fosse uma criança. – Mas foi... a única vez. – Ele deu de ombros, desprotegido. – E eu não conseguia pensar em uma maneira de dizer isso, de modo que você compreendesse.

Eu solucei, sorvi o ar e por fim me sentei, enxugando o rosto numa dobra da saia.

– Eu compreendo – respondi. Tinha a voz pesada e engasgada, mas já bem firme. – De verdade.

E compreendia. Não apenas em relação a Mary MacNab e o que ela fizera... mas por que ele me revelara isso agora. Não havia nenhuma necessidade; eu jamais teria descoberto. Nenhuma necessidade a não ser a de absoluta honestidade entre nós – e a de que eu soubesse que ela ainda existia.

Eu acreditara nele em relação a Malva. Agora, porém, não tinha apenas certeza... mas também paz de espírito.

Nós nos sentamos bem perto um do outro, as dobras de meu manto e saias por sobre as pernas dele, sua mera presença um conforto. Em algum lugar ali perto, um grilo adiantado começou a cricrilar.

– Então, a chuva passou – comentei, ouvindo. Ele assentiu, com um sonzinho de concordância. – O que devemos fazer? – indaguei, por fim.

Minha voz soava calma.

– Descobrir a verdade... se for possível.

Nenhum de nós mencionou a possibilidade de que não fosse. Eu me remexi, juntando as dobras do manto.

– Vamos para casa, então?

Estava escuro demais para enxergar, mas pude senti-lo menear a cabeça ao se erguer, baixando a mão para me ajudar.

– Vamos, sim.

A casa estava vazia quando retornamos, embora a sra. Bug tivesse deixado um prato coberto de empadão de carne com batatas sobre a mesa, o chão varrido e o fogo bem abafado. Removi o manto molhado e pendurei no gancho, mas me levantei, sem saber o que fazer em seguida, como se estivesse na casa de um estranho, num país de hábitos desconhecidos.

Jamie parecia sentir-se da mesma forma... mas depois de um instante se mexeu, tirou o candelabro da prateleira sobre a lareira e o acendeu com uma chama do fogo. A chama trêmula parecia enfatizar o estranho eco da sala, e ele permaneceu ali parado por um minuto, segurando o candelabro, atônito, antes de pousá-lo com um baque bem no centro da mesa.

– Está com fome, S-Sassenach?

Começara por hábito, então se refreou, encarando-me para ter certeza de que já podia tornar a me chamar assim. Fiz o possível para abrir um sorriso, embora sentisse os cantos da boca tremerem.

– Não. E você?

Ele balançou a cabeça, em silêncio, e baixou a mão. Olhou em volta, atrás de alguma outra coisa para fazer, então pegou o atiçador e remexeu o carvão, quebrando as brasas escuras e mandando um redemoinho de fagulhas e fuligem para o alto da chaminé e para fora da lareira. Estragaria o fogo, que precisaria ser refeito antes de irmos dormir, mas eu fiquei calada – ele sabia.

– Parece que houve uma morte na família – declarei, por fim. – Como se algo terrível tivesse acontecido e este fosse o momento do choque, antes de começarmos a dar a notícia aos vizinhos.

Ele soltou uma risadinha pesarosa e baixou o atiçador.

– Não vai ser preciso. Quando o sol nascer, todo mundo vai estar sabendo.

Enfim despertando da imobilidade, sacudi as saias úmidas e fui me postar ao lado dele, junto ao fogo. O calor transpassou imediatamente o tecido molhado; devia ter sido reconfortante, mas havia um peso gélido em meu abdômen que não derretia. Apoiei uma das mãos no braço dele, necessitada de seu toque.

– Ninguém vai acreditar – falei.

Ele pôs a mão sobre a minha e abriu um sorrisinho, os olhos fechados, mas balançou a cabeça.

– Todo mundo vai acreditar, Claire – respondeu, baixinho. – Eu sinto muito.

81

O BENEFÍCIO DA DÚVIDA

– Não é verdade, droga!

– Não, claro que não.

Roger observava a mulher, receoso; ela exibia os sintomas de um grande dispositivo explosivo com mecanismo de ativação instável, e ele teve a distinta sensação de que era perigoso permanecer nos arredores.

– Aquela *putinha*! Só quero agarrá-la pela garganta e arrancar a verdade dela!

Brianna fechou a mão convulsivamente no gargalo do frasco de xarope de bordo, e ele estendeu a mão para apanhá-lo, antes que ela o quebrasse.

– Compreendo o impulso – disse Roger. – Mas... é melhor não.

Ela cravou os olhos nele, mas largou o frasco.

– *Você* não pode fazer alguma coisa? – indagou.

Ele estivera se perguntando a mesma coisa desde que ficara sabendo da acusação de Malva.

– Não sei – respondeu ele. – Mas acho que pelo menos posso ir falar com os Christies. Se puder ficar a sós com Malva, melhor ainda.

Ao pensar no último *tête-à-tête* que tivera com Malva Christie, no entanto, veio-lhe a desconfortável sensação de que ela não mudaria facilmente a história.

Brianna se sentou, de cara fechada para o prato de bolinhos de trigo sarraceno, e começou a pincelá-los com manteiga. Sua fúria começava a dar lugar ao pensamento racional; ele podia ver as ideias pipocando por trás de seus olhos.

– Se você conseguir fazê-la admitir que não é verdade – disse ela, devagar –, vai ser bom. Mas, se não conseguir... a segunda opção é descobrir quem esteve com ela. Se algum sujeito admitir em público que *pode* ser o pai... isso lançaria, no mínimo, muita dúvida sobre a história dela.

– Verdade. – Roger entornou o xarope com parcimônia por sobre os próprios bolinhos, deleitando-se com seu cheiro escuro e encorpado e a antecipação de sua extraordinária doçura, mesmo em meio à incerteza e ansiedade. – Mesmo assim ainda haveria os convencidos da culpa de Jamie. Toma.

– Eu a vi beijando Obadiah Henderson na mata – disse Bree, apanhando o frasco. – No final do último outono. – Ela deu de ombros, melindrosa. – Se foi ele, não admira que ela não queira contar.

Roger a encarou, curioso. Conhecia Obadiah, corpulento e grosseirão, mas nem de longe feio, nem burro. Algumas mulheres o considerariam um partido decente; ele tinha seis hectares de terra, que administrava com competência, e era bom caçador. Roger, no entanto, nunca vira Bree sequer falar com o homem.

– Você consegue pensar em mais alguém? – indagou ela, ainda de cara fechada.

– Bom... Bobby Higgins – respondeu, receoso. – Os gêmeos Beardsley costumavam olhá-la vez ou outra, mas claro...

Ele teve a tétrica sensação de que aquela linha investigativa culminaria com *ele próprio* intimado a fazer perguntas constrangedoras sobre quaisquer dos supostos pais – um processo que lhe parecia tanto inútil quanto perigoso.

– Por quê? – inquiriu ela, cortando com crueldade a pilha de panquecas. – *Por que* ela faria isso? Mamãe sempre a tratou tão bem!

– Das duas, uma – respondeu Roger. Fez uma pausa por um instante, fechando os olhos para melhor saborear a riqueza da manteiga derretida e a suavidade do xarope de bordo sobre o trigo sarraceno fresco e quentinho. Em seguida, com relutância, abriu os olhos. – Ou o verdadeiro pai é alguém com quem ela não quer se casar... seja pela razão que for... ou ela decidiu botar as mãos no dinheiro ou nas propriedades do seu pai, fazendo com que ele acerte o pagamento de alguma quantia a ela, ou, se isso não der certo, à criança.

– Ou as duas coisas. Quero dizer, ela não quer se casar com ninguém *e* quer o dinheiro do papai... não que ele tenha.

– Ou as duas coisas – concordou ele.

Os dois passaram alguns minutos em silêncio, comendo, os garfos arranhando os pratos de madeira, ambos absortos em pensamentos. Jem dormira na Casa Grande; na esteira do casamento de Lizzie, Roger sugerira que Amy McCallum assumisse o trabalho de Lizzie como governanta, e, desde sua mudança com Aidan, Jem vinha passando mais tempo por lá, buscando consolo pela partida de Germain na companhia do garoto.

– Não é verdade – repetiu ela, com teimosia. – Papai simplesmente *não seria capaz...*

Ele, no entanto, viu a leve dúvida em seus olhos – e uma expressão de pânico ao pensar nisso.

– Não, ele não seria – disse Roger, com firmeza. – Brianna... você não está mesmo achando que isso pode ser verdade, não é?

– Não, claro que não!

Ela, no entanto, falara muito alto, com muita clareza. Ele baixou o garfo e a encarou calmamente.

– Qual é o problema? Está sabendo de alguma coisa?

– Nada.

Ela apanhou o último pedaço de panqueca do prato, espetou com o garfo e comeu.

Roger produziu um barulhinho de ceticismo, e ela franziu o cenho para a poça grudenta em seu próprio prato. Sempre botava mel ou xarope demais; ele, mais comedido, sempre terminava com o prato limpo.

– Não sei de nada – disse ela. No entanto, mordeu o lábio inferior e levou a ponta do dedo à pocinha de xarope. – É só que...

– O quê?

– Não é sobre ele – disse ela, devagar. Levou a ponta do dedo à boca e lambeu o xarope. – É que eu não tenho certeza em relação a papai. É só que... olhando em retrospecto, para coisas que eu não compreendia na época... agora eu vejo... – Ela parou de súbito e fechou os olhos, então tornou a abri-los e o encarou. – Um dia eu estava olhando a carteira dele. Não estava fuxicando, só me distraindo, tirando todos os cartões e trecos e botando de volta. Havia um bilhete metido no fundo, entre as cédulas de dólar. Era um convite para que ele encontrasse alguém para almoçar...

– Bastante inocente.

– Começava com *Querido*, e não era a caligrafia da minha mãe – disse ela, sucinta.

– Ah... quantos anos você tinha?

– Onze. – Ela desenhava no prato com a ponta do dedo. – Eu só guardei o bilhete e meio que apaguei aquilo da cabeça. Não queria pensar a respeito... e acho que nunca pensei, desde aquele dia. Houve outras coisinhas, que eu via e não compreendia...

mas a respeito da relação entre eles, os meus pais... de vez em quando acontecia *alguma coisa*. Eu nunca sabia o que era, mas percebia que havia algo muito errado.

A voz dela foi morrendo; ela soltou um suspiro profundo e limpou o dedo com o guardanapo.

– Bree – disse ele, com delicadeza. – Jamie é um homem honrado, e ama profundamente a sua mãe.

– Bom, é essa a questão – retrucou ela, baixinho. – Eu poderia jurar que papai também era. E jurei.

Não era impossível. O pensamento insistia em retornar, importunando Roger de maneira desconfortável, feito uma pedrinha no sapato. Jamie Fraser *era* um homem honrado, *era* profundamente dedicado à esposa... e se afundara em desespero e exaustão durante a doença de Claire. Roger temera tanto por ele quanto por Claire; Jamie adquirira olhos fundos e uma expressão amarga durante os dias quentes e intermináveis frente à fetidez da morte, sem comer, sem dormir, mantendo-se de pé por nada além de força de vontade.

Roger tentara conversar com ele à época, sobre Deus e a eternidade, fazê-lo se reconciliar com o que parecia inevitável, mas fora enxotado com olhos furiosos e incandescentes diante da ideia de que Deus poderia tentar levar sua esposa – o que foi seguido por um completo desespero, quando Claire esmoreceu a um estupor próximo à morte. Não era impossível que a oferta de conforto físico momentâneo, frente àquele vazio desolador, tivesse sobrepujado as intenções das duas partes.

Era início de maio, e Malva Christie estava grávida de seis meses. Pelas contas, engravidara em novembro. A crise da doença de Claire ocorrera no fim de setembro; ele se lembrava vividamente do cheiro de grama queimada no quarto quando ela despertara do que parecia a morte certa, os olhos grandes e trêmulos, de uma beleza impressionante, no rosto de um anjo andrógino.

Pois bem, então aquela porcaria *era* impossível. Nenhum homem era perfeito, e qualquer um poderia ceder frente a uma situação extrema... uma vez. Mas não repetidamente. E não Jamie Fraser. Malva Christie era uma mentirosa.

Com a mente mais tranquila, Roger seguiu descendo a margem do córrego em direção ao chalé dos Christies.

Você não pode fazer alguma coisa?, indagara Brianna, angustiada. Muito pouco, pensou ele, mas tinha que tentar. Era sexta-feira; ele podia – e iria – preparar um sermão de ferver as orelhas sobre os males das intrigas, para apresentar no domingo. Sabendo o que sabia sobre a natureza humana, contudo, qualquer benefício derivado daquilo certamente duraria muito pouco.

Além disso... bem, a reunião da Loja seria na quarta à noite. Eles estavam indo muito bem, e ele odiava arriscar a frágil harmonia da recém-criada Loja ensejando algum constrangimento durante a reunião – mas, se houvesse qualquer chance de que isso ajudasse, seria útil encorajar Jamie e os dois Christies a comparecerem? O assunto certamente viria à tona, mas, por pior que fosse, o conhecimento público era sempre melhor que as pustulentas ervas daninhas dos escândalos cochichados. Ele achava que Tom Christie manteria a decência e a civilidade, apesar da delicadeza da situação, mas não tinha tanta certeza quanto a Allan. O filho tinha as mesmas feições e o senso de virtude do pai, mas não os nervos de aço e o autocontrole de Tom.

Roger chegou ao chalé, que parecia vazio. Ele ouviu, no entanto, o som de um machado, o lento *clop!* da lenha cortada, e deu a volta até os fundos.

Era Malva, que se virou ao ouvir a saudação dele, o rosto desconfiado. Tinha olheiras roxas sob os olhos, e a pele embotada. Consciência pesada, pensou, enquanto a cumprimentava cordialmente.

– Se veio tentar me convencer a voltar atrás, eu não vou – disse ela, impassível, ignorando a saudação dele.

– Vim perguntar se precisa de alguém com quem conversar – respondeu ele.

Aquilo a surpreendeu; ela baixou o machado e limpou o rosto no avental.

– Conversar? – indagou, devagar, encarando-o. – Sobre o quê?

Ele deu de ombros e abriu um breve sorriso.

– Sobre o que você quiser. – Ele relaxou o sotaque, aproximando-o do tom de Edimburgo falado pela moça. – Duvido que tenha conseguido conversar com alguém ultimamente, exceto seu pai e irmão... e talvez eles não sejam capazes de ouvir nesse momento.

Um sorrisinho perpassou as feições de Malva, então desapareceu.

– Não, eles não escutam – respondeu ela. – Mas tudo bem; não tenho muito a falar, sabe? Sou uma puta; que mais há a dizer?

– Não acho que você seja uma puta – respondeu Roger, baixinho.

– Ah, não? – Ela remexeu um pouco os pés, perscrutando-o com ar jocoso. – Que outro nome daria a uma mulher que abre as pernas para um homem casado? Adúltera, claro... mas puta também, pelo que andei sabendo.

Roger achou que a moça pretendia chocá-lo com palavras de baixo calão. Queria, de fato, mas ele guardou essa impressão para si.

– Equivocada, talvez. Jesus não tratou mal a mulher que *era* prostituta; não serei eu a fazer isso com uma que não é.

– Se o senhor veio recitar a Bíblia para mim, guarde o fôlego para soprar o mingau – retrucou ela, repuxando os delicados cantos da boca numa expressão de desgosto. – Já ouvi mais do que me interessa.

Isso, refletiu ele, provavelmente era verdade. Tom Christie era do tipo que tinha um versículo – ou dez – para cada ocasião, e, mesmo que não tivesse batido na filha fisicamente, com certeza a estava espancando verbalmente.

Incerto do que dizer em seguida, ele estendeu a mão.

– Se me der a machadinha, eu faço o resto.

Com uma sobrancelha erguida, ela pôs o machado na mão dele e deu um passo atrás. Ele acomodou um bloco de lenha, partiu-o em dois com um só golpe e inclinou-se para apanhar outro. Malva observou por um momento, então se sentou, devagar, num toco menor.

A nascente da montanha ainda estava fria, tocada pelo último sopro do inverno da neve alta, mas o trabalho o aquecia. Sem esquecer a presença dela ali, manteve os olhos na lenha, os grãos brilhosos do tronco recém-cortado, o puxão para soltar a lâmina do machado, e sentiu os pensamentos retornarem à conversa com Bree.

Então Frank Randall fora – talvez – infiel à esposa, na ocasião. Para ser justo, Roger não sabia ao certo se podia culpar o homem, conhecendo as circunstâncias do caso. Claire desaparecera por completo, sem deixar rastros, levando Frank a uma caça sofrida e desesperada, para então, por fim, começar a recolher os caquinhos de sua vida e seguir em frente. E eis que aí a mulher reaparece, confusa, maltratada... e grávida de outro homem.

Enquanto isso, Frank Randall, fosse por senso de honra, amor ou simplesmente... o quê? Curiosidade? Frank a recebera de volta. Ao recordar a história contada por Claire, ficava claro que ela não *queria* exatamente ser acolhida de volta. Isso sem dúvida também ficara bem claro para Frank Randall.

Não surpreendia, portanto, que ele tivesse se deixado levar pelo ultraje e a rejeição – e, menos ainda, que os ecos dos conflitos sufocados entre os pais tivessem tocado Brianna, como abalos sísmicos que percorrem quilômetros de terra e pedras sob a crosta, solavancados por uma elevação de magma.

Tampouco era surpresa, percebeu Roger, como se numa epifania, que ela ficasse tão incomodada com a amizade entre ele e Amy McCallum.

De repente, Roger percebeu que Malva Christie chorava. Em silêncio, sem esconder o rosto. As lágrimas corriam por suas bochechas, e os ombros tremiam, mas ela mordia com força o lábio inferior; não emita nenhum som.

Ele apoiou o machado e aproximou-se. Abraçou-a com delicadeza pelos ombros e afagou sua cabeça coberta pela touca.

– Ei – disse, baixinho. – Não se preocupe, sim? Vai ficar tudo bem.

Ela balançou a cabeça, e as lágrimas desceram por seu rosto.

– É impossível – sussurrou ela. – É impossível.

Por sob a pena que sentia, Roger notou uma crescente sensação de esperança. Por mais relutante que estivesse em se aproveitar do desespero da moça, maior ainda era a determinação em alcançar o cerne da questão. Pelo bem de Jamie e de sua família, sobretudo... mas também pelo dela própria.

No entanto, ele não podia pressionar demais, não podia se apressar. Era preciso ganhar a confiança dela.

Então ele a afagou, esfregou suas costas como fazia com Jem quando o filho despertava de um pesadelo, disse umas bobagens reconfortantes e sentiu que ela começava a ceder. Ceder, mas de uma forma estranhamente física, como se sua carne de alguma forma se abrisse, florescesse lentamente sob o toque dele.

Era estranho e, ao mesmo tempo, familiar. Ele sentia aquilo de vez em quando com Bree, quando a procurava no escuro; quando ela não tinha tempo para pensar, mas respondia apenas com o corpo. Aquela lembrança física o desconcertou, e ele se afastou um pouco. Queria dizer algo a Malva, mas o som de passos o interrompeu. Ergueu o olhar e viu Allan Christie se aproximando, saído das árvores, ligeiro, com uma expressão trevosa.

– Saia de perto dela!

Ele se endireitou, o coração em disparada, quando percebeu de súbito o que aquilo poderia parecer.

– O que você pretende, andando feito um rato atrás de queijo? – gritou Allan. – Está pensando que, uma vez que ela foi desonrada, é carne para qualquer patife que se disponha a vir pegar?

– Vim oferecer conselhos – disse Roger, no tom mais frio possível. – E conforto, se for possível.

– Ah, pois sim. – Allan Christie tinha o rosto vermelho, os tufos de cabelo eriçados como as cerdas de um porco-espinho prestes a atacar. – Sustentai-me com passas, confortai-me com maçãs, é isso? Pode enfiar o seu conforto no rabo, MacKenzie, e o seu maldito pau duro também!

Allan tinha as mãos cravadas na cintura, tremendo de raiva.

– Você não é melhor que o seu maldito sogro... ou será que... – Ele se virou de súbito para Malva, que tinha parado de chorar, mas estava sentada no toco, pálida e congelada. – Talvez você tenha feito com ele também... É isso, sua putinha, você pegou os dois? Responda!

Ele espalmou a mão para dar um tapa na irmã, e Roger segurou seu punho por reflexo.

A raiva era tanta que ele mal conseguia falar. Christie era forte, mas Roger era maior; poderia quebrar o pulso do rapaz. No entanto, cravou os dedos com força no espaço entre os ossos, grato ao ver Christie arregalar os olhos e lacrimejar de dor.

– Você não vai falar com a sua irmã desse jeito – disse ele, não num tom alto, porém claro. Girou subitamente o punho, dobrando o pulso de Christie para trás. – Está me ouvindo?

O rosto de Allan perdeu a cor, e ele soltou o ar com um chiado. Não respondeu, mas conseguiu assentir. Roger soltou o rapaz, quase arremessando seu punho para longe, com uma súbita náusea.

– Não quero ficar sabendo que você abusou da sua irmã, seja da forma que for – prosseguiu, no tom mais impassível. – Se eu ficar sabendo... você vai se arrepender. Bom dia, sr. Christie, srta. Christie – acrescentou, com uma breve mesura para Malva.

Ela não respondeu, apenas o encarou com os olhos cinzentos feito nuvens de tempestade, arregalados de choque. A lembrança dos dois o acompanhou enquanto ele saía da clareira a passos firmes e adentrava a escuridão da mata, perguntando-se se havia melhorado as coisas ou se as piorara ainda mais.

Chegara a quarta-feira, data de mais uma reunião da Loja da Cordilheira dos Frasers. Brianna, como de costume, seguiu para a Casa Grande, levando Jemmy e o cesto de costura, e surpreendeu-se ao encontrar Bobby Higgins sentado à mesa, terminando de jantar.

– Srta. Brianna! – disse ele, muito feliz ao vê-la, fazendo menção de se levantar, mas ela acenou para que ele tornasse a se sentar, e deslizou no banco oposto.

– Bobby! Que bom ver você outra vez! Achamos... bom, achamos que não voltaria.

Ele assentiu, com um semblante lamentoso.

– É, acontece que pode ser que eu não volte, pelo menos por um tempo. Mas lorde John recebeu umas coisas, vindas da Inglaterra, e me mandou trazê-las. – Ele correu um pedaço de pão cuidadosamente pelo interior da tigela, recolhendo os resquícios do molho de galinha da sra. Bug. – Então... bom, eu já estava mesmo querendo vir por conta própria. Para ver a srta. Christie, sim?

– Ah. – Ela cruzou olhares com a sra. Bug, que revirou os olhos e balançou a cabeça. – Hum. Pois é, Malva. É... a minha mãe está lá em cima, sra. Bug?

– Não, *a nighean*. Foi visitar o sr. MacNeill; ele está mal de pleurisia. – Sem parar para respirar, arrancou o avental, pendurou no gancho e estendeu a mão para apanhar o manto. – Já vou indo, então, *a leannan*; Arch deve estar querendo jantar. Se precisarem de alguma coisa, Amy está por aqui.

Assim, com o mais breve adeus, ela esvaneceu, deixando Bobby a encará-la, estupefato com o comportamento nada característico.

– Tem algo errado? – indagou ele, virando-se para Brianna com uma leve careta.

– Ah... bom.

Com pensamentos nada caridosos em relação à sra. Bug, Brianna reuniu toda a coragem e contou a ele, contorcendo-se internamente ao ver seu jovem e doce rosto empalidecer e enrijecer à luz da lareira. Não foi capaz de mencionar a acusação de Malva, apenas disse a ele que a moça estava grávida. Ele ficaria sabendo de Jamie dentro em breve, mas, pelo amor de Deus, que não fosse por ela.

– Entendo, senhorita. É... entendo.

Ele permaneceu parado por um instante, encarando o pedaço de pão na mão. Então largou-o na vasilha, levantou-se e correu para longe; ela o ouviu tentando vomitar nos arbustos de amora perto da porta dos fundos. Não retornou.

Foi uma longa noite. Sua mãe decerto a passaria com o sr. MacNeill e a pleurisia. Amy McCallum desceu um pouquinho; as duas tiveram uma constrangedora conversa sobre costura, então a criada fugiu para cima. Aidan e Jemmy, que tiveram permissão para brincar até mais tarde, esgotaram-se e caíram dormindo no sofá.

Brianna remexeu os dedos, abandonando a costura, e pôs-se a andar de um lado a outro, esperando que a reunião da Loja terminasse. Queria a própria cama, a própria casa; a cozinha de seus pais, em geral tão acolhedora, parecia estranha e desconfortável, e ela, uma estranha ali.

Por fim, depois de muito tempo, ouviu passos e a porta se abrindo. Roger adentrou, o semblante irritado.

– Até que enfim – disse ela, aliviada. – Como foi a reunião? Os Christies foram?

Ele balançou a cabeça.

– Não. Foi... tudo bem, eu acho. Meio esquisito, claro, mas seu pai conduziu tão bem quanto qualquer um, frente às circunstâncias.

Ela fez uma careta, imaginando.

– Onde é que ele está?

– Disse que queria dar uma volta sozinho... talvez fazer uma pesca noturna. – Roger a abraçou e trouxe-a para perto, com um suspiro. – Você ouviu a barulheira?

– Não! O que houve?

– Bom, entabulamos um breve debate, uma baboseira sobre a natureza do amor fraternal, quando ouvimos um alarido bem em frente à sua fornalha. Bom, daí todo mundo foi ver o que estava acontecendo, e lá estavam o seu primo Ian e o pequeno Bobby Higgins, rolando na terra e tentando matar um ao outro.

– Ah, querido.

Ela sentiu um espasmo de culpa. Decerto alguém havia contado tudo a Bobby, que partira atrás de Jamie, mas encontrara Ian, e acabara jogando as acusações de Jamie em cima dele. Se ela mesma tivesse contado...

– O que aconteceu?

– Bom, o maldito cachorro de Ian deu uma mãozinha, para começar... ou uma patinha. Seu pai mal conseguiu impedir que ele degolasse Bobby, mas isso interrompeu a briga. Nós os afastamos, então Ian se desvencilhou e disparou mata adentro, com o cachorro atrás. Bobby... bom, eu o limpei um pouco e cedi a caminha de Jemmy para ele passar a noite – explicou, em tom de desculpas. – Ele disse que não podia ficar aqui em cima... – Roger olhou em volta, para a cozinha escura; ela já havia abafado o fogo e levado os pequenos para a cama; o quarto estava vazio, iluminado apenas por um brilho tênue vindo da lareira. – Peço desculpas. Você dorme aqui, então?

Ela balançou a cabeça enfaticamente.

– Com Bobby ou sem Bobby, quero ir para casa.

– Pois bem. Vá indo, então; vou chamar Amy para trancar a porta.

– Não, tudo bem – respondeu ela, mais que depressa. – Eu chamo.

Antes que ele pudesse protestar, ela já avançava pelo corredor e subia as escadas, a casa vazia, estranha e silenciosa abaixo.

82

NÃO É O FIM DO MUNDO

Há uma grande dose de satisfação em arrancar ervas daninhas do solo. Por mais exaustiva e interminável que seja a tarefa, há uma pequenina porém inexpugnável sensação de triunfo ao sentir o solo ceder subitamente, entregando a raiz teimosa, e ver a inimiga derrotada em sua mão.

Havia chovido recentemente, e a terra estava macia. Eu puxava e arrancava com feroz concentração uma série de plantinhas: dente-de-leão, salgueiro-erva, brotos de rododendro, capim tussok, muhley rosa, erva-de-bicho e a malva rastejante conhecida localmente como "queijo". Fiz uma pausa, arregalando os olhos para um cardo-roxo, e o arranquei do solo com um golpe cruel da faca de podar.

As videiras que subiam pelas paliçadas tinham dado início à corrida da primavera, e brotos e franjas de um delicado verde matizado de ferrugem desciam em cascata pelos caules de madeira, cachos ávidos se enroscando tal e qual meus cabelos recém-crescidos – maldita, ela cortara meus cabelos de propósito, para me desfigurar! A sombra lançada fornecia abrigo para o crescimento frondoso da coisa perniciosa que eu chamava de "erva-preciosa", sem saber seu nome verdadeiro, por conta das pequeninas flores que cintilavam feito aglomerados de diamantes na plumosa folhagem verde. Parecia algum tipo de funcho, mas não formava nem bulbo útil, nem sementes comestíveis; bonita, mas imprestável – e portanto o tipo de coisa que cresce feito fogo em palha.

Ouvi um leve sibilo, e uma bola de trapos veio pousar em meus pés, seguida pelo farfalhar de um corpo muito maior; era Rollo, que passou por mim, agarrou a bola com destreza e disparou para longe, levantando um ventinho que balançou minhas saias. Assustada, olhei para cima e o vi caminhando em direção a Ian, que avançava pelo jardim a passos silenciosos.

Ele fez um gesto de desculpas, mas eu me agachei e abri um sorriso, esforçando--me para reprimir os sentimentos malignos que iam e vinham em meu peito.

Evidentemente não tive muito sucesso, pois o vi franzir um pouco o cenho e hesitar, encarando-me.

– Quer alguma coisa, Ian? – indaguei, de maneira breve, abandonando a fachada de boas-vindas. – Se esse seu cachorro derrubar alguma das minhas colmeias, vou transformá-lo em tapete.

– Rollo!

Ian estalou os dedos para o cachorro, que deu um salto gracioso por sobre a fileira de colmeias, formadas em troncos ocos e cestos, que repousava no canto oposto do jardim. Rollo trotou até o dono, largou a bola a seus pés e parou arfando, contente, os olhos amarelos de lobo fixos em mim, com aparente interesse.

Ian apanhou a bola, virou o corpo e arremessou-a pelo portão aberto; Rollo disparou atrás, feito um rabo de cometa.

– Eu queria perguntar uma coisa à senhora, tia – disse ele, virando-se de volta para mim. – Mas pode esperar.

– Não, tudo bem. Pode ser agora, claro. – Levantei-me, desajeitada, e pedi que ele se sentasse no banquinho que Jamie fizera para mim, num cantinho sombreado, sob um corniso florido que subia pelo canto do jardim. – Então?

Acomodei-me ao lado dele, batendo os resquícios de terra da base da saia.

– Humm. Bom... – Ele encarou as mãos ossudas, de juntas grandes, entrelaçadas nos joelhos. – Eu... é...

– Você não se expôs à sífilis outra vez, não é? – perguntei, com a vívida lembrança de minha última entrevista com um jovem constrangido naquele jardim. – Porque se for isso, Ian, juro que vou usar a seringa do dr. Fentiman em você, e não serei delicada. Você...

– Não, não! – disse ele, mais que depressa. – Não, tia, claro que não. É sobre... Malva Christie.

Ele enrijeceu o corpo, para caso eu o atacasse com a faca de podar, mas apenas respirei fundo e soltei o ar lentamente.

– O que tem ela? – indaguei, com a voz muito impassível.

– Bom... não é exatamente ela, e sim o que ela disse... sobre tio Jamie.

Ele fez uma pausa e engoliu em seco, e eu soltei outro lento suspiro. Perturbada com a situação, eu mal havia pensado em seu impacto sobre outras pessoas. Ian, no entanto, idolatrava Jamie desde garotinho; eu podia imaginar que as insinuações sobre o tio o estivessem angustiando profundamente.

– Ian, não se preocupe. – Pousei uma mão em seu ombro, mesmo suja de terra, para consolá-lo. – Tudo vai... se ajeitar, de alguma forma. Essas coisas sempre se ajeitam.

E era verdade – em geral, ocasionando confusão e catástrofe. E se a criança de Malva, por alguma terrível piada cósmica, nascesse de cabelos ruivos... fechei os olhos por um instante, sentindo uma onda de tontura.

– É, acho que sim – disse Ian, tomado de dúvida. – É só que... o que estão dizendo sobre o tio Jamie. Até os homens dele de Ardsmuir, gente que devia ter mais noção! Dizendo que ele deve ter... bom, eu não vou repetir nada disso, tia... mas... não suporto ouvir!

Seu rosto comprido e humilde estava contorcido de tristeza, e de súbito me ocorreu que ele próprio poderia estar tendo dúvidas em relação ao assunto.

– Ian – falei, com a maior firmeza possível –, não há a menor possibilidade de a criança de Malva ser de Jamie. Você acredita nisso, não é?

Ele assentiu, muito devagar, mas não me encarou.

– Eu acredito – respondeu ele, baixinho, e engoliu em seco. – Mas, tia... ela pode ser minha.

Uma abelha havia pousado em meu braço. Observei as nervuras em suas asas opacas, a poeira do pólen amarelo aderido aos minúsculos pelinhos de suas pernas e abdômen, a pulsação gentil, suave de seu corpo enquanto ela respirava.

– Ah, Ian – retruquei, tão baixo quanto ele próprio tinha falado. – Ah, Ian.

Ele estava rígido feito uma marionete, mas, quando falei, um pouco da tensão deixou seu braço, sob minha mão, e eu vi que ele havia fechado os olhos.

– Peço desculpas, tia – sussurrou ele.

Sem palavras, dei um tapinha em seu braço. A abelha voou, e desejei com fervor poder estar no lugar dela. Seria tão lindo apenas ficar por ali, com minhas tarefas, concentrada no sol.

Outra abelha pousou na gola da camisa de Ian, que a espantou, absorto.

– Bom, então – disse ele, respirando fundo e virando a cabeça para me encarar. – O que eu vou fazer, tia?

Seus olhos estavam sombrios de pesar e angústia – e algo muito próximo do medo, pensei.

– Fazer? – indaguei, soando tão paralisada quanto estava. – Jesus H. Roosevelt Cristo, Ian.

Eu não tivera a intenção de fazê-lo rir, e ele não riu, mas pareceu relaxar um pouco.

– É, eu já fiz – concluiu, num tom pesaroso. – Mas... está feito, tia. Como posso consertar?

Esfreguei a testa, tentando pensar. Rollo havia trazido a bola de volta, mas, ao ver que Ian não estava para brincadeira, largou-a a seus pés e recostou-a em sua perna, arfante.

– Malva – falei, por fim. – Ela contou a você? Antes, quero dizer.

– A senhora acha que eu a desprezei, daí ela foi acusar tio Jamie? – Ele me lançou um olhar amargo, coçando o pelo de Rollo. – Bom, eu não a culparia se a senhora pensasse isso, tia, mas não. Ela não me disse uma palavra sobre o assunto. Se tivesse dito, eu teria me casado com ela sem pestanejar.

Superada a dificuldade da confissão, ele agora falava com mais facilidade.

– Você não pensou em se casar com ela *antes*? – indaguei, talvez com um leve toque de acidez.

– Ah... não – respondeu ele, muito encabulado. – Não era bem uma questão de... bom, eu não estava em condições de pensar, tia. Estava bêbado. Da primeira vez, pelo menos – acrescentou.

– Da primeira...? Quantas vezes... não, não me conte. Não quero saber dos detalhes sórdidos. – Eu o calei com um gesto brusco e endireitei as costas, atingida por uma ideia. – Bobby Higgins. Aquilo foi...

Ele assentiu, baixando os cílios para que eu não visse seus olhos. O sangue havia subido por seu rosto bronzeado.

– É. Foi por isso... quero dizer, eu não queria mesmo me casar com ela, para começo de conversa, mas mesmo assim teria me casado, depois de... mas adiei um pouco, e... – Ele esfregou a mão no rosto, impotente. – Bom, eu não queria me casar com ela, mas não conseguia evitar desejá-la, apesar de tudo, e sei muito bem como isso deve estar parecendo horrível... mas preciso lhe contar a verdade, tia, e essa é a verdade. – Ele engoliu o ar e prosseguiu. – Eu... esperava por ela. Na mata, quando ela ia colher. Ela não dizia nada ao me ver, apenas sorria, erguia um pouco as saias, dava meia-volta e começava a correr... Deus, eu a perseguia feito um cão atrás de uma fêmea no cio – disse ele, num tom amargo. – Então, certo dia, eu cheguei tarde, e ela não estava lá, onde costumávamos nos encontrar. Eu a ouvi rindo, bem ao longe, e quando fui ver...

Ele contorceu as mãos com força suficiente para deslocar um dedo, com uma careta, e Rollo soltou um choramingo baixinho.

– Digamos apenas que esse bebê também pode muito bem ser de Bobby Higgins – concluiu, cuspindo as palavras.

Senti um súbito cansaço, como o que sentira ao me recuperar da doença, como se até respirar exigisse imenso esforço. Recostei-me por sobre as paliçadas, sentindo o frio farfalhar das folhas de uva no pescoço, soprando de leve minha face cálida.

Ian se inclinou para a frente, a cabeça nas mãos, com salpicos de sombras verdes dançando por seu corpo.

– O que é que eu faço? – perguntou ele, por fim, a voz abafada. Soava tão cansado quanto eu me sentia. – Não me importo em dizer que... a criança pode ser minha. Mas a senhora acha que isso ajudaria?

– Não – respondi, num tom gélido. – Não ajudaria.

A opinião pública em nada se alteraria; todos presumiriam que Ian estivesse mentindo para proteger o tio. Mesmo que ele se casasse com a garota, não...

Um pensamento me atingiu, e eu me empertiguei outra vez.

– Você disse que não queria se casar com ela, mesmo antes de saber sobre Bobby. Por quê? – indaguei, curiosa.

Ele ergueu a cabeça, com um gesto de fraqueza.

– Não sei como dizer isso. Ela era... bem, ela era bastante bonita, sim, e também bastante vigorosa. Mas... eu não sei, tia. É só que eu sempre tive a sensação, ao me deitar com ela... de que não podia ousar cair no sono.

Eu o encarei.

– Bom, imagino que isso seria desagradável.

Ele, no entanto, dispensou minha observação e fechou uma carranca, cravando o calcanhar do mocassim no solo.

– Não existe como dizer qual de dois homens é o pai de uma criança, existe? – perguntou ele, abruptamente. – Só que... se for meu, eu vou querer. Eu me casaria com ela pelo bem da criança, a despeito de qualquer coisa. Se for meu.

Bree havia me contado os principais fatos da história de Ian; eu sabia sobre sua esposa mohawk, Emily, e sobre a morte de sua filha, e sentia a breve presença de minha própria primogênita, Faith, natimorta, porém sempre comigo.

– Ah, Ian – falei, baixinho, e toquei seus cabelos. – Sempre dá para dizer, pela aparência da criança... mas provavelmente não, ou não de imediato.

Ele assentiu e suspirou. Depois de um instante, disse:

– Se eu assumisse a paternidade e me casasse com ela... o povo ainda poderia falar, mas depois de um tempo...

A voz dele foi morrendo. Era verdade: por fim o falatório cessaria. Mas ainda haveria os que julgariam Jamie responsável, outros que chamariam Malva de prostituta, de mentirosa, ou as duas coisas – o que a maldita *era*, lembrei a mim mesma, por mais desagradável que fosse para um homem ouvir isso sobre a própria esposa. E como seria a vida de Ian, casando-se naquelas circunstâncias, com uma mulher em quem não podia confiar e de quem não exatamente gostava?

– Bom – falei, levantando-me e me espreguiçando –, não tome nenhuma atitude drástica por enquanto. Deixe-me falar com Jamie; você se incomoda que eu conte a ele?

– Eu queria que a senhora falasse, tia. Acho que não consigo encará-lo.

Ele ainda permanecia sentado no banco, os ombros ossudos caídos. Rollo repousava no chão a seus pés, o cabeção de lobo apoiado nos mocassins do dono. Comovida de pena, abracei Ian, e ele apoiou a cabeça em mim, doce feito uma criança.

– Não é o fim do mundo – afirmei.

O sol tocava a borda da montanha, e o céu ardia em vermelho e dourado, a luz desabando em barras incandescentes por sobre as paliçadas.

– Não – concordou ele, mas sem convicção.

83

DECLARAÇÕES

Charlotte, condado de Mecklenburg, 20 de maio, 1775

A única coisa que Roger não previra em relação ao surgimento dos fatos históricos era a absurda quantidade de álcool envolvida. Pois devia ter previsto, pensou; se a carreira na academia havia lhe ensinado algo, era que quase todos os assuntos importantes eram conduzidos no bar.

As estalagens, tabernas, hospedarias e pequenos bares de Charlotte enchiam as burras de dinheiro, enquanto representantes, espectadores e parasitas fervilhavam; os de tendências legalistas reuniam-se no King's Arms, os de visão radicalmente oposta no Blue Boar, enquanto as correntes alternantes de apartidários e indecisos iam de um lado a outro, percorrendo o Goose and Oysters, a hospedaria do Thomas, o Groats, o Simon's, o Buchanan's, o Mueller's e mais dois ou três lugares sem nome que mal se qualificavam como estabelecimentos.

Jamie visitou todos eles. E bebeu em todos, compartilhando cerveja forte e fraca, ponche de rum, licor, cordial, cerveja lupulada, sidra forte e fraca, conhaque, cerveja de caqui, vinho de ruibarbo, vinho de amora, licor de cereja, perada e suco de frutas. Nem todos eram alcoólicos, mas a grande maioria era.

Roger se ateve basicamente à cerveja, e satisfez-se com a própria parcimônia ao encontrar Davy Caldwell na rua, saindo da barraca de um fruteiro com as mãos carregadas de damascos verdes.

– Sr. MacKenzie! – gritou Caldwell, o rosto iluminado de boas-vindas. – Nunca imaginei encontrar o senhor aqui, mas que bênção a minha!

– Uma bênção, de fato – respondeu Roger, cumprimentando o ministro com um fervor cordial. Caldwell celebrara seu casamento com Brianna e o examinara na Academia Presbiteriana, alguns meses antes, quando ele fora atrás da própria vocação. – Como vai, sr. Caldwell?

– Ora, comigo, tudo indo... mas meu coração está apreensivo pelo destino de meus pobres irmãos! – Caldwell apontou com a cabeça, consternado, para um grupo de homens aglomerados no Simon's, rindo e conversando. – O que será disto, eu lhe pergunto, sr. MacKenzie... o que será disto?

Roger, por um instante de insanidade, ficou tentado a dizer ao homem o que exatamente seria daquilo. No entanto, fez um gesto para que Jamie – que fora abordado por um conhecido na rua – seguisse sem ele e virou-se para conversar um pouco com o homem.

– O senhor veio para o congresso, então, sr. Caldwell? – perguntou.

– Vim, sr. MacKenzie. Tenho pouca esperança de que minhas palavras façam diferença, mas é meu dever falar frente ao que encontro, e assim farei.

O que Davy Caldwell encontrava era uma chocante condição da indolência humana, a qual culpava por toda a situação corrente, convencido de que a apatia irrefletida e "uma estúpida preocupação com o conforto pessoal" da parte dos colonos tanto atentavam quanto provocavam o exercício de poderes tirânicos por parte da Coroa e do Parlamento.

– É uma questão a ser considerada, sem dúvida – disse Roger, ciente de que os gestos ardentes de Caldwell atraíam certa dose de atenção, mesmo entre os grupos na rua, em sua maioria bastante argumentativos.

– Uma questão! – gritou Caldwell. – É, é sim, e é precisamente *a* questão. A ignorância, o desrespeito à obrigação moral e o supremo amor à falta de esforço dos frouxos preguiçosos correspondem exatamente ao apetite e cinismo de um tirano... exatamente! – Ele cravou os olhos num cavalheiro esparramado na lateral de uma casa, dando uma breve trégua do calor do meio-dia com o chapéu sobre o rosto. – O espírito de Deus deve redimir os indolentes, preencher o corpo humano de atividade, prumo e consciência libertária!

Roger se perguntou, em especial, se Caldwell enxergava a escalada da guerra como resultado da intervenção divina – porém, refletindo, achou que fosse provável. Caldwell era um pensador, porém um fervoroso presbiteriano, e portanto acreditava na predestinação.

– Os indolentes encorajam e facilitam a opressão – prosseguiu Caldwell, com um gesto desdenhoso em direção a uma família de latoeiros que desfrutava de um almoço ao ar livre no pátio de uma casa. – Sua vergonha e espíritos naufragantes, sua aquiescência e submissão dignas de pena... essas são as correntes da escravidão que eles mesmos produzem!

– Ah, sim – disse Roger, e tossiu. Caldwell era um famoso pregador, deveras inclinado a praticar. – O senhor deseja um aperitivo, sr. Caldwell?

Era um dia quente, e o rosto redondo e querubínico de Caldwell estava ficando bastante vermelho.

Os dois foram até a hospedaria do Thomas, um estabelecimento bastante respeitável, e se sentaram com canecos de cerveja da casa – pois Caldwell, como a maioria, não considerava a cerveja uma "bebida", como o rum ou o uísque. O que mais, afinal de contas, um sujeito podia beber? Leite?

Fora do sol e com uma bebida refrescante à mão, as expressões de Davy Caldwell ficaram menos inflamadas, bem como seu semblante.

– Glória a Deus pela sorte de encontrá-lo aqui, sr. MacKenzie – disse ele, respirando fundo depois de baixar a caneca. – Cheguei a enviar uma carta, mas sem dúvida o senhor saiu de casa antes que ela chegasse. Queria lhe comunicar a boa-nova... receberemos um presbitério.

O coração de Roger subitamente pulou no peito.

– Quando? E onde?

– Edenton, no início do mês que vem. O Reverendo Doutor McCorkle está vindo da Filadélfia. Vai ficar por um tempo, antes de partir para a jornada seguinte... às Índias, para encorajar os esforços da igreja por lá – disse ele. – Estou, é claro, presumindo conhecer os pensamentos do senhor, e peço desculpas pela audácia de minha fala, sr. MacKenzie... mas ainda é o seu desejo buscar a ordenação?

– De todo o coração – respondeu Roger.

Caldwell se iluminou, e segurou com força a sua mão.

– Que alegria, caro homem... muita alegria.

Ele então se lançou numa detalhada descrição de McCorkle, que conhecera na Escócia, e em especulações sobre o estado da religião na colônia – falava do metodismo com certo respeito, mas considerava os batistas da Nova Luz "um tanto desregulados" em suas efusões de adoração, embora sem dúvida bem-intencionados... e decerto a crença sincera, fosse lá como fosse, era melhor que a descrença. No devido curso, porém, retornou às presentes circunstâncias.

– O senhor veio com seu sogro, sim? – indagou. – Pensei tê-lo visto na estrada.

– Sim, éramos nós – garantiu Roger, remexendo o bolso atrás de uma moeda.

O bolso em si estava cheio de pelos de cavalo embolados; dada sua experiência puramente teórica como guia, havia se precavido contra o possível tédio trazendo os elementos para fabricar uma nova linha de pesca.

– Ah. – Caldwell disparou um olhar penetrante. – Andei ouvindo umas coisas... é verdade que ele virou patriota?

– Ele é um fiel amigo da liberdade – respondeu Roger, cuidadoso, e respirou fundo. – Assim como eu.

Ainda não tivera oportunidade de dizer aquilo em voz alta; sentiu uma leve falta de ar, bem abaixo do esterno.

– Rá, rá, muito bom! Eu ouvi falar nisso, como disse... e ainda assim há muitos que dizem o contrário: que ele é legalista, tal e qual suas relações, e que essa declaração pública de apoio ao movimento de independência não passa de um ardil.

A frase não foi entoada como pergunta, mas a sobrancelha frondosa de Caldwell, erguida feito uma aba de chapéu, deixava claro que era.

– Jamie Fraser é um homem honesto – disse Roger, esvaziando a caneca. – E honrado – acrescentou, pousando-a sobre a mesa. – E por falar nele, preciso encontrá-lo.

Caldwell olhou ao redor; havia um ar de inquietação à volta deles, de homens pedindo a conta e se aprumando. A reunião oficial do congresso teria início às duas da tarde, na Fazenda MacIntyre. Já passava do meio-dia, e representantes, oradores e espectadores começavam a se reunir lentamente, preparando-se para uma tarde de conflitos e decisões. A sensação de falta de ar retornou.

– Pois bem. Dê minhas lembranças a ele, por favor... embora talvez eu o veja pessoalmente. E que o Espírito Santo penetre as incrustações dos hábitos e da letargia, converta as almas e eleve as consciências daqueles hoje aqui reunidos!

– Amém – respondeu Roger, sorrindo, a despeito dos olhares dos homens, e das muitas mulheres, à volta deles.

Ele encontrou Jamie no Blue Boar, na companhia de homens cujas incrustações o Espírito Santo já havia trabalhado com vigor, a julgar pela gritaria. O falatório perto da porta cessou, porém, tão logo ele adentrou o recinto – não por conta de sua presença, mas porque algo mais interessante acontecia perto do centro.

A saber: Jamie Fraser e Neil Forbes, ambos vermelhos de calor e ardência, e 4 a 8 litros de bebidas misturadas. Os dois se encaravam por sobre uma mesa, sibilando feito cobras em gaélico.

Apenas uns poucos espectadores falavam gaélico; esses apressavam-se em traduzir os pontos altos do diálogo para o resto da multidão.

Insultar em gaélico era uma arte que seu sogro dominava muitíssimo bem, embora Roger fosse obrigado a admitir que o advogado também não era fraco. As traduções oferecidas pelos espectadores estavam muito longe do conteúdo original; apesar disso a taberna estava arrebatada, com ocasionais assobios de admiração, vivas dos espectadores ou gargalhadas frente a uma observação particularmente pungente.

Por ter perdido o início, Roger não fazia ideia de como o conflito havia começado, mas, na altura em que se encontrava, o debate estava focado em covardia e arrogância, Jamie destacando o comportamento de Forbes durante o ataque a Fogarty Simms como uma sórdida e covarde tentativa de se fazer passar por um grande homem às custas da vida de um indefeso, e Forbes – que trocara para o inglês ao perceber que os dois haviam se tornado a atração do recinto – bradando que a presença de Jamie ali era uma injustificada afronta aos que realmente apoiavam os ideais de liberdade e justiça, pois todos sabiam que ele era na verdade um homem do rei. Ele, o galão emplumado, achava que podia passar a perna em todo mundo por tempo suficiente para trair o movimento, mas se Fraser achava que Forbes era idiota a ponto de ser engambelado por ridículos ardis em plena via pública e um falatório com menos conteúdo que chiados de gaivotas, era bom que Fraser pensasse duas vezes!

Jamie espalmou uma das mãos com força sobre a mesa, fazendo-a tremer feito um tambor e remexendo as canecas. Então se levantou, cravando os olhos em Forbes.

– Está difamando a minha honra, senhor? – gritou, também em inglês. – Porque, se estiver, vamos lá para fora e resolvemos esse assunto de uma vez!

Forbes tinha o rosto largo e vermelho empapado de suor e os olhos ardendo de raiva, mas, mesmo naquele furor, Roger viu uma cautela tardia a puxá-lo pela manga. Roger não vira a briga em Cross Creek, mas Ian contara os detalhes, se escangalhando de rir. A última coisa que Neil Forbes podia desejar era um duelo.

– O senhor tem honra a ser difamada, senhor? – inquiriu Forbes, levantando-se e se empertigando como se diante de um júri. – Chega aqui dando uma de maioral, bebendo e se exibindo feito um marujo com dinheiro no bolso... mas será que temos alguma evidência de que suas palavras são algo além de falsidades vazias? Vazias, eu digo, senhor!

Jamie se levantou, as duas mãos cravadas no tampo da mesa, perscrutando Forbes com os olhos apertados. Roger vira aquela expressão uma vez. Viera acompanhada de perto pelo tipo de caos costumeiro nos bares de Glasgow num sábado à noite – só que ainda maior. A única coisa a agradecer era que Forbes claramente não ouvira um sopro sequer a respeito das acusações de Malva Christie, do contrário já se veria sangue no chão.

Jamie se endireitou devagar e levou a mão esquerda à cintura. Houve arquejos, e Forbes empalideceu. Mas Jamie estava à procura do *sporran*, não do punhal, e enfiou a mão dentro dele.

– Quanto a isso... *senhor* – disse, num tom de voz baixo e calmo que ecoou pelo salão –, eu me fiz bem claro. Sou a favor da liberdade, e, para esse fim, comprometo meu nome, minha fortuna – declarou, removendo a mão do *sporran* e batendo-a; uma bolsinha, dois guinéus de ouro e uma joia – e a minha sagrada honra.

O salão estava silencioso, todos os olhos atentos ao diamante negro, que cintilava com um brilho maligno. Jamie fez uma pausa, e em três batimentos reuniu fôlego.

– Há algum homem aqui que me considere mentiroso? – indagou.

Dirigia-se ostensivamente a todo o salão, mas tinha os olhos fixos em Forbes. O advogado exibia um tom meio vermelho-acinzentado, feito uma ostra estragada, mas não disse palavra.

Jamie fez outra pausa, tornou a olhar o salão, então pegou a bolsa, o dinheiro e a joia e saiu pela porta a passos firmes. Do lado de fora, o relógio da cidade soou duas horas, as batidas lentas e pesadas sob o ar úmido.

L'OIGNON-INTELLIGENCER

No vigésimo dia deste mês um congresso se reuniu em Charlotte, composto de representantes do condado de Mecklenburg, com o propósito de debater a questão das atuais relações com a Grã-Bretanha. Após a devida deliberação, uma declaração foi proposta e aceita, cujas condições são doravante expostas:

1. Aquele que direta ou indiretamente atuar como cúmplice ou de qualquer forma estimular a ilegal e perigosa invasão de nossos direitos conforme pretendida pela Grã-Bretanha será considerado um inimigo deste condado, da América e dos direitos humanos inerentes e inalienáveis.

2. Nós, cidadãos do condado de Mecklenburg, por meio desta, dissolvemos os laços políticos que nos conectaram à nação-mãe, nos eximimos de toda lealdade à Coroa britânica e renunciamos a toda conexão política, contrato ou associação com tal nação, que de maneira imoral atropelou nossos direitos e liberdades e de forma desumana derramou o sangue inocente dos patriotas americanos em Lexington.

3. Declaramo-nos, por meio desta, um povo livre e independente – somos, e por direito devemos ser, uma associação soberana e autogovernante, sob controle de nenhum poder além do de nosso Deus e do governo geral do congresso, para a manutenção da independência civil e religiosa à qual solenemente juramos uns aos outros nossa cooperação mútua, nossas vidas, nossas fortunas e nossa mais sagrada honra.

4. Visto que agora não reconhecemos a existência e o controle de qualquer lei ou oficial legal, civil ou militar, dentro deste país, nós, por meio desta, decretamos e adotamos, como regra de vida, toda e cada uma de nossas antigas leis – pelas quais, não obstante, a Coroa da Grã-Bretanha jamais será considerada detentora de direitos, privilégios, imunidades ou autoridade.

5. *Ademais, fica decretado que todo e qualquer oficial militar deste país vem, por meio desta, a ser reinstalado em seu antigo comando e autoridade, devendo agir em conformidade com tais regulações. E que cada membro presente desta delegação deve, de agora em diante, ser um oficial civil, a saber, um juiz de paz no caráter de "homem de comitê" para editar processos, ouvir e determinar todas as questões controversas segundo as leis adotadas – para preservar a paz, união e harmonia no condado, e empregando todos os esforços para espalhar o amor ao país e o fogo da liberdade por toda a América, até que um governo mais geral e organizado seja estabelecido nesta província. Uma seleção dos membros presentes deverá constituir um Comitê de Segurança Pública para tal condado.*

6. *Que uma cópia destas resoluções seja transmitida por mensageiro expresso ao presidente do Congresso Continental reunido na Filadélfia, para ser apresentada diante daquele corpo.*

84

ENTRE AS ALFACES

Algum idiota – ou uma criança – havia deixado aberto o portão da minha horta. Corri pelo caminho, esperando que não tivesse passado muito tempo assim. Se tivesse ficado aberto durante a noite, o cervo teria comido cada pé de alface, cebola e bulbo de plantas do terreno, sem falar que teria arruinado o...

Dei um solavanco, soltando um gritinho. Fora atingida no pescoço por uma espécie de agulha incandescente, e por reflexo dei um tapa na área. Um golpe elétrico na têmpora embranqueceu minha visão, que na mesma hora lacrimejou, e senti um feroz golpe na curva do cotovelo... abelhas.

Saí cambaleante da trilha, percebendo que o ar estava repleto delas, frenéticas, de ferrões apontados. Enfiei-me no arbusto, quase sem enxergar por conta dos olhos lacrimejantes, percebendo, tarde demais, o ruído baixo de uma colmeia em guerra.

Urso! Maldição, um urso havia entrado no jardim! Na fração de segundo entre a primeira e a segunda ferroadas, eu vira uma das colmeias caída sobre a terra, perto do portão, com favos e mel entornando feito entranhas.

Abaixei-me por sob uns galhos e disparei até um trecho de erva-tintureira, resfolegante, praguejando de maneira incoerente. A picada em meu pescoço latejava demais, e a da têmpora já começava a inchar, puxando a pálpebra daquele lado. Senti algo rastejando em meu tornozelo, e dei um tapa, por reflexo, antes de levar outra ferroada.

Enxuguei as lágrimas, piscando os olhos. Algumas abelhas sobrevoavam os caules de flores amarelas acima de mim, agressivas feito aviões de caça. Rastejei um pouco mais para longe, tentando ao mesmo tempo fugir, estapear o cabelo e abanar as saias, para que mais nenhuma se prendesse às minhas roupas.

Eu respirava feito um motor a vapor, tremendo de fúria e adrenalina.

– Maldição... urso desgraçado... que se dane...

Meu primeiro impulso foi sair gritando e balançando as saias, na esperança de assustar o urso, mas ele seria sobrepujado por um senso igualmente forte de auto-preservação.

Eu me ergui, cambaleante, e, ainda agachada para o caso de topar com abelhas enraivecidas, subi a colina pelo meio da mata, pretendendo contornar o jardim e descer pelo outro lado, longe das colmeias destruídas. Eu poderia retornar ao caminho por aquele lado e descer até a casa, onde pediria ajuda – de preferência armada – para expulsar o monstro antes que destruísse o restante das colmeias.

Não havia sentido em ficar quieta, então disparei por entre os arbustos e cambaleei por sobre troncos, arfando de fúria. Tentei ver o urso, mas as videiras crescidas por sobre as paliçadas eram espessas demais para que eu enxergasse qualquer coisa além das folhas farfalhantes e sombras do sol. A lateral do meu rosto parecia em chamas, e pontadas de dor me lancetavam o nervo trigêmeo a cada batimento cardíaco, fazendo meus músculos se contorcerem e os olhos lacrimejarem.

Alcancei a trilha logo abaixo do ponto onde a primeira abelha havia me picado – minha cesta de jardinagem jazia onde eu a largara, as ferramentas todas derrubadas. Peguei a faca que usava para tudo, desde desbastar até arrancar raízes; era robusta, com uma lâmina de 15 centímetros, e, mesmo que pudesse não impressionar o urso, eu me sentia melhor de posse dela.

Encarei o portão aberto, pronta para correr... mas não vi nada. A colmeia arruinada jazia justamente onde eu a vira, os favos de cera quebrados e esmagados, o cheiro de mel forte no ar. Os favos, porém, não estavam espalhados; as colunas de cera quebrada ainda estavam coladas à base exposta de madeira da colmeia.

Uma abelha ameaçadora passou zunindo por minha orelha; eu me abaixei, mas não corri. Estava quieto. Tentei parar de arquejar e ouvir por sobre o bramido de minha própria pulsação acelerada. Ursos não eram quietos; não precisavam. Eu deveria, no mínimo, ouvir fungados e sons de deglutição – o farfalhar da folhagem quebrada, a lambida de uma língua comprida. Não ouvi.

Com cuidado, avancei de esguelha pela trilha, um passo de cada vez, pronta para correr. Havia um carvalho de bom tamanho a cerca de 6 metros de distância. Se o urso surgisse, eu conseguiria chegar até lá?

Escutei com a maior atenção possível, mas não ouvi nada além do suave farfalhar das videiras e o som de abelhas nervosas, agora um zumbido murmurante enquanto elas se aglomeravam nos resquícios das colmeias.

Ele tinha ido embora. Só podia ser. Ainda receosa, eu me aproximei, de faca na mão.

Senti o cheiro de sangue e no mesmo instante a vi. Ela jazia sobre o canteiro de verduras, a saia estendida feito uma flor gigantesca e desbotada em meio às novas alfaces.

Vi-me ajoelhada a seu lado, sem memória de ter caminhado até ali. Agarrei seu punho, de carne quente – ossos tão pequenos e frágeis –, porém frouxa, sem pulso – *claro*, disse o vigia em minha cabeça, *ela foi degolada, tem sangue por todo lado, mas dá para ver que a artéria não está bombeando; está morta.*

Malva tinha os olhos cinzentos abertos, lívidos de surpresa, e sua touca havia caído. Agarrei seu punho com mais força, como se pudesse encontrar uma pulsação escondida, um vestígio de vida... e encontrei. A saliência de sua barriga se mexeu, muito de leve, e eu imediatamente larguei o braço flácido e apanhei minha faca, tateando pela bainha da saia.

Agi sem pensar, sem temer, sem duvidar – nada havia além da faca e da pressão, a carne aberta e a leve possibilidade, o pânico da absoluta *necessidade*...

Abri a barriga do umbigo ao púbis, empurrando com força os músculos frouxos, entalhei o ventre, mas não o corpo, dei um corte ligeiro, porém cuidadoso, pela parede do útero, baixei a faca e enfiei as mãos nas profundezas de Malva Christie, ainda com o sangue quente, e removi a criança, aninhando, virando, contorcendo-a com força em meu frenesi para libertá-la, salvá-la da morte certa, trazê-la ao ar, ajudá-la a respirar... o corpo de Malva se sacudia, pesado, enquanto eu dava trancos, os membros flácidos se debatendo com a força de meus puxões.

A criança saiu, com a ligeireza do nascimento, e eu limpei sangue e muco de seu rostinho selado, soprei dentro de seus pulmões, de leve, de leve – é preciso soprar com delicadeza, os alvéolos pulmonares são como teias de aranha, tão pequenos –, comprimi seu peito, com menos de um palmo de largura, pressionando com dois dedos, nada mais, e senti sua pequena elasticidade, delicada como a mola de um relógio de pulso, senti o movimento, pequeninas torções, um levíssimo esforço instintivo... então senti esvanecer aquela centelha, aquela pequenina centelha de vida, gritei cheia de angústia e agarrei o diminuto corpinho de boneca junto ao peito, ainda quente, ainda quente.

– Não vá – pedi. – Não vá, não vá, por favor, não vá.

A vibração, no entanto, perdeu força, um pequeno brilho azul que pareceu iluminar as palmas de minhas mãos por um instante, então se esvaiu como a chama de uma vela, a fumaça de um pavio apagado, o mais leve traço de brilho... então tudo escureceu.

Eu ainda jazia sentada sob o sol brilhante, chorando e empapada de sangue, o corpinho do menino em meu colo, o corpo retalhado de Malva a meu lado, quando me encontraram.

85

A NOIVA ROUBADA

Uma semana se passou após a morte de Malva, e não havia a menor pista do responsável. Sussurros, olhares de esguelha e uma palpável névoa de desconfiança pairavam sobre a Cordilheira, mas, apesar dos esforços de Jamie, não havia ninguém que pudesse – ou quisesse – revelar algo de útil.

Eu via a tensão e a frustração crescendo em Jamie, dia após dia, e sabia que precisava encontrar uma saída. Não tinha ideia, no entanto, do que ele poderia fazer.

Depois do café da manhã de quarta-feira, Jamie encontrava-se parado, os olhos cravados na janela do escritório, quando bateu o punho com força na mesa, tão de repente que me fez pular.

– Cheguei ao limite mortal da resistência – informou ele. – Mais um minuto disso e vou enlouquecer. Preciso fazer alguma coisa, e é o que vou fazer. – Sem esperar qualquer resposta à declaração, disparou pela porta do escritório, escancarou-a e gritou, no corredor: – Joseph!

O sr. Wemyss surgiu da cozinha, onde estivera limpando a chaminé por ordem da sra. Bug, com olhar surpreso, pálido, todo sujo de fuligem e, como de costume, despenteado.

Jamie ignorou as pegadas pretas no chão do escritório – ele havia estragado o tapete – e encarou o sr. Wemyss com um olhar de comando.

– Você quer aquela mulher? – inquiriu ele.

– Mulher? – retrucou o sr. Wemyss, compreensivelmente perplexo. – O que... ah. O senhor... o senhor estaria se referindo à Fraulein Berrisch?

– Quem mais? Você a quer? – repetiu Jamie.

Estava claro que fazia muito tempo que ninguém perguntava ao sr. Wemyss o que ele queria, e ele levou uns instantes para se recuperar do choque.

A brutal provocação de Jamie o forçou a entoar murmúrios depreciativos sobre os amigos da Fraulein serem sem dúvida os melhores juízes da felicidade dela e sobre a sua própria inadequação, pobreza e indignidade geral como marido. Depois de muito tempo, no entanto, ele confessou num impulso que, bem, se a Fraulein não fosse terrivelmente avessa à ideia, talvez... bom... em uma palavra...

– Sim, senhor – disse ele, aterrorizado com a própria valentia. – Quero, sim. Muito!

– Bom. – Jamie assentiu, satisfeito. – Então vamos até lá pegá-la.

O sr. Wemyss ficou boquiaberto de tanto espanto; eu também. Jamie virou-se para mim, emitindo ordens com a confiança e *joie de vivre* de um capitão de navio frente a uma gorda recompensa.

– Vá encontrar o Jovem Ian para mim, sim, Sassenach? E mande a sra. Bug separar comida suficiente para quatro homens, para uma viagem de uma semana. Então vá buscar Roger Mac; vamos precisar de um pastor.

Ele esfregou as mãos com satisfação, então deu um tapinha no ombro do sr. Wemyss, fazendo subir uma nuvenzinha de fuligem de suas roupas.

– Vá se arrumar, Joseph. E penteie esse cabelo. Nós vamos roubar uma noiva para você.

– ... e mirou uma pistola em seu peito, seu peito – cantarolava o Jovem Ian –, case-me, ministro, case-me, senão serei seu padre, seu padre... senão serei seu padre!

– É claro – disse Roger, interrompendo a cantoria, na qual um destemido jovem de nome Willie cavalga com os amigos para raptar e casar-se à força com uma jovem, que se prova ainda mais destemida –, esperamos que o senhor dê mais conta que Willie durante a noite, sim, Joseph?

O sr. Wemyss, de banho tomado, vestido e claramente vibrando de empolgação, lançou-lhe um olhar de total incompreensão. Roger escancarou um sorriso, apertando a tira do alforje.

– O jovem Willie – explicou ele ao sr. Wemyss – obriga um ministro a casá-lo com a jovem, sob a mira de uma arma, mas, quando leva a noiva roubada para a cama, ela não quer... e nem seus maiores esforços dão conta do recado.

– Assim retorno eu, Willie, à minha casa, virgem como vim, como vim... virgem como vim! – cantarolou Ian.

– Agora, atenção – Roger advertiu Jamie, que jogava os próprios alforjes sobre o lombo de Gideon. – Se a Fraulein não estiver disposta...

– O quê? Se não estiver disposta a se casar com Joseph? – Jamie espalmou a mão nas costas do sr. Wemyss, inclinou-se para dar apoio a seus pés e içou o homenzinho à sela. – Não consigo imaginar qualquer mulher de bom senso recusando uma oportunidade dessas; você consegue, *a charaid*?

Ele deu uma olhadela rápida ao redor da clareira, para conferir se estava tudo certo, então subiu as escadas depressa, deu-me um beijo de despedida e desceu de volta correndo para montar Gideon, que pela primeira vez parecia manso e não fez qualquer menção de mordê-lo.

– Fique bem, *mo nighean donn* – disse ele, sorrindo para os meus olhos.

Então eles se foram, estrondeando pela clareira feito uma gangue de invasores das Terras Altas, os gritos ensurdecedores de Ian ecoando pelas árvores.

Por estranho que fosse, a partida dos homens pareceu acalmar um pouco as coisas. O falatório, naturalmente, prosseguiu com animação – mas, sem Jamie ou Ian por perto para servir de para-raios, ele apenas estalava de um lado a outro feito fogo de santelmo; cuspindo, chiando e deixando todos de cabelo em pé, porém em essência um fenômeno inofensivo, a menos que tocado diretamente.

A casa parecia menos uma fortaleza preparada para o combate e mais o olho de um furacão.

Além disso, com o sr. Wemyss longe, Lizzie vinha nos visitar, trazendo o pequeno Rodney Joseph, como fora chamado o bebê – frente à desaprovação veemente de Roger às entusiasmadas sugestões dos jovens pais como Tilgath-pileser ou Ichabod. A pequena Rogerina se saíra muito bem, tendo sido apelidada de Rory, mas Roger mostrou-se firme na recusa de ver uma criança ser batizada em homenagem a qualquer coisa que pudesse resultar em receber do mundo o apelido de Icky, isto é, "nojenta".

Rodney era um bebê bastante agradável, em parte porque jamais perdera por completo aquele ar atônito de olhos arregalados que o fazia parecer ávido por ouvir o que os outros tinham a dizer. O espanto de Lizzie com o nascimento se transformara num encantamento que poderia ter eclipsado por completo Jo e Kezzie, não fosse pelo fato de que eles o compartilhavam.

Cada gêmeo – a menos que forçado a parar – passava meia hora debatendo sobre os hábitos intestinais de Rodney com intensidade até então reservada a novas armadilhas e peculiaridades encontradas nos estômagos dos animais que eles haviam matado. Porcos, ao que parecia, de fato comiam tudo; Rodney também.

Uns poucos dias após a partida dos homens na expedição para o rapto da noiva, Brianna subira do chalé com Jemmy para fazer uma visita, e Lizzie, da mesma forma, havia levado Rodney. As duas se uniram a mim e Amy McCallum na cozinha, onde passamos uma agradável noite costurando à luz do fogo, admirando Rodney, fazendo vista grossa para Jemmy e Aidan e, depois de certa dose de cuidadosa exploração, devotando-nos de coração à população masculina da Cordilheira, vista à luz de suspeitos.

Eu, é claro, tinha um interesse mais pessoal e doloroso no assunto, mas as três jovens se mantinham firmes do lado da justiça – ou seja, o lado que se recusava a sequer aventar a ideia de que Jamie ou eu tivéssemos qualquer relação com a morte de Malva Christie.

Quanto a mim, eu via um belo consolo em tais especulações abertas. Havia, sem dúvida, me engajado sem cessar em conjecturas particulares – o que também era uma tarefa muito exaustiva. Além de ser muito desagradável visualizar todos os homens conhecidos no papel de assassino sanguinário, o processo me forçava a reviver continuamente o assassinato em si, o momento em que a encontrei.

– Eu realmente odeio pensar que pode ter sido Bobby – disse Bree, fechando uma carranca enquanto empurrava um ovo de costura de madeira no calcanhar de uma meia. – Ele parece um rapaz tão bom.

Lizzie projetou o queixo, franzindo os lábios.

– Ah, sim, é um rapaz doce. Mas tem o que podemos chamar de sangue quente. – Todas a encaramos, e ela prosseguiu, com doçura: – Bom... eu não deixei, mas ele tentou bastante. E, quando eu disse não, ele saiu e chutou uma árvore.

– Meu marido fazia isso às vezes, se eu recusasse – disse Amy, pensativa. – Mas tenho certeza de que não me degolaria.

– Bom, mas Malva não recusou ninguém – observou Bree, apertando o olho enquanto passava o fio na agulha de cerzir. – Foi esse o problema. Ele a matou porque ela estava grávida, e tinha medo de que contasse a todos.

– Rá! – disse Lizzie, triunfante. – Bom, então... não pode ter sido Bobby, pode? Pois quando o meu pai o recusou... – Uma breve sombra atravessou seu rosto à menção do pai, que ainda não havia dirigido a palavra a ela nem reconhecido o nascimento do pequeno Rodney. – Ele não pensou em pedir a mão de Malva Christie? Ian me disse que ele pretendia. Se ela estivesse grávida dele... bom, então o pai dela seria obrigado a concordar, não seria?

Amy assentiu, achando a ideia convincente, mas Bree tinha objeções.

– Sim... mas ela insistia que o bebê *não* era dele. E ele vomitou no arbusto de amoras quando soube que ela estava... – Ela apertou os lábios por um instante. – Bom, ele não ficou nada contente. Então pode tê-la matado por ciúme, não acham?

Lizzie e Amy soltaram um murmúrio de dúvida frente à possibilidade – ambas gostavam de Bobby –, mas foram obrigadas a admiti-la.

– Fico pensando – revelei, meio hesitante – nos homens mais velhos. Os casados. Todo mundo conhece os jovens interessados nela... mas eu sem dúvida já vi mais de um casado virando o pescoço ao vê-la passar.

– Eu voto em Hiram Crombie – disparou Bree, enfiando a agulha no calcanhar da meia. Todas riram, mas ela balançou a cabeça. – Não, estou falando sério. São sempre os mais religiosos, os mais travados, que acabam revelando gavetas secretas cheias de roupas íntimas femininas e que andam por aí molestando menininhos de coral.

Amy ficou boquiaberta.

– Gavetas cheias de roupas íntimas femininas? O que... camisolas e espartilhos? O que ele faria com isso?

Brianna enrubesceu diante daquilo, tendo se esquecido de suas interlocutoras. Pigarreou, mas não houve escapatória.

– É... bom. Eu estava pensando mais nas roupas de baixo das francesas – disse, num tom fraco. – Ahn... umas coisas rendadas.

– Ah, as francesas – disse Lizzie, assentindo com sabedoria.

Todos conheciam a notória reputação das moças francesas – embora eu duvidasse que qualquer mulher da Cordilheira dos Frasers, exceto por mim, tivesse visto uma. No interesse de encobrir o lapso de Bree, porém, eu gentilmente contei a elas sobre La Nestlé, amante do rei da França, que tinha os mamilos furados e aparecia na corte com os seios à mostra, exibindo neles argolas douradas.

– Mais uns poucos meses disso – disse Lizzie, soturna, olhando para Rodney, que mamava ferozmente em seu seio, as mãozinhas cerradas em esforço –, e vou ser capaz de fazer o mesmo. Vou mandar Jo e Kezzie me trazerem umas argolas quando venderem os couros, sim?

Em meio às gargalhadas, o som de uma batida na porta da frente passou despercebido – ou teria passado, se não fosse por Jemmy e Aidan, que brincavam no escritório de Jamie e correram até a cozinha para nos avisar.

– Eu atendo.

Bree largou a costura, mas eu já estava de pé.

– Não, eu vou.

Acenei para que ela retornasse, apanhei um candelabro e desci pelo corredor escuro, o coração disparado. Visitantes depois de escurecer quase sempre significavam uma emergência, de um tipo ou de outro.

E de fato era uma emergência, embora de nenhum tipo que eu esperasse. Por um instante nem mesmo reconheci a mulher alta que cambaleava diante da porta, de rosto pálido e encovado.

– Frau Fraser? Posso... posso entrar? – sussurrou ela, e então caiu em meus braços.

A barulheira fez com que todas as moças corressem para ajudar, e em dois tempos botamos Monika Berrisch – pois de fato era a suposta noiva do sr. Wemyss – deitada no sofá, a cobrimos de colchas e demos a ela uma caneca de ponche quente.

Ela se recuperou depressa – nada havia de errado, na verdade, além de fome e exaustão; fazia três dias que não comia –, e em pouco tempo foi capaz de se sentar, tomando sopa, e explicar sua surpreendente presença.

– Foi a irmã do meu marido – disse ela, com seu sotaque, fechando os olhos e desfrutando por um momento do aroma da sopa de ervilhas com bacon. – Ela não me queria de modo algum, e, quando o marido sofreu um acidente ruim e perdeu a carroça, de modo que não havia dinheiro suficiente para manter todos nós, ela não me quis mais.

Ela tinha sentido falta de Joseph, contou, mas não tivera força, nem ainda condições, de resistir à oposição da família e insistir em retornar para ele.

– Ah? – Lizzie a perscrutava de maneira firme, porém amigável. – O que aconteceu, então?

Fraulein Berrisch virou os olhos grandes e gentis para ela.

– Eu não aguentei mais – disse, simplesmente. – Quero tanto estar com Joseph. A irmã do meu marido, ela queria que eu fosse embora, então me deu um dinheirinho. Aí eu vim – concluiu, dando de ombros e tomando mais uma ávida colherada de sopa.

– Você veio... andando? – perguntou Brianna. – Desde Halifax?

Fraulein Berrisch assentiu, lambendo a colher, e tirou um pé de baixo das colchas. Tinha os sapatos totalmente desgastados nas solas; enrolara algumas tiras aleatórias de couro e ripas de tecido arrancadas da roupa de baixo, de modo que seus pés pareciam trouxas de trapos imundos.

– Elizabeth – disse ela, com um olhar sério para Lizzie. – Espero que não se importe por eu ter vindo. O seu pai... ele está aqui? Espero muito que ele também não se incomode.

– Hum, não – respondi, trocando olhares com Lizzie. – Ele não está aqui... mas tenho certeza de que vai ficar muito feliz em ver você!

– Ah?

Seu rosto encovado, que se alarmara ao ouvir que o sr. Wemyss não estava lá, foi ficando radiante à medida que revelamos onde ele estava.

– Ah – suspirou ela, abraçando a colher junto ao peito como se fosse a cabeça do sr. Wemyss. – Ah, *mein Kavalier*!

Iluminada de alegria, ela olhou em volta, para todas nós... e pela primeira vez percebeu Rodney, que cochilava na cestinha aos pés de Lizzie.

– Mas quem é esse? – gritou ela, e inclinou-se para olhar para ele.

Rodney, que não estava em sono profundo, abriu os olhos redondos e escuros e a olhou com um interesse solene e sonolento.

– Este é o meu pequenino. Rodney Joseph é o nome dele... homenagem ao meu pai, sabe?

Lizzie ergueu o bebê do cestinho, os joelhinhos gorduchos encostados no queixo, e o pousou delicadamente nos braços de Monika.

Ela soltou um arrulho em alemão, o rosto iluminado.

– Furor de avó – murmurou Bree para mim, pelo canto da boca, e senti uma risada brotar por sob o espartilho.

Não ria desde a morte de Malva, e foi um bálsamo para o meu espírito.

Lizzie explicava a Monika com seriedade sobre a separação ocasionada por seu casamento nada ortodoxo, ao que Monika assentia, estalando a língua em compreensão solidária – eu me perguntei o quanto da história estaria entendendo – e balbuciando para Rodney, tudo ao mesmo tempo.

– Sem chance de o sr. Wemyss continuar afastado – comentei, entre os dentes. – Manter a nova esposa longe do novo neto? Rá!

– Pois é, o probleminha com os dois genros não é nada! – concordou Bree.

Amy observava a terna cena com leve melancolia. Estendeu o braço e abraçou os ombrinhos magrelos de Aidan.

– Bom... Como dizem, quanto mais, melhor.

86

PRIORIDADES

Três camisas, um par extra de calças decentes, dois pares de meias, um de linho, um de seda – ué, onde estavam as de seda?

Brianna foi até a porta e chamou o marido, que habilmente depositava segmentos de um cano de barro no fosso que havia cavado, assistido por Jemmy e Aidan.

– Roger! O que você fez com as suas meias de seda?

Ele fez uma pausa e coçou a cabeça. Então entregou a pá a Aidan e avançou até a casa, saltando por sobre o fosso aberto.

– Eu usei na pregação de domingo passado, não foi? – indagou ele, aproximando-se. – O que eu... ah.

– Ah? – indagou Bree, desconfiada, vendo a expressão do marido passar de confusão a culpa. – Que "ah" é esse?

– Ahh... bom, você tinha ficado em casa com Jem, que estava com dor de barriga... – Uma indisposição estrategicamente útil, e bastante exagerada de modo a impedir que ela tivesse de encarar duas horas de olhar atento e sussurros. – Então, quando Jocky Abernathy me convidou para ir pescar com ele...

– Roger MacKenzie – disse ela, encarando-o com fúria –, se você colocou as suas boas meias de seda num cesto cheio de peixes fedidos e esqueceu...

– Vou dar uma passada na Casa Grande e pegar uma emprestada com o seu pai, tudo bem? – disse ele, mais que depressa. – Tenho certeza de que vou encontrar as minhas em algum lugar.

– A sua cabeça também – resmungou ela. – Provavelmente debaixo de uma pedra!

Aquilo o fez rir, o que não fora a intenção dela, mas serviu para lhe acalmar os ânimos.

– Desculpe – disse ele, inclinando-se para beijá-la na testa. – Provavelmente é freudiano.

– Ah, é? E o que simboliza deixar suas meias enroladas numa truta morta?

– Culpa generalizada e lealdades divididas, imagino – respondeu ele, ainda brincando, mas nem tanto. – Bree... eu andei pensando. Acho mesmo que não devia ir. Eu não preciso...

– Precisa, sim – respondeu ela, com a maior firmeza possível. – O papai acha, a mamãe acha *e eu também*.

– Ah, bom, então.

Ele sorriu, mas ela via o desconforto subjacente – mais ainda porque também o sentia. O assassinato de Malva Christie inquietara a Cordilheira – nervosismo, histeria, desconfiança e dedos apontados em todas as direções. Vários rapazes – Bobby Higgins inclusive – simplesmente desapareceram, fosse por culpa ou por mero senso de autopreservação.

Houve troca de acusações a dar e vender; ela mesma recebera sua cota de boataria e suspeitas, ouvindo replicadas algumas de suas descuidadas observações a respeito de Malva Christie. Porém, de longe, o maior peso das suspeitas recaía direto sobre seus pais.

Ambos estavam fazendo o possível para seguir com a vida cotidiana, ignorando a boataria e os olhares – porém, estava cada vez mais difícil; todos podiam ver.

Roger fora imediatamente visitar os Christies – e ia todos os dias desde a morte de Malva, exceto pela expedição apressada a Halifax –, enterrara a moça com simplicidade e lágrimas, e desde então se desdobrara para ser sensato, confortador e firme com todos os outros moradores da Cordilheira. Deixara de lado o plano de ir a Edenton para a ordenação, mas Jamie, ao saber disso, insistira.

– Você já fez tudo o que podia aqui – disse Brianna, pela centésima vez. – Não há nada mais a ser feito... e pode ser que só haja outra chance daqui a alguns anos.

Ela sabia da urgência que o marido tinha em ser ordenado, e teria feito qualquer coisa para facilitar esse desejo. Quanto a si, queria poder assistir; contudo, sem a necessidade de muito debate, os dois concordaram que era melhor que ela e Jem fossem para River Run e de lá esperassem que Roger fosse a Edenton e retornasse. Em nada ajudaria que um candidato à ordenação aparecesse com esposa e filho católicos.

A culpa em se ausentar, no entanto, com os pais bem no olho do furacão...

– Você tem que ir – repetiu ela. – Mas talvez eu...

Ele a interrompeu com um olhar.

– Não, nós já discutimos isso.

O argumento de Roger era que a presença dela não afetaria a opinião pública, o que sem dúvida era verdade. Ela percebeu que o objetivo real – compartilhado por seus pais – era afastá-la, com Jem, da situação tumultuada na Cordilheira, pô-los em segurança, de preferência antes que Jem percebesse a crença de muitos dos vizinhos de que um de seus avós, se não ambos, eram assassinos sanguinários.

Para sua própria vergonha, ela estava ansiosa para ir.

Alguém havia matado Malva – e seu bebê. Sempre que ela pensava nisso, as possibilidades se espalhavam à sua frente, a litania de nomes. E todas as vezes ela era forçada a ver o primo entre eles. Ian não havia fugido, e ela não podia – *não podia* – pensar que pudesse ter sido ele. Ainda assim, todos os dias era obrigada a ver Ian e contemplar a possibilidade.

Ela ficou encarando a mala que preparava, dobrando e redobrando a camisa nas mãos, procurando motivos para ir, motivos para ficar... e sabendo que nenhum tinha qualquer poder, não agora.

Um baque surdo do lado de fora a arrancou daquele atoleiro de indecisão.

– O que...

Ela chegou à porta em duas passadas, a tempo de ver Jem e Aidan desaparecendo pela mata feito uma dupla de coelhos. Na beirada do fosso jaziam os pedaços quebrados do cano que os dois haviam acabado de derrubar.

– Seus *nojentinhos*! – gritou, apanhando uma vassoura.

Não sabia o que pretendia com ela, mas a violência parecia a única saída para a frustração que acabara de irromper feito um vulcão, calcinando-a.

– Bree – disse Roger, num tom suave, e pôs a mão em suas costas. – Não é importante.

Ela deu um giro e virou-se para ele, o sangue latejando em suas orelhas.

– Você faz ideia de quanto tempo leva para fazer um daqueles? De quantas fornadas são necessárias para conseguir um sem rachadura? Quanto...

– Sim, eu sei – respondeu ele, com a voz tranquila. – Mesmo assim, não é importante.

Ela permaneceu trêmula, respirando com força. Com muita gentileza, ele estendeu o braço e tirou a vassoura de suas mãos, retornando-a com cuidado ao lugar.

– Eu preciso... ir – disse ela, quando foi capaz de formular palavras.

Ele assentiu, os olhos repletos da tristeza que carregava desde o dia da morte de Malva.

– É, precisa – respondeu, baixinho.

Então a abraçou por trás, o queixo apoiado em seu ombro, e aos poucos Brianna parou de tremer. Do outro lado da clareira, ela viu a sra. Bug vindo pela trilha da horta, com um avental cheio de repolhos e cenouras; Claire não botava os pés lá desde...

– Eles vão ficar bem?

– Vamos rezar para que sim – respondeu Roger, apertando ainda mais os braços em torno dela.

Ela foi consolada com seu toque, e só mais tarde percebeu que ele não havia de fato garantido que Claire e Jamie ficariam bem.

87

A JUSTIÇA É MINHA, DIZ O SENHOR

Revirei o último pacote de lorde John, tentando reunir entusiasmo suficiente para abri-lo. Era um pequeno engradado de madeira; talvez mais ácido sulfúrico. Supus que devesse preparar um novo lote de éter – por outro lado, com que objetivo? As pessoas haviam parado de vir ao meu consultório, até para tratar pequenos cortes e hematomas, que dirá para uma ocasional apendicectomia.

Corri um dedo pelo balcão empoeirado e pensei que deveria pelo menos cuidar disso; a sra. Bug mantinha o restante da casa impecável, mas não entrava no consultório. Acrescentei a limpeza à longa lista de coisas a fazer, mas não me mexi para pegar uma flanela.

Com um suspiro, levantei-me e cruzei o corredor. Jamie estava sentado à mesa do escritório, remexendo uma pena e encarando uma carta pela metade. Ao me ver, soltou a pena e sorriu.

– Como está indo, Sassenach?

– Tudo bem – respondi, e ele assentiu, de olhos fechados. Seu rosto exibia linhas de tensão, e eu sabia que ele não estava muito melhor. – Não vi Ian o dia todo. Ele avisou que estava indo?

Aos cherokees, eu queria dizer. Não seria nada surpreendente se ele quisesse se afastar da Cordilheira; eu já o achava muito corajoso por ficar o tempo que havia ficado, aguentando olhares, cochichos... e acusações diretas.

Jamie tornou a assentir e acomodou a pena de volta ao frasco.

– É, eu falei para ele ir. Não havia motivo para que passasse mais tempo aqui; só haveria mais brigas.

Ian não dissera nada sobre as brigas, mas chegara mais de uma vez para jantar com marcas de luta.

– Certo. Bom, é melhor eu avisar à sra. Bug antes que ela comece a preparar o jantar.

Mesmo assim, não fiz menção de me levantar, aproveitando um pouco mais o conforto da presença de Jamie, uma trégua da lembrança constante do corpinho ensanguentado em meu colo, inerte feito um pedaço de carne... e a visão dos olhos de Malva, tão surpresos.

Ouvi cavalos no pátio, vários. Olhei para Jamie, que balançou a cabeça, ergueu as sobrancelhas e se levantou para receber as visitas, fossem lá quem fossem. Segui-o pelo corredor, limpando as mãos no avental e revisando mentalmente o cardápio do jantar para acomodar o que parecia ser pelo menos uma dúzia de visitantes, a julgar pelos relinchos e os murmúrios que ouvi no pátio de entrada.

Jamie abriu a porta e ficou paralisado. Olhei por sobre seu ombro e senti o terror me açoitar. Eram cavaleiros, escuros contra o sol poente, e no mesmo instante retornei à clareira do uísque, empapada de suor e vestida só de camisola. Jamie ouviu meu arquejo e estendeu uma mão para trás, para que eu não me aproximasse.

– O que você quer, Brown? – disse, num tom nada amistoso.

– Viemos buscar a sua mulher – respondeu Richard Brown.

Havia um inconfundível tom de regozijo em sua voz; os pelos de meu corpo se eriçaram de frio, e pontos negros me embotaram a visão. Dei um passo para trás, mal sentindo os pés, e agarrei o batente da porta do consultório, buscando apoio.

– Bom, então podem tomar o rumo de vocês – retrucou Jamie, no mesmo tom pouco amistoso. – Vocês não têm nada a ver com a minha mulher, nem ela com vocês.

– Ah, pois o senhor está enganado, *senhor* Fraser.

Minha visão havia clareado, e eu o vi aproximar o cavalo ainda mais da varanda. Ele se inclinou, espiando pela porta, e evidentemente me viu, pois escancarou o sorriso mais desagradável.

– Viemos prender a sua esposa – concluiu – pelo covarde crime de assassinato.

Jamie apertou a mão agarrada à porta e empertigou o corpo o máximo que pôde, parecendo se expandir.

– Saia da minha terra, senhor – disse ele, num tom apenas um nível acima dos ruídos dos cavalos e arreios. – Agora.

Eu senti, mais do que ouvi, passos atrás de mim. Era a sra. Bug, vindo ver o que acontecia.

– Que Santa Brígida nos proteja – sussurrou ela ao ver os homens.

Então desapareceu, correndo de volta para casa, os passos leves feito um cervo. Eu devia ir atrás dela, fugir pela porta de trás, correr pela floresta, me esconder. Mas tinha as pernas paralisadas. Eu mal podia respirar, que dirá me mexer.

Richard Brown me encarava por sobre o ombro de Jamie, uma aversão escancarada imiscuída ao triunfo.

– Ah, nós vamos embora – disse ele, empertigando-se. – Entregue a mulher e nós vamos embora. Desapareceremos feito o orvalho da manhã – concluiu, com uma gargalhada.

Perguntei-me se estaria bêbado.

– Com que direito os senhores vêm aqui? – inquiriu Jamie.

Ergueu a mão esquerda e segurou no cabo do punhal, em uma clara ameaça. Aquela visão me reanimou, por fim, e eu cambaleei pelo corredor em direção à cozinha, onde guardávamos as armas.

– ... Comitê de Segurança.

Captei as palavras na voz de Brown, erguida em tom intimidador, então entrei na cozinha. Peguei a caçadeira do gancho sobre o fogão, abri a gaveta do aparador, recolhi mais que depressa as três pistolas que estavam ali e enfiei-as nos largos bolsos de meu avental cirúrgico, concebidos para guardar instrumentos enquanto eu trabalhava.

Minhas mãos tremiam. Eu hesitei. As pistolas estavam prontas e carregadas; Jamie as conferia todas as noites; deveria apanhar a bolsa de munição, o corno de pólvora? Não havia tempo. Ouvi as vozes de Jamie e Richard Brown, que agora gritavam na entrada da casa.

O som da porta dos fundos se abrindo me fez girar a cabeça num tranco, e vi um homem desconhecido parado diante do batente, olhando em volta. Ele me viu e começou a avançar em minha direção, de sorriso escancarado, a mão estendida para agarrar o meu braço.

Tirei uma pistola do avental e atirei nele, à queima-roupa. Ele não tirou o sorriso do rosto, mas assumiu um ar de leve perplexidade. Piscou os olhos uma ou duas vezes e levou a mão à lateral do corpo, onde um ponto avermelhado começava a se espalhar pela camisa. Olhou os dedos manchados de sangue e escancarou a boca.

– Ora, que diabo! Você atirou em mim!

– Atirei – respondi, resfolegante. – E atiro de novo, se não der a porcaria do fora daqui!

Joguei a pistola vazia no chão com um estrépito e remexi o bolso do avental atrás de outra, ainda segurando com firmeza a caçadeira.

Ele não esperou para ver se eu falava sério; deu meia-volta, bateu de cara com o batente da porta e saiu cambaleante, deixando um rastro de sangue na madeira.

Traços de fumaça preta de pólvora flutuavam no ar, misturando-se estranhamente ao aroma do peixe que assava, e eu pensei por um instante que talvez fosse vomitar, mas consegui, apesar da náusea, apoiar a caçadeira por um momento e trancar a porta com as mãos trêmulas, depois de várias tentativas.

Sons repentinos vindos da frente da casa me fizeram esquecer o nervosismo e tudo o mais, e eu avancei pelo corredor, de arma na mão, antes mesmo de pensar em me mexer, as pistolas pesadas no avental se chocando contra as minhas coxas.

Eles haviam arrastado Jamie para fora da varanda; eu o vi brevemente em meio a uma bagunçada disputa de corpos. Tinham parado de gritar. Não havia um barulho sequer, exceto por leves grunhidos, o impacto das carnes, o roçar da miríade de pés na terra. Era uma luta seriamente mortal, e percebi no mesmo instante que eles pretendiam matá-lo.

Mirei a caçadeira na beirada do grupo, o mais longe possível de Jamie, e puxei o gatilho. O estrondo da arma e os gritos assustados pareceram irromper ao mesmo tempo, e a cena diante de mim se desmantelou, bombardeada pelo tiro. Jamie mantinha a mão no punhal; agora, com um pouco de espaço à volta, eu o vi cravá--lo na lateral de um dos homens, puxá-lo de volta e golpear para o lado no mesmo movimento, fazendo um rasgão sangrento na testa do homem, que havia caído um pouco para trás.

Então avistei um brilho metálico ao meu lado.

– ABAIXA! – gritei, por reflexo, um instante antes de Brown disparar a pistola.

Um pequeno ruído zumbiu ao lado da minha orelha, e percebi, muito calma, que Brown havia atirado em mim, não em Jamie.

Jamie, no entanto, tinha se abaixado, bem como todos os outros no pátio. Os homens agora se levantavam, cambaleantes e confusos, o ímpeto do ataque dispersado. Jamie correra até a varanda; estava de pé, cambaleando na minha direção, desferindo golpes ferozes de punhal em um homem que lhe agarrava a manga da camisa. O homem desabou no chão com um grito.

Devíamos ter ensaiado aquilo uma dezena de vezes. Ele subiu os degraus da varanda de um salto e jogou-se em cima de mim, arrastando-me para dentro de casa, então girou sobre os calcanhares e bateu a porta, apoiou-se nela e protegeu-a do impacto dos corpos, e no mesmo instante eu larguei a caçadeira, agarrei o ferrolho e encaixei-o no lugar.

Com um baque, ele se acomodou nos ganchos.

A porta vibrava com os socos e empurrões, e a gritaria havia recomeçado, mas com um som diferente. Sem regozijos, sem insultos. Ainda se ouviam xingamentos, mas com uma intenção maligna, decidida.

Não paramos para escutar.

– Eu tranquei a porta da cozinha – arquejei, e Jamie assentiu, irrompendo em meu consultório para aferrolhar as persianas de dentro.

Ouvi o estrondo de vidro se quebrando no consultório atrás de mim enquanto corria até o escritório de Jamie; as janelas de lá eram menores, bem altas na parede e sem vidraças. Soquei as persianas e as tranquei, então voltei pelo corredor subitamente escuro em busca da arma.

Jamie já a havia encontrado; estava na cozinha, recolhendo algumas coisas, e, enquanto eu corria em direção à porta, ele irrompeu de dentro, cheio de bolsas de munição, cornos de pólvora e afins, caçadeira na mão, e com um meneio de cabeça acenou para que eu subisse as escadas.

Os quartos acima ainda estavam iluminados. Foi como emergir de baixo d'água; sorvi a luz como se fosse ar, com a vista ofuscada e os olhos lacrimejantes, correndo para fechar as persianas do quartinho da bagunça e do quarto de Amy McCallum. Não sabia onde estavam Amy e seus filhos; só sentia gratidão por não estarem em casa no momento.

Corri até o banheiro, ofegante. Jamie estava ajoelhado junto à janela, metodicamente carregando armas e dizendo alguma coisa em gaélico, entre os dentes – se era uma oração ou um xingamento, eu não soube dizer.

Não perguntei se ele estava ferido. Tinha um hematoma no rosto, o lábio aberto e sangue escorrendo pelo queixo até a camisa, estava coberto de terra e do que presumi serem manchas de sangue de outras pessoas, e a orelha mais próxima de mim encontrava-se inchada. Ele, no entanto, mantinha os movimentos firmes, e qualquer coisa que não fosse traumatismo craniano teria que esperar.

– Eles pretendem nos matar – soltei, e não em tom de pergunta.

Ele assentiu, os olhos na tarefa, então me entregou uma pistola reserva para carregar.

– Sim, pretendem. Que bom que os pequenos estão todos seguros, não é?

Ele abriu um súbito sorriso para mim, feroz, com os dentes sujos de sangue, e eu senti uma firmeza que havia muito não sentia.

Ele havia deixado um dos lados da persiana entreaberto. Posicionei-me cuidadosamente atrás dele e espiei, segurando a pistola carregada e pronta.

– Nenhum corpo caído no pátio da frente – informei. – Suponho que você não tenha matado nenhum deles.

– Não foi por falta de tentativa – retrucou ele. – Meu Deus, o que eu não daria por um rifle!

Então, pôs-se cuidadosamente de joelhos, o cano da caçadeira despontando pelo peitoril, e avaliou o estado do ataque.

Eles haviam recuado no momento; havia um pequeno grupo visível por sob as castanheiras do lado oposto à clareira, e haviam descido com os cavalos até o chalé de Bree e Roger, ao abrigo de quaisquer balas voadoras. Brown e seus capangas claramente planejavam o próximo movimento.

– O que imagina que teriam feito, caso eu concordasse em ir com eles?

Pelo menos eu podia sentir meu coração outra vez. Batia a 100 quilômetros por hora, mas eu conseguia respirar e já recomeçava a sentir as extremidades.

– Eu nunca deixaria que a levassem – respondeu ele, apenas.

– E muito provavelmente Richard Brown sabe disso.

Ele assentiu; estivera pensando a mesma coisa. Brown jamais pretendera de fato me levar presa, apenas provocar um incidente no qual ambos pudéssemos acabar mortos, sob circunstâncias duvidosas o suficiente para evitar uma retaliação maciça de parte dos inquilinos de Jamie.

– A sra. Bug saiu, foi? – indagou ele.

– Foi. Se não a pegaram do lado de fora da casa.

Apertei os olhos contra o reluzente sol da tarde, à procura de uma figura baixinha e gorda de saias entre o grupo nas castanheiras, mas só avistei homens.

Jamie tornou a assentir, sibilando baixinho entre os dentes enquanto girava o cano da arma devagar, descrevendo um arco que cobria todo o pátio de entrada.

– Vamos ver, então – disse ele, apenas. – Chegue um pouquinho mais perto, rapaz – murmurou, enquanto um homem começava a avançar com cautela pelo pátio em direção à casa. – Um tiro; é só o que peço. Aqui, Sassenach, pegue isso aqui.

Ele empurrou a caçadeira em minhas mãos e escolheu sua pistola favorita, uma grande de cano longo das Terras Altas, com cabo ornamentado.

O homem – vi que era Richard Brown – parou a certa distância, puxou um lencinho da cintura da calça e acenou lentamente sobre a cabeça. Jamie soltou um breve bufo de desdém, mas deixou que ele se aproximasse.

– Fraser! – chamou ele, parando a quase 40 metros de distância. – Fraser! Está me ouvindo?

Jamie suspirou com cuidado e atirou. A bala acertou o chão a poucos centímetros de distância de Brown, erguendo uma súbita nuvem de terra, e Brown deu um salto no ar como se acabasse de levar uma ferroada de abelha.

– Qual é o seu problema? – gritou, indignado. – Nunca ouviu falar em bandeira de trégua, seu escocês ladrão de cavalos?

– Se eu quisesse vê-lo morto, Brown, você já estaria esfriando! – gritou Jamie de volta. – Diga o que você quer.

O que ele próprio queria estava claro: que eles tivessem cautela em se aproximar da casa; era impossível acertar qualquer coisa com precisão com uma pistola a quase 40 metros de distância, e bastante difícil com um mosquetão.

– Você sabe o que eu quero! – gritou Brown. Tirou o chapéu, enxugando o suor e a terra do rosto. – Quero essa sua maldita bruxa assassina.

A resposta a isso foi outra bala de pistola cuidadosamente mirada. Brown deu outro pinote, mas não tão alto.

– Veja bem – tentou ele outra vez, num tom de conciliação. – Não vamos fazer mal a ela. Pretendemos levá-la a Hillsboro para um julgamento. Um julgamento justo. Só isso.

Jamie me entregou a segunda pistola para recarregar, apanhou mais uma e disparou.

Brown merecia crédito pela persistência, pensei. Claro, decerto havia se dado conta de que Jamie não poderia ou não iria de fato atirar nele, e resistiu com teimosia ao ataque por mais dois disparos, gritando que pretendiam me levar a Hillsboro e que certamente, se eu era inocente, Jamie *iria* querer um julgamento, não iria?

Estava quente lá em cima, e o suor corria por entre meus seios. Meu vestido ficou colado ao peito, manchado de suor.

Sem resposta além dos chiados das balas de pistola, Brown jogou as mãos para o ar, numa exagerada pantomima de um homem sensato testado para além de sua tolerância, e retornou até os homens atrás das castanheiras. Nada havia mudado, mas ver suas costas estreitas me fez respirar com um pouco mais de facilidade.

Jamie ainda estava agachado na janela, a postos, mas relaxou ao ver Brown retornar a seu grupo. Deu um suspiro e tornou a se agachar.

– Tem água, Sassenach?

– Tem.

A jarra do quarto estava cheia; servi um copo a ele, que bebeu com avidez. Tínhamos comida, água e boa quantidade de munição e pólvora. Eu, no entanto, não previa um longo cerco adiante.

– O que acha que eles vão fazer?

Eu não me aproximava da janela, mas de um dos lados podia vê-los com clareza, em conferência sob as árvores. O ar estava parado e pesado, e as folhas acima dos homens pendiam feito trapos úmidos.

Jamie veio se postar atrás de mim, secando o lábio com a ponta da camisa.

– Atirar na casa assim que escurecer, imagino – respondeu, sem rodeios. – É o que eu faria. Embora eles talvez tentem arrastar Gideon para fora e ameacem matá-lo com uma bala na cabeça caso eu não entregue você.

Ele pareceu pensar que estava fazendo piada, mas eu não via graça.

Jamie viu minha expressão e tocou minhas costas, trazendo-me para perto. O ar estava quente e pegajoso, e estávamos ambos empapados de suor, mas a proximidade dele, apesar de tudo, era reconfortante.

– Então – comecei, respirando fundo. – Tudo depende de a sra. Bug ter conseguido fugir... e ter falado com alguém.

– Ela deve ter ido até Arch, primeiro. – Jamie me deu um tapinha delicado e sentou-se na cama. – Se ele estiver em casa, vai procurar Kenny Lindsay; é quem está mais perto. Depois...

Ele deu de ombros e fechou os olhos, e vi que tinha o rosto pálido sob o bronzeado de sol e as manchas de terra e sangue.

– Jamie... você está ferido?

Ele abriu os olhos e me deu um sorrisinho torto, tentando não esticar o lábio aberto.

– Não, quebrei a porcaria do dedo de novo, só isso.

Ele deu de ombros, com desdém, mas deixou que eu erguesse sua mão direita para olhar.

A fratura era bem clara; era só o que se podia dizer a respeito. O quarto dedo estava rígido, as juntas unidas pela grave fratura sofrida tempos antes, na prisão de Wentworth. Ele não conseguia dobrá-lo, e portanto o dedo ficava estranhamente esticado para fora; não era a primeira vez que ele o quebrava.

Jamie engoliu em seco enquanto eu sentia com delicadeza a fratura, e tornou a fechar os olhos, suando.

– Tem láudano no consultório – falei. – Ou uísque.

No entanto, eu sabia que ele recusaria, e foi exatamente o que aconteceu.

– Quero estar de cabeça limpa, o que quer que aconteça.

Ele abriu os olhos e escancarou um sorriso espectral. Apesar da persiana aberta, o quarto estava abafado e sem ar. O sol já estava a mais de meio caminho no alto do céu, e as primeiras sombras já se aprumavam nos cantos do quarto.

Desci ao consultório para apanhar tala e atadura; não ajudaria muito, mas era alguma coisa.

O consultório estava escuro com as persianas fechadas, mas o ar adentrava pelas janelas quebradas, deixando o recinto estranhamente exposto e vulnerável. Entrei feito um rato, quieta, e parei subitamente, os ouvidos atentos ao perigo, os pelinhos eriçados. No entanto, tudo estava quieto.

– Quieto *demais* – falei em voz alta, então ri.

Avancei com segurança, ignorando o barulho e pisando firme; abri as portas dos armários com gestos impulsivos, batendo instrumentos e sacudindo frascos enquanto procurava o que precisava.

Antes de voltar para cima, parei na cozinha, em parte para garantir que a porta dos fundos *estava* firmemente trancada, em parte para ver quanta comida a sra. Bug teria deixado de fora. Jamie não dissera nada, mas eu sabia que a dor do dedo fraturado o deixava levemente nauseado – e, no caso dele, a comida costumava aliviar esse tipo de incômodo e melhorar seu estado geral.

O caldeirão ainda estava sobre os carvões, mas o fogo, sem observação, havia arrefecido, de modo que a sopa felizmente não queimara. Cutuquei as brasas e pus três gravetos grossos de pinheiro na lareira, tanto para provocar os sitiadores do lado de fora como pelo hábito impregnado de nunca deixar um fogo morrer. Que vissem as fagulhas saindo da chaminé, pensei, e nos imaginassem sentados tranquilamente para comer defronte à lareira. Ou melhor, que nos imaginassem sentados diante do fogo aceso derretendo chumbo e moldando balas.

Naquele espírito desafiador, tornei a subir as escadas, equipada com suprimentos médicos, um lanchinho e um garrafão de cerveja preta. Não pude evitar perceber, contudo, o eco de meus passos na escada e o silêncio que se assentou mais que depressa atrás de mim, feito água ao se pisar fora dela.

Ao chegar ao topo da escada ouvi um tiro; dei os últimos passos tão depressa que tropecei; teria caído de cabeça, se não tivesse topado com a parede.

Jamie surgiu do quarto do sr. Wemyss, com a caçadeira na mão e um olhar de espanto.

– Tudo bem, Sassenach?

– Tudo – respondi, enviesada, limpando sopa derramada na mão com o avental.

– Em que você está atirando, em nome de Deus?

– Nada. Só queria deixar claro que os fundos da casa estão tão protegidos quanto a frente, caso eles resolvam subir por trás. Só para garantir que *de fato* esperem a noite cair.

Enfaixei o dedo dele, o que pareceu ajudar um pouco. A comida, como eu esperava, ajudou consideravelmente mais. Ele comeu feito um lobo, e, para minha surpresa, eu também.

– Os condenados comeram uma substanciosa refeição – observei, apanhando migalhas de pão e queijo. – Sempre achei que o perigo de morte deixava a pessoa muito nervosa para comer, mas não é o que parece.

Ele balançou a cabeça, deu um gole na cerveja e me passou a garrafa.

– Um amigo me disse, certa vez, que "o corpo não tem consciência". Eu não sabia que era mesmo assim... mas é verdade que o corpo não admite a possibilidade de não existir. E, se existimos... bom, precisamos de comida, é isso.

Ele abriu um sorriso torto para mim, partiu o último pão doce e me deu um pedaço.

Eu peguei, mas não comi de imediato. Não havia som do lado de fora, exceto pelo zumbido das cigarras, embora o ar trouxesse a sufocante densidade que com frequência prenunciava chuva. Ainda era cedo para tempestades de verão, mas não custava desejar.

– Você também pensou nisso, não foi? – indaguei, baixinho.

Ele não se fez de desentendido.

– Bom, é o 21º dia do mês – respondeu ele.

– Estamos em *junho*, pelo amor de Deus! E do ano errado também. O recorte de jornal dizia janeiro de 1776!

Eu estava absurdamente indignada, como se tivesse sido enganada.

Ele achou engraçado.

– Eu mesmo fui impressor, Sassenach – disse, rindo, com a boca cheia de pão doce. – Você não acredita em tudo que lê no jornal, não é?

Ao tornar a olhar ao redor, vi apenas poucos homens sob as castanheiras. Um deles percebeu meu movimento; agitou o braço lentamente no alto da cabeça – então correu a mão pela garganta, num movimento seco.

O sol estava bem acima das copas das árvores; duas horas, talvez, para a noite cair. Duas horas sem dúvida eram tempo suficiente para que a sra. Bug pedisse ajuda – presumindo que tivesse encontrado alguém disposto a vir. Arch talvez tivesse ido a

Cross Creek – ele ia uma vez por mês; Kenny talvez estivesse caçando. Quanto aos inquilinos mais novos... sem Roger para manter a ordem, a desconfiança e o desgosto por mim haviam ficado evidentes. Eu tinha a sensação de que eles viriam, caso convocados... mas só para festejar a minha captura.

Se alguém *de fato* viesse... e então? Eu não queria ser levada embora, muito menos levar um tiro ou ser queimada viva nas cinzas da minha casa – por outro lado, não queria mais ninguém ferido ou morto tentando evitar que isso acontecesse.

– Saia da janela, Sassenach – disse Jamie, estendendo a mão para mim, e fui me sentar na cama a seu lado. Senti-me imediatamente exausta, já sem a adrenalina da urgência, os músculos feito uma borracha amolecida pelo calor. – Deite-se, *a Sorcha* – disse ele, baixinho. – Encoste a cabeça no meu colo.

Mesmo com o calor, fiz o que ele pediu, encontrando conforto em espichar o corpo, mais ainda em ouvir o coração dele, lento e firme sobre minha orelha, e sentir sua mão leve em minha cabeça.

Todas as armas descansavam, estendidas no chão ao lado da janela, carregadas e prontas para uso. Ele havia tirado a espada do armário; ela repousava no chão, como último recurso.

– Não tem nada que possamos fazer agora, tem? – perguntei, depois de um tempo.
– Nada, a não ser esperar.

Ele remexeu os dedos lentamente por meus cachos úmidos; eles agora caíam bem acima dos ombros, longos o bastante – por pouco – para que eu pudesse fazer um rabo de cavalo ou um coque alto.

– Bom, podemos entoar um Ato de Contrição – disse ele. – Sempre fazíamos isso na véspera de batalhas. Só por garantia – acrescentou, sorrindo para mim.

– Muito bem – respondi, depois de uma pausa. – Só por garantia.

Estendi a mão, e a mão boa de Jamie se fechou por sobre a minha.

– *Mon Dieu, je regrette...* – começou ele, e lembrei que ele fazia essa oração em francês, remontando aos dias de mercenário na França; com que frequência ele a havia feito na época, uma precaução necessária, limpando a alma à noite diante da possibilidade da morte pela manhã?

Orei também, em inglês, e fizemos silêncio. As cigarras haviam parado. Muito, muito ao longe, pensei ouvir um som que talvez fosse um trovão.

– Sabe – comentei, depois de um longo tempo. – Eu lamento por muitas coisas e pessoas. Rupert Murtagh, Dougal... Frank. Malva – acrescentei, baixinho, com um nó na garganta. – Mas, no que diz respeito a mim... – Pigarreei. – Não me arrependo de nada – concluí, observando as sombras que beiravam os cantos do quarto. – Nadica de nada.

– Nem eu, *mo nighean donn* – disse ele, e sossegou os dedos, quentes por sobre a minha pele. – Nem eu.

• • •

Acordei de um cochilo com cheiro de fumaça nas narinas. Estar em estado de graça é muito bom, mas imagino que até Joana d'Arc tenha se afligido ao ver a primeira chama acesa. Sentei-me, empertigada, o coração disparado, e vi Jamie diante da janela.

Ainda não estava totalmente escuro; o céu a oeste estava iluminado por faixas laranja, douradas e cor-de-rosa, e a luz tocava seu rosto com um brilho intenso. Ele tinha o nariz longo, com aspecto feroz, as linhas de tensão bem profundas.

– Tem gente vindo – disse.

Tinha a voz inexpressiva, mas apertava com a mão boa a beirada da persiana, como se desejasse destruí-la com uma pancada.

Fui me postar ao lado dele, correndo os dedos depressa pelos cabelos. Ainda podia distinguir figuras sob as castanheiras, embora agora fossem meras silhuetas. Eles haviam acendido uma fogueira no canto oposto ao pátio de entrada; era de onde vinha o cheiro. Havia mais gente chegando, no entanto; eu tinha certeza de ter visto a figura acocorada da sra. Bug no meio. O som de vozes pairava, mas eles não falavam alto o bastante para que eu distinguisse as palavras.

– Pode trançar meu cabelo, Sassenach? Eu não consigo, com isso.

Ele olhou feio para o dedo quebrado.

Acendi uma vela, e ele moveu o banquinho para perto da janela, de modo a poder vigiar enquanto eu penteava seus cabelos e fazia uma trança firme e grossa, que finalizei na base do pescoço e amarrei com uma fitinha preta.

Eu sabia que havia dois motivos para isso; não apenas parecer bem-arrumado como um cavalheiro, mas estar pronto para lutar caso fosse preciso. Eu me preocupava menos em ser agarrada pelos cabelos enquanto tentava desferir golpes de espada no inimigo, mas supus que, se aquela fosse minha última aparição como primeira-dama da Cordilheira, seria bom estar penteada.

Enquanto escovava os cabelos, à luz da vela, ouvi-o murmurar algo entre os dentes e virei o banquinho para encará-lo.

– Hiram veio – informou ele. – Estou ouvindo a voz dele. Isso é bom.

– Se você diz – respondi.

Mas eu estava receosa, relembrando as denúncias de Hiram Crombie na igreja na semana anterior – observações sutis e veladas, endereçadas claramente a nós. Roger não as mencionara; eu ficara sabendo por Amy McCallum.

Jamie virou a cabeça para me olhar e sorriu, uma expressão de extraordinária doçura surgindo em seu rosto.

– Você é muito linda, Sassenach – disse, como se surpreso. – Mas, sim, isso é bom. O que quer que pense, ele não aprovaria que Brown nos enforcasse na porta de casa, nem que incendiasse a casa para nos expulsar.

Havia mais vozes do lado de fora; a multidão crescia rapidamente.

– Sr. Fraser!

Ele respirou fundo, pegou a vela da mesa e abriu a persiana, segurando a chama perto do rosto para ser visto.

Era quase noite total, mas várias pessoas seguravam tochas, o que me trouxe desagradáveis visões da turba vindo queimar o monstro do dr. Frankenstein – mas isso pelo menos permitiu que eu distinguisse os rostos abaixo. Havia pelo menos trinta homens – e várias mulheres –, além de Brown e seus capangas. Hiram Crombie de fato estava presente, ao lado de Richard Brown, com cara de alguém saído do Antigo Testamento.

– Pedimos que o senhor desça, sr. Fraser – disse ele. – E sua esposa... por gentileza.

Eu vi a sra. Bug, roliça e claramente aterrorizada, o rosto rajado de lágrimas. Jamie fechou as persianas, com cuidado, e me ofereceu o braço.

Jamie preparara tanto o punhal quanto a espada, e não trocara de roupa. Ficou parado na varanda, sujo de sangue e todo arrebentado, desafiando-os a nos ferirem ainda mais.

– Vocês só levam a minha mulher passando por cima do meu cadáver – vociferou, erguendo a voz de modo a ser ouvido por toda a clareira.

Eu tinha bastante medo de que fizessem isso. Ele tivera razão, até então, sobre Hiram não estimular um linchamento, mas era óbvio que a opinião pública não estava a nosso favor.

– A feiticeira não deixarás viver! – gritou alguém dos fundos da multidão.

Uma pedra zuniu pelo ar, quicando na frente da casa com um forte estampido, feito um tiro de pistola. Acertou a poucos centímetros da minha cabeça, e eu me encolhi, arrependendo-me na mesma hora.

Murmúrios raivosos haviam se erguido no instante em que Jamie abrira a porta, e isso os encorajou. Houve gritos de "assassinos!" e "impiedosos!", além de alguns insultos em gaélico que não tentei entender.

– Se não foi ela, a *breugaire*, quem foi? – gritou alguém.

A palavra significava "mentirosa".

O homem cujo rosto Jamie retalhara com o punhal estava bem à frente do povo; a ferida estava escancarada, ainda gotejando, e seu rosto era uma máscara de sangue seco.

– Se não foi ela, foi ele! – gritou o homem, apontando para Jamie. – *Fear-siûrsachd! Devasso.*

Houve um estrondo de concordância, e eu vi Jamie trocar o peso de perna e pousar a mão na espada, pronto para empunhá-la caso eles atacassem.

– Fiquem quietos! – Hiram tinha a voz muito aguda, porém penetrante. – Fiquem quietos, estou dizendo!

Ele empurrou Brown e subiu as escadas, com muito cuidado. No topo, lançou-me um olhar de repulsa, mas virou-se para a multidão.

– Justiça! – gritou um dos homens de Brown, antes que ele pudesse falar. – Queremos justiça!

– É, queremos! – Hiram gritou de volta. – E justiça nós teremos, pela pobre moça estuprada e por seu filho natimorto!

A frase foi acolhida por um ribombo de satisfação; um terror gélido percorreu minhas pernas, e temi que meus joelhos cedessem.

– Justiça! Justiça!

Várias pessoas se juntavam à cantoria, mas Hiram as interrompeu, erguendo as duas mãos, como se fosse o maldito Moisés abrindo o mar Vermelho.

– *A justiça é minha, diz o Senhor* – observou Jamie, numa voz alta o bastante para ser ouvida por todos.

Hiram, que evidentemente estivera prestes a dizer a mesma coisa, lançou-lhe um olhar furioso, mas não podia contradizê-lo.

– E a justiça o senhor terá, sr. Fraser! – gritou Brown, bem alto. Ergueu o rosto, de olhos semicerrados, maliciosos e triunfantes. – Quero levá-la a julgamento. Qualquer pessoa acusada deve ser julgada, sim? Se ela é inocente... se *o senhor* é inocente... como pode recusar?

– Sem dúvida esse é um bom argumento – observou Hiram, seco. – Se a sua mulher for inocente do crime, não tem nada a temer. O que diz, senhor?

– Eu digo que, se entregá-la a esse homem, ela não sobreviverá para enfrentar um julgamento – retrucou Jamie, inflamado. – Ele me culpa pela morte do irmão... e alguns de vocês sabem muito bem a verdade *dessa* história! – acrescentou, erguendo o queixo para a multidão.

Aqui e ali, cabeças assentiram – mas eram poucas. Não mais que uma dúzia dos homens de Ardsmuir haviam participado da expedição que me resgatara; na esteira das fofocas que se seguiram, muitos dos novos inquilinos souberam apenas que eu havia sido sequestrada, agredida de maneira escandalosa, e que homens haviam morrido por minha causa. Levando em conta a mentalidade da época, eu sabia muito bem que a culpa obscura de qualquer crime sexual recaía sobre a vítima – a menos que a mulher morresse, o que imediatamente a transformava em um anjo imaculado.

– Ele vai assassiná-la na mesma hora, para se vingar de mim – disse Jamie, erguendo a voz. Mudou de súbito para o gaélico, apontando para Brown. – Olhem este homem e vejam a verdade marcada em seu rosto! Ele nada tem de justo, muito menos de honrado, e não reconheceria a honra nem pelo cheiro da bunda!

Aquilo fez alguns rirem, de pura surpresa. Brown olhou em volta, desconcertado, tentando entender qual era a graça, o que suscitou ainda mais risadas.

O ânimo do grupo ainda estava contra nós, mas também não estava a favor de Brown – que, afinal de contas, era um estranho. Hiram franziu a estreita sobrancelha, avaliativo.

– O que o senhor ofereceria como forma de garantir a segurança da mulher? – perguntou a Brown.

– Uma dúzia de barris de cerveja e três dúzias de couro de primeira – respondeu Brown prontamente. – Quatro dúzias!

A avidez reluzia em seus olhos, e tudo o que ele pôde fazer foi evitar que sua voz tremesse de tanta ânsia por me levar presa. Tive a súbita e desagradável convicção de que, ainda que minha morte fosse o derradeiro objetivo, ele não pretendia que fosse rápida, a menos que as circunstâncias o exigissem.

– Valeria muitíssimo mais do que isso para você, *breugaire*, se vingar de mim com a morte dela – retrucou Jamie, num tom impassível.

Hiram olhou de um a outro, inseguro do que fazer. Eu encarei a multidão, mantendo o rosto impassível. A bem da verdade, não era difícil; sentia-me totalmente paralisada.

Alguns rostos amistosos encaravam Jamie com ansiedade, para ver o que fazer. Kenny e seus irmãos, Murdo e Evan, permaneciam num grupinho fechado, mãos nos punhais e expressões determinadas. Eu não sabia se Richard Brown tinha escolhido o momento ou se apenas dera sorte. Ian estava longe, caçando com os amigos cherokees. Arch claramente também não se encontrava, ou estaria à vista – Arch e seu machado viriam muitíssimo a calhar naquele momento, pensei.

Fergus e Marsali não estavam – eles, também, teriam ajudado a acalmar os ânimos. A ausência mais importante, no entanto, era a de Roger. Ele vinha, sozinho, mantendo os presbiterianos mais ou menos sob controle desde o dia da acusação de Malva, ou pelo menos tamponando a fervura do caldeirão de fofocas e animosidade. Poderia tê-los acovardado... se estivesse presente.

A conversa se desviara do dramalhão para um debate entre Jamie, Brown e Hiram, os dois primeiros inflexíveis, e o pobre Hiram, bastante inadequado à tarefa, tentando fazer o papel de juiz. Frente ao que ainda me restava de sentimentos, senti bastante pena dele.

– Levem-no! – gritou uma voz subitamente. Allan Christie abriu caminho empurrando a multidão, chegou à frente e apontou para Jamie. Sua voz tremia e falhava de emoção. – Foi ele que corrompeu a minha irmã, foi ele que a matou! Se forem levar alguém a julgamento, que seja ele!

Fez-se um bramido obscuro de concordância, e vi John MacNeill e o jovem Hugh Abernathy se aproximarem, bem unidos, olhando com desconforto de Jamie para os irmãos Lindsay, então de volta para Jamie.

– Não, foi ela! – gritou em contraponto uma voz feminina, alta e estridente. Uma das esposas dos pescadores; apontou o dedo para mim, o rosto tenso de maldade. – Um homem pode até matar uma mulher a quem engravidou... mas nenhum homem cometeria tamanha perversidade como roubar um bebê do ventre! Só uma bruxa faria isso... e ela foi achada com o corpo do pobrezinho nas mãos!

A fala foi recebida com um sussurro alto de condenação. Os homens talvez me concedessem o benefício da dúvida... mas nenhuma mulher o faria.

– Em nome do Altíssimo! – Hiram perdia o controle da situação e começava a entrar em pânico. A situação estava perigosamente próxima da baderna; todos sentiam a corrente de histeria e violência no ar. Ele ergueu os olhos ao céu, procurando inspiração... e encontrou. – Levem os dois! – gritou, de súbito. Olhou para Brown, então para Jamie. – Levem os dois – repetiu, testando a ideia e achando boa. – O senhor vai junto, para garantir que nada de mal aconteça à sua mulher – disse a Jamie, com sensatez. – E, se ficar provada a inocência dela...

Ele foi baixando a voz ao perceber que, se ficasse provada a minha inocência, Jamie seria considerado o culpado, e que ótima ideia seria tê-lo ali mesmo para ser enforcado em meu lugar.

– Ela é inocente, e eu também – retrucou Jamie, sem exaltação, repetindo com teimosia.

Não tinha real esperança de convencer ninguém; a única dúvida entre as pessoas era se o culpado era ele, ou eu... ou se havíamos orquestrado juntos a morte de Malva Christie.

Ele de súbito se virou para a multidão e gritou, em gaélico.

– Se nos entregarem às mãos de estranhos, então que nosso sangue jorre por suas cabeças, e que vocês respondam por nossas vidas no Dia do Julgamento!

Diante disso, um súbito silêncio se abateu. Os homens encaravam os vizinhos com indecisão, avaliando Brown e sua legião com olhar de desconfiança.

Eles eram conhecidos da comunidade, porém estranhos – *sassenachs*, no sentido escocês. Eu também era, além de bruxa, para piorar as coisas. Jamie podia até ser um assassino lascivo, estuprador e papista... mas não era um estranho.

O homem em quem eu havia atirado abriu um sorriso maligno por sobre o ombro de Brown; por azar, eu claramente não deixara nele mais que uma esfoladura. Sustentei sua mirada, o suor se aprumando entre meus seios, a umidade quente e pegajosa por sob o véu de meus cabelos.

Um murmúrio se erguia entre a multidão; discussões e controvérsias, e vi os homens de Ardsmuir avançarem lentamente rumo à varanda, empurrando a multidão. Lindsay tinha os olhos cravados em Jamie, e senti meu marido respirar fundo ao meu lado.

Eles o defenderiam, se fossem convocados. Mas eram poucos, e estavam parcamente armados em contraste com a turba de Brown. Eles não venceriam – e havia mulheres e crianças na multidão. Chamar seus homens apenas provocaria um caos sangrento e um peso em sua consciência pela morte de inocentes. Esse não era um fardo que ele podia aguentar; não agora.

Eu o vi chegar àquela conclusão e apertar os lábios. Não fazia ideia do que pretendia fazer, mas ele foi impedido. Ouviu-se um alarido à margem do povo; as pessoas se viraram para olhar, então congelaram, surpresas e em silêncio.

Thomas Christie vinha cruzando a multidão; apesar da escuridão e do brilho trêmulo das tochas, eu o reconheci de imediato. Caminhava feito um velho, curvado e hesitante, sem encarar ninguém. A multidão abria caminho para ele imediatamente, com profundo respeito por seu luto.

A marca do luto era clara em seu rosto. Ele deixara de fazer a barba e cortar os cabelos, ambos opacos. Tinha olheiras sob os olhos vermelhos, e sulcos negros cruzavam-lhe a barba, do nariz à boca. Seus olhos, no entanto, estavam vivos, alertas e inteligentes. Ele atravessou a multidão, passou pelo filho, como se estivesse sozinho, e subiu os degraus da varanda.

– Eu vou com eles até Hillsboro – disse, baixinho, a Hiram Crombie. – Deixe que os dois sejam levados, se quiser... mas eu vou com eles, como garantia de que nenhum mal maior seja cometido. A justiça, se for de alguém, sem dúvida é minha.

Brown pareceu muito surpreso com a declaração; estava óbvio que não era o que tinha em mente. A multidão, porém, se revestiu de imediata compaixão, emitindo murmúrios de concordância com a solução proposta. Todos sentiam grande compaixão e respeito por Tom Christie na esteira do assassinato da filha, e o sentimento geral era de que aquele era um gesto da mais grandiosa magnanimidade.

E era mesmo, visto que ele tinha, com toda certeza, acabado de salvar nossas vidas – pelo menos por enquanto. Pelo olhar de Jamie, ele teria sem dúvida preferido arriscar-se a matar Richard Brown, mas percebeu que a cavalo dado não se olham os dentes, e aquiesceu, o mais graciosamente possível, com um aceno de cabeça.

Christie me observou por um instante, então voltou o olhar para Jamie.

– Se for da sua conveniência, sr. Fraser, talvez possamos partir de manhã? Não há motivo para que o senhor e a sua esposa não descansem na própria cama.

Jamie inclinou a cabeça em uma mesura.

– Obrigado, senhor – respondeu, num tom formal.

Christie retribuiu a mesura, então virou-se e desceu os degraus, ignorando por completo Richard Brown, que parecia ao mesmo tempo irritado e confuso.

Eu vi Kenny Lindsay fechar os olhos, os ombros caídos de alívio. Então Jamie pôs a mão sob o meu cotovelo e demos meia-volta, entrando em casa para o que poderia ser nossa última noite sob aquele teto.

88

NO RASTRO DE UM ESCÂNDALO

A chuva que havia ameaçado cair despencou durante a noite, e o dia amanheceu cinzento, frio e úmido. A sra. Bug estava num estado similar, fungando no avental e repetindo, sem cessar:

– Ah, se pelo menos Arch estivesse aqui! Mas eu não achei ninguém além de Kenny Lindsay, e quando ele correu para encontrar MacNeill e Abernathy...

– Não se aborreça com isso, *a leannan* – disse Jamie, com um beijo afetuoso em sua testa. – Talvez seja para o melhor. Ninguém ficou ferido, a casa ainda está de pé... – Ele lançou um olhar melancólico para as vigas do teto, cada uma moldada por suas próprias mãos. – E pode ser que consigamos resolver essa maldita história em breve, se Deus quiser.

– Se Deus quiser – repetiu ela com fervor, fazendo o sinal da cruz. Deu uma fungada e limpou os olhos. – Embrulhei um tantinho de comida, para que não passem fome no caminho, senhor.

Richard Brown e seus homens haviam se abrigado sob as árvores da melhor forma possível; ninguém lhes oferecera hospitalidade, o que era a prova mais incriminadora possível de sua impopularidade, dado o padrão das Terras Altas em relação a tais questões. Era também uma clara indicação de nossa impopularidade que Brown tivesse obtido permissão de nos levar sob custódia.

Como consequência, os homens de Brown estavam encharcados, famintos, insones e mal-humorados. Eu também não havia dormido, mas pelo menos estava de barriga cheia, quentinha e – por enquanto – seca, o que me deixava um pouco melhor, embora meu coração estivesse oco, e meus ossos, pesados como chumbo ao chegarmos ao topo da trilha. Olhei para trás, para a clareira da casa, e vi a sra. Bug de pé acenando na varanda. Acenei de volta, e meu cavalo adentrou a escuridão das árvores gotejantes.

Foi uma viagem sombria, e na maior parte silenciosa. Jamie e eu cavalgamos um ao lado do outro, mas não conseguíamos falar sobre nada importante, frente aos ouvidos dos homens de Richard Brown. O próprio Brown, por sua vez, estava bastante desconcertado.

Ficara muito claro que ele jamais pretendera me levar a lugar algum para ser julgada, mas simplesmente aproveitara o pretexto para se vingar de Jamie pela morte de Lionel – e sabia Deus o que ele teria feito, refleti, se soubesse o que havia realmente acontecido a seu irmão, com a sra. Bug ali tão perto. Na companhia de Tom Christie, porém, ele nada podia fazer; era obrigado a nos levar a Hillsboro, o que fazia de muita má vontade.

Tom Christie cavalgava como se estivesse num sonho – ou melhor, num pesadelo –, a cara fechada e pensativa, sem falar com ninguém.

O homem que Jamie retalhara não estava entre nós; supus que tivesse ido para casa, em Brownsville. O cavalheiro em quem eu atirara, no entanto, ainda estava conosco.

Eu não sabia qual era o estado do ferimento, nem se a bala o havia acertado ou só pegado de raspão. Ele não estava incapacitado, mas, pela forma como coxeava para o lado, contorcendo o rosto de vez em quando, estava claro que sentia dor.

Hesitei por um tempo. Havia levado um pequeno estojo médico, bem como alforjes e um saco de dormir. Dadas as circunstâncias, sentia muito pouca compaixão pelo homem. Por outro lado, meu instinto era forte – e, como eu dissera a Jamie bem baixinho ao pararmos para acampar durante a noite, não ajudaria em nada se o sujeito morresse de infecção.

Eu me fortaleci para fazer a oferta de examinar e cuidar da ferida, tão logo surgisse a oportunidade. O homem – que parecia chamar-se Ezra, embora diante das circunstâncias nenhuma apresentação formal tivesse sido feita – estava encarregado de distribuir tigelas de comida para o jantar, e eu aguardei sob o pinheiro onde Jamie e eu havíamos nos abrigado, pretendendo abordá-lo com delicadeza quando ele viesse nos trazer a comida.

Ele chegou, uma tigela em cada mão, os ombros caídos sob um casaco de couro debaixo da chuva. Antes que eu pudesse falar, porém, o homem abriu um sorriso nojento, deu uma bela cusparada numa das tigelas e me entregou. A outra ele largou aos pés de Jamie, sujando suas pernas de cozido de cervo ressecado.

– Ops – disse, num tom doce, e deu meia-volta.

Jamie se contraiu, feito uma serpente se enroscando, mas segurei seu braço antes que ele pudesse atacar.

– Deixa para lá – falei, e, erguendo um pouquinho a voz, concluí: – Ele que apodreça.

O homem virou a cabeça, de olhos arregalados.

– Ele que apodreça – repeti, encarando-o.

Eu vira o rubor de febre em seu rosto quando ele se aproximara, e sentira o cheiro fraco e doce de pus.

Ezra pareceu se desconcertar por completo. Correu de volta à fogueira faiscante, recusando-se a olhar na minha direção.

Eu ainda segurava a tigela que ele havia me entregado, e fiquei surpresa ao tê-la arrancada das mãos. Tom Christie jogou o conteúdo num arbusto, entregou-me a sua e deu meia-volta, sem dizer nada.

– Mas... – comecei a dizer, pretendendo entregá-la de volta.

Não passaríamos fome, graças ao "tantinho de comida" da sra. Bug, que preenchia um alforje inteiro. A mão de Jamie em meu braço, no entanto, me refreou.

– Coma, Sassenach – disse ele, baixinho. – Foi com boa intenção.

Mais que boa, pensei. Eu estava ciente dos olhares hostis em minha direção, vindos do grupo ao redor do fogo. Sentia a garganta apertada e estava sem apetite, mas tirei a colher do bolso e comi.

Debaixo de uma cicuta próxima, Tom Christie havia se enroscado num cobertor e deitado sozinho, cobrindo o rosto com o chapéu.

Choveu durante todo o trajeto até Salisbury. Encontramos abrigo numa estalagem por lá, e poucas vezes na vida uma lareira foi tão bem-vinda. Jamie havia trazido o dinheiro que possuíamos, e com isso pudemos pagar um quarto. Brown montou guarda na escada, mas foi só para fazer teatro; afinal de contas, aonde iríamos?

Eu parei diante do fogo, de camisola, o manto molhado e o vestido estendidos sobre um banco para secar.

– Sabe – observei –, Richard Brown nem de longe imaginou isso. – O que não era nenhuma surpresa, visto que ele de fato não pretendia me levar, nem a nós dois, a julgamento algum. – A quem exatamente ele pretende nos entregar?

– Ao xerife do condado – respondeu Jamie, desfazendo a trança do cabelo, sacudindo-o defronte à lareira e fazendo o fogo chiar com as gotinhas d'água que caíam. – Ou talvez, se não conseguir isso, a um juiz de paz.

– Sim, mas e depois? Ele não tem nenhuma prova... nem testemunha. Como pode haver qualquer coisa que pareça um julgamento?

Jamie me encarou, curioso.

– Você nunca foi julgada por nada, não é, Sassenach?

– Você sabe que não.

Ele assentiu.

– Eu já. Por traição.

– Foi? E o que aconteceu?

Ele correu a mão pelo cabelo úmido, refletindo.

– Eles me obrigaram a ficar de pé e perguntaram meu nome. Eu respondi, o juiz cochichou um pouco com o amigo e disse: "Condenado. Prisão perpétua. Algememno." Então me levaram para o pátio e mandaram um ferreiro martelar algemas nos meus pulsos. No dia seguinte começamos a caminhar até Ardsmuir.

– Eles fizeram você *andar* até lá? Desde Inverness?

– Eu não estava com muita pressa, Sassenach.

Respirei fundo, tentando refrear a sensação de afundamento no estômago.

– Entendo. Mas... bom... sem dúvida... um ass-assassinato... – Eu quase podia dizer a palavra sem gaguejar, mas não ainda, por enquanto. – Não seria o caso para um julgamento pelo tribunal do júri?

– Sim, e eu com certeza vou insistir nisso... se as coisas chegarem a esse ponto. O sr. Brown parece pensar que sim; está espalhando a história na taberna e nos pintando como monstros depravados. O que, devo dizer, não é nenhuma grande façanha – acrescentou ele, num tom melancólico –, dadas as circunstâncias.

Apertei os lábios com força, para evitar uma resposta apressada. Eu sabia que ele sabia que eu não tivera opção – ele sabia que eu sabia que ele não tivera nada a ver com Malva, para início de conversa –, mas não conseguia evitar uma explosão de culpa pela confusão desesperada na qual nos encontrávamos. Tanto pelo que acontecera em seguida quanto pela morte de Malva em si – embora Deus soubesse que eu daria tudo para vê-la viva outra vez.

Ele tinha razão em relação a Brown, percebi. Fria e molhada, eu prestara pouca atenção aos sons vindos da taberna abaixo, mas podia ouvir a voz de Brown subindo pela chaminé; pelas palavras aleatórias que chegavam até nós, parecia que ele estava

911

fazendo exatamente o que Jamie dissera – denegrindo nosso caráter, inventando que ele e seu Comitê de Segurança haviam assumido a ignóbil, porém necessária tarefa de nos apreender e levar à justiça. E, por coincidência, influenciava assim quaisquer integrantes de um potencial júri, garantindo que a história se espalhasse com todos os detalhes escandalosos.

– Existe algo a fazer? – perguntei, com o estômago já saturado de ouvir aquelas bobagens.

Ele assentiu e puxou uma camisa limpa do alforje.

– Descer para jantar e parecer o mínimo possível com assassinos depravados, *a nighean*.

– Certo – respondi, e com um sussurro peguei o chapéu que havia levado, enfeitado com uma fita.

Eu não devia ter me surpreendido. Vivera tempo suficiente para ser muito realista acerca da natureza humana – e vivera tempo suficiente naquela época para saber que a opinião pública se expressava de forma direta. Mesmo assim, fiquei chocada ao sentir a primeira pedra me acertar na coxa.

Estávamos a certa distância ao sul de Hillsboro. O tempo seguia úmido, as estradas, enlameadas, e a viagem era difícil. Creio que Richard Brown teria ficado satisfeito em nos entregar ao xerife do condado de Rowan, se o sujeito estivesse disponível. O gabinete, segundo lhe fora informado, encontrava-se vazio, tendo o último ocupante fugido às pressas no meio da noite, e ainda não havia ninguém disposto a substituí-lo.

Questão de política, concluí, sendo o último xerife inclinado à independência enquanto a maior parte do condado ainda era fortemente legalista. Eu desconhecia os detalhes do incidente que suscitara a apressada partida do xerife, mas as tabernas e estalagens próximas a Hillsboro fervilhavam de comentários a respeito.

A Corte Intermediária havia deixado de se reunir alguns meses antes, Brown fora informado, pois os juízes que a presidiam sentiam ser perigoso demais dar as caras frente ao inconstante estado das coisas. O único juiz de paz que ele conseguiu encontrar compartilhava da mesma sensação e declinou sem pestanejar a tomada de nossa custódia, informando a Brown que sua vida valia mais que qualquer envolvimento em questões controversas, ainda que minimamente.

– Mas não tem nada a ver com política! – gritara Brown, frustrado. – É assassinato, pelo amor de Deus... assassinato hediondo!

– Tudo e qualquer coisa é política hoje em dia, senhor – informou com tristeza o juiz de paz, um tal Harvey Mickelgrass, balançando a cabeça. – Eu não deveria me arriscar a presidir nem um caso de bebedeira e desordem, por medo de ter minha casa destruída e minha mulher transformada em viúva. O xerife tentou vender a função, mas não encontrou ninguém disposto a comprar. Não, senhor... o senhor vai ter que ir a outro lugar.

Brown de forma alguma nos levaria a Cross Creek ou a Campbelton, onde a influência de Jocasta Cameron era forte e o juiz local era seu amigo Farquard Campbell. Sendo assim, rumamos para o sul, em direção a Wilmington.

Os homens de Brown não eram instruídos; esperavam um simples linchamento, uma casa incendiada, talvez um breve saque... não aquela longa e tediosa caminhada de um lugar a outro. E perderam ainda mais o vigor quando Ezra, agarrado ao cavalo em um intratável torpor de febre, caiu subitamente no meio da estrada e foi erguido morto.

Não pedi para examinar o corpo – de todo modo não me teria sido permitido –, mas imaginei, por seu olhar relaxado, que ele tivesse apenas perdido a consciência, desabado e quebrado o pescoço.

Na esteira dessa ocorrência, porém, muitos dos outros homens começaram a me encarar com declarado medo, perdendo visivelmente o entusiasmo pela aventura.

Richard Brown não se acovardou; teria, com certeza, atirado em nós sem misericórdia muito tempo antes, não fosse por Tom Christie, quieto e sombrio feito a névoa da manhã nas estradas. Ele falava pouco, o estritamente necessário. Eu o teria considerado um autômato, em meio à névoa de dormência do luto, se não tivesse me virado certa noite enquanto acampávamos perto da estrada e visto o homem me encarando, com um olhar de tamanha angústia que rapidamente desviei os olhos, apenas para ver Jamie, deitado a meu lado, observando Tom com a expressão pensativa.

De modo geral, no entanto, ele mantinha a expressão impassível – até onde era possível ver, por sob a sombra de seu chapéu de couro caído. E Richard Brown, impedido pela presença de Christie de nos machucar às claras, aproveitava todas as oportunidades para espalhar sua versão do assassinato de Malva – talvez tanto para atormentar Tom Christie com o incessante relato quanto pelo efeito sobre a nossa reputação.

De todo modo, eu não deveria ter me surpreendido quando fomos apedrejados, num pequeno vilarejo sem nome a sul de Hillsboro – mas me surpreendi. Um garoto nos vira na estrada, observara a nossa passagem e desaparecera feito uma raposa, descendo para espalhar a notícia. Então, dez minutos depois, dobramos uma curva e fomos recebidos por uma fuzilaria de pedras e gritos.

Uma delas atingiu o ombro de minha égua, que se encolheu violentamente. Por muito pouco consegui permanecer sentada, mas perdi o equilíbrio; outra me acertou na coxa, e uma terceira no peito, me deixando sem ar. Quando uma nova pedra acertou dolorosamente a minha cabeça, acabei soltando as rédeas; o cavalo, em pânico, deu um salto e rodopiou. Voei para longe, aterrissando no chão com um baque de sacudir os ossos.

Eu devia ter ficado aterrorizada; a bem da verdade, fiquei furiosa. A pedra que me acertara na cabeça havia ricocheteado – graças ao meu cabelo e à touca que usava

–, mas como a ferroada enfurecida de um tapa ou beliscão, em vez de um verdadeiro impacto. Pus-me de pé por reflexo, cambaleante, mas avistei um garoto zombeteiro na margem acima de mim, assobiando e dançando, triunfal. Com um bote, segurei-o pelo pé e dei um tranco.

Ele ganiu e caiu por cima de mim. Desabamos no chão juntos, rolando num emaranhado de saias e capa. Eu era mais velha, mais pesada e estava totalmente incontrolável. Todo o medo, sofrimento e incerteza das semanas anteriores ebuliram no mesmo instante, e desferi um soco na cara debochada do garoto, com toda a força que pude. Senti algo quebrar em minha mão, e a dor subiu pelo meu braço.

Ele gritou e se contorceu, tentando fugir – era menor do que eu, mas o pânico o fortalecia. Lutei para mantê-lo preso, puxei-o pelo cabelo. Ele me acertou, debatendo-se, arrancou minha touca, agarrou meu cabelo com uma das mãos e puxou com força.

A dor reacendeu minha fúria, e acertei um joelho nele, em algum lugar aleatório, de novo, e de novo, buscando cegamente suas partes baixas. Ele abriu a boca num "O" sem som e arregalou os olhos; relaxou os dedos, soltando meu cabelo, e eu subi nele e o esbofeteei com toda a força.

Uma grande pedra acertou meu ombro com um golpe anestesiante, e fui jogada de lado pelo impacto. Tentei bater no garoto outra vez, mas não consegui erguer o braço. Arquejando e soluçando, ele se desvencilhou de mim e seguiu cambaleando de quatro, o nariz sangrando. Virei-me para acompanhá-lo com o olhar e vi um jovem, o rosto atento e inflamado de empolgação, uma pedra a postos.

Fui golpeada na bochecha e cambaleei, com a visão turva. Então algo muito grande me acertou por trás, e eu me vi caída, com a cara comprimida no chão e o peso de um corpo por sobre o meu. Era Jamie; eu soube pelo "Nossa Mãe" que ele soltou, resfolegante. Ele remexia o corpo enquanto era apedrejado; eu ouvia o baque assustador das pedras em sua carne.

A gritaria corria solta. Ouvi a voz rouca de Tom Christie, então o disparo de um único tiro. Mais gritos, porém de uma voz diferente. Um ou dois baques suaves, pedras acertando a terra ali perto, e um último grunhido de Jamie, atingido por uma das pedras.

Permanecemos colados ao chão por alguns momentos, e vi-me ciente da incômoda planta espinhosa espremida sob meu rosto, cujas folhas exalavam um perfume pungente e amargo em meu nariz.

Jamie se sentou, devagar, sorvendo o ar com força, e eu me levantei por sobre um braço trêmulo, quase caindo. Meu rosto estava inchado, e minha mão e ombro latejavam, mas eu não tinha atenção a gastar com aquilo.

– Tudo bem? – perguntei.

Jamie tentou se levantar, mas caiu sentado de volta. Estava pálido, e um filete de sangue corria pela lateral de seu rosto, vindo de um corte no couro cabeludo, mas ele assentiu, com uma das mãos pressionada à lateral do corpo.

– Sim, tudo bem – respondeu, com uma falta de ar que me informou de prováveis costelas quebradas. – E você, Sassenach?

– Estou bem.

Consegui me levantar, trêmula. Os homens de Brown estavam espalhados, alguns perseguindo os cavalos que haviam escapado durante a confusão, outros praguejando, reunindo pertences espalhados pela estrada. Tom Christie vomitava junto a um arbusto. Richard Brown jazia sob uma árvore, observando, o rosto branco. Lançou-me um olhar penetrante, então desviou o rosto.

Não paramos em mais nenhuma taberna no caminho.

89

UM VOO AO LUAR

– Quando for bater em alguém, Sassenach, tem que acertar as partes baixas. No rosto há muitos ossos. E também é preciso tomar cuidado com os dentes.

Jamie espalmou os dedos dela, apertando delicadamente as juntas raladas e inchadas, e soltou o ar com um chiado por entre os dentes.

– Muito obrigada pelo conselho. E você quebrou a mão *quantas* vezes, socando os outros?

Ele quis rir; a visão dela massacrando aquele garotinho numa fúria frenética, de cabelos ao vento e sangue nos olhos, era uma cena que guardaria como um tesouro. Contudo, não riu.

– Sua mão não está quebrada, *a nighean*.

Ele enroscou os dedos dela, cobrindo seu punho solto com as duas mãos em concha.

– E como é que você sabe? – vociferou ela. – A médica aqui sou *eu*.

Ele parou de tentar esconder o sorriso.

– Se estivesse quebrada, você estaria pálida e vomitando, não corada e nervosinha.

– Nervosinha, uma ova!

Ela puxou a mão, cravando os olhos nele enquanto a aninhava contra o peito. De fato exibia apenas um rubor leve, e mais atraente, com uma massa selvagem de cabelos emoldurando a cabeça. Um dos homens de Brown havia resgatado sua touca, caída durante o ataque, e timidamente entregara a ela. Enfurecida, ela pegara a touca e enfiara num alforje.

– Está com fome, moça?

– Estou – admitiu ela, de má vontade, sabendo tanto quanto ele que pessoas com ossos quebrados costumavam ter pouco apetite, ainda que comessem avidamente tão logo a dor cedesse um pouco.

Jamie revirou o alforje, abençoando a sra. Bug enquanto apanhava um punhado de damascos secos e um grande naco de queijo de cabra embrulhado. Os homens de Brown cozinhavam algo na fogueira, mas desde a primeira noite ele e Claire não haviam tocado nenhuma comida que não a deles próprios.

Por quanto tempo mais aquela farsa se estenderia?, perguntou-se ele, quebrando um pedaço de queijo e entregando-o à esposa. Com parcimônia, eles talvez tivessem comida por uma semana. Tempo suficiente, talvez, para chegar à costa, com tempo bom. E depois?

Estivera claro para ele desde o início que Brown não tinha planos, que tentava lidar com uma situação que escapara a seu controle desde o primeiro instante. Brown era ambicioso, ganancioso e muito vingativo, mas quase desprovido de capacidade de premeditação, isso estava bem claro.

Agora lá estava ele, atrelado aos dois, forçado a viajar sem parar, a indesejada responsabilidade se arrastando feito um sapato velho amarrado ao rabo de um cachorro. E era Brown o cachorro estorvante, que rosnava e girava em círculos, mordendo o que o atrapalhava e consequentemente abocanhando o próprio rabo. Metade de seus homens haviam sido feridos pelas pedras atiradas. Jamie, pensativo, tocou um grande e dolorido hematoma na ponta do cotovelo.

Ele mesmo não tivera escolha; agora Brown também não tinha. Seus homens estavam ficando irrequietos; tinham plantações a cultivar e não haviam negociado pelo que agora deviam enxergar como uma tarefa inútil.

Seria simples fugir sozinho. Mas e depois? Ele não podia deixar Claire nas mãos de Brown, e, mesmo que conseguisse escapar com ela em segurança, não poderiam retornar à Cordilheira, diante das circunstâncias; isso os levaria direto de volta ao caldeirão.

Ele suspirou, prendeu a respiração e soltou o ar com cautela. Não achara que as costelas estivessem quebradas, mas deviam estar.

– Você teria um pouco de unguento? – indagou, inclinando a cabeça para o estojo de apetrechos médicos.

– Tenho, claro. – Ela engoliu o naco de queijo e estendeu a mão para apanhar o estojo. – Vou botar um pouco nesse corte na sua mão.

Ele deixou que Claire o tratasse, mas insistiu para ela também passar o unguento na própria mão. Ela se opôs, insistindo que estava muito bem, que não precisava daquilo, que eles deviam guardar o unguento para o caso de precisarem no futuro... mas por fim deixou que ele tomasse a sua mão e passasse o creme de cheiro doce em suas juntas, os pequeninos e finos ossos de sua mão duros sobre os dedos dele.

Ela odiava se sentir indefesa, da forma que fosse – mas a armadura de fúria justificada estava arrefecendo, e, por mais que ela mantivesse o semblante feroz para Brown e os outros, Jamie sabia que ela estava com medo. E não sem razão.

Brown estava incomodado, incapaz de se acalmar. Circulava de um lado a outro, conversava a esmo com um homem e outro, verificava desnecessariamente os cavalos presos, servia uma caneca de café de chicória e segurava sem beber até esfriar, então atirava nas ervas. Durante todo o tempo encarava os dois, de olhar inquieto.

Brown era ligeiro, impetuoso e ignorante. Não era totalmente burro, pensava Jamie. E sem dúvida percebera que sua estratégia de espalhar boataria e escândalos sobre seus prisioneiros de modo a pô-los em perigo possuía falhas muito graves, enquanto ele próprio fosse obrigado a manter proximidade de tais prisioneiros.

Ao término da refeição frugal, Jamie se deitou, com cautela, e Claire se enroscou nele de conchinha, buscando conforto.

Lutar era um negócio exaustivo, e sentir medo também; ela adormeceu em poucos instantes. Jamie sentiu a força do sono, mas não se entregou de imediato. Em vez disso, ocupou-se de recitar alguns poemas que Brianna lhe contara – ele gostava bastante do que falava sobre o prateiro de Boston, cavalgando para disparar o alerta até Lexington, que considerava uma bela obra.

O grupo começava a se preparar para a noite. Brown ainda estava irrequieto, sentado e encarando o chão com ar soturno, então levantou-se de um salto e pôs-se a caminhar de um lado a outro. Por contraste, Christie mal se mexia, embora não fizesse menção de ir dormir. Estava sentado numa pedra, o jantar intocado.

Houve um lampejo de movimento perto da bota de Christie; um diminuto ratinho, ensaiando um ataque em direção ao prato largado que jazia no chão, repleto de recompensas.

Ocorrera a Jamie uns dias antes, da forma vaga com que alguém reconhece um fato já sabido no inconsciente há algum tempo, que Tom Christie estava apaixonado pela sua esposa.

Coitado, pensou. Estava claro que Christie não acreditava em qualquer relação de Claire com a morte de sua filha; se acreditasse, não estaria ali. No entanto, será que pensava que ele...

Jamie permaneceu deitado na escuridão, observando o fogo brincar com as feições emaciadas de Christie, os olhos meio encobertos pelo capuz, sem dar pista de seus pensamentos. Havia homens que podiam ser decifrados como livros; Tom Christie não era um deles. No entanto, se ele algum dia vira um homem ser comido vivo diante de seus olhos...

Seria apenas o destino da filha... ou também a necessidade desesperada de uma mulher? Ele tinha visto aquela necessidade antes, aquele tormento da alma, e conhecia tudo aquilo pessoalmente. Ou *estaria* Christie pensando que Claire matara a pequena Malva ou estava de alguma forma envolvida? Isso seria um dilema para um homem honrado.

A necessidade de uma mulher... o pensamento o trouxe de volta ao momento, e à consciência de que os sons da mata para os quais apurara os ouvidos agora estavam ali. Ele passara dois dias sabendo que o grupo estava sendo seguido, mas na noite anterior eles haviam acampado em campo aberto, sem qualquer proteção.

Movendo-se devagar, mas sem tentar ser furtivo, ele se levantou, cobriu Claire com o manto e adentrou a mata, tal e qual alguém que cumpre um chamado da natureza.

A lua estava clara e curva, e havia pouca luz sob as árvores. Ele fechou os olhos para amortecer a sombra do fogo e abriu-os de novo no mundo escuro, aquele lugar de formas que careciam de dimensão e de ar tomado de espíritos.

Não foi um espírito, contudo, que irrompeu de trás do borrão de um pinheiro.

– Que Miguel abençoado nos defenda – disse ele, baixinho.

– Que a abençoada legião de anjos e arcanjos esteja consigo, tio – respondeu Ian, no mesmo tom suave. – Embora eu ache que alguns tronos e dominações também viriam muito a calhar.

– Bom, eu não me oporia se a Intervenção Divina resolvesse dar uma mãozinha – disse Jamie, incrivelmente encorajado pela presença do sobrinho. – Decerto não imagino outra forma de escapar dessa enrascada imbecil.

Ao ouvir isso, Ian grunhiu; Jamie viu o sobrinho virar a cabeça e observar o brilho tênue do acampamento. Sem debate, os dois adentraram a mata.

– Não posso me ausentar por muito tempo sem que venham atrás de mim – disse Jamie. – Primeiro de tudo... está tudo bem na Cordilheira?

Ian ergueu um ombro.

– Há um falatório – respondeu, num tom de voz que indicava que "falatório" englobava tudo, desde fofoca de esposas velhas até o tipo de insulto que deveria ser resolvido na violência. – Mas ninguém matou ninguém. O que é que eu faço, tio?

– Richard Brown. Ele está pensando, e sabe lá Deus onde *isso* vai dar.

– *Ele pensa demais; homens assim são perigosos* – respondeu Ian, então riu.

Jamie, que jamais vira o sobrinho ler um livro de bom grado, lançou-lhe um olhar incrédulo, mas dispensou as perguntas em nome das preocupações mais prementes do momento.

– Pois ele é mesmo – disse Jamie, secamente. – Andou espalhando a história em tabernas e estalagens durante o caminho... imagino que na esperança de incitar a indignação pública a ponto de algum pobre policial idiota se sentir pressionado a nos capturar, ou, melhor ainda, de uma turba se sentir compelida a nos atacar e enforcar com as próprias mãos, resolvendo os problemas dele.

– Ah, é? Bom, se era isso que ele tinha em mente, tio, está funcionando. O senhor não faz ideia das coisas que andei ouvindo no caminho até aqui.

– Eu sei.

Jamie se espichou delicadamente, aliviando as costelas doloridas. Fora apenas a misericórdia de Deus que impedira coisa pior – isso e a fúria de Claire, que interrompera o ataque, visto que todos pararam para assistir ao chamativo espetáculo no qual ela investira contra o agressor como se fosse uma trouxa de linho.

– Ele acabou descobrindo, no entanto, que, quando se pretende cravar um alvo em alguém, convém afastar-se sabiamente depois. Ele está pensando, como eu disse. Se deve se afastar, ou mandar alguém...

– Eu vou segui-los, sim, e ver o que fazer.

Jamie sentiu, mais do que viu, o aceno de cabeça de Ian; estavam em meio a sombras negras, o fraco nevoeiro do luar tomando o espaço entre as árvores. O rapaz se mexeu, como se fosse embora, mas hesitou.

– Tem certeza, tio, de que não seria melhor esperar um pouco, depois fugir? Não há mata alta por perto, mas as colinas próximas fornecem boa cobertura; poderíamos estar escondidos em segurança ao amanhecer.

Era uma grande tentação. Ele sentia a atração da floresta escura e selvagem, e acima de tudo a sedução da liberdade. Se pudesse apenas caminhar até a mata verde e ficar ali... mas ele balançou a cabeça.

– Não daria certo, Ian – respondeu, embora em claro tom de pesar. – Seríamos fugitivos... e sem dúvida botariam um preço por nossas cabeças. Com o campo já em polvorosa contra nós... ataques verbais, anúncios postados? A opinião pública prontamente faria o trabalho de Brown. Além do mais, fugir seria quase uma confissão de culpa.

Ian suspirou, mas assentiu.

– Pois bem, então – disse.

Deu um passo à frente e abraçou Jamie, apertando-o com força por um instante, então desapareceu.

Jamie soltou um suspiro longo e hesitante, frente à dor das costelas feridas.

– Vá com Deus, Ian – disse à escuridão, então deu meia-volta.

Ao tornar a se deitar junto à esposa, o acampamento estava em silêncio. Os homens jaziam feito troncos, enrolados nas cobertas. Duas figuras, no entanto, permaneciam diante das brasas do fogo que morria: Richard Brown e Thomas Christie, cada qual sozinho com seus pensamentos.

Seria melhor acordar Claire, contar a ela? Ele refletiu por um instante, a bochecha contra o calor suave dos cabelos da esposa, e com relutância decidiu que não. Seria um tanto encorajador para ela saber da presença de Ian... mas ele não arriscaria levantar as suspeitas de Brown; se Brown percebesse, por qualquer mudança no humor ou no rosto de Claire, que algo havia acontecido... não, melhor não. Pelo menos por enquanto.

Ele correu o olhar pelo chão até os pés de Christie e viu um fraco e pálido movimento no escuro; o rato havia trazido amigos para compartilhar o banquete.

90

QUARENTA E SEIS FEIJÕES DE VANTAGEM

Ao amanhecer, Richard Brown havia desaparecido. Os outros homens estavam soturnos, porém resignados, e sob o comando de um sujeitinho atarracado e carrancudo de nome Oakes retomamos nossa jornada rumo ao sul.

Algo havia mudado à noite; Jamie perdera um pouco da tensão que exibia desde a nossa partida da Cordilheira. Rígida, dolorida e desalentada como estava, encontrei certo conforto nessa mudança, embora me perguntasse o que a teria causado. Seria a mesma coisa que levara Richard Brown a abandonar sua misteriosa tarefa?

Jamie, no entanto, nada falava além das perguntas que fazia sobre a minha mão – que estava sensível e tão dura que eu não podia flexionar todos os dedos de uma só vez. Ele continuou de olho vivo em nossas companhias, mas a diminuição da tensão também os tinha afetado; comecei a perder o medo de que pudessem de súbito perder a paciência e nos enforcar, a despeito da séria presença de Tom Christie.

Como se de acordo com aquela atmosfera mais relaxada, o tempo clareou de repente, o que deixou todos mais animados. Seria certo exagero dizer que houve qualquer senso de reconciliação, mas sem a constante malevolência de Richard Brown os outros pelo menos se tornaram um pouco mais civilizados. E, como sempre acontecia, o tédio e as dificuldades da viagem esgotavam a todos, de modo que descemos as estradas sulcadas feito um bando de bolinhas de gude, ocasionalmente quicando uns contra os outros, empoeirados, silenciosos e unidos pela exaustão, ainda que por nada mais, ao fim de cada dia.

Esse estado neutro de coisas mudou de súbito em Brunswick. Por um ou dois dias Oakes claramente estivera antecipando alguma coisa, e, quando chegamos às primeiras casas, pude vê-lo começar a suspirar de alívio.

Não foi, portanto, nenhuma surpresa quando paramos para nos refrescar numa taberna à beira do minúsculo assentamento semiabandonado e encontramos Richard Brown à nossa espera. Mas *foi* uma surpresa quando, com apenas uma palavra de Brown, Oakes e dois outros homens de repente agarraram Jamie, derrubando a caneca de água da sua mão e empurrando-o com força contra a parede do edifício.

Baixei minha caneca e parti para cima deles, mas Richard Brown me agarrou pelo braço feito um tornilho e me arrastou em direção aos cavalos.

– Tire as mãos de mim! O que está fazendo? Tire as mãos de mim, já falei!

Dei um chute nele e consegui arranhar seu rosto perto dos olhos, mas ele me agarrou pelos punhos e gritou pela ajuda de um dos homens. Os dois me seguraram – eu ainda gritava com toda a força dos pulmões – e me puseram num cavalo em frente a outro dos homens de Brown. Irrompeu então uma série de berros da direção de Jamie e uma algazarra geral, enquanto algumas pessoas saíam da taberna para olhar. Ninguém, no entanto, parecia disposto a se meter com um grande grupo de homens armados.

Tom Christie gritava palavras de protesto; eu o vi socar as costas de um dos homens, sem sucesso. O sujeito atrás de mim me agarrou pelo tronco e deu um tranco forte, mandando longe o pouco fôlego que ainda me restava.

Então seguimos correndo pela estrada, com Brunswick – e Jamie – desaparecendo em meio à terra.

Minhas queixas, demandas e perguntas furiosas não suscitaram resposta, claro, além de uma ordem para que eu ficasse quieta, acompanhada de outro apertão de advertência no tronco pelo braço que me dominava.

Tremendo de fúria e terror, eu me acalmei, e naquele ponto vi que Tom Christie ainda estava conosco, parecendo chocado e perturbado.

– Tom! – gritei. – Tom, volte lá! Não deixe que eles o matem! Por favor!

Ele me encarou, surpreso, montou nos estribos e olhou para trás, em direção a Brunswick, então virou-se para Richard Brown e gritou qualquer coisa.

Brown balançou a cabeça, freou sua montaria para que Christie pudesse se aproximar, inclinou-se e bradou algo que poderia ser uma explicação. Christie claramente não gostava da situação, mas, depois de uma discussão inflamada, ele cedeu, com uma carranca, e retornou. Puxou a cabeça do cavalo para o lado e deu a volta para se aproximar de mim.

– Eles não vão matá-lo ou machucá-lo – disse, erguendo a voz para ser ouvido por sobre o estrondo de cascos e o clangor dos arreios. – Palavra de honra de Brown, ele falou.

– E você *acredita* nele, pelo amor de Deus?

Ele pareceu desconcertado ao ouvir aquilo, e tornou a olhar para Brown, que havia açoitado o cavalo para seguir em frente, depois para Brunswick. A indecisão estava clara em seu rosto, mas seus lábios se firmaram e ele balançou a cabeça.

– Vai ficar tudo bem – respondeu.

No entanto, não me encarou, e, apesar de minhas insistentes súplicas para que retornasse, e os impedisse, afrouxou o passo, distanciando-se, e não pude mais vê-lo.

Minha garganta estava ferida de tanto gritar, e meu estômago doía, contundido e apertado em um nó de medo. Nossa velocidade diminuíra tão logo deixamos Brunswick para trás, e concentrei-me em respirar; não diria nada até estar certa de conseguir me pronunciar sem ter a voz trêmula.

– Aonde estão me levando? – perguntei, por fim.

Permanecia sentada na sela, rígida, suportando uma indesejada intimidade com o homem atrás de mim.

– New Bern – respondeu ele, num tom de soturna satisfação. – E lá, graças a Deus, vamos enfim nos livrar de você.

A jornada até New Bern passou num borrão de medo, agitação e desconforto físico. Por mais que eu me perguntasse o que seria de mim, todas as especulações eram sufocadas por minha ansiedade em relação a Jamie.

Tom Christie era claramente minha única esperança de descobrir qualquer coisa, mas ele me evitava, mantendo distância – e eu achava *isso* tão alarmante quanto tudo o mais. Sua perturbação era evidente, até mais que desde a morte de Malva, mas ele já não trazia um olhar de sofrimento sombrio; encontrava-se ativo e agitado. Eu estava morrendo de medo de que ele soubesse ou suspeitasse da morte de Jamie, mas não quisesse admitir – nem a mim nem a si mesmo.

Era bastante óbvio que todos os homens compartilhavam do desejo de meu captor de se livrar de mim o quanto antes; fizemos apenas uma parada breve, quando foi absolutamente necessário que os cavalos descansassem. Ofereceram-me comida, mas não consegui comer. Quando chegamos a New Bern, eu estava totalmente drenada pela pura exaustão física da viagem, porém muito mais por conta da constante tensão da apreensão.

A maioria dos homens ficou em uma taberna nos arredores da cidade; Brown e um de seus comparsas me levaram pelas ruas, acompanhados de um silencioso Tom Christie, e por fim chegamos a um casarão de tijolos caiados. A casa, conforme Brown me informou com vigorosa satisfação, era do xerife Tolliver – e também a cadeia da cidade.

O xerife, um tipo bonito e de pele morena, me olhou com uma espécie de interessada especulação, misturada a uma crescente repulsa ao ouvir sobre o crime pelo qual eu era acusada. Não fiz qualquer tentativa de rebater, nem de me defender; meu foco na sala ia e vinha, e toda a minha atenção se concentrou em evitar que meus joelhos cedessem.

Mal ouvi a maior parte da conversa entre Brown e o xerife. Por fim, no entanto, logo antes de ser conduzida para os fundos, encontrei Tom Christie de súbito ao meu lado.

– Sra. Fraser... – sussurrou ele. – Acredite em mim, Jamie está a salvo. Eu não carregaria a morte dele na consciência... nem a sua. – Ele me olhava nos olhos pela primeira vez em... dias? Semanas? Achei a intensidade de seus olhos cinzentos desconcertante, mas também, por estranho que fosse, confortadora. – Confie em Deus. Ele livrará os justos de todos os perigos.

Então, com um súbito e inesperado aperto em minha mão, ele desapareceu.

Da maneira como eram as cadeias do século XVIII, poderia ter sido pior. A carceragem feminina consistia em um quartinho nos fundos da casa do xerife, que provavelmente fora concebido como uma espécie de depósito. As paredes eram toscamente caiadas, embora alguma antiga ocupante determinada a fugir tivesse arrancado um grande naco de gesso antes de descobrir que sob ele jazia uma camada de sarrafos, e, debaixo *disso*, uma impenetrável parede de tijolos de barro, que me confrontou no mesmo instante com sua imperturbável impenetrabilidade quando a porta foi aberta.

Não havia janela, mas um lampião a óleo ardia sobre uma prateleira junto à porta, lançando um débil círculo de luz que iluminava o assombroso pedaço de tijolo nu, mas deixava os cantos do quarto em sombra profunda. Eu não conseguia ver o balde para as necessidades noturnas, mas sabia que havia um; o odor pungente, forte e acre me açoitava o nariz, e eu no mesmo instante comecei a respirar pela boca enquanto o xerife me empurrava cela adentro.

A porta se fechou com firmeza atrás de mim, e uma chave foi girada na fechadura.

Havia um único e pequeno estrado na penumbra, ocupado por um calombo grande sob um cobertor surrado. Passou-se algum tempo, mas enfim o calombo se remexeu e se sentou, revelando-se uma mulher pequenina e roliça, sem touca e desgrenhada de sono, que se sentou piscando os olhos para mim feito um ratinho.

– Ermp – disse, e esfregou os olhos com os punhos, feito uma criancinha.

– Desculpe o incômodo – falei, educadamente.

Meu coração havia relaxado um pouco, embora eu ainda estivesse trêmula e sem fôlego. Espalmei as mãos sobre a porta para que parassem de tremer.

– Não tem problema – disse ela, e abriu um bocejo, feito um hipopótamo, revelando um conjunto de molares gastos, porém funcionais.

Piscando e estalando os lábios, absorta, ela estendeu a mão atrás do corpo, puxou um par de óculos surrados e acomodou-os com firmeza sobre o nariz.

Tinha os olhos azuis e enormes de curiosidade, imensamente aumentados pelas lentes.

– Qual é o seu nome? – perguntou ela.

– Claire Fraser – respondi, observando-a com olhos semicerrados, para o caso de ela também já ter ouvido a respeito do meu suposto crime.

O hematoma sobre meu seio direito, deixado pela pedra que me acertara, ainda era visível, e começava a amarelar por sob o canto do vestido.

– É? – Ela apertou os olhos, como se tentasse me localizar, mas evidentemente não conseguiu, pois deu de ombros e abandonou o esforço. – Tem dinheiro?

– Um pouco.

Jamie havia me forçado a levar quase todo o dinheiro... não era muito, mas havia um pesinho em moedas no fundo de cada bolso em torno de minha cintura, e algumas notas enfiadas no espartilho.

A mulher era bem mais baixa que eu, gorducha, com seios grandes e caídos e várias dobrinhas confortáveis enrugando o tronco; estava de camisola, com vestido e espartilho pendurados num prego na parede. Parecia inofensiva, e voltei a respirar com mais facilidade, começando a me dar conta de que estava a salvo, pelo menos naquele momento, já longe do perigo de sofrer violências súbitas e aleatórias.

A outra prisioneira não fez nenhum movimento ofensivo em direção a mim, mas desceu da cama, os pés descalços batendo de leve no que eu então percebi ser uma camada de palha mofada coberta por um tapete.

– Bom, chame a velha e mande buscar um genebra, então, sim? – sugeriu ela com alegria.

– A... quem?

Em vez de responder, ela se arrastou até a porta, deu uma pancada e gritou:

– Sra. Tolliver! Sra. Tolliver!

A porta se abriu quase imediatamente, revelando uma mulher alta e magra, que parecia uma cegonha irritada.

– Realmente, sra. Ferguson – disse ela. – Não existe perturbação pior do que a senhora. De todo modo, eu estava vindo prestar meu apreço à sra. Fraser. – Ela deu as costas à sra. Ferguson com uma dignidade magistral e inclinou um tantinho a cabeça em direção a mim. – Sra. Fraser. Eu sou a sra. Tolliver.

Tive uma fração de segundo para decidir como reagir, e escolhi o prudente – embora irritante – caminho da submissão refinada, curvando-me em uma mesura como se ela fosse a esposa do governador.

– Sra. Tolliver – murmurei, tomando o cuidado de não olhá-la nos olhos. – Que gentileza a sua.

Ela se revirou, de olhar penetrante, feito uma ave avistando o furtivo avanço de um verme na grama – mas eu tinha agora o firme controle de minhas feições, e ela relaxou, sem detectar sarcasmo.

– Seja bem-vinda – disse ela, com fria cortesia. – Estou aqui para garantir seu bem-estar e apresentá-la aos nossos hábitos. A senhora receberá uma refeição por dia, a menos que deseje pedir mais à hospedaria... a seu próprio custo. Eu lhe trarei uma bacia para se lavar todos os dias. A senhora deve despejar a sua própria lavadura. E...

– Ah, para o diabo com os seus hábitos, Maisie – disse a sra. Ferguson, interrompendo o discurso da sra. Tolliver com a presunção confortável de uma velha conhecida. – Ela tem dinheiro. Seja uma boa menina e arrume uma garrafa de genebra, então, se precisar, pode dar as suas instruções a ela.

A sra. Tolliver contraiu o rosto estreito em desaprovação, mas revirou os olhos para mim, brilhantes à luz fraca do lampião. Arrisquei um gesto hesitante para o bolso, e ela mordeu o lábio inferior. Olhou para trás, então deu um passo rápido na minha direção.

– Um xelim, então – sussurrou, a mão aberta.

Larguei em sua mão a moeda, que desapareceu no mesmo instante por sob o avental da mulher.

– A senhora perdeu o jantar – anunciou ela, em seu habitual tom desaprovador, dando um passo atrás. – Porém, como acabou de chegar, vou abrir uma exceção e lhe trazer algo para comer.

– É muita gentileza sua – tornei a dizer.

Ela fechou a porta com firmeza, levando a luz e o ar, e girou a chave na fechadura.

Aquele som me enviou uma diminuta onda de pânico, que sufoquei com força. Sentia-me feito uma pele ressecada, entulhada até os olhos com a chama do medo, da incerteza e da perda. Não levaria mais de uma faísca para aquilo inflamar e me reduzir a cinzas – e nem eu nem Jamie podíamos nos dar a esse luxo.

– Ela bebe? – perguntei, virando-me de volta à minha nova colega de quarto, fingindo frieza.

924

– Você conhece alguém que não bebe, quando tem a chance? – indagou a sra. Ferguson, de maneira lógica. Coçou as costelas. – Fraser – disse ela. – Você não é a...

– Sou eu mesma – respondi, num tom rude. – Não quero falar sobre isso.

Ela ergueu as sobrancelhas, mas assentiu.

– Como quiser. É boa de cartas?

– Lu ou uíste? – indaguei, receosa.

– Conhece um jogo chamado *brag*?

– Não.

Jamie e Brianna jogavam de vez em quando, mas eu nunca fora apresentada às regras.

– Tudo bem, eu posso lhe ensinar.

Dito isso, ela enfiou a mão sob o tapete, puxou um baralho mole de cartolina e abriu em leque com destreza, passando as cartas delicadamente sob o nariz enquanto me abria um sorriso.

– Não me diga – comentei. – Você está presa por trapacear em jogos de cartas?

– Trapacear? Eu? Nada disso – disse ela, evidentemente nada ofendida. – Falsificação.

Para minha própria surpresa, eu ri. Ainda estava trêmula, mas a sra. Ferguson sem dúvida vinha se provando uma bem-vinda distração.

– Há quanto tempo está aqui? – indaguei.

Ela coçou a cabeça, percebeu que não estava de touca e virou-se para puxar uma das dobras do lençol.

– Ah... um mês, mais ou menos.

Ela vestiu a touca amarrotada e indicou com a cabeça o umbral da porta ao meu lado. Ao me virar para olhar, vi que estava cheio de pequenas incisões, algumas arranhadas havia pouco tempo, exibindo a madeira crua amarela. Ao ver as marcas, mais um bolo se formou em meu estômago, mas respirei fundo e virei as costas.

– Você já foi julgada?

Ela balançou a cabeça, a luz cintilando nas lentes dos óculos.

– Não, graças a Deus. Ouvi Maisie dizer que o tribunal está fechado; todos os juízes foram se esconder. Faz dois meses que ninguém vai a julgamento.

Isso não era uma boa notícia. Evidentemente meu rosto expressou esse pensamento, pois ela se curvou para a frente e deu um tapinha compassivo em meu braço.

– Eu não teria pressa, querida. Não se estivesse no seu lugar. Se você não for julgada, não pode ser enforcada. E, por mais que eu conheça quem diga que a fila de espera é matadora, nunca vi ninguém morrer de tanto esperar. E *já* vi gente morrer com o pescoço na forca. É terrível, isso é.

Ela falava de maneira quase negligente, mas sua mão se ergueu, como se por vontade própria, e tocou a carne tenra e branca do pescoço. Então engoliu em seco, fazendo subir e descer o pequenino pomo de adão.

Engoli em seco também, com uma sensação desagradável de constrição na garganta.

– Mas eu sou inocente – afirmei, perguntando-me ao mesmo tempo como podia soar tão indecisa.

– Claro que é – respondeu ela com vigor, apertando meu braço. – Mantenha isso, querida... não se deixe ser pressionada a admitir a menor coisa que seja!

– Não vou – garanti, secamente.

– Um dia desses, é provável que uma turba apareça *aqui* – disse ela, assentindo. – Para enforcar o xerife, se ele não entrar nos eixos. Ele não é popular, Tolliver.

– Não imagino por quê... um sujeito charmoso daquele.

Eu não sabia ao certo como me sentia em relação à possibilidade de uma turba invadir a casa. Enforcar o xerife Tolliver, tudo bem... mas, com a lembrança das multidões hostis em Salisbury e Hillsboro fresca na mente, eu não tinha certeza de que parariam no xerife. Morrer linchada nas mãos de uma turba não seria nada melhor que a lenta morte judicial que eu decerto enfrentaria. Embora, é claro, sempre houvesse a possibilidade de fugir durante a confusão.

E eu iria para onde, se fugisse?, perguntei a mim mesma.

Sem uma boa resposta para a pergunta, enfiei-a no fundo da mente e voltei minha atenção à sra. Ferguson, que ainda segurava as cartas, com um ar convidativo.

– Muito bem – concordei. – Mas sem apostar dinheiro.

– Ah, não – garantiu a sra. Ferguson. – Nem pensar. Precisamos fazer algum tipo de aposta, para apimentar as coisas. Vamos apostar feijões, sim?

Ela desceu as cartas, cavoucou sob o travesseiro e apanhou uma bolsinha, da qual tirou um punhado de feijões brancos.

– Esplêndido – comentei. – Quando terminarmos, vou plantar esses feijões e esperar que um pé gigantesco nasça e destrua o telhado, para que possamos fugir.

Ao ouvir isso ela irrompeu em gargalhadas, o que me fez sentir muito melhor.

– Que Deus a ouça, querida! – disse ela. – Eu dou as cartas primeiro, tudo bem?

O *brag* parecia um tipo de pôquer. E, por mais que eu tivesse vivido com um trapaceiro por tempo suficiente para reconhecer um, o jogo da sra. Ferguson parecia honesto – até então. Eu estava com 46 feijões de vantagem quando a sra. Tolliver retornou.

A porta se abriu sem cerimônia e ela entrou, segurando um banquinho de três pés e um naco de pão. Este parecia ser tanto o meu jantar quanto seu aparente pretexto para adentrar a cela, pois ela enfiou o pão na minha mão e gritou, em voz alta:

– Isso vai ter que segurar a senhora até amanhã, sra. Fraser!

– Obrigada – respondi, com doçura.

O pão estava fresco, e parecia ter sido passado levemente em gordura de bacon, em vez de manteiga. Mordi sem hesitar, tendo agora me recuperado do choque a ponto de sentir de fato bastante fome.

A sra. Tolliver olhou por sobre o ombro, para ter certeza de que o campo estava livre, fechou a porta em silêncio, deitou o banquinho e retirou uma garrafa enfiada no bolso, de vidro azul e cheia de um líquido transparente.

Puxou a rolha, inclinou a garrafa e deu alguns bons goles, a garganta comprida e magra se movendo convulsivamente.

A sra. Ferguson não disse palavra, mas observou o processo com uma espécie de atenção analítica, a luz cintilando em seus óculos, como se comparasse o comportamento da sra. Tolliver com o de ocasiões anteriores.

A sra. Tolliver baixou a garrafa e recuperou o fôlego, então entregou-a abruptamente a mim e se sentou no banquinho, respirando com avidez.

Limpei o gargalo da garrafa na manga da maneira mais discreta possível e dei um gole simbólico. Era genebra, de fato – aromatizado com zimbro para disfarçar a má qualidade, porém com altíssimo teor alcoólico.

A sra. Ferguson, por sua vez, deu um bom gole, e assim continuamos, passando a garrafa de mão em mão, trocando breves cordialidades. Com a sede inicial saciada, a sra. Tolliver tornou-se quase amável, e seus modos frios suavizaram-se substancialmente. Mesmo assim, esperei até que a garrafa estivesse quase vazia antes de fazer a principal pergunta que tinha em mente.

– Sra. Tolliver, os homens que me trouxeram... a senhora por acaso ouviu se eles disseram qualquer coisa sobre o meu marido?

Ela levou a mão à boca para abafar um arroto.

– Sobre o seu marido?

– Sobre onde ele está – emendei.

Ela piscou um pouco, meio pálida.

– Não ouvi nada. Mas eles devem ter dito alguma coisa a Tolly.

A sra. Ferguson entregou a garrafa a ela – estávamos lado a lado na cama, sendo aquele o único lugar no quartinho onde podíamos nos sentar –, quase caindo.

– Acho que você poderia perguntar a ele, não é, Maisie? – disse ela.

Uma expressão constrangedora assomou aos olhos vidrados da sra. Tolliver.

– Ah, não – respondeu ela, balançando a cabeça. – Ele não fala comigo sobre essas coisas. Não é da minha conta.

Troquei um olhar com a sra. Ferguson, que balançou de leve a cabeça; por enquanto, era melhor não insistir.

No meu estado de preocupação, achei difícil deixar o assunto de lado, mas estava claro que nada havia a ser feito. Reuni meus resquícios de paciência, estimando quantas garrafas de genebra poderia comprar antes que meu dinheiro acabasse – e o que poderia conseguir com elas.

Permaneci deitada aquela noite, respirando o ar espesso e úmido, fragrante de mofo e urina. Senti também a presença próxima de Sadie Ferguson: um fraco miasma de suor velho por sob um forte aroma de genebra. Tentei fechar os olhos, mas a cada tentativa pequenas ondas de claustrofobia me dominavam; eu sentia as paredes caiadas e úmidas se aproximarem e agarrava os punhos ao tecido que revestia o colchão, para evitar de me jogar contra a porta trancada. Tive uma terrível visão de mim mesma, me debatendo e guinchando, as unhas arrebentadas e ensanguentadas de tanto agarrar a madeira dura, meus gritos inaudíveis na escuridão – e ninguém jamais vindo.

Eu considerava essa possibilidade bastante real. Ouvira os comentários da sra. Ferguson sobre a baixa popularidade do xerife Tolliver. Se ele fosse atacado e arrancado de casa por uma turba – ou se perdesse a cabeça e fugisse –, seria remota a chance de que ele ou a esposa se lembrassem dos prisioneiros.

Uma turba poderia nos encontrar – e nos matar, em meio à loucura do momento. Ou não nos encontrar e incendiar a casa. O depósito era feito de tijolos de barro, mas a cozinha adjacente era de vigas de madeira; úmido ou não, o lugar queimaria feito uma tocha, deixando nada além daquela maldita parede de tijolos.

Respirei fundo, a despeito do cheiro, exalei o ar e fechei os olhos, decidida.

Basta a cada dia o seu mal. Essa era uma das expressões favoritas de Frank, e, de modo geral, um bom ponto de vista.

Depende um pouco do dia, não é?, pensei, lembrando-me dele.

Ah, é? Diga-me você. O pensamento estava ali, tão vívido que eu poderia tê-lo ouvido – ou apenas imaginado. Se fosse imaginação, então, eu havia imaginado também o tom de seca satisfação tão próprio de Frank.

Que ótimo, pensei. Reduzida a discussões filosóficas com um fantasma. O dia está sendo pior que o previsto.

Imaginação ou não, a ideia havia conseguido afastar minha atenção do rastro de preocupações. Senti uma espécie de convite – ou uma tentação, talvez. A urgência de falar com ele. A necessidade de escapar para dentro da conversa, mesmo que unilateral... e imaginária.

Não. Eu não vou usar você desse jeito, pensei, com certa tristeza. Não é certo que eu só pense em você quando preciso de distração, e não por você mesmo.

E você nunca pensa em mim por mim mesmo? A pergunta flutuava na escuridão de minhas pálpebras. Eu via o rosto dele com muita clareza, as rugas acentuadas, o bom humor, uma sobrancelha escura erguida. Fiquei um pouco surpresa; fazia tanto tempo que não pensava nele com clareza que não seria surpresa se já tivesse esquecido sua aparência. Mas não tinha.

Suponho que seja essa a resposta à sua pergunta, então, pensei, em silêncio. Boa noite, Frank.

Virei para o lado, encarando a porta. Sentia-me um pouco mais calma. Podia distinguir apenas o contorno da porta, mas ser capaz de vê-la aliviou minha sensação de ter sido enterrada viva.

Tornei a fechar os olhos e tentei me concentrar nos processos de meu próprio corpo. Isso costumava ajudar, trazendo-me uma sensação de tranquilidade, ouvir o movimento do sangue nas veias e as borbulhas subterrâneas dos órgãos trabalhando, tranquilos, sem a menor necessidade de meus comandos conscientes. Era como me sentar no jardim e ouvir as abelhas zumbindo nas colmeias...

Freei *esse* pensamento no meio, sentindo o coração disparar com a lembrança, elétrico feito uma ferroada.

Pensei ferozmente em meu coração, o órgão físico, com suas câmaras grossas e macias, as válvulas delicadas – mas o que sentia ali era uma dor. Havia nele lugares ocos.

Jamie. Um vazio escancarado, ecoante, frio e profundo como a rachadura de uma geleira. Bree. Jemmy. Roger. E Malva, feito uma ferida diminuta, muito profunda, uma úlcera incapaz de cicatrizar.

Até então eu conseguira ignorar os ruídos e a respiração pesada de minha companheira. Mas não pude ignorar a mão gentil que me alisou o pescoço, deslizou por meu peito e pousou, em concha, sobre meu seio.

Parei de respirar. Então, muito lentamente, expirei. Totalmente alheio à minha vontade, meu seio se aninhou na palma em concha. Senti um toque em minhas costas; um polegar, traçando com delicadeza o caminho de minha espinha por sobre a camisola.

Eu compreendia a necessidade de conforto humano, o puro desejo de toque. Recebera aquilo com frequência, e dera também, parte da frágil teia de humanidade, constantemente destruída, constantemente renovada. Mas algo no toque de Sadie Ferguson indicava mais que um simples calor ou a necessidade de companhia na escuridão.

Segurei a mão dela, ergui-a de meu seio, apertei os dedos com delicadeza e pousei-a com firmeza longe de mim, de volta em seu próprio colo.

– Não – disse, baixinho.

Ela hesitou, remexeu os quadris e encaixou o corpo atrás do meu, as coxas quentes e redondas contra as minhas, oferecendo sítio e refúgio.

– Ninguém iria saber – sussurrou ela, ainda esperançosa. – Posso fazê-la esquecer... um pouquinho.

Acariciou meu quadril, com delicadeza, insinuante.

Se ela de fato pudesse, pensei, com amargura, talvez eu me sentisse tentada. Mas não era aquele o meu caminho a trilhar.

– Não – repeti, mais firme dessa vez, e me revirei, afastando-me dela tanto quanto possível... o que não eram nem 40 centímetros. – Eu sinto muito... mas não.

Ela fez silêncio por um instante, então soltou um suspiro pesado.

– Ah, bom. Talvez um pouco mais tarde.

– Não!

Os sons da cozinha haviam cessado, e a casa estava silenciosa. Não era, contudo, o silêncio das montanhas, o berço de galhos de árvores e ventos sussurrantes e a vasta profundeza do céu estrelado. Era um silêncio urbano, perturbado pela fumaça e o brilho tênue e obscuro das lareiras e velas; repleto de pensamentos adormecidos, desatados da razão da consciência desperta e vagando perturbadores na escuridão.

– Posso abraçá-la? – perguntou ela, melancólica, e seus dedos roçaram a minha face. – Só isso.

– Não – respondi outra vez.

Contudo, estendi a mão e toquei a dela. E assim adormecemos, as mãos castas – e firmes – entrelaçadas.

Fomos acordadas pelo que a princípio pensei ser o vento gemendo na chaminé, cuja traseira se projetava em nosso cubículo. O gemido, no entanto, ficou mais alto e irrompeu num grito a plenos pulmões; então parou abruptamente.

– Valha-me Deus! – Sadie Ferguson se sentou, os olhos arregalados e piscando, tateando em busca dos óculos. – O que foi isso?

– Uma mulher em trabalho de parto – respondi, tendo ouvido muitas vezes aquele particular padrão de sons. O gemido recomeçou. – E *muito* perto de dar à luz.

Deslizei para fora da cama e sacudi os sapatos, desalojando uma baratinha e um par de traças que haviam se abrigado ali dentro.

Sentamo-nos por quase meia hora, escutando a alternância entre gemidos e gritos.

– Isso não devia parar? – indagou Sadie, engolindo em seco, nervosa. – A criança a essa altura já não devia ter nascido?

– Talvez – respondi, absorta. – Alguns bebês demoram mais que outros.

Eu mantinha o ouvido colado à porta, tentando saber o que acontecia do outro lado. A mulher, fosse lá quem fosse, estava na cozinha, a menos de 3 metros de distância de mim. Eu ouvia a voz de Maisie Tolliver vez ou outra, abafada e meio hesitante. De modo geral, no entanto, apenas os arquejos, gemidos e gritos compassados.

Mais uma hora daquilo, e comecei a me enervar. Sadie estava na cama, tapando a cabeça com o travesseiro, na esperança de abafar o barulho.

Já chega disso, pensei, e, quando tornei a ouvir a voz da sra. Tolliver, dei um murro na porta e gritei o mais alto que pude, para ser ouvida por sobre a barulheira:

– Sra. Tolliver!

Ela de fato me ouviu, e, depois de um momento, a chave girou na fechadura e uma onda de ar e luz adentrou a cela. Fui momentaneamente cegada pelo brilho do dia, mas pisquei os olhos e distingui a silhueta de uma mulher de quatro ao lado da lareira, me encarando. Era negra, estava banhada de suor; ergueu a cabeça e uivou feito uma loba. A sra. Tolliver deu um pinote, como se tivesse levado uma alfinetada na bunda.

– Com licença – falei, abrindo caminho até a mulher. Ela não fez menção de me impedir, e captei uma forte baforada de genebra e zimbro ao passar por ela.

A negra se apoiou nos cotovelos, arquejando, o traseiro descoberto no ar. Sua cabeça pendia feito uma goiaba madura, pálida na camisola empapada de suor que aderia a seu corpo.

Fiz perguntas pontuais durante o breve intervalo antes do ganido seguinte; fiquei sabendo que era seu quarto filho e que ela estivera em trabalho de parto desde a noite anterior, quando a bolsa rompera. A sra. Tolliver contribuiu com a informação de que ela também era prisioneira e escrava. Eu devia ter adivinhado, pelos hematomas arroxeados em suas costas e nádegas.

A sra. Tolliver fora de pouca ajuda, balançando-se por cima de mim com o olhar vidrado, mas conseguira fornecer uma pequena pilha de retalhos e uma bacia d'água, que usei para enxugar o rosto suado da mulher. Sadie Ferguson enfiou o nariz ornado pelos óculos para fora da cela, cautelosa, mas recuou mais que depressa tão logo irrompeu o ganido seguinte.

Era um parto pélvico, o que dificultava bastante, e o quarto de hora seguinte foi assustador para todos os envolvidos. Depois de um longo tempo, porém, veio ao mundo um bebezinho – os pés primeiro –, pegajoso, imóvel e no tom mais anti-natural de azul-claro.

– Ah – disse a sra. Tolliver, decepcionada. – Está morto.

– Que bom – disse a mãe, com a voz rouca e profunda, e fechou os olhos.

– Morto uma ova – retruquei, virando a criança rapidamente de cabeça para baixo e batendo em suas costas.

Nenhum movimento. Aproximei o rostinho fechado e imóvel do meu, cobri nariz e boca com minha própria boca e suguei com força, então virei a cabeça para cuspir muco e fluido. Com o rosto gosmento e gosto de prata na boca, soprei sua boquinha com delicadeza, fiz uma pausa, segurando-o, molengo e escorregadio feito um peixe fresco, soprei... e vi seus olhos se abrirem, de um azul mais profundo que sua pele, vagamente interessado.

Ele deu uma respiração assustada e arquejante, e eu ri, uma súbita onda de alegria borbulhando das entranhas. O pesadelo da lembrança da outra criança, uma centelha de vida escapando de minhas mãos, esvaneceu. O bebê estava bem e muito aceso, cintilando feito uma vela de chama clara e suave.

– Ah! – exclamou a sra. Tolliver outra vez. Inclinou-se para a frente para olhar e abriu um enorme sorriso. – Ah, ah!

O bebê começou a chorar. Cortei o cordão, enrolei-o em uns trapos, e com certa reserva entreguei-o à sra. Tolliver, esperando que ela não o atirasse ao fogo. Então voltei a atenção à mãe, que bebia avidamente da bacia, derramando água pela boca e encharcando mais ainda o lençol já ensopado.

Ela se deitou de costas e aceitou os meus cuidados, porém sem falar, vez ou outra encarando a criança com um olhar hostil e ameaçador.

Ouvi passos cruzando a casa, e o xerife apareceu, com uma cara de espanto.

– Ah, Tolly! – A sra. Tolliver, suja de fluidos do bebê e exalando genebra, virou-se para ele com alegria, estendendo o bebê ao marido. – Olhe, Tolly, está vivo!

O xerife parecia bastante desconcertado, e seu rosto se fechou numa carranca enquanto ele olhava para a mulher, mas então pareceu captar o odor de sua alegria para além do genebra. Ele se inclinou para a frente e tocou de leve a trouxinha, relaxando o rosto austero.

– Que bom, Maisie – disse. – Olá, amiguinho.

Então ele me viu, ajoelhada defronte à lareira, fazendo o possível para me limpar com um pedaço de pano e o que havia sobrado da água.

– A sra. Fraser ajudou com o parto da criança – explicou a sra. Tolliver, empolgada. – Ele saiu de bunda, mas ela foi tão habilidosa e fez o pequeno respirar... achamos que estivesse morto, mas não estava! Não é uma maravilha, Tolly?

– Maravilha – repetiu o xerife, meio inexpressivo.

Lançou-me um olhar rígido, então transferiu o mesmo olhar para a mãe, que o encarou de volta com taciturna indiferença. O homem acenou para que eu me levantasse, e com uma curta mesura mandou-me de volta à cela e fechou a porta.

Foi só então que lembrei o que ele pensava que eu tinha feito. Pouco espantava que minha presença junto a um recém-nascido o deixasse meio nervoso, supus. Eu estava molhada e imunda, e a cela parecia especialmente quente e abafada. Apesar de tudo, o milagre do nascimento ainda latejava em minhas sinapses, e eu me sentei na cama, sorrindo, segurando um trapo úmido.

Sadie me observava, com respeito e uma leve náusea.

– Isso foi a coisa mais confusa que eu já vi – disse ela. – Deus do céu, é sempre assim?

– Mais ou menos. Você nunca viu uma criança nascer? Nunca teve um filho? – indaguei, curiosa.

Ela balançou a cabeça com vigor e imitou chifres com as mãos, o que me fez rir, aparvalhada como eu estava.

– Se algum dia eu me dispusesse a deixar um homem chegar perto de mim, só de pensar *nisso* já mudaria de ideia – garantiu ela, com fervor.

– Ah, é? – retruquei, tardiamente recordando as investidas da noite anterior. – Então não fora *só* conforto que ela me oferecera. – Mas e o *sr.* Ferguson?

Ela me lançou um olhar sério, piscando os olhos por detrás dos óculos.

– Ah, ele era fazendeiro... *muito* mais velho do que eu. Morreu de pleurisia, já faz cinco anos.

E totalmente fictício, inclinei-me a pensar. Uma viúva, porém, usufruía de muito mais liberdade que uma solteira ou casada, e se eu algum dia conhecera uma mulher capaz de se cuidar sozinha...

Eu não estivera dando atenção aos sons vindos da cozinha, mas naquele momento ouvi um baque forte e a voz do xerife, praguejando. Nenhum som da criança, nem da sra. Tolliver.

– Estão levando a puta preta de volta à carceragem – disse Sadie, com uma entonação tão hostil que eu a encarei, estupefata. – Você não sabia? – prosseguiu ela, vendo a minha surpresa. – Ela matou todos os filhos. Agora que esse nasceu, já pode ser enforcada.

– Ah – respondi, meio inexpressiva. – Não, eu não sabia.

Os barulhos na cozinha cessaram, e eu me sentei, encarando o lampião, a sensação de vida ainda se agitando em minhas mãos.

91

UM ESQUEMA BASTANTE PERFEITO

A água batia bem abaixo da orelha de Jamie, e só de ouvir o som ele sentia um embrulho no estômago. O vapor de lama podre e peixes mortos também não ajudava, nem a pancada que ele recebera quando caiu contra a parede.

Ele se mexeu, tentando encontrar uma posição que aliviasse a cabeça, o estômago ou ambos. Eles o haviam amarrado feito uma galinha assada, mas ele conseguira, com algum esforço, girar o corpo e elevar os joelhos, o que ajudou um pouco.

Estava numa espécie de galpão de barcos dilapidado; conseguira ver isso à última luz do crepúsculo, quando fora levado para a costa – a princípio achara que pretendiam afogá-lo –, carregado para baixo e largado no chão feito um saco de farinha.

– Ande logo, Ian – murmurou, remexendo-se, cada vez mais incomodado. – Estou velho demais para esse tipo de bobagem.

Só lhe restava esperar que o sobrinho estivesse por perto no momento do ataque de Brown, para poder segui-lo e ter alguma ideia de onde estava agora; sem dúvida o rapaz estaria observando. A costa onde ficava o galpão era aberta, sem cobertura, mas havia muito verde no meio da mata abaixo de Fort Johnston, que ficava na elevação um pouquinho acima.

A parte de trás de sua cabeça latejava devagar, deixando um gosto asqueroso nos fundos da boca e um eco preocupante das dores de cabeça devastadoras que ele sofrera logo após um golpe de machado que lhe abrira o crânio, muitos anos antes. Ele ficou chocado ao ver a facilidade com que a lembrança daquelas dores de cabeça retornara; aquilo acontecera uma eternidade antes, e ele até achava que a lembrança já estivesse morta e enterrada. Seu crânio, no entanto, sem dúvida possuía uma lembrança muito mais vívida e estava determinado a adoecê-lo como vingança pelo esquecimento.

A lua brilhava no alto do céu; a luz reluzia de leve pelas frestas entre as tábuas brutas da parede. À luz fraca elas pareciam se mexer, ondulando de maneira nauseante e perturbadora, e ele fechou os olhos, carrancudo, concentrado no que poderia fazer a Richard Brown, que algum dia encontraria sozinho.

Para onde, em nome de Miguel e todos os santos, teria ele levado Claire, e por quê? O único consolo de Jamie era que Tom Christie fora junto. Ele tinha certeza de que Christie não a deixaria ser morta – e, se Jamie pudesse encontrá-lo, ele o levaria até ela.

Um som chegou até ele por sobre a revolução nauseante da maré. Um apito fraco... então uma cantoria. Ele conseguiu distinguir a cantoria e abriu um sorrisinho involuntário.

– *Case-me, pastor, case-me, senão serei seu padre, seu padre... senão serei seu padre!*

Ele gritou, por mais que sua cabeça doesse, e em alguns instantes Ian, o querido rapazinho, estava a seu lado, cortando as cordas. Ele rolou o corpo por um instante, incapaz de dominar os músculos atacados por câimbras, então conseguiu botar as mãos sob o corpo e se levantar o suficiente para vomitar.

– Tudo bem, tio Jamie?

Ian parecia se divertir, o desgraçado.

– Eu dou conta. Sabe onde está Claire?

Ele se levantou, cambaleante, e ajeitou as calças; sentia os dedos feito salsichas. O dedo quebrado latejava, e a circulação, que voltava a funcionar, dava agulhadas às extremidades irregulares dos ossos. Todo o desconforto foi esquecido por um instante, porém, no afã do irresistível alívio.

– Meu Deus, tio Jamie – disse Ian, impressionado. – Sim, eu sei. Ela foi levada a New Bern. Tem um xerife lá que Forbes disse que deve aceitá-la.

– Forbes? – Ele deu um rodopio, estupefato, e quase caiu, apoiando uma das mãos na parede de madeira rangente. – Neil Forbes?

– O próprio. – Ian firmou o tio por sob o cotovelo; a tábua frágil havia se rachado sob seu peso. – Brown esteve aqui e ali, falou com fulano e beltrano... mas foi com Forbes que por fim negociou, em Cross Creek.

– Você ouviu a conversa?

– Ouvi.

Ian tinha um tom displicente, mas com evidente empolgação – e muitíssimo orgulho por seu feito.

O objetivo de Brown àquele ponto era simples: livrar-se do estorvo que os Frasers haviam se tornado. Ele conhecia Forbes e sua relação com Jamie, devido a toda a boataria após o incidente com o piche no verão anterior e o confronto em Mecklenburg em maio. Então ofereceu entregar os dois a Forbes, para que o advogado fizesse deles o que bem entendesse.

– Daí ele andou de um lado a outro, pensativo... Forbes, quero dizer... os dois estavam no depósito dele, na beira do rio, e eu estava escondido atrás dos barris de piche. Então ele riu, como se acabasse de pensar em algo engenhoso.

A sugestão de Forbes aos homens de Brown era que levassem Jamie, devidamente amarrado, a um pequeno ancoradouro de sua propriedade, perto de Brunswick.

De lá ele seria embarcado num navio rumo à Inglaterra, e portanto sairia com segurança da interferência nas questões tanto de Forbes quanto de Brown – e, consequentemente, ficaria impossibilitado de defender a esposa.

Claire, enquanto isso, seria entregue à mercê da lei. Se fosse considerada culpada, bom, seria o seu fim. Caso contrário, o escândalo do julgamento, além de ocupar a atenção de todos aqueles ligados a ela, destruiria qualquer influência que ela e Jamie pudessem ter – deixando assim a Cordilheira dos Frasers no ponto para ser saqueada, e a Neil Forbes o terreno livre para reivindicar a liderança dos patriotas escoceses na colônia.

Jamie escutou tudo em silêncio, dilacerado entre a ira e uma relutante admiração.

– Um esquema bastante perfeito – concluiu, já sentindo-se mais firme, o embrulho no estômago sendo arrastado pelo fluxo de raiva em seu sangue.

– Ah, e fica ainda melhor, tio – garantiu Ian. – O senhor se lembra de um cavalheiro chamado Stephen Bonnet?

– Lembro. O que tem ele?

– O navio que vai levá-lo à Inglaterra, tio, é do sr. Bonnet. – O bom humor tornava a aparecer na voz do sobrinho. – Parece que o advogado Forbes tem feito há algum tempo uma parceria muito lucrativa com Bonnet... e também com uns amigos negociantes de Wilmington. Eles têm participação tanto no navio quanto nas cargas. E desde o bloqueio inglês os lucros vêm sendo ainda maiores; presumo que nosso sr. Bonnet seja um contrabandista da maior experiência.

Jamie soltou um xingamento bem sujo em francês e foi correndo olhar para fora do galpão. A água estava bela e tranquila, e um rastro de lua se estendia prateado sobre o mar. Havia um navio ali; pequeno, preto e perfeito, como uma aranha numa folha de papel. Seria o de Bonnet?

– Meu Deus – disse ele. – Quando é que você acha que eles vão vir?

– Não sei, tio – respondeu Ian, pela primeira vez soando inseguro. – O senhor diria que a maré está subindo? Ou descendo?

Jamie olhou a água que ondulava sob o estaleiro, como se ela pudesse oferecer alguma pista.

– Como é que eu vou saber, pelo amor de Deus? E que diferença isso faria?

Ele esfregou a mão com força no rosto, tentando pensar. Haviam lhe tomado o punhal, claro. Ele trazia um *sgian dhu* na meia, mas duvidava que a lâmina de menos de 8 centímetros fosse de grande ajuda na situação.

– Que armas você tem, Ian? Não está com o seu arco, imagino?

Ian balançou a cabeça, pesaroso. Havia se juntado a Jamie perto da porta do estaleiro, e a lua exibia a fome em seu rosto enquanto ele observava o navio.

– Tenho duas facas decentes, um punhal e uma pistola. Tem o meu rifle, mas deixei com o cavalo. – Ele inclinou a cabeça em direção à linha escura da mata ao longe. – Será que devo ir pegar? Eles podem me ver.

Jamie pensou por um instante, tamborilando no batente da porta, até que a dor do dedo quebrado o fez parar. Era físico o desejo de espreitar e surpreender Bonnet; ele compreendia e compartilhava o ímpeto de Ian. No entanto, sua mente racional estava ocupada avaliando as chances e insistia em apresentá-las, por menos que seu lado animalesco e vingativo desejasse saber delas.

Ainda não havia sinal de qualquer barco vindo do navio. Presumindo que o navio ali de fato fosse de Bonnet – e isso eles não sabiam com certeza –, poderia ainda levar horas até que alguém fosse buscá-lo. E, quando viessem, quais as chances de que o próprio Bonnet aparecesse? Ele era o capitão do navio; estaria presente em tal tarefa ou mandaria capangas?

Com um rifle, caso Bonnet *estivesse* no navio, Jamie apostava que seria capaz de alvejá-lo num ataque de emboscada. Se ele estivesse no barco. Se fosse possível reconhecê-lo no escuro. E, por mais que ele pudesse acertá-lo, talvez não o matasse.

Se Bonnet não estivesse embarcado, porém... seria questão de esperar até que o barco se aproximasse, saltar a bordo e dominar os presentes – quantos estariam encarregados de tal tarefa? Dois, três, quatro? Todos teriam que ser mortos ou incapacitados, então ele e Ian teriam que remar o maldito barco de volta ao navio, onde os outros sem dúvida já teriam percebido o alarido na praia e estariam preparados para lançar uma bola de canhão nos fundos do barco, ou aguardariam que os dois subissem pela lateral para atacá-los pela amurada com tiros de armas menores, feito presas fáceis.

E, caso os dois conseguissem dar um jeito de subir a bordo sem ser notados, vasculhassem o maldito navio à procura de Bonnet e conseguissem caçá-lo e matá-lo, sem atrair a atenção da tripulação...

Aquela laboriosa análise percorreu sua mente no espaço de uma respiração, sendo rejeitada com a mesma rapidez. Se eles fossem capturados ou mortos, Claire estaria sozinha e indefesa. Ele não podia correr esse risco. Ainda assim, pensou, tentando se consolar, era possível encontrar Forbes – e, no momento certo, ele encontraria.

– Pois bem – disse Jamie, e virou-se com um suspiro. – Você só tem um cavalo, Ian?

– Só – respondeu o rapaz, com um suspiro semelhante. – Mas sei onde talvez consigamos roubar outro.

92

AMANUENSE

Dois dias se passaram. Dias quentes e úmidos, sob uma escuridão sufocante; eu sentia variados tipos de mofo, fungos e podridão tentando se abrigar em meus orifícios – sem falar nas oniívoras e onipresentes baratas, que pareciam determinadas a mordiscar minhas sobrancelhas no instante em que a luz era apagada. O couro de meus sapatos estava viscoso e molengo, meu cabelo pendia sujo e oleoso, e – tal e qual Sadie Ferguson – eu me habituei a passar a maior parte do tempo de camisola.

Quando a sra. Tolliver apareceu e nos mandou ajudar com a limpeza, portanto, abandonamos a última partida de *brag* – ela estava ganhando – e quase nos empurramos uma à outra na afobação de obedecer.

O pátio estava muito mais quente, com o fogo da lavagem de roupa rugindo, e tão úmido quanto a cela, com nuvens espessas de vapor subindo do grande caldeirão de roupas e fazendo nosso cabelo grudar no rosto. Nossas camisolas já estavam aderidas no corpo, o linho encardido quase transparente de suor; lavar roupa era um trabalho árduo. Não havia, contudo, insetos, e o brilho do sol era quase ofuscante e forte a ponto de deixar meu nariz e braços vermelhos – ainda assim ele brilhava, pelo que eu me sentia grata.

Perguntei à sra. Tolliver sobre minha paciente e seu filho, mas ela limitou-se a apertar os lábios e balançar a cabeça, o semblante tenso e severo. O xerife se ausentara na noite anterior; não se ouvira sua voz retumbante na cozinha. E, a julgar pelo olhar de peixe morto da própria Maisie Tolliver, diagnostiquei uma longa e solitária noite com uma garrafa de genebra, seguida de um amanhecer deveras desagradável.

– Vai se sentir muito melhor se ficar sentada à sombra e beber... água – comentei. – Muita água. – Chá ou café seria melhor, mas ambos custavam mais que ouro na colônia, e eu duvidava que a esposa de um xerife teria um ou outro. – Se tiver ipecacuanha... ou talvez menta...

– Muito obrigada por sua valiosa opinião, sra. Fraser! – vociferou ela, um tanto cambaleante e com as bochechas pálidas e brilhosas de suor.

Dei de ombros e retornei à tarefa de erguer uma trouxa de roupas encharcadas e vaporosas das espumas imundas com uma pá de lavanderia de um metro e meio, tão desgastada pelo uso que minhas mãos suadas deslizavam na madeira macia.

Nós laboriosamente lavamos, enxaguamos, torcemos, escaldamos e penduramos o monte de roupas num varal para secar, então nos afundamos, aos arquejos, numa faixinha de sombra na lateral da casa e ficamos passando uma concha de lata uma à outra, sorvendo água morna do balde do poço. A sra. Tolliver, desconsiderando sua elevada posição social, sentou-se também, de repente.

Eu me virei para entregar a concha a ela, então a vi revirando os olhos. Ela não apenas se deitou, como se dissolveu, afundando lentamente por sobre uma pilha de tecido úmido de algodão xadrez.

– Ela morreu? – indagou Sadie Ferguson, com interesse.

Olhou de um lado a outro, sem dúvida estimando as chances de sair correndo.

– Não. Muita ressaca, decerto agravada por um leve caso de insolação.

Tomei seu pulso, que estava leve e ligeiro, porém bastante estável. Eu debatia comigo mesma se era sensato fugir, mesmo descalça e de camisola, e abandonar a sra. Tolliver ao perigo de aspirar o próprio vômito, mas fui impedida por vozes masculinas chegando pela curva da casa.

Dois homens – um deles era o policial de Tolliver, que eu vira de relance quando os homens de Brown me levaram à cadeia. O outro era um estranho, muito bem vestido, com um casaco de botões de prata e colete de seda, quiçá o pior para manchas de suor. Esse cavalheiro, um tipo atarracado de seus 40 anos, franziu o cenho para a cena de desregramento diante de si.

– São essas as prisioneiras? – indagou, em tom desgostoso.

– São, senhor – respondeu o policial. – Pelo menos as duas de camisola. A outra é a esposa do xerife.

Botões de Prata comprimiu as narinas de leve ao receber a informação, então as abriu.

– Qual é a parteira?

– Essa seria eu – respondi, endireitando-me e tentando assumir um ar de dignidade. – Sou a sra. Fraser.

– Sei – disse o homem, num tom que sugeria que eu podia ser a rainha Carlota, que não faria a menor diferença. Encarou-me de cima a baixo com menosprezo, balançou a cabeça e virou-se para o policial com sudorese. – Foi acusada de quê?

O policial, um homem bastante soturno, franziu os lábios e nos encarou, indeciso.

– Ahh... bom, uma delas é falsificadora – respondeu –, e a outra é assassina. Só não sei qual é qual...

– Eu sou a assassina – disse Sadie, cheia de coragem, acrescentando, em tom leal: – Ela é uma excelente parteira!

Eu a encarei, surpresa, mas ela balançou a cabeça bem de leve e apertou os lábios, intimando-me a permanecer calada.

– Ah. Hum. Muito bem, então, a senhora tem um vestido... madame?

Eu assenti.

– Vista-se. – O homem se virou para o policial e tirou um grande lenço de seda do bolso, com o qual enxugou o rosto largo e rosado. – Vou levá-la, então. Avise ao sr. Tolliver.

– Aviso, senhor – garantiu o policial, com uma mesura meio obsequiosa.

Observou a silhueta inconsciente da sra. Tolliver, então franziu o rosto para Sadie.

– Você aí. Leve-a para dentro e cuide dela. Ande!

– Ah, sim, senhor – disse Sadie, e ajeitou os óculos embaçados com o indicador, numa expressão séria. – Agora mesmo, senhor!

Eu não tive oportunidade de falar com Sadie; mal tive tempo de meter no corpo o vestido surrado e o espartilho e agarrar minha bolsinha antes de ser escoltada a uma carruagem – também bastante surrada, porém outrora de boa qualidade.

– O senhor se incomoda de me dizer quem é e aonde está me levando? – indaguei a meu acompanhante, que olhava pela janela com uma carranca meio distraída, depois de termos sacolejado por dois ou três cruzamentos.

Minha pergunta despertou o homem, que pestanejou, somente então parecendo perceber que eu de fato não era um objeto inanimado.

– Ah. Peço perdão, dona. Estamos indo ao Palácio do Governador. A senhora não tem touca?

– Não.

Ele fez uma careta, como se não esperasse nada além, e retornou a seus devaneios.

O edifício estava terminado e era belíssimo. William Tryon, o ex-governador, construíra o Palácio, mas fora mandado para Nova York antes do término das obras. Agora o imenso edifício de tijolos com alas amplas e graciosas estava completo, até os gramados e canteiros de heras que se enfileiravam na calçada, embora as soberbas árvores que eventualmente o circundariam ainda fossem meras mudas. A carruagem encostou na calçada, mas, naturalmente, não entramos pela imponente entrada principal; em vez disso, demos a volta pelos fundos e descemos a escada até o alojamento dos criados, no subsolo.

Ali fui enfiada às pressas num quarto da criadagem, recebi um pente, uma bacia, uma jarra e uma touca emprestada, e fui orientada a disfarçar o aspecto de desleixo o mais rápido possível.

Meu guia – de nome sr. Webb, o que eu soube ao ouvir a respeitosa saudação dispensada pela cozinheira – aguardou com óbvia impaciência a conclusão de minha apressada ablução, então agarrou meu braço e me levou para cima. Subimos por uma estreita escada de fundos até o segundo andar, onde uma criada muito jovem e de semblante assustado aguardava.

– Ah, até que enfim o senhor chegou! – Ela balançou a cabeça numa mesura para o sr. Webb e me encarou com curiosidade. – É esta a parteira?

– Sim. Sra. Fraser... Dilman.

Ele assentiu para a garota, revelando apenas seu sobrenome, hábito inglês para os criados de casa. Ela, por sua vez, me cumprimentou com uma mesura, então acenou para que eu a acompanhasse por uma porta entreaberta.

O quarto era grande e charmoso, mobiliado com uma cama de dossel, cômoda de nogueira, armário e poltrona, embora o ar de elegância e refinamento fosse meio prejudicado por uma pilha de remendos, uma cesta de costura xexelenta e caída, revelando as linhas de coser, e uma cesta de brinquedos. Na cama havia uma forma grande, que – dadas as evidências – presumi ser a sra. Martin, esposa do governador.

O fato foi confirmado quando Dilman fez outra mesura e murmurou meu nome para ela. A mulher era redonda – muito redonda, dado o estado avançado da gravidez –, com um narizinho arrebitado e um jeito míope de olhar que me trouxe a irresistível lembrança da sra. Tiggy-Winkle, de Beatrix Potter. Em termos de personalidade, nem tanto.

– Quem diabos é esta? – inquiriu ela, enfiando a cabeça desgrenhada, coberta por uma touca, para fora dos lençóis.

– A parteira, madame – respondeu Dilman, com uma nova mesura. – A senhora dormiu bem, madame?

– Claro que não – respondeu a sra. Martin, atravessada. – Esta criança do inferno me chutou o fígado feito doida. Vomitei a noite toda, empapei os lençóis de suor e estou com febre e tremedeira. Fui informada de que não havia nenhuma parteira no condado. – Ela me lançou um olhar dispéptico. – Onde você descobriu essa mulher? Na cadeia local?

– Na verdade, foi isso mesmo – respondi, tirando a bolsa do ombro. – De quanto tempo a senhora está, há quanto tempo está doente e qual foi a última vez que evacuou?

Ela pareceu um pouco mais interessada e acenou para que Dilman saísse do quarto.

– Como é mesmo o seu nome?

– Fraser. A senhora está tendo algum sintoma de parto prematuro? Contrações? Sangramento? Dor lombar intermitente?

Ela me lançou um olhar de esguelha, mas começou a responder às minhas perguntas. Assim, no devido tempo, fui capaz de diagnosticar um caso agudo de intoxicação alimentar, decerto causada por uma sobra de torta de ostras consumida – com vários outros alimentos – no dia anterior, numa explosão de apetite ocasionada pela gravidez.

– Não estou com malária?

Ela recolheu a língua que havia me deixado inspecionar, de cenho franzido.

– Não. Pelo menos não ainda – fui honestamente impelida a acrescentar.

Não me espantava que ela achasse que estava; eu descobrira, durante o curso do exame, que um tipo de febre especialmente virulenta vinha se espalhando pela cidade... e pelo palácio. O secretário do governador havia morrido dois dias antes, e Dilman era a única criada de cima ainda de pé.

Eu a levantei da cama e a ajudei a chegar à poltrona, onde ela afundou o corpo, parecendo um bolo de creme esmagado. O quarto estava quente e abafado, e abri a janela na esperança de arejá-lo um pouco.

– Deus do céu, sra. Fraser, está querendo me matar?

Ela apertou o roupão em torno da barriga, encolhendo os ombros como se eu tivesse deixado entrar uma enorme nevasca.

– Provavelmente, não.

– Mas o miasma!

Ela acenou para a janela, escandalizada.

A bem da verdade, os mosquitos *eram* um perigo. Mas ainda faltavam muitas horas para o pôr do sol, quando eles começariam a aparecer.

– Vamos fechar daqui a pouco. No momento, a senhora precisa de ar. E possivelmente de algo leve. Será que seu estômago aguenta um pouco de torrada seca?

Ela pensou a respeito, sentindo os cantos da boca com a ponta hesitante da língua.

– Talvez – decidiu. – E uma xícara de chá. Dilman!

Tão logo Dilman foi dispensada para buscar o chá com torradas – perguntei-me qual fora a última vez que eu sequer vira chá de verdade –, eu me acomodei para concluir o histórico médico.

Quantas gestações anteriores? Seis, mas uma sombra lhe cruzou a face, e eu a vi olhar involuntariamente para um fantoche de madeira, que jazia próximo à lareira.

– Seus filhos estão no palácio? – indaguei, curiosa.

Não ouvira sinais de crianças, e mesmo num lugar do tamanho do palácio seria difícil esconder seis.

– Não – respondeu ela, com um suspiro, e levou as mãos à barriga, quase absorta. – Mandamos as meninas para a minha irmã em Nova Jersey, umas semanas atrás.

Mais umas perguntas, e o chá com torradas chegou. Eu a deixei comer em paz e fui sacudir os lençóis úmidos e amarrotados.

– É verdade? – indagou a sra. Martin de repente, assustando-me.

– O quê?

– Disseram que a senhora matou a jovem amante grávida do seu marido e arrancou o bebê da barriga dela. A senhora fez isso?

Levei a base da mão à testa e pressionei, fechando os olhos. Como ela havia ouvido aquilo, maldição? Quando achei que era possível falar, baixei as mãos e abri os olhos.

– Ela não era amante dele, e eu não a matei. Quanto ao resto... sim, eu fiz – respondi, na maior calma possível.

Ela me encarou por um instante, boquiaberta. Então se recompôs, subitamente, e cruzou os braços por sobre a barriga.

– E de pensar que confiei em George Webb para me arrumar uma parteira decente! – disse ela, e para minha surpresa desatou a rir. – Ele não sabe, não é?

– Suponho que não – respondi, com extrema secura. – Eu não disse a ele. Quem foi que lhe contou?

– Ah, a senhora é bastante famosa, sra. Fraser – garantiu ela. – Todo mundo andou falando disso. George não tem tempo para fofocas, mas até ele deve ter ouvido falar. Só que ele não tem boa memória para nomes, e eu tenho. – Um pouco de cor já retornava a seu rosto. Ela deu outra mordidela na torrada, mastigou e engoliu com cautela. – Eu, no entanto, não tinha certeza de que era a senhora – admitiu ela. – Não até perguntar.

Ela fechou os olhos com uma careta de dúvida, porém evidentemente engoliu a torrada, pois em seguida abriu os olhos e prosseguiu com as mordidelas.

– Pois então, agora que a senhora *sabe*...? – indaguei, delicadamente.

– Não sei. Nunca conheci uma assassina antes.

Ela engoliu a última torrada e lambeu as pontas dos dedos antes de limpá-los com o guardanapo.

– Eu *não* sou assassina – retruquei.

– Bom, é claro que a senhora diria isso – concordou ela. Ergueu a xícara de chá, espiando-me com interesse. – A senhora não parece depravada... embora, eu deva dizer, também não tenha um aspecto tão respeitável.

Ela ergueu a xícara aromática e bebeu, com um olhar de êxtase que me fez lembrar que eu não comia nada desde a miserável tigela de mingau sem sal nem manteiga fornecida como café da manhã pela sra. Tolliver.

– Vou ter que pensar a respeito – disse a sra. Martin, baixando a xícara com um estalido. – Leve isso de volta para a cozinha – disse ela, acenando para a bandeja – e mande me trazerem um pouco de sopa, e talvez uns sanduíches. Acho que meu apetite voltou!

Bem, e agora, maldição? Eu fora varrida tão depressa do cárcere ao palácio que me sentia um marujo jogado à terra depois de meses ao mar, cambaleante e sem equilíbrio. Desci à cozinha, conforme instruído, peguei uma bandeja – com a mais apetitosa e aromática tigela de sopa – e levei-a de volta à sra. Martin, caminhando feito um robô. No momento em que ela me dispensou, meu cérebro recomeçou a funcionar, ainda que não em plena capacidade.

Eu estava em New Bern. E, graças a Deus e a Sadie Ferguson, longe da nauseante cadeia do xerife Tolliver. Fergus e Marsali estavam em New Bern. Assim, a coisa óbvia – a bem da verdade, a única coisa – a ser feita, claramente, era escapar e ir atrás deles. Os dois poderiam me ajudar a encontrar Jamie. Eu me agarrava firmemente à promessa de Tom Christie de que Jamie não estava morto e à ideia de que *era* possível encontrá-lo, visto que nada além disso era tolerável.

Escapar do Palácio do Governador, porém, provou-se mais difícil do que eu havia antecipado. Havia guardas de prontidão em todas as portas, e minha tentativa de passar por um deles na lábia provou-se um fracasso retumbante, levando ao abrupto surgimento do sr. Webb, que me tomou pelo braço e me escoltou com firmeza escadaria acima até um sótão quente, espremido e abafado, onde me trancafiou.

Era melhor que a cadeia, mas isso era tudo que podia ser dito a respeito. Havia um catre, um penico, uma bacia, uma jarra e uma cômoda contendo umas pecinhas de roupa. O quarto mostrava sinais de ocupação recente – mas não imediatamente recente. Uma fina camada de poeira de verão cobria tudo, e, ainda que a jarra estivesse cheia d'água, obviamente estava ali havia algum tempo; ostentava várias traças e pequenos insetos afogados, e uma camada da mesma poeira fina flutuava na superfície.

Havia também uma janelinha bem cerrada, mas com alguns fortes empurrões e pancadas consegui abri-la, e enchi os pulmões de ar quente e mormacento.

Tirei a roupa, removi os insetos mortos da jarra e me lavei, uma experiência deliciosa que me fez sentir imensamente melhor, depois da última semana de pura imundície, suor e porcarias. Após um momento de hesitação, vesti uma camisola de linho surrada da cômoda, incapaz de suportar a ideia de tornar a usar minha camisa imunda e empapada de suor.

Não era possível ir muito além sem sabão ou xampu, mas mesmo assim me senti bem melhor. Parei defronte à janela, penteando os cabelos molhados – havia um pente de madeira na cômoda, embora não houvesse espelho – e analisando o que era possível ver de onde estava.

Havia mais guardas, postados em torno da propriedade. *Será que isso é comum?*, me perguntei. Pensei que talvez não fosse; eles pareciam apreensivos e muito alertas; vi um deles confrontar um homem que se aproximou do portão, apresentando sua arma de forma bastante beligerante. O homem recuou, perplexo, deu meia-volta e se afastou depressa, olhando para trás.

Havia um bocado de guardas uniformizados – achei que talvez fossem fuzileiros navais, embora não tivesse familiaridade suficiente com uniformes para ter certeza –, agrupados em torno de seis canhões situados numa leve rampa defronte ao palácio, controlando a cidade e a beirada do porto.

Dois homens não uniformizados estavam entre eles; inclinei-me um pouco e distingui a figura alta e corpulenta do sr. Webb, acompanhado de um homem mais baixo. O sujeito mais baixo percorria lentamente a fileira de canhões, as mãos cruzadas sob as abas do casaco, e os fuzileiros, ou quem quer que fossem, o cumprimentavam. Pressenti, então, que fosse o governador: Josiah Martin.

Observei durante um tempo, mas nada de interessante aconteceu, e me vi arrebatada por uma súbita sonolência, oriunda da tensão do mês anterior e do ar quente e parado que parecia me pressionar feito uma mão.

Deitei-me no catre, em minha camisola emprestada, e caí no sono no mesmo instante.

Dormi até o meio da noite, quando fui chamada outra vez para atender à sra. Martin, que parecia ter tido uma recaída das dificuldades digestivas. Um homem levemente rechonchudo e de nariz comprido, vestindo camisolão e touca, espreitou pela porta com uma vela, o semblante preocupado; presumi que fosse o governador. Ele me encarou com rudeza, mas não fez menção de interferir, e eu não tinha tempo para reparar muito. Quando a crise passou, o governador – se de fato era ele – havia desaparecido. Com a paciente dormindo em segurança, me deitei feito um cachorro no tapete ao lado de sua cama, com uma anágua enrolada como travesseiro, e, grata, voltei a dormir.

Quando tornei a acordar já era dia claro, e o fogo estava apagado. A sra. Martin estava fora da cama, irritada, gritando por Dilman no corredor.

– Garota miserável – disse ela, virando-se para trás enquanto eu me levantava, desajeitada. – Está com a febre, suponho, feito o resto. Ou então fugiu.

Fiquei sabendo que, embora vários serviçais estivessem acamados pela febre, vários outros haviam simplesmente ido embora, por medo de contágio.

– Tem certeza de que não estou com a febre terçã, sra. Fraser? – indagou a sra. Martin, semicerrando os olhos para si mesma diante do espelho, botando a língua para fora e analisando-a criticamente. – Estou mesmo me achando amarelada.

A bem da verdade, sua pele exibia um leve tom rosado, embora um tanto pálida por conta dos vômitos.

– Elimine os bolos de creme e as tortas de ostra durante o tempo quente, não coma mais que o tamanho de sua cabeça em uma refeição, e garanto que vai ficar tudo bem – respondi, abafando um bocejo.

Dei uma olhadela para mim mesma no espelho, por sobre o ombro dela, e estremeci. Estava quase tão pálida quanto ela, com círculos escuros sob os olhos, e meus cabelos... bom, só podia dizer que estavam quase limpos.

– A senhora deveria me aplicar uma sangria – declarou a sra. Martin. – Esse é o tratamento apropriado; meu querido dr. Sibelius sempre diz. Oitenta a cem miligramas, talvez, e depois o purgante. O dr. Sibelius diz que a resposta do purgante costuma ser muito boa nesses casos. – Ela se deslocou a uma poltrona e recostou o corpo, a barriga saliente por sob o roupão. Puxou a manga e estendeu o braço de maneira lânguida. – Há uma lanceta e uma vasilha na gaveta superior à esquerda, sra. Fraser. Poderia pegar, por favor?

A simples ideia de aplicar uma sangria tão cedo de manhã era o bastante para *me* fazer querer vomitar. Quanto ao purgante do dr. Sibelius, era láudano – uma tintura alcoólica de ópio, e não a *minha* escolha de tratamento para uma mulher grávida.

A discussão áspera que se sucedeu acerca das virtudes da sangria – comecei a pensar, pelo brilho de antecipação em seus olhos, que a empolgação de ter uma veia aberta por uma assassina era o que ela de fato desejava – foi interrompida pela entrada nada cerimoniosa do sr. Webb.

– Estou incomodando, madame? Peço desculpas. – Ele fez uma mesura perfunctória para a sra. Martin, então virou-se para mim. – Você... ponha a touca e venha comigo.

Obedeci sem protestar, deixando a sra. Martin incólume e indignada.

Webb dessa vez desceu comigo pela escadaria da frente, polida e lustrosa; adentramos um quarto grande, gracioso, com paredes repletas de livros. O governador, agora elegantemente trajado, empoado e de peruca, estava sentado atrás de uma mesa abarrotada de papéis, documentos, penas espalhadas, mata-borrões, cera de selos e todos os demais acessórios de um burocrata do século XVIII. Parecia inflamado, aborrecido e tão revoltado quanto a esposa.

– Como assim, Webb? – inquiriu ele, com uma carranca para mim. – Preciso de uma secretária, e você me traz uma parteira?

– Ela é uma falsificadora – disse Webb, num tom rude, o que refreou quaisquer queixas que o governador estivesse prestes a fazer.

Ele parou, a boca entreaberta, ainda de cara fechada para mim.

– Ah – disse, num tom alterado. – De fato.

– *Acusada de falsificação* – respondi, educadamente. – Não fui julgada, muito menos condenada, como o senhor sabe.

Ao ouvir minha fala educada, o governador ergueu as sobrancelhas.

– De fato – repetiu ele, mais devagar. Encarou-me de cima a baixo, apertando os olhos indecisos. – Onde diabos você arrumou essa mulher, Webb?

– Na cadeia. – Webb me lançou um olhar indiferente, como se eu fosse uma peça de mobiliário nada graciosa, porém útil, feito um penico. – Quando saí para procurar uma parteira, fui informado de que esta mulher havia feito maravilhas com uma escrava, outra prisioneira, que estava com dificuldades no parto. Como a questão era urgente e não encontrávamos nenhuma outra mulher habilidosa...

Ele deu de ombros, com uma leve careta.

– Hummm. – O governador puxou um lencinho da manga e deu uns tapinhas na papada sob o queixo, pensativo. – Tem boa caligrafia?

Supus que seria uma falsificadora medíocre se não tivesse, mas contentei-me em responder que sim. Felizmente, era verdade; em minha própria época, rascunhava receitas com caneta esferográfica tal e qual todo mundo, mas havia me treinado a escrever com clareza com uma pena, de modo que meus registros médicos e notas de casos clínicos fossem legíveis, pelo bem de quem fosse lê-los depois de mim. Mais uma vez, senti uma pontada aguda ao pensar em Malva – mas não havia tempo para pensar nela.

Ainda me encarando de maneira especulativa, o governador apontou com a cabeça para uma cadeira de espaldar reto e uma escrivaninha menor no canto do cômodo.

– Sente-se. – Ele se levantou, revirou os papéis sobre a mesa e depositou um à minha frente. – Deixe-me ver a senhora fazer uma boa cópia disso, por gentileza.

Era uma breve carta ao Conselho Real, delineando as preocupações do governador a respeito das recentes ameaças àquele corpo, e adiando a reunião seguinte do conselho. Escolhi uma pena do pote de vidro trabalhado sobre a mesa, apanhei um canivete de prata ao lado, aparei a pena a meu gosto, desarrolhei o tinteiro e comecei a trabalhar, profundamente ciente do escrutínio dos dois homens.

Eu não sabia por quanto tempo meu embuste se sustentaria – a mulher do governador poderia a qualquer momento dar com a língua nos dentes –, mas pensava ter mais chances de escapar como acusada de falsificação que de assassinato.

O governador apanhou minha cópia finalizada, inspecionou-a e deitou-a sobre a mesa com um leve grunhido de satisfação.

– Está boa – disse ele. – Faça mais oito cópias, depois siga em frente com essas.

Virando-se para a própria escrivaninha, ele revirou um grande molho de correspondências, que depositou à minha frente.

Os dois homens – eu não fazia ideia da posição de Webb, mas ele era sem dúvida amigo íntimo do governador – retornaram a seguir a um debate sobre assuntos correntes, ignorando-me por completo.

Segui mecanicamente com a minha tarefa, achando apaziguante o ritual de afinar a pena, passar areia, absorver, sacudir. As cópias ocupavam uma parte muito pequena da minha mente; o restante estava livre para se ocupar de Jamie e refletir sobre a melhor forma de arquitetar uma fuga.

Eu poderia – e sem dúvida deveria – inventar uma desculpa depois de um tempo para ver como estava a sra. Martin. Se conseguisse fazer isso desacompanhada, teria alguns momentos de liberdade desassistida, durante os quais faria uma investida furtiva até a saída mais próxima. Até então, porém, todas as portas que eu vira estavam sendo vigiadas. O Palácio do Governador, inclusive, tinha um armário de remédios muito bem abastecido; seria difícil alegar a necessidade de alguma coisa do boticário – e, mesmo assim, pouco provável que me deixassem ir buscar sozinha.

A melhor ideia parecia esperar a noite cair; pelo menos, se eu de fato saísse do palácio, teria muitas horas até que minha ausência fosse percebida. Se eles me trancassem outra vez, no entanto...

Continuei escrevendo com diligência, rejeitando diversos planos insatisfatórios e tentando fortemente não visualizar o corpo de Jamie se revirando ao vento, devagar, dependurado na árvore de algum vale solitário. Christie me dera sua palavra; sem nada mais a que me agarrar, agarrei-me a ela.

Webb e o governador cochichavam, mas a conversa era sobre coisas das quais eu não fazia ideia, e quase todas as palavras me alcançavam feito o som do mar, ininteligíveis e apaziguantes. Depois de um tempo, porém, Webb veio me instruir em relação à selagem e ao endereçamento das cartas a serem enviadas. Pensei em perguntar por que ele próprio não nos ajudava naquela emergência burocrática, mas então vi suas mãos – ambas severamente deformadas pela artrite.

– A senhora tem uma bela caligrafia, sra. Fraser – disse ele em dado momento, um pouco menos formal, abrindo um sorriso breve e frio. – É uma pena que seja a falsificadora, não a assassina.

– Por quê? – indaguei, estupefata.

– Ora, está claro que a senhora é letrada – respondeu ele, por sua vez surpreso com o meu assombro. – Se fosse condenada por assassinato, poderia requerer o benefício clerical e escapar com um açoitamento público e uma marca no rosto. Falsificação, por outro lado... – Ele balançou a cabeça e franziu os lábios. – Crime capital, sem perdão possível. Se for condenada por falsificação, sra. Fraser, receio que vá à forca.

Meus sentimentos de gratidão em relação a Sadie Ferguson passaram por uma brusca reavaliação.

– De fato – respondi, com a maior frieza possível, embora meu coração tivesse dado um salto convulsivo e agora tentasse sair do meu peito. – Bom, então esperemos que a justiça seja feita e eu seja solta, não é?

Ele fez um som de engasgo, que aceitei com uma risada.

– Sem dúvida. Ainda que seja pelo bem do governador.

Depois disso, retornamos ao trabalho em silêncio. O relógio dourado atrás de mim bateu meio-dia, e, como se invocado pelo som, um serviçal que tomei pelo mordomo entrou para perguntar se o governador receberia uma delegação de cidadãos locais.

O governador apertou um pouco os lábios, mas assentiu, resignado, e um grupo de seis ou sete homens adentrou o recinto, todos vestidos em seus melhores casacos, porém claramente comerciantes, não mercadores ou advogados. Graças a Deus, não reconheci nenhum.

– Nós viemos, senhor – disse um deles, que se apresentou como George Herbert –, indagar o que significa esta movimentação de canhões.

Webb, sentado ao meu lado, enrijeceu um pouco o corpo, mas o governador parecia preparado.

– Os canhões? – retrucou, aparentando inocente surpresa. – Ora... os suportes estão em manutenção. Mais para o fim do mês vamos disparar uma salva real, como de costume, em honra do aniversário da rainha. Durante a revisão dos canhões, no entanto, descobrimos que a madeira das carretas de munição havia apodrecido em alguns pontos. Até que sejam efetuados os reparos, é obviamente impossível dispará-los. Os senhores desejam inspecionar os suportes pessoalmente?

Ao dizer isso, ele se ergueu um pouco do assento, como se para acompanhá-los até lá, mas sua cortesia era acompanhada de tamanha ironia que os homens enrubesceram e murmuraram recusas.

Houve mais um pouco de conversa fiada, em nome da educação, mas por fim a delegação partiu, exibindo apenas um pouco menos de suspeita do que à chegada. Webb fechou os olhos e soltou um suspiro alto, enquanto a porta se fechava atrás deles.

– Para o inferno com eles – disse o governador, num tom muito suave.

Não achei que ele quisesse ser ouvido, então fingi não ouvir, ocupando-me dos papéis e mantendo a cabeça baixa.

Webb se levantou e foi até a janela que dava para o gramado, decerto para garantir que os canhões estivessem onde ele achava que deveriam estar. Espichando um pouco o pescoço, pude enxergar para além dele; como era de se esperar, os seis canhões haviam sido removidos dos suportes e jaziam sobre a grama, troncos de bronze inofensivos.

Da conversa subsequente – salpicada de fortes observações sobre cães rebeldes que tinham a audácia de lançar a questão a um governador real como se ele fosse um engraxate, por Deus! – apreendi que, a bem da verdade, os canhões haviam sido removidos por conta do medo bastante real de que o povo da cidade pudesse tomá-los e voltá-los contra o palácio.

Ao ouvir isso, percebi que as coisas haviam ido mais longe e andado mais depressa que o esperado. Eram meados de julho, mas de 1775 – quase um ano antes que uma versão maior e mais enérgica da Declaração de Mecklenburg se transformasse numa declaração oficial de independência das colônias unidas. No entanto, lá estava um governador real, obviamente temendo uma revolta declarada.

Se o que tínhamos visto em nossa jornada rumo ao sul desde a Cordilheira não tivesse bastado para me convencer de que a guerra se avultava sobre nós, um dia com o governador Martin não deixava dúvidas.

Eu de fato subi durante a tarde – acompanhada do vigilante Webb, claro – para dar uma olhada em minha paciente e fazer perguntas a quem mais pudesse estar adoecido. A sra. Martin estava letárgica e abatida, reclamando do calor e do clima pestilento, alegando saudade das filhas e maldizendo a falta de cuidados pessoais, por ter que pentear os próprios cabelos na ausência de Dilman, que havia desaparecido. Estava, contudo, com boa saúde, como informei ao governador quando retornei.

– A senhora acha que ela aguentaria uma viagem? – indagou, com o cenho meio franzido.

Refleti por um instante, então assenti.

– Acho que sim. Ela ainda está um pouco fraca, por conta do desarranjo... mas já deve estar melhor amanhã. Não vejo dificuldades com a gravidez... Ela teve algum problema nos partos anteriores?

Ao ouvir isso o governador corou um pouco, mas balançou a cabeça.

– Obrigado, sra. Fraser – disse ele, inclinando de leve a cabeça. – Queira me dar licença, George... preciso ir falar com Betsy.

– Ele está pensando em mandar a esposa embora? – perguntei a Webb, tão logo o governador saiu.

Apesar do calor, um pequeno enjoo de desconforto se avultou sob minha pele.

Pela primeira vez, Webb pareceu bastante humano; franziu o cenho para o governador e assentiu, distraído.

– Ele tem família em Nova York e Nova Jersey. Ela vai estar mais segura lá, com as garotas. As três filhas – explicou, encarando-me.

– Três? Ela disse que tinha tido seis... ah.

Parei abruptamente. Ela contara que dera à luz seis bebês, não que tinha seis filhos vivos.

– Eles perderam meninos pequenos para as febres aqui – disse Webb, ainda olhando na direção do amigo. Balançou a cabeça, com um suspiro. – Não tem sido um lugar de boa sorte para eles.

Ele então pareceu se recuperar, e o ser humano tornou a desaparecer por trás da máscara de burocrata frio. Entregou-me mais uma folha de papel e saiu, sem se dar o trabalho de me cumprimentar.

93

EM QUE FIZ AS VEZES DE DAMA

Jantei sozinha em meu quarto; a cozinha parecia ainda funcionar, pelo menos, embora a atmosfera de desordem na casa fosse palpável. Eu podia sentir o desassossego, beirando o pânico – e me dei conta de que não fora o medo, a febre ou a praga a causa da debandada dos serviçais, porém mais provavelmente o mesmo senso de autopreservação que faz com que os ratos abandonem um navio naufragante.

De minha diminuta janela, eu podia ver uma pequena porção da cidade, aparentemente serena sob o crepúsculo que se aprumava. A luz ali era muito diferente da luz das montanhas – uma luz plana e sem dimensão, que delineava as casas e barcos de pesca no porto com uma claridade distinta, mas esvanecia em um nevoeiro que encobria por completo a praia mais ao longe, de modo que eu olhava para além do cenário imediato, para a infinidade indistinta.

Afastei o pensamento e tirei do bolso a tinta, a pena e o papel que afanara da biblioteca mais cedo. Não fazia ideia de como enviar um bilhete para fora do palácio, nem se era possível – mas ainda tinha algum dinheiro, e se a oportunidade surgisse...

Escrevi depressa para Fergus e Marsali, contando brevemente o que havia acontecido e pedindo que Fergus procurasse saber sobre Jamie em Brunswick e Wilmington.

Pensava comigo mesma que, se Jamie *estivesse* vivo, era muito mais provável que estivesse na cadeia de Wilmington. Brunswick era um povoado diminuto, dominado pela presença opressora de Fort Johnston, construído com troncos de madeira, mas o forte era uma guarnição da milícia; não haveria um bom motivo para levar Jamie até lá – mas, se o *fizessem*... o forte estava sob o comando do capitão Collet, um emigrante suíço que o conhecia. Pelo menos ali ele estaria a salvo.

Quem mais ele conhecia? Jamie tinha muitos conhecidos na costa, da época da Regulação. John Ashe, por exemplo; os dois haviam marchado lado a lado até Alamance, e a companhia de Ashe acampara junto à nossa todas as noites; por muitas vezes os recebêramos diante de nossa fogueira. E Ashe era de Wilmington.

Eu tinha acabado de concluir um breve pedido a John Ashe quando ouvi passos pelo corredor em direção ao meu quarto. Dobrei o papel mais que depressa, sem me preocupar em borrá-lo, e enfiei junto ao outro bilhete em meu bolso. Não houve tempo de fazer nada com o contrabando de papel e tinta além de empurrar para debaixo da cama.

Era Webb, claro, meu carcereiro de costume. Evidentemente, eu agora era considerada a criada geral do estabelecimento; fui levada ao quarto da sra. Martin e orientada a arrumar suas coisas.

Eu teria esperado reclamações ou histeria, mas a bem da verdade ela não apenas estava vestida, como pálida e contida, supervisionando e até ajudando no processo com um belo senso de ordenação.

A razão do autocontrole era o governador, que apareceu enquanto ela fazia as malas, o rosto tenso de preocupação. Ela foi até ele no mesmo instante e pousou as mãos carinhosamente em seus ombros.

– Pobre Jo – disse ela, baixinho. – Você comeu?

– Não. Não importa. Eu como alguma coisa mais tarde. – Beijou-a rapidamente

949

na testa, suavizando um pouco o olhar de preocupação ao perscrutá-la. – Está se sentindo bem, Betsy? Tem certeza?

Percebi de súbito que ele era irlandês – anglo-irlandês, pelo menos; não dava pista de sotaque, mas uma fala mais desatenta denotou uma leve cadência.

– Totalmente recuperada – garantiu ela. Tomou-lhe a mão e pressionou-a contra a saliência da barriga, sorrindo. – Está vendo como chuta?

Ele sorriu de volta, levou as mãos dela aos lábios e beijou.

– Vou sentir saudade, querido – disse ela, bem baixinho. – Você vai se cuidar bem?

Ele pestanejou e olhou para baixo, engolindo em seco.

– Claro – respondeu, num tom brusco. – Querida Betsy. Você sabe que eu não toleraria deixá-la, a menos que...

– Eu sei, sim. É por isso que temo tanto por você. Eu... – Neste momento ela olhou para cima e de súbito percebeu que eu estava ali. – Sra. Fraser – disse, num tom muito diferente. – Desça até a cozinha, por favor, e prepare uma bandeja para o governador. Pode levar para a biblioteca.

Assenti a cabeça de leve e saí. Seria a chance que eu estivera esperando?

Os corredores e a escadaria estavam desertos, iluminados apenas por bruxuleantes candeeiros de latão – pelo cheiro, queimavam óleo de peixe. Naturalmente, a cozinha de paredes de tijolos ficava no subsolo, e o silêncio sepulcral onde antes devia haver imensa movimentação fazia a sombria escadaria até lá parecer a descida a um calabouço.

Não havia luz na cozinha exceto pelo fogo da lareira, que ardia baixinho – mas *ardia*. Em torno dela reuniam-se três serviçais, apesar do calor sufocante. Ao ouvir meus passos elas se viraram, surpresas, os rostos envoltos em sombras. Com o vapor subindo do caldeirão atrás delas, tive a ilusão momentânea de estar diante das três bruxas de Macbeth, encontradas numa temerosa profecia.

– Borbulhe a papa ao fogacho – falei com alegria, embora meu coração batesse um tantinho mais depressa à medida que eu me aproximava. – Arda a brasa e espume o tacho!

– Arda a brasa, *isso* mesmo – disse uma suave voz feminina, que então riu.

Já mais perto, pude ver que elas pareciam sombreadas à luz fraca porque eram todas negras; escravas, decerto, e portanto incapazes de escapar da casa.

Incapazes também de levar um bilhete para mim. Ainda assim, não havia mal em ser amistosa, e abri um sorriso.

Elas retribuíram timidamente, olhando-me com curiosidade. Eu nunca vira nenhuma das três – nem elas a mim. Mas, sendo "lá embaixo" o que era, provavelmente sabiam a meu respeito.

– O governador tá mandando a dona embora? – indagou a que havia rido, movendo-se para pegar uma bandeja de uma prateleira em resposta ao meu pedido por algo leve.

– Está – respondi.

Ao perceber o valor da fofoca como moeda de troca, relatei tudo que podia sem perder o decoro, enquanto as três circulavam com eficiência, escuras feito sombras, as mãos ligeiras fatiando, espalhando, organizando.

Molly, a cozinheira, balançou a cabeça, a touca branca feito uma nuvem de crepúsculo frente ao brilho do fogo.

– Maus tempos, maus tempos – disse, estalando a língua, e as outras duas murmuraram em concordância.

Pensei, pela atitude delas, que gostassem do governador – por outro lado, como escravas, seu destino estava ligado ao dele de maneira insolúvel, a despeito de seus sentimentos.

Ocorreu-me, enquanto conversávamos, que mesmo que elas não pudessem escapar por completo da casa, deviam pelo menos deixar as dependências vez ou outra; alguém tinha de fazer compras, e não parecia ter sobrado mais ninguém. A bem da verdade, o caso era mesmo esse; Sukie, a risonha, saía para comprar peixe e vegetais de manhã, e ao ser abordada com educação não se opôs a entregar meus bilhetes na oficina de impressão – ela contou que sabia onde era, o lugar cheio de livros na janela – em troca de uma pequena compensação.

Ela enfiou papel e dinheiro no decote, lançando-me um olhar sagaz, e deu uma piscadela. Não tenho ideia de como interpretou o gesto, mas eu pisquei de volta, ergui a bandeja carregada e subi as escadas para o mundo iluminado e cheirando a peixe.

Encontrei o governador sozinho na biblioteca, queimando papéis. Ele assentiu distraidamente para a bandeja que baixei sobre a mesa, mas não a tocou. Fiquei sem saber o que fazer e, depois de um constrangedor momento ali parada, sentei-me em meu local de costume.

O governador jogou a última pilha de papéis ao fogo, então ficou a encará-las enquanto enegreciam e se enroscavam. O ambiente esfriara um pouco com o sol poente, mas as janelas estavam bem fechadas – claro –, e pelas vidraças ornamentadas escorriam gotinhas de umidade. Sequei uma gota de condensação similar de minhas bochechas e nariz, levantei-me e abri a janela mais próxima, sorvendo um trago profundo do ar noturno, bastante quente, porém renovado, com o cheiro doce das madressilvas e rosas do jardim entremeado pela umidade da praia distante.

Fumaça de lenha também; havia fogueiras ardendo do lado de fora. Os soldados que vigiavam o palácio faziam fogueiras de sinalização, espaçadas constantemente pelo perímetro do terreno. Bom, isso ajudaria com os mosquitos – e não seríamos pegos totalmente de surpresa caso ocorresse um ataque.

O governador veio se postar atrás de mim. Esperei que ele me mandasse fechar a janela, mas ele simplesmente ficou ali parado, observando os gramados e a comprida trilha de cascalhos. A lua havia subido, e mal se viam os canhões desmontados, que jaziam em meio às sombras feito cadáveres enfileirados.

Depois de um instante o governador retornou à escrivaninha e me chamou, entregando-me uma folha de correspondência oficial para copiar e outra para classificar e arquivar. Deixou a janela aberta; achei que queria ouvir caso algo acontecesse.

Perguntei-me onde estaria o onipresente Webb. Não havia som em nenhum outro canto do palácio; decerto a sra. Martin terminara sozinha de fazer as malas e fora dormir.

Nós trabalhamos, varando pelas badaladas intermitentes do relógio, o governador se levantando vez ou outra para atirar mais um maço de papéis ao fogo, pegando minhas cópias e reunindo-as em grandes pastas de couro, que lacrava com fita e empilhava sobre a mesa. Ele havia tirado a peruca; seus cabelos eram castanhos e curtos, porém cacheados – muito parecidos com os meus, depois da febre. De vez em quando ele parava e escutava, com a cabeça inclinada.

Eu havia enfrentado uma turba e sabia o que ele tentava escutar. Àquele ponto, não sabia o que esperar ou temer. Então segui com minha tarefa, acolhendo o trabalho como a distração entorpecente que era, embora uma dormência desesperadora dominasse minha mão e eu tivesse que parar a cada poucos minutos para esfregá-la.

O governador agora escrevia; remexia-se na cadeira, com uma careta de desconforto apesar da almofada. A sra. Martin me informara que ele sofria de uma fístula. Eu duvidava muito que ele me deixasse tratá-la.

Ele se acomodou por sobre uma nádega e esfregou a mão no rosto. Era tarde, e ele estava claramente cansado, além de incomodado. Eu também estava cansada, abafando bocejos que ameaçavam deslocar minha mandíbula e faziam meus olhos lacrimejarem. Ele seguia trabalhando, obstinado, com ocasionais olhadelas para a porta. Quem estava esperando?

A janela atrás de mim ainda estava aberta, e o ar suave me acariciava, quente feito sangue, mas agitado o bastante para revolver os cachinhos na minha nuca e açoitar loucamente a chama da vela. Ela se inclinou para um lado e bruxuleou, como se fosse apagar, e o governador mais que depressa a protegeu com a mão em concha.

A brisa passou e o ar ficou parado outra vez, exceto pelo som dos grilos lá fora. O governador parecia concentrado no papel à sua frente, mas de súbito virou a cabeça, como se tivesse visto algo passar ligeiro pela porta aberta.

Ele a encarou por um instante, esfregou os olhos e retornou a atenção ao papel. Mas não conseguia se concentrar. Tornou a encarar o umbral vazio – eu também não consegui evitar –, então tirou o olhar, piscando.

– A senhora... viu alguém passar, sra. Fraser?

– Não, senhor – respondi, briosamente reprimindo um bocejo.

– Ah.

Com certa decepção, ele apanhou a pena, mas não escreveu nada; apenas segurou-a entre os dedos, como se tivesse esquecido que estava lá.

– Estava esperando alguém, Vossa Excelência? – indaguei, educadamente, ao que ele ergueu a cabeça com um tranco, surpreso por alguém lhe dirigir a palavra de maneira tão direta.

– Ah. Não. É... – Ele foi baixando a voz, ao mesmo tempo tornando a encarar a abertura da porta que levava aos fundos da casa. – Meu filho. Nosso amado Sam. Ele... morreu aqui, sabe... no fim do ano passado. Tinha só 8 anos. Às vezes... às vezes eu acho que o vejo – concluiu ele, baixinho, e tornou a inclinar a cabeça por sobre o papel, os lábios apertados.

Fiz um movimento impulsivo na intenção de tocar sua mão, mas sua expressão retesada me impediu. Em vez disso, respondi baixinho:

– Sinto muito.

Ele não disse nada, mas dispensou-me um meneio curto e ligeiro, sem erguer a cabeça. Apertou os lábios ainda mais; então, como eu, retornou à escrita.

Pouco depois o relógio bateu uma hora, então duas. Tinha um badalar doce e suave, que o governador parou para escutar, com o olhar distante.

– Já está tarde – disse ele, enquanto a última badalada esvanecia. – Eu a prendi aqui até um horário intolerável, sra. Fraser. Peço desculpas.

Então, ele fez um gesto para que eu largasse os papéis nos quais trabalhava e eu me levantei, rígida e dolorida por conta de todo o tempo sentada.

Ajeitei as saias e virei-me para sair, só então percebendo que ele não fizera menção de deitar a própria pena e tinta.

– O senhor também deveria ir para a cama, sabe? – falei, parada diante da porta.

O palácio estava quieto. Até os grilos haviam se calado, e apenas o ronco baixinho de um soldado adormecido no corredor perturbava o silêncio.

– Sim – respondeu ele, com um sorrisinho cansado. – Em breve.

Ele trocou o peso de nádega e segurou a pena, tornando a virar a cabeça para os papéis.

Ninguém me acordou pela manhã, e o sol já ia bem alto quando despertei, sozinha. Escutando o silêncio, senti um medo momentâneo de que todos tivessem fugido durante a noite, deixando-me ali trancada para morrer de fome. Levantei-me depressa, porém, e olhei para fora. Os soldados de casaco vermelho ainda patrulhavam os arredores, como de costume. Avistei pequenos grupos de cidadãos do lado de fora dos muros, a maioria passando em duplas ou trios, por vezes parando para encarar o palácio.

Então comecei a ouvir pequenos baques e sons domésticos no andar de baixo e senti um alívio; não estava totalmente abandonada. Estava, contudo, faminta ao extremo quando o mordomo veio liberar minha saída.

Ele me levou ao quarto de dormir, que para minha surpresa estava vazio. Deixou-me ali, e em alguns instantes Merilee, uma das escravas da cozinha, adentrou, com um olhar apreensivo por estar naquela parte pouco familiar da casa.

– O que está acontecendo? – perguntei a ela. – Onde está a sra. Martin, você sabe?

– Bom, *isso* eu sei – respondeu ela, num tom duvidoso, indicando que era a única coisa que sabia *de verdade*. – Ela saiu logo antes de amanhecê. Aquele sr. Webb, ele levou ela embora, escondidinha, numa carroça com as caixas.

Eu assenti, perplexa. Era razoável que ela fosse discreta na saída; imaginei que o governador não quisesse dar nenhuma pista de que se sentia ameaçado, por medo de suscitar exatamente a violência que temia.

– Mas, se a sra. Martin foi embora, por que estou aqui? – retruquei. – Por que *você* está aqui?

– Ah. Bom, isso eu também sei – respondeu Merilee, ganhando um pouco de confiança. – É pra eu ajudá a senhora a se vestir, dona.

– Mas eu não preciso de nenhuma... – comecei a dizer, mas então vi as peças de roupa estendidas na cama: um dos vestidos diurnos da sra. Martin, de algodão com uma bela estampa floral, feito à moda "polonesa", recém-popularizada, completo com volumosas anáguas, meias de seda e um chapelão de palha para proteger o rosto.

Evidentemente, eu deveria fazer o papel de esposa do governador. Não havia razão em protestar; pude ouvir o governador e o mordomo conversando no corredor, e afinal de contas... se aquilo me tirasse do palácio, tanto melhor.

Eu era apenas uns 6 ou 7 centímetros mais alta que a sra. Martin, e minha ausência de barriga deixou o vestido mais comprido. Não havia esperança de que meus pés coubessem em nenhum dos sapatos dela, mas os meus próprios não eram totalmente inadequados, apesar de todas as aventuras por que passara desde que saíra de casa. Merilee os limpou e engraxou, para dar um brilho no couro; pelo menos não estavam toscos a ponto de chamar atenção imediata.

Com o chapéu de aba larga inclinado para a frente, para esconder o rosto, e os cabelos puxados para cima e presos firmemente numa touca por baixo, eu provavelmente era uma cópia bem razoável, pelo menos para os que não conheciam muito bem a sra. Martin. O governador franziu o cenho ao me ver, deu uma voltinha lenta ao meu redor, puxando aqui e ali para ajustar as roupas, mas por fim assentiu, e com uma pequena mesura ofereceu-me o braço.

– Seu criado, madame – disse, num tom cortês.

E, enquanto eu me curvava levemente para disfarçar a altura, saímos pela porta da frente, ao encontro da carruagem do governador, que aguardava na entrada.

94

FUGA ÀS PRESSAS

Jamie Fraser observou a quantidade e a qualidade dos livros na vitrine da oficina de impressão – *F. Fraser, Proprietário* – e se permitiu sentir um orgulho momentâneo por Fergus; o estabelecimento, embora pequeno, aparentemente estava prosperando. O tempo, contudo, era premente, e ele empurrou a porta sem parar para ler os títulos.

Uma sineta tocou com a sua entrada, e Germain pulou por detrás do balcão feito um aríete sujo de tinta, soltando um gritinho de alegria ao ver o avô e o tio Ian.

– *Grand-père, grand-père!* – gritou ele, então mergulhou por sob a aba do balcão, agarrando Jamie pelas coxas, extasiado.

Ele havia crescido; o topo de sua cabeça agora chegava às costelas inferiores de Jamie. Jamie afagou gentilmente os cabelos loiros e brilhosos, então soltou Germain e foi buscar o pai do garoto.

Não foi preciso; agitada pela gritaria, a família inteira saiu fervilhando das acomodações atrás da loja, exclamando, gritando, berrando e basicamente agindo feito uma matilha de lobos, como Ian apontou, com Henri-Christian montado nos ombros, triunfante e de rosto vermelho, agarrado a seus cabelos.

– O que houve, milorde? Por que está aqui?

Fergus arrancou Jamie facilmente do tumulto e puxou-o para o lado, até a alcova onde os livros mais caros eram guardados – bem como aqueles inadequados para exposição pública.

Jamie pôde ver pelo olhar de Fergus que alguma notícia havia descido das montanhas; embora surpreso em vê-lo, Fergus não estava embasbacado, e sua satisfação encobria uma preocupação. Ele explicou a questão o mais rápido possível, tropeçando nas palavras de vez em quando por conta da pressa e do cansaço; um dos cavalos havia sucumbido a cerca de 60 quilômetros da cidade, e, incapazes de encontrar outra montaria, eles haviam caminhado por duas noites e um dia, revezando-se no único cavalo, o outro andando ao lado, agarrado aos couros do estribo.

Fergus escutou com atenção, limpando a boca com o guardanapo que removera da gola; eles haviam chegado no meio do jantar.

– O xerife... é o sr. Tolliver – disse ele. – Eu o conheço. Vamos...

Jamie fez um gesto abrupto, interrompendo-o.

– Nós fomos lá, logo de início.

Quando chegaram à residência do xerife, este havia desaparecido, e na casa só havia uma mulher muito bêbada com cara de pássaro azedo, caída e roncando no sofá com um bebezinho negro agarrado aos braços.

Ele pegara o bebê e o entregara a Ian, mandando o sobrinho cuidar da criança enquanto ele deixava a mulher sóbria a ponto de poder conversar. Então a arrastara até o pátio e jogara nela alguns baldes de água do poço, até que ela arquejou e piscou. Em seguida levou a mulher trôpega e encharcada de volta para a casa, onde a obrigou a beber água passada na borra preta e queimada de café de chicória que havia encontrado no bule. Ela vomitou de maneira profusa e repugnante, mas recobrou um pouco da fala.

– A princípio, tudo que ela conseguiu dizer foi que todas as prisioneiras haviam partido... fugidas ou enforcadas.

Ele não revelou a pontada de terror que sentira no estômago ao ouvir a última parte. Sacudira com força a mulher, no entanto, perguntando detalhes, e por fim, depois de administrar mais água e café ruim, teve sucesso.

– Um homem chegou anteontem e a levou. Isso era tudo que ela sabia... ou tudo de que se lembrava. Eu a fiz contar o que podia sobre a aparência dele... não era Brown, nem Neil Forbes.

– Entendi.

Fergus olhou para trás; a família estava toda reunida em torno de Ian, arrulhando e acariciando-o. Marsali, no entanto, olhava para a alcova, o rosto preocupado, obviamente querendo juntar-se à conversa, mas impedida por Joan, que lhe puxava a saia.

– Quem será que a levou?

– Joanie, *a chuisle,* pode me soltar? Vá ajudar Félicité um momentinho, sim?

– Mas, mamãe...

– Agora *não.* Daqui a pouquinho, sim?

– Não sei – respondeu Jamie, a frustração da impotência lhe subindo feito bile negra no fundo da garganta. Um pensamento súbito e mais terrível o atingiu. – Meu Deus, você acha que pode ter sido Stephen Bonnet?

A descrição arrastada da mulher não parecia corresponder à do pirata – mas ela estivera longe de ter certeza. Será que Forbes ficara sabendo da fuga de Jamie e decidira simplesmente inverter os papéis no drama que ele próprio concebera? Deportar Claire à força para a Inglaterra e tentar jogar a culpa da morte de Malva Christie nas costas de Jamie?

Ele estava com dificuldade para respirar e teve de forçar o ar para dentro do peito. Se Forbes tivesse entregado Claire a Bonnet, ele rasgaria o advogado do esterno até o pau, arrancaria as entranhas de sua barriga e o estrangularia com elas. E faria o mesmo com o irlandês, quando pusesse as mãos nele.

– Papi, Pa-pii...

A voz cantarolada de Joan penetrou de leve a nuvem vermelha sobre a sua cabeça.

– O que foi, *chérie?*

Fergus ergueu a menina com a facilidade da longa prática, balançando sua bundinha gorducha no braço esquerdo e deixando a mão direita livre. Ela se enganchou em seu pescoço e sussurrou algo em seu ouvido.

– Ah, foi? – disse ele, claramente absorto. – *Très bien.* Onde foi que você colocou, *chérie?*

– Com as fotos das moças assanhadas.

Ela apontou para a prateleira de cima, onde repousavam diversos volumes encadernados em couro, porém discretamente desprovidos de título. Ao olhar na direção que a pequena indicava, Jamie viu um papel borrado despontando por entre dois livros.

Fergus estalou a língua, insatisfeito, e deu um tapinha de leve em sua nádega esquerda com a mão boa.

– Você sabe que não pode subir lá!

Jamie estendeu o braço e puxou o papel. Ao ver a caligrafia familiar, sentiu todo o sangue escapar da cabeça.

– O quê? – Fergus, alarmado com sua aparência, pôs Joanie no chão. – Sente-se, milorde! Corra, *chérie*, vá pegar os sais de cheiro.

Jamie gesticulou com uma das mãos, calado, tentando indicar que estava bem, e por fim conseguiu recuperar a fala.

– Ela está no Palácio do Governador. Graças a Deus, está a salvo.

Ao ver um banquinho sob a prateleira, ele o puxou e se sentou, sentindo a exaustão pulsar pelos músculos trêmulos das coxas e panturrilhas, ignorando a confusão de perguntas e explicações, como Joanie havia encontrado o bilhete enfiado debaixo da porta – ofertas anônimas chegavam com frequência ao jornal daquela forma, e as crianças sabiam que deveriam levar tais coisas à atenção dos pais...

Fergus leu o bilhete, os olhos escuros assumindo a expressão de atenção e interesse que ele exibia ao contemplar a abstração de algo difícil e valioso.

– Ora, isso é bom – concluiu. – Vamos lá buscá-la. Mas acho que primeiro o senhor precisa comer um pouco, milorde.

Ele queria recusar, dizer que não havia um instante sequer a ser perdido, que de todo modo não conseguiria comer nada; havia um nó em seu estômago, que doía muito.

Marsali, contudo, já corria com as garotas de volta à cozinha, berrando sobre café quente e pão, e Ian foi atrás, o amoroso Henri-Christian ainda enroscado em suas orelhas, Germain tagarelando avidamente. E Jamie sabia que, se precisasse lutar, não teria forças. Então, envolvido pelo chiado suculento e o aroma dos ovos fritando na manteiga, levantou-se e rumou para os fundos, feito um pedaço de ferro atraído por um ímã.

No curso da apressada refeição, vários planos foram propostos e recusados. Depois de muito tempo Jamie aceitou com relutância a sugestão de Fergus de que ele ou Ian fosse abertamente ao palácio e pedisse para ver Claire, dizendo-se um parente de sangue que desejava se assegurar de seu bem-estar.

– Eles não têm motivo para negar a presença dela, afinal de contas – disse Fergus, dando de ombros. – Se pudermos vê-la, tanto melhor; mas, mesmo que não seja possível, vamos saber se ela ainda está lá, e talvez em que local do palácio.

Estava claro que Fergus desejava assumir a tarefa, mas ele cedeu frente à observação de Ian de que ele era muito conhecido em New Bern, e talvez levantasse suspeitas de estar apenas atrás de escândalos para o jornal.

– Pois eu afirmo, com muita dor, milorde – disse Fergus, em um tom de desculpas –, que a questão... o crime... já é conhecido por aqui. Há alguns cartazes... as bobagens costumeiras. *L'Oignon* foi forçado a imprimir qualquer coisa sobre o assunto, claro, em nome do patrocínio, mas fizemos isso da maneira mais repressiva, mencionando apenas os fatos da questão.

Ele comprimiu os lábios compridos e móveis numa ilustração da natureza comedida do artigo, e Jamie abriu um leve sorriso.

– É, estou vendo – disse ele. Afastou o corpo da mesa, satisfeito em sentir alguma força retornando a seus membros, e de ânimo renovado pela comida, o café e o conforto de saber o paradeiro de Claire. – Bom, Ian, então penteie esse cabelo. Não queremos que o governador o tome por um selvagem.

Jamie insistiu com Ian em acompanhá-lo, a despeito do perigo de ser reconhecido. O sobrinho o encarou com os olhos semicerrados.

– O senhor não vai fazer nenhuma bobagem, não é, tio?

– Qual foi a última vez que você ouviu falar de alguma bobagem minha?

Ian lançou a Jamie um olhar desaprovador, ergueu uma das mãos e começou a dobrar os dedos, um a um.

– Ah, sim, vamos contar, então... Simms, o impressor? O piche em Forbes? Roger Mac me contou o que o senhor fez em Mecklenburg. E também teve...

– Você teria deixado que matassem o pequeno Fogarty? – inquiriu Jamie. – E, por falar em idiotas, quem foi que perfurou a bunda se refestelando num pecado mortal com...

– O que estou querendo dizer – retrucou Ian, num tom severo – é que o senhor não vai entrar no Palácio do Governador e tentar tirá-la de lá à força, não importa o que aconteça. O senhor vai esperar calado, de chapéu na cabeça, até eu retornar, e depois a gente vê, sim?

Jamie puxou a aba do chapéu, um troço molengo e surrado de feltro, tal e qual os usados por criadores de porcos, com o cabelo enfiado por baixo.

– O que o faz pensar que eu agiria de outro modo? – indagou, tanto por curiosidade quanto por argumentação natural.

– O olhar no seu rosto – respondeu Ian, apenas. – Eu quero tê-la de volta tanto quanto o senhor, tio Jamie... – emendou, com um sorriso irônico. – Bom... talvez não *tanto* quanto o senhor... mas pretendo recuperá-la mesmo assim. O senhor...'– ele cutucou o tio enfaticamente no peito. – Fique na sua.

Deixando Jamie parado sob um olmo, sob o calor, caminhou a passos largos, firme em seu propósito, na direção dos portões do palácio.

Jamie deu vários suspiros profundos, tentando preservar sua irritação com Ian como uma forma de combater a ansiedade que se enroscava em seu peito feito uma cobra. Mas, sendo puramente fabricada, a irritação evaporou feito água numa chaleira, deixando a ansiedade tomar conta.

Ian havia chegado ao portão e conversava com o guarda ali parado, de mosquetão a postos. Jamie pôde vê-lo balançar a cabeça enfaticamente.

Aquilo não fazia sentido, pensou. A necessidade que tinha dela era física, como a sede de um marujo depois de semanas sem o balanço do navio. Ele já sentira essa necessidade antes, com frequência, nos anos que passaram afastados. Mas por que agora? Claire estava a salvo; ele sabia onde ela estava – seria apenas a exaustão dos dias e semanas anteriores, ou talvez a fraqueza da idade, que lhe fazia doerem os ossos como se ela de fato tivesse sido arrancada de seu corpo, tal e qual Deus fizera Eva da costela de Adão?

Ian discutia, fazendo gestos persuasivos em direção ao guarda. O som das rodas no cascalho atraiu a atenção dos dois; uma carruagem descia pela estrada, um pequeno veículo com duas pessoas e um condutor, arrastado por uma parelha de belos baios escuros.

O guarda havia empurrado Ian com o cano do mosquetão, indicando que ele mantivesse distância durante a abertura dos portões. A carruagem prosseguiu aos solavancos, dobrou a curva da rua e passou por ele.

Ele nunca tinha visto Josiah Martin, mas achou que o cavalheiro roliço, de aspecto presunçoso, devia ser ele – seu olho captou o mais leve vislumbre da mulher, e seu coração trincou feito um punho. Sem pensar por um instante, ele disparou atrás da carruagem, o mais rápido que pôde.

Nem em seus anos de ouro ele teria ultrapassado uma parelha de cavalos. Mesmo assim, chegou a poucos centímetros da carruagem, e teria gritado, mas não teve fôlego, pois além disso tropeçou numa pedra e caiu de cara no chão.

Então ficou ali, atônito e resfolegante, a visão escura e os pulmões ardendo, ouvindo apenas o clangor desvanecente dos cascos e das rodas da carruagem, até que uma forte mão agarrou seu braço e lhe deu um tranco.

– Vamos evitar chamar a atenção – murmurou Ian, inclinando-se para apoiar os ombros no braço de Jamie. – Seu chapéu voou, o senhor *percebeu*? Não, claro que não, nem a rua inteira encarando, seu tonto. Meu Deus, o senhor pesa o mesmo que um boi de 3 anos!

– Ian – disse Jamie, parando para tomar fôlego.

– Sim?

– Você está parecendo a sua mãe. Pare – disse, voltando a sorver o ar. – E solte o meu braço; eu consigo andar sozinho.

Ian deu uma fungada que soou ainda mais como Jenny, mas parou e soltou o tio. Jamie pegou o chapéu caído e coxeou rumo à oficina de impressão, Ian seguindo atrás em urgente silêncio pelas ruas, com o povo a encará-los.

A uma distância segura do palácio, trotamos lentamente pelas ruas de New Bern, despertando apenas um leve interesse dos cidadãos; alguns acenaram, uns poucos gritaram hostilidades vagas, a maioria apenas encarou. Na fronteira da cidade, o cavalariço virou a parelha na estrada principal, e avançamos satisfeitos, sacolejando, aparentemente a caminho de um passeio pelo interior, uma ilusão reforçada pelo cesto de piquenique de palha visível atrás de nós.

Depois de passarmos por uma confluência de carroças pesadas, gado, ovelhas e outros tipos de comércio, no entanto, o cavalariço desceu o chicote, e recomeçamos a acelerar.

– Aonde estamos indo? – gritei, por sobre o ruído das parelhas, segurando o chapéu para evitar que saísse voando.

Eu achava que estávamos servindo apenas de distração, para que ninguém notasse a silenciosa remoção da sra. Martin até que ela estivesse a salvo fora da colônia. Evidentemente, porém, não estávamos *apenas* saindo para um piquenique.

– Brunswick! – gritou o governador de volta.

– Aonde?

– Brunswick – repetiu ele. Parecia soturno, e mais ainda ao lançar um último olhar em direção a New Bern. – Malditos – completou, embora eu tivesse a certeza de que havia falado apenas para si mesmo.

Ele então virou o corpo e se acomodou, meio inclinado para a frente, como se para acelerar a carruagem, e não disse mais nada.

95

O CRUZADOR

Eu acordava todas as manhãs pouco antes do amanhecer. Desgastada pela preocupação e os costumes tardios do governador, dormia feito um moribundo, a despeito de todos os baques, ruídos e sinos da guarda, disparos de barcos próximos, ocasionais tiros de mosquetão vindos da praia e o chiado do vento do alto-mar ao passar pelos cordames. No entanto, naquele momento antes da luz, o silêncio me acordou.

Hoje? Era esse o único pensamento em minha mente; eu pareci levitar por um instante, incorpórea, logo acima do meu catre sob o castelo de proa. Então tomei fôlego, ouvi meus batimentos cardíacos e senti a suave elevação do convés abaixo. Virei o rosto para a praia e observei a luz, que começava a tocar as ondas e chegar à terra. Primeiro passamos em Fort Johnston, mas mal paramos por tempo suficiente para a reunião do governador com legalistas locais, que lhe haviam garantido o quanto as coisas estavam inseguras, antes de recuarmos ainda mais.

Já fazia quase uma semana que estávamos a bordo do *Cruzador*, a corveta de Sua Majestade, ancorados no mar próximo a Brunswick. Sem contar com outros soldados além dos fuzileiros navais a bordo da embarcação, o governador Martin não tinha condições de recuperar o controle da colônia, estando limitado a redigir cartas frenéticas, tentando manter a aparência de governador em exílio.

Na falta de outra pessoa para preencher a função, permaneci atuando como secretária, embora tivesse sido promovida de mera copista a amanuense, redigindo algumas cartas ditadas por Martin quando ele se cansava demais para escrevê-las sozinho. E, sem contato com terra firme e sem acesso a informações, eu passava todos os momentos de folga observando a costa.

Hoje, um barco estava a caminho, saindo da pálida escuridão.

Um dos guardas o saudou, e um "alô" veio em resposta, num tom de tamanha agitação que eu me sentei abruptamente, agarrando o espartilho.

Hoje, haveria notícias.

O mensageiro já estava na cabine do governador, e um dos fuzileiros barrou a minha entrada – a porta estava aberta, no entanto, e a voz do homem era claramente audível.

– Ashe já foi, senhor, está avançando contra o forte!

– Ora, para o inferno com aquele cachorro traiçoeiro!

Seguiu-se um som de passos; o fuzileiro saiu mais que depressa do caminho, bem a tempo de evitar o governador, que emergiu da cabine de repente feito um boneco de mola, ainda de camisolão bufante e sem peruca. Agarrou a escada e subiu correndo feito um macaco, proporcionando-me uma visão de suas gorduchas nádegas nuas. O fuzileiro percebeu e rapidamente desviou o olhar.

– O que eles estão fazendo? Você consegue vê-los?

– Ainda não.

O mensageiro, um homem de meia-idade vestido de fazendeiro, havia seguido o governador escada acima; as vozes dos dois desciam pela amurada.

– O coronel Ashe ordenou ontem que todos os navios do porto de Wilmington reunissem suas tropas e rumassem para Brunswick. Eles estavam se agrupando bem na fronteira da cidade hoje de manhã; ouvi a chamada dos nomes enquanto fazia a ordenha matinal... acho que são por volta de quinhentos homens. Quando percebi isso, senhor, disparei até a praia e encontrei um barco. Achei que Vossa Excelência devia ser informada.

A voz do homem havia perdido a agitação e assumido um tom meio fingido.

– Ah, é? E o que espera que eu faça a respeito?

O governador soava claramente raivoso.

– Como é que eu vou saber? – indagou o mensageiro, retrucando no mesmo tom. – Não sou *eu* o governador, não é mesmo?

A resposta do governador foi abafada pelo sino do navio. Enquanto o som ia morrendo, ele cruzou a passos firmes a escada da escotilha; ao olhar para baixo, me viu.

–Ah, sra. Fraser. A senhora pode me trazer um chá da cozinha?

Eu não tinha muita escolha, embora preferisse ficar e bisbilhotar. O fogo da cozinha fora apagado para a noite, e o cozinheiro ainda estava deitado. Quando terminei de atiçar o fogo, ferver a água, passar um bule de chá e arrumar uma bandeja com bule, xícara, pires, leite, torradas, manteiga, biscoitos e geleia, o informante do governador tinha ido embora; vi seu barco rumando para a margem, uma ponta de flecha negra contra a superfície do mar, que clareava lentamente.

Parei por um instante no convés e apoiei a bandeja de chá na amurada, olhando a faixa de terra. Estava um pouco mais claro agora, e era possível ver Fort Johnston, uma construção robusta de troncos exposta no topo de um aclive baixo, circundada por um grupo de casas e anexos. Havia bastante atividade ao redor; homens iam e vinham feito um bando de formigas. Nada, no entanto, que parecesse uma invasão iminente. Ou o comandante, capitão Collet, decidira evacuar, ou os homens de Ashe ainda não tinham começado a avançar para Brunswick.

Teria John Ashe recebido a minha mensagem? E, se tivesse... teria agido? Não seria uma atitude muito popular; eu não o culparia se ele decidisse que simplesmente não podia se dar ao luxo de ser visto ajudando um homem suspeito de ser legalista – e ainda por cima acusado de um crime tão hediondo.

Ele poderia ter agido, no entanto. Uma vez que o governador estava abandonado ao mar, o Conselho separado e o sistema judicial evaporado, já não havia leis vigorando na colônia – exceto pelas milícias. Se Ashe decidisse invadir a cadeia de Wilmington e remover Jamie, enfrentaria muitíssimo pouca oposição.

Se ele tivesse feito isso... se Jamie estivesse solto, estaria à minha procura. E sem dúvida saberia em pouco tempo do meu paradeiro. Se John Ashe estivesse a caminho de Brunswick e Jamie estivesse solto, sem dúvida viria com os homens dele. Olhei em direção à costa, à procura de movimento, mas vi apenas um rapaz conduzindo uma vaca a esmo ao longo da estrada para Brunswick. As sombras frias da noite, porém, ainda envolviam os meus pés; mal havia amanhecido.

Respirei fundo e percebi o aroma fragrante do chá, misturado à brisa matinal vinda da praia – o cheiro do quebra-mar e dos arbustos. Fazia meses, quiçá anos, que eu não bebia chá. Pensativamente, servi uma xícara e sorvi devagar, observando a costa.

Quando cheguei à cabine do cirurgião, que o governador transformara em escritório, ele estava vestido e sozinho.

– Sra. Fraser. – Dispensou-me um breve aceno, sem olhar para cima. – Muito grato. A senhora pode escrever, por gentileza?

Ele próprio estivera escrevendo; havia penas, areia e mata-borrão espalhados sobre a mesa, e o tinteiro estava aberto. Apanhei uma pena decente e uma folha de papel e comecei a escrever o que ele ditava, cada vez com mais curiosidade.

O bilhete – ditado entre mordidas de torradas – era dirigido a um tal general Hugh MacDonald e referia-se à chegada do general em segurança ao continente, acompanhado de um certo coronel McLeod. Ele confirmava o recebimento do informe do general e solicitava que fossem enviadas novas informações. Também mencionava o pedido de apoio feito pelo governador – sobre o qual eu sabia – e as garantias recebidas em relação à chegada desse apoio – sobre as quais eu não sabia.

– Anexa, uma carta de crédito... não, espere.

O governador lançou um olhar em direção à costa – mas sem sucesso, uma vez que não havia janelas na cabine do cirurgião – e franziu a cara, concentrado. Evidentemente ocorrera a ele que, à luz dos últimos acontecimentos, uma carta de crédito emitida pelo escritório do governador devia valer menos que uma das falsificações da sra. Ferguson.

– Anexos, 20 xelins – corrigiu ele, com um suspiro. – Pode fazer uma cópia legível agora mesmo, sra. Fraser? Estas aqui, pode fazer no seu tempo livre.

Ao dizer isso, empurrou na minha direção uma pilha de bilhetes desordenados, redigidos com seus próprios garranchos.

Então se levantou, ganindo enquanto se espreguiçava, e subiu, decerto para tornar a espiar o forte da amurada.

Fiz a cópia, passei areia e deixei de lado, perguntando-me quem diabos seria *esse* MacDonald e o que estaria fazendo. A menos que o major MacDonald tivesse passado por uma mudança de nome e conseguido uma extraordinária promoção nos últimos tempos, não podia ser ele. E, a julgar pelo tom das observações do governador, parecia que o general MacDonald e seu amigo McLeod estavam viajando sozinhos – e em missão particular.

Fui folheando depressa a pilha de bilhetes à minha espera, mas nada vi de interessante; apenas as costumeiras trivialidades administrativas. O governador havia deixado seu escrínio sobre a mesa, mas estava fechado. Refleti sobre a possibilidade de tentar violar a fechadura e revirar suas correspondências particulares, mas havia muita gente por perto: marujos, fuzileiros, grumetes, visitantes – o lugar estava apinhado.

Havia também uma sensação de tensão e nervosismo a bordo. Eu já percebera muitas vezes antes como uma sensação de perigo vai percorrendo as pessoas num ambiente confinado: salas de emergência de hospitais, centros cirúrgicos, vagões de trem, navios; a urgência cruza de uma pessoa a outra sem verbalização, tal e qual o impulso que vai do axônio de um neurônio aos dendritos de outro. Eu não sabia se alguém, além de mim e do governador, já tinha conhecimento dos movimentos de John Ashe – mas o *Cruzador* sabia que havia algo no ar.

O nervosismo e a expectativa também me afetavam. Eu estava inquieta, batucando distraidamente com os pés, percorrendo de cima a baixo o cabo da pena com os dedos agitados, incapaz de me concentrar a ponto de escrever.

Pus-me de pé, sem ideia do que pretendia fazer; apenas com a certeza de que sufocaria de impaciência se continuasse ali embaixo.

Na prateleira ao lado da porta da cabine jazia a costumeira bagunça de objetos típicos de navios, comprimidos atrás de uma grade: um candelabro, velas sobressalentes, um acendedor, um cachimbo quebrado, uma garrafa fechada e enroscada com uma corda de linho, um pedaço de madeira que alguém tentara entalhar e acabara inutilizando. E uma caixa.

O *Cruzador* não tinha cirurgião a bordo. E os cirurgiões tendiam a levar consigo seus utensílios pessoais, a menos que morressem. Aquela caixa devia pertencer ao próprio navio.

Espiei do lado de fora; havia vozes por perto, porém ninguém à vista. Abri a caixa mais que depressa, torcendo o nariz com o cheiro de sangue seco e tabaco velho. Não havia muito ali, e o que havia estava jogado de qualquer maneira, enferrujado, endurecido e quase sem uso. Uma lata de Pílulas Azuis, assim etiquetadas, e uma garrafa, não identificada, porém reconhecível, de purgante – isto é, láudano. Uma esponja ressecada e um pedaço de pano grudento, com uma mancha amarela. E a única coisa que não faltava em nenhum estojo cirúrgico da época – lâminas.

Ouvi passos vindos da escada da escotilha e a voz do governador, conversando com alguém. Sem parar para avaliar a sensatez de minha conduta, agarrei uma pequena espátula e escondi-a no espartilho.

Fechei a tampa da caixa. Não houve, no entanto, tempo para que eu tornasse a me sentar antes da chegada do governador, que trazia outro visitante a tiracolo.

Meu coração estava saindo pela boca. Esfreguei as palmas das mãos, úmidas de suor, contra a saia, e assenti para o recém-chegado, que me observava, boquiaberto, por detrás do governador.

– Major MacDonald! – exclamei, esperando que minha voz não tremesse. – Que bom ver o *senhor* por aqui!

MacDonald fechou a boca rapidamente e se empertigou com mais firmeza.

– Sra. Fraser – respondeu, com uma mesura receosa. – Seu criado, madame.

– O senhor a conhece?

O governador Martin olhou de MacDonald para mim e de volta para ele, de cenho franzido.

– Já nos cruzamos – respondi, com um aceno educado de cabeça.

Havia me ocorrido que talvez não fosse vantajoso a nenhum dos dois que o governador pensasse haver qualquer conexão entre nós... se de fato havia alguma.

MacDonald claramente pensara o mesmo; sua expressão nada revelava além de uma leve cortesia, embora eu pudesse ver seus pensamentos indo e vindo por detrás dos olhos feito um enxame de insetos. Eu mesma era examinada de maneira similar – e, sabendo que minha expressão era naturalmente reveladora, baixei os olhos com discrição e me retirei em direção à cozinha, sob o pretexto de que precisava comer alguma coisa.

Fui serpenteando por entre grupos de marujos e fuzileiros, respondendo às saudações mecanicamente, a cabeça trabalhando de maneira furiosa.

Como? Como eu falaria com MacDonald a sós? Eu *tinha* que descobrir o que ele sabia sobre Jamie – caso ele soubesse de alguma coisa. Se soubesse, me contaria? Sim, pensei, ele contaria; MacDonald podia ser um soldado, mas também era um belo fofoqueiro – e claramente morrera de curiosidade ao me ver.

O cozinheiro, um negro liberto jovem e gorducho de nome Tinsdale, que usava os cabelos em três tranças grossas projetadas da cabeça feito os chifres de um tricerátope, estava trabalhando na cozinha; tostava pão no fogo com um ar sonhador.

– Ah, olá – disse ele, num tom amistoso, ao me ver. Abanou o garfo de tostar. – Quer umas torradas, sra. Fraser? Ou é a água quente outra vez?

– Torradas seria ótimo – respondi, capturada pela inspiração. – Mas o governador tem visita; deseja café. E, se você tiver alguns daqueles excelentes biscoitinhos de amêndoas para acompanhar...

Armada de uma bandeja de café carregada, rumei para a cabine do cirurgião instantes depois, o coração disparado. A porta estava aberta para a circulação de ar; evidentemente, não era uma reunião secreta.

Os dois estavam debruçados sobre a mesinha, o governador de cenho franzido para um bolo de papéis, que a julgar pelas dobras e manchas haviam sido despachados com a bagagem de MacDonald. Pareciam ser cartas, escritas em variadas caligrafias e tintas.

– Ah, café – disse o governador, olhando para cima. Parecia vagamente satisfeito, sem lembrar que não havia pedido nada. – Esplêndido. Obrigado, sra. Fraser.

MacDonald mais que depressa afastou os papéis, abrindo espaço para que eu depositasse a bandeja sobre a mesa. O governador tinha uma folha na mão, que continuou segurando; ao me inclinar para apoiar a bandeja à sua frente, dei uma olhadela. Era uma espécie de lista – nomes de um lado, números de outro.

Dei um jeito de derrubar uma colher no chão e consegui visualizar melhor ao me agachar para pegá-la. *H. Bethune, Cook's Creek, 14. Jno. McManus, Boone, 3. F. Campbell, Campbelton, 24?*

Lancei um olhar para MacDonald, que tinha os olhos fixos em mim. Apoiei a colher sobre a mesa e dei um passo apressado para trás, de modo a me posicionar bem atrás do governador. Apontei um dedo para MacDonald, então em rápida sucessão apertei a garganta, pondo a língua para fora, agarrei o estômago com os braços cruzados, tornei a apontar o dedo para ele, então para mim mesma, o tempo todo com um olhar de advertência no rosto.

MacDonald assistiu à pantomima com silencioso fascínio, mas – com um olhar velado ao governador, que mexia o café com uma das mãos, com uma carranca para o papel que tinha na outra – deu-me um diminuto aceno de cabeça.

– De quantos o senhor pode ter certeza? – indagava o governador, enquanto eu fazia uma mesura e me retirava.

– Ah, pelo menos quinhentos homens, senhor, mesmo agora – respondeu MacDonald, confiante. – E há muitos mais por vir, à medida que a notícia se espalhar. O senhor devia ver o entusiasmo com que o general tem sido recebido! Não posso falar pelos alemães, claro, mas, se depender disso, senhor, devemos ter todos os habitantes do interior das Terras Altas, além de um bom número de escoceses-irlandeses.

– Deus sabe que espero que o senhor tenha razão – disse o governador, soando esperançoso, mas ainda em dúvida. – Onde está o general agora?

Eu teria gostado de ouvir a resposta a essa pergunta – e a muitas outras –, mas o tambor soava ao alto, anunciando a refeição, e passadas firmes já ribombavam pelos conveses abaixo e as escadas da escotilha. Eu não podia ficar espreitando e bisbilhotando na frente do povo que comia, de modo que fui forçada a subir de volta, esperando que MacDonald tivesse captado a minha mensagem.

O capitão do *Cruzador* estava parado junto à amurada, o imediato ao lado, ambos perscrutando a praia com seus telescópios.

– Tem alguma coisa acontecendo?

Pude ver um aumento de atividade perto do forte, gente indo e vindo... mas a estrada junto à costa ainda estava vazia.

– Não sei dizer, dona.

O capitão Follard balançou a cabeça, então baixou e fechou o telescópio, relutante, como se temesse que algo pudesse acontecer se não mantivesse os olhos fixos na costa. O imediato não se mexeu, ainda com o olhar fixo no forte sobre o penhasco.

Permaneci ali ao lado dele, em silêncio, encarando a costa. A maré mudou; eu já estava no navio por tempo suficiente para sentir. Uma pausa quase imperceptível, o mar tomando fôlego enquanto a lua invisível se rendia à sua tração.

Os negócios humanos apresentam altas como as do mar... Sem dúvida Shakespeare havia parado sobre um convés, pelo menos uma vez, e sentira na própria carne aquela mesma mudança levíssima, porém profunda. Um professor havia me dito certa vez, na faculdade de medicina, que os navegantes polinésios ousavam enfrentar longas jornadas por mares nunca antes navegados porque haviam aprendido a sentir as correntes do oceano, as mudanças do vento e das marés com o registro do mais delicado dos instrumentos – seus testículos.

Não era necessário um escroto para sentir as correntes que turbilhonavam à nossa volta agora, refleti, olhando de esguelha para a calça branca do imediato, bem ajustada ao corpo. Eu podia senti-las no fundo do estômago, na umidade das palmas, na tensão dos músculos da nuca. O imediato havia baixado o telescópio, mas ainda encarava a costa, quase absorto, as mãos apoiadas na amurada.

De súbito me ocorreu que, se algo drástico acontecesse no continente, o *Cruzador* no mesmo instante içaria as velas e rumaria para o mar, pela segurança do governador – e eu me afastaria ainda mais de Jamie. Onde diabos iríamos parar? Charlestown? Boston? As duas opções eram prováveis. E ninguém naquela praia tempestuosa saberia para onde havíamos ido.

Eu conhecera pessoas deslocadas durante a guerra – a minha guerra. Pessoas afastadas ou removidas de suas casas, com famílias espalhadas, cidades destruídas, amontoadas em campos de refugiados, formando filas defronte às embaixadas e estações de auxílio, perguntando, sempre perguntando pelos nomes dos desaparecidos, descrevendo os rostos dos entes amados e perdidos, agarrando-se a qualquer migalha de informação que pudesse levá-las de volta ao que ainda pudesse restar – ou preservar por mais um instante o que um dia haviam sido.

O dia estava quente, mesmo dentro d'água, e minhas roupas se agarravam ao corpo por conta da umidade, mas meus músculos convulsionavam e minhas mãos na amurada estremeceram com um frio súbito.

Eu poderia ter visto todos pela última vez, sem saber: Jamie, Bree, Jemmy, Roger, Ian. Era assim que acontecia: eu nem ao menos me despedira de Frank, não tivera o mais leve indício, naquela última noite, de que ele partiria, de que eu jamais tornaria a vê-lo. E se...

Mas não, pensei, firmando o corpo com mais força à amurada de madeira. Nós nos encontraríamos. Tínhamos um lugar para onde retornar. Nossa casa. E, se eu permanecesse viva – como pretendia fazer, decerto –, *sem dúvida* voltaria para casa.

O imediato havia fechado o telescópio e ido embora; não percebi sua partida, absorta em pensamentos mórbidos, e fiquei bastante surpresa ao ver o major MacDonald despontar ao meu lado.

– Que pena o *Cruzador* não ter nenhuma arma de longo alcance – disse ele, meneando a cabeça em direção ao forte. – Daria um basta nos planos desses bárbaros, não é?

– Sejam lá quais forem esses planos – retorqui. – E, por falar em planos...

– Estou com um pouco de dor de barriga – interrompeu ele, num tom suave. – O governador sugeriu que talvez a senhora pudesse ter algum remédio para aliviar.

– Ah, é? – indaguei. – Ora, venha até a cozinha; vou passar uma xícara de algo que vai ajudar, assim espero.

– Sabia que ele pensava que a senhora era uma falsificadora?

MacDonald, segurando uma caneca de chá com as duas mãos, meneou a cabeça em direção à cabine principal. O governador não estava em lugar algum, e a porta da cabine estava fechada.

– Sabia, sim. Ele já sabe a verdade agora? – indaguei, resignada.

– Bom, sabe. – MacDonald me deu um olhar de desculpas. – Imaginei que já soubesse, do contrário não teria falado nada. No entanto, mesmo que não soubesse por mim, cedo ou tarde ficaria sabendo. A essa altura a história já se espalhou por todo canto até Edenton, e os jornais...

Fiz um gesto com a mão, dispensando o comentário.

– O senhor viu Jamie?

– Não. – Ele me olhou, a curiosidade duelando com a cautela. – Eu tinha ouvido... bem, ouvi muitas coisas, todas diferentes. Mas o cerne da questão é que os dois foram presos, sim? Pelo assassinato da srta. Christie.

Eu assenti. Perguntei-me se algum dia me acostumaria àquela palavra. O som ainda era como um soco no estômago, curto e brutal.

– Preciso dizer que isso não é verdade? – indaguei, sem rodeios.

– Não há a menor necessidade, dona – garantiu ele, com o semblante muito seguro.

No entanto, pude sentir sua hesitação, e vi o olhar de esguelha, curioso e um tanto ávido. Talvez um dia me acostumasse a isso também.

Minhas mãos estavam frias; eu as enrolei na caneca, tirando o conforto que pude do calor.

– Preciso mandar um recado ao meu marido – falei. – Sabe onde ele está?

Os olhos azul-claros de MacDonald estavam fixos em meu rosto, sem revelar nada além de uma atenção cortês.

– Não, dona. Mas imagino que a senhora saiba.

Eu o encarei com um olhar penetrante.

– Não saia pela tangente – aconselhei. – O senhor sabe tão bem quanto eu o que está acontecendo na praia... sem dúvida muito melhor.

– Sair pela tangente. – Ele apertou os lábios finos, numa breve demonstração de bom humor. – Não creio que alguém já tenha dito isso de mim. Sim, eu sei. E agora?

– Acho que *pode ser* que ele esteja em Wilmington. Tentei mandar um recado a John Ashe, pedindo que ele tirasse Jamie da cadeia de Wilmington, se possível... se ele estivesse lá... e que dissesse a ele onde estou. Mas não sei...

Agitei uma das mãos, frustrada, em direção à praia.

Ele assentiu, a cautela inata duelando com o desejo óbvio de me pedir os detalhes sórdidos da morte de Malva.

– Devo retornar por Wilmington. Se for possível, farei perguntas. Se encontrar o sr. Fraser... devo dizer alguma coisa a ele além de sua atual situação?

Eu hesitei, pensativa. Estivera entabulando uma conversa mental constante com Jamie, desde a nossa separação. No entanto, nada do que dissera a ele nas longas noites escuras ou nas auroras solitárias parecia apropriado para confidenciar a MacDonald. Mesmo assim... eu não podia perder a oportunidade; sabia Deus quando haveria outra.

– Diga a ele que o amo – respondi, baixinho, os olhos no tampo da mesa. – E vou amar para sempre.

MacDonald produziu um ruído ligeiro que me fez erguer a cabeça.

– Mesmo que ele tenha... – começou a dizer, então se refreou.

– Ele não a matou – respondi, com rispidez. – Nem eu. Já falei.

– Claro que não – atalhou MacDonald, mais que depressa. – Ninguém imagina isso... eu só quis dizer... mas, claro, um homem é tão somente um homem, e... humm.

Ele parou de falar e desviou o olhar, o rosto enrubescido.

– Ele também não fez isso – retruquei, entre os dentes.

Houve um instante de silêncio marcado, durante o qual evitamos nos encarar.

– O general MacDonald é seu parente de sangue? – indaguei, de súbito, necessitando mudar o rumo da conversa ou sair dali.

O major ergueu o olhar, surpreso... e aliviado.

– É, é um primo distante. O governador falou dele?

– Falou – respondi. Era verdade, afinal de contas; Martin apenas não o mencionara para *mim*. – O senhor está, ahn... ajudando o general, não está? Parece que está tendo certo sucesso.

Aliviado por escapar ao constrangimento social de ter que lidar com a dúvida entre eu ser uma assassina e Jamie, um mero mulherengo, ou Jamie um assassino e eu, a mulher ludibriada, MacDonald abocanhou com avidez a isca oferecida.

– Muito sucesso, de fato – respondeu ele, animado. – Assegurei o comprometimento de muitos dos homens mais proeminentes da colônia; eles estão a postos para cumprir as ordens do governador assim que a palavra for dada!

Jno. McManus, Boone, 3. Homens proeminentes. Por acaso eu conhecia Jonathan McManus, cujos dedos gangrenados removera no inverno anterior. Ele decerto *era* o homem mais proeminente de Boone, se por isso MacDonald entendesse que todos os outros vinte habitantes o conheciam como um bêbado e ladrão. Também era verdade, provavelmente, que ele tinha três homens que lutariam a seu lado caso convocados: o irmão perneta e os dois filhos idiotas. Dei um golinho de chá para encobrir minha expressão. Ainda assim, MacDonald tinha Farquard Campbell em sua lista; teria Farquard realmente assumido um compromisso formal?

– Imagino que o general não esteja nem perto de Brunswick, no entanto – comentei –, dadas as... ahn... presentes circunstâncias?

Se o general estivesse por perto, o governador sem dúvida estaria muito menos nervoso.

MacDonald balançou a cabeça.

– Não. Mas ele ainda não está preparado para reunir suas forças; ele e McLeod acabaram de descobrir que o povo das Terras Altas está pronto para avançar. Não vão convocar ninguém antes da chegada dos navios.

– Navios?! – exclamei. – Que navios?

Ele sabia que não devia dizer mais nada, mas não resistia. Eu via em seus olhos; afinal de contas, que perigo poderia haver em me contar?

– O governador requisitou a ajuda da Coroa para amortecer o partidarismo e a inquietação que correm soltos na colônia. E recebeu garantias de que essa ajuda virá... se ele for capaz de reunir apoio suficiente em solo para reforçar as tropas do governo que chegarão por mar. Este é o plano, entende? – prosseguiu, já empolgado. – Nós fomos avisados... – *Ah, "nós", de fato*, pensei. – Fomos avisados de que milorde Cornwallis está começando a reunir tropas na Irlanda, que em breve serão embarcadas. Elas devem chegar no início do outono, para se juntar à milícia do general. Entre Cornwallis na costa e o general descendo pelas colinas... – Ele uniu o polegar e o indicador, num movimento de pinça. – Eles vão esmagar os patriotas filhos de umas meretrizes feito um bando de piolhos!

– Vão? – indaguei, esforçando-me para soar impressionada.

Era possível; eu não fazia ideia, nem ligava muito, pois não estava em posição de enxergar muito além do momento presente. Se algum dia saísse daquele maldito navio e escapasse da forca, eu me preocuparia.

O som da abertura da cabine principal me fez erguer os olhos. O governador fechava a porta atrás de si. Ao se virar, ele nos viu e veio perguntar sobre a suposta indisposição de MacDonald.

– Ah, estou bem melhor – assegurou o major, a mão pressionada no colete do uniforme. Para ilustrar, soltou um arroto. – A sra. Fraser é uma mão na roda para essas coisas. Mão na roda!

– Ah, que bom – disse Martin. Parecia um pouco menos perturbado. – O senhor deve estar querendo retornar, então. – Ele fez um sinal para o fuzileiro parado ao pé da escada da escotilha, que assentiu e desapareceu escadaria acima. – O barco estará pronto para o senhor daqui a alguns minutos.

Com um aceno de cabeça para o chá pela metade de MacDonald e uma mesura pontual para mim, o governador deu meia-volta e adentrou a cabine do cirurgião, onde pude vê-lo parado junto à escrivaninha, encarando com uma carranca a pilha de papéis amassados.

MacDonald engoliu mais que depressa o resto do chá e, erguendo as sobrancelhas, pediu que eu o acompanhasse até o convés superior. Ficamos ali parados, aguardando um barco local partir da costa e avançar rumo ao *Cruzador*, quando ele de repente pousou a mão em meu braço.

Aquilo me assustou; MacDonald não tinha o costume de tocar as pessoas.

– Farei o possível para descobrir o paradeiro do seu marido, dona – disse ele. – No entanto...

Ele hesitou, perscrutando-me.

– O quê? – indaguei, com cautela.

– Cheguei a lhe contar que andei ouvindo muita boataria? – disse ele, delicadamente. – Em relação... ahn... à infeliz morte da srta. Christie? Não seria desejável que eu conhecesse a verdade sobre a questão, de modo a poder dar um basta nos rumores maldosos, caso venha a me deparar com eles?

Fiquei dividida entre a raiva e o riso. Eu deveria saber que ele não resistiria à curiosidade. MacDonald, no entanto, tinha razão; a julgar pelos rumores que eu tinha ouvido – e que sem dúvida seriam apenas uma pequena fração de tudo o que andava circulando –, a verdade certamente era mais desejável. Por outro lado, eu tinha a plena certeza de que revelar a verdade em nada ajudaria para reduzir as especulações.

De qualquer forma, o desejo de me justificar era forte; eu compreendia os pobres infelizes que clamavam por inocência nas forcas – e esperava ardentemente não me tornar um deles.

– Ótimo – respondi, de maneira abrupta.

O primeiro marujo estava de volta à amurada, com um olho no forte e ao alcance dos ouvidos, mas imaginei que não tinha importância caso ele escutasse.

– A verdade é a seguinte: Malva Christie estava grávida de *alguém*, mas, em vez de revelar o pai verdadeiro, insistiu que era do meu marido. Eu sei que isso era mentira – acrescentei, encarando-o com um olhar perfurante. Ele assentiu, a boca entreaberta. – Alguns dias depois, fui cuidar da horta e encontrei a pequena... srta. Christie caída entre os meus pés de alface, com a garganta degolada. Pensei... que talvez houvesse uma chance de salvar o bebê em seu ventre... – Apesar do tom de bravata, minha voz estava um pouco trêmula. Fiz uma pausa e pigarreei. – Não consegui. A criança nasceu morta.

Era muito melhor não dizer *como* ela havia nascido; a imagem embaralhada de carne cortada e lâmina suja e manchada não era uma visão que eu gostaria de compartilhar com o major, se pudesse evitar. Eu não contara a ninguém – nem a Jamie – sobre o breve lampejo de vida, aquele latejamento que eu ainda guardava em segredo na palma das mãos. Dizer que a criança havia nascido com vida seria suscitar a desconfiança imediata de que eu a havia matado, e eu sabia muito bem disso. Alguns pensariam isso de qualquer maneira; a sra. Martin claramente havia pensado.

MacDonald ainda tinha a mão pousada em meu braço, encarando meu rosto. Pela primeira vez, abençoei a transparência de meu semblante; ninguém que perscrutasse meu rosto jamais poderia duvidar do que eu dizia.

– Entendo – disse ele, baixinho, e apertou meu braço com delicadeza.

Respirei fundo e contei o resto – detalhes circunstanciais são capazes de convencer alguns ouvintes.

– O senhor sabia que tenho algumas colmeias na beirada da horta? O assassino derrubou duas durante a fuga; deve ter levado muitas ferroadas... eu levei, quando cheguei ao jardim. Jamie... Jamie não foi picado. Não foi ele.

E, dadas as circunstâncias, eu não fora capaz de descobrir que homem *havia* sido picado... ou mulher? Pela primeira vez me ocorreu que pudesse ter sido uma mulher.

Ao ouvir isso, ele emitiu um murmúrio de interesse. Ficou parado um instante, contemplativo, então balançou a cabeça, como se acordasse de um sonho, e soltou meu braço.

– Obrigado, dona, por me contar – disse, num tom formal, e curvou-se em uma mesura. – Pode ter certeza de que falarei em seu favor sempre que houver ocasião.

– Agradeço muito, major.

Minha voz estava áspera, e eu engoli em seco. Não havia percebido o quanto doeria falar a respeito daquilo.

O vento se remexeu à nossa volta, e as velas rizadas farfalharam nas cordas acima de nós. Um grito lá de baixo anunciou a presença do barco que levaria MacDonald de volta à margem.

Ele se curvou para beijar a minha mão em uma mesura, e pude sentir sua respiração quente nos nós dos dedos. Por um instante, apertei a mão dele; senti uma surpreendente relutância em deixá-lo partir. Mas foi o que fiz, observando-o por todo o trajeto até a praia; uma silhueta que foi diminuindo de tamanho, contra o brilho da água, de costas eretas e resolutas. Ele não olhou para trás.

O imediato se remexeu na amurada; olhei para ele, então encarei o forte.

– O que estão fazendo? – perguntei.

Algumas das minúsculas figuras pareciam jogar cordas do alto dos muros aos companheiros no chão; àquela distância, as cordas pareciam finas como teias de aranha.

– Acredito que o comandante do forte esteja se preparando para remover os canhões, madame – respondeu ele, fechando o telescópio de latão com um clique. – Se me dá licença, preciso informar ao capitão.

96

PÓLVORA, COMPLÔ E TRAIÇÃO

Não tive a oportunidade de descobrir se a atitude do governador em relação a mim havia se alterado pela notícia de que eu não era na verdade uma falsificadora, e sim uma notória – ainda que inconfessa – assassina. Ele, tal e qual o restante dos oficiais e metade dos homens a bordo, correu até a amurada; o dia passou tumultuado, em meio a comentários, especulações e um sem-número de atividades infrutíferas.

O vigia no topo do mastro gritava de tempos em tempos suas observações – havia homens saindo do forte, transportando coisas... ao que parecia, armamentos.

– São os homens de Collet? – berrou o governador, protegendo os olhos com a mão e erguendo o olhar.

– Não dá para ver, senhor – respondeu o homem lá de cima, impotente.

Por fim, os dois botes do *Cruzador* partiram em direção à costa, com ordens para reunir toda a informação possível. Eles retornaram muitas horas depois com a notícia de que Collet havia abandonado o forte em face de ameaças, mas se esforçara ao máximo para levar as armas e a pólvora, de modo que estas não caíssem nas mãos dos rebeldes.

Não, senhor, eles não haviam falado com o coronel Collet, que estava – segundo os rumores – subindo o rio com suas forças milicianas. Eles tinham enviado dois homens estrada abaixo em direção a Wilmington; era verdade que uma grande tropa vinha se reunindo nos campos nos arredores da cidade, sob o comando dos coronéis Robert Howe e John Ashe, mas não havia informações a respeito dos planos.

– Sem informações, uma ova! – resmungou o governador, depois de receber a cerimoniosa notícia do capitão Follard. – Eles pretendem incendiar o forte! O que mais Ashe estaria planejando, pelo amor de Jesus?

Sua intuição se provou bastante certa; logo antes do pôr do sol, o cheiro de fumaça veio cruzando a água, e pudemos avistar a correria de homens, feito formigas, amontoando pilhas de entulho inflamável em torno da base do forte. Era uma construção simples, quadrada, feita de troncos. Apesar da umidade do ar, acabaria por *queimar*.

Eles, no entanto, levaram um bom tempo para preparar o fogo, sem pólvora nem óleo para acelerar as chamas; à medida que a noite foi caindo, pudemos ver claramente as tochas ardendo, ondeando pela brisa e levadas de um lado a outro, passadas de mão em mão, inclinadas junto a uma pilha de gravetos e retornando minutos depois, enquanto os gravetos se apagavam.

Por volta das nove da noite, alguém encontrou uns barris de terebintina, e as labaredas se agarraram às paredes de madeira do forte de modo letal. Colunas de chamas tremulantes se ergueram, brilhantes e puras, vagalhões laranja e carmesim contra o céu preto da noite, e ouvimos gritos de regozijo e fragmentos de canções grosseiras, trazidos pela brisa costeira com o cheiro de fumaça e o forte odor de terebintina.

– Pelo menos não precisamos nos preocupar com mosquitos – observei, afastando uma nuvem de fumaça esbranquiçada do rosto.

– Obrigado, sra. Fraser – disse o governador. – Eu não havia considerado este aspecto particularmente positivo da questão.

Ele falava com certo amargor, os punhos impotentes apoiados na amurada.

Eu captei a deixa e calei a boca. Para mim, as chamas tremulantes e a onda de fumaça que subia em direção às estrelas eram motivo de celebração. Não por qualquer benefício que o incêndio de Fort Johnston pudesse significar à causa rebelde... mas porque Jamie podia estar ali, junto a uma das fogueiras que haviam nascido na praia abaixo do forte.

E, se ele estivesse... viria no dia seguinte.

Ele veio. Eu acordei muito antes do amanhecer – a bem da verdade, não havia dormido – e estava parada defronte à amurada. O costumeiro tráfego de barcos encontrava-se fraco aquela manhã, por conta do incêndio do forte; o cheiro amargo de madeira queimada se imiscuía ao odor paludoso dos alagadiços próximos, e a água estava parada e com aspecto oleoso. Era um dia bastante escuro, e um pesado nevoeiro pairava sobre a água, encobrindo a costa.

Eu, no entanto, segui observando, e quando um barquinho irrompeu do nevoeiro, soube na mesma hora que era Jamie. Ele estava sozinho.

973

Observei a longa e suave envergadura de seus braços, a tração dos remos, e fui tomada por uma súbita e tranquila felicidade. Não fazia ideia do que poderia acontecer – e todo o horror e a raiva ligados à morte de Malva ainda espreitavam nas entranhas da minha mente, uma enorme silhueta negra sob uma fina camada de gelo. Mas ele *estava* ali, agora perto o bastante para que eu visse seu rosto enquanto ele olhava para trás, por sobre o ombro, em direção ao navio.

Ergui a mão para acenar; ele já tinha os olhos cravados em mim. Não parou de remar, mas deu meia-volta e avançou. Eu permaneci debruçada na amurada, à espera.

O bote a remo saiu de vista por um instante, a sota-vento do *Cruzador*, e eu ouvi o vigia cumprimentá-lo, a resposta grave e em parte audível, e, ao ouvir sua voz, senti algo que estivera embolado por muito tempo num nó dentro de mim se soltar.

Permaneci paralisada, incapaz de me mexer. Então ouvi passos no convés e um murmúrio de vozes – alguém indo chamar o governador – e me virei, às cegas, para os braços de Jamie.

– Eu sabia que você viria – sussurrei, junto ao linho de sua camisa.

Ele cheirava a fogo, fumaça, resina de pinheiro, tecido queimado e o odor pungente de terebintina. Fedia a suor velho e cavalos; exalava a fadiga de um homem que não dormiu, trabalhando a noite inteira, o cheiro fraco e azedo de uma longa fome.

Ele me abraçou com força, costelas e respiração e calor e músculo, então afastou-me um tantinho e me encarou. Estivera sorrindo desde que pusera os olhos em mim. O sorriso iluminava seu rosto, e sem dizer uma palavra ele arrancou a minha touca e atirou pela amurada. Correu as mãos pelos meus cabelos, entregando-se ao abandono, então tomou minha cabeça com as mãos em concha e me beijou, os dedos escavando meu couro cabeludo. Exibia uma barba de três dias, que arranhava meu rosto feito uma lixa, e sua boca era meu lar e minha segurança.

Em algum ponto atrás dele, um dos fuzileiros tossiu e disse, em voz alta:

– O senhor deseja ver o governador, imagino?

Ele me soltou lentamente e se virou.

– Gostaria, de fato – respondeu, e estendeu a mão para mim. – Sassenach?

Eu dei a mão a ele, e acompanhamos o fuzileiro até a escada da escotilha. Olhei para trás por sobre a amurada e vi minha touca balançando em meio às ondas, inflada de ar e tranquila feito uma água-viva.

A ilusão momentânea de paz, no entanto, desapareceu imediatamente, tão logo chegamos lá embaixo.

O governador também havia passado a maior parte da noite acordado e não exibia um aspecto muito melhor que o de Jamie, embora não estivesse, claro, todo emporcalhado de fuligem. No entanto, tinha a barba por fazer e os olhos injetados, sem humor para brincadeiras.

– Sr. Fraser – disse, com um curto aceno de cabeça. – O senhor é James Fraser, suponho? E reside no interior da montanha?

– Sou Fraser, da Cordilheira dos Frasers – respondeu Jamie, num tom cortês. – E vim buscar a minha esposa.

– Ah, entendi. – O governador o encarou com irritação e se sentou, fazendo um gesto indiferente para um banquinho. – Lamento informar, senhor, que a sua esposa é prisioneira da Coroa. Embora talvez o senhor já esteja ciente disso.

Jamie ignorou a ponta de sarcasmo e aceitou o banquinho ofertado.

– A bem da verdade, não – respondeu. – É verdade, não é, que o senhor declarou lei marcial sobre a colônia da Carolina do Norte?

– É verdade – disse Martin.

Essa era uma questão bastante delicada, pois, embora tivesse *de fato* declarado lei marcial, o governador não estava em posição de impor seu cumprimento, sendo obrigado em vez disso a navegar bem longe da costa, de maneira impotente, espumando, até que a Inglaterra decidisse lhe enviar reforços.

– Então, na verdade, todas as convenções legais de praxe estão suspensas – observou Jamie. – O senhor sozinho tem controle sobre a custódia e disposição de quaisquer prisioneiros... e a minha mulher de fato esteve sob a sua custódia por algum tempo. Sendo assim, o senhor também detém o poder de libertá-la.

– Hum – respondeu o governador.

Estava claro que ele não havia pensado naquilo, nem tinha certeza a respeito das ramificações. Ao mesmo tempo, a ideia de estar no controle de qualquer coisa que fosse era decerto apaziguante a seu espírito inflamado.

– Ela não foi levada a julgamento, e a bem da verdade não houve sequer uma prova aduzida contra ela – respondeu Jamie com firmeza.

Eu me vi pronunciando uma prece silenciosa de agradecimento por ter revelado os detalhes sórdidos a MacDonald *depois* de sua reunião com o governador – podia não ser o que uma corte moderna chamaria de prova, mas ser encontrada com uma faca na mão e dois corpos ensanguentados e ainda quentes era bastante circunstancial.

– Ela foi acusada, mas não há mérito na acusação – prosseguiu Jamie. – Sem dúvida, mesmo conhecendo-a por tão curto período de tempo, o senhor já deve ter tido oportunidade de tirar conclusões próprias acerca de seu caráter. – Sem esperar resposta, ele pressionou: – Quando a acusação foi feita, não opusemos resistência à tentativa de levar minha mulher... ou a mim mesmo, já que também fui acusado do crime... a julgamento. Nosso desejo de um julgamento rápido é, aliás, o melhor indicativo de nossa convicção em sua inocência.

O governador tinha os olhos semicerrados e parecia refletir atentamente.

– Seus argumentos não são inteiramente desprovidos de virtude, senhor – disse ele por fim, num tom formal e cortês. – Contudo, compreendo que o crime do qual sua esposa é acusada é um crime hediondo. Libertá-la sem dúvida suscitaria um clamor por parte do povo... e eu já tenho a minha cota de efervescência popular por esses dias – acrescentou, com um olhar gélido aos punhos chamuscados do casaco de Jamie.

Jamie respirou fundo e fez uma nova tentativa.

– Compreendo perfeitamente as reservas de Vossa Excelência. Talvez alguma... garantia possa ser oferecida, de modo a sobrepujá-las?

Martin empertigou-se na cadeira, projetando a mandíbula recuada.

– O que está sugerindo, senhor? O senhor tem a impertinência, a... a... inexprimível insolência de tentar me *subornar*? – Ele espalmou as mãos sobre a mesa e olhou para Jamie, depois para mim e de volta a Jamie. – Maldição, eu deveria mandar enforcar os dois agora mesmo!

– Muito bom, sr. Allnut – murmurei a Jamie entre os dentes. – Pelo menos já somos casados.

– Oh, ah – respondeu ele, com um olhar de incompreensão para mim antes de retornar a atenção ao governador, que murmurava: "Pendurem os dois no maldito lais da verga... que petulância infernal a dessas criaturas!"

– Não tive tal intenção, senhor. – Jamie mantinha a voz firme, os olhos diretos. – O que ofereço é uma fiança, para garantir que minha esposa compareça ao tribunal para responder à acusação que recai contra ela. Quando ela de fato aparecer, a quantia será devolvida a mim.

Antes que o governador pudesse responder, Jamie meteu a mão no bolso, pegou um pequeno objeto escuro e o deitou sobre a mesa. O diamante negro.

Ao ver a pedra, Martin ficou paralisado. Piscou os olhos uma vez, o rosto de nariz comprido empalidecendo de modo quase cômico. Esfregou um dedo lentamente no lábio superior, refletindo.

Tendo visto um bom bocado das correspondências particulares e contas do governador àquela altura, eu estava ciente de que ele possuía poucos recursos pessoais e era forçado a viver muito além de sua modesta renda, de modo a manter as aparências necessárias a um governador real.

O governador, por sua vez, sabia muito bem que, no atual estado de desassossego, havia pouca chance de que eu fosse levada a julgamento com qualquer celeridade. Podia levar meses – quiçá anos – até que o sistema judicial recuperasse qualquer coisa que se assemelhasse a suas funções rotineiras. Sendo assim, pelo tempo que levasse, ele teria o diamante. Não poderia, em nome de sua honra, simplesmente vendê-lo – mas sem dúvida poderia tomar emprestada uma quantia substancial dando a pedra como garantia, na razoável esperança de ter condições de pagá-la mais tarde.

Vi seus olhos estremecerem, estreitos e especulativos, em direção às marcas de fuligem do casaco de Jamie. Havia também uma boa possibilidade de que Jamie fosse morto ou preso por traição – e eu vi essas ideias passarem momentaneamente pela cabeça do governador –, o que deixaria o diamante talvez num limbo legal, mas sem dúvida nas mãos de Martin. Precisei me forçar a continuar respirando.

Martin, no entanto, não era idiota – nem mercenário. Com um breve suspiro, empurrou a pedra de volta para Jamie.

– Não, senhor – concluiu, embora sem o tom de ultraje anterior. – Não aceitarei isso como fiança por sua esposa. Mas a ideia de uma garantia... – Ele levou o olhar à pilha de papéis sobre a mesa, então de volta a Jamie. – Vou lhe fazer uma proposta, senhor – prosseguiu, abruptamente. – Tenho uma ação em curso, uma operação por meio da qual espero levantar um grupo considerável de homens escoceses das Terras Altas, para marchar do interior à costa, encontrar as tropas enviadas pela Inglaterra e, nesse processo, subjugar o interior em nome do rei.

Ele parou para tomar fôlego, olhando Jamie com atenção para avaliar o efeito de seu discurso. Eu estava colada atrás de Jamie, sem poder ver seu rosto, mas não era necessário. Bree, brincando, o chamava de cara de *brag*. Ninguém que o encarasse jamais saberia se ele tinha quatro ases, um full house ou um par de três. Eu estava apostando no par de três – Martin, no entanto, não o conhecia tão bem quanto eu.

– O general Hugh MacDonald – prosseguiu o governador – e o coronel Donald McLeod vieram à colônia um tempo atrás e vêm cruzando o interior, em busca de apoio... o qual têm angariado em números gratificantes, alegro-me em dizer. – Ele tamborilou os dedos de leve sobre as cartas, então fez uma súbita pausa e inclinou-se para a frente. – O que eu proponho, então, senhor, é isto: o senhor retorna ao interior e reúne os homens que puder. Então se apresenta ao general MacDonald e entrega suas tropas à campanha dele. Quando eu receber de MacDonald a notícia de que o senhor chegou com, digamos, duzentos homens... aí, então, soltarei sua esposa.

Meu coração batia com força, assim como o do major; eu podia vê-lo palpitar no pescoço. Definitivamente um par de três. Obviamente MacDonald não tivera tempo de dizer ao governador – ou não ficara sabendo – como fora ampla e acrimoniosa a resposta à morte de Malva Christie. Ainda havia homens na Cordilheira que seguiriam Jamie, com certeza – porém muitos mais que não o seguiriam, ou só o seguiriam se ele me repudiasse.

Eu tentava encarar a situação com sensatez, como forma de me distrair da esmagadora decepção de perceber que o governador não me libertaria. Jamie teria que ir sem mim, deixar-me ali. Por um instante arrebatador achei que não fosse aguentar; eu enlouqueceria, gritaria e pularia sobre a mesa para arrancar os olhos de Josiah Martin.

Ele ergueu o olhar, encarou-me brevemente e começou a se levantar da cadeira.

Jamie estendeu uma mão por trás de mim e segurou com força meu antebraço.

– Fique quieta, *a nighean* – disse, baixinho.

Eu estivera prendendo a respiração sem perceber. Soltei-a com um arquejo e me forcei a respirar devagar.

Igualmente devagar, o governador – com o olhar cauteloso ainda fixo em mim – tornou a se sentar. Estava claro que a acusação contra mim havia, em sua cabeça, assumido uma probabilidade muito maior. Ótimo, pensei, ferozmente, tentando não chorar. *Veja se é fácil dormir comigo sempre a poucos metros de você.*

Jamie soltou um suspiro lento e profundo e ajeitou os ombros por sob o casaco surrado.

– Peço permissão, senhor, para me ausentar e pensar sobre a sua proposta – disse, formalmente, então soltou minha mão e se levantou. – Não se desespere, *mo chridhe* – disse a mim, em gaélico. – Vejo você quando a manhã chegar.

Ele levou minha mão aos lábios e beijou-a; então, com o mais leve meneio de cabeça ao governador, saiu a passos firmes, sem olhar para trás.

Fez-se um instante de silêncio na cabine, e ouvi seus passos se afastando, subindo a escada da escotilha. Não parei para pensar, apenas meti a mão no espartilho e agarrei a faquinha que havia surrupiado do estojo médico.

Golpeei com toda a força; a faquinha se cravou à madeira da mesa e ali ficou, trêmula, frente aos olhos atônitos do governador.

– Seu *desgraçado* maldito – disse, impassível, e saí.

97

PELO BEM DE QUEM A MEREÇA

Eu aguardava na amurada outra vez antes do amanhecer do dia seguinte. O cheiro das cinzas ao vento era forte e acre, mas a fumaça havia esvanecido. Uma névoa matinal ainda encobria a costa, no entanto, e senti uma leve empolgação de *déjà-vu*, imiscuída a esperança, ao ver o barquinho sair do nevoeiro e avançar lentamente em direção ao navio.

À medida que ele se aproximava, no entanto, apertei as mãos na amurada. Não era Jamie. Por alguns instantes tentei me convencer de que fosse, de que ele havia só trocado de casaco – mas a cada remada a certeza era maior. Fechei os olhos lacrimejantes, dizendo a mim mesma que era um absurdo estar tão transtornada; aquilo não queria dizer nada.

Jamie estaria lá; ele tinha garantido. O fato de alguém estar se aproximando do navio antes nada tinha a ver comigo ou com ele.

No entanto, tinha. Abri os olhos, enxuguei-os no punho, tornei a encarar o barquinho e senti uma ponta de descrença. Não podia ser. Mas era. Ele ergueu o olhar para a saudação do vigia, então me viu debruçada na amurada. Cruzamos olhares por um instante; ele inclinou a cabeça e agarrou os remos. Tom Christie.

O governador não ficou satisfeito em ser tirado da cama em plena aurora pelo terceiro dia seguido; pude ouvi-lo no andar de baixo, ordenando a um dos fuzileiros que dissesse ao sujeito, fosse lá quem fosse, que aguardasse um horário mais razoável – ao que se seguiu uma peremptória batida da porta da cabine.

Eu também não estava satisfeita, nem disposta a esperar. O fuzileiro no alto da escada da escotilha, porém, recusou-se a me deixar descer. Com o coração disparado, dei meia-volta e avancei até a popa, aonde Christie havia sido levado para esperar pela boa vontade do governador.

O fuzileiro hesitou, mas afinal de contas não havia qualquer ordem que me proibisse de falar com os visitantes; ele me deixou passar.

– Sr. Christie.

Ele estava parado na amurada, encarando a costa, mas virou-se ao ouvir minhas palavras.

– Sra. Fraser.

Estava muito pálido; sua barba grisalha se destacava, quase preta. Ele a havia aparado, no entanto, e o cabelo também. Por mais que parecesse uma árvore atingida por um raio, havia vida outra vez naqueles olhos que me encaravam.

– Meu marido... – comecei, mas ele me interrompeu.

– Ele está bem. Está à sua espera na praia; a senhora o verá dentro em breve.

– Ah? – A ebulição de medo e fúria dentro de mim diminuiu um pouco, como se alguém tivesse baixado a chama, mas a impaciência ainda exalava vapores. – Bem, que diabos está acontecendo, será que dá para o senhor me contar?

Ele me encarou em silêncio por um longo instante, então lambeu os lábios depressa e virou-se para olhar, por sobre a amurada, o balanço das ondas cinzentas. Olhou de volta para mim e respirou fundo, obviamente se preparando para algo.

– Eu vim confessar o assassinato da minha filha.

Limitei-me a encará-lo, incapaz de compreender as palavras. Então as reuni numa frase, estendi-a na mente e por fim compreendi.

– Não veio, não – respondi.

A mais leve sombra de um sorriso pareceu brotar em sua barba, mas desapareceu quase antes que eu percebesse.

– A senhora permanece contrária, estou vendo – disse ele, num tom seco.

– Não interessa como eu permaneço – respondi, com rudeza. – O senhor está louco? Ou esse é o último plano de Jamie? Porque, se for...

Ele me interrompeu, pondo a mão em meu pulso; eu me assustei, sem esperar o toque.

– É a verdade – concluiu, muito devagar. – E vou jurar pelas Escrituras Sagradas.

Permaneci olhando para ele, imóvel. Ele encarava de volta, e percebi de súbito como era raro que me olhasse nos olhos; desde que nos conhecêramos ele desviava o olhar, evitando o meu, como se buscasse fugir de qualquer reconhecimento de mim, mesmo quando obrigado a falar comigo.

Agora aquilo havia mudado; seus olhos traziam uma expressão que eu jamais vira. Havia linhas profundas de dor e sofrimento, e as pálpebras traziam o peso da tristeza – mas os olhos em si eram profundos e calmos como o mar à nossa volta. Aquela sensação que ele exibira por toda a nossa tétrica jornada rumo ao sul, aquela atmosfera de horror silencioso e dor paralisante, havia desaparecido, substituída por resolução e algo mais – algo que ardia nas profundezas de suas entranhas.

– Por quê? – indaguei, por fim, e ele soltou meu punho e deu um passo atrás.

– A senhora se lembra, uma vez... – Pelo tom de memória em sua voz, talvez tivesse sido décadas antes. – A senhora me perguntou se eu a considerava uma bruxa?

– Lembro – respondi, com cautela. – O senhor disse... – Bom, eu me lembrava daquela conversa muito bem, e uma leve e gélida sensação pairou na base da minha espinha. – O senhor disse que acreditava em bruxas, sim... mas não que eu fosse uma delas.

Ele assentiu, os olhos cinza-escuros fixos em mim. Perguntei-me se ele estaria prestes a repensar a opinião, mas aparentemente não era o caso.

– Eu acredito em bruxas – concordou ele, com toda a seriedade e praticidade. – Pois eu as conheci. A garota era uma, bem como a mãe dela.

O tremor gélido se adensou.

– A garota – falei. – Está se referindo à sua filha? Malva?

Ele balançou um pouco a cabeça, e seus olhos assumiram um tom ainda mais sombrio.

– Ela não era minha filha.

– Não... não era sua? Mas... os olhos. Ela tinha os seus olhos.

Ao ouvir minhas próprias palavras, quase mordi a língua. Ele, no entanto, apenas sorriu, taciturno.

– E os do meu irmão. – Ele se voltou para a amurada, apoiou as mãos e olhou o trecho de mar em direção à terra. – Seu nome era Edgar. Na época da Revolta, eu me declarei a favor dos Stuarts; ele não aceitou, dizendo que era bobagem. Implorou para que eu não fosse. – Christie balançou a cabeça devagar, vislumbrando algo que eu sabia não ser o matagal junto à costa. – Eu pensei... bom, não importa o que eu pensei, mas fui. E perguntei se ele cuidaria da minha esposa e do menino. – Ele respirou fundo, então soltou o ar. – E ele cuidou.

– Entendo – respondi, bem devagar.

Ele virou a cabeça com um tranco ao ouvir a minha voz, os olhos cinzentos penetrantes.

– Não foi culpa dele! Mona era uma bruxa... uma feiticeira. – Ao ver a expressão em meu rosto, ele apertou os lábios. – A senhora não acredita em mim, estou vendo. Mas é a verdade; mais de uma vez, eu a surpreendi fazendo seus encantos, observando as horas... um dia fui até o telhado da casa, à meia-noite, atrás dela. E a vi lá em cima, nua em pelo, encarando as estrelas, parada no centro de um pentágono que ela havia desenhado com o sangue de uma pomba estrangulada, o cabelo esvoaçante ao vento.

– O cabelo dela – falei, procurando algum fio ao qual me agarrar, de súbito percebendo. – Ela tinha o cabelo igual ao meu, não tinha?

Ele assentiu, desviando o olhar, e vi sua garganta se mexer quando engoliu.

– Ela era... o que era – disse ele, baixinho. – Eu tentei salvá-la... pela oração, pelo amor. Mas não fui capaz.

– E o que aconteceu com ela? – indaguei, a voz tão baixa quanto a dele.

Por conta da ventania, havia pouca chance de sermos entreouvidos ali, mas aquele não era o tipo de coisa que alguém devesse ouvir.

Ele suspirou e tornou a engolir.

– Foi enforcada – disse, quase inexpressivamente. – Pela morte do meu irmão.

Isso, ao que parecia, acontecera durante a prisão de Tom em Ardsmuir; ela escrevera a ele antes da execução, contando sobre o nascimento de Malva e informando que confiara o cuidado das crianças à esposa de Edgar.

– Suponho que ela tenha achado graça – disse ele, meio distraído. – Mona tinha o senso de humor mais esquisito.

Senti um frio para além da brisa matinal e abracei os cotovelos.

– Mas o senhor os tomou de volta... Allan e Malva.

Ele assentiu; fora deportado, mas tivera a sorte de ter seu contrato adquirido por um homem rico e bondoso, que lhe dera dinheiro para a passagem das crianças até as colônias. Então tanto o empregador quanto a esposa, com quem ele havia se casado lá, morreram de uma epidemia de febre amarela; Christie, à procura de uma nova oportunidade, ouvira falar do assentamento de Jamie Fraser na Carolina do Norte, e que ele ajudaria os homens que conhecera em Ardsmuir a ter uma terra própria.

– Juro por Deus que teria cortado minha própria garganta antes de vir – disse ele, virando-se de volta abruptamente para mim. – Pode acreditar.

Ele parecia sincero. Eu não soube o que dizer, mas ele parecia não querer resposta, e prosseguiu:

– A garota... ela não tinha mais de 5 anos quando a vi pela primeira vez, mas já exibia... a mesma dissimulação, o charme... a mesma escuridão da alma.

Ele havia tentado ao máximo salvar Malva, também – arrancar-lhe a surras a perversidade do corpo, restringir sua tendência selvagem, e acima de tudo evitar que ela destilasse sua sedução sobre os homens.

– A mãe dela tinha isso também. – Ele apertou os lábios ao pensar. – Qualquer homem. Era a maldição de Lilith que elas tinham, as duas.

Senti um vazio no fundo do estômago ao vê-lo retornar à questão de Malva.

– Mas ela estava grávida... – falei.

Ele empalideceu mais ainda, mas tinha a voz firme.

– É, estava. E não acho que foi errado evitar que mais uma bruxa chegasse ao mundo. – Ao ver meu rosto, ele prosseguiu, antes que eu pudesse interrompê-lo. – Sabia que ela tentou matar a senhora? E a mim também.

– Como assim? Tentou me matar como?

– Quando a senhora contou a ela sobre as coisas invisíveis, os... germes. Ela ficou muito interessada naquilo. Ela me contou, quando eu a peguei com os ossos.

– Que ossos? – indaguei, com um filete de gelo descendo pelas costas.

– Os ossos que ela tirou do túmulo de Ephraim, para preparar os feitiços contra o seu marido. Ela não usou todos, e eu os encontrei no cesto de costura mais tarde. Dei uma surra nela, e aí ela me contou.

Acostumada a vagar sozinha na mata em busca de plantas e ervas comestíveis, ela vinha fazendo isso durante o auge da epidemia de disenteria. Durante um dos passeios, chegara à cabana isolada do devorador de pecados, aquele homem estranho e amalucado. Encontrara-o quase morto, ardendo em febre e afundado num coma; enquanto ela permanecia ali, sem saber se corria para pedir ajuda ou se apenas corria, ele acabou morrendo.

Então, arrebatada pela inspiração – e com meus cuidadosos ensinamentos em mente –, apanhara muco e sangue do corpo e guardara numa garrafinha com um pouco de caldo do caldeirão da lareira, nutrindo-a sob o espartilho com o calor do próprio corpo.

E pingara às escondidas algumas gotas dessa infusão letal em minha comida e na do pai, esperando que, se caíssemos doentes, nossas mortes fossem atribuídas à praga que havia se abatido sobre a Cordilheira.

Senti os lábios rígidos e sem sangue.

– Tem certeza disso? – sussurrei. Ele assentiu, sem se esforçar para me convencer, e isso me deu a garantia de que ele dizia a verdade. – Ela queria... Jamie?

Ele fechou os olhos por um instante; o sol vinha subindo, e, por mais que brilhasse bem atrás de nós, seu reflexo cintilava na água como numa bandeja de prata.

– Ela... queria – respondeu ele, por fim. – Desejava. Desejava riqueza, posição, o que via como liberdade, não como abuso... nunca como abuso!

Ele falou com súbita violência, e pensei que não era apenas Malva que nunca enxergava as coisas da maneira como ele as via.

Ela, no entanto, queria Jamie, fosse por ele próprio ou por suas posses. Então, quando seu feitiço de amor não deu certo e a epidemia se alastrou, dera um passo mais direto para obter o que desejava. Eu ainda não conseguia encontrar um meio de compreender aquilo – no entanto, sabia que era verdade.

Então, frente a uma inconveniente gravidez, ela bolara um novo esquema.

– O senhor sabe quem era o verdadeiro pai? – indaguei, com a garganta outra vez apertada, como imaginava que sempre ficaria frente à lembrança da horta iluminada pelo sol e os dois belos corpinhos arruinados, perdidos; que perda.

Christie balançou a cabeça, mas sem olhar para mim, e eu soube que ele no mínimo fazia ideia. No entanto, não queria me contar, e supus que naquele momento não importava. E o governador logo estaria de pé, pronto para recebê-lo.

Ele também ouviu o movimento no andar de baixo, e respirou fundo.

– Eu não podia deixar que ela destruísse tantas vidas; nem podia deixá-la seguir em frente. Pois ela era uma bruxa, pode ter certeza; não ter conseguido nos matar, tanto a senhora quanto a mim, não foi nada além de sorte. Ela teria matado alguém, antes de se dar por satisfeita. Talvez a senhora, se o seu marido não a largasse. Talvez ele, na esperança de herdar a propriedade para a criança. – Ele soltou um suspiro rascante e dolorido. – Ela não nasceu de mim, mas mesmo assim... era minha filha, meu sangue. Eu não podia, não podia permitir... eu era responsável.

Ele parou, incapaz de concluir. Naquilo, pensei, ele dizia a verdade. Ainda assim...

– Thomas – falei, com firmeza –, isso é uma bobagem, e você sabe disso.

Ele me encarou, surpreso, e vi que havia lágrimas em seus olhos. Ele pestanejou e respondeu, ferozmente:

– A senhora acha? A senhora não sabe de nada, de nada!

Ele me viu recuar e baixou os olhos. Então, desajeitado, estendeu a mão e tocou a minha. Senti as cicatrizes da cirurgia que havia realizado nele, a força flexível de seus dedos firmes.

– Eu esperei a vida toda, numa busca... – Ele agitou vagamente a mão livre; então fechou os dedos, como se a agarrar o pensamento, e prosseguiu, mais seguro. – Não. Na esperança. Na esperança de algo que eu não sabia nomear, mas sabia que devia existir.

Ele perscrutou meu rosto atentamente, como se memorizasse as minhas feições. Ergui uma das mãos, constrangida com o escrutínio, e a pretexto de ajeitar os cabelos desgrenhados – mas ele a segurou no ar e não soltou, surpreendendo-me.

– Deixe assim – disse.

Com as duas mãos sob as dele, não tive escolha.

– Thomas – falei, hesitante. – Sr. Christie...

– Eu me convenci de que era Deus o que eu buscava. Talvez fosse. Mas Deus não é de carne e osso, e o amor de Deus sozinho não poderia me sustentar. Eu redigi a minha confissão. – Ele me soltou, meteu a mão no bolso, remexeu um pouco e puxou um papel dobrado, agarrado aos dedos curtos e firmes. – Aqui confesso ser o assassino de minha filha, pela vergonha que ela me trouxera com sua devassidão.

Ele falava com firmeza, mas eu podia ver sua garganta se mexendo por sob a gravata desbotada.

– Não foi você que a matou – falei, com certeza. – Tenho certeza disso.

Ele piscou os olhos, encarando-me.

– Não matei – assentiu, sem rodeios. – Mas talvez devesse ter matado. Redigi uma cópia desta confissão – prosseguiu, enfiando o documento de volta no casaco – e deixei no jornal de New Bern. Eles vão publicá-la. O governador vai aceitar... como não aceitaria? Então a senhora será solta.

As últimas palavras me paralisaram. Ele ainda agarrava minha mão direita; seu polegar afagava com delicadeza os nós dos meus dedos. Eu queria me soltar, mas me forcei a ficar quieta, atraída pelo olhar dele, agora cinza-claro e desnudo, sem disfarces.

– Eu sempre desejei – disse ele, baixinho – dar e receber amor; passei a vida inteira tentando dar o meu amor aos que não eram dignos dele. Permita-me isto: dar a minha vida pelo bem de quem a mereça.

Senti-me como se alguém me tivesse tirado o ar dos pulmões com um soco. Eu não tinha fôlego algum, mas lutei para organizar as palavras.

– Sr. Chr... Tom. Você não pode fazer isso. A sua vida... tem valor. Você não pode jogá-la fora desse jeito!

Ele assentiu, paciente.

– Eu sei disso. Se não tivesse, de nada adiantaria.

Fez-se um som de passos subindo pela escada da escotilha, e ouvi a voz do governador no andar de baixo, numa conversa animada com o capitão dos fuzileiros.

– Thomas! Não faça isso!

Ele limitou-se a olhar para mim e sorriu – eu já o tinha visto sorrir? –, mas nada disse. Ergueu minha mão e curvou-se diante dela; senti sua barba espetada, o calor de seu hálito, a maciez de seus lábios.

– Seu criado, madame – disse ele, bem baixinho. Apertou minha mão e a soltou, então deu meia-volta e olhou para a costa. Um barquinho avançava, escuro frente ao brilho do mar prateado. – Seu marido está vindo buscá-la. *Adieu*, sra. Fraser.

Ele se virou e saiu andando, com as costas aprumadas apesar das ondas que subiam e desciam sob nós.

PARTE XI

No Dia da Vingança

98

PARA AFASTAR UM FANTASMA

Jamie grunhiu, se espreguiçou e sentou-se pesadamente na cama.

– Parece que alguém pisou no meu pau.

– Ah, é? – Abri os olhos para encará-lo. – Quem?

Ele me lançou um olhar injetado.

– Não sei, mas parece que foi alguém pesado.

– Deite-se – falei, bocejando. – A gente não tem que sair de imediato; dá para você descansar um pouco mais.

Ele balançou a cabeça.

– Não, quero ir para casa. A gente já está longe há tempo demais.

Apesar de tudo, ele não se levantou para começar a se vestir, mas continuou sentado na cama afundada da estalagem, só de camisa, as mãos soltas balançando entre as coxas.

Embora tivesse acabado de acordar, parecia morto de cansaço, o que não chegava a surpreender. Imaginei que tivesse passado vários dias sem pregar o olho, por conta da busca por mim, do incêndio de Fort Johnston e dos eventos relacionados à minha libertação do *Cruzador*. Ao recordar, senti meu próprio humor ser encoberto por uma mortalha, apesar da alegria com a qual havia acordado, ciente de que estava livre, em terra firme e com Jamie.

– Deite-se – repeti. Rolei o corpo para junto dele e pus a mão em suas costas. – Já está quase amanhecendo. Pelo menos espere até o café da manhã; você não pode viajar sem descansar *nem* comer.

Ele olhou pela janela ainda cerrada; as frestas haviam começado a clarear com a luz crescente, mas eu tinha razão; não havia som lá embaixo de carvão sendo posto no fogo, nem o clangor de panelas com comida. Capitulando subitamente, ele desabou devagar para o lado, incapaz de abafar um suspiro enquanto tornava a deitar a cabeça no travesseiro.

Ele não protestou quando o cobri com a colcha xexelenta, nem quando curvei o corpo para me encaixar em torno dele, envolvendo seu quadril com um braço e deitando meu rosto em suas costas. Ainda cheirava a fumaça, embora nós dois tivéssemos nos banhado rapidamente na noite anterior, antes de cair na cama e num esquecimento adquirido a grande custo.

Eu podia sentir o quanto ele estava cansado. Minhas próprias juntas ainda doíam por conta da fadiga – e dos caroços do colchão achatado estofado com lã. Ian aguardava com cavalos quando chegamos à costa, e os três cavalgamos a maior distância possível antes que a noite caísse, enfim chegando a uma estalagem decrépita no meio do nada, um alojamento grosseiro de beira de estrada para carroceiros a caminho da costa.

– Malcolm – dissera ele, quase sem hesitar, quando o estalajadeiro perguntara seu nome. – Alexander Malcolm.

– E Murray – dissera Ian, bocejando e coçando as costelas. – John Murray.

O estalajadeiro assentira, sem dar muita importância. Não havia razão para que associasse três viajantes desinteressantes e imundos a um notório caso de assassinato – de todo modo, quando o homem olhou para mim, senti o diafragma contraído de pânico.

Eu percebera a hesitação de Jamie ao fornecer o nome, seu desgosto em tornar a assumir um dos muitos nomes falsos com os quais um dia vivera. Ele, mais que a maioria dos homens, valorizava o próprio nome – eu só esperava que, no devido tempo, seu nome voltasse a *ter* valor.

Roger talvez ajudasse. Àquela altura ele já devia ser pastor de verdade, imaginei, com um sorriso. Ele tinha o verdadeiro dom de apaziguar as discórdias entre os habitantes da Cordilheira, suavizar os ressentimentos – e, tendo a autoridade adicional de um pastor ordenado, sua influência cresceria.

Seria bom tê-lo de volta. E tornar a ver Bree e Jemmy – passei um instante pensando na saudade que tinha dos dois, embora fôssemos vê-los em breve; pretendíamos passar em Cross Creek na volta, para buscá-los. Estava claro, no entanto, que nem Bree nem Roger faziam ideia do que acontecera nas três semanas anteriores – nem de como poderia ser a vida agora, no rastro de tais acontecimentos.

Os pássaros cantavam a plenos pulmões nas árvores lá fora; depois do constante grasnir das gaivotas e andorinhas-do-mar nos dias passados no *Cruzador*, seu som era suave, uma conversa simples que me fez sentir súbita saudade da Cordilheira. Eu compreendia a forte urgência de Jamie em voltar para casa – mesmo sabendo que não encontraríamos por lá a mesma vida de antes. Para começar, os Christies haviam ido embora.

Eu não tivera chance de perguntar a Jamie sobre as circunstâncias de meu resgate; havia sido posta em terra firme logo antes do pôr do sol, e saímos cavalgando no mesmo momento, pois Jamie desejara me afastar o máximo possível do governador Martin – e talvez de Tom Christie.

– Jamie – chamei, baixinho, com a respiração quente nas dobras de sua camisa. – Você o forçou a fazer aquilo? Tom?

– Não. – A voz dele também era suave. – Ele chegou à gráfica de Fergus no dia seguinte à nossa saída do palácio. Tinha ouvido dizer que a cadeia fora incendiada...

Eu me sentei na cama, em choque.

– O quê? A casa do xerife Tolliver? Ninguém me contou isso!

Ele rolou o corpo de costas, olhando para mim.

– Acho que ninguém com quem você andou falando na última semana ou duas ficou sabendo – disse ele, com doçura. – Ninguém morreu, Sassenach... eu perguntei.

– Tem certeza? – indaguei, preocupada com Sadie Ferguson. – Como aconteceu? Foi invasão?

– Não – respondeu ele, bocejando. – Pelo que ouvi dizer, a sra. Tolliver ficou bêbada feito um gambá, botou carvão demais no fogo da lavanderia, foi se deitar à sombra e acabou dormindo. A madeira desmoronou, a brasa deitou fogo na grama, que se espalhou pela casa, e... – Ele balançou a mão, dispensando o resto. – O vizinho, no entanto, sentiu cheiro de fumaça, e correu até lá bem a tempo de arrastar a sra. Tolliver e o bebezinho para longe. Disse que não havia mais ninguém na casa.

– Ah. Bom...

Deixei que ele me persuadisse a voltar a me deitar, a cabeça apoiada no vão de seu ombro. Não podia me sentir estranha com ele, depois de passarmos a noite colados na cama estreita, cada um ciente do menor movimento do outro. Ainda assim, eu sentia demasiada consciência de sua presença.

E ele, da minha; abraçava-me, os dedos explorando sem perceber a extensão de minhas costas, lendo de leve as minhas formas feito braile enquanto falava.

– Então, Tom. Ele sabia sobre *L'Oignon*, claro, então foi até lá quando descobriu que você tinha desaparecido da cadeia. Àquela hora, claro, você já havia saído do palácio também... e ele levou um tempo para se desligar de Richard Brown sem levantar suspeitas. Mas nos encontrou lá e me contou o que pretendia fazer. – Jamie afagou a minha nuca, e senti a rigidez começar a relaxar. – Eu pedi que ele aguardasse; precisava fazer uma tentativa de resgatar você sozinho... mas, se não conseguisse...

– Então você sabe que não foi ele – retruquei, com confiança. – Ele disse quem foi?

– Só disse que havia mantido o silêncio enquanto havia qualquer chance de você ser julgada e absolvida... mas, tão logo percebesse que você corria perigo imediato, pretendia abrir a boca na mesma hora; por isso insistiu em vir com a gente. Eu... ahn... não quis fazer perguntas.

– Mas não foi ele – insisti. – Jamie, você *sabe* que não foi ele!

Senti o movimento de seu peito sob meu rosto, enquanto ele respirava.

– Eu sei – disse ele, baixinho.

Ficamos em silêncio por um tempo. Houve um baque súbito e abafado do lado de fora, e dei um pinote – mas era só um pica-pau caçando insetos nas vigas de madeira cheias de vermes da estalagem.

– Você acha que vão enforcá-lo? – indaguei, por fim, encarando as vigas lascadas.

– Acredito que vão, sim.

Ele retomara o movimento meio inconsciente dos dedos, alisando mechas de cabelos meus para trás da orelha. Permaneci quieta, escutando as batidas suaves de seu coração, sem querer fazer a pergunta seguinte. Mas era preciso.

– Jamie, me diga que ele não fez isso... que não fez essa confissão... por mim. Por favor.

Eu achava que não seria capaz de aguentar isso, além de todo o resto.

Ele paralisou os dedos sobre a minha orelha.

– Ele te ama. Você sabe disso, não sabe?

Ele falava muito baixinho; além das palavras em si, eu ouvia o ressoar delas em seu peito.

– Ele disse que amava.

Senti um aperto na garganta, relembrando aquele olhar sombrio e muito direto. Tom Christie era um homem verdadeiro em suas palavras e pensamentos... um homem como Jamie, pelo menos nesse aspecto.

Jamie ficou calado pelo que pareceu um tempo enorme. Então soltou um suspiro e virou a cabeça, pousando a bochecha em meu cabelo; ouvi o som dos pelos de sua barba me roçando.

– Sassenach... eu teria feito a mesma coisa, e daria a vida de bom grado se fosse para salvar você. Se ele sente o mesmo, então você não fez nada de errado para ele, para tomar a sua vida das mãos dele.

– Ah, querido – respondi. – Ah, querido.

Eu não queria pensar em nada daquilo – nem no olhar claro e cinzento de Tom e nos gritos das gaivotas, nem nas rugas de aflição que entalhavam seu rosto, nem na ideia do que ele havia sofrido, em perda, culpa, desconfiança... em medo. Nem queria pensar em Malva, desavisada de que encontraria a morte entre os pés de alface, o filho pesado e tranquilo em seu ventre. Nem no sangue escuro e ferruginoso secando em gotas e respingos em meio às folhas das videiras.

Acima de tudo, não queria pensar que havia tido qualquer participação nessa tragédia – disso, no entanto, não havia como escapar.

Engoli em seco.

– Jamie... será que as coisas algum dia vão se ajeitar?

Ele segurou a minha mão e correu delicadamente o polegar por sob meus dedos.

– A moça está morta, *mo chridhe*.

Fechei a mão em seu polegar, paralisando-o.

– Sim, e alguém a matou... e não foi Tom. Ah, Deus, Jamie... quem foi? Quem foi?

– Não sei – respondeu ele, e seus olhos se encheram de tristeza. – Acho que ela era uma moça que suplicava por amor... e ia atrás. Mas não sabia retribuir.

Respirei fundo e fiz a pergunta que pairava oculta entre nós desde o crime.

– Você acha que foi Ian?

Ao ouvir isso, ele quase sorriu.

– Se tivesse sido, *a nighean*, a gente saberia. Ian é capaz de matar; não de deixar que eu ou você soframos as consequências.

Eu suspirei, mexendo os ombros para aliviar o nó no meio. Ele tinha razão, e fiquei aliviada em relação a Ian – e me sentindo ainda mais culpada em relação a Tom Christie.

– O homem que a engravidou... se não foi Ian, e espero que não tenha sido... ou alguém que a queria e a matou por ciúme ao descobrir que ela estava grávida...

– Ou alguém já casado. Ou uma mulher, Sassenach.

Aquilo me paralisou.

– Uma mulher?

– Ela buscava amor – repetiu ele, e balançou a cabeça. – O que a faz pensar que só buscava nos jovens rapazes?

Fechei os olhos, visualizando as possibilidades. Se ela tivesse se envolvido com um homem casado – e eles também a desejavam, só que de maneira mais discreta –, ele poderia tê-la matado para manter o caso em segredo. Ou uma mulher desprezada... Tive um breve e chocante lampejo de Murdina Bug, torcendo a cara com esforço enquanto pressionava o travesseiro sobre o rosto de Lionel Brown. Arch? Deus, não. Mais uma vez, com total desesperança, esquivei-me da questão, vendo na mente a miríade de rostos da Cordilheira dos Frasers – um deles a esconder a alma de um assassino.

– Não, eu sei que não há solução para eles... nem Malva, nem Tom. Nem mesmo para Allan. – Pela primeira vez dispensei um pensamento ao filho de Tom, privado tão cedo da própria família, em circunstâncias tão tenebrosas. – O restante, porém...

– Eu estava falando da Cordilheira. Da vida que tivemos. De nós.

Havia ficado quente debaixo da colcha sob a qual estávamos deitados – um pouco quente demais, e pude sentir uma onda de calor subir pelo corpo. Sentei-me de súbito, jogando a colcha longe, e me curvei para a frente, erguendo o cabelo do pescoço na esperança de um instante de refresco.

– Levante-se, Sassenach.

Jamie rolou o corpo para fora da cama, levantou-se e me tomou pela mão, pondo-me de pé. Eu já tinha gotas de suor espalhadas pelo corpo, feito orvalho, e as bochechas vermelhas. Ele se abaixou, segurou a barra da minha camisola e removeu-a pela cabeça.

Em seguida abriu um sorrisinho, olhando para mim, então inclinou-se e soprou de leve meus seios. O frescor trouxe um alívio breve, porém abençoado, e meus mamilos se eriçaram em silenciosa gratidão.

Ele abriu as persianas para aumentar a circulação de ar, então se afastou e tirou a própria camisa. O dia já estava totalmente claro, e o fluxo da luz pura da manhã reluzia nas linhas de seu dorso pálido, na teia prateada de suas cicatrizes, nos pelinhos loiros avermelhados em seus braços e pernas, na barba por fazer, cor de prata e ferrugem. Da mesma forma na carne escurecida de seus genitais em estado matinal, rígidos contra a barriga, e passando à cor profunda e suave encontrada no coração de uma rosa sombreada.

– Quanto às coisas se ajeitarem, não posso dizer... mas pretendo tentar – disse ele, e correu o olhar por mim... nua em pelo, com a pele meio salgada e visivelmente encardida junto aos pés e tornozelos. Ele sorriu. – Vamos começar, Sassenach?

– Você está tão cansado que mal consegue ficar em pé – protestei. – Bem... guardadas as exceções – acrescentei, olhando para baixo.

Era verdade; havia olheiras escuras por sob seus olhos, e, por mais que as linhas de seu corpo fossem longas e graciosas, expressavam profunda fadiga. Eu mesma me sentia como se tivesse sido atropelada por um rolo compressor, e *não* havia passado noites em claro incendiando fortes.

– Bom, considerando que temos uma cama à disposição, não cogitei me esforçar para isso – respondeu ele. – Veja bem, pode ser que eu nunca mais me levante, mas acho que sou capaz de ficar acordado pelo menos pelos próximos dez minutos, no mínimo. Você pode me beliscar se eu cair no sono – sugeriu, rindo.

Revirei os olhos, mas não discuti. Deitei-me sobre os lençóis sujos, porém agora frescos, e, com um pequeno tremor no fundo do estômago, abri as pernas para ele.

Fizemos amor como se estivéssemos debaixo d'água, os membros pesados e lentos. Mudos, capazes de falar apenas por uma tosca pantomina. Mal havíamos nos tocado daquele jeito desde a morte de Malva – e a lembrança dela ainda estava entre nós.

E não apenas ela. Por um tempo tentei manter o foco apenas em Jamie, fixando a atenção nas breves intimidades de seu corpo, tão conhecido – a pequenina cicatriz branca e triangular na garganta, os cachos castanhos e a pele por debaixo, dourada de sol –, mas estava tão cansada que minha mente se recusava a cooperar, insistindo em me mostrar em vez disso fragmentos aleatórios de lembranças ou, o que era ainda mais perturbador, imaginação.

– Não adianta – falei. Eu tinha os olhos bem fechados e agarrava os lençóis com as duas mãos, o tecido enrolado nos dedos. – Não consigo.

Ele produziu um ruído de surpresa, mas na mesma hora rolou de cima de mim, deixando-me úmida e trêmula.

– O que foi, *a nighean*? – indagou, num tom suave.

Não me tocou, mas ficou perto.

– Não sei – respondi, quase em pânico. – Eu fico vendo... me desculpe, Jamie, me desculpe. Eu vejo outras pessoas; é como se estivesse fazendo amor com outros h-homens.

– Ah, é? – indagou ele, cauteloso, mas não aborrecido.

Houve um roçar de tecido, e ele me cobriu com o lençol. Isso ajudou um pouco, porém não muito. Meu coração batia com força no peito, eu me sentia tonta e não conseguia respirar fundo; minha garganta insistia em se fechar.

Bolus hystericus, pensei, com muita calma. *Pare com isso, Beauchamp.* Era mais fácil falar do que fazer, mas parei de me preocupar em estar infartando.

– Ah... – A voz de Jamie era cautelosa. – Quem? Hodgepile e...

– Não! – Meu estômago crispou-se de náusea ao pensar. Engoli em seco. – Não, eu... nem pensei nisso.

Ele se deitou em silêncio ao meu lado, respirando. Senti como se literalmente me desmantelasse.

– Quem é que você está vendo, Claire? – sussurrou ele. – Pode me contar?

– Frank – respondi, antes que mudasse de ideia. – E Tom. E... Malva.

Meu peito pesava, e eu sentia que jamais teria ar para respirar.

– Eu pude... de repente, pude sentir todos eles – revelei. – Tocando em mim. Querendo entrar.

Rolei o corpo e enterrei o rosto no travesseiro, como se pudesse vedar tudo.

Jamie fez um longo instante de silêncio. Será que eu o havia magoado? Sentia muito por ter contado a ele... mas já não possuía defesas. Eu não era capaz de mentir, mesmo pelo melhor dos motivos; simplesmente não havia aonde ir, aonde me esconder. Eu me sentia sitiada por fantasmas sussurrantes, por suas perdas, suas necessidades, seu amor desesperado que me puxava. Para longe de Jamie, para longe de mim mesma.

Todo o meu corpo estava trincado e rígido, tentando evitar a dissolução, e meu rosto estava enterrado tão fundo no travesseiro, tentando escapar, que eu sentia que poderia sufocar, e fui obrigada a virar a cabeça, resfolegante.

– Claire.

A voz de Jamie era suave, mas senti sua respiração no rosto e meus olhos se arregalaram. Seus olhos também eram suaves, sombreados de tristeza. Muito lentamente, ele ergueu a mão e tocou meus lábios.

– Tom – falei. – Sinto como se ele já estivesse morto, por minha causa, e isso é tão terrível. Eu não consigo suportar, Jamie, realmente não consigo!

– Eu sei. – Ele moveu a mão, e hesitou. – Consegue suportar o meu toque?

– Não sei. – Engoli o bolo em minha garganta. – Tente e veja.

Isso o fez rir, embora eu tivesse falado com total seriedade. Ele pôs a mão delicadamente em meu ombro e me virou, então me abraçou, movendo-se devagar, de modo que eu pudesse recuar. Não recuei.

Eu me afundei nele, agarrando-me a seu corpo como se ele fosse uma verga flutuante, a única coisa para me salvar de um afogamento. E era.

Ele me puxou mais para perto e afagou meu cabelo por um longo tempo.

– Você consegue chorar por eles, *mo nighean donn*? – sussurrou em meus cabelos, por fim. – Deixe-os entrar.

A mera ideia me fez enrijecer de pânico outra vez.

– Não consigo.

– Chore por eles – sussurrou Jamie, e sua voz me penetrou mais fundo do que o seu pau. – Não é possível afastar um fantasma.

– Eu não consigo – retruquei, mas já tremendo de tristeza, as lágrimas molhadas no rosto. – Não consigo!

No entanto, eu chorei. Desisti de lutar e me abri à lembrança e à dor. Solucei como se meu coração fosse despedaçar – e o deixei despedaçar, por eles e por tudo o que eu não podia guardar.

– Deixe que todos entrem e sofra por eles, Claire – sussurrou Jamie. – E, quando eles forem embora, vou levar você para casa.

99

VELHO PATRÃO

River Run

Havia chovido forte na noite anterior, e, ainda que o sol tivesse surgido quente e brilhante, o chão estava encharcado, parecendo exalar vapor e aumentando a densidade do ar. Brianna penteara os cabelos em um coque, para arejar o pescoço, mas uns cachos insistiam em escapar, pendendo úmidos sobre a testa e as bochechas, sempre nos olhos. Ela afastou uma mecha com o dorso da mão, irritada; tinha os dedos sujos do pigmento que estava triturando – e a umidade não ajudava em *nada*, fazendo o pó empelotar e se agarrar às laterais do almofariz.

Ela, no entanto, precisava dele; tinha uma nova tarefa, marcada para começar aquela tarde.

Jem também circulava, entediado, cutucando tudo. Cantava sozinho, meio entre os dentes; ela não prestava atenção, até que acabou captando algumas palavras.

– O que foi que você disse? – perguntou Bree, virando-se incrédula para o filho.

Ele não podia estar cantando *"Folsom Prison Blues"*... podia?

Jem pestanejou, baixou o queixo ao peito e disse – na voz mais profunda que foi capaz de produzir:

– Oi. Eu sou Johnny Cash.

Ela por pouco conseguiu não irromper numa gargalhada estrondosa, sentindo as bochechas vermelhas pelo esforço da contenção.

– De onde você tirou isso? – indagou, embora soubesse muito bem.

Só havia um lugar de onde ele *podia* ter tirado aquilo, e seu coração se elevou ao pensar.

– Papai – respondeu ele, logicamente.

– O papai anda cantando? – perguntou Bree, tentando soar casual.

Só podia ser. Obviamente também devia estar tentando seguir o conselho de Claire de mudar o registro da voz, de modo a soltar as cordas vocais entorpecidas.

– É. O papai canta muito. Ele me ensinou a música sobre o domingo de manhã, e a sobre Tom Dooley, e... um monte – concluiu, meio confuso.

– Ah, é? Ora, isso é... Largue isso! – bradou ela, quando ele distraidamente pegou uma bolsa aberta com garancina.

– Xi.

Ele lançou um olhar de culpa para a bolha de tinta que irrompera da bolsa de couro e aterrissara em sua camisa, então para ela, e fez um movimento hesitante em direção à porta.

– Xi, ele diz – retrucou ela, num tom sombrio. – Não se mexa!

Estendendo a mão, ela o agarrou pelo colarinho e esfregou com vigor um pedaço de pano empapado de terebintina na frente da camisa do garoto, conseguindo apenas produzir uma grande mancha rosa, em vez de uma linha vermelho-vivo.

Jem permaneceu em silêncio durante a experiência, remexendo a cabeça enquanto ela o puxava de um lado a outro, esfregando.

– O que é que você está fazendo aqui, para começo de conversa? – perguntou Brianna, irritada. – Eu não mandei você arrumar o que fazer?

Afinal de contas, não era pouca a oferta de coisas a fazer em River Run.

Ele suspendeu a cabeça e murmurou qualquer coisa, do que ela conseguiu apreender a palavra "medo".

– Medo? De quê?

Um pouco mais gentilmente, ela puxou a camisa de Jemmy pelo pescoço.

– Do fantasma.

– Que fantasma? – indagou Bree, desconfiada, sem saber ao certo como lidar com aquilo.

Ela tinha ciência de que todos os escravos em River Run acreditavam piamente em fantasmas, como um mero fato da vida. Bem como todos os colonos escoceses de Cross Creek, Campbelton e da Cordilheira. E os alemães de Salem e Bethania. Sendo assim, inclusive, seu próprio pai.

Ela não podia simplesmente dizer a Jem que não existia esse negócio de fantasmas – sobretudo porque ela própria não estava muito convencida.

– O fantasma de *Maighistear àrsaidh* – disse ele, encarando-a pela primeira vez, cheio de perturbação nos olhos azul-escuros. – Josh disse que ele tem andado por aí.

Algo desceu pelas costas de Brianna feito uma centopeia. *Maighistear àrsaidh* era o Velho Patrão – Hector Cameron. Involuntariamente, ela deu uma olhada pela janela. Os dois estavam no quartinho sobre o bloco dos estábulos onde ela fazia a bagunça maior da preparação de tinta; o mausoléu de mármore branco de Hector Cameron era claramente visível dali, reluzindo feito um dente na lateral do gramado abaixo.

– E por que será que ele disse isso? – indagou ela, tentando ganhar tempo.

Seu primeiro impulso foi observar que fantasmas não caminhavam em plena luz do dia... mas o óbvio corolário disso era que eles *de fato* caminhavam à noite, e a última coisa que ela queria era causar pesadelos em Jem.

– Ele disse que Angelina o viu, anteontem. Um *fantasmão* velho – declarou Jem, espichando o corpo, mãos em garra, olhos arregalados, numa óbvia imitação da descrição de Josh.

– Ah, é? O que ele estava fazendo?

Ela manteve o tom suave, demonstrando leve interesse, o que pareceu funcionar; Jem, no momento, estava mais interessado que assustado.

– Andando – respondeu ele, dando de ombros.

O que mais os fantasmas faziam, afinal de contas?

– Estava fumando cachimbo?

Ela avistara um cavalheiro alto caminhando sob as árvores do gramado abaixo e teve uma ideia.

Jem pareceu um tanto surpreso com a ideia de um fantasma fumando cachimbo.

– Sei lá – respondeu, em dúvida. – Fantasmas fumam cachimbo?

– Duvido um pouco. Mas o sr. Buchanan fuma. Ele está lá no gramado, está vendo?

Ela chegou para o lado e apontou com o queixo em direção à janela; Jem se ergueu nas pontas dos pés para olhar pelo peitoril. O sr. Buchanan, um conhecido de Duncan que estava hospedado na casa, de fato fumava cachimbo naquele exato instante; o leve aroma de tabaco pairava até eles pela janela aberta.

– É bem provável que Angelina tenha visto o sr. Buchanan caminhando no escuro – disse Bree. – Talvez ele estivesse de camisolão, indo ao banheiro, aí ela viu a roupa branca e *achou* que fosse um fantasma.

Jem deu uma risadinha ao pensar naquilo. Parecia disposto a ser tranquilizado, mas arqueou os ombros magrelos, espreitando mais o sr. Buchanan.

– Josh falou que Angelina viu o fantasma saindo da tumba do velho sr. Hector.

– Imagino que o sr. Buchanan tenha dado a volta no túmulo, e ela o tenha visto saindo pela lateral, daí *achou* que estivesse saindo de dentro – disse ela, com o cuidado de evitar a pergunta sobre a razão de um cavalheiro escocês de meia-idade estar circulando entre tumbas de camisola; obviamente aquela não era uma ideia que Jemmy visse com estranheza.

A bem da verdade, ela se questionou o que Angelina estaria fazendo do lado de fora no meio da noite para andar vendo fantasmas, mas, pensando bem, era melhor deixar quieto. A razão mais provável para que uma criada perambulasse por aí à noite também não deveria ser da conta de um menino da idade de Jemmy.

Ela apertou ligeiramente os lábios ao pensar em Malva Christie, que talvez estivesse indo a um encontro na horta de Claire. *Quem?*, imaginou, pela milésima vez, fazendo o sinal da cruz automaticamente, com uma breve prece pelo repouso da alma de Malva. Quem teria sido? Mesmo que houvesse um fantasma à solta...

Um pequeno arrepio a percorreu, o que por sua vez lhe deu uma ideia.

– Acho que foi o sr. Buchanan que Angelina viu – disse ela, com firmeza. – Mas, se você *algum dia* sentir medo de fantasmas, ou de qualquer outra coisa, basta fazer o sinal da cruz e recitar uma breve oração ao seu anjo da guarda.

Essas palavras a deixaram meio tonta – talvez fosse *déjà-vu*. Ela achava que alguém – sua mãe, seu pai? –, em algum momento de seu distante passado infantil, lhe dissera exatamente isso. Do que ela sentira medo? Já não se lembrava, mas recordava a sensação de segurança trazida pela prece.

Jem franziu o cenho, indeciso; ele conhecia o sinal da cruz, mas não tinha tanta certeza em relação à prece para o anjo. Ela ensaiou com ele, sentindo uma leve culpa.

Seria apenas questão de tempo antes que Jemmy fizesse algo evidentemente católico – como o sinal da cruz – diante de alguém importante para Roger. Em sua maior parte, as pessoas presumiam que a esposa do pastor também fosse protestante – ou então sabiam a verdade, mas não estavam em posição de fazer alarido a respeito. Ela tinha ciência de alguns cochichos que rondavam o rebanho de Roger, sobretudo após a morte de Malva, e do falatório sobre os pais dela – sentiu os lábios pressionados outra vez, e conscientemente os relaxou –, mas Roger se recusava com veemência a ouvir qualquer reclamação do tipo.

Ela sentiu uma profunda pontada de saudade de Roger, mesmo com o preocupante pensamento de potenciais complicações religiosas bem fresco na mente. Ele havia escrito; Elder McCorkle se atrasara, mas estaria em Edenton durante a semana. Mais uma semana, talvez, antes que a Sessão Presbiteriana se reunisse – e então voltaria a River Run, para ela e Jem.

Ele estava tão feliz com a ideia da ordenação; sem dúvida, *depois* de ordenado, ninguém poderia tirar seu uniforme – ao menos, era isso o que acontecia com pastores infames – por ter uma esposa católica, poderia?

Ela se converteria, se fosse preciso, para que Roger fosse o que tão claramente queria – e precisava – ser? A ideia a fez sentir-se oca, e ela abraçou Jemmy para se reconfortar. Ele tinha a pele úmida e ainda macia como a de um bebê, mas ela sentia a rigidez e a pressão de seus ossos, promessa de uma altura que um dia alcançaria a do pai e do avô. Seu pai... eis um breve e luminoso pensamento que acalmava todas as suas ansiedades e até suavizava a dor da saudade de Roger.

Os cabelos de Jemmy já haviam voltado a crescer, mas ela beijou o ponto atrás de sua orelha esquerda onde ficava a marca oculta, fazendo-o arquear os ombros e soltar uma risadinha com as cócegas da respiração dela em seu pescoço.

Ela então o mandou embora – para levar a camisa manchada a Matilda, a lavadeira, e ver o que podia ser feito – e retornou à moagem.

O cheiro mineral da malaquita no almofariz parecia meio estranho; ela o ergueu e cheirou, ao mesmo tempo que se deu conta de como aquilo era ridículo; pedra moída não estragava. Talvez a mistura de terebintina e a fumaça do cachimbo do sr. Buchanan estivessem afetando o seu olfato. Ela balançou a cabeça e passou o suave pó verde com cuidado para um frasquinho, para ser misturado com óleo de nogueira ou usado numa têmpera mais tarde.

Em seguida, lançou um olhar avaliativo para o apanhado de caixas e bolsas – algumas fornecidas por tia Jocasta, outras cortesia de John Grey, enviadas especialmente de Londres –, e os frascos e bandejas de secagem dos pigmentos que ela própria havia moído, para ver o que mais seria necessário.

Naquela tarde, faria apenas alguns rascunhos preliminares – o trabalho era um retrato da velha mãe do sr. Forbes –, mas talvez tivesse só uma ou duas semanas para terminá-lo antes do retorno de Roger; não podia perder...

Uma onda de tontura a fez sentar-se subitamente, com pontos negros lhe tomando a visão. Ela pôs a cabeça entre os joelhos e respirou fundo. Não ajudou; o ar estava tomado de terebintina e dos odores fétidos dos animais do estábulo abaixo.

Ela ergueu a cabeça e agarrou a beirada da mesa. Suas entranhas pareciam se revirar abruptamente, uma substância líquida que se remexia com seu movimento, feito água numa bacia, subindo da barriga para a garganta e retornando, trazendo ao fundo do nariz o cheiro amargo e amarelado de bile.

– Ah, meu Deus.

O líquido em sua barriga irrompeu até a garganta, e ela mal teve tempo de agarrar o lavatório sobre a mesa e jogar a água no chão antes que seu estômago se revirasse do avesso, no esforço frenético de botar tudo para fora.

Ela pousou a bacia no chão, com muito cuidado, e sentou-se, arfando, encarando a poça d'água no chão, enquanto o mundo à sua volta se contorcia no eixo e tornava a se assentar, num novo e desconfortável ângulo.

– Parabéns, Roger – disse em voz alta, a voz fraca e indecisa em meio ao ar úmido e parado. – Eu *acho* que você vai ser papai. De novo.

Ela permaneceu sentada por algum tempo, explorando com cautela as sensações do próprio corpo, em busca de certeza. Não ficara enjoada com Jemmy – mas se lembrava da alteração de seus sentidos; aquela estranha condição chamada sinestesia, em que a visão, o olfato, o paladar e mesmo às vezes a audição assumiam, de um jeito esquisito e ocasional, as características uns dos outros.

A sensação desapareceu de maneira tão abrupta quanto viera; o odor pungente do tabaco do sr. Buchanan estava bem mais forte, mas agora era apenas a chama suave das folhas curadas, não a coisa pintalgada de verde e marrom que se contorcia por seus seios nasais e chacoalhava as membranas de seu cérebro feito um teto de zinco numa tempestade de granizo.

Ela estivera tão concentrada em suas sensações corpóreas, e no que poderiam ou não significar, que nem percebera as vozes no quarto ao lado. Que era o modesto covil de Duncan, onde ele guardava os livros contábeis e as contas da propriedade, e onde – ela achava – ia se esconder quando o esplendor da casa se tornava demais.

O sr. Buchanan estava com Duncan, e o que havia começado como uma conversa cordial agora indicava sinais de tensão. Ela se levantou, aliviada por sentir apenas uma leve viscosidade residual, e apanhou a bacia. Possuía a natural inclinação humana para a bisbilhotice, mas nos últimos tempos andava tomando cuidado para nada ouvir além do necessário.

Duncan e sua tia Jocasta eram legalistas ferrenhos, e nada que ela pudesse dizer a título de diplomacia ou argumento lógico os abalaria. Ela ouvira mais de uma conversa particular de Duncan com legalistas locais que deixaram seu coração pequenino de apreensão, sabendo o que sabia sobre a consequência dos eventos presentes.

Ali, no sopé da montanha, no coração do interior de Cape Fear, a maioria dos cidadãos genuínos *era* legalista. Eles estavam convencidos de que a violência no norte era um estrondo exagerado e talvez desnecessário – mas, ainda que necessário, algo que pouco tinha a ver com eles. O que eles mais precisavam ali era de uma mão firme para frear os patriotas desesperados, antes que seus excessos provocassem uma retaliação devastadora. Saber que tal retaliação devastadora chegaria em breve – e a gente de quem ela gostava, até mesmo amava – trazia-lhe o que seu pai chamava de cagaço: uma gélida sensação de horror opressivo, se espiralando pelo sangue.

– Quando, então? – A voz de Buchanan era clara e impaciente quando ela abriu a porta. – Eles não vão esperar, Duncan. Preciso do dinheiro até quarta-feira, ou Dunkling vai vender as armas em outro lugar; você sabe que hoje em dia quem dá as cartas é o mercado. Por ouro, ele espera... mas não por muito tempo.

– É, eu sei bem disso, Sawny. – Duncan soava impaciente... e muito incomodado, pensou Brianna. – Se puder ser feito, será feito.

– SE? – gritou Buchanan. – Como assim, "se"? Até agora só tem sido "ah, sim, Sawny", "sem problema, Sawny", "certamente, Sawny", "diga a Dunkling que está pronto", "ah, *claro*, Sawny"...

– Eu disse, Alexander, que se puder ser feito, será.

A voz de Duncan era baixa, mas trazia um tom súbito de aço que ela nunca ouvira antes.

Buchanan exclamou uma grosseria em gaélico; de repente a porta do escritório de Duncan se abriu, e o homem irrompeu, com tamanha pressa que mal a viu, dispensando-lhe um mero meneio brusco de cabeça ao passar.

O que não foi um problema, ela pensou, já que estava ali parada segurando uma vasilha cheia de vômito.

Antes que ela pudesse se mover para jogar aquilo fora, Duncan saiu também. Parecia inflamado, irritado... e extremamente preocupado. Ele, no entanto, a notou.

– Como vai, moça? – indagou, semicerrando os olhos. – Está um tantinho verde; comeu alguma coisa estragada?

– Acho que sim. Mas agora estou bem – respondeu ela, devolvendo depressa a bacia ao quarto atrás. Pousou-a no chão e fechou a porta. – Você, ahn... está tudo bem, Duncan?

Ele hesitou por um instante, mas, fosse lá o que o aborrecia, era assoberbante demais para guardar. Ele olhou em volta, mas nenhum dos escravos estava por perto àquela hora do dia. Mesmo assim, aproximou-se e baixou a voz.

– Por acaso, você... viu algo estranho, *a nighean*?

– Estranho como?

Ele esfregou os nós dos dedos no bigode caído e tornou a olhar em volta.

– Perto da tumba de Hector Cameron, digamos? – indagou, quase sussurrando.

O diafragma de Brianna, ainda doído de vomitar, se contraiu com força ao ouvir aquilo, e ela pôs a mão na barriga.

– Você viu, então?

A expressão de Duncan se aguçou.

– Eu, não – disse ela, e explicou sobre Jemmy, Angelina e o suposto fantasma. – Achei que talvez fosse o sr. Buchanan – concluiu, inclinando a cabeça em direção à escada pela qual Alexander Buchanan havia desaparecido.

– Pois bem, é uma ideia – murmurou Duncan, esfregando distraidamente a têmpora grisalha. – Mas, não... decerto que não. Ele não poderia... mas é uma ideia.

Brianna o achou um tantinho mais esperançoso.

– Duncan... pode me dizer qual é o problema?

Ele respirou fundo, balançou a cabeça – não em recusa, mas em perplexidade –, e soltou o ar outra vez, deixando cair os ombros.

– O ouro – disse ele, apenas. – Desapareceu.

Sete mil libras em barras de ouro era uma quantia substancial, em todos os sentidos da palavra. Ela não fazia ideia de quanto pesava uma soma dessas, mas soube que preenchia completamente o caixão de Jocasta, que repousava com a devida castidade junto ao de Hector Cameron no mausoléu da família.

– Como assim, "sumiu"? – soltou ela. – *Tudo*?

Duncan agarrou-lhe o braço, as feições contorcidas em urgência para silenciá-la.

– É, tudo – respondeu, tornando a olhar em volta. – Pelo amor de Deus, moça, fale baixo!

– Quando foi isso? Ou melhor, quando foi que você descobriu?

– Ontem à noite. – Ele tornou a olhar em volta e inclinou o queixo em direção ao escritório. – Entre, moça; vou lhe contar tudo.

A agitação de Duncan cedeu um pouco enquanto ele contava a história; ao terminar, havia recuperado um pouco da calma exterior.

As 7 mil libras eram o que havia restado das 10 mil originais, que por sua vez eram um terço das 30 mil enviadas – tarde demais, mas mesmo assim enviadas – por Luís da França em apoio à desafortunada tentativa de Carlos Stuart de tomar os tronos da Inglaterra e da Escócia.

– Hector teve cuidado, sim? – explicou Duncan. – Ele vivia como um rico, mas sempre dentro dos meios que um lugar como este – ele agitou uma das mãos, indicando os terrenos e as propriedades de River Run – poderia fornecer. Gastou mil libras comprando a terra e construindo a casa, então, ao longo dos anos, outras mil em escravos, gado e coisas do tipo. E mil libras ele botou no banco... Jo disse que ele não suportava a ideia de ver todo aquele dinheiro ali parado, sem render nada – ele abriu um sorrisinho irônico –, embora fosse esperto demais para atrair atenção investindo toda a quantia. Suponho que pretendesse, talvez, investir o restante, um tantinho de cada vez, mas morreu antes que pudesse fazê-lo.

Jocasta tornou-se assim uma viúva muito rica, porém ainda mais cautelosa que o marido para não atrair atenções indevidas. Então ali o ouro ficou, na segurança do esconderijo, exceto por um único lingote, gradualmente talhado e vendido por Ulysses. Que havia desaparecido, lembrou ela, com aflição. *Alguém* sabia que aquele ouro estava ali.

Talvez a pessoa que apanhara o lingote tivesse suspeitado que havia mais – e fora caçando, na surdina, pacientemente, até encontrar.

Agora, porém...

– Já ouviu falar no general MacDonald?

Ela ouvira o nome com frequência nos últimos tempos, em conversas – era um general escocês, mais ou menos aposentado, ela presumira, que vivia aqui e ali, hóspede de diversas famílias proeminentes. Ela, no entanto, *não* ouvira falar de suas intenções.

– Ele pretende levantar homens... três, quatro mil... entre o povo das Terras Altas, para marchar até a costa. O governador enviou auxílio; estão chegando navios de tropas. De modo que os homens do general vão descer pelo vale de Cape Fear – ele fez um gracioso gesto de varredura com a mão – para se reunir com o governador e suas tropas... e esmagar as milícias rebeldes que estão se formando.

– E você pretende entregar o ouro a ele... ou não – corrigiu ela. – Você pretende entregar a ele armas e pólvora.

Ele assentiu e mascou o bigode, com um semblante tristonho.

– Um homem chamado Dunkling; Alexander sabe quem é. Lorde Dunsmore está juntando um grande suprimento de armas e pólvora na Virgínia, e Dunkling é um de seus tenentes, e está disposto a abrir mão de uma parte desse estoque em troca de ouro.

– Que agora desapareceu.

Ela respirou fundo, sentindo o suor descer por entre os seios, empapando ainda mais sua roupa de baixo.

– Que agora desapareceu – concordou ele, inexpressivo. – E eu fico me perguntando onde se encaixa nisso o fantasma do pequeno Jem.

Fantasma, de fato. Para adentrar um lugar feito River Run, apinhado de gente, passar totalmente despercebido e conseguir afanar centenas de libras em peso de ouro...

O som de passos na escada fez com que Duncan desse um tranco forte com a cabeça em direção à porta, mas era apenas Josh, um dos criados negros, de chapéu na mão.

– É melhor a gente ir, srta. Bree – disse ele, com uma mesura respeitosa. – Isto é, se a senhorita quiser aproveitar o dia claro.

Para os desenhos, ele quis dizer. Era uma boa hora de viagem até a casa do advogado Forbes, em Cross Creek, e o sol já subia ligeiro rumo ao meio-dia.

Ela encarou os dedos sujos de verde e relembrou o cabelo caindo bagunçado por sob o arremedo de coque; teria que se arrumar um pouco primeiro.

– Vá, moça.

Duncan acenou para a porta, o rosto magro ainda enrugado de preocupação, porém um tantinho iluminado por ter compartilhado o problema.

Ela deu um beijo afetuoso na testa do velho homem e desceu atrás de Josh. *Estava* preocupada, e não apenas com a perda do ouro e os fantasmas errantes, mas com o general MacDonald, de fato. Pois, se ele pretendia reunir combatentes entre os homens das Terras Altas, era mais que natural que fosse procurar o pai dela.

Como Roger observara um tempo antes, "Jamie sabe caminhar em cima do muro entre patriotas e legalistas melhor do que qualquer homem que eu conheço; mas, quando a coisa ficar feia... ele vai ter que pular".

A coisa estava ficando feia em Mecklenburg. Mas feio mesmo, pensou ela, era o tal MacDonald.

100

VIAGEM AO LITORAL

Neil Forbes, considerando prudente passar um tempo longe dos lugares que frequentava, havia se recolhido em Edenton, com a desculpa de levar a mãe idosa para visitar a irmã, ainda mais idosa. Apreciara a longa viagem, apesar das reclamações da mãe em relação às nuvens de poeira erguidas por outra carruagem, que seguia adiante.

Ele relutara em sacrificar a visão daquela carruagem – um veículo pequenino, de contornos arredondados, janelas seladas e cobertas com pesadas cortinas. Mas sempre fora um filho devotado; então, no posto de parada seguinte, foi falar com o condutor. O cavalheiro gentilmente passou para trás, seguindo-os a uma distância conveniente.

– O que tanto você olha, Neil? – inquiriu a mãe, erguendo a cabeça depois de prender seu broche de granada favorito. – É a terceira vez que espia para fora da janela.

– Nada, mãe – respondeu ele, inspirando fundo. – Só aproveitando o dia. Está um tempo lindo, não está?

A sra. Forbes fungou, mas ajeitou os óculos no nariz com delicadeza e se debruçou para olhar.

– É, está bonito, de fato – admitiu, indecisa. – Mas está quente, e úmido a ponto de empapuçar a camisa.

– Não há problema, *a leannan* – disse ele, com uma batidinha em seu ombro vestido de preto. – Estaremos em Edenton antes que a senhora perceba. Nada como a brisa do mar, como dizem, para dar uma corzinha ao rosto!

101

RONDA NOTURNA

Edenton

A casa do reverendo McMillan ficava na água. Uma bênção no tempo quente e úmido. A brisa do alto-mar varria tudo à noite – o calor, a fumaça da lareira, os mosquitos. Os homens estavam sentados na grande varanda depois do jantar, fumando seus cachimbos e desfrutando do descanso.

A satisfação de Roger era apimentada pela consciência culpada em relação à esposa e às três filhas do reverendo McMillan, que suavam em bicas lavando louça, limpando tudo, varrendo o chão, fervendo as sobras dos ossos do presunto do jantar com lentilhas para a sopa do dia seguinte, botando as crianças para dormir e basicamente sendo escravizadas nos confins escaldantes e asfixiantes da residência. Em casa ele se sentiria obrigado a ajudar em tal trabalho, ou enfrentaria a ira de Brianna; ali, tal oferta teria sido recebida com uma incredulidade de cair o queixo, seguida por uma profunda suspeita. Em vez disso, ele se sentou tranquilamente à sombra fresca da noite, observando os barcos de pesca cruzarem o canal e bebericando algo que se passava por café, engajado numa agradável conversa masculina.

A bem da verdade, o modelo de papéis sexuais do século XVIII trazia, pensou ele, algumas vantagens.

Os homens conversavam sobre as notícias do sul: a fuga do governador Martin de New Bern, o incêndio de Fort Johnston. O clima político em Edenton era fortemente patriota, e sua companhia, em grande parte clerical – o reverendo doutor McCorkle, seu secretário Warren Lee, o reverendo Jay McMillan, o reverendo Patrick Dugan e quatro "aspirantes" além de Roger, à espera da ordenação –, no entanto, ainda pairavam correntes de discordância sob a superfície aparentemente cordial da conversa.

O próprio Roger falava pouco; não queria ofender a hospitalidade de McMillan contribuindo com qualquer discussão – além disso, algo dentro dele desejava ficar quieto, para contemplar o dia seguinte.

A conversa, contudo, tomou novo rumo, e ele se viu prestando enlevada atenção. O

Congresso Continental havia se reunido na Filadélfia dois meses antes e concedido ao general Washington o comando do Exército Continental. Warren Lee estivera lá à época, e fornecia à companhia um vívido relato da batalha de Breed's Hill, a qual presenciara.

– O general Putnam trouxe carregamentos de terra e mato até o gargalo da península de Charlestown... o senhor disse que sabia? – perguntou ele, virando-se para Roger de maneira cortês. – Bom, o coronel Prescott já está por lá, com duas companhias milicianas de Massachusetts e partes de outra, de Connecticut... havia talvez mil homens ao todo, e, meu caro lorde, que fedentina aqueles acampamentos!

Seu suave sotaque sulista – Lee era da Virgínia – trazia um leve toque bem-humorado, que foi se esvaindo à medida que ele prosseguiu.

– O general Ward deu ordens de fortificar uma colina, Bunker Hill, como eles chamam, por conta de um antigo reduto no alto. Daí o coronel Prescott subiu e não gostou muito do aspecto de lá, ele e o sr. Gridley, o engenheiro. Então largaram um destacamento no local e seguiram até Breed's Hill, achando que talvez servisse melhor ao propósito, por estar mais perto do porto.

Ele fez uma pausa e prosseguiu:

– Ora, isso foi tudo à noite, vejam bem. Eu estava com uma das companhias de Massachusetts, e marchamos com vigor, então passamos a noite toda, da meia-noite até o dia raiar, cavando trincheiras e erguendo paredões de quase 2 metros por todo o perímetro. Ao amanhecer, nos escondemos atrás de nossas fortificações, e bem a tempo, também, pois surgiu um navio britânico no porto... o *Lively*, disseram... e a embarcação abriu fogo no instante em que o sol surgiu. Foi uma linda visão, pois a névoa ainda estava na água, e o canhão a iluminava em lampejos vermelhos. Mas não causou nenhum dano; a maioria das balas caiu perto da enseada... mas eu vi uma baleeira ser atingida no porto; ardeu feito um graveto. A tripulação pulou para fora feito pulgas quando o *Lively* começou a atirar. De onde eu estava, dava para vê-los pulando de um lado a outro do cais, sacudindo os punhos... então o *Lively* disparou mais um ataque violento, e todos desabaram no chão ou correram feito coelhos.

A luz havia quase desaparecido, e o jovem rosto de Lee era invisível sob as sombras, mas o tom de humor em sua voz suscitou um leve ribombo de risadas entre os outros homens.

– Ouviram-se alguns tiros de uma pequena bateria em Copp's Hill, e um ou dois dos outros navios deram alguns disparos, mas viram que de nada adiantava, então pararam. Daí chegaram uns sujeitos de New Hampshire para se juntar a nós, o que foi muito encorajador. Mas o general Putnam mandou um bom número de homens de volta ao trabalho nas fortificações de Bunker Hill, e o povo de New Hampshire se assentou bem abaixo, à esquerda, onde a única proteção era uma cerquinha circundada de grama curta. Olhando para eles ali embaixo, fiquei bem satisfeito por ter pouco mais de 1 metro de sólida fortificação à minha frente, isso eu lhes digo, cavalheiros.

Ele voltou a fazer uma pausa antes de prosseguir:

– As tropas britânicas haviam iniciado a travessia do rio Charles, destemidas e audaciosas sob o sol do meio-dia, tendo os navios de guerra atrás e as baterias da costa fornecido fogo de cobertura. Não disparamos de volta, claro. Não tínhamos canhões.

Lee deu de ombros. Roger, que escutava atentamente, não pôde evitar a pergunta àquele ponto.

– É verdade que o coronel Stark disse "só atirem quando estiverem vendo o branco dos olhos deles"?

Lee tossiu discretamente.

– Bom, senhor... eu não poderia afirmar com certeza que ninguém disse isso, mas eu mesmo não ouvi. Veja bem, o que eu *de fato* ouvi foi o coronel gritar: "Se algum idiota filho da puta acabar com a pólvora antes de os canalhas se aproximarem o suficiente para morrer, vai ter o mosquetão enfiado na bunda, e pela coronha!".

O grupo irrompeu em gargalhadas. Contudo, uma investigação da sra. McMillan – que aparecera para nos oferecer mais comida – quanto ao motivo daquela alegria fez com que todos se calassem na mesma hora, e eles ouviram com pretensa sobriedade e atenção o restante da narrativa de Lee.

– Bom, então eles seguiram adiante, e eu lhes digo que foi uma visão assustadora. Havia vários regimentos, todos em cores diferentes, fuzileiros e granadeiros, fuzileiros navais reais, e a característica agitação da infantaria leve, todos avançando por terra feito uma horda de formigas, e igualmente cruéis. Eu mesmo não alegaria muita bravura, cavalheiros, mas digo que os homens comigo eram muito corajosos. Nós os deixamos vir, e as primeiras fileiras não estavam a mais de 10 metros de distância quando nossa salva de artilharia os atingiu.

Lee voltou a pigarrear.

– Eles se reorganizaram, então retornaram, e nós os abatemos... feito pinos de boliche. E os oficiais... um bando poderoso de oficiais tinha ido; estavam a cavalo, sim? Eu... atirei num deles. Ele pendeu para o lado, mas não caiu... o cavalo foi levando. Meio cambaleante, com a cabeça solta. Mas não caiu.

A voz de Lee havia perdido um pouco do colorido, e Roger viu a silhueta musculosa do reverendo doutor McCorkle se inclinar em direção ao secretário e tocar-lhe o ombro.

– Eles se reorganizaram pela terceira vez e avançaram. E... a maioria de nós estava sem munição. Eles vinham por terra e pelas cercas. Com as baionetas presas.

Roger estava sentado nos degraus da varanda; mesmo com Lee acima e a vários metros de distância, ele pôde ouvir o jovem engolir em seco.

– Nós recuamos. É assim que se diz. A gente correu, foi o que fizemos. Eles também.

Ele engoliu outra vez.

– Uma baioneta... faz um som terrível quando é cravada num homem. Simplesmente... terrível. Não sei dizer como é, não sei descrever direito. Mas ouvi esse som, e mais de uma vez. Muitas delas penetraram diversos corpos aquele dia... aço enfiado, então puxado de volta, e homens deixados para morrer no chão, debatendo-se feito peixes.

Roger tinha visto – e manuseado – baionetas do século XVIII com alguma frequência. Uma lâmina triangular de 40 centímetros, pesada e brutal, com ranhuras em uma das laterais. Ele pensou, muito de repente, na cicatriz sulcada que corria pela coxa de Jamie Fraser, e se levantou. Murmurando uma breve desculpa, saiu da varanda e caminhou até a costa, parando apenas por um instante para tirar sapatos e meias.

A maré estava baixando; areia e pedrinhas úmidas e frias roçavam seus pés descalços. As folhas das palmeiras atrás dele farfalhavam de leve com a brisa, e uma fileira de pelicanos dava rasantes sobre a praia, solenes frente à última luz do dia. Ele adentrou a pontinha da arrebentação, e as pequenas ondas puxaram seus tornozelos, sugando para longe a areia sob seus pés e fazendo-o se balançar para manter o equilíbrio.

Bem ao longe, nas águas de Albemarle Sound, ele via luzes; barcos de pesca, com pequenas fogueiras erguidas a bordo, em caixas de areia, para acender as tochas que os pescadores penduravam na lateral. Elas pareciam flutuar no ar, oscilando de um lado a outro, os reflexos na água piscando lentos feito vaga-lumes.

As estrelas começavam a aparecer. Ele permaneceu olhando para cima, tentando esvaziar a mente, o coração, se abrir ao amor de Deus.

No dia seguinte, seria um pastor. *Tu és um sacerdote eterno*, dizia o sermão da ordenação, citado da Bíblia, segundo a ordem de Melquisedeque.

"Está com medo?", perguntara Brianna, ao ser informada por ele.

– Estou – respondeu Roger, em voz audível, porém baixinho.

Permaneceu ali até que a maré se afastasse, então foi atrás, caminhando para dentro d'água, desejando o toque rítmico das ondas.

"Vai fazer assim mesmo?"

– Sim – afirmou ele, ainda mais baixinho.

Não sabia na verdade com o que estava concordando, mas disse mesmo assim. Da praia atrás dele, a brisa trazia vez ou outra uma risada, algumas palavras vindas da varanda do reverendo McMillan. A conversa havia tomado outro rumo; já não estavam mais falando sobre guerra e morte.

Algum deles já teria matado um homem? Lee, talvez. O reverendo doutor McCorkle? Roger soltou uma bufada de desdém ao pensar nisso, mas não descartou a ideia. Deu meia-volta e caminhou um pouco mais para longe, até que só pudesse ouvir os sons das ondas e do vento do alto-mar.

Um exame de consciência. Era o que os escudeiros costumavam fazer, pensou ele, abrindo um sorrisinho amargo. Na véspera de ser consagrado cavaleiro, o jovem se postava de vigília numa igreja ou capela, à noite, observando as horas escuras, iluminadas apenas pelo brilho do lampião de um santuário, rezando.

Pelo quê?, ele se perguntou. Pureza da mente, retidão de propósito. Coragem? Ou talvez absolvição?

Ele não pretendera matar Randall Lillington; fora quase um acidente, e a parte não acidental fora legítima defesa. Mas ele havia ido à caça; saíra atrás de Stephen

Bonnet, na intenção de matá-lo a sangue-frio. E Harley Boble; ainda via o brilho nos olhos do caçador de ladrões, sentia o eco do golpe, os fragmentos do crânio do homem reverberando pelos ossos de seu próprio braço. Ele pretendera, sim. Poderia ter parado. Não parou.

No dia seguinte, juraria diante de Deus acreditar na doutrina da predestinação, crer que fora seu destino fazer o que havia feito. Talvez.

Talvez eu não acredite tanto nisso, pensou Roger, a dúvida se esgueirando. Mas talvez acredite. Meu Deus... ah, desculpe... – ele se desculpou mentalmente – será que posso ser um pastor decente se tenho dúvidas? Acho que todo mundo tem, mas eu tenho demais... talvez fosse melhor saber agora, antes que seja tarde.

Seus dedos haviam ficado dormentes, e o céu brilhava com um esplendor de estrelas, abundantes no veludo negro da noite. Ele ouviu o som de passos entre os seixos e as ervas marinhas.

Era Warren Lee – alto e magro à luz das estrelas, secretário do reverendo doutor McCorkle, outrora miliciano.

– Pensei em pegar um pouco de ar – disse Lee, a voz quase inaudível por sobre o assobio do mar.

– Ah, pois é, aqui há bastante, e é de graça – respondeu Roger, no tom mais amistoso possível.

Lee soltou uma risadinha em resposta, mas por sorte não parecia inclinado a conversar.

Os dois permaneceram parados por algum tempo, observando os barcos de pesca. Então, por um consenso não verbal, viraram-se para voltar. A casa estava escura, e a varanda, deserta. Uma única vela ardia na janela, porém, iluminando o caminho até a casa.

– Aquele oficial, em quem eu atirei – revelou Lee, de repente. – Eu rezo por ele. Toda noite.

Lee de súbito se calou, constrangido. Roger respirava lenta e profundamente, sentindo o solavanco do próprio coração. Algum dia ele rezara por Lillington, ou Boble?

– Vou rezar também – disse ele.

– Obrigado – respondeu Lee, bem baixinho, e os dois subiram a praia de volta, lado a lado, parando para tirar os sapatos e retornando descalços, a areia secando nos pés.

Eles estavam sentados nos degraus, sacudindo a areia antes de entrar, quando uma porta se abriu.

– Sr. MacKenzie? – chamou o reverendo McMillan, e algo em sua voz fez com que Roger ficasse de pé num salto, o coração disparado. – Tem uma visita para o senhor.

Ele viu a silhueta comprida atrás de McMillan e soube imediatamente quem era, mesmo antes que o rosto de Jamie Fraser surgisse, os olhos negros à luz de velas.

– Ele levou Brianna – disse Jamie, sem preâmbulos. – Venha comigo.

102

ANÊMONA

O som de passos ia e vinha acima de Brianna, e ela ouvia vozes, mas a maior parte das palavras eram abafadas demais para que as distinguisse. Havia um coro de gritos joviais na praia mais próxima ao lado, e cordiais berros femininos em resposta.

A cabine tinha uma janela larga e envidraçada – chamava-se janela num navio, pensou ela, ou havia algum nome náutico especial? – que corria por detrás da cama na parede, emborcada para trás no ângulo da popa. Era feita de painéis pequenos e grossos, revestidos de chumbo. Não havia ali esperança de fuga, mas a janela oferecia a possibilidade de ar, e talvez de informação em relação a seu paradeiro.

Reprimindo uma náusea de desgosto, ela escalou os lençóis manchados e amassados da cama. Pressionou o corpo contra a janela e empurrou o rosto num dos painéis abertos, respirando fundo para afastar os odores da cabine, embora o cheiro do porto não fosse muito melhor – uma mistura de peixe morto, água de esgoto e lama quente.

Ela viu um pequeno embarcadouro, com silhuetas se movimentando. Uma fogueira ardia na costa, no jardim de uma construção baixa, caiada, com teto de folhas de palmeira. Estava muito escuro para ver o que havia além da construção, ou mesmo se havia algo. Devia haver pelo menos uma cidadezinha, no entanto, a julgar pelo barulho das pessoas no pequeno cais.

Do outro lado da porta da cabine, vozes se aproximaram.

– ... encontrá-lo em Ocracoke, na lua nova – dizia uma delas, ao que a outra respondeu com um murmúrio indistinto antes que a porta se abrisse.

– Quer se juntar à festa, meu doce? Ou começou sem mim?

Ela virou-se, o coração disparado na garganta. Stephen Bonnet estava à porta da cabine, uma garrafa na mão e um sorrisinho no rosto. Ela respirou fundo para sufocar o choque, e quase vomitou com o cheiro velho de sexo que subiu dos lençóis sob os joelhos. Saiu da cama, sem dar atenção às próprias roupas, e sentiu um rasgo na cintura quando um dos joelhos ficou preso na saia.

– Onde estamos? – inquiriu ela.

Sua voz soava estridente, assustada, até aos próprios ouvidos.

– No *Anêmona* – respondeu ele com paciência, ainda sorrindo.

– Você sabe que não foi isso que eu perguntei!

A gola de seu vestido e a roupa de baixo haviam se rasgado na luta, quando os homens a arrancaram do cavalo, e a maior parte de um dos seios estava exposta; ela ergueu a mão e empurrou o tecido para o lugar.

– Eu sei? – Ele apoiou a garrafa na mesa e estendeu a mão para soltar do pescoço a gravata formal. – Ah, assim está melhor.

Esfregou a linha vermelho-escura que lhe percorria o pescoço, e ela teve a súbita e penetrante visão da garganta de Roger, com sua cicatriz irregular.

– Quero saber o nome desta cidade – disse ela, aprofundando o tom de voz e encarando-o com um olhar penetrante.

Não esperava que a estratégia que usava com os inquilinos do pai fosse funcionar com ele, mas assumir um ar de comando a ajudou a se estabilizar um pouco.

– Ora, esse é um desejo muito fácil de realizar, a bem da verdade. – Ele agitou a mão em direção à costa, num gesto displicente. – Roanoke.

Em seguida, removeu o casaco e o jogou de qualquer jeito sobre o banquinho. O linho da camisa estava amassado e pendia úmido em seu peito e ombros.

– É melhor tirar esse vestido, querida; está quente.

Ele estendeu a mão para agarrar os cordões que prendiam a camisa, e ela se afastou abruptamente da cama e olhou ao redor da cabine, perscrutando as sombras em busca de algo que pudesse usar como arma. Banco, lampião, garrafa... ali. Um pedaço de madeira projetado em meio aos entulhos sobre a mesa, a ponta grosseira de uma espicha.

Ele franziu o cenho, a atenção fixa por um instante em um nó dos cordões. Ela deu dois passos compridos e agarrou a espicha, puxando-a com um tranco e derrubando estrondosamente as tralhas de cima da mesa.

– Para trás.

Ela segurou a coisa como se fosse um taco de beisebol, com as duas mãos. Suor escorria pelo vão de suas costas, mas ela sentia as mãos frias e o rosto quente, depois frio, depois quente outra vez; ondas de calor e terror lhe desciam pela saia.

Bonnet a encarava como se ela tivesse enlouquecido.

– Que diabo está querendo fazer com isso, mulher?

Ele parou de remexer a camisa e deu um passo à frente. Ela recuou, erguendo o bastão.

– Não toque em mim, porra!

Ele a encarou, os olhos verde-claros arregalados, um sorrisinho estranho. Ainda sorrindo, deu outro passo em direção a ela. Então mais um, e o medo de Brianna evaporou, em uma explosão de raiva. Ela se aprumou e empertigou os ombros, a postos.

– Estou falando sério! Fique longe, ou eu mato você! Vou saber quem é o pai desse bebê ainda que tenha que morrer por isso!

Ele havia erguido a mão, como se para agarrar o porrete e dar um tranco para longe dela, mas parou subitamente.

– Bebê? Você está grávida?

Ela engoliu em seco, o ar ainda espesso na garganta. O sangue martelava em suas orelhas, e ela sentia a madeira suave e escorregadia com o suor de suas palmas. Agarrou a espicha com mais força, para manter viva a raiva, que já estava morrendo.

– Estou. Acho que sim. Vou ter certeza daqui a duas semanas.

O homem ergueu as sobrancelhas claras.

– Hum!

Com um grunhido curto, ele deu um passo atrás, observando-a com interesse. Analisou-a de cima a baixo, devagar, apreciando o seio desnudo.

A súbita explosão de raiva se esvaíra, deixando-a sem fôlego e de barriga vazia. Ela seguiu agarrada à espicha, mas seus punhos tremiam, então baixou os braços.

– É assim, então?

Ele se aproximou e estendeu o braço, já sem intenções lascivas. Assustada, ela congelou por um instante; ele pesou o seio numa das mãos, pensativo, massageando-o feito uma toranja à venda no mercado. Ela arquejou e o golpeou com uma só mão com o porrete; contudo, havia perdido a prontidão de antes, e o golpe apenas resvalou no ombro dele, fazendo-o balançar, porém nada além disso. Ele grunhiu e deu um passo atrás, esfregando o ombro.

– Pode ser. Pois bem, então. – Ele franziu o cenho e puxou o calção, ajeitando-se sem o menor pudor. – Imagino que seja uma sorte estarmos no porto.

Ela não entendeu o comentário, mas não se incomodou; aparentemente ele mudara de ideia ao ouvir sua revelação, e a sensação de alívio fez seus joelhos fraquejarem e a pele arrepiar, cheia de suor. Ela se sentou de súbito no banquinho e largou com estrépito o porrete no chão.

Bonnet havia botado a cabeça para fora do corredor e gritou por alguém de nome Orden. Fosse lá quem fosse, Orden não entrou na cabine, mas dali a alguns minutos uma voz murmurou uma pergunta do lado de fora.

– Busque uma puta no cais lá embaixo para mim – disse Bonnet, no tom casual de alguém que pede uma caneca de cerveja amarga gelada. – Limpa, veja bem, e bem jovem.

Ele fechou a porta, voltou-se para a mesa e remexeu os entulhos, até encontrar um caneco de peltre. Serviu uma bebida, saboreou metade, então – parecendo tardiamente perceber que ela ainda estava ali – ofereceu-lhe a garrafa, com um vago grunhido convidativo.

Ela balançou a cabeça, sem palavras. Uma leve esperança brotara nos confins de sua mente. Ele de fato possuía um leve traço de cavalheirismo, ou pelo menos decência; retornara para tirá-la do armazém em chamas e lhe deixara a pedra pelo menino que presumia ser seu filho. Agora, ao ficar sabendo que ela estava grávida outra vez, abandonara as investidas. Talvez a deixasse ir, então, ainda mais se ela não tivesse utilidade imediata.

– Então... você não me quer? – perguntou ela, empurrando os pés lentamente sob o banquinho, pronta para dar um bote e sair correndo tão logo a porta se abrisse para deixar entrar sua substituta.

Esperava *conseguir* correr; ainda tinha os joelhos trêmulos.

Bonnet a encarou, surpreso.

– Já abri suas pernas uma vez, meu doce – retrucou ele, com um sorriso escancarado. – Lembro-me dos seus pelos ruivos... uma linda visão, sem dúvida... mas não foi uma experiência tão memorável a ponto de eu estar ávido por repetir. Ainda é cedo, querida, ainda é cedo. – Ele afagou o queixo de Brianna de maneira negligente e deu outro gole na bebida. – Por enquanto, porém, LeRoi está precisando galopar um pouco.

– Por que estou aqui? – inquiriu ela.

Distraído, ele puxou outra vez a braguilha da calça, bastante alheio à sua presença.

– Aqui? Ora, porque um cavalheiro me pagou para levá-la à cidade de Londres, querida. Você não sabia?

Ela se sentiu como se tivesse levado um soco no estômago; sentou-se na cama e cruzou os braços por sobre o tronco, num gesto de proteção.

– Que cavalheiro? E, pelo amor de Deus... por quê?

Ele refletiu por um instante, mas evidentemente concluiu que não havia razão para não contar.

– Um homem chamado Forbes – respondeu, então virou o restante da bebida. – Você o conhece, não?

– É claro que conheço – respondeu ela, o assombro duelando com a fúria. – Aquele *desgraçado* maldito!

Então eram os homens de Forbes, os bandidos mascarados que a haviam interceptado com Josh, arrancado os dois de seus cavalos e os empurrado numa carruagem fechada. Eles sacolejaram por estradas indistinguíveis durante dias a fio até chegarem à costa, então foram removidos, desgrenhados e fedidos, e embarcados no navio.

– Onde está Joshua? – perguntou ela, abruptamente. – O jovem negro que veio comigo?

– Veio? – retrucou Bonnet, intrigado. – Se tiver embarcado, imagino que o tenham posto no porão de cargas. Um bônus, suponho – acrescentou, com uma risada.

A fúria de Brianna em relação a Forbes fora matizada pelo alívio de descobrir que era ele a razão por trás de seu sequestro; Forbes podia jogar sujo e ser um canalha vil, mas não pretendia matá-la. A risada de Stephen Bonnet, porém, suscitou nela uma náusea gélida e uma súbita tontura.

– Como assim, um bônus?

Bonnet coçou o rosto, os olhos cor de uva verde a perscrutá-la em aprovação.

– Ah, pois bem, então. O sr. Forbes só queria que você saísse do caminho, segundo me disse. O que foi que você fez ao sujeito, querida? Mas ele já pagou a sua passagem, e tenho a impressão de que não está muito interessado em saber onde você vai parar.

– Onde eu vou parar?

Ela estivera com a boca seca; agora a saliva jorrava de suas membranas, e ela tinha que engolir repetidas vezes.

– Ora, querida. Afinal de contas, por que me dar o trabalho de levá-la até Londres, onde não seria útil a ninguém? Além disso, chove bastante em Londres; tenho certeza de que você não ia gostar.

Antes que ela pudesse reunir fôlego para fazer mais perguntas, a porta se abriu; uma jovem deslizou para dentro e tornou a fechá-la.

Tinha provavelmente seus 20 anos, embora lhe faltasse um molar, o que era visível quando ela sorria. Era roliça e de rosto comum, cabelos castanhos, limpa para os padrões locais, embora o cheiro de suor e o perfume de uma colônia barata recém-aplicada pairassem pela cabine, fazendo Brianna tornar a querer vomitar.

– Oi, Stephen – disse a recém-chegada, erguendo-se nas pontas dos pés para beijar a bochecha de Bonnet. – Dê uma bebida para a gente começar, sim?

Bonnet a agarrou, deu-lhe um beijo intenso e demorado, soltou-a e pegou a garrafa.

Tornando a baixar os pés, ela olhou Brianna com desapegado interesse profissional, então de volta para Bonnet, e coçou o pescoço.

– Vai querer as duas, Stephen, ou começamos só eu e ela? De todo modo, vai sair um pouco mais caro.

Bonnet não se deu o trabalho de responder; empurrou a garrafa nas mãos dela, arrancou o lenço que lhe encobria o farto volume dos seios e começou imediatamente a abrir a calça. Largou-a no chão e, sem rodeios, pegou-a pelos quadris e a pressionou contra a porta.

Bebendo da garrafa que segurava com uma das mãos, a jovem subiu as saias com a outra, tirando saia e anágua do caminho com um movimento habilidoso que a despiu até a cintura. Brianna vislumbrou as coxas robustas e uma faixa de pelos escuros antes que fossem encobertos pelas nádegas de Bonnet, com pelos loiros e enrijecidas de esforço.

Ela virou a cabeça, o rosto ardendo, mas uma mórbida fascinação a impeliu a olhar de volta. A puta se equilibrava nos dedos dos pés, meio agachada para acomodá-lo, encarando placidamente por sobre o ombro de Bonnet, que a empurrava e grunhia. Uma das mãos ainda segurava com força a garrafa; a outra afagava os ombros dele em gestos experientes. Ao ver que Brianna a encarava, ela piscou, ainda gemendo "aaahhh, isso, ah, ISSO... que delícia, amor, que delícia..." no ouvido do cliente.

A porta da cabine estremecia a cada baque das costas da puta, e Brianna podia ouvir as risadas no corredor do lado de fora, tanto masculinas quanto femininas; estava evidente que Orden trouxera o bastante para suprir a tripulação e o capitão.

Bonnet soltou um arquejo e grunhiu por um ou dois minutos, depois deu um gemido longo, com trancos súbitos e descoordenados. A puta levou a mão livre às nádegas dele para ajudá-lo e o puxou mais para perto, então relaxou a mão enquanto o corpo dele amolecia, pesando por sobre o dela. Ela o sustentou por um instante, com batidinhas nas costas, feito uma mãe ajudando um bebê a arrotar, então o empurrou.

Ele tinha o rosto e o pescoço num tom vermelho-vivo e respirava com força. Assentiu para a puta e se agachou, tateando pelas calças. Levantou-se, puxando-as, e acenou para a mesa entulhada.

– Pegue o seu pagamento, querida, mas devolva a garrafa, sim?

A puta fez um biquinho, mas deu um longo gole final na bebida e entregou a ele a garrafa, agora com menos de um quarto de bebida. Pegou um pedaço de pano embolado do bolso na cintura e meteu entre as pernas, então baixou as saias e saiu desfilando até a mesa, apalpou delicadamente o montinho de moedas espalhadas e foi pegando com dois dedos, largando-as uma a uma nas profundezas do bolso.

Bonnet, outra vez vestido, saiu olhando para trás, para as duas mulheres. O ar na cabine estava quente e espesso, com cheiro de sexo, e Brianna sentiu o estômago apertar. Não de náusea, mas de pânico. O forte odor masculino havia desencadeado uma reação instintiva que a dominou, fazendo seus seios formigarem; por um breve e desnorteante momento, ela sentiu a pele de Roger contra a sua, deslizante de suor, e seus seios latejaram, intumescidos e cheios de desejo.

Ela apertou tanto os lábios quanto as pernas, e cerrou os punhos, com a respiração rasa. A última coisa que podia tolerar agora – a última *de todas* as coisas – era pensar em Roger e sexo, não enquanto estivesse num raio de quilômetros de Stephen Bonnet. Decidida, ela afastou o pensamento e se aproximou da puta, procurando uma observação a partir da qual pudesse entabular uma conversa.

A puta sentiu o movimento e encarou Brianna, observando tanto o vestido rasgado quanto sua qualidade, mas a dispensou para seguir catando moedas. Tão logo pegasse o pagamento, a mulher iria embora e retornaria às docas. Seria uma chance de levar notícias a Roger e seus pais. Não grande, talvez, mas uma chance.

– Você... ahn... conhece ele bem? – indagou.

A puta a encarou, de sobrancelhas erguidas.

– Quem? Ah, Stephen? É, é um bom sujeito, Stephen. – Ela deu de ombros. – Não leva mais que dois ou três minutos, não se melindra com dinheiro, nunca quer nada além de uma transa. De vez em quando é meio ríspido, mas só bate se for provocado, e ninguém é idiota a ponto de fazer isso. Pelo menos não mais de uma vez.

Ela demorou um pouco o olhar no vestido rasgado de Brianna, erguendo uma sobrancelha de maneira sardônica.

– Vou me lembrar disso – disse Brianna secamente, puxando mais para cima a ponta da camisa rasgada.

Então, avistou uma garrafa de vidro entre os entulhos sobre a mesa, cheia de um líquido claro e contendo um pequeno objeto redondo. Inclinou-se mais para perto para olhar, de cenho franzido. Não podia ser... mas era. Um objeto redondo e carnudo, feito um ovo cozido, mas de um tom rosa-acinzentado... perpassado por um perfeito furo redondo.

Ela se benzeu, meio nauseada.

– Fiquei surpresa – prosseguiu a puta, olhando Brianna com franca curiosidade. – Ele nunca pegou duas garotas juntas, até onde eu sei, e não é do tipo que gosta que fiquem olhando enquanto se satisfaz.

– Eu não sou... – começou Brianna, mas parou, sem querer ofender a mulher.

– Não é puta? – A jovem escancarou um sorriso, exibindo o vão negro do dente ausente. – Eu devia ter percebido, garota. Não que isso importe para Stephen. Ele come quem bem entende, e posso ver que gostaria de você. A maioria dos homens gostaria.

Ela encarou Brianna, avaliando-a racionalmente e apontando para seus cabelos desgrenhados, o rosto enrubescido e a figura limpa.

– Imagino que gostem de você também – respondeu Brianna, com educação e uma débil sensação de surrealismo. – Ahn... como você se chama?

– Hepzibah – respondeu a mulher, com um ar de orgulho. – Ou Eppie, para encurtar.

Ainda havia moedas sobre a mesa, mas a puta as deixou ali. Bonnet podia ser generoso, mas era evidente que a garota não queria tirar vantagem... decerto era mais sinal de medo que de amizade, pensou Brianna. Ela respirou fundo e prosseguiu.

– Que nome bonito. Muito prazer, Eppie. – Ela estendeu a mão. – Meu nome é Brianna Fraser MacKenzie. – Ela deu todos os três nomes, esperando que a puta se lembrasse pelo menos de um.

A mulher encarou a mão estendida, atônita, então apertou-a com cautela, soltando-a feito um peixe morto. Puxou a saia e começou a se limpar com o pano, removendo com cuidado todos os vestígios do encontro recente.

Brianna se aproximou, preparando-se para os odores do trapo sujo, do corpo da mulher e o cheiro quente de álcool em seu hálito.

– Stephen Bonnet me sequestrou.

– Ah, foi? – indagou a puta, com indiferença. – Bom, ele pega o que bem entende, o Stephen.

– Eu quero sair daqui – disse Brianna, mantendo a voz baixa, com uma olhadela para a porta da cabine.

Ouvia o som de passos no convés acima, e esperava que as vozes não ultrapassassem as tábuas grossas.

Eppie embolou o trapo e o largou sobre a mesa. Revirou o bolso e tirou um frasquinho vedado com uma rolha de cera. Ainda tinha as saias erguidas, e Brianna pôde ver as nítidas linhas das estrias em sua barriga roliça.

– Bom, dê a ele o que ele quer, então – aconselhou a puta, removendo a rolha e virando na mão um pouco do conteúdo do frasco, uma fragrância surpreendentemente suave de água de rosas. – É bem provável que ele se canse de você daqui a alguns dias e a abandone na costa.

Ela esfregou a água de rosas em abundância nos pelos púbicos, então cheirou a mão de modo crítico e fez uma careta.

– Não. Quero dizer, não foi por isso que ele me sequestrou. Acho que não.

Eppie tornou a fechar o frasco e largou-o no bolso, bem como o trapo.

– Ah, ele pretende pedir resgate? – Eppie a encarou com um pouco mais de interesse. – Bom, mesmo assim, eu nunca soube que os escrúpulos interferissem no apetite de Stephen. Ele é capaz de descabaçar uma virgem e vendê-la de volta ao pai antes que a barriga comece a aparecer. – Ela fez um biquinho, percebendo a questão. – Como você o convenceu a não possuí-la?

Brianna levou a mão à barriga.

– Contei que estou grávida. Isso o impediu. Eu jamais imaginei que um homem como ele... mas impediu. Talvez ele seja melhor do que a gente pensa – comentou, com um fio de esperança.

Eppie soltou uma risada, os olhinhos semicerrados com aquele hilário pensamento.

– Stephen? Meu Deus, não! – Ela torceu o nariz de um jeito bem-humorado e alisou as saias. – Não – prosseguiu, sem rodeios –, mas essa é a melhor história que você pode contar para que ele não fique em cima de você. Ele um dia me chamou, mas me rejeitou assim que viu que eu estava com um pãozinho no forno... quando fiz piada a respeito, ele disse que uma vez pegou uma puta com a barriga do tamanho de uma bala de canhão, e no meio do ato ela soltou um gemido e começou a jorrar sangue a ponto de inundar o quarto. Ele perdeu a vontade na hora, e não é de espantar. Nosso Stephen ficou com horror de comer mulheres embarrigadas. Não quer mais arriscar, sabe?

– Entendo. – Um filete de suor percorreu a face de Brianna, que o limpou com o dorso da mão. Sentia a boca seca e sugou o interior da bochecha para produzir saliva. – A mulher... o que aconteceu com ela?

Hepzibah empalideceu por um instante.

– Ah, a puta? Ora, morreu, claro, pobre vaca. Stephen contou que teve de se esfor-çar para vestir as calças molhadas, empapadas de sangue como estavam, daí olhou para cima e viu a mulher deitada no chão feito uma pedra, mas com a barriga ainda se remexendo e contorcendo feito um saco de cobras. Começou a achar que de re-pente o bebê fosse sair e se vingar dele, então deu o fora da casa só de camisa, largan-do as calças para trás.

Ela gargalhou frente àquela visão divertida, torceu o nariz e se aprumou, alisando as saias.

– Por outro lado, Stephen é irlandês – acrescentou Eppie, num tom tolerante. – Eles gostam de umas fantasias mórbidas, os irlandeses, quando estão bêbados.

Ela passou a ponta da língua no lábio inferior, como se diante de uma lembrança, saboreando os traços restantes da bebida de Bonnet.

Brianna inclinou-se mais para perto, estendendo a mão.

– Olhe.

Hepzibah encarou a mão, então olhou outra vez, empertigada. O grosso anel de ouro com seu grande cabuchão de rubi cintilava e reluzia à luz do lampião.

– Eu posso dá-lo a você – disse Brianna, baixando a voz –, se fizer uma coisa por mim.

A puta tornou a lamber os lábios, um súbito olhar de alerta irrompendo no rosto gordo.

– É? O quê?

– Leve um recado ao meu marido. Ele está em Edenton, na casa do reverendo McMillan... qualquer pessoa vai saber onde fica. Diga a ele onde estou, e... – Brianna hesitou. O que deveria dizer? Não era possível saber quanto tempo o *Anêmona* ficaria ali, nem para onde Bonnet resolveria seguir. A única pista que ela tinha era o que entreouvira na conversa com o imediato, logo antes de entrar. – Diga que eu acho que ele tem um esconderijo em Ocracoke e pretende se encontrar com alguém por lá, na lua nova. Diga isso ao meu marido.

Hepzibah lançou um olhar desconfortável para a porta da cabine, que permanecia fechada. Olhou de volta para o anel, o desejo de agarrá-lo duelando em seu rosto com um óbvio medo de Bonnet.

– Ele não vai ficar sabendo – disse Brianna. – Não vai descobrir. E o meu pai vai recompensá-la.

– Então ele é um homem rico, o seu pai?

Brianna viu o olhar calculista no rosto da puta, e sentiu um instante de apreensão... e se ela simplesmente pegasse o anel e contasse tudo a Bonnet? Por outro lado, ela não havia tirado mais dinheiro que a soma que lhe cabia; talvez fosse honesta. E, afinal de contas, não tinha escolha.

– Muito rico – respondeu, com firmeza. – Ele se chama Jamie Fraser. A minha tia é rica também. Tem uma fazenda chamada River Run, logo acima de Cross Creek, na Carolina do Norte. Pergunte pela sra. Innes... Jocasta Cameron Innes. Isso mesmo, se não encontrar Rog... meu marido, mande o recado para lá.

– River Run.

Hepzibah repetiu com obediência, os olhos ainda fixos na joia. Brianna removeu o anel e o depositou na palma da mão da puta antes que ela mudasse de ideia. A mulher fechou a mão em torno dele.

– O nome do meu pai é Jamie Fraser; meu marido se chama Roger MacKenzie – repetiu ela. – Na casa do reverendo McMillan. Você consegue se lembrar?

– Fraser e MacKenzie – repetiu Hepzibah, indecisa. – Ah, sim, com certeza. – Ela já havia se encaminhado para a porta.

– Por favor – disse Brianna, com urgência.

A puta assentiu sem olhar para ela, então esgueirou-se pela porta e fechou-a atrás de si.

O navio rangia e balançava sob seus pés, e ela ouviu o clangor do vento nas árvores da costa, por sobre os gritos dos homens bêbados. Seus joelhos então cederam, e ela se sentou na cama, desatenta aos lençóis.

Eles partiram com a maré; ela ouviu o ruído da corrente da âncora e sentiu o navio acelerar, ganhando vida à medida que as velas se abaulavam. Colada à janela, Brianna observou a massa verde-escura de Roanoke recuar. Cem anos antes, a primeira colônia inglesa havia se assentado ali... e desaparecera sem deixar rastros. O governador do lugar, ao retornar da Inglaterra com suprimentos, deparara-se com um enorme vazio, sem qualquer pista além da palavra "Croatan" entalhada no tronco de uma árvore.

Ela não estava deixando nem isso. Desconsolada, observou a ilha afundar no mar.

Passaram-se algumas horas sem a chegada de ninguém. De barriga vazia, sua náusea cresceu, e ela vomitou no penico. Não suportava a ideia de se deitar naqueles lençóis asquerosos, então os arrancou, refez a cama apenas com as colchas e se deitou.

As janelas estavam abertas, e o ar fresco do mar bagunçava seus cabelos e elevava a viscosidade da sua pele, fazendo-a se sentir um pouco melhor. Ela estava insuportavelmente ciente da própria barriga, um volume pequeno, pesado e delicado, e do que decerto acontecia lá dentro: a dança ordenada da divisão celular, uma espécie de violência pacífica, porém implacável, arrancando a vida à força e arrebatando corações.

Quando havia acontecido? Ela tentou pensar, recordar. Talvez tivesse sido na véspera da partida de Roger a Edenton. Ele estava animado, quase exaltado, e os dois fizeram amor com prolongada alegria, apimentados pela saudade, pois sabiam que o dia seguinte traria uma separação. Ela caíra no sono em seus braços, sentindo-se amada.

Então acordara sozinha, no meio da noite, e o encontrara sentado defronte à janela, banhado sob a luz da lua crescente. Relutara em atrapalhar sua contemplação particular, mas ele se virara, sentindo os olhos dela, e algo em seu olhar a fizera sair da cama, ir até ele e abraçá-lo, levando sua cabeça aos seios.

Ele então se levantara, deitara Brianna no chão e a possuíra outra vez, em silêncio e com urgência.

Sendo católica, ela considerara a situação de um erotismo incrível, a ideia de seduzir um pastor na véspera de sua ordenação, roubando-o – ainda que apenas por um instante – de Deus.

Ela engoliu em seco, as mãos agarradas à barriga. *Cuidado com o que pede em oração.* As freiras da escola sempre diziam isso às crianças.

O vento esfriava, deixando-a gelada, e ela puxou a ponta de uma colcha – a mais limpa – para se cobrir. Então, com feroz concentração e cautela, começou a rezar.

103

INTERROGATÓRIO

Neil Forbes estava no salão da estalagem King's Inn, apreciando uma taça de sidra forte e a sensação de que estava tudo ótimo no mundo. Tivera uma muito proveitosa reunião com Samuel Iredell e seu amigo, dois dos mais proeminentes líderes da rebelião em Edenton – e outra ainda mais proveitosa com Gilbert Butler e William Lyons, contrabandistas locais.

Ele tinha um grande apreço por joias, e, na celebração particular de seu elegante descarte da ameaça representada por Jamie Fraser, comprara um novo alfinete de gravata encimado por um belo rubi. Contemplou a peça com silenciosa satisfação, percebendo as adoráveis sombras que a pedra projetava no babado de seda.

Sua mãe estava instalada em segurança na casa da irmã, ele tinha um almoço marcado com uma dama local e uma hora para gastar até lá. Talvez um passeio, para abrir o apetite; fazia um lindo dia.

Ele havia afastado a cadeira e começava a se levantar quando uma grande mão se plantou no centro de seu peito e o empurrou de volta.

– O quê...?

Ele olhou para cima, indignado – e tomou bastante cuidado para sustentar a expressão no rosto, apesar de uma súbita e profunda náusea. Um homem alto e moreno se avultava por sobre ele, com uma expressão nada amistosa. MacKenzie, o marido da vagabunda.

– Como ousa, senhor? – exclamou Forbes, beligerante. – Eu exijo um pedido de desculpas!

– Exija o que quiser – respondeu MacKenzie. Estava pálido e taciturno por sob a pele bronzeada. – Onde está a minha mulher?

– Como é que eu vou saber? – O coração de Forbes batia depressa, tanto de regozijo quanto de temor. Ele ergueu o queixo e fez menção de se levantar. – Queira me dar licença, senhor.

Outra mão em seu braço o impediu, e ele se virou e viu o rosto de Ian Murray, sobrinho de Fraser. Murray sorriu, e o senso de presunção de Forbes se esvaiu lentamente. Ele ouvira dizer que o rapaz tinha vivido com os mohawks, que se tornara um deles – que morava com um lobo cruel que falava com ele e obedecia às suas ordens, e arrancara o coração de um homem e o devorara num ritual bárbaro.

Olhando o rosto grosseiro do rapaz e sua roupa amarrotada, no entanto, Forbes não se impressionou.

– Tire a mão da minha pessoa, senhor – disse com dignidade, empertigando-se na cadeira.

– Não, acho que não – retrucou Murray, apertando seu braço de um jeito que fazia lembrar a mordida de um cavalo.

Forbes abriu a boca, mas não emitiu som.

– O que foi que você fez com a minha prima? – indagou Murray.

– Eu? Ora, eu... não tenho nada a ver com a sra. MacKenzie. Tire as mãos de mim, maldição!

Ian relaxou a mão e se agachou, respirando com força. MacKenzie havia puxado uma cadeira para encarar o homem e se sentou também.

Forbes alisou a manga do casaco, evitando o olhar de MacKenzie e pensando rápido. Como eles tinham descoberto? Tinham mesmo descoberto? Talvez estivessem apenas especulando, sem muita certeza.

– Lamento ouvir que qualquer desgraça possa ter se abatido sobre a sra. MacKenzie – disse ele, com educação. – Devo supor que o senhor a tenha perdido, de alguma forma?

MacKenzie o encarou de cima a baixo por um instante sem responder, então emitiu um leve ruído de desprezo.

– Ouvi o senhor falar em Mecklenburg – continuou Forbes, em tom de conversa. – Muito loquaz. O senhor falou bastante sobre justiça, e a proteção de nossas esposas e crianças. Foi muito eloquente.

– Ótima conversa – interrompeu Ian Murray – para um homem que sequestra uma mulher indefesa.

Ele ainda estava agachado no chão feito um selvagem, mas havia se mexido um pouco e encarava Forbes bem nos olhos. O advogado, meio desconcertado, decidiu em vez disso voltar o olhar a MacKenzie, de homem para homem.

– Sinto muito pelo seu infortúnio, senhor – disse, esforçando-se para assumir um tom de preocupação. – E ficaria feliz em ajudar, claro, de qualquer maneira possível. Mas eu não...

– Onde está Stephen Bonnet?

A pergunta acertou Forbes feito um golpe no fígado. Ele abriu a boca por um instante, pensando no erro que cometera ao escolher MacKenzie para encarar; o homem tinha o olhar verde e impassível como o de uma cobra.

– Quem é Stephen Bonnet? – indagou ele, lambendo os lábios secos.

O restante do corpo, no entanto, estava bastante úmido; ele sentia o suor acumulado nas dobras do pescoço, empapuçando a camisa de cambraia na região das axilas.

– Eu ouvi você, sabe? – observou Murray, com prazer. – Quando você negociou com Richard Brown. No seu depósito.

Forbes girou a cabeça. Estava em tamanho choque que apenas um instante antes percebera que Murray segurava uma faca, apoiada casualmente sobre o joelho.

– O quê? O senhor disse... o quê? Veja bem, o senhor está enganado... enganado!

Ele começou a se levantar, gaguejante. MacKenzie pôs-se de pé depressa e o agarrou pela gola da camisa, contorcendo-a.

– Não, senhor – disse ele, bem baixinho, o rosto tão perto que Forbes pôde sentir o calor de seu hálito. – É o senhor quem está enganado. Foi um grande erro escolher a minha mulher para servir a seus propósitos malignos.

A fina cambraia se rasgou com um ruído. MacKenzie o empurrou com violência de volta à cadeira, então inclinou-se para a frente e agarrou-lhe o colarinho, com tanta força que quase o sufocou ali mesmo. Forbes escancarou a boca, arquejante, e pontos negros dançaram em sua visão – mas não o bastante para turvar aqueles frios e brilhantes olhos verdes.

– Para onde ele a levou?

Forbes agarrou os braços da cadeira, respirando com força.

– Não sei nada sobre a sua esposa – disse, a voz grave e venenosa. – E por falar em grande erro, é o senhor que está prestes a cometer um. Como ousa me agredir? Vou prestar queixa, isso eu lhe garanto!

– Ah, agressão, imagine – disse Murray, zombeteiro. – Não fizemos isso. Ainda.

Ele tornou a se agachar, pensativo, cutucando a faca com a unha do polegar e encarando Forbes com ar avaliativo, como alguém que planejasse retalhar um leitãozinho numa travessa.

Forbes projetou a mandíbula e cravou os olhos em MacKenzie, ainda parado de pé, avultando-se sobre ele.

– Este é um local público – observou. – O senhor não pode me ferir sem passar despercebido.

Ele olhou atrás de MacKenzie, esperando que alguém adentrasse o salão e interrompesse aquela conversa brutalmente desagradável, mas a manhã estava tranquila, e todos os cavalariços e arrumadeiras haviam saído para cuidar de suas tarefas.

– Nós nos incomodamos se mais alguém perceber, *a charaid*? – indagou Murray, encarando MacKenzie.

– De forma alguma. – Ainda assim, MacKenzie retomou o lugar e o olhar firme em Forbes. – Mas podemos esperar um pouquinho. – Olhou o relógio de pé sobre a cornija da lareira, o pêndulo se movendo com um sereno tique-taque. – Não vai demorar.

Tardiamente, ocorreu a Forbes se perguntar onde estaria Jamie Fraser.

Elspeth Forbes se balançava tranquilamente na varanda da casa da irmã, aproveitando o frescor do ar matinal, quando uma visita foi anunciada.

– Ora, sr. Fraser! – exclamou ela, sentando-se. – O que o traz a Edenton? Está procurando Neil? Ele foi...

– Ah, não, sra. Forbes. – Ele se curvou em uma mesura, o sol da manhã reluzindo em seus cabelos como se fossem de bronze. – Vim falar com a senhora.

– Ah? Ah! – Ela se sentou na cadeira, correndo para espanar farelos de torrada da manga, e esperando que a touca estivesse no lugar. – Ora, o que o senhor poderia querer com uma velha?

Ele sorriu – era um rapaz tão bonito, tão elegante em seu casaco cinza, e com aquele olhar de malícia nos olhos – e inclinou-se para sussurrar no ouvido dela.

– Vim raptar a senhora.

– Ah, pare com isso!

Ela agitou a mão para ele, rindo, e ele a tomou, beijando-lhe os nós dos dedos.

– Não aceito "não" como resposta – garantiu ele, com um gesto em direção à beirada da varanda, onde havia deixado uma grande cesta, de aparência promissora, coberta com um tecido axadrezado. – Estou querendo almoçar no campo, debaixo de uma árvore. Até já escolhi a árvore, é muito bonita... mas sem companhia a refeição não tem graça.

– O senhor sem dúvida é capaz de encontrar companhia melhor do que a minha, rapaz – disse ela, encantadíssima. – E onde está sua amada esposa?

– Ah, ela me deixou – disse ele, fingindo tristeza. – Cá estou eu, com um belo piquenique planejado, e ela saiu para fazer um parto. Então pensei com meus botões: bom, Jamie, é uma pena desperdiçar tanta comida... quem teria condições de compartilhá-la comigo? E o que vejo depois, senão a sua elegantíssima figura a repousar? Uma resposta às minhas preces, isso sim; a senhora não deseja se opor aos desígnios divinos, não é, sra. Forbes?

– Hum... – disse ela, tentando não rir dele. – Ora, muito bem. Se é uma questão de desperdício...

Antes que ela pudesse dizer qualquer outra coisa, ele se inclinou e a removeu da cadeira, carregando-a nos braços. Ela soltou um gritinho de surpresa.

– Se é um rapto de verdade, preciso carregar a senhora, sim? – disse ele, abrindo um sorriso.

Para a mortificação da sra. Forbes, o som que ela emitiu não passou de uma risadinha. Fraser, no entanto, pareceu não ligar; abaixou-se para apanhar a cesta com uma das mãos robustas e carregou-a como se fosse uma pena até a carruagem.

– Vocês não podem me manter preso aqui! Deixem-me passar, ou eu vou gritar por socorro!

De fato, eles o haviam mantido preso por mais de uma hora, bloqueando todas as suas tentativas de se levantar e sair. No entanto, o homem tinha razão, pensou Roger; a circulação já começava a se adensar na rua, e ele podia ouvir – bem como Forbes – os sons de uma criada ajeitando as mesas para o jantar na sala ao lado.

Ele encarou Ian. Os dois haviam debatido; se a notícia não chegasse dali a uma hora, eles teriam que tentar remover Forbes da estalagem e levá-lo a um lugar mais tranquilo. Seria uma jogada arriscada; o advogado estava intimidado, mas era teimoso feito uma mula. E *iria* gritar por socorro.

Ian franziu os lábios, pensativo, e enfiou na lateral da calça a faca com a qual estivera brincando, polindo a lâmina.

– Sr. MacKenzie?

Um garotinho despontara a seu lado feito um cogumelo, o rosto redondo e sujo.

– Sou eu – respondeu ele, com uma onda de gratidão. – Tem alguma coisa para mim?

– Tenho, senhor.

O moleque entregou a ele um papelzinho enrolado, aceitou uma moeda em pagamento e desapareceu, apesar do grito de Forbes para que retornasse.

O advogado havia começado a se levantar da cadeira, agitado. Roger, no entanto, apontou para ele com brusquidão, e o homem afundou de volta na mesma hora, sem esperar ser empurrado. Bom, pensou Roger, de cara feia, ele estava aprendendo.

Ao desfazer a bolinha de papel, Roger viu-se segurando um grande broche em forma de buquê de flores, feito em granada e prata. Era uma peça muito bem-acabada, porém bastante feia. Seu efeito em Forbes, contudo, foi substancial.

– Você não faria isso. Ele não faria.

O advogado encarava o broche na mão de Roger, o rosto gordo já pálido.

– Ah, creio que faria, sim, se está falando do tio Jamie – disse Ian Murray. – Ele ama muito a filha.

– Bobagem. – O advogado decididamente tentava blefar, mas não conseguia desviar os olhos do broche. – Fraser é um cavalheiro.

– Ele é das Terras Altas – retrucou Roger, num tom brusco. – Como o seu pai, não é?

Ele ouvira histórias sobre o Forbes mais velho, que segundo os relatos fugira da Escócia tendo um carrasco em seu encalço.

Forbes mordeu o lábio inferior.

– Ele não faria mal a uma velha – disse, com toda a bravata que foi capaz de reunir.

– Não? – Ian ergueu as sobrancelhas rústicas. – É, talvez não. Mas pode ser que a despache... para o Canadá, talvez? O senhor parece conhecê-lo muito bem, sr. Forbes. O que acha?

O advogado tamborilou os dedos nos braços da cadeira, respirando entre os dentes, evidentemente analisando o que conhecia do caráter e da reputação de Jamie.

– Muito bem – disse ele, de súbito. – Muito bem!

Roger sentiu a tensão em seu corpo estalar feito um fio desencapado. Estivera contido feito um fantoche desde que Jamie fora buscá-lo na véspera.

– Onde? – inquiriu ele, sem ar. – Onde ela está?

– Em segurança – respondeu Forbes, num tom rouco. – Eu não faria mal a ela. – Ele ergueu os olhos arregalados. – Pelo amor de Deus, eu não faria mal a ela!

– Onde? – Roger agarrou o broche com força, sem se preocupar com as bordas que lhe cortavam a mão. – Onde ela está?

O advogado afundou como uma saca de farinha vazia.

– A bordo de um navio chamado *Anêmona*, sob as ordens do capitão Bonnet. – Ele engoliu em seco, incapaz de desviar o olhar do broche. – Ela... eu disse... eles estão a caminho da Inglaterra. Mas ela está segura, eu garanto!

O choque fez Roger cerrar o punho, e ele sentiu o súbito deslizar do sangue nos dedos. Atirou o broche no chão e limpou as mãos nas calças, lutando para encontrar as palavras. O choque lhe havia travado a garganta; a sensação era de que estava sendo estrangulado.

Vendo a inquietação do advogado, Ian levantou-se de súbito e pressionou a faca na garganta do homem.

– Quando eles zarparam?

– Eu... eu...

O advogado abria e fechava a boca, encarando Ian e Roger com desamparo, os olhos esbugalhados.

– *Onde?* – Roger forçou a palavra pela garganta fechada, e Forbes se encolheu.

– Ela... ela embarcou aqui. Em Edenton. Dois... dois dias atrás.

Roger assentiu abruptamente. Em segurança, ele disse. Nas mãos de Bonnet. Dois dias nas mãos de Bonnet. Mas ele navegara com Bonnet, pensou, tentando se estabilizar, manter a racionalidade. Sabia como o homem operava. Bonnet era contrabandista; não navegaria até a Inglaterra sem estar abarrotado de cargas. Ele poderia – *poderia* – estar descendo pela costa, recolhendo pequenas cargas antes de seguir para alto-mar e rumar para a longa viagem à Inglaterra.

E, caso contrário... ainda poderia ser interceptado por uma embarcação veloz.

Não havia tempo a perder; as pessoas no porto sabiam para onde o *Anêmona* iria em seguida. Ele deu meia-volta e avançou em direção à porta. Então uma onda de fúria o invadiu, e ele deu um giro e acertou o punho na cara de Forbes com todo o peso do próprio corpo.

O advogado soltou um grito agudo e levou as mãos ao nariz. Toda a barulheira na estalagem e na rua pareceu cessar; o mundo ficou em suspenso. Roger deixou escapar um suspiro curto e profundo, esfregando os nós dos dedos, e tornou a assentir.

– Venha – disse a Ian.

– Ah, sim.

Ele já estava a meio caminho da porta quando percebeu que Ian não o acompanhava. Olhou para trás bem a tempo de ver o primo por casamento puxar delicadamente a orelha de Forbes e arrancá-la.

104

DORMINDO COM UM TUBARÃO

Stephen Bonnet era um homem de palavra, por assim dizer. Não fez investidas sexuais, mas insistiu para que dormissem juntos.

– Gosto de um corpo quente à noite – disse. – E acho que você vai preferir a minha cama ao porão de cargas, querida.

Brianna certamente teria preferido o porão de cargas, embora em suas explorações – depois de zarparem, ela teve permissão para sair da cabine – tivesse descoberto que o porão era um buraco escuro e desconfortável, onde um grupo de escravos miseráveis viajavam acorrentados em meio a um amontoado de caixas e barris, sob o constante perigo de serem esmagados pelo movimento das cargas.

– Aonde estamos indo, senhorita? E o que vai acontecer quando chegarmos? – indagou Josh em gaélico, o belo rosto miúdo e assustado sob as sombras do porão.

– Acho que estamos indo a Ocracoke – respondeu ela, também em gaélico. – Mais do que isso... eu não sei. Ainda está com o seu rosário?

– Ah, sim, senhorita. – Ele tocou o peito, onde pendia o crucifixo. – É a única coisa que evita o meu desespero.

– Bom. Continue rezando.

Ela olhou para os outros escravos: duas mulheres e dois homens, todos de corpos esguios, rostos delicados e ossatura fina. Separara um pouco do próprio jantar para Josh, mas nada tinha a oferecer aos outros, o que a preocupou.

– Vocês recebem comida aqui embaixo?

– Sim, senhorita. Até que bastante – assegurou ele.

– Eles... – Ela inclinou delicadamente o queixo na direção dos outros escravos. – Sabem de alguma coisa? Sobre aonde estamos indo?

– Não sei, senhorita. Não consigo me comunicar com eles. São africanos... fulanis, dá para ver pela aparência, mas é tudo que eu sei.

– Entendi. Bom...

Ela hesitou, ávida por sair do porão escuro e úmido, mas relutante em deixar o jovem criado ali.

– Vá, senhorita – disse ele, baixinho, em inglês, ao vê-la hesitar. – Eu vou ficar bem. Vamos todos ficar bem. – Ele tocou o rosário e fez o melhor que pôde para abrir um sorriso, embora os cantos da boca tremessem. – Que Nossa Senhora nos proteja.

Sem palavras de conforto a oferecer, ela assentiu e subiu a escada rumo à luz do sol, sentindo cinco pares de olhos a observá-la.

Bonnet, graças a Deus, passava a maior parte do dia no convés. Ela podia vê-lo agora, descendo pelos cordames feito um ágil macaco.

Brianna permaneceu parada, sem movimento além dos cabelos açoitados pelo vento e das saias batendo contra as pernas congeladas. Ele era tão sensível aos movimentos de seu corpo quanto Roger, embora à sua própria maneira: feito um tubarão, alerta e atraído pelo movimento de sua presa.

Ela passara uma noite na cama dele até então, acordada. Ele a puxara para perto de maneira displicente, dissera "boa noite, querida" e adormecera no mesmo instante. Contudo, sempre que ela tentava se mexer, se desvencilhar de seu abraço, ele se mexia junto, para mantê-la perto.

Assim, ela era obrigada a uma intimidade indesejada com o corpo dele, uma familiaridade que despertava lembranças que ela achava muito difícil deixar de lado – a sensação do joelho a lhe abrir as coxas, a bruta jovialidade do toque dele entre suas pernas, os pelos aloirados de sol que se enroscavam em suas coxas e antebraços, seu odor sujo, almiscarado e masculino. A presença insolente de LeRoi, surgindo em intervalos durante a noite, pressionando-lhe as nádegas, desatento e ávido.

Ela teve um instante de intensa gratidão, tanto pela presente gravidez – pois agora já não havia dúvidas – quanto pela certeza de que Stephen Bonnet não era o pai de Jemmy.

Ele desceu dos cordames com um baque, avistou-a e sorriu. Não disse palavra, mas apertou suas nádegas amigavelmente ao passar, fazendo-a cerrar os dentes e agarrar-se à amurada.

Ocracoke, na lua nova. Ela encarou o céu brilhante, apinhado de gaivotas e andorinhas-do-mar; não podiam estar muito longe da costa. Quanto tempo, por Deus, até a lua nova?

105

O PRÓDIGO

Eles não tiveram problemas em encontrar quem conhecesse o *Anêmona* e seu capitão. Stephen Bonnet era muito conhecido nas docas de Edenton, embora sua reputação variasse de acordo com as relações. A opinião geral era a de um capitão honesto, mas de difícil negociação. Rompedor de bloqueios, contrabandista, diziam outros – se isso era bom ou ruim, dependia da política do afirmante. Conseguia qualquer coisa, diziam... por um preço.

Pirata, afirmavam uns poucos. Esses poucos, no entanto, falavam em tom baixo, com frequência olhando para trás e insistindo para não serem citados.

O *Anêmona* zarpara às vistas de todos, com uma carga corriqueira de arroz e cinquenta barris de peixe defumado. Roger encontrara um homem que se lembrava de ter visto a jovem subir a bordo com um dos ajudantes de Bonnet: "Uma quenga muito alta, com os cabelos de fogo soltos, descendo até a bunda", dissera ele, estalando os lábios. "O sr. Bonnet também é um homem corpulento, no entanto; acho que ele dá conta."

Somente a mão de Ian em seu braço impedira Roger de socar o homem.

O que eles ainda não haviam encontrado era alguém que soubesse com certeza o destino do *Anêmona*.

– Londres, eu acho – disse o comandante do porto, indeciso. – Mas não direto; ele ainda não recolheu toda a carga. Provavelmente vai descer pela costa, negociando aqui e ali... talvez navegue para a Europa a partir de Charlestown. Por outro lado – acrescentou o homem, esfregando o queixo –, pode ser que esteja rumando para a Nova Inglaterra. É arriscado demais entrar com qualquer coisa em Boston hoje em dia... mas, quando se consegue, vale muito a pena. Arroz e peixe defumado parecem valer o próprio peso em ouro por lá, se você conseguir descarregar sem ser atacado pelos navios de guerra da marinha.

Jamie, com o semblante meio pálido, agradeceu ao homem. Roger, incapaz de falar por conta do nó na garganta, limitou-se a assentir, saindo do escritório do capitão do porto atrás do sogro e retornando ao sol das docas.

– E agora? – indagou Ian, abafando um arroto.

Ele circulara pelas tabernas da zona portuária, comprando cerveja para os operários que pudessem ter ajudado a carregar o *Anêmona* ou conversado com os ajudantes a respeito de seu destino final.

– O melhor que me ocorre é que talvez você e Roger Mac possam embarcar e descer a costa – disse Jamie, franzindo o cenho para os mastros das chalupas e dos paquetes que balançavam, ancorados. – Claire e eu podemos partir na direção de Boston.

Roger assentiu, ainda incapaz de falar. Não era nem de perto um bom plano, sobretudo à luz da interrupção que a guerra não declarada estava causando na marinha mercante – mas a necessidade de fazer *algo* era séria. Ele sentia o fogo arder na medula dos ossos; apenas o movimento o apagaria.

Contratar um navio pequeno – mesmo um veleiro de pesca – ou comprar uma passagem para um paquete, no entanto, exigia uma boa soma.

– É, bom. – Jamie enroscou a mão no bolso, onde ainda tinha o diamante negro. – Vou ver o juiz Iredell; pode ser que ele me ponha em contato com um banqueiro honesto que me adiante o dinheiro da venda da pedra. Mas primeiro vamos dizer a Claire o que fazer.

Assim que eles se viraram para sair das docas, porém, uma voz gritou por Roger:

– Sr. MacKenzie!

Ele se virou e deu de cara com o reverendo doutor McCorkle, seu secretário e o reverendo McMillan, segurando malas, todos a encará-lo.

Deu-se uma breve confusão de apresentações – eles naturalmente haviam conhecido Jamie quando ele fora buscar Roger, porém não Ian –, depois uma pausa meio constrangedora.

– O senhor... – Roger pigarreou, dirigindo-se ao mais velho. – Está partindo, então? Para as Índias?

McCorkle assentiu, o rosto largo e bondoso cheio de preocupação.

– Estou, sim. Sinto muito que tenha de ir... e que não seja possível que o senhor... bem.

Tanto McCorkle quanto o reverendo McMillan haviam tentado persuadir Roger a ir a seu encontro na véspera, para ocupar seu lugar na cerimônia de ordenação. Ele, no entanto, não podia. Não podia gastar horas com uma coisa dessas, não podia de forma alguma assumir o compromisso se não fosse com determinação. Embora sem dúvida tivesse a mente determinada naquele momento, não era em relação a Deus. Só havia espaço para uma coisa em seu coração: Brianna.

– Bom, sem dúvida é a vontade de Deus – disse McCorkle, com um suspiro. – E a sua esposa, sr. MacKenzie? Teve notícias dela?

Ele balançou a cabeça e murmurou um agradecimento pela preocupação dos cavalheiros, e pela promessa de rezarem por ele e pelo retorno seguro de Brianna. Estava por demais preocupado para ver consolo naquilo, mas mesmo assim foi tocado pela gentileza dos homens e despediu-se com muitos bons votos de ambas as partes.

Roger, Jamie e Ian retornaram em silêncio à estalagem onde haviam deixado Claire.

– Só por curiosidade, Ian, o que você fez com a orelha de Forbes? – indagou Jamie, quebrando o silêncio enquanto dobravam a curva da ampla rua da estalagem.

– Ah, eu guardei bem guardadinha, tio – assegurou Ian, com um tapinha na bolsa de couro em seu cinto.

– O que, em nome de De... – Roger parou abruptamente, então prosseguiu. – O que pretende fazer com ela?

– Guardar comigo até encontrar minha prima – respondeu Ian, surpreso ao ver que aquilo não era óbvio. – Vai ajudar.

– Vai?

Ian assentiu, sério.

– Quando empreendemos uma tarefa muito difícil... entre os Kahnyen'kehaka, quero dizer... em geral nos afastamos durante um tempo, para fazer jejum e orar por boas orientações. Não há tempo de fazer isso agora, claro. Mas, com frequência, quando fazemos isso, escolhemos um talismã... para falar a verdade, o talismã nos escolhe... – Ele soava muito prático em relação àquilo, percebeu Roger. – E devemos carregá-lo com a gente durante toda a tarefa, para manter os espíritos atentos ao nosso desejo e garantir o nosso sucesso.

– Entendi. – Jamie esfregou o nariz. Parecia, como Roger, estar se perguntando o que os espíritos dos mohawks fariam com a orelha de Neil Forbes. Pelo menos, era provável que prendesse a atenção deles. – A orelha... você a envolveu em sal, não foi?

Ian balançou a cabeça.

– Não, eu defumei no fogo da cozinha da estalagem ontem à noite. Não se preocupe, tio Jamie; ela vai aguentar.

Roger encontrou naquela conversa uma espécie de perverso conforto. Com as orações dos sacerdotes presbiterianos e o apoio dos espíritos dos mohawks, talvez eles tivessem chance – mas era a presença de seus dois familiares, vigorosos e determinados, um de cada lado, que reforçava suas esperanças. Eles não desistiriam até que Brianna fosse encontrada, custasse o que custasse.

Ele engoliu o bolo na garganta pela milésima vez desde que ouvira a notícia, pensando em Jemmy. O pequenino estava seguro em River Run... mas como ele contaria a Jemmy que a mãe tinha desaparecido? Bom... não contaria, simples assim. Eles a encontrariam.

Com essa disposição, ele passou pela porta da estalagem, mas ouviu outro chamado.

– Roger!

Dessa vez era a voz de Claire, aguda de empolgação. Ele se virou no mesmo instante e a viu se levantando de um banco da taberna. Sentados do outro lado da mesa, diante dela, estavam uma mulher jovem e roliça e um sujeito magro, de cabelos bem crespos. Manfred McGillivray.

– Eu vi os senhores antes, senhor, dois dias atrás. – Manfred balançou a cabeça em tom de desculpas para Jamie. – Eu... é... bom, eu me escondi, senhor, e me arrependo disso. Mas não tinha como saber, claro, até que Eppie retornou de Roanoke e me mostrou o anel...

O anel estava sobre a mesa, o cabochão de rubi lançando uma diminuta e suave luz avermelhada sobre as tábuas. Roger o pegou e revirou entre os dedos. Mal ouviu as explicações – Manfred estava morando com a puta, fazia expedições periódicas aos portos próximos a Edenton, e ao ver o anel superara a vergonha e fora procurar Jamie –, assoberbado demais com aquela pequena, rígida e tangível prova de Brianna.

Roger fechou os dedos em torno do anel, encontrando conforto em seu calor, e voltou a si a tempo de ouvir Hepzibah dizer, num tom sério:

– Ocracoke, senhor. Na lua nova. – Ela deu uma tossidela e baixou a cabeça. – A dona me disse que, como o senhor ficaria grato pela notícia de seu paradeiro...

– Você vai ser paga, e bem paga – garantiu Jamie, embora claramente sem dar a ela mais de uma fração de sua atenção. – Lua nova – disse, virando-se para Ian. – Dez dias?

Ian assentiu, o rosto iluminado de empolgação.

– É, mais ou menos isso. Ela não sabia o paradeiro exato na ilha de Ocracoke? – indagou à puta.

Eppie balançou a cabeça.

– Não, senhor. Acho que Stephen tem uma casa lá, um casarão, escondido nas árvores, mas só isso.

– A gente vai encontrar.

Roger se surpreendeu com a própria voz; não pretendera falar alto.

Manfred exibira um semblante apreensivo durante todo o tempo. Inclinou-se para a frente, botando as mãos sobre as de Eppie.

– Quando o senhor a encontrar... não vai contar a ninguém, vai, sobre o que Eppie falou? O sr. Bonnet é um homem perigoso, e eu não quero pô-la em risco.

Ele olhou a jovem, que enrubesceu e abriu um sorriso.

– Não, não vamos dizer nada – garantiu Claire. Estivera observando tanto Manfred quanto Hepzibah enquanto eles falavam, então debruçou-se sobre a mesa e tocou a testa de Manfred, que exibia uma espécie de erupção pontilhada. – E por falar em risco... ela está correndo muito mais risco com *você*, meu jovem, que com Stephen Bonnet. Já contou a ela?

Manfred empalideceu mais um pouco, e pela primeira vez Roger percebeu que o jovem parecia bastante doente, o rosto magro e muito encovado.

– Contei, Frau Fraser. Desde o início.

– Ah, sobre a sífilis? – Hepzibah fingiu desinteresse, embora Roger visse sua mão entrelaçada à de Manfred. – Sim, ele me contou. Mas eu disse que não fazia diferença. Ouso dizer que já tive alguns homens com sífilis, sem sequer saber. Se eu pegar... bom, é a vontade de Deus, não é?

– Não – respondeu Roger, com muita gentileza. – Não é. Mas vocês agora vão com a sra. Fraser, você e Manfred, e vão fazer exatamente o que ela mandar. Você vai ficar bem, e ele também. Não vão? – perguntou, virando-se para Claire, de súbito meio hesitante.

– Sim, vão – respondeu ela, num tom seco. – Felizmente, eu trouxe uma boa quantidade de penicilina.

O rosto de Manfred era uma confusão só.

– Mas a senhora está dizendo, *meine Frau*, que tem... *cura*?

– É exatamente o que estou dizendo – garantiu Claire. – Tentei dizer isso antes, mas você fugiu.

Ele escancarou a boca e piscou os olhos. Então virou-se para Hepzibah, que o encarava, estupefata.

– *Liebchen!* Vou poder ir para casa! Vamos poder ir para casa – emendou, mais que depressa, ao ver a expressão no rosto dela mudar. – Vamos nos casar. Vamos para casa – repetiu, no tom de alguém que tinha uma visão beatífica, mas ainda não acreditava que fosse real.

Eppie franziu o cenho, indecisa.

– Eu sou puta, Freddie – observou. – E, pelas histórias que você conta sobre a sua mãe...

– Acredito que Frau Ute vá ficar tão feliz em ter Manfred de volta que não vai ter disposição para fazer muitas perguntas – disse Claire, com uma olhadela para Jamie. – O Filho Pródigo, sabe?

– Você não vai mais precisar ser puta – Manfred garantiu à amada. – Eu sou armeiro; vou fazer uma boa vida. Agora que sei que *vou* viver!

Seu rosto magro de súbito se iluminou de alegria, e ele abraçou Eppie e lhe deu um beijo.

– Ah – disse ela, aturdida, mas com o semblante satisfeito. – Bom. Hum. Isso... ahn... essa penici...?

Ela olhou para Claire, intrigada.

– Quanto antes, melhor – disse Claire, levantando-se. – Venham comigo.

Ela própria tinha o rosto meio corado, Roger viu, e estendeu a mão rapidamente a Jamie, que a apertou com força.

– Vamos lá resolver as coisas – disse ele, por sua vez encarando Ian e Roger. – Com sorte, zarpamos hoje à noite.

– Ah! – Eppie já havia se levantado para acompanhar Claire, mas, ao ser lembrada do assunto deles, virou-se para Jamie, com a mão na boca. – Ah, lembrei de outra coisa. – Seu amável rosto redondo estava rígido de preocupação. – Há cavalos selvagens perto da casa. Em Ocracoke. Uma vez ouvi Stephen falar deles. – Ela olhou de um homem a outro. – Será que isso ajuda?

– Pode ser – respondeu Roger. – Obrigado... e Deus a abençoe.

Foi só quando eles chegaram ao lado de fora, rumando outra vez para as docas, que ele percebeu que segurava com firmeza o anel. O que Ian havia dito?

"Escolhemos um talismã... para falar a verdade, o talismã nos escolhe."

Ele tinha a mão um pouco maior que a de Brianna, mas enfiou o anel no dedo e fechou as mãos ao redor.

Ela acordou de um sono suado e inquieto, o instinto materno despertado no mesmo instante. Já se levantava da cama, avançando instintivamente em direção à caminha de Jemmy, quando uma enorme mão a agarrou pelo punho, num aperto convulsivo, feito uma mordida de crocodilo.

Ela deu um tranco para trás, fraca e alarmada. O barulho de passos irrompeu no convés acima, e ela percebeu tardiamente que o som de sofrimento que a acordara não tinha vindo de Jemmy, mas da escuridão a seu lado.

– Não vá – sussurrou ele, cravando os dedos na carne macia de seu punho.

Incapaz de se libertar, ela estendeu a outra mão para empurrá-lo. Tocou-lhe o cabelo úmido, a pele quente... e um filete de suor, frio e surpreendente em seus dedos.

– O que foi? – sussurrou ela de volta, aproximando-se dele por instinto.

Em seguida, estendeu a mão outra vez, alisou seus cabelos... tudo o que acordara preparada para fazer. Sentiu a mão repousar nele e pensou em parar, mas não parou. Era como se o jorro do conforto maternal, uma vez suscitado, não pudesse retornar para dentro dela, assim como o jorro de leite evocado pelo choro de um bebê não podia retornar à fonte.

– Tudo bem com você?

Ela mantinha a voz baixa e tão impessoal quanto as palavras permitiam. Ergueu a mão; ele se moveu e rolou na direção dela, pressionando a cabeça na curva de sua coxa.

– Não vá – repetiu ele, e puxou a respiração no que poderia ser um soluço.

Sua voz era baixa e rouca, mas tinha um tom que ela jamais ouvira.

– Estou aqui.

Seu punho preso estava ficando dormente. Ela pousou a mão livre no ombro dele, esperando que ele o soltasse ao vê-la disposta a ficar.

Ele de fato relaxou o punho, mas apenas para estender o braço e agarrá-la pela cintura, puxando-a de volta para a cama. Ela cedeu, pois não havia escolha, e permaneceu em silêncio, com a respiração forte e quente de Bonnet na nuca.

Depois de um longo tempo, ele a soltou e rolou o corpo de costas com um suspiro, permitindo que ela se mexesse. Ela deu-lhe as costas também, com cuidado, tentando manter alguns centímetros de distância. O luar adentrava pelas janelas da popa em uma maré prateada, e ela pôde ver a silhueta de seu rosto, captar o brilho de luz de sua testa e bochecha enquanto ele virava a cabeça.

– Pesadelo? – arriscou.

Pretendera soar sarcástica, mas seu coração ainda batia ligeiro pela preocupação ao acordar, e as palavras assumiram um tom hesitante.

– Pois é – respondeu ele, com um suspiro trêmulo. – De novo. Eu não paro de ter o mesmo pesadelo, sabe? Seria de imaginar que eu o reconhecesse e acordasse, mas nunca acordo. Só quando as águas se fecham sobre a minha cabeça.

Ele esfregou a mão sob o nariz, fungando feito uma criança.

– Ah.

Ela não queria perguntar sobre os detalhes, encorajar qualquer impressão de maior intimidade. O que queria, contudo, já não tinha muito a ver com as coisas.

– Desde menino eu sonho com afogamento – disse ele, e sua voz, em geral tão segura, estava trêmula. – A maré sobe, e eu não consigo me mexer... fico paralisado. A maré sobe, e eu sei que ela vai me matar, mas não consigo me mexer. – Ele agarrou o lençol com a mão convulsiva, afastando-o dela. – A água é cinza, cheia de lama, e umas coisas obscuras nadam nela. Estão esperando no mar para acertar as contas comigo, sabe...? E seguir com seus assuntos depois.

Ela podia ouvir o horror na voz dele, dilacerada entre o desejo de se afastar ainda mais e o hábito impregnado de oferecer conforto.

– Foi só um sonho – disse, por fim, olhando para as tábuas do convés, menos de um metro acima de sua cabeça.

Se pelo menos *isso* fosse um pesadelo!

– Ah, não – retrucou ele, baixando a voz a pouco mais de um sussurro na escuridão ao lado dela. – Ah, não. É o próprio mar. Me chamando, entende?

De súbito, ele rolou o corpo na direção dela, agarrou-a e a apertou com força. Ela arquejou, ao que ele apertou mais, respondendo aos seus esforços feito um tubarão.

Para seu próprio horror, Brianna sentiu LeRoi subindo e forçou-se a ficar parada. O pânico e a necessidade de escapar do sonho poderiam muito bem fazê-lo esquecer a aversão ao sexo com mulheres grávidas, e aquela era a última coisa, a última *de todas* as coisas...

– Ei... – disse ela com firmeza, abraçando-o pelo pescoço, baixando o rosto dele a seu ombro, dando tapinhas, afagando as costas. – Ei. Vai ficar tudo bem. Foi só um sonho. Não vou deixar que ele machuque você... não vou deixar que nada machuque você. Pronto, pronto.

Ela prosseguiu com os tapinhas, de olhos fechados, tentando imaginar que confortava Jemmy após um pesadelo, quietinha no chalé, o fogo da lareira baixinho, o corpinho de Jem relaxando, confiante, o cheiro suave e infantil de seus cabelos junto ao rosto dela...

– Não vou deixar que você se afogue – sussurrou. – Prometo que não.

Ela repetiu aquilo incontáveis vezes, e devagar, muito devagar, ele acalmou a respiração e afrouxou a mão que a segurava, enquanto o sono vinha. Mesmo assim ela seguiu repetindo, um murmúrio baixo e hipnótico, as palavras meio perdidas no som das águas, ecoando pela lateral do navio, e ela já não falava com o homem a seu lado, mas com a criança adormecida dentro dele.

– Não vou deixar que nada machuque você. *Nada* vai machucá-lo. Eu prometo.

106

ENCONTRO

Roger parou para limpar o suor dos olhos. Amarrara um lenço dobrado ao redor da cabeça, mas a umidade na frondosa várzea era tão alta que o suor se formava nas órbitas oculares, aguilhoando e borrando sua visão.

Num bar em Edenton, o conhecimento de que Bonnet estava – ou estaria – em Ocracoke parecia uma forte convicção; a busca se estreitou de súbito a um diminuto banco de areia, contra os milhões de outros locais onde o pirata poderia estar; que dificuldade poderia haver? Uma vez *no* maldito banco de areia, a perspectiva se alterara. A maldita ilha era estreita, mas com muitos quilômetros de extensão, largos trechos de floresta e quase toda a linha da costa repleta de barreiras escondidas e perigosos redemoinhos.

O capitão do barco de pesca que eles haviam contratado os levara até lá num bom tempo; eles então passaram dois dias navegando de um lado a outro daquela desgraçada extensão, em busca de possíveis atracadouros, prováveis esconderijos de piratas e rebanhos de cavalos selvagens. Até então, nada havia aparecido.

Depois de passar tempo suficiente vomitando na lateral do barco – Claire não levara suas agulhas de acupuntura, por não ter previsto a necessidade –, Jamie insistira em ser posto em terra firme. Poderia percorrer o restante da ilha a pé, disse, e ficar de olho em qualquer coisa estranha. Eles poderiam pegá-lo no pôr do sol.

– E se você der de cara com Stephen Bonnet, sozinho? – indagara Claire, quando ele se recusou a permitir que ela o acompanhasse.

– Prefiro levar uma facada a morrer de tanto vomitar – respondeu Jamie, com elegância. – Além do mais, Sassenach, preciso que você fique aqui, para garantir que esse filho da... esse capitão não zarpe sem nós, sim?

Então eles remaram até a costa e lá o deixaram, observando-o se afastar, meio cambaleante, e adentrar a mata de pinheiros e palmeiras.

Depois de mais um dia frustrante de navegação lenta, subindo e descendo a costa, sem nada avistar além de uma ou outra cabana de pesca desmantelada, Roger e Ian começaram a enxergar sabedoria na abordagem de Jamie.

– Estão vendo aquelas casas? – disse Ian, apontando para um diminuto aglomerado de cabanas na margem.

– Se você chama aquilo de casas, sim.

Roger protegeu os olhos com a mão para enxergar, mas as choças pareciam abandonadas.

– Se conseguem tirar barcos de lá, conseguimos levar um até lá. Vamos até a costa e vejamos se o povo ali nos diz alguma coisa.

Deixando Claire para trás, com o olhar furioso, eles remaram até a costa para investigar – sem sucesso. Os únicos habitantes do diminuto assentamento eram umas poucas mulheres e crianças, que ao ouvirem o nome Bonnet dispararam para suas casas feito moluscos escavando a areia.

Ainda assim, tendo sentido o chão firme sob os pés, os dois não estavam nada ansiosos por admitir a derrota e retornar ao barco de pesca.

– Vamos dar uma olhada, então – dissera Ian, encarando pensativamente a floresta rajada de sol. – Vamos fazer umas marcações, sim? – Ele desenhou uma série de traços em X na areia, para ilustrar. – Vamos cobrir mais terreno, e nos encontrar de tempos em tempos. Quem chegar à margem primeiro a cada vez espera o outro.

Roger assentira em concordância e, com um aceno animado para o barco de pesca e a figura pequenina e indignada em sua proa, adentrara a mata.

O ar estava quente e parado sob os pinheiros, e seu progresso foi prejudicado por todo tipo de arbustos baixos, trepadeiras, trechos de capim alto e outras plantas pegajosas. O avanço foi um pouco mais fácil próximo à costa, onde a floresta se adelgava e abria espaço a trechos de ásperas aveias-do-mar, com dezenas de pequeninos caranguejos que disparavam para longe – ou, vez por outra, eram esmagados sob seus pés.

Ainda assim, era um alívio se mover, sentir que de alguma forma estava agindo, avançando no objetivo de encontrar Bree – embora admitisse a si mesmo que não sabia muito bem o que eles estavam procurando. Estaria ela ali? Teria Bonnet chegado à ilha? Ou chegaria dali a um ou dois dias, na lua nova, como dissera Hepzibah?

Apesar da preocupação, do calor e dos milhões de insetos e mosquitos – que não mordiam, em sua maioria, mas insistiam em rastejar por suas orelhas, olhos, nariz e boca –, ele sorriu ao pensar em Manfred. Estivera rezando pelo rapaz desde seu desaparecimento da Cordilheira, para que ele retornasse à família. Embora encontrá-lo apaixonado por uma ex-prostituta não fosse exatamente a resposta que Ute McGillivray esperava para suas preces, ele já aprendera que Deus operava com métodos próprios.

Senhor, permita que ela esteja a salvo. Ele não queria saber como a prece seria atendida, desde que fosse. *Permita que eu a tenha de volta, por favor.*

Já passava bastante do meio da tarde, e ele tinha as roupas agarradas ao corpo de tanto suor quando chegou a uma das dezenas de enseadas que adentravam a ilha feito buracos de um queijo suíço. Era muito aberta para saltar, de modo que ele desceu pelo banco arenoso e entrou na água. Era mais funda do que imaginava – na metade do canal ele já estava com água até o pescoço, e precisou dar algumas braçadas até encontrar um apoio sólido para os pés do outro lado.

A água o puxava, impulsionando-o em direção ao mar; a maré começara a virar. Provavelmente a enseada ficaria bem mais rasa quando a maré baixasse – mas ele imaginou que, com a maré subindo, um barco seria capaz de chegar ali facilmente.

Era promissor. Encorajado, ele engatinhou para o lado oposto e começou a seguir o canal até o interior. Dali a minutos ouviu um som a distância e parou onde estava, escutando.

Cavalos. Ele podia jurar que eram relinchos, embora não conseguisse ter certeza de tão longe. Deu meia-volta, tentando localizar o som, que já havia desaparecido. Ainda assim parecia um sinal, e ele seguiu em frente com vigor renovado, assustando uma família de guaxinins que lavavam sua refeição na água do canal.

Então a enseada começou a se estreitar, o nível da água baixando a menos de 30 centímetros – e depois ainda menos, apenas poucos centímetros de água correndo por sobre a areia escura. Ele, no entanto, recusava-se a desistir, e forçou caminho por sob um teto baixo de pinheiros e arbustos de carvalho retorcidos. Então ficou paralisado, a pele formigando da cabeça às solas dos pés.

Havia quatro pilares de pedra bruta, pálidos à sombra das árvores. Um deles ficava literalmente dentro do canal, inclinado feito um bêbado pela ação da água. Outro, na margem, exibia entalhes na face, símbolos abstratos e irreconhecíveis. Ele ficou ali, parado, como se fossem criaturas vivas que pudessem captar seus movimentos.

O silêncio era anormal; até os insetos pareciam tê-lo temporariamente abandonado. Ele não tinha dúvidas de que aquele era o círculo que o tal Donner descrevera a Brianna. Ali os cinco homens haviam cantado, traçado um caminho e dado meia-volta, passando pelo lado esquerdo da pedra gravada. E ali pelo menos um deles havia morrido. Um calafrio profundo o percorreu, a despeito do calor opressivo.

Ele por fim se moveu, com muito cuidado, como se as pedras pudessem acordar, mas não deu as costas até estar a uma boa distância – tão afastado que as pedras sumiram de vista, enterradas nos frondosos arvoredos. Ele então se virou e caminhou de volta em direção ao mar, depressa, depois mais depressa, até que a respiração ardesse no peito, como se olhos invisíveis perfurassem suas costas.

Eu me sentei à sombra do castelo de proa, bebendo cerveja gelada e observando a praia. Aquilo era bem típico dos malditos homens, pensei, franzindo o cenho para o tranquilo estirão de areia. Disparar num avanço obstinado, deixando as mulheres a cuidar da casa. Ainda assim... eu não tinha tanta certeza de que teria desejado percorrer a maldita ilha a pé. Segundo a lenda, Barba Negra e vários de seus aliados haviam usado o lugar como um covil, e a razão era óbvia. Poucas vezes eu vira uma praia tão inospitaleira.

A chance de encontrar qualquer coisa naquele lugar misterioso e coberto de árvores cavoucando buracos aleatórios era pequena. Ainda assim, ficar parada num barco enquanto Brianna tinha que lidar com Stephen Bonnet estava me fazendo revirar de ansiedade, com o urgente desejo de *fazer* alguma coisa.

Mas não havia *nada* a fazer, e a tarde se esvaía devagar. Eu observava a praia com atenção; de vez em quando via Roger ou Ian despontarem da vegetação rasteira, então os dois conversavam brevemente e voltavam a adentrar a mata. Vez ou outra eu olhava para o norte... mas não via sinal de Jamie.

O capitão Roarke, que era *de fato* um filho bastardo de uma puta sifilítica, como ele próprio admitia alegremente, sentou-se comigo por um tempo e aceitou uma garrafa de cerveja. Parabenizei a mim mesma pela previdência de ter trazido dezenas delas, algumas das quais prendera a uma rede e jogara pela lateral do barco, de modo que permanecessem frias; a cerveja estava me ajudando bastante a aliviar a impaciência, embora ainda houvesse um nó de preocupação em meu estômago.

– Nenhum dos seus homens é o que se pode chamar de marujos, não é? – observou o capitão Roarke, depois de um silêncio pensativo.

– Bom, o sr. MacKenzie já passou algum tempo em barcos de pesca na Escócia – respondi, largando uma garrafa vazia na rede. – Mas não, eu não diria que ele é um marinheiro talentoso.

– Ah.

Ele bebeu um pouco mais.

– Muito bem – falei, por fim. – Por quê?

Ele baixou a garrafa, arrotou alto e piscou os olhos.

– Ah. Bom, senhora... acredito ter ouvido um dos jovens dizer que há um encontro por vir, na lua nova?

– Sim – respondi, com certa cautela. Havíamos contado o mínimo possível ao capitão, por não saber se ele tinha ligação com Bonnet. – A lua nova é amanhã à noite, não é?

– É – concordou ele. – Mas o que eu quero dizer é o seguinte... quando alguém diz "lua nova", é mais provável que esteja *na verdade* se referindo à noite, à escuridão, sim?

Ele espiou o gargalo da garrafa vazia, ergueu-a e soprou dentro, pensativo, produzindo um flauteio profundo.

Eu captei a deixa e dei outra garrafa a ele.

– Muito obrigado, dona – disse o homem, com alegria. – Veja, a maré vira em torno das onze e meia, nesta época do mês... e está *vazante* – acrescentou, enfático.

Eu o encarei com olhar inexpressivo.

– Bom, se a senhora olhar com atenção, dona, vai ver que agora a maré está a meio caminho – disse ele, apontando em direção ao sul –, e mesmo assim a água está bem funda perto da margem por toda a extensão desde aqui. À noite, no entanto, não vai estar.

– Sim?

Eu ainda não estava entendendo, mas ele foi paciente.

– Bom, com a maré baixa é mais fácil enxergar as barreiras e enseadas, claro... e se a senhora viesse num barco de calado raso, esse seria o momento a escolher. Mas se o encontro fosse com algo maior, talvez de mais de um metro e pouco de calado... bom, então... – Ele deu um gole na cerveja e apontou com a garrafa para um ponto bem adiante na costa. – A água lá é funda, madame... está vendo a cor? Se eu fosse um navio de qualquer tamanho, aquele seria o ponto mais seguro onde ancorar, com a maré baixa.

Eu olhei o ponto que ele havia indicado. A água *realmente* era mais escura ali, de um azul-acinzentado mais forte que as ondas ao redor.

– Você podia ter dito isso antes – comentei, em tom reprovador.

– Podia mesmo, dona – concordou ele, com educação –, mas não sabia se iam gostar de ouvir.

Ele então se levantou e caminhou até a popa, de garrafa vazia na mão, soprando-a distraidamente, feito uma buzina de neblina ao longe.

Enquanto o sol afundava no mar, Roger e Ian surgiram na costa, e Moses, o imediato do capitão Roarke, remou até a costa para buscá-los. Em seguida içamos a vela e subimos lentamente pela costa de Ocracoke até encontrarmos Jamie, acenando de uma diminuta restinga.

Ancorados em alto-mar para passar a noite, trocamos impressões de nossos achados – ou da falta deles. Todos os homens estavam esgotados, exauridos pelo calor e a busca e com pouco apetite para jantar, apesar da canseira. Roger, em especial, parecia tenso e pálido, e quase não abriu a boca.

A última nesga de lua minguante se ergueu no céu. Com o mínimo de conversa, os homens apanharam seus cobertores, deitaram-se no convés e pegaram no sono em minutos.

Apesar da quantidade de cerveja, eu me mantinha bem acordada. Estava sentada ao lado de Jamie, meu próprio cobertor enrolado nos ombros contra o frio vento noturno, observando a ilha baixa, escura e misteriosa. O ancoradouro que o capitão

Roarke apontara era invisível na escuridão. Nós saberíamos, eu me perguntei, se um navio chegasse durante a noite seguinte?

A bem da verdade, chegou naquela noite. Eu acordei logo de manhã cedo, sonhando com cadáveres. Sentei-me, o coração disparado, vi Roarke e Moses na amurada e senti um cheiro temeroso no ar. Não era um odor passível de esquecimento, e, quando me levantei e fui até a amurada para olhar, não me surpreendi ao ouvir Roarke murmurar "navio negreiro", inclinando a cabeça em direção ao sul.

O navio estava ancorado a cerca de um quilômetro de distância, os mastros escuros contra o céu claro. Embora não fosse imenso, sem dúvida era grande demais para adentrar os diminutos canais da ilha. Observei por um longo tempo, acompanhada de Jamie, Roger e Ian, que foram acordando... mas nenhum bote foi baixado.

– O que acha que ele está fazendo lá? – indagou Ian.

Ele falava num tom baixo; o navio de escravos deixava todos nervosos.

Roarke balançou a cabeça; também não gostava daquilo.

– Ai de mim se eu souber – respondeu ele. – Não esperava uma coisa dessas num lugar desses. Não mesmo.

Jamie correu a mão pelo queixo barbado. Não se barbeava havia dias, e, de rosto esverdeado e olhos fundos sob os pelos eriçados – ele vomitara por sobre a amurada minutos depois de se levantar, embora o balanço estivesse bem suave –, parecia ainda mais acabado que o próprio Roarke.

– O senhor consegue nos levar até lá, sr. Roarke? – indagou ele, os olhos no navio negreiro.

Roger lançou-lhe um olhar penetrante.

– Não acha que Brianna esteja a bordo?

– Se ela estiver, nós vamos descobrir. Se não estiver... talvez descubramos quem aquele navio veio ver.

Já era dia claro quando emparelhamos com a embarcação, que abrigava uma série de ajudantes no convés, todos a nos espiar com cautela pela amurada.

Roarke deu um alô e pediu permissão para subir a bordo. Não houve resposta imediata, mas dali a uns instantes um homem grande apareceu, com ar de autoridade e o semblante irritado.

– O que vocês querem? – gritou ele.

– Subir a bordo – gritou Roarke de volta.

– Não. Caiam fora.

– Estamos buscando uma jovem! – berrou Roger. – Gostaríamos de fazer umas perguntas!

– Todas as jovens deste navio são minhas – disse o capitão, se de fato era o capitão, muito determinado. – Caiam fora, já disse.

Ele se virou e apontou para os ajudantes, que se espalharam na mesma hora, reaparecendo instantes depois com mosquetões.

Roger levou as mãos à boca em concha.

– BRIANNA! – gritou ele. – BRIANNAAAA!

Um dos homens ergueu a arma e atirou; a bala zuniu por sobre nossas cabeças e rasgou a vela mestra.

– Ei! – gritou Roarke, irado. – Qual é o problema de vocês?

A única resposta a isso foram mais tiros, seguidos pela abertura das portinholas mais próximas a nós e o súbito surgimento dos longos canos negros de vários canhões, junto a uma rajada de fedor ainda mais intenso.

– Deus do céu! – gritou Roarke, impressionado. – Bom, se é assim que vocês se sentem... bom, que se danem! – gritou ele, brandindo o punho. – Que se danem!

Moses, menos interessado em retórica, começara a avançar já no primeiro tiro e estava agora no timão; deslizamos pelo navio de escravos, ultrapassando-o, e em instantes chegamos ao mar aberto.

– Bom, tem *alguma coisa* acontecendo – observei, olhando para trás, para o navio. – Quer tenha a ver com Bonnet ou não.

Roger estava pendurado à amurada, as juntas dos dedos brancas.

– Tem a ver – disse Jamie. Ele passou a mão na boca e fez uma careta. – O senhor consegue manter o barco à vista, mas ficar longe dos disparos, sr. Roarke? – Uma onda fresca do odor de esgoto, corrupção e desesperança nos atingiu, e Jamie assumiu a cor de sebo rançoso. – E talvez contra o vento, também?

Fomos forçados a zarpar bem para dentro do oceano e a mudar de direção, indo e vindo de forma a atender a essas várias condições, mas depois de um longo tempo conseguimos ancorar a uma distância segura, o navio de escravos quase invisível. Ali passamos o restante do dia, revezando-nos para vigiar a estranha embarcação pelo telescópio do capitão Roarke.

Nada aconteceu, no entanto; nenhum barco saiu do navio, nem veio da costa. Então, enquanto todos nos sentávamos em silêncio no convés, observando as estrelas que surgiam no céu sem lua, o navio foi tragado pela escuridão.

107

LUA NOVA

Eles ancoraram muito antes do amanhecer, e um pequeno bote os levou até a costa.

– *Onde* estamos? – indagou ela, a voz enferrujada pelo desuso.

Bonnet a acordara no escuro. Eles haviam feito três paradas ao longo do caminho, em angras sem nome, onde homens misteriosos saíram dos arbustos, rolando barris ou carregando fardos, mas ela não fora desembarcada em nenhuma delas. Aquela era uma ilha comprida e baixa, tomada por uma mata frondosa e uma névoa turva, de aspecto assombrado sob a lua minguante.

– Ocracoke – respondeu ele, debruçando-se para perscrutar a neblina. – Um pouco mais a bombordo, Denys.

O marinheiro nos remos inclinou o corpo mais de lado, e a ponta do bote se virou devagar, aproximando-se da costa.

Estava frio dentro d'água; ela sentiu gratidão pelo manto grosso no qual ele a envolvera antes de passá-la ao bote. Mesmo assim, o frio da noite e do mar aberto pouco tinha a ver com o fraco e constante arrepio que lhe estremecia as mãos e paralisava os pés e dedos.

Murmúrios baixos entre os piratas, novas instruções. Bonnet pulou na água funda e lamacenta, coberto até o quadril, e adentrou as sombras com dificuldade, empurrando para o lado a frondosa vegetação; a água da enseada oculta surgiu de repente, um brilho escuro e suave logo adiante. O bote foi avançando por sob as árvores altas, então parou, de modo que Bonnet saltasse de volta para dentro pela amurada, respingando e empapado de água.

Um grito estridente ecoou próximo a eles, tão perto que ela deu um tranco, o coração disparado, antes de perceber que era apenas um pássaro em algum ponto do pântano ao redor. De resto, a noite estava quieta, exceto pelo som baixo e compassado dos remos na água.

Eles haviam posto Josh e os fulanis no bote também; Josh estava sentado a seus pés, uma silhueta negra arqueada. Ela sentia que ele tremia. Puxou uma dobra do manto, colocou sobre ele e pôs a mão em seu ombro, na intenção de reconfortá-lo da melhor forma possível. Ele ergueu a mão e acomodou-a suavemente por sobre a dela, apertando-a; assim, unidos, eles prosseguiram lentamente, adentrando a escuridão desconhecida por sob as árvores gotejantes.

O céu já clareava quando o bote chegou a um pequeno ancoradouro, e linhas de nuvens matizadas de rosa perpassavam o horizonte. Bonnet pulou para fora e estendeu o braço para pegar a mão dela. Relutante, ela soltou Josh e se levantou.

Havia uma casa, meio escondida entre as árvores. Feita de tábuas cinza, parecia imiscuir-se nos resquícios de neblina, como se não fosse exatamente real e pudesse desaparecer a qualquer momento.

O fedor trazido pelo vento, no entanto, era bastante real. Ela jamais sentira aquele cheiro antes, mas ouvira a descrição vívida de sua mãe e o reconheceu no mesmo instante – o cheiro de um navio negreiro, ancorado a alguma distância. Josh o reconhecera também; ela o ouviu prender subitamente a respiração, então soltar um murmúrio afobado – ele entoava a Ave-Maria em gaélico, o mais depressa possível.

– Leve-os para o barracão – disse Bonnet ao marujo, empurrando Josh na direção dele e acenando para os fulanis. – Depois retorne ao navio. Diga ao sr. Orden que partimos para a Inglaterra daqui a quatro dias; ele vai cuidar do resto dos preparativos. Venha me encontrar no sábado, uma hora antes da maré alta.

– Josh! – gritou ela.

Ele olhou para trás, os olhos brancos de medo, mas o marujo o puxou, apressado, e Bonnet a arrastou para o outro lado, subindo a trilha em direção à casa.

– Espere! Aonde estão levando Josh? O que vão fazer com ele?

Ela cravou os pés na lama e agarrou uma planta do mangue, recusando-se a avançar.

– Vender! O que mais? – disse Bonnet, muito direto, tanto em relação à pergunta quanto à recusa dela em se mexer. – Venha comigo, querida. Você sabe que eu posso forçá-la, e sabe que não vai gostar se isso acontecer.

Ele estendeu a mão, puxou para trás uma ponta do manto de Brianna e beliscou seu mamilo com força, para ilustrar.

Ardendo de raiva, ela puxou o manto de volta e apertou-o em torno do corpo, como se isso fosse aliviar a dor. Ele já tinha se virado e subia a trilha, com a plena certeza de que ela iria atrás. Para sua infinita vergonha, ela foi.

A porta foi aberta por um homem negro, quase tão alto quanto o próprio Bonnet e até mais largo no peitoral e ombro. Uma cicatriz vertical corria entre seus olhos, desde a linha do cabelo até a ponte do nariz, mas com o aspecto asseado de uma cicatriz tribal deliberada, não o resultado de um acidente.

– Emmanuel, meu rapaz! – Bonnet cumprimentou o homem com animação e empurrou Brianna para dentro da casa, logo à frente. – Veja só o que o gato trouxe!

O homem a encarou de cima a baixo com uma expressão de dúvida.

– A danada é alta – disse, com certa cadência africana na voz. Tomou-a pelos ombros e a girou, correndo a mão por suas costas e apertando rapidamente suas nádegas por sobre o manto. – Mas a bunda é boa e grande – admitiu, de má vontade.

– Não é? Bom, cuide dela, depois venha me dizer como estão as coisas por aqui. O porão está quase cheio... ah, e eu peguei quatro... não, cinco outros pretos. Os homens podem ir com o capitão Jackson, mas as mulheres... bom, essas são especiais. – Ele piscou para Emmanuel. – Gêmeas.

O negro enrijeceu o rosto.

– Gêmeas? – indagou, em tom de horror. – Vai botá-las dentro de casa?

– Vou – respondeu Bonnet com firmeza. – São fulanis, umas coisinhas lindíssimas. Sem inglês, sem treinamento... mas são muito especiais, sem dúvida. Por falar nisso, temos notícia do *signor* Ricasoli?

Emmanuel assentiu, embora de cenho franzido; a cicatriz puxava as linhas da testa num "V" profundo.

– Chega na quinta. *Monsieur* Houvener vem também. O sr. Howard, no entanto, vai chegar amanhã.

– Esplêndido. Gostaria de tomar o café da manhã agora... e imagino que você também esteja com fome, não é, querida? – indagou, virando-se para Brianna.

Ela assentiu, dividida entre o medo, o ultraje e o enjoo matinal. Precisava comer algo, e depressa.

– Bom, então. Leve-a a algum lugar – disse Bonnet, e apontou para o teto, indicando os quartos no andar de cima – e dê de comer a ela. Vou comer no escritório; vá me encontrar lá.

Sem dizer nada, Emmanuel agarrou Brianna pela nuca, feito um tornilho, e a empurrou em direção às escadas.

O mordomo – se era possível descrever alguém como Emmanuel com um termo tão doméstico – a empurrou para um quartinho e fechou a porta. Havia mobília, porém pouca; um estrado de cama com um colchão descoberto, um cobertor de lã e um penico. Ela se aliviou no penico, então fez um rápido reconhecimento do quarto.

Ele era provido de uma única e pequenina janela, com barras de metal fixadas. Não havia vidro, apenas persianas internas, e o sopro de mar e mata preenchia o recinto, tomado de poeira e do cheiro rançoso do colchão manchado. Emmanuel podia ser um faz-tudo, mas não cuidava muito bem da casa, pensou ela, tentando melhorar o ânimo.

Ao ouvir um som familiar, espichou o pescoço para dar uma olhada. Não era possível ver muita coisa pela janela – somente as conchas brancas esmagadas e a lama arenosa que circundavam a casa, além das copas dos pequenos pinheiros. Se ela colasse o rosto à lateral da janela, porém, era possível ver uma pequena nesga de praia ao longe, com ondas brancas arrebentando. Enquanto Brianna observava, três cavalos cruzaram a galope e desapareceram de vista... mas o som dos relinchos era trazido pelo vento. Então surgiram mais cinco, depois mais um grupo de sete ou oito. Cavalos selvagens, descendentes dos pôneis espanhóis deixados ali um século antes.

Aquela visão a encantou, e ela observou por um longo tempo, esperando que eles retornassem, o que não aconteceu; apenas um grupo de pelicanos cruzou o céu, bem como algumas gaivotas dando rasantes atrás de peixes.

A visão dos cavalos aliviara por um momento sua sensação de solidão, mas não a de vazio. Ela estava no quarto havia meia hora, pelo menos, e não se ouviam sons de passos no corredor trazendo comida. Com cautela, ela testou a porta e surpreendeu-se ao ver que estava destrancada.

Havia sons no andar de baixo; havia alguém lá. Pairava no ar um leve aroma quente de mingau e pão assado.

Engolindo para manter o estômago quieto, ela avançou a passos leves e desceu a escada. Havia vozes masculinas num quarto à frente da casa – Bonnet e Emmanuel. O som dos dois fez seu estômago se encolher, mas a porta estava fechada, e ela prosseguiu, nas pontas dos pés.

A cozinha era uma choça, uma pequena construção anexa, ligada à casa por uma curta passagem coberta e rodeada por um pátio cercado que também circundava os fundos da casa. Ela olhou para a cerca – muito alta e pontiaguda –, mas primeiro o mais importante: precisava comer.

Havia alguém na cozinha; era possível ouvir o barulho de panelas e uma voz feminina a murmurar qualquer coisa. O cheiro de comida, de tão forte, era quase palpável. Ela empurrou a porta e entrou, fazendo uma pausa para que a cozinheira a visse. Então viu a cozinheira.

Estava tão prejudicada pelas circunstâncias àquele ponto que apenas pestanejou, certa de que estava vendo coisas.

– Phaedre? – indagou, indecisa.

A garota se virou, de olhos arregalados e boquiaberta de choque.

– Ah, Jesus amado! – Correu os olhos ansiosos por trás de Brianna; então, ao ver que ela estava sozinha, agarrou-a pelo braço e puxou-a até o pátio. – O que está fazendo aqui? – inquiriu, num tom feroz. – Como chegou *aqui*?

– Stephen Bonnet – respondeu Brianna. – Como diabo você veio... ele a raptou? De River Run?

Ela não podia pensar em como, ou por quê, mas, desde o momento em que descobrira a gravidez, tudo parecera uma surreal alucinação, e o quanto dessa sensação se devia à gravidez em si ela não fazia ideia.

Phaedre, no entanto, balançou a cabeça.

– Não, senhorita. Aquele Bonnet, ele me pegou faz um mês. De um homem chamado Butler – acrescentou, contorcendo a boca numa expressão que deixava claro seu asco por Butler.

O nome parecia vagamente familiar a Brianna. Talvez fosse um contrabandista; não o conhecia, mas ouvira aquele nome algumas vezes. Não era, no entanto, o contrabandista que fornecia chá e outras mercadorias à sua tia – esse ela *tinha* conhecido, um cavalheiro de desconcertante elegância efeminada chamado Wilbraham Jones.

– Não estou entendendo. Mas... espere, tem alguma coisa para comer? – indagou ela, com um súbito afundamento no estômago.

– Ah. Claro. Espere aqui.

Phaedre desapareceu de volta para a cozinha, ligeira, e num instante retornou com metade de um pão e um prato de manteiga.

– Obrigada.

Ela agarrou o pão e comeu um pouco, com avidez, sem se dar o trabalho de passar manteiga, então baixou a cabeça entre os joelhos e respirou por um instante, até que a náusea cedesse.

– Desculpe – disse, erguendo enfim a cabeça. – Estou grávida.

Phaedre assentiu, claramente nada surpresa.

– De quem?

– Do meu marido – respondeu Brianna.

Falara com sarcasmo, mas percebeu, com um pequeno sacolejo das vísceras inquietas, que, para Phaedre, o bebê podia muito bem não ser de Roger. Fazia meses que ela partira de River Run... sabia Deus o que lhe acontecera naquele espaço de tempo.

– Ele não pegou a senhorita faz muito tempo, então.

Phaedre olhou de relance para a casa.

– Não. Você disse um mês... já tentou fugir?

– Uma vez. – A garota tornou a contorcer a boca. – Sabe o tal Emmanuel?

Brianna assentiu.

– Ele é ibo. Rastreia a presa por um pântano de ciprestes e a faz se arrepender ao pegá-la.

Embora o dia estivesse quente, ela abraçou o próprio corpo.

O pátio era circundado por estacas pontudas de pinheiro de quase 2,5 metros, amarradas por cordas. Com uma ajudinha de Phaedre, ela poderia vencê-las... mas então viu a sombra de um homem passando pelo outro lado, uma arma no ombro.

Se estivesse em condições de organizar as ideias, já teria percebido. Aquele era o esconderijo de Bonnet – e, a julgar pelas pilhas de caixas, embrulhos e barris empilhados ao acaso no pátio, também onde ele guardava as cargas valiosas antes da venda. Naturalmente, elas seriam vigiadas.

Uma fraca brisa soprou por entre as estacas da cerca, trazendo o mesmo fedor nojento que ela sentira ao atracar. Brianna deu outra mordida ligeira no pão, forçando-o a descer feito uma pedra pelo estômago embrulhado.

Phaedre abriu as narinas, mas fechou-as em face da fetidez.

– É um navio negreiro, ancorado depois da arrebentação – disse, bem baixinho, e engoliu em seco. – O capitão veio ontem, para ver se o sr. Bonnet tinha algo para ele, mas ainda não retornou. O capitão Jackson disse que ele deve voltar amanhã.

Brianna pôde sentir o medo em Phaedre, feito um miasma amarelo-claro pairando por sua pele, e deu outra mordida no pão.

– Ele não vai... vender você a esse Jackson, vai?

Quando se tratava de Bonnet, ela não duvidava de nada. Mas àquela altura compreendia certas coisas a respeito da escravidão. Phaedre era mercadoria de primeira linha: jovem, bonita, de pele clara... e treinada como criada de casa. Bonnet poderia conseguir um preço muito bom por ela em qualquer lugar, e, pelo pouco que Brianna conhecia a respeito dos navios negreiros, eles negociavam escravos brutos trazidos da África.

Phaedre balançou a cabeça, os lábios pálidos.

– Acho que não. Ele diz que eu sou "chique", e que é por isso que está comigo há tanto tempo; tem uns homens que ele conhece vindo das Índias esta semana. Fazendeiros. – Ela tornou a engolir em seco, com o semblante fechado. – Compram mulheres bonitas.

O pão que Brianna comera se desfez em uma massa empapuçada e gosmenta em seu estômago, e, com certa sensação de fatalidade, ela se levantou e deu alguns passos antes de vomitar sobre um fardo de algodão cru.

A voz de Stephen Bonnet ecoou em sua cabeça, alegre e jovial.

"Por que me dar o trabalho de levá-la até Londres, onde não seria útil a ninguém? Além disso, chove bastante em Londres; tenho certeza de que você não ia gostar."

– Compram mulheres bonitas – sussurrou ela, debruçada sobre as paliçadas, esperando que a sensação de viscosidade cessasse.

Mas mulheres *brancas*? Por que não?, indagou a parte fria e lógica de seu cérebro. Mulheres, brancas ou negras, são propriedades. Quem tem dono pode ser vendido. Ela própria, durante um tempo, fora dona de Lizzie.

Brianna limpou a boca com a manga da roupa e virou-se para Phaedre, que estava sentada sobre um cilindro de cobre, o rosto bonito e de ossatura fina embotado de preocupação.

– Josh... ele levou Josh também. Quando atracamos, ele mandou que o levassem ao barracão.

– Joshua? – Phaedre empertigou-se, esbugalhando os olhos. – Joshua, o criado da senhorita Jo? Ele está *aqui*?

– Está. Onde fica o barracão, você sabe?

Phaedre havia se levantado e caminhava de um lado a outro, agitada.

– Não sei direito. Eu faço comida para os escravos de lá, mas é um dos marujos que leva. Mas não pode ser muito longe da casa.

– É grande?

Phaedre balançou a cabeça enfaticamente.

– Não. O sr. Bonnet na verdade não está no ramo do comércio de escravos. Pega um e outro, aqui e ali... e tem as "chiques" – disse, com uma careta –, mas não deve haver mais que uma dúzia no barracão, pela quantidade de comida. Três garotas na casa... cinco, contando com as fulanis que ele disse que estava trazendo.

Sentindo-se melhor, Brianna começou a circular pelo pátio, atrás de qualquer coisa que pudesse ser útil. Havia uma mixórdia de itens valiosos – tudo, desde rolos de seda chinesa envoltos em linho e tecido oleado, e engradados de louças de porcelana, até cilindros de cobre, barris de conhaque, garrafas de vinho envoltas em palha e baús de chá. Ela abriu um desses, inspirando o suave perfume das folhas e sentindo apaziguar sua agonia interna. Daria quase tudo por uma xícara de chá quente naquele momento.

Ainda mais interessantes, contudo, eram alguns pequenos barris, de paredes grossas e muito bem lacrados, contendo pólvora.

– Se pelo menos eu tivesse uns fósforos – resmungou para si mesma, encarando os barris com aflição. – Ou nem que fosse um só acendedor. – Mas fogo era fogo, e sem dúvida havia na cozinha. Ela olhou a casa com cuidado, pensando onde exatamente posicionar os barris... mas não poderia explodir a casa toda, não com os outros escravos lá dentro e sem saber o que faria em seguida.

O som da porta se abrindo a alarmou; quando Emmanuel olhou para fora, ela já havia se afastado da pólvora e examinava uma enorme caixa contendo um relógio de pé, de frente dourada – decorada com três navios animados num mar de prata –, visível por detrás das ripas de madeira pregueadas que o protegiam.

– Você, garota – disse ele a Brianna, e deu um solavanco com o queixo. – Venha se lavar.

Em seguida, dispensou um olhar duro a Phaedre; Brianna viu que ela não o encarou nos olhos, mas começou apressadamente a apanhar gravetinhos do chão.

A mão tornou a agarrá-la pela nuca, e ela foi empurrada com ignomínia de volta à casa.

Dessa vez, Emmanuel *de fato* trancou a porta. Levou para ela bacia, jarra, toalha e roupa de baixo limpa. Retornou muito tempo depois, trazendo uma bandeja de comida. No entanto, ignorou todas as perguntas e tornou a trancar a porta ao sair.

Ela puxou a cama até a janela e ajoelhou-se no colchão, os cotovelos calcados entre as barras. Nada havia a fazer além de pensar – coisa que ela teria preferido adiar mais um pouquinho. Observou a floresta e a praia ao longe, as sombras da mata de pinheiros se avultando por sobre a areia, o mais antigo relógio de sol, a marcar o lento progresso das horas.

Depois de um longo tempo, com os joelhos dormentes e os cotovelos doloridos, ela estendeu o manto por sobre o colchão nojento, tentando não pensar no cheiro nem nas inúmeras manchas. Deitada de lado, observou o céu pela janela, as alterações infinitesimais de luz de um instante a outro, e refletiu sobre os pigmentos e as pinceladas que usaria para retratá-lo. Então se levantou e começou a caminhar de um lado a outro, contando os passos, estimando a distância.

O quarto tinha cerca de 2,5 metros por 3; a cada cem voltas, ela percorria pouco mais de um quilômetro. Ela realmente esperava que o escritório de Bonnet ficasse bem abaixo.

Nada, no entanto, adiantava, e à medida que o quarto escurecia e ela chegava a quase 3,5 quilômetros, viu-se com o pensamento em Roger – onde, mesmo inconscientemente, estivera o tempo todo.

Brianna afundou o corpo na cama, quente por conta do exercício, e observou a última cor flamejante se esvair do céu.

Teria ele sido ordenado, como tanto queria? Ele andava preocupado com a questão da predestinação, sem saber ao certo se poderia receber as desejadas Ordens Sagradas se não fosse capaz de se comprometer por completo com a ideia – bom, *ela* chamava de ideia; para os presbiterianos, a palavra era dogma. Ela abriu um sorriso torto, pensando em Hiram Crombie.

Ian contara a ela sobre a fervorosa tentativa de Crombie de explicar a doutrina da predestinação aos cherokees. A maioria escutara com educação, depois o ignorara. Penstemon, esposa de Pássaro, no entanto, se interessara pelo debate e seguira Crombie o dia inteiro, empurrando-o de brincadeira e gritando: "O seu Deus sabia que eu faria *isso*? Como poderia saber? Nem *eu mesma* sabia!" Ou, com espírito mais reflexivo, tentara fazê-lo explicar como a ideia da predestinação operava em relação aos jogos de azar – como a maioria dos indígenas, Penstemon apostava em praticamente qualquer coisa.

Brianna achava que Penstemon provavelmente tivera muito a ver com a brevidade da visita inicial de Crombie aos indígenas. Contudo, era preciso reconhecer o mérito: ele havia retornado. E mais de uma vez. Acreditava no que estava fazendo.

Assim como Roger. Diabo, pensou ela, tomada de cansaço, lá estava ele outra vez, de manso olhar verde-musgo, misterioso e pensativo, correndo devagar um dedo pela ponte do nariz.

– Isso é mesmo importante? – dissera ela, por fim, cansada do debate sobre predestinação e secretamente satisfeita porque os católicos não precisavam acreditar em tais coisas, contentando-se em deixar que Deus operasse por meios misteriosos. – Não é mais importante que você possa ajudar os outros, oferecer conforto?

Eles estavam na cama, a vela extinta, conversando sob o brilho tênue da lareira. Ela sentia o movimento do corpo dele, a mão brincando com uma mecha de seus cabelos, enquanto ele refletia.

– Não sei – dissera ele, por fim. Então abrira um sorrisinho, a encará-la. – Mas você não acha que qualquer viajante do tempo tem que ser meio teólogo?

Ela respirara profundamente, tal qual um mártir, e ele então soltara uma risada e abandonara o assunto, beijando-a e retornando a assuntos mais mundanos.

Roger, no entanto, tinha razão. Ninguém que viajasse pelas pedras podia evitar a pergunta: por que eu? E quem, além de Deus, seria capaz de responder?

Por que eu? E os que não haviam conseguido... por que eles? Brianna sentiu um leve arrepio ao pensar neles. Os corpos anônimos listados no caderno de Geillis Duncan; os companheiros de Donner, mortos ao chegar. E, por falar em Geillis Duncan... o pensamento irrompeu de repente; a bruxa havia morrido *ali*, fora de sua própria época.

Deixando a metafísica de lado e encarando a questão em termos puramente científicos – e *devia* haver uma base científica, argumentava ela com teimosia; não era mágica, a despeito do que Geillis Duncan tivesse pensado –, as leis da termodinâmica afirmavam que nem massa nem energia podiam ser criadas ou destruídas. Apenas alteradas.

Mas... alteradas como? Movimentos através do tempo configuravam alteração? Um mosquito passou zumbindo por sua orelha, e ela balançou a mão para afastá-lo.

1045

Era possível ir e voltar; isso era ponto pacífico. A implicação óbvia – que nem Roger nem sua mãe mencionaram, portanto talvez não tivessem enxergado – era que uma pessoa podia viajar ao futuro a partir de determinado ponto, em vez de apenas ir ao passado e voltar.

Então, talvez, se alguém viajasse ao passado e morresse ali, como Geillis Duncan e Dente de Lontra comprovadamente haviam feito... talvez isso devesse ser equilibrado com alguém viajando para o futuro e morrendo *lá*?

Ela fechou os olhos, incapaz de – ou sem querer – continuar seguindo aquela linha de pensamento. A distância, ouviu o som das ondas arrebentando na areia e pensou no navio de escravos. Então percebeu que o odor estava bem *ali*, levantou-se de súbito e correu até a janela. Podia ver a extremidade oposta da trilha que levava à casa; enquanto observava, um homem de casaco azul-escuro e chapéu irrompeu a passos ligeiros das árvores, seguido de dois outros, vestidos em roupas surradas. *Marinheiros*, pensou, vendo as passadas robustas.

Devia ser o capitão Jackson, para conduzir as negociações com Bonnet.

– Ah, Josh – disse ela em voz alta, e teve que se sentar na cama, arrebatada por uma onda de fraqueza.

Quem tinha sido? Uma das Santas Teresas... Teresa d'Ávila? Que dissera a Deus, exasperada: *"Ora, se é assim que o Senhor trata os amigos, não espanta que tenha tão poucos!"*

Ela adormecera pensando em Roger. Acordou de manhã pensando no bebê.

Pela primeira vez não sentia náusea nem a estranha sensação de deslocamento. Tudo o que sentia era uma profunda paz e uma certa... curiosidade?

Você está aí?, pensou Brianna, as mãos sobre o ventre. Nenhuma resposta muito definida; mas o conhecimento estava ali, tão certo quanto as batidas de seu próprio coração.

Bom, pensou, e voltou a dormir.

Algum tempo depois, foi acordada por barulhos vindos de baixo. Sentou-se de repente, ouvindo as vozes altas subindo, então se balançou, sentiu uma tontura e tornou a se deitar. A náusea havia retornado, mas, quando ela fechava os olhos e permanecia bem quietinha, a sensação se esvaía, feito uma cobra adormecida.

As vozes continuaram indo e vindo, pontuadas por ocasionais baques altos, como se um punho socasse uma parede ou mesa. Depois de uns minutos, porém, as vozes cessaram, e ela não ouviu mais nada até que passos leves chegaram à sua porta. A tranca fez um barulho, e Phaedre entrou com uma bandeja de comida.

Ela se sentou, tentando não respirar; o cheiro de qualquer fritura...

– O que está havendo lá embaixo? – indagou.

Phaedre fez uma careta.

– O tal Emmanuel, ele não está muito contente com as fulanis. Os ibos, eles acham que gêmeos dão azar, muito azar... qualquer mulher que engravide de gêmeos, eles a levam para a floresta e a deixam lá para morrer. Emmanuel quer mandar as fulanis com o capitão Jackson sem demora, tirar as duas da casa, mas o sr. Bonnet diz que está esperando os cavalheiros das Índias, que vão pagar um preço melhor.

– Cavalheiros das Índias... que cavalheiros?

Phaedre ergueu os ombros.

– Sei lá. Cavalheiros a quem ele deve vender coisas. Plantadores de cana, eu acho. Coma isso; volto mais tarde.

Phaedre se virou para ir, mas Brianna subitamente a chamou.

– Espere! Ontem à noite você não me contou... quem a tirou de River Run?

A garota se virou, com a expressão relutante.

– O sr. Ulysses.

– Ulysses? – indagou Brianna, incrédula.

Phaedre ouviu a dúvida em sua voz e lançou-lhe um olhar direto e raivoso.

– O quê? Não acredita?

– Não, não – assegurou Brianna, mais que depressa. – Acredito, sim. Só que... por quê?

Phaedre respirou fundo pelo nariz.

– Porque eu sou uma maldita preta burra – respondeu, num tom amargo. – Minha mãe me avisou, ela disse... nunca, nunca provoque Ulysses. E eu ouvi?

– Provocar... – disse Brianna, desconfiada. – Como foi que você o provocou?

Ela apontou para a cama, convidando Phaedre a se sentar. A garota hesitou por um instante, então aceitou, alisando sem cessar o pano branco amarrado na cabeça enquanto buscava as palavras.

– O sr. Duncan – disse, por fim, suavizando um pouco as feições. – Ele é um homem bom, muito bom. Sabia que ele nunca tinha tido uma mulher? Levou um coice de um cavalo quando era moço, machucou as bolas, achava que não conseguia fazer nada daquilo.

Brianna assentiu; ouvira a mãe contar qualquer coisa a respeito do problema de Duncan.

– Bom – disse Phaedre, com um suspiro. – Estava errado. – Ela olhou para Brianna, para ver como receberia a confissão. – Ele não pretendia magoar ninguém, e eu também não. Só... aconteceu. – Ela deu de ombros. – Mas Ulysses, ele descobriu; ele descobre cada coisinha que acontece em River Run, cedo ou tarde. Talvez uma das garotas tenha dito a ele, talvez tenha ficado sabendo de outra forma... mas soube. E disse que não era certo, que eu tinha que parar na mesma hora.

– Mas você não parou? – supôs Brianna.

Phaedre balançou a cabeça devagar, os lábios projetados.

– Eu disse que ia parar quando o sr. Duncan não quisesse mais... que não era da

1047

conta *dele*. Veja bem, eu achei que o sr. Duncan é que fosse o patrão. Só que não era verdade; Ulysses é o patrão de River Run.

– Então ele... levou você embora... vendeu você... para impedir que dormisse com Duncan?

Por que ele se importaria?, ela se perguntou. Teria medo de que Jocasta descobrisse o caso e se magoasse?

– Não, ele me vendeu porque eu disse que se ele não nos deixasse quietos, eu e o sr. Duncan, eu contaria sobre ele e a sra. Jo.

– Ele e...

Brianna pestanejou, sem acreditar no que ouvia. Phaedre a encarou e abriu um sorrisinho irônico.

– Ele divide a cama com a sra. Jo faz mais de vinte anos. Desde antes da morte do Velho Patrão, mamãe dizia. Todos os escravos de lá sabem; ninguém foi burro a ponto de falar na cara dele, só eu.

Brianna sabia que estava embasbacada feito um peixinho dourado, mas não pôde evitar. Uma centena de diminutas coisas que ela vira em River Run, uma miríade de pequenas intimidades entre sua tia e o mordomo, de repente ganharam um novo significado. Não admirava que a tia não tivesse medido esforços para recuperá-lo após a morte do tenente Wolff. Nem era surpresa, também, que Ulysses tivesse agido imediatamente. Podia ser que acreditassem ou não em Phaedre; a mera acusação o teria destruído.

Phaedre suspirou e esfregou a mão no rosto.

– Ele não perdeu tempo. Naquela mesma noite, ele e o sr. Jones vieram me arrancar da cama, me enrolaram num cobertor e me enfiaram numa carroça. O sr. Jones disse que não era nenhum traficante de escravos, mas que faria aquilo como um favor ao sr. Ulysses. Então ele não ficou comigo; descemos o rio, a bem da verdade, e chegando a Wilmington ele me vendeu ao dono de uma pensão. Isso não foi tão ruim, mas daí, uns dois meses depois, o sr. Jones retornou e me levou de volta... Wilmington não era longe o bastante para Ulysses. Então ele me entregou ao sr. Butler, e o sr. Butler me levou a Edenton.

Ela baixou os olhos, dobrando a colcha entre os dedos compridos e delicados. Tinha os lábios contraídos e o rosto meio corado. Brianna absteve-se de perguntar o que ela fizera para Butler em Edenton, achando que provavelmente fora empregada num bordel.

– E... ahn... Stephen Bonnet encontrou você lá? – arriscou ela.

Phaedre assentiu, sem erguer o olhar.

– Ele me ganhou num jogo de cartas – respondeu, sucinta, e se levantou. – Tenho que ir; já aborreci homens negros demais... não vou me arriscar a levar mais surras daquele Emmanuel.

Brianna começava a emergir do choque de ouvir a respeito de Ulysses e a tia. Um pensamento súbito lhe ocorreu; ela pulou da cama e correu para alcançar Phaedre antes que ela chegasse à porta.

– Espere, espere! Só mais uma coisa... você... os escravos de River Run... sabem a respeito do ouro?

– O quê? Na tumba do Velho Patrão? Claro. – O rosto de Phaedre exibia uma surpresa cínica frente ao fato de que pudesse haver qualquer dúvida. – Mas ninguém toca nele. Todo mundo sabe que é amaldiçoado.

– Você sabe alguma coisa sobre o sumiço?

O rosto de Phaedre empalideceu.

– Sumiço?

– Ah, espere... não, você não podia saber; você... foi embora muito tempo antes do sumiço. Eu só imaginei, sabe, se Ulysses poderia ter alguma coisa a ver com isso.

Phaedre balançou a cabeça.

– Eu não sei de nada. Mas não ponho a mão no fogo por Ulysses, com ou sem maldição.

Houve um som de passos fortes na escada, e ela empalideceu. Sem uma palavra ou gesto de despedida, deslizou pela porta e a fechou; Brianna ouviu o som da chave do outro lado e o clique da tranca se fechando.

Emmanuel, silencioso feito um lagarto, trouxe um vestido para ela à tarde. Era bastante curto e apertado no decote, mas bem-feito, e de uma seda ondulante azul-escura. Sem dúvida havia sido usado antes; havia manchas de suor no tecido, que cheirava... a medo, pensou ela, refreando um calafrio enquanto se esforçava para vesti-lo.

Ela própria suava quando Emmanuel a conduziu escadaria abaixo, embora uma agradável brisa entrasse pelas janelas abertas, fazendo farfalhar as cortinas. A casa era no geral bastante simples, com piso de madeira crua e pouca mobília além de banquinhos e estrados de cama. O quarto no andar de baixo, para onde Emmanuel a levou, contrastava de tal forma que parecia pertencer a uma casa totalmente diferente.

O chão era coberto por suntuosos tapetes turcos, uns sobre os outros, num caos colorido, e a mobília, ainda que de vários estilos diferentes, era toda muito pesada e elaborada, de madeira entalhada e estofamentos de seda. Prata e cristal cintilavam em todas as superfícies disponíveis, e um candelabro – grande demais para o recinto – com penduricalhos de cristal salpicava o ambiente de pequeninos arco-íris. Era o salão de um homem rico visto pelos olhos de um pirata – fartura e abundância, mas sem o menor senso de estilo ou bom gosto.

O homem sentado junto à janela, no entanto, parecia não se importar com os entornos. Magro, de peruca e com um pomo de adão proeminente, parecia ter seus 30 anos, embora com a pele marcada e amarelada por alguma doença tropical. Deu uma olhada penetrante para a porta quando ela entrou, então pôs-se de pé.

Bonnet estivera entretendo o convidado; havia taças e uma garrafa sobre a mesa, e o cheiro doce de conhaque pairava forte no ar. Brianna sentiu o estômago revirar, embrulhado, e se perguntou o que eles fariam se ela vomitasse no tapete turco.

– Você chegou, querida – disse Bonnet, vindo tomá-la pela mão. Ela puxou a mão de volta, mas ele fingiu não perceber, e em vez disso a empurrou em direção ao homem magro, com a mão na base de suas costas. – Venha cumprimentar o sr. Howard, meu doce.

Ela se empertigou o máximo possível – era uns bons 10 centímetros mais alta que o sr. Howard, cujos olhos se arregalaram ao vê-la – e baixou os olhos, cravando-os nele.

– Estou presa contra a minha vontade, sr. Howard. Meu marido e meu pai vão... ai! Bonnet a agarrou pelo punho e o girou, com força.

– Encantadora, não é? – disse ele em tom casual, como se ela não tivesse aberto a boca.

– Ah, sim. Sim, de fato. Muito *alta*, no entanto... – Howard deu um giro em torno dela, examinando-a, indeciso. – E ruiva, sr. Bonnet? Eu realmente prefiro as loiras.

– Ah, não diga, seu bostinha! – vociferou ela, a despeito da mão de Bonnet agarrada com firmeza a seu braço. – Quem você pensa que é para preferir qualquer coisa? – Com uma torção, ela se desvencilhou de Bonnet e virou-se para Howard. – Muito bem, olhe aqui – disse ela, tentando soar razoável. Ele pestanejava, estupefato. – Eu sou uma mulher de boa... de *excelente* família, e fui raptada. Meu pai se chama James Fraser, meu marido é Roger MacKenzie e minha tia é a sra. Hector Cameron, da fazenda River Run.

– É mesmo de boa família? – indagou Howard a Bonnet, parecendo mais interessado.

Bonnet assentiu com uma leve mesura.

– Ah, é sim, senhor. Sangue de primeira!

– Hummm. E boa saúde, pelo que vejo. – Howard retomara sua análise, aproximando-se para examiná-la. – Já teve filhos?

– Sim, senhor, um menino saudável.

– Dentes bons?

Howard se pôs nas pontas dos pés, o olhar inquisitivo, e Bonnet serviçalmente imobilizou Brianna, levando um de seus braços às costas, então agarrou um punhado de seus cabelos e puxou sua cabeça para trás, fazendo-a arquejar.

Howard segurou seu queixo com uma das mãos e enfiou a outra no canto de sua boca, cutucando seus molares.

– Muito bem – disse, em tom de aprovação. – E digo que a pele é muito boa. Mas...

Ela deu um tranco com o queixo para se soltar e mordeu o polegar de Howard com toda a força, sentindo a carne se remexer e rasgar entre seus molares, com um gosto ferroso de sangue.

Ele gritou e partiu para cima dela; Brianna se soltou e desviou, de modo que a mão dele bateu em sua bochecha. Bonnet a soltou, ao que ela deu dois passos ligeiros para trás e bateu com força na parede.

– Ela arrancou meu dedo fora, a vadia!

De olhos lacrimejantes de agonia, o sr. Howard se balançou de um lado a outro, aninhando a mão ferida contra o peito. Inundado pela fúria, ele partiu para cima dela, a mão livre erguida para trás, mas Bonnet o agarrou pelo punho e o puxou para o lado.

– Pois muito bem, senhor – disse ele. – Não posso permitir que o senhor a agrida. Ela ainda não é sua, não é?

– Não me interessa se ela é minha ou não – gritou Howard, o rosto tomado de sangue. – Vou surrar essa mulher até a morte!

– Ah, não, sem dúvida o senhor não pretende fazer isso, sr. Howard – disse Bonnet, a voz mansa e jovial. – Seria um brutal desperdício. Deixe-a comigo, sim?

Sem esperar resposta, ele puxou Brianna, arrastou-a cambaleante pelo salão e empurrou-a ao silencioso faz-tudo, que aguardara imóvel junto à porta durante toda a conversa.

– Leve-a lá para fora, Manny, e ensine boas maneiras à moça, sim? E amordace-a antes de trazê-la de volta.

Emmanuel não sorriu, mas um leve brilho pareceu arder nas profundezas negras de seus olhos sem pupilas. Ele cravou os dedos entre os ossos do punho de Brianna; ela arquejou de dor e deu um puxão, na vã tentativa de se libertar. Com um único e rápido movimento, o ibo a rodopiou e contorceu seu braço por trás do corpo, fazendo-a se curvar para a frente. Uma dor aguda lhe irrompeu pelo braço, e ela sentiu os tendões do ombro começarem a ceder. Ele puxou mais, e uma onda escura perpassou-lhe a visão. Através dela, ouviu a voz de Bonnet enquanto Emmanuel a empurrava pela porta.

– Nada no rosto, Manny, e sem marcas permanentes.

A voz de Howard havia perdido o tom sufocado de fúria. Ainda estava engasgada, mas exibia algo mais parecido com admiração.

– Meu Deus – disse ele. – Ah, meu Deus.

– Uma visão encantadora, não? – concordou Bonnet, cordialmente.

– Encantadora – repetiu Howard. – Ah... acho que nunca vi coisa tão encantadora. Que tonalidade! Posso...

A avidez em sua voz era evidente, e Brianna sentiu a vibração de seus passos no carpete, uma fração de segundo antes que suas mãos lhe agarrassem com força as nádegas. Ela gritou por sob a mordaça, mas foi inclinada com força por sobre a mesa, cujo ângulo lhe pressionou o diafragma, e o som saiu como nada além de um grunhido. Howard gargalhou com alegria e soltou.

– Ah, olhe – disse ele, encantado. – Olhe, está vendo? A mais perfeita marca das minhas mãos... tão branca no carmesim... ela é tão *gostosa*... ah, está sumindo. Deixe-me só...

Ela trincou e enrijeceu as pernas com força enquanto ele afagava seus genitais desnudos, mas então seu toque se esvaiu, e Bonnet levou a mão à nuca dela, afastando-a do cliente.

– Pois bem, senhor, já basta. Afinal de contas, ela não é propriedade sua... não ainda.

O tom de Bonnet era jovial, porém firme. A resposta imediata de Howard foi oferecer uma quantia que a fez arquejar por detrás da mordaça, mas Bonnet apenas riu.

– É muito generoso, senhor, de fato, mas não seria justo com os outros clientes, seria, aceitar sua oferta sem deixar que os outros façam as deles? Não, senhor, eu realmente agradeço, mas pretendo leiloar esta aqui; receio que o senhor tenha que esperar.

Howard estava disposto a protestar, oferecer mais – protestou que seu desejo era premente, que não podia esperar, estava arrebatado pelo desejo, excitado demais para suportar a demora – mas Bonnet apenas objetou, e dali a uns instantes o conduziu para fora da sala. Brianna ouviu sua voz protestando, se esvaindo enquanto Emmanuel o removia.

Ela se levantara tão logo Bonnet tirara a mão de seu pescoço, contorcendo-se feito louca para baixar as saias. Além de amordaçá-la, Emmanuel havia prendido suas mãos às costas. Se não tivesse, ela teria tentado matar Stephen Bonnet.

O pensamento devia estar bem visível em seu rosto, pois Bonnet a olhou, olhou outra vez e riu.

– Você foi muitíssimo bem, querida – disse, então se aproximou e puxou a mordaça de sua boca, num gesto negligente. – Esse homem vai esvaziar os bolsos pela chance de botar a mão na sua bunda outra vez.

– Seu maldito... seu... – Ela se contorceu, com raiva e sem conseguir encontrar um epíteto forte o suficiente. – Eu vou *matar* você, seu desgraçado!

Ele deu outra risada.

– Ah, meu doce. Por conta de uma bunda machucada? Considere isso um pagamento... em parte... pela minha bola esquerda. – Ele fez um carinho sob o queixo dela e avançou até a mesa onde ficava a bandeja com as garrafas. – Você tem direito a uma bebida. Conhaque ou cerveja preta?

Ela ignorou a oferta, tentando conter a raiva. Seu rosto ardia em fúria, bem como sua bunda maltratada.

– Como assim, "leilão"? – inquiriu ela.

– Acho que ficou bem claro, meu doce. Você ouviu a palavra, sem dúvida. – Bonnet lançou-lhe um olhar divertido, serviu uma dose de conhaque e bebeu em duas goladas. – Ah. – Ele expirou, piscando os olhos, e balançou a cabeça. – Tenho mais dois clientes no mercado para alguém como você, querida. Estarão aqui amanhã ou depois para dar uma olhada. Então vou pedir os lances, e você ruma para as Índias até sexta-feira, assim espero.

Ele falava com displicência, sem o menor tom de zombaria. Isso, mais do que tudo, fez as entranhas de Brianna se remexerem. Ela era um objeto de negociação, uma mercadoria. Para ele e seus malditos clientes – o sr. Howard deixara isso bem claro. Não importava o que ela dizia; eles não estavam nada interessados em quem ela era ou o que poderia querer.

Bonnet a encarava, avaliando-a com os olhos verde-claros. *Ele* estava interessado, ela percebeu, e suas entranhas se enroscaram em um nó.

– O que você usou nela, Manny? – indagou ele.

– Uma colher de pau – respondeu o serviçal, com indiferença. – O senhor mandou não fazer marcas.

Bonnet assentiu, pensativo.

– Nada permanente, foi o que eu disse – corrigiu ele. – Vamos deixá-la como está para o sr. Ricasoli, mas o sr. Houvener... bom, esperemos para ver.

Emmanuel limitou-se a assentir, mas pousou o olhar em Brianna com súbito interesse. Seu estômago se revirou por completo e ela vomitou, arruinando totalmente o belo vestido de seda.

O som de relinchos agudos a alcançou; cavalos selvagens, avançando violentamente pela praia. Se ela estivesse num romance, pensou, soturna, faria uma corda com os lençóis, desceria pela janela, encontraria a manada de cavalos e, exercitando suas habilidades místicas com os animais, persuadiria um deles a levá-la dali em segurança.

Na realidade, não havia lençóis – só um colchão nojento feito de lona e estofado com erva-marinha –, e, quanto a se aproximar de cavalos selvagens... ela daria tudo por Gideon, pensou, e com o pensamento vieram as lágrimas.

– Ah, agora você *está* perdendo a noção – disse ela em voz alta, secando os olhos. – Chorar por causa de um cavalo. – Ainda mais *aquele* cavalo. Mas isso era bem melhor que pensar em Roger... ou em Jem. Não, ela absolutamente *não* podia pensar em Jemmy, nem na possibilidade de que ele crescesse sem ela, sem saber a razão de seu abandono. Ou no novo bebê... e que vida poderia estar à espera do filho de uma escrava.

Ela, porém, estava pensando neles, o que era suficiente para sobrepujar seu desespero momentâneo.

Muito bem, então. Ela iria sair dali. De preferência antes que o sr. Ricasoli e o sr. Houvener, fossem lá quem fossem, aparecessem. Pela milésima vez, caminhou sem descanso pelo quarto, forçando-se a se mexer devagar, olhar o que estava ali.

Era muito pequeno, e tudo que ali havia, muito robusto. Ela recebera comida, água para se lavar, uma toalha de linho e uma escova de cabelo para se pentear. Apanhou-a, avaliando seu potencial como arma, mas tornou a largá-la.

Uma chaminé subia pelo quarto, mas não havia lareira aberta. Ela deu uma pancada nos tijolos, para testar, e cutucou a argamassa com a ponta da colher que recebera para comer. Encontrou um lugar onde a argamassa estava rachada o suficiente para enfiar a colher, mas depois de quinze minutos tinha conseguido deslocar apenas uns poucos centímetros de cimento; o tijolo em si estava firme no lugar. Se tivesse um mês, ou algo assim, poderia valer a tentativa – embora as chances de que alguém do tamanho dela conseguisse se enfiar num cano de chaminé do século XVIII...

A chuva estava apertando; ela ouviu o estrépito agitado das folhas de palmeira enquanto o vento soprava, com o cheiro penetrante da chuva. O sol ainda não tinha se posto, mas as nuvens haviam escurecido o céu, de modo que o quarto parecia mais sombreado. Não havia vela; ninguém esperava que ela lesse ou costurasse.

Brianna largou o corpo contra as barras da janela pela décima vez, e pela décima vez encontrou-as sólidas e inflexíveis. Novamente, dali a um mês, talvez ela conseguisse dar um jeito de afiar a ponta da colher lixando-a nos tijolos da chaminé, para então usá-la como cinzel e lascar a moldura da janela o suficiente para deslocar uma ou duas barras. Mas ela não tinha um mês.

Eles haviam levado o vestido sujo, deixando-a apenas de roupa de baixo e espartilho. Bom, era alguma coisa. Ela arrancou o espartilho, abriu as extremidades da costura, extraiu a barbatana – uma tira de marfim chapada, de 30 centímetros, que corria do esterno ao umbigo. Era uma arma melhor que uma escova de cabelo, pensou. Levou-a até a chaminé e começou a raspar a extremidade no tijolo, afiando a ponta.

Daria para golpear alguém com aquilo? *Ah, sim*, pensou, feroz. *E, por favor, que seja Emmanuel.*

108

A DANADA É ALTA

Roger aguardava sob a cobertura de uma mata frondosa de loureiros perto da costa; um pouco mais adiante, Ian e Jamie também estavam deitados, à espera.

A segunda embarcação chegara durante a manhã, ancorando a uma melindrosa distância do navio negreiro. Jogando redes pela lateral do barco de Roarke, disfarçados de pescadores, eles haviam conseguido ver o desembarque do capitão do navio de escravos, e então, uma hora depois, um bote do segundo navio foi baixado e avançou até a praia, transportando dois homens e um pequeno baú.

– Um cavalheiro – informara Claire, espiando pelo telescópio. – Peruca, bem--vestido. O outro homem é algum tipo de serviçal... será que o cavalheiro é um dos clientes de Bonnet?

– Acho que sim – respondera Jamie, observando o barco atracar na praia. – Avance um pouco a norte, por gentileza, sr. Roarke; vamos atracar.

Os três desembarcaram a quase 1 quilômetro de distância da praia e avançaram pela mata, então assumiram suas posições entre os arbustos e se sentaram para esperar. O sol estava quente, mas junto à costa soprava uma brisa fresca, e, apesar dos insetos, não estava desconfortável à sombra. Pela centésima vez, Roger afastou algo que rastejava em seu pescoço.

A espera o estava deixando nervoso. Sua pele pinicava com o sal, e o cheiro da floresta úmida, com o peculiar misto de pinheiros aromáticos ao longe e conchas trituradas perfurando seus pés, o fez recordar com vívidos detalhes o dia em que matara Lillington.

À época, como agora, ele havia partido no intuito de matar Stephen Bonnet. O evasivo pirata, contudo, fora avisado, e preparara uma emboscada. Tinha sido por pura vontade divina – e pela habilidade de Jamie Fraser – que ele não deixara a própria carcaça numa floresta semelhante, ossos espalhados por javalis, descorando entre o brilho das agulhas secas e o branco das conchas vazias.

Sua garganta se contraiu outra vez, mas ele não pôde gritar ou cantar para relaxá-la.

Devia rezar, pensou, mas não conseguia. Até a constante ladainha que ecoara em seu coração desde a noite da descoberta do desaparecimento – *Deus, permita que ela esteja bem* –, até essa pequena súplica havia de alguma forma se esgotado. Seu pensamento presente – *Deus, que eu consiga matá-lo* –, esse ele não podia externar em voz alta, nem para si mesmo.

A intenção e o desejo deliberados de matar... sem dúvida ele não podia esperar que tal prece fosse atendida.

Por um instante invejou a fé de Jamie e Ian em seus deuses de fúria e vingança. Enquanto Roarke e Moses traziam o barco de pesca, ele ouvira Jamie cochichar para Claire e segurar suas mãos. Então a ouvira abençoá-lo em gaélico, invocando Miguel do Domínio Vermelho, a bênção de um guerreiro a caminho da batalha.

Ian havia apenas se sentado, de pernas cruzadas e em silêncio, observando a praia se aproximar, o semblante distante. Se estava rezando, não havia como saber a quem. Depois de atracarem, no entanto, ele parara à beira de uma das enseadas da ilha, enfiara os dedos na lama e pintara com cuidado o rosto, traçando uma linha da testa ao queixo, quatro linhas paralelas na bochecha esquerda e um círculo grosso e escuro ao redor do olho direito. Era muitíssimo perturbador.

Obviamente, nenhum deles sentia o menor mal-estar em relação àquela tarefa, nem hesitava em pedir ajuda a Deus em seus esforços. Ele os invejava.

Então, sentado num silêncio teimoso, os portões do céu se fechavam diante de si, a mão no cabo da faca e uma pistola carregada no cinto, planejando um assassinato.

Pouco depois do meio-dia, o corpulento capitão do navio negreiro retornou, os passos esmagando com indiferença a camada de gravetos de pinheiro secos. Eles o deixaram passar, à espreita.

Ao fim da tarde, a chuva veio.

Brianna havia cochilado de novo, de puro tédio. Começava a chover; o som a despertou brevemente, então afundou-a ainda mais no sono, as gotas batendo de leve no telhado de folhas de palmeira. Ela acordou de súbito quando uma das gotas frias desabou sobre seu rosto, logo seguida pelas companheiras.

Levantou-se com um solavanco, pestanejando, meio desorientada. Esfregou a mão no rosto e olhou para cima; havia uma pequena mancha de umidade no teto caiado, rodeada por outra bem maior, de infiltrações anteriores, em cujo centro se formavam gotas como num passe de mágica, cada uma caindo perfeitamente após a outra por sobre o colchão.

Ela se levantou para afastar a cama do vazamento, então parou. Lentamente, espichou o corpo e levou uma das mãos à parte úmida. O pé-direito era do tamanho normal para a época, pouco mais de 2 metros; ela podia tocá-lo com facilidade.

– A danada é alta – disse, em voz alta. – Pode ter certeza disso.

Ela espalmou a mão sobre a área molhada e empurrou com toda a força. O gesso cedeu na mesma hora, bem como os sarrafos podres por detrás. Brianna puxou a mão de volta depressa, arranhando o braço nas pontas denteadas da madeira, e pelo buraco aberto jorrou uma pequena cascata de água suja, centopeias, cocô de rato e fragmentos de folhas de palmeira.

Ela limpou a mão na camisola, estendeu o braço, agarrou a borda do buraco e foi puxando, removendo nacos de ripas e gesso até formar um buraco que acomodasse sua cabeça e ombros.

– Ok – sussurrou para o bebê, ou para si mesma.

Olhou em volta do quarto, vestiu o espartilho por sobre a camisola e meteu a barbatana afiada na frente.

Então subiu na cama, respirou fundo, ergueu os braços esticados, como se fosse mergulhar, e tateou o buraco, tentando agarrar qualquer coisa sólida que servisse de alavanca. Pouco a pouco foi se içando, suando e grunhindo, para dentro do telhado quente e úmido de folhas pontiagudas, os dentes cerrados e os olhos fechados contra a poeira e os insetos mortos.

Sua cabeça despontou ao ar livre, e ela arquejou em busca de ar. Tinha um cotovelo enganchado por sobre uma viga, e, usando-o como alavanca, içou-se mais um pouco. Suas pernas chutavam o ar em vão, tentando impulsionar o corpo, e ela sentiu a distensão dos músculos dos ombros, mas o puro desespero a alavancou – além da visão aterrorizante de Emmanuel entrando no quarto e dando de cara com a metade inferior de seu corpo pendendo do teto.

Com uma chuva de folhas despedaçadas, ela içou o corpo todo para fora e caiu estirada na palha empapada do telhado. Ainda chovia forte, e ela num instante ficou encharcada. Um pouco mais adiante viu uma espécie de estrutura despontando por entre as folhas de palmeira do telhado; rastejou cuidadosamente em direção a ela, temendo que o teto desabasse com o seu peso, tateando com as mãos e os cotovelos para se firmar às vigas sob as folhas.

A estrutura se revelou uma plataforma pequena, erguida solidamente por sobre as vigas, com um gradeado na lateral. Ela se arrastou para cima da estrutura e agachou-se, arquejante. Ainda chovia em terra, mas em alto-mar o céu estava quase todo limpo, e o sol poente atrás dela imprimia um tom laranja-avermelhado ao céu e à água, com faixas negras de nuvens dispersas. Parecia o fim do mundo, pensou Brianna, as costelas forçando o cordão do espartilho.

De cima do telhado ela tinha a vantagem de enxergar a mata; a faixa de terra que vislumbrara da janela era claramente visível... e mais adiante havia dois navios, afastados da costa.

Dois botes haviam atracado, embora bem distantes um do outro – decerto um de cada navio, pensou ela. Um devia ser o negreiro, e o outro, provavelmente o de Howard. Uma onda de humilhação e ira a percorreu – ela ficou surpresa ao ver que a chuva não formava vapor em sua pele. Não havia, no entanto, tempo para pensar nisso.

O barulho da chuva foi atravessado por um vozerio leve, e ela se abaixou, então se deu conta de que provavelmente ninguém olharia para cima e a veria. Erguendo a cabeça para espiar pelo gradeado, viu figuras saindo das árvores em direção à praia – uma única fileira de homens acorrentados, com dois ou três guardas.

– Josh!

Ela semicerrou os olhos para ver, mas, sob o assustador lusco-fusco, as figuras eram não mais que silhuetas. Ela pensou ter distinguido o contorno alto e magro dos dois fulanis... talvez o mais baixo atrás deles fosse Josh, mas não era possível ter certeza.

Brianna enroscou os dedos no gradeado, impotente. Sabia que não podia ajudar, mas ser obrigada a ficar simplesmente assistindo... Enquanto ela olhava, um grito agudo irrompeu na praia, e uma figura menor saiu correndo da mata, as saias esvoaçantes. Os guardas se viraram, surpresos; um deles agarrou Phaedre – só podia ser ela; Brianna pôde ouvi-la gritando "Josh! Josh!", berros pungentes feito o guincho de uma gaivota distante.

Ela lutou com o guarda – alguns dos homens acorrentados se viraram de súbito, acotovelando-se. Um amontoado de homens em luta caiu na areia. Alguém correu na direção deles, vindo do bote, com algo na mão...

Uma vibração abaixo desviou sua atenção da cena na praia.

– Droga! – disse ela, sem pensar.

Emmanuel enfiara a cabeça pela beirada do telhado, encarando-a, incrédulo. Então fez uma careta e içou o corpo para cima... devia haver uma escada presa à lateral da casa, pensou Brianna. Bom, naturalmente; não haveria uma plataforma de observação sem alguma forma de subir até ela...

Enquanto sua mente se ocupava *daquela* bobagem, seu corpo agia de maneira mais concreta. Ela agarrara a barbatana afiada e se agachara sobre a plataforma, a mão baixa como Ian lhe ensinara.

Emmanuel, com uma careta de deboche para o objeto em sua mão, agarrou-a.

Eles ouviram o cavalheiro se aproximando muito antes de vê-lo. Ele cantava baixinho consigo mesmo, alguma canção francesa. Estava só; o criado devia ter retornado ao navio enquanto eles abriam caminho pela mata.

Roger se levantou devagar, agachado atrás do arbusto onde se escondia. Tinha os braços e pernas rígidos e se espichou discretamente.

Quando o cavalheiro passou por Jamie, ele irrompeu no caminho à frente. O homem – um sujeito pequeno, com cara de janota – soltou um gritinho agudo de alarme. Antes que pudesse fugir, no entanto, Jamie já tinha avançado e o agarrado pelo braço, com um sorriso de satisfação.

– Seu criado, senhor – disse, num tom cortês. – O senhor por acaso está indo visitar o sr. Bonnet?

O homem pestanejou, confuso.

– Bonnet? Ora, ora... estou.

Roger sentiu um súbito aperto no peito. *Graças a Deus.* Eles estavam no lugar certo.

– Quem é o senhor? – indagou o homenzinho, tentando desvencilhar o antebraço do punho de Jamie, sem sucesso.

Já não havia razão para se esconder; Roger e Ian saíram da mata. O cavalheiro prendeu a respiração ao ver Ian com pintura de guerra, então correu os olhos aflitos de Jamie a Roger.

Evidentemente considerando Roger o mais civilizado do grupo, recorreu a ele.

– Eu imploro, senhor... quem são os senhores e o que desejam?

– Estamos à procura de uma jovem raptada – respondeu Roger. – Uma moça muito alta e ruiva. O senhor...

Antes que pudesse terminar, ele viu os olhos do homem se esbugalharem de pânico. Jamie também reparou; torceu o punho do homem, fazendo-o cair de joelhos, a boca entortada de dor.

– Eu acho, senhor – disse Jamie, com impecável cortesia e segurando firme –, que vamos ter que obrigá-lo a contar o que sabe.

Ela não podia se deixar ser pega. Esse era seu único pensamento consciente. Emmanuel agarrou seu braço desarmado; ela se desvencilhou, a pele escorregadia por conta da chuva, e com o mesmo movimento o acertou. A ponta da barbatana subiu deslizando pelo braço dele, deixando um sulco avermelhado, mas ele ignorou o golpe e partiu para cima dela. Ela caiu de costas por sobre o gradeado, aterrissando desajeitadamente com as mãos e joelhos nas folhas, mas ele não a havia apanhado; caíra de joelhos na plataforma, com um baque que sacudiu o telhado inteiro.

Brianna rastejou num frenesi até a beirada do telhado, mãos e joelhos apalpando as folhas a esmo, e lançou as pernas no ar, por sobre a beirada, procurando freneticamente os degraus da escada.

Ele avançou por trás dela, agarrou seu punho com força e puxou-a de volta ao telhado. Ela deu um impulso com a mão livre e golpeou a barbatana com força em seu rosto. Ele gritou e a soltou; ela se desvencilhou violentamente e caiu.

1058

Desabou na areia com um baque surdo, as costas estendidas, e ali ficou, paralisada, incapaz de respirar, a chuva caindo em seu rosto. Um assobio de triunfo irrompeu do teto, então um rosnado de exasperada consternação. Ele achou que a tivesse matado.

Que ótimo, pensou ela, confusa. Com o choque do impacto começando a passar, seu diafragma recuperou o movimento, bruscamente, e uma gloriosa lufada de ar preencheu seus pulmões. Seria possível se mexer?

Ela não sabia, nem ousou tentar. Pelos cílios empapados de chuva, viu o corpanzil de Emmanuel avançar sem esforço pela beirada do teto, o pé tateando em busca dos degraus brutos da escada que ela agora podia ver, pregada à parede.

Ela perdera a barbatana ao cair, mas viu seu brilho fosco a cerca de 30 centímetros da cabeça. Com Emmanuel momentaneamente virado de costas, ergueu a mão e a agarrou, então ficou ali imóvel, fingindo-se de morta.

Eles quase haviam chegado à casa quando sons na floresta próxima os interromperam. Roger congelou, então se agachou e saiu da trilha. Jamie e Ian já haviam se imiscuído à mata. Os sons, no entanto, não vinham da trilha, mas de algum ponto à esquerda – vozes masculinas gritando ordens, o movimento de pés e o clangor de correntes.

Uma onda de pânico o invadiu. Estariam levando Brianna embora? Mesmo já empapado, ele sentiu o suor brotar no corpo, mais frio que a chuva.

Howard, o homem apreendido na mata, garantiu que Brianna estava em segurança na casa, mas o que ele sabia? Roger apurou os ouvidos para escutar o som de alguma voz feminina, e ouviu um grito alto e agudo.

Ele girou o corpo em direção ao som, mas encontrou Jamie a seu lado, agarrando-o pelo braço.

– Não é Brianna – disse o sogro, num tom premente. – Ian vai lá ver. Eu e você... vamos à casa!

Não havia tempo para discutir. Os sons de violência na praia vinham fracos – berros e gritos –, mas Jamie tinha razão, a voz não era de Brianna. Ian avançava rumo à praia, já sem se esforçar para não ser ouvido.

Roger hesitou por um momento, impelido pelo instinto a ir atrás de Ian, mas voltou à trilha, seguindo Jamie na corrida em direção à casa.

Emmanuel se debruçou por cima dela; ela sentiu o peso de seu corpo e deu um bote para cima, feito uma cobra, a barbatana afiada como uma presa. Havia mirado a cabeça, esperando acertar um olho ou a garganta, mas contando pelo menos que ele desse um tranco para trás, por reflexo, e ficasse em desvantagem.

Ele deu um tranco, de fato, para cima e para longe, porém muito mais rápido do que ela imaginava. Brianna golpeou com toda a força, e a barbatana pontuda o acertou sob o braço com um choque violento. Ele congelou por um instante, boquiaberto e incrédulo, encarando a barra de marfim projetada na axila. Então arrancou-a com um puxão e partiu para cima dela com um grito furioso.

Ela, no entanto, já estava de pé, correndo em direção à mata. De algum ponto à frente ouviu mais gritos... e um berro horripilante. Outro, e então mais um, vindos da frente da casa.

Confusa e apavorada, ela seguiu correndo, percebendo muito devagar que alguns dos gritos formavam palavras.

– Casteal DHUUUUUUUIN!

Pai, pensou ela, estupefata, então tropeçou em um galho e saiu rolando, até aterrissar toda torta no chão.

Levantou-se com dificuldade, tateando atrás de outra arma e com o pensamento absurdo de que aquilo não podia ser bom para o bebê.

Seus dedos tremiam, sem obedecer. Ela vasculhou o chão, em vão. Então Emmanuel irrompeu a seu lado feito um demônio, agarrando-a pelo braço com um grito cruel.

O choque a fez bambolear, e os cantos de sua visão se escureceram. Ela ainda ouvia os gritos horripilantes na praia distante, mas não os berros na casa. Emmanuel disse qualquer coisa, em tom de ameaça e satisfação, mas ela não estava escutando.

Parecia haver algo errado com o rosto dele, que entrava e saía de foco; ela piscou os olhos com força e balançou a cabeça para clarear a visão. Não eram, no entanto, os olhos dela – era ele. Seu rosto se desfez, lentamente, do esgar ameaçador de dentes a uma expressão de leve assombro. Ele franziu o cenho, contraindo os lábios, de modo que ela pôde ver o interior rosado de sua boca, e piscou duas ou três vezes. Então soltou um leve ruído de engasgo, levou a mão ao peito e desabou de joelhos, ainda agarrado ao braço dela.

Ele caiu, e ela desabou por cima dele. Em seguida, o afastou – seus dedos cederam facilmente, toda a força de súbito esvaída – e levantou-se, cambaleante, arquejante e trêmula.

Emmanuel estava caído de costas, as pernas dobradas sob o corpo no que teria sido um ângulo excruciante, caso estivesse vivo. Ela sorveu o ar, trêmula, com medo de acreditar. Mas ele *estava* morto; pelo seu aspecto, não havia dúvidas.

Ela já respirava melhor, e começou a tomar consciência dos cortes e das contusões em seus pés descalços. Ainda se sentia atônita, incapaz de decidir o que fazer em seguida.

Mas a decisão foi logo tomada, quando ela viu Stephen Bonnet irromper da mata, correndo em sua direção.

...

Ela se pôs imediatamente alerta e deu meia-volta para começar a correr. Não avançou mais de seis passos até sentir um braço na garganta, derrubando-a no chão.

– Quietinha, querida – disse Bonnet em seu ouvido, ofegante. Ele estava quente, e os pelos eriçados de sua barba lhe arranharam a bochecha. – Não pretendo lhe fazer mal. Vou deixá-la em segurança na costa. Mas você é a única coisa que eu tenho agora para evitar que os seus homens me matem.

Ele ignorou por completo o corpo de Emmanuel. Removeu o pesado antebraço da garganta de Brianna e segurou-a pelo braço, tentando arrastá-la na direção oposta à da praia – evidentemente, pretendia chegar à enseada encoberta do lado oposto da ilha, onde eles haviam atracado na véspera.

– Ande, querida. Agora.

– Tire as mãos de mim! – Ela cravou os pés com força, puxando o braço preso. – Eu não vou a lugar nenhum com você. SOCORRO! – gritou, o mais alto que pôde. – SOCORRO! ROGER!

Com o rosto surpreso, ele ergueu o braço livre para afastar a chuva dos olhos. Havia algo em sua mão; a última luz do dia reluzia alaranjada sobre um frasco de vidro. Santo Deus, ele havia trazido o testículo.

– Bree! Brianna! Cadê você?

Era a voz de Roger, frenética; uma descarga de adrenalina a invadiu, dando-lhe a força para se desvencilhar do punho de Bonnet.

– Aqui! Estou aqui! Roger! – gritou ela, a plenos pulmões.

Bonnet olhou por sobre o ombro; os arbustos balançavam, com pelo menos dois homens avançando por entre eles. Sem perder tempo, ele disparou floresta adentro, agachando-se para evitar um galho, e desapareceu.

No instante seguinte, Roger irrompeu das moitas e a agarrou, trazendo-a para si.

– Está tudo bem? Ele machucou você?

Ele havia baixado a faca e a segurou pelos braços, tentando olhar para tudo de uma vez... seu rosto, corpo, olhos...

– Tudo bem – respondeu ela, tonta. – Roger, eu estou...

– Para onde ele foi?

Era o pai dela, encharcado e soturno feito a morte, segurando um punhal.

– Para... – Ela se virou para apontar, mas ele já havia desaparecido, correndo feito um lobo. Ela agora via as marcas da passagem de Bonnet, as pegadas arrastadas com clareza na areia enlameada. Antes que pudesse se virar de volta, Roger estava indo atrás dele. – Espere! – gritou ela, mas não houve resposta além do farfalhar dos arbustos, que rapidamente se esvaiu, tão logo os corpos pesados adentraram a mata sem a menor prudência.

Ela ficou parada por um instante, respirando, a cabeça caída. A chuva se acumulava nos vãos dos olhos abertos de Emmanuel; a luz laranja cintilava por cima, fazendo-os parecer os olhos de um monstro de filme japonês.

Esse pensamento fortuito lhe perpassou a mente, então desapareceu, deixando-a vazia e paralisada. Ela não tinha certeza do que fazer àquele ponto. Já não havia sons vindos da praia; o barulho da fuga de Bonnet havia desaparecido muito antes.

A chuva ainda caía, mas os últimos raios de sol brilhavam por entre a mata, os longos raios quase horizontais, preenchendo o espaço entre as sombras com uma estranha e trêmula luz que parecia cintilar, como se o mundo à sua volta estivesse prestes a desaparecer.

No meio daquilo tudo, tal qual um sonho, ela viu as mulheres surgindo, as gêmeas fulanis. Elas viraram os rostos idênticos na sua direção, feito duas corças, os enormes olhos sombrios de medo, e correram mata adentro. Brianna gritou pelas gêmeas, mas as duas desapareceram. Com inexprimível cansaço, ela foi se arrastando atrás delas.

Não as encontrou. Nem havia sinal de mais ninguém. A luz começou a morrer; ela deu meia-volta e foi coxeando em direção à casa. Tudo em seu corpo doía, e ela começou a sofrer a ilusão de que não havia mais ninguém no mundo além dela própria. Nada além da chama da luz, esvaindo-se em cinzas a cada instante.

Então ela se lembrou do bebê em seu ventre e sentiu-se melhor. A despeito de tudo, não estava sozinha. De qualquer forma, afastou-se bastante do lugar onde achava que jazia o corpo de Emmanuel. Pretendia contornar em direção à casa, mas foi longe demais. Ao dar meia-volta para retornar, avistou os dois, parados juntinhos sob o abrigo das árvores do outro lado de um córrego.

Os cavalos selvagens, tranquilos como as árvores à sua volta, os flancos reluzindo, baios, castanhos e pretos por conta da chuva. Eles ergueram a cabeça, sentindo o cheiro dela, mas não correram; apenas a encararam, com olhos grandes e gentis.

A chuva havia cessado quando ela chegou à casa. Ian estava sentado na varanda, espremendo água dos longos cabelos.

– Você está cheio de lama na cara, Ian – disse ela, afundando ao lado dele.

– Ah, é? – retrucou ele, abrindo um meio sorriso. – E você, prima, como está?

– Ah. Eu... acho que estou bem. O que...?

Ela apontou para a camisa dele, manchada de sangue aguado. Algo parecia tê-lo acertado no rosto; além das manchas de lama ele tinha o nariz inchado, um hematoma logo acima da sobrancelha e as roupas rasgadas, além de molhadas.

Ele inspirou fundo e soltou o ar, parecendo tão cansado quanto ela.

– Recuperei a mocinha negra – disse ele. – Phaedre.

Aquilo perfurou a fuga onírica que dominava sua mente, mas só um pouco.

– Phaedre – repetiu ela, como se fosse o nome de alguém que conhecera muito tempo antes. – Ela está bem? Onde...

– Lá dentro.

Ian inclinou a cabeça na direção da casa, e ela se deu conta de que o que pensara ser o som do mar era, na verdade, um choramingo, os leves soluços de alguém que já havia chorado à exaustão, mas não conseguia parar.

– Não, prima, deixe-a quieta. – A mão de Ian em seu braço a impediu de se levantar. – Você não pode ajudar.

– Mas...

Ele a impediu, levando a mão à própria camisa. Retirou do pescoço um rosário de madeira surrado e entregou a ela.

– Talvez ela queira isso... mais tarde. Eu tirei da areia, depois que o navio... partiu.

Pela primeira vez desde a fuga ela tornou a sentir-se nauseada; uma sensação de vertigem que ameaçava tragá-la para a escuridão.

– Josh – sussurrou.

Ian assentiu em silêncio, embora não tivesse sido uma pergunta.

– Eu sinto muito, prima – disse ele, bem baixinho.

Já era quase noite quando Roger despontou na beira da mata. Ela não havia se preocupado, mas só porque estava num estado de choque tão profundo que não conseguia pensar no que estava acontecendo. Ao vê-lo, porém, levantou-se e correu até ele, e todos os medos que havia suprimido irromperam enfim em forma de lágrimas, deslizando por seu rosto feito a chuva.

– Meu pai – disse ela, engasgada, fungando a camisa molhada de Roger. – Ele... ele está...

– Ele está bem. Bree... você consegue vir comigo? Está forte o bastante... só um pouquinho?

Engolindo em seco e limpando o nariz no braço empapado da camisola, ela assentiu, apoiou-se no braço dele e saiu, coxeante, na escuridão sob as árvores.

Bonnet estava recostado em uma árvore, a cabeça caída para o lado. Havia sangue em seu rosto, correndo pela camisa. Ela não teve qualquer sensação de vitória ao vê-lo, apenas um infinito cansaço e desgosto.

Seu pai estava parado, em silêncio, sob a mesma árvore. Ao vê-la, deu um passo à frente e a abraçou, sem dizer palavra. Ela fechou os olhos por um instante de regozijo, querendo apenas abandonar tudo, deixar que ele a pegasse no colo feito uma criança e a levasse para casa. Mas havia razão em sua presença ali; com imenso esforço, ela ergueu a cabeça e encarou Bonnet.

Eles queriam ser parabenizados?, pensou ela, confusa. Então se lembrou do que Roger lhe contara, sobre Jamie levando sua mãe pelo cenário do massacre, fazendo-a olhar, de modo que ela soubesse que seus torturadores estavam mortos.

– Ok – disse ela, balançando-se um pouco. – Está bem, quero dizer. Eu... estou vendo. Ele está morto.

– Bom... não. Na verdade, não está.

A voz de Roger trazia uma estranha tensão, e ele tossiu, cravando os olhos no pai dela.

– Quer vê-lo morto, moça? – Seu pai tocou seu ombro, com delicadeza. – É seu direito.

– Se eu...

Ela olhou loucamente de um para o outro, os rostos sérios e sombrios, então encarou Bonnet, dando-se conta de que o sangue *corria* por seu rosto. Homens mortos, como sua mãe com frequência explicara, não sangram.

Eles haviam encontrado Bonnet, contou Jamie, perseguiram-no feito uma raposa e o atacaram. Fora uma briga feia, apertada, com facas, uma vez que as pistolas estavam molhadas e imprestáveis. Sabendo que lutava para não morrer, Bonnet revidara ferozmente – havia um profundo corte vermelho no ombro do casaco de Jamie e um arranhão bem no alto da garganta de Roger, onde uma lâmina o golpeara a milímetros da jugular. Bonnet, no entanto, havia lutado para escapar, não para matar, e fugira para um trecho entre árvores onde apenas uma pessoa podia atacá-lo; então travara uma luta corporal com Jamie, livrara-se dele e fugira.

Roger partira em seu encalço e, fervendo de adrenalina, se lançara em cima de Bonnet, atirando o pirata de cabeça na árvore onde ele agora jazia recostado.

– Então aí está ele – disse Jamie, com um olhar gélido a Bonnet. – Eu esperava que ele tivesse quebrado o pescoço, mas isso não aconteceu. Que pena.

– Mas ele está inconsciente – disse Roger, e engoliu em seco.

Ela compreendeu, e, em seu presente estado de humor, essa peculiaridade da honra masculina lhe pareceu razoável. Matar um homem numa luta justa – ou mesmo numa luta injusta – era uma coisa; cortar sua garganta enquanto ele jazia inconsciente era outra.

Ela, no entanto, não havia entendido nada. Seu pai limpou o punhal na calça e entregou a ela, pelo cabo.

– O que... eu?

Ela estava chocada demais até para se assombrar. A faca pendia pesada em sua mão.

– Se você quiser – disse o pai, sério e cortês. – Se não, Roger Mac ou eu fazemos. Mas a escolha é sua, *a nighean.*

Agora ela compreendia o olhar de Roger – os dois tinham debatido a questão antes de irem buscá-la. E compreendia exatamente por que seu pai lhe dera a escolha. Fosse perdão ou vingança, a vida do homem estava em suas mãos. Ela respirou fundo, e sentiu um certo alívio ao ter a consciência de que não se vingaria.

– Brianna – disse Roger, baixinho, tocando seu braço. – Se quiser vê-lo morto, é só falar; eu faço.

Ela assentiu e respirou fundo. Podia ouvir o desejo selvagem em sua voz – ele queria.

Também ouvia na memória o som estrangulado da voz do marido ao dizer que havia matado Boble – ao despertar dos sonhos, empapado de suor.

Ela encarou o pai, quase envolto em sombras. Sua mãe lhe contara apenas uma parte dos sonhos violentos que o assombravam desde Culloden – mas já era o bastante. Ela não podia pedir a ele que fizesse aquilo... para poupar Roger de um sofrimento que também o afligia.

Jamie ergueu a cabeça, sentindo o olhar dela a encará-lo. Jamie Fraser jamais dera as costas a uma luta que considerasse sua – mas não era o caso dessa vez, e ele sabia. Brianna teve um súbito lampejo de consciência; a luta também não era de Roger, embora ele se dispusesse, e com prazer, a remover aquele peso dos ombros dela.

– Se você... se *nós*... se nós não o matarmos aqui e agora... – Ela tinha o peito apertado e parou para tomar fôlego. – O que vamos fazer com ele?

– Levá-lo a Wilmington – respondeu o pai, sem rodeios. – O Comitê de Segurança de lá é forte, e as pessoas sabem que ele é um pirata; vão tratá-lo segundo a lei... ou o que passa por lei neste momento.

Ele seria enforcado; morreria do mesmo jeito... mas seu sangue não estaria nas mãos de Roger, nem no coração.

A luz havia esvanecido. Bonnet não passava de uma massa disforme. Poderia morrer dos ferimentos, pensou ela, esperando vagamente que assim fosse – pouparia transtorno. Se ele fosse levado à mãe dela, no entanto, Claire seria impelida a tentar salvá-lo. *Ela* também jamais dava as costas para uma luta que considerasse sua, pensou Brianna amargamente, e ficou surpresa ao sentir uma breve leveza de espírito.

– Deixemos que ele viva para ser enforcado, então – disse ela, baixinho, e tocou o braço de Roger. – Não por ele. Mas por você e por mim. Pelo seu bebê.

Por um instante ela lamentou ter feito a revelação ali, no meio da mata noturna. Queria tanto ter podido ver o seu rosto.

109

TODAS AS NOTÍCIAS ADEQUADAS PARA IMPRESSÃO

DE L'Oignon-Intelligencer, 25 de setembro de 1775

UMA PROCLAMAÇÃO REAL

Uma proclamação foi expedida em Londres no dia 23 de agosto, pela qual Sua Majestade Jorge III proclama que as colônias americanas estão "em estado de aberta e manifesta rebelião".

"NADA ALÉM DE NOSSOS PRÓPRIOS ESFORÇOS É CAPAZ DE DERROTAR A SENTENÇA MINISTERIAL DE MORTE OU A ABJETA SUBMISSÃO" – *O Congresso Continental na Filadélfia acaba de rejeitar as questionáveis propostas apresentadas por lorde North, na intenção de promover o objeto da reconciliação. Os delegados deste Congresso expressam inequivocamente o direito das colônias americanas de levantar verbas e ter voz ativa no desembolso das mesmas. A declaração dos delegados diz, em parte: "Como o ministro britânico tem perseguido seus fins e praticado atos hostis com grandes armamentos e crueldade, pode o mundo ser levado enganosamente à opinião de que somos desarrazoados, ou hesitar em crer que nada além de nossos próprios esforços é capaz de derrotar a sentença ministerial de morte ou a abjeta submissão?"*

FALCÃO DÁ RASANTE, MAS É DESTITUÍDO DA PRESA – *No dia 9 de agosto, o HMS Falcão, comandado pelo capitão John Linzee, encetou uma perseguição a duas escunas americanas, que retornavam das Índias a Salem, Massachusetts. Uma das escunas foi capturada pelo capitão Linzee, que então perseguiu a outra até o porto de Gloucester. Tropas costeiras abriram fogo contra o Falcão, que retribuiu o ataque, mas foi forçado a recuar, perdendo ambas as escunas, além de duas barcaças e 35 homens.*

NOTÓRIO PIRATA CONDENADO – *Um tal Stephen Bonnet, notório pirata e infame contrabandista, foi julgado diante do Comitê de Segurança de Wilmington e, em face da apresentação do testemunho de seus crimes por uma série de pessoas, condenado e sentenciado à morte por afogamento.*

ALERTA é expedido em relação a bandos de negros errantes, que saquearam diversas fazendas nos arredores de Wilmington e Brunswick. Armados apenas com porretes, os rufiões roubaram animais, alimentos e quatro barris de rum.

CONGRESSO CONCEBE PLANO PARA RESGATE MONETÁRIO – *Dois milhões de dólares espanhóis em notas de crédito acabam de ser emitidos pelas prensas, com mais um milhão de dólares autorizados pelo Congresso, que agora anuncia um plano de resgate monetário, qual seja, que cada colônia deve assumir responsabilidade por sua porção do débito e amortizá-lo em quatro parcelas, a serem pagas no último dia de novembro dos anos de 1779, 1780, 1781 e 1782...*

110

CHEIRO DE LUZ

25 de outubro de 1775

Era impensável devolver Phaedre a River Run, por mais que ela tecnicamente ainda fosse propriedade de Duncan Cameron. Havíamos debatido o assunto em detalhes, e por fim decidimos não contar a Jocasta que sua escrava fora recuperada. Mandamos breves notícias por Ian, que tinha ido buscar Jemmy, avisando do retorno de Brianna em segurança e lamentando a perda de Joshua – mas omitindo boa parte dos detalhes em relação a toda a questão.

– Devemos contar a eles sobre Neil Forbes? – perguntei, mas Jamie balançara a cabeça.

– Forbes não vai mais incomodar nenhum membro da minha família – respondeu, num tom peremptório. – Quanto a contar à minha tia ou a Duncan... acho que Duncan já está com problemas demais; ele se sentiria obrigado a confrontar Forbes, e essa é uma briga que ele não precisa começar agora. Quanto à minha tia...

Ele não concluiu a frase, mas o vazio de seu semblante dizia tudo. Os MacKenzies de Leoch eram um grupo vingativo, e nem ele nem eu duvidávamos de que Jocasta pudesse convidar Neil Forbes para jantar e envenená-lo.

– Isso se o sr. Forbes estiver aceitando convites para jantar ultimamente – brinquei, constrangida. – Você sabe o que Ian fez com a... ahn...

– Disse que ia dar para o cachorro comer – respondeu Jamie, pensativo. – Mas não sei se estava falando sério ou não.

Phaedre ficara bastante abalada, tanto por suas experiências quanto pela perda de Josh, e Brianna insistiu que a trouxéssemos à Cordilheira para se recuperar, até encontrarmos um lugar razoável para ela.

– Precisamos fazer com que tia Jocasta a liberte – argumentara.

– Acho que não vai ser difícil – garantira Jamie, com certo amargor. – Com o que sabemos... Mas espere um pouco, até encontrarmos um lugar para a moça... Depois cuidamos do assunto.

Na realidade, esse assunto em particular se resolveu sozinho com impressionante brusquidão.

Certa tarde, em outubro, fui atender a uma batida à porta e dei com três cavalos cansados e uma mula de carga parados na entrada, e Jocasta, Duncan e o mordomo negro Ulysses na varanda.

A visão dos três era tão absurda e incongruente que me limitei a ficar ali parada, a encará-los, até que Jocasta disparou, num tom azedo:

– Ora, moça, está pretendendo nos deixar aqui até derretermos feito açúcar numa xícara de chá?

A bem da verdade, caía uma forte chuva, e recuei tão depressa para deixá-los entrar que pisei na pata de Adso. Ele soltou um ganido estridente, que tirou Jamie do escritório, a sra. Bug e Amy da cozinha... e Phaedre do meu consultório, onde estivera moendo ervas para mim.

– Phaedre!

O queixo de Duncan caiu, e ele deu dois passos em direção a ela. Parou abruptamente, logo antes de tomá-la nos braços, mas tinha o rosto tomado de alegria.

– Phaedre? – disse Jocasta, estupefata, o rosto branco de choque.

Ulysses ficou calado, mas a expressão em seu rosto era de puro terror. Dali a um segundo havia desaparecido, mas eu tinha visto – e ficara de olho vivo durante a subsequente confusão de exclamações e embaraços.

Por fim, tirei todos do vestíbulo de entrada. Jocasta, acometida de uma diplomática dor de cabeça – embora, vendo seu rosto exaurido, não parecesse totalmente fingida –, foi conduzida para o andar de cima por Amy, que a deitou na cama com uma compressa fria. A sra. Bug retornou à cozinha, animada, para revisar o cardápio do jantar. Phaedre desapareceu, com o semblante assustado, sem dúvida para buscar abrigo no chalé de Brianna e contar sobre as inesperadas visitas – o que significava que teríamos mais três bocas para o jantar.

Ulysses foi cuidar dos cavalos, deixando Duncan por fim sozinho para explicar a situação a Jamie, no escritório.

– Estamos emigrando para o Canadá – disse ele, fechando os olhos e inalando o aroma do copo de uísque em sua mão como se fossem sais de cheiro. Parecia precisar de sais; estava encovado, o rosto quase tão cinza quanto seus cabelos.

– Canadá? – indagou Jamie, tão surpreso quanto eu. – Pelo amor de Deus, Duncan, o que você andou aprontando?

Duncan sorriu, cansado, e abriu os olhos.

– É mais o que não fiz, *Mac Dubh*.

Brianna havia nos contado sobre o desaparecimento do tesouro secreto em ouro e mencionara alguma coisa sobre os negócios de Duncan com lorde Dunsmore na Virgínia, mas fora vaga a respeito – o que era compreensível, visto que fora raptada horas depois e não tinha detalhes.

– Jamais acreditei que as coisas fossem chegar a tal ponto... nem tão depressa – disse ele, balançando a cabeça.

Os legalistas haviam passado rapidamente de uma maioria ao sopé da montanha a uma minoria ameaçada e assustada. Alguns haviam sido afugentados de suas casas e obrigados a se refugiar em pântanos e matas; outros foram espancados e sofreram sérios ferimentos.

– Até Farquard Campbell – disse Duncan, esfregando a mão no rosto, num gesto cansado. – O Comitê de Segurança o convocou sob a acusação de lealdade à Coroa, e ameaçou confiscar sua fazenda. Ele ofereceu uma boa quantia em dinheiro, jurou que se comportaria bem, e eles o libertaram... mas foi por pouco.

Isso foi o bastante para deixar Duncan assustado. Sem as armas e a pólvora prometidas, ele fora privado de qualquer influência sobre os legalistas locais e ficara totalmente isolado, vulnerável à onda vindoura de hostilidades – que qualquer imbecil podia ver que não tardaria muito a chegar.

Assim, ele se apressara a vender River Run por um preço decente, antes que fosse confiscada. Mantivera um ou dois depósitos no rio e alguns outros bens, mas se desfizera da fazenda, dos escravos e do rebanho e se propusera a se retirar imediatamente com a esposa para o Canadá, como estavam fazendo vários outros legalistas.

– Hamish MacKenzie está lá, sabe? – explicou. – Ele e alguns outros de Leoch se assentaram na Nova Escócia, depois que deixaram a Escócia na sequência de Culloden. Ele é sobrinho de Jocasta, e temos dinheiro suficiente... – Ele relanceou de maneira vaga para o corredor, onde Ulysses largara os alforjes. – Vai nos ajudar a encontrar um lugar. – Abriu um sorriso torto. – E, se as coisas não derem certo... dizem que a pesca lá é boa.

Jamie sorriu com a piada ruim e serviu mais uísque a ele, mas balançou a cabeça quando veio se juntar a mim no consultório, antes do jantar.

– Eles pretendem viajar por terra até a Virgínia, e com sorte embarcar de lá rumo à Nova Escócia. Talvez consigam sair por Newport News; é um porto pequeno, e o bloqueio britânico não é muito firme por lá... pelo menos é o que Duncan espera.

– Ah, querido.

Seria uma viagem sofrida... e Jocasta já não era uma mocinha. E o estado de sua vista... eu não era grande apreciadora de Jocasta, à luz da recente descoberta em relação a ela, mas pensar na tia de Jamie arrancada da própria casa, forçada a emigrar em meio ao sofrimento de uma dor excruciante – bom, era possível crer que de fato existisse justiça divina.

Baixei a voz, olhando por sobre o ombro para ter certeza de que Duncan havia subido as escadas.

– E Ulysses? E Phaedre?

Jamie apertou os lábios.

– Ah. Bom, quanto à moça... pedi a Duncan que a vendesse a mim. Devo libertá-la assim que possível; talvez mandá-la para Fergus em New Bern. Duncan concordou de imediato e redigiu um termo de venda na mesma hora. – Ele meneou a cabeça para o escritório. – Quanto a Ulysses... – concluiu, assumindo um ar soturno. – Acho que as coisas vão se ajeitar por si mesmas, Sassenach.

A sra. Bug avançou barulhenta pelo corredor para anunciar que o jantar estava servido, e não tive chance de perguntar o que ele queria dizer com essa observação.

...

Espremi o cataplasma de hamamélis e carocha e espalhei com cuidado sobre os olhos de Jocasta. Já tinha dado a ela chá de casca de salgueiro para a dor, e o cataplasma nada faria pelo glaucoma de base – mas pelo menos traria algum alívio, e era um consolo tanto para o paciente quanto para o médico ser capaz de oferecer qualquer coisa, por mais que fosse um simples paliativo.

– Pode dar uma espiada nos meus alforjes, moça? – indagou ela, espichando um pouco o corpo para se acomodar na cama. – Há um pacotinho lá dentro, com uma erva que talvez lhe interesse.

Eu o encontrei imediatamente... pelo cheiro.

– Onde diabo a senhora arrumou isso? – perguntei, achando graça.

– Farquard Campbell – respondeu ela, sem rodeios. – Quando você explicou qual era o problema com os meus olhos, perguntei a Fentiman se ele conhecia algo que pudesse ajudar, e ele disse ter ouvido falar que o cânhamo podia ser útil. Farquard Campbell tem toda uma plantação de cânhamo, então achei que podia valer a pena tentar. De fato parece ajudar um pouco. Pode pôr na minha mão, sobrinha?

Fascinada, pus o pacotinho de maconha e a pequena pilha de papéis sobre a mesa ao lado dela, e conduzi sua mão até eles. Ela girou o corpo com cuidado, para evitar que o cataplasma caísse, então pegou uma boa pitada da erva aromática, espalhou um pouco no centro do papel e enrolou um baseado caprichado como eu jamais vira em Boston.

Sem comentários, segurei a chama da vela para que acendesse o cigarro; ela tornou a se recostar no travesseiro, alargando as narinas enquanto enchia os pulmões de fumaça.

Ela fumou em silêncio por algum tempo, e eu me ocupei de recolher as cinzas, sem querer ir embora, para que ela não caísse no sono e botasse fogo na cama – estava claramente exausta e relaxando mais a cada instante.

O cheiro pungente e inebriante da fumaça me trouxe lembranças instantâneas, porém fragmentadas. Vários dos estudantes de medicina mais jovens fumavam aos fins de semana e chegavam ao hospital com as roupas fedidas. Algumas pessoas levadas à emergência exalavam aquele cheiro. Vez ou outra eu sentia um leve traço em Brianna... mas nunca investiguei.

Eu nunca havia experimentado, mas estava achando a fragrância da fumaça muito relaxante. Relaxante até *demais*, então fui me sentar junto à janela e abri uma fresta para o ar fresco entrar.

Uma chuva intermitente vinha caindo o dia todo; o ar estava carregado de ozônio e resina de árvores, um frescor bem-vindo em meu rosto.

– Você sabe, não sabe? – disse Jocasta, baixinho, atrás de mim.

Eu dei um giro; ela não havia se movido, mas jazia sobre a cama feito um defunto, o corpo estirado. O cataplasma sobre seus olhos fazia sua figura se assemelhar à imagem da Justiça... quanta ironia, pensei.

– Sei – respondi, no mesmo tom. – Não foi muito justo com Duncan, foi?

– Não.

A palavra pairou com a fumaça, quase sem som. Ela ergueu o cigarro vagamente e deu uma tragada, fazendo a ponta se avermelhar. Eu continuava de olho, mas ela parecia ter boa percepção da cinza, batendo-a vez ou outra no pires que servia de base à vela.

– Ele também sabe – disse ela, com um ar quase despretensioso. – Sobre Phaedre. Eu contei, finalmente, para que ele parasse de ir atrás dela. Tenho certeza de que sabe sobre Ulysses também... mas não diz nada a respeito.

Ela estendeu a mão, certeira, e bateu ordenadamente a cinza do cigarro.

– Eu disse que não o culparia se ele me deixasse, sabe? – Jocasta mantinha a voz muito baixa, quase sem emoção. – Ele chorou, mas parou e disse que tinha feito um voto "na alegria e na tristeza"... e eu também, não era? Respondi que sim, e ele disse "pois então". E cá estamos.

Ela deu de ombros de leve, acomodou-se um pouco melhor e ficou em silêncio, fumando.

Tornei a virar o rosto para a janela e apoiei a testa na esquadria. Abaixo, vi um súbito fluxo de luz quando a porta se abriu, e uma figura escura saiu rapidamente. A porta se fechou, e perdi a silhueta de vista na escuridão por um instante; então meus olhos se ajustaram e tornei a ver o homem, pouco antes que ele desaparecesse a caminho do celeiro.

– Ele foi embora, não foi?

Surpresa, virei-me para encará-la, percebendo que ela devia ter ouvido a porta se fechar no andar de baixo.

– Ulysses? Sim, acho que sim.

Ela estava parada havia algum tempo, o cigarro queimando em sua mão, ignorado. Antes que eu me levantasse para pegá-lo, ela ergueu a mão e tornou a levá-lo aos lábios.

– O nome verdadeiro dele era Joseph – disse ela, baixinho, soltando a fumaça. Filetes de fumaça redemoinharam numa nuvem sobre sua cabeça. – Bem apropriado, sempre achei... pois ele foi vendido à escravidão por seu próprio povo.

– A senhora já viu o rosto dele? – perguntei, de súbito.

Ela balançou a cabeça e apagou o restante do cigarro.

– Não, mas sempre o reconheci – disse ela, bem baixinho. – Ele tinha cheiro de luz.

Jamie Fraser sentou-se pacientemente na escuridão do celeiro. Era pequeno, com baias para apenas meia dúzia de animais, porém muito robusto. A chuva batia com força no telhado, e o vento uivava feito uma *ban-sidhe* pelas laterais, mas nenhuma gota entrava pelo telhado de lajes de pedra, e o ar do lado de dentro estava quente com o calor emanado pelos animais sonolentos. Até Gideon estava recostado sobre a manjedoura, com feno mascado pela metade pendendo do canto da boca.

Já passava da meia-noite, e ele esperava havia mais de duas horas, a pistola carregada e preparada, apoiada no joelho.

Então, aconteceu; por sobre a chuva, ele ouviu o ruído baixo de alguém empurrando a porta, então o rangido da porta se abrindo, deixando entrar um sopro de chuva fria que se misturou aos aromas mais fracos de feno e estrume.

Ele permaneceu parado.

Enxergou uma silhueta comprida contra o preto suave da noite, esperando que seus olhos se adaptassem à escuridão interna, então jogou o peso contra a porta pesada para abri-la o suficiente para permitir sua entrada.

O homem havia levado uma lanterna de furta-fogo, sem confiar que encontraria as partes necessárias dos arreios e conseguiria equipar o animal na escuridão. Empurrou a portinhola da lanterna e girou-a devagar, iluminando as baias, uma a uma. Os três cavalos trazidos por Jocasta estavam ali, porém exauridos. Jamie ouviu o homem estalar a língua de leve, pensativo, virando a luz de um lado a outro entre Jerusha, a égua, e Gideon.

Ao se decidir, Ulysses apoiou o lampião no chão e avançou para puxar o pino que trancava a baia de Gideon.

– Serviria muito bem a você, e eu o deixaria levá-lo – disse Jamie, em tom informal.

O mordomo soltou um grito agudo e deu um giro, de olhos cravados e punhos cerrados. Não podia ver Jamie no escuro, mas seus ouvidos o alcançaram um segundo depois, e ele respirou fundo e baixou os punhos ao se dar conta de quem era.

– Sr. Fraser – disse. À luz da lanterna, tinha os olhos vivos e alertas. – O senhor me pegou de surpresa.

– Bom, era essa a intenção – respondeu Jamie, tranquilo.

Ele podia ver os pensamentos voejando pelos olhos do mordomo, ligeiros feito libélulas, refletindo, avaliando. Ulysses, no entanto, não era bobo, e chegou à conclusão correta.

– A garota lhe contou, então – disse ele, muito tranquilo. – O senhor vai me matar... pela honra da sua tia?

Se a última frase tivesse sido dita com qualquer traço de desprezo, Jamie poderia de fato tê-lo matado... enquanto esperava, percebera-se dividido em relação ao assunto. A frase, no entanto, fora dita sem afetação, e Jamie aliviou o dedo sobre o gatilho.

– Se eu fosse mais jovem, mataria – respondeu, num tom similar ao de Ulysses. E se não tivesse esposa e filha que um dia chamaram de amigo um homem negro. – Nas atuais circunstâncias – prosseguiu ele, baixando a pistola –, tento não matar ninguém, a menos que seja necessário. – Ou até que seja necessário. – Você nega? Porque eu acho que não pode haver defesa.

O mordomo balançou a cabeça de leve. A luz reluzia em sua pele, escura, com um avermelhado que o fazia parecer entalhado em cinábrio envelhecido.

– Eu a amava – disse ele, baixinho, espalmando as mãos. – Por favor, me mate.

Ele estava vestido para viajar, de capa e chapéu, com bolsa e cantil pendurados no cinto, mas sem faca. Escravos, mesmo os de confiança, não ousavam andar armados.

A curiosidade duelava com o desgosto, e – como de costume em tais combates – a curiosidade venceu.

– Phaedre disse que você se deitava com a minha tia mesmo antes de o marido dela morrer. Isso é verdade?

– É – respondeu Ulysses baixinho, a expressão indecifrável. – Não estou justificando. Mas eu a amava, e se tiver que morrer por isso...

Jamie acreditava no homem; sua sinceridade era evidente na voz e nos gestos. E, conhecendo a tia como ele conhecia, estava menos inclinado a culpar Ulysses do que o mundo em geral estaria. Ao mesmo tempo, não baixava a guarda; Ulysses tinha bom tamanho e era ligeiro. E um homem que pensava não ter nada a perder era de fato um homem perigoso.

– Aonde pretendia ir? – indagou Jamie, inclinando a cabeça para os cavalos.

– Virgínia – respondeu o negro, com uma hesitação quase imperceptível. – Lorde Dunsmore ofereceu liberdade aos escravos que se juntarem a seu exército.

Ele não pretendera perguntar, embora aquela fosse uma dúvida que lhe tomara o pensamento desde o instante em que soube da história de Phaedre. Com a abertura, no entanto, foi impossível resistir.

– Por que ela não libertou você? – indagou ele. – Depois da morte de Hector Cameron?

– Ela me libertou – foi a resposta surpreendente. O mordomo tocou o casaco na altura do peito. – Redigiu os papéis de manumissão há quase vinte anos... dizia não suportar a ideia de que eu me deitasse com ela por obrigação. Mas um pedido de alforria deve ser aprovado pela Assembleia, como o senhor sabe. E, se minha liberdade fosse oficializada, eu não poderia ter permanecido para servi-la.

Isso era bem verdade; um escravo liberto tinha a obrigação de deixar a colônia dentro de dez dias, ou se arriscaria a ser escravizado novamente por qualquer um que assim desejasse; a visão de bandos de negros libertos vagando pelo campo fazia o Conselho e a Assembleia se borrarem de medo.

Por um instante, o mordomo baixou os olhos, protegidos da luz pelo capuz.

– Eu podia escolher Jo... ou a liberdade. Decidi escolhê-la.

– Sim, muito romântico – disse Jamie, com extrema secura.

No entanto, a bem da verdade, a declaração não passara incólume. Jocasta MacKenzie havia se casado por obrigação, depois por obrigação outra vez; ele achava que ela tinha sido pouco feliz nos casamentos até encontrar alguma alegria com Duncan. Estava chocado com a escolha dela, desaprovava o adultério e sentia de fato muita raiva da traição a Duncan, mas uma parte dele, sem dúvida a parte MacKenzie, não deixava de admirar a coragem da tia em ir buscar a felicidade onde era possível.

Ele suspirou fundo. A chuva estava estiando; o estrondo no telhado havia se reduzido a um suave ribombar.

– Pois bem, então. Tenho mais uma pergunta.

Ulysses inclinou a cabeça com seriedade, gesto que Jamie vira muitas vezes. *Ao seu dispor, senhor*, era o que dizia – e *isso* guardava mais ironia do que qualquer palavra que o homem pronunciasse.

– Onde está o ouro?

Ulysses deu um tranco com a cabeça, os olhos arregalados de assombro. Pela primeira vez Jamie sentiu uma ponta de dúvida.

– O senhor acha que *eu* peguei? – indagou o mordomo, incrédulo. Então contorceu a boca para o lado. – Suponho que pensaria, afinal de contas.

Ele esfregou uma mão sob o nariz, o semblante preocupado e infeliz; devia estar mesmo, refletiu Jamie.

Os dois se entreolharam em silêncio por algum tempo, num impasse. Jamie não tinha a sensação de que Ulysses tentava enganá-lo – e Deus sabia que para *isso* o homem tinha talento, pensou, com sarcasmo.

Por fim Ulysses ergueu os largos ombros e os deixou cair, impotente.

– Não posso provar que não fui eu – concluiu. – Não posso oferecer nada além de minha palavra de honra... coisa da qual não sou digno.

Pela primeira vez sua voz exibia um tom de amargura.

Jamie de súbito sentiu-se cansado. Os cavalos e as mulas haviam voltado a cochilar muito tempo antes, e ele próprio desejava apenas ir para a cama, com sua mulher ao lado. Também queria que Ulysses fosse para casa, antes que Duncan descobrisse sua perfídia. E, por mais que Ulysses fosse o suspeito mais óbvio de ter roubado o ouro, o fato era que poderia ter feito isso em qualquer momento dos últimos vinte anos, correndo muito menos perigo. Por que agora?

– Você jura pela minha tia? – perguntou ele, abruptamente.

Ulysses tinha o olhar penetrante, brilhante à luz da lanterna, porém firme.

– Juro – respondeu por fim, baixinho. – Sim, eu juro.

Jamie estava prestes a dispensá-lo quando um último pensamento lhe ocorreu.

– Você tem filhos?

A indecisão cruzou seu rosto cinzelado; surpresa e cautela, imiscuídas a algo mais.

– Ninguém que eu reconheça – disse Ulysses por fim, e Jamie viu o que era... desdém, além de vergonha. Ele contraiu a mandíbula e ergueu de leve o queixo. – Por que pergunta?

Jamie o encarou por um instante, pensando no peso de Brianna com a gravidez.

– Porque é apenas a esperança de melhores dias para os meus filhos, e para os filhos deles, que me dá coragem de fazer o que tem que ser feito por aqui – respondeu, por fim. O rosto de Ulysses perdera a expressão; reluzia negro e impassível sob a luz. – Quando não há aposta no futuro, não há razão para sofrer por ele. Os filhos que possa ter...

– São escravos, nascidos de escravas. O que podem ser para mim?

Ulysses tinha as mãos trincadas, pressionadas contra as coxas.

– Então vá – disse Jamie baixinho, e chegou para o lado, apontando para a porta com o cano da pistola. – Morra livre, pelo menos.

111

VINTE E UM DE JANEIRO

21 de janeiro de 1776

O dia 21 de janeiro foi o mais frio do ano. A neve havia caído uns dias antes, mas agora o ar parecia cristal lapidado, o céu da aurora era quase branco de tão pálido, e a neve acumulada trilava feito grilos sob nossas botas. Neve, árvores cobertas de neve, lanças de gelo suspensas nas calhas da casa – o mundo inteiro parecia azul de frio. Todo o rebanho fora recolhido na véspera ao estábulo ou ao celeiro, à exceção da porca branca, que parecia hibernar debaixo da casa.

Espiei, meio hesitante, pelo buraquinho derretido na crosta de neve que marcava a entrada da porca; roncos longos e estertorosos eram audíveis do lado de dentro, e um leve calor emanava do buraco.

– Venha, *mo nighean*. Essa criatura não ia perceber nem se a casa caísse por cima dela.

Jamie retornava do estábulo, onde alimentara os animais; rondava-me com impaciência, esfregando as mãos calçadas nas luvas azuis que Bree tricotara para ele.

– O quê? Nem se pegasse fogo? – indaguei, pensando no "Ensaio sobre o porco assado", de Lamb.

No entanto, virei-me, amável, e desci atrás dele a trilha pisoteada que cruzava a lateral da casa, derrapando nos trechos cobertos de gelo e avançando pela ampla clareira em direção ao chalé de Bree e Roger.

– Tem certeza de que o fogo da lareira está apagado? – indagou Jamie, pela terceira vez.

Sua respiração lhe encobria a cabeça feito um véu enquanto ele me olhava por sobre o ombro. Tinha perdido o gorro de lã durante uma caçada, e no lugar usava um cachecol de lã branco enrolado na altura das orelhas e amarrado no topo da cabeça, as pontas compridas penduradas, o que lhe conferia uma semelhança absurda com um gigantesco coelho.

– Sim – garanti, sufocando o ímpeto de rir ao olhar para ele.

Ele retorceu desconfiado o comprido nariz, rosado de tão gelado, e eu enterrei o rosto em meu próprio cachecol, soltando pequenos bufos que eram como as nuvens brancas de um motor a vapor.

– E a vela do quarto? O lampiãozinho no seu consultório?

– Sim – garanti, emergindo das profundezas do cachecol. Meus olhos lacrimejavam, e eu queria secá-los, mas segurava uma imensa trouxa num dos braços e uma cesta coberta pendurada no outro; esta continha Adso, que fora forçosamente removido da casa e não estava nada satisfeito; pequenos grunhidos emergiam da cestinha, que se balançava e batia na minha perna. – E a velinha da despensa, e a vela no candeeiro da parede do corredor, e o braseiro do seu escritório, e o lampião a óleo de peixe que você usa nos estábulos. Passei o pente fino na casa inteira. Não tem uma faísca sequer em lugar algum.

– Muito bem, então – disse ele, mas não sem evitar lançar um olhar desconfortável à casa, atrás.

Eu também olhei; ela parecia fria e abandonada, o branco das tábuas muito cinzento contra a neve branquíssima.

– Não vai haver nenhum acidente – concluí. – A menos que a porca esteja brincando com fogo no covil.

Aquilo o fez sorrir, apesar das circunstâncias. Francamente, naquele momento, as circunstâncias para mim eram um pouco absurdas; o mundo inteiro parecia deserto, sólido de tão congelado e imóvel sob o céu invernal. Nada era menos provável que um cataclismo que se abatesse sobre a casa e a destruísse num incêndio. Ainda assim... era melhor prevenir do que remediar. E, como Jamie observara mais de uma vez ao longo dos anos, desde que Roger e Bree trouxeram a notícia do sinistro recorte de jornal, "sabendo que a casa está fadada a pegar fogo um dia, por que ficar ali parado dentro dela?".

Portanto, não estávamos parados dentro dela. A sra. Bug fora orientada a ficar em casa, e Amy McCallum e os dois meninos já estavam no chalé de Brianna – intrigados, porém obedientes. Se o homem dizia que ninguém podia botar os pés na casa até o amanhecer do dia seguinte... bom, então nada mais havia a ser dito, certo?

Ian estava acordado desde a aurora, cortando madeira e trazendo lenha do barracão; todos ficariam quentinhos e aconchegados.

O próprio Jamie passara a noite acordado, cuidando do rebanho, esvaziando a armaria – também não havia um grão sequer de pólvora em qualquer ponto da casa – e rondando incessantemente os andares de cima e de baixo, alerta a cada estalo de brasa na lareira, cada vela acesa, cada barulhinho que pudesse anunciar a chegada de um inimigo. A única coisa que não fizera fora se sentar no telhado com um saco molhado, de olho atento aos relâmpagos – e apenas porque a noite estivera limpíssima, um céu de estrelas imensas e brilhantes ardendo no gélido vazio.

Eu também não havia dormido muito bem, igualmente perturbada pelas rondas de Jamie e por vívidos sonhos de incêndio.

O único fogo visível, no entanto, era o que fazia subir uma acolhedora nuvem de fumaça e faíscas pela chaminé de Brianna, e então abrimos a porta e fomos acolhidos por uma agradável lareira acesa e uma profusão de pessoas.

Aidan e Orrie, acordados no escuro e arrastados em meio ao frio, haviam prontamente rastejado até a caminha de Jemmy; os três dormiam um sono profundo, enroscados feito porcos-espinhos sob a colcha. Amy ajudava Bree com o café da manhã; o aroma apetitoso de mingau e bacon subia da lareira.

– Tudo bem, senhora?

Amy correu para pegar a grande trouxa que eu havia trazido – contendo meu baú médico, as mais escassas e valiosas ervas de meu consultório e o frasco fechado com o último carregamento de fósforo branco que lorde John enviara como presente de despedida a Brianna.

– Tudo – respondi, largando a cesta de Adso no chão.

Bocejei e olhei para a cama, desejosa, mas fui guardar o baú na despensa anexa, onde as crianças não o alcançariam. Botei o fósforo na prateleira mais alta, bem longe da beirada, e acomodei um grande pedaço de queijo na frente, por garantia.

Jamie havia removido a capa e as orelhas de coelho e entregado a Roger a caçadeira, a bolsa de munição e o polvorinho, e agora removia a neve das botas. Eu o vi correr os olhos pelo chalé, contando as cabeças, e por fim soltar um breve suspiro, assentindo para si mesmo. Até então, tudo seguro.

A manhã transcorreu em paz. Depois de comermos e retirarmos a mesa do café da manhã, Amy, Bree e eu nos acomodamos junto ao fogo com uma imensa pilha de roupas para consertar. Adso, ainda contorcendo o rabo de indignação, encontrara um lugar numa das prateleiras altas, de onde encarava Rollo, que se apossara da caminha tão logo os meninos acordaram.

Aidan e Jemmy, cada um ostentando orgulhosamente *dois* vrums, deslizavam os brinquedos pelas lareiras, debaixo da cama e sobre nossos pés, mas em geral evitavam bater um no outro ou pisar em Orrie, sentado placidamente sob a mesa, ruminando um pedaço de torrada. Jamie, Roger e Ian se revezavam em rondas externas para observar a casa, deserta e ao abrigo do abeto coberto de neve.

Ao ver Roger retornar de uma das expedições, Brianna olhou para cima de repente, desviando o foco da meia que remendava.

– O que foi? – indagou ele, ao ver sua expressão.

– Ah. – Ela havia parado, a agulha a meio caminho da meia, mas tornou a baixar o olhar e concluiu o ponto. – Nada. Só... só pensei uma coisa.

O tom de sua voz fez Jamie, que desbravava, carrancudo, uma cópia surrada de *Evelina*, erguer os olhos.

– Que coisa, *a nighean*? – indagou, com um radar quase tão bom quanto o de Roger.

– É... bom. – Ela mordeu o lábio inferior, mas então disse: – E se for *esta* casa?

Aquilo deixou todos paralisados, exceto os meninos, que seguiam se arrastando laboriosamente pela sala e sobre a mesa e a cama, guinchando e urrando.

– Pode ser, não pode? – Bree olhou ao redor, do teto à lareira. – A... profecia... só dizia... – gaguejou ela, com um aceno desajeitado de cabeça para Amy McCallum – que *a casa de James Fraser* pegaria fogo. Mas esta aqui foi a sua casa, para início de conversa. E não é como se tivesse um endereço. A profecia só dizia *na Cordilheira dos Frasers*. – Ao ser encarada por todos, ela enrubesceu profundamente e baixou os olhos para a meia. – Quero dizer, não é como se as profecias... sejam sempre precisas, não é? Pode ser que haja detalhes errados.

Amy assentiu, com a expressão séria; evidentemente, a imprecisão em relação aos detalhes era uma característica aceitável das profecias.

Roger soltou um pigarro estrondoso; Jamie e Ian trocaram olhares, então encararam o fogo, pulando na lareira, e a pilha alta de lenha completamente seca ao lado, a cesta de gravetos abarrotada... todos voltaram o olhar cheio de expectativa a Jamie, cujo rosto era o retrato de emoções conflitantes.

– Suponho – disse ele, devagar – que possamos nos transferir para a casa de Arch.

– Eu, você – falei, contando com os dedos – Roger, Bree, Ian, Amy, Aidan, Orrie, Jemmy... mais o sr. e a sra. Bug... são onze pessoas. Num chalé de um cômodo de quase 2,5 metros por 3? – Fechei os punhos e o encarei. – Ninguém precisaria colocar fogo na casa; metade de nós já teria que se sentar bem em cima da lareira acesa.

– Humm. Bom, então... a casa dos Christies está vazia.

Amy arregalou os olhos, horrorizada, e todos os outros desviaram os olhares, de maneira automática. Jamie respirou fundo e expirou ruidosamente.

– Talvez possamos só... tomar muito cuidado – sugeri.

Todos suspiraram de leve, então retomamos nossos afazeres, embora sem a sensação anterior de segurança e aconchego.

O jantar passou sem incidentes, mas no meio da tarde deu-se uma batida à porta. Amy gritou, e Brianna deixou cair no fogo a camisa que estava remendando. Ian pôs-se de pé num salto e escancarou a porta, e Rollo, despertado de uma soneca, passou por ele em disparada, rosnando.

Jamie e Roger chegaram à porta – e trombaram um no outro – ao mesmo tempo, pararam um instante, então passaram. Os meninos gritaram e correram para as respectivas mães, que batiam a camisa em chamas como se fosse uma cobra viva.

Eu tinha dado um salto, mas fui imprensada contra a parede, incapaz de passar por Bree e Amy. Adso, assustado com a algazarra e meu salto a seu lado, sibilou e me atacou, quase acertando meu olho.

Inúmeros xingamentos irromperam da porta, numa mistura de línguas, acompanhados de uma série de latidos penetrantes de Rollo. Todos pareciam muito irritados, mas não havia sons de conflito. Eu me esgueirei delicadamente pelo amontoado de mães e filhos e espiei do lado de fora.

O major MacDonald, molhado até as sobrancelhas e coberto de flocos de neve e lama, gesticulava energicamente com Jamie, enquanto Ian repreendia Rollo, e Roger – pelo olhar em seu rosto – tentava com força não irromper em gargalhadas.

Jamie, impelido pelo próprio senso de decência, mas olhando o major com profunda desconfiança, convidou-o a entrar. O interior do chalé cheirava a tecido queimado, mas pelo menos a confusão tinha cessado, e o major cumprimentou todo o grupo com honesta cordialidade. Houve uma afobação para remover suas roupas encharcadas, secá-lo e – por falta de alternativa melhor – temporariamente enfiá-lo na camisa e calça sobressalentes de Roger, nas quais o homem pareceu se afogar, visto que era uns bons 15 centímetros mais baixo que ele.

Depois de oferecer comida e uísque ao major, que prontamente aceitou a oferta, a família se pôs a encarar MacDonald com olhos atentos, aguardando para ouvir o que o havia trazido às montanhas em pleno inverno.

Jamie trocou um breve olhar comigo, indicando que podia arriscar um palpite. Eu também.

– Estou aqui, senhor – disse o major, formalmente, subindo a camisa para que não deslizasse pelo ombro – para lhe oferecer a liderança de uma companhia de milícia, sob as ordens do general Hugh MacDonald. As tropas do general estão se reunindo neste exato instante, enquanto conversamos, e darão início à marcha rumo a Wilmington no fim do mês.

Ao ouvir aquilo, senti uma repentina náusea de apreensão. Estava acostumada ao otimismo crônico e à tendência ao exagero de MacDonald, mas nada havia de exagerado naquela declaração. Será que ela significava que a ajuda solicitada pelo governador Martin, as tropas vindas da Irlanda, atracariam em breve para encontrar as do general MacDonald na costa?

– As tropas do general – disse Jamie, cutucando o fogo.

Ele e MacDonald haviam se postado junto à lareira, tendo Roger e Ian de cada lado, feito trasfogueiros. Bree, Amy e eu fomos para a cama, onde nos empoleiramos como galinhas, observando a conversa com um misto de interesse e preocupação, enquanto os três meninos se acomodaram sob a mesa.

– Quantos homens você diria que ele tem, MacDonald?

Vi o major hesitar, dividido entre a verdade e o desejo. Ele deu uma tossida, no entanto, e disse, sem rodeios:

– Tinha pouco mais de mil quando o deixei. O senhor sabe bem, no entanto... quando ele começar a avançar, outros virão se juntar a nós. Muitos outros. Ainda mais – acrescentou ele, explicitamente – se um cavalheiro como o senhor estiver no comando.

Jamie não respondeu de imediato. De forma meditativa, empurrou com a bota um pedaço de lenha de volta ao fogo.

– Munição e pólvora? – indagou. – Armas?

– Sim, bem; aí tivemos uma certa decepção. – MacDonald bebericou o uísque. – Duncan Innes prometera uma boa negociação... mas no fim viu-se forçado a quebrar a própria promessa. – O major apertou bem os lábios, e eu pensei, pela expressão em seu rosto, que talvez Duncan não tivesse exagerado na decisão de partir para o Canadá. – Ainda assim – prosseguiu MacDonald, mais animado –, não estamos destituídos em relação a isso. E os bravos cavalheiros que se uniram à nossa causa... e os que *virão* se juntar a nós... trazem consigo tanto as próprias armas quanto sua coragem. O senhor, dentre todas as pessoas, deve avaliar muito bem a força de um ataque dos homens das Terras Altas!

Ao ouvir isso, Jamie ergueu os olhos e encarou MacDonald por um longo instante antes de responder.

– Muito bem. Você estava atrás dos canhões em Culloden, Donald. Eu estava na frente. De espada na mão.

Ele ergueu o próprio copo e o esvaziou, então se levantou e foi servir outro, deixando MacDonald recompor o semblante.

– *Touché, major* – murmurou Brianna entre os dentes.

Eu não me lembrava de Jamie ter algum dia mencionado que o major lutara com as forças do governo durante a Revolta – mas não me surpreendia que ele não tivesse esquecido.

Com um breve aceno de cabeça para o grupo, Jamie abriu a porta e saiu – sob o pretexto de ir ao banheiro, mas provavelmente para conferir o bem-estar da casa, e para dar a MacDonald um pouco de espaço para respirar.

Roger, com a cortesia de um anfitrião – e o entusiasmo contido de um historiador –, fazia perguntas a MacDonald sobre o general e suas atividades. Ian, impassível e observador, estava sentado aos pés dele, uma das mãos brincando com os pelos de Rollo.

– O general está meio velho para uma campanha desse tipo, não? – Roger pegou mais um graveto e empurrou para o fogo. – Ainda mais uma campanha de inverno.

– De vez em quando ele é acometido por um catarro – admitiu MacDonald, num tom casual. – Mas quem não é, neste clima? E Donald McLeod, seu auxiliar, é um homem vigoroso. Posso lhe assegurar, senhor, que se o general em algum momento se indispuser, o coronel McLeod é mais que capaz de conduzir as tropas à vitória!

Ele prosseguiu desfiando as virtudes – tanto pessoais quanto militares – de Donald McLeod. Eu parei de ouvir, com a atenção voltada a um furtivo movimento na prateleira sobre sua cabeça. Adso.

O casaco vermelho de MacDonald estava estendido no espaldar de uma cadeira, para secar. Sua peruca, úmida e desgrenhada pelo ataque de Rollo, pendia de um gancho logo acima. Eu me levantei mais que depressa e agarrei a peruca, recebendo um olhar intrigado do major e uma hostilidade dos olhos verdes de Adso, que obviamente considerava jogo baixo da minha parte me apossar de sua desejável presa.

– É... só vou... ahn... botar em algum lugar seguro, sim?

Apertando contra o peito a massa úmida de cabelos confeccionados com crina de cavalo, esgueirei-me para fora e dei a volta até a despensa, onde enfiei a peruca em segurança atrás do queijo e do fósforo.

Ao sair, encontrei Jamie, de nariz vermelho por conta do frio, chegando de uma ronda pela Casa Grande.

– Está tudo bem – garantiu ele. Ergueu os olhos para a chaminé acima de nós, que cuspia nuvens de uma espessa fumaça cinza. – Você não acha que a moça pode ter razão, acha?

Soava brincalhão, mas não estava sendo.

– Sabe lá Deus. *Quanto* tempo até a aurora de amanhã?

As sombras já se alongavam, violeta e frias pela neve.

– Muito tempo.

Jamie também tinha sombras violeta no rosto, de uma noite sem dormir; aquela seria mais uma. Ele me abraçou por um instante, quente embora não vestisse nada por sobre a camisa além da jaqueta bruta que usava em seus afazeres.

– Você não acha que MacDonald vai voltar e atear fogo à casa se eu me recusar, acha? – indagou ele, com a tentativa genuína de abrir um sorriso.

– Como assim, *se*? – inquiri, mas ele já retornava à casa.

MacDonald levantou-se respeitosamente ao ver Jamie entrar, esperando até que ele se sentasse antes de se acomodar em seu próprio banquinho.

– O senhor teve um momento, então, para pensar sobre a minha proposta, sr. Fraser? – indagou, em tom formal. – Sua presença seria por demais valiosa... e muitíssimo estimada pelo general MacDonald e pelo governador, bem como por mim.

Jamie permaneceu sentado em silêncio por algum tempo, olhando o fogo.

– Eu sinto muito, Donald, por nos encontrarmos em extremos tão opostos – disse ele por fim, olhando para cima. – Você, no entanto, não pode ignorar minha posição a respeito desse assunto. Eu já me declarei.

MacDonald assentiu, comprimindo um pouco os lábios.

– Eu sei o que o senhor fez. Mas não é tarde demais para remediar. O senhor não fez nada que seja irrevogável... e um homem certamente pode admitir seu erro.

Jamie contorceu um pouco a boca.

– Ah, sim, Donald. Você é capaz de admitir seu próprio erro, então, e unir-se à causa da liberdade?

MacDonald se levantou.

– O senhor pode até gostar de provocações, sr. Fraser – disse ele, claramente tentando controlar os próprios ânimos –, mas a minha proposta é da maior seriedade.

– Sei disso, major. Peço desculpas pela leviandade inapropriada. E também pela fraca recompensa que estou lhe dando por seus esforços, tendo vindo de tão longe neste tempo ruim.

– O senhor recusa, então? – Placas vermelhas ardiam no rosto de MacDonald, e seus olhos azul-claros haviam passado à cor do céu invernal. – Vai abandonar sua família, seu próprio povo? Trair seu sangue, seu juramento?

Jamie havia aberto a boca para retrucar, mas se deteve. Pude sentir algo tomando forma dentro dele. Choque, por aquela franca – e muito precisa – acusação? Hesitação? Ele jamais debatera a situação nesses termos, mas devia ter compreendido. A maior parte do povo das Terras Altas na colônia ou já havia se unido aos legalistas – como Duncan e Jocasta – ou provavelmente o faria.

Sua declaração o afastara de muitos amigos – e poderia muito bem afastá-lo do restante da família no Novo Mundo também. Agora MacDonald segurava a maçã da tentação, o chamado do clã e do sangue.

Ele, porém, tivera anos para pensar a respeito, para se preparar.

– Eu já falei o que devia, Donald – disse, baixinho. – Comprometi a mim mesmo e minha casa com o que acredito ser a coisa certa. Não posso fazer de outra forma.

MacDonald permaneceu sentado por um instante, encarando-o com os olhos semicerrados. Então, sem dizer palavra, levantou-se e arrancou a camisa de Roger pela cabeça. Tinha o torso pálido e esguio, mas com uma maciez ao redor da cintura característica da meia-idade, e exibia várias cicatrizes brancas, marcas de balas e cortes de sabre.

– O senhor não está de fato pretendendo sair, não é mesmo, major? – bradei. – Está congelando lá fora, e é quase noite!

Fui me postar ao lado de Jamie, e Roger e Bree se levantaram também, somando seus protestos aos meus. MacDonald, porém, estava irredutível, e limitou-se a balançar a cabeça enquanto puxava as próprias roupas molhadas, prendendo o casaco com dificuldade, os buracos dos botões rígidos por conta da umidade.

– Não vou aceitar a hospitalidade de um traidor, senhora – respondeu ele, bem baixinho, e fez uma mesura para mim. Então empertigou-se e encarou Jamie, de homem para homem. – Não devemos mais nos encontrar como amigos, sr. Fraser. Lamento por isso.

– Então é melhor que não nos encontremos nunca mais, major – respondeu Jamie. – Também lamento.

MacDonald curvou-se em outra mesura para o resto dos presentes, e meteu o chapéu na cabeça. Ao fazer isso alterou a expressão, sentindo a fria umidade do chapéu na cabeça desnuda.

– Ah, sua peruca! Só um instante, major... vou buscar. – Corri para fora e dei a volta até a despensa... bem a tempo de ouvir o estrépito de algo caindo lá dentro. Escancarei a porta, deixada entreaberta em minha última visita, e Adso passou por mim, a peruca do major na boca. Do lado de dentro, a prateleira reluzia em chamas azuis.

De início, eu me perguntara como permaneceria acordada a noite toda. Ao que se revelou, não foi nada difícil. Na sequência do incêndio, eu não sabia ao certo se algum dia voltaria a dormir.

Poderia ter sido muito pior; o major MacDonald, embora fosse agora um inimigo jurado, fora nobremente nos ajudar, correndo para fora e abanando a capa ainda molhada por sobre a chama, prevenindo assim a destruição completa da despensa – e, sem dúvida, do chalé. A capa, contudo, não apagara o fogo por completo, e a dissipação das chamas que subiam aqui e ali suscitara grande dose de agitação e correria. Nesse espaço de tempo, Orrie McCallum sumira de vista, avançara com seus passinhos cambaleantes e caíra no buraco aberto do forno de chão, onde foi encontrado – após vários minutos de frenesi – por Rollo.

Ele foi resgatado incólume, mas o alarido fez com que Brianna acreditasse estar entrando em trabalho de parto prematuro. Felizmente, tratava-se apenas de um forte ataque de soluços, causado pela combinação de nervosismo e excessivas quantidades de chucrute e torta de maçã seca, pelos quais ela adquirira recente desejo.

– Inflamável, ela disse. – Jamie olhou para os restos chamuscados do chão da despensa, então para Brianna, que havia, apesar de minhas recomendações para que se deitasse, saído para ver o que podia ser salvo dos resquícios incendiados. Ele balançou a cabeça.

– É um milagre que você não tenha reduzido este lugar a cinzas há muito tempo, moça.

Ela deixou escapar um soluço abafado e cravou os olhos nele, a mão na barriga proeminente.

– Eu? Acho bom que você não esteja tentando... hic!... botar a culpa disso... hic!... em mim. Por acaso fui eu quem pôs a peruca... hic!... do major perto do...

– BU! – gritou Roger, aproximando uma mão do rosto dela.

Ela gemeu e o acertou. Jemmy e Aidan, correndo para ver qual era a comoção, começaram a dançar em torno dela, gritando "Bu! Bu!" em êxtase, como uma gangue de fantasminhas enlouquecidos.

Bree, de olhar furioso, se abaixou e pegou um punhado de neve. Num instante moldara uma bola, que atirou na cabeça do marido com mortal precisão. A bolota o atingiu bem entre os olhos, explodindo numa chuva que deixou grânulos brancos em suas sobrancelhas e gotas de neve derretida correndo por suas bochechas.

– O quê? – disse ele, incrédulo. – Para que isso? Eu só estava tentando... ei!

Ele se abaixou para desviar da bola seguinte, mas foi atacado nos joelhos e na cintura por punhados de neve atirados a curta distância por Jemmy e Aidan, àquela altura já animados.

Aceitando com modéstia os agradecimentos por suas ações precedentes, o major fora persuadido – sobretudo pelo fato de que a noite já havia caído e recomeçava a nevar – a aceitar a hospitalidade do chalé, com o entendimento de que era Roger, não Jamie, quem fazia a oferta. Ao observar seus anfitriões gritando, soluçando e se empapando de neve, ele pareceu reconsiderar a ideia de ser tão distinto a ponto de recusar-se a jantar com um traidor, mas curvou-se em uma rígida mesura quando Jamie e eu nos despedimos, então avançou até o chalé, agarrado aos fragmentos enlameados que restavam da peruca devorada por Adso.

Nosso retorno à nossa própria casa foi extremamente calmo – e agradável – em meio à neve que caía. O céu assumira um tom de lavanda rosado, e os flocos flutuavam à nossa volta, em seu silêncio sobrenatural.

A casa se avultava à nossa frente, seu volume silencioso de certa forma acolhedor, a despeito das janelas escurecidas. A neve turbilhonava pela varanda, acumulando-se nos peitoris das janelas.

– Imagino que seja mais difícil um incêndio se alastrar pela neve... você não acha? Jamie se inclinou para destrancar a porta da frente.

– Não me interessa se tudo isso aqui irromper em chamas por combustão espontânea, Sassenach, desde que antes disso eu possa jantar.

– Um jantar frio, você quer dizer? – indaguei, hesitante.

– Não – respondeu ele, com firmeza. – Pretendo acender um fogaréu na lareira da cozinha, fritar uma dúzia de ovos na manteiga e comer todos eles, depois me deitar a seu lado no tapete diante da lareira e fazer amor com você até... está bom assim? – indagou ele, percebendo o meu olhar.

– Até o quê? – indaguei, fascinada com a descrição da programação noturna.

– Até você irromper em chamas e me levar junto, suponho – disse ele, então se inclinou, tomou-me nos braços e cruzou comigo a soleira escura da porta.

112

QUEBRADOR DE JURAMENTOS

2 de fevereiro de 1776

Ele os chamou, e todos vieram. Os jacobitas de Ardsmuir, os pescadores de Thurso, os desterrados e oportunistas que haviam se assentado na Cordilheira nos últimos seis anos. Ele chamara os homens, e a maioria viera só, abrindo caminho pelas matas úmidas, derrapando em pedras cheias de musgo e trilhas lamacentas. Algumas mulheres vieram também, embora curiosas e cautelosas, seguindo humildemente atrás e permitindo que Claire as conduzisse à casa, uma a uma.

Os homens ficaram parados na entrada, e ele se arrependeu daquilo; a lembrança da última reunião ali ainda estava fresca na mente de todos. Mas não havia escolha;

era gente demais para caber dentro de casa. E era dia claro, não noite – embora ele tivesse visto mais de um homem virar a cabeça rapidamente para observar as castanheiras, como se a ver se o fantasma de Thomas Christie estava caminhando por ali, contido por entre a multidão.

Ele próprio cruzou o povo, então fez uma prece ligeira, como sempre fazia ao pensar em Tom Christie, e saiu pela varanda. Estavam todos conversando – de maneira desajeitada, porém de certa forma à vontade –, mas a conversa morreu abruptamente no momento em que ele apareceu.

– Recebi uma convocação a Wilmington – disse ao grupo, sem preâmbulos. – Vou me juntar às milícias de lá, e levarei comigo os homens que desejarem vir de boa vontade.

Eles o encararam boquiabertos, feito ovelhas assustadas no pastoreio. Ele teve o perturbador impulso de soltar uma gargalhada, que passou depois de um instante.

– Vamos como milícia, mas não vou liderá-los.

Na verdade, duvidava muito que *pudesse* liderar mais de um pequeno grupo deles no momento, mas era melhor dar uma disfarçada.

A maioria ainda piscava os olhos para ele, mas um ou dois homens haviam se recomposto.

– O senhor se declara rebelde, *Mac Dubh*? – perguntou Murdo, que Deus o abençoasse.

Leal feito um cão, mas lento de raciocínio, Murdo precisava que tudo lhe fosse explicado da maneira mais simples, mas depois de compreender as coisas conduzia-as com tenacidade.

– Sim, eu me declaro rebelde, Murdo. Assim como será rebelde qualquer homem que marche comigo.

Isso suscitou uma onda de murmúrios e olhares de incerteza. Aqui e ali na multidão ele ouviu a palavra "juramento" e se preparou para a pergunta óbvia.

Foi pego de surpresa, no entanto, pelo emissor da pergunta. Arch Bug se empertigou, alto e rígido.

– O senhor fez um juramento ao rei, *Seaumais mac Brian* – disse ele, a voz inesperada e penetrante. – Assim como todos nós.

Houve um murmúrio de concordância frente àquilo, e rostos se viraram para ele, de cenho franzido, incomodados. Ele respirou fundo e sentiu um nó no estômago. Mesmo então, sabendo o que sabia, e também reconhecendo a imoralidade de um voto forçado, quebrar a palavra abertamente o fazia sentir-se pisando num degrau em falso.

– Assim como todos nós – concordou ele. – Mas foi um juramento forçado, que fizemos como prisioneiros, não como homens de honra.

Aquela era a evidente verdade; mesmo assim fora um juramento, e os homens das Terras Altas não levavam nenhum juramento na brincadeira. *Que eu morra e seja enterrado longe de minha família...* Juramento ou não, pensou ele, sombrio, aquele decerto seria o destino deles.

– Mas mesmo assim foi um juramento, senhor – disse Hiram Crombie, os lábios apertados. – Juramos diante de Deus. O senhor pede que deixemos de lado uma coisa dessas?

Vários dos presbiterianos murmuraram em aquiescência, aproximando-se de Crombie para demonstrar apoio.

Ele respirou fundo outra vez, sentindo o estômago apertar.

– Não peço nada. – Então, sabendo muito bem o que fazia e de certa forma desprezando a si próprio por isso, recorreu às antigas armas da retórica e do idealismo. – Eu disse que o juramento de lealdade ao rei foi um juramento extorquido, não dado. Um juramento assim não tem poder, pois nenhum homem jura de livre vontade se ele próprio não é livre.

Ninguém disse nada em desacordo, então ele prosseguiu, a voz afinada para continuar, mas sem gritar.

– Vocês conhecem a Declaração de Arbroath, não é? Quatrocentos anos atrás foram nossos pais, nossos avôs, que puseram as mãos nestas palavras: "... contanto que apenas cem de nós permaneçam vivos, nunca, sob quaisquer condições, seremos submetidos ao domínio dos ingleses." – Ele parou para estabilizar a voz, então prosseguiu. – "Na verdade não é pela glória que lutamos, nem pelas riquezas, nem pela honra, mas sim pela liberdade... por ela apenas, da qual homem nenhum abre mão senão às custas da própria vida."

Ele então parou, congelado. Não pelo efeito das palavras nos homens com quem falava, mas pelas palavras em si – pois, ao proferi-las, encontrara-se subitamente frente a frente com a própria consciência.

Até aquele ponto, tivera dúvidas em relação às justificativas da revolução, e mais ainda de seus fins; fora impelido à causa rebelde por conta do que Claire, Brianna e Roger Mac haviam lhe contado. Ao proferir as antigas palavras, porém, encontrou a convicção que acreditava fingir – e foi acometido pela noção de que realmente lutaria por algo além do bem-estar de seu próprio povo.

E vou terminar igualmente morto no final, pensou, resignado. Eu não esperava que doesse menos saber que é por uma boa causa... mas talvez sim.

– Vou partir em uma semana – disse ele, baixinho, e os deixou a encará-lo.

Ele contava com a presença de seus homens de Ardsmuir: os três irmãos Lindsay, Hugh Abernathy, Padraic MacNeill e os demais. Inesperados, mas recebidos com alegria, foram Robin McGillivray e seu filho, Manfred.

Ute McGillivray o perdoara, ele notou com certo bom humor. Além de Robin e Freddie, quinze homens das cercanias de Salem haviam aparecido, todos parentes da temível Frau.

Uma grande surpresa, no entanto, foi Hiram Crombie, o único dos pescadores que decidira se unir a ele.

– Rezei em relação à questão – informou Hiram, conseguindo parecer mais piedosamente azedo que de costume –, e creio que o senhor tem razão sobre o juramento. Imagino que seremos todos enforcados e teremos nossas casas incendiadas... mas irei, mesmo assim.

Os demais homens – com muitos murmúrios e discussões acaloradas – não haviam aparecido. Ele não os culpava. Depois de sobreviver às consequências de Culloden, à arriscada viagem às colônias e às dificuldades do exílio, a última coisa que uma pessoa sensata poderia desejar era pegar em armas para enfrentar o rei.

A maior surpresa, no entanto, o aguardava quando a pequena companhia saiu de Cooperville e dobrou a curva da estrada rumo ao sul.

Um grupo de homens, cerca de quarenta, aguardava no cruzamento. Ele se aproximou com cautela, e um único homem veio cavalgando pela multidão e aproximou-se dele – Richard Brown, de rosto pálido e soturno.

– Ouvi dizer que está indo para Wilmington – disse Brown, sem preâmbulos. – Se for de seu agrado, meus homens e eu vamos junto. – Ele tossiu, então acrescentou: – Sob seu comando, que fique claro.

Logo atrás ele ouviu um pequeno grunhido de Claire e abafou um sorriso. Estava muito ciente dos olhos semicerrados atrás de si. Encarou Roger Mac, e o genro deu um breve aceno de cabeça. A guerra aproximava curiosos companheiros; Roger Mac sabia disso tão bem quanto ele. Quanto a si próprio, havia lutado com homens piores que Brown durante a Revolta.

– Seja bem-vindo, então – disse, curvando-se em uma mesura do alto da sela. – Você e seus homens.

Encontramos outra companhia miliciana perto de um lugar chamado Moore's Creek e acampamos com ela sob os pinheiros. Houvera uma forte nevasca na véspera; o chão estava tomado de galhos caídos, alguns da largura da minha cintura. Isso dificultava o avanço, mas tinha suas vantagens em relação às fogueiras dos acampamentos.

Eu jogava no caldeirão um balde de ingredientes reunidos às pressas para um cozido – pedaços de presunto com ossos, feijão, arroz, cebola, cenoura, farelos de pão velho – e escutava o comandante da outra milícia, Robert Borthy, relatar a Jamie, com considerável frivolidade, sobre a situação do Regimento de Emigrantes das Terras Altas, como eram formalmente conhecidos nossos oponentes.

– Não pode haver mais de quinhentos ou seiscentos, no total – dizia ele, num bem-humorado tom de zombaria. – O velho MacDonald e seus auxiliares estão há meses tentando arrebanhar homens pelo interior, e imagino que o esforço tenha gerado o mesmo resultado de recolher água com uma peneira.

Em certa ocasião, Alexander McLean, um dos ajudantes do general, estabelecera um ponto de encontro, chamando todos os homens das Terras Altas e escoceses-

-irlandeses a se reunirem – e astuciosamente fornecendo um barril de licor como incentivo. Uns quinhentos homens de fato apareceram... mas, assim que o licor acabou, todos esvaneceram outra vez, deixando McLean sozinho e totalmente perdido.

– O coitado passou quase dois dias perambulando, procurando a estrada, até que alguém se compadeceu e o levou de volta à civilização. – Borthy, de alma roceira e amistosa e uma frondosa barba castanha, escancarou um sorriso com a história e aceitou um caneco de cerveja, muito agradecido, antes de prosseguir. – Sabe Deus onde estão os outros. Ouvi dizer que as tropas que o velho MacDonald agora comanda são na maioria de imigrantes recém-chegados... o governador os fez jurar que pegariam em armas para defender a colônia antes de lhes conceder terras. A maioria dos coitados acabou de desembarcar da Escócia... não sabem distinguir o norte do sul, muito menos onde estão.

– Ah, eu sei onde eles estão, mesmo que eles não saibam.

Ian surgiu à luz da fogueira, sujo, porém animado. Estivera levando mensagens entre as variadas companhias milicianas que convergiam rumo a Wilmington, e sua fala causou uma onda de interesse geral.

– Onde?

Richard Brown aproximou-se da fogueira, o estreito rosto aguçado e astuto.

– Estão descendo a estrada Negro Head Point, marchando como um verdadeiro regimento – disse Ian, afundando com um leve grunhido em um tronco rapidamente oferecido. – Tem alguma coisa para beber, tia? Estou congelado e seco.

Havia uma espécie de líquido escuro e nojento, chamado de "café" pelo bem da educação, feito com bolotas de carvalho queimadas e fervidas. Servi uma caneca para ele, muito hesitante, mas ele sorveu tudo com grande evidência de que estava gostando enquanto relatava os resultados de suas expedições.

– Eles pretendiam contornar para o oeste, mas os homens do coronel Howe chegaram primeiro e os impediram. Então eles seguiram reto, pretendendo tomar o vau... mas o coronel Moore mandou seus homens se apressarem e marcharem a noite toda para se anteciparem a eles.

– Eles não se mexeram para atacar nem Howe, nem Moore? – perguntou Jamie, de cenho franzido.

Ian balançou a cabeça e bebeu o resto do café de carvalho.

– Nem chegaram perto. O coronel Moore disse que eles não pretendiam atacar antes de chegarem a Wilmington... estão esperando receber reforços por lá.

Troquei um olhar com Jamie. O reforço esperado provavelmente eram as tropas britânicas regulares, prometidas pelo general Gage. No entanto, um cavaleiro de Brunswick que conhecêramos na véspera revelara que nenhum navio havia chegado quando *ele* deixara a costa, quatro dias antes. Se houvesse reforços a aguardá-los, teriam que vir dos legalistas locais – e, a julgar pelos variados rumores e informes que havíamos recebido até então, os legalistas locais eram um lado fraco em que se apoiar.

– Bom, muito bem. Eles estão bloqueados pelos dois lados, sim? Estão seguindo em frente pela estrada... podem chegar à ponte ao fim do dia de amanhã.

– Qual é a distância, Ian? – indagou Jamie, semicerrando os olhos para a paisagem de pinheiros.

As árvores eram muito altas, e o gramado sob elas era bem aberto... bastante razoável para cavalgar.

– Talvez meio dia a cavalo.

– Pois bem. – Jamie relaxou um pouco e pegou seu próprio caneco da terrível bebida. – Então temos tempo para dormir primeiro.

Chegamos à ponte de Moore's Creek ao meio-dia do dia seguinte e juntamo-nos à companhia liderada por Richard Caswell, que recebeu Jamie com entusiasmo.

O regimento das Terras Altas não estava à vista – no entanto, mensageiros a cavalo chegavam regularmente, relatando seu avanço constante pela estrada Negro Head Point – uma grande via de carroças que levava diretamente à robusta ponte de tábuas que cruzava o córrego de Widow Moore.

Jamie, Caswell e vários outros comandantes percorreram a margem de um lado a outro, apontando para a ponte e alguns pontos de cima a baixo da borda. O córrego avançava por um trecho de solo pantanoso e traiçoeiro, com ciprestes que irrompiam da água e da lama. O córrego em si, no entanto, ficava mais fundo à medida que se estreitava – um fio de prumo que alguma alma curiosa enfiara na água a partir da ponte informava serem mais de 4,5 metros àquele ponto –, e a ponte era o único local praticável para a passagem de um exército de qualquer tamanho.

Isso explicava muito bem o silêncio de Jamie durante o jantar. Ele ajudara a erguer uma pequena fortificação na extremidade oposta do córrego, e suas mãos estavam sujas de terra – e graxa.

– Eles têm canhões – disse ele baixinho, ao me ver encarar a sujeira em suas mãos. Limpou-as, distraído, nas calças já bastante surradas. – Dois pequenos, da cidade... mas canhões, mesmo assim.

Ele olhou em direção à ponte e fez uma leve careta.

Eu sabia o que ele estava pensando – e por quê.

Você estava atrás dos canhões em Culloden, Donald, dissera ele ao major. *Eu estava na frente. De espada na mão.* Espadas eram as armas naturais do povo das Terras Altas – e, para a maioria, provavelmente as únicas. Por tudo o que ouvíramos, o general MacDonald havia conseguido reunir apenas uma pequena quantidade de mosquetões e pólvora; a maior parte de suas tropas estava armada com espadas e escudos. E marchava direto rumo à emboscada.

– Ah, Cristo – disse Jamie, tão baixinho que mal pude ouvi-lo. – Pobres parvos. Pobres e corajosos parvos.

...

As coisas ficaram ainda piores – ou muito melhores, dependendo do ponto de vista – à medida que o lusco-fusco caiu. A temperatura subira desde a nevasca, mas o chão estava empapado; a umidade subia durante o dia, mas então, quando a noite caía, condensava-se num nevoeiro tão espesso que até as fogueiras ficavam quase invisíveis, cada uma reluzindo feito brasa fraca em meio à névoa.

A empolgação se alastrava pela milícia feito uma febre enquanto as novas condições suscitavam novos planos.

– Agora – disse Ian, baixinho, feito um fantasma saído do nevoeiro ao lado de Jamie. – Caswell está pronto.

Os suprimentos que tínhamos já estavam empacotados; carregando armas, pólvora e comida, oitocentos homens, além de uma incontável quantidade de acompanhantes, tais como eu, adentraram silenciosamente a névoa em direção à ponte, deixando as fogueiras ardendo para trás.

Eu não sabia ao certo onde estavam as tropas de MacDonald naquele exato momento – podiam estar paradas na estrada de carroças ou ter retornado com cautela, descendo pela beirada do pântano para patrulhar a área inimiga. Boa sorte para eles *nesse* caso, pensei. Minhas entranhas se contraíram de tensão durante a cautelosa travessia da ponte; era bobagem avançar na ponta dos pés, mas eu estava relutante em firmar o pé inteiro – o nevoeiro e o silêncio impeliam um senso de discrição e astúcia.

Dei uma topada numa tábua irregular e tropecei, mas Roger, que caminhava ao meu lado, pegou-me pelo braço e me levantou. Apertei o braço dele, e ele abriu um sorrisinho, o rosto quase invisível por conta da névoa, embora não estivesse a mais de 30 centímetros de distância.

Ele sabia tanto quanto Jamie e os outros sobre o que estava por vir. Apesar disso, eu sentia nele uma forte empolgação, mesclada ao medo. Seria, afinal de contas, sua primeira batalha.

Do outro lado, nos dispersamos para levantar novos acampamentos na colina acima da fortificação circular que os homens haviam erigido a pouco menos de 100 metros do córrego. Passei perto o bastante dos canhões para ver seus canos alongados, despontando inquisitivos pela névoa: mãe Covington e sua filha, como os homens chamavam os dois canhões – perguntei-me, absorta, qual era qual e quem teria sido a mãe Covington original. Uma terrível senhora, presumi – ou talvez a proprietária do bordel local.

Foi fácil encontrar lenha; a nevasca havia se estendido até os pinheiros perto do córrego. Estava, porém, toda empapuçada, e Deus que me livrasse de passar uma hora ajoelhada de pederneira na mão. Por sorte, ninguém podia ver *o que* eu estava fazendo naquela maldita sopa de neblina, e eu furtivamente retirei do bolso uma latinha com os fósforos de Brianna.

Enquanto soprava os gravetos, ouvi uma série de guinchos estranhos e cortantes vindos da direção da ponte; me empertiguei, mesmo ajoelhada, e olhei colina abaixo. Não podia enxergar nada, claro, mas percebi quase na mesma hora que era o som de pregos cedendo enquanto placas eram extraídas – estavam demolindo a ponte.

Um tempo enorme pareceu ter se passado até que Jamie viesse me encontrar. Ele recusou comida, mas sentou-se sob uma árvore e acenou para mim. Eu me sentei entre seus joelhos e me recostei por cima dele, grata por seu calor; a noite estava fria, com uma umidade que se infiltrava por todas as frestas e congelava os ossos.

– Claro que eles vão ver que a ponte sumiu, não é? – indaguei, depois de um longo silêncio preenchido com a miríade de sons dos homens trabalhando lá embaixo.

– Se o nevoeiro persistir até amanhã de manhã, não... e ele vai persistir.

Jamie soava resignado, porém mais tranquilo que antes. Sentamo-nos juntos em silêncio por algum tempo, observando a dança das chamas em meio à névoa... uma visão lúgubre. O fogo parecia tremular e se fundir ao nevoeiro, e as chamas se espichavam estranhamente, cada vez mais para cima, até desaparecer no redemoinho branco.

– Você acredita em fantasmas, Sassenach? – perguntou Jamie, de repente.

– É... bom, para ser bem direta e honesta, sim. – Ele sabia que eu acreditava, porque eu lhe revelara meu encontro com o indígena do rosto pintado de preto. Eu sabia que ele também acreditava... era das Terras Altas. – Por quê? Você viu algum?

Ele balançou a cabeça e me abraçou mais forte.

– Não digo que "vi" – respondeu, num tom pensativo. – Mas ai de mim se ele não estiver por aí.

– Quem? – perguntei, um tanto surpresa.

– Murtagh – respondeu ele, surpreendendo-me ainda mais. Em seguida, remexeu o corpo para se acomodar, ajeitando o meu por cima. – Desde que o nevoeiro desceu, ando com a estranha sensação de que ele está aqui por perto, ao meu lado.

– Sério?

Aquilo era fascinante, mas me deixava por demais desconfortável. Murtagh, padrinho de Jamie, havia morrido em Culloden, e até onde eu sabia não se manifestara desde então. Eu não duvidava de sua presença; Murtagh possuíra uma personalidade extremamente forte, ainda que circunspecta, e, se Jamie dizia que ele estava por ali, era muito provável que estivesse. O que me deixava desconfortável era imaginar a mera *razão* para isso.

Eu me concentrei por um tempo, mas não cheguei a sentir a presença do pequenino e valente escocês. Evidentemente, ele só estava interessado em Jamie. *Isso* me assustava.

Por mais que a conclusão da batalha da manhã já fosse certa, batalha era batalha, e também poderia haver mortes do lado vencedor. Murtagh fora padrinho de Jamie e levara a sério sua responsabilidade para com ele. Eu sinceramente esperava que Murtagh não tivesse recebido a notícia de que Jamie estava prestes a ser morto e tivesse aparecido para conduzi-lo ao céu – visões na noite da batalha eram uma ocorrência bastante comum, de acordo com a sabedoria das Terras Altas, mas Jamie afirmara não ter *visto* Murtagh. Já era alguma coisa, supus.

– Ele, ahn... não *disse* nada a você, disse?

Jamie balançou a cabeça, pouco abalado com a visita do além.

– Não, ele só está... por aí.

Ele parecia, a bem da verdade, enxergar conforto naquela "presença"; sendo assim, não externei minhas próprias dúvidas e temores. Eu os tinha, apesar de tudo, e passei o resto da curta noite agarrada com força a meu marido, como se desafiasse Murtagh ou qualquer outra pessoa a arrancá-lo de mim.

113

OS FANTASMAS DE CULLODEN

Chegada a aurora, Roger se postou atrás da fortificação baixa ao lado do sogro, de mosquetão em punho e olhos semicerrados contra o nevoeiro. Os sons de um exército chegavam claramente até ele; sons trazidos pela névoa. O ribombar ritmado de passos, embora não marchassem em uníssono. O tinido de metal e o farfalhar de tecido. Vozes – gritos, pensou ele, de oficiais começando a reunir as tropas.

Àquela altura, eles teriam encontrado as fogueiras abandonadas; sabiam que o inimigo estava do outro lado do córrego.

O cheiro de sebo pairava forte no ar; depois de remover as tábuas, os homens de Alexander Lillington haviam engraxado os troncos de suporte. Ele passara horas agarrado à arma, ao que parecia, e ainda sentia o metal frio nas mãos – seus dedos estavam rígidos.

– Está ouvindo a gritaria?

Jamie inclinou a cabeça para a névoa que encobria a margem oposta. O vento havia mudado; nada chegava pelos fantasmagóricos troncos de cipreste além de frases desconexas em gaélico, e eu não conseguia entender. Jamie, sim.

– Seja lá quem os esteja conduzindo... acho que é McLeod, pela voz... pretende avançar pelo córrego – disse ele.

– Mas isso é suicídio! – disparou Roger. – Sem dúvida eles sabem... sem dúvida alguém viu a ponte...

– Eles são das Terras Altas – disse Jamie, ainda baixinho, os olhos cravados na vareta usada para assentar a pólvora na arma de fogo. – Vão seguir o homem a quem juraram lealdade, ainda que esse homem os conduza à morte.

Ian estava por perto; olhou rapidamente para Roger, depois para trás, onde estavam Kenny e Murdo Lindsay, Ronnie Sinclair e os McGillivrays. Eram um grupinho despreocupado, mas todas as mãos tocavam um mosquetão ou rifle, e a cada poucos segundos davam uma olhadela para Jamie.

Eles haviam se juntado aos homens do coronel Lillington daquele lado do córrego; Lillington caminhava de um lado a outro por entre os homens, os olhos observando tudo, avaliando a prontidão.

Ao avistar Jamie, ele parou abruptamente; Roger sentiu um repentino enjoo no fundo do estômago. Randall Lillington era primo em segundo grau do coronel.

Alexander Lillington não era homem de esconder seus pensamentos; evidentemente já havia percebido que seus próprios homens estavam a mais de 10 metros de distância, e que os de Jamie estavam plantados entre ele e os seus. Lançou um olhar à névoa, onde os gritos de Donald McLeod eram respondidos por urros cada vez mais intensos dos homens das Terras Altas que estavam com ele, então de volta para Jamie.

– O que é que ele está dizendo? – inquiriu Lillington, erguendo-se na ponta dos pés e franzindo o cenho em direção à margem oposta, como se a concentração lhe pudesse render uma explicação.

– Está dizendo que a coragem vai prevalecer. – Jamie encarou o cume da encosta atrás. O comprido chifre da mãe Covington era quase invisível no nevoeiro. – *Queria que fosse assim* – acrescentou ele em gaélico, baixinho.

Alexander Lillington estendeu subitamente o braço e agarrou o punho de Jamie.

– E o senhor? – indagou, com os olhos e a voz tomados de suspeita. – O senhor também não é das Terras Altas?

A outra mão de Lillington segurava a pistola em seu cinto. Roger sentiu a conversa fiada entre os homens atrás dele cessar e olhou para trás. Todos os homens de Jamie observavam, bastante interessados, porém não muito preocupados. Evidentemente, sentiam que Jamie podia lidar com Lillington sozinho.

– Eu lhe pergunto, senhor... a quem pertence a sua lealdade?

– Onde é que eu estou, senhor? – retrucou Jamie, com elaborada polidez. – Deste lado do córrego ou do outro?

Alguns homens abriram um sorriso diante da resposta, mas refrearam o impulso de rir; a questão da lealdade ainda era uma ferida aberta, e nenhum homem a poria em jogo desnecessariamente.

Lillington relaxou a mão que agarrava o punho de Jamie, mas não soltou, embora tivesse validado o argumento de Jamie com um meneio de cabeça.

– Muito bem. Mas como é que vamos saber que o senhor não pretende se virar e partir para cima de nós em plena batalha? Pois o senhor é das Terras Altas, não é? E os seus homens?

– Eu sou das Terras Altas – respondeu Jamie, sem se abalar. Tornou a encarar a margem oposta, onde ocasionais vislumbres de xadrez surgiam em meio à névoa, então olhou o homem. Os gritos ecoavam pelo nevoeiro. – Sou o precursor dos americanos. – Ele puxou o punho da mão de Lillington. – E lhe dou permissão, senhor – prosseguiu, impassível, erguendo o rifle e apoiando-o na extremidade –, de se postar atrás de mim e cravar sua espada em meu coração se eu atirar para o lado errado.

Com isso, deu as costas para Lillington e carregou a arma, comprimindo bala, pólvora e tecido com grande precisão.

Uma voz gritou pelo nevoeiro, e uma centena de outras repetiram o grito em gaélico.

– *REI JORGE E ESPADAS!*

A última investida dos homens das Terras Altas havia começado.

Eles irromperam do nevoeiro a cerca de 30 metros da ponte, urrando, e seu coração disparou no peito. Por um instante – um instante apenas – ele sentiu que corria junto, o vento lhe açoitando a camisa, frio em seu peito.

No entanto, Jamie permanecia imóvel, com Murtagh ao lado, olhando tudo com ceticismo. Roger Mac tossiu, e Jamie ergueu o rifle por sobre o ombro, à espera.

– *Fogo!*

A salva de artilharia os atingiu logo antes que chegassem à ponte destruída; meia dúzia de homens caíram na estrada, mas os outros prosseguiram. Então os canhões dispararam do alto da colina, um, depois o outro, e o choque da descarga foi como um empurrão em suas costas.

Ele atirara junto com os canhões, mirando o alto de suas cabeças. Então baixou o rifle com um balanceio e puxou a vareta. Houve gritos dos dois lados, o lamento dos feridos e os urros fortes da batalha.

– *A righ! A righ!*

O rei! O rei!

McLeod estava na ponte; fora atingido, havia sangue em seu casaco, mas brandiu espada e escudo e correu pela ponte, cravando a espada na madeira para se ancorar.

O canhão se manifestou outra vez, mas apontava muito para o alto; a maioria dos homens das Terras Altas havia se agrupado às margens do córrego – alguns estavam dentro d'água, agarrados aos suportes da ponte, cruzando devagar. Havia outros nas tábuas de madeira, escorregando, usando as espadas para manter o equilíbrio, como McLeod.

– *Fogo!*

Ele disparou, fumaça de pólvora mesclando-se ao nevoeiro. Os canhões percorreram a extensão, um, depois o outro, e ele sentiu a explosão empurrá-lo, sentiu como se o tiro o tivesse dilacerado. A maioria dos homens na ponte estava agora dentro d'água, e outros se penduravam estirados por sobre as tábuas, tentando cruzar, serpeantes, mas sendo atingidos pelos mosquetões, cada homem atirando à vontade a partir da fortificação.

Ele carregou e disparou.

Lá está, disse uma voz desapaixonada; ele não fazia ideia se era dele próprio ou de Murtagh.

McLeod estava morto, e seu corpo flutuou no córrego por um instante antes que o peso da água negra o puxasse para baixo. Muitos homens se debatiam naquela água – o córrego ali era fundo e letalmente gélido. Poucos das Terras Altas sabiam nadar. Ele avistou Allan MacDonald, marido de Flora, encarando a multidão na costa.

O major MacDonald patinhava, com metade do corpo para fora d'água. Sua peruca havia sumido, e a cabeça despontava nua e ferida, sangue correndo pelo couro cabeludo e descendo pelo rosto. Ele tinha os dentes arreganhados, trincados, e não era possível saber se de agonia ou ferocidade. Outro tiro o acertou, e ele caiu, espalhando água – mas se levantou outra vez, muito devagar, então inclinou-se para a frente, mergulhando na água profunda demais para que seus pés tocassem o fundo, e ergueu-se ainda mais uma vez, espalhando água freneticamente, cuspindo sangue da boca rasgada num esforço para respirar.

Que seja você, então, rapaz, disse a voz desapaixonada. Ele ergueu o rifle e atirou na garganta de MacDonald. O homem caiu para trás e afundou de vez.

Tudo terminou em questão de minutos, a neblina espessa com fumaça de pólvora, o córrego negro sufocado pelos mortos e moribundos.

– Rei Jorge e espadas, hein? – disse Caswell, avaliando friamente as perdas. – Espadas contra canhões. Coitados.

Do outro lado, tudo era confusão. Os que não haviam desabado da ponte estavam em fuga. Homens do lado de cá do córrego já transportavam as vigas de madeira para consertar a ponte. Os que estavam correndo não chegariam muito longe.

Ele devia ir também, convocar seus homens a ajudar na caçada. Mas permanecia parado, como se petrificado, o vento cantando em seus ouvidos.

Jack Randall permanecia imóvel. Trazia a espada na mão, mas não fez esforço para erguê-la. Apenas ficou ali, aquele sorriso estranho no rosto, os olhos escuros e inflamados fixos nos de Jamie.

Se ele tivesse sido capaz de desviar aquele olhar... mas não foi, e portanto captou um borrão de movimento atrás de Randall. Era Murtagh, correndo, arrancando tufos de grama feito uma ovelha. E o brilho da espada de seu padrinho... ele havia visto, ou apenas imaginado? Não importava; a inclinação do braço de Murtagh não deixara dúvida, e ele viu, antes que acontecesse, o ataque mortal em direção às costas do capitão em seu casaco vermelho.

Randall, no entanto, deu um giro, talvez alertado por uma mudança em seus olhos, pelo soluço da respiração de Murtagh – ou apenas por seu instinto de soldado. Tarde demais para evitar o golpe, mas a tempo de evitar a punhalada fatal no rim. Randall grunhira com o golpe – Cristo, ele podia ouvir – e desviara para o lado, cambaleante, mas virando o corpo enquanto caía; agarrou o punho de Murtagh e o arrastou para baixo, com uma chuva de borrifos do tojo molhado onde desabaram.

Os dois haviam rolado para dentro de um vale, atracados, lutando, e ele se atirara no meio das plantas na perseguição, alguma arma – o que, o que segurava? – em punho.

A sensação, no entanto, se esvaiu de sua pele; ele sentiu o peso da arma na mão, mas não havia forma de cabo ou gatilho para lembrá-lo, e ela tornou a desaparecer.

Ele ficou com aquela única imagem. Murtagh. Murtagh, os dentes cerrados e arreganhados enquanto golpeava. Murtagh, correndo, indo salvá-lo.

Devagar, ele tomou ciência de onde estava. Havia uma mão em seu braço – Roger Mac, de rosto pálido, porém firme.

– Vou cuidar deles – disse Roger, com um breve aceno de cabeça em direção ao córrego. – Está se sentindo bem?

– Estou, claro – disse Jamie, embora com a sensação que com frequência tinha ao acordar de um sonho... como se de fato não fosse muito real.

Roger Mac assentiu, deu meia-volta e foi andando. Então subitamente retornou, pousou a mão mais uma vez no braço de Jamie e disse, baixinho:

– *Ego te absolvo.*

Então virou-se outra vez e partiu, resoluto, para cuidar dos moribundos e abençoar os mortos.

PARTE XII

O tempo não será sempre nosso

114

AMANDA

De L'Oignon-Intelligencer, 15 de maio de 1776

INDEPENDÊNCIA!!

Na esteira da afamada vitória na ponte de Moore's Creek, o Quarto Congresso Provincial da Carolina do Norte votou a favor da adoção das resoluções de Halifax. Tais resoluções autorizam os representantes do Congresso Continental a colaborar com representantes das outras colônias na declaração de independência e constituir alianças externas, reservando a esta colônia o único e exclusivo direito de redigir uma constituição e leis para a colônia, e, pela sanção das resoluções de Halifax, a Carolina do Norte torna-se a primeira colônia a endossar oficialmente a independência.

O PRIMEIRO NAVIO de uma frota comandada pelo sr. Peter Parker atracou na foz do rio Cape Fear, no dia 18 de abril. A frota consiste em um total de nove navios e está trazendo tropas britânicas para pacificar e unir a colônia, por ordem do governador Josiah Martin.

ROUBADAS: Mercadorias perfazendo um total de 26 libras, 10 xelins e 4 pence, subtraídas do armazém do sr. Neil Forbes, na Water Street. Os ladrões abriram um buraco nos fundos do armazém e transportaram as mercadorias com o auxílio de uma carroça. Dois homens, um negro e um branco, foram vistos conduzindo uma carroça com uma parelha de mulas baias. Qualquer informação concernente a esse crime atroz será generosamente recompensada. Contatar o sr. W. Jones, aos cuidados do Gull and Oyster, na Praça do Mercado.

NASCIDA, do capitão Roger MacKenzie da Cordilheira dos Frasers e sua senhora, uma menina, no dia 21 de abril. Mãe e filha gozam de boa saúde; a criança recebeu o nome de Amanda Claire Hope MacKenzie.

Roger jamais se sentira tão atemorizado quanto no dia em que segurou a filha recém-nascida nos braços pela primeira vez. Com minutos de vida, a pele tenra e perfeita como a de uma orquídea, era tão delicada que ele temia deixar-lhe marcas de dedos... mas tão encantadora que ele precisava tocá-la, correndo os nós dos dedos com muita delicadeza pela perfeita curva de sua bochechinha gorda, afagando os cabelinhos finíssimos e negros de sua cabeça com um incrédulo dedo indicador.

– Ela se parece com você – disse Brianna, suada, desgrenhada, exaurida... e tão linda que ele mal aguentava olhá-la, deitada nos travesseiros com um sorriso que ia e vinha, feito o gato de Cheshire: nunca totalmente ausente, ainda que vez ou outra se esvaísse pelo cansaço.

– Parece?

Roger analisou o rostinho com a mais profunda concentração. Não atrás de qualquer sinal de si mesmo, mas apenas por não conseguir tirar os olhos dela.

Ele passara a conhecê-la intimamente durante os meses em que fora acordado de súbito pelos chutes e cutucões, observara o inchaço líquido da barriga de Brianna, sentira a pequenina se elevar e recolher sob suas mãos quando ele se deitava atrás da esposa, segurando sua barriga e fazendo piadas.

Ele, no entanto, a conhecia como pequeno Otto, o nome particular que tinham dado à filha antes de nascer. Otto possuía uma personalidade muito peculiar – e por um instante ele sentiu uma ridícula ponta de luto ao perceber que Otto não mais existia. Aquele pequenino e delicado ser era uma pessoa completamente nova.

– Vai ser Marjorie, você acha? – indagou Bree, erguendo a cabeça e espiando a trouxinha embrulhada nos cobertores.

Os dois haviam passado meses discutindo nomes, fazendo listas, debatendo, debochando das escolhas um do outro, selecionando nomes ridículos como Montgomery ou Agatha. Por fim, sem muita confiança, decidiram que, se fosse menino, ia se chamar Michael; se fosse menina, Marjorie, em homenagem à mãe de Roger.

A filha abriu os olhos e o encarou. Tinha os olhos amendoados; ele se perguntou se permaneceriam assim, como os da mãe. Um tom azul-claro, feito o céu da manhã; nada memorável à primeira vista, mas, olhando melhor... era vasto, ilimitado.

– Não – respondeu ele, baixinho, encarando aqueles olhos. Ela já podia vê-lo?, perguntou-se. – Não – repetiu. – O nome dela é Amanda.

Logo de início, eu não disse nada. Era comum em recém-nascidos – sobretudo em bebês um pouco prematuros, como Amanda –, nada com que se preocupar.

O ducto arterioso é um pequeno vaso sanguíneo que, no feto, conecta a aorta à artéria pulmonar. Os bebês têm pulmões, claro, mas não os utilizam antes de nascer; todo o oxigênio do corpo provém da placenta, via cordão umbilical. Logo, não há necessidade de circulação de sangue nos pulmões, exceto para nutrir o tecido em desenvolvimento – sendo assim, o ducto arterioso desvia a circulação pulmonar.

Ao nascer, no entanto, o bebê respira pela primeira vez, e os sensores de oxigênio nesse pequeno vaso sanguíneo o levam a se contrair – e se fechar permanentemente. Com o ducto arterioso fechado, o sangue parte do coração aos pulmões, recolhe oxigênio e retorna para ser bombeado ao restante do corpo. Um sistema perfeito e elegante... exceto pelo fato de que nem sempre funciona de maneira adequada.

O ducto arterioso nem sempre se fecha. Nesse caso, o sangue continua chegando aos pulmões, claro – mas o desvio permanece lá. Em alguns casos, sangue demais adentra os pulmões, inundando-os. Assim, eles incham, congestionados, e com o desvio do fluxo sanguíneo ao corpo surgem problemas de oxigenação, que podem se tornar agudos.

Pousei o estetoscópio sobre o pequenino peito, a orelha pressionada, escutando com atenção. Era meu melhor estetoscópio, um modelo do século XIX chamado Pinard – em formato de buzina e com um disco numa das extremidades, onde eu pressionava o ouvido. Eu tinha um de madeira, mas o que usava era feito de peltre; Brianna mandara moldá-lo para mim.

A bem da verdade, no entanto, o murmúrio era tão distinto que eu mal sentia precisar de estetoscópio. Não havia um clique ou batimento fora do ritmo, nenhuma pausa longa demais ou assobio de vazamento – um coração pode emitir toda uma série de barulhos estranhos, e a ausculta ção é o primeiro passo do diagnóstico. Defeitos atriais, defeitos ventrais, malformação de válvulas, tudo isso suscita ruídos específicos, uns presentes entre as batidas, outros imiscuídos aos sons do coração.

Quando ocorre falha no fechamento do ducto arterioso, ele recebe o nome de "persistente" – aberto. Emite um chiado contínuo, baixinho, porém audível com um pouco de concentração, sobretudo nas regiões supraclavicular e cervical.

Pela centésima vez em dois dias, eu me aproximei, de orelha colada ao Pinard, e percorri com ele o pescoço e o peito de Amanda, torcendo sem esperança para que o som tivesse desaparecido.

Não tinha.

– Vire a cabeça, meu amor, isso, muito bem...

Eu respirei, afastando delicadamente a cabecinha dela, o Pinard pressionado na lateral de seu pescoço. Era difícil encostar o estetoscópio em seu pescocinho gorducho... Pronto. O murmúrio aumentou. Amanda emitiu um ruído de respiração que parecia uma risadinha. Mexi a pequena cabeça dela para o outro lado, e o som diminuiu.

– Ah, maldição – resmunguei baixinho, para não assustá-la.

Baixei o Pinard e peguei-a no colo, embalando-a em meu ombro. Estávamos sozinhas: Brianna subira para tirar uma soneca, e todos os outros haviam saído.

Eu a levei à janela do consultório e olhei para fora; fazia um lindo dia de primavera na montanha. As cambaxirras outra vez faziam ninhos sob as calhas; eu as ouvia logo acima, circulando e remexendo os gravetos, conversando em suaves gorjeios.

– Passarinho – falei, os lábios junto à orelhinha em forma de concha. – Passarinho barulhento. – Ela se contorceu preguiçosamente e soltou um pum em resposta. – Muito bem – elogiei, abrindo um sorriso involuntário.

Estendi a pequena um pouco, para olhá-la bem de frente. Adorável, perfeita, mas não tão gordinha quanto estivera ao nascer, uma semana antes.

Era perfeitamente normal que os bebês perdessem um pouco de peso no início, eu disse a mim mesma. E de fato era.

A persistência do ducto arterioso podia não ocasionar sintomas para além daquele estranho e contínuo murmúrio. Mas podia também ter consequências. Em casos mais graves, a criança é privada do oxigênio necessário; os principais sintomas são pulmonares – chiado ao respirar; respiração curta e superficial; má coloração – e dificuldade em se desenvolver, devido à energia despendida no esforço de obter oxigênio suficiente.

– Deixe a vovó dar mais uma escutadinha – falei, deitando-a na colcha que havia estendido sobre a mesa do consultório. Ela gorgolejou e deu uns chutezinhos enquanto eu apanhava o Pinard e tornava a posicioná-lo em seu peito, deslocando pelo pescoço, ombro, braço... – Ah, meu Deus – sussurrei, fechando os olhos. – Não permita que seja sério.

O som do murmúrio, no entanto, parecia aumentar, sufocando minhas orações.

Ergui os olhos e vi Brianna, parada diante da porta.

– Eu sabia que havia *algo* errado – disse ela com firmeza, limpando o bumbum de Mandy com um pano úmido antes de recolocar a fralda. – Ela não mama como o Jemmy mamava. Parece faminta, mas só mama por uns minutos, daí cai no sono. Então acorda e se exaspera de novo minutos depois.

Ela se sentou e ofereceu o seio a Mandy, como se para ilustrar a dificuldade. Como era de se esperar, o bebê agarrou o seio com todos os indícios de extrema fome. Enquanto ela mamava, peguei um de seus pequeninos punhos e desdobrei os dedos, bem a tempo de ver as unhas levemente matizadas de azul.

– Então – disse Brianna, com calma –, o que acontece agora?

– Não sei – respondi. Essa era a resposta comum na maioria dos casos, verdade seja dita... mas era sempre insatisfatória, e claramente agora não menos. – Às vezes não há sintomas, ou só alguns, de pouca importância – prossegui, tentando me emendar. – Se a abertura for muito grande e houver sintomas pulmonares, o que é o caso... então ela *pode* estar bem, só que sem se desenvolver, sem crescer da maneira adequada, por conta das dificuldades alimentares. Ou... – Respirei fundo, me enrijecendo. – Ela pode desenvolver insuficiência cardíaca. Ou hipertensão pulmonar, que é a pressão sanguínea muito alta nos pulmões...

– Eu sei o que é – disse Bree, a voz contraída. – Ou?

– Ou endocardite infecciosa. Ou... não.

– Ela vai morrer? – indagou Brianna, sem rodeios, olhando para mim.

Sua mandíbula estava imóvel, mas vi a forma como ela segurou Amanda mais perto do corpo, à espera de uma resposta. Eu não podia dar nada a ela além da verdade.

– Provavelmente. – A palavra pendia suspensa no ar entre nós, abominável. – Não posso dizer com certeza, mas...

– Provavelmente – repetiu Brianna.

Eu assenti, virando o rosto, incapaz de encará-la. Sem o auxílio de tecnologias modernas, como um ecocardiograma, naturalmente não havia como avaliar a extensão do problema. Eu, contudo, não tinha apenas a evidência de meus olhos e ouvidos, mas também o que sentia passar de sua pele à minha – a sensação de que havia algo errado, aquela assustadora convicção que de vez em quando me acometia.

– Você consegue tratar?

Ouvi o tremor na voz de Brianna e imediatamente fui abraçá-la. Ela tinha a cabeça inclinada por sobre Amanda, e vi as lágrimas caírem, uma, depois outra, escurecendo os finos cachos no topo da cabecinha do bebê.

– Não – sussurrei, segurando as duas. O desespero me invadiu, mas eu as apertei com mais força, como se pudesse afastar tanto o tempo quanto o sangue. – Não, eu não consigo.

– Bom, não há escolha, há? – Roger exibia uma calma sobrenatural; reconhecia tratar-se da calma artificial produzida pelo choque, mas desejava agarrar-se a ela o máximo possível. – Você tem que ir.

Brianna lançou um olhar firme para ele, mas não respondeu. Afagou o bebê, que dormia em seu colo, alisando sem cessar o cobertor de lã.

Claire havia explicado tudo mais de uma vez, com muita paciência, vendo que ele era incapaz de absorver. Ele ainda não acreditava – mas a visão das pequeninas unhas, assumindo um tom azulado enquanto Amanda lutava para mamar, cravara-se nele feito as garras de uma coruja.

Era, conforme ela dissera, uma operação simples – numa sala de cirurgia moderna.

– Você não pode...? – perguntara ele, com um vago gesto em direção ao consultório. – Com o éter?

Ela havia fechado os olhos e balançado a cabeça, quase tão mal quanto ele se sentia.

– Não. Posso fazer coisas muito simples... hérnias, apêndices, amígdalas... e mesmo nisso existe risco. Mas uma coisa tão invasiva, num corpinho tão pequeno... não – repetiu ela, com uma resignação que ele viu ao encará-la. – Não. Se quiserem que ela viva... terão que levá-la de volta.

Então eles começaram a debater o inconcebível. Porque *havia* escolhas – e decisões a ser tomadas. O fato básico e inalterável, contudo, estava claro. Amanda teria que passar pelas pedras... se fosse capaz.

Jamie Fraser apanhou o anel de rubi do pai e o segurou sobre o rosto da neta. Amanda cravou os olhos na peça imediatamente, projetando a língua com interesse. Apesar do peso em seu coração, ele sorriu, baixando o anel para que ela o agarrasse.

– Ela gosta bastante desse – disse, removendo-o habilidosamente de sua mãozinha antes que ela o pusesse na boca. – Vamos tentar o outro.

O outro era o amuleto de Claire – a surrada bolsinha de couro que lhe fora dada por uma sábia indígena, anos antes. Continha uma variedade de objetos, ervas, ele imaginava, penas, talvez os ossinhos de um diminuto morcego. Porém, em meio a tudo aquilo havia uma pedra – nada muito impressionante, mas uma joia verdadeira, uma safira bruta.

Amanda virou o rosto na mesma hora, mais interessada na bolsa do que estivera no anel brilhante. Soltou uns arrulhos e sacudiu as duas mãos, enérgica, tentando pegá-la.

Brianna respirou fundo, meio sufocada.

– Talvez – disse, num tom assustado, porém esperançoso. – Mas não dá para saber ao certo. E se eu... levá-la, e ultrapassar, mas ela não conseguir?

Todos se entreolharam em silêncio, antevendo a possibilidade.

– Você volta – disse Roger, num tom brusco, e pôs a mão no ombro de Bree. – Você volta na mesma hora.

Sua tensão se suavizou um pouco ao toque dele.

– Eu tentaria – disse ela, tentando abrir um sorriso.

Jamie pigarreou.

– O pequeno Jem está por aqui?

Era claro que estava; ele nunca se afastava da casa ou de Brianna nos últimos dias, parecendo sentir que havia algo errado. Foi encontrado no escritório de Jamie, onde brincava de soletrar palavras com...

– Jesus Cristo! – gritou a avó, recolhendo o livro. – Jamie! Como você *pôde*?

Jamie sentiu-se invadido por uma vermelhidão. Como pudera, de fato? Ele adquirira a cópia surrada de *Fanny Hill, ou Memórias de uma mulher de prazer* numa permuta, como parte de uma porção de livros usados comprados de um latoeiro. Não conferira todos os títulos antes, e, quando foi ver quais eram... bom, era contra seus instintos jogar fora um livro – qualquer livro.

– O que é F-A-L-O? – Jemmy perguntava ao pai.

– Outra palavra para pinto – disse Roger, num tom seco. – Não repita isso, maldição. Escute... você ouve alguma coisa quando põe essa pedra no ouvido?

Ele indicou o anel de Jamie que estava sobre a mesa. O rosto de Jem se iluminou.

– Claro – respondeu ele.

– Como assim? – indagou Brianna, incrédula. Jem encarou o círculo formado pelos pais e avós, surpreso com o interesse de todos. – Claro – repetiu ele. – Ela canta.

– Acha que a pequena Mandy também consegue ouvi-la cantar? – indagou Jamie, cuidadoso.

Seu coração batia com força, de todo modo, com medo de saber a resposta.

Jemmy pegou o anel e debruçou-se por sobre a cestinha de Mandy, segurando-o diretamente por sobre seu rosto. Ela deu chutinhos enérgicos e soltou barulhos – mas se foi por causa do anel ou apenas por estar vendo o irmão...

– Ela ouve – disse Jem, sorrindo para a irmã.

– Como é que você sabe? – indagou Claire, curiosa.

Jem ergueu o olhar para ela, surpreso.

– Ela disse.

Nada se resolveu. Ao mesmo tempo, tudo estava resolvido. Eu não tinha dúvidas quanto ao que meus ouvidos e dedos me diziam – a condição de Amanda se agravava devagar. Muito devagar. Podia levar um ano ou dois, até que um dano mais grave ocorresse... mas estava acontecendo.

Jem podia ter razão, como podia não ter. Mas nós tínhamos que proceder partindo do princípio de que sim.

Houve debates, discussões... lágrimas. Ainda não havíamos decidido quem tentaria a viagem através das pedras. Brianna e Amanda tinham que ir; isso era certo. Mas Roger teria que ir com elas? Ou Jemmy?

– Não vou deixá-la ir sem mim – disse Roger, entre os dentes.

– Eu não *quero* ir sem você! – gritou Bree, exasperada. – Mas como podemos deixar Jemmy aqui, sem nós dois? E como podemos fazer com que ele vá? Um bebê... dá para acharmos que pode funcionar, por causa das lendas, mas Jem... como ele vai conseguir? Não podemos arriscar que ele acabe morto!

Eu encarei as pedras na mesa – o anel de Jamie, minha bolsa com a safira.

– Eu acho – comentei, com cautela – que precisamos arrumar mais duas pedras. Só por garantia.

Então, no fim de junho, descemos da montanha rumo à confusão.

115

COM O DEDO NO NARIZ

4 de julho de 1776

Estava quente e abafado no quarto da estalagem, mas eu não podia sair; a pequena Amanda enfim conseguira dormir, depois de muita agitação – estava cheia de brotoejas no bumbum, a coitadinha, enroscada na cesta, o dedinho na boca e o cenho franzido.

Desdobrei o mosquiteiro, cobri cuidadosamente a cestinha e abri a janela. O ar do lado de fora também estava quente, porém fresco e em movimento. Tirei a touca – Mandy gostava de agarrar e puxar meus cabelos; tinha uma força impressionante para uma criança com problemas cardíacos. Pela milionésima vez, perguntei-me se eu podia estar errada.

Mas não estava. Ela agora dormia, com o delicado tom rosado de um bebê saudável nas bochechas; desperta e chutando, aquele rubor suave se esvaía e um tom azulado igualmente belo, porém pouco natural, surgia vez ou outra em seus lábios e na base de suas pequeninas unhas. Ela ainda era muito vigorosa – porém pequenina. Bree e Roger eram robustos; Jemmy ganhara peso feito um filhote de hipopótamo durante o primeiro ano de vida. Mandy pesava pouco mais que ao nascer.

Não, eu não estava errada. Movi sua cestinha até a mesa, onde a brisa morna soprava sobre ela, sentei-me a seu lado e pousei os dedos com delicadeza em seu peito.

Eu podia sentir. Como sentira no início, porém agora mais forte, de modo que eu sabia o que era. Se tivesse uma sala de cirurgia adequada, transfusões de sangue, anestesia calibrada e cuidadosamente administrada, máscara de oxigênio, enfermeiras ligeiras e bem treinadas... uma cirurgia cardíaca não é coisa pequena, e operar uma criança é sempre um grande risco – mas eu poderia fazer. Sentia nas pontas dos dedos exatamente o que precisava ser feito, enxergava no fundo dos olhos o coração menor que meu punho, o músculo escorregadio e flexível bombeando sangue, que por sua vez percorria o ducto arterioso, um vasinho sanguíneo com cerca de 3 milímetros de circunferência. Um pequeno talho na artéria axilar, uma rápida ligação do ducto em si com uma ligadura de seda fio 8. Pronto.

Eu sabia. Mas saber, infelizmente, nem sempre é poder. Nem querer. Não seria eu a salvar essa preciosa neta.

Alguém poderia?, perguntei-me, cedendo espaço por um instante aos pensamentos sombrios que eu lutava para manter distantes quando havia gente por perto. Jemmy podia não estar certo. Qualquer bebê agarraria um objeto brilhante e colorido, como um anel de rubi – então me lembrei de seus arrulhos, batendo o meu amuleto, a decrépita bolsa de couro que continha a safira bruta.

Talvez. Eu não queria pensar nos perigos da travessia – nem na certeza da permanente separação, quer a jornada pelas pedras fosse ou não bem-sucedida.

Ouvi barulhos do lado de fora; olhei para o ancoradouro e vi os mastros de um grande navio em alto-mar. E outro, ainda mais longe. Meu coração acelerou.

Eram embarcações oceânicas, não os pequenos paquetes e botes de pesca que cruzavam a costa. Seria parte da frota enviada em resposta ao apelo do governador Martin por ajuda para oprimir, subjugar e recuperar a colônia? O primeiro navio dessa frota atracara em Cape Fear no fim de abril – mas as tropas vinham mantendo a discrição, à espera do restante.

Observei por algum tempo, mas os navios não se aproximaram mais. Talvez estivessem em suspenso, aguardando o restante da frota? Talvez não fossem navios britânicos coisa nenhuma, e sim americanos, partindo rumo ao sul para escapar do bloqueio britânico na Nova Inglaterra.

Fui distraída de meus pensamentos pelo som pesado de passos masculinos na escada, acompanhados de urros e aquele tipo de risada escocesa peculiar.

Eram claramente Jamie e Ian, embora eu não estivesse entendendo o que suscitava tamanha hilaridade, já que da última vez que tinham sido vistos eles rumavam para as docas, com a tarefa de despachar um carregamento de folhas de tabaco e trazer pimenta, sal, açúcar, canela – se encontrassem – e alfinetes – de certa forma mais escassos que canela – para a sra. Bug, além de um peixe grande de alguma espécie comestível para o jantar.

Eles arrumaram o peixe, pelo menos: uma enorme cavala. Jamie a trazia pelo rabo, tendo evidentemente perdido o que a embalava em algum acidente. Sua trança havia se desfeito, de modo que compridas mechas ruivas despontavam pelo ombro do casaco, por sua vez com uma manga meio arrancada, uma dobra da camisa branca despontando pela costura rasgada. Estava coberto de terra, tal qual o peixe, e, enquanto o último tinha os olhos esbugalhados de maneira acusadora, Jamie tinha um deles quase fechado, de tão inchado.

– Ah, meu Deus – falei, enterrando o rosto em uma das mãos. Encarei-o por entre os dedos afastados. – Não me diga. Neil Forbes?

– Ah, não – respondeu ele, largando o peixe com um baque na mesa à minha frente. – Uma pequena divergência de opinião com a Sociedade Chowder and Marching de Wilmington.

– Divergência de opinião – repeti.

– É. Eles acharam que iam nos jogar na enseada, e a gente achou que não.

Jamie puxou uma cadeira com a bota e sentou-se, os braços cruzados no espaldar. Exibia uma alegria indecente, o rosto vermelho de sol e gargalhadas.

– Não quero saber – retruquei, embora certamente quisesse. – Olhei para Ian, que ainda abafava o riso contido; percebi que ele, mesmo um pouco menos surrado que Jamie, tinha um indicador enfiado até a junta no nariz. – Está com o nariz sangrando, Ian?

Ele balançou a cabeça, ainda rindo.

– Não, tia. Mas alguns caras da Sociedade estão.

– Ora, então por que tem o dedo enfiado no nariz? Está com carrapato ou coisa do tipo?

– Não, ele está tentando evitar que o cérebro desabe – disse Jamie, e começou a ter outro acesso de riso.

Eu encarei a cestinha, mas Mandy dormia tranquilamente, já bastante acostumada à algazarra.

– Bom, talvez então seja melhor enfiar os dois dedos – sugeri. – Assim, pelo menos, parava de arrumar confusão por algum tempo. – Ergui o queixo de Jamie para examinar melhor seu olho. – Você bateu em alguém com esse peixe, não foi?

As risadas haviam se reduzido a uma vibração subterrânea entre os dois, mas a pergunta trouxe a ameaça de tornarem a irromper.

– Gilbert Butler – respondeu Jamie, num esforço magistral para manter o controle. – Direto na cara. Ele saiu voando pelo cais e desabou dentro d'água.

Ian sacudiu os ombros em êxtase ao se lembrar.

– Santa Brígida, que mergulho! Ah, tia, foi uma excelente luta! Eu achei que tinha quebrado a mão na mandíbula de um sujeito, mas está tudo bem agora que o torpor passou. Está só um pouco dormente e latejante.

Ele agitou os dedos livres para mim para ilustrar, contraindo-se apenas de leve.

– Tire o dedo do nariz, Ian – retruquei, a ansiedade pela condição dos dois dando lugar ao aborrecimento de ver a que estado haviam chegado. – Está parecendo um débil mental.

Por algum motivo os dois acharam o comentário histericamente engraçado e riram feito loucos. Ian, no entanto, vez ou outra removia o dedo do nariz, com uma expressão de apreensivo cuidado, como se de fato o cérebro estivesse prestes a sair pelo buraco. Nada emergiu, no entanto, nem os pedaços corriqueiros de excreção nojenta que se esperaria de tal manobra.

Ian pareceu intrigado, então levemente alarmado. Fungou, experimentando cutucar o nariz, então enfiou o dedo de volta à narina, e cavoucou com vigor.

Jamie ainda ria, mas o bom humor começou a esvanecer à medida que as explorações de Ian se tornavam mais frenéticas.

– O que foi? Você não perdeu, não é, garoto?

Ian balançou a cabeça, de cenho franzido.

– Não, estou sentindo. É... – Ele parou, lançando a Jamie um olhar de pânico por sobre o dedo enfiado no nariz. – Está preso, tio Jamie! Não consigo tirar!

Jamie se levantou no mesmo instante. Puxou o dedo com um barulho de sucção, inclinou a cabeça de Ian para trás e espiou com premência seu nariz com o olho bom.

– Traga uma luz, Sassenach, sim?

Havia um candelabro sobre a mesa, mas eu sabia por experiência própria que a única consequência provável em usar uma vela para olhar o nariz de alguém era atear fogo aos pelinhos internos. Em vez disso, inclinei-me e puxei o estojo médico de baixo do sofá, onde eu o havia guardado.

– Eu tiro – falei, com a confiança de quem já havia removido de tudo das cavidades nasais de crianças pequenas, de caroços de cereja a insetos vivos. Peguei meu mais comprido par de fórceps finos e uni as lâminas esguias, como símbolo de segurança. – Seja o que for. Só fique bem parado, Ian.

Ian exibiu depressa o branco dos olhos, alarmado, ao ver o metal reluzente do fórceps, e lançou a Jamie um olhar de súplica.

– Espere – disse Jamie. – Tive uma ideia melhor.

Ele apoiou a mão tranquila em meu braço por um instante, então desapareceu pela porta. Desceu as escadas estrondeando, e ouvi uma súbita gargalhada irromper lá embaixo, quando a porta para a taberna foi aberta. O som foi interrompido com a mesma rapidez quando a porta se fechou, feito a válvula de uma torneira.

– Tudo bem, Ian?

Havia uma mancha vermelha em seu lábio superior; o nariz *estava* começando a sangrar, irritado pelos golpes e cutucões.

– Bom, espero que sim, tia. – O júbilo original começava a dar lugar a uma expressão de preocupação. – A senhora não acha que eu posso ter empurrado para o cérebro, acha?

– Acho muito improvável. Que diabo...

A porta abaixo, no entanto, tornara a se abrir e fechar, fazendo emergir outro breve alarido de conversa e risadas pela escada. Jamie subiu os degraus de dois em dois e irrompeu de volta no quarto, cheirando a pão quente e cerveja e segurando uma caixinha surrada de rapé.

Ian agarrou com gratidão, despejou um punhadinho de pó negro no dorso da mão e inalou, apressado.

Por um instante, os três prendemos a respiração – e então um espirro de proporções colossais fez Ian se balançar por inteiro sobre o banquinho, ao mesmo tempo que chicoteava a cabeça para a frente – e um objeto duro e pequenino acertou a mesa com um estalido e quicou para dentro da lareira.

Ian seguiu espirrando, numa fuzilaria de bufadas e explosões desgraçadas, mas Jamie e eu nos ajoelhamos, escavando as cinzas, desatentos à sujeira.

– Peguei! Eu acho – exclamei, acocorando-me e espiando o punhado de cinzas que tinha na mão, no meio do qual jazia um pequenino objeto redondo e coberto de pó.

– É, é isso mesmo.

Jamie apanhou o fórceps esquecido sobre a mesa, puxou o objeto delicadamente de minha mão e jogou-o em meu copo d'água. Uma suave cortina de fumaça e fuligem subiu pela água, formando uma camada cinzenta de poeira na superfície. Abaixo, o objeto cintilou, sereno e reluzente, sua beleza enfim revelada. Uma pedra cristalina e lapidada, da cor de xerez dourado, do tamanho da metade da unha do meu dedão.

– Crisoberilo – disse Jamie, baixinho, com a mão nas minhas costas. Olhou a cestinha de Mandy, seus finos cachinhos negros balançando suavemente sob a brisa. – Acha que serve?

Ian, ainda sem fôlego e de olhos lacrimejantes, e com um lenço manchado de vermelho pressionado à muito abusada probóscide, veio olhar por sobre meu outro ombro.

– Débil mental, é? – disse, num tom de profunda satisfação. – Rá!

– Onde vocês arrumaram isso? Ou melhor – apressei-me em corrigir –, de quem roubaram?

– Neil Forbes. – Jamie pegou a pedra preciosa e girou-a com delicadeza entre os dedos. – Havia muito mais gente da Sociedade Chowder do que nós, então descemos a rua correndo e dobramos a esquina, por entre os armazéns.

– Então, eu conheço a casa de Forbes, porque já tinha estado lá antes – observou Ian. Mandy tinha um dos pezinhos para fora da cesta; ele tocou a sola com a ponta do dedo, e sorriu ao vê-la espichar os dedinhos em reflexo. – Havia um buraco enorme nos fundos, onde alguém havia quebrado a parede, coberto com uma lona, presa com pregos. Daí a gente puxou a lona e entrou.

Então os dois se viram junto ao pequeno espaço fechado que Forbes usava como escritório – no momento, vazio.

– Estava numa caixinha em cima da mesa – disse Ian, indo olhar com propriedade o crisoberilo. – Bem ali! Eu tinha pegado só para dar uma olhada, quando ouvimos o vigia chegando. Então...

Ele deu de ombros e abriu um sorriso, a felicidade transformando suas feições rústicas por um momento.

– E vocês acham que o vigia não vai contar a ele que estiveram lá? – indaguei, num tom cético.

Os dois não podiam ser mais notáveis.

– Ah, imagino que sim. – Jamie se debruçou por sobre a cestinha de Mandy, segurando o crisoberilo entre o polegar e o indicador. – Olhe só o que o vovô e o tio Ian trouxeram para você, *a muirninn* – disse, baixinho.

– Decidimos que era uma recompensa muito pequena a pagar pelo que ele fez com Brianna – concluiu Ian, já mais tranquilo. – Imagino que o sr. Forbes também vá considerar razoável. E, caso contrário... – Ele tornou a sorrir, embora não com alegria, e pôs a mão na faca. – Ele ainda tem uma orelha, afinal de contas.

Muito devagar, um diminuto punho surgiu pelo mosquiteiro, agarrando a pedra com os dedinhos flexionados.

– Ela ainda está dormindo? – sussurrei.

Jamie assentiu e delicadamente puxou a pedra.

Do lado oposto da mesa, o peixe encarava austeramente o teto, alheio a tudo.

116

O NONO CONDE DE ELLESMERE

9 de julho de 1776

– A água não vai estar fria.

Ela falara automaticamente, sem pensar.

– Não acho que isso vá ser muito importante. – Um nervo pulou no rosto de Roger, e ele virou o corpo abruptamente. Ela estendeu o braço e tocou-o com delicadeza, como se ele fosse uma bomba prestes a explodir em caso de choque. Ele a encarou, hesitante, então tomou a mão que ela oferecia, com um sorrisinho torto. – Sinto muito.

– Eu também – respondeu ela, baixinho.

Os dois permaneceram juntos, os dedos entrelaçados, observando a maré baixar na praia estreita, uma fração de centímetro descoberta a cada lambida das ondas.

Os bancos de areia estavam cinzentos e vazios à luz da noite, pontilhados de seixos espalhados e manchados de ferrugem das águas turfosas do rio. Com a maré vazante, a água do porto estava marrom e feculenta, a mancha indo para além dos navios ancorados, quase até o mar aberto. Quando a maré virava, a água cinza-clara do oceano fluía para dentro, varrendo Cape Fear, obliterando os alagadiços e tudo o que havia neles.

– Ali – disse ela, ainda baixinho, embora não houvesse ninguém suficientemente perto para ouvi-los.

Brianna inclinou a cabeça, indicando um agrupado de estacas desgastadas e presas com amarras, enfiadas bem no fundo da lama. Havia um esquife preso a uma delas; dois dos botes de quatro remos, as "libélulas" que circulavam pelo porto, estavam presas a outra.

– Tem certeza?

Ele trocou o peso de perna, perscrutando a costa de cima a baixo.

A praia estreita ia se reduzindo a pedrinhas frias, expostas e reluzentes com o recuo da maré. Pequenos caranguejos corriam ligeiros por entre elas, para não perder um instante da coleta.

– Tenho. O pessoal do Blue Boar estava falando disso. Um viajante perguntou onde seria, e a sra. Smoots disse que nas antigas estacas de ancoragem, perto dos armazéns.

Um linguado jazia morto entre as pedras, a carne branca lavada e sem sangue. As atarefadas garrinhas apanhavam e rasgavam, diminutas boquinhas se escancaravam e engoliam, agarrando bocados. Ela sentiu uma ânsia de vômito ao ver aquilo, então engoliu em seco. Não importava o que viria depois; ela sabia disso. Mesmo assim...

Roger assentiu, distraído. Semicerrou os olhos contra o vento do porto, calculando distâncias.

– Vai vir bastante gente, imagino.

Já havia muita gente; a maré só viraria dali a uma hora ou mais, mas o povo rumava para o porto em duplas, trios e quartetos, parando sob a marquise da loja de velas para fumar seus cachimbos, sentando-se nos barris de peixe salgado para conversar e gesticular. A sra. Smoots tinha razão; muita gente apontava para as estacas de ancoragem, indicando-as aos companheiros menos entendidos.

Roger balançou a cabeça.

– Vai ter que ser daquele lado; a melhor vista é de lá. – Ele apontou com a cabeça para o arco interno da enseada, em direção aos três navios que se balançavam no cais principal. – De um dos navios? O que acha?

Brianna revirou o bolso amarrado à cintura e tirou o pequeno telescópio de latão. Franziu o cenho, concentrada, os lábios apertados enquanto inspecionava os navios

– um brigue de pesca, do sr. Chester, e uma embarcação maior, parte da frota britânica, que chegara no início da tarde.

– Eita – murmurou ela, interrompendo a varredura quando a mancha pálida de uma cabeça preencheu as lentes. – É quem eu estou pensando?... Caramba, é mesmo!

Uma diminuta chama de alegria tremulou em seu âmago, aquecendo-a.

– Quem é?

Roger semicerrou os olhos, tentando enxergar sem auxílio.

– É John! Lorde John!

– Lorde John Grey? Tem certeza?

– Tenho! No brigue... deve ter vindo da Virgínia. Opa, agora sumiu... mas está lá, eu vi! – Ela se virou para Roger, animada, dobrando o telescópio enquanto o agarrava pelo braço. – Venha! Vamos lá encontrá-lo. Ele vai ajudar.

Roger foi, porém muito menos entusiasmado.

– Você vai contar a ele? Acha que é prudente?

– Não, mas não importa. Ele me conhece.

Roger a encarou com um olhar penetrante, mas sua expressão sombria se desfez num sorriso relutante.

– Quer dizer que ele sabe muito bem que não adianta querer impedi-la de fazer seja lá o que você meteu nessa cabeça oca que vai que fazer?

Ela retribuiu o sorriso, agradecendo com os olhos. Ele não gostava da ideia – a bem da verdade, odiava, e ela não o culpava –, mas também não tentaria impedi-la. Ele também a conhecia.

– Isso. Venha, antes que ele suma!

Foi um lento e árduo trabalho dobrar a curva do porto, abrindo caminho por entre os grupos de visitantes aglomerados. Do lado de fora do The Breakers, a multidão crescia abruptamente. Um grupo de soldados de casacos vermelhos tomavam a calçada, de pé e sentados a esmo, as sacas e os baús de viagem espalhados ao redor, em número grande demais para caber dentro da taberna. Jarras e canecas de sidra eram passadas de mão em mão no interior do bar, respingando sem dó na cabeça de quem estivesse abaixo.

Um sargento, perturbado, porém competente, debruçava-se na parede de ripas de madeira da estalagem, folheando uma pilha de papéis, emitindo ordens e comendo uma torta de carne, tudo ao mesmo tempo. Brianna torceu o nariz enquanto eles atravessavam com cautela a barricada de homens e bagagens; um fedor de mar e carne suja subiu das fileiras espremidas.

Uns poucos espectadores murmuraram entre os dentes ao ver os soldados; muitos outros aplaudiram e acenaram quando eles passaram, recebendo gritos cordiais em resposta. Recém-liberados das entranhas do *Escorpião*, eles estavam empolgados demais com a liberdade e o gosto de comida e bebida frescas para se importar com quem dizia ou fazia qualquer coisa.

Roger seguia à frente dela, abrindo caminho pela multidão com ombros e cotovelos. Gritos e assobios apreciativos se ergueram dos soldados ao vê-la, mas ela manteve a cabeça baixa, os olhos fixos nos pés de Roger enquanto ele avançava.

Brianna soltou um suspiro de alívio quando eles emergiram da multidão, bem defronte ao cais. O equipamento dos soldados estava sendo descarregado do *Escorpião* no lado oposto do cais, mas havia pouca circulação de transeuntes junto à embarcação. Ela parou, olhando de um lado a outro para tentar avistar a característica cabeça loira de lorde John.

– Lá está ele!

Roger puxou o braço de Brianna, que se virou na direção que ele apontava, mas acabou dando um forte tranco no marido quando ele deu um abrupto passo atrás.

– O que... – começou ela, irritada, mas parou, como se tivesse levado um soco no peito.

– Quem é *aquele*, pelo santo nome de Deus? – indagou Roger, baixinho, ecoando o pensamento dela.

Lorde John Grey estava parado junto à extremidade oposta do cais, numa conversa animada com um dos soldados de casaco vermelho. Um oficial; com uma brilhosa trança dourada por sobre o ombro e um tricórnio ornado com galões debaixo do braço. Não foi, no entanto, o uniforme do homem que lhe chamou a atenção.

– Santo Roosevelt do céu – sussurrou ela, sentindo uma dormência nos lábios.

Era alto – muito alto –, de ombros largos e panturrilhas grossas cobertas por meias, que atraíam olhares de admiração de um grupo de mocinhas vendendo ostras. No entanto, não foi apenas o porte do homem que fez um arrepio lhe percorrer a espinha, mas a carruagem, a silhueta, a cabeça erguida e a expressão autoconfiante, que atraíam olhares feito ímãs.

– É o meu pai – disse ela, percebendo, no mesmo instante, que aquilo era ridículo.

Mesmo que Jamie Fraser, por alguma razão inimaginável, resolvesse se disfarçar de soldado e descer às docas, aquele homem era diferente. Quando ele se virou para olhar alguma coisa do outro lado do ancoradouro, ela viu que ele *era* diferente – magro e musculoso como seu pai, mas ainda com a leveza da juventude. Gracioso como Jamie, porém com um resquício do recém-passado embaraço da adolescência.

Ele se virou mais ainda, as costas iluminadas pelo brilho da luz refletida na água, e ela sentiu os joelhos fraquejarem. O nariz comprido e reto, subindo até a testa alta... a súbita curva dos ossos largos, característicos dos vikings... Roger a segurou com força pelo braço, mas tinha a atenção tão pregada no jovem quanto ela.

– Eu... serei amaldiçoado... – disse ele.

Ela sorveu o ar, tentando respirar.

– E eu também. *E* ele.

– Ele?

– Ele, ele *e* ele! – Lorde John, o jovem soldado misterioso... e, acima de tudo, seu

1112

pai. – Venha. – Ela se desvencilhou e correu pelo cais, sentindo a alma estranhamente fora do corpo, como se observasse a si própria a distância.

Era como olhar a si mesma em uma casa de espelhos, vendo sua figura – rosto, altura, gestos – subitamente transposta num casaco vermelho e calças de couro de ovelha. Ele tinha o cabelo castanho-escuro, não ruivo, mas grosso feito o dela, com as mesmas ondas leves, o mesmo redemoinho subindo da testa.

Lorde John virou de leve a cabeça e a avistou. Arregalou os olhos, e uma expressão de absoluto horror empalideceu suas feições. Dispensou a eles um aceno débil, tentando impedi-la de se aproximar, mas teria sido mais fácil deter um trem expresso.

– Olá! – disse ela, vivamente. – Que bom encontrar *o senhor* por aqui, lorde John!

Lorde John soltou um grasnido fraco, como um pato que tivesse levado uma pisada, mas ela não deu atenção. O jovem se virou para olhá-la e abriu um sorriso cordial.

Santo Deus, ele tinha os olhos do pai dela também. De cílios escuros, e tão jovem que a pele ao redor era clara e viçosa, sem qualquer ruga – mas no mesmo tom de azul dos olhos oblíquos e felinos dos Frasers. Tal qual os dela.

O coração de Brianna batia com tanta força no peito que ela tinha certeza de que eles podiam ouvir. O jovem, no entanto, não parecia enxergar nada de errado; curvou-se em uma reverência para ela, sorrindo, porém bastante correto.

– Seu criado, senhora – disse o rapaz.

Olhou para lorde John, claramente à espera das apresentações.

Lorde John se recompôs, com óbvio esforço, e fez uma mesura.

– Minha querida. Que... prazer tornar a encontrá-la. Eu não fazia ideia...

Aposto que não, pensou ela, mas continuou sorrindo cordialmente. Podia sentir Roger atrás de si, assentindo e respondendo à saudação de lorde John, fazendo o possível para não encará-lo.

– Meu filho – dizia lorde John. – William, lorde Ellesmere. – Ele a encarou com os olhos semicerrados, como se a desafiasse a dizer qualquer coisa. – Permita-me lhe apresentar o sr. Roger MacKenzie e sua senhora.

– Senhor. Sra. MacKenzie.

O jovem tomou a mão de Bree antes que ela percebesse o que ele pretendia, então curvou-se em uma mesura, plantando um breve e formal beijo em suas juntas.

Ela quase perdeu o ar ao inesperado toque da respiração do rapaz em sua pele; em vez disso agarrou-lhe a mão, com muito mais força que o pretendido. Ele pareceu desconcertado por um momento, mas se desvencilhou com razoável delicadeza. O rapaz era muito mais jovem do que ela pensara à primeira vista; o uniforme e o ar de autocontrole o faziam parecer mais velho. Ele a encarava com um leve franzido no rosto anguloso, como se tentasse encaixá-la em algum lugar.

– Eu acho... – começou ele, hesitante. – Nós nos conhecemos, sra. MacKenzie?

– Não – respondeu ela, estupefata ao ver sua voz emergir de maneira normal. – Não, receio que não. Eu me lembraria.

Ela lançou um olhar penetrante a lorde John, cujas narinas assumiram um tom levemente esverdeado.

Lorde John, no entanto, também fora soldado. Recompôs-se com visível esforço, apoiando a mão no braço de William.

– É melhor ir ver os seus homens, William – disse. – Jantamos juntos mais tarde?

– Combinei de jantar com o coronel, pai – respondeu William. – Mas tenho certeza de que ele não fará objeção caso o senhor queira se juntar a nós. Mas talvez seja um pouco tarde – acrescentou. – Fiquei sabendo que há uma execução marcada para amanhã, e me pediram para manter as tropas a postos, caso haja qualquer tumulto na cidade. Vamos levar algum tempo para nos acomodar e organizar tudo.

– Tumulto. – Lorde John olhava Brianna por sobre o ombro de William. – Quer dizer então que é esperado um tumulto?

William deu de ombros.

– Não posso dizer, pai. Ao que parece não é uma questão política, só um pirata. Não imagino que vá haver problemas.

– Todas as questões hoje em dia são políticas, Willie – retrucou o pai, com rispidez. – Nunca se esqueça disso. E é sempre mais sábio antever os problemas do que topar com eles despreparado.

O rapaz corou de leve, mas manteve o semblante firme.

– Muito bem – respondeu, sucinto. – Tenho certeza de que o senhor tem a familiaridade que me falta com as condições locais. Agradeço o conselho, pai. – Ele relaxou um pouco e virou-se para cumprimentar Brianna. – Encantado em conhecê-la, sra. MacKenzie. Seu criado, senhor.

Meneou a cabeça para Roger, deu meia-volta e saiu pelo cais a passos firmes, ajustando o tricórnio ao ângulo apropriado a uma autoridade.

Brianna deu um suspiro profundo, esperando as palavras chagarem à boca ao terminar de expirar. Lorde John se antecipou.

– Sim – disse ele, apenas. – Claro que ele é.

Em meio ao turbilhão de reflexões, reações e emoções que lhe obstruíam o cérebro, ela agarrou a que parecia mais importante no momento.

– A minha mãe sabe?

– Jamie sabe? – indagou Roger, no mesmo instante.

Ela o encarou, surpresa, e ele ergueu uma sobrancelha. Sim, um homem sem dúvida podia ser pai de uma criança sem saber. Ele mesmo era.

Lorde John suspirou. Com a partida de William, ele havia de certa forma relaxado, e uma cor mais natural já retornava a seu rosto. Fora soldado por tempo suficiente para reconhecer o inevitável ao se deparar com ele.

– Os dois sabem, sim.

– Quantos anos ele tem? – perguntou Roger, de súbito.

Lorde John lançou-lhe um olhar penetrante.

– Dezoito. E, para poupá-lo dos cálculos, foi em 1758. Num lugar chamado Helwater, em Lake District.

Brianna tornou a suspirar, já com um pouco mais de facilidade.

– Certo. Então ele... foi antes de a minha mãe... voltar.

– Sim. Da França, suponho. Onde, presumo, você tenha nascido e sido criada.

Lorde John lançou a ela um olhar penetrante; sabia bem que o francês dela era precário.

Ela sentiu o sangue lhe invadir o rosto.

– Não é hora para segredos – disse. – Se quiser saber sobre mim e minha mãe, posso contar... mas *o senhor* vai me contar sobre *ele*. – Ela deu um tranco irritado com a cabeça em direção à taberna. – Sobre o meu irmão!

Lorde John franziu os lábios, encarando-a com olhos estreitos enquanto refletia. Por fim, assentiu.

– Não vejo outra saída. Mas, uma coisa... seus pais estão aqui, em Wilmington?

– Estão. Na verdade... – Ela olhou para cima, tentando desvendar a posição do sol em meio ao fino nevoeiro da costa. Ele pairava logo acima do horizonte, um disco de chamas douradas. – Estamos indo jantar com eles.

– Aqui?

– É.

Lorde John virou-se para Roger.

– Sr. MacKenzie. Eu lhe serei muito grato se puder ir ao encontro de seu sogro agora mesmo e informá-lo da presença do nono conde de Ellesmere. Diga a ele que confio em seu bom julgamento para deixar Wilmington imediatamente ao receber esta notícia.

Roger o encarou por um instante, as sobrancelhas contorcidas de interesse.

– Conde de Ellesmere? Como diabo ele conseguiu isso?

Lorde John havia recuperado toda a cor natural, e um pouco mais. Tinha um perceptível tom rosado no rosto.

– Não importa! Pode ir? Jamie precisa sair da cidade agora mesmo, antes que os dois se encontrem por acaso... ou antes que alguém veja os dois em separado e comece a espalhar boatos.

– Duvido que Jamie vá embora – disse Roger, encarando lorde John com certo grau de especulação. – Pelo menos não até amanhã.

– Por que não? – indagou lorde John, olhando para o casal. – Antes de mais nada, por que vocês estão todos aqui? Não é a execu... ah, meu bom Deus, não me diga.

Ele levou uma das mãos ao rosto e arrastou-a lentamente para baixo, encarando por entre os dedos com a expressão de um homem testado para além de seus limites.

Brianna mordeu o lábio inferior. Ao avistar lorde John, não apenas ficara satisfeita, como também um pouco aliviada de seu fardo de preocupação, contando com ele para ajudá-la em seu plano. Porém, com essa nova complicação, sentia-se dividida em duas, incapaz de lidar com ambas as situações ou mesmo de fazer qualquer reflexão coerente. Olhou para Roger, buscando um conselho.

Ele a encarou, numa daquelas longas e silenciosas trocas conjugais. Então assentiu, tomando a decisão por ela.

– Vou encontrar Jamie. Troque umas palavrinhas com o lorde, sim?

Ele se inclinou e beijou-a com vigor, então deu meia-volta e desceu o cais a passos firmes, caminhando de uma forma que fazia as pessoas abrirem caminho sem perceber, evitando tocá-lo.

Lorde John havia fechado os olhos e aparentava rezar – decerto pedindo forças. Ela o agarrou pelo braço; ele arregalou os olhos, assustado, como se tivesse sido mordido por um cavalo.

– É tão gritante quanto estou achando? – indagou ela. – Ele e eu?

A palavra soava estranha. *Ele.*

Lorde John a encarou, as sobrancelhas claras franzidas, concentrado e atônito, perscrutando-lhe o rosto traço por traço.

– Creio que sim – respondeu, devagar. – Para mim, sem dúvida. Para um observador fortuito, talvez bem menos. Há uma diferença de tonalidade, claro, e de sexo; o uniforme dele... mas, minha querida, você sabe que a sua aparência é muito chamativa...

Esquisita, ele queria dizer. Ela respirou, compreendendo a mensagem.

– As pessoas vivem me encarando – completou por ele. Baixou a aba do chapéu, trazendo-a à frente o bastante para encobrir cabelos e rosto, e cravou os olhos nele a partir da sombra. – Então é melhor irmos aonde ninguém que o conheça possa me ver, não é?

O cais e as ruas do mercado estavam apinhados. Todas as pensões da cidade – e diversas casas de família – estariam dentro em breve lotadas de soldados aquartelados. Seu pai e Jem estavam com Alexander Lillington; sua mãe e Mandy, na casa do dr. Fentiman, ambos centros de negócios e fofocas, e ela declarara não ter a intenção de ir até seus pais, de forma alguma – não antes de saber tudo o que havia para saber. Lorde John achava que talvez não estivesse preparado para revelar tudo, mas aquele não era o momento de escapar pela tangente.

Ainda assim, a exigência de privacidade fez com que os dois tivessem que escolher entre o cemitério ou o hipódromo abandonado, e Brianna disse – em tom de nervosismo – que, dadas as circunstâncias, não desejava qualquer lembrança opressiva da mortalidade.

– Essas circunstâncias mortais – disse ele, com cuidado, ajudando-a a desviar de uma grande poça. – Está se referindo à execução de amanhã? É *mesmo* Stephen Bonnet, eu presumo?

– É – respondeu ela, distraída. – Mas isso pode esperar. O senhor não tem compromisso para o jantar, tem?

– Não. Mas...

– William – disse ela, de olhos baixos, enquanto os dois contornavam lentamente a pista ovalada de areia. – William, nono conde de Ellesmere, o senhor disse?

– William Clarence Henry George – confirmou lorde John. – Visconde Ashness, senhor de Helwater, barão Derwent, e sim, nono conde de Ellesmere.

Ela contraiu os lábios.

– O que de certa forma indica que o mundo todo acha que o pai dele é outra pessoa. Não Jamie Fraser, quero dizer.

– *Foi outra pessoa* – corrigiu ele. – Um homem de nome Ludovic, oitavo conde de Ellesmere, para ser mais preciso. Pelo que sei, o oitavo conde infelizmente morreu no dia em que seu... ahn... herdeiro nasceu.

– Morreu de quê? Choque?

Brianna claramente exibia um humor perigoso; ele percebia, com interesse, tanto a ferocidade controlada de seu pai quanto a língua afiada de sua mãe em ação; a combinação era ao mesmo tempo fascinante e assustadora. Ele, no entanto, não tinha intenção de permitir que ela conduzisse a conversa em seus próprios termos.

– Tiro – disse ele, com afetada satisfação. – Seu pai atirou nele.

Ela prendeu o ar, engasgada, e parou onde estava.

– Isso não é, a propósito, de conhecimento comum – prosseguiu ele, fingindo não perceber a reação. – A corte de investigação de homicídios chegou ao veredito de morte por acidente... o que não foi incorreto, creio eu.

– Não foi incorreto – repetiu ela, um pouco atordoada. – Acho que levar um tiro é um belo acidente, mesmo.

– Naturalmente, houve falatório – disse ele, de improviso, tomando-a pelo braço e impelindo-a a continuar avançando. – Mas a única testemunha, além dos avós de William, foi um cocheiro irlandês, que depois do incidente foi mais que depressa despachado para o condado de Sligo com uma gorda pensão. Tendo a mãe da criança também morrido naquele dia, os boatos tenderam a considerar a morte do lorde como...

– A mãe também morreu?

Dessa vez ela não parou, mas virou-se para cravar nele um penetrante olhar azul-escuro. Lorde John, no entanto, tinha bastante prática em resistir à mirada felina dos Frasers, e não se descompôs.

– Ela se chamava Geneva Dunsany. Morreu pouco depois de William nascer... de uma hemorragia completamente natural – garantiu ele.

– Completamente natural – repetiu ela, meio entre os dentes. Lançou outro olhar ao lorde. – Essa Geneva... era casada com o conde? Quando ela e o conde...

As palavras lhe pareciam aderidas à garganta; ela via a dúvida e a repugnância duelando com a lembrança inegável do rosto de William... e com seu conhecimento acerca do caráter do pai.

– Ele não me contou, e eu não perguntaria isso sob nenhuma circunstância – afirmou lorde John com firmeza. Ela cravou nele mais um olhar, que ele retribuiu com interesse. – Qualquer que seja a natureza da relação entre Jamie e Geneva Dunsany, sou incapaz de conceber que ele pudesse cometer um ato tão desonroso quanto atraiçoar o casamento de outro homem.

Ela relaxou um tantinho, embora ainda agarrasse o braço dele.

– Nem eu – disse, meio de má vontade. – Mas... – Ela apertou os lábios, então relaxou. – O senhor acha que ele estava apaixonado por ela?

O que o surpreendeu não foi a pergunta, mas perceber que nunca lhe ocorrera perguntar – não a Jamie, certamente, mas nem a si mesmo. Por que não?, refletiu. Ele não tinha o direito de sentir ciúmes, e, ainda que fosse tolo a ponto de sentir, teria sido *ex post facto*, no caso de Geneva Dunsany; ele só passou a ter suspeitas sobre as origens de William muitos anos após a morte da moça.

– Não faço ideia – respondeu ele, apenas.

Brianna tinha os dedos inquietos sobre o braço do lorde; ela os teria removido, mas ele pôs a mão sobre a dela para contê-la.

– Droga – murmurou ela, mas parou de remexer os dedos e seguiu em frente, acompanhando as passadas mais curtas do homem.

A pista estava tomada de ervas daninhas, que cresciam em meio à areia. Ela chutou um arbusto, mandando pelos ares uma chuva de sementes secas.

– Se os dois estavam apaixonados, por que ele não se casou com ela? – indagou ela, por fim.

Ele riu, de pura incredulidade frente à ideia.

– Casar-se com ela! Minha querida, ele era o criado da família!

Um olhar de perplexidade surgiu no rosto de Brianna – ele poderia jurar que, se ela tivesse falado, teria dito: *"E daí?".*

– Onde, em nome de Deus, você foi criada? – inquiriu ele, parando onde estava.

Ele via seus olhos se movendo; ela usava o mesmo truque de Jamie de cobrir o rosto com uma máscara, mas a transparência da mãe ainda se revelava por debaixo. Ele viu a decisão nos olhos dela, um instante antes que um lento sorriso lhe tocasse os lábios.

– Boston – respondeu ela. – Sou americana. Mas o senhor já sabia que eu era uma bárbara, não é?

Em resposta, ele grunhiu.

– Isso explica bastante suas notáveis atitudes republicanas – respondeu, num tom muito seco. – Embora eu aconselhe com fervor que a senhorita disfarce esses sentimentos perigosos, pelo bem de sua família. Seu pai já arrumou problemas demais por conta própria. No entanto, acredite quando lhe digo que não seria possível que a filha de um baronete se casasse com um criado, por mais urgente que fosse a natureza do sentimento.

Foi a vez dela de soltar um grunhido; um som altamente expressivo, porém nada feminino. Ele suspirou e tomou-lhe a mão outra vez, enfiando-a na curva do cotovelo, por garantia.

– Além disso, ele estava em liberdade condicional... um jacobita, um traidor. Acredite em mim, um casamento não teria sido possível para nenhum dos dois.

O ar úmido evaporava em sua pele, fazendo aderir os cabelos em sua bochecha.

– Mas isso foi em outro país – citou ela, baixinho. – Além do mais, a moça está morta.

– Verdade – disse ele, baixinho.

Os dois se arrastaram pela areia úmida por uns instantes, devagar, cada um sozinho em seus pensamentos. Por fim, Brianna soltou um suspiro tão profundo que ele não só ouviu, como sentiu.

– Bom, ela está morta, de todo modo, e o conde... o senhor sabe *por que* o meu pai o matou? Ele lhe contou isso?

– O seu pai nunca falou sobre nada disso comigo... sobre Geneva, o conde, nem diretamente sobre a paternidade de William. – Ele falava de maneira precisa, os olhos fixos num par de gaivotas que examinavam a areia junto a um arbusto de capim-navalha. – Mas eu sei, sim. – Ele olhou para ela. – William é *meu* filho, afinal de contas. No sentido comum da palavra, pelo menos.

Em um sentido bem maior, na verdade, mas esse não era um assunto que ele desejasse discutir com a filha de Jamie.

Ela ergueu as sobrancelhas.

– Sim. Como foi que aconteceu?

– Como eu lhe disse, o pai e a mãe de William... seus supostos pais... morreram no dia em que ele nasceu. Seu pai... o conde, digo... não possuía parentes próximos, então o garoto foi entregue à guarda do avô, lorde Dunsany. A irmã de Geneva, Isobel, tornou-se mãe de William em todos os sentidos, ainda que de fato não fosse. E eu... – Ele deu de ombros, indiferente. – Eu me casei com Isobel. Tornei-me guardião de William, com o consentimento de Dunsany, e ele tem a mim como padrasto desde os 6 anos de idade... é meu filho.

– O senhor? O senhor *se casou*?

Ela arregalou os olhos, com um ar de incredulidade que ele considerou ofensivo.

– A senhorita tem as ideias mais peculiares em relação ao casamento – retrucou o lorde, atravessado. – Foi uma união de conveniência, acima de tudo.

Uma sobrancelha ruiva se ergueu, num gesto idêntico ao de Jamie.

– Sua mulher achava isso? – indagou ela, num estranho eco da voz de sua mãe, ao fazer a mesma pergunta.

Frente à pergunta da mãe, ele ficara constrangido. Agora, estava preparado.

– Isso – retrucou, sucinto – foi em outro país. E Isobel...

Como esperado, aquilo a silenciou.

Uma fogueira ardia no extremo oposto da pista de areia, onde os viajantes haviam improvisado um acampamento. *Seria gente descendo o rio para ver a execução?*, pensou ele. Homens querendo se alistar nas milícias rebeldes? Uma silhueta se moveu, quase invisível sob o nevoeiro de fumaça, e ele se virou, conduzindo Brianna de volta pelo mesmo caminho. A conversa já estava bastante estranha sem o risco de interrupção.

– A senhorita perguntou sobre Ellesmere – disse ele, assumindo outra vez as rédeas da conversa. – A história contada à corte investigadora de homicídios por lorde Dunsany foi a de que Ellesmere lhe mostrava uma nova pistola, a qual disparou por acidente. Era o tipo de história que se conta de modo a ser desacreditada... dando a impressão de que na realidade o conde havia se matado, sem dúvida pelo sofrimento advindo da morte da esposa, mas os Dunsanys desejavam evitar o estigma de suicídio, pelo bem da criança. O investigador naturalmente percebeu tanto a falsidade da história como a sabedoria de permitir que ela se sustentasse.

– Não foi isso que eu perguntei – disse ela, em tom de rispidez. – Eu perguntei por que meu pai atirou nele.

Ele suspirou. A moça poderia ter sido muito útil durante a inquisição espanhola, pensou ele, pesaroso; não havia chance de fuga ou evasão.

– Pelo que sei, o lorde, ao descobrir que o filho recém-nascido não tinha na verdade seu sangue, pretendia eliminar a mancha em sua honra atirando a criança pela janela, nas lajes do pátio, 10 metros abaixo – disse ele, sem rodeios.

Ela empalideceu.

– Como foi que ele descobriu? E, se o meu pai era um criado, por que estava lá? O conde sabia que ele era... o responsável?

Ela estremeceu, claramente visualizando a cena na qual Jamie era convocado à presença do conde, para testemunhar a morte de sua cria ilegítima antes de enfrentar destino similar. John não tivera dificuldade em enxergar a imaginação dela; ele próprio visualizara a mesma cena mais de uma vez.

– Arguta escolha de palavras – respondeu ele, secamente. – Jamie Fraser é "responsável" por mais do que qualquer homem que eu conheça. Quanto ao resto, não faço ideia. Sei o essencial a respeito do acontecido, porque Isobel sabia; a mãe dela estava presente, e presumo que tenha revelado o incidente apenas em linhas gerais.

– Humm. – Ela chutou uma pedrinha, que se agitou pela areia batida à frente e parou a centímetros de distância. – E o senhor nunca perguntou ao meu pai sobre isso?

A pedra jazia no caminho do lorde; ele a chutou de leve ao caminhar, fazendo-a rolar de volta.

– Nunca conversei com seu pai a respeito de Geneva, Ellesmere ou o próprio William... exceto para informá-lo do meu casamento com Isobel e garantir que cumpriria minhas responsabilidades como guardião de William da melhor maneira possível.

Ela pisou na pedrinha, enfiando-a na areia macia, e parou.

– O senhor nunca disse *nada* a ele? O que ele disse ao senhor?

– Nada.

Ele sustentou o olhar dela.

– Por que se casou com Isobel?

Ele suspirou, mas não havia por que se esquivar.

– Para cuidar de William.

As frondosas sobrancelhas vermelhas quase tocaram a linha dos cabelos.

– Então o senhor se casou, apesar de... quero dizer, o senhor virou sua vida inteira de cabeça para baixo só para cuidar do filho bastardo de Jamie Fraser? E nenhum dos dois nunca sequer *falou* a respeito?

– Não – disse ele, desconcertado. – Claro que não.

Devagar, ela baixou as sobrancelhas e balançou a cabeça.

– Homens – resmungou, num tom obscuro.

Ela olhou de volta em direção à cidade. O ar estava calmo, e o nevoeiro das chaminés de Wilmington pairava pesado por sobre as árvores. Não era possível ver os telhados; até onde se sabia, poderia haver um dragão dormindo na costa. O estrondo grave e baixo não era, no entanto, o ronco de um réptil; um fluxo pequeno, porém constante de pessoas estivera cruzando a pista, rumo à cidade, e o eco de uma multidão que se adensava era claramente audível sempre que o vento estava a favor.

– Já é quase noite. Tenho que voltar.

Ela se virou para a alameda que conduzia à cidade, e ele foi atrás, por ora aliviado, mas sem a ilusão de que a inquisição estivesse concluída.

Ela, no entanto, tinha mais uma pergunta.

– Quando é que o senhor vai contar a ele? – indagou, virando-se para encará-lo enquanto alcançava a beira das árvores.

– Contar o quê, e a quem? – retrucou lorde John, surpreso.

– A ele. – Ela franziu o cenho, irritada. – William. Meu irmão.

A irritação se esvaiu quando Brianna ouviu a palavra. Ela ainda estava pálida, mas uma espécie de empolgação começara a cintilar por sob sua pele. Lorde John sentia como se tivesse comido algo que lhe assomara ao estômago com violência. Um suor frio irrompeu por sua mandíbula, e suas entranhas se contraíram feito punhos cerrados. Seus joelhos se transformaram em água.

– Você enlouqueceu?

Ele a agarrou pelo braço, tanto para evitar um tropeção quanto para impedir que ela se afastasse.

– Imagino que ele desconheça o pai verdadeiro – disse ela, com certa aspereza. – Dado que o senhor e o meu pai nunca conversaram a respeito, o senhor provavelmente também nunca viu motivo para conversar com *ele*. Mas agora ele é homem feito... e tem o direito de saber, sem dúvida.

Lorde John fechou os olhos e soltou um gemido.

– Está tudo bem? – indagou ela. Ele sentiu que ela se aproximava para examiná-lo. – Não parece muito bem. Sente-se.

Ele se sentou, recostado em uma árvore, e puxou-a para baixo, para sentar-se a seu lado. Respirava fundo, mantendo os olhos fechados, mas com a mente acelerada. Sem dúvida ela estava brincando. Com certeza não, garantiu sua observadora e descrente voz interna. Ela possuía um marcado senso de humor, mas que não estava em evidência no momento.

Ela não podia. Ele não podia deixá-la. Era inconcebível que ela... mas como ele poderia impedi-la? Se ela não o escutasse, talvez Jamie ou a mãe...

Uma mão tocou seu ombro.

– Peço desculpas – disse Brianna, baixinho. – Eu não parei para pensar.

Ele foi tomado de alívio. Sentiu as entranhas começando a se soltar; abriu os olhos e viu a moça a encará-lo, com uma espécie de límpida compaixão que ele não compreendia muito bem. Suas vísceras prontamente tornaram a se remexer, fazendo-o temer não conseguir segurar um constrangedor ataque de flatulência ali mesmo.

Seus intestinos a interpretavam melhor do que ele próprio.

– Eu devia ter pensado – disse ela para si mesma, em tom de reprovação. – Devia imaginar como o senhor se sentiria em relação a isso. O senhor mesmo disse... ele é *seu* filho. O senhor o criou durante todo esse tempo; posso ver o quanto o ama. Deve ser terrível imaginar que William possa descobrir a respeito do meu pai e talvez culpá-lo por não ter revelado antes.

Ela massageava sua clavícula, no que ele presumiu que fosse um gesto tranquilizador. Se era essa a intenção, a manobra havia falhado.

– Mas... – começou ele; ela, no entanto, segurara sua mão e a apertava com fervor, os olhos azuis tomados de lágrimas.

– Ele não vai fazer isso – garantiu ela. – William jamais deixaria de amar o senhor. Acredite em mim. Comigo foi assim... quando descobri sobre o meu pai. Eu não queria acreditar, no início; eu já *tinha* um pai e o amava, não queria outro. Então conheci meu pai, e foi... ele era... quem ele é... – Ela deu de ombros levemente e ergueu uma das mãos para enxugar os olhos na renda do punho. – Mas não esqueci meu outro pai – concluiu, bem baixinho. – Nunca vou esquecer. Nunca.

Lorde John pigarreou, tocado, apesar da seriedade da situação.

– Sim. Bem. Tenho certeza de que seus sentimentos são dignos de crédito, minha querida. E, embora eu creia que receba o mesmo afeto e consideração de William no presente e espere continuar recebendo no futuro, esse na verdade não é o ponto que eu me esforçava para destacar.

– Não?

Ela ergueu o olhar arregalado, as lágrimas se aglomerando nos cílios pontudos. De fato era uma jovem adorável, e ele sentiu uma leve ponta de afeição.

– Não – respondeu ele, muito gentilmente, dadas as circunstâncias. – Olhe, minha querida. Eu lhe contei quem William é... ou quem ele pensa que é.

– Visconde sei lá das quantas, o senhor quer dizer?

Ele suspirou fundo.

– Exato. As cinco pessoas que conhecem seus pais verdadeiros despenderam consideráveis esforços durante os últimos dezoito anos com o objetivo de que ninguém, nem mesmo William, tivesse razão para duvidar de que ele é o nono conde de Ellesmere.

Ela baixou o olhar ao ouvir aquilo, as grossas sobrancelhas unidas, os lábios apertados. Deus, ele esperava que Roger tivesse conseguido localizar Jamie Fraser a tempo. Jamie Fraser era a única pessoa que podia ser efetivamente mais teimosa que a filha.

– O senhor não entende – disse ela, por fim, erguendo o olhar. Ele viu que ela havia tomado uma decisão. – Estamos indo embora. Roger, eu e... as crianças.

– Ahn? – indagou ele, com cautela. Podia ser uma boa notícia, em diversos aspectos. – Para onde pretendem ir? Vão se mudar para a Inglaterra? Ou para a Escócia? Se for para a Inglaterra ou o Canadá, tenho diversas relações que podem ser de...

– Não. Não é para lá. Não é para nenhum lugar onde o senhor tenha "relações". – Ela abriu um sorriso aflito e engoliu em seco antes de prosseguir. – Mas, veja bem... nós vamos embora. Para... para sempre. Eu não vou... não creio que vá voltar a ver o senhor.

Aquela ideia acabara de adquirir concretude para ela; ele via em seu rosto, e, apesar da força da pontada que sentia, estava profundamente comovido pela óbvia agonia da moça.

– Vou sentir muito a sua falta, Brianna – disse ele, com delicadeza.

Fora soldado quase a vida toda, depois diplomata. Aprendera a conviver com a separação, a ausência e a ocasional morte de amigos deixados para trás. Mas a ideia de jamais tornar a ver aquela estranha garota lhe causava o mais inesperado pesar. Quase, pensou ele, surpreso, como se fosse sua filha.

Contudo, ele próprio tinha um filho, e as palavras seguintes da moça o levaram de volta ao estado de alerta.

– Portanto, veja bem – disse ela, aproximando-se com uma presteza que ele em outra situação consideraria atraente –, eu preciso falar com William e contar a ele. Jamais teremos outra chance. – Então sua expressão mudou, e ela levou uma mão ao seio. – Preciso ir – disse, de súbito. – Mandy... Amanda, minha filha... ela tem que mamar.

Com isso, ela se levantou e saiu, deslizando pela areia do hipódromo feito uma nuvem de tempestade, deixando em seu rastro a ameaça de destruição e revolta.

117

DECERTO A JUSTIÇA E A MISERICÓRDIA ME ACOMPANHARÃO

10 de julho de 1776

A maré começou a subir pouco antes das cinco da manhã. O céu estava totalmente claro, límpido e sem nuvens, e os bancos de areia adiante do cais se estendiam, cinzentos e brilhantes, a suavidade interrompida aqui e ali por heras e gramíneas teimosas que brotavam da lama feito tufos de cabelo.

Todos se levantaram com a aurora; havia muita gente no cais para assistir à saída da pequena procissão: dois oficiais do Comitê de Segurança de Wilmington, um representante da Associação de Mercadores, um ministro segurando uma bíblia, e o prisioneiro, uma figura alta e de ombros largos, cruzando de cabeça desnuda o fétido lamaçal. Atrás de todos vinha um escravo, carregando as cordas.

– Não quero ver isso – disse Brianna, entre os dentes.

Estava muito pálida, os braços cruzados por sobre o corpo como se estivesse com dor de estômago.

– Então vamos embora.

Roger a tomou pelo braço, mas ela puxou de volta.

– Não. Eu preciso.

Ela baixou os braços e ficou parada, observando. O povo ao redor deles se acotovelava para ver melhor, gritando e vaiando tão alto que tornava inaudível qualquer coisa que estivesse sendo dita. Não levou muito tempo. O escravo, um homem grande, agarrou e balançou a estaca com as amarras, testando sua estabilidade. Então se afastou, enquanto os dois oficiais conduziam Stephen Bonnet até a estaca e amarravam seu corpo com cordas do peito aos joelhos. O desgraçado não iria a lugar algum.

Roger achou que deveria vasculhar o coração em busca de compaixão, rezar pelo homem. Não conseguiu. Tentou pedir perdão, mas também não foi possível. Algo similar a uma bola de vermes se revirava em sua barriga. Parecia que ele próprio se encontrava amarrado a uma estaca, prestes a se afogar.

O ministro de casaco preto se aproximou, com a brisa do início da manhã a lhe açoitar os cabelos, e começou a mexer a boca. Roger não achava que Bonnet estivesse respondendo, mas não era possível ter certeza. Depois de uns instantes os homens tiraram os chapéus, permaneceram quietos enquanto o ministro orava, então puseram de volta os chapéus e retornaram à praia, as botas chapinhando até os tornozelos na lama arenosa.

No instante em que os oficiais desapareceram, uma fila de pessoas invadiu a lama: visitantes, crianças animadas... e um homem com caderno e lápis, que Roger reconheceu como Amos Crupp, atual proprietário do *Wilmington Gazette*.

– Ora, mas vai ser um furo de reportagem, não vai? – murmurou Roger.

A despeito do que Bonnet de fato dissesse, ou não, sem dúvida no dia seguinte algum jornal estaria circulando pelas ruas, com uma fúnebre confissão ou relatos sentimentaloides de remorso... quiçá ambos.

– Ok, eu *realmente* não posso ver isso.

De súbito, Brianna deu meia-volta e agarrou o braço dele.

Ela cruzou a fileira de armazéns antes de se virar bruscamente para Roger, enterrando o rosto em seu peito e irrompendo em lágrimas.

– Ei... está tudo bem... vai ficar tudo bem.

Ele deu umas batidinhas nela, tentou infundir alguma convicção em suas palavras, mas tinha na garganta um caroço do tamanho de um limão. Por fim, tomou-a pelos ombros e afastou-a de si, para poder encará-la.

– Você não é obrigada a fazer isso.

Ela parou de chorar e deu uma fungada, limpando o nariz na manga do mesmo modo que Jemmy – mas não o olhou nos olhos.

– É... eu estou bem... a questão não é *ele*. É só... é tudo. M-Mandy – explicou, gaguejante –, a história do meu irmão... ah, Roger, se eu não puder dizer nada, ele jamais vai saber, e eu nunca mais vou vê-lo, nem lorde John. Nem mamãe... – Ela foi inundada por novas lágrimas, que se aglomeraram em seus olhos, mas engoliu em seco e forçou-as de volta. – Não é ele – disse ela, numa voz engasgada e exausta.

– Talvez não seja – disse ele, baixinho. – Mas mesmo assim você não é obrigada.

O estômago de Roger ainda revirava, e ele sentia as mãos trêmulas, mas estava pleno de determinação.

– Eu devia tê-lo matado em Ocracoke – disse ela, fechando os olhos e afastando algumas mechas de cabelo. O sol agora estava mais alto e brilhava no céu. – Fui covarde. A-Achei que fosse mais fácil deixar... deixar nas mãos da lei. – Ela abriu os olhos e o encarou, os olhos vermelhos, porém nítidos. – Não posso deixar isso acontecer desse jeito, mesmo que não tivesse dado a minha palavra.

Roger compreendia; sentia o terror da maré subindo, o inexorável rastejo das águas por sobre os ossos. Levaria quase nove horas para que a água chegasse ao queixo de Bonnet; ele era alto.

– Eu faço – disse, com muita firmeza.

Ela tentou abrir um sorriso, mas não conseguiu.

– Não – retrucou. – Não faz, não.

Brianna parecia e soava totalmente exausta; nenhum dos dois dormira muito bem na noite anterior. Ela também soava determinada, no entanto; ele reconheceu o sangue teimoso de Jamie Fraser.

Ora, que diabo – ele também tinha um pouco desse sangue.

– Eu lhe contei o que o seu pai falou daquela vez – comentou Roger. – *"Quem mata por ela sou eu."* Se tem que ser feito... – Ele era forçado a concordar com ela; também não podia suportar. – Então eu faço.

Ela estava se recompondo. Limpou o rosto com uma ponta da saia e respirou fundo antes de encará-lo outra vez. Tinha os olhos de um azul profundo e vívido, muito mais escuro que o céu.

– É, você contou. E também contou por que ele disse isso... o que ele disse a Arch Bug: *"Ela fez um juramento."* Ela é médica; não mata pessoas.

Não mata, uma ova, pensou Roger, sem dizer as palavras em voz alta. Antes que ele pensasse em algo mais educado, Bree prosseguiu, espalmando as mãos em seu peito.

– Você também fez um juramento.

Ele congelou.

– Não fiz, não.

– Ah, fez, sim. – Ela foi bastante enfática. – Talvez ainda não seja oficial... mas não precisa ser. Talvez nem tenha palavras esse juramento que você fez... mas você fez, e eu sei disso.

Ele não podia negar, e se comoveu com o fato de que ela *sabia*.

– É, bom... – Ele pousou as mãos sobre as dela, agarrando seus dedos compridos e fortes. – Eu também fiz um juramento a você, quando lhe contei. Disse que jamais poria Deus acima do meu... do meu amor por você.

Amor. Ele não acreditava que estivesse debatendo uma coisa daquelas em termos de amor. De todo modo, tinha a mais estranha sensação de que era assim que ela enxergava.

– Eu não fiz nenhum tipo de voto – retrucou ela com firmeza, puxando as mãos de baixo das dele. – E dei a minha palavra.

Ela fora com Jamie na noite da véspera, depois de escurecer, ao local onde o pirata estava preso. Roger não fazia ideia de que tipo de suborno ou influência havia sido empregado, mas os dois receberam permissão para entrar. Jamie a levara de volta ao quarto muito tarde, de rosto pálido, com um chumaço de papéis que ela entregou ao pai. Declarações juramentadas, dissera; depoimentos acerca dos negócios de Stephen Bonnet com diversos negociantes ao longo da costa.

Roger lançara a Jamie um olhar letal e recebera de volta o mesmo olhar, com juros e correção. É uma guerra, diziam os olhos semicerrados de Fraser. *E vou usar todas as armas que puder.* No entanto, a única coisa que dissera foi "boa noite, *a nighean*", afagando com ternura os cabelos da filha antes de partir.

Brianna havia se sentado para amamentar Mandy, de olhos fechados, recusando-se a falar. Depois de um tempo, as linhas brancas de tensão em seu rosto se suavizaram; ela pôs a pequena para arrotar e deitou-a na cestinha. Então foi para a cama e fez amor com ele com uma fúria silenciosa e surpreendente. Mas não tão surpreendente quanto agora.

– E tem mais uma coisa – disse ela, sóbria e meio triste. – Eu sou a única pessoa no mundo para quem isso não recai como assassinato.

Com isso, ela se virou e caminhou depressa na direção de Mandy, que aguardava para mamar. Lá fora, nos bancos de areia, ele ainda ouvia o som animado de vozes, ásperas como gaivotas.

Às nove da manhã, Roger ajudou a esposa a embarcar num pequeno bote a remos, amarrado ao cais junto à fileira de armazéns. A maré estivera subindo o dia inteiro; a água estava a mais de um metro e meio de profundidade. Bem no meio da superfície cinzenta e brilhante jazia o aglomerado de estacas de ancoragem – e a cabecinha escura do pirata.

Brianna estava distante feito uma estátua pagã, o rosto inexpressivo. Ergueu as saias para entrar no barco, o peso em seu bolso batendo contra a ripa de madeira em reação a seus movimentos.

Roger pegou os remos e avançou, rumo às estacas. Eles não suscitariam interesse em particular; havia barcos partindo desde o meio-dia, transportando visitantes que desejavam olhar o rosto do condenado, gritar insultos ou arrancar uma mecha de seu cabelo para guardar de lembrança.

Ele não podia ver aonde estava indo; Brianna o conduzia para a esquerda ou a direita com silenciosos meneios de cabeça. Ela enxergava; estava sentada bem ereta, a mão direita enfiada na saia.

Então ela ergueu subitamente a mão esquerda; Roger permaneceu nos remos, empurrando um deles para virar a pequenina embarcação.

Bonnet tinha os lábios abertos, a pele do rosto rachada e incrustada de sal, as pálpebras tão vermelhas que mal podia abrir os olhos. Ergueu a cabeça, no entanto, ao notar a aproximação deles, e Roger viu um homem violentado, indefeso e temendo de tal forma a aproximação do abraço que em parte acolhia seu toque sedutor, rendendo a pele aos dedos frios e ao beijo arrebatador e asfixiante.

– Você deixou para muito tarde, querida – disse ele a Brianna, com um esgar que abriu ainda mais os lábios rachados, deixando sangue nos dentes. – Mas eu sabia que viria.

Roger remou, aproximando o barco, então mais um pouco. Olhava por sobre o ombro quando Brianna tirou a pistola de cabo dourado do bolso e apontou o cano para a orelha de Bonnet.

– Vá com Deus, Stephen – disse ela claramente, em gaélico, e puxou o gatilho. Então largou a arma na água e virou-se para o marido. – Vamos para casa.

118

ARREPENDIMENTO

Lorde John entrou em seu quarto na estalagem e ficou surpreso – estupefato, a bem da verdade – ao descobrir que tinha uma visita.

– John.

Jamie Fraser virou-se da janela, com um breve sorriso.

– Jamie. – Ele retribuiu o sorriso, tentando controlar a súbita sensação de enlevo. Havia chamado Jamie Fraser pelo primeiro nome talvez três vezes nos últimos 25 anos; a intimidade suscitada era estimulante, mas ele não podia deixar transparecer.

– Posso pedir uma bebida para nós? – indagou, com educação.

Jamie não havia se afastado da janela; olhou para fora, então voltou o olhar para John e balançou a cabeça, ainda sorrindo de leve.

– Não, obrigado. Somos inimigos, não somos?

– Infelizmente nos encontramos em lados opostos no que creio que vá ser um conflito de vida curta – corrigiu lorde John.

Fraser perscrutou-o, com a expressão estranha e pesarosa.

– Curta, não – disse ele. – Lamentável, sim.

– De fato.

Lorde John pigarreou e avançou até a janela, com cuidado para não esbarrar no visitante. Olhou para fora e viu a provável razão da visita de Fraser.

– Ah! – exclamou, vendo Brianna Fraser MacKenzie na calçada de tábuas de madeira abaixo. – Ah! – repetiu, num tom diferente. William Clarence Henry George Ransom, nono conde de Ellesmere, acabara de sair da estalagem e a cumprimentava com uma mesura. – Jesus amado – disse ele, a apreensão fazendo seu couro cabeludo pinicar. – Ela vai contar a ele?

Fraser balançou a cabeça, os olhos nos dois jovens abaixo.

– Não – respondeu, baixinho. – Ela me deu a palavra.

O alívio percorreu as veias do lorde feito água.

– Obrigado.

Fraser deu de ombros de leve, dispensando o agradecimento. Afinal de contas, também era o que ele desejava – ou assim presumia lorde John.

Os dois conversavam; William disse algo e Brianna riu, jogando os cabelos para trás. Jamie observou, fascinado. Santo Deus, eles se pareciam! Os pequenos trejeitos de expressão, a postura, os gestos... devia ser aparente até ao observador mais desatento. A bem da verdade, ele viu um casal passar pelos dois, e a mulher sorriu, satisfeita com a visão da bela dupla tão parecida.

– Ela não vai contar – disse lorde John, de certa forma consternado com a visão. – Mas está se exibindo para ele. Será que ele não vai... não. Suponho que não.

– Espero que não – disse Jamie, os olhos ainda fixos nos dois. – Mas, se acontecer... mesmo assim ele não vai *saber*. E ela insistiu em vê-lo mais uma vez... disse que era o preço de seu silêncio.

John assentiu, calado. O marido de Brianna agora chegava, de mãos dadas com o garotinho, o cabelo vívido como o da mãe sob o sol brilhante de verão. Segurava um bebê nos braços – Brianna o apanhou, removendo o cobertor para mostrar a criança a William, que a observou com todos os indícios de polidez.

De súbito, lorde John percebeu que Fraser tinha cada fragmento de seu ser atento à cena do lado de fora. Claro; não via Willie desde que o rapaz tinha 12 anos. Observar os dois juntos... sua filha e o filho que ele jamais pudera reconhecer, com quem jamais pudera falar. Ele teria tocado Fraser, pousado uma mão em seu braço como sinal de compaixão, mas absteve-se, tendo ciência do provável efeito de seu ato.

– Eu vim – disse Fraser, de repente – lhe pedir um favor.

– Estou às ordens, senhor – respondeu lorde John, satisfeitíssimo, mas buscando refúgio na formalidade.

– Não é para mim – explicou Fraser, olhando para ele. – Para Brianna.

– Meu prazer será ainda maior – garantiu John. – Tenho imenso apreço por sua filha, não obstante as semelhanças de temperamento que ela guarda com o senhor.

Fraser contorceu a boca, e voltou o olhar à cena abaixo.

– De fato – concordou ele. – Pois bem. Não posso revelar o motivo do meu pedido... mas preciso de uma joia.

– Uma joia? – Lorde John soava inexpressivo até aos próprios ouvidos. – Que tipo de joia?

– Qualquer tipo. – Fraser deu de ombros, impaciente. – Não importa... contanto que seja uma pedra preciosa. Eu um dia lhe dei uma pedra assim... – Ao dizer isso, ele torceu o canto da boca; entregara a pedra, uma safira, sob coação, como prisioneiro da Coroa. – Mas não imagino que o senhor ainda a tenha consigo.

A bem da verdade, ele tinha. Aquela safira em particular o acompanhara durante os últimos 25 anos, e naquele exato momento repousava no bolso de seu casaco.

Ele encarou a mão esquerda, que ostentava um grosso anel de ouro, ornado com uma reluzente safira lapidada. O anel de Hector. Dado a ele por seu primeiro amante, aos 16 anos. Hector morrera em Culloden – no dia em que John conhecera James Fraser, na escuridão do passo de uma montanha escocesa.

Sem hesitar, mas com certa dificuldade – usava o anel havia tanto tempo que já aderira um pouco à carne do dedo –, ele girou a joia, removeu-a, e depositou-a na mão de Jamie.

Fraser ergueu as sobrancelhas, espantado.

– Isso? Tem cert...

– É seu.

Ele então estendeu a mão e fechou os dedos de Jamie entre os seus. O contato foi fugidio, mas sua mão latejou; ele fechou o próprio punho, desejando manter a sensação.

– Obrigado – repetiu Jamie, baixinho.

– É... o prazer é todo meu.

O grupo abaixo se despedia: Brianna ia partindo com o bebê nos braços, o marido e o filho já caminhando pela calçada. William fez uma mesura, de chapéu na mão, a cabeça castanha de formato idêntico à ruiva...

De súbito, lorde John não pôde suportar assistir à separação. Desejava manter aquilo também – a visão dos dois juntos. Fechou os olhos e se levantou, as mãos no peitoril da janela, sentindo o movimento da brisa lhe afagar o rosto. Algo lhe tocou o ombro, muito fugaz, e ele sentiu um movimento no ar a seu lado.

Ao tornar a abrir os olhos, os três haviam desaparecido.

119

RELUTANTE EM PARTIR

Setembro de 1776

Roger estava descendo o último cano d'água quando Aidan e Jemmy despontaram a seu lado, feito dois bonecos pulando para fora da caixa.

– Papai, papai, Bobby está aqui!

– O quê? Bobby Higgins? – Roger se endireitou, sentindo o protesto dos músculos das costas; olhou na direção da Casa Grande, mas não viu sinal de um cavalo. – Onde está ele?

– Foi ao cemitério – disse Aidan, cheio de importância. – Acha que foi procurar o fantasma?

– Duvido – respondeu Roger, calmamente. – Que fantasma?

– O de Malva Christie – respondeu Aidan. – Ela caminha por aí. Todo mundo diz. Ele falava em tom de bravura, mas abraçou o próprio corpo.

Jemmy, que claramente não ouvira a história antes, arregalou os olhos.

– Por que ela caminha? Para onde está indo?

– Porque ela foi asssssassssinada, seu tonto – respondeu Aidan. – As pessoas assassinadas sempre andam por aí. Ficam procurando o assassino.

– Bobagem – retrucou Roger, com firmeza, ao ver o olhar de desconforto de Jemmy.

Jem sabia que Malva Christie estava morta, claro; comparecera ao funeral, bem como todas as outras crianças da Cordilheira. No entanto, ele e Brianna só haviam revelado que Malva tinha morrido, não que fora assassinada.

Bom, pensou Roger, taciturno, não havia chance de manter algo como aquilo em segredo. Ele esperava que Jem não tivesse pesadelos.

– Malva não está andando por aí atrás de ninguém – disse ele, com a maior convicção que podia infundir na voz. – A alma dela está no céu, com Jesus, feliz e em paz... e seu corpo... bom, quando as pessoas morrem não precisam mais do corpo, por isso as enterramos, e lá elas ficam, bem quietinhas na cova, até o Último Dia.

Aidan parecia claramente nada convencido.

– Joey McLaughlin a viu, sexta-feira vai fazer duas semanas – insistiu ele, subindo e descendo os pés. – Correndo pela mata, ele falou, toda de preto... e uivando e choramingando!

Jemmy começava a parecer de fato incomodado. Roger largou a pá e pegou Jem no colo.

– Imagino que Joey McLaughlin tenha andado bebendo um pouquinho demais – disse ele. Os meninos estavam bem familiarizados com o conceito de bebedeira. – Se estava correndo pela mata e uivando, é bem provável que tenha sido Rollo, na verdade.

Mas venham comigo; vamos encontrar Bobby, aí vocês podem ver a sepultura de Malva com os próprios olhos.

Ele estendeu a mão para Aidan, que a tomou alegremente e foi tagarelando por toda a subida da colina.

O que Aidan faria quando ele fosse embora?, Roger se perguntou. A ideia de partir, a princípio tão abrupta a ponto de parecer totalmente irreal e impensável, estivera dia a dia se infiltrando em sua consciência. Enquanto ele seguia com suas tarefas, cavava os fossos para os canos d'água de Brianna, carregava feno e cortava lenha, tentava pensar que não faltava muito. Ainda assim, parecia impossível imaginar que um dia não estaria na Cordilheira, não abriria a porta do chalé e encontraria Brianna envolvida em alguma experimentação diabólica na mesa da cozinha, Jem e Aidan correndo loucamente com os vruns a seus pés.

A sensação de irrealidade se pronunciava também quando ele conduzia as pregações de domingo ou circulava como ministro – ainda que sem os documentos – para visitar os doentes ou aconselhar os aflitos. Ao olhar todos aqueles rostos, simplesmente não podia acreditar que pretendia partir, abandonar todos de forma tão insensível. Como daria a notícia?, ele se perguntava, meio aflito. Sobretudo àqueles por quem se sentia mais responsável – Aidan e sua mãe?

Roger rezava, pedindo força e orientação.

E, ainda assim... não esquecia a visão dos dedinhos azuis de Amanda e o leve chiado de sua respiração. As pedras despontando no córrego de Ocracoke pareciam se aproximar, cada vez mais sólidas, dia após dia.

Bobby Higgins de fato estava no cemitério, o cavalo amarrado sob os pinheiros. Estava sentado junto ao túmulo de Malva, de cabeça baixa, contemplativo, mas ergueu o olhar imediatamente ao ver Roger e os meninos se aproximando. Tinha o semblante pálido e lúgubre, mas se levantou e cumprimentou Roger com um aperto de mão.

– Fico feliz com o seu retorno, Bobby. Vocês dois podem ir brincar, sim? – Ele desceu Jemmy ao chão, satisfeito em ver que, depois de uma olhadela desconfiada ao túmulo de Malva, adornado com um buquê de flores silvestres apodrecidas, o menino disparou sorridente com Aidan para caçar esquilos na mata. – Eu... ahn... não esperava vê-lo outra vez – acrescentou, um tanto constrangido.

Bobby baixou o olhar, removendo lentamente agulhas de pinheiro das calças.

– Bom, senhor... a questão é que eu vim para ficar. Se for do agrado dos senhores – concluiu, prontamente.

– Para ficar? Mas... é claro que está bem – disse Roger, recuperando-se da surpresa. – Você... quero dizer... você não se desentendeu com lorde John, espero?

Bobby pareceu espantado com a ideia e balançou a cabeça com firmeza.

– Ah, não, senhor! Lorde John tem sido muito bom para mim, desde que me acolheu. – Ele hesitou, mordendo o lábio inferior. – É só que... bom, senhor, veja bem, tem muita gente indo ficar com o lorde esses dias. Políticos, e... gente do exército.

Sem perceber, ele tocou a marca na bochecha, que agora havia se reduzido a uma cicatriz rosada, mas ainda aparente – como sempre seria. Roger compreendia.

– Já não estava confortável por lá, imagino?

– Pois é, senhor. – Bobby lançou-lhe um olhar de gratidão. – Antigamente éramos só o lorde, eu e Manoke, o cozinheiro. Às vezes chegava um convidado para jantar ou passar uns dias, mas era tudo mais fácil e o que se pode chamar de simples. Quando eu saía para entregar mensagens ou cumprir tarefas para o lorde, as pessoas me encaravam, mas só da primeira ou segunda vez; depois se acostumavam... – Ele tornou a tocar o rosto. – E ficava tudo bem. Mas agora...

A voz dele foi morrendo, triste, deixando Roger a imaginar a provável reação dos oficiais do exército britânico, engomados, polidos e claramente em desacordo com aquela mácula no serviço... ou exibindo dolorosa educação.

– Lorde John notou a dificuldade; ele é bom nisso. E disse o quanto sentiria a minha falta, mas, se eu escolhesse buscar a sorte em outro lugar, ele me daria 10 libras e seus melhores votos.

Roger soltou um assobio reverente. Dez libras era uma quantia bastante respeitável. Não era uma fortuna, mas o suficiente para que Bobby pegasse a estrada.

– Muito bom – disse ele. – Lorde John sabia que você pretendia vir para cá?

Bobby balançou a cabeça.

– Eu mesmo não tinha certeza. Antigamente, eu deveria... – Ele parou de modo abrupto, com uma olhadela para o túmulo de Malva, então voltou-se outra vez para Roger, com um pigarro. – Achei melhor conversar com o sr. Fraser antes de me decidir. Pode ser que já não haja nada aqui para mim.

A frase fora dita em tom de afirmação, mas a pergunta estava bem clara. Todos na Cordilheira conheciam e aceitavam Bobby; não era essa a dificuldade. Porém, com Lizzie casada e Malva morta... Bobby queria uma esposa.

– Ah... acho que você pode se considerar bem-vindo.

Ele lançou um olhar pensativo a Aidan, pendurado pelos joelhos num galho de árvore, de cabeça para baixo, enquanto Jemmy lhe atirava pinhos. Uma sensação peculiar o invadiu, algo entre gratidão e ciúme... mas sufocou com firmeza o último sentimento.

– Aidan! – gritou ele. – Jem! Hora de ir! – Então virou-se para Bobby, de maneira displicente. – Acho que você talvez ainda não tenha conhecido a mãe de Aidan, Amy McCallum... uma jovem viúva, pois sim, com uma casa e um terreninho. Ela veio trabalhar na Casa Grande; se aceitar ir jantar por lá...

– Já pensei nisso, vez ou outra – admitiu Jamie. – Imaginei, sabe? E se eu pudesse? Como seria? – Ele olhou Brianna, sorrindo, mas meio indefeso, e deu de ombros. – O que acha, moça? O que eu faria por lá? Como seria?

– Bom, é... – começou ela.

Então parou, tentando visualizá-lo naquele mundo... atrás do volante de um carro? Indo a um escritório, de terno, colete e gravata? A ideia era tão ridícula que ela riu. Ou sentado num cinema escuro, assistindo a filmes do Godzilla com Jem e Roger?

– Como se soletra Jamie ao contrário? – indagou ela.

– Eimaj, eu acho – respondeu ele, confuso. – Por quê?

– Acho que você se sairia muito bem – disse ela, sorrindo. – Deixa para lá. Você... bom, imagino que pudesse publicar jornais. As prensas são maiores e mais rápidas, e é preciso muito mais gente para reunir as notícias, mas tirando isso... não acho que seja tão diferente de hoje em dia. Você sabe fazer.

Ele assentiu, uma ruga de concentração se formando entre as grossas sobrancelhas que tanto pareciam as dela.

– Imagino que sim – disse, meio indeciso. – Acha que eu podia ser fazendeiro? Sem dúvida o povo ainda come por lá; alguém precisa alimentá-los.

– Pode ser. – Ela olhou em volta, memorizando todos os detalhes mais simples do lugar: as galinhas ciscando a terra, tranquilas; as vigas macias e gastas do estábulo; a terra revirada perto da base da casa, onde a porca branca havia escavado. – Lá tem gente que cuida da fazenda da mesma forma; lugares pequenos, bem no alto das montanhas. É uma vida difícil... – Ela o viu sorrir e riu em resposta. – Tudo bem, não é mais difícil que hoje em dia... mas nas cidades é bem mais fácil. – Ela parou, pensativa. – Você não teria que lutar – concluiu.

Ele pareceu surpreso.

– Não? Mas você disse que há guerras.

– Sem dúvida – respondeu ela, com pontadas gélidas na barriga, à medida que as imagens lhe perfuravam a mente: campos de papoulas, campos cheios de cruzes brancas... um homem pegando fogo, uma criança nua correndo com a pele queimada, o rosto contorcido de um homem no instante antes de a bala lhe atravessar o cérebro. – Mas... são só os jovens que lutam. E nem todos; só alguns.

– Humm. – Ele pensou por um instante, o cenho franzido, então olhou para cima e a perscrutou. – Esse seu mundo, essa América – disse, por fim, sem rodeios. – A liberdade para onde você vai. Haverá um preço assustador a ser pago. Acha que vai valer a pena?

Foi a vez dela de fazer silêncio e refletir. Por fim, Brianna apoiou a mão no braço dele... sólido, quente, duro como aço. E sussurrou:

– Por quase nada valeria a pena perder você. Mas talvez isso chegue perto.

À medida que o mundo gira rumo ao inverno e as noites se alongam, as pessoas começam a acordar no escuro. Ficar deitado na cama por tempo demais deixa os membros dormentes, e sonhos sonhados por tempo demais começam a crescer para dentro, grotescos. De modo geral, o corpo humano não está adaptado para mais de sete ou oito horas de sono – mas o que acontece quando as noites duram mais que isso?

O que acontece é o segundo sono. A pessoa dorme de cansaço, logo após escurecer – mas então torna a acordar, rumando para a superfície dos sonhos como trutas em busca de alimento. E, caso seu parceiro de sono também acorde – e pessoas que passam muitos anos dormindo juntas sabem imediatamente quando a outra acorda –, tem-se, no meio da noite, um lugarzinho particular de compartilhamento. Um lugar onde se levantar, espichar o corpo, trazer uma maçã suculenta à cama e dividi-la, fatia por fatia, os dedos roçando os lábios. Ter o luxo de uma conversa não interrompida pelos afazeres do dia. Fazer amor lentamente à luz de uma lua outonal.

Então deitar-se, juntos, e deixar os sonhos do amante lhe afagarem a pele enquanto recomeça a mergulhar para além das ondas da consciência, feliz em saber que a aurora ainda está longe – esse é o segundo sono.

Eu subi muito lentamente à superfície de meu primeiro sono, descobrindo que o sonho altamente erótico que estivera tendo era, em parte, realidade.

– Nunca pensei que fosse o tipo de homem que molesta um cadáver, Sassenach. – A voz murmurante de Jamie fez comichar a pele tenra sob minha orelha. – Mas devo dizer que a ideia é mais atraente do que eu pensava.

Eu não estava pensando com clareza para responder, mas empurrei os quadris em direção a ele, de uma forma que ele pareceu considerar tão eloquente quanto um convite caligrafado num pergaminho. Ele respirou fundo, agarrando minha bunda com firmeza, e me fez despertar de uma forma que poderia, em diversos sentidos, ser considerada rude.

Eu me contorci feito um verme empalado num anzol, emitindo barulhinhos prementes que ele interpretou da maneira correta, rolando-me com o rosto para baixo e procedendo de modo a não deixar dúvidas em mim de que eu não apenas estava viva e desperta, como em funcionamento.

Depois de um longo tempo, emergi de um ninho de travesseiros amassados, suada, arquejante, tremendo em cada lúbrica e dilatada terminação nervosa... e muito acordada.

– O que foi que deu em você?

Ele não havia se afastado; ainda estávamos unidos, banhados pela luz da meia-lua, que descia pelo céu por sobre as castanheiras. Ele produziu um leve ruído, meio satisfeito, meio consternado.

– Não posso vê-la dormindo sem querer acordá-la, Sassenach. – Ele cobriu meu seio com a mão, agora com delicadeza. – Acho que me sinto solitário sem você.

Havia um tom estranho em sua voz; virei a cabeça para ele, mas não podia vê-lo na escuridão. Em vez disso, estendi a mão para trás e toquei a perna ainda meio enroscada sobre a minha. Mesmo relaxada, era rígida; eu sentia sob meus dedos o comprido caminho do músculo.

– Estou aqui – falei, e ele de súbito apertou o braço em meu corpo.

• • •

Ouvi a respiração presa na garganta dele e apertei sua coxa.

– O que foi?

Ele respirou, mas não respondeu de imediato. Eu o senti recuar um pouco e tatear sob o travesseiro. Então ele tornou a me abraçar, mas dessa vez buscando a mão que repousava em sua perna. Enroscou os dedos nos meus, e senti um objeto pequeno e redondo em minha mão. Eu o ouvi engolir em seco.

A pedra, fosse lá qual fosse, parecia levemente morna ao toque. Corri o polegar por ela; era uma pedra bruta, do tamanho de uma das juntas dos meus dedos.

– Jamie... – falei, sentindo a garganta fechar.

– Eu te amo – retrucou ele, tão baixinho que mal o ouvi, por mais perto que estivéssemos.

Permaneci parada por um instante, sentindo a pedra ficar ainda mais quente na palma da mão. Sem dúvida era a imaginação que a fazia parecer pulsar no ritmo do meu coração. Onde diabo ele havia arrumado aquilo?

Então eu me mexi – não de súbito, mas de forma deliberada, deslizando o corpo devagar para me afastar dele. Levantei-me, sentindo um pouco de tontura, e cruzei o quarto. Abri a janela para sentir o toque cortante do vento de outono em minha pele nua e aquecida pela cama; então estendi o braço para trás e atirei o pequenino objeto na escuridão da noite.

Retornei à cama; vi seus cabelos, uma massa escura no travesseiro, e o brilho de seus olhos sob o luar.

– Eu te amo – sussurrei, e deslizei por sob os lençóis para perto dele, abraçando-o, puxando-o mais para perto, mais quente que a pedra, muito mais quente... e seu coração bateu com o meu.

– Não sou mais tão corajoso quanto era antes, sabe? – disse ele, bem baixinho. – Já não tenho coragem suficiente para viver sem você.

Mas tinha coragem suficiente para tentar.

Eu trouxe a cabeça dele para perto, afagando seus cabelos bagunçados, ásperos e ao mesmo tempo suaves, vivos sob meus dedos.

– Deite a cabeça, homem – falei, baixinho. – Falta muito para amanhecer.

120

SE FOSSE SÓ POR MIM

O céu estava da cor de chumbo, ameaçando chuva, e o vento açoitava as pequenas palmeiras, fazendo farfalhar as folhas feito sabres. Nas profundezas do mangue, os quatro blocos de pedra se avultavam junto ao córrego.

– Sou a esposa do senhor de Balnain – sussurrou Brianna, perto de mim. – As fadas me roubaram mais uma vez.

Ela tinha os lábios brancos, com Amanda agarrada junto ao seio.

Nós havíamos nos despedido – para mim, vínhamos nos despedindo desde o dia em que pressionei o estetoscópio no coração de Mandy. Brianna, no entanto, deu meia-volta e se atirou – com bebê e tudo – nos braços de Jamie, que pressionou-a com tanta força junto ao coração que achei que um dos dois fosse se quebrar.

Então ela correu na minha direção, uma nuvem de capa e cabelos soltos; seu rosto era frio contra o meu, suas lágrimas se juntando às minhas sobre a minha pele.

– Eu te amo, mãe! Eu te amo! – disse ela, desesperada.

Então virou-se e, sem olhar para trás, começou a percorrer o caminho que Donner descrevera, cantando baixinho entre os dentes. Um círculo à direita, entre duas pedras, um círculo à esquerda, e de volta ao centro... então à esquerda da pedra maior.

Eu já antecipava; quando ela começou a descrever o trajeto, corri para longe das pedras, parando a uma distância que considerei segura. Não era. O som – dessa vez um estrondo, em vez de um ganido – perpassou meu corpo, paralisando minha respiração e quase meu coração. Uma dor congelante se alojou em meu peito, feito uma faixa, e desabei de joelhos, indefesa e cambaleante.

As duas desapareceram. Pude ver Jamie e Roger correndo para conferir – morrendo de medo de encontrar os corpos, ao mesmo tempo desolados e alegres por não encontrá-los. Eu não podia ver muito bem – minha visão flutuava, o foco ia e vinha –, mas não era preciso. Eu sabia que elas tinham ido, pelo vazio em meu coração.

– Dois já foram – sussurrou Roger. Sua voz era apenas um ronco fraco, e ele pigarreou com força. – Jeremiah. – Baixou os olhos para Jem, que pestanejou, torceu o nariz e se empertigou ao ouvir seu nome formal. – Você sabe o que vamos fazer, não sabe?

Jemmy assentiu, embora com um olhar assustado em direção à pedra que se avultava onde a mãe e a irmãzinha haviam acabado de desaparecer. Ele engoliu em seco e enxugou as lágrimas do rosto.

– Muito bem, então. – Roger estendeu a mão e pousou-a delicadamente sobre a cabeça de Jemmy. – Saiba disso, *mo mac*... eu vou amar você por toda a minha vida, e nunca vou esquecê-lo. Mas o que estamos fazendo é uma coisa terrível, e você não precisa ir comigo. Pode ficar com o vovô e a vovó Claire; não tem problema.

– Eu não... não vou ver a mamãe de novo?

Jemmy, de olhos arregalados, não parava de encarar a pedra.

– Eu não sei – disse Roger; pude ver as lágrimas contra as quais ele lutava e as ouvi em sua voz embargada. Ele próprio não sabia se tornaria a ver Brianna, ou a pequena Mandy. – Talvez... talvez não.

Jamie baixou os olhos e encarou Jem, agarrado à sua mão, alternando o olhar entre o pai e o avô, com o semblante tomado de confusão, medo e ânsia.

– Se um dia, *a blailach* – disse Jamie, em tom coloquial –, você conhecer um rato bem grande chamado Michael... diga que seu avô mandou lembranças.

Ele abriu a mão, soltou o menino e assentiu para Roger.

Jem permaneceu olhando por um instante, então firmou os pés e correu em direção ao pai, espalhando areia por sob os sapatos. Pulou em seus braços, agarrando-o pelo pescoço, e com uma última olhada para trás Roger se virou e foi para trás da pedra; minha cabeça explodiu em chamas.

Depois de um tempo inimaginável, comecei a retornar, lentamente, descendo das nuvens fragmentadas feito pedras de granizo. E me vi deitada com a cabeça no colo de Jamie. E o ouvi dizer baixinho, para si mesmo ou para mim:

– Por você, vou continuar... mas, se fosse só por mim... não faria isso.

121

CRUZANDO O ABISMO

Três noites depois, acordei de um sono agitado numa estalagem em Wilmington, a garganta seca feito o bacon salgado que eu havia comido no cozido do jantar. Sentei-me para buscar água e descobri que estava sozinha – o luar branco que entrava pela janela iluminava o travesseiro vazio ao meu lado.

Encontrei Jamie lá fora, atrás da estalagem, o camisolão um borrão claro contra a escuridão do pátio. Estava sentado no chão, recostado num bloco de corte, abraçando os joelhos.

Ele não disse nada quando me aproximei, mas virou a cabeça e remexeu o corpo, numa acolhida silenciosa. Eu me sentei no bloco atrás dele; Jamie inclinou a cabeça para trás, por sobre a minha coxa, com um longo e profundo suspiro.

– Não conseguiu dormir? – indaguei.

Eu o toquei delicadamente, afastando os cabelos de seu rosto. Ele dormia de cabelos soltos, e eu os senti grossos e bagunçados por sobre os ombros.

– Não, eu dormi – disse ele, baixinho. Tinha os olhos abertos, encarando a grande lua crescente acima, dourada por sobre os álamos próximos à estalagem. – Eu tive um sonho.

– Um pesadelo?

Ele raramente sonhava, mas de vez em quando acontecia: as malditas lembranças de Culloden, de mortes inúteis e carnificina; sonhos de prisão, fome e confinamento – e às vezes, muito raramente, Jack Randall retornava a ele em sonho, com amorosa crueldade. Tais sonhos sempre o arrancavam da cama, fazendo-o passar horas caminhando de um lado a outro, até que a exaustão levasse embora as visões. Desde a ponte de Moore's Creek, no entanto, ele não sonhava desse jeito.

– Não – disse ele, meio surpreso. – Nem um pouco. Eu sonhei com ela... a nossa menina... e os pequenos.

Meu coração deu um leve salto, consequência do assombro e talvez de uma ponta de inveja.

– Você sonhou com Brianna e as crianças? Como foi?

Ele sorriu, o rosto tranquilo e distraído ao luar, como se ainda visse uma parte do sonho diante de si.

– Tudo bem – respondeu ele. – Eles estão seguros. Eu os vi numa cidade... parecia Inverness, mas era um pouco diferente. Eles subiam os degraus de uma casa... Roger Mac estava junto – acrescentou, de repente. – Bateram à porta, e uma mulherzinha de cabelo castanho abriu. Gargalhou de alegria ao vê-os e mandou que entrassem, e eles cruzaram um corredor com umas coisas estranhas feito tigelas penduradas no teto.

Ele fez uma pausa e prosseguiu:

– Daí estavam todos numa sala com sofás e cadeiras, e a sala tinha enormes janelas todas de um lado só, do chão ao teto, e o sol da tarde adentrava, ateando fogo aos cabelos de Brianna e fazendo a pequena Mandy chorar quando a luz batia em seus olhinhos.

– Algum... algum deles chamou a moça de cabelo castanho pelo nome? – indaguei, o coração batendo ligeiro e de um jeito estranho.

Ele franziu o cenho, e o luar formou uma cruz de luz por sobre seu nariz e testa.

– Sim, chamaram – disse ele. – Só não consigo... ah, sim; Roger Mac a chamou de Fiona.

– Ah, foi? – indaguei.

Pousei as mãos no ombro dele, com a boca cem vezes mais seca do que ao acordar. A noite estava fria, mas não o bastante para justificar a temperatura de minhas mãos.

Eu havia contado a Jamie uma enorme quantidade de coisas sobre a minha própria época durante os anos de nosso casamento. Sobre trens, aviões e automóveis, guerras, encanamento interno. Mas eu tinha quase certeza de que nunca descrevera o escritório da casa onde Roger crescera com o pai adotivo.

O quarto com a parede de janelas, feito para acomodar a pintura, passatempo do Reverendo. O comprido corredor da casa, adornado com candeeiros antiquados, no formato de vasilhas penduradas. E eu sabia que jamais havia contado sobre a última governanta do Reverendo, uma moça de cabelos escuros e cacheados chamada Fiona.

– Eles estavam felizes? – indaguei, por fim, muito baixinho.

– Estavam. Brianna e o marido... eles tinham umas sombras no rosto, mas mesmo assim pude ver que estavam contentes. Todos se sentaram para comer... Brianna e Roger bem juntinhos, apoiados um no outro... e o pequeno Jem com a cara enfiada em bolos e creme. – Ele sorriu diante da visão, e seus dentes reluziram de leve na escuridão. – Ah. E por fim, pouco antes de eu acordar... o pequeno Jem estava fazendo bagunça, pegando coisas e botando de volta, como ele faz. Tinha uma... coisa... na mesa. Não sei dizer o que era; nunca vi algo assim. – Ele separou as mãos cerca de 15 centímetros, franzindo o cenho. – Era mais ou menos desta largura, só um pouquinho mais comprida... feito uma caixa, talvez, só que meio... curvada.

– Curvada? – indaguei, intrigada com o que poderia ser.

– É, e tinha uma coisa em cima, feito um bastãozinho, só que com uma rodela de cada lado, e o bastãozinho era preso à caixa com uma espécie de cordão preto, enroscado feito um rabinho de porco. Jem olhou, estendeu a mão e disse "quero falar com o vovô".

Ele inclinou a cabeça ainda mais para trás, de modo a olhar para mim.

– Faz ideia do que é isso, Sassenach? Nunca vi nada parecido.

O vento do outono descia a colina, farfalhante, trazendo em seu encalço folhas secas, leves e ligeiras como as pegadas de um fantasma, e senti um arrepio nos pelos da nuca e dos antebraços.

– Sim, eu sei. Acho que já lhe contei a respeito. – Eu não achava, no entanto, que já havia descrito o objeto a ele, pelo menos não mais que em linhas gerais. Pigarreei.

– Isso se chama telefone.

122

O GUARDIÃO

Era novembro; não havia flores. Os arbustos, no entanto, exibiam um brilho verde-escuro, e as bagas já tinham começado a amadurecer. Arranquei um raminho, atenta aos espinhos, acrescentei um galho de abeto jovem, para dar fragrância, e subi a escarpada trilha até o pequenino cemitério.

Toda semana eu visitava o túmulo de Malva, deixava uma lembrancinha e entoava uma prece. Ela e a criança não haviam sido enterradas numa sepultura de pedras – seu pai não desejara um costume tão pagão –, mas as pessoas iam até lá deixar pequenos seixos, como lembrança. Vê-los me dava certo conforto; outros se recordavam dela.

Parei abruptamente na ponta da trilha; havia alguém ajoelhado defronte ao túmulo – um jovem. Captei o murmúrio de sua voz, baixo e coloquial. Teria me virado para voltar, exceto pelo fato de que ele ergueu a cabeça, e o vento lambeu seus cabelos, curtos e bagunçados, feito as penas de uma coruja. Allan Christie.

Ele também me viu, e se enrijeceu. No entanto, não havia nada a fazer além de ir falar com ele, então eu fui.

– Sr. Christie – falei, sentindo a estranheza das palavras em minha boca. Era como eu chamava o pai dele. – Sinto muito por sua perda.

Ele me encarou, inexpressivo; então uma espécie de consciência pareceu invadir seu olhar. Os olhos cinza, rodeados de cílios negros, tão parecidos com os do pai e os da irmã. Injetados de lágrimas e privados de sono, a julgar pelas manchas negras ao redor.

– É – disse ele. – Minha perda. É.

Parei junto a ele para pousar meu buquê de sempre-vivas e, com um breve arroubo de alarme, vi que havia uma pistola no chão, carregada e pronta.

– Por onde você andou? – indaguei, no tom mais casual possível, dadas as circunstâncias. – Sentimos a sua falta.

Ele deu de ombros, como se não importasse por onde havia andado – talvez não importasse mesmo. Ele já não olhava para mim, mas para a pedra que acomodáramos sobre a sepultura.

– Por aí – respondeu, vagamente. – Mas eu tinha que voltar.

Ele se virou um pouco, indicando claramente o desejo de que eu me retirasse. Em vez disso, ergui as saias e me ajoelhei com delicadeza a seu lado. Não *achava* que ele fosse estourar os miolos na minha frente. Eu não tinha ideia do que fazer além de tentar fazê-lo conversar comigo e esperar que alguém aparecesse.

– Ficamos felizes em tê-lo aqui – disse, tentando soar casual.

– É – respondeu ele, vagamente. Levou outra vez os olhos à lápide. – Eu tinha que voltar.

Ele moveu a mão de leve em direção à pistola, e eu a agarrei, assustando-o.

– Sei que você amava muito a sua irmã. Foi... foi um choque terrível para você, eu sei.

O que eu podia dizer? Havia coisas a se dizer a alguém que cogitava se matar, eu sabia, mas o quê?

"A sua vida tem valor." Eu dissera isso a Tom Christie, que se limitara a responder *"se não tivesse, de nada adiantaria"*. Mas como eu poderia convencer seu filho disso?

– Seu pai amava muito vocês dois – falei, perguntando-me se ele sabia o que o pai havia feito.

Ele tinha os dedos muito frios, e eu envolvi sua mão nas minhas, tentando oferecer um pouco de calor, esperando que o contato humano ajudasse.

– Não como eu a amava – respondeu ele, baixinho, sem olhar para mim. – Eu a amei por toda a vida, desde a hora em que ela nasceu e foi entregue para que eu segurasse. Não havia mais ninguém, para nenhum de nós dois. O pai havia sido preso, daí a minha mãe... ah, mãe.

Ele esgarçou os lábios como se fosse rir, mas não emitiu nenhum som.

– Eu sei sobre a sua mãe – comentei. – Seu pai me contou.

– Contou? – Ele deu um tranco com a cabeça e me encarou, os olhos límpidos e duros. – Ele contou que nos levaram, Malva e eu, para a execução dela?

– Eu... não. Acho que ele não sabia, será?

Meu estômago apertou.

– Sabia. Eu contei a ele, mais tarde, quando ele mandou nos buscar e nos trouxe para cá. Ele disse que era bom termos visto com nossos olhos o fim da perversidade. Disse que eu devia recordar a lição... então eu recordei – acrescentou, mais baixinho.

– Quantos... quantos anos você tinha? – indaguei, horrorizada.

– Dez. Malva não tinha mais que dois; não fazia ideia do que estava acontecendo. Gritou pela mãe quando a levaram até o carrasco, chutou e berrou, estendendo a mão para ela. – Ele engoliu em seco e desviou a cabeça. – Tentei pegá-la, encostar a cabeça dela no meu peito para que ela não visse... mas não me deixaram. Seguraram a cabecinha dela e a fizeram assistir, e tia Darla foi falando no ouvido dela que era isso que acontecia com as bruxas, e foi beliscando a perna dela até ela guinchar. Moramos com tia Darla por seis anos depois disso – disse ele, a expressão distante. – Ela não gostava muito, mas disse que conhecia seu dever cristão. A velhota mal nos dava de comer; era eu quem cuidava de Malva.

Ele fez um instante de silêncio, e eu também, pensando que a melhor – a única – coisa a oferecer no momento era a oportunidade de falar. Ele afastou a mão das minhas, se inclinou e tocou a lápide. Era apenas um bloco de granito, mas alguém se dera o trabalho de entalhar o nome dela – apenas uma palavra, MALVA, em toscas letras de forma. Aquilo me fazia lembrar os memoriais espalhados por Culloden, as pedras dos clãs, cada uma com um único nome.

– Ela era perfeita – sussurrou ele. Seu dedo percorreu a pedra, delicado, como se tocasse a carne dela. – Tão perfeita. As partes íntimas pareciam um botão de flor, e a pele era tão fresca e macia...

Uma geleira cresceu no fundo do meu estômago. Ele estava dizendo... sim, claro que estava. Uma sensação de inevitável desespero começou a brotar dentro de mim.

– Ela era minha – disse Allan, então olhou para cima para me encarar e repetiu mais alto. – Ela era minha! – Baixou o olhar, depois encarou o túmulo; contorceu a boca, tomado de dor e raiva. – O velho jamais soube... nunca imaginou o que éramos um para o outro.

Não soube?, pensei. Tom Christie podia ter confessado o crime para proteger alguém que amava – mas ele amava mais de uma pessoa. Depois de perder uma filha – ou melhor, sobrinha –, não faria todo o possível para salvar o filho, que era o último remanescente de seu sangue?

– Você a matou – falei, baixinho.

Não havia dúvida, e ele não demonstrou surpresa.

– Ele a teria vendido, mandado para algum fazendeiro imbecil. – Allan fechou o punho sobre a coxa. – Eu pensava nisso, à medida que ela ia crescendo, e às vezes, quando me deitava com ela, não podia suportar a ideia, então eu a estapeava na cara, só de raiva daqueles pensamentos. – Ele soltou um suspiro áspero e profundo. – Nada daquilo foi culpa dela. Mas eu achava que era. Então eu a peguei com aquele soldado, e depois de novo, com o imundo do Henderson. Bati nela por causa disso, mas ela chorou e disse que não podia evitar... estava grávida.

– De você?

Ele assentiu lentamente.

– Eu nunca imaginei. Devia ter imaginado, claro. Mas nunca imaginei. Ela sempre foi a pequena Malva, entende? Uma menininha pequena. Eu vi os seios dela crescerem, e os pelos nascendo para desfigurar sua linda pele... mas nunca pensei... – Ele balançou a cabeça, incapaz, mesmo agora, de lidar com aquilo. – Ela disse que precisava se casar... e que tinha que haver um motivo para que o marido achasse que a criança era dele, fosse lá com quem se casasse. Se não conseguisse fazer com que o soldado a desposasse, teria de ser outro. Então ela começou a se deitar com o maior número de homens possível, e depressa. Mas eu acabei com essa história – garantiu ele, um tom fraco e nauseante de moralidade na voz. – Disse a ela que não aceitaria isso... que pensaria em outra saída.

– Então fez a cabeça dela para dizer que o filho era de Jamie.

Meu horror frente à história e minha raiva com o que ele havia feito conosco foram inundados por uma onda de tristeza. *Ah, Malva*, pensei, desesperada. *Ah, minha querida Malva. Por que você não me contou?* Mas é claro que ela não teria me contado. Seu único confidente era Allan.

Ele assentiu e estendeu a mão para tocar outra vez a pedra. Uma rajada de vento fez estremecer os arbustos, remexendo as folhas duras.

– Explicaria a criança, entende, mas ela não teria que se casar com ninguém. Eu pensei... o patrão daria dinheiro para que ela fosse embora, e eu iria junto. Poderíamos ir para o Canadá, talvez, ou para as Índias.

Ele soava sonhador, como se vislumbrasse uma vida idílica, onde ninguém soubesse de nada.

– Mas por que você a matou? – vociferei. – *Por que* você fez isso? – A angústia e a falta de sentido eram assoberbantes; para não o esmurrar, agarrei meu avental.

– Foi necessário – respondeu ele, num tom pesado. – Ela disse que não podia mais continuar com aquilo. – Ele piscou e baixou a cabeça, e vi que seus olhos estavam cheios de lágrimas. – Ela disse... que amava a senhora – explicou, a voz baixa e grave. – Não podia machucar tanto a senhora. Pretendia revelar a verdade. Não importava o que eu dissesse a ela, ela continuava dizendo isso... que amava a senhora e que ia contar.

Ele fechou os olhos, os ombros caídos. Duas lágrimas correram por seu rosto.

– Por quê, sua mula? – gritou ele, cruzando os braços por sobre a barriga, num espasmo de dor. – Por que você me obrigou a fazer isso? Você não tinha que amar ninguém além de mim.

Então ele soluçou, como uma criança, e se encolheu, aos prantos. Eu chorei também, pela perda, pelo absurdo, pelo total e completo *desperdício* de tudo. No entanto, estendi a mão e peguei a pistola o chão. Com as mãos trêmulas, removi o receptáculo de pólvora, tirei a bala do tambor e meti a arma no bolso do avental.

– Suma daqui – ordenei, com a voz meio sufocada. – Vá embora outra vez, Allan. Já tem muita gente morta.

Ele estava por demais tomado pela dor para me ouvir; eu o sacudi pelos ombros e repeti, com mais força.

– Você não pode se matar. Eu o proíbo, está me ouvindo?

– E quem é a senhora para dizer isso? – gritou ele, virando-se para mim. Tinha o rosto contorcido de angústia. – Eu não posso viver, não posso!

Tom Christie, porém, dera a vida pelo filho, bem como por mim; eu não podia deixar que aquele sacrifício tivesse sido em vão.

– Você precisa – retruquei, e me levantei, meio tonta, sem saber se meus joelhos aguentariam. – Está me ouvindo? Você precisa!

Ele olhou para cima, os olhos ardendo em meio às lágrimas, mas não disse palavra. Ouvi um lamento suave, feito o zumbido de um mosquito, e um baque súbito e leve. Ele não alterou a expressão, mas seus olhos morriam lentamente. Ajoelhou-se por um instante, então curvou-se para a frente, como uma flor de cabo caído, de modo que vi a flecha despontando no centro de suas costas. Ele tossiu uma vez, cuspindo sangue, e desabou de lado, enroscado no túmulo da irmã. Sacudiu as pernas num espasmo grotesco, feito um sapo. Então parou.

Fiquei parada a encará-lo, feito uma idiota, por um espaço de tempo imensurável, percebendo gradualmente que Ian saíra da mata e estava parado ao meu lado, o arco pendurado sobre o ombro. Rollo enfiou o nariz no corpo, curioso e lamuriento.

– Ele estava certo, tia – disse Ian, baixinho. – Não podia.

123

O RETORNO DO NATIVO

A velha vovó Abernathy parecia ter pelo menos 102 anos. Admitia – quando pressionada – ter 91. Era quase cega e quase surda, enroscada feito um *pretzel* devido à osteoporose e com uma pele tão frágil que o mais leve arranhão a rasgava feito papel.

– Eu não passo de um saco de ossos – dizia ela sempre que eu a encontrava, balançando a cabeça trêmula de paralisia. – Mas pelo menos ainda tenho a maioria dos dentes!

Por incrível que fosse, tinha mesmo; eu achava que aquele era o único motivo pelo qual havia chegado tão longe – ao contrário de muita gente com metade de sua idade, ela não estava reduzida a viver de mingau, podendo ainda se alimentar de carne e verduras. Talvez fosse a boa alimentação que a mantivesse firme e forte... talvez fosse simplesmente a teimosia.

Sorrindo com o pensamento, terminei de enrolar a atadura em sua canela fina feito um bambu. Quase não havia carne em suas pernas e pés, que eram duros e frios como madeira. Ela havia batido a tíbia na perna de uma mesa e arrancado um naco de pele da largura de um dedo; um ferimento muito pequeno, que passaria despercebido em alguém mais jovem; mas a família se preocupava com ela, então mandara me buscar.

– Vai demorar a cicatrizar, mas, se a senhora mantiver a ferida limpa, vai ficar boa... pelo amor de Deus, *não* a deixe passar gordura de porco em cima!

A sra. Abernathy mais jovem, conhecida como Vovó Moça – ela própria já beirando os 70 –, lançou-me um olhar penetrante; assim como a sogra, levava muita fé em gordura de porco e terebintina para curar tudo, mas assentiu, de má vontade. A filha, cujo floreado nome era Arabella, e que recebera o apelido mais amistoso de Vovó Belly, abriu um sorriso para mim pelas costas de Vovó Moça. Tivera menos sorte em relação aos dentes – seu sorriso exibia consideráveis buracos –, mas era alegre e bem-disposta.

– Willie B. – instruiu ela a um neto adolescente –, desça até o porão e pegue um saquinho de nabos para a senhora.

Entoei os protestos costumeiros, mas todas as partes envolvidas estavam confortavelmente cientes do protocolo apropriado em tais situações, e dali a uns minutos eu retornava para casa, 2,5 quilos de nabo mais rica.

E eram bem-vindos. Eu me forçara a retornar à minha horta na primavera seguinte à morte de Malva – era preciso; os sentimentos eram naturais, mas precisávamos comer. As perturbações subsequentes da vida e minhas prolongadas ausências, no entanto, haviam resultado no terrível esquecimento da colheita outonal. Apesar dos esforços da sra. Bug, os nabos haviam todos sucumbido a insetos e fungos.

Nossas provisões, de modo geral, infelizmente estavam esgotadas. Com Jamie e Ian fora com tanta frequência, sem poder colher ou caçar, além da ausência de Bree e Roger, as safras de grãos haviam rendido metade da produção costumeira, e apenas uma única e patética anca de cervo pendia no galpão de defumadura. Precisávamos de quase todos os grãos para nosso próprio uso; não havia nenhum para trocar ou vender, e apenas umas poucas sacas de cevada jaziam sob lonas junto ao barracão de maltagem – onde provavelmente apodreceriam, eu pensava, taciturna, já que ninguém tivera tempo de providenciar a maltagem de um lote fresco antes que o frio se assentasse.

A sra. Bug lentamente refazia seu grupo de galinhas, depois do desastroso ataque de uma raposa que invadira o galinheiro – mas estava indo devagar, e tínhamos apenas um ovo de vez em quando para o café da manhã, repartido de má vontade.

Por outro lado, refletia eu, mais feliz, *tínhamos* presunto. Montes de presunto. Da mesma forma, imensas quantidades de bacon, linguiça de porco, costeletas, filé... sem contar o sebo e a gordura de porco.

O pensamento me levou de volta à aconchegante balbúrdia familiar do aglomerado de chalés dos Abernathys – e, por outro lado, ao temeroso vazio da Casa Grande.

Em um lugar com tanta gente, como a perda de apenas quatro pessoas podia ser tão importante? Precisei parar e recostar-me numa árvore, deixar a tristeza me invadir sem tentar impedi-la. Eu havia aprendido. "*Não é possível afastar um fantasma*", me dissera Jamie. "*Deixe que todos entrem.*"

Eu deixei que entrassem – jamais poderia afastá-los. E tirei todo o conforto possível da esperança – não, eu não esperava, disse a mim mesma com força, eu *sabia* – de que eles não fossem fantasmas de fato. Não estavam mortos, apenas... em outro lugar.

Depois de alguns instantes, a assoberbante tristeza começou a se esvair, partindo lenta como a maré vazante. Às vezes algum tesouro se revelava: pequenas e esquecidas imagens do rostinho de Jemmy, todo sujo de mel, a risada de Brianna, as mãos de Roger, hábeis com a faca, entalhando um de seus carrinhos – a casa ainda estava abarrotada deles –, então se inclinando para afanar um bolinho de algum prato que passava. E se contemplar essas coisas suscitava uma nova dor, pelo menos eu tinha essas lembranças e podia mantê-las no coração, sabendo que, por fim, me trariam consolo.

Respirei e senti o aperto em meu peito e garganta aliviar. Amanda não era a única que poderia se beneficiar da medicina moderna, pensei. Eu não sabia o que podia ser feito pelas cordas vocais de Roger, mas talvez... e, no entanto, sua voz agora estava boa. Plena e ressoante, ainda que rouca. Talvez ele escolhesse mantê-la como estava – havia lutado por ela e a conquistado.

A árvore onde eu estava recostada era um pinheiro; as agulhas balançaram de leve acima de mim, então se assentaram, como se em concordância; era fim do dia, e o ar estava esfriando.

Enxugando os olhos, ajeitei o capuz da capa e segui em frente. Era uma longa caminhada desde a casa dos Abernathys – eu devia ter cavalgado Clarence, mas ele chegara coxeando no dia anterior, então o deixei descansar. Teria que correr, no entanto, se quisesse chegar à casa antes de escurecer.

Lancei um olhar cauteloso para o céu e avaliei as nuvens, que exibiam o tom uniforme e acinzentado que prenunciava a neve. O ar estava frio e espesso de umidade; quando a temperatura baixasse, à noite, a neve cairia.

O céu ainda estava iluminado, mas por pouco, quando cruzei a casinha da nascente e rumei para o quintal. Claro o bastante para me informar que havia algo errado – a porta dos fundos estava aberta.

Isso fez soar meu alarme interno, e dei meia-volta para correr de volta para a mata. Ao me virar, fui de encontro a um sujeito que acabava de irromper das árvores, atrás de mim.

– Quem diabo é você? – inquiri, afastando-me mais que depressa.

– Não se preocupe com isso, senhora – disse ele, e, agarrando-me pelo braço, gritou em direção à casa: – Ei, Donner! Peguei ela!

Fosse lá o que Wendigo Donner tivesse feito no ano anterior, a julgar pelo seu aspecto, não havia sido lucrativo. Se nos dias bons ele já não era muito garboso, agora estava tão maltrapilho que seu casaco literalmente se desfazia, e uma nesga de nádega fibrosa despontava por um rasgão da calça. A cabeleira cheia estava oleosa e fosca, e ele fedia.

– Onde estão eles? – inquiriu Donner, com a voz rouca.

– Onde estão o quê? – Virei-me para encarar seu parceiro, que parecia em condições um tantinho melhores. – E onde estão minha criada e os filhos dela?

Estávamos na cozinha, e o fogo da lareira estava apagado; a sra. Bug não aparecera aquela manhã, e, onde quer que Amy e os meninos estivessem, não haviam saído muito tempo antes.

– Sei lá. – O homem deu de ombros, indiferente. – Não tinha ninguém em casa quando a gente chegou.

– Onde estão as joias?

Donner me agarrou pelo braço, virando-me para encará-lo. Tinha os olhos fundos no rosto e a mão quente; o homem ardia em febre.

– Não tenho joia nenhuma – respondi, apenas. – Você está doente. Devia...

– Você sabe! Eu sei que sabe! Todo mundo sabe!

Aquilo me fez parar por um instante. Os boatos corriam soltos na Cordilheira, e todo mundo provavelmente *acreditava* que Jamie tinha um pequeno esconderijo de joias. Não espantava que a notícia do hipotético tesouro tivesse chegado a Donner – e era pouco provável que eu fosse convencê-lo do contrário. Minha única opção, no entanto, era tentar.

– Elas sumiram.

Algo tremeluziu em seus olhos.

– Como?

Ergui uma sobrancelha em direção ao cúmplice. Ele queria que o homem soubesse?

– Vá encontrar Richie e Jed – disse Donner ao brutamontes, que deu de ombros e saiu.

Richie e Jed? Quantas pessoas ele havia trazido, Jesus? Passado o primeiro choque de vê-lo, eu começava a perceber o baque alto de pés no andar de cima e o som de portas de armário sendo batidas com impaciência no corredor.

– Meu consultório! Tire-os de lá!

Disparei até a porta do corredor, pretendendo tomar uma atitude, mas Donner me agarrou pela capa a fim de me deter.

Eu não aguentava mais ser tratada com grosseria, e não sentia o menor medo daquele patético arremedo de ser humano.

– Tire as mãos de mim! – vociferei, e chutei-o bruscamente na rótula para enfatizar.

Ele gritou, mas me soltou; pude ouvi-lo xingando atrás de mim enquanto eu disparava pela porta e cruzava o corredor.

Papéis e livros do escritório de Jamie haviam sido atirados no corredor, e havia uma poça de tinta jogada por cima deles. A explicação para a tinta ficou aparente quando vi o criminoso esvaziando o meu consultório – ele tinha uma grande mancha na frente da camisa, onde aparentemente enfiara o tinteiro de peltre roubado.

– O que está fazendo, seu parasita? – indaguei.

O bandido, um rapaz de seus 16 anos, pestanejou para mim, a boca escancarada. Segurava um dos perfeitos globos de vidro do sr. Blogweather; ao me ouvir, abriu um sorriso malicioso e largou no chão a bola, que se despedaçou em uma chuva de frag-

1146

mentos. Um dos estilhaços voadores o acertou bem na bochecha, abrindo a carne; ele só sentiu quando o sangue começou a jorrar. Então levou a mão à ferida, franziu o cenho, perplexo, e soltou um grito assustado ao ver o sangue.

– Droga – resmungou Donner, atrás de mim. Agarrou-me e me arrastou de volta à cozinha. – Olhe – disse ele, num tom premente, me soltando. – Eu só quero duas. Pode ficar com o resto. Preciso de uma para pagar esses caras, e uma para... viajar.

– Mas é verdade – insisti, sabendo que ele não acreditaria em mim. – A gente não tem nenhuma. A minha filha e a família dela... eles foram embora. Para lá. Usaram todas que tínhamos. Não tem mais nenhuma.

Ele me encarou, os olhos ardentes e incrédulos.

– Tem, sim – afirmou, com certeza. – Tem que ter. Eu preciso sair daqui!

– Por quê?

– Não interessa. Tenho que ir, e depressa. – Ele engoliu em seco e correu os olhos pela cozinha, como se as pedras pudessem estar apoiadas casualmente no bufê. – Onde estão elas?

Um terrível estrondo no consultório, seguido por um surto de xingamentos, impediu qualquer resposta minha. Por reflexo, avancei em direção à porta, mas Donner disparou na minha frente.

Eu estava enfurecida com aquela invasão e começando a me alarmar. Ainda que não tivesse visto qualquer indicação de violência de Donner, não tinha tanta certeza em relação a seus comparsas. *Talvez* eles acabassem desistindo e indo embora, quando ficasse claro que de fato não havia pedras preciosas nas dependências – ou talvez me espancassem até arrancar de mim a localização de tais pedras.

Apertei a capa em torno do corpo e me sentei num banco, tentando pensar com calma.

– Olhe – disse a Donner. – Vocês já botaram a casa abaixo... – Um estrondo vindo do andar de cima fez tudo estremecer, e eu dei um salto. Meu Deus, parecia que eles haviam derrubado o guarda-roupas. – Vocês já botaram a casa abaixo – repeti, entre os dentes – e não encontraram nada. Não acha que eu entregaria a vocês, se houvesse alguma pedra, para evitar que destruíssem a minha casa?

– Não, não acho. Eu não entregaria, se fosse você. – Ele esfregou a mão na boca. – *Você* sabe o que está acontecendo... a guerra e tudo o mais. – Ele balançou a cabeça, confuso. – Eu não sabia que seria assim. Juro por Deus, metade das pessoas que eu conheço já não estão entendendo mais nada. Achei que seria... você sabe, casacos vermelhos e tal, e a gente só precisaria ficar longe do povo de uniforme, não se meter nas batalhas, e ficaria tudo bem. Mas não vi nenhum casaco vermelho *em lugar nenhum*, e o povo... você sabe, o *povo* simples, normal... estão todos atirando uns nos outros e correndo por aí incendiando as casas uns dos outros...

Ele fechou os olhos por um minuto. Suas bochechas passaram de vermelhas, num instante, a brancas, no seguinte; eu podia ver que ele estava muito doente. Também podia ouvir; ele emitia um chiado úmido no peito ao respirar e estava resfolegante. Se desmaiasse, como eu me livraria de seus companheiros?

– De todo modo – disse o homem, abrindo os olhos. – Eu estou indo. Estou voltando. Não me interessa como as coisas vão estar por lá; está muito melhor do que este inferno.

– E os indígenas? – indaguei, com uma ponta de sarcasmo. – Vai deixá-los ao deus-dará?

– É – respondeu ele, sem perceber o sarcasmo. – Para ser franco, também já não sou mais tão fã dos índios. – Ele esfregou o peito, distraído, e através de um rasgo na camisa vi uma grande e enrugada cicatriz. – Deus – prosseguiu ele, num tom saudoso –, o que eu não daria por uma cerveja gelada e um jogo de beisebol na tevê. – Então voltou a atenção para mim. – Pois bem – disse, mais sensato –, eu preciso desses diamantes. Ou do que for. Entregue para mim, e vamos embora.

Eu estivera pensando em vários esquemas para me livrar deles, sem sucesso, e a cada momento ficava mais apreensiva. Tínhamos muito pouca coisa que valesse a pena roubar, e, a julgar pela aparência do bufê saqueado, eles já tinham pegado o que havia – inclusive as pistolas e a pólvora, percebi, com uma nova pontada de alarme. Dali a pouco tempo eles perderiam a paciência.

Podia ser que alguém chegasse – Amy e os meninos decerto estavam no chalé de Brianna, para onde estavam em processo de mudança; retornariam a qualquer momento. Alguém podia chegar procurando por Jamie ou por mim – embora as chances diminuíssem a cada minuto, com a noite chegando. De todo modo, mesmo que alguém chegasse, as consequências provavelmente seriam desastrosas.

Então ouvi vozes na varanda da frente e o estrondo de passos; pus-me de pé num salto, com o coração na boca.

– Quer parar de fazer isso? – indagou Donner, irritado. – Você é a vadia mais saltitante que eu já vi.

Eu o ignorei, tendo reconhecido uma das vozes. Como era de se esperar, no instante seguinte dois dos criminosos, brandindo pistolas, empurraram Jamie cozinha adentro.

Ele estava atento e desgrenhado, mas voltou o olhar na mesma hora para mim, avaliando-me de cima a baixo para se certificar de que eu estava bem.

– Tudo bem – confirmei, brevemente. – Esses imbecis acham que a gente tem pedras preciosas, e vieram atrás delas.

– Eles me disseram. – Jamie se empertigou, remexendo os ombros para ajeitar o casaco, e encarou os armários abertos e o aparador saqueado. Até o armário de tortas tinha sido virado, e os resquícios de uma torta de passas jazia esmagado no chão, pisoteado. – Acho que procuraram.

– Olhe, amigo – disse um dos bandidos, num tom sensato –, a gente só quer a joia. Apenas nos diga onde está, e a gente vai embora, sem prejuízos, sim?

Jamie esfregou a ponte do nariz, olhando o homem que se pronunciara.

– Imagino que minha esposa tenha dito que não temos pedras.

– Bom, é o que ela diria, não é? – retorquiu o bandido, tolerante. – Mulheres, você sabe.

Ele parecia sentir, agora que Jamie havia chegado, que poderiam prosseguir com as negociações de maneira mais profissional, de homem para homem.

Jamie suspirou e se sentou.

– Por que vocês acham que temos alguma? – indagou ele, num tom muito doce. – Eu já tive, admito... mas não tenho mais. Foram vendidas.

– Cadê o dinheiro, então?

O segundo criminoso obviamente estava bastante disposto a se contentar com o dinheiro, a despeito do que Donner pensasse.

– Gastei – respondeu Jamie. – Sou coronel da milícia... vocês devem ter ciência disso. Custa muito caro manter uma companhia de milícia. Comida, armas, pólvora, sapatos... a coisa vai crescendo, sabe? Ora, só o custo dos sapatos de couro... sem falar nos cascos dos cavalos! E carroças, também; você não acredita no preço escandaloso das carroças...

Um dos bandidos tinha o cenho franzido, mas foi assentindo, acompanhando a sensata exegese. Donner e o outro companheiro estavam, no entanto, claramente agitados.

– Cale a boca sobre essas porcarias de carroças – bradou Donner num tom rude, então se inclinou e pegou uma das facas de açougueiro da sra. Bug do chão. – Pois bem, olhe aqui – disse, com uma carranca supostamente ameaçadora. – Já me *enchi* dessa enrolação. Diga onde estão, ou... ou... eu retalho ela! É, eu corto a garganta dela. Juro que corto.

Com isso, ele me agarrou pelo ombro e colou a faca em minha garganta.

Já havia ficado claro para mim que Jamie *estava* tentando ganhar tempo, o que significava que ele esperava que algo acontecesse. O que por sua vez significava que esperava que alguém aparecesse. Isso era reconfortante, mas eu de fato considerei que a aparente indiferença de seu comportamento diante da minha morte iminente talvez estivesse indo um pouco longe demais.

– Ah – disse ele, coçando a lateral do pescoço. – Bom, eu não faria isso se fosse você. É ela quem sabe onde estão as pedras, sim?

– Eu *o quê*? – gritei, indignada.

– Ela sabe? – indagou um dos outros bandidos, animado.

– Pois é – garantiu Jamie. – Da última vez que eu saí com a milícia, ela as escondeu. Não quis me dizer onde tinha enfiado.

– Espere... achei que você havia dito que tinha vendido e gastado o dinheiro – retrucou Donner, claramente confuso.

– Eu menti – explicou Jamie, com paciência.

– Ah.

– Mas, se você pretende matar a minha mulher, daí a coisa muda de figura.

– Ah – disse Donner, o semblante um pouco mais feliz. – Pois é. Exatamente!

– Creio que não tenhamos sido apresentados, senhor – disse Jamie educadamente, estendendo a mão. – Sou James Fraser. E o senhor é...?

Donner hesitou por um momento, sem saber o que fazer com a faca que segurava, então passou-a desajeitadamente à mão esquerda e inclinou-se para cumprimentar Jamie.

– Wendigo Donner – disse. – Muito bem, agora estamos começando a nos entender.

Soltei um ruído grosseiro, abafado por uma série de estrondos e o som de vidro se quebrando no consultório. O idiota devia estar esvaziando as prateleiras inteiras, atirando frascos e jarros no chão. Agarrei a mão de Donner, puxei a faca da garganta e me levantei rapidamente, no mesmo estado de fúria insana com que um dia ateara fogo a um campo tomado de gafanhotos.

Dessa vez foi Jamie quem me agarrou pelo tronco, enquanto eu disparava em direção à porta, erguendo-me do chão.

– Tire as mãos de mim! Eu vou *matar* esse desgraçado! – gritei, chutando loucamente.

– Bom, espere só um pouquinho para isso, Sassenach – disse ele, baixinho, então me puxou de volta para a mesa, onde se sentou abraçado a mim, segurando-me com firmeza no colo.

Mais sons de depredação desceram pelo corredor, madeira quebrada e vidro estilhaçado com pisadas. Evidentemente, o jovem brutamontes havia desistido de procurar por qualquer coisa e decidira destruir tudo por diversão.

Respirei fundo, preparando-me para emitir um grito de frustração, mas parei.

– Jesus – disse Donner, franzindo o nariz. – Que cheiro é esse? Alguém peidou? – Ele me encarou com um olhar acusador, mas não dei atenção. Era éter, pesado e enjoativo.

Jamie enrijeceu o corpo de leve. Também sabia o que era e, essencialmente, o que fazia.

Então respirou fundo, tirou-me cuidadosamente de seu colo e me acomodou no banco ao lado. Vi seus olhos indo em direção à faca na mão de Donner e ouvi o que seus ouvidos mais afiados já haviam captado. Alguém estava chegando.

Ele chegou um pouco para a frente, metendo os pés sob o banco para pegar impulso, e moveu os olhos em direção à lareira fria, onde uma pesada panela de ferro estava acomodada sobre as cinzas. Eu assenti brevemente, e assim que a porta dos fundos se abriu corri para a cozinha.

Donner, com inesperada rapidez, estendeu a perna e me fez tropeçar. Caí de cara no chão e deslizei, indo parar no sofá com um tranco barulhento. Soltei um ganido e fiquei ali deitada por alguns instantes, de olhos fechados, sentindo-me de súbito velha demais para aquele tipo de situação. Abri os olhos, relutante; levantei-me, muito rígida, e dei de cara com a cozinha cheia de gente.

O parceiro original de Donner havia retornado com outros dois, presumivelmente Richie e Jed, e, com eles, os Bugs: Murdina, com o semblante alarmado, e Arch, impassível e furioso.

– *A leannan!* – gritou a sra. Bug, correndo na minha direção. – Está ferida?

– Não, não – respondi, ainda bastante tonta. – Só me deixe... sentada aqui um instante.

Encarei Donner, mas ele já não segurava a faca. Estava olhando para o chão – onde naturalmente largara a faca ao me fazer tropeçar –, mas ergueu a cabeça ao notar os recém-chegados.

– O quê? Você encontrou alguma coisa? – indagou ele com avidez, pois tanto Richie quando Jed tinham as feições iluminadas de orgulho.

– Sem dúvida – garantiu um deles. – Olhe aqui!

Ele segurava a bolsa de costura da sra. Bug, então a suspendeu e sacudiu o conteúdo em cima da mesa, onde uma maçaroca de lã tricotada desabou com um baque. Mãos ávidas afastaram a lã, revelando um lingote de ouro de 20 centímetros de comprimento, o metal raspado numa das pontas, e gravado no centro com a flor de lis real francesa.

Um silêncio atônito seguiu-se ao surgimento do objeto. Até Jamie parecia totalmente confuso.

A sra. Bug estava pálida ao entrar; agora, encontrava-se branca feito giz, e seus lábios haviam desaparecido. Arch levou os olhos a Jamie, escuros e desafiadores.

A única pessoa que não havia se impressionado com a visão do reluzente metal era Donner.

– Ora, ora – disse. – E as joias? Mantenham o foco no objetivo, camaradas!

Seus cúmplices, no entanto, haviam perdido o interesse em supostas joias, com ouro concreto na mão; ao mesmo tempo que debatiam a possibilidade de mais, disputavam quem deveria ter a posse do presente lingote.

Minha cabeça girava; do golpe, do súbito surgimento do lingote e suas revelações em relação aos Bugs... e sobretudo do vapor de éter, que se adensava cada vez mais. Ninguém na cozinha tinha percebido, mas a barulheira do consultório havia cessado; o idiota que estava lá sem sombra de dúvida desmaiara.

O frasco de éter estava quase cheio; o suficiente para anestesiar uma dúzia de elefantes, pensei, meio tonta – ou uma casa cheia de gente. Já era possível ver Donner lutando para sustentar a cabeça em pé. Mais uns minutos e todos os bandidos provavelmente teriam passado a um estado inócuo e inútil – e nós também.

O éter é mais pesado que o ar; afundaria até o chão, de onde subiria aos poucos e se acumularia ao redor de nossos joelhos. Eu me levantei, sorvendo depressa o ar um pouco mais puro do alto. Precisava abrir a janela.

Jamie e Arch conversavam em gaélico, depressa demais para que eu acompanhasse mesmo com a cabeça funcionando bem. Donner franzia o cenho para eles, boquiaberto, como se quisesse mandá-los parar, mas não conseguisse encontrar as palavras.

Agarrei com dificuldade as persianas internas, tendo que me concentrar muito para que os dedos funcionassem. Por fim, o trinco se soltou, e consegui abrir a persiana – revelando o olhar malicioso de um índio desconhecido no lusco-fusco do lado de fora.

Soltei um grito e cambaleei para trás. Em seguida, a porta dos fundos se escancarou; uma figura barbada e atarracada entrou depressa, gritando numa língua incompreensível, seguida por Ian, por sua vez seguido de outro índio desconhecido, gritando e avançando com algo – um tacape, um porrete? Eu não conseguia ajustar o foco dos olhos para distinguir.

Foi um pandemônio, visto por olhos vidrados. Eu me agarrei ao peitoril para não cair, mas não tive a presença de espírito de abrir a maldita janela. Todos lutavam e se enfrentavam, mas em câmera lenta, gritando e cambaleando feito bêbados. Enquanto eu assistia, boquiaberta, Jamie cuidadosamente removeu a faca de Donner de baixo da bunda do homem, ergueu-a num arco lento e gracioso e cravou-a sob o esterno do sujeito.

Algo passou voando por minha orelha e atravessou a janela, destruindo o que talvez fosse a única vidraça da casa que ainda estava inteira.

Sorvi o ar fresco em arquejos profundos, tentando clarear a mente, e agitei os braços em movimentos frenéticos, gritando – ou tentando gritar – para que eles saíssem.

A sra. Bug tentava fazer exatamente o mesmo, engatinhando em direção à porta entreaberta. Arch trombou com a parede e deslizou devagar para baixo, ao lado dela, o rosto inexpressivo. Donner tinha caído de cara na mesa, o sangue pingando e emporcalhando todo o chão, e um de seus comparsas jazia sobre a lareira apagada, o crânio esmagado. Jamie permanecia de pé, bamboleante, com o homem barbudo e atarracado a seu lado, balançando a cabeça com uma expressão confusa enquanto os vapores começavam a afetá-lo.

– O que está acontecendo? – perguntou ele.

A cozinha estava quase escura; as silhuetas oscilavam feito frondes de algas numa floresta submersa.

Fechei os olhos por um segundo. Ao tornar a abri-los, ouvi Ian:

– Espere, vou acender uma vela.

Ele tinha na mão um dos fósforos de Brianna, a latinha na outra.

– IAN! – gritei, mas ele acendeu o fósforo.

Deu-se um leve ronco, depois um baque mais alto, enquanto o éter no consultório inflamava, e no mesmo instante fomos invadidos por uma poça de fogo. Por uma fração de segundo não senti nada, então uma explosão de calor cauterizante. Jamie me agarrou pelo braço e me empurrou para a porta; eu cambaleei para fora, caí sobre arbustos de amoras e saí rolando, debatendo-me e abanando os braços por sobre as saias em chamas.

Em pânico e ainda descoordenada por conta do éter, lutei contra os cordões do avental, por fim conseguindo soltá-los e arrancá-lo do corpo. Minhas anáguas de linho estavam queimadas, porém não em chamas. Eu me agachei, arquejante, por sobre as heras mortas do pátio de entrada, incapaz de fazer qualquer coisa no momento além de respirar. O cheiro de fumaça era forte e pungente.

A sra. Bug estava ajoelhada na varanda dos fundos, sacudindo a touca em chamas.

Homens irromperam pela porta dos fundos, batendo nas roupas e nos cabelos. Rollo estava no quintal, latindo histericamente, e do outro lado da casa eu ouvia os berros de cavalos assustados. Alguém tinha resgatado Arch Bug – ele repousava sobre a grama morta, quase sem cabelo e sobrancelhas, mas evidentemente ainda vivo.

Minhas pernas estavam vermelhas e cheias de bolhas, mas eu não sofrera nenhuma queimadura séria – graças ao linho e ao algodão, que pegavam fogo mais devagar, pensei, meio grogue. Se estivesse usando algo mais moderno, como raiom, teria sido lambida pelo fogo feito uma tocha.

O pensamento me fez olhar para trás, em direção à casa. Agora já estava totalmente escuro, e todas as janelas de baixo estavam iluminadas. As labaredas dançavam defronte à porta aberta. O lugar parecia uma imensa abóbora iluminada.

– Imagino que seja a sra. Fraser?

O homem barbado e atarracado se aproximou de mim, falando com uma cadência escocesa.

– Eu mesma – respondi, recuperando gradualmente as ideias. – Quem é você, e onde está Jamie?

– Aqui, Sassenach. – Jamie veio cambaleando pela escuridão e largou-se ao meu lado. Gesticulou para o escocês. – Permita-me lhe apresentar o sr. Alexander Cameron, mais conhecido como Scotchee.

– Seu criado, senhora – disse o homem, com polidez.

Passei as mãos com cuidado pelo cabelo. Várias mechas haviam sido chamuscadas, mas pelo menos me haviam sobrado algumas.

Eu senti, mais do que vi, Jamie olhar a casa. Segui a direção de seu olhar e vi uma figura escura na janela de cima, emoldurada pelo brilho fraco que irrompia da escadaria em chamas. Ele gritou algo em sua língua incompreensível e começou a atirar coisas pela janela.

– Quem é *aquele*? – indaguei, com uma sensação de surrealismo.

– Ah. – Jamie esfregou o rosto. – Aquele é Ganso.

– Claro – respondi, assentindo. – Vai virar ganso assado, se continuar ali.

A observação me pareceu hilária, e caí na gargalhada.

Evidentemente, não fora tão genial quanto havia imaginado; ninguém mais parecia ter achado graça. Jamie se levantou e gritou algo para a figura escura, que acenou com indiferença e retornou ao quarto.

– Tem uma escada no celeiro – disse Jamie a Scotchee, num tom tranquilo, e os dois dispararam pela escuridão.

A casa ardeu lentamente em chamas durante um tempo; não havia muitos objetos altamente inflamáveis embaixo, afora os livros e papéis do escritório de Jamie. Uma silhueta comprida surgiu pela porta dos fundos, a camisa puxada por sobre o nariz com uma das mãos, a bainha erguida com a outra mão para formar um bolso.

Ian parou ao meu lado, desabou de joelhos, arquejando, e soltou a aba da camisa, deixando cair uma pilha de pequenos objetos.

– Foi tudo que eu consegui pegar, tia, infelizmente. – Ele tossiu algumas vezes, abanando a mão diante do rosto. – Sabe o que aconteceu?

– Não importa – respondi. O calor se adensava, e me esforcei para me ajoelhar. – Vamos; precisamos levar Arch mais para longe.

Os efeitos do éter haviam quase passado, mas eu ainda tinha consciência de uma forte sensação de irrealidade. Não havia nada além de água gelada do poço para tratar as queimaduras, mas banhei as mãos e o pescoço de Arch, tomados de bolhas bem feias. Os cabelos da sra. Bug haviam pegado fogo, mas ela, como eu, tinha sido bastante protegida pelas saias pesadas.

Nem ela nem Arch disseram palavra.

Amy McCallum chegou correndo, o rosto pálido sob o brilho do fogo; mandei-a levar os Bugs para o chalé de Brianna – agora dela – e, pelo amor de Deus, manter os meninos bem longe. Ela assentiu e se foi, ajudando a sra. Bug a carregar a figura alta de Arch.

Ninguém se esforçou para pegar os corpos de Donner e seus companheiros.

Eu pude ver quando o fogo começou a lamber a escada; houve um forte e súbito brilho nas janelas de cima, e pouco tempo depois vi as chamas no coração da casa.

A neve começou a cair, em flocos grossos, pesados e silenciosos. Depois de meia hora, o chão, as árvores e os arbustos estavam salpicados de branco. As chamas reluziam, vermelhas e douradas, e a neve branca refletia um leve brilho avermelhado; toda a clareira parecia tomada pela luz do fogo.

Em algum momento próximo à meia-noite o teto desabou, com um estrondo de vigas de madeira brilhantes e uma gigantesca chuva de faíscas que inundou a noite feito uma fonte. A visão era tão linda que todos os observadores exclamaram, embasbacados.

Jamie apertou o braço ao redor de mim. Não conseguíamos desviar o olhar.

– Que dia é hoje? – perguntei, de repente.

Ele franziu o cenho por um momento, pensando, então respondeu:

– Vinte e um de dezembro.

– E a gente nem morreu – resmunguei. – Malditos jornais. Não dão *uma* dentro.

Por alguma razão ele achou *aquilo* de fato muito engraçado, e gargalhou até ter que se sentar no chão.

124

PROPRIEDADE DO REI

Passamos o resto da noite dormindo – ou pelo menos deitados – no chão do chalé, com os Bugs, Ganso e seu irmão, Luz – que inicialmente me confundiram por referirem a si mesmos como "filhos" de Jamie –, Scotchee e Ian. A caminho de uma visita à aldeia de Pássaro, os índios – pois Alexander Cameron era tão índio quanto os outros, pensei – haviam encontrado Jamie e Ian, caçando, e aceitaram a hospitalidade de Jamie.

– Só que foi uma acolhida mais cálida do que esperávamos, Matador de Urso! – disse Ganso, às gargalhadas.

Eles não perguntaram quem era Donner, nem mencionaram os homens cujos corpos ardiam na pira funerária da casa – apenas fizeram perguntas admiradas em relação ao éter e balançaram a cabeça, estupefatos, observando o fogo.

Da parte de Jamie, percebi que ele não perguntou por que os dois estavam indo à aldeia de Pássaro – e concluí que não queria ficar sabendo caso algum dos cherokees tivesse decidido apoiar o rei. Ele escutou a conversa, mas falou pouco, preferindo vasculhar a pilha de objetos resgatados do fogo. Havia pouca coisa de valor – umas páginas chamuscadas e soltas de meu caderno de anotações, algumas colheres de peltre, uma forma de bala. Mas, quando ele enfim adormeceu a meu lado, vi que tinha o punho fechado em torno de alguma coisa; espiando atentamente no escuro, distingui a cabeça proeminente da pequena cobra de cerejeira.

Acordei assim que amanheceu, e percebi Aidan me espiando, com Adso nos braços.

– Encontrei o seu gatinho na minha cama – sussurrou Aidan. – Quer pegá-lo?

Eu estava prestes a recusar, mas então vi o olhar de Adso. Ele costumava tolerar muito bem as crianças pequenas, mas Aidan o segurava feito um saco de roupa suja, as pernas de trás sacolejando de um jeito ridículo.

– Quero – respondi, a voz rouca por conta da fumaça. – Dê aqui...

Então me sentei, mas ao receber o gato vi que a maioria ainda dormia, enrolada em cobertores no chão. Havia duas exceções notáveis: Jamie e Arch Bug não estavam por perto. Eu me levantei, apanhei a capa de Amy, pendurada junto à porta, e saí.

Tinha parado de nevar durante a noite, mas havia uns 5 ou 6 centímetros de neve no chão. Acomodei Adso sob as calhas, onde estava seco; então, com um suspiro profundo para me estabilizar, virei-me para olhar a casa.

Subia vapor dos destroços chamuscados, desolados e retintos contra as árvores atrás, salpicadas de branco. Apenas cerca de metade da casa fora totalmente incendiada; a parede a oeste ainda estava de pé, bem como o pilar de pedra da chaminé. O resto era uma massa de vigas de madeira queimada e montinhos de borralho, já ficando cinza. O andar de cima tinha desaparecido por completo, e quanto ao meu consultório...

Eu me virei, ouvindo vozes atrás da casa. Jamie e Arch estavam no barracão de lenha, mas a porta estava aberta; eu podia vê-los do lado de dentro, frente a frente. Jamie viu que eu rondava e me chamou, com um aceno de cabeça.

– Bom dia, Arch – falei, espiando nosso antigo capataz. – Como você está?

– Já estive melhor, *a nighean*, muito obrigado – respondeu ele, então tossiu.

Sua voz era pouco mais que um sussurro rouco, prejudicada pela fumaça, e suas mãos e rosto exibiam enormes bolhas. Afora a perda dos cabelos e sobrancelhas, no entanto, ele parecia bem.

– Arch estava prestes a me explicar isto, Sassenach. – Jamie apontou para o metal reluzente do lingote dourado que jazia em meio à serragem e às lascas de madeira a seus pés. – Não é mesmo, Arch?

Sua voz era muito agradável, mas ouvi a dureza tão claramente quanto Arch. Arch Bug, no entanto, com ou sem sobrancelhas, não era bobo.

– Eu não lhe devo explicação de nada, *Seaumais mac Brian* – retrucou, com a mesma satisfação.

– Estou lhe dando a chance de explicar, homem, não a escolha. – Jamie havia abandonado o tom agradável. Estava sujo de fuligem e com o corpo chamuscado, mas com as sobrancelhas intactas e em pleno funcionamento. Virou-se para mim, apontando para o ouro. – Você já viu isso antes, sim?

– Claro. – Da última vez que eu vira o ouro, ele reluzia à luz do lampião, bem sólido, junto aos companheiros no fundo de um caixão no mausoléu de Hector Cameron; o formato dos lingotes e o selo da flor de lis eram inconfundíveis. – A não ser que Luís da França esteja enviando grandes quantias em ouro a mais alguém, faz parte do tesouro de Jocasta.

– Não é, nem nunca foi – corrigiu Arch, com firmeza.

– É mesmo? – Jamie arqueou uma grossa sobrancelha. – A quem isso pertence, então, se não a Jocasta Cameron? Está dizendo que pertence a você?

– Não. – Ele hesitou, mas o desejo de falar era poderoso. – É propriedade do rei – concluiu, fechando com força a boca velha ao proferir a última palavra.

– Espere, do rei de... ah – falei, enfim percebendo. – *Aquele* rei.

– *Le roi est mort* – disse Jamie baixinho, como se para si mesmo, mas Arch virou-se para ele ferozmente.

– A Escócia está morta?

Jamie tomou fôlego, mas não respondeu de imediato. Em vez disso, indicou que eu me sentasse na pilha de lenha cortada e que Arch se acomodasse em outra, antes de se sentar a meu lado.

– A Escócia vai morrer quando seu último filho morrer, *a charaid* – respondeu ele, e acenou em direção à porta, abrangendo as montanhas, os vales à nossa volta, e todas as pessoas ali. – Quantos existem aqui? Quantos existirão? A Escócia vive... mas não na Itália.

Em Roma, ele queria dizer, onde Carlos Stuart levava uma vida desgraçada com o que lhe restava, afogando na bebida a decepção de seus sonhos com a coroa.

Arch semicerrou os olhos ao ouvir aquilo, mas manteve um silêncio teimoso.

– Você era o terceiro homem, não era? – indagou Jamie, ignorando o gesto. – Quando o ouro veio da França. Dougal MacKenzie ficou com um terço, Hector Cameron com mais um. Eu não soube o que Dougal fez com a parte dele... deu a Carlos Stuart, provavelmente, e que Deus o perdoe por isso. Você era o braço direito de Malcolm Grant; ele mandou para você, não foi? Você ficou com um terço do ouro em nome dele. Entregou a ele?

Arch assentiu devagar.

– Recebi em confiança – respondeu, com a voz falha. Pigarreou e cuspiu, o muco tingido de preto. – Depois foi passado a Grant, que por sua vez deveria ter entregado ao filho do rei.

– E ele entregou? – perguntou Jamie, interessado. – Ou achou, como Hector Cameron, que fosse tarde demais?

E fora mesmo; a causa àquele ponto já havia sido perdida – ouro nenhum teria feito diferença. Arch pressionou os lábios com tanta força que eles quase desapareceram.

– Ele fez o que fez – disse, apenas. – O que achou certo. Aquele dinheiro foi gasto com o bem-estar do clã. Mas Hector Cameron era um traidor, e a mulher dele também.

– Foi você quem falou com Jocasta na tenda dela – falei, de súbito dando-me conta. – Na Reunião onde conheceu Jamie. Você tinha vindo até aqui para encontrá-la, não tinha?

Arch pareceu surpreso com a minha fala, mas inclinou de leve a cabeça, aquiescendo. Perguntei-me se ele havia aceitado – buscado? – um lugar com Jamie por causa de sua relação com Jocasta.

– E isso – prossegui, estendendo o dedão para o lingote cortado – você encontrou na casa de Jocasta, quando foi com Roger e Duncan levar os pescadores.

Prova, se fosse preciso, de que Jocasta de fato ainda estava de posse da parte de Hector do ouro francês.

– O que eu estou pensando, com meus botões – disse Jamie, esfregando um dedo no nariz reto e longo –, é como diabo você encontrou o restante e pegou.

Arch franziu os lábios por um instante, então abriu a boca, relutante.

– Não foi nenhuma façanha. Eu vi o sal na tumba de Hector... a maneira como os escravos negros mantinham a distância. Se ele não descansava em paz, não era de espantar... mas que melhor lugar para guardar o ouro, se não com ele? – Uma luz invernosa reluzia em seus olhos encarquilhados. – Eu conheci um pouco Hector Cameron. Não era o tipo de homem que desistia só por estar morto.

Arch viajava com frequência a Cross Creek, para comprar e negociar. Não costumava se hospedar em River Run, mas estivera lá o suficiente para se familiarizar com a propriedade. Se alguém visse uma figura no mausoléu aquela noite... bom, todos sabiam que o fantasma de Hector Cameron "caminhava", confinado ao espaço delimitado pelo sal; ninguém jamais se aproximaria para investigar.

E então ele simplesmente surrupiara um lingote em cada viagem – não em todas as viagens –, terminando por afanar todo o tesouro antes que Duncan Innes se desse conta da perda.

– Eu não devia ter ficado com esse primeiro lingote, eu sei – disse ele, com um triste aceno de cabeça. – A princípio, no entanto, achei que pudéssemos precisar... Murdina e eu. Então, quando ela foi obrigada a matar aquele Brown...

Jamie ergueu a cabeça com um tranco, e ambos o encaramos. Ele tossiu.

– A maldita criatura estava bem o bastante para escarafunchar o chalé quando ela saía; achou isso aí – explicou ele, assentindo outra vez para o lingote – escondido na bolsa de costura dela. Claro, não tinha como saber o que era... mas sabia muito bem que gente pobre feito nós não possui esse tipo de coisa. – Ele apertou outra vez os lábios finos, e me lembrei que fora assessor-chefe de Grant, do clã dos Grants... um homem de palavra. Antigamente. – Ele questionou, mas ela não disse nada, claro. Aí, quando ele foi para a sua casa, ela temeu que contasse o que tinha visto. Então deu um fim nele.

Aquilo foi dito na maior tranquilidade; afinal de contas, o que mais poderia ser feito? Não pela primeira vez, eu me perguntei que outras coisas os Bugs teriam feito – ou sido forçados a fazer – nos anos pós-Culloden.

– Bom, pelo menos você tirou o ouro das mãos do rei Jorge – disse Jamie, com a voz meio vazia.

Achei que ele estivesse falando da batalha na ponte de Moore's Creek. Se Hugh MacDonald tivesse posto as mãos naquele ouro para comprar pólvora e armas, a vitória lá não teria sido tão fácil. Nem os homens das Terras Altas teriam sido massacrados, mais uma vez, empunhando espadas em bocas de canhão.

– Arch – falei, ao sentir a ameaça de um opressivo silêncio –, *o que* exatamente você planejava fazer com isso?

Ele pestanejou e baixou os olhos para o lingote.

– Eu... no início, pretendia apenas ver se era verdade o que tinha ouvido... que Hector Cameron havia levado consigo sua parte do ouro, e a usara para seus próprios fins. Então encontrei Hector morto, mas estava claro, pela vida que a esposa levava, que ele de fato havia ficado com o ouro. Então eu me perguntei... será que havia sobrado algum?

Ele ergueu a mão e massageou a garganta enrugada.

– Para falar a verdade, dona... o que eu mais queria era tomá-lo de Jocasta Cameron. Depois disso, no entanto... – A voz dele foi morrendo, mas então ele se sacudiu. – Eu sou um homem de palavra, *Seaumais mac Brian*. Fiz um juramento a meu patrão... e o mantive, até sua morte. Fiz um juramento ao rei em meio às águas... – Ele falava de Jaime Stuart. – Mas ele agora também está morto. Aí... jurei lealdade ao rei Jorge da Inglaterra quando cheguei a esta costa. Então me diga, agora, a quem devo lealdade?

– Você também fez um juramento a mim, *Archibald mac Donagh* – disse Jamie.

Arch sorriu; uma expressão irônica, mas mesmo assim um sorriso.

– E por causa desse juramento o senhor ainda está vivo, *Seaumais mac Brian* – respondeu. – Eu poderia tê-lo matado ontem, enquanto o senhor dormia, e já estar bem longe.

Jamie contorceu a boca numa expressão de considerável dúvida quanto à afirmação, mas absteve-se de retrucar.

– Você está livre de seu juramento para comigo – disse, formalmente, em gaélico. – Tire sua vida de minhas mãos. – Então, inclinando a cabeça para o lingote, concluiu: – Pegue isso... e vá embora.

Arch o observou por um instante, sem piscar. Então se inclinou, pegou o lingote e partiu.

– Você não perguntou a ele onde está o ouro – observei, vendo o homem contornar a trilha do chalé para acordar a esposa.

– Acha que ele teria dito?

Ele se levantou outra vez e se espreguiçou. Então se sacudiu feito um cachorro e foi se postar diante da porta do galpão, os braços no batente, olhando para fora. Recomeçava a nevar.

– Vejo que não são só os Frasers que são teimosos feito mulas – falei, aproximando-me. – A Escócia vive, pois sim.

Aquilo o fez rir. Ele me abraçou, e apoiei a cabeça em seu ombro.

– Seu cabelo está cheirando a fumaça, Sassenach – disse ele, baixinho.

– Está tudo cheirando a fumaça – respondi, no mesmo tom.

As ruínas da casa incendiada ainda estavam muito quentes para que a neve aderisse, mas aquilo passaria. Se continuasse nevando, no dia seguinte a casa estaria apagada, branca feito as pedras e as árvores. Nós, também – por fim.

Pensei em Jocasta e Duncan, que haviam rumado para a segurança do Canadá, o acolhimento dos familiares. Aonde iriam os Bugs? À Escócia? Por um instante, também desejei ir. Afastar-me da perda e da desolação. Ir para casa.

Mas então me lembrei.

– *Contanto que apenas cem de nós permaneçam vivos...* – citei.

Jamie apoiou a cabeça na minha por um instante, então a ergueu e virou-se para me olhar.

– E quando você vai ver um doente acamado, Sassenach... vai ver um ferido ou realizar um parto... como consegue se levantar da cama, mesmo com um cansaço mortal, e ir no escuro, sozinha? Por que não espera, nunca diz não, nunca? Por que não deixa de ir, mesmo quando sabe ser um caso sem solução?

– Eu não posso. – Mantive o olhar nas ruínas da casa, as cinzas esfriando diante de mim. Eu sabia o que ele queria dizer, a verdade indesejada que queria me forçar a falar... mas a verdade pairava entre nós dois e precisava ser dita. – Eu não consigo... *não consigo*... admitir... que exista algo a fazer além de vencer.

Ele segurou meu queixo e virou meu rosto para cima, de modo que fui obrigada a olhá-lo de frente. Seu rosto estava tomado de cansaço, com vincos profundos nos olhos e na boca, mas os olhos em si eram límpidos, frios e insondáveis como as águas de uma nascente oculta.

– Nem eu.

– Eu sei.

– Você pode pelo menos me prometer a vitória – disse ele, mas sua voz trazia o sussurro de uma pergunta.

– Posso – respondi, e toquei seu rosto. Tinha a voz embargada e a visão borrada. – Sim, isso eu posso prometer. Desta vez. – Não mencionei o que a promessa encerrava, nem as coisas que não podia garantir. Nem vida, nem segurança. Nem casa, família ou legado. Somente uma coisa... talvez duas. – A vitória. E que estarei com você até o fim.

Ele fechou os olhos por um instante. Flocos de neve caíam, derretendo ao tocar seu rosto, grudando por um instante e esbranquiçando os cílios. Então ele abriu os olhos e me encarou.

– Já está bom – disse, baixinho. – Não peço mais nada.

Ele se inclinou, tomou-me nos braços e me apertou por um instante, o sopro de neve e cinzas frio à nossa volta. Então me beijou e soltou; respirei fundo o ar gelado, o forte cheiro de incêndio. Tirei um pouco de fuligem do braço.

– É... bom. Ótimo. É... – Eu hesitei. – O que sugere que façamos agora?

Ele semicerrou os olhos para as ruínas carbonizadas, então ergueu os ombros e deixou-os cair.

– Eu acho – disse, devagar – que devemos ir... – Parou subitamente, franzindo o cenho. – O quê, em nome de Deus...?

Algo se movia na lateral da casa. Pisquei os olhos para afastar a neve e me pus nas pontas dos pés para enxergar melhor.

– Ah, *não pode ser!* – exclamei.

Mas era. Toda coberta de neve, sujeira e madeira queimada, a porca branca avançava rumo à luz do dia. Depois de sair por completo, sacudiu os enormes ombros; então retorceu o focinho rosa, irritada, e avançou em direção à mata, firme em seu propósito. Um instante depois, uma versão pequenina emergiu... então outra, e outra... e oito filhotinhos já meio crescidos, uns brancos, outros malhados, e um preto feito as madeiras da casa, saíram trotando em fila, atrás da mãe.

– A Escócia vive – repeti, rindo incontrolavelmente. – É... aonde você disse que estávamos indo?

– À Escócia – respondeu ele, como se fosse óbvio. – Pegar a minha prensa.

Ainda olhávamos a casa, mas os olhos de Jamie estavam fixos em algum ponto adiante das cinzas, muito distante do presente. Uma coruja piou nas profundezas da mata, acordada de seu sono. Ele permaneceu em silêncio por um tempo, então despertou do devaneio e abriu um sorriso para mim, a neve derretendo em seus cabelos.

– Então – disse ele, apenas –, voltaremos para lutar.

Ele me tomou pela mão e deu as costas para a casa, em direção ao celeiro onde os cavalos aguardavam, pacientes, no frio.

EPÍLOGO

LALLYBROCH

A luz da lanterninha percorreu lentamente o abrigo de carvalho pesado, deteve-se num buraco suspeito, então seguiu adiante. O homem atarracado tinha uma carranca de escrupulosa concentração, os lábios apertados como alguém que esperava a qualquer momento uma surpresa desagradável.

Brianna estava ao lado, os olhos erguidos para os recuos do teto do vestíbulo, a mesma cara concentrada. Só reconheceria carunchos ou cupins se uma viga de madeira desabasse na sua cabeça, pensou, mas parecia educado se portar como se estivesse atenta.

A bem da verdade, apenas metade de sua atenção estava nas observações que o cavalheiro atarracado murmurava para a ajudante, uma moça pequena, com mechas cor-de-rosa no cabelo, vestindo um jaleco grande demais. A outra metade estava na barulheira do andar de cima, onde as crianças teoricamente brincavam de esconde-esconde em meio à confusão de caixas de mudança. Fiona trouxera sua prole de três pequenas diabinhas e espertamente as abandonara, correndo para resolver alguma tarefa e prometendo retornar até a hora do chá.

Brianna olhou o relógio de pulso, ainda surpresa em vê-lo ali. Ainda faltava meia hora. Se eles pudessem evitar um derramamento de sangue até que...

Um grito perfurante vindo do andar de cima a fez estremecer. A ajudante, menos calejada, largou a prancheta com um berro.

– MAMÃE! – gritou Jem, a plenos pulmões.

– O QUÊ? Estou OCUPADA!

– Mas mamãe! A Mandy me *bateu*! – foi a resposta indignada do andar de cima.

Ela ergueu o olhar e viu o topo da cabecinha do filho, a luz da janela reluzindo em seus cabelos.

– Ah, foi? Bom...

– Com um *pau*!

– Que tipo de...

– De *propósito*!

– Bom, eu não acho que...

– E... – disse ele, com uma pausa antes do incriminador desfecho: – ELA NÃO PEDIU DESCULPA!

O construtor e a ajudante haviam desistido dos cupins, dando preferência à emocionante narrativa; encaravam Brianna, sem dúvida à espera de algum decreto salomônico.

Brianna fechou os olhos um instante.

– MANDY! – gritou ela. – Peça desculpa!

– Não! – veio o grito agudo de recusa, lá de cima.

– Vai pedir, sim! – berrou Jem, e seguiu-se uma briga.

Brianna disparou para a escada, com sangue nos olhos. Tão logo pôs os pés no degrau, Jem emitiu um ganido estridente.

– Ela me MORDEU!

– Jeremiah MacKenzie, não *ouse* morder de volta! Vocês dois, parem com isso agora mesmo!

Jem enfiou a cara desgrenhada pelo corrimão, os cabelos para cima. Usava sombra azul para os olhos, e alguém lhe aplicara batom cor-de-rosa num formato tosco de boca, de uma orelha a outra.

– Ela é endiabrada – informou ele, cheio de raiva, aos espectadores fascinados no andar de baixo. – Meu avô que falou.

Brianna não sabia se ria, chorava ou berrava, mas acenou depressa para o construtor e a assistente e disparou escada acima para resolver a questão.

A resolução levou bem mais tempo que o esperado, visto que ela descobriu no processo que as três menininhas de Fiona, estranhamente quietas durante a última briga, estavam ocupadas – depois de maquiar Jem, Mandy e a si próprias – em desenhar rostos nas paredes do banheiro com as novas maquiagens de Brianna.

Ao retornar, quinze minutos depois, encontrou o construtor sentado tranquilamente num cesto de carvão emborcado, em pleno intervalo para o chá, enquanto a ajudante circulava de boca aberta no vestíbulo, uma broinha pela metade na mão.

– As crianças são todas suas? – perguntou a Brianna, erguendo uma sobrancelha furada em tom de compaixão.

– Não, graças a Deus. Está tudo certo aqui embaixo?

– Um pouco de umidade – disse o construtor, animado. – Mas já era de se esperar, num lugar antigo desses. Quando foi construído, a senhora sabe?

– Em 1721, sabichão – retrucou a ajudante, com confortável escárnio. – Não viu entalhado lá no lintel, quando entramos?

– Não. É mesmo? – O construtor pareceu interessado, mas não a ponto de se levantar para conferir. – Custa uma fortuna botar tudo nos trinques, não é?

Ele apontou para a parede, onde um dos painéis de carvalho exibia os danos de botas e sabres, entrecortados com talhos cuja crueza, embora escurecida com os anos, ainda era claramente visível.

– Não, isso a gente não vai consertar – respondeu Brianna, com um nó na garganta. – Foi feito depois da Revolta de 45. Vai ficar assim.

Mantemos assim, dissera o tio a ela, *para sempre nos lembrarmos de quem são os ingleses.*

– Ah, um evento histórico. Pois muito bem – disse o construtor, assentindo sabiamente. – Os americanos não dão muita bola para a história, não é? Querem construções modernas, fogão elétrico, umas porcarias automáticas. Aquecedor central!

– Para mim, se tiver privada com descarga, está ótimo – garantiu Brianna. – E água quente. Falando nisso, o senhor pode dar uma olhada no aquecedor? Está num galpão no quintal, e tem no mínimo uns cinquenta anos. Vamos querer trocar o do banheiro de cima também.

– Ah, sim. – O construtor removeu algumas migalhas da camisa, fechou a garrafinha térmica e levantou-se com esforço. – Venha, Angie, vamos lá dar uma olhada.

Brianna circulou ao pé da escada, desconfiada, tentando escutar algum som de motim antes de segui-los, mas estava tudo bem lá em cima; ela ouvia o som dos blocos de montar, evidentemente sendo arremessados nas paredes, mas sem gritos violentos. Virou-se bem a tempo de ver o construtor, que havia parado para olhar o lintel.

– A Revolta de 45, é? Já pensou como teria sido? – indagou ele. – Se o belo príncipe Carlos tivesse vencido, quero dizer.

– Ah, nos seus sonhos, Stan! Ele nunca teve chance, o maldito cafetão italiano.

– Não, não, ele teria conseguido, com certeza, se não fosse pelos malditos Campbells. Traidores, não? De um homem. E de uma mulher também, imagino – acrescentou, rindo, ao que Brianna concluiu que o sobrenome da ajudante devia ser Campbell.

Os dois rumaram para o galpão, a discussão ainda mais acalorada, mas ela parou, sem querer ir junto até ter se controlado.

Ah, Deus, rezou ela, com fervor, *ah, Deus... que eles estejam a salvo! Por favor, por favor, que eles estejam a salvo.* Não importava o quanto era ridículo rezar pela segurança de pessoas que haviam – que só podiam ter – morrido mais de duzentos anos antes. Era a única coisa que ela podia fazer, e fazia muitas vezes por dia, sempre que pensava neles. E com muito mais frequência, agora que tinham ido para Lallybroch.

Ela secou as lágrimas e viu o Mini Cooper de Roger chegando pela curva da entrada. O banco de trás encontrava-se apinhado de caixas; ele enfim estava fazendo a limpa nas últimas tralhas da garagem do Reverendo, guardando os itens que podiam ter valor para alguém – uma proporção assustadoramente alta do total.

– Bem a tempo – disse ela, meio trêmula, enquanto ele subia a calçada, sorridente, uma grande caixa debaixo do braço. Ela ainda se impressionava com seus cabelos curtos. – Mais dez minutos e eu com certeza mataria alguém. Provavelmente Fiona, para começar.

– Ah, é? – Ele se inclinou e a beijou, com particular entusiasmo, indicando que decerto não ouvira o que ela falara. – Eu trouxe uma coisa.

– Estou vendo. O que...

– Não faço ideia.

A caixa que ele pousou na antiga mesa de jantar também era de madeira; uma caixa de bom tamanho, feita de bordo, escurecida pelos anos, a ferrugem e o manuseio, mas com a arte ainda visível para seus olhos treinados. Era lindíssima, as juntas perfeitamente encaixadas, uma tampa deslizante – que não deslizava, tendo sido em algum momento selada com uma gota espessa do que parecia ser cera de abelha derretida, já preta pelo tempo.

O mais impressionante, no entanto, era o topo. Entalhado na madeira havia um nome: *Jeremiah Alexander Ian Fraser MacKenzie.*

Ela sentiu um aperto na barriga ao ver aquilo. Olhou para Roger, que reprimia algum sentimento; ela via a tensão vibrando dentro dele.

– O quê? – sussurrou ela. – *Quem* é esse?

Roger balançou a cabeça e puxou um envelope surrado do bolso.

– Isso estava junto, colado na lateral. É a caligrafia do Reverendo, um dos bilhetinhos que ele às vezes punha em algo para explicar seu significado, só por garantia. Mas não posso dizer que seja exatamente uma explicação.

O bilhete era breve; afirmava apenas que a caixa viera de uma casa bancária desativada em Edimburgo. Trazia instruções de que apenas fosse aberta pela pessoa cujo nome se encontrava entalhado. As instruções originais haviam perecido, mas foram passadas verbalmente pela pessoa que lhe entregara a caixa.

– E *quem* foi essa pessoa? – indagou ela.

– Não faço ideia. Tem uma faca?

– Se eu tenho uma faca? – resmungou ela, remexendo o bolso da calça jeans. – Algum dia eu *não* tive uma faca?

– Foi uma pergunta retórica – disse ele, beijando a mão de Brianna e pegando o canivete suíço que ela oferecia.

A cera de abelha cedeu e se partiu facilmente; a tampa da caixa, porém, não estava disposta a ceder depois de tantos anos. Foi necessária a força dos dois – um para segurar a caixa, outro para empurrar e puxar a tampa –, mas por fim ela se soltou com um estrépito.

O espectro de um aroma pairou no ar; indistinguível, porém herbóreo.

– Mamãe – disse ela, sem perceber.

Roger a encarou, surpreso, mas ela acenou com urgência para que ele prosseguisse. Ele enfiou a mão delicadamente na caixa e removeu o conteúdo: uma pilha de cartas, dobradas e seladas com cera, dois livros e uma pequena cobra esculpida em cerejeira, bastante polida pelo longo manuseio.

Ela emitiu um ruído inarticulado e pegou a carta de cima, apertando-a com tanta força contra o peito que o papel se amassou e o selo de cera se partiu e caiu no chão. O papel era grosso e macio, com fibras que exibiam as fracas manchas do que um dia haviam sido flores.

Lágrimas corriam por seu rosto. Roger disse qualquer coisa, mas ela não atentou às palavras, e as crianças faziam uma algazarra no andar de cima, e os construtores ainda debatiam do lado de fora, e a única coisa no mundo que ela enxergava eram as palavras desbotadas no papel, escritas numa caligrafia esparramada e complexa.

31 de dezembro de 1776
Minha cara filha,
Como você vai ver, se um dia receber isso, estamos vivos...

EPÍLOGO II

O DIABO MORA NOS DETALHES

– O que é isso, então? – Amos Crupp estreitou os olhos para a página estendida na prensa, lendo-a de trás para diante com a facilidade da longa experiência. – É com pesar que recebemos a notícia de mortes num incêndio... De onde veio isso?

– Nota de um assinante – respondeu Sampson, o novo aprendiz da gráfica, dando de ombros enquanto punha tinta na chapa. – Achei bom para aquele espacinho ali; o discurso do general Washington para as tropas acabou antes do fim da página.

– Hum... acho que sim. Só que é notícia velha – disse Crupp, olhando a data. – Janeiro?

– Bom, não – admitiu o aprendiz, baixando a alavanca que fazia descer a página até a chapa de tipos coberta de tinta. A prensa tornou a subir, as letras úmidas e negras sobre o papel, e ele pegou a folha com os dedos ágeis, estendendo-a para secar. – Pela nota, foi em dezembro. Mas eu botei a página em Baskerville corpo doze, e os espaçadores para novembro e dezembro estão faltando nessa fonte. Não tem espaço para fazer em letras separadas, e não vale o trabalho de refazer a página inteira.

– Tem razão – disse Amos, perdendo o interesse no assunto enquanto lia com atenção os últimos parágrafos do discurso de Washington. – Não faz diferença, de todo modo. Afinal de contas, estão todos mortos, não estão?

AGRADECIMENTOS

Meu imenso obrigada a...

Meus dois maravilhosos editores, Jackie Cantor e Bill Massey, pelas ideias, o apoio, as sugestões úteis (*"E Marsali?!?!"*), as reações entusiasmadas (*"Eca!"*) e por me compararem (favoravelmente, apresso-me em dizer) a Charles Dickens.

Meus excelentes e admiráveis agentes literários, Russell Galen e Danny Baror, que tanto fazem para levar esses livros à atenção do mundo – e garantir a educação universitária de todos os meus filhos.

Bill McCrea, curador do Museu de História da Carolina do Norte, e sua equipe, pelos mapas, registros biográficos, informações gerais e um delicioso café da manhã no museu. Adorei a aveia com queijo!

A equipe do centro de visitantes do campo de batalha da ponte de Moore's Creek, por sua atenção, pela oferta de quase 20 quilos de livros novos e interessantes – em especial, trabalhos pungentes como *Roster of the Patriots in the Battle of Moore's Creek Bridge* e *Roster of the Loyalists in the Battle of Moore's Creek Bridge* –, e por me explicarem o que é uma nevasca, visto que haviam acabado de passar por uma. Não temos nevascas no Arizona.

Linda Grimes, por apostar que eu não seria capaz de escrever uma cena interessante sobre um dedo no nariz. Essa foi culpa inteiramente dela.

A muito inspiradora e sobre-humana Barbara Schnell, que traduziu o livro para o alemão enquanto eu escrevia, quase junto comigo, para poder terminar a tempo do lançamento alemão.

Silvia Kuttny-Walser e Petra Zimmerman, que moveram céus e terra para dar assistência ao lançamento alemão.

Dr. Amarilis Iscold, pela riqueza de detalhes e conselhos – e as constantes gargalhadas – em relação às passagens médicas. Quaisquer liberdades tomadas ou erros cometidos são de minha inteira responsabilidade.

Dr. Doug Hamilton, pelo testemunho especializado em odontologia e por esclarecer o que alguém pode ou não fazer com um par de fórceps, uma garrafa de uísque e uma lixa de dentes de cavalo.

Dr. David Blacklidge, pelos valiosos conselhos sobre a fabricação, o uso e os perigos do éter.

Dr. William Reed e dra. Amy Silverthorn, por me manterem respirando durante a temporada de pólen, de modo que eu conseguisse concluir o livro.

Laura Bailey, pelos comentários especializados – com desenhos, ainda por cima – sobre as vestimentas de época, e em particular pela proveitosa sugestão de golpear alguém com uma barbatana de espartilho.

Christiane Schreiter, a cujas habilidades detetivescas devemos a versão alemã da cavalgada de Paul Revere (devida também à boa vontade dos bibliotecários da Biblioteca Braunschweig).

O reverendo Jay McMillan, por uma riqueza de fascinantes e proveitosas informações em relação à Igreja Presbiteriana na América colonial; Becky Morgan, por me apresentar ao reverendo Jay, e Amy Jones, pelas informações sobre a doutrina presbiteriana.

Rafe Steinberg, pelas informações sobre climas, marés e questões gerais de navegação – em especial a valiosa informação de que a maré muda a cada doze horas. E, se a maré não mudou às cinco da manhã de 10 de julho de 1776, não quero ficar sabendo.

Minha assistente Susan Butler, por lidar com 10 mil bilhetinhos, providenciar três cópias de um manuscrito de 2.500 páginas e mandar tudo por FedEx pelo mundo com rapidez e eficiência.

A incansável e diligente Kathy Lord, que copidescou todo o manuscrito num espaço de tempo inacreditável e não ficou cega nem perdeu o senso de humor.

Virginia Norey, Deusa do Design Editorial, que mais uma vez conseguiu comprimir A Coisa Toda entre duas capas e tornar tudo não só legível, como elegante.

Steven Lopata, pelos inestimáveis conselhos técnicos a respeito de explosões e de como atear fogo em tudo.

Arnold Wagner, Lisa Harrison, Kateri van Huystee, Luz, Suzann Shepherd e Jo Bourne, pelos conselhos técnicos sobre como moer pigmentos, guardar tintas e outras questões afins, como o "marrom egípcio" ser feito de restos de múmias. Não consegui inserir esse dado na história, mas era bom demais para não ser compartilhado.

Karen Watson, pela notável reprodução do relato de seu ex-cunhado sobre as sensações de um paciente com hemorroidas.

Pamela Patchet, por sua excelente e inspiradora descrição de como enfiar uma farpa de 5 centímetros debaixo da unha.

Margaret Campbell, pela maravilhosa cópia de *Piedmont Plantation*.

Janet McConnaughey, pela visão de Jamie e Brianna jogando *brag*.

Marte Brengle, Julie Kentner, Joanne Cutting, Carol Spradling, Beth Shope, Cindy R., Kathy Burdette, Sherry e Kathleen Eschenburg, pelos valiosos conselhos e divertidos comentários acerca dos Tristes Hinos.

Lauri Klobas, Becky Morgan, Linda Allen, Nikki Rowe e Lori Benton, pelos conselhos técnicos sobre a produção de papel.

Kim Laird, Joel Altman, Cara Stockton, Carol Isler, Jo Murphey, Elise Skidmore, Ron Kenner e muitos, muitos (muitos, muitos) residentes do Compuserve Literary Forum, agora rebatizado Books and Writers Community (http://community.compuserve.com/books), mas ainda o mesmo espaço de ecletismo e excentricidade, tesouro de erudição e fonte de Fatos Deveras Estranhos, por suas contribuições de links, notícias e artigos que julgaram que eu poderia achar interessantes. Eu sempre acho.

Chris Stuart e Backcountry, pelos maravilhosos CDs que me presentearam, *Saints and Strangers* e *Mohave River*, que foram a trilha sonora de boa parte da produção deste livro.

Ewan MacColl, cuja execução de "Eppie Morrie" inspirou o capítulo 85.

Gabi Eleby, pelas meias, os biscoitos e o apoio moral – e às Damas de Lallybroch, por sua ilimitada boa vontade, manifestada na forma de caixas de comida, cartas e enormes quantidades de sabão, tanto industriais quanto caseiros (O "Lavanda Jack Randall" é ótimo, e gostei bastante do "Sopro de Neve". O "Mil Lambidas em Jamie", porém, era tão doce que um dos cachorros comeu).

Bev LaFrance, Carol Krenz, Gilbert Sureau, Laura Bradbury, Julianne, Julie e muitas outras pessoas bacanas cujos nomes infelizmente me esqueci de anotar, pela ajuda com os trechinhos em francês.

Monika Berrisch, por me permitir a apropriação de sua persona.

E meu marido, Doug Watkins, que desta vez me cedeu as linhas de abertura do Prólogo.

Para saber mais sobre os títulos e autores da Editora Arqueiro,
visite o nosso site e siga as nossas redes sociais.
Além de informações sobre os próximos lançamentos,
você terá acesso a conteúdos exclusivos
e poderá participar de promoções e sorteios.

editoraarqueiro.com.br